無錫文庫

第四輯

梁溪詩鈔（一）

鳳凰出版傳媒集團
鳳凰出版社

ISBN 978-7-5506-0305-9

9 787550 603059 >

圖書在版編目（CIP）數據

梁溪詩鈔 / (清) 顧光旭輯. -- 南京 : 鳳凰出版社
, 2011.2
（無錫文庫. 第4輯）
ISBN 978-7-5506-0305-9

Ⅰ. ①梁… Ⅱ. ①顧… Ⅲ. ①古典詩歌－詩集－中國
－古代 Ⅳ. ①I222

中國版本圖書館CIP數據核字(2011)第045846號

責任編輯 樊 昕
裝幀設計 姜 嵩
出版發行 鳳凰出版傳媒集團
鳳凰出版社(原江蘇古籍出版社)
南京市中央路165號 郵編 210009
發行部電話 025－83223462
集團網址 鳳凰出版傳媒網 http://www.ppm.cn
印 刷 無錫市證券印刷有限公司
無錫市揚名高新技術產業園B區75號 郵編 214024
開 本 889×1194毫米 1/16
印 張 82.5
版 次 2011年2月第1版 2011年2月第1次印刷
標準書號 ISBN 978-7-5506-0305-9
定 價 1080.00圓(全二册)

無錫文庫工作委員會

顧問
楊衛澤　毛小平　周和平　譚　躍

主任
王立人

副主任
曹佳中　陳海燕　吴小平

委員
方標軍　須　儉　陳堯明　尤文科
何承志　蔡文煜　葉建興　施　展
嚴克勤　劉　川　雷群虎　李祖坤
瞿　敬　華瑞興　周興安　姜小青

無錫文庫編輯委員會

無錫文庫學術顧問

（按姓氏筆畫排列）

朱玉麒　朱維錚　江慶柏　李文海
沈衛榮　武秀成　金良年　胡福明
莫礪鋒　徐中玉　陳熙中　許倬雲
張仲禮　張廷銀　彭　林　程章燦
馮　遠　馮其庸　楊天石　趙生群
劉玉才　錢　遜　錢中文　錢文忠

總序

七千年文明史，三千年建城史，江南名城無錫，襟長江依太湖，自古以來就是魚米之鄉，禮儀之邦。無錫文化自泰伯南奔以來，騰蛟起鳳，尚德崇文，在數千年的傳承發展中，教化常持，經世務實，人杰輩出，大家林立，文藻絢麗，錯彩鏤金。舍南舍北皆春水，欲與湖山作主人，數千年的人文傳統，賦予了風光秀美的無錫以獨特的文化魅力，鑄就了城市剛柔相濟、秀逸清麗的的文化品格。

無錫是中國吴文化的發源地。早在商代晚期，周太王古公亶父的長子泰伯三讓王位，携其弟仲雍奔吴，定居無錫梅里，建『勾吴國』，『端委以治周禮』，施以禮儀教化；興修水利，授以農桑，不數年而『民人殷富』。泰伯帶來的中原文化與無錫本地土著文明相結合，吴文化以及作爲其重要組成部分的無錫文化就此發端。晋室南渡，北方人群大量南遷，帶來了中原的文化技術，促進了無錫農業、水利、手工業和商業的發展，中原文明再度與吴文化進行融合互滲。在本土文化與异地文化的碰撞和交融中，不斷推動着無錫這座城市的文明進步。

無錫歷史文化『追歷七千餘載歲月滌蕩，遂經四大轉折而成其廣大深厚：泰伯西來，吴文化成焉；永嘉南渡，江左文脉振焉；宋室波遷，江南文風始焉；歐風東漸，錫邑占風氣之先，民族工商文化始焉。數百代鄉彦賢達智慧與創造累積，文獻足徵，無慮百千』（《錫山先哲叢刊》重版弁言）。無錫文化以兼容并蓄多樣化的形態不斷發展。

崇文尚教，以教促文。北宋嘉祐三年（一〇五八），無錫始設縣學；北宋政和元年（一一一一），理學傳人楊時在無錫創建東林書院，此後無錫出現了喻樗、尤袤、李祥、蔣重珍等一批知名的教育家。至明代，顧憲成、高攀龍等在東林書院講學，此後又有許多書院相繼而起。古代無錫對教育的重視，促進了『崇文』和『尚教』的風氣，也造就了大量的人才。自隋朝開創科舉取士到清末廢除科舉，無錫共出了五名狀元、三名榜眼、六名探花和三名傳臚，并有五百四十名進士，一千二百多名舉人；『一榜九進士』、『六科三解元』，自古傳爲佳話。近代以來，經濟的繁榮進一步帶動了教育的興盛。無錫籍國學大師錢穆曾說：『晚清以下，群呼教育救國，無錫一縣最先起。』此後無錫的實業家紛紛出資興辦文化教育事業。教育的繁興，在極大程度上促進了無錫的文化發展，出現了空前的文化人才崛起的高峰。

文脉綿延，後出轉强。歷來『文化』的概念有廣義和狹義之分，這裏的『文脉』之『文』，用的是狹義的概念，即指經史、文學、藝術等人類所創造的精神財富的總和。在無錫的歷史文化傳統中，自古及今，悠悠文脉，如瓜瓞之綿綿。必須指出的是，從文化發生學的角度來看，早期中華文化的中心是在黄河流域的中原地區，無錫在宋元以前，雖有像顧愷之、李紳、尤袤、蔣捷、倪瓚等一批人文英才，但在整體上，無錫的文氣是自明清以迄近現代達到巔峰。在整個江南地區文教昌明和無錫經濟繁盛、教育勃興的大背景下，無錫地區在經史、文學、繪畫、音樂等諸多領域中，建樹卓越，俊才雲蒸，真正呈現出『人文之盛，冠於南國；碩彦輩出，著述繁實』的局面。

求實務本、重工崇商。無錫自古爲江南富庶之地、魚米之鄉。明代東林講學者將士商并列爲『本行』，講求經世致用；近代早期維新的思想家、實踐家薛福成提出『黜浮靡，崇實學』，大力倡揚『工商爲先，耕戰植其基，工商擴其用』的觀念，這些都成了近代以來無錫人求實務本、重工崇商的重要的思想根源；兼以明清時期，封建自然經濟解體，資本主義開始萌芽，無錫經濟日趨繁盛。鴉片戰爭以後，上海開埠，由於商品經濟的發展和商業資本積累的增加，逐步形成了一個以上海爲中心的，北接江陰、靖江，西連蘇州、無錫、常州的經濟區域。有布、米、絲、錢『四大碼頭』的無錫，被譽爲『小上海』。到了十九世紀末、二十世紀初，無錫許多有識之士積極引進西方生産技術，大力興辦工廠，形成了近代六大資本系統，無錫成了近代中國民族工商業的發祥地和蘇南經濟中心。經濟的繁盛，不僅爲無錫文化的不斷發展提供了堅實的物質基礎，而且也形成了無錫文化的主流形態之一的，具有鮮明特色和豐富内涵的『工商文化』。

文化源長，文獻宏大。在歷史上，無錫有過兩次較大規模的文化整理。一八九九年，《常州先哲遺書》是包涵無錫城市在内的第一次區域性文化整理集成。一九二三年，《錫山先哲叢刊》是無錫真正意義上從城市角度進行的一次文化整理。當時，國家積貧積弱，社會動蕩離亂，身處亂世的有識之士高擎文化的旗幟，以縱覽千古的魄力和毅力致力於城市文化傳統的繼承與弘揚，爲無錫地方人文教育提供了文化楷模，對增强無錫崇文興教氛圍發揮了重要的作用，爲無錫躋身江南名城提供了文化動力，其意義至今爲後人感念。

滄桑巨變，天上人間。經過近一個世紀的奮鬥探索，特别是改革開放三十多年來的迅猛發展，中華民族强勢崛起。國運昌隆，盛世修典。中共無錫市委、市政府高度重視地方傳統文化的整理弘揚工作。自二〇〇七年提出『建設文明無錫，打造文化名城』以來，無錫全面深入開展歷史文化遺産的挖掘、清理、保護和修復工作，傳承弘揚優秀傳統文化，彰顯城市人文歷史底蘊，掀起歷史文化名城建設新高潮。此後，市委、市政府在《無錫市文化大發展大繁榮行動綱要》中明確要求全面整理出版地方歷史文獻，市委、市政府在《關於深化文化體制改革加快文化强市建設的决定》中再次明確要求編纂《無錫文庫》，正式啓動迄今爲止無錫地區規模最大、綜合性鄉邦文獻集成的修編工作。爲確保《無錫文庫》的編纂工作順利進行，市委、市政府專門成立了『無錫文庫工作委員會』，由市委宣傳部牽頭，設立了『無錫文庫編輯委員會』，計劃用三年時間完成編纂出版工作。《無錫文庫》的編纂，將以嶄新的學術角度和現代學科框架對城市歷史文化進行全面梳理和弘揚，站在時代的高度，充分展示城市深厚的歷史底蘊，彰顯先賢哲人的智慧創造，解讀無錫文化的獨特個性，提煉升華無錫的人文精神，光前裕後，古爲今用，以文化人，由人化文，以史爲鑒，開啓未來。

《無錫文庫》的編纂出版必將發揮重要的文化功能：首先是搶救文獻。無錫自古即有豐富的地方文獻，無論經史子集，都有重要著作流傳於世。然而無錫近代歷經戰亂，一些重要典籍已毁佚，僅有書名存留；還有一些珍貴的明清地方史籍，也以孤本存世，處於若存若亡之間。由於各種原因，一些代表無錫文化的典籍保存於國内外各大圖書館中，在無錫不易見到。從清末到民國期間，在文化上有不少重要成果，而這部分書籍因長期被忽視而處於毁佚的邊緣。《無錫文庫》的編纂就是爲了搶救文獻，保存文脉。其次是古籍整理。無錫先賢留下的載籍很多，但現存書籍，版本雜亂，良莠不齊，整體而言没有經過系統編排梳理，使用不便。《無錫文庫》的編纂，就是從版本目録學的角度加以梳理，每書皆撰提要，鈎玄指要，便於閲讀使用。第三是服務大衆。《無錫文庫》所收皆爲地方古史遺文，是研究無錫歷史沿革和文化傳承的必讀書目。《無錫文庫》的編纂出版，使這些書籍的使用更加便捷和廣泛，對無錫的文化建設、城市規劃、古迹保護、名勝開發都具有很高的學術價值和實用價值。

歷史唯物主義觀是《無錫文庫》編纂出版工作的重要指導思想。《無錫文庫》是一部具有社會主義新時代特點的典籍集成，編纂理念和選編觀念更加科學，注重學術性、實用性和經典性相結合，并且儘量收入古籍版本研究的新成果，廣泛收集流散在國内外的珍貴典籍。編纂工作中，始終堅持『尊重歷史、尊重科學、尊重規律、尊重專家』的原則，堅持『雙百』方針，對傳統文化中重要的不同學派、不同觀點的資料兼收并蓄，力求客觀、完整和全面。當然，《無錫文庫》不可能包羅萬象，而以文史哲爲主要内容，兼顧其他類别著述，整體呈現出無錫歷史文化的發展脉絡。强化編纂工作的學術規範，提倡實事求是的良好學風，對文庫的整體規模、體例框架、所收書目、版式裝幀等進行反復論證，反復比較，多方聽取意見，慎之又慎，力争使《無錫文庫》成爲一部真正代表無錫文化的綜合性鄉邦文獻集成。

編纂出版《無錫文庫》的盛舉，得到了海内外衆多著名的文史專家、學者教授的熱烈響應。許倬雲、馮其庸、楊天石、李文海、徐中玉、馮遠、胡福明等無錫籍文化名人和劉玉才、程章燦、江慶柏、張廷銀、金良年等專家學者應邀擔任《無錫文庫》的學術顧問，他們扎實的學術功底、嚴謹的治學風範、卓越的學術見識，爲《無錫文庫》提供了有力的支撑。

千年吴地文明，百年工商繁華，賦予無錫人聰慧和靈秀，創造了具有獨特品質的城市文化和城市精神。當我們手捧先哲留下的珍貴文化遺産，不僅滿懷感恩、敬畏之心，更涌動着不負前賢、勵志圖新的激情，去努力創造城市文化嶄新的輝煌，讓無錫文化大發展大繁榮的春天更加姹紫嫣紅、繽紛燦爛！

無錫文庫編輯委員會

二〇一一年一月

凡例

一、《文庫》所收爲無錫籍作家的著述和與無錫相關的歷代文獻，分爲《官修舊志》、《地方史料專著》、《年譜家乘》、《無錫文存》和《近現代名家名著存目》五輯。

二、無錫地域範圍以現行行政轄區爲準。《文庫》立足無錫市區，兼顧江陰、宜興，適當選收江陰、宜興具有代表性的著作。

三、《文庫》所收著作，以史料價值高、使用價值大爲原則，適當兼顧其版本價值。

四、《文庫》主要采用影印方式出版，《近現代名家名著存目》收入作家小傳和主要著述目録。

五、《文庫》所收著作，其編纂年代下限爲一九四九年；《近現代名家名著存目》則不受此限。

六、《文庫》所收著作，原書如有蠹損、殘缺、漫漶不清處，原則上以相同版本予以換頁、補頁，使全書清晰、整齊。

七、《文庫》對所收每種圖書，均撰寫提要，置於每種書扉頁之背面；每册均新編頁碼，自爲起訖。

八、《文庫》編制書名索引和著者索引，以方便讀者使用。

第四輯編輯説明

本輯爲《無錫文庫》之第四輯《無錫文存》，主要收録歷代無錫籍作家具有代表性的詩、詞、曲、文集或珍稀史料。

無錫歷來被譽爲人才輩出、人文薈萃之地，所謂『蒼聖造端，文教聿起，泰伯入吴，肇基梅里，由是人文之盛，冠於南國。碩彦輩出，著述繁實』（高鏻泉《錫金歷朝著述書目考》序）。明代以前，無錫地區就已出現顧愷之、李紳、尤袤、蔣捷、倪瓚等一代名家；到了明清時期，這種『碩彦輩出，著述繁實』的特點得以充分地體現。據對《江蘇藝文志·無錫卷》一書的統計，古代無錫地區（包括江陰市和宜興市）有著述存世或見於載籍的作者，從東漢到元代有一百四十餘家，而明清時期則多達四千四百餘家。其中，尤以詩、詞、曲、文別集爲多，并且湧現了如吴炳、陳維崧、萬樹、顧貞觀、嵇永仁、楊潮觀、周濟、蔣春霖等一大批在全國範圍内廣有影響、知名度很高的作家文人。

許久以來，無錫地區的許多文獻學家，致力於無錫歷史文化遺産的保護和流布。除了刊刻大量的別集外，還編撰和纂輯了許多無錫地區的地方文獻書目、地方文獻叢書和地方文學總集。地方文獻書目，如高鏻泉《錫金歷朝著述書目考》、無錫縣立圖書館《無錫縣立圖書館鄉賢部書目》、無錫市圖書館《無錫市圖書館館藏地方文獻目録》及續編、辛幹《無錫藝文志長編》、宫愛東主編《江蘇藝文志·無錫卷》等；地方文獻叢書，有侯鴻鑒、劉樹勛輯《錫山先哲叢刊》，金武祥編《江陰叢書》，謝鼎鎔侯學愈輯《續梁溪詩鈔》，周有壬輯《梁溪文鈔》，侯學愈輯《梁溪文續鈔》，王直、王鑒輯《錫山文集》，侯晰輯《梁溪詞選》，楊敦原編《江陰詩存》，顧季慈編《江上詩鈔》，謝鼎鎔編《江上詩鈔補》輯《江陰先哲遺書》等；地方文獻總集，有莫息、潘繼芳輯《錫山遺響》，顧光旭輯《梁溪詩鈔》，侯學愈輯《續梁溪詩鈔》，周有壬輯《梁溪文鈔》，侯學愈輯《梁溪文續鈔》，王直、王鑒輯《錫山文集》，侯晰輯《梁溪詞選》，楊敦原編《江陰詩存》，顧季慈編《江上詩鈔》，謝鼎鎔編《江上詩鈔補》等。而《無錫文庫》的編選，正是建築在前賢們這些努力的基礎之上。

本編收録歷代無錫籍作家的作品集一百多種。所收作家作品的時間下限爲民國。民國以後的作家作品，則進入第五輯《近現代名家名著存目》中，作爲存目處理。

按照經、史、子、集四部的傳統圖書分類，本編主要收録集部的作品；間亦酌情收録少量其他部類的作品，如顧憲成《顧端文公大學通考一卷大學質言一卷大學重定一卷》及《大學意一卷中庸意二卷大學説一卷中庸説一卷語孟説略二卷》屬經部四書類，徐弘祖《徐霞客遊記》屬史部地理類，李浚《松窗雜録》、費衮《梁溪漫志》和李詡《戒庵老人漫筆》等筆記體作品屬子部雜學類或子部小説類。這些著述或因版本珍稀，或因影響廣遠，故而收録。

本編之前數册，收録《梁溪文鈔》、《梁溪文續鈔》、《錫山遺響》、《錫山文集》、《梁溪詩鈔》、《續梁溪詩鈔》、《梁溪詞選》等無錫地區詩、詞、文總集；其餘各册，所收皆爲單集作品。

各總集内的作品，雖然與各單集内的作品會有少量的重複，但其中還收録有大量未選入本編單集中的作家作品，再加上這些作家的小傳，便使得這些總集具有了很高的文獻資料價值。

各册之間的順序，以歷史年代先後編排。所收録的單集作品，如卷帙較大者，則一種編爲一册或數册，如薛福成《薛叔耘遺著十六種》等；篇幅較小者，則或按年代先後，或按文體類别，或按家族關係，由數種編爲一册。

目録

梁溪詩鈔（一）

（清）顧光旭 輯

《梁溪詩鈔》五十八卷，清顧光旭輯，顧斗光、黄正衡、楊芳燦、秦瀛、楊揆、顧皋等十六人參訂，初刊於清嘉慶元年（一七九六），二十冊；宣統三年（一九一一）無錫文苑閣重刊本，二十四冊。梁溪者，無錫之别稱也。

顧光旭（一七三一—一七九七），江蘇無錫人，字華陽，一作華暘，號晴沙，又號響泉、南溪、華陽山人。清乾隆十七年（一七五二）恩科進士，官至四川按察司使。歸田後，為東林書院山長。能詩工書，著有《響泉集》三十卷、《清溪樂府》一卷、《響泉自訂年譜》。清王昶銘其墓，《清史稿》卷三三六、《清史列傳》卷七五、清王昶《湖海詩人小傳》卷十五、清竇鎮《國朝書畫家筆録》卷二、清震鈞《國朝書人輯略》卷五等有傳。是編以顧斗光所輯之《梁溪詩鈔》與黄正衡所輯之《梁溪詩匯》為底本，加以整合，去其重複，補其未備，始于乾隆四十八年（一七八三），成于六十年（一七九五），歷時十有二載，仍名《梁溪詩鈔》。采齊梁時詩文總集『不録存者』通例，又采金元好問《中州集》、清朱彝尊《明詩綜》、清沈德潛《清詩别裁集》『以詩傳人、以人傳詩』之例，詩不拘宗派、不論風格，人不分顯晦；對非以詩名世者，或『讓其實而並避其名』者，尤加留意。共收有作者一千一百四十九家，選録詩歌二萬餘首，分本籍、閨媛、流寓、方外四門，再依朝代編次；同朝代以科第先後為序，無則按行年排列。是編與《錫山遺響》同屬無錫地方詩歌總集，因年代跨度較長，故其規制遠比後者宏巨；且各卷前均載有作者姓名和詩歌數量，便於檢讀；作者小傳不僅志其字號、爵里，還具列事蹟，末附考識，更為詳贍。衆多邑人生平與詩作，端賴是編得以留存至今；無錫自後漢至清乾隆之季千有六百餘年間詩歌創作之盛衰和發展變化之脉絡，於此亦得而概見矣。選詩成，瘞其舊稿於惠山之麓，立碑亭其上，名曰詩冢，清趙翼有《顧晴沙于惠山立詩冢》詩。

本書據清嘉慶元年（一七九六）刻本影印。

梁溪詩鈔序

余昔受
恩命莅兩江飲二泉之水觀竹爐之
圖仰
奎章之炳耀
德澤之覃敷而攬其山川風土俯
仰古今錯綜人物低徊留之不
能去蓋梁溪之漸仁摩義亦已
久矣既見晴沙顧廉訪出其所
集梁溪詩鈔示余自
國初至今凡若干卷已刋漢唐宋
元明具槀未梓錢蘀石侍郎序

之以余攬風之次屬爲序余曰
輶軒之採不及吳楚非不錄也
江永漢廣非吳楚而誰謂乎況
梁溪被泰伯之風者乎予顧鹿
鹿于役未遑卒業然於蜀熟聞
廉訪之聲未嘗去胷既又奉
命入蜀聞父老之頌廉訪如一日也
余恨不與共朝夕得所匡襄時
於其甥楊荔裳觀察問近狀發
篋讀梁溪詩鈔洋洋乎大雅之
音無論名公鉅卿端人正士之
言可以垂世行遠即野人游女

之微吟黄冠緇衣之寤歎苟合
於道而發於天靡不錄也方今
聖天子以詩教天下邁古騰今薄海
内外相與和聲鳴盛上叶清廟
明堂之奏吾知梁溪詩鈔出踵
而起者及於山陬海澨矣猗歟
盛哉至斯集之義與例錢侍郎
言之甚詳故不贅以是爲序并
以蜀人之思語廉訪吾知謝安
掩口而笑也夫
乾隆甲寅清和月
太子太保兵部尚書總督四川

前兩江總督世襲一等輕車都
尉仁和孫士毅書於劍南行館

梁溪詩鈔叙

吾邑於江左東南之地百分之一耳而風化之原啓於至德故吾邑敦讓之意與性俱成當日岐陽風化二南冠之百而梅里遐跡荆蠻無聲詩無得而稱不惟讓其實並讓其名迨後季札爲閎覽博物君子出聘宗邦審聲知樂亦深於詩矣而季子特以遜節自持夫詩自漢魏六朝唐宋元明以來代有作者其間有專家有宗派有風格有升降興衰或主持壇坫或聯結社盟宗尚各殊門户非一而吾邑無有非無有也避名也響泉以爲讓其實而並避其名者先哲之遺風避其名而不可不存其實者後人之宗仰風聲自閎氣渾長猶復網羅校討成梁溪詩鈔若干卷其時代後先爵里姓氏出處梗槩具列焉蓋吾梁溪得響泉晚矣且道有隆汙時有顯晦風雅之興我朝爲盛詩古懸之令甲五言已入制科嘗有閎風興起者焉覽是鈔者知非競撫華掞藻之能乃昔賢持志持身之實亦出物心藏之義也余素不曉韵語爲道出風或有嘗云

乾隆五十九年四月既望梁溪九十五叟王一峯書

梁溪詩鈔序

乾隆巳酉秋無錫同年顧觀察華陽擕所撰梁溪詩鈔使爲之序載雖老不能卒業然竊思之梁溪出惠山入太湖以重浚于梁大同中故名也泰伯來而仁風開梁鴻適而介節重于今實爲東南絃誦之一區是鈔其文獻在茲矣觀察曰斯光旭之所志也徃與從兄明經斗光蒐訪者久旣官蜀書來謂購詩不易且城南黃君正衡亦購之也歲丙申光旭歸自蜀明經寫稿粗定而越日黃君以大帙

至日某之爲此奔走山砠水涯或得之野廟村寺壞壁敗簏不記寒暑于是乃合兩家所輯加以增删勘之史冊地志總集專集取例於元遺山中州集朱竹垞明詩綜上遵

御定國朝別裁之義大要以詩傳人而亦以人傳詩忠孝節廉丈夫女子韋布寒餓一事之合輒錄之梁溪唐則李公垂以詩名宋則李忠定尤文簡輩起事功文章彪炳元無顯士倪元鎮以隱逸稱明多君子邵文莊績道南脉顧端文高忠憲諸先正繼之豈直以詩哉君其有言以益之夫載則安能益子也戴記王制命太師陳詩以觀民風其三代之盛乎孔子教人以詩論語所言盡之矣君之用心與力之勤非必詩傳而人傳人傳而詩益傳蓋望後之讀者之有以感發焉耳斯固風教攸關而助流

聖化之一端然則茲集刊行可想見二千餘年人物升降教化移易其所與起乎斯人者不獨在梁溪也

乾隆五十有七年壬子八月朔日

賜進士出身　日講官　起居注

誥授資政大夫

恩予原品休致禮部左侍郎秀水錢載

乾隆丙申冬余歸自蜀從兄謏齋旣輯梁溪詩鈔南塘黃可亭亦有梁溪詩滙二君但序時代尙未按甲科編定前後其人不見於史乘者俱無傳而其稾則盡歸於余余初歸未暇理也明年冬遭先大夫喪營葬畢又官逋私累數年始定癸卯秋得故友吳鏘仙集而校定之余之刻梁溪詩鈔始此於是卽由乾隆丁卯起上而溯之

國初溯之明元又溯之宋唐晉漢下至庚辛壬癸近科諸君子參之謏齋可亭二選各有增刪共集五十八卷凡一千一百十人其人顯晦出處各以

其時附於甲科以次之選詩大旨見答王涵齋先生書錢薌石侍郎序中亦畧見之薌石謂不須更立凡例也自予忝東林講席節束脩以次付刊又日與友朋切磋講論故家舊族之積德發祥者藏弆書籍之久且富數傳弗替者或遺稿放失而得之叢祠古寺破甑敗簏者又或始得其初稾殘稾繼又得其晚年手定者又取其家集家譜參考確証於史乘之外師友淵源流傳有序足資依據余之見聞殆多於謏齋可亭然而遺漏卒不免嗚呼子孫無不寶其祖父遺集有攜之他方展轉而失之者焉久而不歸者焉子孫式微不可考者焉旣致于余而又失之如華行九先生攻玉齋草之類豈此事亦有數存焉耶至於點畫音義余旣不曉六書姑就其原本錄之夫校書之難自古爲然余從事於此十有二年今且復校校書人之詩而余亦老矣綴輯而續之俟後之君子

乾隆六十年歲次乙卯二月初六日顧光旭䟦

右集東漢一人晉一人宋一人唐一人寥寥焉北宋九南宋十二蒸蒸乎日興其道南之始歟元十四人明三百人前後相望雖出處不同要皆崇名

節尙實學蓋龜山先生之澤遠矣洎乎

本朝世應昌期家沿舊學郁郁乎人文之盛百五十年間得七百餘家流寓閨媛方外附焉凡千一百人余手而次第之校而刻之去夏遭母喪而止是年秋相國嵇文恭公襲諸孤以遺集來同時又有先後謝世者皆在所錄詩曰雖無老成人尙有典刑是刻也有其典刑云爾或有進而問曰先生之志在獻不在文旣得而聞矣若夫詩可得而言乎余曰余何敢言詩雖然嘗觀李忠定全集爵乎蒼蒼具忠君愛國之忱迫而發之詩其少陵之遺

乎觀邵文莊容春堂集春容大雅所謂王公大人之容而寢處有山澤閒儀者乎觀高忠憲遺書怡然自樂見道深矣斯三集者其至矣乎若夫李文肅三俊並稱九文簡爲南宋四大家之冠倪雲林詩如其品浦長源王孟端華鴻山顧子方之稱於前與夫

國初之秦顧嚴三家並傳不廢何待予言其他則樸如秦泉南逸如顧天石秀如馬雲翎最近如王晉川吳黼仙輩各有風格今世之言詩者輒曰詩有別裁非關學也詩有別趣非關理也余以爲別

裁亦由乎善學別趣亦生乎名理也客曰善謹聞教矣客退而筆之將與言梁溪詩者共証之月之八日光旭又書

或曰梁溪詩選曷仿乎曰中州集例也曷取焉而仿之曰余居梁溪十餘世矣與吾父居者與吾祖居者更溯之先世莫不有高曾規矩之思焉故欲書其人必舉其人之爵里姓氏而書之詩曰維桑與梓必恭敬止樹猶敬之況於人乎若夫予之所以選是詩也不以其詩而已夫隱惡而揚善者春秋之旨即詩人溫柔敦厚之志之所存其微而善入關於人心世道者甚大不獨忠孝廉節之行形諸歌泣垂於後世以感人之深即里巷之謠諺販夫牧豎之謳吟勞人思婦之詠歎苟合於道雖一言亦登之不敢廢也非是不在是選夫梁溪山水清腴之地上承江水之流至邑而清下得具區之浸至邑而腴而產於此邦者視此矣自泰伯端委以降越千餘年而梁鴻陸羽之徒于于然來低徊不能去又數百年而龜山載道而南又百餘年而倪迂出其山川雲物與士君子之風畧相近也江以南三百里無山至九龍峯起而蜿蜒乎遠梁溪

演漾於其間是其得於和平之音清遠之氣者不已多乎余老是鄉矣聊與鄉人言復書諸卷末月之望光旭又筆

梁溪詩鈔同訂姓氏

顧斗光 誘齋 無錫
吳峻 損峯 金匱
鮑汀 若洲 金匱
黃正衡 可亭 無錫
王宮 變公 金匱
秦瀛 凌滄 金匱
俞謨 滸緑 金匱
蔣起元 善長 金匱
顧敏恒 立方 無錫
顧永之 穎伯 金匱
顧敦愉 學和 無錫
楊芳燦 蓉裳 金匱
顧敬恂 斐瞻 無錫
顧敬憲 傳爰 金匱
楊揆 荔裳 金匱
顧皐 晴芬 金匱

梁溪詩鈔目錄卷之一

梁溪詩鈔卷一

梁溪顧　光旭　華陽氏集

東漢

高内黃彪

字義方諸生游太學有雅才而訥于言常欲訪經義于馬融融疾不獲見乃遺書責融融悔追還之彪去不顧後郡舉孝廉試經第一除郎中校書東觀數奏賦頌奇文因事諷諫時京兆第五永爲督軍御史使幽州百官會餞彪作送友箴一篇遷内黃令帝勅同僚臨送祖于上東門詔東觀畫彪像以厲學者彪到官有德政上書薦縣人申屠蟠等卒官

送友箴

文武將墜乃俾俊臣正我皇綱董此不虔古之君子即我忘身明其果毅尚其桓桓呂尚七十氣冠三軍詩人作歌如鷹如鸇天有太一五將一門地有九變邛陵山川人有計策六奇五間總茲三事謀則咨詢毋曰已能務在求賢周公大聖石碏純臣以威克愛以義滅親勿謂時險不正其身勿謂

無人莫識已眞忘富遺貴福祿乃存枉道依合復無所觀先公高節越可永遵佩藏斯戒以厲終身

清誡

天長而地久人生則不然又不養以福使全其壽年飲酒病我性思慮害我神美色伐我命利欲亂我眞神明無聊賴愁毒于衆煩中年棄我逝忽若風過山形氣各分離一往不復還上士愍其痛抗志凌雲烟滌蕩去穢累飄渺任自然退修清以淨存吾玄中玄澄心剪思慮泰清不受塵恍惚中有物希微無形端智慮赫赫中谷神綿綿存

晉

顧常侍愷之

字長康世稱虎頭三絕謂才絕畫絕癡絕也桓溫引爲大司馬參軍後爲殷仲堪參軍義熙初拜散騎常侍年六十二卒于官所著文集及啟矇記行世節晉書本傳（公家門雍睦爲州里所重有子名緯者多私財鄉里皆負其責公悉燒其劵語見西神叢語）

四時詩（藏懋循詩所云一云神情詩或作陶淵明）

春水滿四澤夏雲多奇峯秋月揚明輝冬嶺秀寒

松

宋

湛長史挺

字茂之宋司徒右長史歸隱歷山草堂與南平王劉鑠善嘗爲詩唱酬刻於石按湛長史宋史闕書唐貞元六年庚午邱丹題湛長史舊居詩序云訪湛氏胄裔山下猶有一二十族得十三世孫畧觀其譜書殘墨塵蠹年世雖邈塋壟尚存是長史爲錫人無疑也邑志編入流寓誤矣且邑志載其十三世孫湛賁題歷山司徒右長史祖宅詩既云祖宅其非流寓甚明亟登諸集俟後之君子考焉

歷山草堂應教

閉戶守幺漢無復車馬跡衰癈歸邱樊歲寒見松柏身㪍淮南老名忝梁園客習隱非市朝追賞在山澤離離插天樹磊磊閒雲石持此怡一生傷哉駒度隙

唐

李文肅公紳

字公垂唐元和丙戌進士初赴薦以憫農詩贄呂化光溫溫謂齊煦外照及弟恭曰吾觀此人必爲卿相旣爲翰林學士與李德裕元稹同時稱三俊貶官後擢浙東觀察使開成初遷河南尹宣武節度使武宗卽位召拜中書侍郎同平章事進尚書右僕射封趙郡公居位四年以檢校右僕射平章事節度淮南卒贈太尉諡文肅有昔游詩三卷雜詩一卷

憫農二首

春種一粒粟秋成收一作萬顆子四海無閑田農夫猶餓死

鋤禾日當午汗滴禾下土誰知盤中餐粒粒皆辛苦

南梁行

江城鬱鬱春草長悠悠漢水浮青清一作光雜英飛盡空畫景綠楊重陰官舍靜此時醉客縱橫書公言可薦承明廬元和十四年故山南節度僕射崔公奏觀察判官嘗以書奏見委常戲拙青天詔下寵光至頒籍金閨徵石渠是歲五月蒙恩除右拾遺秭歸山路煙嵐隔山木幽深晚花折澗底紅光奪火燃搖風扇毒愁行客駱谷中多毒樹名山琵琶其花明艷與杜鵑花同樵者識之言曰早花殺人杜鵑啼咽花亦殷聲悲絕艷連憐一作空山斜陽瞥映淺深樹雲雨翻迷崖谷間山鷄錦質矜毛羽透竹穿蘿命儔侶喬木幽谿上下同

雄雌不惑一作異 飛棲處望秦峯廻通商顏涙疊雲一作波 堆萬簇山行盡杳冥青嶂外九重鐘漏紫霄問元和列侍明光殿諫草初焚市朝變北闕趨承一作臣 半隙塵南梁笑客一作吟嘯 皆飛霰追思感嘆却昏逃霜髩愁吟到曉鷄故篋歲深開斷簡秋堂月曙掩遺題一作往 鳴鳴曉角霞輝粲撫劒當應一作檻 一長嘆芻狗無由學聖賢空持感激一作謝 終昏旦

趨翰苑遭誣搆四十六韻

九五當乾德三千應瑞符纂堯昌聖歷宗禹盛丕圖穆宗正月登位 畫象垂新令消兵易舊謨選賢方去智

梁溪詩鈔 卷一 五

招諫忽升愚穆宗聽政五日蒙恩除右拾遺與淮安李公召入翰林也 大樂調元氣神功運化鑪脫鱗超沆瀣翻翼集蓬壺捧日恩光別抽毫顧問殊鳳形憐彩筆龍領借驪珠擲地聲名寡摩天羽翮孤潔身酬雨露利口扇讒諛碧海同宸眷鴻毛比賤軀辨疑分黑白舉直觝朋徒思政面論逢吉崔楨姦邪劉栖楚柏耆皃險張又新蘇景修朋黨也 庭獸方呈角階蓂始劾莩日傾烏掩魄星落斗摧樞穆宗升遐 墜劒悲喬岳號弓泣鼎湖亂羣逢害馬擇肉縱狂貙逢吉守澄栖楚柏耆又新等連爲搏噬之徒 膽爲憤肝竭心因瀝血枯滿帆摧駭浪征棹折危途余以戶部侍郎貶端州司馬 燕客書方詐堯門信未孚敬宗卽位之初遭逢吉等誣搆宸襟未察銜冤遂深 謗興金就鑠毀極玉生瑜礪吻矜先搏張羅騁疾驅余遭逢吉搆成遂敬宗聽政之前一日宣命于月華門外竄逐 一地嫌稀魍魎海恨止番禺栖楚等見逢吉怒所貶太近 瘴嶺銜蛇入蒸池躡虺趨望天收雪涕看鏡攬霜鬚草毒人驚剪茅荒室未誅火風晴處扇山鬼雨中呼窮老鄉關遠羈愁骨肉無鵲靈窺牖戶龜瑞出泥途余到端州有紅龜一州人李再榮來獻稱嘗有里人言吉徵也余放之於江中回頭者三四游泳前後不去久之又南中小鵲名曰蠻鵲形小如燕雀里中言此鳥不常見至而鳥舞必有喜應是日與龜同至於舘也 煙島深千瘴滄波淼四隅海標傳信使江棹認妻孥到接三冬暮

梁溪詩鈔 卷一 六

來經六月徂暗灘朝不怒驚瀨夜無虞從吉州而南歷封康並足灘瀨危險至極共名有滅門檮鮓覇州等灘惟江水泛漲則無此患康州悅城縣有媪龍祠或能致雲雨余以書祝之家累以十月泝流龍爲之三漲江水以達也 俛首安羸業齊眉慰病夫涸魚思雨潤僵燕望雷蘇詔下因頒朔恩移詎省辜余以寶歷元年五月量移江州長史 誑天猶指鹿依社尚憑狐逢吉爲相尚 度嶺瞻牛斗浮江淬轆轤未平人睚眦誰懼鬼揶揄湓一作溢 浦潮逼楚匡山地接吳庾樓淸桂滿遠寺素蓮敷髣髴皆停馬悲歡盡隙駒舊交封宿草沈入侍郎武十五侍郎元九相公麗嚴京兆蔣防舍人皆爲塵世 衰髩重生芻萬戟分梁苑雙旌寄魯儒駸駸移歲

月冉冉近桑榆疲馬愁千里孤鴻念五湖終當賦
歸去那更學楊朱

憶春日太液池一作東亭一作亭東候對長慶三年

宮鶯報曉一作曉報瑞煙開三島靈禽拂水迴橋轉彩
虹當綺殿艦浮花鷁近蓬萊草承香一作步輦王孫
長桃艷仙顏阿母栽簪筆此時方侍從却思金馬
笑鄒枚

憶夜直金鑾殿承旨二年

月當銀漢玉繩低深聽簫韶碧落齊門壓紫垣高
綺樹閣連青瑣近丹梯墨宣外渥催飛詔草布一作

定深一作新恩促換題明日一作惟我獨歸花路遠一作近
可憐人世隔雲霓一作泥

憶春日曲江宴後許至芙蓉園

春風上苑開桃李詔許看花入御園香徑草中迴
玉勒鳳皇池畔泛金樽綠絲垂柳遮風暗紅藥低
叢拂砌繁歸繞曲江煙景晚未央明月鎖千門

過荆門

荆江水濶煙波轉荆門路遠一作遠山蔥蒨帆勢侵
雲滅又明山程背日昏還見青青麥隴啼飛鴉寂
寞野徑棠梨花行行驅馬萬里遠漸入煙嵐危棧

賒林中有鳥飛出一作幽谷月上千巖一聲哭腸斷
思歸不可聞人言恨魄來巴蜀我聽此鳥祝我魂
魂死莫學一作死勿學此聲銜冤縱爲羽族莫棲息直上
青雲呼帝閽此時山月如銜鏡岧樹一作岫參差互
輝映皎潔深看入澗泉分明細見樵人徑陰森鬼
廟當郵亭雞豚日宰聞膻腥愚夫禍福自迷惑魍
魎憑何通百靈月一作日低山曉一作晚問行客已酹
椒糈拜荒陌惆悵忠貞徒自持誰祭山頭望夫石

涉沅瀟一作湘注內缺二字

屈原死處瀟湘陰滄浪淼淼雲沈沈蛟龍長怒虎

長嘯山木翛翛波浪深煙橫日落驚鴻起山映餘
一作雲霞杳一作淼千里鴻叫離離入暮天霞消漠漠
深雲水水靈一作虛江暗揚波濤黿鼉動灃風騷騷
行人愁望待明月星漢沈浮魑鬼號屈原爾爲懷
王一作忠沒水府通天化靈物何不驅雷擊電除奸
邪可憐空作沈泉一本此下有抱冤二字骨舉杯瀝酒招爾
魂月影一作彩泥漾開乾坤波白一作明水黑山隱見
汨羅之上遙昏昏風帆候曉看五兩戍鼓鼕鼕一作
鼘鼘遠山響潮滿江津猨鳥啼荆夫楚語飛蠻槳瀟
湘島浦無人居風驚水暗惟鮫魚行來擊棹獨長

嘆問爾精魄何所如

逾嶺嶠止荒陬抵高要

天將南北分寒燠，北被羔裘南卉服。寒氣凝爲戎虜驕，炎蒸結作蟲虺毒。周王止化惟荆蠻，漢武鑿遠通屏顏。南標銅柱限荒徼，五嶺從玆窮險艱。衡山截斷炎方北，迴雁峯南瘴煙黑。萬谿奔傷溢作瀧，湍飛浪激如繩直（南人謂水爲瀧，如原瀑流，自郴南至韶北，有八瀧，其名神瀧、傷瀧、雞附等瀧，皆急險不可上。南中輕舟迅疾可入此水者，因名之瀧船，善游者爲瀧夫）。千崖傍聳猨嘯悲，丹蛇玄虺潛蝼蛇。瀧夫擬檝劈高浪，瞥忽浮沈如電隨。嶺頭刺竹蒙籠密，火折紅蕉

焰燒日。嶺上泉分南北流，行人照水愁腸骨。陰森石路盤縈紆，雨寒日煖常斯須。瘴雲暫卷火山外，蒼茫海氣窮番禺。鷓鴣猿鳥聲相續，椎髻曉呼同戚促。百處谿灘異雨晴，四時雷電迷昏旭。魚腸雁足望緘封，地遠三江嶺萬重。魚躍豈通清遠（一作遂）峽，雁飛難渡漳江東（余在南中日，知家累以其年九月九日發衡州，因寄云：菊花開日有人逢，知過衡陽迴雁峯。江樹送秋黃葉少，海天迎遠碧雲重。音書斷達聽蠻鵲，風水多虞祝媼龍。想見病身渾不識，自磨青鏡照衰容。慨然追感，以疏其下。又端州界有清遠峽，深險莫測，皆言水府爲魚龍之限也）。雲蒸地熱無霜霰，桃李冬華匪時變。天際長垂飲澗虹，簷前不去銜泥燕（南中虹四時長見，見數則多颶風；燕不歸蟄，燕泥多沙，人懼其沾污於人，每逐其巢也）。人幸逢雷雨盪妖昏，提挈悲歡出海門。西日眼明看少長，北風身醒辨寒溫。賈生謫去因前席，痛哭書成竟何益。物忌忠良表是非，朝驅絳灌爲讐敵。明皇聖德異文皇，不使無辜困鬼方。漢日（一作口）傳臣終委弃，如今衰叟重輝光。高明白日恩深海，齒髮雖殘壯心在。空媿駑駘異一毛，無令朽骨懸（一作仍）千載。

移九江（效何水部。余自九江及今周一紀矣）

秋波入白水，帆去侵空小。五兩劇奔星，檣烏疾飛鳥。盆城依落日，盆浦看雲渺。雲渺更蒼蒼，匡山低

夕陽。楚客喜風水，秦人悲異鄉。異鄉秋思苦，江皐月華吐。漾漾隱波亭，悠悠通月浦。津橋歸候吏，竹巷開門戶。容膝有匡牀，及肩纔數堵。隙光非白駒，懸磬我無虞。體瘦寡行立，家肥安啜哺。天書憐譴謫，重作朱轓客。四座眼全青，一麾頭半白。今來思往事，往事益悽然。風月同今昔，悲歡異目前。四時嗟閲水，一紀換流年。獨有西庭鶴，孤鳴白露天。

閭里謠效古歌

鄉里兒，桑麻鬱鬱禾黍肥。冬有襤襦夏有絺，兒鋤弟耨妻在機。夜犬不吠開蓬扉，鄉里兒，醉還飽濁

醪初熟勸翁媼一作嫂鳴鳩拂羽知年好齊和楊花
踏春草勸年少樂耕桑使君爲我剪荆棘使君爲
我驅豺狼林中無虎山有鹿水底無蛟魚有魴父
漁子獵日歸暮一作父子獵歸白日暮月明處處春黃粱鄉
里兒東家父老爲爾言鼓腹那知生育恩莫令太
守馳朱轓懸鼓一鳴盧鵲喧惡聲主吏噪爾門卿
卿力力烹雞豚鄉里兒莫悲咤上有明王頒詔下
重選賢良恤孤寡春日遲遲驅五馬留犢投錢以
爲謝鄉里兒終爾詞我無工一作巧唯一作惠無私
舉手一揮臨路岐

上家山山即惠山

余頃居梅里常於惠山肄業舊室猶在垂白重
遊追感多思因效吳均體

上家山家山依舊好昔去松桂長今來容鬢老上
家山臨古道高低入雲樹蕪沒連天草草色綠萋
萋寒蛩徧草啼噪鴉啼樹遠行雁帖雲齊留光翻
落日僧火開經室竹洞磬聲長松樓鐘韻疾苔階
泉溜鈌石甃青莎密舊徑行處迷前交坐中失歡
息整華冠持杯强自歡笑歌憐稚孺弦竹縱吹彈
山明溪月上酒滿心聊放丱髮此淹留垂絲匪閑
曠青山不可上昔事還惆悵況復白頭人追懷空
望望

憶東郭居效邱遲

昔余過稚齒從師昧知奥徒懷利物心不獲藏身
寶叟妻一縫掖出處勞昏早醒醉迷啜哺衣裳辨
顛倒忠誠貫白日直己憑蒼昊卷舌墮讒訣驚波
息行潦衰禽識一作息舊木疲馬知歸道楊柳長庭
柯蘭荃覆階草旋旋光里舍騎服歡妻嫂綠鬢絶
新知蒼顏稀舊老冠綏身忝貴齋沐心常禱笙磬
諒諧和庭除還灑掃栖遲還竹巷物役浸江島倏
忽變星霜悲傷滿衷一作懷抱

憶題惠山寺書堂

故山一別光陰改秋露清風歲月多松下壯心年
少去池邊衰影老人過白雲生滅依巖岫青桂榮
枯託薜蘿惟有此身長是客又驅旌旆寄烟波

憶放鶴有序

頃年無錫閑居里人獻鶴雛余馴養之周歲羽
毛既成見共宛頸長鳴有煙霄之志開籠放之
一舉冲天復廻翔久之乃去

羽毛似雪無瑕點顧影秋池舞白雲閑整素儀三

島近廻飄清唳九霄聞好風順舉應摩日逸翮將
成莫戀羣凌厲坐看空碧外更憐鳧鷺老江瀆

過吳門二十四韻

煙水吳都郭閶門架碧流綠楊深淺巷青翰往來
舟朱戶千家室丹楹百處樓水光摇極浦草色辨
長洲憶作（一作昨）麻衣翠（一作日）（一作客）曾爲旅棹遊放歌
隨楚老清宴奉諸侯（貞元中余以布衣多遊吳郡中韋夏卿首爲知遇常陪宴席段平仲李季何劉從周綦母咸十餘輩日同杯酒及余以太和七年領鎮會稽則當時賓客皆吏樂徒寺僧里客無一人存者至于韋公子渦喪畧盡）花寺聽鶯入春湖看雁
留里吟傳綺唱鄉語認歈謳橋轉攢虹飲（一作影）波

通闤鷁浮竹扉梅圃靜水巷橘園幽縫堵荒麋苑
穿巖破虎邱舊風猶越鼓餘俗尚吳鉤故館曾閑
訪遺基（一作蹤）亦徧搜吹臺山木盡香徑佛宮秋帳
殿菰蒲掩雲房露霧收芋蘿妖覆（一作廢）滅荆棘鬼
包羞風月儭黃綬經過半白頭（元和七年余以校書郎從役再至蘇州時范傳正爲郡而貞元中賓客散落半已凋謝及宴而伶人酒徒悉往日者問僧惟令起二人已疾）
重來冠蓋客非復別離愁（太和七年余鎮會稽劉禹錫爲郡則元和中蘇州相識知與不知索然皆盡河柳衰謝邑居更易乃甚令威之嘆也）候火分通
陌前旌駐外郵水風搖綵旆堤柳引鳴騶問吏兒
孫隔呼名禮敬修顧瞻殊宿昔語默過悲憂義感

心空在容衰日易偷還持滄海詔從此布皇猷

渡西陵十六韻有序

七年冬十有三日早渡浙江寒雨方霖軍吏悉
在江次越人年穀未成霪雨不止田畝浸溢水
不及穗者數寸余至驛命押衙裴行宗先齋祝
辭東望拜大禹廟且以百姓請命雨收雲息日
朗者三旬有五日刈穫皆畢有以見神之不欺
也

雨送奔濤遠風收駭浪平截流張旆影分岸走鼙
聲獸逐衝波湧黿艭噴棹輕海門凝霧暗江渚濕

雲橫雁翼看舟子魚鱗辨水營騎交遮戍合戈簇
擁沙明謬屬千夫長將詢百里情下車占黍稷冬
雨害粢盛望禱依前聖垂休冀厚生半江猶慘澹
全野已澄清愛景三辰朗祥農萬庾盈浦程通曲
嶼海色媚重城弓日韃橐動旗風虎豹爭及郊揮
白羽入里卷紅旌愷悌思陳力端莊冀表誠臨人
與安俗非止奉師貞

禹廟

削平水土窮滄海畚鍤東南盡會稽山擁翠屏朝
玉帛穴通金闕架雲霓秘文鏤石藏青壁寶檢封

雲化紫泥清廟萬年長血食始知明德與天齊

答章孝標

假金方用眞金鍍若是眞金不鍍金十載長安得一第何須空腹用高心（來詩有金湯鍍了之句）

却渡西陵別越中父老

海潮晚上江風急津吏篙師語默齊傾手奉觴看故老擁流爭拜見孩提壍非杜母臨襄峴自鄒朱翁別會稽漸舉雲帆煙水濶杳然鳧雁各東西

阜橋

伯鸞憔悴甘飄寓非向嚣塵隱姓名鴻鵠羽毛終

有志素絲琴瑟自諧聲故橋秋月無家照古井寒泉見底清猶有餘風未磨滅至今鄉里重和鳴

翡翠塢

翡翠飛飛繞蓮塢一啄嘉魚一鳴舞蓮莖觸散蓮葉欹露滴珠光似還浦虞人掠水輕浮弋翡翠驚飛飛不息直上層空翠影高還向雲間雙比翼彈射莫及弋不得日暮虞人空歎息

却望（一作到）無錫（一本有望字）芙蓉湖

水寬山遠煙嵐迥柳岸縈迴在碧流清晝不風鳧雁少却疑初夢鏡湖秋

丹橘村邊獨（一作燭）火（一作煙）微碧流明處雁初飛蕭條落葉（一作日）垂楊岸隔水寥寥聞擣衣

逐波雲影參差遠背日嵐光隱見深猶似望中連海樹月生湖上是山陰

舊山認得煙嵐近湖水平鋪碧岫間喜見雲泉還悵望自慙山叟不歸山

重到惠山 有序

再到石泉寺內有禪師鑒玄影堂在寺南峯下項年與此僧同在惠山十年鑒玄在壽春相訪因追舊歡

碧峯依舊松筠老重得經過已白頭俱是海天黃葉信兩逢霜節菊花秋望中白鶴憐歸翼行處靑苔恨昔遊還向窗間（一作竹窗）名姓下數行添記別離愁（萬首絕句分爲二首）

別石泉 有序

在惠山寺松竹之下甘爽乃人間靈液清澄鑒（一作見）肌骨含漱開神慮茶得此水皆盡芳味

晴沙見底空無色青石潛流暗有聲微渡竹風涵淅瀝細浮松月透輕明桂凝秋露添靈液茗折香芽泛玉英應是梵空連洞府浴池金化醒泉清

奉酬樂天立秋夕有懷見寄

深夜星漢靜，秋風初報涼。階篁浙瀝響，露葉參差光。冰兔半升魄，銅壺微滴一作漏長。薄帷乍飄卷，襟帶輕搖颺。此際一作北除昏一作魂夢清，斜月滿軒房。屣履步前楹，劍戟森在行。重城宵正分，號鼓互相望。獨坐有所思，夫君鸞鳳章。天津落星河，一葦安可航。龍泉白玉首，魚服黃金裝。報國未知効，惟鵜徒在梁。裏回顧戎旃，顗氣生東方。衰葉滿欄草，斑毛鏡盈霜。羸牛未脫轅，老馬强騰驤。吟君白雪唱，慙媿巴人腸。

華頂

欲向仙峯煉九丹，獨瞻華頂禮仙壇。石標琪樹凌空碧，水挂銀河映月寒。天外鶴聲隨絳節，洞中雲氣隱琅玕。浮生未有從師地，空誦仙經想羽翰。

宋

錢侍御顗

字安道，宋慶歷丙戌進士。治平末爲殿中御史裏行。安石行新法，宰臣曾公亮依違不言，顗疏安石談堯舜以致公輔，首財利以爲容悅；公亮畏避固寵，并是貶監衢州

到宣武三十韻有序

七月十二日到汴州，是月鄭汴間不雨已踰月，秋苗已悴。十日至圃田，天雨已餘，至十二日朝旨，秋稼頓茂，軍禮亦成矣。

七月趨梁苑，三年謝尹京。舊風除物蠹，新律奉師貞。龍節雙油重，蛇矛百練明。躍魚連後旆，騰虎耀前旌。路轉金神並，川開鐵馬橫。擁旄差白羽，分彎引紅纓。在淩風煙接，維嵩輦洛清。貫魚奔騎疾，連雁卷行輕。煙壘風調角，秋原雨洗兵。宿雲看布甲，疎柳見分營。鼓徹通宵警，和門候曉晴。虎符三校

列，魚胄萬夫迎。弄馬猨猱健，奔車角觝呈。駕肩傍隘道，張幕內連楹。森戟承三令，攢戈退一聲。及郊知雨過，觀俗辨風行。望宋憐思女，遊梁念客卿。義夫留感激，公子播英名。澤廣豚魚洽，恩宣豈弟生。善師忘任智，中畧在推誠。式宴歌鍾合，陳筵綺繡幷。戲鼙千卒躍，均酒百壺傾。樂與師徒共，歡從井邑盈。攻通因漸染，八悅尚和平。授鉞慙分閫，登壇荷列城。虛衷朝獨坐，雄劒夜孤鳴。白髮侵霜變，丹心捧日驚。銜青終保志，潘岳未忘情。期月終逃化，三年詎有成。惟看波海動，天外斬長鯨。

鹽稅將出臺謂同列孫昌齡曰君奴事安石得御史眞狗彘之不若也拂衣上馬而去後徙秀州家貧母老至丐貸親友以給朝餔而怡然無謫官之色蘇軾貽以詩有烏府先生鐵作肝之句世因呼爲鐵肝御史東坡又有長句贈之兼寄其弟槐山人云鴛鴦湖邊月如水孤舟夜栖鴛鴦起平湖繫纜石橋亭慙愧胃寒髯御史結交最晚情獨厚論心無數今有幾寂寞抱關嘆蕭生耆老執戟哀揚子怪君顏采却秀發無乃遷謫反更美天公欲困無奈何世人共抑眞疎矣毘陵高山錫無骨陸子遺味泉氷齒賢哉仲氏早拂衣占斷此山長洗耳山頭望湖山潑眼山下洗足波生指倘容逸少問金堂記與嵇康留石髓嘉

興李巨山顗甥也東坡過顗小酌其女數歲以領巾乞詩坡即書一絕云臨池墨妙出元常弄玉嬌姿笑柳娘吟雪屢曾驚太傅斷絃何必識中郎

遊爛柯山

春郊雜沓擁紅旌共訪仙蹤嘯傲行雲徑直從深峪入石梁宛在半空橫巖邊瑤圃新開出洞裡芝田舊種成羽客一杯無復見青山留得爛柯名

錢菊友頴

字未詳號菊友北宋時人也此詩于隨隱漫錄得之

翁仲

武皇騎龍朝帝后露濕銅山古苔綉景初命名翁與仲無復衣冠仍漢舊桓圭大劍高嵯峨不動如山儼鎮守豈知屹立司馬門九鼎暗移司馬手變遷陵谷一何易汴洛塵埃一回首因嗟寵辱非可恃世間何者爲長久君不見後來荆棘埋銅駝坐想失身橫隴畝

蔣進士之奇

字號未詳嘉祐丁酉進士邑志云舊府志誤列宜興縣

遊惠山

還家豈不樂生事未應閒朝日已復去征鞍方更攀傷心百道水極目萬重山何以忘羈旅蕭然醉夢閒

袁判官默

字思正父繹字子安以篤學顯默嘉祐癸卯進士官京兆府教授遷司農簿獻無逸傳歷太學博士遷河北轉運判官學問淵博士大夫以爲師法嘗與謝上蔡解辨論語與弟默植皆有名當世

石女冢

君不見湘江不流湘水清悲風愁雨能無情靈妃寶瑟聲未絕九疑雲鎖蒼梧深又不見霸陵路入新豐道顧念邯鄲意悽惱夫人鼓瑟君爲歌北山爲槨吾將老古來死者不勝計歷歷道邊猶可記人言梁女好鼓瑟琴心未許人知意高山流水聲已虛想像當時足幽思九原可作誰與歸秋風蕭蕭草凄凄邱墟之下多狐狸

次韻蔣不回惠山行見贈

九龍山高茂松竹冉冉嵐光眞潑綠重岡復嶺勢崢嶸五里垂楊排岸曲雲生洞口若拖縑泉落田

間如噴玉公垂若氷遺跡在瀟灑儒冠與僧服夜蟾清影照寒流春鳥新聲答寒谷山畔人家農事閒長得秋風魚稻熟太湖光射夕陽間㶁澤相通財必有一生遊賞心不足憶與高人時往復夢魂應是念歸歟問舍求田無百斛身名牽制悼人心收拾未能如水覆侵尋白髮已盈簪方此徘徊千寸祿樂安道人來自蜀尚爾小官身僕僕惠然相訪益初傾符采瑩頳神滿目徐言得道先辟穀二年粒米不入腹日南先生韵超俗授術爲之留五宿發洩天機指下傳妙用圓通皆智燭見我情親逾族屬勸以修持言滿軸自慚正類雞伏鵠敢忘精心循所祝痊除多謝枕中方臭腐豈爲刀下肉斧斤牛羊肆殘毒古人已況牛山木深言元氣須引續起我衰羸丸射鹿煩胸一訣願相傳卦體儼然存九六

題惠山寺

山翁自合老林扃小有天中晝杳冥兩面樓臺驅作勢半崖松石倚爲屏雲歸洞口紛紛見泉落池心細細聽勝景深藏誰到此好須圖繪入丹青

同剛中適甫遊惠山

雨過山前翠欲飛水雲高下正含暉魚跳細浪千花碎蟬倚微陰一唱微沉李浮瓜吟齒盡清風明月滿船歸超然不負尋幽興拂得荷香在葛衣

蔣進士之美

字號未詳熙寧癸丑進士

游惠山

維舟上重巘景物近斜暉流水連珠落殘花碎錦飛白雲隨步武香鳥傍軒扉拂井松傾蓋緣崖蘚上衣池光清可鑑竹色翠成圍更接高僧話林梢帶月歸

袁直講默

字思與元豐乙丑進士知淮陽軍熙寧初官太學直講玉照新志東坡南遷北歸次毗陵時久旱得雨思與呈一絶云云坡見大喜爲之重寫且以手簡褒之今袁氏石刻藏于家

呈東坡先生

青蓋美人回鳳帶繡衣男子返雲車上天一笑渾無事從此人間樂有餘

袁龍圖植

字材老宋崇寧癸未進士復中詞學兼茂科擢監察御史建炎初召爲左司諫直言

忤宰臣出守岳州會虜騎大入叛臣李允文擁衆怙亂植條奏其奸允文中路要得遞疏勒兵執公公正色詆之不少懾遂遇害于武昌允文誅追贈龍圖閣學士錄其子二人

題惠山師竹月軒

子猷喜種竹太白喜乘月俛仰雲泥間勝事俱清絶况乃吾廬幽風煙浩一邱竹虛能受月華白月白能牽竹翠浮不應玉壘李太白長對山陰王子猷未擕花下一壺酒已登殘夜月明樓人間好景四并難無如月下春瑱玕影搖金瑣碎光動劍芒寒醒然夜不寐哦詩坐長嘆

與蔣仲任惠山觀溪漲

煙曳平川上雲屯翠嶺頭雨淫成大浸堤潰失安流地入三吳窄山餘九龍浮不應昏墊後始用濟川舟

錢刺史紳

字仲仲宋大觀己丑進士任知州紹興間謝事歸隱漆塘山中志尚高潔工詩著詩話若干卷山中舊無水伸仲行於居之南

忽有泉發於巖間以杖導之盈科而進酌而嘗之與惠山之泉無異爰作亭其上名曰通惠意其與惠泉通也宜興蔣瑎爲之記

濟川諸公同遊惠山因成長韻建炎元年九月十五日作

好山如佳人變態百種好陰晴朝暮間可愛不可道時時思一見如垢久不澡我來正清秋令人豁懷抱秋色佳有餘俗客迹如掃佳哉二三友在席每傾倒杖策窮縈廻高絶須一到幽尋不厭倦遇境即窮討階前千歲松閱盡衆木槁庭下百尺井

空傳天眼老陸子賞遺味至今泉浩浩高僧掛衣去誰識衣中寶九淵深非龍徒見胇百草衆泉失蹊徑迸散不可攷夜深山色清更對氷輪皓松栢影參差水中交荇藻廻棹艤波心如在蓬瀛島舉觴望青天醉鄉得深造

題青山寺

窈窕招提入翠微碧波千頃照巖扉白頭人向斜陽立黃帽僧衝細雨歸芳樹遠從湖外見殘雲紛繞雁邊飛分明一片佳山景却憶松邊筍蕨肥

李忠定公綱

字伯紀邵武人自其祖始居無錫政和壬辰進士歷官監察御史兼權殿中侍御史以言事忤權貴改比部員外郎遷起居郎宣和元年京師大水疏言陰氣太盛當以外患爲憂朝廷惡其言謫監沙縣稅務七年爲太常少卿時金人渝盟邊報狎至上禦戎五策有旨召公入議刺血上疏言大敵入攻存亾呼吸不可守監國常禮於是徽宗內禪而欽宗立李鄴使金議割地公謂祖宗疆土不可尺寸與人除兵部侍郎

靖康元年金將斡離不渡河宰執議請上暫避敵鋒公主堅守以待勤王之師乃以公爲尚書右丞留守東京力陳所以不可去之意命爲親征行營使以便宜從事敵兵攻城公親督戰募壯士縋城而下斬酋長及其衆數千人時种師道姚平仲勤王兵至公奏言金人孤軍深入猶虎豹自投檻穽當以計取之約日舉事而平仲急於要功先期夜斫敵營公奉諭速援與金人戰却之金使來宰相李邦彥告以用兵乃李綱姚平仲非朝廷意遂罷公太學生陳東詣闕上書軍民數十萬呼聲動地悉不得報至殺傷內侍帝亟召公復爲尚書右丞充京城四壁守禦使金人稍稍引却時太原圍未解上以公爲河東北宣撫使時方議和詔止進兵乃召公爲觀文殿學士知揚州未幾以專主戰議責授保靜軍節度副使建昌軍安置金人再至上悟和議之非除資政殿大學士領開封府事行次長沙被命卽率湖南勤王師入援未至而

都城失守高宗卽位拜尚書右僕射兼中
書侍郞召見內殿涕泗横集上爲動容因
言臣在道顔岐封論臣章謂臣爲金人所
惡不宜相夫謂臣才不足任相則可謂爲
金人所惡而不當相則不可因力辭上曰
朕知卿忠義智畧久矣其勿辭公旣相彷
姚崇故事陳十事要說帝行其八惟僭逆
僞命二事留中公力爭是時黃潛善力主
邦昌公因面爭泣下曰臣不可與邦昌同
列當劾擊之陛下必用邦昌臣乞罷上感

動許議罪黜邦昌乃拜謝公嘗疏巡幸關
中爲上襄陽次之建康爲下今縱未能行
上策宜且適襄鄧示無忘故都係天下心
不然中原非我有上因詔諭還都未幾忽
復詔避敵東南公極言自古帝王之興起
於西北則足以據中原而有東南起於東
南必不能復中原而有西北一旦委棄中
原豈惟金人乘間以擾內地恐盜賊蠭起
跨州連邑陛下雖欲還闕不可得況克敵
以還二聖耶夫南陽光武所興有高山峻

谷可以控扼寛城平埜可以屯兵西隣關
陜可以召將士東達江淮可以運穀粟南
通荆湖巴蜀可以取財貨北拒三都可以
遣救援暫議駐蹕徐還汴都計無出此者
上乃許幸南陽尋爲汪黃所沮中格自是
所言常留中不報已而遷尚書左僕射兼
門下侍郞旋奪職居鄂州紹興二年除觀
文殿學士湖廣宣撫使兼知潭州公上奏
五千餘言大要謂近日朝廷議論閒暇則
以和議爲得計以治兵爲失策倉卒則以

退避爲愛君進禦爲誤國上下偷安不計
長久是以國勢愈弱臣竊觀高祖光武及
本朝太祖太宗每有敵患未嘗不親御戎
路冒矢石也退避之策可暫而不可常退
一步則失一步往時退而至淮揚則關陜
河東北失矣再退而至浙江則兩淮東西
又失矣萬一敵騎南攻將復退避不知何
所適而可願陛下自今勿復爲此計疏上
賜詔褒諭除江西安撫制置大使兼知洪
州九年除知潭州荆湖南路安撫大使十

年卒訃聞上軫悼贈少師官其親族十八
孝宗賜謚忠定公負天下之望以一身用
捨爲社稷生民安危忠誠義氣動乎遐邇
宋使至燕山必問李綱趙鼎安否而朱考
亭先生尤稱公爲一世偉人云所著有易
傳內外篇論語詳說詩文奏議百餘卷（邵文莊公於惠山書院祀李忠定公有詩註云忠定宋丞相李公綱也公之先邵武人自其祖始居無錫其父修撰公夔及母吳令人皆葬湛峴山公嘗廬焉自號梁溪居士亦鄉先生也故祠）

韓賈

退之守湖陽戚嗟見章表賈生傳長沙自廣託鵩

鳥拘達言雖殊均爲未能了今我謫龍津莞庫素
所曉粗令職事辦便覺溪山好燕坐一室間妄念
悉除掃豈復計窮通端亦忘壽夭回觀古人心頗
嘆二子小

桐江行贈江致一少府

放浪江湖乃吾樂羈束軒冕非所榮謫官去爲劍
浦吏鼓棹遂作桐江行艤舟浙岸候潮至百越微
茫烟水外波橫天際海倒流噴雪驚雷聲震地須
臾風軟潮已平片帆去逐飛鴻輕櫂謳四起日西
落暮天杳杳惟參橫江山蒼蒼負殘雪江水茫茫
浸寒月誰云逐客苦淒凉今我斯遊最奇絕清晨
弭櫂桐君廬溪光山色世所無故人見我一笑粲
殺鷄爲黍聊相娛嗟予仕宦等遊戲斷梗飄蓬本
無蔕但令景物共吟哦出處窮通何足計此行幽
討殊未闌滿目亹亹皆雲山鷺飛魚躍石齒齒今
夜且宿嚴陵灘

江南三咏

江南竹霜霰歲寒依舊綠誰向溪邊養籜龍滴露
搖風一林玉

江南梅昨夜溪頭玉雪開贈遠欲傳千里恨和煙
爲折一枝來

江南客鬢髮蒼浪不可摘明時遷逐念前非一夜
愁吟霜月白

戲成短歌從志宏求芍藥

東風不隔沙陽僻嫩蘂濃花自春色栟櫚也是可
憐人每送梁谿慰愁寂邇來芍藥已盛開供花未
到吾須覓賦梅豈害廣平剛乞醯更覺微生直爲
將爛漫數枝紅伴我淋漓一丸墨

次韵和李太白感秋

秋風從西來敲我庭下竹夜凉月窺樽清光如可
掬風月豈故人萬里慰愁獨披衣從之遊更欲邀
共宿冷然洗我心耿耿安用卜三十八年非庶以
不遠復俯仰天地間平生皆可覆一醉夢還家黄
梁猶未熟

傳畫忠義圖

君臣以道合言出心莫逆膏澤下於民美化施無
極中世此道衰言如水投石義士以死爭直諫或
有益折檻制留今斷鞅事存昔當車血污輪伏蒲
涕霑席昭然貫日誠屹爾廻天力誰將丹青手圖

此忠義跡傳之置坐隅能使懦夫激斯人不復見
壯哉古遺直

得家信淮南飛蝗度江入浙歲事可憂感賦

聞說飛蝗起自淮勢如風雨度江來吾家歲事何
須問只恐人言不是灾

得了翁書并寄石芝云其味初淡中苦已而
發甘鮮有知此味者感而賦詩

海日氣射蒼崖根石上生芝乾蘚文懸梯採掇資
好事中有至味難爲言豈惟食淡兼攻苦嚼蠟茹
荼多欲吐清甘徐發齒頰間漱以寒泉如飲乳幽
人贈我意已深一掬可比千黄金世間此味知者
鮮往往既吐還追尋我欲持之獻君子自古至言
多逆耳願如苦處辨忠良若待迴甘眞晚矣

武夷行 有序

宣和改元之夏予備員左史寓直東省晝寢夢
遊武夷山未幾謫官閩中取道山下果符所夢
因作賦一篇古律詩近五十首今冬蒙恩北歸
復尋舊遊泛遊仙谿登換骨巖致祀十三眞君
會食觀妙堂因盡錄前所作遺觀妙法師且別
賦一篇以述再遊之意目之曰武夷行

憶昨退朝門下省槐陰扶疎清晝永瑣牕一枕夢
仙山覺來毛骨猶清冷謫官道出武夷山風景脩
然似夢間碧溪九曲山萬叠況値容雲粧煙鬟覓
恩今日容歸去笑指洞天尋舊路霜晴日暖白雲
深遙望幔亭天一柱羽人導我遊仙谿翠壁蒼崖
晚更奇浩歌快飲縱迴櫂星月耿耿風凄淒曉來
換骨巖中看玉潤金堅餘片片三姝駢立映彤霞
二水交流縈素練征鞍欲去更從容仙境靈蹤豈
易逢他日追思不可到夢魂還過七閩中

自海陵泛江歸梁谿作

清江湛湛波不與澄江際天如鏡平火雲突兀聳峯岫倒影萬丈搖空明扁舟歸逐落潮急聒耳但聞雙艣聲乃知長江無六月水氣自與風兼清去年狂寇起欲睦江浙慘澹妖氛凝百年涵養極繁盛一日蕩析屯膻腥衣冠北渡旅淮甸扶老攜幼紛縱橫王師出討盛貔虎兒渠授首封鯢鯨迫兹浙右稍安定鼓柂復作東南征家山在望已可喜僮僕候我應歡迎平疇戢戢稻秧綠峻嶺靄靄松林青田園有趣良足樂軒冕無味非所榮蒼生倘有安堵望笑傲可自終餘齡只今餘孽尚充斥努

力廟筭宜哀矜裹包兵革不復用坐使四海還康寧

題伯時明皇蜀道圖

君不見開元天寶同一主治亂相翻如手擧擎盈欲惡雖一人變易安危原近輔姚宋已死九齡黜誰使楊釗繼林甫宮中太眞專寵私塞外番酋成跋扈禍胎養就不自知漫向清華遺七筯漁陽突起破潼關百二山河震金鼓翠華杳杳幸西南赤縣紛紛集胡虜傷心坡下失紅顔墮淚鈴中聞夜雨山青江碧蜀道難棧閣連空傀相拄旌旗慘淡雲物愁林木陰森猨鳥侶戎裝宮女亦善騎皓齒明眸猶笑語老髯奚官驅蹇驢負橐齎糧豈供御九重徼衛復誰勤萬里艱危眞自取至尊狼狽尚如此歎息蒼生困豺虎千秋萬歲不勝悲玉輦金輿盡黃土空令畫手思入神一寫丹青戒今古

同似表叔易置酒平山堂

暫停征櫂此從容嘆息前賢結搆雄心眼乍隨天宇闊笑談不覺酒鐏空江光隱見軒楹裏山色虛無烟雨中種柳仙翁何處去年年疏翠自春風

九月八日渡淮

長淮渺渺煙蒼蒼扁舟初脫隋渠黃平生見此爲開眼況復乞身還故鄉嗟余涉世誠已拙徑步不虞機穽設空餘方寸炳如丹北望此時心欲折楚天清曉作輕寒黃蘆着霜聲正乾川廻金碧隱窣堵風遠鐘磬聞龜山艣聲嘔軋歸何處笑指江皇尋舊路松菊荒蕪欲自鉏盜賊頗飜非所懼時閩錢塘盜作故云蟹螯菊蘂風味逍且須爲盡黃金舟世間種種如蔓電此物能消萬古愁

次韻季弟善權阻雪古風

歲晏江南三尺雪奕奕瀌瀌遂連月意濃豈是天

網疏勢重便疑坤軸折溪行小艇碎瓊瑤自勝縞帶隨車轍瞑投蘭若寄僧房更覺千巖鳥飛絶憶昔宣和全盛年嘉瑞應期來自天千官朝賀未央裏仰視龍尾蟠蜿蜒珠樹熒煌青瑣闥玉花浮動蒼龍闕但將歌舞賞清妍肯信山河會分裂自從國步多艱難胡騎長驅窺漢關陰風慘淡殺氣見雪翻使摧心顔古來治理初無別中國寖強胡寖滅坐令和氣變陽春肉食于今未宜忽迂愚放逐慮已寛敢憚道遠貂裘寒空餘烱烱寸心赤中夜不寐憂千端素髮飄蕭頭已滿百年光景行將

半未知蓼刃此生中幾回看雪光凌亂會當掃蕩豺狼穴國耻乘時須一雪酒酣拔劍斫地歌心膽開張五情熱中興之運期我皇江漢更灑纍臣血

寄王周士

年來百念冷於灰夢到江湖又一回從此故人音問近洞庭秋色鴈初來

建炎行 有序

余去歲初夏自長沙聞尹京之命率義旅入援王室次繁昌得元帥府檄慘破都城二聖北遷號慟幾絶至當塗見赦書上登寶位且喜且悲意欲一到行在覲新天子道胸中所欲言者即丐歸田里此其志也行次淮楚間忽聞已告庭除拜荷特達之知感極而泣以六月朔抵南都有旨執政出迓賜燕於金果園具奏丐免詔即入城是晚召對內殿敘陳國家禍故上嗣位慰天人之望泣謝首被選用顧才力不堪弗敢當乞遴擇足以副公議者上慰勞久之即遣御藥押赴都堂治事翌日再對復力辭三上表章皆優答不允是時僞楚張邦昌以太傅同安郡王領三省事五日一會都堂即建言邦昌僭竊不

宜與政臣不可與同列凡受僞命者皆宜正其罪以爲臣子之戒具奏十事皆當時急務度能從乃敢受命有旨付三省施行又與執政廷辯至泣拜以辭上感動始罷謫邦昌與受僞命者翌日乃受告因爲上規畫所以捍禦金寇奉迎鑾輿之策且謂河北河東國家之屏蔽雖頗陷沒然其兵民戴宋之心堅甚朝廷不議救援使其力屈而附賊爲患非細於是薦張所招撫河北傅亮經制河東二人者皆有將帥材具甲兵錢糧而遣之又請車駕一至京師見宗廟慰都

人之心虔未可居則廵幸南陽駐蹕示不棄中原而西通關陜可起兵馬東通江淮可運糧餉南通嶺蜀可取貨財北援三都兩河與賊爭利天下形勢莫便于此有旨遣使經畫又勸上益募兵買馬繕器仗修軍政擇將帥置帥府要令以經畧天下是時劇賊李昱擾山東杜用起淮南李孝忠亂襄漢皆遣將討平之其餘降者十餘萬皆分隸諸將使渡河討賊纔兩月間威令稍振竊以奉令承教可幸無罪中興之功庶幾可成不意同列者害之陰以廵幸東南爲安動

上意八月五日告廷遷左僕射既命二相矣於是顯沮張所而罷傅亮連數日爭之不可得則丐罷政奏上謂方朝廷艱難不敢充位備員以虛負天下之責章三上再押入一對後殿力求去上度不可留乃除觀文殿大學士提舉杭州洞霄宮泛舟東歸已而言者交章詆在相位施設不當且誣以傾家貲犒叛卒聞者駭愕賴天子睿明有以察其不然姑褫職俾以宫祠居武昌聞命既上道適瀕江盜賊擾攘間關道路踰半年始達湖外追思前事恍如夢寐而連年奔走繚絡萬里初不知其所以然夫出處去就大臣常事不足道也然金人今春果擾關輔蹂踐京東西河北兵民叛爲盜賊皆如所料鑾輿遠幸未有可還之期翠華飄泊未有定居之所生民未休息中國未定安此臣子之所夙夜痛悼而寒心者也噫天寔爲之謂之何哉掇取出處去就大槩賦詩百二十韵目之曰建炎行覽者庶有感云（鑾輿遠幸謂徽欽北遷沙漠也翠華飄泊謂高宗避狄明州也）

金寇初犯闕太歲在丙午殊恩擢樞廷愧乏涓埃補兩河未奠枕杖鉞出宣撫乞身緣謗讒竄謫旅

湘漵明年丁未夏被命尹天府頓聞環京畿四面盡豺虎金湯雖可恃憂在人不禦見危思致命入援秉義旅旌麾亘江湄畏景觸隆暑忽傳元帥檄果有城破語鑾輿幸沙漠妃后辭禁籞皇孫與帝子取索及稚乳禮文包旂裳樂器載筍虡金繒罄公私技巧到機杼空餘宗廟存無復薦簋簠凄凉蒼龍闕寂寞玉華廡疇能供御粟誰與獻肥羜無從執羈靮安得生翅羽號慟絶復蘇灑淚作飛雨纔聞宣赦書寶位登九五神明有依歸率土盡呼舞皆言湯武姿勇智天所與向來使賊營英氣讋

驕虜建牙出危城帝命纘鴻緒不然艱難中何以
脫貔貅茲讐不戴天兄弟及父母嘗膽思報吴枕
踐懲在莒齊侯何足稱句踐不須數周漢獲再興
宣光定神武願言覲行在玉色親黻黼丹誠遂披
陳秘策得宣吐謀身計雖拙許國心獨苦片言儻
有合丐骨歸隴畝飛帆過金陵鼓枻適淮浦遙傳
告大廷命相比申甫顧茲斗筲器何以動堯禹深
惟特達知感慨激肺腑如何日月光可以螢爝助
舍舟行汴堤驅車赴延佇傷心兵火餘民物亦凋
瘦中使乘驛來茶藥寵賜予拜恩卭山重坐使瘵

癘愈行行近南都戈甲震金鼓將佐迎路傍往往
多舊部冠蓋如雲屯賜宴金果園謝免徑造朝淚
落濕殿礎初稱宗社危天地同憤怒次陳國多難
寔啟中興主末言樗散材初不堪梁柱鼎顛將覆
餗棟橈必傾宇況茲扶顛危正賴肱與股大舜舉
皐陶小白相仲父耕莘與釣渭端不乏伊呂惟當
博詢訪考慎作心膂封章屢懇辭帝曰莫如女往
作礪與舟不復容傴僂叩額宸扆前臣敢論僞楚
易姓建大號厥罪在砧斧奈何坐廟堂乃與臣等
伍更效老獼師十事聽裁處天子亮精誠一一皆

可許因成禦戎策用此敵予侮河外須救援屏蔽
資捍拒問誰可驅策因薦亮與所京師當一到九
廟陳鼎俎卻爲巡幸計不可去中寓南陽光武興
形勢亦險阻西通關陝區東與江淮距三巴及嶺
海寳貨可運取據要爭權衡黠虜謀必沮募兵益
貔貅買馬增牧圉號令新幟旗仗械飭干櫓軍容
久不振整頓就規矩潢池盜弄兵羣惡相嘯聚偏
師命剪除快若猫捕鼠餘寇悉欵降分隸歸籍簿
蒐裒將帥材賞罰頗有序經營年歲間庶可事大
舉滅虜還兩宫雪耻示千古卻隆太平基不愧宗

與祖豈知肘腋間乃有椒蘭妬含沙初射影聚毒
陰中蠱規模欲破碎謀議漸齟齬固知齷齪姿自
不敵媢嫉恨無回天力剔此木中蠹安能破銅山
但志燃郿塢時危敢尸祿抗疏願引去涕泗對冕
旒非不戀軒宁君臣以義合無使緖春杼帝度不
可留乃聽上印組扁舟返東吳卻理梁谿艣萋言
吏萋菲貝錦成罪罟尚荷皇天慈薄譴居鄂渚我
來雪霏霏及此歲將暮崎嶇山谷間避寇如避弩
行盡江南山始踏湖北土風煙愁浩蕩鴻鴈析儔
侶沉吟白雲飛悵望黃鶴翥晴川俯漢陽蔆荻滿

鷓鴣家山渺安在幽夢到别墅三年再謫官繚絡
萬里路浮游幻境中塵跡嘆仰俯翠華尚蒙塵吾
敢念門戶但嗟機會失事勢契先覩今年虜益横
春夏蹂京輔萬騎掠秦關餘毒被陳汝五陵氣葱
葱中原鬱膴膴弃置不復論彌望皆莽鹵旌旆滿
江淮冦抄連齊魯六飛竟何從秋晚尚江滸何時
包干戈禮瑞奠璜琥斯民安田疇餘穀棲廪庾四
方道路通舟車走商賈吁嗟呼蒼天乃爾艱國步
譬猶大厦傾著力事撐拄居然聽顛覆此身何所
措又如抱羸瘵邪氣久已痼不能親藥石乃復甘

梁溪詩鈔 卷一 四二

粔黍膏肓骨髓間性命若絲縷安得和緩徒舉手
爲摩捫馴致海宇康蒼生有環堵

秋夜有懷

坐失金湯險搖搖翠蓋飛空聞八駿御不見六龍
歸天地干戈滿瀟湘鴻鴈稀漢宫秋夜月依舊照
彤闈

淵聖皇帝賜寳劍生鐵花感而賦詩

靖康虜騎窺帝闉中原慘淡生煙塵帝謂細柳眞
將軍總兵欲使揮浮雲解賜寳劍御府珍魚腸盤
屈松檜紋縷金錯翠舟瑤琨剸戮犀象如羔豚驅
逐狂冦出邊垠妖腰亂領徒紛紛龍吟鼓吼淸夜
聞乃知此物能通神邇來杜門空念恩舊事誰復
可共論今晨開匣觀龍文鐵花繡澀蒼蘚痕東南
卑濕相蒸薰坐使三尺光鉎昏安得礪砥來峩岷
淬鋒斂鍔硎發新霜寒氷滑無澁皺指揮尚可淸
氛願提此劍平戎獯犬羊雖衆氣可吞手斬可
汗韉可斁天旋日轉還兩君書銘却勒燕然勳攄
憤刷恥志乃伸壯懷聊可吞乾坤緹繡十襲傳仍
昆衛綰之賜何足云

哭宗留守汝霖有序

梁溪詩鈔 卷一 四三

宗澤字汝霖浙東人自爲小官卓犖不羣能自
立以故屢被罪靖康冬用爲磁守偪金冦再犯
闕上以康邸奉使道磁澤力挽留不得行再造
之功澤爲多同列者忌之譖毁百端斥外不用
余去夏抵行在澤得守襄陽未行與語忠義慷
慨憤發至流涕力薦于上使進職留守京師誅
好惡撫善良大得都人之心繕治城塹樓櫓復
還壯觀屢出兵以挫賊鋒以故能守數表請車
駕宜還闕娼嫉者愈切齒難其代者故得不罷
今聞疽發背而死殆憂憤使然殊可爲天下惜

也詩云人之云亡邦國殄瘁方時危而失此一人其可哀也矣賦詩以哭之

時危念人傑濟物須材雄尋常齷齪委詎可收奇功英英宗夫子邈與古人同抱器寔磊落秉心鬱精忠彰繆仕州縣山立不妄從青松雖未高已足凌蒿蓬涉世多齟齬失官久龍鍾擢居河朔郡壓塵正昏蒙今上在藩邸持節使虜中力爭不可往高牙建元戎王室遂再造廊廟當疇庸同朝共排娟一麾江漢東見我論世故慷慨淚霑胸薦之守留鑰付以節制隆惠政拊疲瘵威聲懾奸兇金湯

治城塹樓櫓歘以崇出師京洛間屢挫黠虜鋒邦讖千里寧誇說百歲翁抗疏請還闕北伐歸兩宮辭直至觸亮天子爲動容奸諛更切齒恨未能關弓乃同歸鄭人感憤殞厥躬皇天不慭遺吾道何其窮驊騮竟委離冀北羣遂空梁摧大廈傾誰與扶穹窿安能百身贖坐爲四海恫人亡國殄瘁天意負懵懵中原氣蕭瑟洒涕臨西風

伏讀三月六日內禪詔書及傳將士檄慨王室之艱危憫生靈之塗炭悼前策之不從恨姦回之悞國感憤有作聊以述懷

胡騎長驅擾漢疆廟堂高枕失隄防關河自昔稱天府淮海于今作戰場退避固知非得計威靈何以鎮殊方中原夷狄相衰盛聖哲從來只自彊

歎息奸臣術已疎謀身誤國竟何如馬嵬不進楊釗死關陝初臨元振除王室威靈嗟索寞蒼生環堵未安居荒陬不見中原事望斷東吳一紙書

恭聞詔書褒悼陳少陽贈官與一子恩澤賜緡錢五十萬感涕二首陳少陽名東惜公之去兩率諸生千餘人伏闕上書乞留公而誅黃潛善遂爲潛善所害

哀痛綸音灑帝章賜金贈秩事非常無心聖主如

天地著意奸臣極虎狼忠血他年應化碧英魂今日已生光先生憤懣誠昭雪九死南遷豈自傷

平昔初無半面交危言幾辨蓋寬饒幽冥我已慙良友忠憤君應念本朝故國遙看雲杳杳新阡何處草蕭蕭撫孤未遂山濤志誰繼騷人賦大招

受業陸 步瀛 升廷校

梁溪詩鈔卷一

梁溪詩鈔目錄卷之二

梁溪詩鈔卷二

梁溪顧　光旭　華陽氏集

宋

尤文簡公袤

字延之少穎異紹興戊辰擢進士第爲泰興令問民疾苦興利除弊吏民爲立生祠除將作監簿授秘書丞張南軒嘆曰眞秘書也兼國史院編修官實錄院檢討官遷著作郎兼太子侍讀先是張說自閤門入西府士論鼎沸從臣因執奏而去者數十

人公率三館上書諫且不往見後說留身密奏於是梁克家罷相公與秘書少監陳騤各與郡公得台州前守趙汝愚修郡城工纔十三公按前行築更加高厚明年大水城賴以不没會有毁公者上使人密察民誦其善政不絶口乃錄其東湖四詩歸奏上讀而嘆賞遂以文字受知除淮東提舉常平改江東江東旱單車行部覈常平米通融有無以之振貸復推行朱子之法於諸郡民無流殍遂直秘閣遷江西漕兼知隆興府屢請祠進直敷文閣改江東提刑梁克家薦公久于外當召上可之召對言水旱之備惟常平義倉願預飭有司隨市價禁科抑則人自樂輸必易集事除吏部郎官太子侍講累遷樞密院正兼左諭德夏旱詔求闕失公上封事大畧言天地之氣宣通則和壅遏則乖人心舒暢則悅抑鬱則憤催科峻急而農民怨關征苛察而商旅怨差注留滯而士大夫有失職之怨廪給朘削而士卒有不足之怨奏讞不

時報而久繫囚者怨幽枉不獲伸而負累者怨强盜殺人多特貸命使已死者怨有司買納不即酬價負販者怨人心抑鬱所以感傷天和者豈特一事而已方今救荒之策莫急于勸分輸納既多朝廷吝于推賞乞詔有司檢舉行之高宗崩前一日除太常少卿自南渡來恤禮散失事出倉卒上下罔措每有討論悉以付公斟酌損益便于今而不戾于古當定廟號公與禮官定號高宗洪邁獨請號世祖公率禮官顔

師魯鄭僑奏曰宗廟之制祖有功宗有德藝祖規創大業爲宋太祖太宗混一區夏爲宋太宗自眞宗至欽宗聖聖相傳廟制一定萬世不易在禮子爲父屈示有尊也太上親爲徽宗子子爲祖父爲宗失昭穆之序議者不過以漢光武爲比光武以長沙王後布衣崛起不與哀平相繼其稱無嫌太上實繼徽宗正統以子繼父非光武比將來祔廟在徽宗下而稱祖恐在天之靈有所不安詔羣臣集議公上議如初會

禮部太常寺亦同主高宗始詔從初議未幾進公權禮部侍郎兼同修國史侍講又兼直學士院力辭上聽免直學士孝宗嘗論人才公奏曰近召趙汝愚中外皆喜如王藺亦望收召上曰然一日論事久上曰如卿才識近世罕有次日語宰執曰尤袤甚好前此無一入言之何也兼權中書舍人復詔兼直學士院力辭且薦陸游自代上不許時內禪議已定是日諭袤曰旦夕制冊甚多非卿孰能爲者故處卿以文字之職袤乃拜命內禪一時制冊人服其雅正光宗卽位甫兩旬開講筵公奏天下萬事失之於初則後不可救書曰愼厥終惟其始又五日講筵復論近年官制舊法頗壞姜特立以爲議已言者因以爲周必大黨遂與祠紹熙元年起知婺州改太平州除煥章閣特制召除給事中旣就職卽昌言曰老矣無所補報凡貴近營求內除小礙法制者雖特旨令書請有去而已必不奉詔甫數日中貴四人希賞欲自正使轉

横行公繳奏者三竟格不下兼侍講入對言願上謹天戒下畏物情內正一心外正五事虛已任賢酬酢庶務不在于勞精神耗思慮屑屑事爲之末也韓侂胄以武功大夫和州防禦使用應辦賞直轉横行公繳奏謂正使有正法可回授不可直轉侂胄勳賢之後不宜首壞國法開攀援之門奏入手詔令書行公復奏侂胄四年間已轉二十七年合轉之官今又欲超授四階復轉二十年之官是朝廷官爵專徇侂胄

之求非所以爲摩厲之具也命遂格耶律适嘿以手詔除承宣使一再繳奏輒奉內批特與書行公言天下者祖宗之天下爵祿者祖宗之爵祿壽皇以祖宗之天下傳陛下安可私用祖宗爵祿而加於公議不允之人哉疏入上震怒裂去後奏付前二奏出公以後奏不報使吏收閣命遂不行除禮部尚書兼侍讀公上封事論陳源姜特立不可用因極言小人一進根株蔓延之禍時上已屬疾國事多舛公積憂成疾

請告不報疾篤乞致仕又不報遂卒年七十初上屢以疾不省重華宮公前後力陳上並從之故遺奏大畧首勸上以孝事兩宮而繼以勤康庶政察邪佞護善類明年轉正奉大夫致仕贈金紫光祿大夫公少從喻樗汪應辰游樗學于楊龜山先生方乾道淳熙間程氏學稍振忌之者目爲道學將攻之公在掖垣首言夫道學者堯舜所以帝禹湯武所以王周公孔孟所以設教近立此名詆訾士君子故臨財不苟得所謂廉介安貧守分所謂恬退擇言顧行所謂踐履行已有耻所謂名節皆目之爲道學此名一立賢人君子欲自見於世一舉足且入其中俱無得免此豈盛世所宜有願循名必責其實聽言必觀其行人才庶不壞于疑似後數年侂胄擅國禁錮道學賢士大夫皆受其禍識者以公爲知言公嘗取孫綽遂初賦以自號光宗書匾賜之有遂初小藁六十卷內外制三十卷嘉定五年謚文簡文簡少從喻玉泉游得龜山正傳門人李祥蔣重珍

俱公造就成大儒親没廬墓邑之吳塘夜見湖濱燈光如炬空中語曰彼人子何德而至此山神以狀告又曰孝子也可以當之文簡雅好圖籍僮奴女婢俱識鈔胥著作甚富南渡後與蕭千巖范石湖陸放翁俱稱大家世稱尤蕭范陸詩流傳絕少後以楊誠齋易千巖又稱尤楊范陸而文簡梁溪集板成旋燬于火至 國朝西堂太史會萃諸選僅得四十餘首故鈔中所收從畧

思賢堂三讚

畢文簡公故大丞相畢文簡公士安於太平興國三年以選知台州淳熙丁酉袁假守是邦嘗立公之祠于郡學獨訪遺像未獲後三年袁來江東而公之六代孫希文爲安仁宰廼知公自台移饒人嘗繪像于廟遂摹得之以寄今沈使君揭示祠宇俾邦人歲歲得蒸嘗云

瀕海出日聲教初暨勞來拊循寄乎共理勝求惟良得此君子賢哉若人玉音嘉唱二百餘年遺風髣髴勵相我家流澤未已再拜德容尚息貪鄙煌煌文簡照映青史

元章簡公大參政章簡元公於慶曆六年來守是邦有功在民役一百三十四年得其書像於裔孫康會繪置學宮以慰邦人歲時之思云

玉堂之仙卒老東府煌如文章海內咸覩方其未逢出守茲土拯民昏墊寘之安堵完城浚隍植我棟宇百六十春尚芘風雨躋彼參雲人渺今古天空地迥遙接公語

章郇公

昭陵命相率用厚德顯允郇公其儀不忒持循法度恪守繩墨規彼更張無異跳擲執久不行自觸牆壁使用公言治無今昔臨海舊邦杳渺音澤厥令甘棠二五詩蹟

游張公洞并序

舟次湖洑侍季父伯兄游洞靈步行五里夾道皆喬本參天鶴巢其上若笑若咳澗水濊濊鳴聲甚悲殆不類人間也入洞靈宮覽前賢留題徘徊久之由石徑里許達于洞洞深數十丈磴道險絕俯僂僅可下下寬廣容數百人大石離立或下聳欲落若劍盾矛戟相撐拄或甍連蝸起而不斷若虎豹蹲伏俯踞而拏攫中有小門持炬乃得入丹竈井田在焉由石罅而上皆流石怪形無窮其狀旁行窟曲甚深遠不可到其陽有懸崖滴乳水水流澗谷乍細乍大自成宮商橫澗得小閣可憇朱藤纏絡崖上丹花簇簇下墜芬芳襲人毛髮凜然欲少留而大風作遂歸余游山川多矣茲游最可紀因成五百字貽我同志以備他日觀覽焉

吾聞荆溪南有地仙所宅十年勞夢想今日著脚歷扁舟下湖洑水漲沒沙磧結纜小橋旁杖藜從此適平岡面陂陀壘嶂堆襞積行行三兩里夾道喬木植其木幾合抱其高乃千尺風生萬壑響日照四山赤時搖樹林杪忽見屋宇脊宫門何峥嵘古道頗修直長廊景曈曈崩殿人寂寂寥落昔賢題摩挲壁間墨捫蘿上層巔俯瞰得深窟危梯交枝撐鳥道穿詰屈投身乍寬閒跼步仍逼窄攀援愁顛躋傲睨驚險僻懸崖朶頰頷亂石供劍戟白雲何時橫乳溢或自滴中空正滇洞了不見天隙

冥行逃近遠傴僂猶擿埴巉巖豈人工隱軫入地豚窮幽或篝火俯跪僅容席仙壇尚故處丹竈儼遺跡山蟲鳴咿嚘野鼠聲啧唶傳聞老父語已往眞莫測中有白玉堂橫絶巨石塞旁連洞庭野欲去不可極濳窺目先旋縱走膝無力遵廻步西徑突兀出峭壁樅風高枝樛藤蔓青陰羃芳草何芊緜丹花亦狼籍躊躇古亭上頫仰幽澗碧玎璫下流水磊磈欲落石雖云培塿高氣與嵩華敵其南有空穴巉灝般幽黑陰風牙呑吐冷氣森噴逼蛟龍久伏藏金玉閟簡册靈蹤信茫昧幻怪紛倏戚

將無神物守欲與世壤隔平生邱壑念蚤歲泉石癖豈不思三山所恨無六翮樂哉兹辰遊逸興濳有激仙翁在何許綠髮尚如昔髣髴笙簫聲徘徊鸞鶴翼俗緣磨不盡夢境坐形役何階築衡茅幽時窮日夕風雲西北起天地忽改色倉皇促歸舟造物豈戲劇良遊易乖悟眞賞難再得寄語山中人重來儻相識

淮民謠　會編紹興三十一年金主亮傾國入寇以淮南置山水寨摟民泰興令尤袤作淮民謠哀之

東府買舟船西府買器械問儂若何爲團結山水寨寨長過我廬意氣甚雄粗靑山兩承局暁夜連勾呼勾呼日未已椎剥到雞豕供應稍不如向前受笞箠驅東復驅西棄却鋤與犁無錢買刀劍典盡渾家衣去年江南荒逐熟過江北江北不可住江南歸未得父母生我時教我學耕桑不識官府嚴安能事戎行執鎗不解刺執弓不能射團結我何爲徒勞定無益流離復流離恐凍復恐饑誰謂天地寛一身無所依淮南喪亂後安集亦未久死者積如麻存者能幾口荒村日西斜破屋兩三家撫摩力不給將奈此擾何

節愛堂

誰憐窮山民糠籺不自贍紛紛死溝壑往往困征斂夫惟節與愛是謂仁且儉揭兹聖人言聊用自箴砭

凝思堂

失腳墜塵網牒訴擾我懷公庭了官事時來坐幽齋天風肅冷冷山鳥鳴喈喈我思在何許獨對蒼然崖

樂山堂

草堂有遺基榛莽歲月久我來始經葺抱翠開戶

牖羣山供笑傲萬象共奔走所以名樂山欲企仁
者壽

匿峯亭

小亭在山背不見山巍巍但見四面峯輻輳朝宗
之深藏固甚智自牧甘處卑一謙受四益是以能
不危

雪

睡覺不知雪但驚牕戸明飛花厚一尺和月照三
更草木淺深白邱塍高下平饑民莫咨怨第一念
邊兵

重登斗野亭

野色涵空濶平蕪接渺瀰江淮天設險星斗地分
維喬木千年意滄波萬古悲老僧尤好事兒在索
題詩

豪傑舊游處此亭名亦俱凄凉謝公堰浩蕩董家
湖陳迹成興廢遺篇今有無登臨何限恨搔首獨
長吁

梅花二首

冷蕊疎枝半不禁眼看芳信日駸駸雪霜不管朝
天面風月能知匪石心望遠可無南北使客愁空
費短長吟年年准擬花挑恨不道看花恨更深

常記尋芳到習池攀條頻認去年枝曉穿曲徑千
林去晚度危橋一木支不避春寒來得得只緣人
望故遲遲無錢可辦羅浮醉報答春光只有詩

甲午春前得雪

凍雲排陣壓山椒待伴還應不肯消皎月氷壺千
頃夜冷烟茅屋幾家朝梅枝堆亞難成萼萱草侵
凌不辨苗殘甲敗鱗隨處是被誰敲折玉龍腰

别林景思

二年無德及斯民獨喜從游得此君囊乏一錢窮

到骨胸蟠萬古壯凌雲論交却恨相逢晚别袂真
成不忍分後夜相思眇空濶尺書應許雁知聞

送朱晦庵南歸

二年摩手撫瘡痍恩與廬山五老齊合侍玉皇香
案側却持旌節大江西鼎新白鹿諸生學築就長
虹萬丈堤待哺饑民偏戀德老翁猶作小兒啼

送吳待制帥襄陽二首

方持紫橐待西清忽領雄藩向暑行誰謂風流貴
公子甘爲辛苦一書生詞源筆下三千牘武庫胷
中十萬兵從此君王寬北顧山南東道得長城

欲將盤錯試餘鋒故擁旗麾訖外庯南峴北津形
勝地前羊後杜昔賢蹤不妨倒載同民樂自有輕
裘折鹵衝努力功名歸報國莫思山月與林鐘

劉屯田墓壯節亭

西澗當年卜考槃便于神武挂衣冠後生無復知
前輩故老猶能說長官三尺荒墳埋玉冷百年壯
節倚天寒表章賴有羣賢力誰把生芻奠酒盤

遊青山寺

崢嶸樓閣揷天開門外湖山翠作堆蕩漾烟波迷
澤國空濛雲氣認蓬萊香銷龍象輝金碧雨過麒

麟駮蘚苔二十九年三到此一生知有幾回來

送趙子直帥蜀得須字

帝念西南在一隅簡求才德應時須羌夔種落誇
威令秦隴關河聽指呼自古功名多少壯及今談
笑定規模玉山舊政人誰記應掃棠陰看畫圖

次韻尹明梅花

江北江南天未春陽和先已到孤根斜枝冷落溪
頭路瘦影扶疎竹外邨水部未妨時遣興玉妃誰
復與招魂天寒好伴羅浮醉明月清風許重論

落梅

梁溪西畔小橋東落月紛紛水映空五夜客愁花
片裏一年春事角聲中歌殘玉樹人何在舞破山
香曲未終却憶孤山醉歸路馬蹄晴雪襯東風

拄杖

久矣相隨若弟昆周旋險阻可須論斷橋測水露
半影野路摑泥留亂痕痴坐自憐今日懶顛持敢
忘昔年恩得君分付吾何恨休向林間打睡門

聽鶯閣

春催金谷曉一望百花齊不作遼西夢從渠着意
啼

過郡馬孟玉

字號不可考爲無錫過氏始遷祖本淮西
和州太溪村人宋徐王棣選爲郡馬配逍
遥縣主建炎已酉扈高宗蹕南渡道經無
錫愛山川之秀風俗之美留居南塘越二
年卒以勤王功兩奉勑諭賜塟龍山馬鞍
塢

再扈從游小山二首

中官促召走雙驂詔許從游聖澤覃歷覽仙山瞻
鳳闕徑行禁籞識龍潭萬方寧謐宜遊豫一曲昇

平樂宴酣淺薄承恩愧無補願歌風雅繼周南
仙闕岧嶢紫翠凝蓬萊樓觀喜重登桫欏樹老當
金殿靈壁峯高倚玉繩輦路苔深龍蟄古瀛洲風
靜海波澄分明記得經行處曾侍君皇到上層

李肅簡公祥

字元德號小山隆興癸未進士爲錢塘縣主簿攝錄參時邏者以巧發爲能每事下有司必監視鍛鍊因服乃已嘗告一武臣子謗朝政鞫於獄公不使邏者入旣而所告無實具白臨安尹姚憲憲驚曰上命無實乎公曰即坐譏自甘乃具論如公意上曰朕幾誤卿吾爭臣也遂賜憲出身爲諫大夫累官國子祭酒慶元元年丞相趙汝愚以言去國公疏曰頃壽皇崩兩宮隔絶中外洶洶留正棄印亡去國命如髮汝愚不畏滅族決策立陛下風塵不搖天下復安此社稷之臣也奈何無念功至意使精忠巨節怫鬱黯闇其何以示後世除直龍圖閣湖南運副言者劾罷之太學生楊宏中等六八上書留之并得罪公學於尤文簡得龜山之傳學識純正祿入悉散親舊家人勸買田宅不聽洎歸無錫再主沖祐觀以直龍圖閣致仕卒謚肅簡所著有詩集若干卷奏議若干卷宋史有傳

高宗皇帝挽詞二首

赤伏恢炎緒珍符屬紹興武功歸藝祖仁治法昭陵弓墮龍髯斷雲蟠鶴馭昇巍巍名不有淸廟若爲稱

七月來同軌因山儉德昭堯喪三載慕禹葬百神朝寂寞龍樓閟凄凉鳳輦遙臣民紛雨泣血灑浙江潮

孝宗皇帝挽詞二首

上歷軒皇鳳初潛建邸龍系隆元藝祖付託大高宗幸學重鳴蹕明禋九奠琮未酬恢復志遺恨隘疆封

授受唐虞盛羹墻極繼承誠身惟業業子道每烝烝寰海雙親養通喪上聖能獨高惟孝德萬古仰巍稱

挽韓尚書

社稷元勳絶代無夙驚先德在龜趺風雲感遇依

夏日觀農

行行曠野問田家功正甫老農謂予言此中情難數焦枯慮連旱陰損慮積雨揷蒔復畊耘酷日無從拒豈不愛四肢望歲忘其苦但願慶豐年得給人三餔

尤莊定公焴

字伯海號木石文簡公冢孫年十九嘉定戊辰進士與文簡前後同科出帥淮西威惠並著封毘陵郡侯仕至禮部尚書端明殿大學士乞休歸林下者二十四年築圃

梁溪詩鈔〈卷二　十六

西湖花木綉野度宗幸其第題柱間日五世三登宰輔奕朝累掌絲綸卒謚莊定著有端明日歷附文簡公本傳祟祀浙名宦祠

西湖置酒短歌一首

春雲薄淡將落我心艮與然浩蕩杳無著黄鳥枝頭語太工可能喚起東坡翁眼前妙景供妙咏釣大吹下乘長風醉而復醒醒復醉香山居士今安在濡首狂歌無限情一齊付與雲山外

被命出鎮淮西至任一首

鱗翼鶯鴿棲停映竹梧偃武承平開聖治投戈委質尚文儒紫荷舊向芳年折遺恨猶稽到六符

挽郭知府

平生孤苦范希文葢世功名自立身要識鄉閭稱孝子定知宗祉作忠臣一麾未足摶雲翼五鼎猶懷念棘薪悵望新阡無路到他年宿草亦沾巾

尤少馬棐

字與忱號五湖文簡公長子也生而全體剌百花鳥雀性豪華以蔭仕至兵部侍郎

湖上命酒作

梁溪詩鈔〈卷二　七

長風捲急雨蕭條湖上來凝雲低壓樹雷霆助喧豗雨過了無跡萬物萌新荄化機本無滯爽氣先暗催披衣一延攬中情共徘徊浩然觀太空薄言命尊罍

尤太常槩

字與平文簡公次子淳熙乙未進士官行太常寺博士人稱爲眞書樹子以其肖文簡也少無宦情登仕籍十年半在告甫壯懸車築室萬竹中晏坐焚香泊如也著有緣雲寮詩草

萬籟無聲意轉豪一揮出守敢云勞臣心耿耿依
三殿予髮垂垂有二毛月黑星光懸帳幙夜深霜
氣滿弓刀披衣秉燭終宵坐待旦乘時演豹韜

蔣忠文公重珍

字良貴號實齋晚號一梅老人嘉定癸未
進士第一人簽判建康軍丁母憂政昭慶
軍尋以公事與部使者異議請祠易簽判
奉國軍紹定二年請入對首以自天子至
於庶人所當先知者本心外物二者之界
限爲言界限明則知有天下治亂而已何
樂其尊知有生民休戚而已何樂其奉且
論苞苴有昔所未有之物故吾民罹昔所
未有之害苞苴有不可勝窮之費故吾民
有不可勝窮之憂遷秘書省正字屢乞祠
以伯父喪予告遷校書郎辭不可明年待
命雲川移文閤門請對當路憚之添差通
判鎮江府辭會行都火應詔曰臣頃進本
心外物界限之説蓋欲陛下親攬大柄不
退託於人盡破恩私求無愧于已倘以富
貴之私視之一言一動不忘其私則是以

天下生靈社稷宗廟之事爲輕而以一身
富貴之所從來爲重不爲上負天命與先
帝聖母至于公卿百執事之所以望陛下
者亦不如此也昔周勃今日握璽授文帝
是夜即以宋昌領南北軍霍光今年定策
立宣帝而明年稽首歸政今臨御八年未
聞有所作爲進退人才興廢政事天下皆
曰此丞相意一時恩怨雖歸廟堂異日治
亂實在陛下焉有爲天之子爲人之主而
自朝廷達于天下皆言相而不言君哉天
之所以火宗廟火都城者殆以此昔史浩
兩入相才五月或九月即罷孝宗之報功
寧有窮已顧如此其急何哉保全功臣之
道可厚以富貴不可久以權也上讀之感
動授寶章閣主管雲臺觀它日星變求言
復申前説又慮柄臣或果去位君心易縱
大權旁落則進爲君難六箴召爲秘書郎
兼莊文府教授端平初入對上五事且曰
隱蔽君德昔咎故相故臣得以專詆權臣
昭明君德今在陛下故臣得以責難君父

乞召眞德秀魏了翁用之帝謂之曰人主之職無他爲辨君子小人耳公對曰小人亦指君子爲小人此難爲辨人主當精擇人望處之要津正論日聞則必知君子姓名小人情狀矣兼崇政殿說書遷著作佐郎邊帥以入陵圖來上詔百官集議公上言史嵩之旣失相位危于幕巢猶欲邀功自固其位請擇賢帥必漢用充國使之親至邊境審度事勢條上便宜丞相主出師關洛公方力爭會邊帥議和戰復召集議

公復奏曩乞專意備守不得已則用應兵今不敢變前說不聽遂自劾以窋勿清光乃不能遏兵端乞免說書職遷著作郎兼權司封郎官起居舍人關洛師大衂復進兵公復言若耻敗而欲勝之則心不平而成忿氣不平而成怒生靈之命豈可以忿怒用哉又論禁旅貧弱教習頻嚴輒不能堪不稍變通非消變之道兼國史院編修實錄院檢討官言更化以來舊敝未去者五狥私調停覆護姑息依違是也今又益之以輕易遷起居郎以疾求去以集英殿修撰知安吉州權刑部侍郎三辭不許自劾其不能取信朝廷之罪乞鐫斥置閑散促覲愈力而疾不可起詔守刑部侍郎致仕贈朝議大夫謚忠文

自題雲龍小隱

龍山錫山兩山雲出能爲雨入氤氳雲山之氣有歛散歛散之理斯爲神我廬山下有小隱雲爲動兮山爲靜悠然而出物之澤屹然而峙地之鎮我見雲山喜與俱雲山無情不見余我比雲山多此

見日月相看兩不厭

陳寶章炤

字光伯咸淳乙丑進士官常州通判元兵至常州公時居母喪郡守姚訔以公知兵辟爲通判或勸公辭公曰鄉邦淪没何可坐視遂墨衰而出率義兵戰禦常將張彦兵敗降敵因盡言城中虛實攻益急常兵阻濠水爲陣矢盡城破訔死公歛兵巷戰家人曰城東北圍未合可走常熟達臨安公曰去此一步非死所矣死之事聞贈朝

奉大夫直寶章閣官其子應龍後六十九
年修宋史公曾孫顯曾錄公死節事告諸
史官始爲立傳公嘗從一梅蔣文忠公學
因號肖梅學者稱肖梅先生

題北郭外前湯普濟庵

一尖龍舌地蘭若此中開曲徑深依竹荒池淺鑿
苔要令溪水接莫礙野雲來只恐菴居輿難淹出
世材

虞寧國薦發

字君瑞其先丹陽人咸淳三年丁卯舉人

癸酉再舉官寧國縣令宋亾避地無錫因
家焉强爲鄉校官講說義理十餘年廪祿
不受當路交辟不就士自遠而至旣去官
自號薇山老人以見志學者稱薇山先生
有文集雜著二十卷

憶梅

不見疎花久悽然恨滿襟相逢當歲晚一別又春
深冷落山中約凄凉月下心期君須待雪把酒候
前林

尤提刑焴

字無考文簡公諸孫理宗朝官臨安府倅
浙東提刑

題蘇明書乳泉賦後

萬籟旣寂一氣孔神吸彼沆瀣沃此肺膺至陽之
精天一所生欽哉此詞展也大成

尤廸功帶

字公垂號復初以從父莊定公蔭授廸功
郎將作監主簿極博雅以詩忤達者去官
歸侍父衛尉丞宗英備極色養著有復初
齋稿

春曉

東方看欲曙三五斗參橫月影斜穿竹雞聲遠逐
鶯花街紅露膩柳浪翠烟輕滄海升朝日春光滿
太清

尤隱士山

字終慕號元鎮莊定公曾孫也太學生宋
亾杜門不出隱於許舍山故居有勸之仕
者輙以醇酒醉之曰吾家三百年科第十世
冠裳宋恩渥矣何忍失身二姓乎其從弟
司徒玘對之輙內愧云

雞冠花

秋雨初晴後雞冠早放花飛鳴欲何向艷冶自堪誇僻地栽紅錦遙天墮彩霞金門多絳幘分與野人家

元

徐少司馬憲

字元度博學能詩延祐間由校官辟三公府掾時漕運道梗擢大司農經歷奉詔度東薊州曠地爲田募江南民數千人耕之經畫樹藝有法拜內臺監察御史終兵部侍郎

送奉化州判薛仲傑

洒闌初上甬東船春入乾坤已晏然石首迎潮喧海市麥苗帶雨暗畬田捲簾晴看扶桑日退食時分雪竇泉引領未爲千里隔政成須使萬人傳

尤大司徒玘

字君玉號守元晚更號知非子長身美髯才略過人元初辟爲中書掾仕至戶部尚書封魏郡公退居萬柳溪上著溪邊舊話

春暮泛湖

棟花風煖黃鸝語萬花錯落飛紅雨接籬倒着意迷離快搖艇子穿芳樹湖邊十里水瀠洄淡蕩空明天倒開四圍綠淨不容唾一望波紋孰剪裁湍流迴合向山抱青鬟掩映烟光繞停橈竟日尚淹留便思卜築長憑眺

陳修撰顯曾

字景忠號子山元至正辛巳舉人歷官翰林修撰肖梅先生孫史逸肖梅死事子山持狀告於史館肖梅始得贈官立傳事見昭先堂稿危素有昭先錄序

卧病奉懷中憕季子修齡三君子

地偏巽寒煥厲風筋膂傷時艱況羈旅年登尚糟糠憶昨盛壯辰致身思慨慷空餘獻納志白首念巖廊卧疾厭長夜驚烏慘繁霜斗室悲黝闇攬衣俟初陽

溪山勝槩樓爲華子英作（一作題鄭元祐溪山勝槩樓）

江南二月羅衣裳藤花滿地山雲香背人小燕擲波去朱簾白日遊絲長蒲茸綠淺芹芽紫沙上輕煙濕飛雨美人遙隔木蘭船一夜相思隔春水

題金壇張氏雲泉齋

爾家南山不計年松下小齋長獨眠閒雲棲戶簷復起迴溜入溪清可沿山頭抱犢夕陽下池上種花春雨前媿我如衰仍遠役東書西問漢江船

陸待制以道

字士宏元至正壬午進士累官翰林待制明易遡程朱之源得象外旨著宋鑑提綱

題鄒氏詩山圖

野水微茫小苑東林居窈窕白雲中一簾濕翠山川氣十里生香草木風落日放舟還載酒有時揮麈坐談空惟應安晚堂前月長照梅邊鶴髮翁

梁溪詩鈔 卷二 二七

倪高士瓚

字元鎮號雲林性狷介好潔營築清閟閣蓄古書畫於中人罕跡其所愛寫溪山竹石攻詞翰家故饒於貲先生輕財好學盡棄其所蓄扁舟五湖三泖間混跡漁夫野叟人比之海岳翁天隨子顧端文公謂先生實有關於天下非吾錫一邑之士也高忠憲公謂先生之風所磨礪者遠矣陳眉公曰吳之潔者自泰伯仲雍季札而後梅福潔於市梁鴻潔於傭而指屈倪先生矣余讀先生之集所謂其文約其詞微其志潔其行廉其稱文小而其指極大

春日雲林齋居

漁泉春漲深徑苔夕陰滿諷詠紫霞篇馳情華陽館晴嵐拂書幌飛花浮茗盌階下松粉黃牕間雲氣暖石梁蘿蔦垂翳翳行蹤斷非與世相違寞棲久忘返

次陶蓬韻送葉叅謀金華

手把玉芙蓉青天騎白龍出入人間世飛鴻留一作路雪蹤瑤草粲可拾羣峯森玉立璧月掛天南離離星斗溼君昔在山時玉韞山有輝因同白雲出更與白雲歸白雲無定處豈只山中住河漢共縈紆經天復東注金華牧羊人游戲不生嗔笑拂巖

梁溪詩鈔 卷二 二八

前石行看海底塵手調白羽箭陋彼磨銅硯一語不投機歸歟寧再見士豈始愧乎全趙匪相如項王疑亞父竟爾龍爲魚擾擾何時已百年聊寄耳良也報仇歸言從赤松子去山今幾年還由大學仙天台司馬宅雲氣近相連

元文館讀書有引

余友元中眞師在錫之東郭門立靜舍名元文館幽潔敞朗可以閒處至順壬申歲六月余寓是兼旬謝絕塵事游心淡泊清晨櫛沐竟終日與古書古人相對形忘道接翛然自得也且西

神山下有泉味甚甘洌與常水異館去山不出五里故得昕夕取泉以資茗荈余讀書研道之暇時飲水自樂焉乃賦詩記事

眞館何沉沉寥廓神明居陽庭肅宏敞丹林鬱扶疎聽言茲遊息脫屣榮利區檐榱初日麗池臺凉雨餘焚香破幽寂飲水聊舒徐潛心觀道妙諷咏古人書懷澄神自適意愜理無遺誰云黃唐遠泊然天地初迴首撫八荒紛攘蚍蜉如願從逍遙遊何許崑崙墟

贈惟寅

隱几方熟睡故人來扣扉一言無言說清坐淡忘機衣上松蘿雨袖中南磵薇知爾山中來山中無是非三十不娶妻四十不出仕逍遙巖岫間騶各以自肆何曾問理亂豈復陳美刺高懷如漢陰終老無機事

贈張士行

雲門有逸客非仕亦非隱玉井千尺泉此士難汲引結交雲林叟不顧俗嘲哂我拙唯任眞子德常戒謹相知既有素力學仰顏閔久別見容色英資固天稟欲疎不能忘欲褻不可近

贈野處民

水聲轉屋西山翠浮屋東牀前苔滋雨門外松吟風怡然無世慮心廣神爲充曲肱以飲水至樂在其中擊壤歌往古寧知事王公

畫贈呂志學

江雲昏絕巘汀樹猶斜陽獨立霜楓下渺然懷故鄉歸來茅屋底篝燈寫微茫

答徐亙夫 有序

八月七日偕耕雲叟訪耕魚隱者風雨寂寥中爲留三日有圖書筆硯之樂九日耕漁賦詩見

贈次韵奉答

雲臥雨聲集庭樹颯以秋身同孤飛鶴心若不繫舟燕俎登松菌匏尊斟磵流蘭芳日凋悴吾生行歸休不作蟪蛄夢遊神鳳麟洲青山淡相對白髮忽滿頭仙去雲冉冉風鳴竹修修諒哉伐木詩鳥嚶尚相求居吳二十載未及茲由遊君才如鮑謝摛詞亦云優歡然敬愛客能不爲爾留桑土夙所徹戶牖何綢繆地無車馬塵路轉巖穴幽旣晴引飛屬同望林間樓

賦得機徵君荆南精舍圖

結廬溪水南勝處慊一作事足幽探夏果足山雨春衣
染夕嵐石欲招鶴磴門俯射蛟潭日日縈歸夢蕭
條雪滿簪

寄虞子賢

天濶海漫漫崑山望眼寬桃源迷晉世松樹受秦
官雨蘚鹿迒一作迹遍霜梧鷺影寒封題數行字聊
爾問一作訊平安

六月六日盧氏客樓對雨一首呈維寅

無家隨地客小閣看雲眠涉夏雨寒甚似秋風颯
然舞鸞悲鏡影飛雁落箏絃好轉船頭去江湖萬

梁溪詩鈔 卷二 三十二

里天

隱居松

蒼雲乘白鶴傳說手栽松山室清眠夜千巖聞勁
風

劉君元暉八月十四日邀余玩月快雪齋中

對月理詠因賦長句

卷簾見月形神清疑是山陰夜雪明長歌欲覓剡
溪戴悵然停杯遠恨生爾訾茅齋名快雪邀我吹
笙弄明月明星如銀浮翳消垂露成帷桂花發酒
波蕩漾天河傾笙聲嫋嫋秋風咽古人與我不並
世鶴思鷗情廻愁絕

餘不溪詠并序

同□□在餘不溪濱距溪無百步上清王眞人
所居溪流冬夏盈演玉光澄映與他水特異故
爲名焉庚午歲春因市藥過浙江趣便道將歸
梅里俯斯水而悅之泝流閒咏盥濯平津顧瞻
壇宇近在東麓遂舍舟造其下眞人爲出酒脯
燕嘯巖洞竟日乃返悠悠徂歲忽巳十有七寒
暑矣余既爲農畝畝身依稼穡復爾政繁奔走
州里欲爲昔遊其可得乎鍊師超然物表朗情

梁溪詩鈔 卷二 三十三

夸朗周覽宇內將還元館余因彷像疇昔之所
覩追賦短章以餞斯别若夫超踪澗濁逍遙元
邈蓋深志於是矣覽而咏言能無動悲慨乎

餘不溪水綠生蘋放舟演漾當青春舟隨鶴影忽
行遠洞口桃花飛接人雲松蔽虧烟蘿席儼在溪
東之石壁羽人垂衣坐鼓簧饋我晨飡芝菌香從
茲更發洞庭渚濯髮咸池臨故鄉

醉歌行次韻酬李徵君春日過草堂作

昔聞杜陵之茅屋汀花冥冥汀樹綠舊題新詠答
年華種朮行椒繞山麓石牀丹竈青琅玕春渠流

水夜潺湲當年寶劍淪黃土空餘山月照波問今我不樂懷往古短世紛紛誰比數花下欣逢李白來山鳥溪童亦歌舞酒酣長嘯五情熱軒冕何榮築巖說遯然抗節餓首陽何異佯狂抱貞潔君歌已竟歌我詩賢愚榮顇百年期少文盡愛壁間畫老疾俱來難命駕仰視翁忽浮雲飄安得乘螭與雲化楊花縈夢滿晴天迸蟄春雷驚醉眠李侯神清色不動手敲茶雪落輕煙相逢爲樂誠草草竟欲攜君卧烟島城郭秋風白鶴飛海上飡霞不知老

鄭有道隱居梁鴻山

伯鸞近在東山陋室無孟光唯兩兒草堂資煩王錄事蓮社緣依遠法師迎我掃除松下雪因君起寫壁間詩便思從子遂眞隱深谷紫芝堪療饑

贈丁醫士

泊舟風雨芙蓉城江上君山雲錦屏我來已是千年後舘主子孫猶姓丁丁君手煉不死藥芙蓉仙人久相約孤鰥七十老無家種杏春來（一作林）看落花

爲曹僉事畫溪山春曉圖并題

荊溪之水清漣漪溪上崇嵐紫翠間連舸載書煙渚泊提壺入林春蕨肥身遠雲宵作幽夢手栽花竹映山扉磯頭雪影多鷗鷺也着狂夫一浣衣

富貴咏

富貴詘於人曷若貧肆志何從得此言聞之魯連子鴻飛冥冥天爲低下視俯啄何卑微去去烟蘿碧巖裡瀑流千尺洗塵衣

聽秋軒

聽秋軒裡聽秋雨定起山僧坐翠微隱隱烟濤搖夜席濛濛花雨着人衣驟如崖瀑衝雲落婉似湘

靈鼓瑟希六月根塵今已淨松篁陰下共香霏

東林隱所寄陸徵士

巖扉桃李晝陰陰耕鑿居人有遠心一夜池塘春草綠孤舟風雨落花深不嗔野老羣爭席時有遊魚出聽琴白髮多情陸徵士松間石上續幽吟

北里

舍北舍南來往少自無人覓野夫家鳩鳴桑上還催種人語煙中始焙茶池水雲籠芳草氣井牀露淨碧桐花練（一作練）衣掛石生幽夢睡起行吟到日斜

與伯雨登溪山勝槩樓

樓下清溪夏亦寒溪頭箇箇白鷗閒風廻綠卷不堤水林缺青分隔岸山若士振衣千仞表何人汎宅五湖間絶憐與子同清賞擬向雲霄共往還

懷歸 載都元敬先生詩話

久客懷歸思惘然松間茆屋女蘿牽三杯桃李春風酒一榻菰蒲夜雨船鴻迹偶曾留雪渚鶴情原只在芝田他鄉未若還家樂綠樹年年叫杜鵑

送寶南琛往住荆溪碧雲寺兼柬方厓

碧雲林壑杳重重此去風流似簡公春藥碓閒滿

激下空山蛩響月明中結茅擬候芝三秀眠鹿應遺地一弓聞道近居開竹牖待予艇子過溪東

答邵生

已從鷗鳥狎雲深老我無機似漢陰采采菊花猶滿地蕭蕭霜髮不勝簪南遊阻絶傷多壘北望艱危折寸心好在吳松江水上青猿啼處有楓林

苦竹軒

翠竹如雲江水春結茅依竹住江濱堦前迸筍從侵徑雨後垂陰欲覆隣暎葉黄鸝還自語傍人白鶴亦能馴遙知靜者忘聲色滿屋清風未覺貧

三月一日自松陵過華亭

竹西鶯語太丁寧斜日山光潑翠屏春與繁花俱欲謝愁一作病如中酒不能醒鷗鳴野水孤帆影鶻没長天遠樹青舟楫何堪久留滯更窮幽賞過華亭

呈諸友人再用前韻

北窗高卧自清寧煙霧衣裳雲錦屏舉世無知心自得衆人皆醉我何醒黄熊號野兵埃黑白骨生苔鬼燐青舊宅荒蕪時入夢墨池誰訪子雲亭

送虞勝伯之雲間求先世遺書 有序

虞勝伯徵君隱居行義家甫里垂二十年不以姓名求知於時之聞人道園先生其從叔祖也先世雍公遺文道園先生欲求而不可得勝伯必欲以意購取之可謂有志而不忘其所自矣聞此書藏松江俞子中推官宅推官沒已久而子俊州尹其弟能假以歸勝伯非仁人義士之存心乎州尹吾故人也因書以爲之請陶蓬大尹見之當有以敎我也

州谷浛浛逝水波雍公勛業未消磨况當異代求文字尚有蘭孫校舛訛京國不聞收汗馬草萊終

見沒銅駝誰陳聖主賢臣頌奈爾陰山敕勒歌

聞竹枝歌因效其聲

江流不住楚山青船到潯陽幾日程不忍寄將雙淚去門前潮落又潮生

題秋江圖

長江秋色渺無邊鴻雁來時水拍天七十二灣明月夜荻花楓葉覆漁船

追和蘇文忠公墨跡卷中詩韻

奎章閣下掌絲綸清淺蓬萊又幾春三十六宮秋寂寂金盤冷露泣仙人

虞大尹志道

字彥高號雲陽薦發子幼聞家訓以茂異爲校官平生於義利之辨甚明踐履篤實引導後進務明體達用爲文章必本於理教授湖州趙孟頫甚重之終嘉興尹見邑志儒林傳

題新治亭

聖祖神孫開宇宙興元永壽記潛飛金陵王氣千年在王業偏安六代非臺下江流隨鳳去亭前松老化龍歸道人無語蒼茫甚獨抱遺經對夕暉

吳都事釆

字廷章仕至浙東行省都事

越中秋懷二首

無邊落木送秋來宋玉愁多賦更哀淮甸烽烟連白下楚江雲影暗陽臺漢王未惜三齊印麗統元非百里才俛仰去天纔咫尺幾回淸夢到三台

羈思愁懷耿未平秋來景物倍傷情蒼鯨跋浪風偏惡寶劍驚時夜亦鳴南國未全滄海貢中原猶望朔方兵躬耕自昔英雄事未必南陽老此生

孟副使栻

字叔敬以世墓別業在惠山自吳徙居焉叔敬長身玉立善篆書至正初以儒試吏司處州學校調溫州方谷珍寇起御史大夫納麟署爲行軍鎮撫張士誠兵逼杭州叔敬以孤軍護平章答失退保北關門官民多逃叔敬勸杭守立賞格士氣遂奮有獲台民管惟善指爲寇婿叔敬白其誣并察所略平民悉縱之長鎗賊叛據蘭溪治書鐵木列思分臺於婺調叔敬總兵擊却之御史長壽等交薦歷溧水同知福州路

判官以浙東宣慰副使僉元帥府事致仕更名主一著有不貳心藁

題周南齋詩卷

南市城邊一草堂圖書左右百憂忘屋偏宜夏風生畫花易逢春地向陽不願笙歌聞北里爲憐松竹鎖西莊自家意思何相似庭草青青日漸長

陳司教汝霖

字伯雨號休休居士省梅先生之後至正丁亥舉人官婺源路儒學教諭

題橫山雪浪菴梅花

羅浮一別暗傷神月落參橫恐未真今日細看枝上雪當年曾寄隴頭人孤根占斷千花譜百詠空消萬刼塵偶到禪房聊一和白頭憔悴不勝春

孟隱居棐

字仲良號九龍山樵有先塋在惠麓因家焉兄弟皆出仕山樵獨隱泉石事親孝强敏多能尤工繪事甲午乙未間避兵海上轉徙流離而惠麓之志不渝得遂生還復隱於惠麓見許涵淳偶記

題惠麓復隱圖二首

蕩汲清泉洗戰塵結茅重與惠山鄰謀生不爲雞豚樂願得粢盛歲歲新

頻年避地得生全白髮歸來祗自憐栽樹種田春雨後試茶重煮惠山泉

陳大司馬肅

字伯將竹梅先生曾孫貫穿百家通時歷律地理兵刑之學舉博學宏才授蘭溪州判累官翰林學士兵部尚書河南行省左丞元季没於王事

恩制寒食賜百僚宴罷遂幸長公主宅

桃花明玉澗柳葉暗金堤絲錦呈調馬朱絲表鬭雞筵開同日永樂奏與雲齊更問平陽第還過小苑西

寄上元韓少府

借問爲仙吏幽懷定若何江聲雲外急山色雨餘多小市金陵酒遺宮玉樹歌好乘巴馬子間踏落花過

風塵

風塵澒洞生干戈世上英雄本不多男兒愼勿憂富貴富貴逼人將奈何

華布衣幼武

字彥清晚號栖碧居梅里世有隱德好施與鄉人賴之早失怙事母孝禮士恭待下慈家雄于貲退然不以富爲驕後毀于兵坦然不以貧爲戚尤癖于詩吟咏情性造次不輟年六十九病卒于家或有問於余曰華栖碧邑志入明孝友傳茲刻列入元得毋與志異乎余曰倪高士没於洪武七年邑志列入元栖碧没於洪武六年皆未仕於明一例也

答元翟夜坐見寄

遠客悲素秋荒園坐清夜仰看河漢傾寒暑傷代謝孤懷不成吟煩襟自陶寫浩歌凉露零起卧月明下吟成無所寄寄向同心者

蠶婦詞

去年桑葉多養蠶能幾何今年桑葉少養蠶難得老典衣買葉供蠶食葉少蠶多憂不給典衣不畏舅姑嗔只願蠶成絲有綸我着身上衣蠶吐口中絲蠶繭大如甕何愁乏供奉三眠三起白如霜一筐兩筐成百筐舅姑歡喜小姑忙丈夫勤耕我勤桑春蠶復秋稻舅姑堂上風光好細女長男亦溫飽

雁南飛至正十年秋懷遠人作

雁南飛飛不住莫莫朝朝不穩棲飛向水窮山盡處水窮山盡天南頭年來有客離家愁天空無雲明月夜千里萬里清光流家園零落秋風遍人聞雁聲淚如綫雁兮雁兮可奈何稻粱多處多網羅

編籬曲

編竹籬密密編朝禦雞犬入莫防豺虎穿交加編聯互相倚竹密藤纏堅莫比春風披拂百花開一片繁華如錦綺君不見西家有籬編不密夜夜驚呼防盜賊願言兄弟莫相疑明日齊心編竹籬

春樓夜雨

城郭易爲熱江雲起不難電光生夜白雨氣入樓寒書葉仍防潤鐙花不奈看秖緣聽亦慣竟夕睡偏安

宿鑫口

春風吹短櫂迤邐望趲程刁斗溪邊戍旌旗野外營市橋人迹少官路馬蹄輕一作平欲向一作過東湖去一作宿邊烽永夜明一作止夜行

題陽山顧碧溪詩卷

聞說山中顧隱君幽居不與俗人羣愛看舞鶴護

蒼蘚淨埽落花留白雲李愿已刊盤谷序稚圭休擬北山文一溪春水連天碧橫著孤舟載典墳

春日偶成二首

城頭楊柳綠如雲城下官河水拍春一片江山元不改畫船都是異鄉人

船頭細雨溼漁蓑船尾桃花漾碧波借問東君知得否江南春色已無多

桃源圖

流水桃花世外春漁郎曾此得通津當年只記秦猶在不道山河又屬人

寄卿飛

獨羨城南張隱士鬢髭如雪腹便便青燈有子能傳業白日無人只醉眠溪郭畬田多種秫市橋鮭菜少論錢相思不得常相見准擬歸來樂暮年

題桃花十二紅

枝上栖禽五色毛因酣花氣日初高江南一覺繁華夢滿地荆榛叫伯勞

題雲林山水

秋雲無影樹無聲湛湛長江鏡面平遠岫烟銷明月上小亭危坐看潮生

范郡博致大

字德原號卄泉工古文詞舉經明行修常州路教授著有金帚集

題麻監州墳在邑之西郊

落日孤墳冷翠微國殤往事涕垂揮賀蘭竟後霽雲死杜季寧遲馬援歸戰血不隨黃土化精靈長共白雲飛子規啼罷冬青老愁絶梁溪舊布衣

陶山人植

字明德精於春秋之學

賦尹氏澹飯齋

食澹神自淸廿肥成疢疾吁嗟口腹徒嗜味無窮極嘉饌必候鯖騈羅方丈席過此三寸喉芬芳竟何益尹君和靖孫傳家守淸白官雖列華要勵志常氷蘗簞食與豆羹泰然對賓客吾徒山澤癯何慙桔槁質書此澹飯齋洗心聊自飭

受業 吳 嘉會 星槎校

梁溪詩鈔卷二

梁溪詩鈔目錄卷之三

明洪武

梁溪詩鈔卷三

梁溪顧　光旭　華陽氏集

明

尤太常艮

字心之號休齋元太定丙寅江浙鄉試第一名舉人入明歷官太常寺少卿洪武初召見問何所願曰臣願天子萬年上曰老生常談對曰雖常談實寓至理願陛下求其所以萬年者周以忠厚綿延八百載秦以殺戮止二世又嘗從容問曰朕懸高爵

厚祿以招賢賢不多至何也對曰爵祿者人之所愛然有其身方有爵祿人之愛身重於爵祿故古聖王舉賢才必先之曰赦小過願陛下念之上語宋濂曰尤艮忠直濂書忠直二字榜其寓舍先生以帝語臨上遂不敢坐中楹其恭謹如此初先生失愛於君母姚而事之彌謹姚病封股療之求忠臣於孝子之門信哉先生卒上嗟悼不已宸翰親爲祭文中有云爾潛亂世乾坤已轉蹇日已多亨日故短讀者爲之流涕

贈栖碧

美人家住碧山岑塵世誰知避世心霜外雲蒸青箬笠水邊花浣素衣襟九天欬唾江聲動一曲滄浪海色深爲語方今聖人出薰風披拂五絃琴

張大宗伯籌

字惟中號一梧元至正乙巳江浙鄉試第一名舉人入明官至禮部尚書著有一梧集止齋先生翼之長子也止齋先生字飛卿倜儻尚氣節隱居讀書不求聞達會中山王徐公達克蘇州執張士誠其部將莫天佑守吾錫徐公遣使諭降輒斬其使公怒期旦夕屠城先生曰事急矣入說天佑開陳禍福天佑

乃許降先生縋城出見豫章侯胡公美宗乞全萬民語見高忠憲公爲先生祠記伯以詹同薦授翰林應奉改禮部主事奉詔與尚書陶凱編集漢唐以來藩王事爲昭鑑錄洪武九年進尚書與學士宋濂定諸王妃喪服之制出爲湖廣參政後仍起禮部尚書歿後與其弟錦衣策配祀止齋先生祠明史有傳

劒石歌

千將飛空化爲石石耶劒耶誰復識風霜剝蝕綠龜鱗鬼神搗護蒼龍脊東吳南越事已矣何物君家乃有此好奇笑殺白猿公有道終歸赤帝子曰

出盞瞻殺氣凝雨洗似闘妖血腥煅煉不待爐鞲力胚胎自是陰陽精鳳山見之三太息至寶恐爲豪者得翩然作歌頌其德神物揮霍生顔色我能爲爾礪鋒鏑發爾幽潛使昭赫出掃妖邪扶正直莫令艮善相戕賊慎勿立此空庭側

琴劍歌送龍子高提學之閩

王郎贈君龍泉之劍可三尺綵緥消磨土花蝕桂子贈君神鳳之琴無一弦錦囊零落珠絲縣千年舊物連城璧持至京都人未識黄塵暗天氷塞川拋擲幾年同瓦礫今君張其紘淬其鍔鳳忽有聲

龍露角都人聚看走相傳齊瑟吳鈎俱寂寞脫穎不啻囊中錐文章煥爛雲錦機得官歸來東海涯二物無恙還相隨相隨又下閩南路我作長歌送君去日暮三山不見雲文星一點天低處五月初旬花滿城榕陰駐馬聽啼鶯荔枝新劈江家綠翠杓銀罌莫暫停白日易西匿江水無廻波請君載舞王郎之劍彈桂子之琴謌我之歌故人之情不我極千里相思奈爾何

錢韓城裳

字子正洪武辛亥進士官韓城縣知縣著有綠苔軒詩子正又行與弟子義姪仲益合稿曰三華集

絶句

湖海風塵入鬢毛歸來燈火對兒曹道人不是封侯骨錯把黄金鑄寶刀

錢子義

子義以字行逸其名子正之弟也馬孝常有續胡曾詠史子義不仍舊題別成一百五十首程克勤詠史集句亦采之

宫怨

夜永長門靜愁多欲斷腸開簾拜新月歌吹在昭陽

題畫

夕陽淡淡柳絲絲遠浦長天欲暝時腸斷楚山春雨後鷓鴣啼向女郎祠

朱仙鎮

金牌十二詔班師九仞功成一簣虧德壽殿深春日暖不知沙漠兩宫悲

錢長史仲益

以字行名允昇洪武中舉明經爲本縣訓

導擢太常博士預修高祖實錄進翰林修
撰雅好棋待詔禁垣成祖嘗呼爲棋仙後
爲王府長史年八十一卒官見邑志自號
錦樹山人有錦樹山人集藏於家錦樹山人集蕭山魏驥序摘錄於此余聞先生盛年時博覽彊記惟場屋之文是務後當元季以進士擅名於時及作縣華亭以學推諸政事至今有遺愛存焉若夫詩者特其餘事耳刻其作也麗而不浮奇而不僻易而不俚而有詩人之體裁者予末云正統二年丁巳秋七月中憲大夫 太常寺少卿某書 是集余得嚴中允繩孫手書本什襲珍之可補志傳之缺

梁溪詩鈔 卷三 五

題王孟端畫送僧韶石歸惠山

危石壓寒篠高松掛枯藤長懷故山景況見故山
僧僧今歸故山我歸嗟未能題詩送僧歸悵然離
思增

爲太學生王彥文賦瞻雲詩

朝看白雲出暮看白雲歸白雲本無心朝暮長霏
霏嗟我久行邁不得覲庭闈念我堂上親白髮日
已稀吾鄉豈云遠近在京之畿豈無懷歸心王事
靡敢違辭親既許國兩全安可幾遥瞻雲飛處下
有親門扉雲出還歸來我心轉依依願託今夕夢
隨雲向南飛還家見親面堂上舞綵衣夢覺雲亦
散悵然空嘆晞永言盡忠孝庶以報春暉

送華叔端訪舊還無錫并簡莫士安助教

華生吾鄉彥眉目秀而瞭時方在靑年珠玉光璈
璈下筆辭藻嚴五色雲縹緲系出故家子箕裘業
克紹于我有世親乃祖實中表生婦又我姪重疊
婚姻繞弱歲不好弄重厚靡輕佻我昔訓鄉校供
職愧才謏生時居南郭敬我情匪矯休日過其舍
歡迎不厭擾我從入朝行十見梅實標年老念親
故每歎音信杳前日在隣家生適至京兆邂逅一
見聞失喜欲起趍殷勤敘間濶亹亹談不了千里

梁溪詩鈔 卷三 六

來訪舊此事今亦少一樽聊相勸稍慰憂心悄是
時春雨霽桃蕚紅猶小東風吹楊柳萬縷黃嫋嫋
云何遽言别留挽頭逾掉荅言東作興農事功方
肇嗟我被恩澤汯若波浩渀戀闕不忍去補報乏
芒秒遲明將整駕卧聽鷄戒曉作詩送生歸目盡
孤帆杪何處惱愁心格磔花上鳥歸時見莫翁爲
勞心應勦

子猷訪戴圖爲吳子莊經歷賦

于昔稱曠達莫若王子猷軍府事不理長年恣酣
遊馬死固知數笑傲輕王侯方居山陰時雪夜泛

小舟遠訪戴安道不憚路阻修乘興到剡溪嚴寒襲重裘及門不相見興盡卽回頭至今千載下景仰號風流思昔典午氏亡國葢有由士習賤名檢清談駕虛浮倡始自王何流弊及阮劉作官肆貪放居喪縱觥籌自謂宗老莊豈識尊魯鄒所以禮法士疾之甚讐仇三綱旣淪斁馴致喪神州胡塵暗中華迭舉三百秋餘風到江左波浪不可收王綱旣解紐末俗日已偷厭厭氣纔屬痼疾誰能瘳何人繪斯圖寶傳若琳璆吳生偶得之賦詠爭賡酬當今聖明世德化過虞周爲國重名教取士貴

潔修若人東吳彥才幹素所優起家典我幕政事無滯留被彼拄笏者何異薰與蕕觀圖用自儆慎無效其尤

題族姪公達重建種德堂卷

我家自高曾定居南湖傍積善以起家孫謀貽久長爲糜廩餓夫貸粟不責償至今鄉里間故老猶稱揚吳興趙文敏擅名翰墨場種德揭華扁大書題其堂昔當元盛時室屋遥相望子孫過千指家道日已昌後來遭元季兵戈紛擾攘鄉民弄鋤挺剽掠爭跳梁向來繁華地翦燬爲荆荒皇明啓新運聖德超虞唐四海底治平流民盡還鄉復業理生產築室開畊桑吾宗有令弟好禮崇文章其子曰發者賦性尤淳良離祖建別業新搆殊輝煌顔堂踵舊名意在昭流芳欲使先祖訓常目不敢忘此志亦可嘉種德非無方要須蹈其實廣心無愧惶我常敘其卷訓飭加周防我今客京華典禮官太常乃父持卷來慰我心徬徨拜請復乞言篤志日以彰始勤勿終怠天命斯降康延慶及瓜瓞老伯與有光于時倘未死尚當持一觴

送孟用賓服闋赴京

太湖五月南風起高浪駕天三百里孟侯詞翰捲波濤泮渙汪茫勢相比君侯自是忠孝家垂勛史册生光華前朝賜書今尚在故老往往能傳誇湖州府君躭隱計結屋西山官早棄我爲兒時常拜之父祖通家已三世後經喪亂兵燹餘蹤跡竄走無寧居爾翁起家贊分閫磨墨盾筆揮軍書我客山陰偶相接舊約新知兩懽愜酒船看遍鏡湖花雨床聽盡稽山葉此時君家在吳下世故紛紜若奔馬向來俛仰二十年感念存亾泪成把大明昌運開文明搜羅俊良濟治平寸長小善率見錄詎

使草野遺賢英君抱瓌才負奇氣妙年卓犖青雲器未容濁水淹摩尼終見天池産騏驥薦書蜚聲騰九重翻然獻賦蓬萊宮朝陽初升海色動獨有孤鳳鳴梧桐紫皇峨峨坐南面臚傳遂下麒麟殿曉隨龍杖拜楓宸夕綰魚符宰花縣三年奏課功最優風行百里如傳郵進登王官佐藩邸坐令曹府生清秋應教金閨侍亞室責難陳善操直筆才欺梁客兎園詞道黜淮仙鴻寳術前年辭官出國門執袂暫住陳家邨我從南歸始相見知君乃是湖州孫共說當年結交意出處不同榮辱異我甘

衰謝君壯年不遣形骸隔心志今年制服當告終鶴書催上浮雲驄州家申名選家擬鴻毛一舉隨天風我昔蒙恩忝微祿孤忠未展身先覆十生九死許還鄉甘旨家貧常不足送君去去何當還手攀若木捫天關丈夫雖云四方志依然離別傷心顔我因泥途已頭白君上雲霄生羽翮莫辭執手尚躊躇從此雲泥兩相隔

戰馬歌奉令作

房星耀四極流光落龍堆儲精産神驥八尺眞龍媒何年西來獻閶闔萬里瞬息飛風雷肉鬉虎脊高崔嵬蹴地不動無驚埃豈比一疋練不數七尺駷白義與紫燕下視俱駑駘王師奉天命南征下江淮乘之大小七十戰南衆望風先已摧屼然當陣如立壁猛氣淩空勢無敵仰天奮迅時一鳴萬里震驚皆辟易曾著六矢不動身其鋒銳若雷將軍横行掉尾不畏逐赤汗散作桃花雲聖人開天百靈助靈物由來鬼神護一掃妖氛四海清萬世洪基永堅固從此罷征戰與國成大功至今駿逸不少減宵甘伏櫪思追風圉人愛護重如寳豢養敢將凡馬同被以黄金鞍絡以珍珠籠朝飲靈泉

乾夕秣神草空太平不用巡瑶水長年立仗衛金宫

爲王紀善賦獨秀山房歌

樊川自昔佳山水一峯獨秀空中起亭亭削出碧芙蓉影落太湖三百里金堂玉室闊洞天茲地往往生才賢山川清氣有鍾屬豈獨幽勝諸靈仙樊川高士王夫子結屋深棲白雲裏雨晴嵐氣滴研池日暖松陰流棐几棲遲泉石卧烟霞百年詩禮猶傳家遊人錯認武陵道春風夾岸開桃花前年徵書催赴闕勅輔親藩事朝謁相隨五載到京華

祇有山房舊時月丈夫出處各有時故山猿鶴何由知讀書致用在明世山靈莫誚鍾山遺

追賦虞公務白鶴山房圖

無錫虞公務與予爲從表兄弟元季徙居蘇州之陽山山有丁令威祠因名曰白鶴峯扁其居室爲白鶴山房蜀人王息菴先生畫山房圖并題詩其左距今三十餘年矣先生化去已久公務亦歿於戌所觀圖誦詩不堪悲愴因賦一詩以寓懷人之情云

遼東仙人丁令威千年化鶴會來歸何年渡海到吳下巢松直向陽山飛遂呼山名號白鶴荒祠古木横烟霏至今仙人煉丹井赤霞奕奕騰光輝陽山山人性高潔架巖鑿壁開門扉閉門讀書不出戸翛然不受功名鞿松間行拖綠玉杖石上坐理黃金徽研珠點易滴清露採藥披雲穿翠微客來隨分設肴核床頭酒熟黃鷄肥時招白鶴下庭際按舞翩翩翻羽衣青城仙翁隔隣住往來慣熟俱忘機爲題詩篇寫圖畫染毫粉墨縱横揮騷人墨客競題詠展圖滿軸皆珠璣邇來轉眼三十載青山不改人民非仙翁騎鶴去不返山人遠戌亦永違孤山無人赤壁靜蕙帳冷落誰相依空餘山房舊時月夜深寂寞穿簾幃嗟余撫卷三太息感今念昔重歔欷

題江南春雨圖

羣山鶻突雲糢糊長蘿遠水連平蕪孤村絶浦望不極幾家茅屋懸魚罟輕舟數點小於葉出没烟浪同飛鳧江空雨勢來不已水風颯颯吹菰蒲前山禪宮白雲際明滅時見金浮屠貌將一段邱壑趣寫作萬里烟霞圖憑軒寂聽無所見彷彿似有青猿呼我昔南遊會稽上雲門六寺尋僧徒手支枯筇躡短屐窮幽陟險隨樵夫曉雲漫山失老鶴暮雲擁樹聞饑烏石崖松瀑濺飛雪水聲活活風胡胡若耶溪深不可渡沿流細路行縈紆歸來濯足憩小軒胸中塵氣一點無自從江海困奔走衝寒觸暑趍長途追思勝賞不可到十年南望空嗟吁朝朝覽鏡獨惆悵兩鬢雪白容顔枯東陽山人特好古寶此名筆如璚珠吳箋一幅不滿尺懷山捲海置座隅鋪床展軸看未了何異短褐藏天吳王郎妙手信莫及功與小米論錙銖想當運意揮染際倘瀉水墨翻金壺祇今此景在何處欲往不

得歲已徂還君此畫重太息嗒焉長吟據槁梧

青山白雲圖

連山盤盤隔溪水翠滴嵐光淨如洗松梢日出初雨晴滿地白雲收不起溪窮路轉石徑斜隔溪遥見山人家柴門深閉人不見緩風吹落朱藤花豆工邈得無窮景坐玩令人發深省何由築室住山間長卧雲窩弄秋影

遊蓬萊道院聽李天山鼓琴

仙人鼓琴花滿庭我亦洗耳爲君聽風搖空林夜瑟瑟泉落幽澗秋泠泠平生靑袍作行客千載絶音問廣陵曲終日落醉歸去無數好山天外青

送義門鄭尚書致仕回金華

都門日出早啼鴉送客江亭踏軟沙白首拜恩辭玉陛錦衣歸老上金華省中慣識尚書履海外咸知義士家歸到故園春正好東風開遍碧桃花

螳螂捕蟬圖

嘒嘒㢲蟬得意鳴緑楊陰轉午風清螳螂莫鼓當車臂誤遺琴聲帶殺聲

王孟端爲朱希顔畫竹 王朱皆鄉人

王郎墨妙竹傳神朱老交情更可人同是故鄉同在客相逢只說故園春

和王孟端韻

蕭蕭兩鬢點吳霜老去思歸客夢長只有九龍山上月夜深來炤讀書堂

題張真人畫竹

渭川春雨楚山秋翠落寒波滑欲流昨夜葛陂龍起處滿空雲氣不曾收

神龜詩三十韻 有序

皇上即位之三年將建太祖高皇帝功德碑選石于龍潭之山果得矩石入土深五尺許得石

龜焉首足尾甲纖悉畢具冬官進之於庭上合命羣臣得縱觀於奉天門莫不嗟嘆稱頌舉手加額以爲由皇上孝誠所感而致夫龜者神物四靈之一王者有體性達順之德則至焉且尤爲壽考問無不知此又爲國家禎祥之應皇祚萬世鞏固之徵臣某幸得與觀不勝歡欣踴躍之至謹拜手稽首而獻詩曰

高帝應乾運寰區奠地維泠風清癘毒甘雨洗瘡痍九服歸仁化三靈協睿思考文同遠邇議禮別華夷聖德過堯禹神功邁昊羲鳳巢阿閣入龍去

鼎湖悲已荷皇天眷寧無大寶遺眞人昇紫極正統嗣洪基述事追先志持盈率舊規載詞敷盛美選石樹穹碑山骨深蹲虎雲根閟伏龜祇應元氣母孕此石腸兒共訶頊爲質何庸骨畏皮綱中寧解得休足可容支左顧猶延頸無求詎孕頤尚疑登洛水還似出唐池卦畫排金甲疇文布玉肌胚脾由氣化鐫琢匪人爲大孝通乎宰精誠感嶽祇十朋欣受益五總驗前知靈貺昭嘉慶貞符卜壽祺直緣敦信順奚假決嫌疑獻瑞登金格呈祥進赤墀榮輝開綵仗香靄拂黃麾百郡咸瞻仰重瞳

梁溪詩鈔　卷三　十五

屢悅怡明廷充喜氣宣室受蕃禧薦廟同宗器臨軒備羽儀坤珍原有待天意本無私太史書編簡歌工奏樂詩小臣三致祝萬世樂雍熙

李隱君大椿

字茂卿號雪溪漁隱隱居梁溪之曲洪武初以大臣薦召爲監察御史附使者疏辭因上太平十二策帝嘉許之見邑志

墓松既成有感書事

鏡中雙鬢已成霜暗數流年七十強得遂買山終老計種來松樹過人長

周大令文字

字彥彬號淨植洪武初知任縣

題一碧軒次范德章韵

軒下水天同一色眼中物色向誰論落霞散盡秋無際老鶴飛來雪有痕空洞玉壺盛沆瀣蒼凉碧月照黃昏他時若待吟風去雲夢微茫氣欲吞

周隱君世忠

字士行號觀復生右正言士平之仲兄少厲學問讀書僧舍三十不娶嘗避亂入吳有勸之仕張氏者不聽吳人丁仲舉高其行娶以女乃買田居於邑之揚名鄉而隱

梁溪詩鈔　卷三　十六

焉

次韵曹以忠文玉見寄

書籤藥裹伴衰年寥落空齋隱几眠倦出柴荆非避俗靜依蒲褐似棲禪笑談不覺形骸外悟悅難憑口語傳還憶聽松聯榻夜夢迴千澗落寒泉

曹司訓恕

字以忠號植梧博學工文章元爲漳州訓導以祖母老乞休忤旨戍山東入明永樂初以僉憲王亨薦起上言四事皆切時政

詔還職所著植梧集多記鄉邦宋元間事

漫興

釣有清溪採有山市聲渾不到柴關桃花水滿鷗常近松塢雲深鶴未還疑起滄浪聞欸乃吟行曲磵弄潺湲緣知靜裡乾坤別不屬勞生擾擾間

周南齋理

字彥復號南齋兄文弟衡權先後登仕衡以直諫死惟南齋教授鄉里以高壽終

懷彥仲弟

殊方忽忽歲將闌一榻清燈把劍看遼海月明風

浩浩春江鴈度水漫漫生涯自愧如吾拙離別何堪見汝難寂寞西軒一樽酒梅花開盡雨聲寒

俞一瓢海

字朝宗所著有一瓢集

周彥復梅枝杖

孤根稜稜如削鐵庾嶺多年歷氷雪入手摩挲自可人淨色寒香兩奇絕七尺齊眉古制存青藜赤藤何足論便當高挑百錢去與君夜扣酒家門

俞九峯原

字子溫號九峯老樵有詩文集藏於家

走馬燈

楮國城垣咫尺高中軍有警夜焚膏旌旗簸影聯戎壘劍戟交光出虎牢逐電龍媒爭踴躍掌烟雉堞遶週遭英雄報本分明見寸草心馳不憚勞

寄彥衡弟 時在京修書館

衰病侵尋雪滿顛慳囊不仗買山錢齋鹽蔬食無兼味風雨茅茨祇數椽孤陋豈能諧世態六藏聊復待天年弟兄音問何由得老眼時時望日邊

朱處士䛸

字彥言號如心翁彥昇之兄

雲山隱居

山欝欝兮環堵雲飄飄兮當戶松挺翠兮凌霄竹敲金兮衡宇美一人兮隱其中書萬卷兮田年豐琴白石兮觴素風景有限兮樂無窮

陳樵隱希魯

字師曾號樵隱

元日即事

去歲茲辰綵袖歡高堂兒女慶團圞釵頭綵勝翻春燕鏡裡紅顏破曉鸞萬事傷心兵火熾五更歸夢草堂寒孤城此日堪腸斷愁折梅花帶雪看

周隱君翼

字子羽號蕙齋元末不仕見邑志

雁來紅

翔雁來南塞草秋未霜紅葉已先抽綠珠燕罷歸
金谷七尺珊瑚夜不收

徐太守績

字伯寧號雪溪洪武初舉經明行修知武
崗四任大郡終順德知府所至以惠愛聞
見邑志

宿板橋鋪

板橋鋪外路三叉古木疏篁映白沙行客往來多
轍迹荒村寥落少人家樹頭黃落千林葉天際紅
消一縷霞白髮衰翁年八十下咔自採木棉花

馮司教善

字擇賢洪武初舉經明行修爲本縣訓導
遷教望江從三孝祠于學以風士所著有
家禮易覽又手纂邑志後人皆奉爲權輿
焉見邑志

惠山泉

二泉天下久馳聲陸羽當年品後名一脉暗流山
髓滑半池輕泛雪花明煖烹春鼎茶香細冷浸秋
潭月色清石罅漱空雲液爽泠泠始奏玉琴聲

太湖春漲

震澤春深漲碧漪淨涵天影漾玻瓈遙增越嶠千
尋濶頓減吳山數尺低紅泛落花歸別浦綠含芳
草浸長堤釣舟昨夜歸來晚沒却漁磯路亦迷

王都官師道

字敬德安節之子洪武初以明經舉仕至
都官員外

寄孟叔敬宣撫

鄉里衣冠有幾人故家復見孟參軍高懷磊落先
投老壯歲飛騰已策勛歸把長竿釣溪水醉浮大
白卧山雲卜鄰便欲如王翰詩酒相從至夜分

馬貳守治

字孝常本宜興人遷居無錫善書畫兼通
風角地理醫術以避張士誠辟隱于緇流
洪武中搜訪士人避匿者四入都願仕者
釋之涕泣受命除內江令擢建昌路同知
攝守事值寇亂繕城池糾士卒身立睥睨
間晝夜不怠寇解去歲餘以末疾免歸淡

泊寡營獨好吟咏其詩如孤柳風難定叢
篁雨不歇漁人自泊門前柳野老來尋沙
際田性懶邊韶惟有睡憂深王粲自多才
俱安雅可喜

與華景常遊惠山

華坡春水綠漪漪二月西山雪霽時舊宅重尋孝
子傳新年又起古人期天寒竹日當窗淡僧定茶
烟出閣遲我欲同修清淨業瓣香來謁四賢祠

自題小像

自歎乘驢碧山裡也勝立馬陣雲橫虛名付與悠

悠者風雨荒園獨自行

錢鐵叟允

字達可號闇鐵叟錢長史仲益有贈達可山房詩曰苦憶錢夫子幽居嶂峒山間將殘雪外採藥亂雲間塵晴芸籤冷香銷蕙帳閑斷腸泉上月依舊照松關

林堂讀書

松雲蒼翠百泉清茆屋人家遠俗情猿鶴未歸秋
寂寂隔林時聽讀書聲

王別駕惟允

字俊民號確軒洪武初以明經舉任本邑
訓導遷鎮江通判明太祖親製勅命嘉之
所著有確軒集漢上吟稿正統中過野舟時霽過其墓賦詩曰飄泊天涯萬里身何年歸葬此山垠高才我惜馮唐老薄宦誰憐杜甫貧夜月未歸遼海鶴東風聊薦楚江蘋不堪羸馬經過處零落梨花細雨春

洞庭湖

天接君山一髮青平湖歲晚快揚舲南風浪湧入
千里北斗光涵三四星漁浦釣船煙雨暝龍宮物
怪水雲腥中流矯首頻回顧疑有飛仙度杳溟

題吳判簿梅隱所

使君先世住東吳種得梅花一萬株鹽鼎功名同

傳說詩壇步武接林逋小橋流水春風在疏影餘
香夜月孤我亦江南看花者六年飛夢到西湖

揚州懷古

華屋朱簾十萬家春風吹散舊繁華留連野色惟
殘蝶應答江聲有亂蛙明月樓前沽美酒蕃釐觀
裏看瓊花我來漫憶曾遊處立盡斜陽一嘆嗟

華司訓希顏

字以愚少入國子監洪武初以明習春秋
徵授本府訓導踰年即告歸隱居東湖號
東湖老人賦詩自娛亦善畫山水見邑志

重九日遊惠山

六年飄泊過重九今對龍山看夕霞黃菊正須浮綠蟻白頭羞見落烏紗重岡北望無多地五里西行有幾家亦欲強陪靈運屐無錢陶令向誰賒

寄彥清姪

聞道碧山棲隱君浮家泛宅未全貧香浮碧椀蓴絲滑雪落霜刀膾縷新靜俯龜巢風入袂醉扶花架月留人不知多少閒詩卷了得吳淞客裏春

華處士宗韡

字公愷世稱貞固先生彥清先生仲子幼警敏元末奉其親避兵蘇松間雖艱困必得親歡洪武初歸錫以父命搆新居延祥里出入耕讀一衷於禮樂施與周人急難又習岐黃蓄善藥以濟人病東南士大夫爭欲一識其面累徵不起手輯冠婚喪祭之禮曰慮得集八世孫繼祥重刻高忠憲公爲之序識者於以知華氏之所由興也

送錢丈還凉州

十載從君兩鬢霜揭來仍整舊行裝關山迢遞八千里故舊殷勤酒一觴投老不堪頻作客思親擬合早還鄉班超功業須年少付與諸郎奕世芳

俞大司農溥

字彥淵其先餘杭人曾祖垚竜爲宋朝奉郎棄官至無錫定居愛民坊明洪武四年彥淵以閒良官舉授都督府經歷累官戶部尚書歷江西行省叅知政事尋與張籌同致仕歸兩人嘗布衣從一蒼頭數日一至惠山與山僧普真遊及暮而歸人莫知其兩尚書也

尤文簡公萬卷樓

剩有溪山樹書樓迹已沉古人不可見遶樹一悲吟

周正言衡

字士平號養浩洪武中官右正言以直諫死（衡諫曰陛下詔蠲租今復稅之是示天下以不信也帝默然未幾假歸六日比還朝已七日帝怒曰朕失信於天下爾失信於天子遂棄市籍其家使者復命日別無他物唯太平廚內書千卷土甕中米三升耳上悔曰獃此老秀才見西神叢語）

華孝子祠

憐君失怙早登願孝名傳念父行時約終天恨莫湔不婚甘獨處總角至稀年情比王裒慘清同靖

節堅高風千載下遺廟九峯前涕淚枯蒼栢精誠格上天殘碑文字古時祭子孫賢弔古重來此題詩一愴然

浦舍人源

字長源洪武中舉求賢科爲晉王府引禮舍人工詩時閩人林子羽論詩謂漢魏氣骨雄菁華不足晉宋乃暢齊梁以下務春華少秋實惟唐開元天寶間作者聲律大成爲學者式長源收買書籍至閩子羽方與其鄉人周乃黄乃輩結詩社長源謁之衆請所作初誦數首皆未應至雲邊路遶巴山色樹裡河流漢水聲驚嘆曰吾家詩也遂邀入社同避所居舍之日與倡酬長源卒時年止三十有六著有舍人詩稿善畫而書尤古逸四百年後子孫猶弆其掌大遺墨如吉光片羽焉見邑志

送邛舍人之邉上

揮金收壯士解劍贈離羣數騎臨秋別孤猿入夜聞帳寒營滿雪邊曠野連雲願出平戎策歸來報聖君

和于先生

秋城黄葉下聞笛淚沾衣乍雨千峯出殘陽一鳥歸客貧知己少鄉遠去人稀何事荆南道逢君姑可依

送人之荆門

長江風颺布帆輕西入荆門感客情三國已亡遺舊壘幾家猶在住荒城雲邊路遶巴山色樹裡河流漢水聲若過旗亭多買醉不須弔古漫題名

送賈文學入京

春城送別已斜陽花發官亭酒正香遠騎青山江上路新鶯細柳禁中牆疏星北闕趨朝早淡月南宮聽漏長誰謂賈生年最少獨能陳策輔君王

贈別謝秀才

蘭陵陌上喜逢君華館清談酒未醺蟲益旅愁秋已半燭欹吟影夜初分虛窗葉响風驚雨遠浦潮來水接雲良會不知能幾度明朝何事又離羣

送包鶴州東歸

西風江上賦歸休值雨那堪夜泊舟官路暝烟迷驛舍郡城寒火出更樓到家正及湖田熟在客先驚館樹秋遠憶情人相別處短亭孤棹兩悠悠

送荆南司戶侯移鎮公安

悠悠旌旆碧雲端，遠去孤城入亂山。淮月上樓人奏角，海天低樹雁臨關。幾家白髮遺民在，千里青絲獵騎還。舊鎮荆南多勝槩，別來惟見畫圖閒。

阻風淸河縣

阻風淮岸憶家山，骨肉相親夢寐間。冀北一官今獨往，江南千里幾時還。孤村人語秋臨水，小縣雞鳴夜掩關。明月異鄉誰不見，嗟予偏對別離顏。

送人還鄉

都門楊柳拂離筵，歸路靑山水國連。三月春陰垂

細雨，幾家寒食起新烟。聽鶯谷口停行蓋，立馬江頭問渡船。此去故園應酒熟，杏花開遍草堂前。

輓高季廸

鼓罷瑤琴遂解形，蕭蕭日影下寒城。薄田供祭遺妻子，新塚題名望友生。地下未應消俠氣，人間誰敢競詩名。舊廬重過悲聞笛，欲賦招魂竟不成。

送王二歸山中

闔閭城外歛餘暉，水國蒼茫夕鳥微。遠火山中人未宿，孤舟江上客初歸。高林果熟經新雨，疎柳春深映舊扉。遙想到家無一事，閒看兒女笑牽衣。

西城晚眺

宮柳猶遮舊女牆，角聲孤起送斜陽。英雄百戰成寥落，吳楚平分入渺茫。寒雁動愁離塞遠，暮江流恨入雲長。古今天地誰非客，何用登臨獨感傷。

林七員外園亭夜飲得河字

都亭分袂惜蹉跎，此夕相逢奈若何。細雨疎燈聞落葉，斷雲高樹見明河。客踪迢遞天邊雁，歸夢微茫海上波。鞍馬朝來又成別，且傾尊酒一狂歌。

和馬秀才先歸

長安甲第似雲稠，冠蓋相望孰解愁。宮漏深沉春

樹裡，禁垣環繞碧山頭。微煙草色迷征騎，淡月梨花隱驛樓。聞道馬卿歸卧病，懶攻詞賦客諸侯。

送王濟民歸盤谷

宮亭酒香柳花白，下馬持觴送行客。客歸江上愁更多，春水雨中生綠波。青山遙對楊子渡，殘日微明廣陵樹。渡江酒醒傷別離，夜半舟人歌竹枝。烏啼月落梅天遠，驛程已過淮陰縣。楚鄉菰米飯食魚，宵征在鞍宿在車。中原漸近太行麓，不知何處通盤谷。一徑縈紆萬壑深，始知舊宅隱雲林。昔年泉谷猶無恙，猿鶴猶存松桂長。遺老家家懷故情

相邀鷄黍話平生尊前不問宦遊好只說山中農事早數畝何須負郭田郡中太守正求賢知音不肎入城市日逐漁樵向山水江南故人那可逢有書應寄南飛鴻

并州寒食

夢入故園千里遠覺來寒食在并州垂楊不是相思樹那得花開便白頭

除夜客懷

火冷空爐夜掩霜明朝新歲在殊方故鄉親舊誰相問獨對寒燈泣數行

李隱君琛

字伯器號雲泉生宋尚書琳八世孫元季避兵嘗挾先世譜牒誥勅自隨天下已定歸蓉湖徙邑之南市橋教授生徒以養其親張尚書籌每招之仕輒謝舉孝廉不就與浦源趙次鈞輩爲詩文之交見邑志

送僧還鍾山

歸去來兮鍾山中鍾山萬仞盤蒼龍御爐香靄隨天風方今混一四海同何用祝髮歸禪宗松楸寂寞霜露濃送君之去月墮空浩浩大化何終窮

趙司訓次鈞

字孟鴻號散林病叟大貌修髯博學能詩元季爲淞江訓導入明洪武中舉明經改本府見邑志

寄朱彦昇東郭居

耿耿傷離居幽情日蕭索霜寒林木變石山溪水落抱冲思寡儔同志念非昨援琴寫素懷佇子在東郭

朱司教昇

字彦昇性剛介不能苟合而頗有詩名著有九峯樵唱洪武中舉明經爲本縣訓導

遷上虞教諭見邑志

雲海亭

危亭臨巨浸高浪接青霄雨暗鴟夷宅雲連伍相潮鷗隨心共遠烟逐恨俱消舊日滄浪畔扁舟許見招

亂後送人歸越

百戰一身存生還獨有君越山臨海盡吳地到江分暮郭留晴靄荒林翳夕曛歸途當歲晚霜葉落紛紛

送僧歸南嶽寺

山路花香上衲衣雲深南嶽一僧歸塵生古像開寒殿風度閉房掩夕扉踏雨粽鞋苔蘚滑炊香野飯稻粱肥禪餘猶轉千聲偈總有遊人得見稀

遊惠山

春深蕭寺百花殘濯足滄浪得暫閒鹿避人行依澗畔僧知客到候松關巖前古洞泉聲落樓外層雲鶴影還回首城陰歸路晚夕陽一半下前山

重陽追和張飛卿詩韻

四海風塵酒一樽壯心直節老仍存臨危獨乞蒼

生命身後誰將往事論（大軍至錫飛卿率諸父老詣軍門請命民賴以全）

呂司教敏

字志學有無礙居士集少貧爲黃冠爲詩取法漢魏志高心苦與高啟輩游自號無礙居士人以呂山人稱之洪武初舉明經爲本縣教諭笞一不孝生致死郡大夫爲曲解改官桂之義寧見邑志

題江臯秋霽圖

華月湛虛牖靈風灑幽砌蕭條林下居鳴琴散逸思人生如浮萍微蹤宛成寄嘉會既靡常懽悰諒非易鶴飛松杪秋星迴露華霽脉脉共忘言悠悠澹無寐

宿惠山寺

纖月生高林淸風灑巖麓山僧晚飯罷雲榻留共宿庭凉交竹陰爐溫藹蘭馥於焉不能寐泉石轉幽獨

書雲林畫林亭遠岫

憶過雲林宅於今二十年賦詩淸閟閣試茗惠山泉夜雨牽離夢春雲暗遠天鄉情與離思看畫共茫然

辛亥五月過宏道西齋重題

葱蒨夏林綠高齋方夕曛幽花垂泫露遠岫歛歸雲停箑風初至移尊酒半醺明朝憶佳賞回首念離羣

寄高季迪

客館俯江郊秋深不自聊別來心更苦老去路還遙桐葉風俱落菱花雨半銷何由侶流水早晚赴歸潮

挽張及民先生

寂寞城南一畝宮百年遺響寄孤桐巢由杖屨雲

山外陶阮生涯酒榼中祠壁兔燈燃夜雨墓門翁
仲嘯秋風招魂不隔蘆溝水淚灑霜林萬葉紅

爲惠機長老題徐幼文寫惠山圖

天寒華表鶴歸遲隔世令人起遠思偶見漪瀾堂
上畫猶看悟澹卷中詩

顧明經協

字允廸號秋碧洪武時貢生工詩與王達
王紱友善有鳴志齋稿見邑志詩話云允廸以諸生貢入成均詩有脫却朝衣換布衣之句則亦逋籍者五言詩如亂峯烟外紫殘日樹頭黃佳句也

待鶴

白鶴去何之想在蓬萊頂月下漫沉吟衣沾露華
冷夜久不歸來立盡青松影

自遣

衡門無過客終日懶衣冠身賤埋名易家貧狥俗
難就風移卧榻遲竹作漁竿賴有青山色長年得
笑看

寄芝庵書記

長年披一衲家住白雲鄉吟思秋逾苦詩名老更
香笋根斜透壁苔色冷侵牀記得相逢處松林正
夕陽

同周處士訪西林上人

偶偕周處士來訪白雲居借筆抄僧偈焚香讀佛
書林疎松露鶴池冷藻藏魚悟得閒邊趣勞生只
自如

喜眞菴上人見訪

幾時離隱處拋却舊烟霞舟卧寒江雪村行晚逕
沙送泉來野館看鶴到鄰家興盡思歸去青山樹
裡斜

寄王孟端

百年猶未半已負百年憂失意籠中鶴忘機海上
鷗柳迷春水寺山帶夕陽樓安得王摩詰題詩慰
別愁

江上有懷鄭山人

故人不可見悵望晉陵東客久夢多異身閒詩益
工山寒雲護雪江暝水涵空若買扁舟去應消半
日風

枕上偶成

聽盡城南漏依微向曙天鷄鳴疎雨外月落斷鐘
前處世無良策謀生欠薄田花時可行樂底事獨

愁眠

送張翰臣幕掾還廣西

曾持刀筆贊元戎不數區區野戰功靑鬢消磨千嶂外舊交零落十年中雪晴官路梅花白雨熟蠻鄉荔子紅三十六原何處是馬蹄輕踏綠楊風

秋夜與鄭元齡話別

相逢兩意各悽然彼此行藏異昔年夜雨滴殘羈客夢秋風吹上孝廉船五更月落星連地一夕蛩吟露滿天此別未期何處會更憐心曲對牀眠

題潘誠山水圖

一片溪山對草堂箇中誰識有韓康打巾松子晚風細撲面杏花春雨香移燭夜爋熒舊劵捲簾晴几著新方待君鼎內黃芽熟得得抱琴來藥房

孟夏書事

脫却朝衣換布衣始知今是昨來非綠陰庭戶無人到惟有一雙新燕飛

眞上人再往惠山寺因寄

一從攜鉢上天台履跡層層長綠苔爲愛青山青不老白雲飛去又飛來

葛侍御桓

字仲威號秉節生洪武乙丑進士官監察御史靖難兵薄京城李景隆開金川門桓死之

林亭讀書圖

巖巖松下石泠泠澗中水翼翼幽人居寂寂衆山裏閑亭藹空翠讀書味元理荷鉏時斸苓綠流或采杞感茲塵外踪興懷浩難弭

送初書院

少從洙泗壁中尋老戀龜山學益深悟到太初通六籍春來靑草是天心

丁司訓信

字彥誠號淸樾生洪武初舉明經授本縣訓導能詩楊孟載甞遊其門

送李參政還吳

武畧雄才出隴西牙旗玉帳駐梁谿已知馬援能匡漢孰謂樊侯久失齊百物意榮春雨足三台影落曉天低淡煙芳草沙堤軟一路東風萬馬嘶

王學士達

字達善號耐軒洪武中以舉明經除大同府學訓導入爲國子監助教永樂初以姚

廣孝薦擢翰林院編修預修高祖實錄進侍讀學士充大典編纂總裁有盛名與解縉王洪王偁王璡號東南五才子居大同著筆疇三十二篇有耐軒天游二稿詩話云耐軒詩太便利然如送人入都起句云鶯啼細雨中一騎發城東又送人從軍云細雨都門酒東風驛路塵未嘗不矜鍊也

梁溪

微波皺綠迴輕風溪流直與南湖通人家兩岸幾與廢鷗影蕭蕭夕照中孤橈欲發臨溪口淡烟寂歷明疎柳水清月落正愁人鐘鳴况是僧歸後芙

蓉隔溪十里多白雲滿牕生薜蘿櫓聲咿軋剪寒月去去其如離思何

太湖送別

吴越當年首樹怨百萬旌旗此中戰波濤直與血同流千古濤聲今尚愁朝來送客過湖口烟火微茫風滿舟湖南湖北今同宇吴越英雄在何許孤鴻杳杳獨山雲落葉森森洞庭雨一聲長笛又分攜君在湖東我向西感慨贈君無限意楓林寒隔暝猿啼

題惠山泉留別寺僧

九龍峯前有流水一線泠泠出雲裏夜聞繞竹瀉孤琴曉汲和秋瀨寒齒廬山瀑布誰品題天下至今名共馳林間野客煎茶處石上窮猨照影時師今持鉢來相喚湛湛無痕映孤月與師且滌胸中塵明朝莫問城南別

芙蓉山

蘿龕寂寂煙霞裏今日歸思欻然起城北諸峯誰可人一朶芙蓉隔秋水隔秋水又離羣磬聲敲落峯頭雲此峯獨立悄無語淸霜黃葉徒紛紛廬山東南有五老共得佳名在塵表閉門花雨鶴鳴時

定回月落孤燈曉

題江山淸遠圖

十年騎馬戀微官萬里江山次第看白浪翻空秋意早翠屏留雪曉光寒帆檣遠近龍魚現樓閣高低宇宙寬皓首歸來渾不忘一燈風雨夢長安

題山水

一曲淸琴酒一卮煙蘿贏得任逶遲千峯黛色嵐消後十里菱花子結時水氣入衣人不覺秋聲到樹鶴先知世無謝眺誰同語對晝悠然起古思

牡丹

對客評花酒謾斟花前停筆費沉吟風褰翠幄春寒嫩露染紅綃曙色深造化栽培知有意平生富貴出無心閒遲免得羣芳妒一片晴霞破綠陰

晚過惠山方丈

晚過禪宫日末昏老僧多事不堪論鑿開池沼空千尺不放泉聲出寺門

小祥後到南園

閉門終日坐含哀偶向南園步綠苔柳自青青花自發不知春色爲誰來

題海棠斑鳩圖

分甘疎拙度平生錦翼襳襹映曉晴林外一聲春寂寂海棠零落過清明

趙處士推

字行恕幼有俊才見錫山遺響

寄漆居恭

亭上觀書亭下遊亭空林靜鳥聲幽溪山滿眼皆清景歲月欺人易白頭半畝池塘芳草夢一簾風雨落花愁暮雲飛處重回首目斷蒼江第幾洲

倪都諫峻

字克明一字維岳號靜寄道人出元儒陸士弘之門中洪武庚午舉人署教郾城歷知泗水沙縣以禮讓爲治修了齋豫章二先生祠擢兵科給事中時永樂帝好佛上疏極諫忤旨左遷行人司行人遣使外國後先浮海垂十二年初占城國王欲召見之持不可俾郊迎而後宣詔歸過沙縣父老擁車拜泣留七日乃得去終都給事中俸餘以分親舊旣艾請老家食不給焉西神叢語靜寄生平八使海國凡八往八還困于洪濤巨浸中者共十有九年年亦已老矣始得放歸其目擊海上之奇不可指計作海篷漫稿稱司海舶者爲哪嗟執指南

車者爲夥長管器用篷索諸物者爲押工觀星斗者爲亞班公其言海外風俗云暹羅國王頭戴九龍金冠足穿金鞋坐殿五層如塔畜蜥子多至百十出則跨之暹羅花紋鳥獸隆起半分廿胡鹿國人皆黑面獨宮女白如玉蚊大如蜂有毒占城人首戴蘆衣摩羯提國以藥染齒如漆黑交趾犀有靈龍文者一角百金安息國火珠大如鴨卵高石國青絹光耀人目西洋布最細而輕三四丈重五六兩那竭國以茇織蕉有五色者有西花者西羅屯國產火鼠雀火牛羊犬馬等獸火浣布乃其毛羽所織鳥毳尤貴皆擒火鼠雀各一火雀死火鼠置鐵籠中不以火浴之則病一病則燔木于上坑中放鼠出浴歡忻跳躍火息復歸鐵籠乾歸國以獸毛織五色花簟花單光幔等物百年不毀鄯善國取獸毛之最纖者織成衣服日鎖幅一衣可傳五世顏色如新犍陀國以天鵝毳茸織巾幘名日鎖蛤蜊伽俳國出白鹽用以浣衣汙垢

盡脫安息樹名久則淋脂如松瀝天下名香此爲第一中國所用百無一眞

懷黃致遠給諫使西域

星軺西上路漫漫雲暗驚砂玉帳寒使節慣時能自重君恩深沐肎辭難山連磧石黃河遠馬出陽關紫塞寬威德誕敷羌虜悅歸來依舊侍金鑾

別占城

奉使占城四月留今朝策馬欲登舟風傳鼓角殘雲捲日映旌旗宿霧收馬援不來人盡仰張騫歸去若爲儔明年金闕朝元日還造鵷行拜冕旒

周經歷權

字彥中正言士平之弟洪武間官廣平經歷

次龍江

歸雁三春日輕舟一羽毛江淸麗窩見山近鳳臺高漂泊無留恨明良不易遭固窮予素志聞命豈辭勞

浦古民坦

字濬之號古民有文集藏於家

觀華康伯畫山水

東湖先生高且閒造化在手開荆關春風吹林入筆底樹杪雨歇飛潺湲江光閃閃爍霞赤沙鳥離離度溪夕宛然鷄犬喧前村疑有當年避秦客水亭春還花正香漁翁坐釣青絲長落花一片廻波綠不礙溪頭白鷗浴

强處士怡

字仲愉見錫山遺響

題鄒士則西爽軒

鮮飈天際來輕嵐席上生灝氣薄琴冊餘潤霑綏纓逍遙適意志因之怡遯情

受業 曹涵 學海校

梁溪詩鈔 卷三

梁溪詩鈔目錄卷之四

明永樂 宣德 正統 景泰 天順

梁溪詩鈔卷四

梁溪顧 光旭 華陽氏集

明

王舍人紱

字孟端號友石生又號九龍山人永樂初官中書舍人有友石先生詩集行世曾棨王進爲之序

曾棨序摘敘於此王君孟端好讀書喜吟咏而尤工山水墨竹中更多故厄窮連蹇於羈旅道路之間者十有餘年其後乃用薦以善書選入翰林者又十有餘年始得拜官未幾遂以疾歿於北京之官舍君爲人負氣節狀貌奇偉襟懷灑然其平生於人無所屈雖工於畫遇知己輒縱筆揮灑無所恡往往入神入妙有不可意或非其人輒白眼視詬詈弗顧其爲詩觸景撫事隨其興之所至情之所發不計工拙而自合矩度康熙中朱彝尊爲之傳摘敘於此九龍山人於書法動以古人自期畫不苟作游覽之頃酒酣握管遇長廊素壁淋漓霑灑有投金帛購片楮者輒拂袖起或閉門不納甚至詬厲勿顧也在京師月下聞吹簫聲喜甚乘興寫竹石圖明日訪其人贈之則估客也客以紅氍毹爲餽請再寫一枝爲配紱笑曰我爲簫聲訪汝以簫材報汝汝俗子也索前畫裂之還其餽一日退朝黔公沐晟從後呼其字紱不應同列語之曰此黔公也紱曰我非不聞之是必與我索畫爾晟走及之果以畫請紱頷之而已踰數年晟復以書來紱始爲作畫旣而曰我畫直遺黔公不可黔公客平仲微者我友也以此寄之俟黔公與求則可耳其高介絕俗如此

為翰林典籍沈民則題樂琴書處

沈君構華軒藏書復藏琴書以載古道琴以傳古音古人不可見唯此悅我心我心既自悅外慮俱消沉雨餘深竹淨日轉高梧陰弦誦苟世守奚須滿籯金

訪陳羽士道寧因贈

我生樂夷曠幽抱常冲虛偶客京華塵不異林泉居時來訪仙侶相與論道書凝神入無象妙觀天地初物我既莫立孰謂形迹拘吹笙碧桃春天風動霞裾孤雲度碧落六合乃吾廬出門感羣動役役將何如

送楊得昂

我適桑乾歸君猶五溪去飄流若萍梗何由復相遇迢迢江上山歷歷煙中樹後夜月明時相思渺何處

題秋菊軒

九月霜露零秋氣已云肅草木盡凋瘁而有籬下菊粲粲如有情盈盈抱幽獨我欲餐其英采之不盈掬呼兒具鷄黍白酒正可漉素心二三人於焉敘心曲陶然付一醉萬事亦已足咏歌柴桑詩千載有餘馥

題成趣軒

桑麻日已長稼穡日已成門巷蔭榆柳隔屋繅車鳴生平寡營爲遂此田園情衣食幸不乏公賦尤寬平舉家情欣欣淡然忘世榮力作雖云勞濁酒時共傾豈意事高尚所樂安吾生

雨中過歐陽編修館題竹木畫上

我生本寂寞況茲久羈旅遇君素心人來往送賓主秋聲動高樹暝色渺烟渚孤館坐題詩蕭蕭正風雨

題畫贈李醫士士文

養痾坐虛館何由制頹齡藥物固所賴奈此白髮生據梧聊自適褰幔當前楹涼風颯已至庭柯落秋聲天空暮雲遠日落遙山橫攄懷託豪素悠悠塵外情卷之聊遺君非敢侔報瓊

題青山白雲圖

我昔九龍山下住結廬正在雲深處日日看山還看雲長教剪却當簷樹無端一別猿鶴羣馬蹄南北徒紛紜塵途底事拂衣晚回首愧負山中雲

過華叔端草堂寫晴雨竹壁上

我愛君家遠城郭遶簷竹色侵簾幙醉中揮翰寫
晴梢湘雲一剪春陰薄看來頓覺風氣清耳邊恍
若聞秋聲𣊬歌到晚不歸去高卧翠陰呼月明

爲夏叔度寫葡萄于雪洲之上因賦敘别

我生負氣尤好奇襟懷抑塞蟠蛟螭屢遭屈折莫
我知向人委順長低垂偶爾逢君雪洲上酌我凉
州寄來釀醇傾墨汁爲君塗一吐胸中氣千丈維
時雨歇凉風生薄陰零落縱復横蟄龍蜕骨冷雲
濕驪珠出海秋蟾鳴坐閒觀者皆驚訝何由寶帳
人間掛恐令癡眼起貪心主者收藏始知畫知我

如君能有幾此術聊將遊戲耳白鷗湖海一身輕
長揖謝君吾去矣

送醫士張孟經歸華亭

張君深得活人理白髮蕭騷垂兩耳顔面如童步
若飛自說平生能服餌京都賣藥三載餘簾垂一
榻廛中居榮名利祿不掛口向人只講岐黄書曾
聞舊業松陵曲井臼依然隣二陸鱸肥秋浦蓴正
香虎卧芳林杏初熟今來忽復思東歸海門一葉
春帆飛到家尊酒作良會當時耆舊今應稀都門
柳花飛白雪欲折長條贈君别不知此去幾時來
我欲相從問丹訣

贈朱編修

朱君乃是青雲器讀書不負平生志向曾龍躍禹
門雷桃浪翻空應得意聲名籍籍動京華策對明
廷衆所誇鼇首已攀蟾窟桂馬頭還看鳳城花斯
文仰羡增光顯稱述猶存贈行卷鏗鏘金石韵相
宣遠大期君意非淺君今寵擢登鑾坡玉樹花深
響珮珂五色文章成黼黻九天光采動星河嗟余
久已聞英譽勢比雲泥固難會年年枯死案頭螢
四十無聞何足畏不期邂逅同清朝非才未免傍

人嘲癡蠅附驥亦致遠託身願結青雲交

題漁樂圖

遥天雨歇明殘霞凉風颯颯吹蒹葭晚來隨處可
棲泊五湖烟水皆吾家得魚且覔津橋酒旋採溪
毛雜菱藕除着沙鷗孰可親隔篷唤取鄰船叟生
計年年一葉舟全家不識别離愁婦能斫鱠兒行
盞一笛横吹萬頃秋

題鍮給事中畫

獨立空山不知老崖石相依共相保月影秋清舞
瘦蛟風聲夜半驚栖鳥錯節盤根怪且奇古翠滿

身苦蘚滋匠石自知難入眼年年春雨長孫枝

題徐進士峴山讀書卷

徐君結茅雙峴峰白雲掩護青林中十年閉戶不肎出讀詩捲幔來松風一朝對策黃金殿青霄萬里鵾鵬變躍馬晴看紫陌花鳴珂曉入瓊林宴只今避食居京華籍籍香名衆所誇不獨身需新雨露且能光賁舊烟霞愧我萍踪遍江海百事無成鬢容改數卷殘書久已忘舊物惟留短檠在年來感荷君恩優日令揮翰君瀛洲姓名自謂登仙籍人笑馮唐已白頭

題畫魚

上池生綠水初泮暖逼小桃紅欲半纖鱗猶得泳恩波何異鯤鯨運溟瀚變化逢時底用媒相忘藩藻且徘徊爲龍聞說勞行雨祇恐禹門雷電催

題稜穠軒爲叔敏賦

長年耕鑿東皋阿結得草軒如草蓑栖身僅足蔽風雨抱膝猶能發咏歌窗外鳩鳴花霧重門前犢卧柳陰多嗟余久作京華客未得歸田奈爾何

題畫

結屋千山萬山裏軒窗四面峯巒起捲幔晴招嶺上雲烹茶夜汲巖前水二三高人同素心杖藜時復來幽林抱琴相延坐亭上一曲雅諧山水音屋頭隙地宵相許願作比鄰共相處𦡀採松花釀玉醪更覓黃精斸春雨

題老圃卷

桑榆已晚境築圃近茅堂鑿沼分流水編籬補壞牆雨晴瓜蔓綠風暖菜花香客過饔飱黍郇醪剪韭甞

寄徐九鼎

氏族南州派遺風亦好潛幽居隣陸羽清藝祖棠

恬地近傍城角花深露屋尖年來怕徵起踪跡隱魚鹽

東昌與陳德杼夜別

匆匆客路邊不得共留連公館燈前酒王程月下船孤城橫曠野斷雁落平川別後重相憶應知夜不眠

題杜工部浣花草堂

浣花溪上草堂前想像當時思惘然鬚老風塵惟自遣身經喪亂又誰憐一從江夏誇鸚鵡獨向西川拜杜鵑潦倒聊應託嚴武不知何事又招愆

舟中曉望都城有懷諸公

凌霄古塔湧長干路近皇都望眼寬江水今無南北限山形常作虎龍蟠車聲魏闕朝陽滿簾影秦淮曉色寒依約此時天上客從容鳴珮列朝端

爲黄侍讀賦瑞菊

秋英特表君家瑞合蒂連葩色更佳讓國夷齊雙節在分金管鮑兩心諧霜凝素瓣連環玉風動芳叢並股釵知是花神意加倍何妨壘日醉高齋

寄一瓢余君 時喪其母

聞君哀毁若爲情骨立蕭然鬢雪明井臼祇應勞

梁溪詩鈔　卷四　八

闔政簞瓢猶且託門生慈帷慘澹秋燈影破屋淒凉夜雨聲如此孤貧貞不惡輕肥那得免憂驚

扈從回京舟中渡江而作

千里樓船江上還狂歌醉舞浪花間今宵對酒莫辭飲明日到京無此閒落日寒潮楊子渡淡烟衰草秣陵山壯懷不必悲前古共鏊鳴珂候曉班

和蘇檢討先生除夕前一日齋宿翰林

臘盡重城暮雪殘詞垣齋直坐更闌金蓮爗爗青綾夜寶鼎沉沉玉署寒阿閣喜同威鳳宿明堂遥覩袞龍蟠此身幸際昇平日三策爭看獻治安

茅屋爲秋風所破有作

西風昨夜起狂顛捲我茅齋屋頂穿紅日迸光來枕上白雲拖影到床前破鐺煑茗煎明月古硯濡毫蘸碧天一夜寒窗渾不寐寸心直至斗牛邉

題赤壁圖

當年坡老謫黄州與客曾從此地遊簫舞潛蛟幽壑底船迎孤鶴斷磯頭半篷月色氷輪曉萬頃波光玉宇秋三國英雄誰復在一樽還爲酹江流

送子南歸二首 存一

情親不覺淚紛紛頓足牽衣不忍分後累定知殃

梁溪詩鈔　卷四　九

及汝中年誰料苦從軍一身弓劒屯青海千里關河望白雲汝母早亾遺幼弟古來同氣汝曾聞

初歸

征衣漠漠帶風沙暫得歸來重可嗟在客每憂難作客到家誰信却無家解裝羞覩隣翁酒借榻多分野衲茶堪笑此身淪落久夢中猶自謫天涯

釣詩鉤

好句如璜得者難江天佳趣浩漫漫長吟對酒初投餌小立支筇勝把竿與逐白鷗揮彩筆思牽華藻出層瀾只今湖海多風雅不獨名高七里灘

靜趣軒爲顧德潤題

竹樹陰森映短墻蕭然絕俗似僧房出城相去路三里閉戶獨眠書半床風暖林花飄几席雨晴沙鳥入池塘慚余擾擾紅塵客到此猶能百慮忘

題眞上人竹茶爐

僧舘高閑事事幽竹編茶灶瀹清流氣蒸陽羨三春雨聲帶湘江兩岸秋玉臼夜敲蒼雪冷翠甌晴引碧雲稠禪翁託此重開社若個知心是趙州

松溪書屋

一榻半書卷主人如此清松風與溪水夜夜作秋聲

墨君別舘賓客以僕好寫竹多見徵時時揮灑其中盖用坡翁墨君堂記語也

湖州有君堂東坡有君舘我亦常致君硯池墨花滿

寫秋林高士圖并題

我昔山中日日閒不因臨水卽登山而今役役風塵裏此趣猶存點染間

覽齊威王事有感

齊國能强我欲歌一封卽墨一烹阿唐虞舉錯無過此天下何消賞罰多

峽中雜咏四首

兩岸青山夾去程一江秋水片帆輕尋常看畫曾看此今日分明畫裏行

峽裏山高多晝陰未昏烟景暗秋林停舟晚飯舵樓底猶有夕陽明遠岑

峽裏江山總絕奇椎篷不厭去帆遲重來恐忘經行處一處經行一處詩

蜀道古稱多險艱我來觀水復觀山誰知富貴天然設身在玉屏金幛間

雙梧草亭圖

花落鶯啼春復深雙梧交暎晝沉沉煩君爲掃亭前石待我歸來看綠陰

題靜樂軒

竹几藤牀小硯屏薰風簾幙篆烟青閒齋幾日黃梅雨添得芭蕉綠滿庭

秋聲早已到梧桐露氣生凉湛碧空獨倚闌干待明月紫簫吹散木樨風

斗帳藏春日醉眠靜中惟與懶相便尋常甲子無心記看得梅花又一年

寫家圖寄翰林錢仲益先生

年來三逕已荒蕪漫把歸心寫畫圖落日書聲深竹裏相過曾記敝廬無

題荊州劉給事子偉贈行卷

客裡逢君話舊遊醉中曾上仲宣樓君家正近樓前住風送江聲日夜流

荊州雄據大江濱不到于今二十春邂逅看君贈行卷眼中無幾昔年人

殷方伯序

字序賓永樂甲申進士授黃巖知縣遷知高唐州永樂北征序賓辦迎輿事稱旨擢

江西右布政使調四川北京初建序賓職采大木役不病民蜀人德之宣德二年西戎寇茂州城中老弱不及二千人序賓馳往設守隨方拒敵募善泅水者齎蠟書趣援援至賊退保山顛累石爲峒房兵器不能攻序賓命積薪縱火賊困皆投下生擒二千人賊首乃悉衆詣軍門降七萬八千餘人嚴諭而遣之事聞賜金帛羊酒遷雲南左布政使謝病歸自號西郊居士

石門

我登石門不厭頻悠然欲酌還自酌千崖冥冥送雨來萬木紛紛向人落寄書已會煩青禽停雲猶未逢白鶴葛洪勾漏住多時便欲從此凌寥廓

茹養愚湜

字季濤號養愚所著有爪甫集

扊扅歌

昔日與君相別時炊扊扅兮烹伏雌妾爲澣婦君作相妾歌扊扅君不向君今富貴忘賤貧五羊之皮何足珍

楊白花

楊白花身輕不由已一夕長風生飄飄渡江水江南處處好繁華悠揚落地知誰家知誰家不復歸永巷春深人跡稀悲歌連臂空腸斷回首長秋鴉亂飛

茹壽光宏

字仲洪號崆峒永樂初任壽光縣縣丞

竹枝詞

妾心如水不流西郎向蕭關意莫疑肯學楊花無定性隨風飛去便沾泥

朱靜遏夏

字時伯號靜邉彥昇長子所著有靜邉集

蝴蝶辭

東家花正開蝴蝶翩翩來西家花已墜蝴蝶翩翩去東家復西家惟願多繁華繁華易消歇便覺人心別

曉懷

雞鳴催曙光春至夜偏短孤枕老無寐慣聞殘漏斷攬衣自晨興兀兀坐空舘朝來微雨過碧草看漸滿

宛轉歌

月白風清天宇寛美人玩月凭闌干多情一曲歌宛轉驚廻枕上孤栖鸞孤栖鸞愁不寐悠悠魂夢知何處蒼梧路遠不得歸化作斷雲巫峽去

李處士彧

字桓仲隱士琛之孫也桓仲亦飭行工詩不應辟命與弟戩俱有名見邑志都憲楊叔璣塤有輓桓仲詩云不見卭園起孝廉白頭蹤跡竟長淹竹香醉裏三秋徑草色吟邊雨一簾落日山陽聞笛春風座上想掀髯傷心多少門人淚洒向梁溪水欲添

過潘韞輝東園

爲愛東園好春來事事宜藥名人不識花信蝶先知晉帖臨青李商歌咏紫芝小車乘興往何必訂幽期

幽居二首

狂簡誰諧俗幽居頗自便看雲常獨坐聽雨或高眠字許隣人問詩從野老傳久知山木喻細讀養生篇

雨後看新水天空望遠山入雲蒼隼健坐浪白鷗閑處淡時還遣詩淸字更刪才疎信樗散非爲惜朱顔

題栖雲菴二首一存

舊種閑雲足自怡溶溶曳曳共栖遲陰籠法座花千片影壓秖林玉萬枝紙帳曉驚眠覺後衲衣寒怯定回時由來此是無情物只合長年伴阿師

翟教授宏

字宏道號鈍軒永樂中舉明經官爲寧府教授邑志云宏道有家學父時中季父克讓俱能詩子厚字公厚不墜家風

望金山

削金浮玉碧崔嵬中截洪流四面開萬里江聲連灎澦一峰秋色接蓬萊鶻盤塔影天中見鐘帶潮音樹杪迴不用登臨重回首老龍吟處且銜杯

張憲副思安

字克讓號介軒永樂壬辰進士年二十六擢陝西按察司僉事調山西再補湖廣夷陵多虎介軒移文黄陵祠患息荆人刻其辭於石比之驅鱷文尋以詿誤當罰鍰運甎貧甚躬執役久之以薦起復僉楚臬進陝西副使會西北兵興供億旁午命移攝其事事竣引年歸教授里塾一時遠器之士爭履其門最著者談泰成始終周清

寄沈誠甫兼柬澤源禪師

春山雨後共誰登酒興詩豪老更增明日杖藜尋惠麓白雲深處有高僧

楊都憲璿

字叔璣正統乙未進士累官右副都御史中歲有退志自號宜閑有宜閑集性耿介不苟合遇事不擇利害爲趨舍爲山西右參政覈民戶立上中下三等徭法民稱便督輓軍儲二十萬實邊事集而民不知勞撫集荆襄流民會盜起房竹殲其魁而散遣其餘乃以勞卒官年五十九 西神叢語 楊氏五世同居以孝義稱入明教授公浩如與永樂三年鄉試猶子戶部侍郎璿禮部郎中琛兄弟後先登甲第訓導纓別駕緯兵部郎中文昇相繼列卿書皆同居有司立六進士坊以旌之萬歷中侍郎元孫應文又舉進士位僕少人以爲孝義之報

公安舟中有懷黄少司農廷獻 時黄使蜀黜陟群吏

悲哉塵世間百歲等一瞬爲善彼何遲而使斯民困君真天下士直道不俗殉輶車走郡縣片檄制方鎮驪珠手中握魚目不敢混樹德莫若滋去惡莫如盡安得諸道使去取協公論此輩盡有北牧養皆賢俊落日滿芳洲思君崇古訓

題陳天澤所藏夏太常竹

露華濕透清光冷老幹撑空秋挺挺蒼梧雲遠鳳無聲湘水月高龍有影君不見當年嶰谷玉一枝吹開六合皆春熙試看堂上天風披

與余民用潘時覲同遊惠山

前朝湛氏宅十載一經行境勝多題咏僧閑少送迎松風禪榻靜花雨石床平共飲山中水蕭然脫世情

成僉事始終

字敬之號澹庵已未進士使蜀僉楚臬著有蓬萊觀光紀行等集 僉事受業于張思安登第歸盛輿

往謁五日不得見徒步負判始集羣弟子
見而訓之見西神叢語僉事壯歲投簪歸
築二楹于金匱山間日錦江船日海岳軒
志所歷也既而隱居横山别墅嘯傲湖山
風月間一洗冠纓
習氣卒祀鄉賢祠

新秋行南澗二首

秋露滴松門松枝翠如沐朝來見南山佳氣淸可掬竹巷靜且深野草萋更綠村墟動烟火童穉事樵牧初日鳴樹梢幽禽響空谷杖策步崇岡悠然快遐矚

秋光忽然至庭樹凉飈生茅塞覺淸快村塢斜陽明引杖試南澗石泉貯深淸藤蘿曲通徑樵客時

梁溪詩鈔　卷四　十八

逢迎淸談四隣寂山鳥時一鳴昔爲簪紱累今喜田園成

橫山别墅四首　一存

莊園堪寄老裘馬意何賒隤岸新幫石疎籬晩映花枇杷香壓樹翡翠暖眠沙隣火村春急西林是釣家

發桃花口直沽舟中述懷

直沽洋裏白沙村百丈牽船且未昏楊柳人家飛海燕桃花春水上河豚養高無計尋韋曲投老何方覓謝墩只待干戈平定了草堂歸隱獨山門

安山寫懷寄錢原溥學士

淰淰東風釀早寒斷雲殘雨鳥飛還春纔二月又三月夢越千山復萬山未報美人靑玉案猶思學士紫宸班年來頗辦歸休計花石岡頭屋數間

君山寺二首

君山突兀峙中流山寺鐘聲落釣舟雨暗千峯雲夢晩天涵一鴈洞庭秋芙蓉水殿棲禪侶薜荔仙臺過客遊欲訪呂巖求鐵笛月明吹上岳陽樓

君山山下水連天天鏡靑浮一點烟綠樹春藏湖上寺白頭僧渡岳陽船軒轅臺廢人何在柳毅亭

梁溪詩鈔　卷四　十九

荒事漫傳只有洞庭千古月夜深寂寂照棲禪

春懷寄景暘景美

池館新晴雪盡消尋芳時過赤闌橋一番風色傳花信二月春光上柳條富貴儻來方夢破功名提起暗魂消葑溪眞隱心長慕不寄詩筒慰寂寥

田家

竹籬茅屋似儂家細路緣江盡白沙落日叩門山客至鵓鴣啼上石楠花

橫山寫興

寒泉㶁㶁石池深竹屋松牕稱野心三月靑山花

正好一簾紅日酒初斟

鄒梅雪驄

字宗桓號梅雪邑之徐塘人

過南湖草堂

草堂正在南湖邊白沙翠竹秋娟娟蒲芽蘆葉相間綠歌聲欸乃來漁船堂中主人最儒雅懷抱無縈更瀟灑鏡天影裏絕塵氛酷愛吟詩自陶冩朝吟不暇櫛暮吟忘其饑胸中自有一種趣趣高不使他人知桃花流水迷紅霧春漲初生桃葉渡白鷗數點亂山青飛去飛來自朝暮主人與我交忘年數月不見心茫然相尋何日放舟去一竿同釣滄波煙

浦草堂鼎

字鳴吉號草堂著有草堂集

陳行之風翰亭

縹亭人似玉堂仙月肺雲肝瀉峽泉辭藻引毫歸寶唾筆花拖夢上鑾箋墨池暖漲桃花雨書壁涼飄柿葉煙氣窄紫鰲淸淺水神遊黄鵠泬寥天紅皺價博黄庭卷白雪聲和錦瑟絃五鳳文章天上待三都詞賦洛中傳荷巾未逐秋風老鐵硯磨雲

已半穿

題秦氏南湖草堂

頻年魚鳥識風流宛在湖南煙樹頭隔檻殘雲飛白鳳漫沙曲水走青虬浣花茅屋牽蘿補甫里芝田爲鶴謀詞客醉看書葉字小娃歌踏採菱舟掀髯華月生蓮渚欹枕寒潮響荻洲江燕雨吹琴薦濕鯉魚風颭釣絲柔詩題綵筆天吳泣書照青藜太乙遊夜夜文光貫牛斗南陽肯作卧龍休

劉刺史宏

字超遠號梅堂甲子舉人歷官東平知州

邑志云超遠負氣自高視世無足當意爲文奇古政有成績除夕有云幾多民事關心上四十光陰過客邊則其自視可知矣

題報恩寺方丈

灑掃高臺放眼寛一尊攜客暫盤桓門連翠嶂市聲遠䆗鎖白雲秋色闌僧定自知龍鉢冷客來誰識鶴巢寒西風半夜蕭蕭竹使我篝燈幾度看

許農部篪

字仲樂號絅菴乙丑進士官戸部員外郎

工詩每作人爭傳之見邑志

贈吳伯禮先生

當年苡薏竟成寃遂上秋風萬里船青草湖邊空有淚烏紗巾上豈無天氷霜歷盡春還到鄉井歸來壁尚全多少南冠未能釋白頭猶自守蠻煙

壯歲長歌行路難而今方喜釋南冠故園弟妹蕭條盡絕塞將軍禮數寬江總還家鷗社暖杜陵辭蜀草堂寒老懷不作天涯夢高卧東山一枕安

送倪汝敬謫官宜山

皂囊朝捧入承明夕泛孤舟萬里行補衮有才人共惜出關無節吏還迎夜郎月白空歸夢銅柱雲

深薄宦情此後陰晴俱未卜重來江郭聽鳩鳴

倪侍御敬

字汝敬號月樓峻孫之戊辰進士官河南道監察御史景泰初畿輔饑乞蠲田租再疏得請廵按山西奏罷入粟補官令移按福建未行時議將復銀冶抗論寢之既至鎮疏内臣戴細保貪横狀帝爲召還治其党六年以時多災異偕同官六人上疏極論謫宜山典史英宗復辟起知祥符安遠侯柳溥西征器之請以自隨改都督府都事師還卒明史倪敬傳載敬偕同官盛昶杜宥黃讓羅俊汪清上言府庫之財不宜無故而予遊觀之事不宜非時而行曩以齋僧屢出帑金易米不知櫛風沐雨之邊卒趨事急公之貧民又何以濟之近聞造龍舟作燕室營繕日增嬉遊不少非所以養聖躬也章綸鍾同直言見忤幽錮踰年非所以昭聖德也願罷桑門之供輟宴佚之娛止興作之役寬直臣之囚帝得疏不懌下之禮部部臣稱其忠愛帝報聞然意終不釋未幾詔都御史蕭維禎考察其屬諭令去之御史罷黜者十六人而敬等預焉皆謫爲典史

黃鶴樓

黃鶴高樓今尚在黃鶴高飛幾千載黃鶴仙人不復回空餘江水東流海誰能搥碎黃鶴樓誰能踢

翻鸚鵡洲詩人吾巳輕崔灝明月清風且放舟

采石月下懷李白

金龜來換江南酒采石磯頭月如晝明月還如昨夜圓夜深風挾長鯨走長鯨走亂濤喧酒寒何處與招魂太白樓高一千尺長留明月照天門

陳水部勉

字進之號秋林正統七年歲貢入太學歷官南京工部員外郎所著有秋林集邑志云秋林以詩畫名尤工大書襟度卓犖見知李文毅

李丞相讀書臺
讀書臺下立多時極目遙天去鳥遲古寺久無丹
柰樹一牀殘夢老僧知
錢偃師綱
字孝常號樂閒正統中取貢生官偃師知
縣邑志云孝常與厲昇同時負直氣好辨
論多與昇類除偃師大著威惠至今稱邑
產名吏必曰厲青田錢偃師正統十二年特以廩生年四十五以上者充貢謂之取貢以振淹滯各學多至五人孝常與其選後惟天順六年再一舉行西神叢語孝常剛正遇有不可必面斥無所避知縣某殘酷多杖殺人孝常過縣廳事見有圖曰視民如傷指語令曰請爲公易一字令曰幸甚敬請所易曰當易傷爲讐令蹴踖謝過爲省刑杖

梁溪詩鈔　卷四　舌

蘇子遊赤壁圖
月明烏鵲夜南飛橫槊歌殘赤壁磯自有周郎能
顧誤不妨蘇子賦星稀
陸益都志
字仲熙號冰菴歲貢生官益都知縣
過聽松菴有感
萬壑閒雲滿徑苔松關剛對翠屏開翻經座冷猊
長嘯施食庭空鳥不來塵翳中書留畫壁謂王孟端畫壁
雨荒丞相讀書臺石泉澄澈僧供茗兩腋清風一
快哉
尤伯子謙
字士和號菊軒務樸先生文伯子務樸先
生講學不倦徵書有志懷堯舜行合周曾
之語及菊軒講學門下士數百人其最著
者辛銘陸杲唐澤繆昌周文襄撫吳時舉
任武進訓導辭不赴著有梅花書屋全稿
送正言弟赴遂安任
昔賢勤學道道在無百里何論秀與頑斯民皆赤
子寧爲質樸全勿爲狙詐使毋喜於近功務幾於
上理酷吏不可爲俗吏亦云恥鸞鳳所發軔未嘗

梁溪詩鈔　卷四　圭

非棘枳守官如守身飲汝以吳水勉旃勗自今期
與古人齒
送唐生濟民公車北上用東坡送人之潭州
韻
文章須作皇家棟不爾徒堪覆醬瓮如虹意氣筆
凌雲天馬行空難捉鞚憶當昨者對牀時藥石針
砭未嫌痛爐中九轉姹女飛錯落縱橫出真汞卽
今日暮悵離羣雲頭初起丹山鳳日下驚傳唐子

西龍文百斛寧言重自可從游上苑春端知便入神仙夢嗣此雲泥少定踪米肉區區聊會送嗟予濩落走風塵漫說待時而後動渭城折柳笛聲聲且據胡牀作三弄

尤司馬諤

字正言號靜菴務樸先生仲子景泰庚午舉人除遂安知縣弛省刑禁而無廢事遂安俗少育女者力加禁斷迎醫於常山療民病廵道李部卒假捕盜名剽刦民間靜菴擒六十餘人置之法李愧憤中以他事

繫獄事白歸

秋柳和韻

相思樹老客西東萬縷千絲一半空彭澤門前常伴菊吳裳城外又飛鴻關河立馬今猶昔書劒從軍雨又風悶數昏鴉棲欲定幾回惆悵別離中

張節推九方

字應皐景泰庚午舉人入胄監授汝寧推官不畏强禦被誣棄官歸貢文買舟名浮莊往來湖上擇勝而遊或假宿西神僧舍積日忘返其學該博文無凡語自號月林

居士

朱叔昂水仙

水晶宮中春晝永玉肌薄映氷綃冷翠翹半脫雲髻偏睡眼瞢騰猶未醒起攜素手踏青陽襪羅輕印苔花香微誠欲托鄭交甫落日躊躇空斷腸

題莫雲樓煙水吟篷

莫翁本是神仙流江湖滿地坐一舟昔年過建業虎踞龍蟠歎奇絕前年往洞庭黑風吹浪魚龍腥溯流遂復遊赤壁亦似東坡攜二客潛蛟幽壑洞簫聲老鶴横江秋水碧秋水碧下九江匡廬疊翠

窺篷窗窺篷窗嶜吟目香爐瀑布貿中詩料何淙淙一年三峽灩澦堆如象如馬轟晴雷白鹽赤甲兩壁開鼓枻經南徐擊楫歌吳歈金焦兩點如拳小海門日出平鋪金色涵浮屠一年樊口漢陽住何許翁今弭棹歸梁溪梅花開遍龍山西松雲竹露尚有當年題從此清遊隨所適賦詩飲酒脫巾幘舟人漁子認未眞疑是當年誤入桃源迷路人翁兮翁兮人中龍一篷煙水長從容我當與爾五湖嘆回鴟夷子笠澤招來張子同挂帆碧漢上快

意乘長風開頭振柁萬里浪飛渡弱水蓬萊宮

鏡光石

閘閱峰頂石作鏡自誰何拭豈須人力懸常藉女蘿冷光侵日月清影印山河終古無昏蝕都憑宥自磨

尤處士誠

字士誠號牧雲子務樸先生季子昆仲弟姪皆登仕版士誠獨介然自守著牧雲草

惠山寺

背郭山無十里賒上方樓閣鎖烟霞徑連野色迷

芳草泉帶寒香泛落花齋鉢暫收雲外菌竹罏聊試雨前茶道人知我躭詩癖共倚長松到日斜

盛總憲顒

字時望號氷壑景泰辛未進士累官刑部侍郎都察院左副都御史卒賜祭葬 節錄明史盛顒傳天順初石亨曹吉祥冒功違法適彗星見同官楊瑄與顒等約疏劾之給事某洩於亨亨吉祥先入愬疏乃入帝怒皆入獄會有風災得解顒出爲束鹿縣束鹿徭苦不均顒立九則法繼者莫能易母憂去服除民相率詣闕乞還顒再任不用鞭扑訟者諭之輒叩頭不復辯鄰邑訟不決亦皆赴訴各心厭去郊外有隙地爭來築室遂成市號清官店擢守邵武調延平巡按御史上顒政績特賜封誥歷廣雲南陝西布政使拜刑部右侍郎居二年山東旱饑盜起改顒副都御史往撫之顒露禱大雨稿禾復蘇舉荒政餘粟尚百餘萬石又推行九則法於諸府致仕歸

束鹿感懷

百里司民命民情惜未知願將新雨露遍洗舊瘡痍

巡閩留別周本澄同年

九萬扶搖振羽翰西風吹我上征鞍江湖聚散悲萍梗雲路飛騰愧豸冠衣染御香閶闔曉劍橫秋水斗牛寒閩南病草知多少行見均霑雨露寬

奉天殿早朝

玉漏聲沉曙色開金爐香起入蓬萊日華三殿朝

龍袞珮合千官近上台道德萬年周社稷華夷一統漢樓臺老臣幸際明良會願播皇風遍九垓

竹罏

我愛鄉山入品泉持歸禪榻和雲煎湘臯捲雪來颸外蒙頂驚雷落檻前澆破詩愁初得句洗清塵思意忘筌人間肉食紛如雨爭識吾家此味全

周侍御清

字本澄號蘭室辛未進士選庶吉士改南京監察御史清軍四川布袍羸馬至則盡

黜罰濫尺籍晝然卒於敘州見邑志

送阮教授還鄉

兩從秉鐸識金聲書味深來薄宦情五柳門前迎稚子三鱣堂上集諸生志非溫飽貧何病人在波濤夢不驚七尺漁竿一壺酒祇應鷗鷺未寒盟

吳復民謙

字伯禮號復民有詩文集藏於家

安遠侯柳公溥挽章

一夜前軍隕大星元戎夢斷鳳凰翎遠夷震駭連遐邇卹典優崇出內廷麟閣英姿圖颯爽龍泉光

彩閟精靈十年帳下叨恩渥矯首湘南涕泪零

錦江舲爲成僉憲賦

新築齋居類野航向來危險未能忘江湖心共盟鷗遠霄漢身隨退鷁藏熟睡不須憂灩澦安居無復上瞿塘夢中幾欲窮詩史萬里橋西覓草堂

章節庵洪

字文海號節庵

秋潭僧畫墨葡萄

蒲團枯坐罷楞嚴漫寫驪珠上素縑金刹夜深香斷後月華猶照水晶簾

題鈎勒竹

葉葉低垂金錯刀滿林秋意夜蕭騷玉簫聲裡天風急吹落池頭白鳳毛

余處士睦

字民用號拙逸生所著有蛙鳴稿

華山畿

華山畿事可悲華山之女歌有辭儂昔見君君有思君爲儂死儂不知華山畿心相繫心繫不困生死異牛車載柩過儂里牛不前行車卽止華山畿良可哀君死儂生奚可哉願言玉匣爲儂開與君

一處埋蒿萊華山畿歌欲絶此情此恨憑誰說歌不成聲聲哽咽聞之使人腸欲裂

楊儀部琛

字叔獻號文庵又號松軒漫叟叔璣從弟甲戌進士歷官禮部郎中性孝友父殁廬墓三年治家親睦爲一邑之冠五世同居以孝義稱或問漫叟云食指踰千公私百務祇一劇邑乃能雍睦如此豈得唐人忍字力耶荅曰忍不可久惟無隙斯善耳見西神叢語泰修撰有詩贈之曰江南巨室不可數五世同居有幾家不是

松軒能砥柱定教骨肉似搏沙

和吳鵬舉尋石門

昔者讓王代何不開此門人疑天地秘別有至妙存山靈蘊蓄積人世無由捫翳此或外道不復煩訶闢疑義竟誰晰萬世天無言頑石忽欲語青青出雲根夕陽亦西下明月生黃昏下山一回顧突兀雙峯尊

題畫鼠

滿腹費幾何無功胡弗耻昨日値嘉平迎猫復爾爾

秦東皋璠

字景美號東皋著有東皋集子用中亦負才名工詩與李夢陽何景明諸名流相唱和見邑志

陸子泉

達人不作千年計志士長懷萬物情陸子自能耽此水二泉吾得濯其清明明夜月亭間竹日日秋風谷底鍇頭白一瓢知冷煖抱琴高卧聽松聲

秦贈公霦

字潤孚號畢牧著有畢牧吟藁新都楊廷和爲之序以子金貴累贈太子太保南京兵部尚書

斗室

惜金慳買地結屋僅容身簾破惟通燕簷低欲礙巾曲肱眠肆志抱膝坐凝神莫笑規模窄中藏萬斛春

王氏山房

愛爾房櫳好藏修歲月長米囊花孕子書帶草生香簾晚山横翠牕虛竹送涼我來多雅興詩酒共徜徉

癸丑春聞金兒禮闈試捷喜而賦此

橋門辭講叩天關黃甲新黍進士班金殿傳臚聽鳳詔玉階齊仗覲龍顏已將姓字聞天下好立功名在世間須鶴也知榮幸事春晴隨我看青山

泥金飛帖寄平安老眼摩挲帶笑看祖澤有源流不盡君恩無限報尤難立身要在師賢哲輔世還期作好官拚卻賣詩錢一索賸沽春酒速賓歡

讀岳忠武王褒忠錄

賊檜甘心事虜酋岳王冤憤竟何休一收上將三千士半失中原百二州青史有名齊李郭黃泉無

愧見伊周棲霞嶺下東西樹鬼哭猿啼夜夜秋

牧牛圖

水遠知牛渴牛饑願草深如何子民者不似牧童心

余伴讀樞

字季樞號玉菴博學能文爲李文毅公時勉所知賞景泰初薦授景陵訓導歷岳陽王府教授楚王府伴讀每王前申講舉義必有關要見邑志

遊洪山寺和韻

幾日烟郊綠滿隄出城東去又城西馬能知路無勞策磴自緣雲不用梯老衲下堂迎客慣浮圖掛影揷天低一壺一榼行遊熟吟到歸鴉上樹栖

張福州遜

字時敏號鈍軒丙子舉人授同安知縣理還內侍所侵民田歸處建倉勸分法後人多用之遷福寧州戢濱海盜均徭役改涿州時有安州監生張錦以人命誣其州守逮者三百人數年不決又任邱令謝某無上令將一指揮下之獄指揮訟之上且欲手格殺之二事並檄鈍軒就勘鈍軒皆片言折服擢守福州振舉廢墜摘發侵隱治最入覲與慶成宴還家

登惠山

鴻雲蒙青山零雨暗村樹澹然叩磬心疎鐘越林度颼颼風松寒陰翳石門路門掩蒼徑微僧歸黃葉雨幸脫塵網中况與清景遇聊憩支公牀猿吟始知曙

華處士薼

字祖芳號集義耿介自好篤於孝友見利

思義久要不忘晚築安老堂於別業爲詩社又爲一舟名吟篷遨遊雲水間有吟篷卷一時名輩題咏甚夥以上世遺文并名公往還之作爲一集曰叢藻又自銘曰讀書不成還學詩秋風入鬢俄成絲事不合義不敢爲此心惟有天翁知尚期子孫用清時前人門戶庶不隳南林風月將全歸樂天知命復奚疑卒年六十有五

清明掃墓

去年清明具尊俎吾父攜吾拜吾祖今年清明奠

酒漿吾攜吾兒哭吾父宿草萋萋滿隴頭年去年來無限愁無限愁慈烏落日啼松楸

題小蓬瀛

海上仙人釣六鰲稜山誰與傍南臯層層洞戶滄溟小淡淡烟雲峭壁高渡口碧流通弱水樹頭朱實熟蟠桃登臨欲約安期輩共醉春風玉色醪

吳處士翀

字鵬舉號管窺有管窺集牡丹百詠傳於世嘗與李舜明同修邑志

贈吳江汝思善

風吹柳花三月春澄江草堂來故人掀髯一笑話疇昔老懷傾倒開蒼旻刻燭高吟擊銅斗不願黃金繫吾肘只愁酒醒各天涯玉鞭捎斷青楊柳

范止菴穆

字緝熙號止菴著有鏵龍吟藁

題莫雲樓松月雙清圖

此中萬籟寂無聲月到松間分外明我願抱琴圖畫裏與君相對坐三更

徐南山壽

字延齡號南山著有蚓鳴集

王昭君

馬上琵琶塞上風分明吹入玉關中妾身本是鄉村女不解金錢買畫工

潘杏虎寶

字時用杏虎其號也

暮春過南浦

江上人家春水西桃花短短壓牆低可憐十日東風惡紅雨滿林啼竹雞

與緝熙同訪莫雲樓

朝看日影漾波紋卓午風和却又曛遙指吟篷烟

水上兩三人醉一樓雲

俞先生鎧

字武元號蒿庵邵文莊公與先九世祖錡軒公兄弟受經師也先生幼時讀書必數百過方成誦然久而不忘稍長舉足徐行不亂尺寸性至孝家貧資束修以養學使者廉其狀俾越次補貢入太學以母老辭母歿廬墓四年始就試順天中弘治己酉舉人年五十餘授長與教諭

謝善禮姻丈見過

家慈垂白病添贜相見頻煩問起居行畏地崎扶有杖舍違江遠食無魚交游眼底誰知已寂寞城南一草廬幾度凭軒重懷感似君高誼世應疎

顧封公懋章

字時芳號芹軒少與邵文莊公同師俞蒿庵先生受經學先洞陽公世父也公爲人寛仁好施周人之急惟恐弗逮有逋負不責其償詩不多見僅存家乘中一首所著有養生延壽節要皆采輯古丹經醫書撮其要傳於世以子可學貴封工部主事

進四品服色卒年八十有八嘉靖中晉贈柱國太子太保禮部尚書

築三里橋成 有序

吾錫北塘關路濱芙蓉湖歲潦病涉勉爲石梁名三里橋與工掘土得一石碑上書顧港橋考之縣志卽上祖顧長康所建越千年而燬復成之豈定數乎述之以詩志祖德也

五里青山三里塘水深病涉可無梁千年顧港橋名古土蝕殘碑掩路旁

先九祖筠軒公詩

節錄邵文莊公撰公墓誌敘曰君諱榮章字時顯姓顧氏別號筠軒誠軒翁信叔子君之事父凡厥攸嗜雖遠必致於史傳忠孝事多經論議故達於大義君子可立積學未第可久爲行人與同官上疏言事君初聞躍然喜曰義也繼聞上震怒則悚然久之聞改官之命又以聖恩宏大無可報稱將卒猶惓惓以爲言年六十一又曰余昔在吾師蒿翁之門知君兄弟最故諸子於余加推遜焉公有筠軒詩草藏於家

雙義坊 有序

昔余曾祖福五府君暨大父壽山府君故居膠山鄉建文二年庚辰有鄉惡俞冥兄弟三人嘯聚里中爲暴自稱判官害無寧歲永樂元年癸未我兩府君倡集義旅捍禦之一鄉倚全有司上其事於朝俞懼潛奔京師誣陷我曾祖被逮四年丙戌我祖伏闕陳冤至十年壬辰始白俞冥等伏誅其明年癸巳奉特恩詔旌我兩府君之門曰雙義然而田廬已廢兩府君亦相繼卒曾祖葬蘇州洞庭山祖塋異縣波濤多年霜露

子孫何心愸焉如擣因著於篇
雙義坊人云亾膠鬲去後秋山長子孫愴禾黍緬
焉想岾處山中故老尚能言獵獵西風破茆宇榱
崩棟折茆亂飛隣人爲掃舊柴屏胡不抱茆入竹
去昔年棠蔽今無歸今無歸葬何所洞庭波浪一
坏土我聞此言淚如雨謹爲告曰公有孫曾十數
人紆金佩玉入天府公今在天侍紫皇昭昭雙義
膠山香

得京信二首

雙義門中立三珠樹上花誰言風又雪應爲國忘

家凊白丹心在蒼黄白日斜舉頭遥北望尺五聽
宣麻
碌碌真餘子問問亦可人蒼生誰禱祀白首竟因
循廣路喧車馬明時起鳳麟老懷何日放衹恐墮
淄塵

同伯兄仲兄至惠山觀楊叔理所作螭首

蕁常雲起九龍脊今見螭頭噴玉泉從此出山原
不濁澄淸風月浩無邊
我思問字子雲亭生怕中郎倒屣迎珠吐龍頭出
龍腹中藏萬斛向天鳴
陸羽何心去復回山中啜茗草堂開行人指點漪
瀾下道是神龍見首來

梅始華

此是春風第一枝午牕無夢爲尋詩天涯冷落知
多少氷雪漫山開正遲

人日發京信

一年一日獨稱人努力仔肩天地春應識倚閭傳
遠信三千里外白頭新

男 葆之 彝叔校

梁溪詩鈔卷四

梁溪詩鈔目鈔卷之五

以上共二十二人

梁溪詩鈔卷五

梁溪顧光旭華陽氏集

明

秦封公旭

字景暘號修敬年八十有五私謚貞靖先生以子夔貴封武昌守碧山吟社中第一人也邵文莊公寶碧山吟社卷有跋茲稍節其語誌於此碧山吟社在惠山之麓耆水洞之前黃公澗之上陸子泉之右時爲成化之末弘治之前其人皆一時隱君子爲修敬秦翁景暘爲竹石陸翁懋成爲梅菴高翁惟清爲遯菴陳翁天澤爲杏軒黃翁公祿爲聽玉楊翁叔理爲絅菴李翁舜明爲玉溪陳翁行之爲北野施翁彥

清爲玉林潘翁繼芳而秋林陳公進之歸自工部水墅盛公時望歸自都臺中齋秦公廷韶歸自江藩亦時時一至不在恒數其會則惟論詩詩成有燕殽核數盤飯一盂酒八九行而已於是三原王端毅公方在撫院亦聞風而願見焉王文肅吳文定二公亦數至而深慕形於詩咏蓋於是者若干年而修敬卒諸老相繼淪謝今存者惟玉林一人能談其事尚者猶歆慕之而莫能繼也其爲約甚嚴十人之外不參以俗客雖盛暑祁寒必各以其服至不褻不散一會一詩必命題必起稿若爲課然者今考其年絅菴八十有九修敬八十有五遯菴八十有三竹石八十有二梅菴七十有九杏軒七十有三玉溪六十有九北野六十有一皆可爲壽矣而玉林今年八十有二康彊如六十七十者其壽尚未可量也此卷爲玉林所藏中亦有祠外作者寳於諸老皆及見之北方仕於朝未能操几杖以從焉所謂歆慕之者蓋甚於人人辛巳歲大司徒秦公以都御史被召還自湖南訪我二泉書院嘗同至吟社裴回久之今見此卷吾且老矣烏能無情哉嘉靖丙戌冬寶識吳文定公寬題吟社詩曰詩壇高築壬寅歲勝事遙傳大歷年買地有背酬野衲品泉無譜問茶仙樹藏亭子清風裹路繞雲根小洞邀賡倡願隨諸老後結盟遲我賦歸田王文肅公僎題吟社詩曰少游何處開吟社借得西神數畝山一代衣冠追洛下千金詞賦播人間松筠秉節堪怡晚臺榭臨流好樂聞我欲低頭拜盟主拄冠何日出賢關邵文莊公輓秦封君詩云寥落湖山晚伊人謝草堂子暹封尚早身隱道逾光杖老會於國祠賢合在鄉未能從邗客東望意何長

用金山韻

我昔呈琅玕天門夢披腹稽首朝紫皇香風引鳴

玉茲將有所啟可奈凡想促幡然歸東海散髮赤雙足徘徊扶桑暾顧瞻形影獨邇來風塵中聞見汙耳目竊喜得新進蹉跎愧老宿還悲士風薄頹倒亂心曲三吳文獻邦未覺禮義熟傷今與感古清淚洒一斛人情貴越分失守故多欲吾將訴真宰乘風駕黃鵠

辟纑伴讀圖爲繼芳題

母績手中麻子讀燈下書綺疏風泠泠母子同勤劬母心豈不勞望子成大儒良人先朝露所托良在予愁長恨緜短淚落沾衣裾巍巍阿母功寧與

山岳殊斑衣映春酒此樂爲何如

春江詞

春江烟鎖垂楊綫春江雨濕桃花片江頭女兒朝浣紗水中照見芙蓉面畫船雙槳聲嘔啞驚得鴛鴦起陂沙餘情願托春波去遲遲流向花邊住

贈郡侯孫偉德

使君登科歷郎署年少傾心報明主承恩作郡毘陵來潤物無聲似春雨毘陵之城當要衝一旦起廢成厥功頓令聚落有屏蔽豈獨壯觀三吳中邦民焚香拜太守從此餘生安畎畝堂中萬雉連雲

開時平不用官軍守成化已卯春欺天有豺虎紛紛作隊下江南肆貪更有王千戶誅求處處無厭時聲言入貢恐緩期黃金攫得取歡樂薰天氣燄如虹霓金銀連船珠滿斛虎狼貪心猶不足太守晨怒瞋雙目痛惜生民受荼毒羣兇回朝搆太守帝曰汝曹當速朽矯制索金惡貫盈守土之臣罪何有尚書實封陳御前天王越知太守賢詔令元惡梟首江南懸嗚呼小人欺天豈能久肖使賢良陷虎口

傷春詞柬繼芳四首

去年曾賦傷春曲已與潘郎歌斷續細雨梨花爛熳愁春風楊柳淒迷綠今年又賦傷春詩燒燈華屋雨絲絲天公歲歲能作惡偏在春光最好時

黃鸝無聲燕無語門外春波没洲渚美人欲來猶未來因斷三湘縈情緒古墨輕磨香滿堂强題春興不成行愁腸百結終難解夢斷風流錦瑟旁

東風陣陣花狼藉老夫鈎簾空太息狂來扶病欲出門門外春泥深一尺徐家園圃葛家樓回首繁華逐水流安得紅顏生羽翼玉笙吹上崑崙邛

新年何堪病侵逼風雨闔門斂踪跡眼見飛花尚

有情身似游絲太無力矮牀高枕睡昏昏人與梨花并斷魂神奇臭腐等閑事區區死生何足論

螭首歌贈楊叔理

楊郎引泉作螭首精巧乃出良工手崢嶸頭角欲飛動噴出驪珠千萬斛先生好清非好奇振起廢墜誠所宜狂流伏竄病汲者正如吾道當一之時來觀聽復攜茗汲深不及桄榔綆試敲石火煮澄清一酌令人發茗頴茶仙安妥山靈喜我亦殷勤薦芳芷紛紛眼底芻田翁清事何曾掛唇齒先生寤寐山水間扁舟往來常自閒從今桑苧祠前月

長照先生耆桄斑

花朝繼芳邀社飲

去年花朝晴復雨，潘郎邀我遊山墅畫船曾載玉
梅花醉撥琵琶唱金縷今日花開風日妍潘郎攜
酒復占先年年如期謹約束不比懶牛須着鞭碧
山堂上開華宴綠酒吹香撲人面座無紅袖撥琵
琶司馬何須淚如線衆人文采推潘郎折花行酒
春與狂題詩不愁韻脚險吐詞自覺光芒長泉頭
披草相呼喚海錯湖鮮鋪錯亂人生行樂莫過此
只恐流光暗中換昨聞朝報過州司此輩黜陟何

曾知山花紅壓紗帽重强學少年聊自欺只今天
王六五帝升米三錢門不閉八荒四海無啼饑吾
儕且樂太平時

與懋成惟清公祿叔理舜明山行歸途和韻

落梅風急放湖船六客逍遙是散仙雪白河豚新
入饌鵞黃楊柳未成綿松菴相地開詩社花市留
衣當酒錢寄語諸公愼終始莫因勤怠誤流年

客有負約詩以戲之

誰信佳期肎落空出門西向笑東翁紫薇影暨清
尊月紅藕香生白羽風暑氣逼人猶鍜鍊天恩優
老幸遭逢騷壇老將都堅壁誰掣鯨魚碧海中

陳天澤宅會飲

德星堂上醉春瓢從此斯文未寂寥約束已能遵
舊典更張何用立新條邯鄲殘夢無多夜傀儡終
場有幾朝明日老夫還折簡南州閭裡再逍遙

弘治壬子立夏前一日偕梅巷立夫過爽兒
新安別墅

裴得新茶立夏前白龍橋下泛湖船紅雲壓地薔
薇海黑雨翻空玳瑁天急景任教隨逝水閒情何
必問流年山林鐘鼎粗能了便與諸君報十全

題畫

步屧春風水際還動看魚鳥靜看山只今江漢朝
宗日野渡孤舟儘自閒

李絅菴庶

字舜明號絅菴碧山十老之一卒年八十
有九邵文莊公爲李絅菴傳搞敎於此先生幼穎悟十二能詩旣而力攻古作每操筆黙然成章不欲炫露因有絅菴之號然知已者輒爲傳誦聲名隱起士大夫翕相推致及門士多出爲顯官有欲從浮屠者立責復之事父母孝存以道養死以禮葬爲人簡重溫純而義氣所激執言無忌細日修飭長身而癯出入閭里見者起敬郡邑長歲時存問所居南樓日擁遺書校讐其中惟詩老一社事則一往焉治後

圖結茆渠水上題曰渠南一老亭書附謝
詩於壁每風日晴美幅巾藜杖行歌坐吟
悠然自適人以列仙擬之所著有錫山志
綱菴集貞靖先生有壽舜明六十詩碧山
吟社爭攀聯社裏風光孰最先此老足勝
千百輩狂夫空長十三年雖林得句驚人
秀鳳穴生雛閒世賢我亦新
春攜壽酒龍門聽拜借餘妍

喜吟社新成簡聽玉

論交共有斯文契結社欣逢至治年道誼相資期
化俗詞章何用學通仙亭臺落日烟霞裏杖履清
風水玉邀珍重楊雄偏好靜竹門深鎖白雲連

陳遜菴傾

字天澤以字行號遜菴卒年八十有三碧

山十老之一

重陽日修敬邀社中諸老龍山登高

城樓鐘鼓報新晴有約登高作伴行十老相於冠
乍整九峯纔上眼皆明尊前黃菊未堪把樹杪清
泉時自聲酩酊西風酬令節閒身何幸際昇平

陸竹石勉

字懋成號竹石能大書兼工畫卒年八十
有二碧山十老之一

玉林花朝開社次原韻

汲得龍淵水一瓢試茶先趁社前邀語超塵境都
忘倦路入山光不覺遙修竹茂林思往事雨香雲
淡屬花朝年年此會須乘興莫遣東君歎寂寥

高梅菴亘

字惟清號梅菴卒年七十有九碧山十老
之一

竹石開社賞牡丹

白首論交保歲寒人間富貴等閒看斯文結社能
追洛稽古成名豈慕桓青帝欲歸猶駐駕綵雲將
墮亂遮闌一時樂事應無價且盡樽前半日歡

正月二十五日修敬吟社宴集次韻

池亭面面遶朱闌每月探泉到碧山樂事還尋諸
老共浮生能得幾時閒行厨迭餽來花外啼鳥催
詩出樹間扶醉登舟天已暮月明湖上放歌還

黃杏軒祿

字公祿號杏軒以醫名著有杏軒詩集卒
年七十有三碧山十老之一

郎庸和修敬韻一絕

亂插花枝在鬢邊花陰談笑棹觥船不須重訂東
君約歲歲看花首夏前

竹石吟社開宴次綱菴韻

雲蹊寂寞淨無苔泉上吟壇向石開塵夢未醒春已老山靈相喚客重來酒籌不計看花飲詩句難成待雨催爲惜殘英久留戀孤蓬又向月中推

楊聽玉理

字叔理號聽玉嘗作二泉池上螭首卒年七十存二碧山十老之一

五月十一日次修敬載酒邀十老集吟社韵

盤堆山果雜溪蘩雅集衣冠又此番澗底泉從龍吻出松梢雪壓鶴巢翻金聲擲地詞章重玉屑霏春笑語繁觴詠不知盤礴久一輪明月照歸轓

九月十一日北野攜酌徐元大池亭宴集

西嶺登高餘興在南園此會亦清嘉行厨送饌來筠逕醉筆題詩漬墨花秋水魚跳聲潑剌夕陽人散影欹斜一時文采風流目不數王家與謝家

陳錫谷公懋

字行之號玉溪嘗築錫谷堂於惠麓因又自號錫谷老人著有錫谷詩文集卒年六十有九碧山十老之一 秦夔題錫谷書堂云錫谷透迤山水幽中有隱者之飛樓二泉烟霞半欲夕九龍爽氣常宜秋吟退落日動遐思望衷下湖消客愁地靈人傑爲訶護更約臨風來上頭邵文莊公開行之詩有詩云著書筆自何時閣曳杖歌從昨日聞見容春前集

綠雲深處同聶大年賦

門外紅塵深復深竹寒松翠自蕭森落花滿地無人到啼鳥數聲何處尋亭上清風凉欲雨山中白日晝成陰最思長夏消煩暑著我題詩一快吟

題小蓬瀛軒

澗頭綠水流花淨谷口青林送雨凉銀鶴舞空秋澹澹玉笙吹月夜茫茫

施野翁廉

字彦清號北野精於醫弘治中徵詣京師

辭職歸築亭館於聽松菴右曰野翁園卒年六十有一碧山十老之一

戊午十二月朔喜潘玉林至

清晨梳我頭呼兒掃茅宇蔬果開樽罍展席集朋侶鈞簾對青山蕭蕭落疎雨握手忍分違相思渺何許

自題山莊

深深鑿渠低覆架流水入戶桃花香野人朝來足春睡時有黃鸝過短牆

呼兒添火暖深杯霜雪霏霏戶半開千樹桃花萬

竿竹品題還待野翁來

潘玉林緒

字繼芳號玉林以孝稱精於醫碧山十老之一社中皆高年玉林年未五十諸人重其品援以入焉後楊長史濟成再續吟社玉林爲祭酒見邑志

六月二十三日絅菴攜酌於元大竹林避暑以敬修韻贈絅菴

黄塵道上絶行車避暑時來野水涯箯展南州徐穉榻樽開北海鄭侯家風情未老歌桃葉兒子將

看折桂花更向東隣尋樂事竹林深處最清華

秦方伯夔

字廷韶號中齋修敬先生長子天順庚辰進士授南京兵部主事晉郎中出爲武昌建昌兩郡太守所至有殊績一時頌其神明歷遷江西右布政使卒於家著有五峯遺稿邑志云廷韶守武昌嘗行江干見一婦人縛而委之沙中未殊死解而問焉曰妾杭人柳氏從夫賈江上遇盜將見汚不從以至於此夔即日蹤跡得盜置之法而歸婦人於其家再守建昌民有將訟其令於上者令疑所讐何某者爲之陰令人首何他事文致其罪置極典夔疑焉密鞫之得其情而釋之吉水大姓彭與伍相奏許逮至百餘人久不決以屬夔夔擇聽地立木繫囚使人相去各數丈次第嚴詰之言或矛盾輙窮考久乃吐實獄成人皆快之邵二泉云廷韶詩始馳騖中唐久之得其風格既而學杜復參之蘇黃以下故所就如此程克勤云公詩清麗豐蔚不名一家錢與謙云廷韶詩流麗有唐人風

東安道中

南人喜乘舟鞍馬非所便自我離京師陸行苦迍邅長驅竟終日黄塵暗幽燕平原莽千里四顧無人烟况兹冬欲暮寒風正淒然霜嚴裂肌膚指直不得拳僕夫亟告勞長跪向我前下馬語僕夫客途須勉旃丈夫豈兒女壯志恒在邊微勞詎足惜

去矣行策鞭

送人還松江

金陵城中花簇烟金陵陌上酒如泉送君臨岐一握手欲别未别心茫然疋馬迢迢向東去黄金作鞭花照路長安雖好不如家翹首吳門隔烟霧君家遠在雲水鄉正近吳王舊獵場海錯登盤玉脂滑鮮蓴出水銀絲長荒亭鶴去空塵跡三高祠前秋月白惜君未得從君行斜日無言正愁絶

同金廣信宗器遊番湖

番湖水落秋容冷碧色澄鮮三萬頃樓船噉嘈何

處來十幅蒲帆弄秋影霜晴九月葭葦枯芙蓉著花秋滿湖吳興已遠郭熙老誰爲寫此秋江圖汀洲遠近迷雲樹東去滄波急如注康山一髮天際横傳是先皇洗兵處當年血戰湖水黄日月照耀旌旗光鼎湖龍去不復返只有鳰鷺飛茫茫天開大澤雄今古氣撼東吳及南楚巴陵洞庭何處邊目斷潯陽送樓櫓北風獵獵握雙旌此行奇絶如登瀛風波平地不須逢向來魂夢今猶驚浩歌蓬底還搔首却憶同行信州守泮水飄零盡白頭相逢且醉餘干酒

贈虞示錫赴金庭塾館

西溪先生頭半白十年常作金庭客慣説金庭山水清嗟余俗眼何由識新春示我山水圖金庭乃在東南烟浪之具區洞天福地仙所都靈芝瑞草無時無危峯倒揷青天孤下涉阻險連重湖秋風颯颯吹黄蘆白波漫天鳰鷺呼沙頭二老翁衣冠一何偉烏紗籠頭髮垂身笑看雲山弄雲水就中一叟豪且雄恐是近世天全翁領客嘗遊湖水東脱屣富貴尋崆峒英賢遺跡轉眼空好事寫入茲圖中不然胡爲避世士被服郤有今人風余生亦愛金庭好對畫題詩心悰悰會約先生作勝遊他日風流成四老

春日省耕便道之麻姑

迎仙橋上花冥冥通會郭前春草生歡聲夾道民吏迎爭言使君來省耕使君十年專兩城武昌樊口舊所經政令未一民未寧耿耿徒有憂民情爾時郊原雨初晴嫩寒着人羅袂輕桑枝拂地雉不驚野蠶欲眠啼亂鶯羽人白髮衰顔頳勸我遂作麻姑行麻姑山高天下名芙容揷天真削成石厓崢嶸龍虎爭赤日下照玻瓈明山頭飛泉匹練横

下注千尺寒潭清中有仙人吹玉笙傳是晉代王方平紫綃衣裳織翠翎翩然乘風下雲輧千年往事誰作凭魯公文字照日星穹碑峩峩立山扃上帝呵護煩六丁後來羅公當代英指斥前輩譏仙靈詞源滚滚三峽傾道在不作荒唐鳴老禪詩魂呼不醒醉來得句誰與評仰天一笑氣拂膺蒼烟落日回雙旌

過高郵

四顧無山色蒼茫入望遥城池百戰在魚蟹四封饒小市黄茅店孤村白板橋停舟問民俗風景頗

薦條

秦二孝子爽

字仲孚以字行號務本貞靖子廷韶叔弟也廷韶仕於朝二弟侍養封公嘗患心痛二子爭刺血於胸和酒進病竟愈母殷苦人膝傷潰口吮之亦愈郡縣上其事詔旌雙孝成化中賜冠帶嘗作溪山清興堂清遠閣結亭於後圃顔曰滌煩著有滌煩亭稿昔人評溪橋詩曰詩中畫扇頭詩曰畫中詩今錄於左

溪橋散步

老去觀書興易闌綠陰清晝況多閑杖藜扶我溪頭步看盡湖南十里山

襲行儉以扇索畫

行過溪橋日欲低綠陰滿地郭公啼微風輕颺茶煙起知有人家在竹西

楊廣文纓

字士瞻號立齋成化戊子舉人官建昌府學訓導著有蛙吹集

乙未歲赴春試任邱道中即事

三陽燕冀地寒風逼衣巾土脈猶封臘林梢未漏春荒城明野燒旅店雜羈人望斷鄉關路酸風起獵塵

談萊州綱

字憲章成化己丑進士萊州知府初官刑曹有聲出爲廣信守屬邑永豐有礬憲章籌久遠利害條十事上之巡撫深中窾會以孫愷贈兵部右侍郎右僉都御史

修禊惠泉次韻

桃花欲盡柳枝妍春色將歸正可憐鄭俗采蘭當

上巳晉時流水悼羣賢溪光錦纜廻羅綺山色瓊樓沸管絃我亦盪舟同祓禊漪瀾亭畔酌清泉

談敬義縉

字朝章號敬義僉事泰之子邑志儒林傳云朝章少薄章句潛究聖賢之學應事從容不動聲色爲時所重臺使行部必式其廬著荷橋子

書莫節婦王氏傳後

十年秦箕箒甫笄生鳳雛雛羽未五色良人竟先殂堅持氷檗操白首不忍渝雛能終返哺母願久

陳叅政周

字文美號東厓辛丑進士由戶曹出爲河南叅政著有東厓類稿邑志云東厓本嘉定人先世有與倡道衍善者其後薄道衍爲人遂匿姓名避居錫之宅仁鄉因爲無錫人東厓初授戶部主事督漕奏瀏浙閘遒税議將開引鹽而適販要路以請東厓趣罷之曰引故當開不當以販以販周在不可得也出爲河南叅政行部得穴金悉以賞汝南之民貧不能輸官租者周王侵民田東厓悉理還之王以是銜東厓會其朝謁留之便殿將辱之東厓不爲屈遂出

入閩遣懷

奉命使南閩八千里外行敢辭山水惡須盡葵藿

誠嶂雲開復合鷗鳥去還迎欲猛催科政瘡痍尚念氓

呂御史甪

字宜中號泉亭少孤力學貧無所得食則取故廬檐楹易粟而薪其闌檻皆盡辛丑進士授大名推官歷衢州永平以至誠決獄躬詣囹圄視囚藥食囚多畫像祀之擢監察御史泉亭簡易端確不事作業妻子恒相對忍饑巡按雲南舉劾清嚴未幾歸

城東避暑次廉伯陸元韵

矣孚今往見艮人寸心明月孤

過太僕鶴

字九皐號心月戊戌進士野舟子野舟者名瓹字時霽正統間大軍南征所至紛擾野舟爲區畫供餉四境安堵野舟爲人英敏剛正嗜經籍交際湖海間人著有窺豹等集疾革時詠掃雪煎茶詩云蕭蕭吟鬢未全華男已成名女有家今日向平心事了梅邊掃雪自煎茶太僕鴻才飽學初宰安福有流民嘯聚邑之梅花洞單騎往撫

之衆羅拜感泣開倉賑乏閭井晏然外艱服闋補崇安令蠲逋負出滯獄民大悅擢太僕寺丞告歸二十年纔四十有五年不逮德君子惜之語在過氏宗譜太僕又載入浙江平湖縣誌舉人進士表中與錫誌同豈嘗寄籍於浙耶俟考

題延福庵

延福精廬面小橋半臨流水半臨郊紅分日影穿林隙青送山光落樹梢古佛臺前猿獻果老松枝上鶴營巢庵僧每出歸來晚却把禪扉帶月敲

城東避暑次廉伯陸元韵

暑氣蒸人欲濯川羣公郊野喜鑣連追凉合坐池邊樹醫俗還尋竹裏壓耕鑿不知恩似海笑談忘郤日如年詩成東閣翹材館留與君家作勝傳

邵文莊公寶

字國賢號泉齋學者稱二泉先生甲辰進士累官至南京禮部尚書乞養終老卒謚文莊明史有傳君子堂記歲己酉新邵二泉夫子祠其明年復爲堂於超然堂之前顏日君子堂客日吾聞邵文莊公之名尚德書院也以竹茲堂得毋謂是歟余日而不見夫二泉夫子乎夫子少孤竭力事母夫人過篤老無間純孝也既入官數歷中外無時不以君爲心無事不以民爲念純臣也學邇山而未得爲邇山徒也乃於登邇山之門者玉泉盼先生未登邇山玉泉之門而登遂初之門者小山李先生實齋蔣先生朝夕禮之如弟子於是作會侍堂李忠定公祠又別爲一堂奉十賢淵源之自尚論之指竊往之誠繼濂洛而接鄒魯之傳眞儒也君子哉其學不稼不淫不屈浩然塞於天地之間官京師時拒寧濠濠敗搜舉朝往來之迹夫子獨無一字總督漕運逆瑾方張將搆平江伯於難至以死生動夫子卒不宥出一語以倖免里居設義塾延師教邑中子弟就家拜尚書辭不赴取與嚴於一介雖遺焚蕩屏却贈遺迄今讀容春堂全集而夫子之心夫子之學與其所以教者可得而聞也其所著述彰矣左觿補杜氏之缺簡端錄日格子破後學之疑而定前人之紊漕政舉要錄治河畧皆經世艮規帝王之

官家天下一書足令當朝桂子賞輩戰膽裂心毀魏文廟碑崇奉正統撰定性書說直探本原自文靖載道南來諸賢代興而集諸賢之成者夫子也夫子之舉於鄉也出李文正公西涯先生之門西涯一見有國士之目比之昌黎之於張文昌柳子厚廬陵之於眉山自今觀之文昌子厚子瞻皆文章之士夫子振茫茫之墜緒其功在斯道絕續之間豈虛乎哉前之君子夫子祀之於一堂後之君子亦將登是堂而慨想乎百世之上也詩日瞻彼淇澳菉竹猗猗衞人之所爲咏君子也而又何疑乎客退書之以爲記後學顧光旭拜撰

題郭子儀單騎入羌圖

唐之大將汾陽公天界才畧成貞忠平生信義貫金石倉卒眼底無羌戎戎來如雲驅以風我下我馬何從容諸酋羅拜誓酹酒大人先兆巫言中世稱談笑可折衝萬古一羽雲霄空龍眠居士丹青雄筆到此事眞奇逢尋常傳玩歲復月時於敝篋騰長虹焚香坐閲精神通古來尚友只數老九原可作吾其從吁嗟乎九原可作吾其從

濟河謠夜過青縣作

河可濟濟師不可濟濟賊賊濟避我師東入鉅野澤澤西爲濟南爲淮賊乎賊乎安往哉野多罄室無青草豕突鯨奔我師老郤恨令公來不蚤

元夕獨坐

月光照燈夕淸賞人所同而我獨不樂有親在江東江東豈無月白髮少懽容念子未卽見厭見燈花紅冉冉天邊雲悠悠江上風當食發長嘆何時得相從

楚江漁父圖

有臞一夫立荒浦人云三閭問漁父楚江風景是邪非而況原心越千古原心上有先王知天地可質中無疑夫豈不解漁父意揚波歠醨焉用之物無滯礙得推移是聖者事吾何知蒼蒼故吾山湛湛故吾水宗國如何吾病矣九死侵尋無一是蒼

梧帝遠天闍幽上下四方徒遠遊雲驂風駕倏萬里歸來江上令人愁長揖向漁父漁父難與謀誓將魚腹爲狐邱君不見滄浪歌漁父去煙霧茫茫不知處

補洛中越歌

越人夏統遊于洛遇賈充充諷之使歌統以足扣舟引聲而歌者三今亡其詞偶讀夏傳補之於左

慕歌 統云禹會稽山朝會萬國授化鄙邪崩殂而葬百姓感詠遂作慕歌

慕歌兮慕歌東漸兮海波海無波兮山有阿明德遠兮玉帛孔多微斯人兮吾如魚何慕歌兮慕歌

河女之章 統云孝女曹娥年甫十四其父墮江不得屍娥仰天哀號中流悲歎便投水死父女喪屍後乃俱出國人哀其孝義爲作河女之章

潮何爲兮不回人何之兮不起父生兮女生父死兮女死歲復歲兮江濱人之心兮潮水潮水兮有聲伯姬兮有靈紛兩涯兮觀者孰父子兮無情秋冥冥兮江峯青

小海唱 統云伍子胥諫吳王不用見戮投海國人痛其忠烈爲作小海唱

潮來兮無天潮去兮何地若爲憑兮斯厲彼鴟夷兮水中匪匏瓜兮焉繫潮來兮誰驅潮去兮誰毆

言之流兮何從東海迴兮鏐箭潮來兮悲吳潮去兮弔越忠千古兮長寃潮復潮兮江月

狄國老

五龍夾日日不沉公門桃李皆成林狄國老伊周心遷桐辟管天下乂伊周之學春秋義狄國老忠有餘平生曾讀伊周書爲唐討賊當何如如是邪不如是獨憐國老身先死

朱仙鎭

繡旗揚揚出朱仙中原王氣熄更然彼虜萬騎我一鞭故宮遺廟在眼前奈何忽有金牌宣金牌

事甚迫將之南將之北南爲吾君北社稷敢言君重社稷輕彼奸在側方經營社稷無功君有罪倒頭兩事惡乎成岳將軍决南行南行卽就死死不愧臣子

胥門

臣奢無辜爲君戮臣胥敢怒不敢哭朝辭楚江莽吳國還兵入楚亦太酷憤憤心還未足楚何怨吳何恩豫讓死王亰存是邪非不必論一片鴟夷皮裹骨難裹䰟北風莫遣向越奔向越奔無不可只恐仇吳佀仇楚

赤壁圖爲王冬官題

古之達者蘇黃州覽盡赤壁無餘秋至今賦在景亦在誦者如與公同舟公舟凌空與物游東山月出水漫流淸風徐來酒在手羽人何處仍丹邱曹吳勝負江山羞洞簫一聲生遠愁眼前水月客知否一笑自𪫂仙翁頭水曹年來作浙遊蘇堤風景應全收卻望美人圖畫裏蒹葭霜滿湖南洲

聽雨歌讀見素所上封事作

章江門下春水來黃流渾渾無津涯居人爭言二月八水神作會多風雷擁衾聽雨坐中夜我船明發開未開濕雲十里接南浦滕王高閣空崔嵬我歌欲登江上臺吁嗟行路眞難哉菁𦼮諫草忽在眼歌聲入江江欲廻君看鐵柱生莓苔

李車駕行

李車駕奉璽書西行入關到邉隅駕言數馬閱牧地要窮利病實與虛有疏馳達承明廬鎮將不敢沮藩吏不敢拘攬轡四顧意有餘李車駕中州豪讀書萬卷志當世排雲閶闔曾鳴號奈何落落不諧俗不爲臺諫爲郎曹朝回閉閣日靜坐簿領之外更有經濟爲心勞李車駕才瑚璉聲球琳大司

馬知君深千鈞重任他日須君任等閒一使亦易事中有至意試君以百年未斷之盤錯歷君以萬里未極之巖嶔登臺長嘯望西北秦城莽莽漢關磊磊弔古還思今揮君賈生涕動君杜甫吟收羅勝槩入胸臆不數雙璧千黃金李車駕須早返落花如雲春色晚風光去人不可挽宗社萬年計廟堂四海憂車駕車駕何以爲今謀

夢希翁

雲頂仙人入我夢玉臺之冠杖青藜不知此地是何所山水滿坐風披披仙人命予歌古詩把酒向

天天聽之平生意氣重韓孟壯大何以酬相知仙人仙人今茹芝清時吏隱非予誰春秋經世二三策化作水上滄浪詞滄浪清濁兩言足仙人一笑大無涯笑聲到耳驚夢破唯見寒月懸松枝

孫翃妻

夫死矣妾何敢生夫讐爲重身爲輕賊尚生妾何敢死舊門幸有諸君子號召如風赴如水奉賊頭祭夫墓白日下高天何處黄泉路

熊女詩

西平張氏女未嫁而哭夫以死予在許嘗爲傳

之今見少傅王公所爲熊氏女傳其事蓋類予於是悲二女之不幸而嘆其貞義之皆過人也遂託熊言爲詩以附傳後庶幾萬有一於女之心乎

古人重掛劍爲不負初心妾身非劍比一諾千黄金誰謂妾無言有言出母口誰謂妾無書有書出父手未見悲益深空房甘獨守白日一何遲黄泉一何遠妾豈不愛生所恨從姑晚衛女先我心適齊不中返

尚書臺紀夢次萬晦之韻

許有尚書臺在臨頴之野其風景予嘗聞諸故老而未之見也一夕予夢至焉寤以告客萬晦之晦之紀之以詩蓋于今二十有八年矣正德庚辰予作黜易臺於惠山之麓恍然如夢中所見故次晦之韻亦以紀事云

昔之夢似今之所吾臺誰謂前無古尋常灌莽接松楸突出烟霞三百武青雲有階人可得輕舉尤須藉風伯小池新引露泉清大筆深刊厓石白海天佳氣從東來一滴萬古眞水哉金春玉應碧山靜道人對此方心齋西嶺東峯擁前後一方眞與

乾坤久危厓鐵笛夜淒清城市茲茲失塵垢高邱遠海謫仙詩歌聲入雲雲欲飛先天有易本無畫誰向清溪問黙爲

兩節婦詩 爲毛黄門賦

姑哭良人十載前婦哭良人十載後夜深星月入空帷一盞青燈兩相守姑前孀居二十四婦後孀居一十八誰言人事有易難兩節相成竟頡頏姑心竹有節婦心井無波文章師傳史遷筆姑兮婦兮千載名不磨

草廬三顧圖 爲黎推官龍題

臥龍岡頭秋葉黃有人抱膝韜精光磻溪莘野今
遠矣獨將道義論行藏赭衣將軍赤帝冑欲獵中
原驅猛獸篤言三顧一笑同不用千金爲稱壽靜
觀天下如觀棊擾擾紛紛徒爾爲聊於要處著片
語風驅雹滅當何時危哉漢鼎峙三足正統奄奄
在西蜀君臣魚水古所難四海焚如見雙玉管邪
樂邪伊呂邪雲霄萬里天無涯可憐後主不足輔
回首永安空翠華

王宣溪先世鐵拄杖歌奉次西涯先生韻

采詩先生筆如鐵鐵作拄杖如持節楚江東西往

復還老興相追幾年月擊之不折鎔不流化爲何
物今何州上摩星辰下入水未到周南應未休遺
名在世收不去時復精光照烟霧宣溪笑和涯翁
歌歌向廬山最高處我來爲爾意獨在行歌再過
宣溪門杖兮杖兮誰可問望斷天涯雲滿身

江雨來

西津渡頭江雨來雨點入江江水廻雲飛逐風沙
走石咫尺不見東岡臺臺樹叢叢還可望臺上看
江更奔放明朝擬放鄱陽船月色浮江水微浪

采芝曲

采芝復采芝避秦不避劉山中壯且老幸見兵戈
休亦聞張子房苦爲天下謀垂死得一見況從仁
者遊歸歟返吾所已矣吾何求行過首陽嶺下有
兩荒邱再拜謝夷齊吾道非公儔

三千牘 讀史記作

三千牘二月讀君何勞臣何瀆申公言言不在多
止輒乙今如何右呂葵左無逸不如對此朝還夕

晚坐有懷

新雨晴新月明道人移坐臨前庭東隣偶有瑯璈
聲牆西雙鶴相和鳴欣然起步春衣輕石子堦邊

莎草生松花欲黃蒲葉靑可人不來空復情 予作是詩已客問可人謂誰予謂凡旬月而一問焉者皆是也蓋三年之病可以觀情矣

醉石爲王翁賦

湖上秋容淡如拭有人時卧林間石石邊有路通
醉鄉夢邪眞邪人不識人有託物無情石可醉亦
可醒一聲何處滄浪清

送蕭戶部

水衡之司天下七筭舟通楮時制同京師南來四
千里滸墅實當吳會中地官主事延平彥鸞棲舊
在吳江縣政平如水起歌謠今之歌謠乃重見司

徒推課歳有常數或不經寧惠商太原周公有是語至今傳誦盈廟堂蕭君不苛亦不縱隱然名爲司徒重江邊野老閱人多獨汲山泉遠相送弘治中太原公在戶部人有言九江分司縱邏卒擾商者或曰不然則有漏税之弊公曰與其擾也寧漏時予爲郎中實聞之

七曲灣足舊句

七曲灣七曲灣邵家亭子面西山亭荒久矣山長在一百餘年俯仰間吾亭今復此不見鶴飛還見山如見古人顏青青千萬古來往白雲閒策杖臨流水重歌七曲灣

思萱爲吳太學輅作

伊昔母在萱正華兒呼母應春滿家而今見花不見母家道猶春兒獨苦苦心對花花亦愁慟哭披圖春復秋

青山歌陸德以昭欲刻予舊遊華藏寺詩于石予愧乎其傳也雪中偶與作青山歌與之是山有宋張俊墓故擬居桓山云

吾聞太湖之上羣山叢參差一碧皆摩空兹山乃獨擅名宇兩洞庭北夫椒東南條西來幾經絡東將到海還盤薄左旋右引眞有情古色疑從天上落望湖亭如一巢小萬頃烟濤連樹杪七十二峯名者誰今古興亡雲杳杳援琴會和桓山歌斷碑破塚如予何振衣獨上最高處滄浪調遠淸風多舊詔歸來病新起拭目江湖千萬里丹邱信有在人間兹山兹山無乃是老僧報我山花春題詩爲報山中人它日歌詞已陳跡謂君再拂湖邊石吾嘗一題少室三匡廬不知山靈謂我今何如

水北山莊圖歌

近來善學孟端畫眼中吾許張臨湘臨湘病後作此幅樹色慘淡山蒼蒼水北山人好事者要我題詩惠泉下秋林逝矣不可招臨湘臨湘亦其亞菊

有黃華夜榻深長吟偶坐吾玉林罇前擊節興未已誰能和以無弦琴聽松庵裡盧山壁少日相看眼雙碧酒酣且作山人歌莫向山僧問疇昔

金山行送林提學之山西

大江之中有峯崔嵬屹然獨立不可動百川到此皆縈迴乾坤風氣與水相移推來今往古無斷續中間有闔復有開順流直瀉忽此突然者儼如玄圭錫禹戴履參三才吾聞岷山導江東沱北匯兹然兩涯瞿塘誰爲峽灩澦誰爲堆洞庭東去小孤小又東千里行繞鳳凰之高臺南徐望海只尺是

青天如宇置此坳堂盃兹峯非柱亦非碣淸泠隔絕人間埃神宮佛刹半參倚唐鐫宋刻剝落生莓苔蛟龍隱盤窟鸞鵠栖懸崖上摩蒼芯下臨空洞兮不可以測度但見海有西戸江有東南隈一山二水理應爾嗟此卷石直從何地天將來水神夜戒百靈護萬騎驅逐疾走如銜枚吁嗟乎尾閭去終日崑崙幾時回振陵風雨潮汐爭喧豗大哉吾道一逝者夫何爲乎有瀾日倒波今頹若非藉此作孤障彼狂且悍將誰與之裁吾人定力如此石滄桑不變此石無傾隤送君須上最高處商聲擊

石開君懷太行絕頂更回首一航東海何如哉

明水草堂次守溪王公韻

澤國連平野青山路始分草堂斜帶水石徑細穿雲月谷三更籟風漪萬古文主人招舞鶴時起白鷗羣

述喜

聞道鑾輿返南來兩報同浮雲開北極入雨轉東風病力慈闈下歡聲醉社中惟應操短簡日課著書功

發文正公弔書後有作

子在心常北吾歸道未南書從春後絕慟豈病餘堪詩與江山老憂懷歲月酣百年函丈地猶許夢中參

盧侍御師邵言文正公除夕之夢

夢裏題詩處悠悠萬古心鳳衰吳嶽遠竹老楚江深南極星方照西涯月竟沈繡衣能語我歌苦不成音師邵云乙亥除夕夢爲人題畫竹詩成止記二句云如聞鳳鳥今衰矣欲采琅玕奈遠何

次韻與成問與新報

安得從容語春風轉殺機壽常忘地分只尺冒天威抗志通排闥驚魂逐褫衣他年看石碣滄海一

雲磯

葺跨塘橋成

橋跨東西岸道當南北衝若非今日補幾廢昔人功風送難驅石天全欲斷虹從茲舟騎客相顧笑談中

憶母

手線縫衣欲問寒慈顏時向夢中看世間盡道爲官好天下無如別母難讀罷家音添鬢白書成國事剩心丹青燈自照塼河夜回首江南路渺漫

乞終養未許

乞歸未許奈親何帝里風光夢裡過三月春寒青草短五湖天遠白雲多客囊衣在縫猶密驛騎書來字欲磨聖主恩深臣分淺百年心事兩蹉跎

寄張汝立

別來風雨夢初醒雨對山中春草庭江漢無情衰可墨汝立嘗參王陽明平江西軍事春秋有法簡能青筆將點易勞君送先以象管筆二寄予爲點易之用琴欲賡歌起我聽聞道儒臺虛席在何時尊酒海天亭

雨中歸自惠山得見素和我點易臺詩

風雨西庵正倚樓素翁書至似同遊十年海上八

非遠何處山中事盡幽竹葉乍肥分僕送松花將老託僧收易臺八首從頭讀始信平生分已投

點易臺右得泉

點易臺南忽有泉原來石竇始涓涓氣蒸碧霧絪縕合聲入青雲遞遞傳洞裡乾坤雙滴露山中日月一流川誰將千古方塘句歌向吾亭翠壁前

滴露泉

一滴源頭息息新每從旱日見天眞涓涓晝夜江湖遠洒洒乾坤雨露均煮茗儘供臺上客研硃還假洞中人再歌晦老南巖句始信青山本有神南巖有一滴泉晦翁嘗題二句於壁曰一滴有靈通地脉半空無雨洒天漿今文集中皆無之

王郡公得芝於泉上次韻

公來山中天作奇清泉白石又丹芝獨憐日轉棠堪蔽誰道風行草不知蟠結眞形雲裡化絪縕和氣雨前滋老生未得同幽賞渴望西峯一賦詩

超然堂成二首存一

一泉一石皆君賜敢謂山林遠廟廊鹿洞勝遊空舊榻頫川奇夢有今堂厓懸老樹冬逾勁畦引清流歲不荒久矣吾衰還策杖西厓北望拜焚香在堂海天亭左共向畧同前臨平野及蓉湖遠對江陰之定山有百尺之樓之觀焉三十年前予在許州夢登尚書臺有此題額因榜之今堂中所見皆與夢叶詳在予記中謹按此註在集中慧山書院十五詠超然堂下所謂十五景者今皆廢惟兹堂新葺祀公像焉

立春日奉太夫人酒

春迎元旦先一日壽祝慈闈過百年新製銀壺金出存問恩似海舊懸金榜筆如椽折梅侑坐香初媚縷菜供盤碧更鮮不用萊衣頻拜舞賜袍光彩照堂前

詠竹茶罏次鮑翁

雨過春山滿汲泉舊僧罏在好烹煎緇塵性絶甄陶外烈火心降汗竹前白雪翻時羣蟹沫碧雲蒸

處一龍眠調元固有商家鼎不出山林道已全

謁鄭侯祠

井道而今政有功瓣香來弔鄭侯宫龍收雲雨秋空碧鴻起江山夕照紅朱紱漫傳封拜後白衣眞想指揮中石池千古寒泉在歌罷滄浪一鑑空

偶飲野翁莊有懷翁他日相與之雅情見乎詞用元人韻

相逢館下屢賓階卷有新詩許我開鬢未及年皤似雪眼將入道碧於苔良工心苦春收藥佳客盟寒晚折梅酒罷題詩修竹上鄰僧猶待野翁來

偶讀羅圭峯所爲張宗伯墓銘因感羅之知己情見乎詞

磁龜山裏訪君時坐對青燈各鬢絲經國念深非我任作人心苦有天知脫驚妖鵩從何處秋逐寒鴻信所之只尺寗庵空墓草盱江回首不勝悲

聞顧氏兩封君奉詔加三命之服

詔許衣冠與子同百年昆弟兩仙翁雲司象簡聰趨外藏省金魚映帶中淸世箕裘還作地名家弦誦已成風向來錦軸絲綸在請看平生教育功

與王山長行精舍中

問從山長到山中獨上高臺眼欲空泉未出巖在石雲初落沼影隨風退藏自得衰年計遊息何妨靜坐功莫道堂前無長物數峯青點海天東

寄湖南賑使吳中丞兼柬秦中丞鳳山 吳蒼梧人以兩書不報見責故帶柬以謝

兩年未報嶺南書却向湖南候起居赤壁山高三國後洞庭波濶九歌餘樓臨江渚曾招鶴節過鄉關不問魚淮海相逢同弔古岳陽回首意何如

曬書二首 存一

連日曬書如曬麥入間耕學本來同一經偶爾頭

垂白萬卷徒然腹自空今古遺文隨世變聖賢精義與天通漫酬賓客無虛問鄉里猶傳邵二翁 二翁謂吾伯大父存一先生也

西庵

西庵一里路逶迤乘興行看石上詩松問栽年無應者水尋來處有逢時竹爐故是茶經缺藜杖眞於野服宜珍重前修游賞地青山應笑我生涯

與顧氏昆季飲海天亭復至繡嶺草堂

日日溪邊艤釣槎偶將尊酒會詩家草堂坐處聊題竹松閣登時復煮茶杜老幽居常閴寂謝卿羣

從總清華班判莫問西峯日明發雲山各一涯（時與新將北上）

別後述事

他年曾泛日邊槎回首青山幾夢家林窖尚容千挺竹圃荒猶剩一株茶（聽松有茶園今廢矣竹中尚有一本）漫勞藥餌扶吾病豈有文章爲國華詩句未成歸棹促故人書到海南涯（時林主事以乃翁見素書至）

山中漫成

李紳臺南還築臺陸羽泉西泉復開泉邊偃息看水逝臺上淹留帶月來一盃對客秋將盡千古懷

仙海欲迴漫恐歲寒霜雪至超然堂下有紅梅

寄余郡推鴻賓

東橋去後復文川山長能邀又二年過嶺不攜清獻鶴在庭應出惠通泉半江月坐巾峯上萬古碑看闕里前二月春風來舊客還將美政向予傳

寄夏德樹

赤城山房不可到但見客帶煙霞來孺子歌殘三擊節羲皇夢醒一銜盃少微夜隱江邊霧蓬島春連海上臺二月西軒重下榻可無新句爲予裁

小井田成（在容春精舍東）

三代遺風亦慨然聊將幽事遣泉邊細分顏巷曾收井小灌張渠未買田荒入草茅僧隙地馨生黍稷願豐年如聞新製道人鐸擊壤歌中見古天（時巡撫靜齋先生初行鄉約故及之）

謝馮僉憲移竹用李文正公韻

笋竹曾聞避市塵十年兩地不輕分平生直節眞吾道何處清風不此君自保霜筠青似玉須留雨葉翠如雲數挑山土勤輿力西向梁溪望夕曛

奉懷素翁先生

舊隱歸來長薜蘿江河風雨兩秋過山中歲月空

間在天下經綸奈老何酒熟漫邀隣叟飲詩成還對社翁歌二泉病客懷思渴安得南飛酌海波

張山掃墓歸途有作

山南山北掃寒烟舊塚新碑二百年紅葉似花霜醉後青山如黛雨粧前數峯影閣竿頭日十里光沉鏡裏天最喜無風溪路穩沙鷗來往候歸船

奉寄白巖先生

東門祖道向西歸又見秋風動葛衣三晉雲山今日重二疏風致古人稀臣忠共識君爲聖今是還知昨未非我病十年難下拜太行回首思依依

盧庵陳郡公建道南書院

書堂新建古城陰巨榜高題屬意深吾道北南還一脉斯人今古本同心妙從活水生時得樂向光風起處詩教思無窮歸有道朱絃休嘆少知音

兩知亭

我歌泉和兩知音此是涯翁贈别心吾道在山還在水斯人如玉復如金高邱遠海天無際舊樹新亭日有陰一曲雅歌千古意欲調宫羽入瑶琴

九月八日足許州舊句

吾衰久矣杖難支隨意青山且賦詩高處登臨天

亦忌清時笑傲地應疑（已上二句許州作也）許州舊句還須續盧岳重遊不可期願保丹顔似黄菊年年同對野人巵

幸庵司馬寄節孝堂三大字至（予居被火之六日幸庵司馬自關西託鳳山司徒寄節孝堂三大字至似欲易我侍養堂名者此豈偶然之故哉悵然有感情見乎詞）

三字堂名萬里來舊堂名匾已成灰故人遠意真如識乙夜融風不是災活水源頭仍里第德星懸處自書臺可憐嘉樹多憔悴春雨來時又着栽

管大夫製雲鶴之服郵災也奉謝二首（一存）

中冬特製鶴袍新來問城南失火人降服正修前古禮解衣還荷大夫仁行藏自愧名銜重辭受能忘道義真獨掩寒齋感知己縣衙回首不勝春

謁玉泉先生墓

四十年來弔古心偶因勝日遂幽尋天留邱壠嗟誰掃地近倉厫幸不侵百世簪纓遺牒遠五賢俎豆古祠深王泉兩字還須碣一束生芻有嗣音

知微齋席

步自城西又向西風吹草徑已無泥羣分鷗鷺田田水叢露菰蒲處處堤何物老僧猶走乞幾家饑

儒不號啼山齋寂寞南沙夜壺酒應須我一提

都昌瞻陶母像

窮巷欣來長者車淹留深愧食無魚青絲一縷拜刀下挽得中原九鼎餘

觀滄浪吟卷（正德己卯冬予遭逆瑾之難在東朝房聽旨三江毛先生過我論詩竟日乃去以滄浪卷欲觀未得爲缺今日偶得之追念疇昔情見乎詞）

滄浪吟卷三江話助我論詩到日斜邂逅屢過賓客靜不知門外有風沙

贈錢校書

夫椒山前孤草庭水風吹月秋冥冥客來鶴去主

人返七十二峯湖上青

次南沙謝栞

敢誇異種出雲南老圃新畦也自堪擊節有誰知
此味介君能辣白能甘

奉次涯翁先生漫興二首存一

新爲隣人短築牆竹邊小徑舊升堂病餘謝客渾
無事童子猶嫌洗硯忙

春庭八絶句存二

三年種松五尺彊松枝盤桓松葉長歲寒節操久
應見春日開花清更香

燕居亭前石子臺兩株銀杏一時栽莫言未得弦
歌地畫裏尼山許見來

莫武部驄

字曰夏號頤齋甲辰進士官兵部員外郎

爲白司寇題畫

萬山晴色一囊琴夾岸長松十里陰天上故人歸
未得草堂花雨晝沉沉

莫南沙止

字如山號南沙諸生嘉靖初以詩畫徵子
同出爲兄如起後著有南沙集俞汝威云南沙與郛
文莊相友善故其詩格律音韻亦相似周
青士云南沙時有佳句如天闊一聲何處
雁江平千里獨歸舟新添十竹皆紫玉恰
對九峯如畫屏松鳩風高間落子菊籬秋
晚愛餘花皆
翛然拔俗也

鴨城懷古

養鴨鴨可蕃養兵兵可彊只有方寸心多欲難自
防千年古城已復隍但見牧豎驅牛羊姑蘇之臺
遥相望二十三君在何許開吳祖德誰繼將玩人
玩物致國亡國亡豈獨由禽荒嗚呼古今即事感
慨長酒酣日落天蒼茫

昭君曲

但使邊塵靜蛾眉敢愛身千年青冢在猶是漢宮
春

秦司教用中

字擇之號豫齋東皐先生璠子貢生官泰
順教諭有浙游集擇之以詩名全稿散佚
僅從泰觀察瀛處抄存一章

張古山

青山萬仞窺星躔攀躋直上芒鞋穿山頭一片石
可坐還可眠根盤元氣長不息直與太行太華遥
相連騎驢老子歸何處丹竈磨滅虛無間閒雲呑

吐自朝夕幽花開落空歲年崔嵬復崔嵬屹立勢欲凌飛仙碧霄擎出雙青蓮將軍矢死玉臺古東望赤氣彌雲煙漁歌欸乃杳無際極目千里江吞天柴門臨流絶低小白沙翠竹何娟娟匡廬之秀遠可挹東華塵土憑誰湔衆芳摇落錦江冷芙蓉木末手可搴離離寒色日將暝一聲老鴈來湖壖尼邱天開高幾許夜深飛夢何悠然泉流石壁半空瀉耳邊恍若松風萬壑調冰弦浮雲看破變蒼狗有約九龍之山太湖之濵飄乎白日朗誦歸來篇

受業　鄒印綬　錫桓校

梁溪詩鈔卷五

梁溪詩鈔目錄卷之六

明正德

梁溪詩鈔卷六

梁溪顧　光旭　華陽氏集

明

羅太守柔

字文嶽，號弦齋，弘治庚戌進士，官建寧知府。時流賊剽略，張甚，弦齋挺身捍之，賊從他道去，爲吏强項，失要津意，遂拂衣歸，貧而自樂。語見邑志。

張中丞殿落成在惠麓

天寶人豪浩氣横，當年狥國死猶生。出奇漫折蒿爲矢，制勝能令艸作兵。手撫瘡痍還突陣，口含茶紙更登城。要知靈武迴鑾日，半是睢陽金鼓聲。

西山小集和敏齋韻

小橋編竹貼溝低，入畫青山滿屋西。誰倩黄鸝坐高柳，嚶嚶偏向落紅啼。

荒歲耆老求上鳳山尚書

春雪消時水尚枯，一緘持贈大司徒。漢文皇帝龍飛日，不是荒年也賜租。

有感

布穀亂啼紅雨滑，催耕又喚緑楊濃。幽禽不食官

倉粟才到農時便勸農

楊長史文

字宗周少嗜學家貧躬耕自給以三經教授庚戌進士在告家居會江南大水下蠲租之令有願以二十頃屬爲利者謝郤之曰我無水田將誰欺司教金華遷國子監丞有羨金丞例得分不納遷秦府長史引疾歸

上秦尙書

百里慘無烟西風號萬口救之匪他人是在醫國

手今年春夏交久雨没南畝川瀆猶未溢波濤尙退走乃復秋水來難責具區受蛙黽滿厨稟魚鼈出戸羼江南賓窪下鴻雁散澤藪縣官急催租何由覓升斗鬻子而鬻妻未足償逋負鞭撻苦丁男溝壑塡童叟天高如有聞將毋罪官守罪之亦無益民散十八九書此代請命以當登聞扣

辛教授銘

字警之號敬齋壬子舉人博學能文有至性親死不飲酒食肉者十年授徒先身教而後制義署教平湖厲操勤訓吊隲人文

高下百不爽一平湖人士思其教而祀之學宮終處州教授（西神叢語云敬齋凡八入科場弗售年五十矣忽得疾暴卒心獨煖一家人不敢斂兩日而甦云初爲冥隸引入一殿庭下已有數十人矣唱名至辛殿上紫衣者顧問非孝友辛銘乎左右對曰然紫衣降階請上命坐備述其德行檢定籍年祿已盡紫衣唏嘘曰吾當爲先生奏請適入室草章疏上之久之出與辛對談陰騭事甚詳未幾旨下云辛銘修德實隆宜增筭三紀更爲鄉薦儒官遇罪黜者補之紫衣喜曰先生當復生矣復差原隸送之遂甦後三年而貢在京夢昔神謂曰壬子榜張汝立以不孝當黜議補先生因問邑中更有人否曰有錢榮後果與同榜仕爲處州教授歸橐蕭然壽八十餘卒祀鄉賢）

蚤登乍浦城樓望海

宮牆望不極觀海亦來同簾捲搖天綠杯吞浴日紅包涵無小大衝决有西東縱目知何處層雲欲盪胷

談贈公一鳳

字文瑞號鶴林壬子舉人司訓桂林嘗有所編纂督學姚鏌謂有良史才推總宣成書院事爲桐廬訓導歷遷應山知縣定疑獄平劇賊移平江致仕語見邑志（西神叢語云鶴林出宰名邑自解組歸居室容膝田止兩頃布衣疏食若貧儒城市徒步隨一僕夫見者不知其爲官人并不知其四世貴盛也又云談無擔石之儲爲人忠厚謙退鄉）

黨推之晚艱于子置名家女爲妾閨門雍睦其妻樛木逮下妾則引分自居誠以事客吳門久之歸夜入適寢適曰吾以君未有丈夫子勉爾置妾今君遠歸乃不之妾而之我耶至側室妾曰妻妾自有分送之適寢適怒曰我所以願君子適汝者爲宗祀計乃學兒女子妮妮態耶妾不得已以夫君歸是夕其適夢大神入戶曰以若妻妾盛德錫若子俄傳呼侍郎來遂竊是夕娠焉子即兩廣鎮粵侍郎愷也誕夫婦見愷登第以壽終贈如愷官愷生母王累封太淑人九十餘乃終

九日登龍山飲超然堂（時父兄子弟咸集）

白髮驚前夢，黃花又上簪。琴棋詩酒興，父子弟兄心。曳杖成長嘯，銜杯欲短吟。山堂留夕景，陶令意何深。

梁溪詩鈔 卷六 四

錢戶部榮

字世恩，癸丑進士，歷官戶部郎中，奉命巡河，隨宜濬築，民不苦役，而權豪多惡之。武宗駕自南還，百官迎道左，邏者忽執榮以去，訊無所得，乃釋。時劉瑾亂政，世恩三疏得歸養，林居數年，不入城府。本出執政李東陽之門，前後未嘗一求薦見。邑志

同邵二泉訪一誠秦先生於沙頭因游祝山韻

十載紅塵此勝遊，麥風吹雨半湖秋。沿村碧柳眠還起，罨畫青山影自浮。范老行藏餘百世，太湖吞吐只三州。閒閒鷗鷺飛來去，只笑蘆花白了頭。

宮保秦端敏公金

字國聲，號鳳山，癸丑進士，累官至南京兵部尚書，卒年七十八，贈少保，謚端敏。初由戶部郎遷河南參政，擢山東布政使，巡撫湖廣，破流賊於梁，擒盜賀璋、賡琪於江，討猺奮於郴桂，平判苗於香爐峯。諸王府侵據山場湖蕩，皆奏還官。入爲戶部侍郎。世宗時勘皇莊額外侵占者歸其主，而盡撤管莊人。進南禮部尚書（公上疏曰：陛下繼統以來，昭德塞違，動無過舉，宜召天和，而災眚頻告者何也？比來詔令不如初也，任賢不如初也，聽納不如初也，愼名器、謹國法、恤民瘼、崇正道、齋精神，皆不如初也。夫初政清明者，政出公朝，而左右不預也；今政漸淪者，政在左右，而外廷不知也。政不可一日不在朝廷，權不可一日移於左右。股肱有託，耳目有寄，主威重於九鼎，而國勢安於泰山。不則宮府之勢隔，而信任有所偏；婦寺之情親，而聽受有所蔽。名曰總攬，而太阿之鎖竇移於下矣。語具明史），既而改兵部，召爲戶部尚書，致仕，復起改南兵部，引年乞歸。著有鳳山詩集（西神叢語：公以大司馬致政歸，每晨起正襟危坐，令兩青衣展大板四書五經或史冊一道，相對朗誦，憑几聽之。初，公少時隨父畢牧適館就學，凡主人設宴召客

梁溪詩鈔 卷六 五

從未及公畢牧出句命對曰東家設席見無分公對曰北闕登科我有名又徐請於父曰見豈志於食者自後請大人并不必形諸齒頰也父始奇之畢牧名霖字問孚先是洪武初有長者號梅隱子樂善孫抱拙會孫怡晚生畢牧五世食貧孜孜成人之美畢牧四十無子積德累功多所不見處四十一始生公六十餘公釋褐既入八座抱拙怡晚畢牧三世贈官保尚書信乎積德百年而後興也碧山吟社志弘正間公社會既廢之後舊社未復之先司徒鳳山公歸自留都乃邀宗伯二泉邵公都事心泉呂公少參惠巖顧公與其弟少參松閣公司徒之族兄長史藕塘公山人陳石村氏結詩會山中亦以碧山吟社名然止乾諸公之别墅如二泉精舍鳳谷行窩惠巖小築次第舉會蓋亦慕修敬之風而一寄意焉

吳山高贈盛斯徵

吳山高嶻嶻奇峯半空起下視渺八荒周道坦如砥峯高誰能攀道坦斯可履君心豈好異隨時恥風靡俯仰穹壤間内顧在無愧一官之安寧萬里猶尺咫撝謙乃有光遇坎諒須止古人多玉成天意固如此仗劍尊酒前翻爲别離喜

郊酌次韻

朝回騎馬蹋青郊茅屋深林一徑坳香霧入簾花氣重晴雲滿地樹陰交山盃不惜留春醉城柝何妨薄暮敲童冠幾人眞樂在世緣都向静中抛

宿少林寺

夕陽天畔萬峯深寺額千年見少林老檜月摩高閣影長廊雲護古碑陰傳燈謾聽三生話面壁空懸二祖心静裏乾坤吾道在山川剛喜破煩襟

顧與新赴泉州贈行

氣節稜稜識諫書主恩汪濊竟何如一麾江海三山外萬古綱常九鼎餘静裏乾坤能體物吟邊花鳥正愁予百年忠孝心無限地近猶堪奉板輿

得歸志感

天鑒臣衷一寸丹賜骸優詔出金鑾白殘雙鬢勞初息青遍羣山興未闌會擬耆英開洛社調思丘

父奏猗蘭江湖不作岩廊夢官廪眞慚是素餐

題復得竹茶爐卷次前輩韻

竹爐歡喜復歸禪一别山房五十年聲繞羊腸還簌簌夢回湘月共娟娟松堂宿火無塵刼石檻清泉有净緣莫怪眞公招不返已將書卷萬人傳

和邵國賢訪誠一先生於沙頭因遊祝山韻

乾坤何處寄眞遊晴日平湖萬頃秋雲葉洗空天宇淨浪花飛動祝山浮少陵詩句驅千古司馬襟懷隘九州我亦願留雙眼碧蓬萊遥望海東頭

成齋

小結吾廬閱歲華檢身功就更齊家浮生滚滚憐塵世獨倚春風看落花

吕太僕元夫

字仲仁號古齋更號思泉侍御道之子丙辰進士初授文選司主事馭吏清嚴苞苴絶迹初選簿多蠅頭細書黠吏每磨洗移甲乙思泉命更大書至今爲令擢南通政叅議進太僕少卿致仕歸思泉才敏而有器鑒嘗預修孝宗實錄獨成四十卷乙丑分考會闈拔一卷識曰此必端士乃湛文

莊若水也思泉善草隸亦能畫

題吴侍御西臺遺恨卷

甘雨纔看徧大梁不堪傳訃自江鄉千金重寄憑危髮一恨終天柱斷腸古樹烏啼霜正落西臺鶴夢夜偏長顯揚贏得封章在千載佳城草木香

莫工部息

字善誠號冰泉又號雲樓子已未進士官南京工部主事著有學庸通旨錫山遺響冰泉詩集

易簣時作

青山欝欝樹蒼蒼不是桃源路渺茫露沁石根芝草潤風生澗底茯苓香喚醒枕上南柯夢離脱人間傀儡塲萬古英雄皆白骨只宜含笑入泉鄉

俞叅政泰

字國昌號正齋壬戌進士歷官給事中終山東叅政著有芳洲湯興集邑志云正齋雅好繪事頗有合作何大復題其畫云黄門身在青雲上眼中白雲日南望白雲飛入錫山裏封君之堂應在此俞卿善畫更能賦畫閣青瑣開雞素晴窗落筆白雲生寫出黄門萬里情

題畫

亂雲閣山山欲低溪烟籠樹村欲迷道人採藥入雲去樹底茅茨空鶴棲雲開須臾藥師返庭鶴一聲羣鳥散本來大道自冥冥萬木蕭蕭落霞晚

題扇寄邊華泉

木葉迎風下孤亭傍水開何時尋舊約載酒過江來

費縣口占

地湧青蓮石抱沙東蒙北枕水還衙山城誰道春來晚開遍棠梨又枳花

鄒九峯璧

字辰甫號九峯山人著有九峯詩集

輓西溪俞處士

凉颸薄繐帷浮埃上虛几昔日洗耳流今爲斷腸水翁昔結茆溪水潯晴峯隱映白雲陰栗里桑麻日應長小山叢桂歲華深達人不作子孫計一經在匱輕籯金君不見百年潛德司徒筆（泰鳳山尚書傳之）太史誰當收隱逸

秋夜秦氏繡石山房同友人賦

繡石輕雲傍水飛微凉初灑芰荷衣良宵偶坐成佳會好友相於說息機搖几琴尊何落落石闌星斗自輝輝老來不盡逍仙興明發扁舟載鶴歸

楊簡齋中

字致行著有簡齋詩集

題畫

素衣緇盡鬢絲蓬雨脚東華踏軟紅何似儂家江水濶醉眠春雨釣船中

秦都事鎧

字國和號樂易永孚之子甲子舉人性坦夷遇義激發毋張病瘻且痔樂易能揣所欲而調護之坐臥躬自抱持積十九年不懈既領鄉薦不赴會試有司舉孝廉遥授南京都察院都事著有樗林類稿崇祀鄉賢祠（西神叢語載樂易自述云不求利達一區方寸地儘堪康濟百年身嘉靖丙申樂易年七十一矣是歲清和廿二夜夢得詩一聯云花吐鮮穠怡老況天留强健報清貧至庚子季子涵次孫禾秋闈並捷癸卯秋孫梁復領鄉薦明年甲辰冬卒年七十有九）

龔守誠山莊桃花盛開邀賞和韻

桃花何似武陵溪試唱新吟續舊題小舫半通沙市外故人多在畫橋西山橫翠靄連書屋春釀紅香拂杖藜酒盡一尊歸去晚晴郊散步夕陽低

踏青口占

小雨春山濕翠螺策筇好去踏青莎鶯黃初上溪邊柳鴨綠新添水面波衰老自嗟歡緒減清狂不厭苦吟多明朝上巳重遊處修禊風流繼永和

遊惠山和周良齋

試着春衣稱體輕勝遊情思愜新晴川原攜酒踏青去童冠登山作伴行泉落巖崖響寒玉鳥啼花塢喚吟情何緣得與騷壇末觴咏歸來夢亦清

宮保顧榮僖公可學

字與成號惠巖乙丑進士累官柱國太子

太保禮部尚書謚榮僖先洞陽公同祖兄也著有覆瓿集諭對錄焦弱侯獻徵錄云公於甲寅詣湖藩告祭乎嶽便道抵家值倭寇犯闕公登城掖邑令王君其勤出軍戮其魁賊遂引去惟公生平躬率孝慈雅敦信義度越時輩賙母之黨字姨之孤拯人艱阨不恡傾囊初武宜二縣議加糧數萬石錫令鄧君懼焉公白當道疏求於朝議遂寢顧文康嘗訪公於錫同遊錫山文康曰錫來脈自惠惟長其頭角而人文始

繁峙刹山頂可接靈秀公創立石浮屠於其上是年華正郎發解公孤及第雲興焉築應宿墩而邑宰相繼入召公卒後祝故篪賜表數襲文稿幾冊而已無他畜也西神山人邵熟詩嘉靖己丑夏吾郡有加賦之議賴吾邑宰西蜀鄧侯及我惠巖先生之力議遂寢民懷之不忘茲遇芹軒翁八十而先生適有充閭之慶不敏代鄉人頌之歌曰我錫成賦不可加太祖開基親品定彼欲因我辨者誰吾民父母西蜀鄧郡侯秉議如日懸省參佐之尤耿然敷陳民隱達天子坐令橫議無由宣賦將復侯西還省參勵初志斷若金石堅速呼衆愛訴當路魯賢防患如防川復成賦捐民憂老攜幼歌道周上祝省參父壽與岡陵伴下祝省參後繼武生公侯只今望明訪遺逸愛國恤民如省參者宵使終林邱邵文莊公有觀錫山石塔寄顧與成詩云東峯石塔對西峯雲去雲來俯仰中萬古不磨銘地語百年誰試補天功雷將化雨春回蟄斗避文星夜起虹何日落成當我報望湖亭上一尊同公素工詩締交藝苑皆海內聞士武廟時鄭繼之殷近夫徐昌穀何仲默李獻吉洎太初孫山人皆其游也顧遺集散失茲就散見於他集者錄之

都門别李獻吉徐昌穀

悵悵燕都門星裝戒清曉擁蓋集華簪枉爾臺中妙元禮時所望文舉特英少惠我瑤華音臨觴見

懷抱東旋非不歡睽違眷同好願因雲中翰殷勤勿草草

太白山人寓别墅因贈得興字

結屋向南山日夕有佳興恥爲桃李顏不逐狡兎徑趺坐山雲來行吟山籟應與君忘形骸歲久神彌定

雨晴放舟蓉湖

青山入盧舟蓮蓉照湖水散髮白日長誰識鴟夷子

雨中同鄭繼之顧九和孫太和登泉亭再用

韻

亭上起白雲我心如止水烟雨亦微茫聲在翠微裏逵生見化理莊生與惠子

夏日與羣從山行

散襟侶羣從紆曲此山過夕照下平野水雲交綠柰忘言時共適覽物意常多何似青谿子翛然訪薜蘿

秋夜趨召清虛殿恭述

召對清虛夜仙臺夌紫烟翠華珠樹擁碧殿絳河縣窈諭褰幃授綸音造膝傳佇聽行漏遠罷直下

瑤天

華陽洞

欝欝華陽洞仙傳直至今松含千歲色雲卧半山陰玉柱元關閟琅函禹穴深鶴鳴初月上獨立閬風岑

惠山寺與孟無涯話別

攜樽同古寺降節憇重陰悵别山雲起遐思江水深名賢廊廟重多病歲年侵空谷還來日跫然聽足音

秋初方西樵閣老枉過園亭

座對星辰列槎分霄漢迴高陽千里駕河朔故人杯開榻迎薰入臨軒遲月來清輝當燕晤凉夕共徘徊

奉命恭詣泰和山祭告

九天絳節拂雲行飛磴千盤通太清海底日窺初倒影山腰雨隔半空晴香臺縹緲朝元境鵠馭扶搖降赤城慚愧禮臣封禪草祗祈河嶽萬年靈

題復吟社倡和詩卷次韻

昭代耆英紹洛南當年肥遯我曾諳蒹葭露白三秋思裙屐風流一鏡涵龍縫澄清應見底人間勝

賞費幽探癡僧莫漫爭門戸誰是長存不老龕

惆悵前賢啟後賢百年風雅寄心詮倦飛野鶴春雲夢出定殘僧夜月禪碧社撚鬚誰最老青天撫掌我延緣鑑湖若使容歸卧揞杖同尋樂事全

西直紀恩五首

諭對纔從秘殿來龍函猶帶御香開停鐙五夜頻回奏朱僻宸章手自裁（時恩賜進封宸章奉諭以便卿諮啟）

仙壇縹緲絕人寰香霧氤氳白晝閒向夕翠華清道下月明遙聽珮珊珊（時在書局候直）

御前絳蠟引回鑾中使擎來諭禮官感激恩私惟

俯伏皇壇馳祝萬年安時奉諭遣高近侍安引臣躬視皇壇
層閣蕭臺半矗雲金梯絳索兩行分遥攀龍級干
盤上中秘那令下界聞無上閣中祠金銀諸天聖上崇奉秘處特命臣上香希珠恩也
仙門初日耀曨曨寶殿光摇翡翠紅恭捧香幢當
帝座賜緋雙袖欲乘風時勅遣高元殿上香拜服賜蟒

驗陳海樵

我欲入山馴虎豹爾能浮海狎魚龍莫將山海分
形迹須識漁樵趣本同

錢秀才文

字章靖號希翁諸生著有鶴叟詩集

湘江晚翠

湘江萬竹不堪剗九疑墮馬髻新綰堯皇女兒歸
不歸鷓鴣千聲時一飛春泥滑滑客未返雨墻雲

深水亭晚

瀼上

帖天河漢影西流絡緯莎雞一片秋草帳夜京人
卧病老懷添記世間愁

與邵國賢夜話東林

洗空詩嶂天河水平盪高懷太岳雲今夜江濤星
月冷兩人無睡話斯文

新宅

安穩茅柴屋數間起來開眼見南山千帆白日墻
頭過一鳥青天樹杪還

倪刺史容

字正伯號方泉侍御汝敬之孫正德丁卯
舉人官漢州知州邑志稱其廉潔自好詩
古文亦秉絜度云

落鳳坡

先主何心襲益州士元抵死設奇謀秋原依舊平

於掌落鳳坡前鳥雀愁
談笑隆中起卧龍地圖况已出張松中山帝胄安
天下誰遣將軍觸箭鋒

顧叅議可適

字與行號蓉峯正德戊辰進士由刑部郎
中奉勅審録宸濠逆黨冤獄多所平反擢
廣西右叅議乞養歸以病致仕卒年五十
有八著有蓉峯遺稿節録先洞陽公蓉溪遺稿序曰昔余兄初官中書舍人與其家何仲默先生游仲默蓋若唐大歷貞元之體者也余官行人同在京邸常見過從賡倡時至夜分而兒意得即成章輒書去無稿也余時已惜其散

漫余同年薛君釆俊雅不羣亦與何舍人
遊遂與兄相結焉余或問有作往示輙裁
答曰昔與行擅藝名深今吾子復繼風難
豈惟顧氏多文抑亦詞林增重厥後兄乞
休余出守及還臯司中間或過家或憂居
羣從相集往往有作競相駁正必欲體裁
各就程矱又常效晉人書法謂右軍結搆
若圓之就規方之就矩者昔人所評驚龍
游雲難盡其妙也余嘿識之然亦無所存
但散布昗下屏障遺冊間耳以故兄著作
雖多而篇不皆具也兄姿穎踰人過目輙
成誦故經史子集咸博極以至星數堪輿
家亦廣記精覈性復簡僻不修飾邊幅與
人處不倨惰亦不受拘攣最愛嵇叔夜絕
交書謂已意向相匹也自伯父謝世盖疎
放人事有抑鬱無聊不樂不出戶酣飲者
累月夜則醒然讀書數卷嘗謂余一部二
十一史一歲纔可讀盡也其爲詩馳驟建
安已還各得風韻何仲默有顧與行昆季
見訪詩云海內朋簪盍天涯意氣親雪峯

斜暮景霜草勁寒春客席留尊久仙曹染
翰新諸君千里駿霄漢迥風神華鴻山有
過顧蓉峯別墅詩云養晦深山學老農每
從白社闕閒蹤停舟試問門前柳載酒遠
尋湖上峯徑繞蒼烟生薜荔窗臨秋水映
芙蓉幽居便是神仙宅辟穀寧勞問赤松

閒居

閒居豈違情政以慵且癖卻掃謝送迎投鞅偃驅
策三徑懽歸來一枝聊棲息中園薦嘉蔬虛庭蔭
松栢客來酒共斟獨坐忻所得素懷本若斯吾願
不求溢

雜詩

海鷗不可玩浩蕩臨滄洲白羽揚皓彩潔身羕清
流莊生隨蝶化列子乘風遊飄飄九垓外六合爲
虛舟
素娥霓爲裳皎皎如練白玉兎藥長年萬斛貯瓊
液瑤樓十二重銀闕三千尺極睇鬱嵯峩安得凌
風翮

月潭贈夏友人

明月行中天寒潭見露白萬物卽成形一過本無
迹道人得禪心卽性定眞魄鳶魚浴天光湛然隨
所適

贈仲默

李白之白如白羽響入青天竟天宇令人長憶謝
元暉澄江如練餘霞飛餘霞飛去碧空裏楚尾吳
頭月如洗君從何處鍊骨來吾將酌君二泉水

鰲架亭歌讌秦太保鳳山公園分賦

山河開闢何始終落落天壤生巨公廟堂棟梁需
大木滄海砥礪廻奔淙五辰咸若凝庶績三朝弼
亮熙百工洞庭鈞天聽廣樂石室至道探高嵩成
功不居謝寵利世仰漢傳遺高風黃石授書拯時
畧赤松從遊蓋世雄午橋野堂秀鬱鬱九龍峻嶺
流潨潨巍峯冠若兮衆廻列中有亭兮平波演漪

予沖融東櫩晨看陽烏拂桑蕋西閣夕覩玉兎升桂宮絳霞的爍兮丹闕銀潢湛澄兮碧空一鑑昭兮晃朗八窗敞兮玲瓏偃仰兮興嶠嬉敖兮佺儓日有餐兮紫芝將事兮商巖之四翁

贈洪川

洪川住逕里小隱卽安流海月溶溶上江雲靄靄浮山青看去鶴沙白任眠鷗羡爾眞懷葛悠悠何所求

題王仲山實界山莊

王子幽栖地眞能謝世緣湖藏深壑裏門掩半山

前窈窕尋花徑崎嶇錯水田林亭留客坐啜茗且揮絃

和彭别駕石屋登錫山觀五湖之作

錫嶺披前蹟丹邱出上方七盤淩絶磴千仞俯滄浪鳥道浮天碧鯨波落日黄乍珠遺罔象白石起羣羊陵谷推遷外蓬瀛縹緲鄉雲謠惜荒宴萬里泛瓊觴

顧司馬可立

字與中號十峯歲貢生官霸州同知先洞陽公胞兄也公爲人質直外和易而中介特在霸州未數月乞歸築别墅於蓉湖之濆曰蓉湖莊門對九峯自號十峯山人先洞陽公有詩云我兄高躅艮寡儔别駕皇州不肯留封還檄書旋舊里卽向山陰結隱邱洞陽公敭歷中外服勞王家惟公上事二親備盡孝養洞陽公兩杖闕庭二親不勝其憂公跪解以人臣致身之義惟天眷佑迫洞陽公以遭讒致政公又慰以古人處謗之道時止之宜閒居無雜賓焚香静攝兄若弟相與徜徉山水詠歌自適年六十四卒公詩集散失兹錄於家乘中

荅與新弟題蓉湖莊四首卽次其韻

皐鶴終非梟雁儔秋風肎爲稻粱留須知不憶鱸魚膾自抱清琴卧舊邱

欲採芙蓉不自由芙蓉湖水遶階流門前終日無人到只與青山共一樓

龍頭龍尾屬羣公添我湖山又一峯借問遊人都不識朝霞暮靄若爲容

近郊近郭卽山林人境吾廬不解深風自掩門雲自鎖飛飛鷗鷺共相尋

顧司馬彦夫

字承美號錫峯庚午舉人授太常寺典簿寺卿呂柟重之爲忘分之交遷寧波府同知署慈溪縣篆民爲作清清堂俸餘悉以給親族身歿時貧無以殮語見邑志著有瀛海集

和詠梅

官閣梅花破雪開未吟先潑賞春杯憑誰寄與人千里許我來看日幾回竹外一枝風灑落琴中三弄思徘徊如何不入靈均賦自古山林有逸才

呂公

相法如公妙入神預知天子在風塵如何不識閨中女却是傾宗滅族人

淮陰祠

淮陰城下弔王孫史事傳疑不待論一飯尚能酧漂母後來豈忍負君恩

莫僉事同

字僉吉號野亭又號迂泉癸酉舉人官廣西僉事先洞陽公荅莫僉憲詩云鹿鳴昔宴今歸老余年少君才一春獨悵蹉跎塵未解却憐清淨道相親食蜜中邊盡甜味絫乎宰官常現身即此右丞袪老秘齋居誦法欲從論

碧山復舊社喜作

詰旦餝僕夫乘春尋舊山揚舲渡蓮蕩九點青烟鬟祁祁肅徒侶相見俱開顔仲春梅未落布席瑤林間行厨出芳酤僧竈颺茶烟合坐循齒序嗣德歆前賢新規出意創義例楣間懸囂塵喜遠隔逸思來無端吾儕惜短景觴咏有餘歡

海棠

我脫塵網初還家海棠見我舒新葩人言此花何太早枝猶帶雪葉未芽漫山桃李總麤俗甘讓不敢同時花晨簷垂垂倦欲暆午景皎皎紅蒸霞遠

客初歸勝流集開尊花底情無涯就中多情孰爲最使君妙句堪籠紗人生過眼惜年華高臺雖高那可遮萬鍾於我誠何加花今憐我不我遐風光直向江東賖

顧洞陽招與清溪雅集感成代柬致謝

重陽喜無雨况復菊初黃相約中林士來尋五柳莊沙平圍鴨柵水落露魚梁共話羲皇上謈傾未解航

長日書懷

長日閒方覺能閒不偶然葦編安曲几藜杖涉層

巓細雨低簷燕夕陽高樹蟬遐方情自適留滯已忘年

春日始作社會 時成化壬寅

溪邊楊柳欲藏鴉舊社重尋感歲華龍縫湯流氷後乳陽坡新摘雨前芽有僧住處聊爲主無事來時卽是家邦笑荆公專一壑暮年詩句亦吟差

山行

纔說乘閑出郭門煮泉猶未酒先醺氣蒸林麓常含雨天接峯巒澹抹雲眼底好花隨處賞耳邊新調隔溪聞少年叢裏容吾老出口珠璣落澗分

飲東園次嵩高韻

乘驄吳下發硎初又過湘江此卜居曉徑雲開知雨足午窗風細愛簾疎新醅已熟行無筭久客雖貧饌有魚聖主恩深臣罪薄卽看溫詔爲湔除

喻太守義

字宜之號肖玉晚號心遠甲戌進士宋工部槻十三世孫官南京戸部主事累遷武昌知府遭母喪上官念其清白令有司賻之不受補南寧率以禮教忠州二酋爭職搆亂檄南寧案驗遂单車詣其壘反覆開譬辭旨慷慨酋感泣輸情在南寧五年致仕見邑志宦蹟傳 先洞陽公心遠篇贈喻太守同年云處俗心能遠長懷靖節君高風誰繼迹夫子役斯文氷玉常懸劍風塵自絕氛邑無三仕宦名有四知聞虎竹方持重銀魚輒向焚思同鳳鳥食厭與鷺鷀羣結社香山裏扁舟笠澤濆長吟期欵欵永肅意欣欣何物能嬰垢此身唯附雲衡寻招隱久欲共耤氤氳

喜復碧山吟社

龍淵泉北惠泉南石磴縈紆路自諳吟罷已看蒼蘚合草深無礙白雲涵洛沂風月從而後歸洛烟霞跡可探只愛紅塵飛不到欲移書榻對禪龕

先八世祖洞陽公詩

金陵焦竑獻徵錄洞陽顧公紀事公諱可久字與新號前山後更洞陽世居錫之膠山父榮章贈中憲大夫泉州知府母李封恭人正德甲戌進士拜行人時毅皇帝將南狩偕同官張岳等上書請留畧曰陛下輕萬乘棄九重忽垂堂之誡而甘馳驟之遊縱不自惜其如宗廟太后何上怒詔獄廷杖左遷國子學正庚辰以外艱去位值肅皇帝入繼大統首錄諫臣拜戸部員外郎時追崇獻皇議起復偕同官上疏復詔

獄杖之闕下尋蒙恩宥進本部郎中乃有嶽藩冊封之役初任行人有崇善王弔祭之役兩奉展親而君命不辱兩遭笞點而臣節不渝君子以爲難丙戌出知閩之泉州首遵太祖諭之令作約以齊民矯嚚訟抑豪强治政之暇檄七邑博士弟子進而試之一一第其甲乙歲戊子泉士舉者二十有八稱爲應宿咸服藻鑒無何丁內艱甲午補贛州甫三月擢爲廣東按察副使備兵瓊海颶風瘴霧意不欲行會少宰霍

文敏移書趣之諭以海外須公爲重乃以單車往既至飭法振紀宣布威德黎氓惴惴罔敢犯者乃按行諸郡咨詢黎傜出没之處相其阨塞險阻而爲之備禦繪爲圖說未幾羅活峒黎出刼爲盜按圖擒治儋厓諸黎五十二部落皆聞風款附境內晏然尋以剛直忤權貴落職歸杜門却掃築室溪上非公事未嘗輕造公府性好讀書至老不倦尤好染翰作鍾王書工於詩初效李杜中尚陶常晚醉右丞爰輯詩說時與晉安王大參思道同郡唐中丞應德相倡和所著有溫陵珠厓在澗諸集家傳王慎中氏曰夫以公之廉平公正當官盡力此猶未足爲公奇也夫其處富而不驕處貴而能降以鍾情六籍不以既老而或倦加惠羣戚不以已遠而或衰斯既冠德於州里追蹤乎往哲矣若天威難犯公一再濱死而不悔美官世人所羨慕公不欲以此而後母氏之封忠不忘君孝不後親嗚呼賢矣哉門人海瑞舉氏題憲副洞陽顧夫子祠堂詩兩朝崇祀廟謨新抗疏名傳骨鯁臣志矢回天曾叩馬功同浴日再批鱗三生不改冰霜操萬死仍留社稷身世德尚貽清白在承家還見有麒麟八世孫奎光曰公詩學晉魏人風格類王韋多夷猶自足之趣蓋人惟於榮利無所顧慕然後綱常名節所在能以去就生死爭亦不必裂皆嘖日作氣節語也詩分七集日在署日在

疚曰釋褐曰溫陵虔州珠崖集者蓋宦遊作也終日在澗集始於正德己卯時公年三十五首章三月二十五日作云衣冠蒙扭械鞭朴振朝宮天末驚飆發廷階濺血紅知廷杖諫南幸諸臣爲己卯三月二十五日也諫大禮廷杖在嘉靖甲申公年適四十又二年乃出守在澗集止於丙辰後一卷不紀年意是丁巳年作又四年辛酉而公卒詩集首尾凡三十九年

命子十首

悠悠上世邈焉難追爰自松軒肇宗於茲惟自鼻祖含光載祺如流維源如岡維基

越我高祖以洎於曾力田服義事靡弗興家用蒸蒸世用繩繩於昭善問鄉人是憑

乃有武暴煽亂於鄉民被荼苦奮義率攘上叩帝閽夷禍卽康抗精疲用卒亦罹殃子遺我祖銜恤自立攜旅服賈維義之執韓死我殯韓金我襲歸遺其家在獨彌攝嗟嗟捍患澤是溥而肫肫善念德是峻而嘉植既樹奕葉重敷於赫有鑒夫寧弗釐追我諸父奉世寖昌誨我諸昆期臻於良厥有五嘗歸侖顏行或翔藩臬或佐帝鄉肆有錫典諸父具褒天賚未已我祖重休宗伯之鴟賁於椽邸集祜曷故累善是酬

嗟我令族百世伊始咨爾子姓勿忘厥以感彼行路陶亮眷只六行頹風蘇宗悳只嗟嗟我人如何弗思言念我考秉心惠慈友于孔洽推宅捐貲維是懿親維是良規而我服膺爾寧勿勗民不可上矧乃同族維睦是敦無敗於欲隤其家聲宗墜先辱

題曉南軒

軻氣務平旦舜善在鷄鳴前修邈遺矩後徒嗟寡程東尚見之子衆酣良獨醒結廬取離德澡身及昊閒簡持常佗佗靜理時惺惺寸累寧弗長涓流會當盈僶俛但罔晝詎復患胡成夙與久已勗願言同保貞

詠昌陽贈友生

青青水中蒲托君華軒側素築紛若葩緑葉剡如棘疾風耿不靡零露潤愈澤含清類好修辭華擬知默念爾有幽懷沉靜俱惆愊嘉樂故不攜徠服更相僶曰余夙慕方感物情彌褌脩然長友心與君願不忒

卽事 時江西羽書至逆濠圖變

數至西江報橫行南國傍已聞集廷議猶未遣戎

行邊戍遙徼發戈矛待選將不知誰借箸自古峻夷防

捷書至後作 逆濠就擒

捷書近報亞夫營此日秋風江水平彭蠡盡焚吳戰艦洪都已入漢飛旌戎衣天子猶行露汗馬將軍未散兵寂寞高城一長望冥雲笳鼓與愁生

猛虎行 時錢寧爲江彬所圖

南山山頭白額虎磨牙礪爪當關戶倏忽張吻咆哮閒已令飄颯風霆聚威聲震蕩六合驚人被啄害何勝數匪無善射李將軍徒有目石能沒羽只

言舉世莫敢攖何知復有六駁生一朝跳梁出林莽坐見腸骨皆枝撐虎也虎也奈若何誰使積孽自爲羅道路傳呼怏已極風波須洞憂方多

起孝入學宮冠示詩

汝身猶小子今日忝諸生書籍吾家事桂林人世名寸陰宜自惜尺璧直須輕會讀乎成傳經門不墜聲

題繡嶺草堂

司徒焚魚歸故山山中高結乎都壇前岡時傳笙鶴度壘巘會有龍蛇蟠繡林娟娟長瑤草陰洞拂

拂飛霞丹座上春風不可束振衣飄灑青雲端

遊張公洞吟

少時閱道經已慕洞天之仙靈欲窮窅窔豈辭遠兒乃荊溪春水生溪月照我舸飄飖倏已墮綠蘿直下不知幾千尺浩蕩杳冥無不可初疑雷霆突地出霹靂撼擊勢憭慄復似長風駕海來波濤洶湧聲喧豗摧巒蹶石籟發祕開瑯琊森戟垂深底金莖抵掌撐頗頳青熒珉玉交錯落阻折梯蹬相盤回徑仄石滑不可躋入幽深兮路轉迷囊括日月吐納雲霓絕陘蒼草累碧紫泥奇形怪狀不能辨窺鬼物撇捩熊羆呻悲上帝彌節而危坐玉女載旗而逶迤陰宮丹竈火不滅籀文履跡留其遺吁嗟乎何物谷神發此幽冥使我魄悸而魂驚憶昔居瑤京夢見玉女遺我金蓮之紫莖玉爪搔背悚然骨輕云我謫世是伊後身金丹玉液默授以經乃今所歷前言頗成吾將棄軒冕飲沆瀣從此始兮遨遊太清

與何伯直月夜登惠山

清景東山月風流太華君憑高發長嘯驚起洞庭雲蓬海蒼茫望鸞笙窈窕聞飄然有遐想舉手欲

凌氛

懷薛君釆蕙在詔獄 因諫大禮

吾多西原子慷慨在圜扉議禮漢庭上明經世所稀自須愛國寶願得霽天威爲爾瞻霄漢當空淚灑衣

陰陰北軍壘此地昔曾居羨爾青蒲議慚予赤羽書乾坤心獨苦歲月鬢應疎匪直爲君慨風塵嗟突如

淮上作

踰淮卽平路自謂越風波豈謂風波意還於平路

多

相逢行答薛孝夫

憶昔相逢吕梁上觀濤意氣淩鄒枚酒酣落筆滄溟暮長鯨跋浪驅風雷風流一别倏如雨高歌擊筑常心哀朔風吹車下淮甸邂逅忽遇盱眙臺解渴何異飡瓊樹展覩豁若青天開張樂酌我山中杯倚瑟調戲彫龍才領心快意何雄哉薛夫子當世士郎署曾司職方氏胡爲出守泗之水君不見孔雀啄水淘河猜三人訛言虎在市喜君夜郎已量移濁流漸得轉清泚而我猶嗟貝錦詩言歸欲

攀芳桂枝他日折麻如贈問乘雲覔我東山陲

至日呈省中諸君

闕下履長至省中添寸陰可能一日力少答萬幾心隨牒叨從後凡材愧不禁諸君多俊乂幸得附南金

今日良宴會一首并序

嘉靖戊子秋闈舉士九十八泉居二十八焉而又爲之冠錄其文以傳者亦且六八于是主司咸曰閩士之盛維泉乎鄉之故老亦曰自國朝設科迄今百六十餘年泉舉士之盛鮮與兹儷也余來守邦適與盛會又從事藝苑獲與文章之觀豈不于余有光哉余曰盛不在兹諸士皆將爲天子翕受他日有服大僚能竭經藴以濟時上不負天子下不負所學爲當代名臣則是科舉士之盛也奚啻冠與庶也顧不益榮且光哉余實望之于是宴士於庭作今日良宴會云

今日高堂上具饗秩賓筵賓筵誠可歡拙守欲一言維皇垂裳日閩當貢士年閩實生多士言盛歸我泉異數應列宿儁特冠羣賢亭亭郄林桂纍纍崑岡璠洵美其且都際逢良亦艱百年賓與會超

越遂無前薄劣負兹土適焉值周旋厥光寔忝竊愛助何所宜顧兹取士意豈曰雕龍篇將須棟梁用舟楫維濟川顯顯君子德宜民眷自天各勵日新志明淑兹不刊諸士亮有懷眷言相勉旃

謁真文忠公祠下

我出守兹郡後公五百年他鄉猶學政即治况親賢希志端能慰凡材若美前土風還夙昔文法且拘攣悵世嗟殊禮沿時孰與權每懷謁祠下焉得起之泉

懷晦翁作

田多古泉屬翁昔簿於茲邑號至今重民風非昔轄每於理未達慷慨動遐思不識攝書日感移何所爲我今行省俗往牒久淪澌長吏向余語空山猶勒遺驅車聊命入拂石覓殘碑剩墨風雲護高文日月弄化機不可得手澤幸存斯延竚椿邱久風神儻見之

珠崖雜詩

海外行何距天涯俗自宜人烟雜黎蜑鄉語帶侏儒稼穡無冬夏檳榔重肉糜文風今更盛不數崇寧時

北岸通侯服東洋接島夷沙氛迷暮浦海霧觸朝曦臘月蚊蠅聚冬風花木熙客居常厭熱紈扇不停離

訊此岐黎俗猶存邃古初割帷蔽形體刻箭代文書嬉戲羣椎鼓畋遊共搏狙向來漸化熟强半附州閭

軍中樂行

古陽三月黎醜平我軍挽海洗甲兵卽看四郊壁壘息已喜一道烟塵清尙多士馬未遣命騰櫪鼓刀氣俱盛適時閒暇臨端陽行樂城南互誇競騏驊汗濆赤玉珠將校腰懸金僕姑彎弧散蹄兩相騁左馳右發咸不踰仰手俄看驚雀接俯身倏已穿楊葉巧捷百端身手殊意驕色壯憑黎無觀者如堵皆辟易我亦按劍爲之吁嗟嗟爾曹飽食幕府租自當蓄銳應時須君不見古來軍中有蹋鞠更將穿域與爾蹴

秋懷

烈士心恒苦大夫勞詎辭防邊蹈南海將德過東夷秋雁何曾到炎風祇自吹孤危安所仗蓬鬢日成絲

異域滄溟上孤城斥鹵中經過稀漢使托處雜黎戎日遠天何際雲荒秋不窮誰能忍羈旅轉泊逐飄蓬

清溪莊雜題

魚麗何簁簁畢鱗色如錦呼兒貰酒來獨與溪翁飮

右魴鱮堰

日夕農功息容與東皋步悠然招遠情羣山在指顧

右東田皋

樛枝布重陰永日貯虛靜中宵明月來復此散清影

右雙榆陌

長條覆河滑春風爲搖曳野艇不出村道遥於此
繫 右五柳灣
窈窕南山屏縈暎横溪曲清華紛吾陳靡不愜延
矚 右南山隈
溪上夕霏生罥衣畢縣綆林樾歛餘暉竿杪猶銜
影 右網集潭
盈盈瓊琚枝空林何陸離資用詎調鼎凌寒素相
宜 右梅林
綠莎轉幽徑逶迤修行岡投足檀欒裏清風吹我
裳 右斤竹岡

草亭何寥廓洞然山水間高樹時鳥鳴道心與閑
閑 右在澗亭
孺軒何玲瓏可以晞我髮朝夕見南山空翠自超
忽 右山陽亭
的皪發華滋照耀清淺湄藻動文鴛戲香飄神颸
吹 右芙蓉池
亭亭庭中栢移根自新甫蒕蒨千年姿吾與爾爲
主 右甫栢館
團團桂之樹羅立在堂下翠葉揚朱華芳馨紛其
妊 右桂館

亭亭蒼琅竹叢生庭城陰與吾長爲友相對撫鳴
琴 右竹房
頎頎玉節容獨立雲之際振衣臨高臺將以朝玉
帝 右石丈臺
綺窗列遠岫霞氣艳連延還顧復不極華薄帶清
川 右紫巖樓

錢常山憲

字國章號心齋甲戌進士官常山知縣卒年七十

乙卯二月二日秦從川邀入吟社感賦

春社臨芳墅青林變渚禽題襟非漢上修禊繼山陰花氣薰飛斝泉聲答雅琴寶華留古刹空翠入遥岑獻歲開新賞良辰喜盍簪追歡興無邪刻竹紀清吟

秦封公瀚

字叔度號從川諸生國和仲子以子梁貴封通政司左參議邑志孝友傳云叔度爲姑後於吳然往來定省終其身無閒年七十三卒崇祀尊賢祠配享碧山吟社 顧惠岩復碧山吟社記云秦封君從川思惟其曾大父修敬之肇舉吟社也乃銳志恢復謀之

王侍御石沙義倡鄉達公醵貲復鳩工葺爲紹修堂爲濯纓軒爲十老亭流觴爲吟臺爲行厨茶具爲几椅壺觴棋局數凡有資於燕遊者纖悉治備諸公之功偉矣時各有賡和預會者郡伯喻心遠宜之僉憲莫迂泉僉吉余四弟憲副洞陽與新學諭徐西巖顯夫正郎華補庵從龍大尹錢心齋國章封君秦從川叔度太僕侯企竹繩武司諫張靜思舜舉宮贊浦后巖道徵少尹施武陵子羽大尹高杏江文明侍御王石沙汝玉學士華鴻山子潛僉憲王仲山子裕京兆尤西村懋宗副郎馮補齋子占僉憲安膠峯子靜共若干人

復碧山吟社

一亭十老二泉南前輩風流燕子諳雙柚花開春又晚九峯雲起碧猶涵尚留漉酒陶巾在儘許遊

梁溪詩鈔　卷六　三八

山阮屐探從此吟聲落龍縫如琴如筑佛燈龕

后巖舉吟社中秋後二日流馨亭落成

泉上堂成戶牖虛新凉衝雨駐軒車爲憐石罅流潺潺又喜林間雜珮琚鼓瑟音稀何穆穆到池聲靜只如如何人更解無絃趣流水高山聽有餘

徐司教槐

字顯夫號西岩歲貢生官歐寧縣教諭

復吟社次韻

詩壇依舊在江南野徑荒荒客亦諳盤石有苦風汎洒縱泉無恙月漸涵誰教直放千秋過自得還從二酉探昨與虎頭談夜半自註謂社中顧洞陽先生醉來支枕共禪龕

侯太僕祖德

字繩武號企竹成童入胄監歷事禮曹尚書以其恪慎舉充齋詔使往大同事竣注選以弱冠歸娶尋除新昌丞攝會稽諸暨二縣以清節著擢知江山政平訟理案無留牘而豪右惡之刺之不能害薦升太僕丞乞歸養母遂不出見邑志

上巳山中喜晴社課

梁溪詩鈔　卷六　三九

杖屨追歡賦遂初酒餅猶自掛柴車雨晴山鳥能呼客風煖林花亦啟予曲水流觴詩欲就茂林修禊事非虛只今四海兵戈偃好覓人間種樹書

安贈公國

字民泰號桂坡家饒於貲好遊足跡徧名山交游徧海內著有游吟小藁以子如山貴贈南京戶部員外郎

秋日龍山寫懷

收拾農功始得閒西風吹我上龍山白雲滿路迷行跡紅葉千林鬬醉顏半日聊成雞黍約幾人能

脫利名關偶逢老衲流連久月吐松梢尚未還

游虞山石屋澗

潺潺澗水雜松濤偏惹詩人得句豪長嘯一聲天似笠醉看明月漏松梢

施贍公教

字子承號心菊神於醫以子策貴累贈禮部郎中元孫廷銓康熙間以明醫徵入內廷並見邑志方技傳先洞陽公贈施心菊醫師詩云梓里何多賴醫門傳有君能推气運理善蘊軒岐文平生心菊意橘井並流芬

小椿永恨歌

人言萱草憂可忘我見萱花憂倍結前日見之廣陵堂使我躑躅生徬徨追思孝宗十一年此日何日風何顛沙飛石走人事變摧我庭椿不少延小椿幸托萱花邊萱花覆蔭尤多年雖然寒暑更相易炎風烈日無顛連小椿雖漸長未遇陽和天幸今天道復轉旋雨露相滋漸覺鮮小椿葉已茂正欲還覆萱誰知萱花力已盡一旦萎謝秋風前小椿小椿苦摧折悠悠此恨何時竭

梁溪詩鈔〈卷六　四十

曹太守懷

字于德丁丑進士選庶常改戶科給事中武宗將南狩伏闕受杖歷吏科遷兵科嘉靖議大禮下詔獄復杖於廷創甚呻吟中論當事諸臣有五鬼刺天五經掃地之語聞者股栗竟得不罪奉命稽察甘肅倉儲兵器出守永平調思恩致仕見邑志忠節傳

飲泉亭次張水南宮諭韻

掛席暫辭鵷鷺直逢山喜接薜蘿筵難邀天下無雙士閒試人間第二泉翠濕宮衣香滿地潤分鴻筆雨平川習池爲問山公馬歸路銅鞮月已偏

楊太常淮

字東川丁丑進士官戶部郎中明史稱其公勤廉慎嘉靖初議大禮伏闕受杖月餘卒邑志云當羣伏時或言自逃可免否者且不測東川曰吾小臣効其區區之愚聞禍而逃非初心也史傳云囊無一物家人貢屋以斂後贈太常少卿

梁溪詩鈔〈卷六　四十一

杖闕下口號

臣罪固當誅天王自聖明恩深知罔極卒土奉皇兒

浦麗水瑾

字文玉號桂岩辛巳進士官麗水縣知縣

晚而通籍之官三日而病三月而殂先洞陽公師也秦梁邑志云文玉博贍有文與邵文莊善每有著述多與商榷所著有水南集西神叢語云桂岩美容止少舉於鄉益加謹飭有鄰女登墻誘之浦正色不爲少動後登第子應麒亦舉進士官翰林

夏日閒居

南里橋東一草堂烏皮隱几竹方床池萍漲雨青浮岸隣樹分陰綠過墻乳燕出時炊麥熟繭蛾飛後曝絲香不知何處炎蒸在日日清風灑葛裳

高梧樹下足凉風滿地淸陰一畝宮階戰鬭看排陣蟻簷喧靜聽課衙蜂日斜天外初微雨雲薄樓西忽斷虹客至莫談塵世事年來多病耳還聾

梁溪詩鈔卷六

受業　宣　鑑　韜庵校

梁溪詩鈔目錄卷之七

明 嘉靖一

以上共二十八人

梁溪詩鈔卷七

梁溪顧光旭　華陽氏集

明

華職方鑰

字德啟，嘉靖元年壬午解元，癸未進士，授戶部主事，調職方，伏闕爭大禮，廷杖，謫，進員外郎、職方郎中，上書大司馬李康惠公，言邊衛宜整飭，而近都尤宜預防，康惠用其言，秋防約束視前一變，時推爲碩畫，忤冢宰汪鋐去官，居母憂，以毀卒。邑志入忠節傳。

簡顧洞陽李晉卿

巳幸列冠紳，誰非社稷身。盈庭聲濺血，萬死罪批鱗。曾讀膺滂傳，終隨李杜塵。馳箋勤問訊，鎩羽莫哀呻。

題二泉書院

乾坤井井春長在，花石層層人自來。虛到竹心孤節聳，清如泉水百源開。昔賢共仰松風閣，故我難登點易臺。昨夜夢魂寒月下，半庭香雨落江梅。

錢太僕文爵

號滌齋壬午舉人官南京太僕寺丞

過石瀨山莊次鄭平山寅丈韻

地擅千秋勝泉流三徑分澗芳生暮色石壁亂春雲幽意花同愜巖香鳥共聞到來餘遠思蘿月綠紛紛

同鄭平山寅丈過龍潭新搆有感

石壁噴泉灑薜蘿軒楹層搆白雲阿隧分古栢寒生翠神護龍章炳不磨岩壑有緣陪杖舄江湖無地着漁蓑憑誰爲獻平南策洗滌乾坤任嘯歌自註時聞海警故云

高南豐應奎

字文明號杏江壬午舉人官南豐知縣華學

土寮有贈高南豐詩曰君家草盧一何窄門對城闉不盈尺蕭然四壁空圖書兀坐牀頭僅容膝平生孤介人未知及至爲官性猶僻莊叟曾經傲漆園陶潛畢竟辭彭澤數畝躬耕負郭田十年夢斷長安陌惟余意氣獨相投海內論交稱莫逆學道同窺黃石編躭奇並買青山宅把酒停雲曉閣寒挑燈聽雨秋堂夕有時江上東風來吹遍村中杏花白春深閉戶輿轉幽日暮攜筇句堪覓誰憐老去偏苦吟歲晚詩名重高適

重陽燕石沙紹修堂舉吟社賦維堂有楣四章二存

維堂有楣前修之遺爰集耆耇爰賦聲詩繫我遐思永言紹之追惟十老飲斯樂斯斯飲斯樂匪曰盃酌責善規違乃砭乃藥凡我同社守之惟恪視昔有光庶幾無作

乙卯二月二日從川舉吟社邀予同賦

碧社梅花散春泉細細流晴嵐浮谷口好鳥語枝頭海汎波無溢時占麥有秋醉來仍散步遐想洛中游

陸盧龍果

字原仲號雲濤乙酉舉人官盧龍知縣

山日齋偶咏

雲影參差過硯池滿牕新綠雨絲絲郡庭三日無呼喚寫得當年瘦馬詩

顧孝廉可宗

字與因號古泉乙酉舉人先洞陽公同祖弟也草堂公晟章叔子

題十峯兄芙蓉莊四時四絕同洞陽兄作

誰識人間顧古泉幅巾藜杖亦神仙令兄園柳黃鸝語春草青青喚阿連

荷葉荷花骨節香雨絲微點已生涼映簾寄簟看

棋罷飛起鸕鷀上石梁
古松懸瀑挂清秋分付人間百道流半壁明霞一
藤枒夕陽爲我小勾留
只應湖面種芙蓉莫怨開遲霜正濃到得此花揺
落後寒松晚翠欲成龍

華學士察

字子濟號鴻山嘉靖丙戌進士選庶吉士
改戸部主事遷兵部郎中再入爲翰林修
撰賜一品服使朝鮮辭罷歸復起原官歷
侍讀學士掌南院事乞歸林居前後三十

年家本素封而食不三豆室無侍媵出入
清華羽儀海外詩有翰苑稿巖居稿玆集
所登多巖居稿王僅初重刻巖居稿序公詩凡三變初官翰林時擬麗嚴整取法初唐及奉使朝鮮宦遊兩都紀述則雄渾俊拔駸駸乎天寶間聲律乙已歲焚魚巖棲壹意冲澹語皆心得而造大雅之域矣陳卧子謂子潛清儉如茅茨下人李舒章曰子潛如坐禪空山微聞鍾磬戶役紀要錫邑嘉靖三十年以前田糧不均經界不正有田無糧而無田有糧者弊百出莫可究詰於是富者益富貧者益貧而小民無以安其生矣鴻山華公慨然欲釐正之倡義捐資耆老赴京引例陳請奉旨行撫按轉行督糧道翁公大立委本縣官王公其勤於三十三年合縣丈量蒙按院孫公愼并翁王二公秉公剔弊法在必行凡三閱月而事畢是役也設總書民十啚者民五十二人啚正及弓手筭手各四百一十四人計一縣之田凡若干萬畝令區者民各率啚正等刻日齊丈總者民籍記其數時時覺察而縣官出其不意躬自覆丈之於是魚鱗有冊坵數有冊覈出無糧之田一十六萬餘畝覈去無田之糧七千餘石而積弊一朝立洗微華公之力不及此也而公又歸德於按院輩三公因有延祥三公生祠記記卽公手筆也

懷閔宮諭

伊昔託明義盍簪從北扉久要重南金歲晚期同
歸如何鑠泉口中路忽分違鄙夫昧出處達士能
先機養痾識遵晦戒寵知防微差栽道窮山白雲
朝夕飛室遠人自邇莫使音塵稀

過煙水莊

閒門閉白日客竹臨清渠行隨溪上雲偃枕床頭
書客至時命酒與來兼捕魚願言託幽跡卒歲同
樵漁

僅初移家湖上有作和韻贈之

城邑豈不美生事在田廬移家就所安正當長夏
初墾上刈舊麥園中灌新蔬寧䘏四體勤將期方
寸舒入門謝鄰里幸托仁者居湖光近林牖水月
澹清虛因適魚鳥性遂於塵迹疎開軒聊種竹閉
戶兼著書豈羨衣食饒但喜歲月儲達人能固窮

朝夕恒晏如願言日相過多閒時起予

秋夜送戶部家叔登黃阜

離亭對衰柳落日送行客秋聲在孤嶼興來恣探陟臺殿澄夕陰明燈照禪室夜靜山月高潭虛映空色水鏡清道心超然垢氛滌浮雲亦何意聚散隨所適風葉逐歸蓬霜空起寒笛

秋日觀稼樓曉望

日出天氣清山中悵幽獨登高一眺望風物凄以肅流水映郊扉炊烟散林屋秋原一何曠薄陰翳叢竹時聞鳥雀喧因念禾黍熟悠悠沮溺心千載

猶在目

遊善卷碧仙岩

落日下寒門齋鐘出林莽偶茲叩精廬再宿翠微上舊遊不知處但見松杉長岩虛露氣清坐覺心魂爽月白山窗高夜靜風泉響遂令寤寐中超然脫塵網雲壑不我留明發稅歸鞅

宿玉陽山房和倢初韻

返照明溪梁深松晦夕景岩卧符風期雲陰石牀冷因投物外心遂入清虛境天寒木葉疎月落山房靜然燈獨不寐秋宵一何永明發從此辭白雲

鎖蒼嶺

題畫二首

澄江湛銀漢孤鳥浮青螺夕陽在烟渚扁舟興如何沙明帆影亂灘靜風聲和載酒問漁父渡口桃花多　右沙嶼晚渡

長淮多巨浪旅泊驚愁眠雞鳴見海日風波已恬然霞光明曉樹野色明寒烟豈徒得魚美因之懷濟川　右淮間晴兆

山中得同年連憲副書

山中方獨卧忽枉故人書眠食勞相問寒暄慰索

居江空木葉散天遠雁行疎惟有同心者無論出處殊

送安郡倅還京口

離亭一悵望春水渺孤舟黃鳥啼津樹青山對驛樓恨添芳艸色夢繞大江流爲問衡陽雁何時過潤州

贈郭明府

共仰神明宰憂民日不寧饔飧惟啜水出入每披星白日靜几閣青山低戶庭時聞頌聲作爲政欲無刑

贈顧憲副

日夕厭塵鞅曠然生遠心結廬清溪上坐對寒山陰初陽照虛洞秋水開澄襟即此是丹窟松坰何處尋

歲晚過夏姪真賞齋

歲晚得招攜歡然一解顏松陰雲自宿雲意鳥先知開閤愜真賞論文袪故疑殷勤詎能別寒月下前墀

雨後山中陪文壽承書碑和李戸部韻

雨後一乘興來觀山下泉秋聲墮巖樹空色飛潭

煙草聖遇張旭逸民希少連與君同卧此永謝區中緣

善卿兄避寇來城邸相依

烽火暗城闉徬徨得所因途窮聊寄食客久愈諳貧憂世言何補離家情轉親可堪蒙難日俱是白頭人

王元美見過有作和答

相看容鬢改太息別經時官拙焚魚早書沈歸雁遲浮生黃綬誤幽意白雲知爲問山中月清秋應可期

顧蓉峯少參見訪不値二首存一

秋風掩重門湖上棹空輟明月滿蘆花疑是山陰雪

施少府漸

字子羽號武陵歲貢生官海鹽丞壽罷去歸老蠡川田舍有莊曰武陵饒烟雲水竹之趣咏歌其中因以爲號武陵稱年從從父之官平樂過楚紀行詩有云巴雲青洞庭郢水寒楚澤又有洞庭湖詩鄒文莊公激賞之曰風雅之流也平生安貧樂志爲

詩不驚浮華刻意磨洗評者謂如春竹積雪寒松浮翠西神叢語載其自述詩其一云佐邑無功自劾歸尙疑趨府倒裳衣下流應笑菲爲吏僻路於今亦有機與客解嘲朔日謬逢僧授偈一身非卧來轉覺人羣遠惟有閒窓鳥雀飛其二云未論薄俗瑕爲僞自顧無如逐舊廬瓜美寧思故侯祿身閒徧讀外家書林逢秋日收香草門傍寒江市白魚歲晚誰同濠上想惟餘惠子共躊躇

長治游蘭亭赴陳山人約

靄靄深竹林林深阻修澗清川流其間懸崖俯可辨春蘭日以芳風氣日以變君往對山人如逢昔人面

齋中雨止自述

高齋晦積雨連日娛篇帙耽慵情方宜嗜寂意尤客風柔園條變濇濕階蔬苗宿陰漸已收山禽時唧唧隱几欲忘言斜光透雲白

白邸趨歸荆溪口作

久客不得志束裝歸舊山休爭逆旅席早覺主人顔意比溪雲懶形同秋水閒蜀中應共笑揚子又空還

署中閒述

宿雨未爲深晴光已滿林微風松際歇凉靄竹間

沉地僻容身散交疎少物侵常嫌子桑戶終日廢衣襟

別衡山太史後奉憶一首

邱壑無心逝閒門自不譁林除二仲跡剌絶五侯家室有仙人奕鑪供處士茶還來草元處鼓篋作侯芭

送唐君錫

疇昔相聞已有情揭來一見各心驚笑言千里不自意霜露滿衣猶欲行江口雁飛逢歲暮渡頭人去趁潮平看君到處多迎送定向王生叩論衡

病臥縣齋呈諸僚長

豈是官卑易去留未能高蹈愧林邱公庭積夏常虛訟弱質逢秋已製裘雨帶潮聲偏傍枕山連雁影恰當樓世途轉覺蕭疎甚始信嵇康薄宦遊

華補菴石埠山居次韻

不嫌蘿屋受風吹纔到山深事事奇池在翠微流水挂樹臨絶壑鶴巢危林間講道宜元度松下張琴待子期我欲從君娓無計秖將漁釣老江湄

過洞庭湖

芳草連帆到岳州洞庭形勝許誰收桃花浪濶三

江水楊柳絲長百尺樓無外烟雲原浩浩此中天地自悠悠賈生年少空餘恨又向長沙一繫舟

顧憲副清溪莊諸景詩 三錄

一因摇落後悵望秋山空向晚尋歸徑村村夕照中 右南山隈

寂寂春窗下惟餘修竹陰忽聞人共語送客出深林 右竹房

朝向湖上去暮從湖上歸漁家自成市晒網及斜暉 右網集潭

姚山人咨

字舜咨號潛坤著有潛坤集山人放浪山水間於邑之南郊九里涇築茶夢閣終老其中華學士察有題山人茶夢閣詩云山人耽獨醒啜茗亦自醉清風散高閣隱几頹然聽平生在苦吟冥想入寂寐般勃夢裏言欸曲詩中事神超萬象融意愜情景備天籟本希聲筌蹄一何贅悠悠池草心千秋可同致西神叢語云學士華察子潛少府施漸子羽學究姚咨舜咨山人王懋明僅初四人日相倡和時稱錫山四友王山人乃長洲人僑居錫山與姚俱客于學士者也

送施武陵

壯年讀書富文藻海內才名似君少蹉跎老大尚青袍未解湛生獨閒道負郭曾無二頃田荒扉自

梁溪詩鈔 卷七 十二

掩生秋草幸逢聖世急徵賢忍甘蹭蹬終懷寶長河流澌歲華晚高風落木寒原曉旅行千里勿復憂都門豈乏同心好君不見馬周五十遇常何一朝頓脫風塵表

秋雨病瘧懷洛川子

細雨暗江村新涼清旅魂懷人渺烟水抱病卧柴門擁褐徒思曝看花空欲言如何今夜月寂寞負芳尊

早春過武陵齋中論往事竟日

中歲隱南郭超然似子綦寡營知繕性抱藝恥干時茅屋春流繞花畦淑景遲與君論夙志郎此愜幽期

屢訪李戶部不遇

已爲薇省吏何事戀空山麋鹿皆知性松蘿自抱關機忘飛鳥外跡厭市囂閒豈是龍門遠常懷倣刺還

郊居自遣

前溪烟水路漫漫長日郊居性所歡老去自知雙鬢改春歸一任百花殘閒窗寂寂晴絲繞寒樹陰陰鳥夢寒學易由來諳物理慣將消息靜中看

梁溪詩鈔 卷七 十三

題瑞竹冊 有序

濬浮邱山人盧次梗氏以事幽圄犀十四年事白反故廬蕭然四壁惟堦前荒菊尚存乃取承塵竹斷爲七扶之數日竹盡碧色又數日枝葉生矣次梗喜作亭於上滑令嶁山張公聞而異其事扁亭曰瑞竹嗚呼次梗負屈宋之才性故跅弛邑人爭忌欲殺之其不死者天也天特假竹以彰懿德孰謂太虛冥冥哉今年春二月次梗來吳邂逅華正郎綠筠窩出冊請題遂書俟志濬者取焉

槁竹俄然碧葉生清陰冉冉蔭空亭爲憐苦節塵埋久得借陽春煦育靈舊事漫思猶灑泪此君相對自忘形他年太史書祥瑞願折孫枝備汗青

談都憲愷

字守敎號十山丙戌進士初由戶部員外郎出爲山東副使歲祲藉工寓賑開馬場湖旬有二日而工畢坐事謫信宜典史五遷復四川副使蜀多盜民被誣引輒竄伏盡雪之復其故業歷廣東布政使擢副都御史巡撫南贛汀漳贛賊李文彪海寇徐

碧溪各攻陷濱海城邑公開誠布信招文彪降出兵邀擊碧溪於潮州會颶風作我兵乘之碧溪溺死事平拜兵部右侍郎移督兩廣兩廣山箐險峇蠻洞聯絡四出焚掠殺千戶黎元公進討斬五千五百餘級平之尋勦大羅山賊將就俘乞骸歸後督臣追疏其功加右都御史邑志載十山築惠麓小圃面錫山背平褒右挹九龍之秀左望芙蓉如練後歸王鴻臚鑑梁溪雜事云十山歸與安膠峯秦從川王石沙俞是堂爲五老社月各轂會棲船鼓吹園池聲妓極盛一時而十山笴不通嚴世蕃罷歸奉母極孝懸車後母年八十不吝千金刷其外家俾悉有恒産母没大百齡無幾而哀慕如孺子

惠麓小圃永錫堂落成

遺榮歸故里逍遥娱心神結廬傍翠微魚鳥日夕親曲池流潺湲怪石疊嶙峋疎篁間高樹庭除自生春樓居可瞻雲凭欄拱北辰臺榭時眺月何能容酒人堂開顔永錫敞豁絶風塵招彼求仲侶嘯歌醉甘醇呼童汲寒泉煮茗卧花茵醒來意殊適邱壑信清眞所以張季鷹慨思鱸與蓴

談鴻臚悌

字守安號明陽官鴻臚序班和平坦率一

日行澄清坊街有擔觸衣損旁有叱其人者鴻臚慰遣之嘗誦王昶語誡子曰門第高可畏不可恃我時三復此言小子識之見西神叢語

碧山吟社流馨亭落成時中秋後一日

稅駕適時暇勝在城西隅紫氛靄佛刹綠柚含華濡昔彦麗詞藻往躅何宏舒醞藉漬灑液德輝披瓊琚亭虛湛豊草杞棘方芟殳搆雲襲芳若架虹通遊魚艮讌溢浩思醉曳青霞裾

上巳後二日山中喜晴限韻

春晴登眺拂衣初山寺濤芬襲使車夢穩金戈銷
職盡觥浮玉蟻適情餘耆英勝會追司馬修禊攜
觴屬太虛生淮海先字李郭仙舟叨濫入如椽銀管媲
同書

王客部表

字邦正號九巖己丑進士選庶吉士改戶
部主事尋改南京禮部再遷主客郎中告
歸先生不事邊幅襜整自如交游或不當
意輒斥不見而誘掖善類津津不已慮事
周密初若迂緩久而知其分劑斟度之得

宜也事母至孝念父不逮祿養輒悲涕葺
先祠封植世墓睦族屬䘏姻黨有無緩急
必赴常經濰澤園見骼胔很籍亟令人掩
之仍爲之垣護平生儉樸不立貲遺不事
生殖恬靜寡欲通籍垂三十年而在官僅
四歲砥節履方所至職辦而編摩不廢所
著詩文曰代奕稿曰消夏編其學務明理
而不立門戶常言道學之原在于慎獨以
是自勵亦以詔後人云卒年六十七文徵
明傳之

題雲閣

高閣欲參天江雲萬疊連畫欄龍去濕虛牖鶴歸
便縱目窮千里開襟隘八埏廣寒宮幾許咫尺見
嬋娟

送郡守北上

六龍城下整朱幡父老依依欲卧攀馬騄霜蹄紅
日近詩裁野趣白雲閒屏風特筆成功後黼冕餘
香拜賜還聖主豈容私一郡定應留直鳳池班

來月樓試竹茶爐和韻

樓在空中月在濠茗爐小試欲生濤火兼文武功

非易香瀉猗瀾品亦高六椀通靈容我共一尊低
唱任渠豪乘風便爲蒼生念何日顛崖命可逃

題雲山圖

意與雲山親寫出雲山意雲山千萬重伊人恰何
事

長空湛秋碧白雲時往還我屋東山下境與心俱
閒

爲薛君題石川

長川活活俱東奔澒洞砰湃茫無津就中一脉山
之根兩厓峭石何粼粼主人抱癖佳山水舊結衡

茅向中沚更欲徜徉窣堵波（窣堵波塔也見釋典）時擢餘皇
逐游鯉淆之不濁澄不清斯川斯人同性情浩歌
呼酒對明月莁洋何有渭與涇振衣長揖問海若
我欲學海能未能便擬乘風訪溟渤海在天地剛
一星劃然大笑臥蓬底華胥夢覺東方明

挽北溪

溪影含幽谷溪聲帶遠秋玩溪人不見遺恨付溪
流

蟠桃圖

託根度索售名仙曼倩三偷亦浪傳中有箇仁留

得在白應荏苒百千年

讀宋史有感

四十二年忠厚治普天誰不頌仁宗只緣乃祖欺
兒姪無數椒房不夢熊

爲祝鳴盛題野塘

結廬向清野一鑑開吾前綠縟發春草沉寥浸秋
天月來景偏勝風行文自然樂飢豈我志濯纓還
自憐此中有神物養晦託重泉一朝藉雲雨萬里
澤垓埏昔也躍无咎今茲见于田便應擬涑水何
足誇平泉余欲測涯涘無由企淪漣願言借一勺

洗心時勉旃

安僉事如山

字子靜號膠峯己丑進士改庶吉士除裕
州牧地險多盜民皆外徙公至諮其疾苦
更張而安集之會戶部括天下田因履畝
丈量方始事而部輒更令公卒竟其役民
利之再補裕州益不煩而治移高唐進金
華知府遷雲南按察司僉事民獠雜處公
善于綏緝晉江西布政司參政仍降調四
川按察司僉事致仕歸穆宗即位進階朝

列大夫

御試秋夜擣砧歌

銀河耿耿清如水雲過碧空涼似洗忽聞是處擣
衣聲斷送愁聲入人耳南山白石西山樹兩物無
情兩相遇無情擣出有情聲正是離人斷腸處丈
夫忼慨秉忠節萬里飄蓬擁霜雪今宵有此不成
眠空對梧桐一片月

碧山吟社和匏菴吳太史韻

騷壇結客出湖南徑僻由來車馬諳絕壁舊題荒
蘚合空潭倒影亂峯涵高蹤許許香山並名理眞

從蓮社探擬向隣僧分半榻飯依常傍白雲龕

喜濬復漈硯泉 有序

據志膠山寺舊有寶乳漈硯二泉今惟寶乳尚存而漈硯湮没已久余嘗訪之寺僧罔知陳跡所在然余濬復之心居常耿耿歲癸亥秋八月命鄉夫循古潭深濬之而舊砌方池宛然如昨新來活水淵然可掬色味甘白不減寶乳千年廢跡一旦復顯亦吾膠勝事也喜而賦此并紀歲月云

東髮山間訪廢泉茫然衰艸與寒煙今朝試向源頭問古脉原從地底穿未必中泠眞冠絕合將寶乳共流傳硯池幸啟千年閟誰繼鍾王筆似椽

張通參選

字舜舉號靜思已丑進士初除蕭山知縣稱循良擢戶科給事中明年四月時享太廟遣武定侯郭勛代公上疏諫極言代祭之不可帝大怒下禮部尚書夏言等議言奏代祭之文載在周官論語曰子之所慎齋戰疾疾之當慎無異于祭選言非是惟陛下曲赦帝愈怒執赴闕下杖八十挺帝御文華殿聽之每一人行杖畢輒以數報挺折者三甦而復甦者再公臨杖從容語杖者曰吾不懼死無令天子有殺諫臣名既曳出家人投良劑得生削籍歸及帝大漸遺詔復原官進通政使參議隆慶中進階朝列大夫有靜思公集藏於家公初爲蕭山令設施朔月遐邇胥謂有循良八詠廿日曰一廉百儉憂民勤政抑強均賦釋冤簡訟三年縣令三月戶垣三十年林下與先洞陽公楊東川淮黄斗南正色號錫谷四諫

湖山爲錢子作

震澤遠千里中涵七十峰四時異景象面面如芙蓉天空駕月小雲暖回飛鴻卓哉武肅裔識趣懸

相通依林作書屋啟牖瞻從龍有時蕩蘭槳直遡夫椒東有時手綸竿行問簑笠翁試乘安石屐仰探鴟夷風登臨亦吾輩竊欲與子同塵襟一洗滌適志島嶼中乾坤大如許何處非從容

遊華藏寺次邵半江太守韻

我來華藏游九秋日維六陰雲奔碧湍清風透羅服鳶魚自飛濟艨艟往頻復梵宇當翠微古墓莽山腹碑臥王孫草雷轟存薦福俯視凝翠池幽禽時下沐仰瞻蓬萊峰白雲護喬木童子汲泉歸煮

茗忘僕僕攜手涉危巖林深走麑鹿笑看風掀濤帆飛如鳥速早知招隱心寧須竊微祿七十二峰頭俱堪醉百斛偉哉二郤祠另音響空谷我欲趨從之驅車不容轂同游二三朋賞心惟我獨倦來枕雲根松蘿作茅屋

過桃源傷有田不耕

桃源縣前河汪洋隔岸十里流湯湯大舟數百艦波面小舟三千輕如筐發涯遠望地夷曠問人咸說田疇荒誰爲引灌十萬頃頓令粟帛盈倉箱

過泰鳳山生祠二首公曾爲山東叅政破賊

於陳橋

沙霧當年平寇畧乾坤此地建公祠寒城誦德流風遠秋露驅塵去馬遲草際碑含河洛潤天邊月送鳳皇儀尊崇廟貌遺恩在不朽高名萬古知

陳橋東下水如潮曉倚祠門綰玉鑣野老尚能陳往事慇生何處挹奇標封邱勳績晴空麗洛社耆英舊侶招綠野他年同管國平淮今並頌芳謠

安膠峰年丈邀會次韻

碧山高會興悠然喜見晴和二月天細草青青猶帶露垂楊裊裊盡拖烟儘拚沉醉消長日自信相安勝去年起舞婆娑成一笑時人應羨地行仙

題栢軒

古樹婆娑翠蓋團每於閒處倚窗看叮嚀莫入樵人手歷過氷霜幾歲寒

黃太僕正色

字士尚號斗南已丑進士初除仁和縣令凡三調得南海縣其座主霍韜家南海宗人橫甚公繩以法諸霍怒馳書訴于韜韜顧賢之擢南監察御史彈劾權貴無所懾護視章聖太后梓宮南葬而論尚書溫仁

和駙馬崔元中官鮑忠在道怙寵黷貨諸不法狀世宗赫然怒將勅法諸人懼誣公于梓宮前乘馬揮扇大不敬遂逮杖闕下讁戍遼東公即日荷戈趨戍所凡在遼東三十年初日課一詩繼乃日玩一爻穆宗即位詔以原官擢大理寺丞歷少卿進南太僕寺正卿致仕祀遼陽三忠祠刻有遼陽詩稿高忠憲公序遼陽詩曰嗟乎小人挾必勝之詐人主無獨運之明假令當是時事下公卿核實致法豈非國家一大關鍵乎顧以羣小朋謀之計決於深宮獨用之明而宰輔臺諫無一人張膽明其事者悲夫周文恪公序曰自先王遂而

風日頹厥後柄國者卒以賄敗幾亂天下藉令先生之言得行豈不預消其萌哉

秋胡詩十章七錄

羞惡立人極政化由庭除狂且蕩無絆周道將沮洳之子勤宦轍我生實覯予非禮悉遊盼從欲顛停車縱非稠人中十目昭籧篨

肅肅雲中鴈好逑終不渝雝雝洲畔鳩乘居日相與俱合巹當何云暗室將誰欺

道上傳呼聲春風來浩浩側身蔽叢柯傾筐不離隨王事旣適我心同跡方殊東門爛雲物我思曷抱何物輕狂徒凝眸殊潦倒下車巧言詞兼金妄

投好賤妾自有夫盍各全所寳

收金索然去攬轡猶棲遲移筐返姑側欲訴難爲詞門前噪羣鵲車馬來天涯聞聲似君子見面驚還疑人心太行路反仄誰能知

彼心不難知此志胡可轉平生倚堅白怒目嗔澳涊過璧當自奇瓦全亦終殄失行恥復親小貞未爲褊飛桃竟何爲雷澗顏常靦

明珠良可珎大義殊當繹正命崇丘山微衷神所格圭饋苟無非妻風自絺綌白髮姑愛深忍使嗟凶逆棄過忘智名宜家保三益

妻道本無成女貞利柔順夫君誠過慕脫綷獻私蓋孝子不證羊良臣掩瑕瑾狂念豈懷歸惡聲易爲振淑矣終風篇惠然見明訓

十月十四遊淸凉寺

素癖耽佳勝衝寒上翠微霜淸鵰翮勁歲晚雉膏肥共勸今朝醉誰云往事非僕人休促駕還傍月明歸

霜後無花草空山景最眞棲崖見滄海塡壑痛黎民西望龍光近南飛鴈字新亨屯有常理何必重傷神

醉歸

雅興其如落日何不妨沉醉馬能馱憑鞍覓句修途穩帶月籌邊勝筭多樊柳只今誇地險投醪終古藉人和入門忽忽淸於水牽得狂愁欲放歌

漫成

矮卓迎風學看花枝頭野鵲更喳喳停杯忽憶吳南景芳草騎牛唱采茶

自責

老馬不自信終負千里譏籠鴈中宵鳴賓至庖將肥世路勤取名造化尤見非況乃賓德病下流惡

方歸結髮窺風雅不辨黃緑衣彈冠竊衍竹寧療生民饑大言了無忌夷考胡不違粟非伯夷樹猶愧南山薇虞翻骨何罪潦倒迷先幾盤銘諒不遠銀燭青蛾飛

自遣

少年慕奇節百念無一成睠彼南山雲隨風復英英頹然五石瓠何益商鼎烹千載靖節翁漫結黃花盟一飯藉冥報俗眼將無盲朔風雖凄其敗絮粗可縈遺酒誠未吉典衣得瓶罌癡子非蘭蓀賴有紙筆情天物忌多取儆願艮易盈皇風正清沕

早晚當歸耕

借書

習得龍韜半未能茫然舊學漫無憑也知破甑誠何補不道爲山尚可增水母借明終涉海夏蟲自信只疑氷天涯飽食難消受欲解吾儒最上乘

得鶴

不見丹山鳳淸秋鶴近人謫居誰是伴得爾誠非貧對酒偏能舞聞詩欲效顰天衢正寥廓仙物豈長屯

寄衣曲

艮人素強項蒼栢甘氷寒一朝忤明主苛政驅呼韓胡霜六月凝烈士懷忠肝朔風凄以切未必侵儒冠愧我纖簪弱不能從羽翰虛囊鮮文劉青氈有餘懽挑燈密縫綴親手期堅完呼兒細作書字字傳平安甘節不可渝鴻飛集于磐幼學竟何事蒼生淚漫漫勿謂藩籬隔便作冷眼看投戈稍寧暇古訓多研鑽室家何必念百歲桑榆寛

嘲鶴

一種雲霄物誰令伴謫居只求詩有料爭禁食無魚摩頂丹將轉乘軒寵更虛腰纏吾不用騎爾過

南徐

灌畦

僑居借地供蔬食早起呼童且灌畦三咽未能充蚓操一枝偶爾學鷯棲淸酸自是儒中味淡脆還輸雪後虀莫見雲飛停抱甕此心方與伐檀齊

浦宮贊應麒

字道徵號后皋九歲能屬文壬辰進士選庶吉士授編修以修孝廟實錄功擢經筵講官東宮立晉左贊善主癸卯北畿試力正文體甲辰預校廷對策不中柄臣意拂

衣歸會吟社初復曰吾不負碧山矣后砦治古持論體例謹嚴時爲之語曰一部文章辨體不如后砦面啟著有后砦詩藁

登泰山作

縹緲碧霞君千秋秘玉文高寒晴亦雪空翠濕爲雲石勢參天湧鐘聲遍地聞茲遊攬奇勝眞欲絕塵紛

次韻强德州

林屋秋淸巳自京山中新酒熟鵞黃銀絲豈必鱸魚鱠金粟齊飄桂樹香泉石最宜微着雨芙蓉尤好未經霜臨流不盡歸橈興隔水漁燈見小航

社會勉倡一首聊爲先資

向來枉駕逢炎暑今度修盟屬歲寒自信温京曾飽歷何期賓主罄交懽鷗鳧沙霽仍烟水鴻鵠天高正羽翰況是吾儕氷蘗伴寧需桃李到春盤

上巳後二日山中喜晴限韻

積雨新晴試袷初樽開藍尾集軒車風流未減香山後勝事眞傳曲水餘花鳥娛人供讌笑梅植倒影俯淸虛春申澗畔留題處醉筆淋漓掃石書

尤京兆魯

字懋宗號西村壬辰進士初除行人奉使汴藩歸上封事陳藩臣虐民之害累官工科都給事中時世宗寵潛邸諸臣傳奉漸啟乃首劾罷勳臣倖官驚放軍伍者五人旣而疏請節幸御保聖躬蕃皇嗣辨異端皆有先事之慮擢順天府丞攝尹事奏革占役借馬出巨璫故入死罪十八人禽大猾於咸暱宦寺之門多至死者京兆初未學律而手裁爰書老吏不能奪

後樂園落成

初開三徑闢幽叢坐卧怡然愜素風峯壓飛泉懸樹杪花移日影到簾中鱸魚正美思張翰魯酒方酣憶孔融莫道不歸歸便得漫將生計問牆東

王侍御瑛

字汝玉號石沙壬辰進士初除太常博士時世宗方興禮樂崇郊社百神之祀石沙日贊秩宗斟酌舊典擢監察御史奉敕理冀北山東河南馬政因以其間謁孔林觀鄒嶧走大陸溯黃河覽岱宗嵩高之勝出按福建舉措精允閩多奇山水如雲谷武

叓使節所至未嘗不褰裳濡足性簡亢負氣激昂不能屈意於人遂譏謗叢生因謝病歸家石沙山林園塽發廣筵合樂修賓宴之娛嘗與秦叔度倡復碧山吟社

上巳日山中社會

良遊修禊日一扣鶴邊扉詩入巖花老盤收石蕨肥午鐘松響雜春服草花依不倦芳盟續寧教樂事稀

任邱道中郎事

萬山秋色送行轎高樹雲生欲暮天可是河頭漁

艇出鷺鶿驚起水西田

強德州仕

字甫登號綺塍辛卯舉人官山東德州知州

江上曉發

日出月猶在蒼茫曉色開語喧知市近風急聽潮來一片征鴻影江帆相逐回

咏向長

子平謝累辟雅志在隱居乏食或有饋取足反其餘讀易深自悟世界等蘧廬謂貧富不及謂賤貴不如勑言婚嫁畢家事毋關余同好有禽生肆意相與娛五岳遊躅遍高風映簡書

咏王覇

儒仲有清節始亦赴徵命造廷抗高辭不肯臣萬乘歸來事躬耕蓬藋掩門逕翩翩故人子相過容服盛一念兒曹羞客去臥不應賴有賢婦言不失初守正嘉遯遂終身清輝兩相映

咏梁鴻

伯鸞古賢人乃在杵臼間夫婦共守志逃名入深山舉案每齊眉睢鳩兩關關凄凉五噫歌東出辭

帝闕齊魯復荆吳長往遂不還爲傭豈無勞顧已少外患終甃烈士旁高風邈難攀

高黃巖材

字允甫號靜成辛卯舉人官黃巖知縣七歲能屬對會有訟其父者先生隨父縣庭令試之多奇語乃笞誣者巖俗好訟先生捕訟師令各署名紙尾曲者并罪之訟由是減民爭山先生書呈後曰一片青山一片金百年人有萬年心鴻溝未必長爲限倏忽浮雲變古今欲上青山山轉亂問山

不語奈山何若無山下纍纍冢料得爭山人更多其人相讓而去邑黃尚書綰其舍人子多持吏短長作威福先生一一繩之褫衣榜掠無少顧黃尚書曰每念高令使人心悸謀陷之而卒不得其間御史清軍兩浙以無名冊督里胥多杖死者先生抗辭終爲之解民曰微公吾族無類矣邑有貴家啟釁島夷者一夕賊乘風突入邑無城請援不及先生率衆出殺賊斬獲甚多賊乃走而先生被謗歸老田間天啟間以

孫攀龍貴贈太子少保兵部尚書有靜成公稿藏於家西神叢語云巖邑擒盜數人公訊之曰爾商也胥奪吾金又誣吾盜其橐千金公取鏹視之氣黴也問橐中裝幾何皆符其數曰賊劫人金寧知數乎立釋之還其橐

初歸

照眼芙蕖薄宦回歡迎稚子駕舡來悅親不敢攜魚鮓裕後何妨剩硯臺漫說風波滿平地且呼朋舊共深杯酒酣拔劍婆娑舞白笑丹心老未灰

自適

花甲今年已浹旬後生多指是陳人笑彈匣裏青萍在付與尊前白髮新已覺邯鄲成一夢曾于彭澤望前塵大鈞私我虛齋靜不事逃禪見性眞

元旦

幽踪久擬臥烟霞笑對春風感物華捧日丹心空許國儲書白屋尚傳家閒來布褐隨緣度老去盤飧努力加稍喜樵漁爭席處銀鷀文鶒滿清沙

寄懷少梅山人

千里逢迎抱素琴獨憐子晉是知音婆娑老子欲長嘯猶愧蘇門鸞鳳吟

傳正峯起巖

字夢求正峯其號也

出塞奉送邃翁相公專征西夏

薄伐遵周典長驅出漢關猿啼黑水峽雲暗碧參山士氣雄三輔天威震百蠻直敎平磧石梟取月氏還

題戎王出獵圖

九月西風草木黃燕山飛兔白于霜驍騰已合三軍勢猛利猶思百戰場金鼎割鮮供貴將玉甌和血飲名王閼支小隊穹廬出亦向天邊射雁行

顧通事可文

原名可觀字與明號慧崖諸生宮保志巖公胞弟也初官與邸舍人不赴性篤孝每飯不忘親資局寬平不問生事而戀林壑魚鳥之娛宮保公寓直中臺因招之入都改官鴻臚通事乃告其兄曰昔吳季札以來聘得觀周樂爲幸弟所遘誠已逾分頗兄早夜精白以事一人以答隆遇弟之望也遂假裝歸徜徉巖谷年七十以終著有慧崖詩藁

鳴野陳鶴過惠崖老丈園亭詩云惟君愛嘉遯久無城市喧幽居傍東郭綠水繞名園偶共山雲出因逢道者言坐來溪欲瞑落日滿柴關存齋徐

階壽惠崖顧丈云隱君結屋山之麓手引清泉灌修竹風雲長日護幽扉冰雪經春滿空谷動名何必題麥烟對此真堪住白年我正紅塵苦奔走壽君聊寄碧山篇霽寰吳維嶽送九華歸壽尊人惠崖翁六十和韻慧山山勢延江麓[illegible]下清泉山上竹崖畔居人畫掩扉竹間啼鳥春深谷我曾攜友踏雪烟爲訪仙家學駐年願爾亭親今日去八公會裏賦新篇

酹陳鳴野移樽見枉東林園亭

有客自於越故鄉烟水深披圖訪海嶽載酒造園林鸞嘯發清籟虬髯聽朗吟極知嵇叔夜頗愜呂安心

偕友人登大石作

遥攀香磴入空翠落孤節一片林間石千尋湖上峰僧來同汲澗鶴下欲巢松長嘯匡山曲都忘去住蹤

宿華藏寺

寺古垂藤暗林香滿徑幽孤亭千嶂暝雙雁五湖秋僧是青蓮藏經從白馬郵浮生無住著何必問嵩邱

遊香山諸寺

飛磴躋難到雙林度幾重樓臺逼層漢軒檻接高峯白下巢雲鶴青連覆殿松翠華臨幸處時說有

參龍

對菊

叢叢黃菊繞畦栽日日清溪抱甕來正是滿林霜葉落幽花偏對隱君開

錢處士高

字景旻號古山孝常季子隱于泰定里

夏日書懷次韻

衡門掩白晝芳樹靄清陰翳此桑榆晚而無車馬音梁空飛燕入徑僻落花深願慕羲皇叟悠然上古心

溽暑

溽暑夜無寐披襟戶不扃烟開千嶂月風定一江星露草蟲聲咽魚嘗水氣腥翛然塵慮絕太上欲忘形

苦雨行

江南春半雷雨劇二月轟䨓走風伯翻盆注甕未移時簷溜丁丁幾朝夕水溢大澤沉龍蛇草際鳴蛙蚤跳躑階前没踝數尺泥上濕几筵下礎石中庭老樹蕊不花頓覺陽和變蕭索不見青帝首成功翻令朔風潛代易氤氳氣候回薄殊萬彙萌生

那得碩舉頭太息彼蒼仁胡爲故與窮黎厄昨聞司會下征符水衡鹽榷皆增額掭販蕭葸成畏途奇語東村歸種麥可憐麥隴漬泥沙縱饒肥沃同磽瘠荷鉏戴笠伊何人熒熒對泣東西陌

立秋和韻

大火西流萬籟更南朝風物冷華清欲知自昔悲秋意試聽空墻絡緯聲

在野鳴蛩識候更迢迢銀漢俯江清驚心一葉梧桐雨散作秋原萬樹聲

華處士文欽

字季誠號鷗亭著有鋤隙稿隱於農

西疇課農

已悔辭書卷堪憐稼穡難蟬吟三伏暑雁陣五更寒輕棹飄還泊頹廬葺未完自知通塞久窗外鵲聲乾

柏處士堅

字子貞號後山隱居不仕

再遊金陵寺

久憶金陵寺重來紀勝遊花開今夜月葉落去年秋白社三生夢青山六代愁醉歸應待晚鐘聲隔

林邱

陸秀才九州

字一之號修吉諸生著有具區集

半山

山深翠微寒飛花亂如雨輕風捲布帆落日在高樹

邵秀才芸

字德馨諸生

登司馬墩

司馬今何在乘風豁大觀霜林千樹赤星野萬家

寒古道多榛棘青霄幾羽翰君親恩罔極北望淚汍瀾

邵贈公子才

字希成號午川諸生後以孫名世貴贈通奉大夫

邵氏家乘載萬歷丁亥十二月十八日午川夜膳將半一童子侍側有靑衣自外來云唐老爺請午川疑爲唐學師高擢起行請會也遁辭以天晚明旦進見靑衣去復來云許老爺在外要見辭以天晚又云就在屏門外相見甚易辭曰未衣冠如何相見靑衣曰不妨一便服也童子扶出屏門見戶外僕從擁集一官員在堦級下請上堦曰巡捕不敢上郎於堦下拜跪行門拜禮拜畢云唐老爺差巡捕相請因鄧都缺官有批郎請赴任接批看唐名聆彝追想之盖先輩中優庠彥也爲鄧都士因十王多缺請赴同任也許名岳郎鄧都主簿爲唐屬官特委執批來請也午川云家事未了唐孫子尚小二十年後纔可來許云家中無事二位公子已在學孫男已生育應郎赴任旁有吏跪云可好十年許云唐老爺就要請去何待十年但現今尚未上任還未掌印請先用一花押爲信回去郎當速公言回復午川令童子持燈取筆硯書押許郎領原批云貴境還要見各位神明五日後郎當拜別揖而去五日後果來拜又七年午川精神漸衰舉步艱遊予癸巳秋午川忽謂其子曰我今早朝鐘鼓之聲大盛汝輩曾拜牌乎又云船轎至矣瞑目而逝

贈魏心齋

經綸何從生一皆此裹起惟回終日愚自孔四勿始况復軒岐予豈越虛靈揆我懷事心人名齋康

衆痞

至日舟居

至日常爲客舟居是此年朱堅寒乞火風入夜裝棉梅信衝殘臘同雲布九天蘭陵堪貰酒遥望隔溪烟

送程生掾奔牛

送子登程去光陰正暮冬雪消官道暖雲護野山重公館晝常靜河陽花更濃莫嗟鸞鳳翼枳棘暫棲蹤

唐山人詩

字子言號石東遨遊吳越世稱唐山人

横江曲

家住横江口年年傷暮春落花隨水去不爲待歸人

聽谷口號

心遠已忘世山空久索居跫音眞可喜長嘯豈應虛有木遷黄鳥無人詠白駒春回鄒子律一笑借吹噓

梁溪詩鈔卷七

受業王　炎耀　光遠校

梁溪詩鈔目錄卷之八

明嘉靖二

以上共三十八

梁溪詩鈔卷八

梁溪顧　光旭　華陽氏集

明

王太史立道

字懋中號堯衢乙未進士選庶吉士授編修九巖先生長子著有具茨詩文集行世少勤業誦習有節其學强記在翰林尤注意國家故事爲詩文温夷爾雅而婉切試輒稱首爲人狷潔方簡居京師未嘗有屏人之謁居鄉未嘗有邑子之託於郡縣授館職後謝病家居者再再入京病卒年三十八病時友人或勸其輟業而楗門著述如常時性至孝官京師爲書訊其親必盥手焚香乃書書就含涕封至不勝病中劄記病起加減除日次以白其親令寬之勿繫戚也會后甍自枕上加素冠曰安可以病廢儀父子繼世簪纓清修盛德累葉不衰

詠史

昔聞陸大夫聲譽傾西都詩書牖明主將相歛良圖解橐庭下散擊鮮里中娛本期樂當年寧復憂妻孥名位不可常多財還自愚惜哉絳灌徒功成何區區

館陶主人翁洛陽賣珠子散金買聲名寵愛傾戚里翩翩東方生滑稽何其鄙一朝辟戟言萬乘逡廵起雄略代所希舉俗愎逆耳坐令狐鼠驕白日遊都市

銅雀伎

掩涕辭金屋含情向白雲衣冠新卜道歌舞舊來群員枕無時覺哀猿終夜聞誰言妾薄命生死只從君

漳河流日夜歌舞未能休艷色今誰妬餘香空自留朝雲不作雨陵樹早生秋滿目多疑塚君靈在此不

詠汙渠鶴

華表歸何日乘軒事已非終朝獨含垢所幸脫虞機失侶頻看影長鳴似訴饑空餘出塵意皎皎向寒暉

遊仙

仙人住玉京累劫道初成指樹元非姓飡松偈得

名龍噓雲蓋引虎奉嶽圖迎相待天台路何時返赤城

玉室書名久清溪得道初赤文河上籙鴻寶枕中書龍吐燒丹火鸞驂度海車偶來華表上終與世人疎

送盧子才

翩翩孤鳳凰鏘鏘鳴朝日長風晴天儌零落梧桐葉琅玕飽鵷鸞佇立不能食側翅下高岡饑飛向江浙獨鵠中道逢語臆長歎息相期早來儀林棲多枳棘

雲峯卷爲沈夷齋題

騏驥知畏塗駑馬無停足蕭椶連林青霜摧蕙知東雷同不違時高明自疑俗之子起百里整轡鶩長轂何當中路旋悠悠向空谷巖居謝世紛停雲想賢躅結組非趨榮投簪乃辭辱滔滔復何爲遠道多傾覆

醫無閭行贈呂湛溪太僕

醫無閭其山乃在幽州之北遼水之陽盤紆崋屼幾千仞巋然上與北極通精光義和望舒坐自詘麾使日月東南驟憶昔康回怒傾地此山似有神靈扃至今天險壓秦關河山百二誇幽冀聖王一出淨九邊草木光華非昔年直使屯田通轉餉還看勒石擬燕然由來此地育龍媒伏櫪駉駉似儻才渥窪蒲梢稱汗血宛駒翻自媿駑駘沙苑雲群亘千里況有夷酋歲開市帝念誰爲景順儔特遣君行按東鄙嗟君裔本出非熊坐語能教凡馬空王良已去伯樂死可憐騕褭嘶長風近傳樂府歌天馬知君自是應圖者駿骨已見千金收肯使眞龍棄中野

題石匡卷

蚤歲慕探歷浪迹游江湘朝逈洞庭波夜發漢水陽漢水日東逝鴻鴈多南翔感此惜餘景駕言返故鄉徙倚桂枝晚夷猶春草芳開林發幽峭陟巘披遐荒寒蕪被廣隰陽葩耀崇岡市隱豈云易巖棲聊徜徉赤松與王喬末路期相將

連峰何巑岏深谷自透迤境阻塵慮絕眺逈物趣奇有時發清嘯四山生寒姿天際征鳥疾木杪驚猿窺迴飈激長林浮雲亂層谿宇宙意自豁簪組復何爲

題見山卷

有美人兮山之麓倚嶔崟兮結茆屋乍看煙岫轉幽谿時聽風泉出空谷澗樹垂垂飲野猿巖花寂寂眠山鹿藝藥歸來半夕陽翠微當戶靜焚香著書不知歲月晚春至徒鶯薜荔長

送蔣醫歸江陰

遠向金門欲獻方暫因采藥去江鄉開逕我須從蔣翊避名君莫似韓康

爲王允寧贈婦四首 有序

惟晉二陸爲彥先贈婦詞並清麗可玩誦而後之擬作者絕焉無聞豈不以嫣婉之恩遠於大

雅然哉昨偶披晉輯聊復爲王子作之雖才謙機雲庶幾古人發乎情止乎禮義云爾不識覽者以爲然否

肅肅整晨駕行行出秦中百里日復舍暮天多寒風豈不憚雨雪王事靡我躬念此如宿夕胡然隔春冬矯首望西南雙雙見飛鴻飛鴻有羽翼天路將安從

北征日以遠遠道衣裳單春風薄天涯閨中常自寒辛勤理機杼日夕掩重關上堂親鈑姑下堂不能飡離離芳樹枝脈脈終無言

東城十二樓迢迢青雲端盈盈誰家子灼灼桃李顏朱脣揚妙曲寶瑟流哀彈三歎有餘音一顧傾城觀信美匪吾思泰聲故所歡寸心常不隔所恨曠周旋願言保營蒯令德良獨難

黃鵠千里遊燕雀巢屋梁小人事齷齪丈夫志四方念子疇昔言沈思激中腸赫赫盛明時群賢並翺翔朝趨銅馬門夜直金華堂韓鄭互推轂彈冠貢生將所期崇令名室家自輝光無爲兒女仁慊慊懷故鄉

過青溪莊贈顧洞陽

日入理輕棹所欲避人喧沿洄青溪側迢迢見孤村始疑松菊徑復似桃花源林際見明月浦口聞驚猿嘯傲倚修竹步屧隨芳蓀本求於陵隱欣得辟疆園杳與塵世隔將同漁父言

泛梁清溪

幽尋極寥廓理棹清溪長落日照孤嶼微風生夜凉須臾遠氛凈百里開湖光漁子相傍宿月明歌滄浪採芳不能浴悄然悲沅湘

晚還別墅

築室負東阡開門望禾黍水流滿新塍連疇何瀰

濶日色時隱見濕虹卷殘雨蓑笠壠上見牽牛飲淸渚折蘆行且吹兩兩前村去

秋居用唐人韻

平生軒組意不爲慕輕肥身世嗟憐蛀風塵犬吠衣微官百指累舊業五湖歸恪得驅馳久秋來雙鬢稀

四戸啼蛩亂秋陰欲上階菊花收作枕草蔓織成鞋得句先書壁因琴别置齋溪雲與山月摠不費安排

木落隨寒雨林開際遠天水紋搖篁竹秋氣入琴

絃倚樹禽相語班荊鹿共眠機心日以盡自訝骨如仙

鄉園偶成

爲園非擇勝所欲奉親娛樹與人俱散溪因主亦愚窗甲情自澹戰勝體猶臞致謂輕纓冕出門多畏途

題顧洞陽青溪莊四首 存三

罷官閒愈好負郭有瓜田宦味陶元亮詩才賈浪仙高齋聽雨枕斜日過湖船誰共幽吟者空聞招隱篇

舊是漁樵地投簪此卜居溪開安藥碓春至簡農書食筍思分竹腰鐮擬佩魚也知濠上樂自愧未能如

知君閒闕久一徑落花深書癖年長在詩盟春至尋空山幾雨屐遠道四愁吟北望休相笑平生魏闕心

讀李忠定靖康傳信錄

治亂亦無端興戎自晏安會因千道設獄擬萬年看城下盟初合宫中戲未闌可憐忠定淚獨灑北風寒

初發鄉邑别親知

揆已慚蹇拙蚤爲塵網嬰彌年謝朝列非爲薄華纓游息倘耕釣琴書澹餘淸林園變時序端居念王程蹔駕倏晨邁耿耿辭密親匪嗟倦行役曾是憂緇磷永懷千里道中情難具陳

途中暑寄所知

旅泊淹中夏愁添毒熱新時逢隔水騎相顧滿衣塵擇木頻移蔭貪程更問津不緣趨捧日長作北窓人

觀出軍

詔出選元戎人推衛霍雄天兵六郡卒漢馬五花
驄氣蓋燕山石歌酣易水風羌兒行徙收不敢向
雲中

和玉谿學士齋夕有感韻

星壇窈窕開清禁霧篆氤氳徹上方此日百神俱
奉職方春萬桑自祈年蓬瀛更美天居近宣室還
看帝席前淺薄慚爲香案吏齋心相對夜無眠

和唐應德紅梅詩

京國春生富貴家美人裁錦貼新花若教置向金
莖裡一派寒江幾點霞

王僉事問

字子裕號仲山壬辰舉禮部歸讀書六年
戊戌始廷對賜進士除戸部主事改南職
方便將父歷車駕郎中擢廣東按察司僉
事行至桐江徘徊不欲去賦詩十二章投
劾而歸終父養不出爲別墅寶界山焚香
讀易又工詩善書盡天下高其行益重其
翰墨嘗自言願讀盡天下書著述以畢志
卒行其意年八十乃終邑志云南京額設馬快船七百八十餘艘歲修役卒四千有奇病民滋久仲山在駕部白尚書爲酌損紓之時罷有邊警仲山乃預籍武健而厚其廩食比罷歸多溢領或請追之仲山曰人輕其死以來來又撤還而官奪其餘他日朝廷更下尺檄誰復至者著有仲山詩選

江郊

江郊四月時蠶老麥始熟隔鳴啼青鳩遠村出黃
犢臺上夏陰濃護田溪水綠徑畔無人行鳴雞上
櫚屋

常樂窩

人生苦糾纏日與外物嬰得喪不自保罹此憂患
情歸來處蓬室遺誡在南榮淡泊取自足心閒無
所營千鈞豈爲多一縷不足輕至樂有本性俯仰

靡虧盈

涇上觀菊

涇上一老人愛菊如愛稼踏葉到林邱散襟茅茨
下青柯吐芳英采采漸盈把晩節良可親子懷自
抒寫有物苟會心那辭在荒埜歲晏不可留柴車
夙云駕奕奕車馬客誰解問行者

抱一廬繹志

上古一眞人容華若春敷憂樂通四時動止常于
于登高靡爲慄入水不能濡問之胡能爾涵神同
太虛下士晩聞道山中來結廬苫茆蔽風雨斬荊

揉爲樞委形寄虛櫚闔戶動旬餘寒梅倚清艷素心自如如情知無因觸悠然返其初

齋中聽談琴師彈歸去來辭

閒齋白日靜時至變鳴禽凱風來自南飄飄吹我襟談師本道流窓下拂素琴歷歷七絃上泠泠發清音唯有歸來曲可以寫吾心

自山中泛湖歸

登𨀼窮幽深下山日已晚餘照留青蘋歸雲度蒼巘對此生遠心返棹意自緩川塗風浪平沿流渼清淺

洗心亭

清溪漾寒碧衡門迤相向徜徉秋色中盡日此亭上螀鴈下平臯殘陽黯荒莽誰爲洗心人臨流獨惆悵

贈友人

秋風吹衡宇絡緯已宵吟忽忽歲將暮誰不念所欽合并嗟難久會合喜自今良辰且爲樂胡不日鼓琴白駒一朝去金玉懷爾音交義永不薄悠哉君子心

山中贈友人

情性各有營翳余在山水昔出暫相遊今茲返桑梓鱸鱖正鮮肥扁舟自能理與君衡門下行歌互相倚下渚亂鳧飛湖中夕風起

呂道士樓悵然有作

洞府湛清虛樓居鎮常寂髹几檢道書露臺黯義易倏爾四十年重來感陳迹落日照軒楹分明睹疇昔予侶故相知常得分講席向予展殷勤往事猶記憶爾顏何衰槁黃白竟何益別去一潸然遙天度雲碧

悵陳山人不至

寂寂復寂寂山深無行跡有客期不來值此風雨夕齋中闃晤言陰蟲鳴四壁出門還入門黯黯燭光白

築城謠常熟縣作

築城入荒草白莎無煙莽浩浩築城上高山崩崖錯崿青冥間我生不辰可奈何昔日防邊今備倭馮馮一杵復一杵丁夫如雲汗如雨星火出門露下歸野田苗稀黃雀飛今年縣官復徵稅城下相逢只垂淚

官軍來

白鶴浦前沙日黃湖渚草長倭走藏柘林舊賊驕不去新船正發南風狂寶帶橋西蛟起舞白石山邊逐虓虎湖南六郡多旌旗賊勢西來疾風雨城頭戍鼓聲如雷十城九城門不開封羊宰牛具宿酒日夜秪望官軍來

畫松下老人歌

朝來寫素絹夭矯爲長松須臾變精思松下貌一翁形如列仙雙玉瞳常隨野鹿披蒙茸此翁腹中何所儲曾讀黃虞千卷書一乘軒車意不樂荷衣早罷身岩居此翁室中何所有三尺囊琴一斗酒

倚醉高歌三徑紆風流豈落柴桑後我欲招之翁不言松陰槁坐靜于仙不覺對此意轉澹擲筆靨下風泠然

團兵行

銷鑱鏤鑄刀兵佃家丁男縣有名客兵貪悍不可制料集鄉勇團結營寧知縣官不愛惜疾首相看畏占籍弃命疲勞期會繁執戟操場有飢色星火軍符到里門結束戎裝蚤出村將軍令嚴人命賤一身那論亡與存保正同盟衛鄉里何期遠戍吳淞水極目沙壖白骨堆向來盡是良家子

山中晚歸

早從溪上發暮仍溪上歸每共漁樵話莫言儔侶稀高松延霽景殘日下山扉回眺經行處蒼蒼在翠微

蔚林州

舊屬蒼梧郡今通南海軍峒中風轉惡嶺外氣全分怪蟒呼人姓陰蛟吐瘴雲夷歌起樵牧幾度隔墟聞

贈俞是堂謫武昌

送子南遷路悠悠歲欲除遥看掛帆處常是聽猿

初漢口故人遠荆門古樹疎茲行將有詠須寄武昌魚

送劉司倉督餉涼州

省郎銜命趨秦隴紫塞連雲白雁過走馬川中人跡少受降城上角聲多沙深戍士秋登堠月暗輜車夜渡河三鎮邇來軍餉足懸知闕內有蕭何

將至金陵聞喬景叔遷官赴蜀

共期江上聽潮聲幾歲秋風旅雁情正喜舟臨桃葉渡忽聞君向蜀山行巴川水映琴臺落劍閣雲隨馬足生後會不知何日是鍾陵西望淚縱橫

遊牛首山歸與寮友宿天界寺
看山遥在萬峯西歸路亭亭落日低散吏自堪攜
伴侣閒身猶得住招提經堂露淨天花墜塔院風
清谷鳥啼長學跏趺入禪寂亦知虚幻此生迷

贈吳之山
城柝秋悲月未央江雲初散水風凉看君已是無
家客猶自逢人說故鄉

春山獨步 以下見先生手蹟余所收者
春深原樹綠初齊山擁芙蓉水漫溪獨自攜筇上
山去小亭猶在萬峯西

斗南先生以直諫謫居瀋陽二十二年始得
歸鄉省墓喜而賦此
戍樓羌笛黃雲外遼水當年問謫居歸日正逢秋
色好映簷松菊繞蓬廬
邊城久住漸成翁幾度思親一夢中白水蘐田秋
稼熟歸來仍見舊江東
雲龍門外似君稀天子當年爲霽威一去瀋陽驚
歲晚幾迴清夢繞彤闈
隴上西風草色黃斷雲斜日晚蒼蒼脡薌有意邪
能薦孝子邊州二十霜
一度思親一惘然暮齡偏切報恩年篋中尚有遺
編在還與殷勤屬後賢
遼西柱史白頭新一任愁多客裏身半席未温嗟
又別知君終不愧能臣

俞廉訪憲
字汝成號是堂著有是堂詩稾戊戌進士
歷湖廣按察使司初以刑部主事出爲紹
興同知攝守篆屬邑新昌田賦不均稅多
逋是堂差其則爲四輸者便之時嚴海禁
而群縣羅織爲民病是堂悉解其獄再入

爲南刑部郎尋擢江西僉事分守遼陽備
兵井陘兼理三關皆有治績歷山東參政
治河息水患陳臬楚中乞歸穆宗即位進
階正奉大夫是堂好讀書工詩著有遼海
金陵蓬萊轂下外臺去楚當奕諸集及刪
正唐詩品彙盛明百家詩吾家九華公云是堂與余同里
閈唱尤密倏爾物故重予嗟慨佳句如花
落薇谿路峯危帶石樓戍苦寒花發庭間
露艸深洵堪頡頏大歷十子

齋中有懷
離思莫能掃延綿及遠道遠道思云誰庭荆與池

草百卉春復秋故園令人老眷眷鵲令篇翻飛苦不早

送陸明府之任

東望盧龍鎮君行歲載陰昔年操瑟侶今日抱琴心戍苦寒花發庭陰露草深試聽歌出牧霄漢有知音

遊香山寺由來青軒歷諸佛閣再憇山下

巳陟軒楹勝還尋澗壑幽獨行無燕笑情至亦淹留花密藏谿路峯危帶石樓回看禪誦處香靄接天浮

送同年萬楓潭南都兵諫二首

天子屢頒蠲稅詔官家猶索舊緡錢東南財力君親見肯負匡時第一篇

宣威久乏長城任投筆誰收定遠功君去論兵先上第勿令烽火照雲中

俞秀才寰

字汝立號繡峯諸生是堂之弟

夜夢與客登樓賦前四句覺而續成之

朝旭明簾薄晴飈到而微樓高山自近樹密鳥多歸遺俗心逾曠同人賞不違蘧然忘夢覺風景是耶非

病中齋居

卜築青林下芸窗傍澗開微風竹引入斜月樹分來樂到琴書滿憂非貧病催聖朝無棄士園埜且悠哉

卜居

卜居常擬傍溪頭古木叢篁得此邱俗駕不尋蓬戶僻好山長對竹牕幽琴書自適閒中趣鐘鼎應無分外求更喜羊何在鄰曲詩筒酒斝有賡酬

題丁山人隱居

戶窄不邀軒旆檣低可見室家秋至無田刈秫春來隨處看花

趙省吾綱

字希大號省吾幼聰穎嗜酒能詩二十九歲而亡有寄洛陽李秀才詩僅二十字黃勉之見而歎曰入唐人詩中未易辨也

金陵旅次送張十二歸潯陽

八月江州路辭君意惘然星軺分上國祖帳列羣仙此別竟千里相逢知幾年可憐今夜月猶向帝城圓

重過順上人禪院

寂寂禪關閉尋師此復來千花隨雨散一徑踏雲開鳥下傳經苑龍參說法臺欲吟還未就端愧謝公才

寄洛陽李五秀才

未得吳公薦空憐賈誼才年年三月裏相約看花來

和答王山人春日見寄

子規聲斷夕陽斜竹裏柴門掩落花幾度春來問行跡武陵深處欲移家

陳贈公鳳

字羽伯父周官河南參政羽伯讀書習隱嘗月夜掛琴松間調所馴山猿得詩擁膝自吟聲與猿嘯相應性好結客父黨王問以下無不造門子貞甫仕光州守贈如其官著有石村稿

雨中客至

新水柴門漲碧沙孤村烟樹隱漁家客來湖上偏逢雨春到江南又見花沽酒隔隣傳小甕打魚深夜出枯槎浮生莫遣浮名誤醉裏還驚兩鬢華

錢寒齋百川

字東之資稟聰慧弱冠學琵琶半日變四十曲人以為神解好讀書不習舉業著有寒齋狂稿

送草亭成縣傳

南遊載駕永康車行李惟多舊日書千里獨收烟水闊一瓊堪與古人居詩篇到老清無敵鬢腳逢春白上梳苜蓿衹求能養志蘇湖事業竟何如

江南曲

采蓮復采蓮采采不掮手貪摘雙頭花拔斷連理藕

湖南采蓮花湖北采蓮葉回頭見郎來低頭理雙楫

懷思泉

三杯月底和漁謌不薄江門老釣蓑十二年來成一夢宦情爭似醉情多

與龍泉僉憲看梅古華山中子先導之

花外香風颺酒紗迢迢山路入雲斜路傍石獸縱橫卧多是前朝將相家

華比部雲

字從龍號禘庵少師事邵文莊公又出王文成公之門辛丑進士除戶部主事摧稅九江改兵部遷南京刑部郎中嚴嵩擅政乞歸家故饒於貲比部乃以千餘畝置義莊贍族歲給不能自業者不能婚娶者其他如厚植外家祠祀文莊崇啟聖之宮君子稱之比部林居久築眞休園聚古法書名畫其中一時名流往來輻輳有別業在南郭曰孤川莊後捨爲寺著有綠筠窩艸

題畫巫門夜雨

長空望不極蒼茫淼湘浦隔嶺暮猿啼帆落巫門雨冥冥連遠天風急蛟龍舞少焉秋濤平高歌醉漁父

荆溪舟次寄荆川太史

林卧殘暑微時聞木葉下一葉凌秋高衆峰若相迓對此想伊人永懷風雨夜卷畫雲四空浩歌不能罷蒹葭何離披鷗鷺亦閒暇沿流安所之百里接桑柘

題虎門漸近卷送俞正齋給諫北上

石榴初紅梅子黃蓉湖過雨春波長送君北上無別物白酒一樽詩一囊離筵在情不在酒贈言忍折江南柳欲醉不醉天上船欲別不別雙溪口飛帆遠遠衝烟濤千里天涯幾回首虎門漸近燕山碧天顏咫尺還前席皂囊靑瑣更何言蒼生一對無餘策

雙溪

蓮蓉門外水悠悠楊柳蒹葭岸岸秋帆影兩分青嶂雨漁家一帶白蘋洲每疑杜老東西瀼獨放鴟夷遠近舟歌罷滄浪有餘興濟川功業可淹留

送秦古峯尹瑞安

佩懸銅墨午南行十里紅蓮一雁聲許墅離情斜照遠錢塘秋興晚潮平風淸竹閣山當縣月滿琴堂海近城好似貴鄉韋景駿東嘉鸞鳳亦馳名

宿南隱與世卿族叔話舊

每懷春日青松院梁甫吟餘二十年客去雨來雙澗響鳥棲烟定一僧還匡山頭白心飛動海水天寒事可憐夜半乡談睇空碧樹頭還認有源泉

擣衣

寒月搖清影秋花墮晚香不嫌孤響急聽處是家鄉

鄒孝廉夢桂

字汝丹癸卯舉人少孤發憤自立祖所遺田悉讓其弟而貧館穀自給娶妻奩具美峻却不受未第而歿見邑志獨行傳

送高靜成先生之官黄巖

朔風吹山木葉枯寒雲落日連平蕪天台雁宕渺千里可憐仙令飛雙梟十年貧賤同懷抱相攜三上長安道君今天路振羽翰我獨空山嘆枯槁八生會合安可常願言窮達胥自强吾聞黄巖兵燹殘撫綏疲瘵艮獨難樓船備海訓練急版築用民

財力殫由來盤錯别利器何以不負專城寄知君作事依忠厚去去清名滿人口

送華補菴先生奉使還朝

玉節春明二月鶯畫船花柳正初晴承恩已達如綸命報國常懷補衮情一曲尊前人再别片帆江上月同行欲知後日相逢處聯騎天街聽漏聲

吳宫諭憤

字以中甲辰進士第三人歷官右春坊右諭德歸田後置義田贍族居啻省農桑教子弟笄櫝之間不及長安交遊自號靜端居士見邑志行義傳

殘月

片月太凄清殘宵破鏡明冷交風影落澹到日華生黯黯閶門柳蒼蒼禁樹鶯十年栖息處一倍想瑶京

馮戸部有年

字子占號補齋甲辰進士官戸部員外郎

歸舟

十年已悔沈攸之此日還家笑太遲雲自茫茫波自緑隔烟人語捲風絲

李武曹文麟

字應禎號韋菴甲辰進士官南京兵部郎中

旅況

旅況澹如此羈身復若何家書春後少鄉思雨中多浮食一官繫銜恩十載過不才吾自恥焉敢嘆蹉跎

與諸署長遊靈谷寺

夙展青雲伴言尋白社村人同竹林調酒酌杏花樽路入遺弓地山圍鑄鼎原聖王傳寶籙法藏啟

祇園王氣含蓮剎禪功轉獄輪谷聲空自應林藹座如温數里松爲徑諸天石作門泉成八德水池鑿萬工源丈室輝龍藻岩廊繪虎旛猿疑獻果立鳥似聽經喧雲外天花散風前蕙帳翻空壇麋鹿走懸霤鴿鵐蹲鞏革明時搆荒凉寂界存悟容孤塔在遺事老僧言白骨非應滅金身豈受燔迷津未可渡上乘總難論何日辭塵劫齋心問世尊感茲與寤歎長嘯下邛樊

尤參政瑛

字汝白號廻溪癸卯解元甲辰進士時嚴嵩當國請爲校官由國子丞轉禮部主事出爲廣東僉事治盜多有斬獲計擒劇賊李文彪破陳忠祐等巢穴五十八築十七城事聞進三品服俸轉江西布政使參政卒於道粵人祀之所禱輒應著有廻溪集等編見郡邑志

題開利寺觀鷺亭 詩見寺碑嵌壁輿誌小異

天澹一亭秋觀鷺池上頭我懷王內史人去已千秋斷渚梳翎鴨殘碑礪角牛留題吾未敢呼酒上僧樓

秦方伯梁

字子成所居金匱山一日虹起屬天因自號虹洲丁未進士歷官江西布政使司初除南昌推官上官奇其才薦於朝拜吏科給事中京師築外城被命董其役劾罷宦官奸工事者進通政司參議南太僕少卿歷鴻臚卿右通政時嚴世蕃以工事久嚣之使客謂曰公一歲再遷亦知所自乎謬應曰不知也將無以久次耶出爲浙江參議山東副使尋攝學政會鄉試期近五閱月而歷十一郡時中式者九十五人而公所首拔士居五十有六遷江西右布政使著有續修無錫縣志

茶夢閣次姚山人潛坤韻

山人愛樓居道勝忘寂莫清風被烟蘿白首卧雲壑樹陰碧四圍孤琴望寥廓何當結廬居分我半溪綠

和施農曹登鳳谷行窩振衣亭

松磴揺空影秋風日夜來晝閒頻掃葉寒近怕登臺我欲林泉卧君將風雅開蕭疎明月下應倩謫

仙陪

雨中訪葉茂長不遇有作

朝來出郭雨霏微爲訪山人一扣扉去住只尋猿鶴路風塵不染芰荷衣歌傳白雪應難和琹在青林已息機何處更探巖壑去芙蓉湖上有漁磯

施戶部陽得

字復徵己酉舉人子羽子性恬雅負清節初除蘭溪學博擢富陽令潔廉爲浙吏冠入戶曹冰蘗之操如一日歸無衣食資鬻子羽所爲武陵莊以給養終戶部主事

秋思

陶公坐高秋安知宋玉悲仲蔚閉蒿徑安知茂叔思操履若相似所詣各有師師承亦莫二深淺祗自知我亦澹蕩人乞食詘言辭門無二仲迹落葉風參差

偶登鳳谷行窩振衣亭

斗室立四壁山光未肯來三秋忽有思今日一登臺東海袖中出西神杖底開臨風吾欲醉呼月爲相陪

鄭憲副伯興

字子振號南滇庚戌進士官湖廣副使初令海寧守衢皆入名宦祠著有存仁堂集顧端文公爲之序

贈芝仙

春日芝草香採芝山之阿錦谷萬花麗綺疏百鳥和仙洞白鹿去靈岩碧雲多忽逢湖上客來獻南山歌

武城謁子游祠

古廟空山遠荒城細雨過千年猶禮樂百里絕干戈日暮蒼烟迴春深碧草多疎鐘雲外起彷彿聽

絃歌

塞上

絕塞萬山秋籌邊更築樓馬肥春苜蓿人醉卧箜篌圖畫雲臺列功名鐵柱留上公蒙寵異方賜紫雲裘

已酉夏日西郊夜坐

雨歇山中夜氣清疎星高樹欲深更遠村螢火疑漁火夾岸蛙聲亂水聲亘古不移惟北斗萬家所望是西成昕問野老頻占鵲我覺今宵鶴夢驚

何少參汝健

字體乾號龍崖癸丑進士官至浙江少參

早春過顧使君春草閣

柳色日夜綠東風來自茲閣中楊子草池上謝公詩薜作垣衣暗峰廻雲帶奇西濠新月白歸去棹猶夷

秦太守禾

字子實號文橋癸丑進士歷官永昌知府初令武康邑故役法疎脫富民多以貨免重累貧弱乃創爲十段鼠尾法吏民無所容私徭役稱平值倭寇之警被檄築城甚

急文橋曰築城民益驚擾是啟寇也持不可而募壯勇柵要害以守之賊將至先有數妖僧寃入市中令勞以酒食陽約禦寇受賞明日悉械送軍門賊聞不敢逼武康以此得全司維揚關督府議推小關以分利文橋曰此不煩頰舌爭也第大關寬小關自廢矣益平關稅于是大關舟繩繩行無一出小關者久之果撤去見邑志并西神叢語

談君思永新復惠山唐張祜題詩處并勸詩於石詩以美之

曲徑捫蘿上誰嫌步屧遲空山猶太古小洞立多時舊竹青仍在新莎綠更滋談公老好事鐫石記唐詩

汪參議汝達

字志行癸丑進士初除黃巖知縣黃瀕海無城集父老擘畫倡築越三月城成寇再至得無患於是撫瘡痍集流亡理豪右所侵官民田八頃給學宮以資養嘗自黃巖歸舟中無飲器乃剖橘爲杯呼酒而酌焉

屬吏問道致罰鍰曰例也愕然曰居官自常俸外尚有例耶揮去之擢戶部主事終參議

訟庭

訟庭虛無人落日照古縣縣官小諸侯豈不蒙帝眷絃歌風武城鳴琴宓子賤操履醇儒心政事聖門選事以闒冗隳政爲利欲牽濟酷恣鞭撻窮貪資鍛鍊民未必獸心官豈猶人面用是凜夙夜敢使初志變蒞茲已及朞所守曰勞先海隅日出光庶以勗無倦

楊莊簡公成

字汝大丙辰進士父方教授里中挈之往令於衆中默坐公端謹如約踰年授書遂如宿習及登第除工部主事歷郎中累階臬藩擢副都御史廵撫江西始至經理水旱檄各郡假工役以濟阻饑築圩岸濬陂塘民得養而所賴益遠寧州奉新諸處錯接楚壤逋寇衝突公疏移南昌廵道於寧州兼轄楚之興國等郡修城浚隍添營堡又相視贛鄱諸藪澤要害每五十里設堠

置遊廵使烽燧相望搤賊蹤遂俘李大鸞盧尚巍等誅止其渠又平安遠賊葉隆盛疏割安遠會昌地立縣於馬蹄岡寇盜衰止時山峒土姓大者皆陳兵自衛或以爭產相格殺贛撫名之爲賊請移師合擊公曰此一捕吏事耳不應旣而斬馘甚多又會檄奏捷公謝卻之拜南京工部尚書乞歸復起歷南禮兵二部尚書予告加太子太保年八十奉旨存問卒謚莊簡公宋龜山先生十六世孫其先諱航者爲常州倅因家無錫後徙長洲然公不忘故土其謝存問恩疏猶自稱無錫縣人也孫廷樞字維斗詒見邑志莊簡詩無可考茲於僧房偶得一首登之

宿惠山頂

孤笠與閒雲隨遇衆山活出郭五里餘潑眼青到骨李相思家山愁心渺天末鞭我入山心攜我住山裼一上到絶頂神清天宇豁始知險如夷有路得上達空碧雖非家坐卧信可悅東望東海頭西望五湖出雲霞入衣袂衾枕生日月攀歷豈謂高

已覺塵境絶聖人乃希天萬象咸就列蹉跎復蹉跎夜壇清磬澈

華憲副汝礪

字號未詳已未進士官雲南副使

秋懷

近市經旬只掩扉愁懷落日共依微樓中望雨迷寒岫病後逢秋快苧衣湖海十年雙鬢改雲霄萬里故人稀清時未可逃名節却恠山公啟事遲

清樽何事嘆蹉跎自愛閒門鳥雀過終歲琴書侵薜荔幾人蹤跡澗漁簑山含霽色寒風起樹急蟬

聲曉露多爲憶文園病司馬金莖泪息定如何

次答明伯花下見懷之作

尙想風流醇酒巵河陽今豈舊花枝好攜一片湖湘石鐫得新篇續舊題

張參政子仁

字安甫號澄齋已未進士官貴州參政西神叢語云澄齋有存笥稿三卷一入蜀草一浙遊草一歸沐漫草

游花源寄九華顧丈

蕩舟花源裏夕陽半在山樹深依澗碧閣迴入雲間禪寂竟無語客來常閉關此中有眞隱溪水日

梁溪詩鈔　卷八　三三

潺湲

黃太守學海

字宗于號思菴太僕正色子壬戌進士官贛州知府方太僕以言事戍瀋陽事在思明史庵從郎戍所補衛諸生既釋褐將抗疏訟父寃太僕固止之曰忠孝一也勉事君矣除內黃令有逸盜久不得思庵禱於神見夢乃悉禽之在贛時屬雩都以丈田事民譁議者將臨以兵思庵不許懲首惡餘悉解散翁源賊負險縱掠一鼓梟其渠見邑志

希古社集

吾亦復何求惟知臥一邱吹簫太古石掃硯碧山秋昨日花猶在千年水自流澗芳亦可掇誰與討源頭

王太僕鑑

字汝明乙丑進士知武定州至則下教與諸曹掾約曰若所不飭資緣爲姦利者官有常刑州長所不自飭瘠吾民以自肥者神鑒如之亡何郡伍伯以事操府帖恫喝諸掾史詰之語不遜叱曰若以守故嚇我

梁溪詩鈔　卷八　三四

耶吾視棄一知州如敝屣耳立收之州有賦羨贖鍰及商車稅之餘貯以業無歸者田墾而逃亡復會編役乃廉知猾民以次甲乙之一豪家積不受役乃升堂援筆首署人皆叩首伏當取匹帛於市與直誤浮千錢市不敢受卒與之入爲部曹郎謝病歸盛歲喪偶不再娶寘榻父寢旁父即仲山先生以其當還部不卽行時時趣之故人長者爲委曲謝父乃不遣人以爲僉事當年桐江投劾歸養今又得令子後歷太

僕卿致仕太僕工畫人物筆法行龍眠之
遺見邑志宦蹟傳

蠡湖行

山蒼蒼水泱泱吳天一釣青茫茫云是范蠡扁舟
之歸路湖田綠雨雨岸浸垂楊千絲萬絲蘸波面
年年逝水隨流光老漁醉不醒醒起滿船霜霜風
叫寒鴈一字橫吳江沼吳人去鷗拍拍天澹雲閒
幾狂客狂客大笑何爲乎夫差一醉亡其國又復
感慨賢豪閒范蠡歸來欲謀食彼誠不必登西山
而採蕨薇亦奚不先嚴陵而坐盤石噫嘻乎千金

或可謀幼子亦可惜積財不散天厭之山亦欲崩
海亦溢我歌蠡湖行聲與秋雲翔秋雲無定忽變
滅水底分明見湖月

周文恪公子義

字以方乙丑進士選庶吉士授編修考覽
本朝典制網羅放失預修世宗實錄充戊
辰會試分校官理誥敕進南京國子司業
差等次第不私故人邑子給事中余懋學
上書論時政疏自南中來而余故公所取
士由是大學士張居正惡之幾中考功法
會奪情事起九列皆疏留公戟手向堂上
指曰此爲彝倫者何名也久之始移北歷
洗馬進祭酒寒素子業加進必寵異之諸
小侯以習禮至繩之未嘗少假太學生餐
錢久爲胥吏乾沒至是令諸生持券詣祭
酒受錢遂自散給之所贏積尚數十萬因
大治學宮不煩縣官拜禮部侍郎總裁會
典歷教習庶吉士進吏部左侍郎掌詹事
府事時上親簡閣臣未及公至廷推以公
名副於是言者遂露章詆公不早自引退
公聞之曰安有爲人臣以不得遷鞅鞅去
者乎然吾病矣屢疏乞骸骨未許而卒謚

文恪所著書甚多其大者有國朝故實二
百卷

新葺彝倫堂落成 二首存一

八合清新是此堂登茲應共立綱常修完四德分
爲柱扶起中心與作梁化日光華惟孝弟熙朝黼
黻有文章一除塵垢先膚行手疏成功拜我皇

春夜讀書有感

浩浩遷流黙黙成人持何物與爭行風雲不測陰

蝟變日月回還晝夜生但看雪埋柯不改豈徒雷動蟄能驚千秋聖哲飄然去誰識微言是客程

送何小坡致政還信陽

海鶴遠罥綱冥鴻謝耩籠人間千丈絲安能縶游龍所以達命士脫迹塵囂中藐茲盈尺組曾是羈我躬何侯東海彥司牧早奮庸一麾指淮右載旆佐漢東斯民有父母國論方爾崇朝宗甫竣事高蹈隨赤松薄言戒行李云歸天目峰惜此遠行別不得少從容載歌驪駒詞聊以抒我衷

胡侍御滂

字原荆乙丑進士除永豐令有搆訟者廉得之寘之法日盡此曹庭稍空矣移安福擢御史神宗即位六日命馮保掌司禮監滂請嚴馭近習毋惑謟諛虧損聖德冬妖星見慈慶宮後延燒連房滂乞徧察掖廷中曾蒙先朝寵幸者體恤優遇其餘無論老少一槩放遣奏中有唐高則天語帝怒斥爲民

齋東六言二首

新柳初黃舍北宿醒纔醒齋東心似東風吹放也應萬紫千紅

文賦眞慙少作閒情亦損高風無邪光陰逼我水流花落匆匆

寒日山中

寒近不可禦挈雲雲滿身撐腸貯冰雪叉手看松筠骨立青山在顏衰白首貧誰家尚高冢落日卧麒麟

過雅宜別業

不見王摩詰猶餘華子岡隔河山杳藹斷樹水微茫有子開松徑留賓正夕陽漁舟投暝合杯外即

滄浪

梅

隴上春風生江梅幾枝發仙人坐吹簫飛墮一樓月

俞上舍淵

字希曾號克菴國子生是堂廉使長子

訪鄭渭川

策蹇長千里遙尋處士家徑深藏客竹門小翳繁花晤語流雲外行吟積水涯莫將貧作病相對共咨嗟

園居雜詩

一榻坐來深能滋不染心閒雲三徑合芳樹半庭陰湖上子猷棹林中叔夜琴楚蘭吟倘就乘興訪知音

小院淒風入蕭條歲欲闌蠹編貧可樂鷚服拙宜安孤坐芳華歇卑栖去住難庭前丹桂樹暫作小山看

三春廿雨遍一徑綠雲齊星作荀陳聚花同劉阮迷濁醪時獨醉幽壑不辭栖只此堪遺世寧煩養木雞

孤坐

適晤安期叟言從海上回授書傳秘客望氣鬱崔嵬黃葉窺人墮青霞伴鳥來莫言孤坐者株守是樗材

俞上舍沂

字與曾號少堂國子生是堂廉使次子淵之弟也

憶友人讀書湖莊

舊築城南隱新營郭外廬渚蘭頻弭棹窗竹穪移書地僻人烟少秋深草木疎躬耕三十畝刈穫近何如

古風三首 存二

年華換人代顏色非昔時風吹落花去不復還故枝花落豈足惜春歸猶有期人老不再少役役將奚爲

北山有愚公東谷有智叟愚智吾不知澹泊聊自守愚不若自用智不任掣肘澹泊者久之一得解其紐

和姚潛坤雨後南園獨坐

抱拙事園圃灌溉有常候葵藿連菑畬竹樹亦森茂宴坐溪上閣幽然對岩岫曉來疎雨過淨瀨响

餘溜長空浮雲散日出花影晝事事愜襟期清風滿懷袖豈無憑虛念愧彼列御寇

秦清湖植

字子培號濟虹以能詩客晉藩著有清湖集

斗門

野塘迴短棹雲鴨漫相尋流水柴門迥隔花人語深牛羊初散牧桑柘已圍陰未得成偕隱滄洲盡日心

普利寺

城郭終年客雲山幾遍看忽聞花裡磬頻倒竹邊冠八轉層巖小鳥啼深寺寒莓苔趺坐久不覺惜春殘

秦明經柄

字汝操號邗塘歲貢生端敏公之孫

惠山寺次姚廣孝韻

客徑緣溪入禪關背日開竹深清磬出潭靜白雲來凝樹山中斷映池松倒栽芳尊臨曲水絕勝晉人盃

林泉山房

自入山中住翛然物外羣虀鹽僧飯合藜火佛燈分閉戶深寒木開窗帶濕雲時因意到處一誦太乙文

巖棲夙有志茲地聊相娛舊跡懷桑苧幽踪託苾芻經寒林雨薄入暮嶺雲孤願效劉訏築終焉遂隱圖

孫　箴　風時校

梁溪詩鈔卷八

梁溪詩鈔目錄卷之九

梁溪詩鈔卷九

梁溪顧　光旭　華陽氏集

明

顧參軍起經

本字長濟更字仲緯號九霞惠崖公出太
保惠巖公抱子之諸生進補國子上舍貌
魁梧白晳豐下鬚髯眉鬢如畫聲若鳴鐘
初就塾日驁嬉遊一日忽自感奮曰人有
席祖父寵而常然乎於是强䏁六經日諷
千言目過輒憶博覽無所不窺顧七試於

鄉皆不偶太保以書趣之北上乃就都試
相嵩要致之直廬出應制諸目使屬艸謝
不能明年試吏部尚書吳鵬奇其文置第
一欲署以內右職公曰奈挾公卿子而骫
選人例亟請外得廣東鹽課副提舉會島
夷與山猺猵而寇潮勢且及惠惠之屬邑
曰博羅首爲兵衝檄公往行令事公至首
令緩稻禾撤茭牧戒聊覘備蘭石布渠荅
身行圍飭戒之有宥而乘障者捕得令伍
伯將下箠殺榜衆咸惕息邑以亡他又汰

其羸弱而補壯勇者博羅兵遂以精聞公
嘗誨父之溺嬰而仇其子者咸感悔父子
如初尤喜倡文字肄諸生躬自較閱所旌
拔皆爲知名士廣東西故有通志而佚弗
備督府聘少詹事黃公總其凡而檄公副
之黃公門戶高峻鮮許可公至則下榻談
說移日謂日聞所未聞公日乞歸不許乃
假以使事歸省甫抵家而鴻臚公卒亡何
太保公亦病瘦卒公內行純備以過勞毀
驟感風痺歲餘遂不起右節錄弇州史料

九霞公行一故稱伯子有伯子自序伯子
終不治生產獨修學著爲事計所撰述易
藝語二卷詩解頤二卷竈觚餘談四卷尚
書左紀四卷素臣翼三卷三傳一集六卷
續汲都師春二卷夏小正補解四卷檀弓
別疏大學衍義補要五經小十三經十三
卷史公紀傳評三卷兩漢字通二卷書倉
擬殘四卷山海族辨五卷水經紀乘六卷
句吳佚典八卷羅浮續考四卷廣東通志
表傳十九卷屈宋談三卷衛足言六卷辨
圖陽秋六十卷編注述異記列仙傳注二
卷赤水仲珠十五卷仙葩集五卷仙火編
二卷鴡史三卷諡錄五卷世語劉疏錄軼
三卷通語三卷俳談一卷相字編二卷省
題集二卷淹城集四卷彙遺集四卷廣小
名錄四卷廣嘐三卷內陣錄二卷會眞集
記三卷瓊花圖經五卷舞譜三卷胥索坊
譜二卷歷朝植品一卷汀左名書記三卷
李丞相故實三卷元白精英三卷王右丞
詩箋十卷孟襄陽詩註三卷王司馬百首

宮詞解四卷韋詩獵精二卷唐絕故二卷粹白狐五卷演聯珠集二卷大曆才子詩選二卷唐四大家集鈔十二卷尚書錄二卷南華原詁四卷文露沆五卷萬竅元聲二卷內言隽永二卷詞場竈律四卷詞鋒武庫二卷五管謏聞八卷象胥雜記一卷邱里鳩異記二卷八陣圖考四卷汝刻注釋一卷千里面目一卷麒麟函一卷莊騷億二卷諸書手鈔三十卷策府瞻對十卷日省餘錄一卷薊邱秣陵羅浮句曲岑石笠澤集各一卷茗柯集五卷代斲集一卷

官署憶羅浮山中

雨歇烟樹碧墻綺散餘霞春風自東來仍發枝頭花花落歲俱逝孤旅空咨嗟願從葛仙翁學道訪丹砂

誕節拜表入省中

虎士傳宵柝雞人拂曙鳴秉攜兩署表遥捧九天行蹕月沉蛟窟丹雲渺鳳城叨從黃楮尾獨署小臣名

過香山丞黃外兄官署

香山香作尉柳郡柳爲樊庭下開羅雀巖頭時掛猿秫田餘腸酒江鱟入宵餐薄祿聊供日何煩聰故園

廵撫海公爲先憲副四叔父建祠惠山感賦

萬死曾何恨九原應有知人倫於此植臣叔故非凝落落後來者明明前事師阿咸願隨侍力疾拜新祠按隆慶二年海忠介公爲先洞陽公建祠是時九霞公已病矣明年己巳卒

華內翰仲亨

字起光國子生官中書舍人鴻山學士長子著有內翰集焦竑王穉登爲之序

感落日

日沒山之西重向東方明一沉復一升物恒得其平親老桑榆景何獨無還程旦暮悵白雲迢迢隔蓬瀛對此日落時涕淚空盈盈

夏日黃園卽事

山畔倚層樓羣公暇日遊竹深亭不暑樹密徑先秋幽鳥啼殘夢寒泉瀉積愁羲皇原不遠高枕此林邱

小春九日偶成

送客偶然出歸來仍掩門青山當去路黃葉滿前村幽賞已云足浮生無可言紛紛看歸鳥落日倚南軒

夜泛

簡書真可畏敢憚此宵征愁拂帆前影寒生柝裏聲秪緣貪彩服豈敢薄簪纓知有千金報燈花到

曉明

西園晚涉

爲厭區中擾而今物外情日暄梅動色風細竹無聲瘦石扶雲立疎楊傍水生高樓供遠眺詩思陡然清

出直馬上口占

退食歸蘭館風塵思惘然山低雉堞外月起馬蹄前萬鐸催寒漏千門合暝烟一官朝暮冷忽忽感流年

浮雲

浮雲朝復暮世事只悠悠我失貧身策人無爲國謀雄心强弩末歸思大刀頭國士原難辨誰憐舊荆緱

春日閒居

青山違伏枕白日閉文園花徑人稀到松窻鳥自言一春惟偃卧萬事復何論獨感梁間燕還思舊壘存

秋日卽事感懷

南山誰射虎東海憶封鯨水旱頻年困征徭一旦并吾曹重憂國時輩浪談兵豈有孫吳輩紛紛各請纓

次陳性甫見投韻

瀼西小隐卜幽居杖策過從日未虛善病可知形類鶴甘貧休歎食無魚花間每瀉牀頭釀燭下時翻篋底書莫道年來耽句苦更無他累有誰如

秋夜再宿安茂卿西林次陳性甫韻却寄

叢林合沓隐丹邱還指松頭倚畫樓蘭槳共移明月夜綺窻遥對亂峯秋階前蟋蟀寒偏急池上芙蓉晚更幽寄語陳遵莫投轄春來還擬復同遊

秋杪徐太學邀遊石湖時久雨初霽廻舟復

雨漫成

公車賦罷出長安千里還家共歲寒別去漫揮他日淚相逢但說舊時歡蘭舟載酒乘秋晚湖寺尋僧到日殘天爲故人開霽色近城風雨又漫漫

秋風

秋風瑟瑟吹衣裳落葉未盡林半黄病起安能謝藥裹閒行只自攜詩囊故人相對惜歲暮昨日獨眠知夜長冷曹縱使稱吏隐何如漁艇歌滄浪

送屠田叔擢南膳部郎中得秋字

翩翩公子出皇州端爲南遷釋遠愁青鏡流年雙

鬢雪黃河明月片帆秋鄉雲隔岸離京口江草迎船到石頭借問何郎東閣與梅花還肯寄同遊

華祠部叔陽

字起龍號乡谷隆慶戊辰進士官禮部主事鴻山學士季子詩有家法居喪不終制而卒年纔二十九著有政堂稾乡谷集

尤鍾梁溪雜事華學士雖積書充棟不好畫卷古玩季子起龍獨僻於是而書法擅其一時又爲吾師弇洲翁快婿耳目薰染其僻益深二十一歲鄉舉學士賜勞千金其母及二兄賜亦半千王百谷俞仲蔚導起龍廣訪奇尤以充乡賞起龍心悅首肯明年聯舉成進士學士寄三千金爲長安費起龍盡買故大璫袁祥家所藏三代鼎彝

縑素祕品以水衡郎奉使歸予索觀一二揺手不應學士授膏腴三千畝悉鬻之以易宣和璽物起補祠曹尋又予告在都多收分宜簿入而朱蔡庭上公所藏半實其囤于是起龍好古之名達四方秣陵朱廷皐介子撥掉而渴之以腰樣大小二定碟古玉如意玉鳩杖留中玉瘤子初製倭鉄錯金小器十種爲贄起龍倒屣而迎啜茗貽燕東導入幽館置香古鴨鼎中廷皐曰此香西洋貢自名金不換燒却一鋑金矣館列三巨架一架古石刻一架國朝名人書吳匏菴祝枝山徐天全沈氏兄弟文氏祖孫父子袁吳門王雅宜彭隆池爲多一架國朝名人畫王孟端唐伯虎陳惟寅兄弟沈石田父子仇十洲顧阿瑛爲多其裝演精燦奪目廷皐開擘二三拂袖而起曰不望上駟得一二宋跡可矣起龍乃啓複壁中倭廂取杜祁公范寬蕭照錢舜舉趙千里兄弟倪雲林王大痴吳仲圭王蒙張可觀蘇子美王齊翰輩二十軸示之亦不稱賞引入秘館飲茗食果果碟茗甌俱哥定龍泉審犀水晶宣窰大小方圓長狹不一物物精雅果爲馬乳蒲桃遂棲倭松羅浮人面子皆方物也繼之小飲大都食器精於食品五客一瓢一斝一觶一蓮觴一叵羅咸寶玉也飲罷廷皐默默不怡起龍知其意命舉一麋鹿竹長匣來啓之得李龍眠美人蘇長公書醉翁記王詵春雲山谷十詠李北海上林賦文與可竹趙松雪蔡女嵇朝又書楞嚴經十卷周昉琴阮山石趙魏公書陶詩二十二首米南宮父子書畫卷舒之問顏色始和稍稍嘆賞而別唐人妙墨終不出一紙也起龍以閩烏銀二大盃爲答廷皐置之而去是秋學士捐館明年乙亥起龍割股瘡劇而亡其仲兄中舍據其所有一夕盡燬于祝融起龍死後而弇師惜之曰珍玩妙墨幾併內苑宜廷皐之恨之也近王澹生手記起龍所收秦漢器二百件王維以下至五代三百餘軸宋人不與也

春日閒居述懷

晴絲颺虛牖春院暄初陽灌木陰始敷燕語林花香蒔蕅薇丹甃晴泉流竹房覽物愜幽賞獨飲不盡觴峯翠泛疎簾鑪氣浮青緗貴身希老氏達生友蒙莊茲意苟不違悠悠任行藏

用古韻別王職方

祗役辭京邑駕言邁吳越裘褏上河梁驪歌莽然發凊颸激林端晨光帶殘月豈不念旋歸猶恐歲芳歇中懷焉可喻浮雲蔽城闕昔爲攜手歡今作殊方別惟有尺素書聊以慰寂蔑

夏日曉望

攬衣陟層臺曠然一遊目初日在遥岑澄暉映川陸行人指前徑幽鳥啼閒谷平林足雨意叢翠潤朝沐余懷邱壑情塵鞅謝紛逐浮雲異俯仰流序互寒燠眺焉起遐思永矣從初服

移寓即事

茅屋近城市飛塵滿平陸車馬紛往來冠蓋相追逐晨起勞逢迎漏深未遑宿遥憶東皐上吾廬在空谷春風草木長秋雨禾黍熟攜尊洽親侶荷鋤戒童僕行看門前山卧對溪邊竹寒聰自相代蒼

翠常盈目何事慕榮名悠悠戀微祿

別仲氏後夜行晉陵道中

悵別意未釋理棹從宵征迴瞻百里塗馳飈引颿輕疎簾淡天影虛枕來溪聲行子漸以遥孤月猶自明扣舷歌清商繁露浩然盈鴝飛無聯翩雁斷有哀情騫舉良足歡淹留獨何成不寐多所懷歎息靡由平

幽居

每愛桃源春花深暗溪路洞壑殊陰晴衣裳亂雲霧沿迴欲往從迷津渺非故偃息栖蓬衡荏苒芳菲度弄情托篇翰寘心守兮素鳥啼山徑寂鐘動林扉暮廻飈激鳴泉疎星帶高樹時吟招隱章或擬閒居賦斯人豈云遥深衷恍相遇

讀陶詩用讀山海經韻

寢寐歸故邱日與人事疎時雨沐平林清蔭滿衡廬沉心契乎理泛覽綜羣書荒門足施羅窮巷罕廻車開簾閱遠峯葺圃長新蔬閒吟彭澤詞願令微尚俱苟得怡吾顏折腰豈良圖緬焉欽素風千載誰復如

夏日閒居用左太冲韻

端居感馳光荏苒忽至今清風披層軒幽悰寫孤琴碧藻被文流丹葩綴重林灌哇愜機忘混俗甘陸沉白雲幻奇姿乎蟬奏高音偃仰北窗下嗒然起微吟萬物欣自得聊用舒吾襟眞賞足邱園何事嬰華簪

晚登虎邱

晨趨厭市氛停策求所適晚色開空門曠然愜幽靚曲徑羅長松孤亭瞰危石泉鳴谷逾邃月高山更寂坐令道心澄虛牖恍生白香靄結璇臺天花散瑶席無生契乎理涉世悲形役微尚苟弗違終

茲卜子宅

贈湖西隱君

羨君卜築澄湖頭脩竹疎松一徑幽生事穫耡付隴畝閒情漁釣寄滄洲荒庭日夜長秋艸梧桐葉飛凉思早微霜旅雁下蒹葭斜陽野雀喧粱稻門外湖光接遠天隔籬茅屋起炊烟酒熟東隣堪取醉高窻且自挾書眠

飲嘉遯園作酬顧朗生

幽館臨湖溢攜君得共尋尊淹憐地勝衣冷怯春陰竹隱山窻暝花藏澗戶深徘徊不知返歸鳥滿

前林

用輞川韻題畫

逃名愛岩澤一室面諸峯月隱孤村樹雲和遠寺鐘溪聲連斷岸墖影散疎松闔戶齋心久依然學老龍

和韻酧外舅王公

嬾成中散癖禮任阮生疎宦拙慚懷祿時違罷獻書及關將隱矣過魯嘆歸歟（予昨歲有杭關之役尋以病寓魯上投疏請）歸負耒饒生事沉淪意自如

夜雨

鷺塵滿目客愁多忽爾乍陰布太和樹色含烟雲外合竹聲將雨夢中過風傳長樂添宮漏氣爽承明散玉珂遥憶江南農事急桔槹停處聽謳歌

送王職方叅戎廣中

班生投筆氣雄哉此日叅謀表異才雨雪燕關持節去梅花庾嶺叱車來旌旗曉色千山動刁斗寒聲萬騎回共羨元戎多勇略佇看海上捷書催

龔方伯勉

字子勤號毅所隆慶戊辰進士著有尚友堂詩集芓鹿門爲之序歷官浙江布政使司冬治績初令嘉興吳橋兩縣民各爲祠祀之官浙江久方伯罷歸時吳中困糧長役方伯爲八議請於當事施行之鄉人德焉亦爲祠祀之南城書院顧端文公爲之記且誌其墓邑志列宦蹟傳

始居南郭作

迂志厭塵俗因家南河濆去城僅里許地僻堪栖雲居然山林趣況復非離羣繞屋皆水竹開門見耕耘遥望傍郭山空翠來氤氳予適魚鳥性去來顏色欣稅地給家食借書廣見聞感彼南陽業疇

吟梁甫言

龍游道中久雨晚霽志喜自註：時饑饉特甚，斗米價至一錢五

山郡雨積旬江水驟漲溢上流棹不前夫衆難爲力獨坐感時艱對景增嘆息年來苦水災東南盡艱食流亡滿目前援手病無術夜雨仍若兹民困將奚極悵望一推蓬遥空見霽色水面蕩晚霞雲間露殘日未解薦饑憂聊慰苦雨臆嗟余駑劣力媿此旬宣職惟祈年歲登九天歌帝德

訪浦道中不遇

言訪文園客相過已閉關鳥鳴深院寂雲鎖草堂

閒琴調虚流水籟聲隔遠山秪餘正平意懷刺亦空還

訪李峋嶁山八

羨爾能忘世幽居淨垢氛柴門一澗繞草閣兩山分盡日和雲卧經年與鶴羣黄庭閒讀罷倚杖看斜曛

初冬同鄧海暘陳紹龍游牛首

爲探塵外勝載酒恰初冬逕曲可百折山深知幾重晚烟迷古木寒月出高峯一坐諸天近雲端起暮鐘

清源道中懷李虚谷處州

晚天連遠樹宿鳥各投羣清吹遶流水征帆拂暮雲歸程難預計獨酌易成醺惟有懷人意蕭然坐夜分

金孝廉伯韶自携李來留月餘臨别賦贈

莫慰經秋别相過竟月留論文今獨契對酒白常浮明月雙溪棹清風八詠樓送君歸携李還憶舊弁州

送衛居大比部考績

明刑三載績持以報重華暫去白雲署還乘銀漢

槎芙蓉秋雨岸楊柳月千家不盡臨岐意江天散夕霞

賦得春雪送馬印臺武庫分憲嶺南

朝來雪滿鳳凰城把酒津亭愴别情繡斧乍辭銀闕曉輶車遥發玉山晴論兵久著南中坐分憲先馳嶺外聲共羨伏波方略遠再看銅柱勒勳名

賈廉訪應璧

宇文宿號宏菴戊辰進士授黄岡令遷戸部主事出守紹興徙廣平副蜀臬多善政陳臬粵東致仕歸築栖隱園於惠山之麓

又名古華山莊一時林下諸名碩追蹤者英倡和成帙邑志稱焉

自題山莊

無那青山笑白頭抽簪聊復小勾留不知陸羽泉南社何似黃岡縣裏樓風月無邊多暇日溪山第一況新秋藕花開落閒門掩飛去飛來三兩鷗

成隱居淳

字元復號霞樵嘉隆中隱濠曲

贈羅處士

舊業稽山下客游吳市門片言輕季布直道媿劉

蕡愁髮千絲白雄心一劍存逢人露肝膽誰是趙平原

暑中得九華送王元美之楚之作兼貽陸楚生

荆門千里指帆檣夏口纔過入郢鄉露冕不辭當溽暑風裁蚤已越湍湘談深憂世常捫虱賦就游仙欲比羊此去若逢歌鳳者莫言座上楚生狂

無題

女郎隄畔赤闌橋十二樓臺鎖寂寥楊柳不知歌舞散春條猶學小蠻腰

誰家池館秘青霞知是平章公子家一自美人乘鶴去海棠零落不開花

顧廷評起綸

字玄言號九華更字更生惠厓公仲子九霞公弟爲從父荇洲公後總角時邵文莊公有國器之目講業里中與王緝修立道尤參議瑛齊名又與南昌萬懋卿溧陽馬應圖寶應朱子价華亭何叔皮倡和爲詩古文詞有聲世父榮僖公挈之京師栢梁酬和之作非公屬艸不稱天子旣知之特

賚以鏹幣顧就試不利以經歷謁選入滇試署昆明篆有黠閹挾數緹騎以餉司禮指求黔公金公辨其非是閹慚恚遁去屬歲旱徒跣而禱輒澍尋以職貢行便道歸賊遁還遷鬱林守行守事陸川冦來侵公殲其酋渠二十餘餘散走大司農檄徵丹砂公援据葛洪隱羅浮以証傳聞之誤後竟市之辰公亦謝病歸右節錄弇州史料公有別業在惠山塘涇之上四方名碩往

來唱和無虛日年七十一終封大理右評事所著昆明集攝縣有佳政滇人德之因爲梓之卷尾著五峯書院諸生校刻姓名楊慎皇甫汸爲之序又輯明詩曰國雅行世餘多散佚王漁洋句云詩好官卑顧九華今所登不出昆明集

白雲堂留別王僉憲仲文

寂寂空堂枕翠微與君惜别對寒暉樽中綠酒傾須滿匣裏清琴聽者稀萬里孤懷無鴈寄五湖逕口有漁磯遠違暫謝滄洲叟惆悵關河暮雪飛

訓華學士見寄巘居集作

學士碧山裏巘居經幾年從捐北門印自課東臯田把帙夜然竹翠微生白煙茂陵時謝病到處索新編

過吳江平望

江驛臨平望漁洲帶石梁風吹闔廬棹晚泊會稽鄉水國惟聞雁寒原但植桑前程多岐路何處是康莊

同高周二子憩半山祠折梅對酌作

脩竹暗原麓荒祠石逕廻客來青嶂曲犬吠白雲限江暝見初月山陽發早梅南枝已堪折聊此一傳杯

桐廬月夜獨步作

澗道鳴鐃入千峯抱縣廬江門濤作障城市石爲墉月白空山寂天寒古木踈郵亭羣動息獨步旅情紓

暮過富春山

寒月上東嶺孤舟度澗西山高天影小風寂水聲低行去若無路到來還有谿偶逢漁者問應使漢人迷

七里灘

嚴公棲隱地煙水杳難尋萬壑灘聲轉千巘夕照沉石橫行棹緩雲起隔溪深清瀨空垂釣羡魚非素心

客思

日暮天涯寄此身南塘少别幾經旬望中深樹但聞鳥行盡空山不見人上國雲霞時入夢故園梅柳早知春江寒潮落雙魚沒何處緘題慰所親

石城

遶塘幽路深日夕起層陰山柏擣泉石巖耕種橘

林渡喧爭去馬蠻語雜鳴禽卽事觀殊俗車中時
一吟

草萍驛小憩將訪南昌萬大參

悠悠客路幾千里夕宿晨征信所如西越山川此
地盡南昌舟楫下江初寒梅落雪春偏早官柳舒
煙歲欲除且命嵇生千里駕滄波寂寞獨惆予

過故相夏公宅有感

故相豪華里樓臺雨露繁再登黃閣座空負白鷗
園公休沐名園也九天投尺疏乙巳秋聖節公疏中有九地聖九天之句因感上召
起復相云一死答深恩門下應多客何人舊誼存

攬照

萬里徇微祿輕車度漢關忽然生白髮已悔出靑
山抱甕身甘瘁忘機心自閒一眺昆明眼何妨解
組還

葛溪春望

獨立蒼峯望轉迷空原積石礙丹梯蕭蕭班馬乘
春去樹樹繁禽着意啼楚國山連巴徼外葛溪漲
下劒江西迢迢客次逢殘臘愁見河橋柳色齊

訪楓潭萬大參

微雨浥春曉淸塵寒不飛遠尋江驛路言訪使君
扉中野風煙別空原草木腓客行經歲暮徼外欲
相依

淸溪渡

淸溪雨後碧山明渡口泠泠絕澗聲谷鳥怯啼如
漢語嶺梅零落故園情沅陵客過無寒鴈楚國春
來幾日晴萬壑千溪煙瘴裏明朝何事向南征

宿馬底驛

孟春惟日雨草色遍天涯溪合水流急雲深馬到
遲路緣林壑杪山向驛門陲孤客千峯裏何人慰
所思

辰州春望

千家城郭繞層樓樓外氤氳雨氣浮萬疊女墻懸
澗道七盤蔦磴挂峯頭花深幽谷時禽響樹杪春
江雪漲流借問夜郎何處路五溪煙瘴使人愁

鎭遠院中酬何總兵

天畔開仙院峯頭作女墻幾家臨碧水兩岸植青
樟猿影挂巖薄溪苗采澗芳將軍多暇興招客對
淸觴

疊水

日出千峯生白煙遥聞瀑布瀉中天丹崖疊雪銀

虹駕貝海奔濤碧漢懸潭底毒龍嘘瘴癘山空猛虎嘯風泉停車似向匡廬路只少東林借客眠

宿太華寺

雞山積翠深香磴幾千尋海日吞珠刹松風響貝林鳥棲諳白法客到狎清琴暫得昆明暇何妨淨夜吟

昆明歌奉送方伯汪公赴召內卿

今上旁求海內賢我公授節領全滇心懷百髮盡國計身在南中多歲年年來黑白夷方語迤東迤西公無取不知要譽入承明但使仁恩及黎庶看

公體若不勝衣聆公令音淸廟希萬尋巖石卓犖氣一片氷壺太素輝浩然天地莊生馬道心本是悠悠者仰盻浮雲軒冕如一任平臺璽書下鳳凰城闕列仙臺內寺平臨西掖開中國秖今多事日安危惟倚濟時才碧雞關下使車征金馬關前父老情共願暫留周召伯棠陰冉冉遍昆明昆明城池水拍天津亭置酒張錦筵送公望公早當軸直使八荒九徼之民俱晏然

秋夜武侯祠齋居讀壁間升菴楊太史高詠忽自瀘州枉書見寄因用韻奉訓

漢祠然燭夜蓮開壁上題詩詎偶哉滇國秋深無旅鴈瀘州春早有官梅侯生已葺譚經館（先生書中期見過為葺舊館相候也）狗監能登獻賦臺海內共憐夫子謫誰陳明主賜環來

秋夜縣齋書扃獨酌偶成

吏散聊捐綬庭閒無俗譁戲操毛氏竹狂飲墨卿花月影時窺案鐘聲夜報衙書成舉白賞謀醉釋思家

秋夜金壇楊大理盧州張嘉輿見過

荒庭夜色深忽枉省郎尋列炬照秋菊開衙驚宿

禽豈知滇海曲亦有故鄉音共對盈樽酒相歡論素心

雨夜縣齋偶讀王職方白雲堂留別之作寄懷

案上囊琴靜淸齋然燭紅縣花滋暮雨池竹響秋風事俗羞游宦心幽苦病空白雲留偶別經歲杳無鴻

秋日偶登晉寧盤龍寺因訪雲公生身

秋氣正蕭索空山時獨登中峯響鐘磬高刹隱崚嶒雲木鳴鵁鶄寒泉影澗藤石龕空性在白日對

明鐙

薄暮獨登退觀亭作

築室雲山尖野人與不淺懸磴隨蒼峯戶庭羅碧薜下見昆池明淼淼没飛巘僧歸夜堂寂犬吠寒城遠月出萬井淨淸籟生東緬趺坐對迦葉煩心亦堪遣昔賢卧西林猶不廢沉湎浮生本無着長嘯任偃蹇

初冬登西城寄懷瀾滄周憲伯

千峯遥出女墻頭百丈朱旗覆戍樓徼外片雲常帶雨南中十月始知秋寂寥荒服嗟微祿惆悵孤

懷寄遠愁一自使君持玉節滄江何事久淹留

歸化寺官亭詰皇甫憲伯承寄家信因感海寇之變悵然有作

官亭亭午駐鳴騶詞賦仙郎謫宦游海市雲山春處美松邱香刹到門幽一身作客勞鄉思萬里煩君報國憂借問王師何日至可憐烽火照長洲

初冬得報敝邑築城防寇承瀾滄周兵憲公枉書相問聊此代簡

聞道吳門未解圍千家村郭爨煙微長川白骨滄波冷滿地綠林豺虎肥烽火迢迢中夜夢雲山渺渺幾時歸故鄉消息勞相問惟有新城閉落暉

寄酬楊修撰

客游滇國已經年萬里攜琴早絶絃豈爲小言堪作賦却因奇字浪相傳獨憐雞足孤雲外遥憶峨眉片月邊爲報白頭楊太史懸知直道古今然（自註：楊公爲余序辛言集自蜀中見寄因酬及之）

早春閒居偶讀壁間成都楊太史慈谿馮司馬南昌萬大參諸公見寄手札賦得庭下蘭寄之

偶向縣庭下植兹蘭蕙林匪他多艷色奈爾歇幽

心同臭騷人珮孤芳尼父琴遥憐衆君子相契比南金

山中曉望

一徑列松官千峯歇立看霞間海色曙嵐外樹聲寒積翠浮香嶺高花覆石壇化城曾宿處層閣杪巖端

陪曹郡公訪華亭山中隱者

雲峯深處少經行愛爾蕭然此避名方外贈衣惟毳布林僧饋餉止藜羹一邱高卧先生隱五馬相過弟子迎借問閒關何所事白頭手著素書成

哭施武陵

憶昔南塘别嗟君如逝川浮雲無俗累秀句有人傳高壠生秋草空山響夜泉知音不可作長嘆絶悲絃

碧雞山家

人家隱碧雞雞聲出雲樹層翠結午陰繁紅變晴雨寂寂春山深客來敲澗戶

山中書懷

入山往往宿華亭一眺昆明白眼青苦口獨甘香積昧方衣裁作水田形憂時平旦看枝日（山海經倭國居下枝日今東吳為倭奴所寇）避世中宵望畢星（天文畢星主邊兵也）豈料吳中歌舞地今來百戰草萊腥

滇水

水盡東流者滇流獨向西朝朝添客淚安得到梁溪

獨坐

暇日罷公事空庭無俗蹤臨軒時獸坐惟對兩三松

張明府見寄石琴率題絶句訓之

不是彈琴吏偏知山水音泠然絲石奏想見宓生心

除夕

餞臘閉空齋待旦焚膏素一年驚復新雙鬢愁非故心事忽蹉跎流光已虛度所嗟萬里人兵戈阻歸路

同丁二守偶憩僧齋

車馬入深林西齋響清磬古壁曠蕭然惟餘龍象影憩兹山水間聆爾道言淨竹裡透春煙山僧具新茗

武定歌（鳳武定女守也乙卯夏余發安寧忽於碧雞關遇焉因書其事）

碧雞關下鳳君過白頭紫綬錦闌那毘盧冠子犀皮鞾小蠻細馬雕鞍馱青鵲窠白鵲窠（鵲窠夷人帽以青白鳥毳為之其形如窠）毳髻半額交雙娥前軍齊蹈歌帳裏啢麻呼巨羅（啢麻夷酒也巨羅夷之酒器也）金巨羅銀巨羅憑陵博貝朱顏酡夜來野宿空山阿月落吹蘆渡黑河（古郎之黑水）客子聽之淚若何

始夏閒居忽憶京師賜第感懷

空庭鬱泉木晝寂閉公門夏首禽聲歇雨餘荷氣繁坐惜芳華邁惟憐清賞存念昔游京國寄傲等誰論豈知王公側翻是白衣尊嗟邇事州縣瑣屑

無朝昏瞅瞅心不怡束帶日煩喧微官況萬里迴
可棄邱園既寡犬馬力復負　君親恩何當稅駕
晚烽火滿中原

書田家

井稅早輸足爾心方晏如州縣知無擾田園樂有
餘孤村耕鑿暇永晝閉蓬廬愧我勞勞者因之問
溺沮

題懷雁齋　施蒲臺余同鄉貢雁里人也久籍南中爲題其齋曰懷雁

萬里五湖外秋風旅雁翔羈心愁獨夜歸思寄殊
方雲外驚孤影天涯憶侶行緘書遥待汝無柰阻
衡陽

登黃州定惠院山亭

高臺獸眺一悲歌惆悵空山楚客過不見前朝賢
太守惟餘雲樹渺蒼波

晚過廬山東嶺作

崔嵬陟東嶺湖口見落日夾路清流響孤村白烟
滅凉飈吹山田稻香散煩熱行來林壑深鍾聲翠
微出寺在虎谿中何處松門入

登昇仙臺謁佛手巖偶宿竹林寺作

岧嶤昇仙臺高出衆峰表遠睇須彌尖邇覗江漢
小白雲淨高秋千里未可了溢城雪浪寒彭澤晴
霞燒不見昔人歸惆悵幽懷悄巖端伽葉跡疊石
懸空渺洞門帶清流經行出林杪縈廻邁飛巘微
徑鬱叢篠淨居絕煩喧落日聞猿鳥盤游適幽興
偶憩竹林好且傚陶令飲寧令遠公誚不覺滯還
踪孤棲碧山曉

書舊寓

昔從萬里去今從萬里歸幾經曾宿處青眼主人
非

施太僕策

字懋揚號勵庵心菊子隆慶辛未進士授禮部主事遷尚寶故事勳衛入直詣尚寶領符牌法久弛勵庵上疏飭行禁衛肅然擢南太僕少卿晉正卿歸築園於城南曰冋卿園又結茅大池山中與林居勝流爲希古會繼響碧山三十年及見其孫元徵成進士所著有希古吟佚我吟休沐編都門艸滁陽艸吳越游荊虞游大池吟

題高景逸水居

高士耽棲隱清溪卜築幽門開五柳樹坐遶百花

洲把卷延青嶂攜罇對白鷗翛然一投杖老我作
羊求

秦中丞燿

字道明號舜峯隆慶辛未進士選庶吉士歷兵刑吏三科給事中進太常少卿移光祿擢僉都御史巡撫南贛岑岡賊李佩者王陽明城𣶏時所控制李鑑遺孽也蠡結三世矣舜峯入境甫三日出不意選將飈發傾其巢南雄妖僧李圓朗以白蓮符誘翁閩粵虔山罔刻日齊發撲於未然殪其

渠而散解其衆先後事聞皆賜金進級舜峯歆然不居舉陽明抑抑堂懸廳事以自勗拔士之秀者餼於濂溪祠而勤課之晉撫南楚楚大旱疫撫輯盡致爲怨者論罷歸已而怨者尋敗

奇暢園曲澗

一澗幾折旋蒼藤挾雨懸此山高未極此水是源
泉

華司訓復初

字明伯號岳西歲貢生官應天府學訓導

追和先君子九日齋居韻

憶昔長干道登臺雨正晴長飈楓樹遠獨鳥大江
淸柳港三洲隱蘆花兩岸明當杯愁落木覽古愛
佳名敢抱遺珠嘆難忘泣玉情諸方來梵響是處
起歌聲紫蟹香秔飯銀鱸菰米羹三秋懷鶴馭十
載記鸞笙此日黃華早悲風白露橫似聞華表語
翹首絳雲生

華臚贊復誠

字存叔號元皐官鴻臚寺鳴贊岳西司訓之弟補菴公之子

送高靜成先生之官黃巖

十年交誼重相依一夕離筵悵獨違已羨青春沾
寵命更憐綵服奉慈闈地隣海島風塵後花滿山
城案牘稀爲報鯨鯢休鼓浪使君承檄正宣威

華別駕善繼

字孟達號濟川貢生官永昌通判著有折腰漫草王元美列其名於四十子之中按濟川父夢旭以哭母哀毀卒母胡孺人苦節撫濟川玉川昆季比長俱以詩古文名世有高士之目神宗時詔旌其門申文定

公贈以詩有君恩雨露三千里母節氷霜七十年之句

梅隐山中人歌

山深日易夕樹樹寒花白避城自成家樓空花氣積開時知臘落知春掃石疏泉無事身愛煞山禽解人意不銜一片到風塵

憶昔行寄上海陳懋時太學

憶昔相逢長干里握手論心便知已看君意氣何翩翩自謂青雲立可俟尋常談笑酒壚旁翠翹紅袖金陵子一朝失意各還鄉萍合蓬分十年矣往

事悠悠似夢中思君不見苦秋風自笑徒爲折腰吏不如高卧輕王公四腮之魚一斗酒狂叫歡呼稱老翁君家此樂殊未窮江潭月白烟濛濛

招隐吟

招隐吟青巖落日秋雲深中有一人卧長林清泉白石鳴素琴泠泠七絃澄我心不愛紛華愛幽獨未必朱門勝茅屋種得琅玕待鳳凰坐看芳草來麋鹿芙蓉爲佩蘀爲冠松風瑟瑟吹面寒一醒一醉無所事任他人世有波瀾

秋風歎

新愁如葉不可掃客中搖落驚秋早黃金用盡貂裘穿十年四上長安道長安道上盛繁華鬬雞走馬紛相誇身留三尺報恩劍未知何處平原家平原悠悠寧可起爲感秋風心欲死英雄遭際常後時歸來何以對妻子妻子猶能供酒錢醉吟不覺和鳴蟬爲竽爲瑟且勿問躬耕幸有麗公田

灌園

未得飱霞去還來學灌畦杜門芳草綠聽雨藥苗齊世事看蕉鹿心情問木雞接籬休倒着花下恐相迷

與僚友集張家園

名園城市裏頗有習家風池映孤亭動橋分小洞通折花驚暮蝶移石走秋蟲事事皆成賞清尊亦自空

寄顧膳部宏任

暮中無事獨登臺望遠思君日幾回木落草枯鷹欲下霜清月白雁初來管寧皂帽何嫌窄陶令烏巾任意裁笑煞浮名空碌碌秪令青鬢暗相催

華玉川善述

字仲達號玉川晚號被褐先生著有蕭蕭

齋詩稿卒年六十三高忠憲公誌其墓今摘叙於此曰玉川子年二十忽夢之帝所或授之語曰運連六三身在桑田其明年七夕神女降其室别而貽之詞曰相遇操有隆慶帝遠勝商宗句明年果穆宗踐祚公初未嘗習爲詩自見神異後出言爲章乃大肆力務竭其才而中閎外肆積詩成帙王元美見之曰神物也拔其最粹者序而行之太原相雅爲折節海内諸名家若劉子威余君房屠緯眞皆推服吾讀其詩葢庶幾迹寄人寰心游物表令人想蒹葭伊人宛在一方而不可即矣玉川子之仙仙而詩者也玉川子之詩詩而仙者也然吾所貴玉川子又不在此勤於立家儉於致用端厚應物能如其所以戒子者葢克子克父克弟克夫而不忝所生者歟古所稱隱君子者歟鄒彦吉有追憶華仲達詩曰鷟湖之曲蕭橑桂楹庭絶履綦閉戶先生北窓一卷南面百城吐詞琅琅士元長卿計然世業蟬翼齊輕素風渺矣誰繼家聲

川上

亭午柳陰積晴川聊可娛舒荷已復歛鳴蟬亦徐徐目送東逝波中有西上魚唯恐釣餌及含意獨躑躅

庚午三月上巳之辰五香入室拈筆得此

天門㷔爚開幢朧丹霞翠霧紛相蒙千靈萬靈蹡素風羣趨昊京朝太宫是聃上帝御華蟲寶座𤇾映雲通紅東皇西母揺玲瓏玉墀拜舞齊纖洪鈞天九奏不易終紫清眞君葛少公斗冠霓裳出班中跪稱臣還自江東承敕博攬岩林空有美一人名青童薄愆坐謫淹塵籠濯然不滓唯其衷奈河自贖無寸功帝爲色閔心如恍宣音降敕恩詎隆此曹弱羽猶蜚翀第令徐之須數窮師也受命披寶濛藥書齡報多亦同五香滿屋生冲融自今勿敢輕微躬一呼墨卿灑層穹凡才抑塞難爲工

茅屋

深山一茅屋四面皆青山山雲不動門不關山月自來人自閒抽琹只作高山調山下流泉去復還

迷樓篇

隋家阿麼厭宫殿别造迷樓恣荒晏幽房曲室逞百奇翠楯瓊闌極千變高高下下延萬間如斷實

續相回環金虬欲飛玉獸舞白日炤燿青雲端後
來宮人盡殊色次可傾城上傾國鑾輿一入便成
迷却咲眞仙出不得任情任意春憃自謂當年
老此中夜半忽聞歌李樹河南柳葉落淮東龍舟
當作經年別回首迷樓一夕紅

鴻門行

秦關不待鷄鳴開漢先受降楚後來英雄忌人定
急擊灞上依然王氣迴左尹自呼張子房却勸沛
公朝項王鴻門一謝便留晏雙劍席間飛電光驂
乘之客眞壯士擁盾直前不避死目眥盡裂髮上

指四十萬衆皆披靡白璧未獻杯未乾脫身已過
驪山矣雙劍無功唉豎子

弇山先生訃至詩以當哭

海東夜半扶桑火安東城門未開鎖平明失郝王
尚書崔爲紛紛滿空隨十載曾窺不死文一心求
度曇陽君世緣未盡那可避或舒或卷如浮雲歸
臥弇山即地仙手攀蘿薜聽流泉朝能辟穀暮盤
膝感師提挈昇青天吾儕小人晚相見永絶予言
淚如霰君王他日思履聲應有雙鳧集金殿

秋夜長爲吳如一

秋夜長殊未央紡聲績影摇燈光素裳華髮侵繁
霜兒能讀書母偕隱閉門菽水輕侯王前湖一片
白後山千點蒼西風孤鶴空中翔垂頭下顧影清
商

遣殷納婦後醉爲此歌

我生三女嫁已畢兒婚如之尚餘一佳世界多苦
自多星從兩鬢縱横出小兒今得十三齡髮光覆
額鬖鬖青十六郎婚良不早過此吾夢方當醒
來却驚老將至向平慷慨辭家事縱然未便入名
山靜掩予關死無異尋常欲行行復遲且待明河

垂地時時到有人攜手去玉樓珠閣吹參差他人
還鄉形貌改隣里恐無相識在兒曹誰似乃公癡
一片明霞齊渡海

贈族兄月梧公

幾年不登甘露寺碧梧明月懸夢寐偶然憶著小
堂春東風捲地清陰碎主是吾家謝靈運池塘新
草開芳讌客常滿坐酒滿樽舞袖歌衿香霧噴有
時客散徐上關堦庭懽賞叢芝蘭琹筑何曾誤文
史書聲夜落湖波間選婿非緣預家事提引兒孫
妙才思少年搦管能動人世上榮名等閒致吾兄

吾兄豪且闊一生懷抱暢人前六何觴罷論家計放犢看行溪上田

贈顧南邢先生

南邢先生家近市終年强半龍山裏招尋盡是素心人飢卽採薇渴飲水三祖流傳焦尾琴當時得之千黃金錦囊往往共出入淸風明月爲知音自言指法有神授中郎中散相先後一調九龍峯欲飛一鼓二泉泉爲溜過客求聽無所惜樵童牧豎任爭席松枝拂拂梅花飄㴩魚喁喁巖鳥默亦知伯牙君後身世鮮鍾期誰識眞賢從癡絕好我琴

我琴無絃但掌塵從今願託烟蘿下流水高山秋復春

中秋

雲滿靑天白依然片月明秋毫眞可數夜氣不勝淸露重堪和藥蟲悲欲亂笙香風吹桂子遠坐落無聲

與世叔登虞山

同是武陵客來看虞仲山山風吹笑語客意愜躋攀拂石相呼坐聽泉欲忘還劒門尋大道迴望亦閒顏

家兄遷永昌別駕報至作

傳命從天北移官向日南問途行及萬治郡列爲三展足人皆賀歸心我獨諳高堂垂七十遠宦亦何堪

再遊惠山

山色炤西津重來不出旬雖言愛雲石祇欲遠風塵泉水寒如昨松花晚作春九龍俱穩臥去去莫攀鱗

示兒曹

天故幽吾迹人今薪汝名但能窮百氏何必尾諸

生夜斗交龍氣秋風遠鶴聲杜家文選學精熟始言成

贈孫婿馬君常

三試三標首靑雲發軔時弱年才已見秋月事何疑喬梓若相待壎箎方並吹桂林公折後一二摠餘枝

遊南禪寺

秋風郭外泊落日寺中行欲借空林意聊移畏路情堦蟲驚客住簷鵲代僧迎雉堞如雲近還疑是化城

秋興

搖落江天一整冠千山濕翠曉分寒松陰積蘚雲難掃洞口懸崖乳不乾半發蟠桃纔隔澗試飛新雀不離壇逢師與說長生事大笑君王承露盤

送山甫還山中

季季湖上採春芳幽意何如華子岡且欲留君待明月可堪歸思滿斜陽一川新水萍初綠兩岸輕風麥漸黃別後若逢相識問爲言小友亦疎狂

無題

月斜星路轉重重一片非烟五色穠鏡裏舞鸞空

有恨釵頭飛燕已無蹤花開花實三千歲雲去雲來十二峰借問參辰不相見豈因河潤未能從

春園晏

芳園花發照春明人逐香來鳥不驚魏紫欲添凝露色秦青能轉過雲聲正憐檻外宜山翠豈厭盤中是水晶醉向落霞猶戀戀摩挲修竹自題名

蒲團

一到蒲團意已消滿壺明月動仙韶看殘玉女千廻舞展盡金機百丈綃火裏珠寒龍自遶雪中花暖鳳相邀應門不識沉冥事報道桑田上海潮

金山

不盡江流赴海門靈山中立自言尊已無鶻拂天邊影猶有龍盤水底根潮送鐘聲過別嶼寺留雲氣入淸樽陰陰古洞高僧在坐領空香暮未昏

遊仙

中天歌吹四天聞片片旌幢出絳雲玉女輕裾垂月色翠娥長帶曳星文信來欲赴西王母勅在先承太帝君忽報蕭郞巡下界後車分與鳳皇羣

贈錢三文

寂寂衡門帶遠山王孫芳艸意俱閒談經欲出諸

儒上問產無過十畝間忽湧對人偏白眼尋常中酒自紅顏堂前花發春如舊應有雙飛燕子還

寄贈舍人兄

海上曾朝釣巨鰲殿前今得見蟠桃身隨劍珮遨龍尾世列衣冠許鳳毛敬學御書香和墨欣當詔制彩生豪祇因聖主稀遊獵不遣名從奏賦高

入城受役因訪高進士一見如故別時欲盡得余囊中詩稍寫以寄復寄此詩（按高諱忠憲公）

縣城無事怕經過受役年年可奈何乘問得從高鳳語臨歸還作伯鸞歌孤舟雨後隨流急三徑秋

沐落葉多自愧囊中探易盡莫因題處記巖阿

聞太原公將歸朝賦此奉送

自是清朝柱石臣寧親那得便休身定儲未致山中皓辟穀空思圯上人星使促裝惟恐晏天書開道正行春到來黃閣無窮事夢裏烏衣自角巾

以詩代書荅高使君

杞憂自昔未能忘橘樂如今那可常王子早貪飛遠馭留侯晚悔事高皇落星湖擁過彭蠡片月風吹到豫章屋角斷橋流水淺期君此處話滄桑

謁泰伯廟

三讓身將隱千家國亦偏廟唯稱至德鄉不諱先賢卜洛無王業歸吴有墓田縣官脩伏臘野老記流傳風土變夷後雲山採藥前柱痕龍躍夜松蓋崔棲年堦蘚乾秋日爐塵槩暮烟仰瞻遺像肅端委尚依然

詩雜

廣陵城裏月明多馬影衣香處處過正是上元燈火節玉簫吹斷曉風和

遠送相尋月滿門踈來春酒不盈樽與君話盡千年事片片殘花落樹根

雜詩

萍亂溪頭雨點多釣絲猶是帶漁蓑高楊柳上東風急吹落鶯聲逐逝波

采石磯頭江水清扁舟一夜渡長庚任教玉露霑宮錦直到金陵卧月明

輕舠飄落野鷗間橫却綸竿未擬還深夜已知魚不餌且乘風月弄潺湲

吹笛江頭月正中滿天秋色度連鴻海門潮上都如雪飛入金陵帶曉風

雲暗前山雨欲來漁翁收網掉歌廻相逢借問魚

多少搖手高歌阿濫堆

竹籬深護兩三家橫出桃枝不見花正是武陵春雨後四山懸澗瀉明霞

月上前檐夜未央夢廻遼海思徬徨爭風鐵馬空馳驟不逐征夫到戰場

受業薛　裁　鯤飛校

梁溪詩鈔卷九

梁溪詩鈔目錄卷之十

明萬歷一

梁溪詩鈔卷十

梁溪顧　光旭　華陽氏集

明

孫少宰繼臯

字以德號柏潭萬歷甲戌進士第一人官至吏部左侍郎有孫少宰集立朝十五年公忠潔已未嘗受一錢故事典內外制以潤筆餽不盡謝絕公曰以綵綸市吾弗敢也既佐銓益矢氷蘖郎同榜同籍問遺無及門者至矢之日以分文進有如日福清

葉公時在成均有屬吏公筆硯友也求內遷葉爲言於公公謝曰此銓郎事郎故人何敢私其公正如此凡所奏疏不下三四十上論銓政論旱蝗請立儲撤礦使救諸譴謫言官救曹直指學程爲衙門辨誣爲小官釋累皆侃侃切直無所避諱最後孝安皇太后祔昭陵上稱疾不攀送舉朝不敢言公獨然燭草疏極諫大畧謂皇上綱常之主典禮之宗皇上不出宮眷必不得帷而至午門神帛朝祖必且降而藉手於

奠獻使宮眷郎不送其小者也神帛何帛
朝祖何事奠獻使何人而猥令褻瀆不知
母后之神靈肯於帛乎憑依否耶列聖在
天之靈肯於使乎降鑒否耶古人於親喪
雖小物細微必誠必敬必躬必親今却於
大處不無虧缺臣爲皇上重惜之上震怒
抵之地吏科劉道亨知聖眷已衰乘機誣
之公疏辨鑿鑿本云臣奉公守法差足自
信如曾私親故一人甘懸首市曹毋論它
縉紳交游曾受同年同鄉書帕分文決陷

屍河海皇天在上明神在旁擠則擠耳何
至并其硜硜拙守而汚衊之自是一月內
請罷者一辭印者三杜門上章堅乞骸骨
上亦堅持之待命至經年不報會兩宮災
公求去益力得移疾歸丁外艱苦寒徒跣
扶柩而南墨面柴骨時躓且仆哀感行路
舟渡江京口已閘從大江入孟河將至圖
山颶風大作浪入舟左躍右出鬼怪晝見
公撫棺長號籲天叩禱舟忽疾駛若飛遂
濟回顧賈舶半没風濤矣長年相視嘻曰

非公孝感吾屬其魚乎抵家復晝夜哭不
絕聲逾年劉淑人逝益痛割其內堂堂然
匍匐涕泣處黯黯方二尺許地若髹漆然
比至葬哀毀幾滅門生陶㻘曰先生之立
身致主皆自孝出初第時見江陵不奔父
喪心不平倡沈吳趙三公上疏孝也知交
以二親無他兒此疏必貽老人驚憂苦勸
且曰果爾罪乃甚於奪情不得已中止不
上亦孝也即太后大行已屆主上典禮有
缺而言舉朝所不敢言亦孝也

送李山人

故人驄馬客春盡一書來分茗供幽事論詩得異
才林塘堤下榻風雨且深盃茗水逢新漲孤帆何
處開

夏日臥病

不淺烟蘿興塵中亦掩關詩情消白日病骨傲青
山野寉焚香下閒雲散帙還浮名將薄宦吾意有
無間
偶爾成幽賞居然得隱心月簷松樹迥門徑棗花
深竊祿從賓戲論詩許客尋浮生元不薄何必定

抽簪

萬事堪高枕官衙况薜蘿閉門元草歇開屬白雲過竹翠晴猶濕荷香晚更多陸沉翻自愛不復凬

婆娑

乞假辭朝謁耽幽學隐淪病翻思客至閒不厭官貧高樹團晴靄穠花戀晚春物華偏在眼肯惜酒盃頻

送周計部餉邊

大漠平連薊北天向來前箸急籌邊將軍已佩通侯印使者仍輸太府錢幾處鼓鼙聞落日何年烽火避甘泉君行會有匡時畧試問金城室下田

陸華甫自新都歸陽羡別業枉顧惠山

踏遍滄江一布衣故人相見白頭稀身如陸羽嘗泉至家近張公指洞歸穀雨過時宜茗椀松雲長日在荆扉逢君愛問山中事塵世浮名有是非

吴江夜泊

津亭晚泊客心孤暝色山光乍有無水郭帆檣依雁鶩人家燈火亂菰蒲天寒雪霰歸雙鬢歲晏烟波隔五湖城裏歌鐘知幾處錦堂華燭醉氍毹

題季參知園

未老能辭祿爲園不出城石頭攢樹合湖水應潮生仙梵隣僧送春衣野客迎鶯花新歲夢雞黍隔年情杯酒占星聚笙歌渡月明頻過倘不厭吾亦薄浮榮

鄒學使弛光

字彦吉甲戌進士授工部主事官止湖廣提學副使擅衡鑑楚士服而歸之生祀濂溪書院以吏議罷送者數千人是時學使年纔强仕意不自得乃歸治園亭慧山之麓所謂愚公谷者極聲妓觴詠之樂垂三十年自謂君平棄世世棄君平逃於禪悦以自寄故其園中臺池亭榭多半以禪語名之如菩提場流梵渡九蓮臺七徵齋六通楹頻伽嶺塔照亭彌樓窟香菰廪寂光土摩黎舍四照闗甄叔迦閣之屬不數傳而化爲平壤惟所著集數種合三百餘卷當時幾與婁水弇園役先卿主文壇世自有知者詩綜所收恐亦未盡彦吉之長

壬子人日服除襲吉有作

此日名爲人深情欝何已將懃養志參空羡趨庭

鯉爲子不可得爲人亦何以聸晨惆末途永慕類
孺子

愚公谷雨後觀泉

雨脚一淋漓水勢遂縱送風泉互勞攘水石兩倥
傯歷堰曾幾何爲壑固已衆有時傳糸車鎮日漢
叟甕但聆雷霆聲誰辨人語鬨枕漱亙在兹生涯
此巖洞

春申澗第一曲 有序

從二泉亭西折入陿道古木數株敧藹翀蔚梳
風颸瀏凡二百武許而得余園門之榜曰愚公

谷入門有一亭據水口是爲春申澗第一曲澗
所從注不大猛厲而引入吾園則甚怒張當其
洶湧時直躍亭顙而過之聲如獅吼然春申君
乃楚黄歇也

移山力旣殫決流勢且厲爲水一衣帶居然千里
勢水石兩排盪響似雲中遥春申不可卽臨流歎
川逝

水邊林下 有序

一曲直下五丈許地勢稍窪就其間設一堰障
之堰畔有榆二株脩而上挺不受赤日長夏可
當清凉界風至則瑟然有聲與泉互答題曰水
邊林下

設堰障頹波潰瀑此焉捍下有百尺流上有千歲
榦倚樹弄潺湲恍若坐銀漢不獨耳目娛將使肺
腑灌

濺濺亭 有序

澗自一曲而下如建瓴然凡爲障者七而此其
一也亭其上曰濺濺雨過泉走亭下鼓㕿湍渚
飛洒人面攻所謂濺濺不絕流爲江河也

厓隙立石猛虹梁架其間羣霓紛下踞昂首欲奮

鶩濆沫散飛霰震雷鼓青天汩汩一何駛濺濺使
之然

在阿 有序

下濺濺亭堦有壆方廣數武周遭粉堞東向壘
石爲屏高二十餘尺中置石臺環而坐可容十
人四垂悉植紅桃間以綠篠以其外凸中凹若
巖阿然故取詩人在阿之義而名之

解龜抱奇尚息此山中阿睥睨納雲霞峁嶆衘薜
蘿蹄輪絶來往鹿隊時經過所適在咫尺爲用不
貴多

塔照亭有序

頻伽嶺上有亭名塔照凡三楹九龍爲衆錫山作案下有方塘含青受緑錫山木樹駢羅密不見體一塔從中擊出僅得四層陽烏西匿返照注射作黄金色是吾園㝡勝處

後峰極岧嶤前嶺復秀整嶺樹蔚以薈僾然設畫屏浮居從中出白雲爲項領返照往射之大地琉璃影

枝峰閣有序

閣在天均堂左四窻虛懸而叢木圍之如人被

綺繡西向一面從樹隙見九龍山端坐如丈人其東向則下俯方塘上矚圃中唧嘈睥睨之屬雖盛夏不熱非獨高寒亦以多蔭故

割雲攜傑閣峍屼不可梯軒窻從空設虛豁無端倪蚩蜺宿重檐箕畢走層梯樹頭在其下嶺面與之齊

繩河館有序

閣之下有館後實以壁而虛其前一面臨池倚檻望之其直如繩即天均堂前池也閣䠠而館邃或先閣而館或先館而閣高或暢情靜亦歛

性

虛閣敞太清其下有靚室刻檻臨方塘居然似繩直桐陰鋪石牀荷風扇瑶席未諳物外觀且作池中拍

天均堂有序

圃中亭臺戶牖之屬率卑陋樸遬不免寒儉氣而此堂獨宏麗頫晃前臨方塘可一畝其中多荷香流别院後有玉蘭十二株花開如雪從屋杪見九龍山如墻頭高髻亭亭有致留賓作劇大率於此

山齋多偪側茲堂信軒敞八窻寫雲氣四壁作山響銀池荷錢漾石城蘭玉長日陟合朋儔幽棲亦鞅掌

蒼筤墀有序

虹廊既盡一折而復南有廊僅虹廊十之二而潤過之廊前無他花木脩竹數百竿而已能障日梳風籠煙織雨令人作淇園想

舉步或易窮行廊似無極簷前何所有所有但竹色吹籟韻自流扶雲榦皆直貞心長獨抱高節復誰識

木香徑 有序

徑在天均堂之南內倚篔簹外臨漣漪迤邐其間衣爲受緑名不於水於竹而以木香者此花惟此徑中獨有故云

爲賞非一途蹑步實多術獨此徑路中香氣紛苾苾拖青竹色浮含碧水花溢秖乏求羊侶相與共支策

瓠葉廊 有序

出天均而東復轉西傍洗耳泉而止爲廊環廊之外有磵雨集則流雨大集則大流奔馬不能禦也瓠葉盛水不洩取義以之

迴廊接廣廈倚石稍自安詠茆誠小搆習坎乃巨觀有淙注林壑欄楯生飛湍奔瀑疑自天誰謂非人官

茆齋 有序

每讀浩然詩紅顏棄軒冕白首卧茆茨心甚愛之因念予四十罷官今已六十而老此兩句若爲不肖設乃結茆齋三楹取水于渠引注堦下日夜濺濺又有柴門流水之意

施䕶無不佳結茆亦自好蒨根一壑淩屋角雙峰繞彳亍走麏麚軥輈聽禽鳥中有素心人道書自探討

三疑嶺 有序

醉石灘之上有嶺搔首閣具茨樓在焉陟嶺有三路皆藏僻處非得指南多作桃源迷故游者多不登旣登則九龍當胸錫山出吾左腋下未始不呼爲絕勝

爲山不數仞爲術非一路不有指南車幾欲錯余步煙嵐信變遷草木動廻互振足愜攀躋引睇勞延顧

搔首閣 有序

昔青蓮登華山曰此山呼吸之氣想通帝座恨不攜謝朓驚人句搔首問青天耳余山僅塊石卽閣其上亦何啻一培塿獨一搔首行吟則羣峰紫翠紛落吾手卽謂與帝座通亦無不可

戎戎聊覗閒歷歷見峰首一閣曾幾何萬象爲吾有搔首一行吟蒼翠墮吾手天閶疑咫尺呼吸信通否

入海會寺

古刹九逵邊攀躋亦未便草深齊佛足苔老過僧

年坐對長明火厨飛不煖烟惟餘垣外岫歷歷捧
諸天

有一圖荒穢日甚與客過此不覺自笑

空林無結束春至亦蕭條卧葉麋多傲啣花雀自
驕亂流奔石面雜樹上山腰獨與僧廬近鐘聲伴
寂寥

田閒信步偱山叟要至其家小憩贈之以詩

八老竹同瘦家貧花亦寒鶉衣長似衲鶴髪不支
冠槲葉供晨爨松膏待午餐多君高枕卧門外少
波瀾

家園即事

買得菟裘已十年塌來歸隐共周旋爲山直割雲
頭石鑿沼頻偷地底泉清梵自天投寶篆疎鐘挾
雨答朱絃生平不少蛾眉妬剩有烟霞與作緣

逐臣

桄榔木落嶺猿啼瘴海蠻烟路欲迷回首銅駞三
萬里不知何日下金雞

嚴司寇一鵬

字化卿號雲岑幼孤榜姓趙登第後歸宗
丁丑進士念其母謁歸奉養凡七年始授
行人奉使藩府假道歸省衣故帛衣垂橐
而入母喜脫銀簪沽酒先生探囊中得三
十錢市脯佐之極歡已擢御史劾東廠太
監張鯨罝之法又劾湖廣稅監陳奉言奉
仇視楚民民亦甘心於奉兩相激而害中
於國家疏入奉始斂迹出按山東上疏請
罷礦稅略曰一豪璫出而參隨動數十人
一參隨出而書記隷胥動數百人參隨剝
取千金而以百金與內臣內臣飽有百金
而以一金奉陛下山東山海之險足以藏

姦其俗輕生而好鬬虐之不已臣恐六郡
之民必爲亂始矣鹽運司候掣鹽引三十
餘萬陳增指爲剩引請以其直上供先生
執奏運司額課皆係邊餉正額鹽引原無
餘剩餉歸內帑變起九邊臣死不敢奉詔
又條列增贓私二百餘萬於是帝大怒增
以憂死又疏劾稅監馬堂言臨清稅額七
萬八千兩而堂輒歲抽二十六萬七年共
計隱匿一百三十萬乞追堂所匿以其半
發河臣爲開濬費半發東兖二郡募夫助

役先生故長者獨於彈擊中官不遺餘力巡方例一年而代先生至三年乃得請歸久之即家起大理丞歷南光祿卿遷通政使進刑部左侍郎未幾改北予告歸崇正十一年年九十詔賜存問又踰年卒贈刑部尚書予祭葬載邑志宦蹟傳

清明日貫宏菴棲隱園社集

春風吹拂柳絲斜佳節相攜感物華共有錦囊題白雪未須金管勸流霞人行磴道初如蟻日落湖帆盡載花散步踏芳歸任晚城南猶有未棲鴉

紀復惠山小洞

古蹟幾湮喜復開九龍佳氣若爲培侵堦細雨苔從長遠洞新陰竹可偎緣徑松聲千樹合過橋山色一峯廻眺幽毋乃平生癖擬辦籃輿恣往來

萬中丞象春

字仁甫本姓鄭丁丑進士選庶吉士授工科給事中明史本傳象春在諫垣久前後七十餘疏多關軍國計請復建文年號加景帝廟謚尤爲時所稱出爲山東參政妖賊郭大通爲亂討禽之歷山西左布政使二十五年以右副都御史巡撫山東倭躪朝鮮濱海郡邑悉戒嚴象春拊軍民供饋運應機立辦中使陳增以礦稅至象春疏論其害福山知縣韋國賢忤增被侵辱象春力保持之增遂劾國賢沮撓象春黨庇詔逮國賢奪象春俸遂引疾歸起南京工部右侍郎未上卒贈右都御史

言志

杜門甘屏棄書卷足淹留塵世饒羅網吾生亦贅瘤一尊同謝阮三徑許羊求龍劍埋豐獄何人識斗牛

夜飲王羽士水樓

水閣夜無暑談心自閒烹茶供野客聽磬閉柴關酒艷樓頭月烟迷湖上山本來忘世味坐久不知還

雨夜泊虎邱

倚棹增惆悵登臨信有緣鐘深山寺雨纜繫柳條烟野火明還滅漁歌斷復連無能著雙屐輿落虎谿邊

夜宿報恩寺

共憐客裏逢知己握手還論故里情隔樹一彎弦月露參天萬點壚燈明風清孤榻無僧語夜闃空堂有磬聲最是酒醒欹枕後泠然眞覺世緣輕

清明日逢友人小飲西湖偶追舊遊已十度矣賦此誌之時甲辰歲

朝來晴色趁芳時爲客欣逢把酒巵細草綠鋪人坐久飛花紅賦馬行遲畫船次第攜桃葉檀板高低唱竹枝此日勝遊當十度吾生汗漫肯虛期

顧端文公憲成

字叔時海內稱涇陽先生萬歷丙子舉鄉

試第一庚辰成進士除戸部主事大學士張居正寢疾朝士群禱公不可同官代之署名公聞馳騎亟赴手削之改吏部吿歸讀易春秋者三年補驗封主事會大計都御史辛自脩掌計事工部尚書何起鳴在拾遺中自脩坐是失執政意給事中陳與郊承風旨攻自脩而庇起鳴于是二人並罷公上疏語侵執政被旨切責謫桂陽州判稍遷處州推官丁母憂服除補泉州推官舉公廉第一擢考功主事歷員外郎會詔三王子並封王遂偕同官上疏乞令皇元子早正儲位皇第三子皇第五子各就王爵父父子子君君臣臣兄兄弟弟宗廟之福社稷之慶公又遺書王錫爵反覆辨論並封議遂寢二十一年京察吏部尚書孫鑨考功郎中趙南星盡黜執政私人公實左右之及南星黜公請同罷不報尋遷文選郎中所推舉與執政牴牾及錫爵將謝政廷推代者公舉故大學士王家屏忤帝旨削籍歸中外推薦無虛日帝悉不報

至三十六年始起南京光祿少卿辭不就四十年卒於家天啟初贈太常卿魏黨石三畏追論之遂削奪崇禎初贈吏部右侍郎謚端文公姿性絕人幼即有志聖學暨削籍與高錢輩八君子脩東林書院講學其中當是時士大夫抱道忤時者率退處林野聞風響附學舍至不能容東林名大著而忌者亦多嗣後攻擊者不絕比公歿而攻猶未止公嘗曰官輦轂志不在君父上官封疆志不在民生上居水邊林下志

禮樂羞將流涕付江湖一時謙讓文皇帝千載俳徊中大夫自到長沙名籍甚漢廷曾不負吾徒見滙覽

延福菴題壁

茫茫大化任推遷消息盈虛總自然若欲箇中生去取請觀四十六年前

喟然尼父欲無言堅白紛紛尚未闡但得此身還造物不須一字落人間

嘐嘐妄議古之人歲月蹉跎忽到今一息尚存應有事莫將殀壽貳吾心見錫山景物略

許孝廉世卿

字伯勳號靜餘乙酉舉人有許靜餘先生詩集行世被服東林揭安貧五戒不詭收田糧不干謁官府不借女聯姻不濫納奴僕不向人乞覔又揭省事五戒不無故拜客不輕赴酒席不妄借館賓求替人稱貸不濫與義會後有干以私者曰息壤在彼戚黨以事罹法甚亟屬爲解救適賣婢爲輸其罰鍰而謝之生平以無欺墻室自矢所交惟顧高葉三先生高忠憲公序其詩吾家端文公誌其墓邑志入儒林傳

不在世道上君子無取焉右節明史本傳公所著有小心齋劄記各種涇皋藏稾百二草行世理學宗傳公幼讀韓文原毁至父諱輒婉轉避之就蒙外塾歸必篝燈自課書其壁曰讀得孔書方是樂縱居顏巷不爲貧一日從師講孟子養心章前請曰竊以爲寡欲莫善于養心心爲主欲爲役主强則役退聽其英穎如此

贈麟霞上人

上上崐崘峰諸山高幾重望望滄溟波百川大幾何卑高入揣料小大窮多少不如兩置之直於了處了見錫山景物略

送虹濱先生

不盡臨岐意依依立馬看一經登第早三尺事人難月到河陽滿天連函谷寬之官有嘉譽倏爾逼長安見公手書扇

懷友

伏枕燕山雨鬢疎于時諸子復何如九龍不改江南色雙鯉誰傳冀北書白雪憐君懷絕調紅塵慚我滿征車相看意氣中原在未得逢人歎索居見西神叢語

賈生

雒陽年少未全迂經畧居然天下無敢以紛更談

秋日徐子復從崑山來同遊高雲從水居

高山結宇傍湖邊遠客來遊此繫船霽色半空雲映日波光萬頃水連天樽傾濁酒歡成醉麈拂清風論入半秋景正佳看未厭尚期月夜共陶然

菊月生明課孫夜讀

吾愧無謀可詒爾幸有書可讀下帷當乘年富篝燈不嫌晷促日獵萬卷雖繁力奮三冬已足囊螢映雪引光此是古人芳躅

安光祿希范

字小范號我素著有天全堂集如山子丙

戌進士授行人遷南京吏部主事當是時王錫爵秉政多斥異已者先生上言伏見近年以來正直老成之臣敢言之士多不安於位如趙用賢趙南星孟化鯉人皆知其剛正而次第屏黜孫鑨李世達李禎雖材品不同而先後去國行人高攀龍一疏實皇上之忠臣亦輔臣之諍友而反蒙重斥夫閣臣之職輔皇上以進賢退不肖今賢者以異已黜而不肖者以媚已進誤國不忠莫大於此疏入削籍歸東林書院成

先生別搆一室雜植花竹讀書其中家既不貧亦不矯爲寒儉所居廖山多清川長薄又樂吳興山水晚而卜築武康天啟初贈光祿少卿明史有傳邑志入儒林傳

題五湖水居用高存之韻

紱冕倩元淡邱園道豈窮世從驕腐鼠君自托冥鴻夾岸移新竹開畦種晚菘扁舟隨所適春事五湖中

人日昌平道中晚行

悵別都門酒輶車日夜行疏星帶遠塞斜月傍孤

城寒重入無語羣多馬亂鳴遥思傳采勝轉覺客心驚

武康卜居

避囂貪境僻問俗喜風淳有地多栽竹無人不負薪衣冠存太古禮讓習先民已決移家計蕭然物外身

削籍南歸瞿沈二膳部蔣祠部傅太常陳蔡二民部于比部擕舟追送龍江雪中分韻

倚棹江干雨雪中故人擕酒扣孤篷自緣觸罪辭南國敢向明時賦北風泉石儘堪娛懶性勳猷今

已讓諸公古來艮會原難久莫歎浮生似轉蓬

題鄒南臯太平山房圖

數畝青山一草廬竹扉松徑亦蕭疏主人抱膝澹無慮祗有躭書癖未除

顧光祿允成

字季時號涇凡癸未會試中式丙戌成進士對策中有曰陛下以鄭妃勤于奉侍册爲皇貴妃廷臣不勝私憂過計請立東宫進封皇恭妃非報罷則竣逐或不幸貴妃弄威福其戚屬左右竊而張之内外害可

勝言頃張居正罔上行私陛下以爲不足信而付之二三匪人恐居正之専尙與陛下二此屬之専遂與陛下一二則易間一難圖也執政駭且恚置末第既而觀政吏部會有御史房寰連疏詆都御史海瑞不勝憤抗疏劾之坐削籍久之起儀部主事疏爭三王並封奪俸又以論救京察考功趙南星疏中力詆閣臣張位因及王錫爵帝怒謫判光州其左遷光州而暫歸也安光祿希范贈詩云八年經再黜直道自間關名不隨官貶家因赴謫還林塘猶碧艸汝頡亦青山天意高難問何時有賜環生平居官先後僅六十日自此乞假終身不復出與兄叔時修復東林書院偕同志講學其中先叔時卒天啟中贈光祿少卿明史有傳端文年譜萬曆壬午吳縣聘涇凡公入都欲其子用懋闈明年會試中式吳縣欲以館選收之怫然以歸丙戌始補殿試耿介之操足以愧世俗矣公所著有小辨齋偶存朱子二大辨怫言行於世列邑志儒林傳

東林書院落成步楊龜山先生此日不再得原韻 萬歷甲辰

此日今還得重明耀扶桑厥初赤子心懸象並穹

蒼無端浮雲過翳郤杲杲光努力事拂拭依然露元陽理欲判危微規矩成圓方塵埃去復集眞氣消鋮芒日新又日新何用而不臧性非猶杞柳仁義寧賊戕無爲彼敎惑吾道擲粃糠大哉羲孔易洗心密退藏不效淺薄子事姸等羣芳天地人鼎立至大亦至剛欲仁斯仁至安所康徬徨先生既南來道脈東林長守先與待後蹤此如康莊念我踰五十徒慚闇然章從前所縈絆不脫名利場何當一奮躍藩決失羸羊日知其所亡月能幸無忘果能此道矣愚柔必明强浩渺重滇波一葦自堪

航流光不相貸迅速轉無常朝聞夕死可仁者壽
不亡苟非及時勉老至空悲傷中行未易幾必也
狷與狂 見東林志

贈振延上人

太虛石洞居孤絶少人依遠客攜琴過逢師乞食
歸一蒲靑草上四面白雲飛盡日無言說巖花落
滿衣 見巢覽

寄薛乎臺致奠太石賈丈并訊二尊人嫂夫人起居 并序

太石名巖滁州朱龍橋人也舉壬辰進士官戸
部主事癸巳春與吾輩共救趙考功南星謫爲
州判尋卒

昔年予歸來關山有太石今日子邁往朱龍無太
石如何轉盼間幽明倏旦夕死去何所知奈此高
堂白室內守空幃念之悽惻百爲我問靈几精氣
誰與宅人生終會盡彭殤亦安擇化作莊家蝶隱
几論今昔

觀省朱先生辱有誨言口占報謝

洞口談心幾十年勘來還在利名關於今領得仙
翁指竟日忙中竟日閒

葉少空茂才

字參之號乎室晚更閒適已丑進士除刑
部主事改南京工部摧關蕪湖課登輙縱
民舟去旣而課羨請以數千金餉邊卒不
取一錢且疏曰久旱始通故有羨請不爲
例進南吏部郎中請告歸起歷南太僕少
卿時御史唐世濟湯賓尹韓敬之黨也疏
斥建言諸臣陰詆發敬姦弊者先生上疏
爭之不報黨世濟者因群起攻先生先生
請告歸天啟初再起太常不赴四年擢南
京工部右侍郎甫三月致仕先生通籍四
十九年在告講學東林稱東林八君子意
所不然不爲苟同高忠憲公殉節竭力免
其子於禍家貧苦節以布衣蔬食終其身
崇禎初卒賜祭葬如制明史有傳邑志列
儒林傳所著有與至吟

小像箴 并序

人生宇宙間第以形論與動植之物等耳惟有
超乎形者在乃能參三靈萬不死不生與造物
相終始余懼鬢髯徒具至道罔聞軀殼如存性

靈靡著異日無面目見諸友於東林也爰系之

箴箴曰

爾貌甚臞爾性易薇志在破愚業因病廢甲子既
周望洋未至何以圖終夙夜自艾日暮問途難容
緩轡飢食渴飲勿等兒戲寵山一脉稟承不二俗
學浮靡入趨爾避思過省愆涵泳道味友朋切劘
日新月異何論顛沛何論造次壽考福澤惟天所
畀恭敬温文惟爾自治形匪委形天性乃備庶其
全歸無忝厥志

聽松閣擬陶

道勝無喧寂心遠境自超况聞松風清如奏咸與

韶泉聲和松韻山色增松標雲來弄松影月出嬌
松稍應接不能暇此景誰能描我本淵明徒未肯
輕折腰半載滁陽牧脫屣辭清朝願爲山澤臞避
地依僧寮鴻磐樂衎衎蠖屈亦囂囂囂非遠俗
在俗心逍遥塵襟日以浣靜理日以饒歲寒與君
盟因之訪松喬誰爲後來者相與㵎山樵

題鏡湖尤公雲鴻館和薛以身韻

祿仕高堂意遺言忍重違囊琴攜鶴去投檄棄官
歸諭蜀才名隱廻車孝行推敢云江似錦不汨老
萊衣鏡湖謁選得蜀之邛州别駕不敢奉遺體遠渡長江竟拂衣歸其所重可知也
萬卷貧猶富三巴樂亦違途危陽勇退鱸美翰思
歸詩禮忝知繼文章太史推誤隨鵷鷺侶亟返薜
蘿衣鏡湖尊人廼溪先生官東粤忝知爲一時文學術艮之冠鏡湖詩禮文章皆忝知遺鉢也

送傅少尹遷王官歸蜀

塵甑懸魚誦古人于今喜見傅徵君一文自矢官
無玷萬戸人稱邑有親舟泛錦江惟醉月身歸烏
道只餐雲還家願祝靈椿壽共醉羣仙八百春

閱華長白雲郵詩不覺欣賞遂破戒小吟

傲吏逍遥五石舟嘉名呼取水雲郵片帆滿挂追

奔馬柔櫓輕摇狎海鷗閒訪仙翁忘去住偶同漁
父轉夷猶但將山水娱清暇不學鴟夷載女流

赤壁懷古

炎劉鼎沸各紛爭烽火連天競甲兵剩得元黄龍
戰色山光猶帶火雲横

咏荆卿事

匕首攖胸勢正危牽衣袖絶豈人爲若尤劍術還
疎晚博浪如何也誤椎

尤别駕鏜

字伯聲號鏡湖晚號耕石釣井叟太學生

除卭州州判不赴一時輩下名流皆贈以詩既歸里江二周爲築雲鴻館葉參之爲作記叟工詩古文辭尤工駢語博學强識弱冠即與張與時孫以德輩七人爲同心社後改入惜陰社共廿四人此社最久自嘉靖庚申至萬歷癸未始散而叟獨後存隆萬間與劉子延昌祚王用卿國賓武進吳子道中行泉州洪懋庸有秩丹陽楊元卿茂春稱六子著有紅葯集鏡湖停釣書八十卷酒志百六十五卷護篇編三十卷

稽制錄二百卷毘陵先哲傳邑志補遺無錫山水志梁溪雜事今梁溪雜事有鈔傳者而倪之熹謂其於龔方伯許孝廉兩公顯加譏刺不特與志相反并與顧高兩先生傳記不合余嘗綜而觀之憮然曰程子有云君子之於人當於有過中求無過不當於無過中求有過叟往矣其亦聞是言而悔乎至其有據者可補邑志所未備其詩多散軼茲即於梁溪雜事中錄二首

憤歌

嗟予生之不時兮胡與世而相違恒修容而整儀兮輒遭尤而罹非予惟正言而弗僞兮謂予心之君惡也予惟憂君之迷於貨財兮謂予心之嫉妬也予惟爲君之修名兮謂予之不君助也予恐危急易觸怒兮毎擇言而後發下氣怡顏以低聲兮遭君叱咤而不悅予懷耿耿不能放兮胡君心之不察九月半兮暑氣微凉風生兮黃葉飛唧唧一聲哀鴈歸夜久生寒雨霏霏頑鼠求竊撼予扉百憂叢心萬感齊破被蒙頭瘖嗽噓雨收風寂兮月照我窗笛聲斷續兮遥落我牀霜露濃兮草木黃

予心輾轉兮不能忘我思古之人兮毋正已而物物上可悟兮下可率靡不感人於倉卒彼胡巧兮予胡拙將予心之不端歟乃予意之未誠也將予衷之或狹與乃予心之不明也將予氣之狠戾歟乃予說之不精也將予色之弗遜歟乃予言之或輕也嗟予總角志道兮亦欲以古人自期恨幼孤而不聞庭訓兮力行未幾而已疲一心兢兢不自持外施寡而內欲滋大道險而蹶我蹄鴒原之戚莫予知靜言思之予心悲氣結胸兮愁蹙眉心悶悶兮時欲叫呼年渝壯兮歲月將徂予心無惡兮

胡落落而寘徒子將熟煉九還兮易艾顏而換枯
骨瞬息周游乎八極兮乘罡風而擘雲物神與物
而俱化兮䟘此身其如贅下睇末世之逐逐兮予
亦安忍棄之規我喻我以至誠兮予亦安忍廢之
率意遠思無一安兮予胡爲而後可予亦修已以
俟死兮期盍棺而無情

夜夢游泖忽遇奚子道執手唏噓曰弟勿死我已活矣命予吟一詩既寤思之半是昔人殘句

我生自恨不得死兄死而今得更生十五年中憶

兄淚都無一點爲私情

葉山人之芳

字茂長號大浮山人著有雪樵集與安茂卿偕隱廖山以能詩名好使酒罵坐鄒彥吉以爲賓客外相延重而心實苦之其人亦豪士也

入新安溪

可怪新安水舟從石上行不風秋暮冷無月夜深
明古木何年偃危湍幾處驚千尋猶見底首數越
江清

宿景光甫書齋

白露下疎厲蕭條秋夜凉入門君未寢明月在藜
牀貧賤原同病飄零祇獨傷不堪聞蟋蟀久已怨
離鄉

花津

谷口流鶯亭午聞春深潭上氣氤氳武陵仙路尋
難入千樹桃花萬疊雲

虛籟堂

嗒然子綦卧心與靈區忘不知寥廓中清籟如笙
簧耳之忽無聲下見澄潭光

迴梁

青陂迴復直朱梁曲帶斜波底見人影藻間明日
華藤花夾岸落風吹上别槎

雪舲

月色波光映翠微不勝寒氣上秋衣扁舟宛向山
陰道風竹蕭蕭雪夜飛

黃巖道中

黃葉蕭蕭下翠微寒風歲暮薄征衣飛泉當路馬
蹄濕落日半峰人影稀作客漫分香積飯隱居空
慕首陽薇兹山洵可供高卧何必江東泛棹歸

靈江舟中

赤城東去水瀠洄無數寒花夾岸開越國青山臨海盡靈江白雨挂帆來舟中客淚隨楓落天外鄉心逐雁哀如此蕭條衹須醉已知濩落不論才

壬申十一月十日留別吳虎臣

久依何忍去遠別自難任有感蘊卿淚無忘鮑子心亂雲寒雁斷落日暮猿吟千里一長鋏蕭條返故林

安上舍紹芳

字懋卿號研亭國子生試不利乃棄去一

意爲詩歌古文與王元美李臨淮結社列後七子中著有西林集行世所居膠山西林廣池十頃帶以華薄曲橋飛樓羅置圖書彝鼎有精鑑每四方名流過從文酒流連歌吹閒起至忘日夜常自爲西林纂王元美爲之記懋卿善畫得黃大癡法今亦罕靚矣鄒彥吉有追憶詩曰翩翩茂卿其人如玉荆璞在抱和氏刖足連城徙擁窮途躑躅改業稱詩珠璣爛目文圖虛架糟邱罷築膠山之旁隴草一束

西林三十二景　廿八

澉澉泉

刈芝蒼松根觸石得鳴玉泠泠澗底聲瀉破寒蘿綠抱甕出雲中夕陽下西麓

蘭巖

芳蘭冐幽石淸芬散巖阿相思隔美人紉佩將如何庶保空谷姿幸免當門鋤

石道

石道蒼翠間𥨊窕絕塵鞅麏鹿日以驕薜荔日以長獨有青巖雲倏忽自來往

花津

水上春霞明花開幾千樹不是避秦人人疑避秦

處薄暮漁郎來迷却花深路

一葦渡

夕陽下前溪西風吹野渡不見折葦人獨立蒼茫暮隔岸叢林間知是寒山路

息磯

垂綸非羨魚聊復亦爾爾不知紅塵中何處無芳餌却笑磻溪翁老與人間事

虛籟堂

結茅空山中寘心契元寂時聞虛籟生復聞虛籟息倦閒齊物篇高枕青山色

雪舲

千林積雪明孤舟獨垂釣但覺簑笠寒不辨峯巒峭疑向剡谿回迷却山陰道

過文博士壽承官舍

院靜同僧舍坐來生道心青瓊一官冷白髮兩都深案有琳琅色墻垂薜荔陰自慚求仲侶載酒日相尋

夏日盛仲交蔡世卿潘孟深過訪道院得開字

白日破松影仙人何處來無書三載別不約一尊開竹裏猶龍宅花間欵鶴臺還家路不遠莫誤說天台

青谿社會席上賦得五柳亭

羡君棲遁處一徑野烟深種柳全依水爲亭恰受陰藏鶯催喚酒掛月候鳴琴千載柴桑客寥寥共此心

金陵送康裕卿還北平先是裕卿護其友人朱郎中喪南歸

客散朱家後憐君意獨傾片言酬死誼萬里見生平慷慨誠吾黨艱危媿世情長歌白門道相送一

沾纓

烟雨樓晚眺

客思高樓上蕭條送遠春湖光不受月市酒易醒人天際吳江盡帆前越語新萬家烟浦外何處問迷津

漂母祠弔古

重經淮水畔搴藻薦荒祠望報洵非德論功寧弗疑已知眞主在何以假王爲千古英雄恨惟應阿母知

舟中望金山

掛席經孤嶼躋攀惜未能塔喧棲嶺鳥窻倚聽潮僧烟淡暮一色樹凋秋幾層旅程應可計遠浦見寒燈

寄姚先生

絳帳談經志不違十年回首跡偏稀吾曹宇宙還看劍夫子風塵獨掩扉句裏蘭芬千古契山中茶夢幾時飛（先生自號茶夢山人）招尋一水頻成阻獨夜霜天禮少微

天平山謁范公祠

名賢祠下寒烟暝野寺臺前秋草枯過客不堪回

馬首土人猶自說龍圖林疎落木峯峯出石揷懸崖片片孤無限壯心悲往跡獨看斜日下荒蕪

夏日山齋答彭文學見寄

看雲長日獨蹣跚靜掩柴關野與孤柔影乍稀蠶欲老芹泥時點燕將雛高標向是神交切佳句今令病骨蘇何處相逢定相慰百花洲畔酒堪沽

夜泊任城

濟水湯湯不斷流獨憐無處着沙鷗孤城欲下楊朱淚斗酒平臨李白樓客夢半船雲傍枕鄉心一片月當頭行藏總爲山川負花落殘缸老荊榛

同黎惟敬童子鳴遊韋氏園亭

策馬垂楊十里來亂雲深處隱莓苔水邊散吏行春去花外中官較射回隣寺有僧能載酒名園無主獨登臺習池韋曲風流遠今古登臨一愴懷

劉仲修憲副席上送王仲房山人南還得峯字

五陵落日起歌鐘尊酒西園惜別蹤作客衣裳餘薜荔向人肝膽脫芙蓉青山不爲移文去朱邸誰當結襪從歸逐樵漁尋舊隱桃花流水占孤峯

過陳子野明府話舊

把袂相看意惘然風塵爲別幾經年寒花自滿幽人徑秋水初停客子船楊柳再攀空是恨鶺鴒重典不論錢燈前往事那堪說月落江頭正可憐

乙亥元旦

蕭條村巷寡逢迎竹裏椒觴秖自傾不厭青山江上色難禁綠鬢鏡中情疎梅樹樹驕殘雪弱柳枝枝待早鶯憔悴虞卿塵滿榻閉門空負著書名

惠河泛舟重送童山人

笑逐仙帆惠水濱白雲天畔一閒身東都門外人如蟻盡指先生折角巾

燕山得家報因懷先兄志感

搖落霜天鴈影重飄萍猶自任孤蹤鄉愁轉爲鄉書劇和淚開緘少一封

談信余修

字思永號信余晚自署梁溪無名生嘗修復惠山小洞勒石牆中鐫唐張祜小洞穿斜竹重街夾細莎之句鄒廸光爲之記云思永有直節抗爲流俗不與時抑揚修復古業其緒餘也思永纂惠山古今考又有無錫縣學筆記

郃文莊公惠山講堂廢址自註講堂公有遺筆今移建一主於

黃阜

誰識談經處文莊舊講堂老僧藏有牘新燕蓬無梁絳帳空寒雨蒼苔冷夕陽客來尋故跡惆悵小滄桑

顧秀才道淳

字嗣美號南陔諸生先洞陽公冢孫後山公長子於書無所不窺著有二十一史大事記二十一史分類二十一史忠孝節義錄經史摘奧十三經忠孝節義錄三經闡

秘歷朝紀元錄異姓錄二十一史日抄自訂詩集七十餘卷舉鄉飲賓年七十六卒所著書盡燬於火無一存者至孫宸以辟彊園著名天下

讀思永以唐張祜題惠山詩勒石重街小洞之陰與諸弟同賦

山扆透迤蕭寺西一枝藤杖漫相攜涓涓泉響聆幽洞細細莎深認故蹊勝蹟不隨今古變物情祗覺去來迷昔賢留詠歸何處却喜新碑勒舊題

顧秀才道涯

字嗣登號瞻來諸生先後山公仲子

題小洞重街詩碣同兄南陔

寶剎當年屬詠題磨崖新勒昔賢詩靑山轉競千秋爽白雪長餘萬古思僧鉢久空燈少續石田多裂澗全移行人欲問重街跡駐馬松間看色絲

顧上舍道泰

字子開號少糸國子生後山公叔子多與孫柏潭鄒愚谷諸先輩倡和著有鳳畦集

感遇

託跡寓闤市擇里罕其仁東家盛庾廩西舍饒奇

珍一爲俗所希羣物響然臻寥寥仲容室曲突寒無薪庭柯結廣蔭逕艸敷重茵當戶樂琴書意氣常自伸親知爲余言念子胡然貧執鞭苟非辱曷爲辭苦辛深感君所諭吾已達其因多財豈無患惟德必有鄰勗哉先師訓永願垂諸紳

旅書

空庭吟步晚蕭條展齒鏗然破寂寥平野冥烟浮靉靆隔城寒嶺鎖岧嶤詩名老去隨人說俠氣窮來轉自驕世道式微吾道貴不妨蹤跡寄漁樵

六十

高穹漠漠渺無垠俯仰浮生迹幾陳窗下竹書聊紀歲鏡中蓬鬢又經春難禁忽癢屠龍技可怪猶強躍馬身躡屩披裘聞自慰江湖垂老復垂綸

七十自述因呈見顧諸公

不堪遲暮已稱翁潦倒頻年萬事空家住九峯深曲處身經三世太平中詩工琢月思偏細辯擬談天氣尚雄牘有牀頭孤劍在待逢嘘拂便成虹

六世祖南邨公詩

邑志者碩傳摘敘於此顧道潔字嗣白諸生工詩古文年甫艾輙謝科舉屏居南邨

別墅與從弟冶相唱酬簡棄塵俗惟讀書鼓琴用自娛悅葢公深於琴理未嘗斯須去身嘗曰靜坐安絃調攝情性吾復何求舉鄉飲賓卒年八十七後山公季子也

山齋

霽色逗林際山雲澹然醒此景人罕知天以貽不佞披衣臨前軒延賞歷松磴宿雨時復聲點點入秋輿羣籟未動先光明發孤負稍待東方升翔烏亂鐘磬三十六天上不垢豈不淨靜觀氣化神銀河波始定

蔡君謨即惠山泉煮茶詩歐陽公稱其極有古人風格余暇煮茗泉上因用其韻非遂偷其格律也

文章本天成偶與作者遇此泉與此茶兼賞此翁趣兩兩相奏發一一得呈露胡取旗與鎗可以揣百慮百慮不敢入秋聲出深樹日日泉上來此意偶一悟

世叔弟自吳門歸過別墅留宿

昨日南山雲緣江一吞吐今日農入城湖田半尺雨我弟吳門來喜心縱烟觴汪汪太湖波沃此三

州土既有風送帆復此雨清暑鮒魚入我綸胡麻爲君煮涼夜茲連牀非關客星聚元亮伊何人高吟動懷祖湛湛空宇光攬衣觀太古

卜宅

蕩舟碧雲西風淪曳文縠隱隱聞村春山痕欲平屋巳識寒濤廣誰知復溪曲傍郁帶春島涉澗飲黃犢我有太古心擬此遂幽築

顧隱君冶

初名祖美字世叔號曇潭九霞公第五子

邑志隱逸傳云世叔篤行有文生長紛華

西觸熱栗水船擔簦秣陵走騎驢不誰問但掛百
壺酒曉蹈長干花水餐後湖藕歌重鳳臺悲禪向
牛頭剖下上報恩塔崚嶒級逾九大江盪我前飛
鳥落我後貝闕薄雲霄珠燈亂星斗倚醉入平康
狂叫斷門牡吳人正彈箏小史或擊缶侍兒爲解
酲蛤烹雙葉韭快意謂可窮浮名又何有壯遊渺
難再紅顏忽以醜那知摩空鶻乃作喪家狗全軀
忌修潔涵俗宜含垢介子苦焚骸終將及賢母伯
鸞力任舂幸而得佳婦婦也本貧女旦夕親井臼
母既隱瀨陽頗惜心肝嘔未能舍鳥棲聊復藉鴛

梁溪詩鈔 卷十 四十二

偶萬事隨東流孤懷散南畝日月寧相待藥餌不
去口小女嬌八齡刺繡誇纖手小兒倍四齡畫書
頗敵帚不審龐居士兒女若此否幻影眞贅疣外
物盡駢拇兎狡遂蒙罝魚潛亦在罶當其牢落時
志豈忘澤藪一投機械中便與死爲友烱烱性靈
根歷刼曾不朽迷悟本由人化工無薄厚黑風吹
羅刹白業生虛牖往者艮已左來者猶堪右廻光

老禪林蒲團寄抖擻

山妻頗閑釀事既熟桂漿喜而醉月

甕頭春酒熟纖手瀉秋霞憒鼻眞堪着鷦鷯徒自

心厭之而避溧之投金瀨又不喜避而之
吳之皮市又不喜則時時寄居浮圖老氏
之宫敝衣破履率意去來不修禮容對人
非故知未嘗出一語人亦無知之者按一世
時名流投贈詩最夥如王元美世貞胡元
瑞應麟歐楨柏大任梅禹金鼎祚秦虹淵
梁王子幻叔承鄒彦吉廸光安懋卿紹芳
沈君典懋學華玉川善述其詩皆載家乘
兹集不盡載錄其一二鄒彦吉壁喚道人
歌云顧君二十事捜討落筆驚壇人絕倒
𡘜雲詞賦馬相如璧玉丰姿衛叔寶漫道
功名不足取黄金印綬拾如草隋珠和璞
識者誰出世那用章縫爲金鞭蹀躞青絲
騎玉笋懵騰白接䍠文心酒德無不有八
斗詩名䌓人口高歌擊筑不停聲徐七吳
鈎長在手自言王謝有門風才子何人出

梁溪詩鈔 卷十 四十三

吾右中年氣盡雄心死恥向人間說公子
累日不盥亦不櫛閱世無非亦無是十年
去家始一到絕勝龐公往桑梓吁嗟顧君
眞太奇不慕金門白玉墀不隨道士尋安
期竭來自號顧曨啞三字之關人不知吁
嗟顧君眞太奇王元美贈詩云里門冠蓋
擬天津南阮由來不厭貧從他廢箸兒曹
事似汝潘書我輩人沼上墨花堪染練堦
前帶草欲成茵肯爲辟疆公嘗曰來路如
容徑造那將蠟屐比朱輪

人遊山去路如人下山若醉歸則下時不
同遊時若醒歸則下時不異遊時君子以
爲格言見西神叢語

溧上作

吾生甘放棄激烈空山吼憶昨萬歷元改歲實癸

睒寒香紅桂蓝露氣白蓮花醉舞揮明月娑娑斂影斜

責子

乞市四三載生兒十九秋試嘗句踐膽堪白子胥頭畫虎馮人笑雕龍漫自羞囊中能避世將汝壘糟邱

小寒食展先君及叔氏墓時卜居未得愴然有作

漸投龍忌倍悽然雙冢纍纍掃曙烟落魄自慚無白社歸魂相見已黃泉風悲宰木心俱折雨滴椒漿淚更懸飄泊五湖從此決忍將母隱換綿田

顧秀才道瀚

字嗣海諸生先洞陽公孫

送伯穀北上應試

王郎俠氣貫江東躡屩侯門處處逢湖海一裘偏骯髒風塵雙劍拂芙蓉衣雄漢氏稱司馬才駿雲間識士龍如此少年堪載筆承明還遲譯奏封

受業周　夢蟾　貽吉校

梁溪詩鈔卷十

梁溪詩鈔目錄卷之十一

梁溪詩鈔卷十一

梁溪顧　光旭　華陽氏集

明

高忠憲公攀龍

字存之世稱景逸先生萬歷已丑進士出趙儕鶴先生門累官都察院左都御史崇禎初贈太子少保兵部尚書謚忠憲公初官行人四川僉事張世則進古本大學詆程朱章句之謬請頒行天下公憤抗疏力駁其謬其書遂不行侍郎趙用賢都御史

李世達被訐去位公疏劾大學士王錫爵末力詆鄭材楊應宿讒諂宜黜應宿亦疏訐公語妄誕鐫應宿二秩謫公揭陽典史天啟元年進少卿明年疏劾戚畹鄭養性詔責公多言然卒遣養性還籍孫慎行以紅丸事攻舊輔方從哲下廷議公引春秋首惡之誅歸獄從哲尋改太常少卿疏陳務學之要因言從哲之罪非止紅丸其最大者在結交鄭國泰父子所以謀危先帝者不一始以張差之梃繼以美姝之進終以文昇之藥從哲實左右之討賊則爲陛下之孝而說者反曰爲先帝隱諱爲孝等語時從哲輩與援甚固摘疏中不孝語激帝怒將加嚴譴葉向高力救得免旋改大理少卿鄒元標建書院公與焉元標被攻公請同罷詔留之進太僕卿擢刑部侍郎尋拜左都御史崔呈秀按淮揚還公發其穢狀呈秀窘急走忠賢所乞爲義兒遂摭謝起祥事謂公黨南星嚴旨詰責公遂引罪去南京御史游鳳祥出爲知府許公挾

私排擠削公籍呈秀猶恨不已竄名李實劾周起元疏中遣緹騎往逮公聞周順昌已就逮乃作遺表曰臣雖削奪舊爲大臣受辱則辱國謹北向叩頭從屈平之遺則肅衣冠自沉於池事載明史本傳公輯朱子節要倣近思錄例作日省編以先儒切要工夫分附大學章句下爲初學指南又集崇正編以先儒諸書中所論儒釋分岐處彙成一書以端學脈久之忽自念讀書雖多不甚得力者尊德性功夫少也當分日之半讀書半靜坐爲涵養德性之地馴至平旦清氣時即摒衾危坐精思閑邪存誠句覺當下無邪渾然自誠更不須覔快然如脫纏縛從此反躬實踐會友談心無非是物不自知其情之適理之親也至

共自驗進學之序則曰吾至丙午方信得孟子性善之旨至丁未方信得程子鳶飛魚躍與必有事焉之旨至辛亥方信得大學知本之旨至壬子方信得中庸二字之旨至此覺得天地間道理只是停停當當一箇中平平常常一箇庸有一毫走作便不停當有一毫造作便非平常本體如是工夫如是靜中看工夫動中看本體工夫未是靜中作主不得本體未真動中作主不得學無動靜無動無靜乃真靜也

水居存四六首

微雨乍過好風徐來游雲斷續衆峯皆開歡然撫景盡茲一杯世事如積亦已焉哉

薄暮登樓四望遠疇時雨旣降農人乍休乳燕來止遊魚出遊萬族有樂吾亦無憂

涉世愈拙入山宜深踽踽空谷悠悠長林支頤一卷掛壁孤琴游目閒雲傾耳鳴禽

清晝掃室中宵擁衾無象之色希聲之音嵒譽可遠陰陽不侵雖乖通理爰得我心

夏時閒居

長夏只靜坐終日無一言問君何所爲無事心自閒細雨漁舟歸兒童喧樹間北風忽南來落日在遠山顧此有好懷酌酒遂陶然池中鷗飛去兩兩復來還

水居三首

宇宙何終極吾念有所止旣罕百歲人所營一樂爾禽魚藹可親湖山斐有旨引酒召元和觀書悟無始在昔稱達人往往契斯理俯仰常泰然此樂庶可恃

少敦詩書好長嗜山水娛一朝謝簪組而來居菰蘆靑山當我戶流水遶我廬窗中達四野喜無垣壁拘桃柳植長堤菱荷被廣渠徒侶有漁父比鄰惟田夫虛堂白日靜恍若游黃虞兀兀日趺坐忻忻時讀書會茲動靜理常得情性舒恬然以卒歲去此將焉如

道人不識憂曠然罕所慮胸中有奇懷常得山水助時乘酒半醺或値聽初寤獨往恣幽尋欣若有所遇有時深林行穿徑忽失路有時湖上歸看雲忘所務凝目孤鳶歸傾耳細泉注所造趣未極原隆任昏暮非關耽淸娛會是秉遠慕閒心始造理忙意多失步嗟爾行道人迫迫焉所赴

庚戌立春日月坡初成

浩浩月初上月坡正受之以我無營心當此獨坐時爲籌世中事無樂可代茲長林寒風息春氣藹如斯萬族各萌動我心豈不知俯視方與靜仰觀

員象馳靈襟既無際一形安足私持以昇大鈞禦
悴非所思

山居

城郭多塵事入山意始豁炎暑絕尋遊芳園轉閒
潔拂簟卧看雲漱泉滌煩熱疎林來遠風虛堂入
新月湛湛無交心端居見超越百營良有極庶以
善自悅

幽居四樂

我愛管幼安蕭然一木榻詩書有餘閒戶庭無塵
雜四海若沸糜吾獨深閉閤自抱獨往志難與俗

妄合辛勤海上歸眷此舊井邑徵書何爲者莞爾
笑不答
我愛陶元亮採菊東籬時悠然南山意怡悅心自
知北窗睡初起讀書忽解頤正爾得樽酒日夕歡
相持
我愛邵堯夫緬懷發清吟當其在百原危坐必正
襟會此九中理寧受外物侵心空百慮息氣靜天
根深爰以風月談聊見羲皇心
我愛陳希夷神遊帝之先空山石壁下谷口飛泉
邊結屋傍叢竹開戶當清漣麋鹿遊堂上落花滿

庭前幽人在何許松下方高眠

靜坐吟

我愛山中坐恍若羲皇時青松影寂寂白雲出遲
遲獸窟有浚谷鳥棲無卑枝萬物得所止人豈不
如之岩居飲谷水常得心中怡
我愛水邊坐一洗塵俗情見彼逝者意得我幽人
貞漠漠蒼苔合寂寂野花榮潛魚時一出浴鷗亦
不驚我如水中石悠然兩含清
我愛花間坐於茲見天心旭日照生采明月移來
陰栩栩有舞蝶喈喈來鳴禽百感此時息至樂不

待尋但會個中意不撫無弦琴
我愛樹下坐終日自翩躚據梧有深意撫松豈徒
然亮哉君子心寧爲一物牽綠葉青天下翠幄蒼
崖前撫已足自樂此味無言傳

潮陽縣觀海

仲尼欲浮海吾亦來海濱不作放逐客誰能得閒
身澹澹風日和蕩滌怡心神一笑萬象閒偃仰得
其眞快哉此日樂可以擬千春逝者只如此世事
何繽紛安得無家累終焉此垂綸

輿中

輿中何所務得已聊自娟𥁒道一何遥圓景去如鶩前途有佳人麗服策名驥輕風吹遠芳望之不可企遠望欲何為行行慎吾事雲斂山氣佳風定水容粹所以至人心貞吉在不二妙處絕幾微如醒半如醉自得此中元萬事皆如棄其元本無邑君子以為貴

薖居 有序

余薖居揭陽官舍幽清庭有盆池池有竹石榴前榴花灼灼不絕樹間小鳥交交弄語長至後謝病杜門益無往來終日靜坐讀易誦詩月明

靜夜則活火焚香撥琴三弄意興既盡恬然而卧蓋從容乎樂也賦詩志之

自昔悲羈旅局促詎非迷丈夫志四方高棲豈荆扉昭曠苟在懷憑運與委蛇嶺海何必惡四時有丹荑我來一甲子卽事多所怡華館絕塵鞅水木澹幽姿好鳥時一鳴靜蘊流天機縱心八極外蟄心在幾微歷覽千古書此理不吾欺被服誠無斁眞賞欣自知持此以永念可用忘棲遲自非高堂戀鹿門乃在茲

魯兩生

吾愛魯兩生面折叔孫子洒然拂之去身隱名不紀是時風雲際豈不願膴仕重道吾所聞迫曲有深恥鴻鵠摩蒼天蘭杜娟清沚從此謝世人聊以保厥美

登華頂峯遂至石梁斷崖觀瀑布

晨策凌絕巔夕棲入深谷攢峯插天表飛瀑落地軸忘險驚前賞上下騁極目春風澹沖襟朝曦散輕燠深桃點澗紅弱柳抱溪綠想見桃源人胡麻飯應熟神仙不可期採已自足欲歸來守蓬蓽念此娟幽獨

送長州守瞿元立

秋至林薄佳幽人自怡悅閒尋山中侶偶坐松下石一酌清泠泉滌茲當午熱自餘無一事於性有至適云何同心人簡書迫行役我欲賦招隱言念斯民厄以君之操持所至有膏澤嚚訟可不聽宄惡當斬絕六言舊王章勿惜時提挈誠然振五品何必恃三尺郡齋有餘閒卽是林間客得意且歸來共泛五湖碧

弢光靜坐

偶來山中坐兀兀二旬餘澹然心無事宛若生我

初流泉當几席衆山立庭除高樹依岩秀修竹夾
路疎所至得心賞終日欣欣如流光易蹉跎此日
艮不虛寄言繕性者速駕深山居

落日在平野悵然懷千秋緬彼臨安區當年棲王
侯樓臺何鬱鬱冠蓋紛相酧一朝世事盡百代成
荒邱徒存指點跡令人心悲憂何如蓬廬士偃息
岩壑幽圖書共朝夕花木遞春秋觴酌洽朋好卧
起覩鳧鷗豈不念世故中心自有求生有無窮娛
既沒名長留

蔡覲察貽余禪衣成夜坐詩寄謝

長林寒風厚斗室霜氣侵珍重故人惠有衣亦可
衾中夜每起坐春溫解重陰明月入我戸流光照
鳴琴念彼世中人異調難同音頓使羔裘賢難執
遵路襟思君三歎息付之一悲吟萬感旣刋落一
息自深深乃知人心妙晝夜當溫尋感君衣被意
示我禪寂心獲此領中珠不啻腰纏金欲悉此中
元何時來盍簪

書徐定齋先生卷

黄虞日已遠嘆息淳源滴空谷有徐翁其羽可爲
儀孝弟秉至性純白中無岐稟兹先民範允爲時
賢師末路念壽堂好爵棄不靡蕭然衡門下高風
令人思豈無公與侯榮華耀當時一旦壽命盡遂
同秋草萎孰若姱修士芬芳揚來兹所以明哲者
辨途愼所之介焉從其好不爲世人欺

考亭恭謁　朱夫子

束髮自黽勉所志非浮榮辨途愼所之擇術居其
貞巍巍雲谷翁紹孔明六經羣書萬卷破奇功一
源并自從子輿來倬絕莫與京如何取徑子繁紘
亂中聲計身亦誠便畔道非所寧我來拜闕里（考亭爲南闕里）齋心矢其誠歸軫探神輿發軌謹門庭志

道而不豫聊以拙自成

湖上閒居季思子往適至

正爾山水閒念吾烟霞友春風吹微波日暮倚楊
柳我友惠然至童僕喜奔走相別歎經時相逢慮
非久所歡得晤言欲言仍無有默默各自怡一室
閒相偶夜深不能寐明月在東牖

登子陵釣臺

西京亂有象弱士鬱不揚鄙哉逋津子奄奄孔與
張謙默聊自衛貞剛乃銷亡士氣日交喪國勢遂
不强爲彼蟊賊貧其心實先傷卓卓嚴子陵抗志

輕侯王爵棄去上國垂釣來崇岡高風一以振芳躅斯亦昌龍門旣搆患驥尾皆流殃不惜一身死思爲後世方曹瞞正經營沒世空彷徨寧爲力不足直以名義妨遐知姱修士於世爲隄防

芙蓉

芙蓉臨淸水露下顏色冷山齋人未眠獨步月中影

陂光山中雜詩

開窗北山下日出竹光朗樓中人兀然鳥雀時來往

晏坐不覺暝明月上東閣相對兩悠然時聞木葉落

種竹

自將山竹種豈望便成林一竿明月裏聊爾步淸陰

枕流

春澗鳴幽鳥春花欲滿山不知人世事一枕石泉閒

水居漫興

柴門春掩寂寂小樓臥起徐徐朝來公事幾許過橋東岸觀魚

蟬聲參差高柳荷香遠近芳塘一榻涼風午睡半卷殘書夕陽

綠樹遮山有態白雲過水無心一窗半開半掩四月乍晴乍陰

黃葉疎疎門巷寒風淅淅蒹葭人在小樓隱几夕陽忽度昏鴉

馬鞍嶺上振衣黿頭渚邊濯足一任閒往閒來笑殺世人局促

平沙漠漠兩岸流水灣灣幾村輿至便呼葉渡歸

來不掩柴門

臨水閒心便遠見山塵慮都消此間盍者三友一琴一卷一瓢

和葉參之年兄過東林廢院

蕞爾東林萬古心道南祠畔白雲深縱令伐盡林間木一片平蕪也號林

賞花 三月初十日依參夫花影韻

世事可虞得與諸公把酒看花幸矣更冀明年此日長共此花詩以祝之

春風無恙一登臺猶見桃花滿徑開無計可留花

再住明年花發約重來

庚子秋日同友水居靜坐

兀兀何爲者朝曦屬夕陰六經疑處破一氣靜中深霄漢孤懸榻乾坤壯合簪五湖秋色滿相守歲寒心

戊午春月朔登嚴子陵釣臺

桐江一片石千古白雲橫世亂無寧宇岩栖得此生漁樵亦偶爾富貴豈吾情寂寞空山士安知後世名

水居

此地眞堪隱經過豈厭頻空庭雙樹老孤坐九峯親水遠烟光淨花深野色新春蔬滿田徑久客不憂貧

乍雨洗庭柯斜陽到薜蘿讀書聊散帙看竹偶經坡鳥下山初暝月來池欲波幽情無着處呼酒一高歌

望湖亭坐月

樹迴籠烟合湖平印月空片砧傳遠谷一鳥度高風妙悟世情外眞機獨坐中物交吾不役轉覺此身雄

靜坐

靜坐杳無念臨流望遠天浪花回復破雲氣斷還連狎水輕鷗去摩空野鶴還如何此時意不得向人傳

清流縣登高

孤城斜抱碧山隈此日登高遠眼開萬壑欲浮秋色去千山似擁客愁來白雲縹渺迷親舍烏几蕭條舉客杯卽擬陶公賦歸去衡門高枕長蒼苔

九日無朋自整冠南山相對且加餐小樓鴉雀荒村暮近渚蒹葭落照寒四海風塵雖肋破百年身世馬蹄殘遙思兄弟斑衣晏浮白持螯興未闌

水居 八首 存四

有客風塵歸去來兀然孤坐水中臺九龍山似翠屏立五里湖如明鏡開春雨蕨肥菰米飯秋風鱸美菊花杯蒹葭白露伊人在悠向江天一快哉

獨坐孤亭四望寬夜深明月浸溪寒歸來山色如相許老去秋風展自安萬事雲霄看燕雀百年天地有金蘭尸居未可言匏繫屈指山林事亦難

聞道今年暑倍常湖干草閣夏偏涼未須岩谷千山裏聊爾菰蘆一水鄉永晝擁書惟閉戶中宵抱

刹只焚香無端時論紛紛甚卧聽蛙聲遍野塘
何事驅車淄洛塵閒來烟水味逾眞寒塘古岸五
衰柳落日秋風一老人兀坐寞然天地古觀書怳
爾性情新未須蒿目憂時事聞道明君信直臣

讀白雲怡有序

許侯同生之令吾錫也期月而錫大治其政多可法於百世其人不能悅於一時卒以謫去侯去而入冷局閒局無不樂也余得其白雲怡玩之不能去手或曰子何嗜之深乎曰是世間安樂法也取之世者至儉用之身者至裕可貴可

賤可貧可富可夷可險無不可樂得此如白雲在太虛中物不得而干之矣爲賦白雲之章

爲蓋爲車幻不同如羊如虎變無窮都將成壞千
秋事看入閒雲一片中碧漢卷舒常捧日青山來
去只隨風至人自解浮雲意一笑人間萬慮空

同卯平叔至孝亭謁　朱夫子依韻和見貽之作

宋室多賢空白頭考亭晚節一滄洲立身須作中
流柱處世渾如不繫舟林鳥山花皆足樂朝烟暮
雨豈關愁與君四十年來友肝膽頻傾見此遊

瓜步逢夏繩北吏部次吳興茅孝若太學韻

相逢逐客有光輝誰謂同人海內稀白社酒香花
更發青山雪滿客初歸沙邊但見鷗來去世上不
聞人是非岩壑吳興稱最勝一壓爲貯芰荷衣

劉光祿元珍

字伯先本孺其自號也乙未進士累官光祿寺少卿崇祀道南祀當萬歷甲辰乙巳間四明相沈一貫當國比暱儉人公疏劾之辛酉劉國縉以招撫南四衛官民爲名擁衆數萬入內投揭督餉侍郎令發天津

登萊船南濟公上疏極論事載明史本傳

節錄高忠憲公誌公墓曰庚子公爲南職方核軍需之假冒黜選鋒之羸弱裁操賞之冗濫歲省金錢二萬有奇乙巳言事歸與顧涇陽先生講學東林自喜得歸宿地錢啓新先生行同善會於毘陵東林益暢其義邑中好義者百餘人應之忠孝節義之貧者有助鰥寡孤獨之賢者有助公與陳志行葉參之安小范及予五人主之亦有言林中人不應爲蛇足者吾輩與斯人之徒木然不相關自身痛癢不自知可以稱人乎於是知公之所見大也公少苦貧故勤於理生而恤人之窮未嘗意倦性方嚴尤肅於閨門而體人之情未嘗不周十六年林臯無念不爲國杜門不與外事無念不爲民章善鋤兇昭雪冤抑矻矻然惟力是視余每謂公乙巳疏爲開曹建言法夫楚宗驪戮妖書煽虐天下岌岌矣馴至考績大典舉奸亦從而奸之小臣不敢言

三窟經營計獨周誰知身世一浮漚滄桑迭換須
臾景舜跖初分萬古憂看到盡頭機自息證過來
脈體全休人人共有眞歸宿何事紛紜角斗牛

吳明經桂森

字叔美號覲華世稱素衣先生諸生給諫
震華先生叔子也素衣倘形豐頤神凝氣
爽格清而色潤意趣暢而節制自存年五
十一以貢舉試第一北上時景逸先生餞
於東林贈以詩曰君趨北闕瞻堯日我向
東林樂點春素衣微笑曰吾以側不能無

行卽當返初服不能以東林風月獨讓先
生也試畢遂歸尋東林舊業時毘陵錢啟
新先生邃於易有經正堂會素衣乃迎至
東林授易兩月卒業啟新默化既有妙手
而素衣以過人之解發憤求之直發前人
所未發闡是凡東林會則迎啟新於上座
經正堂會則往寒暑無輟辛酉冬高先生
北上以東林屬先生主盟向奉教高先生
者咸歸依焉素衣曰往者先生見贈二語
今借以贈先生可矣乙丑毀書院人諱講

大臣不敢言臺省不敢言公於其時恥而
自視舍我其誰是所謂天下一人也自是
諸賢繼起共拯天下之溺一言而開物成
務建言者法也間曹建言者法也公之功
大矣天不使之長年宏濟天下何哉公弱
冠成進士卒年五十有一所著有文訣文
衡依庸絮語三異堂素業湖畔逸農遺稿
藏於家公之大節表表細行卓卓總其大
都曰剛曰明曰忠曰義嗚呼世豈可無斯
人哉丁長孺云吁嗟東林橫羅世網兄貫
後勁而氣獨往夏樹芳云聘有涇陽倡道
東林左提右挈公則同心如握天杓以揭
斗英兩越三吳賢士響臻質實心為道豈曰
逃名許獻曰數公之言皆實錄也尤鑵梁
溪雜事云嘉靖乙未邑二人登第王堯衢
太史陸自菴臬憲告介特孤貞士林推重
至萬歷乙未劉職方本孺獨登人品如前
兩公而志慮忠純直諫罷歸講學東林造
益深厚可謂
科名大光

春日閉關

塵緣種種去眉峯高枕長吟學臥龍千古眞儒常
獨坐一川明月與相從圖書已結羲皇侶韁鎖庸
羈麋鹿蹤忽覺簷前歸鳥喚半簾香動影重重公曾孫牧家藏稾與舊刻小異

次錢啟新先生麗澤堂韻

地摵山搖戒炯嚴返觀無事復何添已從羑里尋
遺跡更向韋編發福謙折盡老梅春自到射餘雛
鳥氣先占紛紛過眼嗟烏有碩果甘來喜白拈

東林習靜有感

學九日會鴻山盤旋石壁之下吟曰坐談莫畏西風急元酒斟時宇宙春會蓬萊會華藏會荆溪會於山之首河之干春和則會秋爽則會歲暮爲考德課功時則會謂講習不可久廢草野之人自相聚樂諒無與時禁也其論學則曰敬字甚不易識故程子曰學者須先識仁識仁有無窮旨趣識仁則識敬矣曰怒最難克惟有一段生意流行則怒不期消而自消矣曰欲念難清欲而依附於理者尤難清語皆入微又

曰居家凡子弟有過父兄必任爲已責即父兄有過子弟亦必任爲已責如此交相勸戒家聲庶能不墮居平每切已溺已饑之思於親戚故舊尤篤閔發恤貧終身不厭聞人急難嘗爲解紛不令知且助以金錢晚年充養益粹睟盎可挹宅旁覓小搆獨居竦竹蕭蕭有致和人云家人問我樂何事踏遍空庭無處尋友至啟扉友退復扃閴靜坐干旋在浚有踰垣閉門之風實無日不留心世道所著有像象述像象金針易說談易隨問他著述不下百種如其儒一脈一斑錄書經說曲禮註釋春秋大全纂四書講義皇明開泰錄息齋筆記存笥草四名家二妙集不可殫述其餘天文地理醫卜星筭之類無不通貫而非其好也

可隱堂四樂有序

余自已亥歲至軍帳庚子築居焉倚山面湖闢一畝之宮樹以竹木有明窗可讀數畝可耕可以放舟而漁登山而樵宜于隱者之居矣因名

其草堂曰可隱效讀書樂體述四詞余非能詩者也自諭已志而已

琉璃蕩漾波萬斛一領青蓑一竿竹直鉤不使魚龍驚橫艇常隨鷗鷺宿湖中氣候人莫曉課雨程風漁識早漁家之樂樂自知虛舟乘興皆天機

山翠重重遶茅屋屋外成羣走麋鹿雲深採藥無定蹤石上爛柯棊一局青青滿山皆可樵一肩不欲加分亳樵之樂兮難名言火傳薪盡明光天

碧柳垂門春水足一灣十畝沿溪綠蒔秧學釀淵明酒種藝愛煮希文粥披衣飯犢晨起早東郊急

務時爲寶田家作苦樂意眞含哺鼓腹羲皇民
茆堂清絕無點塵卷開三益半古人靜對百城天
地闊高歌斗室烟霞春一朝聞道死亦可功名富
貴失故我我生之樂在詩書浩然爲結山中廬

季春清明前二日赴門生秦神之王行可諸友講會至華藏寺壁間見先祖題號宛然而詩已剝蝕俛仰百年不勝感慕因和錢古山韻重題

遺墨龍蛇隱題名日月新我增先世感山是舊時
春坐倚崖前栢蔬餐澗底蘋尋幽借勝侶飛雨欲

霑巾

答東林諸先生送別詩次韻

濁酒時呼莫怪頻天涯分手暫相親韶華轉眼憐
今日歲序催人近隔旬席上清吟塵外意燈前細
語畫中春殷勤密訂千秋約此際無言味更眞

和啟新先生麗澤堂元韻

讀易三更夜氣嚴星星活火地爐添望洋海若親
師益仰止高山得友謙月色中庭言外象梅香一
點眼前占羲皇意思憑君看莫負天花滿座拈

顧副使應暘

字太初號東曙丁酉舉人累官廣西蒼梧
副使道致仕歸優游四年卒年七十三其
先自虞山徙錫少受業陳筠塘先生暑月
以足踏甕中晝夜讀及登賢書出福清葉
公之門司教桐城進諸生講業其中刻桐
文漱玉孝廉某爲貝錦所中幾罹法矣公
力諍當事白其枉孝廉得出提禮闈遷國
子監學錄晉禮曹遷南刑曹數平反疑獄
孤立行一意清愼嚴毅有執持出守思恩
爲蠻猺出沒之地不可踪捕思邕之間烏

道懸絕千仞公至因溪爲池蔦雉屹立結
九司以威德覩行叢薄間募人鑿山治石
級輿騎通行置戍守五夜更籌雞犬無警
又其地藉武緣江一線灌溉恒苦不繼公
命以田車引水鹽牛雜稅力請蠲除有巨
憝黃虞臣者素淫其妹妹嫁猺峒主恃強
暴橫諸司羈案數年莫敢問公捕置之獄
一夕兎脫南走結猺峒爲叛公授計營弁
立擒至杖殺之而諸猺讋服大吏以聞特
晉蒼梧道公治蒼梧凡三閱月守令望風

鄙閭蒙潤而公病矣得請歸攜石數十枚而已守思恩時民浚井得伏波銅鼓古紋蒼緑角綴蟾蜍民持以獻公叱令懸之籌邊樓介介如此馬忠肅公傳之

蒼梧致仕貽諸屬吏

五載栖栖老瘴南尚餘病骨得投簪火山不擬初時燄氷井還留去後甘勾漏就砂非有意鬱林攜石亦成貪諸君勉策清時業慰我東山一枕酣

何太僕棟如

字子極戊戌進士授襄陽府推官內璫陳

奉開礦棗陽子極察爲顯陵發脈地繪圖以上事乃寢璫多恣爪牙掠商民子極悉禽治杖而投之江又藥二十人當以大辟璫流言激上怒逮子極付詔獄在繫四年益讀易究兵法以星變釋歸嘗預講東林又建陽明祠於白下天啟中遼報狎至子極上疏請自効因募兵兩浙得壯士七千人遂以太僕少卿行邊時榆關告急子極選練規畫勢頗振而議者遮詈餉劾奏復逮詔獄考掠幾絕曰吾世受國恩久自分爲國死但恨不死封疆死犴狴耳久之戊涂陽崇禎初復職子極家雖散猶養士年雖衰猶念功名然通籍四十年居官不及一考而繫獄者踰五期也見邑志宦蹟傳

夏日感興五首

京冥變炎暑涷雨夜浪浪乾坤陰氣塞陽精久韜藏天心有翻覆此理何茫茫嗟哉夸毗子戀彼熠燿光誰知叩角者悲歌慨以慷

太行層巒高渤海風濤鼓猰貐方磨牙長鯨正掀舞遊子來何方骨肉爲所取巽類安可狎終焉觸

其怒出門多駭機山海藏險阻願言迴石駕逍遥訪京圃

遇毒偶爾活乃欲酣鴆酒墮水幸不沉謂可蹈淵藪洶洶吼梟獍狺狺噑國狗戾氣塞蒼穹造物惜聾否蚩蚩爾奈何禍福如反手

婀娜金鳳花遶砌鬬鮮新胡爲盆中蘭不復吐清芬蝼蟻穴其下根株葉如焚坐令兒女姿矜誇邑無倫君子慎防患庶以保厥身（齋中建蘭爲蟻所侵不花）

燕石世所寶楚璞宜見斥鉛刀時所珍湛盧還挂壁俗眼自瞢騰于我奚損益知希乃爲寶豈慕聲

烜赫千秋薛卞門非意不我識

泰長樂重泰

字原博號澹緣庚子舉人初官山東鄆城教諭榜一聯於座右云祿薄而君恩實厚毋自薄以負其厚位卑而師道宜尊毋自卑以褻其尊居四年士子愛戴臺司交薦遷福建長樂令長俗故多挾睚眦忿服毒草圖命者澹緣令鑿毒草地爲渠其風遂息諸如鰥奸胥懲豪棍平反疑獄禁斂公費嚴緝寇賊海之濱鯨波不作境內以安

民祀之一日以稍忤上官論調澹緣欣然束裝歸放懷詩酒杜跡城市徜徉林壑者九年年六十五

素心蘭 并序

蘭蕙是處孰之閩海間近傳一種曰素心葉與香與建同秋初著花色稍淡白潔而小余謂蘭之香古人比之君子君子之心澹泊寧靜能保其潔淨無瑕之本體今之人膠膠擾擾涅之聲色染之貨利道心微而人心熾是心而緇矣人心之緇固不若花心之素也抑造物者借花身而爲說法歟余賦短章識之有心世道者倘屬和焉

清氣之所鍾素蘭發閩谷涼秋幽芳吐花房貯軟玉貞心含潔白了不受汚俗靜穆如德人澹然無所欲中凝風露香外白芊韻足秀挺九畹中品超蘭蕙族殷勤屬靈均採之宜佩服

顧亭之齋中看菊書贈

老向葊編窮理慣秋來小圃種花忙一牀書卷千叢菊靜對蕭齋發古香

粉白鵝黃淺閒深霜天常伴靜中吟何須比似陶

元亮蕭淡偏宜養道心

張雄經維斗

字圓樞自號蘚提居士庚子舉人官雄經縣知縣著有千秋館集葉以沖爔爲之序

登岱歌

我登岱岳作力躋攀迤邐三門遙盼蓬山蓬山縹緲弱水迴環漁舟一粒杳不知還泰封漢禪白雲如髮明星可摘下視塵寰擬乘鸞翼飛叩天關

從赤松歌

鴻門帳前撞玉斗楚聲吹散八千走招來皓叟羽

翼成炎炎帝祚奠昇九誰謂狀貌如婦人封留肘後懸綬紐君鞭赤龍歌沛豐臣思黃石從赤松赤松生堯代縹緲何可再君不見兎死走狗殘年年鐘室草銜恨向秋丹

雨中同周建岐祝奉宇步秦氏園

新水蕩行舟蒙朧雲樹幽詩吟蠟屐雨竹響畫廊秋冷豔牆邊發奇香天際流園丁何處問寂寂鎖重樓

許墅值虞廷謨因過其族人虞伯萃寓所小

集

對水淹杯酌清秋月似盆風蟬嘶白露沙葉靜黃昏坐久聲驚柝憑高影入樽安知非夢寐笑語接春溫

元宵赴光祿丞吳京水年丈之招同席者爲

華抜劉彥和

俠骨軒軒氣未平詩壇潑墨轉縱橫神來萬象供遊戲語劇千秋聽使令暫卧東山攜楚袖時聞北里拂秦箏蒼生仰望徵書下朝夕彈冠看鳳鳴

聖駕視太學時三月六日也

有赫龍光霹辟雍鐘鳴長樂翠華重御回闕里羣英集喜動天顏萬代宗嬌柳半眠仙仗綰名花欲落紫泥封儒生何幸逢高舉何不鳴騶玉輦從

運河舟中即事

篷底昏昏蝶夢酣河流方駛正揚舲樹遥縈盼烟籠濕魚賤爭餐水帶腥魏闕忍忘頭午白吳山將近眼先青芒鞋欲踏川原上孰是江南處士星

抵家

趲日歸來習隱禪慣看藍靄映雲箋羞將墨綬銅符夢攪破蒼林白石眠梧際鳥吟蟬和語窗前竹蔭月斜穿鍾山移檄應難到此地栽花濃欲然

讀焦山石刻諸詩爲之噴飯

蒼林怪石矗江湄包畏徵君岩洞透凫短鶴長應任爾臨添醬著亦奚爲形容難罄青螺髻描畫誰留黃絹碑巫峽咏慳終古歎樵翁指點岫雲垂

雨中渡江

盤桓雨曙別焦山作力支節轉下灣花雨飛空催屐去江風息浪任篙頑俄登彼岸頻回首戀想禪林早掩關處士無高應獨鑒定留泉石許重攀

新正十四日張燈邀客以病移期于十九日

是夜雨雪中聞雷蓋先驚蟄三日前也

春雷助濕鬱爐烟速客淸齋破酒錢柳眼靑窺春
悲剪雨聲寒挾夜燈懸不成酩酊歸何味回想維
摩喜欲顛坐上誰人歌白雪好令吹度嶺頭蓮

庚戌同沈伯起秦允孝二君登泰岱

縹緲三門萬壑奔樓臺跌宕拱天孫秦松摩日扶
靑幻海市銜鯨帶紫吞五馬並臨諸觀重羣峯僉
讓丈人尊蓬壺弱水迴環去誰駕長虹叩帝閽

蔣介如設酌山中同席者爲嚴司冦賈大參
秦職方沈黃門時戊午秋

廣寒香韻入疎松是處登臨足短筇屐裏樓臺驕

辟荔榜間磬欬落芙蓉挑燈夜待沉波月揮盞秋
分隔寺鐘酩酊渾忘砧杵况江頭楓下漸成蹤

澹亰吳邑侯榮擢兵部主政餞送至高橋

頻年化雨洒猶鮮祖道蓉湖意悃然鳴雁幾羣秋
水渡征帆數摺菊花天難攀屐齒斜陽裏留得春
心楊柳邊翊贊中樞輸十劄好陳民困紫宸前

檢亡兒遺文

淋漓朱墨滿箱存點點還留指搦痕開帙不知雙
淚下寒窗點滴一燈昏

痛詔獄諸人之死作詩弔之

殘魅天光日欲低忠魂草刈夜鵑啼可憐十斛萇
宏血博得將來兩字題

張運同夢時

初名大受字伯可號弦所癸卯舉人澄齋
大參之子歷官山東鹽運司運同顧高兩
先生創東林書院弦所切磋砥礪其中參
性命之奧初官安吉州大得民心劇盜葉
郎生餘黨殺長興令石有恒將犯吉安弦
所率士一戰而冦敗民苦觧絹請於上官
易爲官輸民便甚羣立生祠以報遷運同

寬商恤竈沿海告警竭守禦之策民賴以
安將有殊擢乞老歸家居講道東林剡有
會講商語蒲榻笑拈二編兒孫造郗必與
評文論古或拈經書一二章次第質問案
頭惟存彭澤香山明道康節白沙陽明數
編以當尚友臨卒呼筆大書曰朝聞夕可
千古光輝浮生如寄視死如歸落地一靈
終天敢迷伯可字可自返庶幾書訖坐逝

和錢啟新先生麗澤堂即事

伊席高談立雪嚴紅爐點後若爲添六陰盡處堪

觀復一線生時得益謙妙脫陳筌非墨守直探玄奧是心占先生象像慳千古好共吾儕細細拈

華侍御元禔

字爾遐號本素顧涇陽先生高弟甲辰進士甫第日讀律令講習累朝掌故曰吾異日不能仰刀筆吏辦事也授新鄭知縣調商邱以江南法區分其地爲一百七十有三給牛置屯募荒民設助墾之法稽其積散而賞罰之商俗好爲掾史以避役本素第墾田多者乃用之治最伊洛間擢御史

未幾卒

小除日署中祭先

飄忽年華似電流每瞻風木不勝愁深慚祿養違初願敢謂名成喜壯遊異地歲時聊俎豆故山霜雪冷松楸淸酤未酧腸先斷何日貽恩下帝州

周文簡公炳謨

字仲覲甲辰進士選庶吉士授翰林院檢討疏請儲學不宜久曠春講不宜再稽當神宗中葉章多留中而言事龎雜文簡主編纂有刪繁除穢之目分考癸丑會試奉使封吉陽王於代會王薨文簡據典禮以冊服給代藩而還進左贊善上言兵事累數千言尋典試武闈進諭德時値三大喪禮文典冊多與參咨熹宗卽位累遷禮部侍郎奉命修光宗實錄激揚淸濁蔚爲信史書成進服俸鎭撫許顯純文簡武闈所取士而魏忠賢黨也諷文簡請身爲介紹語未訖文簡勃然色變拂袖遽起入內顯純慚悚長跪久之乃去文簡卽日具疏乞身得旨馳驛歸既歸而御史石三畏劾文

簡所纂實錄非實詔勒致仕時文簡已卒於家後三年命出實錄改修又十年而學士文震孟疏請如文簡舊錄崇禎初追錄舊臣贈禮部尙書賜祭葬諡文簡官一子中書舍人

登雞鳴山寺

琳宮突兀雞鳴嶺極目風烟天地寬山疊亂峯來北岳水連千峽入桑乾誰人禾黍谿邊種幾處牛羊谷口看塞下只今歌樂業幕南昨日到呼韓

宿松陽夢鯉

字龍吉，號仁寰，丙午舉人，官松陽知縣，高忠憲嘗序其文稿，曰：無不讀之書，無不了之義，不持一刺，不取一錢，命三子師事之。一十有六年，令松陽，問民疾苦，先恤勾軍，因上兩臺請弭三大患，及平田六大議，諸廢具舉，浙中誦神君，將以卓異徵，爲松陽劣生所陷，謀泄而解歸，而讀易，朝夕覃思，而易纂全書成。除夕夢顧高兩先生共晰不睹聞義，旁有黃冠告以九九當歸，年八十一卒。高學使世泰傳之。西神叢語載仁寰塵外老子自

梁溪詩鈔　卷十一　三三

嘲一則云：爾學不達，爾道不充，于世何補，于人何功？人皆爭先，爾獨後；人皆競巧，爾獨拙。馳騖乎古之人，古之人而不逮；遜謝乎今之賢且智，而竊比鄙夫之空空。脩然環堵之內，而自謂有餘地；悠然遊方之外，而不欲莫予同。見善猶芻豢之悅口，見不善如芒刺之在躬。是非心太辨，爾乃伸矜寡而詘豪雄；好惡心太直，爾乃惴寬博而藐王公。夫豈不知天下事自緣而黑，募方室而圓通，宜所如之寡偶，實逢世之未工。噫吁！天賜閒身，干忙則甚，不如晴窗高枕睡足東紅，無無爲無慮，學箇樵叟漁翁。不求以當貴，無欲以當豐，花鳥以當知己之結契，經史以當明師益友之融融。和爾三同調，受用些當頭明月、入室清風，一切塵紛不到，長嘯傲兮無窮。

秋日雜詩

今日天氣爽，郊原獨杖藜。迎風秔稻翻，彌望村東西。兒童喧社鼓，歲豐足豚雞。田家有眞樂，淌足安幽棲。俛仰百年中，窮達理亦齊。朱門多興廢，不及蓬茅低。君看鹿門叟，垂老把鉏犁。

肅霜屆九月，共賦授衣篇。兒女服絺綌，未辦一銖棉。山妻向我愁，使我心茫然。終年鑽故紙，舊物留一氊。胸懷惟浩蕩，萬事隨蒼天。決踵復露肘，還師古人賢。洗心齊無欲，底事煩憂煎。一笑且置之，篝燈讀韋編。

鄒二楞德基

字公履，號二楞，又號磨蝎居士，國子生。愚谷仲子，工草書，尤工擘窠大字，楮墨間有英絕氣。好擊劍，使酒，俗人見之，搖手引避。神宗朝嘗上疏，求自效，言有家貲三十萬，願悉助邊。疏上不報，乃止。語見邑志。

梁溪詩鈔　卷十一　三四

醉後書壁

鬚眉誰不具，品則天與淵。或爲物所惡，或受物所憐。見惡斷人情，乞憐看人面。人情何必聯，人面何忍看。是故烈丈夫，可殺不可玩。萬靈貴間氣，大道去僞善。姑舍聖之和，效法狂與狷。顚倒醉夢中，誓不步鄉愿。挺身聽百折，立意拗一便。涕笑皆至理

衾影亦光燄燒書薄腐儒求昏入酒伴嘔心進知已覔頭養寶劍景已廹桑榆胥作瞌睡漢縱減床頭邑豈以家爲念國手非不奇良方未經驗風靡巾幗尊道喪男兒賤雄心雖甚熱市道安足羡高官衆所矜厲鬼吾之願一任哂者哂兼憑嘆者嘆聲名死後多放逐生前欠駱駝腫背馬多怪中少見自跋醉後書壁亦察其意志所在而已句之工拙韻之是否不必問也癸亥閏月磨蝎居士鄒德基書于廣陵寓中

自題畫

野鶴如人長凌風理毛羽獨立秋水涼人來忽飛去山空樹亦踈風月誰爲伴得箇幽人居白雲共舒卷

玉泉池觀魚

雙雙戲鬣若遊空頭腹難分蛟與龍莫道一泓無活計隨身風雨在池中

自題磨蝎居士照

歲月蹉跎可奈何半生强半恨中過看來不似書生面還向沙場夜枕戈

顧秀才與渟

字亭之諸生端文公長子著有緘齋詩鈔

仲春山居

蒼栢節蟠盤早烟山壘暈林幽逗鳥聲風澹來松韻重門鎮日封奇字無人問薄暮步危峯白雲攜手近

金山

青山一點浮江國自中流天淨鳥橫席月明潮滿樓亂帆搖佛宇高塔帶漁舟千里蓴羹碧尊開晚鼓秋

觀李中丞軍容

中丞仗鈇鉞甲士擁元戎日月旌旗亂風雷鼓角空羽林千衛整車騎五官雄斗氣雕弓濕霜威血劍紅金脾懸虎豹玉帳挾羆熊叱咤勾陳動馳驅閶闔通垂囊橫寶玦據險躍青驄靜聽關西會譁傳河北忠始知古方叔寧數棘門功

顧夔州與沐

字木之號菲齋緘齋弟戊午舉人官至夔州知府著有菲齋詩鈔

南曹假歸秋杪入山徧訪僧舍愛忍草菴之勝宿焉

山靜路逾僻菴孤景亦異炊烟當午斷林木經秋翳片月上高松回飈韻空際潮音和梵音夢覺何思議況有長明燈羣方破昏蘗我留菴中宿不啻菴中地乞假香火緣便爲歸休計卜居更卜鄰法侶從所契茅屋近可營餘生舟不繫金緋爾何物去去如脫屣

初秋

新凉徐步好落葉始知秋松月北窗靜水雲南浦幽有情聊取醉多病不禁愁徙倚看清景空階螢火流

陳太守振豪

字子出祖母闕夢異僧授以一兒左輔如鐵色及生子出果如所夢已未進士除蕭山知縣遷刑部主事以審劉鐸事忤魏璫當左遷後起戶部員外郎出守南陽始至擊土賊白石魯和尚於舞葉間殲之宗室永壽王器圻等疏發唐藩陰事下巡按御史檄子出驗實子出言永壽所奏多宮帷秘密奈何據聲影動搖三百年藩封事遂得解亡何王府典仗呂調陽姦部軍妻而殺其夫子出杖調陽正其罪王遂以是銜子出當是時河北賊警日亟而南陽兵少及冦陷修武又調防河北所留僅百餘人不足以當一隊會賊乘冰渡河子出時攝道事啟王乞撥中護衛餘軍以佐城守王召而詰責之子出乃以所募民兵及行保甲籍鄉勇備乘障王塞城四門民避冦至不得入子出力請開門單騎出勞軍辨土著納其老弱而簡壯健編闗廂協守賊知有備遂突走諸屬縣子出復爲聲援於是

南陽十三城皆得完王以子出數違令旨有功益憾之既訐子出乾沒修城工銀按治不實得旨鐫級又奏杖呂調陽事詔逮子出繫獄禮部侍郎陳子壯疏救不報子出繫久之王以他不法事奪爵錮高牆子出乃得釋歸載邑志宦蹟傳

余自觀政後暫歸梓里過崇安寺中秋前二日也

獻策君恩重鳴鑣暫許歸回將皇路駕來叩上方扉月白天香滿林疏秋影稀片言禪況寂頓爾息

塵機

施憲副元徵

字泰先號曠[illegible]未進士豐頤廣額爲文章精敏沉騺初謁選得台州司理台負山濱海奸民往往嘯聚曠如至兼攝郡篆調和軍民冦氛以戢移疾歸丁外艱服闋除南京國子助教思宗登極瑺孽未靖曠如上言如劉宗周文震孟姚希孟等皆昌言宜大用時論重之遷刑曹旋擢職方協理員外郎都城有警曠如兼攝督捕領一十

八營日夜警備特旨加服俸者二賞銀幣者四遷武選郎中楚冦亂擢湖南按察司副使時賊已踞承天距麻城僅二百里曠如疾驅至麻麻有虎頭關巨盜實爲賊援曠如督兵先擒之賊聞退而走蜀三楚復寧內艱起補福建副使而閩中賊掠與泉漳福間曠如請於撫軍率兵駐仙邑以三部軍並進復以一軍截其歸路軍行七日而殺賊擒獲無算曠如遊忠憲公之門南歸後當忠憲殉止水既周旋刻禍尋得郵典復爲補疏請謚後忠憲家日困止水方塘不能守曠如倡出公議集貲歸舊業甲午乙未間學使過東林以皋比推曠如執卷登座人心悅服邑中同善會倡自忠憲原以分財教善爲兼行歲久停廢曠如踵之深繹同善之旨恒以此敷訓於家稱鄉先生幾六十年及見元孫銨高年七十八端坐拂鬚整冠而逝

對菊

我觀高士傳如對菊花黃九日閒居慣三秋古意

長晩香酬雨露傲骨鬬風霜甲子義熙後蕭條松徑荒

顧上舍檩曾

字文叔又字斯華號乎水又號茂吾國子生先洞陽公曾孫洞陽公長子曰後山公後山公長子曰南陔公茂吾公者南陔叔子也南陔公自幼喜讀書爲諸生四庫二酉無不窺所著有二十一史大事記二十一史分類二十一史忠孝節義錄經史摘奥十三經忠孝錄三經闡秘歷朝紀元錄

異姓錄二十一史日抄自訂詩集七十餘卷年七十餘猶作蠅頭細楷計手錄經史凡五巨簏歛之夕爲長子負去茂吾公願以多金且讓産相易不可得既乃盡付烈燄中茂吾公恚曰不能讀父書何以爲人然終不以此失兄弟之歡公爲秦埒奩贈稍豐而好結客有平原孟嘗風周急排難千金不見德色一室之中兄弟各處其實皆衣食於公者也當道巨公嘗造廬以請絕不干以私公善詩奕喜蹴踘及對狎客

必御以莊而儒流大雅授館下榻與談文章道義不倦故聲譽赫然動京轂至欲授以職卒不就後家漸落晚益貧然公傲骨老而益堅詩益工晚年手訂詩集十二卷長子曰囦菴公兩中副車次孫曰修遠公以文章名世至奎光斗光皆能文章今敏恒六世矣五世姪孫光旭謹就華亭史氏董其昌所撰南陔公墓誌嘐水侯嗣曾所撰茂吾公墓誌摘錄大畧如此乾隆丁未四月初八日

壽瀛麓叔六十

百年詩禮姓氏揚吾叔應期俠骨香恬愉不染名利埸高懷豈羨青紫光宅傍名園似辟彊喬松修竹開芝房清池曲徑窈窕廊圖書插架琴横牀彡言清嘯日載陽烹鮮擊肥佐舞觴起頌祖德紛流芳衆賓滿座月滿堂雙榆歷歷清溪莊莊前泛波朱雀航莊後穿林接渾茫先公手種松柏蒼朱雲上殿請尚方傳笏已隨弓劍藏百年者舊思長康勤斯堂上遺縹緗縱横萬軸餘丹黄子孫守此應發祥一老浩浩斟天槳兩弟翩翩雙鳳翔斑衣萊綵行蹌蹌阿咸無才奏短章願繩祖武樂未央

秦上舍仲錫

字公蕃副都御史燿之孫少工制舉業以病棄去工詩多緣情寄興之作馬文肅極稱之既歿文肅誌其墓後裔極盛秦氏簪纓相望多上舍後也

病中登虎邱寺樓

病裏獨登樓樓前古寺秋霜寒紅葉徑雨過白蘋洲藥裹隨身好詩懷到處幽明朝欲歸去又上木蘭舟

雨後馬君常過訪問疾

衘泥枉過屐痕新爲問維摩示疾身了識無生真諦在落花飛絮是前因

受業蔡　鰲　寧濤校

梁溪詩鈔卷十一

梁溪詩鈔目錄卷之十二

梁溪詩鈔卷十二

梁溪顧　光旭　華陽氏集

明

顧孝廉樞

字所止號庸菴端文公長孫天啟元年辛酉舉人公幼承家學從馬忠肅公授尚書文從高忠憲公講求性命故於忠孝出處之道少而習焉其學以無欲爲體以居敬爲功以闡明性善爲家法而皆探本于易值世紛紜屏居涇皋結茅故處之旁取陶

靖節語名之曰西疇草堂讀書靜坐其中晩以子貞觀封內秘院中書舍人端文譜後天啟辛酉樞舉應天鄉試御史張訥借科場事以搢擊東林疏言顧高子弟並列賢書情弊顯然請行嚴究旨下部科磨勘隨經題覆顧樞文義甚優臺臣所參無實明年中會試副榜

次陶擬古韻

王貢羨久要餘耳戒凶終如何七箸間片語能興戎君觀蠻觸氏兩角何其雄枯涸不自潤束濕膠寒風龍蛇蟄深淵抑黙如困窮一朝作霖雨澤滿八荒中鼇足奠四極積灰止洪荒賢聖遞述作志業何堂堂咸陽亂天紀古道墮渺茫神州半陸沈空悲右戰場珠襦與玉匣貽禍及北邙當年溫裕徒乘時爭激昂欃槍落芒曜蠶食徧八方斯民獨何辜弔古神自傷

次陶雜詩韻

奔逬黃河流崔嵬華岳嶺奠方帝所都末季及文景諸儒抱一經秦灰然未冷番幃相授受後嗣濂洛承小辨何支離破碎大道影自非紫陽翁邪說日以騁誰爲濬厥源無欲在主靜

造物如傀儡變幻何無端朝市有代易今古共推遷不見大海塵乃在嵩華巔此心胡形役杜門且加飡蕉園長七尺趺坐簡諸緣曳杖倚柴扉高詠歸來篇

次陶讀山海經韻

聖人治天下如大匠治木禮樂定郊廟義和宅暘谷綱領既已挈仁風世共浴陋矣紀貞觀燗火代明燭

秋懷

一雨生微涼庭葉漸可掃三逕挹華滋零露沾秋

草空堂闇將夕四壁蟲聲攪幽人擁書坐惻惻滿十抱束髮備行間立身苦不早洪波廹頽齡瘖歌令人老世事不可了憂懷不可道脩蛾被寒霜一夕失其姣獨有金石心千秋以自保千秋復誰在岐途漫浩浩

秋日苦易短欲繫無長繩宵漏漸以永耿耿親寒燈古人在簡編叩之如欲應何以步趨遠瞠乎力不勝豈伊抱弱植或亦暮氣乘吾往簣始覆利涉河用馮愚公與夸父衰嬾思服膺息壤方及今三復懷氷兢

鴻雁謀稻粱羽翼或見殘靈鳳在赤霄所啄唯琅玕翔輝不肎下弋慕誰能干古聞養龍氏可養亦可飡神物羈樊籠何以善自完根也慾非剛尼聖空三嘆岩岩商山石洶洶嚴陵灘送者自崖返搴裳諒非難

和廷碩弔維斗

煌煌東京初奕葉垂清門四世繼五公忠義夙所敦大節炳史冊永施于後昆崛起千載餘乃在莊簡孫蚤歲賦三都掞藻如瑤璠君宗推祭酒身處道彌尊拔幟冠南服姓氏雜林喧奔走滿天下玉帛會中原龍門何岌嶪峻若登崑崙鵬摶息溟渤忽驚鯨浪翻茫茫古澤國半爲城旦髡夫君義憤激誓將濟時屯擊楫懷祖逖舞雞感劉琨愴哉一蹉跌當門刈蘭蓀常山舌可斷睢陽血空噴剛大所磅礴浩然塞乾坤餘風漸閨閤爰及兩貞媛之死矢靡他抗志投清源北矣丈夫節不爲兒女言浩氣映天壤長虹同蜿蜒遙知南史筆汗簡重璵璠綱常久淪墜賴爾植天根志士念溝壑勇夫甘喪元青蠅爲弔客快哉汨羅魂臨風奠椒桂骨髮欲騰騫

絡緯

布穀勸春耕絡緯催秋織乃知造物心所重在衣食蟲鳥爾何知歌咏宣帝力獨有鉛槧徒晏居同蠹蝕倉囷無宿儲衣被鮮廣幅豈不忍饑寒用以鳴所職存此異禽獸千載垂正則誰云寸管微無人食其德

促織吟

荳花棚下秋生早促織啼聲何窈窕初疑刀尺剪寒衣徐聽機聲穿曾縞將鳴復止更有情如啼似咽偏幽悄閨中少婦正含愁聞此悽然玉筯流挑

盡銀燈不成寢羅幃欲下半凝羞良人年少輕離別榆關雜塞音書絶綂䌷三秋薄似雲香肌一夜消如雪藁砧何日大刀頭茴萏紅殘月半鈎魚鑰沉沉淸漏永夢魂飛度古梁州

仙霞討賊歌 并序

仙霞雜劇友人三餘子爲周雷二公及阮賊大鋮作也生面重開熱腸如寫澆予塊壘多矣歌以志之

國家元氣在士節士節一敗社遂屋友人示我仙霞篇嘻笑怒罵深痛哭爲君拭淚數開元世事茫

茫幾反覆憶昔神皇御極時太阿之柄初倒持江陵熱焰手可炙稍有識者知其危二三君子以死諍聖明赫怒爲誅夷從茲士氣始一振下有皋夔上堯舜引裾補牘日盈廷神羊屈軼紓忠藎禍本宮闈釁潛伏靑蒲泣諫聲相續三旨宰相何其盲坐使羣賢蒙斥逐杜陵一飯不忘君嚶嚶鳴鳥求其羣顧厨俊及豈所志黨人之禍何紛紛廟謨自此顛倒極妖狐老魅幾亡國縉紳半作無鬚兒黃門北寺沉寃黑思皇神武飛潛龍廓淸宮中與府中遺忠簡恤盡錄用睿慮亢欲登熙隆其奈羣奸善蒙蔽見睍未幾重陰翳大運一去不可回金銅灑盡仙人淚渡江五馬自南來拂拭新亭闌草萊當年耆舊半鬼籍正論猶聞周與雷嗚呼長星亘天白梟鵩叫嘯鸞凰磔空將碧血報先皇國亡身亡付一擲蛇豕翻爲鼠竄徒潛形山澤歌來蘇馬前稽首若崩角裸袒跣足奔泥塗仙霞之山何嵯峨兩賢英爽空中揭賊韜逋逃遇伍公素車白馬誅奸孽豈爲報復快私仇百二河山從爾裂石可爛兮海可枯爾梟萬年終不滅烏乎有國恒鑒茲無使士氣嘆摧折轉圜止輦賞諫臣慮遠思深在

明哲三季黨禍至此烈空使後人悲覆轍

行路難

君不見張與陳刎頸交卒以敵國亡其身又不見符生與慕容舊時斷袖分桃子一旦血濺咸陽宮世事反覆那可料戈矛往往生譚笑骨肉化爲豺與狼屬鏤時向牀頭嘯恭士步行準規尺入山祇充饑虎食錦衣危帆南塘豪車行盤飧馬行炙行路難行路難不在羊腸九折間君不見韓魏堤邊一蹋郄智伯之頭變成漆

席間談繪事偶作

古來高手不易作須向胸中置邱壑畫雖一技理則微到無言處難摸索生綃豈解垂千秋自有烟雲護其廓北苑南宮盡異人一水一石超羣倫神情了不相關屬潑墨濡毫若有神針刺能令隣女痛點睛會使神龍動硯池一滴通滄溟化工盡供十指用驚濤洶湧欲崩壁筆端幹出千人力古人精靈今不死縱是刼灰燒不得我不能之識其理爲君縱談有如此

村居次大田韻

比屋無他姓門宗與世親兒童知應客雞犬自通鄰釀秫緣迎婦邀賓待祀神風來吹敝楝時墮麯車塵

荒野無機事渾如太古初短衣身織布糲飯手栽蔬黃口羣驅犢厖眉對荷耡作勞從小慣筋骨不會虛

田家不蓄歷習慣自知時雨足栽秧早霜寒種樹遲司晨勞德羽守夜護文貍風俗予能記將爲賦楚茨

家大人攜客山行集忍草菴時謝守夔之命已八年矣憂時感事情見乎辭率賦四詩以記之存

山空行迹少乘興集岩扉一徑堆黃葉孤烟出翠微心皈惠遠社身著老萊衣未得從茲住時聞悔昨非

選勝不在遠一峯生衆幽泉聲緣澗合石勢蹴雲浮逸興縱橫發清言次第酬杞天時欲墜那得暫銷愁

庭橘

佳種出江潭移栽傍小菴綠陰撑雪茂朱實戰霜酣化枳悲殊俗趨庭念旨甘此中藏二叟坐隱與方魧

敝廬次本符韻

敝廬垂五世海内識涇皐壺子今名隱山公舊字濤草當三徑滿書積一床高拙謝纓冠智慵辭運甓勞生涯消蠹簡風雨惜綈袍吟瘦緣詩癖疎狂藉酒淘鄰僧時共納蓮社或分曹匆鄙匏瓜陋猶存介石操

步武陵投贈仲山原韻

運甓齋前課蓺蔬試從野老帶經鋤祇餘靖節心常在剩有元龍氣未除玩世偶看齊物論閉門自

草絶交書短箋無恙江天闊一葉烟波縱所如

讀宋遺民集

殘編日月與爭光幾就沉埋得表章老去自全薑桂性攜來如帶蕨薇香冬青樹下詩千首釣瀨臺前哭一場今日更誰賡絶調好留遺稿伴柴桑

讀君任宗侯小傳

五陵佳氣近如何執戟雄文寄慨多三楚材官煩召募兩河忠義待搜羅遺墟久撤花門戍故國空傳麥秀歌好向名山藏野乘他年石室費編摩

次大田言懷韻

常借清風掃敝廬琅嬛貝笈讀殘書客來溪畔開招鶴夢入華胥笑墜驢萊甲乍長和露摘瓜園初熟帶烟鋤焚香靜對松陰晚翠色繽紛落珮琚

草堂詩次節霞韻

有客長歌歸去來徑荒松菊待君開誅茅谷口新添蓋煨芋爐頭自撥灰秫釀常供皐口咳荷衣偏稱鶴身裁草堂盡日無公事方識全生在不材

秋林

金井初驚客幄稀漸看枝瘦覺巢肥風披古幹聲將老月墮疎林影欲歸落落間槎横遠道番番嘉

實滿柴扉獨憐勁骨支霜冷人抱重裀未脫衣

宋玉爲左徒高弟神女諸賦頗近荒冶意亦西方美人之思乎至以登徒刺羣小尤婉而章矣殆與騷辨諸篇同工異曲而讀者或未之察也爲表而出之

咸池晞髮浴扶桑何處騎鯨返帝鄉白倩巫咸招不得却從雲雨夢高唐

鶗鴂先鳴蕙草殘天魔嫫母總登壇人間不少登徒癖何怪懷王任子蘭

馬孝廉世名

字君闇號抑脩辛酉舉人忠肅公弟也學有家法嘗曰法顔之不校當從孟之自反始不校是先賢廣大含宏氣象自反是後學戰兢惕厲工夫故偶爾忤物必再三省躬縱使其人果未善上則化之次則容之又次則忍勿輕怒且損也嘗謁學使者見江南北劣等聚門乞復郎入告曰憐才是豪傑心腸憐不才纔是天地心腸學使者頷之盡許還衿肄業又曰居官宜使民無訟居鄉宜勸人無訟語在西神叢語

許氏雙旌詩有序

許明雋刲股療親辛丑六十其嫂趙氏二十一而寡無子年八十臺憲兩旌孝子節婦敬賦是詩

昔人廢蓼莪哀哀夫如何昔人賦柏舟之死矢靡他維孝本庸行毀傷失其正不忍不毀傷乃出於至性維節從一終無子如飄蓬獨立天壤間氷雪凌孤松吾思許法慎刲股看游刃又聞許善心寡母九十訓靈芝豈無根醴泉豈無源何意覩景慶孝節萃一門

可憐

可憐辛七尺何以謝三光盥漱親洒掃詩書自滿牀半潭涵曉月百鳥語朝陽䃂䃂看吾老蕭蕭一鏡霜

嚴贈公紹宗

字與德號隨翁少司寇一鵬子辛酉副榜後襲父蔭少博覽有才名爲詩文筆不停綴雅有理趣既數試南京不利父年近大耋寒暑飲食未嘗暫離自參藥喪葬諸費粗畢而負郭盡矣隨翁曰吾父之庇彻爲吾父盡耳人子何力之有當少司寇引年歸耆齒碩德爲鄉祭酒垂三十年事皆隨翁代決遠近無間言衣冠脩偉蔚爲人望晚益貧鬻宅居城隅别業病數年卒遺命必葬我先考諭塋之傍所著有鳩緣集行世　國朝康熙間以子繩孫貴贈右中允

園居

園蔬不厭薄濁酒不厭少所受本無幾欣然一醉飽貧賤豈苟然亨此故非小分義心自安浮名忌

表表小隱邱樊問何必問瑤草

題贈浦聖苞石塘山居

共君失計逐驊騮梁月清宵憶舊遊怪是文壇收熱客至今高閣東清流登峯極目三千里長嘯栖神十二樓換得湖山供笑傲醉鄉遲我並封侯

酬贈潔公

蒼涼古寺一寒燈人在琳宮第幾層裏馬性空應見道文章氣盡欲皈僧彈琴名士風流减擊筑英雄涕淚增却羨孤行身似鶴湖山縹緲一枝藤自註公將入華嚴山

示繩兒

作計嘗心計又乖側身何地托孤懷儒門濁亂迂猶勝仙籍淸虛謫亦佳絕意絳紗隆國士傷心白草搴名娃緜來造物多磨折煉石從頭憶女媧

秋村

秋意渺然至長天雁影沈蘆身爭帖水蟬意欲辭林鬧果呼兒擘村醪共婦斟一般家室事用野獨遊深

偶坐草樹間

草樹不關花無花品始靜一種淡漠情熱腸不解

領鶯老蟬自鳴客去枰長冷幽香空際來野坐時一省氷壺濯李白松風夢宏景淸境自能尋何必商山嶺試問醉花人此意誰井井

新年即事

方春緑勝爛如花誰道禎祥戶可誇福不知淸頑富貴壽非能樂閱年華虀鹽以備何妨鈌遊賞需醪亦可茶人事逢場聊復爾貪痴未許到貧家

讀潔上人遺集

悲歌激楚氣猶寒塡得新詞墨未乾一摺袈裟無限恨當年信國也黃冠

懷華廷鳴

懷人無緒獨登樓漫倚殘書強較讎詩骨漸幽非近鬼心情入澹爲兼秋烟蘿小閣思淸話荇藻空庭憶夜遊渺矣伊人湖水曲一簾明月尚垂鉤

再過磨礪菴

身到衰遲傍佛多又隨殘照躡靑莎年來稍解降心法慧業前生未是魔

華秀才師召

字公保諸生翰林學士鴻山先生之孫著有玩世㠯集自爲序梓行于世

閒居雜言用陶韻

經歲掩柴扉端居謝塵鞅身賤遊貴人齒衰絕妄想有時入山中素心共還往乍見訊寒溫雜坐無少長爭誇飲興豪不羡交道廣竟日鹿豕遊忘形共草莽

侯甥伯遠讀書先祠用顏延年夏夜呈從兄車長沙韻

城市厭剝啄山村謝塵紛屏居夏已改散帙秋將分書帶滿白露几席生靑雲元蟬晝長鳴寒蛩夜時聞緑筆吐光怪綺思奪芳芬拾芥氣獨銳繩武

志偏骰幽思鬼神通咳唾當成文

夜泊濟上

露下天籟收客舟棹方歇夜深人語稀坐久踈星没杯酒伴殘編孤燈照寒髮悠悠春及秋偃蹇送日月

辛酉夏諸君紛紛走建業予已棄諸生戲成一詩解嘲

留京文光燭牛斗材傑爭先馳恐後驛騎欣爲聯轡人賢書期作同升友我曾隨例驅溽暑今年此興忽無有羞挾殘編赴石頭齒墮顏衰自嫌醜去

來不聞飲醇酒僮僕勸駕休開口飲當輙醉醉必眠有夢不躡鳳臺巔江間波浪湧兼天有誓不登揚子船畏途空陟多轗軻清夜念及悲而漣少年拾芥彼自遇入遭按劍吾何言白首晚成歲不乏吾已視之浮雲然人猶笑我太自棄我還笑人不解事寸晷風簷箇箇酬功名富貴何容易從此甘爲世外人末路聊完不辱身枕流漱石輕南面恥换丹陽十丈塵

江南春題白雲林首倡和者甚多予亦戲和

種竹惜除當路筍編籬揷棘山家靜莓苔滿地襯殘英蒼翠參天峯貼影積雨春深人怯冷水盈徑滑時平井逢晴各戴紫綸巾挈榼提壺不惹塵飲興闌珊歸意急綺陌芳堤清露濕絡繹酒人追漸及圓月一輪天半碧此時作客思鄉邑翹首江南忘久立却羨閒浮來往萍多情猶勝人多營

閒居雜吟

生常遭人口不理爲汚爲潔吾休矣欲俟論定壽有幾靜看日落復日升惟有清心澈如水

出入舴艋疾如箭一蔬一腐稱盛饌飽遲饑速隨吾便天生習慣清苦人畫船狎客非吾羨

去日已長來日短行樂及時今亦懶晨昏一卷常爲伴吾亦不慕紅粉多吾亦不羨珠履滿

彭城以北不百里而遙薄暮風順流急千帆並進

揚帆出潮口直下古彭城岸濶浪痕碧天寒山影清平沙含暮色遠樹助風聲對酒渾忘醉陶然無客情

夏日同張沚水公兼兄遊惠山分得泉字

欲消長夏日同試九龍泉樹遠含初雨雲低結暮烟峯顛雙擔聳石畔一筇眠不盡登臨興言歸思

傳肘後方古貌古心純孝在終天有恨業農桑

元日試筆

曙色初開爆竹餘春風次第到吾廬尊中已煖新年酒几上仍攤舊歲書如戟鬚髯嗟骯髒成行兒女慰蕭踈雙扉獨掩交堪絕惟許梅花伴索居

邀客岑華堂坐月賞桂次王元穆韻

坐來碧月映書櫺高樹千層隔幔青花下笙歌欺萬籟林間燈火奪疎星愁消長嘯看烏鵲興到淸狂寄綠醽自喜小山逢勝賞香風拂座醉還醒

夏日園居承陶漁父折柬戲答

梁溪詩鈔　卷十二　六

清坐佞佛倦支頤茗椀香爐到處隨多病身閒惟挾卷客逃交絕但吟詩鳥啼深樹雲來後花落幽窗夢覺時忽有一函天外至新知晩合慰吾私

園居雜詠

人道有客歡我道無客樂閒雲自卷舒幽花任開落

野夫不入山似在深山裏暮暮送雲歸朝朝看日起

雞鳴山居

午乞僧齋便覺閒緩行斗室當躋攀倦來煮茗泉渺然

春雨獨坐

三月春光乍晴暉日日晾雨深苔色潤笋露竹枝斜掩卷聽啼鳥焚香數落花杜門無俗客泉到自烹茶

贈惠上人坐闢賁園

飛錫偶停此居然一遠公命棋淸晝永說法世情空檐影疎簾外經聲細雨中迎禪吾意合聯榻聽松風

長至舟中

梁溪詩鈔　卷十二　七

孤舟逢節序風急振枯林氷合一溪水雲含萬嶺陰縱無兒女態自有歲時心開卷銷岑寂焚香坐夜深

避世

避世閉柴門牆隅剝啄喧時同稚子出聊共野人言散眺過斜日閒行至別村歸來無箇事屈指計寒暄

題琴川孫言井像

半生儒行鬢毛蒼晩恥諸生作雁行甑日生塵猶好客室如懸磬但焚香淸言慣得茶中趣策杖能

聲沸一卷新詩手自刪

憶猶子入吳不返聞有洞庭之遊成二絕

登高纔罷入吳關十日平原未見還聞道湖船胥口便秋風吹到洞庭山

縱目橙黃橘綠間五湖秋潦水潺湲新寒漸逼羅衣薄莫到吳王消夏灣

五世祖開鈞公詩

家乘公諱廷樞字元理號開鈞先洞陽公曾孫南邦公仲子公性孝友以世俗交遊徵逐爲恥痛絕之先南邦公常居惠山別

業公時時治佳膳覓鮮菓往來惠山不絕晚年家益貧擁褐自怡教子勤讀迨先勉齋公以順治丁亥成進士而公歿五年矣所著有開鈞閣草公在當時不以詩名由今觀之見地乃高人數倍豈公固不交當時名士而名不著耶噫如公之刻刻自晦者豈易求諸庸耳俗目哉乾隆己酉中秋

五世孫光旭謹識

有感四首

獨學慚無友羣兒浪得名我寧爲博士人亦笑書生聖域賢關直知言養氣并圖書皆玩物仁智勇能行

世已兵民二才因文武分蕭曹同作相方召並能軍貫革吾何執修辭人亦云可憐天下士慷慨欲凌雲

四書傳制義我欲識其人政事乃殊謬文章徒爾新本無千里馬豈有九方歅一一取諸代應須入幕賓原註制義代聖賢立言憑文取士論薦是與君子者乎色莊者乎况其弊併至代倩世遂無實學矣

未能爲子弟乃作父兄身小學今皆廢奇衺孰與

馴教家原自已格物豈由人萬有竟拋棄空遊浩蕩春

口占答友

但種江皋二頃田數間茅屋向斜川東鄰流水通籬落西嶺清光入誦弦終歲晨昏無間鈌一生詩酒與周旋十洲三島何須問只問何修竟得仙

顧副車嘉驛

字虞工一字黃工號固菴別號硯齋天啟辛酉甲子兩科副榜先洞陽公四世孫元水公之子卒年六十三爲人方嚴有氣嘗

與諸友論文有貴人過訪謝弗見其學深於尚書旁逼博覽著有尚書日箋及表異錄馬忠肅公敘其書曰博而能精大而有要其所覃研皆在簡瀋易忽略處此學人非才人也其推重若此語在邑志文苑傳家乘云公幼穎異七歲侍大父南陵公方詠詩客出一對云大父吟詩郎應一日小子學禮客以其生於寅也又云生惟一虎又應曰家有九龍蓄窗中見惠山而坐各恰九也十六七時益喜弄筆墨每見叢書雜記及古今小史擷其精華自搆短篇往往上逼漢魏著有尚書大旨四書正訓困菴經抄固菴隨筆唐詩正解聊爾居詩集慈松館全集生平孝友出至性以詩書爲衣食朋友爲性命師事高景逸劉本孺爾先生友則吳巒穉孫蘭公陳蓮漁張二無錢牧齋何非鳴賈延之馬素修鄒公履周學樵李長蘅吳爾忘惲道生張太岩黃介子黃錫余徐元修侯豫瞻黃冠龍吳爾聞黃數五鮑健翼聞子將嚴印持嚴忍公嚴無敕繆太質譚友夏顧仲恭鄭閑孟歸文休李縉仲陸晁孟王李和吳鉅侯徐克勤婁子柔程孟陽蕭伯玉李貫之李仲達秦太音諸先生

歲朝自慰

無田艱歲計，有子不爲貧。藿食恆餘味，蓬門也自春。

春日屏居四首

不欲干時去，探元獨是非。春光纔過半，又見落花飛。

窗明臨片石，几淨對幽琴。空境超非想，無弦有至音。

能閒芳草意，不競白雲心。問字時相過，清言淡可尋。

梁燕閒堪侶，庭花笑可依。堦前苔不破，應是到門稀。

秦農部堈

字器新，號儼海，壬戌進士，授澤州知州，父喪歸，補福寧州。民俗椎悍，好與長吏爭曲直，儼海至，令輸賦自封，而屬邑解餉竟達藩司，決獄不以恫喝取情，與往復開諭，有涕泣者。治一姦僧殺師獄，人以是不敢欺。入爲戶部員外郎，被命管京糧廳，有指揮侍御史戚黨恣乾没，而前使者不敢問，儼海杖而繫之獄。亡何，宦官張彝憲以督理戶工二部至，傲然屬視諸曹郎，一時金鉉抗疏論劾，馮元颷索馬徑去，而儼海及何楷與慷慨講分庭之禮，璫意大忤，儼海亦遂歸。儼海前後在官不出五載，至爲德於

鄉有萬石風心師高忠憲之學而未嘗自
附於東林晚居東皐探道汲古鄉國遠近
迄無間言恤人之急乃至魚鳥亦被其澤
列邑志宦蹟傳西神叢語云儼海父母殁後報謝弔客不輿不蓋不飛刺單門陋巷泥淖偪側中必登堂稽顙乃已不挾貴蔑禮也

商山四皓

朝採芝暮採芝避秦人可療饑暴秦亡歸鄉好足
不踏長安道留侯欲爲呂雉謀餙取甪里先生儔
固知智者巧爲此安有不臣乃公而肎與儲君遊
嗚呼四皓誠安劉羽翼惠帝功莫侔後來胡不封

公侯

容城謁楊忠愍公祠

先生一代之偉人立朝肝膽何輪囷豺狼當途肆
搏噬獨將赤手批龍鱗堂堂兩疏炳日月要除國
賊攖窮㡔頸血不惜膏斧鉞蚺蛇之膽何須吞二
祖列宗養士報乃有浩氣騰楓宸昨者城東謁公
墓斷碑剝蝕埋荒屯石亭蒼栢已頹廢空餘狐鼠
穿荆榛猶幸祟祠列故里子孫歲歲椒槃陳千秋
奸宄如過此毋乃泚汗沾冠巾

錢塘懷古

此地繁華已飽聞蝎來懷古獨情殷湖心倒浸梁
朝寺峯頂常含宋代雲夾岸樓臺還匼匝四時簫
鼓自紛紜卯一作鳳山宮闕荒烟裏只有疎鐘送夕
曛

牛角山河漸式微權臣接跡重歔欷風波亭裏長
城壞蟋蟀堂中國事非王氣總隨奸黨盡刼灰偏
逐亂塵飛栖烏一曲無消息陌上誰歌緩緩歸借用吳越王事

朽木燈檠事繆悠殯宮穿鈌向山邱滄江波咽與
亡恨白塔雲凝草木愁枯骨尚遭龍漢刼荒墟誰

弔鼎湖秋冬青麥飯年年鈌異代仍孫哭未休

六更已了幾星霜禾黍叢殘汴復杭一代興衰如
博局七朝人物祇排場運移丙子山河碎天祚庚
申歷數長贏得雲仍主沙漠杜鵑何用泣殘陽

邵方伯名世

字翼興號空齋壬戌進士除南京兵部主
事歷官參議督學雲南并攝五纂其攝臬
也臨安有儈私一隣婦㜸孤旅而誣其夫
以殺人獄上方庭鞫空中見一兜字一訊
得實乃坐儈而釋其隣見池積沙疏以利

漑又免泛濫虞遷福建副使甯外島者以伽南帶來餌不能入遠人憚之進山東布政使初空齋嘗糾一理官及是以邊材來爲巡撫日夜伺空齋短長將報焉竟無所得既歸際國變遂與人世絕久之有直指使者三躡門無人門焉者歎泣而去曰同吾祖壬戌念止餘一老終不可識矣西神叢語云邵空齋爲福建參政時鄭芝龍方跋扈海上諸文武大吏皆賂遺無筭空齋獨無鄭乃以百縑購一伽楠帶托所善者致誠悃空齋拒之固進終不肯受鄭憤且慚碎其帶陳筠堂每語其子竝漁曰汝同年中邵君厚重端雅大有器度共吾黨完人乎空齋晚年里居遇三黨慶賀或令子姪往涖至有喪事必躬自弔唁

惠山泉用坡公韻

名泉天所鍾能浣詩人腹大哉乾坤內支派凡幾族劍池與龍池渟泖石潭蓄中泠逼建業大江波相續谷簾音淸壯如擊澌離筑盤紆蝦蟇口鬱若蛟螭蹙第二名玆泉特以謗語黷張又新煎茶水記劉伯芻以中泠爲第一劉鎮江續改惠泉爲第一余家文莊公亦云試步漪蘭堂箬畏坼新綠數椀通仙靈至味勝飧玉泉泉胥朝宗頫首甘臣僕園池廓若盆玩之纔一掬豈知千古人齒頰餘芳馥天隨玉川徒遊屐山中熟詩腸瀹靈源泱漭流萬斛

華吏部允誠

字汝立號鳳超壬戌進士與兄允謀允誼並列邑志儒林傳先生從高子講學初官都水司主事見忠憲去位先生亦告歸崇禎改元起營繕主事進員外督琉璃厰二年冬京師戒嚴分守德勝門四十餘日不懈帝微行察知之賜金加俸改職方員外郎六月以温體仁閔洪學亂政上言三大可惜四大可憂疏入帝詰其别有指使乃

益發洪學諸交通狀疏再上帝亦悟詔奪俸半年而洪學亦旋罷去其冬以省親歸孝養母母年八十三而終大學士周延儒再召遣人以京卿啖之拒不往入南都馬士英先造請亦不報謝後爲福王驗封司員外郎十餘日即引疾去國變後屏居墓田不宵薙髮與從孫尚濂駢斬於市語在明史本傳年譜云先生初授讀艱于貫句一字必黙思其黙畫如一大字何以一畫加撇捺而成大思而不得下文讀不去矣臨難謂濂曰心即太虚之心太虚中何曾有刀鋸斧鉞淸其刀鋸斧鉞不得加焉之

心亦安往
不得哉

將去南都次友人韻二章

七尺三才身一日千秋事此身肩此事奚但立漢幟塵埃封面目悠忽老居諸北風動歸思羲皇有遺書過涉非可咎逝波安所究正氣雖云綮元黃判焉剖天高不可問殷殷我心憂或去或不去亦惟仁是求

天行日一周天體寂不動曷不爲雞栖廻翔託孤鳳肝腸百鍊堅詎患多磨礱龍之在深淵上下皆空洞所矚惟時幾何獨亦何衆俯仰宇宙間塡箎

有伯仲

志感詩

三年躅躇敢云豪迎俗深心細若毛身隱久揜從訕笑時危無術補分毫壯懷欲向金罍盡瑞氣還瞻彩旭高莫謂吾衰無復事長沙百甓豈徒勞

老去悲秋轉自豪讀騷痛飲酹顛毛漢宗豈識王家臘泰饑能灰曾叟毫飽歷風霜心入靜坐空身世眼偏高長年野老知艱險獨柱危瀾莫我勞

緬思古則企賢豪海上孤臣嚙雪毛眼底干戈方載路靜中消息不容毫點無一事陰逾惜愁有多端枕自高生色千秋青史在自餘推數郝勞勞

贈族姪

當年草創水西堂忠孝關情此日觴一德賡歌荃澤久三春報答棘心長雲深會有重離照網密其如千仞翔最愛芝蘭森秀色早爲家國兆禎祥

與仲兄訣

振衣千仞碧雲端殀壽由來不貳看日月光華宵又旦春秋遷革歲方寒毋爭毛髮留詩禮肎逐波流倒履冠應盡只今期便盡不堪回首問長安

王太守永吉

字曼修壬戌進士除定興知縣奉聖夫人客氏家定興賓客僮僕縱橫於路曼修持法一無撓屈客有喪監司以下奔走鼎沸曼修獨不肎往以是終曼修任其家無敢漁奪鄉里者遷南京禮部主事崇禎初大姦雖殛諸餘孽未除者復相與陰排衆正曼修抗疏劾吏部尚書王永光言永光以稱功頌德之剩姦爲逆璫兒孫之護法始膽寒如媚疏之被糾則戢翼搖尾附公論以求容既色得於根株之旋固則張牙露

爪持言路以樹敵疏上有旨罰俸旣而出知福州府有關節舉人鄭某力能持上官而所負緣分考某推官者曼修同年已內召將入都曼修至要路書囑委積曼修悉置不啟及對簿厲聲詰責鄭不覺股栗自承獄旣具并罪推官而上官恚甚不可解於是曼修受事二十七日而去久之以黃道周薦復起福州謫巡方御史意不能自下甫匝月投劾歸再起金華不赴鼎革後不復見一人獨身徙東郊廢圃中頹垣叢

棘風雨畢濕委頓自若數年而卒

惠山泉同空齋同年用坡公韻

嵯峨西神山太湖蕩其腹水氣蒸爲泉泉源各殊族龍縫與羅漢渟泖石坎蓄遯名及慧照或湮或復續珠簾瀑布飛清韻奏琴筑若氷嵌深洞縈紆逕縮蹙龍縫羅漢遯名慧照珠簾若氷皆龍山有名之泉惟茲桑苧神可愛不可瀆寒光徹毛髮倒暎松根綠釋若冰二泉詩石脉從寒光松根噴曉涼礪斧斲凋雲瓦鐺煮圓玉沁心如醍醐諸泉總奴僕與酣盡七椀何忍留一掬詩腸搜攪清妙句散芬馥我意慕茶仙飽讀水經熟楊誠齋陸子泉上祠堂詩幾多祠子拜茶仙哂彼阮步兵嗜酒三百斛

歸來

泉明撫松菊薇蕨在西山流水復何住浮雲空自還浩然悲落葉隱矣悵衰顏昨遇一緇叟鐘聲夕照間

萬事不可道蒼茫剩此身南山復誰在秋鶴方自呻若問報韓者徒爲佐漢人乞骸抱黃石落落松花春

華少詹琪芳

字方侯號未齋乙丑第二人進士官詹事府少詹時璫燄方張公決然引退終身不出庭畜一鶴嘗詠詩曰不飛常獨立何意睨雞羣唳入碧空去人間疑夜雲年四十九卒著有宜博集藏於家屋漏水浸損壞僅餘前數頁可認者茲集就此錄入

登惠山石門用謝康樂登石門最高頂韻

晨凌蒼靄上暮竝山禽棲一步一超忽曠然睇清溪苟非天所設誰爲積崇基烟雲入始陪泉石破舊迷士樵不同術桃李非異蹊茅茨來春風亦有黃鸝啼所以鉛槧徒守道貴不移墻高抗巖柯青

條陵碧黄太虛亦何心氣運無安排君看方寸内自有上天梯

將入山避暑用謝公齋中讀書韻

余從京華歸秋水赴奔壑道心出沈冥高卧豐寂漠麈扇驅集蠅持竿解鬬雀安能弄柔翰皇墳有述作既愛景氣諧頗畏炎風虐昨有山僧來云掃松風閣已厭城市喧復慕林泉樂抱我壁上琴永此邱中託

擬鮑明遠梅花落

歲寒不寒盟惟梅能作花問君何獨爾豈共寒風

而揚葩秋風而脱葉霜雪無能任調燮冋語松竹莫復疑桃李開時問蜂蝶

擬行路難

身騎雨工背脚蹋青雲頭黄河凌兢不可以徑下一點兩點風飀飀八月隴中雪賀蘭山下行人絶北風吹空馬尾高馬鳴蕭蕭客卷舌百里無人烟千里無水草人饑馬乏困長道躑躅高原望元昊邊城黯慘卷白沙蘇武節張騫槎遠行不如早還家城頭落日烏啞啞

與君爲蒱博意錢之戲一擲百萬輸劉毅與君掃鐘鼓美人之宮阿房一炬三月紅埸來右臂鷹左牽犬一身兩役能無倦不如折節讀書彊爲善文若空負王佐才董卓暴屍中郎哀一朝失足如死灰朔風淒厲邱巒摧褚淵壽考袁粲死兩人當日皆名士

崑崙夜發桃花水直至門前三萬里故人遺我雙鯉魚烹魚中有相思書秋來木葉飛春來百鳥啼雲山四阻起天末不得見君心含悲心含悲行路難五更提劍出門去霜風淒淒透骨寒豺虎當道龍在野舍車徒步徒蹣跚

太傅是誰我不識狗兒猪兒紛第宅既自移取墮淚碑或恐遂及奇礓石驅馬出渭城金人淚落鉛水清挂冠非牽爾我亦愛閒多病耳右手執小品法華左手執孝經老子抵節行路難仰視秋雲翻秋雲翻覆無時定茹悲吞憤何由歡

垂釣江水秋半江黄葉萬里流得魚送親故門中各置一兩頭獨攜周處斬蛟劍北固山前望天塹浪頭夜白江吞天一鴈南來生百感頭顱如許百不營安能蹈海求蓬瀛高鶴寧忍饑官與雞鶩爭耿耿不滅一客星至今人道嚴子陵千秋事業空

灘聲
暮亦不忍聞朝亦不忍見古之英雋人所以常沉湎東鄰一株柳作絮從風飛西隣一株桃帶水復沾泥萍花狠籍荇帶長隨波逐浪無東西汙流豈有淸堪掬不濯我纓濯我足漁父鼓枻知我心請和滄浪歌一曲

水精戎鹽縹酒味乃至夢與鬼爭義桃簡爾已爲司徒國士何心及世利君不見中朝厚祿皆大官鏘玉佩揚鳴鸞晝漏方殘暮鐘盡問君何不鹿皮冠親友走相弔葢棺已論定修飾徒爾爲斧斤不正非屋病

鄒徵君期楨

字公寧號經畬崇禎初詔徵賢良方正不就以諸生終先生初從葉閒適於橫林開適一見器之忘其新婚期而始還既從顧高兩先生講學東林每尋格致之義頗有所得最後獨心旨高公所謂觀未發功夫細心體察謂從諸儒操存之法遍參始得以主靜爲訣主敬爲宗以禮經之九容爲把柄身心內外一齊收斂其省察之全功也設講席於洞虛宮方丈不能容移之文昌閣閣又不能容闢軒以居之往往百五六十人主文行社約三章以繩之凡挾邪者皆屏去深以口耳之學非其至者必令弟子研窮性命邑人以不及門爲恥自是甲科並進壇坫之盛前此未有後因吳君觀華於東林廢址建麗澤堂爲之左右提唱每聚學者說書堂中風雨寒暑無愆期故講席得以不墮其造就後學如此先生尤留心經濟嘗纂皇明洪範經世要語及名臣言行錄身列章縫而心憂社稷天啓間三案議起不勝憤激著委巷諸崇禎初政事一新有擬請復東林疏弭亂臆言救荒末議固人心論活井田說皆一時碩畫巡按御史祁公彪佳式其廬不見題額曰理學眞儒不報謝安貧樂道以卒年七十六門生嚴㲄等諡曰懿長先生錢肅潤爲之傳先生自記學問一則云取景逸先生未發謂一觀而用寂矣一語大有入頭從來亦會下觀未發功夫然謂觀其本體耳不知這觀即是本體此纔得程門主靜心訣若不觀此心尚茫茫蕩蕩也于主敬二字

則禮記九容最好九容件件停當便是身心內外一齊收斂舍此別無主敬之法此處畧有把柄則終日研求經義亦足栽培本體之助看書與靜坐不分爲兩截矣邑志載先生所著有尚書授一篇軒劄記東林諸賢言行錄鶴湖小詠西神叢語先生殯不用緇黃弟子三四百人素冠素衣執紼隨行惟聞哭泣聲議者謂先生教法如胡文定之設經義治事兩齋弟子心喪如洙泗故事不用浮屠樂器猶伊川先生家法云

麗澤堂

風雨弦歌地天教吾道南交從澹處久義向靜中參得意鳥聲悅名言草色酣雅歌能砭俗何必假雙柑

乙丑歲余髮種種矣以食貧故講授不休兩兒念余請白爨以贍我兩人然無半菽一錢可佐治釜余不願也兒再三請乃允之因檢敝篋得書二十部扇二十握分與之兩兒喜甚作詩自解并示兩兒

筆傭舌耨倏華顛兒子殷勤請息肩郭外曾無新闢畝筒中只有舊遺編百年茅屋風流遠自註吾家幾椽乃先侍御成化年間物至今未改千古虀鹽滋味全勝賞尚留名蹟在清芬片片總堪憐

一經世世作生涯翹首青雲志頗賒終歲課兒師是丈半生餬口館爲家已看對鏡髭成雪休說論文眼未花養志喜從稚子願攜孫曝日過年華

東里遺基十九荒一椽偏似魯靈光自註先侍御始居東里子姓頗繁今皆散去惟余與公寅弟堅守不忍棄以存東里一支之遺瘠田記籍空存數柱史圖書尚有囊自註侍御公遺蹟散軼幾盡先後訪得之今尚存什之一但恐承先無寸地自註謂心田那知裕後必千倉解嘲聊借鄉人語男子分時飯不嘗

清白門風在口碑幾傳隱德亦堪維自註自耀菴公而下代有隱德籬花島偏知我滿屋烟霞肯讓誰天地室廬殊浩蕩詩書冠冕自崛奇吟成撫掌一長嘯聊當分鬮付兩兒

鄒經歷期相

字公寅號忠餘貢生經畲弟也崇禎初御史張公纘曾舉賢良方正歷官浙江衛經歷錢肅潤傳先生云先生從涇陽顧公得讀書法從景逸高公得養性法復與葉聞適薛京臺諸公參論弗輟而學始成

和錢啟新先生麗澤堂韻(二首)(存一)

潛底雷聲一震嚴俄傳晝漏線旋添吉先始信幾由動盎處還知道本謙圖書以前原有易卦爻之

外更無占千言萬語縱横說覷着天根匪浪拈

張明經雲鸞

字羽臣號泰巖優貢生所著有五經總類四書說統先生湛深經術以經師教授里中其淑人者最優於講學者羣疑滿腹衆論塞胸得先生一言砉然立解故事直指文宗按部及邑令下車詣　文廟掣講學官必以先生應一揖就位容止肅然講畢傳會時政及邑中利弊得失誾誾侃侃當事爲之動容邑龜山祠春秋會講顧高兩

梁溪詩鈔　卷十二　三七

先生狎主齋盟先生儼然就坐又不減象山白鹿一會聽者揮扇時也如是亦有年乃歎曰吾不以所學獻當宁施行之數數提耳無庸也庚午秋躄躠走三千里以所著經正錄獻闕下奉旨下學臣問狀果否言行允符狀上遂授明經之科以歸經正錄者萬歷之季溫陵李氏之書盛行於時其說蓋本於文成龍溪經正錄闢之息邪距詖苦心衛道或以爲訓詁而已者則已誣矣先生於壁經爲顓門之學其於漢訓誓命之文尤盡心焉使其所設施得行於時當不令天下訾講學之儒爲無用也

談信余復惠山古蹟感賦

往喆留題處幽人費討尋細莎迷舊跡斜竹長新陰六代青山色三唐白雪音徘徊烟景暮懷古意何深

陳秀才卿茂

字碩符諸生與弟本符並以詩名所謂二符者也與吾家庸菴子方雨先生友善庸菴西疇集載次碩符韻詩云子才真如礙線短矢口狂吟意未滿多君氣誼何欵欵手

梁溪詩鈔　卷十二　三八

持江郎五色管疾揺千言刻不綴彩牋飛墮雲霞散驚起孝先方腹坦吟成頓覺花生腕攜筇非向君家立古巷牛羊羣溅溅斷壁荒垣多未葺掃除三徑延吾入琴尊奕語如靡及更集漁師聚舟笠沿溪大索纖鱗溢兒童奔走衣猶濕歸來落日半朱輪桃花不記武陵春烟波咫尺成迷津與子雙存亂後身盈盈二水分青蘋歡呼調笑了不嗔開函往往新詩出手持一卷如冰雪青蓮疑展廣長舌郎倩墨卿爲代說有時倚杖逢君來屐聲蹋破柴門苔縹細秘帙爲君開相攜散步梅花臺有時狀頭傾曾酒五合陶陶不溢斗生平屈指無多友太史公當牛馬走有時相對稱二老蕭蕭白髮吾偏早不及君顏尚姣好有時與發剡溪舟一篙水滑隨雲流十日平原足勝遊珠璣滿握從君收有時健足徒步摳衣不惜侵晨露留連忘却來時路把袂臨岐更回顧敝帚何堪當一瞥孟郊郊受昌黎拜君意寧爲俗物敗還盡千篇風月

僨樓頭百尺真英雄古幹凝然雪谷中世
兒草草抹青紅須臾零落隨春風貞脆相
懸有如此知君雅操蒼松似聲價不與一
時爭品題合在千秋裏我非子期知伯牙
寄意高山與流水爲君走筆和長歌歌聲
遙徹琅玕坡手探天根足月窟七襄絢綵
垂星河那恨古人不見我元白當年未足
多子方遺藁有爲陳大卿茂題繕雲閣書
并序陳生少而善夢恍惚皆仙嘗爲余言
夢入一室其地如山不從攀躋而上其構
如石而飛欃宛然若松若柏中題繕雲壁
有奇篆覺而不忘十年於茲矣嘻江郎筆
上之花不過文心未散耳繕雲之居意者
上帝藏書之府乎非仙骨麥虛何以至此
乃不一尋舊遊耶而顧落落人間也余爲
作詩亦以題之亦以諷之其詞云落落仙
居一夢遊繕雲題在赤松頭天邊結地三
千里枕裏飛巢十二樓滿壁奇文空入眼
半生長揖未離愁語君遍迹
當年路石室無人待隱俟

寄無傾孟公兩社長

黃菊無言已度秋翠屏如障白雲遊酒樽待我移
楓岸吟舫懷人下荻洲多病易違良友訊無衣難
禁暮寒愁南峯歷歷晴烟外遐眺誰開向北樓

用孟公韻寄無傾剛中

節懸屋壁僻山行坐老春光酒未傾吟盡鶯花追
社晚徑餘松竹助貧清癡狂獨擅虧三絕翰墨誰
能縱五兵公等自居高隱地一聽癯鶴隔林鳴

題安孟公罨畫樓

瑤閣朱闌景最多就中玉樹百年柯紆迴複道花
千尺上下空香酒一螺宿世王維身入畫兼才庾
亮喟能歌登臨莫歎風流杳賓客追吟調未訛

悼婦詩

病魂初去自倉惶鼓鈸聲高鬧上方只恐暗途驚
去住回頭愁拭淚痕忙 初虞

二十一日哭停棺哭到今朝淚反乾女渴兒饑更
尋母相攜姑與畫圖看 三虞

兒啼女哭繞停棺今夕還疑骨未寒想像生前無
覓處癡心仍向暗中看 除夕

年年雙媳拜翁姑今日吾妻在畫圖姑憶遺容來

哭汝汝何能視不能呼 元日

撤開愁緒强爲歡縱有春風我亦寒何處兒童不
鮮服吾兒俱是白衣冠 又

陳本符

逸其名本符其字號節霞碩符弟也與吾
家庸菴諸君子友善相唱和

病臥山房碩子剛中以長句見投豁然予懷
漫書答寄

山居有何客白雲送其來我時一見之心與梅花
開梅花語客此翁瘦病肺日日枯吟才春堦雨多

藥草爛玉池自灌青蓮胎玉書果腹不愁死至道與君談頗眩知君懷抱青霞文吐納混元非世裁丹砂綺石箋碧苔摩挲一字千瀠洄鐵耕細烟滋秋水令我突見心空埃我懸中堂是太乙此星好古擅靈筆君來笑合如前身豁然去我淹留疾

剛中以方竹杖見貽酬謝

手裁方竹杖積歲輔行吟霜雪孤稜去深出獨往深偶然求舊物遂爾貺同心晨夕摩挲重頻擕寄德音

郎景懷剛中

庭草綠無緒雨餘簾色紛幽栖樂晨景高嘯仍孤聞食苦宿檐鳥寒森結樹雲去家多客念終是惜離羣

城歸過畊石館中得句

舟未泊村舍先從野岸登稻香秋正合雨屐路初澄深樹幽人館涼風燕語朋莫詢城郭事炙手總銜冰

受業陶　鯤　劍南校

梁溪詩鈔卷之十二

梁溪詩鈔目錄卷之十三

明崇禎

梁溪詩鈔卷十三

梁溪顧　光旭　華陽氏集

明

曹副使荃

字元宰崇禎元年戊辰進士累官福建副使道邑志宦蹟傳云元宰少時父坐事當繫獄請以身代而益奮於學父事白得釋禍後由南京刑部主事歷郎中借禮部周鑣言事忤權要謫官歸久之除知漳州府清而不刻吏民畏懷之遷副使時中原亂神州鼎沸元宰數勸鄭芝龍舉兵勤王見鄭逗留不進遂投劾去晩葺西郊讀書臺屏跡以老元宰望亭名家其上世有宜宗賜番楊春燕圖見嚴紹宗錫山遺事馬忠蕭公世奇贈曹元宰守漳州詩云靈槎秋泛海天涼五夜心懸燕寢香總爲至尊憂社稷漢臣何必薄淮陽雙節行當露未晞蒹葭清欲照朱衣碧江分得冰心冷雖有珠光不敢飛十載高岡鳳獨鳴德輝初下領專城諫書早已傳東海狐鼠應知避姓名客路秋香桂着花兩朱幡去望丹霞百年祖笏留清烈循吏今當有世家右八首之四

山中獨行

白石太嶕嶢孤行疑鮑焦亂雲鐘外閣細草澗邊橋立馬欲相問前人去已遥蘼蘼颸忽影碧落夜聞簫

張侍御續曾

字公緒號九野靜思給諫選之曾孫改號靜生志在繩武也戊辰進士歷官浙江道監察御史巡按河南卒祀鄉賢祠公爲御史僅及期一歲二十四疏淮泗冦警朝議移應撫駐皖又議駐瓜儀公謂瓜儀非應撫所部且江南人心囂動厭靜惡黨耽耽思隙恐未受冦警之禍先受亂民之禍疏

請應撫駐京口居中調度下可控瓜儀上可應陪京中可顧四郡而責操撫訾江防以斷流氛責地方修保障以安土著責漕河諸臣葺淮口以通運道報可時四郡在震鄰而半壁晏如公一疏力也會擬鳳陽撫按失事律公謂推原禍本宜先治五省總督陳奇瑜縱冦之罪奇瑜尋論如法乃因起廢之詔疏請廣之謂凡久伏林皋品望素著者鑑別登庸近日言事諸臣并先朝逆黨摧殘未蒙贈謚者錄其生而褒其死又劾輔臣溫體仁王應熊才本庸而衷則愎吏部尚書謝陞庇貪濫舉謝爲公座師之師公曰臣子自君父外何人可私吾聊附上殿相爭之義此周舉之所以報左雄也巡視東城緝妖徒除大猾巡皇城內禁軍八千八半屬子虛半隸中涓家公每十日三簡驗旬日禁籞改觀飭愼庫未半月簡按中州入境受事疏陳守禦方畧兼請發帑蠲賦以甦全豫約法三章諭司

道共懲積習百姓如獲更生巡方甫二十日而公病不可爲矣馬忠肅公世奇爲公墓表曰嗟乎淸白者亦何俟久而後見也公生平瘠不勝衣而論事不避城社任事不避葛藟忠義激發至德動人眞不媿名御史矣

仲夫子廟下作

小年誦論語不識升堂彥斷斷洙泗間胡爲野而喭師云愼爾儀恐復遺呵譴曾參之所畏小子未講貫稍長稍有知撫卷滋慨歎兼人勇於行詎猶

不足憚譬如金入冶繞指須百鍊陶鎔未純固窮困或慍見得聞君子强中立斯不變行過夫子廟傴僂仰古殿再拜一瓣香蘋蘩潔芳薦私心憂世務若藥不瞑眩願得夫子力豺虎悉遠竄可憐去聖遠大道無畔岸既非王荆公朝報春秋斷徒爲中常侍手把天紀亂風火家人嘻逆欲羣兒扇舉目烟障天攘臂額焦爛中原遂鼎沸生民盡塗炭夫子寧不聞君子小人戰固知陰疑陽何以奏清晏長劍倚天青熱血向誰濺有聞未能行安得誅巧宦出廟日已西行行淚如霰

讀求賢詔恭紀

璫燄彌天震九閽剪除榛棘掃乾坤百年養士思先帝一詔求賢拜至尊臣本草茅長引領人非木石盡銜恩魚鹽販築風雲氣灑涕重招楚澤魂自註謂楊左諸君子

鄒贍公兌金

字子介庚午舉人生平以濟人利物爲事嘗捐貲置放生池已澤及魚鱉崇禎丁丑春公車北上偶駐金山寺忽江中大風覆舟先生招手疾呼能救一人者予十金舉一屍者半衆操舟競援是日活人十一屍十九復爲籌經久計倡捐三百金設救生船二十餘艘號紅船募人晝夜守候至今好善者踵而行之全活不可勝計是年既破囊拯溺復覊時日會試期廹竟不赴子忠倚　國朝順治壬辰魁天下先生以子治內弘文院中書舍人贈如其官至今百五六十年鄒氏甲第之盛先生一人開之也

夜飲

舉世既如此獨醒傷我神是以徹夜飲揮杯勸旁人忽見天際月驚落頭上巾試問今何夕寒烟暗前津撫膺長太息抑鬱恨難伸嗟嗟浩歌者且復飲吾醇

黃安遠廣

初名伯英字冠龍歲貢生官安遠知縣著有禮樂合編續史五編錫山史逸被服東林親炙顧高兩先生嘗請自爲會涇陽公喜曰友不厭少貴其精會不厭多貴其眞既而忠憲公赴止水死有旨問漏洩之由

有司責保狀甚亟無應者冠龍同華國材慨然署狀宰安蔻時有重囚因冠至陽從賊走而道亡自歸者且請出死力守城及部移至竟在決數中冠龍力請得釋見邑志儒林傳

呈涇陽先生

汗牛充棟三千歲走馬看花億萬場曠代無雙真古董（自註仰先生簡李漕撫語也）一生絕四是奇方（自註先生作學部通辨序云辨朱陸者不須辨其孰爲支離孰爲禪辨其孰爲有我而已矣）偶隨茂叔看庭草又向伊川弄月光誰識紅塵深似海中流把

柁整歸航

馬忠肅公世奇

字君常號素修辛未進士選庶吉士歷左論德兼侍講掌司經局印著有澹寧居集公幼穎異嗜學修頤廣顙揚眉大耳長而砥名行從顧高兩先生遊好推奬後進操天下選政三十年澹寧居選出論文者以是爲宗負笈從遊者徧海內也官編修疏劾史部尚書閔洪學濁亂銓政樞臣用非其人以致封疆日壞及會推兵部尚書再疏極言之十一年奉使敕諭諸王賜予一無所受歸遇流賊遮道皆羅拜感泣曰此天使不受藩府一錢者也還朝還諭德時賊勢日逼公對便殿言用兵以人心爲本今賊所過民輒附之非附賊也官兵所至民不堪命賊因而用之故今日之務莫先於約束部伍令兵不虐民民不苦兵以固民心十七年三月十九日京師陷公肅衣冠奉司經局印北向望闕拜曰臣不能報國一死以謝陛下先視二妾朱李死復爲書報太夫人南向拜盡焚其圖書袍笏貽書誡子壬玉善事太夫人斂二妾畢乃就縊臨難時復爲書報所善兵部郎成忠愍公德曰今日舍一死無别法幸勉之成得公書即死之後及門中殉甲申乙酉之難者前後五十餘人公贈禮部侍郎謚文忠

國初時　贈謚文肅奉　詔建祠春秋特祭明史有傳乾隆四十年奉

恩旨改忠肅

堯仁頌

唐侯之升雷雨方盈誰遇聖神作息不驚如乾資始如坤資生雖在其咎範圍平成帝力何有民智難攖堯所留者井鑿田耕被之格之氣至自行維堯之仁仁以無名

舜知頌

欽明啟運舜乃重華共驩比周始殛其邪維十六族以乂皇家堯如幄劍舜如鏌鋣一藏一顯光則何加邇言之察匪曰披沙行地皆水麗天皆霞舜也知邇所以知遐

禹儉頌

帝統之番土堦茅茨禹首王風猶用爲儀貢金九收匪虞不支雖嗣解阜如仍胼胝浮濟逵河豈惟民脂從理者節從欲者斲禹所惕然人道微危大寶曰嗇有夏其師

湯寬頌

弦急無聲治急無氓誰云粱肉不在昇平御衆以寬聞于帝延夏禹泣罪湯爲之承既以代虐亦用求寧雖火烈烈匪寬不行解網三面以及羣生維湯之寬赫聲濯靈

言箴

天文人文言則賁之以立其誠匪繫修辭辭之不忒如絲如綸忒雖三緘默與躁鄰心如穀種根深而華守餅非訥懸河非夸治言之玷曰于未瑕

擬左太沖詠史

漢室推蕭曹圖綺終所欽雲臺自千古客星照江潯周士雖孔多結想在中林讀書朝百篇吐握有餘音浮雲歸泰岱膚寸皆爲霖寶光出元圃小璣亦國琛山亦不厭高水亦不厭深願賡猗蘭曲韻此南薰琴

雪夜入蔡城

十月淮西雪片繁黑雲欲掣紅旗翻五花陣法六花點一時攙向淮流渾懸瓠池邊夜當丙鵝鶩聲喧刁斗靜丞相猶慚共賊生三軍敢自憐軀命進誠殷後祐登先城高百雉如憑肩城頭四鼓雪未曉行過九地復九天正訝兵形同脫兎敵人依然仍閉戶天子恩深挾纊溫墮指還餘勇堪賈狂童帳下夢乍醒常侍一聲驚雷霆洞曲投戈外門毀須臾箭落槍欃星累年逋冠一夕掃四面金湯還國寶西平有子我有臣殺人何必曾如草却笑監軍巾幗流泣痕在頰賊已收朝恩尚能潰郭李軍

國可與中涓謀

寶山行 贈顏同蘭給諫時給諫奉外諱其夫人王氏奉翁于家至刲股和藥而卒不療然亦奇孝矣

閩山突兀尊天寶諸峯環作兒孫抱有美一人揚其輝紫芝西頭日杲杲朝色如丹晚色霞不待春風開筆花大海迴瀾墨生暈含吐九龍比魚鰕龍珠夜游遇漁叟千年仍入才人手一朝飛來上天庭十二乘爭照前後却向九龍討璇源甘棠芴舊應猶存君家本是龍圖裔古今嗣美埒祖孫三戟萬石何須羨羨君世在名臣傳一縷素絲誰得知

今補舜裳五色線聖朝止輦方受言借君雙管領紫垣孤鳳一鳴衆鸚瘖据要安用盈庭喧君言獨旨心獨苦欲轉蜩螗成桴鼓天子宵旰臣忘家南陔未敢稱觴父誰爲代之采其蘭中閨采色寬加餐采蘭幾時壽采朮深夜籲天捲肺肝籲天天高天莫頜爲君三致白華省手封血縷薦股糜萬一長生續短綆天乎無語終悠悠婦血已枯終不留那似長安天尺五報章一一七襄酬讀君諫草血滿帙披心願療三空疾臣忠婦孝同淋漓伯仲壎篪在琴瑟吁嗟厚福推容容君父深恩等飄蓬冬君大誼縣日月女士儷之亦匪躬君今相對涕如雨歌殘陟屺歌陟岵我且爲君歌寶山寶山與君共千古

艮鄉署中憶弟

自負情話好特畏簡書嚴遙路行偏促離尊醉亦嫌夜闌星到驛寒對月當簾坐卧終無寐烏啼在屋尖

美人看畫

我家桃葉渡君住苧蘿村覿面非交臂傷心各斷魂帶寬誰獨瘦香燼欲何言相喚不相荅月明同

閉門

山房即事

夙有烟霞疾翻爲蘭若淹水遙頻倚杖山近不除簾詩思茶香逼文心酒態兼興闌無一語趺坐誦楞嚴

哭涇陽顧先生 四首存一

一代元良疏千秋社稷臣天王原自聖丞相不妨嗔入已商山老名還漢殿新但留後凋節長發歲寒春

江右敕諭諸藩

尚書萬里下燕臺深禁求寧日幾迴語勸匡廬[illegible]
作礪恩豬彭蠡澤爲杯金湯宗子三方重帶礪高
皇百戰開若木新枝應未替豫章那數漢家材

贈司馬賀中泠鎮津門

元戎節向大江橫一面天當八柱擎早涉風波知
勝着遙傳薪膽卽先聲幕開析木星分野令出扶
桑日共明但得壯猷方叔在應環滄海作金城

贈張玉笥中丞撫南畿

帝因豐芑借虜功一日吳歈遍百同怡有譜傳身
是範諫留草在筆皆風人間孝友推張仲天下安

危繫令公何必啟行煩十乘綸巾羽扇自元戎

嚴江道中

千盤修翠隱層城兩岸天開一線行逆浪帆高爭
水力初晴雨漲鬬溪聲路逢轉處疑留畫山至深
時亦避名性僻耽奇頻弔古停橈又恐誤王程

王璇覲吳南陸兩侍御建言奉譴南歸

莫謂纖修未易明皇仁浩蕩賜南征朋逢聖世知
無黨嚶在深林亦自鳴但恨回天終力淺敢云去
國致身輕竿頭正得明夷益不必偏傳抗疏名

弔淮陰侯

欲從千古問王孫誰識藏弓是覆盆楚爲故封城
未滅淮因積憤水皆渾臣忠寧愧眞王貴主誼終
慚獄吏尊一飯猶難忘漂母豈能輕負漢家恩

過寶應有感

一廛曾寄古安平擁傳重過涕欲橫客路淸依秋
共況人家低住水爲城地餘既脫憐鄙苦裝止圖
書幸舫輕物力眼看今異昔幾回慨歎念周京

贈劉半舫總河

天言親對下重閽贍奪馮夷不敢喧三策至今推
賈讓一身誰得比王尊桃番板渚應迴浪竹老淇

園漸長孫莫道河源遙萬里望君咫尺是崑崙

贈項仲展守鴉州

分得銅魚萬里懸黎風雅雨舊謠傳借君五色媧
皇石爲補梁州小漏天

過白溝河

四面金甌八葉春銅駝荆棘竟何因溝前流水千
年白不洗南朝二帝塵

秋日登昭明太子讀書臺

山水淸音黯自收素心千古別添愁不堪此夜臺
城月一樣凄凉蔓草秋

閨怨

漢家白羽募征羌夫婿從戎事朔方解去吳鈎無一物獨餘明月照流黃

秦淮曲

高臺迢遞淨無塵半露紅粧笑語頻欲打鴛鴦驚未定誤抛朱彈着遊人

送文正之歸晉絳

晉水吳山一短篷雙柑斗酒語匆匆浮名久已干時忌莫更逢人說馬融

閱史至東漢三龍華歆爲龍頭不覺齒冷

百年文物竟何留名士甘從國賊謀蔚議東京明似火卻題狗尾作龍頭

吳王試劍石

香徑生塵茂苑虛金精猶想霸圖餘可憐說劍終無術不賜夷光賜子胥

金龍四大王廟有序

王姓謝諱緒爲故宋諸生當宋式微隱居浙之金龍山以詩書自娛宋亡不勝憤投水死死時水高數十丈先與其徒約曰他日黃河水北流吾報仇之日也已高皇帝率舟師與蠻子海牙戰元兵據上流直衝我師忽見有儒衣冠擁流而北數十里者元兵遂大敗是夕王見夢於高皇帝道其詳高皇帝異之錫今封二百年來屢著靈跡香火之盛亘於河上余瞻拜祠下偶成四絕未盡高山之仰或不愧王知心云爾錄一

四壁金湯肉食謀書生那肯賦同仇一般熱血千秋憤樹發南枝水北流

王副使孫蘭

字畹仲辛未進士刻有潄玉居詩行世先生由刑部員外郎出守成都蜀宗人虐民民相聚將焚內江王第先生撫諭之乃解

再補紹與進廣東副使備兵南韶時猺獞反誓師湟川頗有斬獲既而獻賊大亂湖南郴州宜章與韶接壤先生乞援督撫不應最後以七百人至一宿復調去及賊陷衡州肆居戮韶所轄樂昌乳源仁化遁逃一空連州守將先據城畔韶士民聞之空城逃而賊所設僞官傳檄將至先生仰天歎曰失封疆當死賊陷城又當死吾盍先死乎遂自經朝廷憫其忠予贈卹明史有

傳

過少陵草堂

成都草木秀綠漾一江天嶓山突其右峩嶺峙其前涓涓不絕流濤井香千年誰是卜鄰叟草堂棲遠烟圖書自然古屋壁無餘妍別有升沉慨孤鳴雲水邊小隱茍爲活此翁殊不然

巫山雨泊

昔踏巫山頭筍輿恣探攬橫睇入九天元化如在握今來巫山下眼光別有託洪濛遊一釜萬象卷諸槖衆妙遠難形即之或可約峽勢走欲狂飛濤

怒蛟鱷懸河傾耳注大雹時復作竹索盤船頭布帆且高閣起視蒼厓間游龍任卷拓潑墨發天然意象應淡漠濯濯長江流驪珠活可捉離高十丈餘陵谷渾非昨時聞諸仙馭乘虛駕黃鶴鎗鏗響迭飛恍惚鈞天樂是耶抑非耶神明不可度夜來城漏稀月黑哀猿落將毋怡我情孤舟坐寂寞

春谿竹

清谿複道攢峯幽晝蒙沉沉隔水謳雨過春犂牛數頭簑衣斜挂風颸颸一舸東汎宛中流俟卒逍遙河曲遊胡爲窮老翻啾啾踞說干戈苦未休吁嗟此地猶爾愁不見中原萬騎稠墮去名城十五浮天潢莫洗蒙塵羞荒原暁散莽焉投白骨燐燐屯若邱干時遏賊號兆鋈賊梳兵篦賴何儔兕復狓猖同賊謀賊猶後勁兵前矛掠邑屠民恣所求聲聲索餉不曾酬國恩方日詔封侯誰料翻貽養虎憂蒼生哭徧天悠悠嶺表蒙安豈獨麻桑柘影吾鄉大憂誰司戶牖能先籌

風阻陽村 奉差江北勦荆

咫尺津門近寒風當晝號衆音在林樾小水亦波濤沙際羣鷗隱雲端一鴈高停橈頻悵望無事轉

忉忉

夕舫

吾意欲忘秋天涯不耐愁密雲光怯度垂露思輕流樹老亂枝合潭寒碧影浮中宵團坐久爲愛此清遊

越州山齋病雨

日甜雪香亭伝伝瀉不停過江天地濕入署鬼神靈（自註時方事禱）一望千村白空餘半畝青淸深應獨受何罪及幽汀

敘南流杯亭

久從林壑覔生涯忽覩名山邂逅奇傲立不甘從地俯孤撑幾欲傍霄馳一拳盎貯環峯列九曲觴浮度澗遲淚恨只宜看世外非關吟僻也應詩

初入連視師

寥寥官舍吏人稀趁得公餘晝掩扉虎旅方傳爭隊出麟臺誰計策勳微湟川百姓危如卵潮水諸營扎幾圍竚擬膚公奏今日莫教南顧厪宵衣

江行即事

借問南山南花源詎可探此中有真隱莫剩晉人談

梁溪詩鈔 卷十三 十八

吳職方其馴

字永調號芝庭辛未進士歷官兵部職方司員外郎高忠憲公門人爲諸生時鄰火頁父棺力盡傷股三十登進士急於葬父請於銓改吳郡教授學使甘嫚罵無禮面折之甘愧謝後屬以志事今蘇志出先生手也先生在職方時國事孔棘禁兵有其數而無其人司馬視師驅市兒擁木刃如兒戲先生憤焉一浣積習令在必行中夜登陴傳呼之聲徹大内天子以爲忠又上大司馬書數千言陳中外備禦之畧用是獨佩數篆領右閈鞍馬勞劇一足再傷又爲鳥城所忌乃移疾歸喪亂之餘老母在養未及隕身抱恨以歿年七十四著有遯依齋自嬉集易疏書疏藏於家

雪歎

積雪大道旁轉眼成泥滓本是潔白姿誤落喧塵裏虛室閉清光依依素心士竹石既澄輝琴書亦閒止相期歲寒盟珍重愧君子但恐春日熙冰心付流水

梁溪詩鈔 卷十三 十九

夢鳳超先生

泖峥鷲湖里伊人宛在茲高山衆所仰至德實吾師共厲首山操各吟澤畔辭盈盈衣帶水風波乃間之登堂乘素志臨風徒寄思今晨入余夢婉孌平生時非復憔悴容握手共軒眉三光不久晴吾生信有涯循環剝復理天地終無私語罷忽驚悟旭日照衆恩

憶昔

憶昔當強仕抽簪返故林乞身明主惠將母小臣心麥秀方餘淚蓼莪從廢吟空留雙鬢在那禁百

愁侵

相臣詠

孔生名大儒晚節不自荷溫樹默何爲容容徒養禍

尊賢旣希旨頌莽巧自固始終患失心竟巳傾漢祚　右孔光二首

宋室一元勲開國賴多智有愧社稷臣納賄騰物議

韓王經濟才賦性乃傾仄金匱首亂盟累主有慚德　右趙普二首

德遠闇知人讜言每逆耳忠孝許岳侯要君又誰毀

誰激酈瓊畔誰寃曲端死性愎才復疎虛名一何詭　右張浚二首

文信國

入衛空將烏合驅孤忠許國一何愚明知無補存亡事忍視君危不力扶

國破家亡一死難三年羈旅痛摧殘小樓極目烟塵斷片片南雲獨去寒

蕭孝廉光緒

字子冶號楓菴癸酉舉人著楓菴詩草

秋夜

中庭明月洗萬象空爾思山默近如遠雲和疾亦遲稻香新雨後秋色晚凉時棋罷星河轉清光久未離

枯坐書樓虞山吾晨夕几案間物也賦以志之

賢㚆無百里名勝豈吾慳亭曠疑吞海城高復借山春妍微雨外朝爽小樓間相對欲相語寥寥三兩絃

張禮部琦

字二韓又字而韓甲戌進士官禮部主事著桃山逸草

見樵者作

蒼綠滿山積亂紅飛野烟丁丁弄山斧觸手香于荃荷鉢帶月歸老鹿洞戶眠攜壺跨鹿去飄若山中仙

題葉白泉鷗莊次倉公先生韻

尋流擘石處懸瀑逗危巒横破碧山影斜抽秋竹竿吟同孤鶴瘦夢與夜鷗安世事多因熱詩瓢愛

此寒

王職方永積

字穉實號崇巖甲戌進士邑志宦蹟傳云先生知武定州三築城而民不擾時方被兵破濟南山東郡縣望風瓦解武定城甫完而被圍先生以民兵六千登陴堅守且半年獨得不破尋以計典黜巡按御史疏先生功起兵部職方司協贊員外郎李城猖獗京師戒嚴先生上疏陳堵截之方進郎中有宦官爲其弟求浙鎮者先生却之

罷歸遂不復出寄意山蹊水道名賢往蹟而綴之以詩曰錫山景物畧有心遠堂遺集行世

和麋公田園詩

生人有至樂家計號小康甕蓄長春酒廩餘卒歲糧一日三頓足夜夢無不祥不願書滿屋不願金滿堂但願春醺美永夜無驚尨珊起出門去東西時易方東鄰挹佳醑西鄰侑酒漿一醉萬事畢歸步復高翔稚子遠來迎牽衣語道旁明朝風日好遊湖從野航主翁且行樂僮僕勤耕桑

生身唐宋後寤寐羲皇前祖父没已久誰復見曾元酒酣發浩歌逍逍成狂顛鬚眉皓已白兒女都齊肩隣里長孫枝得報常垂涎今日非昨日一人有一天婚嫁苦未畢俗累喜先蠲且下徐孺榻且駕子猷船且卜司空壙且畊沮溺田前村有羅網行役尚愼旃

入省四首存二

萬騎從天降崇禎己卯年青山同一夢白骨有誰憐腸斷哀猿絶書空落鴈傳只今看殺氣猶與暮雲連

四望氣悲哉家家泣夜臺春陽無地布秋色滿城來巾幗千秋恨松楸萬墓哀尚方如可借第一斬庸才

讀撫軍全蹟二首

描寫當時已逼眞虎頭仍復着精神山川錯落留眞面刀劒縱橫顯舊身三載風波憐傲吏一朝氣色起孤臣卽今絲筆淋漓下猶有千軍萬馬屯

辛苦荒州九十春敢從高閣畫麒麟擕來堅壁江山古捧出重輝日月新鑑裏鬚眉多病客懷中兒女倦遊人三年進退眞維谷始得文章報老親

讀同年趙月潭寬民利漕疏志喜

清獻焚香夜告天一封泣籲聖明前精神全副先單國圖畫三分入野田剔弊洵能開永利持平何必遜前賢窮簷盡數沾新澤豈獨維桑受福偏

出園弔先師馬文肅公

夜雨論文不復過蕭蕭旅櫬入山阿空庭木落悲桑梓古屋苔封挂薜蘿望裏亭臺青嶂合夢中陵寢白雲多郎君繼赴修文召同聽鵑聲奈若何自註長君玉王壬辰春客死虎邱併停柩山中故云

輓雲陽畦嵩年學博有引

嵩年名明永崇禎壬午舉人授華亭學博居恒以忠孝自許乙酉八月初三日城破書畢命詞於明倫堂曰明命其永嵩祝何年生忝祖父死依聖賢又書衣帶辭明生明永嵩盡嵩年先閉戶自縊家人救不死兵入學宮獨立聖殿不屈遂遇害在署曾作白燕詩見志云

每因風雨輒懷賢又見孤忠海上傳燕壘留題金石響縑堂遺跡日星懸嘉名肇錫尊昭代書帶長垂駐大年苜蓿一氈文尚在宮墻千仞獨巍然

吳孝廉蒙

字非蒙丙子舉人

楓林

寒林竟何似節豈比松筠濃淡鮮于畫高低絢若春行吟看過客坐愛想伊人便欲誅茅住泉烹五色薪

高學憲世泰

字彙旃丁丑進士歷官湖廣提學僉事景逸先生從子父士鶴以篤行稱於鄉黨啟禎間先生與潘熊苑汝麟朱商珍璉成二鴻梁堵禾齋景濂泰大音鏞黃存是鐘諸

龔佩潛廷祥顧若公壽周公西夢華樂振之韶嚴佩之轂稱徵社十二子至有五千車騎並讓先驅十二敦盤咸推狎主之語先生初官禮部郎典試廣東及官學道至則修濂溪書院邀諸名士數百人講業其中均州劣生某陰導武當太和宮稅監謁文廟令諸生講書於前因有非笑之者璫怒誣以拆毀宮坊文致數十人入告事下學臣勘覆先生備陳璫僭虐狀爲諸生辯甚力遂得旨撤璫罪劣生均州獄乃解

先生歸田時東林書院之毀幾二十年先生重建　燕居廟出舊藏　先聖木主祀之春秋仲丁行釋菜禮又次第起道南祠築再得草廬於是講會聞舉庶幾舊觀先生性嚴整見子弟如賓客嘗訓子孫曰力勝貧謹勝禍愼勝害戒勝災此爲人生大業締思之於先儒舊蹟多所表章善楷書得黃庭法弟肇升亦以篤行世其家見邑志儒林傳

過碧山吟社遺址

遺搆黃公鴟餘風白社春古松流水外誰是葛天民歲月詩篇老烟霞道氣甄諸君當盛世令我一沾巾

胡侍御時忠

字昭伯又字愼三丁丑進士歷官監察御史父倖有還金隱德先生少孤釋褐後卽疏陳其母虞氏苦節得旨旌表除南昌府推官釋東鄉舉人艾南英繫獄萬載誅誤諸生二十三人名定萬年金谿諸邑民變時會討土賊李肅十等侍御承檄監軍旣而道官遁遂攝道事賊授首先生拊遺其餘收恤子女賑流冗瘞枯骨於是反側者悉安民立祠祀焉甲申入臺垣歸而屏跡厚撫龔中翰廷祥堵制使亂錫之家黃蛟起西神藪語云胡倖字復橋妻虞安人萬歷丙申冬虞孕六月矣岐黃家誤用紅花桃仁通經幸天護其胎進猴吐然病亦由此幾革復橋同其內兄虞某及聯襟鮑觀如探親訟事偕適縣治前土地祠中風動龕帷見桌下一布囊啟視乃紋銀三十錠也復橋曰此地所遺多係官物取之必累失主宜還之觀如慫恿甚力虞獨不從胡曰不還亦須分領虞無辭三分而去胡卽矢於神前日願還此金以保室人無恙諸親訟竣拉歸詐他辭以待良久不至粘片紙於柱而返以告其妻妻力贊還之因歎曰失

金者如此一夜何黎明促行適鄉村里老吳姓者見壁粘標悲啼而至問其故則云里排積逋因值指按臨察盤并比奏領十甲糧銀共百二十兩往縣輸納偶因酒醉於土地祠磕睡忽聞鼓震邑令升堂遣役擁逌跟蹌而出竟忘此銀設令不獲必斃杖下矣復橋驗確卽以原分之物授之曰吾與二友分領餘銀尚在彼處因同至觀如所亦卽以原物付出比至虞虞不認里老無如何而去復橋是夕卽有白鬚翁託夢生兒之兆至丁酉六月又夢翁攜雞卵至云食此可愈遂生子名時亨凡閱十有三月乃產時亨丙子丁丑聯捷時旗書還金初報後以與賊臣光時亨同名改名時忠觀如名際明領是秋丁酉鄉薦虞竟落

碧山吟社遺址

百年殘碣翠堪捫吟骨雖寒品地尊盛世逸民皆

自得空山流水不曾渾楚亡豈識春中澗晉末還
餘謝傳墩滄海桑田誰後死有人涕淚賦招䰟

襲佩潛先生殉節金陵歸櫬故里家貧無以爲葬至順治辛卯戚友斂資公子法孝等始克葬公於孔山之陽爲賦輓詩三章

忠孝寧聞不兩酬求忠於孝是公優情牽陟岵迴腸絶身托騎箕正氣留說義文章眞不愧成仁本分復何憂淵源須遺兒名孝（公三子法孝泳孝洪孝）代養能溫祖母劉

浩浩恒依日月光平生悲嘯此歸藏致身豈在得君久殉國寧論將母遑（先生歷官五月遺筆欲一見老母而不得）碧血一腔鮫室淚靈氛五月洞庭霜昆明池上誰攜手道有南朝李侍郎

誰云慷慨骨如麻觸念艱酧國與家夙許英靈宗止水（先生宗法高子）非關心事怨懷沙山河慘結波間絮身世銷亡雨後花一片荒烟一坏土千秋啼煞暮栖鴉

西泠感舊

欲尋岳墓過棲霞牧馬頻嘶鼓亂撾南渡亡來無故國西泠深處有空花六橋楊柳東坡業十里芙蓉蘇小家差喜故人（謂顧山臣）湖半向門捎蛛網倚魚叉

秦侍御鏞

字大音號弱水丁丑進士歷官監察御史父爾載一名二宜字彥熙少受學於葉參之後師事高忠憲隨侍水居習靜坐法在高子之門稱好學早卒高子痛惜之先生幼閑家訓與弟鈇字中實鏷字小匡號稱三秦先生內行純至初授淸江知縣不尚文法而實惠及民江南初建擢監察御史歸築千休館於城東隅居之屏絶人事非歲時歸謁家廟未嘗踰閾於書博覽窮索多發前人未得之蘊嘗自言某於高子半日讀書之功多半日靜坐之功少以是爲病毀斂謙益語若不能出諸口而遇事必期於盡理而後即安也語見邑志儒林傳

新復燕居廟成敬和忠憲先師廢院詩（十首存三）

軀山嫡派紫陽翁胍演梁溪日再中三十年來與廢事道南祠畔轉春風

昔年朝士毀東林世道淩夷遂陸沉一畝故宮今

尚在誰人認取不凋心

燕居不日擬靈臺惟有依庸尚未恢千古同心應不少但能繼往自開來（謂彙旃同年）

徐金華調元

字爾贊丁丑進士馬忠肅公弟子初授黃岡知縣流賊勢方熾城中無兵公募壯勇固守賊攻圍一月遁去官獲餘賊三百餘人公鞫之皆被賊者無所得食故相聚行刼請於撫按誅其姦淫殺人者而釋其餘父喪歸起補金華東陽諸生許都作亂所

梁溪詩鈔　卷十三　三十

在應之都以宣大故帥房大成為謀主公探其潛至城下邀與計事迎之別館大成不疑明日議事府治立縛大成斬以狥賊衆掩至城圍遂四散剽掠乃率諸將夾擊之一鼓破賊蕩其巢穴赦其妻子論功有旨召用南都時馬阮當國朱大典素恨公因事羅織遂被逮下刑部會左良玉擁兵入朝大典禦之中道而潰公得脫歸年八十卒邑志宦蹟傳云

東林感舊和大音侍御同年韻

羣公上訴鵷鷺翔䇿宰應泣歸維皇臣等奉命集講堂欲振墜緒源流長南來道脈綏遐荒關睢麟趾由閨房坐致萬物咸光昌澡身江漢晞秋陽上還二帝兼三王如何逆閹在帝旁羣小鼓弄爭趨蹌毀我黌序聚王章擅作威福紛貂璫刑餘竊柄居中央紅輪不復騰扶桑天聞此語開電光乃命殛閹庀桷杗天下大定時雨暘復此春秋籩豆將我輩釋菜斯馨香行路之人知五常代有興廢理不亡况我同志與同方理欲之界剖微茫曾子已誚堂堂張芰荷為衣芙蓉裳時哉雌雉猶山梁

梁溪詩鈔　卷十三　三十一

顧孝廉柄

字共謙己卯舉人涇陽公之孫

秣陵懷古

長江一馬化龍遊卻惜河山半壁收肆志强臣頻耀武清談名士仗宣猷力排異地遷都議靜鎮新亭入室矛晉代千秋踪跡遜烏衣門巷到今留

叔寶心肝實可嗟刺閨遺法變驕奢豔歌玉樹憑江總綺閣珠簾貯麗華桃葉山前驚敵渡胭脂井裏避軍譁不知都水高臺畔曾否回頭悼故家

堵孝廉景濂

字濂生號禾齋壬午舉人維垣之孫幼學於東林既領鄉薦廵撫祁彪佳延之帷幄以病目辭歸未幾失明家居教授生徒日使人誦書於前因爲剖析其義益無倦色先後從學者葢八百餘人値歲饑賑粥匄匄乞米於富貴之門不足則自鬻田十畝以辦又不足買婢得二十金并濟之於諸爲善事無不力荷一念慮之失輒自記往名曰自知錄見邑志儒林傳

樵火

負暄俄去檐負薪俄在堂松烟起霜夕一屋山霞光炙竹乍清響炊蘭多靜香薄寒拒門外有春生褻旁

懷日觀歌

我所懷兮日觀峯置身萬仞賓日滄溟東旭輪蒸淵拍海動沸浴悶忽凌潮紅海氣飛來億火樹海身幻作羣燭龍少焉躍起數尋丈若金支赤羽擁轂而升碧空此時光明照九域炳列萬象排鴻濛歌卿雲兮旦復旦霜折夜國眼開忽與琉璃同快哉六宇再闢決眦而盪胸再懷雪山西下日無盡不知地幾千萬里天幾千萬重寶行樹以爲國青芙蓉以爲宮恒曉不升落匝夏無秋冬曠然游我圓鏡中吁嚱乎東方日觀旦其夜長夜之旦世內崇西方日觀旦其晝長晝之旦世外宗人心旦晝何其常我懷與之俱無窮聊復解衣箕踞于門前千尺之長松

馬博士瑞

字爾釆號大林癸未進士詩有澹寧居槀

幼稱神童未舞象輒效其父抑脩伯父素脩月旦評品隲儕輩素脩戒曰孺子勿復

爲此因拈示子貢方人句令作破題須臾呈覽云聖人知人之學賢者誤用之也素脩奬勉之釋褐後除吉水知縣不赴改應天府教授遷國子監博士福藩時馬士英用事欲遍引海內碩望以植私門屬所親謂大林曰但得聯譜誼於君家清通簡要一惟自擇大林曰中郎曠代逸才一日九遷貽笑千古吾計審矣豈向冰山求活耶自國變之後薙冠野服杜門謝營雖親故罕一面毋論貴游二三方外友杖履相從

山椒僧舍子聲丁丁坐隱終日性又耿介司李倪伯屏邑宰麗再玉縞紵贈貽不留一銖自私傳夢禎從都下郵致三百金不啟函璧之妻東顧安彥共曾大父門下士秉浙臬兼鹺篆折簡要遊西湖適有大賈搆釁欲得大林一言可致數千金卒不可西山張玉田視學三吳干旄式廬時方試童子科有屬大林爲薦願致千金大林面發赬曰豈緇衣好而爲市歟其介介多類此

寒郊

野曠色欲暝寒郊氣轉淸貪看飛鳥没立盡落霞明日墮危峯影風低旅雁聲蘆洲栖未穩移棹入吳城

過瓜渡喜見襲城

古渡重歌行路艱今朝喜復見吳山波連海國千山出入自燕臺匹馬還酒旆參差深市裏江城歷落亂峯閒西風笑我貂裘敝兩鬢蕭蕭改舊顏

春日送雯嘉南遊

烽烟滿目去何期塞外人來歎逝騅豈是牀頭金盡日却逢髀裏肉生時雲邊雁爲兵行斷江上春因歲閏遲柳色路旁休數看山塘水驛每相思

龔中翰廷祥

字伯興號佩潛癸未進士官中書舍人馬忠肅公弟子出劉理順之門甲申聞劉馬俱殉國中翰設兩公位爲文以祭北面舉酒慟哭及乙酉南都陷江南主出亡乃具衣冠別 文廟登武定橋俯秦淮淸水歎曰此吾之汨羅也得死所矣奮身以没時行人聚觀復恐其救已躍出水面搖手者

三復没邑志列忠節傳惠山有專祠奉
恩詔春秋官祭 遺筆云節義之士何代無之愧報在心願吾諸兒守吾父訓誠做好人行好事吾雖地下有餘榮矣但目前事不得不細言之自吾正月出門與吾母執手相別欲得一誥命以榮父母四月十八日果命下準誥封吾事濟矣吾又討差可歸定省不意五月十一日主上播遷吾是時艱苦萬狀有欲強吾奉迎一事者此心何心忍背國恩乎雖有捐軀見志而已但思一見吾老母而不得肝腸寸割血淚盈襟氣數既如此汝輩要小心謹慎奉事祖母切不可預外事切不可得罪於人至惹災禍此即吾之孝子也吾因生平愚拙事事要學古人故如此不忠不孝何以見先人於地下念之愴然思之黯然父佩潛付三子法孝泳孝洪孝

感事

靈武中興日同仇共臥薪勸王靑海馬問道白衣人但恃江山險都忘喪亂頻南朝歌舞地醉殺後庭春

許進士學

字習之號雲樵逸史癸未進士著有桑海耕稾與定梁凊標爲之序邑志忠節傳雲樵未授官即遭國變悲憤求死其母老矣晨夕謹伺之一日果入密室投繯母趨救之謂曰許氏數世惟汝一人汝死吾安倚

雲樵遂屏居養母黃冠野服不冒薙髮以達功令被執詣大吏被髮覆面而入大吏遙望見即呵左右曰此病狂人何事拘來命扶出養母凡二十餘年母死終㞐亦死

柴市

玉曆賢豪閒世出忠節文章推第一風塵澒洞昏王室閉關萬里死復生勤王之志不少屈落日荒荒下大洋樓船覆海君臣亡瓣香不鑒天茫茫成仁取義夫何傷嗚呼有宋三百三年久養士盡瘁報國惟公是君不見留承旨趙承旨

元處士

印鼎鼎綴若若仁山先生何爲老巖壑春秋大義尼山作後世儒生靡好爵皐比講誦蘭江濱光風霽月藹若春詩書道德不賤貧只從蔬水曲肱尋樂事那向彈鋏聲中求稱意先生高風卓千古仁山之巔猶是首陽一片土吳澄與許衡輕出處

茫茫

茫茫細柳新蒲綠處處悲歌痛哭聲到底萬難難一死更何圖報報他生家貧母老空薇蕨國破君亡尚甲兵搔首呼天天不語旃蒙作噩序朱明

錢長輿爾登

字叔嘉號滌翁癸未進士官長興知縣著有蓉峯存笥稿滌翁逮事高忠憲公沉潛心性之學及令長興地阻山瀕湖羽檄旁午戢境勻徵民不知亂時爲歌曰吾侯別蠹在便民軍吏獰獰不攫人金陵不守灑涕厲四安鎭將圖後舉莫應遂去官歸里日手高子遺書至忘寢食臨卒囑其似必以此書從葬於家事皆無所言乾隆戊辰入祀道南祠

秋感

流雲閃斜光霞氣在鄰屋蛙喧聒人耳烟草鳴秋絲陳藩室不治林宗巾墊角泥中康成婢爨下頡士僕耕織良不任無煩曬書腹

讀書爲世用世豈能知書囊中一丸藥本是救時需謂古方不效今病竟何如扁鵲既却走翻受庸醫愚所患非疥癬又不在肌膚徒然令發汗安得真陽扶

雪後

高閣皓以潔此心應自知林花妝縞袂鳥語噤氷枝撥火灰寧死愁風鬢欲絲乾坤多缺陷壓覆正堪悲

安大令廣居

字無曠號廓菴癸未會試乙榜錄授知縣我素家子著有率意吟甲申春都城陷慟哭祈死及秋卒語見邑志

高忠憲公與廓菴書附錄於此昔人語科第者日半積陰功半讀書誠然然陰功非但分人以財也孜孜切切惟以濟人救人爲事行之數十年此意純熟動念即是方謂陰功何者此乃仁心也仁則生生則吉吉則百祥咸集科第在其中此萬驗良方幸勿忽諸廓菴忠憲公婿也

步友人過西林韻

林皋初過雨巖翠欲飛來浩落何年客荒涼此日臺小吟都會理大隱亦須才遺跡方堪挹輕舠去澤萊

遊金沙于顧兩園次退翁弟韻

清川草綠與堤平日射澄沙喜雨晴偶到碧林逢竹塢才過香徑又山明彩虹曲曲芳堪挹丹閣層層翠欲迎花氣漸深蹤漸遠蘼蕪極目少人行

送孫衡公再詣四川朱制府幕中

兩渡江陵月再圓江東領袖倚孫堅前騶迤邐開巫峽從騎迢遥歷漢川夢遠爲雲峯十二氣衝如虎士三千請纓自屬吾儕志勒績豐碑不紀年

書感

唾手青雲事不難長風乍起自生翰主恩再世曾紆紫先烈雙承愧溉丹晋地烽烟何日靖楚天戈甲幾時安林間歲月寧容易散帙濡毫亦素餐

戲揚任伯藏姚芳階卷和董太史韻

桃源果有避秦餘陶令緣何不卜居只恐雲蹤尋不到幾回空釣渡頭魚

安山樵夏

字大已著有九龍山樵詩

雜興

寸日雙扉掩經旬罷整冠夕陽僧寺遠秋雨女蘿寒有竹深藏屋無花强倚闌新來緑病嬾不上釣魚灘

謁虎邱方丈同秦中楊吉公毘陵王雙白姚文初梁溪馬爾釆坐月千八石上分賦

登臨仍訪道萍聚亦何常石隱諸名士燈傳大法王一山明月靜滿寺白雲忙忽有凄凉調吹來鶴澗旁

華高人應象

字心白性孤僻家貧無隔宿儲晏如也喜讀出世書對人談吐清瀝嘗治泥爲茶爐倣孟端製縱游山水得酒便醉人皆目爲華高人邑志云

倣王舍人製竹爐成漫題二絶

竹爐佳製遺僧舍千古高閑老孟端此日渭川無勝具幽人漫自煉泥團

窗上梅花影自横枝頭倦雀寂無聲颼颼蟹眼如催句颺出茶烟伴白雲

吳白賁爲霖

字景傳著有白賁集

客自澄江歸有贈

浮遠堂前路微風穩放舟江昏茶磨雨烟暝弩臺秋入饌花雞脆開封緑蟻浮西塘十八里來往倏潮頭浮遠堂在君山宋紹興中建

譚處士皖

字會孝著有課餘漫草

望月有懷

一片秋空月離人夜共看思君漳水北同此影團團

周明經夢華

字公西選貢生性狷介工古文辭徵社十二子之一又與堵禾齋秦原廣陳本符稱梁溪四子子方先生贈周大公西詩曰吾友公西子童時舊盍簪文章秦嶺峻意氣楚江深不入今人眼空留太古心君將走天下我且覓窮林

新竹

牆根拔石走鞭春鞭入青雲葉葉新便許共敲詩格律只防誤損玉精神虛心到底能醫俗清節從來會出塵陸氏齋東風雨夜不知管領付何人

王處士世楨

字礎臣爲人伉爽歷落能文工詩名其稾曰代嘯音時時欲倣李長吉而不失爲徐文長終老不遇云

余夢訪梅鄧尉旁有詩客一唱而梅花與枝俱殞其避俗耶梅眞高士哉醒急披衣作詩記夢

梅清清入骨梅貴貴於玉清貴自貞靜避俗如避毒所以坐與卧多在空山曲無如空山中亦少幽人躅折梅梅不嗔詠梅梅欲哭寄言作詩人涇清以渭濁梅乃眞伯夷耻不食周粟欲詠寧伐之可殺不可辱

客有欲卜築湖山種魚養竹以終老者有詩徵和喜其得予心之同也和之

疎籬曲矮倩雲圍檻遶流泉漱石磯掃榻只留琴伴坐開籠還放鶴孤飛白雲堆裏人希古明月灘頭客扣扉若問四時遊興最梅花香滿試春衣

思從林谷覓清緣竹外泉聲寺外煙地僻有僧呼拜石山深無吏報征壓翠苔花織新官錦紅葉蟲題古篆篇野老閒心何所事半歸農圃半書田

華秀才時亭

字仲通諸生聽社十七子之一著有劍光閣詩草

鄒君可移居

榆柳曲牆東中有高人宅卜宅惟卜鄰避喧如避役室中何所有詩書橫几席堂上開遠山階下無奇石之子日掩扉秋容澹逾白意蓋與心燈以此送晨夕

東林廢院和韻 十首存二

彷佛當年曳杖翁白雲來往有無中月明閒照興亡蹟都付漁樵一笛風

每從講易見天心柳色池塘帶雨深松柏耐寒霜雪後依然顛木又成林

秦鉽

字中實又字亮甫諸生御史鏞弟亮甫少能文章與其兄大音先生俱以氣節相砥礪名在復社姓氏錄又明季聽社十七子無錫共十五人亮甫與弟小臣鉠皆與焉小臣亦工文一時有秦氏三君之目秦觀察瀛爲余言如此

書事

莫問東南事斜陽半壁沉一堂紛异議諸將少同心逌竄江湖滿烽烟天地深揚州留守在空有淚沾襟

秦淮舟夜

丁字簾前問六朝月明多處客吹簫就中大有何戡曲付與秦淮咽暮潮

受業沈　謙　蘊山校

梁溪詩鈔卷之十三

梁溪詩鈔目錄卷之十四

梁溪詩鈔卷十四

梁溪顧　光旭　華陽氏集

明

馬文孝壬玉

字彦豐，忠肅公子。忠肅官京師，一時求請刺促以彦豐爲媒梯者相踵，彦豐悉屏之，一室蕭然，鑪香茗椀而已。忠肅殉國，護櫬歸，蓬首垢面，委頓彌月，請邮南都，目擊時事，歎曰：「定鼎門西，名利如舊，而國家陰隲猶日將暮。」益不自聊。一日舟過虎邱，疾作，不欲歸，臨時手斷頂髮，命以沙門服殮，遂瞑。見邑志文苑傳。所著有山香集，其師華奎序之云：彦豐髻甫束而孤，神岸節日夕與秦漢人卧起，徐庾以下俱爲逐客。古物投之，如鉛作丹，故其詩文高霞遠火，晨露孤桐，研貫之情，出胎已秀，意不欲使衣裳取嫁，鐖基讓時，寧使弔客青蠅勝童子鴻熱，不因人也。五車之書舞其眉，千秋之業於鄒而已。抱没後垂四十年，湯文正公斌撫吳，私諡之曰文孝。

詠史

子房得壯士，椎擊中秦軺。相韓歷五世，恥居呂雉朝。納履拜黄石，遺書在圯橋。畫策借前箸，功成蔑

絳條。武侯卧南陽，寂寞梁父謠。東吳豚犬耳，中原狐鼠妖。感念三顧恩，漢祚當漂搖。出師雖未捷，清名千載標。黄巾滿天地，請纓何寂寥。願言行苟戈，長事霍嫖姚。

感懷

我生尚無爲，束髪事誦讀。自慚當聖代，淪落棄幽谷。感歎窮歲時，憂來不盈掬。愛子莫若父，命名期後福。美玉在豐年，莫作饑年穀。轉盼忽大變，先皇棄臣僕。吾父從上賓，數天惟慟哭。從來依怙恃，不知處世難。一旦盡奄謝，家難集百端。外侮益以迫，顧影日孤單。母兮兒苦饑，父兮兒苦寒。父母何往乎，泣血摧心肝。

驅馬謠

朝驅馬，驅馬上孤山；暮驅馬，驅馬斷橋。千騎還，黄塵捲地日色暗，手執長竿弓半彎。孤山邊，隄且鬱，亭午四山聲斷絶。裸體羣兒坐博錢，散入深林嗔馬劣。葛嶺山頭照夕陽，林逋墓上下牛羊。當年處士放鶴處，今日翻爲牧馬場。南人辟易北人醉，隄邊恰恰逢歸騎。揚鞭大笑故前驅，驅入湖灘競推避。傳語行人且莫前，一羣猶在湖南寺。

築城謠

北村走南村哭入我室奪我穀日日城頭勒版築日中不飯長苦饑腹餒衣單恣鞭朴今日築城下明日築城上官吏沉醉當晝眠夢裏自聽舂杵響忍饑築城敢言苦愼莫惰工使者怒使者怒别鴛逃縣令且去催官窑

寒食

惻惻小寒芳草路晴絲冷罥殘紅雨吳女彎娥欲斷腸淺莎軟襯迴香步窄袖輕衫白玉郎青驄朱勒映垂楊歸來花下空相憶斜月深深照曲房

一日

一日復成夜憂來當奈何枕書長醉夢倚柱獨悲歌未死愁終在前生業正多此身能自斷惟有一漁蓑

立秋日次韻

蘋滿汀洲澤國寒秋風一夕到張翰西京宮闕烽烟裏東晉山河涕淚看眉玉已辭修月斧夔霞長着切雲冠江楓岸柳仍依舊只與騷人惹恨端

秋夜

野塘零露草凄凄鐘暝烟郊望欲迷一葉秋風辭社燕三更寒月泣莎雞高低楊柳絲垂岸遠近蒹葭水拍堤曉色漸開聞過雨疎林葉落鳥空啼

秋日寄懷友人

秋聲深淺入青林欲度高城斷續砧夢裏語闌回細雨意中人遠隔遙岑曲池零落芙蓉影深院凉風絡緯吟歸燕可銜書問否寄言乘月定相尋

山中送五卿八首存二

君歸五湖上我住青山下明月照離居憂來淚盈把

一雨洗新綠深山啼杜鵑東風知别意吹起柳三

眠

偶作

龍血元黄戰未休阮公長嘯苦懷愁吳鈎冷壁風兼雨獨上江邊明月樓

蘇小墳邊月向低林逋山上子規啼藕絲到死愁難斷蓮性應歸鷲嶺西

葉公子光輔

字調耕少司空茂才子從馬忠肅公遊以父蔭得官不就崇禎初伏闕上疏爲父請祭葬既得命廬於墓額其楣曰水天庵一

日肅衣冠祭畢飄然出門有頃求之已死舍後池中著有與至亦吟見邑志孝友傳

秋興

秋樹碧千尋涼蟬葉葉吟山中少同調流韻入鳴琴

東林廢院詩追和忠憲高公韻十首存二

鳳拔龍蟠羨此翁清標曾識父書中自註忠憲行狀爲先司空手筆自慚不及門前柳得侍先生列下風光生晩未識忠憲

年來無夢到長安肎羨吳儂作倣熱官寂寂草堂深閉後一編玄草註初完

黃秀才家舒

字漢臣諸生馬忠肅公弟子也自少稱高才生啟禎間與錢陸燦唐德亮顧宸吳濯時華時亨呂陽顧煜王玉汝秦鉽秦鍈王永肩許王儼王延禧黃傳祖馬瑞繆振先號聽社十七子邑志文苑傳云漢臣甲乙以後遺棄一切體素羸與病終始坐卧斗室文窗寥護秋風微振已襲重綿竟日之需脫粟半器而已知府宋之普聞而重之欲致一見至再不往知交過從談讌流連感慨係之其學無所不探皆務究根柢文章典縟金聲玉亮犖犖底滯者對之自廢周櫟園先生極重之攜其全稾欲爲付梓會周緣事抄籍其稾遂亡僅有爲文堂初稾行世

田園詩和倉公韻

無田不碩鼠無林不猛虎無川不洪濤無山不曠土曲巷掩荆扉蹇然兩三戶草樹自榮衰高深變今古傭病廢耰耡優游謝田祖名不入徵書足不踏公府因賤免繼羈因貧得安堵何以報皇天報之愚且魯

雜記

束髮隸諸生垂老困茆屋回首二十年閭巷徒碌碌豈敢憚驅車曳裾羞局促故人牽我去千里事苜蓿及門二三子送我河梁曲永夜起涼風橫塘氣悲肅執手一杯酒躊躇屢彈燭扁舟不相待盈盈歎南北會合終有時悲歡非所卜願保歲寒心相期在空谷

涉江望高岸原野何蕭條十里一廬舍田中無黍苗停橈訪同泊帆檣苦寥寥仰面見飛蝗驅逐羣

呼號江邊余公祠傾圮生蓬蒿邱壠没春草游豕求其曹旌麾時駐節不問禁采樵下拜長太息中堂靈旗飄云是杜將軍慷慨精六韜擊賊死流矢戰骨塡荒郊再問楊使君抗疏入中豪戮力掃攙槍剽鋭同驃姚遠焉棄部曲會未一兩朝冠盜壓門庭虎豹方咆哮傷哉收仲盡安賴支漂搖遺黎胡不辰生與百六遭我欲問蒼旻蓬首不可搔

落日怪風疾黑雲如山來奔濤掀巨舸激蕩將崩摧長年索香燭兒女紛啼哀褰裳僅及骭冠履沾沙泥托庇廻慈嫗柴門爲我開朋僕雜坐卧縱橫

若町畦燈火望武昌樓閣何淒迷去之不咫尺竚立空徘徊生平樂酣寢枕簟憎高低幸脱風波厄茅蕝如錦綈夷險本無定貴賤理亦齊寄信安車子苦樂相輪廻

白宜先生出其先工部所藏吳竹嶼畫見贈

白公畫癖吳郎筆雲林半幅秋蕭瑟平沙斷岸坡荒荒木葉脱盡埜草黃行吟孤客影照地遥峯掩暎何微茫峯頭斜日照枯樹髣髴涼風生古渡我有嶔嵚歷落心摩挲百遍通幽素借俸酬攜不論錢買山種橘果誰賢家徒四壁架萬軸作吏如此傳不傳白公逝矣吳郎死杳靄蒼深留片紙拜手尋盟在歲寒知君托贈非徒爾

悲廣陵賦輓鄭超宋職方

空城月落烏啼陌二十四橋霜影白當年載酒妮花人血染平蕪夜流碧明光曳地鞞鼓喧析骸炊骨空聲吞解紛誰射魯連矢慷慨殺身在一言有魂不須呼有魑不須怒回首旌旗暗建章衣冠道盡悲黃土園疑金谷座如雲詞賦丹青白練帬北闕早留金馬侍蕭蘭此日總同焚嚴頭段笏常山舌正氣歌殘唾壺裂異地難從倪馬遊廣陵濤比

胥濤咽嗚苑邗溝夢故邱繐帷蕭瑟秣陵秋太元草就哀投閣寧與禰生鸚鵡洲

過釣臺口占

曲曲廻波遠樹青亂山無數一江清不因文叔爲天子誰向羊裘記客星

自題小像

霜染平林岸拍波石邊閒坐病維摩不知今古風塵客何似寒溪落葉多

過秀才林盈

字次儒號中郎諸生著有竹盧集中郎少

好倚聲淨埽一室榜曰竹廬薇蘭竹桂雜植其閒物阜年豐胷中幾無難事方謂薄事艸唔取功名如拾芥既薄守錢虜又恥終南徑既而世事日非因悲淪落遂入詞壇拈弄無閒朝夕加以寇盜蠭起饑饉洊臻裒同季子之貂泣等楊朱之路共亦悲矣其詩編年紀月自崇禎甲戌至壬午分爲兩卷中郎俊民仲子也（邑志忠節傳云俊民字尊伯崇禎十年歲貢授常熟訓導再補臨安會兵潰邑吏皆望風遁民倚俊民爲守八月上丁俊民方攝祭文廟兵猝至被執不屈縊死功臣山）

崇禎庚辰歲閏元日

元日今逢閏壺觴復共親天方遲二月春已匝三旬栢酒還同昔辛盤却又新不曾添一歲珍重百年身

春日遊二泉書院

策杖尋芳入幔坡丹崖青壁（四字二泉先生手書於石壁）五雲多文莊像下遊人醉忠定祠前逐客歌苔蘚不生新碣石烟霞猶繞舊松蘿子規啼罷林鶯語萬歲千秋一逝波

志感（六首存一）

年少休誇將相才孤踪那許上雲臺可憐駒隙星霜變猶怪鸞翔燕雀猜老我竹書聊紀日饒他兎釜自鳴雷匆匆又放江花落漫說空飛化鶴杯

頻年寇盜交訌止有江南一塊乾淨地崇禎庚辰六月吾邑亢旱變起眉睫晝夜燒搶民之活焚者不可勝數煨燼之骨盡舁於河感而賦此

百里關河遶雉城頻看羽檄下神京烽連絕塞烟迎戟血滿潢池盜弄兵入病鐵衣思少卧馬疲金鐙怯長征如何一片芙蓉水流入欃槍萬鬼聲

霜降前一日訪周子昭讀書道院共談契濶不勝歲月之感歸賦寄之

秋風高撼井梧霜葉落星壇處處黄石髮晴梳香入戶雲芽清漱淨流漿筆花夢鎖長春色硯雨寒飛靜夜光堪歎韶華留不住十年同醉贊公房

秋日遊三峯禪院（院中有桂一株曰宋桂松一株曰卧龍）

萬壑濤聲雜亂蛩秋光齊上一枝笻桂生北宋驚飛兎松學南陽起卧龍古院燃燈明佛性空花散彩禮山峯夢中說夢真癡絕王氣金陵鬱九重（自註夢中得句云九重王氣鬱金陵）

暮春

輕烟漠漠雨霏霏枝上殘紅日漸稀只有惜春雙燕子銜將花瓣繞簾飛

孫秀才源文

字南公號笨菴諸生柏潭先生季子性至孝奉侍曹淑人幾百齡朝夕不離左右邑志忠節傳云南公善飲酒好讀書頗類滑稽玩世者其學經史百家無不畢覽軀體短小服古衣冠慷慨語天下事或古今成敗莫不窮其源流被服忠孝至性過人崇

禎十七年五月聞闖賊陷京師思宗死社稷南公行坐悲泣無間晝夜及秋賦聞鴈詩曰少小江南住不聞鳴鴈哀今宵淸枕淚知爾舊京來鬱結日增咯血聲瘖遂至畢命所著有笨菴偶語笨菴遺稿孫氏家傳節錄

南公尤熟本朝典故一切興建廢置人才消長政治盛衰洞見本末自以世受國恩安危與共見中原多故上憂宗社下念桑梓每借箸前籌爲曲突徙薪計達官貴人都不見省嘗代弟衡公參軍作書上制府西南萬里戎索纐然西鄰有族戍滇中歸取軍資者南公倉猝遇之即席贈以詩戲用彼蠻洞間八法書之箋點畫波撇不差累黍東事起每舉其年朔位號部落營伍人或疑信相半事後皆驗發爲文章遒乾淵灝不屑屑步趨古人亦不欲顯姓名於時每爲人捉刀戶外請具橐者屨恒滿或閉門避之一二貧交偵其蹤跡一蹄一屣引滿揮毫淋漓萬言或更以他作請亦咄嗟立應或故作險韻詩相難或數十疊韻愈出愈奇四六駢偶尤以工切巧合爲世膾炙甲申奠大行皇帝及殉難諸臣於南禪寺扶病匍匐操文以祭慷慨酸楚聞者傷之

土确确

土确确農夫手枯嚅更斸斸鬆下穀穀作秧蹺蹲田畔窺秧長昨聞東家蚤雇牛一雨便去耕前坵西家大餅不論麥飽食兒童牽作客三時秧老節旋生半尋紅稏占收成鵓鴣更逐又相喚聞雷說

霈又說旱脫裳質米來入城富家已愁米價輕秧田見塊天不雨婦眩脫車兒就乳農夫汗滴禾下土

睡起

顛毫枕老辟邪羞一醒惟堪與醉謀身世倒懸蜂宇宙自註頻年寇盜蜂起生涯虛寄燕春秋名消無計沾殘紙骨在相親只敝裘滿眼東風吹綠遍誰同花鳥解忘憂

中流離恨歌

晴烟漠漠柳毿毿不那離情酒半酣遙把玉鞭

雲外指斷腸春色在江南此韋莊詩自南渡北
者也亭亭畫舸繫春潭只待行人酒半酣不管
烟波與風雨載將離恨過江南此鄭仲賢詩自
北渡南者也二詩工力悉敵余爲中流離恨詩
補之

金山碧影落江流風景揚州對潤州獨立斜陽高
處望亂帆點點海門秋

即事

輭舞當筵疊鼓撾盈盈翠幄總仙家日斜歌罷行
人去零落東風薺菜花

嚴秀才紹賢

字與揚諸生少司寇化卿兄子倜儻有大
志五踏省門不售乙酉五月大書曰此乾
坤翻覆時讀聖賢書當守義全歸與妾張
氏相對雉經一女呱呱亦死於側語在錫
山景物畧

社集

史筆隨年老儒冠涉世難兵戈橫太白烽火徧長
安異縣妻孥隔空山橡栗寒崎嶇秦蜀道家國兩
辛酸

感賦

賢路崎嶇緣黨錮閭閻窮困爲征輸弄權強半中
常侍竊祿偏多莽大夫北望神州歌板蕩南遷宗
祏沸笙竽孝陵夜向重泉哭松柏年來血淚枯自註甲申三月孝陵夜哭

嚴秀才彀

字佩之諸生邑志儒林傳云佩之中歲落
拓無榮進意嘗讀高子遺書歎曰吾舍是
誰與歸當江南立主時將上書陳時政會
聞有禁不果竄跡湖山之閒嘗作東林書

院志高世泰修復之後時推講席及學使
者張能鱗以禮聘不往贈扁不受或勸以
野服謁謝亦不答其老也益饑窘無子死
塉家著有生軒易說易同屬比直書生軒
存稿

點易臺詩和韻八首存四

聽松坊下謁山居歎息前賢老著書遺業昔推文
獻後中原今值亂離餘青雲階級高依舊白鹿風
流澹自如漢苑秦宮空望斷止留書院賦凌虛
二百餘年點易臺我今無路陟崔嵬太羮元酒原

希淡月宿天根自往來河洛全身供認取義文生
面若重開眼看八卦縱橫列猶見遺硃照綠苔
行看竹塢湧松濤中有虛堂對險鰲四壁盡沾圖
史潤入窗遥見海天高簪纓日月歸山水竹帛勳
名等羽毛珍重高曾栖跡處後昆修復敢辭勞
[illegible]當年到此臺中興名佐舊祠開而今歲月歸
塵[illegible]已見廊廡沒草萊頻聽杜鵑啼血苦不聞天
馬渡江來何時丞相祠前柏重借春陵雨露栽

謁喻玉泉先生墓和邵文莊公韻

野步[illegible]凝共素心前賢坵隴尚堪尋東林地近神
靈在南渡年遥風雨侵邑志吳墟遺蹟古家藏宋
勅舊恩深邵公詩意今纔合千載看碑有嗣音

嚴秀才福孫

字祺先諸生隨翁長子中允繩孫之兄邑
志儒林傳云祺先方習舉子業即喜旁覽
陰陽五行醫藥星數之書甲乙之後棄諸
生專意古學初讀老莊楞嚴意甚喜之既
乃大疑久遂確以爲非務求正學苦心讀
易積十五年著通義九卷不徇諸家不爲
僻解期明白簡當而後已又善太極大衍
諸象數之學時或廢寢食而忽得解爲易
象圖義五卷又著有黃道圖說

用龜山先生韻題高彙旃學使再得草廬

此日還再得緬然懷滄桑方悲我生晚已驚雙鬢
蒼側聞明盛時東林道彌光諸賢振絕學戮力志
扶陽窮理崇實功居敬依直方行尊物自疑豈在
吐啖芒廢興固有時人謀良未臧鍜鍊及清流禍
國乃自戕大道昭日月寧終擲粃糠往復運相循
賢達不復藏學使起名家靈修嗣前芳幸逢明聖
君赫焉奮乾剛奉職典三禮夙夜嘗徬徨三楚及

百粵覃敷教澤長拂衣返故林志業馳康莊文獻
猶足徵願言循舊章鬱鬱文物區莽莽戎馬塲徹
桑戒既雨補牢鑒亡羊斯文誠在茲任重安可忘
先喆有遺訓及時貴自强致道先居肆來學藉梯
航顯約理一致汚隆道有常黽勉俟河清大雅詎
云亡再得志草廬中心應自傷短言述所聞吾黨
小子狂

高忠憲公水居次題壁韻

小橋石斷行人絕烟水茫茫夕暉發寒潭獨照孤
臣心散作千山萬山月斗酒憑澆故國愁悲歌擊

筧事俱休回看芳草當時路漁父江潭是勝游

許中翰儀

字子韶自號鶴影子崇禎朝授中書舍人丁外艱歸服闋值鼎革遂棄家放浪山水間工詩文著有鶴槎詩稾善畫尤精於花鳥自號歇公閩人林古度茂之棲寓乳山子韶往從之相與酬唱婉麗哀豔多麥秀黍離之悲茂之常曰歇公臯羽所南儔也游吳門疫甚因製方藥濟人輒驗歸隱邑之石門黃冠草服足不下山年七十一卒

載邑志隱逸傳或曰邑志本朝隱逸儀居首茲集歸諸勝國豈有說乎余曰史家列淵明傳於宋選家列淵明詩於晉猶此意也

前桃源圖

桃花源何有無烟雲驅作桃源圖此中之人盡老死桃花猶覆先民廬中有一人吟據梧脫巾漉酒霜髭鬚壁有無弦琴不彈自鳴風趺趺案有詩書易象禮樂春秋書庭有松竹梧桐楊柳數十株籬邊種秋菊擢莖引蔓瘦幹扶此老朝則誦孔孟灌園酒掃無僮奴夕則安神閨房步庭除往往五六月中北窗下自謂羲皇以上聊自娛偶然入蓮社弟子肩籃輿故人頗賞此老趣便亦攜酒邀諸塗下車卽與飲酣然樂蘧蘧我入圖中來笑謂眞吾徒爲逃東晉亡悽愴淚沾襦人間更無乞食地棹舟入此桃源居居此一千三百七十載不知江河日下今何如我從六代下一一爲語諸此老重嗟吁呼兒頤中厨謂有生客來聊亦置一壺有酒自斟酌不復問其餘但道如君所言我不取我醉欲眠君且去

後桃源圖

桃源主人爾何人我知爾本羲皇民世間萬事不掛眼惟有一壺與爾親從來粉本桃源水縱得其貌遺其神我能寫爾神貽影更寫門前五柳之長春風飄飄兮乍起煙澹澹兮初眠漁郎櫂舟不知處桃花亂落流人間人間但見青山連安知主人居此千餘年千餘年中圖有幾惟有王維工畫留詩篇然而王維已署祿山之僞職便畫曾不值一錢其後趙承旨亦寫桃花源可憐芳草王孫夢不識冬青帝子魂魂之來兮花繽紛魂之去兮波沄

海承旨揮毫不到此安能揮筆天上更到首陽去
頭鳴呼舍旃舍旃苟亦無然我今爲爾傳其眞爾
亦彭澤一令君不能折腰徒飲醇此中有眞意匪
獨愛邱山兒遇好山水久住寧復還黃冠草履何
珊珊我之過子豈等閒與子爲此圖從子終其身
願隨杖履桃源裏不放桃花過遠津

午橋

聞山第一是莊周配食陳摶共小休此老胷中無
箇事問余身外更何求窩能安樂方高枕國是非
胥好糊遊聞道蝶菴堪避世未須范蠡五湖舟

顧秀才杲

字子方諸生涇白公孫棻之弟也子方詩文卓犖善草書嶽嶽負氣不可一世崇禎時阮大鋮僑寓南京招四方游俠覬以邊材召用子方與吳應箕左國材沈士柱黃宗羲楊廷樞輩傳留都防變揭討之所謂復社諸賢也未幾福藩擁立史閣部督師邘上傳檄召天下勤王兵子方乃盡散家財糾鄉里敢死士得千人將援江上誓師進發至沙山土人疑爲盜殺之衆潰邑志曰子方胷次結轖志在死國嘗引鏡自照曰丈夫不問封侯何日但問沙場何日耳卒如其言所著有悟秋草堂集自序云詩難言矣臨川有云清者病無有者病濁非有者之必濁亦其有之者濁也余生十六便留神句每落一語輒自恨濁氣觸人幾欲斷吾手腕截吾喉吞沉之江湖葬之魚龍之腹然後奔訴上帝使少陵化爲吾心青蓮化爲吾舌長吉義山鑿吾思路復以顛張禿素化爲吾腕以助吾之靈使余詩如洞庭始波木葉微脫如此其清亦如劉安雞犬遺響白雲如此其仙亦如埋泉斷劍臥壑寒松如此其幽亦如百寶流蘇千絲鐵網如此其麗更使余書兼經奇特絕鼎能冠世之長豈不大快廿年來苦心雕劃卒不能遂此者望力不足耶天限之耶乃二三友人輕許余有仙骨可以作詩于是撫景

懷人漫焉成詠長嘯于松濤蕉露之間誠有慕乎巖絕之風也余于斯時亦幾忘余之濁矣余性好愁好哭好怨故余之詩愁心溢于毫楮哭意浮于筆端怨氣奔騰于尺幅在欲青山供余之痛哭白石助我之狂呼善詩者以溫柔造余謝不能也吾自有李杜諸人相從于我眉天牛之間以進于淸而不無有而不濁耳

水謠三章一存

上漏下濕魚高水急

易水歌

待吾客兮來何遲筑聲蕭蕭擊者誰

落葉哀蟬曲

木葉兮歸根天風兮自聲吟蟬怨而不怒流水動

于孤城思彼美兮秋夜清撫空帷兮愁所憑

戰城南

戰城南走城北將軍尚且下馬降我能歸來猶漢卒塞上八月草已黃多年繡甲飛玄霜挽弓二石未堪數鼓腹曾無竟日糧欲退志氣羞進前并力長勇怯兩不得中心空自傷行矣哉莫更商既已從軍來安能歸故鄉戰城南白骨場

野田黃雀行

目不知官倉粟力不及高樹巔平生自嫌卑以此竟得全官倉多機高樹多鸇君但登前途當念蓬

蒿間

有所思 懷史閣部也

有所思宜在廣陵城生平未識面空使心不寧魂夢結不散山川遠無情安得有美一人婉如清揚廉潔且貞遺我者雙珠嗅我者蘭英倚我者低鬟語我者琴聲烏髮照我心明眸解我醒纖手撫我懷清光合我行我將步之以玉塵佩之以繁衡盟之以今生鑒之以百靈然後舍古人之所知而創錫之以佳名安得有美一人婉如清揚廉潔且貞

殘燈引

夜發斑生函如身入西漢焰光一寸餘不能待明旦燃中忽發聲慨焉發長嘆萬物悲歎終使我廢清玩

秋雨後補夢

秋坐樓中殘炎尚逼過午後大雨忽至陰風四來墻壁窗櫺間便有初寒氣象亟顧童子索衣自蔽因喟然歎曰世人面目倏忽亦如是耳神情蕭條遂就小榻忽忽入夢間如得短詠醒而思之止憶末二語矣感不能已補之成篇

炎炎四壁暑夢醒皆熱中忽然秋雨至林木生寒

風慘慘雲容古陰陰樓氣苦炎凉一日間只隔數聲雨

蟄菴雜詩

一夫有兩心拔刺尚不深况我懷千愁何以成短吟骨冈載秋理空牆生古音夜中一長聽窗外落松針

幽蘭生空谷不及蕭艾長麋鹿過不食脫然存遠香好風自東來葉葉開清涼天地顧深隱無人亦何傷

李白一生醉悠然萬古醒始知察察者徒得旦暮

靈入眼安足掩吾心久當冥請與大化遊豁達忘
泉形

年來歎

回首三載間水旱雜然作石粟二千錢民脂僅升
勺老稚忍庇居壯行亦多弱父子苟兩全相饑不
相渥是以憐生人賣子如棄藿或者負强梁漸就
焚與掠白日未及黄道路亡其槖能吏復催科縱
横遣雕鶚加賦屢自天官隸兩爲薄額外有三苛
以民入湯鑊煢煢莫可伸加手呼冥莫但得一歲
豐使我稍聯絡今年晴雨兼果然慰耕鑿婦無致

饎煩男有機杼樂雖然負前苦得與天相託大運
乃不然將登始豖鎉有蟸小於虻斷穗而遺穉臨
晚聚如盤早來滿邱嚼嘉禾既無心根節俱蕭索
大小皆狂號淚與空秕落誰向官長言今年又如
昨

大石詩贈倪文石

大冶生高堅獨立有眞意廢土不爲山空身寄天
地中靈乃無心外動亦何忌倪子近道資素懷適
幽契泊然凝清風一笑在深際

讀茹氏三節錄貽巽叔表弟四十韻

我之曾祖母爾之曾老姑吾祖壻茹時茹族尚敷
腴高堂列錦綺姻婭兩歡娛晚樂暨節菴（晚樂公玉由明經授四川新寧令玉子鑾號節菴弘治庚戌進士福建參政署布政使司鑾生太學鳳溪公霦實生吾曾祖母陸節母之玄孫也）奕葉驤天衢迄乎鳳溪公慷慨猶
文儒簪纓映槐柳綽楔纍門樞（時鳴玉鳴鳳鳴金兄弟皆登科甲茹氏一時稱盛皆三節婦之後）袖中紫羅囊腰下青珊瑚孰知是
先世舊德培榮敷巍巍三節坊爍日曜氷壺事變
各異時守貞均弗渝百年一銜恤三身同撫孤猗
嗟壽光婦千里歸其夫（陸氏夫仲宏壽光縣令卒于官指孫璿謂氏曰善視此氏泣受命扶櫬歸仲宏廉官貧無槖織紝訓讀撫其子有成氏生洪武乙丑夫亡年二十六壽五

十有九正統庚申建坊旌節）截髮誓貞信幽明靡異途亦惟闕
夫人大耋餐辛荼（處士茹賢妻賢亡年甫三十氏食貧撫孤以終身焉家克以起生永樂辛丑卒弘治乙丑壽八十有五奉詔旌建坊東河）教訓其子孫使之
植頭顱康年拜天錫星使騂騮驅悲哉尤氏婺綠
鬢餔嬰雛（夫茹萬鍾幼孤孝事繼母年未三十夭子相始五齡繼姑自愛其所生女欲奪婦志而贅其壻氏截髮誓死營雙穴以見志姑知不可奪乃厚遺其女後以族人挾重役相脅氏僦居窮巷織紝自給撫其子成立壽踰六十巡按南昌劉公以事聞于朝詔旌其門）堂上呼
聲（去）鵁鶄戶間飛飀飅卒能保其孤後代曳翬褕赫
赫三婦女形管添眉鬚先後映節烈乃自一門趨
天子爲之起三坊翼路隅郡駟走旌詔縣官貤脯

胸我聞茹之先大壽傾皇都茹之先有諱文中者永樂間以壽一百十歲召見文華殿上世祖悅欽賜以官錫五品服命百官陪宴馳驛歸後四年卒生建百歲坊家有寵詩堂御庖出羞醢玉墀天語紆貞德萃一門宜乎華膴殊夫何再百歲子孫遂無孺爾今守詩書亦頗無沾濡我窮在溝壑拙老須人扶不能兩中表匍匐相有無饑寒各異趣此心則合符所畏在呼蹴所防在廉隅凡百慎失墮得喪分須臾曠懷古人心堅正如盤盂況吾丈夫子豈遂如秋蒲慎守三節風庶足明區區前人裕其後或者非金珠刼風吹豺貍會當有唐虞爾我同泒流相勉不相誣一

請安賤貧再請韜惘愚

同吳次尾過東林廢址

秋陽暴東林巍然道南峙道南祠在東林院之左天未喪斯文拆毀不及此講堂遂荒蕪斯道亦已矣小人紊忠姦君子雜怒喜朝野學漸絕吾汝乃奮起一二同心人往往隔千里春秋偶相過必求是非理庶幾化黨同他日能不倚悲風自南來衰草滿基址垣墉昝誰勤何以爲後死

耕烟種草歌

弔李賀也樓成索賦事在有無之間向令久處人中則鬼斧神工何止二百餘篇而已其詩有呼龍耕烟種瑶草句因以爲歌

李王孫騎赤虬賦成初下白玉樓心肝嘔出無宿愁噓詩作氣成神州江娥不涙素女無憂耕烟種草丹沙粒金刀夜刈鏤空入小奴何在錦囊隨猶有人間山水集囊中漏下寒梅片散落天花飛白霰紋雲得泉割霞得硯黃蜂歸蝴蝶飛石城曉房中思猛虎行銅駝悲得之當日失意時塵居有此天上無之

千眼白歌寄孫二子長

秋風吹塵塵不止千眼百眼白於紙嗟予二十不逢人布帽青衫今敝矣鐵石形骸槁木心神空四海無知已登高山眺遠水我聞東海有孫子逸氣爲蘭文化芷涉歷雲根萬木呼蘇門嘯客原無死卓哉顧子前六年紫氣東來便了然歲星下視斗牛際是非只爭爾我間今年載雪虞山下列子御風將別嫁偶來嚴仲小齋頭四顧寥寥嵇叔夜座有白衣神卓然口吐雲霞相激射對之如濯清滄浪問之乃是孫子長各言姓字兩回憶半生泖泖今相將今相將復相偕鳳毛麟趾空狠籍君眼青

我眼碧胸中別有詩三百歌來各各稱絕奇旁觀疾視鬚髯戟爾言顧子杜甫才君才已是前無白五言七言驚我心長歌短歌奪我魄海門春暮青蔽天與君共躡西山顛水邊麗人嶺上客上下相看皆若仙紅泉澗裏翻雲出花捲黃風去作烟爾時顧子但長嘯看君噓氣爲高調曲㵎松間生石雲吟成萬落青霞笑東鄰主人招我遊風雨瀟瀟酒在舟忽傳孫子已登席衫屐淋漓來渡頭飲間共說世外事兩人相向成千秋狂酣若無座上客聊對蒹葭招白鷗主人瞠目且呼酒羣賓背面聲

梁溪詩鈔　卷十四　二七

啾啾咄哉顧子今阮籍少見冠裳多見石世人欲殺天自生何哉孫子能相識如君意氣安得有二人洗盡風塵眉下赤吁嗟乎孫子以君霜毫似君此日譬如尺水藏蛟龍甲彩鱗光宵旦溢別來揮盡九秋霜自此前期安可必君登海外蜃樓我探山中龍穴不知遇君於奔車躍駿之間不知遇君於峩陽烟雨之室懷人中夜雲聲高敲松過石皆離騷欲往從兮路間之兩山一水千層濤吁嗟乎孫子地窮以六天窮九丈夫变道不可朽尺一雲將縱杳然酒間吾汝今忘否欲問逋人近若何兕鬢無恙秋風手

書與宋臣

咄哉唐生爾之識我以詩契我以文亦奇矣而我未嘗作詩與文以貽爾今者相將已三載雖欲無言不可已昔我與爾江上覿面時道路碌碌何意成知已那知作合自上天臭味忽然通至理謫我悟秋篇氷心映無底叩我久閉門締交竟如水同是當時傲睨人殷勤握手千秋裏笑我迂怪不近情二十年來未始求友生眼中紛紛見無數譬諸大樹忘羣鳴嗟爾折節且至再我乃改步爲同盟

梁溪詩鈔　卷十四　二八

天台積雪消日觀高雲平頗似嵇中散同時得步兵淡泊既洽志跡狂兩無名所恨未脫縛時時結東游公卿久之共就有司試聞我制義爾益驚快其清眞言重以微妙評用是更針芥今古交權衡砥礪道德資然後生文情片語不苟下單辭多力爭咄哉唐生我聞少陵之言文章有神交有道惟我與爾入其奧養氣當須辨浩然讀書畢竟期深造莫以富貴可浪探漫學羣兒事憂躁涉世寧日跡與俗寧日傲庶幾不作瓦釜鳴縱使窮愁還自勞君不見襄陽孟浩然劍外杜老翁所取志不改

何必風雲通但能破盡萬卷書自然落筆歸清空從來世眼善嘲笑況我與爾實未工爾嗜班先生我耽司馬公各熟一家言博覽成折衷慎勿志氣卑屑屑圉雕蟲逐彼輕薄子相率從吳風咄哉唐生世既不我識揣摩亦安窮若復言逢時徒使眞氣喪不如守吾節獨立天地中謝絶世上諸頑童兩人相視而笑乎江東噫兩人相視而笑乎江東

吳中謠

登崑崙望千古陰風不歇黃塵舞山中白骨顔色新生者哭死兮鬼笑人噓氣一朝盡赤土來相親

何以昧心者畏賤復泣貧若矣哉黃金殺人于昏夜冠冕奪人之草萊猛虎貪狼滿岐立出門步步風波開丈夫未識此危絶掀有青錢飛白雪花袍赤馬凌蒼烟當途笑殺逃名拙往來狹路頻相見怪矣肝腸雜如面龍門鳥道不足爲崎嶇剖出人心更奇變嗚呼噫吁川可入山可遁胡爲捐白玉爭碔砆四海橫竹紫與朱賤子之妻不稱婦貴夫之母不稱姑人情險可有如是意氣如毛重名利往往鬚眉非丈夫巾幗叢中多義士幾使天下男子擔一旦置爲婦人事嗚呼噫吁僨車之上無仲尼覆舟之下無伯夷地老天荒人在野勞勞誰是逃虛者

飛來篇送錢共若遊武林

李生手攬山川譜夢中落落遊天姥才人未作天下遊遂使逸情愁萬古君不見錢塘潮汐古今寒於今尚畏君家弩若公夙昔神清高落筆常懸百尺濤風流今到浣紗水一夜秋風渡小舠屐痕過處羣山妬千水芙蓉三日路西子湖中濯彩毫蛟龍不敢凌空渡越山之靈朝吐雲葉葉乘風來拂君狂酣走入瑱玕曲呼起松頭白鶴羣酒深亂石

供顛蹶氣壓烟霞能不屈秋高夜老越天空飛來常掛毫端月咄哉若公隆中才山水情長入釣臺經綸異日動天子甲兵十萬胸中開而今魚服蒹葭畔遊踪愁落多奇觀嗟我逋人共此懷勞勞牖下空長嘆嗚呼噫吁天下名山屬兩人當與若公分一半

秋曉靜立觀壁上日

濳風颼颼削人骨澹日初來光似月觀之未及旋又沒頹然獨立聞竹香形空識去離文章茫茫一顧神荒涼

笠澤外臣行爲本符作

陳子離奇直如許長才一石蒼天與手種鳴琴不理弦碧雲葉葉飛秋語少年曾富今得貧落落人間如古人氷心一片自深寂稽首笠澤稱外臣十年筆墨魚龍護七十二山相盼顧結客多從淡泊間崎嶇何處容高步狂來好作神仙遊自是書生困頓謀三山五嶽經春夢事事情酣入短謳歌聲斷處行雲咽萬竹窗前浮翠雪知音獨有此君深朝暮呼天爲君說含毫漱石愁且顛雖貧功名亦未甦胸中或有過人理可以澇世清烽烟衣冠蕭

條氣何老一種奇情淩物表鳴玉園西樹影間桃花峽上波聲杪長吟數言悲落霞輕彈劒鋏非無家所傷未得遇知已空餘膽照滄溟泩與君過家作兄弟愛君才華重君意脫盡形骸謔浪兼披襏簡籍春秋去私心評君不敢量置君應在東山堂縱然志在風波裏底事稱臣水一方

惱淨行贈莫邪

刮露寒芒腥氣迸霜花愛污不愛淨報恩報仇然諾間一片由來生血性指揮常在英雄手橫懸常在將軍肘神名常在義士口血鋒常在奸邪首鏗然匣裏吼聲列十萬負心咸化血酒酣拂拭四筵秋座客含冤盡淚流

野中感興

亂村烟自合白岸雨經過蹇騎蹄常失寒僮氣屢呵過橋移步小看樹野心多上下無人處高禽影在河

感懷二首　存一

落魄思高引忘機洽隱淪入山妻子願忤俗父兄嗔白眼難窮我青衫易腐人何如麾處士言下得前身

江上歸來吟

獨立瘦筇林簷前結衆陰愧天生我意歎世待人心有事艱難過無端感觸深山妻同淚血七載到于今

春懷

來往青山只自由幾經春至未知愁非關道士多棲嶺不是仙人亦好樓閒引水聲呼白鶴亂揉花瓣飯青牛相逢止就歸休去一入風塵即楚囚

落落烟霞又一春掉頭無事入風塵空山魍魎窺遊女高冢麒麟守故人萬樹散花歸綠蟻干江戲

水出青蘋當年漁父迷津處洞口夭桃亦避秦
東南山水萬花明十里深烟虎豹行塵世已無高
士路天門常有野人名彩毫繞指飛仙語古劍騰
空作雨聲夜靜酒寒誰是侶蓬壺分下董雙成

自題嶽雲樓稿

腹有長愁化赤雯樓高落筆亂成文三山處士囊
中雪五岳高僧頂上雲世外逢人多碧眼塵間若
箇是同羣夜來常倚神仙校著就奇書不怕焚

登外舅嚴君墓傷其無銘賦此志感

泉下長眠可復醒孤松飄下冷冥冥黃金曾結人

間客白骨誰傳石上銘夜月露音寒古木朝陽兎
影入荒庭空山時有麒麟泣應是雙瞳未得瞑

寧蘭詩

十年生計拙決意不呼天時命令人賤風塵逼我
妍冷從初意癖清得幾家憐詞賦傷神久文章閣
筆堅本無榮遇理且覺困窮賢世故頻相急狂心
益自專獨憑頑鈍力浸付薄浮緣氣靜身差定情
消諂更顛安能工拜跪鬧熱小兒前

丙夜抵家次尾凌晨至有作志喜賦荅十六
韻

君出從秋浦予歸自聖湖疾風宵作合雙劍曉相
扶正憶期無定今看道未孤夏冬成一別南北會
殊途客倦琴書廢朋來老稚呼開軒塵欲捲拭席
酒先沽始刈繁蕪草還懸豁落圖到門忘揖讓把
手慰崎嶇夙志藏心共新知屈指符爲時增廣大
着眼失模糊四海憂方急黎民氣不蘇挽回需特
達利害重訏謨漆室悲斯在茅堂論轉孚片言明
國是萬事忍誰誣學正甘終老身通合戒汙只推
今與昨天亦偶吾徒

哭許以身四十韻

年老申枯淚將何哭以身知交嫌姓氏道義敵天
親丱角聲名早風雲筆墨貧莫云生可喜祇覺去
無因高嶺埋才骨低空妒斷塵幾時重伯仲何地
再荀陳世路悲荆刖文章嘆席珍中郎書籍好叔
玠總帷新過井思巾屨推門憶笑顰君亡休哽咽
我老獨逡巡匍匐存閭巷煦濡暨僕民推溫恒就
濕茹蘗竟含辛舊業原涓渥清門托隱淪下流分
柳跖上世只嚴遵墮履猶當戶殘桃尚倚鄰以身亡于
三月二十二日爲清明先一日猶與予笑言花下撩鬢遺幼女青鬢哭高
旻古道今云遠皇天近不仁薰蕕多慨潤芝蕙坐

焦埋棣萼棲梟鳳蒿莪痛晩晨先賢胡炳烺（許氏自信齋效靜靜餘元朓諸公凡五傳皆理學名家靜餘以名孝廉祀鄉賢道南諸祠）後俊未嶙峋五世通家我（吾家與許道義通家之好凡五傳矣先君子作世交紀事藏于家）千霜未老人登堂欲放慟撫梼恐冥嗔入室攜羣彥褰幃泣衆賓望衡兼對宇引紼總傷神立雪詩傳鄭聯芹座憶荀呼名通父祖訂譜合松筠今日空歌薤當年實飲醅陳樽增歔欷攬影欲悲呻丹旐隨流水靈輀涉遠津平生胡草草斷別苦泯泯世好原無斁幽悰則未申山陽吹斷笛車過轉腸輪枯菀隨人面逢迎遞積薪青松埋舊友白日失

同倫汝去何醒醉吾儕漸莽榛嗟徠不可見爾已返其眞雲斷思千里苔荒卧萬春何堪一分手永弗再騈臻今昔情何限幽明恨最頻相看盡師友松下一沾巾

奉輓堵濂翁先生三十韻

世道久隤喪先生安用存蒼蒼渾不古耿耿豈無言拯救仁人理安全長者恩有心憂萬物無力補乾坤早歲騰鴻卓雄文選弟昆（周公西秦原虞陳本符與先生爲梁谿四子）滙池蹋上將綿蕞占名門（先生名宿久困場屋後以禮經魁南畿出李霜回先生門爲壬午年已衰晚）經史攄東觀聲名動北園康

成元秀偉有道讓淸溫（先生儀表不甚長白修[illegible]鬚豐頤卽之有餘溫）角巾餘幅（易代後止着幅巾）揮毫筆不髡（先生博極羣書貫串經史著述極富雖失明之後口授詩文始無虛日）斯人遺炯照有昊失中原（先生喪明之年正中土陸沉之日）奧博蒐盲典淸夷拂鬢樽（喪明後不廢游接善譚讌）溺饑瞑更亟著述老逾繁指困徒捫日哀鴻費乞播（先生晚集除夕賑米每冬深拜丐諸富人門足胝郤穿備極勞苦）豈知廉謝范終竟儉饔飧（先生無歲不濟人家無贏糧然四十年名孝廉州邑長以上皆敬禮不通千謁）耄學年逾耋（八十有四）貞操吉筮元（精易學）臯比驅伏馬（喪明後猶開五經講席一時名彥雲集）武庫笑陳袁（先生學窮天人凡星歷奇門六壬諸家無不曉究尤精地理）立雪皆飛象（王兆嘉晉黃東山嚴佩之）

（以下數十百人存亡不一）披帷半鷺鵷（秦留仙陳而念嵇爾遐以下又十數輩遠方來游從宦跡更不勝紀）香山尊白傅（曹易菴胡愼三馬大林諸公訂花乃會聯吟倡和必推先生祭酒）漢季老陳蕃（鼎革後先生幸病廢不罹厨及之禍）後學多膚敏先型尚渾敦山川迷板蕩天地欻崩奔閉戶辭厨及傳經裕子孫夫何天不憖亦復考無屯（乙卯元旦先生禮序言笑如常初二日將瞑謂甥張白五曰吾年必不過八十四今數不靈矣張曰立春尚在正月初十日先生頷之曰然乃一笑卽於是晚怡然而逝）巷哭喧千室（先生逝頃刻喧傳通邑道里悼歎如失國寶）春歌輟一邨鰥熒渴渤海（自後賑施事遂絕）士俊蹶崑崙一子凌風雨諸孫未冠昏巷無環帶雀屋懼雨翻盆（所居先世舊廈傾圮向盡）寂寞禾翁里（先生晚自

[illegible]何齋 亦虛無世善軒世善堂引接賓朋寒白士處也今但存廢址[illegible]
煢鳧急叩不復履綦捫浩蕩慈懷淵氤氲善氣尊悲
歌余末晚涕淚一潺湲

與薛聖音聖音本姓胡爲余故友思其孽子故憲副翼在孫劝育于薛寄身殊微實安定之裔也
共得窮愁理憐君正少年胷從空外展法向老人
傳物亂心常定人喧我不擅切須嚴呼蹴慎莫畏
違避世晚交容誤情翻悔易偏文章畦徑外詩思
歷元前邇來聖音從予游意攻古兼喜詩學 鋭海外多靈藥羊羣好
問偓哲人云逝矣吾道豈徒焉阮籍宜狂慟楊朱
或泣漣河淸終有歲日蝕豈無天變鼎矜趨廟藏
舟恧近川王孫暫魚服莫墜祖龍鞭

梁溪詩鈔　卷十四　三七

玉節鶴圃式昭偶集余舍寒風斗酒呼嘯殊
怏然設客惟虀一器圃瞪而嘻曰此窮家
鱠也杲曰錫名當矣而義未盡饑寒老病
是吾家四愁應曰四愁鯖然有四德吾能
作四德羮守甕盎不近金玉智所宜惟薑
醬廉登綺筵竟無怍色勇味酢然大嚼之
可任天下事藝五色睦離奏齒牙宮商畢
備是又文之以禮樂也客大噱謂宜聯句
樂之遂過十韻
山村無肉食風味出荆柴大有氤氲理杲殊無烟
火懷淸腴醒酒力玉險澁輔詩骸疊葉牽黃玉圃
雙莖茈紫釵淘羮殷莧汁杲入鱠破尊膜盡罄陶
家甕玉終無仲子哇交惟范仲淹式詩亦貫酸齋
珍醢難爲類杲侯鯖間一排三冬香稻口圃五色
絢雲霾薦齒驕卿相玉藏邨狎虎豹儒餐雖薄淡
氣誼未曾乖杲

送本符之白龍山
會闘江上白龍山滿嶺霜鱗不可攀爾到峯頭如

梁溪詩鈔　卷十四　三八

憶我懷人須向古松間

感懷示內
淚痕流得眼荒涼不滿靑衫便滿牀門掩暗風人
獨坐寒鍼逗雨入空廊
指下新多激楚聲七弦齊斷五音驚知卿亦對囊
中雪獨撫氷絲理不成

懷陳生卿茂
彩筆乘風散綺烟山靈夜護繕雲篇飛來明月能
臨影寫出陳生似米顛
爾化高峯我化烟靑靑白白入天天風來帶得仙

人至一半行歌一半眠
春雨瀟瀟在竹廬濕雲難寄道人書知君獨坐臨
溪水上有流禽下有魚
閒搆青霞作草堂雲頭紫竹五千行萬花落遍黃
昏雨應是仙人遺錦囊

顧秀才杲

字子克諸生涇白公孫著有枕流草堂詩

月夜

碧漢渺無際詹月一何皎清光照我庭影類隨大
小宿鳥傍巢鳴四顧驚天曉行人起戴星樓鼓聲

未了世故若江河艮夜此云好安得達道者游心
共物表

大道

大道指顧間天地呼吸裏晝作而夜息動靜合其
理上智識機先愚昧因境徙神仙或可求尸祝營
未已焉知彼蒼心惟德修自已蓬萊安在哉願言
慎厥旨

元日

天地知何極年華復見新逢人皆一揖交道得誰
真杯酒歸朱戶林泉老逸民春風雖已動冷煖不
堪陳

過道南祠有感

道南祠廟草萋萋門外深林綠覆隄日夜斧斤殘
古木歲時樽俎愴新虀荣花連畛交荒址山影過
城照舊谿回首昔賢弦誦地春風只有野禽啼

讀君任戲亂歌

森然武庫躍戈矛炙轂談天似爾儔髡爲陶公消
日課鞭從士雅借先籌八磚未草鴉黃敕千腋空
誇狐白裘小出奇謀當辟穀不堪滄海正橫流

熱客二絶句 并序

熱客詩志炎涼也苟其挾盛滿以驕人俾聞斯
言而足戒

晝堂熱客問如何銀燭笙歌意氣多回首當年名
第宅門前荒草已張羅
勝事終朝得幾回趨庭邪禁笑顏開不知歷落風
霜者可許班荊酒一杯

顧秀才允黙

字我緘號乎卿諸生鄉飲賓年八十三卒
先洞陽公元孫也著有悟乎草公從姪雲遲既序其
詩又爲之傳日伯父在家則敬祖睦宗在
上林則威儀整肅在鄉黨則慷慨好義然

諾不移郤暮金之私贈殯亡友於溺河冥
堪爲子姓模楷者也公自題小像曰神似
爽貌似揚骨實傲而性剛少嘗留心鑄句
長亦肆力文章每決勝於三百六十着弈
沉酣於三萬六千場未免塵氣雜沓可容
雲路翱翔謬稱資敏狂許才長所可自別
而共信惟是坦衷與熱腸形神對照心口
瑭商五字未堪擬雪數莖落得如霜欷歔
餘燼羞澁空囊二子一女針指縑
緗尚承家聲淸白敢冀天語輝煌

老母以方竹杖授允然乃　先祖武陽公所
遺敬賦此以識慈恩祖武時年五十二

阿母壽且康兒子敢言老授之方竹杖慈愛使預保珍重自先翁難得况遠道清貞本性生正直豈人造貽此詎無意要看孫謀好或扶戲綵衣忍使玉山倒因之端步武恩可但襁褓承侍晏瑤池舉家綏壽考

兩兒藝蘭擇有花者置書室中開後復發蕙
花兩枝引爲瑞也詩以昜之

蕙因蘭之族根殊花亦剖胡期孕孫枝次第發瓷斗駷秀從宮牆流芳竟左右光風時轉汎撮土誇畹畮人事莫等閒物華倘非偶變化成天工文章則我手清芬信能詬華省應不負濟濟稱寧馨欣欣慰老朽命詩美陶公譽僻鑒王叟車騎擬階庭創山足師友遺素尚懷先奕葉其有後

小嶺灣掃洞陽公墓

上嶺隱松門透迤遡本源雲停團蓋密風急怒濤翻將酒邀靈爽看詩儼晤言業嗟從代薄祗是一經存

崇禎元年菊月十八日南邨四叔祖誕辰讌
集元理叔之師儉堂庭桂盛開

桂羨燕山事已奇靈椿得露更紛披遷喬邑稱黃金屋介壽香浮白玉巵身閱六朝符鶴筭誕龐九日附蓀枝絲調竹肉嫦娥下樂未渠央漏較遲

已巳新年南邨四叔祖復舉樂天社時金閶
曹子吳子在座

節似松筠帚掃愁春光都上木棉裘氷心淡着梅花放蹁蹮初生桂樹幽卜晝夜遊拚既醉併南北阮斷無尤鼎新時事皆堪紀况有嘉賓天與留

息孟叔六旬作生輓詩成識次韻二首傷之

頹然身世雨茫茫俠骨終教貧四方六尺匡牀消歲月一堆黃土盡文章違時祗是堅清議得疾還因縱別腸賦就達生含笑去問奇屨滿淚浪浪

受業薛　凝度　履中校

梁溪詩鈔卷十四

梁溪詩鈔目錄卷之十五

梁溪詩鈔卷十五

梁溪顧 光旭 華陽氏集

國朝

吳通政達

字章甫號雪航明崇禎庚午舉人 國朝起工部主事會有議新令不便者奉旨敢再言者死達獨疏論辨考選問勦撫江西事達策對勦撫兩失語類乖疏衆詫之 上見曰是卽梗論新令吳達耶國家正需此敢言臣 特擢御史達隨上天心民命一疏甚被 嘉奬出按山左有東土大勢一疏復陳禦賊安民治標八畧按楚有南楚情形一疏按秦懸燭鎮弁漁利茶馬滞鈌狀將驛聞帥懼立摯弁回邊市大蕃還京刷卷甫莅事卽上疏直斥柄臣洪承疇冢宰高爾儼龐腫銓途 上赫怒押令西市回奏及交於前顏色不變洒洒千言言更激烈 上卒韙之稍降行人洊歲仍還前職歷太僕躋通政駸駸大用顧不善持滿忌者日衆遂中讒口戍鐵

嶺有雪航疏稿八十卷薛雨堂詩集語見

邑志 雪航嘗學詩於龔芝麓尚書龔有雪航御史還朝詩云青霜一夕起鸡班有客乘驄萬里還首蓿夜肥西極馬蒲萄秋入玉門關盛名博望槎同遠往事朱雲檻獨攀長爲膺滂生意氣盈廷卿相已摧顏同邑諸侍講豫有和雪航六十書情詩三首其一日華年骨皺老詩狂周甲鬚眉不受霜諫草已隨青史壽閒身翻笑白雲忙蠅頭密密燈前字鶴羽飄飄海外裝語异儂君莫訝恐驚風物轉思鄉其二日皂囊霜筆半中州百感難消此倚樓華岱嶽連驄馭影湘疑雲斷雁聲秋三年閉戶同禪衲千首登壇傲醉侯王筍銀鰣當五月歸心遼水共悠悠其三日清班跡遠並流東梓里平安問訊同異域音聲勞季札故交杵日夢梁鴻龍蛇出處驚心晚蠻觸雌雄到眼空舉足羊腸弓史險背容長日坐春風

感恩詩

帝自憐蘇軾臣寧比屈平全家　恩獨厚九死報猶輕稷契原虛負膺滂豈有聲西風一灑淚回首望　神京

赴銀州途別丙子

關山曉月逐鳴雞巘巘蒼蒼湖望轉迷老我星霜蕭寺鉢累君兒女石田虀江鴻失侶雲偏東海鶴飄翎日又西零落梅花殘夢醒淚痕封與太常妻

送司馬李梅翁

客與孤雲不可停江風吹夢故山青當時主自憐龍翼舉世人誰惜鶴翎城闕悲笳燈黯黯郵亭老樹雨冥冥想君到日芳洲晚白雁沙汀月裏聽

歲暮

寒簷蕭瑟意徘徊客至敲門午未開身爲心懸時倚杖酒因肺病久停杯田歸魚鱉將何恃書斷鱗鴻竟不來殘臘又隨寒夢去莫教風角逐人催

與琳枝夜話

他鄉星斗夜闌干憐我思親淚未乾道在漢廷同出處數奇湘澤共風湍亦知絳灌羣公意漫作膺滂二子看爲把樽醪歌當泣秋天霜露不知寒

留別心簡

雲稜飛雪任西東事在先憂道豈窮俗士懷居寧自恥浮生朋足竟相同名山風雨書千卷吾道龍蛇地一弓莫向離筵悲寂寞廣陵琴在月明中

顧孝廉宸

字修遠號荃宜崇禎己卯舉人先洞陽公五世孫硯齋公嘉羴次子也公博極羣書工制義及詩古文初以文受知於鄭崟陽鄖艾東鄉南英繼與錢湘靈陸燦唐釆臣德亮繆維揚振光諸先生結聽社稱聽社

十七子先是論文者以馬忠肅公澹寧居選爲宗而公自明季至　國初文壇操選柄數十年世謂與澹寧居相埒辟疆園本懸書林不脛而遍海內至辰韓朝鮮皆傳播其刻而公益務著述蒐輯宋元明人遺文凡金石祕本靡不鈔纂藏書之富與虞山絳雲樓並稱公寬厚沉靜好引進後學時諸社聲氣盛公雖落穆四方名士折節納交後來之彦願出門下以爲榮凡經識拔取聲譽者不可勝數也所著杜詩著宋

文選皆行世尚有騷語莊註韓註元文選明文選隨筆習察刺諸書三朝列傳百餘篇已散失所藏書亦盡燬於火惟辟疆園文集四卷存歸德侯方域崑山葉方藹序之

罷鏡庵酌酒與櫟下老人歌

老人飲酒顏如赭骨健神豪堪走馬老人罷酒顏如霜鬚髮半白生秋光忽然攬鏡見顏色老去亦知生慨慷嗟予同譜老昆弟六十年來尚有幾憶昔招飲長安城爾時君名重帝里指日金甌卜卿相當年赫奕誰爲比四海名賢畢集時君也登壇執牛耳此後連年絕尺書念君宦海長馳驅行旌南駐秣陵道乃復把臂論區區三年春色白門柳浩歌日醉金陵酒對組臨珪意淡然自信老人甘白首白首寧論壯志徂老人常向鏡中呼醉來罷鏡醒還照鏡裏容顏依舊無人問又換新甲子芳年遺事東流水相逢轉憶舊遊時我亦鏡中知老矣請君酌酒我賦詩且罄行囊作酒資醺然醉後童顏在不異當年照鏡時老人老人且莫舞醉醒方知不醉苦直須痛飲吸滄洲貌與長松成太古

贈程非二

程生天下士古道發高文虎阜多年別黃山喜見君寒花空世味老鶴卧閒雲旅邸知音少斯人吾與羣

遊江漢石紫微山館

去家纔咫尺山徑自君開築室奇峯外尋泉古麓隈興高松鶴下坐久洞雲來我亦登臨者培風直上臺

上巳虎邱燕集和吳太史梅村韵四首

香堤春露散輕烟百部笙歌共放船詞客盡談天

賓事艮辰重記永和年鶯花曲水新遊侶冠冕瀛洲舊謫仙誰似延陵懷挂劍司空遺跡爲潸然

廣平詞賦見孫謀求友飛書集勝遊繡虎鬱龍歸上座玉簫金管聽中流騷壇載筆凌梁苑樂府從軍唱隴頭還向夷門對惆悵幾年風雨暗山邱

畫槳夷猶錦纜輕泖湖波接闔閭城遙憐玉樹教埋骨誰挽銀河與洗兵北海樽空今昔感西洲腸斷死生情黃門吏部同遊在蕙帶荷衣久目成

長堤拂拂半垂楊有雀銜魚到講堂絳帳康成談奪席清風元度句盈箱行隨芳樹邀飛蓋醉惜榴

花泛羽觴脩禊不殊今昔異右軍應復感淋浪

黃粱廟

枕邊妻子原非幻夢裏公侯亦足牽一飯何期誤身世早知夢好只該眠

呂僉事陽

字全五又字詹望號薪齋明崇禎庚辰進士入 國朝累官湖廣僉事道著有薪齋集全五二集高彙旗學使序而行之序曰全五以孝友爲本靜穆爲品經術爲賁諸子百家爲驅使森麗婉縟驚魂燦目或謂五古逼徐庾近體逼溫李不知其擬千古之祕窮五聲之變惟欲成一家之言也胡愼三侍御浙遊草贈仰呂公祠詩序云里中議公事必於祠晝押必於案以示無欺一聯云鹿城俎豆庚桑祝蜃海謳歌峴首碑匾曰冰玉千秋蓋薪齋備兵東甌時多惠政既去而民思之如此

柴桑吟贈張顧存先生 并序

顧存先生謙錢唐人初爲泮宮學博兩鹿自隨繼任潯陽尹民有十清之頌三任粵西觀察郎告休家食不周吟詠自適

柴桑下里十清詩詩似空山月滿池焦螟物色來何意蟬蛻衣冠信所之援枹裹革英雄淚羽扇綸巾大雅姿輕肥敢博巢由笑冷儉惟當綺季知首

着齋中有兩鹿携入泮宮牝馬伏三苗見之不敢藏金薌玉桂還空谷培塿富貴如等閒口吐珠璣先禍福姚宋廟堂無點塵李郭治兵皆虛靈妖星夜落湖山爭仰轍雷門天氣清閑居吟遂初賦麟毫兎簡舒遙情夢入藤陰占太古饑如野雀聽虛筐遑恤夫七日之不火兮君侯將遺我一杯羹

閒庭唾鶴歌

山人畏多事懸瓢復棄瓢空庭惟積草孤鶴自逍遙不飲貪泉水不啄腐鴟背山高霜寒松亦苦誰翔百尺鳴虛嘐伐毛洗髓焚其身脩宮衛室相遮

遨春禽迷瘴海秋雁落嶕嶢欲息垂天翼徒傷步斗遙支公招我入山去一飲一啄含香蕭得免雜羣亦已矣金刀鎩羽還翛翛莊生謂我神雖王不如林莽一鶢鶋吁嗟榮僇已如此寓言十九多浮囂偃仰空階似寂聽茹新吐故藏三焦何必莊周是蝴蝶焉知白鶴非王喬夢中展翅遊東海耕穫神砂與石椒

悲任昉

彥升高步青雲衢僇力搜書斷簡餘平生愛奇句恣意瑯琊署一紀練三都十年通六處瓊詞入漢

宮軒冕來徒御所忌爲文過切題切題終遭建武譏芝蘭不忍當門植瓜果何須向闕攜

王烟客年伯初度屬余詩畫二紙爲壽余不能畫乃詩以歸之

王公年少濯纓時步武瓊琚褒鄂姿冠劍不留紅粉氣五陵金犢自相思一入容臺雙鬢古縱橫禮樂皆鄒魯談經侃侃劉太常錫之華蟲并白琥頫仰天家如暮秋臣心如水亦靈修西田一頃歸耕去八月秋風菱芰舟江潭桂花新吐馥侍史焚香更沐浴人生得意在邱園世事棋枰空反覆大雅巾車行道遲宣室文章信在茲謬推詞客爲君壽恨不前身是畫師

銅雀臺

珠簾繐帳等風流歌吹猶聞溺妓舟曹氏帝王何足齒獨傳佳話與箜篌

之任東甌道中作

夙駕星言度海疆仙人羽葆上官裴丹心猶戴宸居紫綠草頻催客舍霜我欲云云思汲黯卿多吃吃是周昌風塵一路懷　天語敢謂南箕不簸揚

海上巡行有感

澶洄大海一漁艑身在風波亦儻然不借眼光牛背上肯持手板馬頭前蛟鯨有氣能翻雨星斗無根只傍天祇爲瓜期歸未得勞勞亭上數羊鞭

朱蓋銘以詩藁見示予謬叨一日之長率爾丹黃書此謝之

我亦吳坔學楚騷芟鋤詩句比天喬文摟汲冢一十庫字寫倉經三萬條祇爲蠹魚吞彩鳳相隨修竹彈甘蕉君家自有江妃賦不用先生詠二姚

感南唐陳子喬入覲事堂自經故事

朝拜簪纓夕已除紛紛降表世修書南朝尺地非其有祇剩陳喬一坐隅黃漢臣云此是梁溪忠義之祖得此詩堪爲邑乘生色亟宜採入

弔華銓部鳳超先生

鷥湖一老足全真便赴秋曹殉此身懷石三年猶恨晚此心何似屈靈均

鄒太守式金

字仲愔號木石明崇禎庚辰進士　國朝官泉州知府鄉飲大賓著有香眉亭詩馬大林先生爲之序序曰木石少工古文詞嘗守劇郡曹務委積能

倚柱斷文案思致豔逸所製歌曲每命侍兒司吟壇玉尺時吹簫度之木石亦能調歌擫管記霓裳拍不謬其元夕詩敢吟梁父稱高士且躭燈花看美人謂非一生公案耶且其嗜書好遊癖與余等而余性潤畧忤物隻立木石性峻氣和備以溫愼芸窗綠淨恒展閱古鼎彝書畫故其詩皆舒氣快意而無羈愁感歎之言

重過西湖

一十八年湖畔柳春風不定常垂手杜鵑啼斷青衫綻玉兎銜殘白墮酒堤上芳心冷雨雲祠邊殺氣冲牛斗紅樓人去悄然空燕子還尋舊巢守

半研歌爲陸經安賦

陸郎愛書因愛研紅絲青鐵冥搜遍漢唐歷宋莫可名最後鍾情惟半面半面瓊肌殊足觀墨花首繡何時攢潤如方諸剖破向蟾魄色如文成食牘之馬肝吾聞陳乎與毛穎同職文房爾獨靜靜者應無摧毀虞胡不全腰僅全領初疑明皇寵謫仙醉中勅寫詩百篇太真纖手不能捧因而墮地分兩邊又疑中書議朝政盧鄭紛呶恣瞋性遂忘忌器投此君致使凋傷爲爾病嗚呼研中龍尾爭寶憐神龍之尾獨不傳寧爲玉碎保貞操莫作棄材徒苟全龍逢軀卞和足形可殘志不辱寒月半窗梅半枝伴君新草遺民錄

周元亮奉赦南還龔孝升有詩贈別旋起青州道次韻和寄十首存六

昔日棲梧鳳曾爲遶樹烏世方尊獄吏望自屬公孤豈意開圜室誰承賜鑑湖萬花含笑日喜氣到菰蘆

燈花明若鏡秉燭竟歸人魂分中散紛綸得大春琴書千里夢金粉六朝身路鬼揶揄好人誰信汝貧

祖帳應無及春明鍵始開江淮雙帶接風雪片帆迴高厚真邀福神明實愛才鳳凰飛去後權作望

京臺
憶昔曾遊處名山九曲斜綠榕仁作葉冊荔智爲
花庭靜朝鳴鶴衙清晚聚鴉八閩諸父老猶說雨
隨車
忽聽除書下青齊德澤饒褰帷慈日繞舉扇惠風
飄經術酬先聖勳名答本朝蜃樓堪眺嘯把盞幾
相邀
萍水當年事雲泥隔世情君爲周二老身是曾諸
生龍劍風方壯漁舟浪欲平未能齊寵辱端爲得
麟驚

堵歷城廷棻
字芬木順治丁亥進士官歷城知縣著有
襟蘭集邑志曰棻木禾齋先生從子幼有
雋材以詩名於時

曉行望燕山
幼志耽邱樊頗厭塵旅惡旅食再經霜芳時負哀
樂宵車廻上谷曉水易州郭械械桑榆白麥淩澗
流洄馬足濘寒沙霜深步如鶴矯首上高原幽視
散林壑巒容隨步徙起止羣繡錯蒼紫無定名烟
日施粉䕶層勢若濤起妍姿湧林萼疊影不可求
孤賞向用博可憐湖上嶺未踐秋間諾

秋渡建昌出芙蓉山徑
日望芙蓉青層幽不可訊彊理屐山椒鱗櫛溝塗
濬窈窕秋雨灌洊水盈科進歷徑曲泉湍回屢湍
逾迅澗流兼諸路跌雪奔潭駭番溜給山禾間闢
分積潤盤盤涉前礀宛宛泉源浚竹杪上空明環
峯淨勁俊一樹一石間千山萬山趂樹石所蔽虧
暗泉轟復震重關飛鳥路尺棧懸崖僅僂夫憂患
餘告以加戒慎驅車怯賞妍涉目妍互覯兀嶺豁
松篁巍巖更秀蚴蹸巖俯峻巒稱色皆齺齕突兀

氣已平老峯勢如搢涓涓流必滙艮坎蓄忠信乃
知坤六義柔剛用吾順

紅雨詞三首
文窗微暈綃如烟露枝倒鏡愁紅眠麝熏香悄不
成夢窣地輕風驚繡綿
并疊心情向幾朝鳳臺行處碧驄嬌鸚語藥叢雕
玉檻柳搖波影赤欄橋
冶絲晴開映遠茸花枝兼喜顫柔風東君但著花
時力風雨無嫌總化工

小除夕發玉川留別父老 時地屬東兵蝗有遺種

策騎吾何忍山城淚幾行有田寧畏鼠無雪更愁蝗古驛勞車馬新畬散虎狼荒蕪猶可問努力事農桑

建昌道宿甘山寺

甘山猶有寺迢遞出層陰徑向泉聲折山留樹色深寂多身世感鐘靜古今心一宿雲巔裏晨車又遠林

焦園

石徑蒼蒼夕照過小亭虛敞積烟蘿千竿綠覆瀟湘雨一鏡紅垂瀲灩波疏草尚留氷雪在棋聲銷

得古今多鹿車行處春偏早禾黍秋霖奈晚何

新盤路

壁立蒼崖敞御帡凴輿屼嵲上空明通天徑窈虬行曲出險層欹蟹步橫陰澗百年留古雪懸岩午日乍朱櫻金泥玉簡今何處尚有磨崖繡鐵英

天門

凌空風勁步難留獵獵靈飈振紫裘文虎驅來岩石動玉禽呼處水簾幽天清殿閣飛三觀野潤河山接九州忽有白雲封內出萬山沉翠若中流

癸巳元旦

歲月崢嶸半已陳馳驅還是昔時身百年又復添今日一事何曾及古人豈愛墨磨雙硯北却教琴動一簾春玉珂金鑰誰封事課子朝來得句新

題自畫梅影

暗香如夢雪中行松下高齋憶故盟么鳳倒懸雲幾縷老虬斜倚月三更天涯別有思君路古驛還遲寄隴情洒墨似蘭兼似竹却憐石室太分明

贈同年崔正誼時令平原

十年袍澤悵離羣復對虬髯映子雲稷下經譚應笑我平原綫繡又逢君自無鉤黨多全活獨豫修

陴控敵氛望遠臺前更懷古魯公斯地有遺文

冷泉亭

此亭依舊傍靈山冷翠浮崖映客顏一徑深松風謖謖百泉爭道碧潺潺垂枝猿似橫空立出寺人如入定還若使鷲峯無住着飛來飛去幾時閒

劉僉事果遠

字千之丁亥進士累官湖廣提學僉事爲政清謹事母至孝俸餘所寘產悉與其弟共之人推其篤行見邑志孝友傳

輓華鶩湖先生

昭代珪璋器清時鸞鳳儀宅心惟濟困體國在扶危箕尾歸何早夔龍祀豈遲典型猶未遠遺惠徧江湄

劉閩縣惠恒

字子廸號養孺順治丁亥進士本孺先生之孫官閩縣知縣歸讀書不忘家學

蠡湖草堂歌

蠡湖草堂韋杜春年年不識六街塵綺窗朱戶隱雲木烟月迷離伴主人迷離烟月自昕夕行人共指烏衣宅夜烏啼徹三兩聲萬事蒼凉不堪憶憶

昔岸幘職方翁倘徉此地坐春風一戰勛名靑海外（言武定之功也）半生意氣綠杯中曾叨元禮龍門遇掀髯把盞相回互氣酣日落登南樓披襟笑指樓前樹月林攜手話蒼茫園隄漠漠水荒荒長篇愁說連昌竹樂府還聽陌上桑那知九月嚴霜遽魯戈赫赫難回御山陽笛奏自凄其廣陵散杳歸何處習池依舊主人新珠履還來襲錦茵花影重分月影亂留髡送客重紛紜雲鬟子弟相追逐激楚陽阿自聯屬丁郎出隊嬌妝束别奏新翻數般曲柘枝臺上簫聲續吹落梅花映飛瀑我來此地拂蒼苔移宫換羽總生哀添金盃登嘯臺誰爲盤根屈鐵之奇才君不見談開府孫宗伯靑疏畫棟當年澤可憐往復皆如奕園是主人人是客公眞長者舊濤門文采風流到子孫

喜聞周櫟園先生被釋南還次龔芝翁韵

手板相從日高名走衆人愧非善事客猶托座中春毀積三年骨髀消百戰身逢人說知已鮑子識予貧（余任閩令爲先生屬久叨國士之知）

頹古堂猶在參差欄石斜朋來留聽竹意到自栽花無恙春流棹忘機白鳥家江頭漁唱起肯近使

君車

晤山來

總角文章友燈前老大身片帆揚子月兩袖蠡湖春莫嘆投珠暗相看綠酒新却思千里外各有倚門親

閶門泛舟

偶然乘一葉雲水有深緣山翠高低入鐘聲早晚傳鳥喧踈柳岸人卧半塘烟爲問千秋事多稱梅尉賢

送王時大以明經　廷對

蓉湖晴色送征檣風笛横吹五月凉門第兩賢標赤幟雄文一代繼青箱黄河高浪天邊湧上苑名花雨後香聞道長楊新獻賦玉階聽得漏聲長

先高祖勉齋公詩

邑志宦蹟傳云公諱鏞字孟常洞陽四世孫丁亥進士由戶部郎中出守興化府興地邊海亂後苦寇盜備弛而役困公至稽舊法啓列巨木椿於三江汛環之若城復置營舍於楓亭驛要口驛莆仙交割所也籍漁船刷蠧冒盜息役平境以大寧晋廣

東學使以奏銷江賦案起族逋罣誤歸公恬然不以屑意益探性命之學範家一秉儒先儀法所著有羣山閣集全稾遺失僅存卷七一帙公手書公同年友宋荔裳先生評點宋嘗有送顧勉齋督餉關中詩云楙色依依邊馬鳴故人萬里賦西征漢江舊迹褒斜谷蜀道新懸驃騎營磧裏梅花春不度樓中羌笛夜偏清相看懷抱蕭條盡隴水秦雲鴈幾聲公所至多惠政甘棠之詠不下數百首茲不及錄崇祀與郡名宦祠入惠山尊賢祠乾隆巳酉上元日元孫光旭謹志

題大灣鋪澗石

潺潺崖下水磊磊山根石石性不可磨任與水相激水去石常在無時不嵯峩水石兩寂寂新蟬鳴澗阿

漢城秋夜

三宿客窗夜終古漢家城城空桂花落夜靜江月生渝歌引羌管落落星河横聆到寒衣信恐增離別情

讀書樂

朱子作讀書樂言無時不樂也予因以地言之

亦得四首

山居

崇岩清氣噓朝光掛空一道春泉香澗戶書聲出幽壑點點落花紅錦章古心迴薄浸寥廓霞斷雲連看錯落讀書之樂樂山居翠冷嵐深萬卷餘

郊居

野籬萬个森森玉門對午橋莊外綠下有萬里之長流上有千尋之喬木翛然中結讀書樓圖史堆牀春復秋長此郊居讀書樂何有太元子雲閣

舟居

浮家泛宅歸何鄉兩岸蒹葭水一方芙蓉臨鏡照初日楊柳蘸波搖夕陽虛舟不繫不受暑開卷蓬窗淅瀝雨舟中讀書空古今萬頃秋濤擊楫吟

塵居

車馬喧闐居近市剛日讀經柔日史破書一卷杵臼旁香篆半簾闤闠裏座外麥浮人不知牛角掛書行遲遲塵中自讀復何害時有閒雲生屋外

與公若兄夜話

父兄不在前子弟不在側碌碌遊宦身何以有定則緬我高曾遺矩矱一堂忠孝無文飾兄從何來

頭髮白古人幾見堯時天二典明言風動年臯夔亦猶是人耳愼徽心法寧無傳非無傳義利分途殊不然賡颺何事諸公袞袞男觳女絲風化之本印纍纍綬若若家日肥民日削何由却上凌烟閣

贈荔裳

世無天馬苜蓿靑世無伯樂綠駬鳴李杜無人退之死千秋灝氣空寘寘空寘寘木葉微脫江有聲虎鼓瑟龍拊節而風雲爲之生春明騎馬遇之子始知宋玉原不死胷有蕙蘭之百畝淸氣襲人香落紙曹劉崛起建安間燕許並生誰復攀時有南施北宋之目大海落日生紫瀾蓬萊雄筆不可刪當其興酣走霹靂風雨驟至聲潺潺諸侯皆從壁上觀氣葢世兮力拔山怪變乃百出哀樂無定顔奇鬼撲人駭魍魎子規嗁血紅斕斑風消雨霽萬籟寂月出松梢照幽石八月九月天氣淸當筵一斗百首成詰朝傳寫長安市幾年紙貴洛陽城馬遲枚速尋常見橫掃千人更酣戰久疑挿劍閒在腰乍看下筆開生面白也甫也今誰歸黃河九曲水到海不復迴前水復後水旋轉空疑猜鐘聲花外盡天語人間來友朋文字樂莫樂舊雨晨星杯復杯官橋幾日新楊柳搖落何堪拍銅斗三山垂釣北溟鯤

萬言傳世南山壽

莪眉行贈虎臣 有序

同年蔣虎臣太史自言前身爲莪眉僧將欲返而終焉予作此詩諷之

我浮石船到西極袖中一片平羌月平羌江水自東流月在水中光不滅接輿一去不復回訪古直上歌鳳臺羣山萬壑出天半杜宇夜嗁猨叫哀我聞濬師抱綠綺李白聽之風乍起眉山蘇子瞻題詩白水寺二子皆詩仙千載而下空寒烟遺跡不

可識但見雙飛橋下有聲無用之清泉山瀏欲來
林木動衣袂蕭蕭然虬龍嘯我側虎豹踞我前予
乃拔劍四顧攝衣徑造峩眉巔捫參歷井仰脅息
（李句）俄頃日出清光懸松下僧兩三一僧袈裟袒右
肩二僧挑柴復擔水疑是文殊與普賢投我一蓮
子謂種火裏蓮蓮開十丈藕如船（韓句）忽然身在太
華三峯間長樂鐘聲亦到枕半牀明月驚孤眠起
來尋好夢銅街夜柝嚴風送擁衾隱几神魂清再
來難辨桃源洞

井陘

我生不願刎頸交但願片言能久要驅馬步井陘
北風利於刀感彼耳餘事坐使草木彫攢厓叠嶂
不容軌兩壁谽谺鬬奇詭中容一人行一騎枯木
杇株骨馬尾深秋垂青紅有文亦斐亹仰覩不見
蒼旻高槎枒古木爭怒號四蹄礫确碎日影敗葉
塡委聲騷騷何人劈開靑玉峽却令饑虎投饞蛟
左車奇兵請三萬翻使破趙歸始飯安成斷頭不
足論寒盟我爲陳餘恨始知地險警人心山川邱
陵爲世勸君不見掛劍臺延陵高風安在哉又不
見管與鮑生相歡死相哀自從春秋至戰國篡弑
不絕彝倫崩頽六王畢三戸出貽我杯羹安得活
餘風及餘耳古道喪盡矣韓信志奇功不復念風
紀徼倖尺寸出背水忍哉士卒置之死行人指夕
陽不忍見遺壘側身欲下木石橫安得鏟此險仄
天地平噫嚱乎安得鏟此險仄天地平

寒夜葉司城井叔熊生次侯余兄銘柏姪脩
遠小集寓齋次日葉以長句見投即次其
韻奉荅並索其所著嵩游草

昨日之夜星可捫今日之日日氣昏騎馬出門風
刺骨黄沙撲面埋朝暾（是日如是）郎官下直鵷鷺散長

鬚到門鳥雀喧開椷探珠已盈把雒誦秉燭清神
魂沿流遂欲尋其源君自檇李遷湘沅（葉本秀水避亂黄州遂家焉）
騷人高步月華吐孤鶴長唳雲旗翻蛟龍文
章不容隱雲夢八九其膺吞越吟亂後草尚存（葉先有越吟草）
風塵還使羈籠樊令人慷慨弔南楚左徒一
去猶蘭蓀熊生一自漢江至偶坐往往爲予言知
君昔宰嵩陽日訟庭洒掃民無寃暇時輙憩峻極
院陽春已覺少室溫百首新詩淸宦槖（葉宰登封著嵩游草）
（余尚未見）三年鞅掌腐儒殆今者司城捉手販拄笏自
向西山蹲吾家小阮更傾倒早聞鸞鶴環蘇門爛

紅一點出嵩頂卧遊我亦窺雲根七十四回心未
足正須往問伯壽孫（語見朱弁風月堂詩話） 匹夫懷璧縱非
罪棄予如遺能勿怨挑燈走筆鼓三下望遺長鬚
問曉園（時予寓孫公園）

里人來言學使張公重葺二泉書院感賦四首

使者端風教猗歟彰往心應從泗水遠一溯二泉
深草没尚書宅風清修竹林（書院舊名尚德以竹稱也）超然遺
像肅蒼翠玉森森（二泉先生像本在冉涇橋故第茲始移祀二泉書院之超然堂）

有生竟何事忠孝固其端社稷匡君易晨昏别母

難常將先哲範留與後人看山斗今非遠寥寥碧
落寒

黙易臺邊客海天亭外雲行行自舒卷從此啟人
文廊廟虛前席詩書集大勳茫茫後來者孰與誦
清芬（先生無嫡嗣）

少小追前輩空山碧澗流諸賢竟安往多士復來
遊解帶松間石彈琴竹外樓固知興廢運公自有
千秋

迴車關中

戍鼓聲寒鬢欲斑滿天風雪壓函關　鸊頭簪筆
開三峽驢背吟肩聳兩山當路莫誇五馬貴征夫
爭看大刀環昨來丞相祠前月愁照并兒灞上還

雨中夜發灞陵

醉尉不須呵將軍奏凱過今宵洗兵馬一爲倒天
河

華陰道上

唐陵漢闕總荒邱嬴得陳摶一笑休中原豪傑今
安在嶽色河聲萬古愁

諸侍講豫

字震坤已丑進士選庶常歷侍講

七夕

盈盈夫杼者復此渡河梁霧縠暫容與龍輧倏回
翔願賒理必違歡各事可常風波靜銀漢雲雨失
巫陽

燕

頭上古玉釵化作雙飛燕纖軀舞掌輕嫩語歌喉
囀烈焰蕩危巢驚颷飄野甸封侯紫頷誤去國緇
衣賤華屋知昨非茅簷卜新穡青雲舊侶違朔吹
嬌雛顫寒草啄霜鬚邊花蹴風片豈無生處樂所
重主人眷主歡羣相賀主哭獨來唁患難共微身

勞辛若分謎恩慚凉㶷移質悔瓊瑤變何時返鸞臺偶影棲翠鈿惆悵飛蓬人朱簾夜深卷

藏菜

邊霜未秋零百卉摧芳茸青絲僅數畦惴栗知不容傾筐煩擁蓋穴壤入三重下窮沙礫爭上用九泥封外遏羊豕侵內拒田鼠攻溫煖若宮房叢生突芒鋒早伏非所羞保貞如偃松嚴寒瓶罌罄啟發供飧饔孤根既潔白翠葉仍葱蘢膏潤心脾和質脆牙齒鬆香粳慶良佐厚味驅腥濃藿食聊自謀何必求禾葑慢藏速腐敗終事宜恪恭乃悟灌

溉勤不得專首庸良僕卽圃師予敢忘禦冬

壬寅除夕

我自來邊城斗杓四移指今夕倍神傷蕭然獨隱几迴腸如轆轤萬絲纓寸晷有兄滯岳陽雖肋苦拘絷風雨呼鶺鴒關河斷鴻鯉有婦留長安髮盡況簪珥號天天更高恨不同予徙有女隔梁谿已解悲岵屺阿咸皆稚齡啼饑復誰倚潺湲三處淚流不到邊水柏酒忍獨斟椒盤無可庀浮生幾聚散𥳑停增憂喜悠悠離合幷冉冉逼暮齒沉吟忽破顏金缸燦銀蘂至誠金石動良會桑榆俟陰剝陽勾萌星窮歲週始遣慮任乘除坐聽晨鐘起

冬夜曲

燭龍目瞑天鷄死金徒抱箭沉不起元冥捲水瀉羅幃九子流蘇薄於紙老梅黑月凝古香腹中兎泣天茫茫瓊枝雪艷慘無光鮫珠走席飛紅霜不見東隣豪舞西隣織蓬鬢暗愁銀焰熄不見帳裏酣歌帳外俟五更墮盡三軍指咫尺如斯况各天江南塞北恨綿綿羈雌一聲斷一絃化石立盡寒江烟石能言語絃續斷釵合鏡圓冬夜短

萬花樓石梅歌

萬花樓前一片石上有瘦梅眞宰跡辛苦神工費女媧天然氷雪臨姑射憶昔昇平華致時五千貂錦競稱奇啼花雀颭金釵影醉月人翻玉樹詞蟲沙化盡旗門改憔悴寒芳一枝在幾經野燒未曾灰不嫁東風欲誰待我家元墓連郊隰歲寒高友常招集自戴南冠折贈希惟聞東閣馨香泣絕塞驚逢迴奪眞梅今爲主我爲賓暫圓石上三生夢同占山中萬古春舉酒滴梅梅不喜檀心久學珠兒死蘆笛凄凉莫漫吹將軍魂魄猶來此

立春

謫後猶仙籍銀州第一春南風時感舊西圃口謀新露氣寒蕪變陽光凍雀馴青盤招友共異域倍相親

次韵荅方婁岡見懷之作

同爲遷客君尤遠壯志應消馬足間元菟城連何處雪烏龍江阻幾重關西清風月狂時酒南國烟花夢裏山陳迹十年真轉盼青衫兩地淚潸潸

南望

毉巫閭鎮極幽州更渡遼河萬里秋南望但知星北拱東來惟見水西流逝梁發笴煩長慮墮履遺

簪豈漫收自牧羊羣忘戍久肯因雁足寄邊愁

自遣

未妨沙漠時時雪自樂乾坤處處春鶯鴨不驚隣畫洽牛羊無恙虎能馴田腴得雨催香粒水爭因風激素鱗一笑東華塵夢斷茅簷耕鑿但謀身

人來不得岳州兄信

姜被貧同風雨夜田荆榮並上林枝那堪燕市分飛日便是河梁永别時邊角聽來惟獨語岳雲眠處定相思如何春草池塘夢來往衡陽雁不知

鐵嶺懷古

故李將軍此建牙障泥貂錦競豪華弓刀朔氣平高壘絃管春聲聚晚衙俠妓文珠工代草〔郝文珠〕騷人水月共題花〔徐渭〕當時父子皆名將異代乾坤己一家

三清宫闕面城開天外金波洗劫灰水似驚蛇連復斷山如怒馬去重回前朝事覔閒僧話白晝聲聞戰鬼哀玉笛年年吹未落萬花樓畔一枝梅

至日偶成俟復陽啟關索和

閒煨榾柮鎮垂簾氷硯幾呵日過簷半夜初陽調靜息九邊積雪避寒嚴名心久不同灰動旅病其

如與綫添咫尺禪關終日閉惟聞微笑對花拈

立春後一日得岳州家兄信

草堂靈鵲帶晴過目盡鴿原倚樹歌遼海雪消春尚未巴山雨暗夜如何衣傳萬里裁縫密書隔三年字數多稍喜阿咸頭角露青箱猶足慰蹉跎

九日登三清觀感懷

閒身一葉逐秋殘誰謂茱萸尚忍看霜露君親雙涕淚波濤兄弟各艱難平沙遠見穹廬滿空谷先愁翠袖寒萬樹商聲聽未歇東風從不到南冠

病起

纔收驚魄謝巫咸復理荒畦傍碧岩適體未妨衣短後窮交眞足恃長鑱衰容偃蹇松如肖生意婆娑草不芟臧否偶輕旋自悔避人羸得口常緘

經年偃仰漸神清且喜勞軀息化城有物窺窗妨水觀無心推枕似雷鳴補完寓舍情何戀夢見家鄉眼亦明因病藥增因藥病幾時春草不重生

明妃怨

無復深宮妒寧辭出塞愁獨留身後塚芳草不知秋

立春

吟梅破臘夢魂中自撥寒爐點雪紅幽鳥一聲簾

影動不知何處是東風

諸太守保宥

字六在已丑進士官南昌知府

曉鐘

滄浪一卧十餘春忽聽晨鐘喚醒人蕭寺依稀殘月落景陽遮莫曉妝匀不才未入君王夢戮力思捐社稷身今夜得因驚蹴起劉琨先我舞雞頻

薛方伯信辰

字侯執又字國符已丑進士累官浙江布政使初任潮州知府從　王師南征廣東平國符至官尋充鄉試分考時謂新進士授二千石太守作分考官皆世所未有潮州守將郝尚久有異志國符屢密陳於上官及既叛國符被執將授以偽巡道不從而遣其子潛出約總兵吳六奇率師攻城而已爲內應其啟兩司及督撫牒爲賊兵所得報尚久尚久大會文武縛國符至命斬之兵已加頸潮之紳士百姓羣泣請命乃暫繫獄當是時國符家屬出諸井中者七人得神助不死者五凡四越月大兵

平潮國符得釋事聞有　旨還職尋補保定府歷井陘副使道遷江西按察使浙江右布政使入邑志宦蹟傳

荅馬公眉

雞窗風雨十年遲剪燭談心月墮時載咏淮南叢桂樹聯吟洞口絳桃詩乾坤春社三升酒事業秋燈一局棋高卧儘堪容醉叟五湖烟景白鷗知

顧象山煜

字銘柏號雙九已丑進士官象山縣知縣

先洞陽公四世孫也江西參議宣城施閏
章爲公墓表云顧君藎有志於功業者也
釋褐爲象山令慨欲見之施行問民所苦
視力所能去者悉罷之履畝均籍征稅以
時民無匿田無逋賦威惠大行豪悍斂戢
地故海濱君繕城郭謹斥堠海寇猝至不
能犯歲旱步禱牒焚而雨邑多虎爲文籲
神而虎去爲諸生講課置館授餐士以爲
師民以爲父坐無以資賂遺遂見斥罷君
少卽閎覽博辯遇事敢言爲諸生時以指

切公事忤有司坐黜馬文肅公爲直而復
之三吳多文字之會推君爲雄長又能急
人之難賑濟宗黨惟日不足性喜讀書去
官益勤所著輯有尚書講義經濟鉅文小
學纂註諸編未刻而卒君之行事不勝書
從子宸旣爲之傳余撮其大者表其墓云

掃高祖墓次我䋣兄韻

五世祖貽清松門尚霞蔚常扶天地心不死忠貞
氣百年墓草丹四望山靈毅何以善後箕傳有詩
書貴

燈下書懷

冥色不堪旦暗投無夜光短檠風寂寞枯坐意深
長夜氣沉虛席簷花落睡鄉呼書欲同夢枕月冷
空床

清溪啟先人柩改葬

薤露何易晞白雲空自歸虛林迷月魄殘雪慘魚
磯爲問堂前是還驚膝下非不堪渡溪碧啼染舊
麻衣

縱壑軒

宿此波氣中卷舒秋暮宗鐘聲齊拂雨竹影亂移

墻夢足應心醉愁多倩酒償蕭然如有得卽事付
滄浪

雪夜放舟中湖宿獨山小莊偶題

扁舟獨山下滿酌空寒月一笑開枕風萬壑平愁
雪山氣鬱初升夜光疎未滅冷影問漁蓑幽懷不
堪說

雨夜漫題

淡雨暗黃昏愁多亂掩門觸籬犬吠疾敲夢蝗驚
喧語細因風怯形孤倩影存悠悠幾時日剩此件
啼痕

南還與諸同年分道留別

行行去　帝畿暮城矗高輝半載羈天路三旬客野扉炎驅倦無力午對淡忘機幸逢平生歡慰言心中歸月飲幾回醉風餐到處餞連鑣方彳亍岐路倏分飛明星引馬首露草牽人衣忍看樹雲亂遠隨山氣微何以贈此行無寧知者希四方各有志千里詎云違

貞女詩有序

貞女余從兄同叔甫之女也幼授女訓内則諸書琅琅成誦稍長嫻女紅以十指爲食貧計字

秦子城未笄而城天女痛不欲生歸秦門永守栢舟義余既爲之傳且系以詩

忠貞自先烈女子一身兼淚血留丹纈盟香結素縑久將心化石應許魄爲鵑照影燈光熒凌霜機杼嚴澄風吹蕙幕寒月鑒蘿鹽彤史爭題跋幽芳豈自潛

修建宮墻鳩工卽事

廟貌峩峩落海岑何堪數仞共雲侵杏壇南國三千里泗水東流一片心尚許蘇湖開麗澤應知魯壁有元音諸生定亦聞天鐸鐘鼓鏘鏘理舊吟

出巡爵溪

偶來巖壁下身惹白雲遮屐齒穿山狠蹄痕踏海花千尋百雉碧一望萬峯賒爲問滄洲事應憐魚鼈家

過任口見嶺虎蹲伏一卧草一安行一擎爪猛張輿馬莫敢前余曰無恐虎豈傷我善艮虎遂退避爲作伏虎行

偶登白雲脊蒼水愁崩石山聚險毒深叢滋猛獸宅爲言行路難畏彼白點額仰見伏莽中俯首侵苔席尚餘闊步閒搏風共相擲怪哉一獸雄負隅

爭辟易爪牙逞噬威怒吼松濤赫寄語大君仁毋使苛政廹畏無渡河心且安入境魄願與扶南遊留此謝公屐

俟比部杲

字仙蓓號霓峯己丑進士初除宣平令宣民貧多逋賦霓峯輸家貲補之時當軍興雖小邑亦辦供億霓峯未嘗擾民亦不廢事内陞禮部主事未幾陞郎中改刑部督九江關淸愼奉公悉罷額外征商旅德之旣丁外艱遂不赴補霓峯豪邁疎財爲友

捐數萬緡無吝色延攬名士跌蕩詩酒才華淹洽盛有文名著有玉巖草亦園詩稾子文燈文燦皆工詩詞語見邑志

重修宣平縣志告成

萬山奥其區留此烟雲宅土風朴且儉相守老阡陌居官一事無南面樂晨夕因而摯同人邑乘訂訛僻登眺相與俱嘯傲縱攸適羅織邱壑性撿點花鳥格勸農賡郁歌課賦禁月隙兼索緗黃侶內影陳所獲荒址及幽宮履齒悉同役土人固不拘遇者亦忘迹或謂雞犬仙或謂古彭澤志喜不日

成楚楚異疇昔撫之振長笑天地爲逼窄玉窚西穴函探討恣遊莫于此詹詹言聊用啟尋繹

題署壁畫石

貧吏無錢去買山一卷飛動伴清閒煉來五色天何補緣結三生珠可還半壁欲邀仙客渡斗齋疑改落星灣袍衣向此深深拜敢讓生公獨點頑

送凌定之歸新城

去去孤帆指葛川匏樽官舍覺蕭然千山好句挑雲杖四海空囊載水船石徑雨深勞客夢山城月冷挂飛泉此行莫道人遙隔桃李春風只眼前

梅花

萬象屯蒙氣正嚴寒芗吹破朔風尖玉階月樹當詩幔野店霜花颭酒帘不以鉛華娛俗好惟資清冷養吾廉陽春暗地回和煦夷惠之間道自兼

張節推迎禊

字未詳號省庵已丑捷禮闈壬辰　廷對成進士官武昌推官

贈馬蓼庵六十

屈指升恒又十齡芒鞋踏遍海山青自註蓼庵五十初度與余同遊虞山過墻濁酒朝朝漉接舍高談夜夜聽片月許

分居士榻一編擬註太元經春風步屧南村柳相喚相呼綠滿汀

顧副車鋌

字表民辛卯副榜先　勉齋公季弟

宗玉姪歲寒松柏圖

暮春三月鶯亂飛桃花李花爭芳菲黃蜂粉蝶弄暄暖小雨夜濕紅薔薇落花滿店隔窗語今日來看明日非雙柑斗酒事俊賞側帽輕衫行聽鸝遨遊江南一千里畫船烟柳風颸颸人生行樂豈不快況有圖書萬卷常相隨爾今胡不爾圖取歲寒

撫琴綰柱怯秋清聽鳥坐移紅樹影看花
踏遍碧峯雲松徑衝泥雙屐雨葛巾漉酒
一瓶秋偶到忘言開靜境尚於懷古出深
情此類數十句不減大歷風氣惜其全稿
散軼今藕蕩有陶家園故址林石猶存

答某

丈夫志四海我願在園田豈故樂幽居慕外非所
先窮達雖以道亦各有命焉依依託耦耕幸素完
吾天

爾采昆仲見訪

倚樹待歸禽日落寒溪曲忽聞烟外櫓故人念幽
獨拂苔傾野月狂歌呑醉哭青山無古今天地有
反覆眷言乾初九謝彼坤上六

叔嘉令長興

落日暗乾坤南天又暮春清江一揮手四海正風
塵斯世難爲吏吾徒所念民折腰寧子薄百里寄
經綸

東礎日

貧䐿鎮日坐南榮苦憶城東老伏生多病自憐登
涉廢著書因念賤貧榮萋萋池澳抽春草寂寂園
松柏氷霜姿令我開圖黙憫悵知爾有意無人知
昔我忠諫公熱血灑彤墀爾父象山宰潔已表海
湄男兒讀書砥行竟何事留取忠孝開門楣開門
楣揚前嶶庭階蘭玉蒼虬盤盤森華滋青柯積鐵
撐天時迴看陌上青青柳風雨衰殘幾斷絲

別調曲

枇杷花底曉霜清相送郎行一曙星喔喔隣雞聲
不斷搖鞭應過短長亭

一重簾隔是天涯簾外漫漫楊柳花亂撲人衣與
人面不知吹落在誰家

妾家本住小長干過得江來春又闌欲寄一書憑
雁足夢魂先到楚雲端

陶藕耕一夔

字廷典號藕耕本姓錢性豪坦不羈明末
隱居陽溪之藕蕩緣蕩植竹磊石爲園與
二三交舊讀書談道以終著有藕耕集其
佳句如樓高集遠籟江濶出遥峯月明風
閣迴鐘度石林深霞明歷山寺雲漲漪瀾
堂衰髮梳逾少閒愁遣更重陋巷久居忘
歲月深衣乍着適溫凉對酒衣冠憐古淡

林叫早鶯欲寄歸鴻數行字白雲浩渺水洄瀠

高隱居拱樞

字民儔刻有宜休居詩稾行世

山寮夜坐二絶句

乾坤欲正憂無力杜詩無力正乾坤歲歲長吟松柏林風月眼前寒夜澈江山誰挽故園心

身從野鶴伴眞閒隱學龐公不敢還悵望淮南留桂樹長依舊國老青山

贈姚月子

濁世不相謀瓜田種幾邱子眞芳自遠武仲澹何

求胸次青山古門庭碧水悠令看五柳宅載酒繼從游

同樂子尹南園即事

林淺高枝老花疎有勝觀坐幽忝得失話古淡悲歡水漾心胸淨樓虛宇宙寬青山與明月不作夢中看

和天閒艸堂詩

經世豈其人湖山遨盼望東皋綠野堂舒嘯成天放

五柳合爲隣四松轉逌上陶然詩酒間隱几入遐曠

避暑山中曲江汪台石扁舟過訪兼賦贈言

和余舊韻依以答

山雨方殘夢嚶鳴剝啄頻拊心孤日月捫虱數風塵躡屐招山鳥聯床喜故人禪光映俠骨無寐倍精神

穹窿山中望晴

登眺爲逃秦偏余慣惜春風高通雨氣雲薄透山身鳥接探梅客天容着屐人禪房花徑古野語隱盟眞

和錢礎日無家詩

世到于今一事無乾坤浩浩只餘吾文章位冷堪雄站山水場寬任戲蒲素履不隨時暫貶石腸豈肯玉輕沽杯浮來往桃源路經濟林泉是古愚

山山水水盡爲家到處傷懷送落霞出世有心爭大隱回天無計讓靈媧鷺鷗已狎原無忌雞鶴分羣不受譁谷老寒深重疊恨此身惟共白雲遐

雨阻

山深別自有長年澈骨寒香繞屋前入意久趨新歲月鳥巢仍戀舊山川風高雨急疑獅吼石老泉

飛是法船天外白雲塵外侶歌吟何必盡江邊

和黃漢臣放生詩

羽毛愛惜競高風只羨無爭燕與鴻羅網能開天自闊生生處處樂長空

入市觀生價不論郇厨畏見慘啼痕隨心惻隱隨時現一念掀開甘露門

生機一轉殺機沉湯火刀頭絶苦音豈望銜環兼結草偶然舉手種緣深

梁溪詩鈔卷十五

梁溪詩鈔目録卷之十六

國朝二順治

梁溪詩鈔卷十六

梁溪顧 光旭 華陽氏集

明朝

錢都講肅潤

字季沐號礎日又號十峯明諸生所著有文瀫十峯詩文集數十種十峯幼從鄒忠餘朋相遊鄒故高忠憲公弟子授以靜坐法頗有得晚歲學益高學者尊為東林老都講秦對巖先生業師嘗以事被笞折脛怡然曰夔一足庸何傷因又自號跛足生康熙己未保舉博學鴻儒以足疾辭年八十一卒於家邑志入儒林傳玆集所登五七古一卷鮑生梓持以示余云得諸常熟書肆是伊家鮑岐瑸字礎日詩稾余按卷中有贈紀伯紫詩後載姜偓亭評云十峯高士文並班馬詩壓元白云云是此詩為錢礎日稿而非鮑礎日稿無疑因錄其詩並全錄詩中原評誌其疑誤以俟考正

寄魏柏鄉閣老

振衣泰山顛俯視雲與霞雲去歸何壑霞聚如絳紗半此一披襟引領望京華京華有美人金玉不我遐

贈王西樵考功

雅鄭非一音審音必牙曠方圓非一器量材在班匠寶劒風胡知駿馬孫陽相赤水有神龍燭物無纖障人不具衡鑑何以別異狀毛玠稱公方山濤美識量卓犖魏晉間高蹤疇與伉濬沖得茂彦簡要羣推尚任昉事范雲激揚氣清壯伊人立班司肅肅天下望勉矣崇令猷前修無多讓

趵突泉

觀水欲觀瀾祭川先祭河君子貴窮源源厚流必多茲泉氣噴薄萬象何森羅英英如白雲勢若山嵯峨其源出王屋來自岱陰過隱見本無定曲折

行透迤祇爲屈抑久一發爭盪摩

贈王阮亭禮部

富貴非所羨文章得天根憶昔蒞揚州訟庭寂無喧何遜詠官梅逸興至今存穆穆踐儀曹典制肅然尊斷決輙隨機何臧孔休源珠以光逾融玉因瑜自溫朝來奉色笑相對欲忘言

至溫州江心寺

汎汎永嘉江其水廣以長江心有孤嶼如隄復如塘中川本無倚亂流任奔狂南則注七水北則滙六鄉東西受諸派樂成與括蒼潑觧自標異蘊真復涵光我聞謝康樂結亭以相羊繼此好遊者飄翩來褰裳鼇背負浮圖竝峙江之旁有寺隱其閒樓閣何輝煌海日互廻映雲烟接混茫

磨厓碑

泰山之項與天齊此碑去天不爲低亭亭高峙揷雲表到此仗作登天梯渺兮沒兮無字石五車久已懸一擲惟有此碑尚屹然高文大章何刻畫開元天子宏麗才爲序爲銘有體裁上追典誥儷雅頌煥然雲漢與昭回天明地察是何事此言直可格天地實行之德一曰謙鬼神福謙應不棄厓可

磨碑不磨風霜兵火歷年多至今俛首過其下大唐氣象眞巍峩

御帳坪

大中祥符過元歲宋帝登封自泰岱朝升步輦指天門扈從如雲氣百倍中道崎嶇壁揷天翠華掩映逾增妍偶來松下一駐蹕大夫序立成班聯借問松閒是何地當年風雨曾相避風雨何爲狂暴來將毋造物之所忌於戲前人干天怒後人迎天庥天何言哉天書留澶淵有耻不能雪漫將封禪紛紛說至今御帳猶森然彷彿旌旗四面列

戊申元旦

三百六十今一日三萬六千今一年生雖滿百亦已半今年今日豈偶然從前非處多於是此日纔知更誰誒古人秉燭惜分陰時乎時乎不我以

過伏生墓

伏生伏生老博士在秦亦是儒生耳有儒免不陷深坑有書豈爲烈火燬漢文有道重儒林尚書一出漢學深祗因藏腹不藏壁故爾口授卽授心朝來偶過伏生墓高風恍忽來相遇嗟余自幼習尚書至今未得明其故再拜稽首奠一詞儒子可教

公莫餅

金絲堂

誰謂堂有聲何以弗考擊誰爲堂無聲何以傳曾壁莨宏杳師襄亡正聲一旦墮渺茫安得重來聖人里公庭萬舞聲洋洋於戲尼父生時降和樂鈞天異響空中作後來正樂返元音雅頌千秋斯有託彼何爲哉若有聲非竹非肉韵天成共王豈是知音者偶向壁間聊一鳴子歌王且聽宮商扣㡌應不爲孺悲瑟將爲荷蕢磬

子貢手植楷

師在會聞曳杖歌與言梁木傷心多一朝師歿歌聲遠空林蕭瑟夫如何弟子各擕土物至賜也所植則有異自言吾姓本端木匪楷不能稱厥義植雖在手亦以心天高地厚意何深堅貞柏節松筠幹凜然不受風霜侵吁嗟乎同堂揮淚東西走此木依依作艮偶六年人去木常存千秋萬世齊不朽

讀曹顧庵學士詩二首

平時誦公詩今日識公面誦詩思其人識面遂所願叔度汪汪千頃波胸中鄙吝全銷磨惠施五車

不足道妙處相傳亦已多我聞曹褒一儒者博聞識古稱大雅惟公博洽貫古今從容談笑常傾寫鄴下雖多才子名敢隨繡虎並爭衡文章曹植波瀾濶不道波瀾更老成

余本九龍山下客廿年三入長安陌載符安得買山錢于頔風流成往昔丹山碧水思悠然一讀公詞一惋惜聞說高齋有陸舫陸處舟居不爲拟公還自具舟楫才上擬張融氣逾壯江湖卽在鳳池頭波浪將與可泳游視余舴艋時上下何異芥子浮滄洲

贈紀伯紫

喬木知舊都豐屋識名家金陵本是興王地文物雍容良足誇高門世胄何衮衮赤箭南金不容混賀循而外有誰人人人共道紀思遠流及千載又見君文采風流淸且婉君家最近鍾山陽六代雲烟寄渺茫白羽頻搖麈扇渡紫裘常换落星岡直瀆鑿兮王氣泄淮水絶兮王氏滅芳樂苑内草幽棲景陽井裏泉嗚咽生不逢辰遇復艱十畝之間桑問閒不隨元亮仕彭澤且繼安石栖東山名可得聞身不見道重那知布衣賤其人如玉國之琛

丹崖青壁常留戀一朝奮袂遊燕京驚傳麒鳳與祥麟不獨文章干氣象更饒風骨出飈塵長安八街連九陌朱輪羽蓋侈翕赫君亦不造金張盧君亦不入許史宅泊然一室自爲守惟有尚書稱莫逆龔宗伯詩成共賦酒共斟陶陶歌歗忘晨夕拂絃瀾壑思悠然隱几山林儼在前欲語但呼韓陵石揭牌每署米家船此遊不漫亦不湣意遠神寄心曠放行已依稀夷惠間置身彷彿羲皇上始余見面即見心至今相對輒披襟爾我往來任落落勿以蹤跡較淺深由來意氣合直取性情眞杜陵之言豈欺我方知交道原有因貽我長歌置我側奇峯兀奡還矜特秀句堪擷靑芙蓉蒼翠平分九龍色我欲歸山山正遙買山無力徒心勞持君一篇往相贈山靈應許爲余招問君何日賦歸去恐被西山麓留住知君固自有同心縱不同時亦同路故鄉山勢尚龍蟠卧龍人到可盤桓我願從君作龍尾遨遊直上乎雲端姜倦亭評云伯紫先生每稱十峯高士文並班馬詩壓元白遨遊燕臺時與諸鉅公分箋刻燭極千秋唱和之樂余爲嚮往者久之今讀此篇叙事精詳九河支派發源崑崙灌注不竭益信兩公古道之交出處行藏意氣眞摯匪五陵紈袴所可較絜短長者也

輓秦中韓烈婦歌 并序

韓烈婦王氏涇陽韓儼公戶部之側室也戶部司推浙關忽以疾終婦絶粒七日自經死浙學使石芝劉公爲徵詩以頌揚之余爲作輓歌

仲尼删詩十五國皎然貞風貫星日燕燕柏舟雖並傳莊姜豈是共姜匹一醮不改禮之常之死靡他更靡慝序詩特冠鄘風首以爲千載婦人式秦風猛厲氣概雄婦女皆知賦小戎言念君子故不置大義還同私意濃可憐黃鳥于棘止百身莫贖三良死臣也從君信有之婦也從夫復奚疑孟女

崩城血淚滅婦人之義誰再設但見築成寡婦臺不聞植得烈婦碣至今嘖嘖韓烈婦麗姿豔質非凡偶一自雍容入高門所爲朝夕供箕帚韓公歷任作仙郎婦也從之允克當奉使追隨適於越西湖瀲灩增輝光不圖良人忽覯閔婦也哀號不能忍七日從容志可憐一朝慷慨情堪惻吳山雲黯烟霏霏吳闕紫氣接翠微關前一片望夫石化去還看雙影依吁嗟乎秦中有婦何其烈秦之貞風尚不沒采風使者急徵詩續彼車鄰與駟鐵

讀安南紀事歌爲李子靜侍讀楊鄂州樞部

賦

安南有國依海畔洪永之際黎作亂至於宣德肇封時黎氏奄有安南基其臣莫氏旋篡之一隅割據遙相持萬歷初年分屬國莫氏世守諒山北延及明末日寖衰諒山太原紛紛失國家定鼎百粵同莫氏來歸黎亦通一授都統一冊封恩波曠蕩出大公無何二氏私相競高平土地恣吞并黎氏得勢莫無依一朝用錫南寧命黎王不道宜往征當今耀德不觀兵溫溫德音諭講好令還土地寧編氓使臣奉　命齎敕往賜服賜晏崇爵賞黎王國柄全下移陪臣驕蹇尤無知始焉遲慢不奉詔繼且回奏多支離二公正色不少假各主正論無相下書成累累千萬言從容激烈俱大雅一指十事責在廷權奸喪魄心膽驚一申三語告其主始終聲罪何分明黎氏君臣雖梗逆二公信義能感格土民一一返高平齊也歸田趙完璧我聞陸賈使粵說趙佗稱臣歸漢免興戈徵側徵貳亦擁衆銅柱功成自勿縱二公重立交阯功海隅共上昇平頌 以上鮑生所購本

同毛桼明過吳閶訪姚文初

寂寂蘇臺下風高又一秋孤舟載李郭三徑待羊求竹逸心偏遠松深韵自幽廬山從此去昨夜夢成不

松陵雨中訪徐介白

一望烟雲色前村孺子家横橋疑斷嶺隔浦似懸槎門外風翻柳簷前雨落花美君栖隱處非近亦非遐

九日徐楷之雨阻堆山園居和韵

閒居今日過行路故人難舟楫江方永干戈枕不安遠烟千嶂合積雨一天寒此際逢重九茱萸未

忽看

訪張士至隱居不遇

卜築荒郊傍水源幽人高卧獨忘言名聞祗恨身難見世棄安知道自尊此日總盧題鳳字他時應許過龍門相期桂棹秋風裏獨醉湖山酒一樽

採蓮詞

窄窄踏蓮舟纖纖摘蓮子蓮子自有心將心付秋水

過武陵舊隱和韵

地僻由來隱者存五湖洸洸憶同羣輕風吹起微

波皺薄有清流擬贈君

五日

六龍蜿蜿五雲愁天上人間問渡舟只恐三閭今日起上官依舊作仇讐

客從婁東來述陳言夏近况賦詩歎之

販樵鬻苧出江邊十里桃花五里烟唐市湖林常一過兒童爭道孝廉船

過汨羅追和韓昌黎

湖水遥通江水波南流爲汨北爲羅舟行不識懷沙處相向何方唱九歌

華學博白滋

字紫梁又字長白官養利州學正交阯入冠城陷具衣冠死明倫堂妾姜氏殺其三歲兒從縊焉見邑志忠節傳

小圃二首

老藤不知年野花不入譜隨意加點綴便自成小圃何必輞川莊始足垂千古

兀然坐高秋誰可與歡者白雲生几上清泉遶榻下明月忽復來呼童煮茶把

幽居雜咏十首

溪邊新結小團瓢戸外寧知市與朝無供也須留

客坐有花何必待人邀自知疎懶心成癖誰謂清閒福未饒如此長貧亦韻事不妨卒歲混漁樵

何必天台好卜居水邊林下是吾廬瓶中位置無名卉架上裝潢有韻書蜂捉山花沾硯席鳥偷園菓落堦除幽棲自覺塵囂淨入夢無非是釣鋤

石橋欄上印松紋放下簾圍坐夕曛捉菌山童攜竹籠采桑村女穪羅裙撥開滯葉通泉眼剔去枯苔露石筋忽見遠峯濃翠映天然一幅李將軍

武陵溪上釣魚磯雞犬齊驅入翠微本是才疎甘

寂寞更緣福薄謝輕肥家貧不是賢豪病我貴從來知者希斥鷃槍榆原自適敢隨鵬翼傳天飛耳邊不掛是和非自分疎慵世所譏閒取短笻量竹節漫將緩帶測松圍酣眠只爲澆花起偶出常緣放鶴歸且喜樽前拚一醉年來剝啄葦門稀

數椽高卧復何求加我新銜是隱侯花爲深山頒歷日雞呼下里聽更籌敲棋總是無心着得句原非有意搜若問生涯何所寄古八五月一羊裘

葛巾長日掛松椿偶爾欹歌未按腔竹擺風枝驚客鳥花移月影吠仙厖遙飡巒色憑虛閣平挹湖

梁溪詩鈔　卷十六　十二

光闊洞窗縱使列子高士傳風流不減鹿門龐

杉竹叢中石徑斜蕭然塵外似仙家泊舟沙際看霞片曳杖田間嗅稻花芰葉縫爲居士服菊英收作本山茶重陽饒有龍山興預寫葵箋約孟嘉

更教何處覓蓬萊此地眞堪老不才池內青萍擱紅葉窗前碧草間蒼苔筍尖石罅斜穿出花幹崖崩倒掛開整日無人門不啟止餘黃鳥去仍來

買將一葉號雲郵載得爐香茗椀遊風日佳時隨放纜湖山勝處即停舟杯中酒趁晴光瀉筆底詩將秀色收若問中流誰是伴烟波到處有羣鷗

錢秀才仲選

字禹田號石菴明諸生性高潔非其義一介不取有道士某將死主其家出所藏數百金曰此無知者我死後君葬我畢可即取之石菴領其言逮道士沒石菴召其徒還之而爲經紀其喪事性和易不爲崖岸嘗館於蘇諸友人紿入妓家見案上有詩一本石菴取視諷詠稱善不知其爲妓作也諸人意其暱就遽出戶伺之石菴閱至半見諸人已去而妓盛服出乃大呼疾馳

梁溪詩鈔　卷十六　十三

去諸人皆大笑其無城府多此類石菴不肉食及殺生諸物每赴宴什九不下箸惟食蔬菜間佐以魚腥而貌極豐腴年近九十不曳杖少以孝行聞於人儀封張伯行撫吳檄縣令延主東林講會石菴居首座講有子孝弟章聲如洪鐘一座悚聽善擘窠大書年九十揎袖奮臂書古南禪寺額字大如斗筆法遒勁年九十一卒入邑志儒林傳

樂府八首

安車召

遼東高吟四十載木榻蕭然甘養晦東帛安車來
雁塞故人居然作三公爲漢則非爲魏忠皂帽一
笑吾安從嗚呼東漢處士何多賢前有子陵後幼
安

南闕戰

曹篡漢馬篡曹循環之理何昭昭潛龍飛騰戰于
野君臣格鬬南闕下公閭誰知有司馬大討曹何
嗟吁高貴鄉公愚復愚不見許昌宮中向有華子
魚

金甌缺

泰皇漢武欲作仙蕭衍老公晩逃禪仙非仙佛非
佛捨身奚補金甌缺無遮大會金經開青絲白馬
壽陽來向愛豚魚不血食偏使百萬蒼生啗鋒鏑
臺城破了横干戈如來何弗來降魔淨居殿中口
荷荷蜜水缺兮血水多萬古佞佛者不見蕭公麽

玉樹後庭花

無愁天子亡龜茲陳宮君臣了不知飛閣夌霄溢
璧月百花迎檻鬬瓊枝學士宮中袁大捨狎客朝
端江總持敵旹木柹漂江渚玉樹自翻新樂府戰
書雖急不開封君王酣醉圍歌舞皂莢料理黃塵
汚(上聲)請看門外韓擒虎

淸夜游

毀郄臨春閣迷樓西苑歲歲興工作斬郄張麗華
十六院中美女如嫣花淸夜泠泠滿宮月驕騎蹋
空紅墮雪宮娃結束香羅襪三千歌管同時發樂
闋歸鞭玉兎没淸夜游且莫歌地下叔寶將見訶
語阿摩試聽無向遼東浪死歌

宜春院

開元天子傳法曲侍女八千歌舞簇太眞酒酣彈

六么宜春絲管都嫌俗女戎自古爲禍胎漁陽鼙
鼓轟如雷華淸夜報潼關開六軍不發哭馬嵬霓
裳羽衣安在哉迴首繁華付流水哀樂相循理如
此張嶶一曲雨淋鈴愁絕蠶叢亂山裏

兒青天

鄧侯挽不來謝令推不去廉明者喜貪濁惡小民
之口亦可慮蘓州太守有兒侯發奸摘伏隼横秋
吏民不敢爲奸偷輕徭減稅安鋤耰淸操兩袖風
颼颼九年借寇紛歌謳鄧侯兒侯殊匹休嗟乎今
之刺史與邦伯政追四盡矜多獲(四盡見梁書)興利除

害偏無策閭閻說詛安足惜三吳民困骨髓乾況
青天來何年

眞士夫

黠易臺荒膴遺址猶憶前朝邵夫子入而橫經出
而仕宦寺王門無片紙觸忤權奸早挂冠兩江盡
說清如水君不見大慶法王坐皇都暱比憸壬厭
腐儒成卭老臣貶逐無盎竊國柄皆刑餘門下小
厮登宦途廊廟誰容眞士夫自註明正德中有大臣投刺劉瑾稱門下小厮者

張秀才夏

字秋紹號菰川明諸生少從馬文忠公遊
著孝經衍義補維閩源流餘湯文正公斌
撫吳聘講孝經於學宮張閣老玉書嘗以
書質問孝經疑義康熙庚午辛未間邑令
徐永言修邑志嚴中允繩孫主其事多所
諮訪秋紹作宦賢考三卷附志行又倡于
邑中以漢唐宋元吾邑名賢三十人聞諸
憲司通祀鄉賢祠訂堵牧遊年譜壽八十
餘卒見邑志儒林傳

夜集孝章孺宜堂分得風字

招邀白雲棹入郭攜緒風秉燭見欸門賢者抑不
同人倫照南洲有道喆所崇子弟前羅觴俱有厚
氣充正襟接妙理誳然感虛衷無取絲竹醉家筵
足名通法酒一二行慙奉禮訓終博歡不盡夜厭
以箴無窮

甲午陽月論道依庸堂舊址詠懷

孟冬天宇肅萬物憂窮賜君子念來復游息歸東
岡東林有來復齋是日氣忽和雲木流清揚五馬毘陵來
福星集此方千旄駐林外絃誦陳周行敬謁中立
氏還尋依庸堂棟梁久摧折茂草亦已黃天啟人

中豪爲道拓入荒澤民有妙理仕優學不忘怡然
布講席弟子前承筐高風揖夷惠聞者心徬徨爰
有眞士夫唱和稱登場論語闡終卷中庸宣首章
一時英賢聚耳目咸穆皇講畢臨前除法酒行三
觴寒月照紅樹燈火依青廂歎息謂賓客百世遙
相望道南宋始南傳之羅豫章繼者李延平以及
朱紫陽淵源代有屬堂搆將誰昌在昔正運蹇宦
官敢靈光寥落三十年公道亦大張夫子艮自任
諸生愼趨蹌走也幼志學弱冠迷津梁追維先橫
浦從學龜山旁十五世祖橫浦先生受學于龜山今來奉絳帳道

腴得親嘗將聞五經秘不止六藝芳作詩揭座隅
期勿羞門墻

潛庵湯大中丞躬詣東林爰和朱子游白鹿
洞得謝字詩以紀盛

仕學原相資修游亦代謝至聖心栖皇曾記舞雩
暇賢哉湯中丞出廵此夙駕言尋龜山轍盡畧戟
門架緬懷顧高時東林大增價學術歸中庸治功
辨雜覇院廢六十年剝復占元化孟欲正人心伊
自任天下先毀諸淫祠吴俗不敢詫於焉興正學
開院輔覺舍重觀吾道南洛水還吴榭

梁溪詩鈔 卷十六 十八

高公化處是賢關禾黍秋風望裏閒千載南朝兩

秋日謁止水祠

止水清流一樣浸崖山

張秀才嵋

字月坡明諸生

夜過寒山

開士相攜去尋幽歷草堂穿林通夕氣滅燭受山
光静寺廻長廡寒泉空泉香夜深分半榻清露落
衣裳

張隱居列宿

字六符號惕庵明諸生世居邑之大樓巷
著有惕庵集惕庵二子經緯皆諸生明亡
經自沉於泮水以救不死既而並納衣冠
於學終身隱居不出

落梅

孤嶼鳥聲碎風飄玉照堂鶴閒多遠夢人靜有餘
香剩月孤雲影遥林殘雪光笛聲吹又斷點入壽
陽妝

梁鴻溪

第一清流梁伯鸞入吴高卧九龍灘天低烟雨迷

梁溪詩鈔 卷十六 十九

遊舫月淡蒹葭濯釣竿四皓頌留磻石字五噫歌
挾碧雲彈祗緣不肯因人熱谿水于今冗自寒

雨花臺謁方正學先生祠

先生生氣凛當年袍笏今看故儼然木末有亭魂
已碧花臺不雨淚猶懸主恩難荅捐全族臣罪應
誅恥二天凝目帝城終未暝似將遺恨盼金川

利城道中

芳濱曲曲落潮寒兩岸朱櫻竹萬竿翠彩鳥聲幽
入樹片帆烟水暮江干

秦隱君孝維

字善先授經養親束修必手進不私啟封親歿廬墓三年與龔廷祥高明珸友善龔與高殉難遂屏跡斗山以終見邑志

聞龔佩潛舍人殉難秦淮

一生一死見交知明月秦淮夜半時痛飲狂歌溝壑志素車白馬范張期慨予涼踽無艮友羨爾追隨有業師（自註謂佩潛之師馬文忠公先殉國）此是人間何等事忍看大鳥弔豐碑

太湖口遠眺

樹接蘇秦廟湖吞項羽祠野人偏解道范蠡載西

施

笠澤一飛鳥千帆接素秋暮烟沉夕麗知是百花洲

信有神工鑿獨山開禹門也知應有戶誰識奠乾坤

黿頭排巨浪鹿頂倚孤松七十二峯外添余又一峯

吳隱居明玗

字頌鈞邑之間江人邑志隱逸傳云頌鈞少工舉業已而棄之家貧不事生產嘗日晏未炊家人相顧有饑色頌鈞方讀書笑曰汝輩慍見耶因爲講富而可求求則得之數章家人惡其迂次第避去頌鈞恬然自如而其性至孝自以母老孤煢無所取給輒歎曰爲子若此何益有無又值鼎革自傷遭世變故每獨行山巔仰天長號風慘慘木葉搖落四顧蒼莽悲不可止執竹枝擊石而歌歌闋復長號不自禁頌鈞博綜羣書詩文古雅與族人濯時竝負清才而頌鈞介特寧以貧賤老著典林四十卷

擊石歌

天高兮不可知身煢煢兮生我何爲極目望兮將安之

華隱居慶遠

字子嘉邑志隱逸傳云子嘉齠齔隨父適虎邱時方嘗魏閹生祠問其故郎卻立不視既壯乃學挽強超距有善射者授以劍術因盡其技鼎革時鄉多盜流寓吳之瞭蹋陸墓畫始遷祖以下像置之行笥及圖書數十篋輴從必以自隨亂既定乃歸葺

屋竹間曰物外閒居雜蒔卉木籬落環之竟日讀書暇則灌蔬畚圃不復見客有貴人徒步往訪欵扉自逼遙見子嘉在花下負手徐徐行曰謹謝客乃歎息去晚好佛自號靜慧居士圖史尊彝一切屏去宴坐寂照而已子嘉工書有晉人筆意其詩曰物外閒吟長洲汪琬敘之

山中曉行

墮驢人拍手日月正重光樹頂微陽綠山腰夙霧黃詩書寧婦子巖壑卧羲皇何處嚴陵釣横眠石上霜

梁溪詩鈔　卷十六　三一三

顧隱居隱

邑志隱逸傳云顧𣅀謙字剛中家於宛溪少孤遘家難長贅譚氏自傷不得養母致疾幾殆其外父爲別置宅使并迎母以來病乃已鼎革後棄諸生常閉門㷀坐或竟日不食子祖禹叩頭寬譬乃曰汝其爲人几上肉乎能終身窮餓不思富貴乎祖禹應曰能乃大喜曰吾與汝偕隱耳遂更名隱字耕石又自號逋翁善行草尤喜篆刻詩工古體著有補韻畧六書考訂及耕石草若干卷長子祖禹最知名次子安世有奇才早卒

秋夜吟

高樹飲多露坐見顏色凋夜半風西來落葉聲蕭蕭老卧易爲醒商聲苦相招酸楚入心脾悲凉生鬱陶縮被成秋繭抱頭如古匏衰形竟如此將同秋葉焦

和友自歎詩次韻

爲米恐折腰不敢叨五斗蕭然窮巷中學種先生柳酒後時耳熱謼呼復扣缶丈夫豈儕俗與世爭妍醜皮骨同一具死且求速朽吾將斅佯狂欲向深山走採蕨持一筐忘機不設罶甘脆咀秋菘董喫嚼春韭招我入塵網掉頭亟搖手曠觀䃂䃂徒幾人能白首不如葆吾眞貧賤足長久

梁溪詩鈔　卷十六　三一三

吕秀才自咸

字誠之明諸生工詩邑志謂其晚律益細

西神叢語云誠之生子曾恪五歲教之曰司馬溫公四歲戒妄語汝今五歲矣從今以始早起必誦言忠信行篤敬二語爲課彭鴻叟年送吕誠之楚游詩云江洲香杜蘸波翻晴日危檣鳥道鶱衣剪湘烟羣玉亂囊隨郢雪蕊珠繁欲憑遠問常窺雁但

理愁心莫聽猨見說紛紛
馳羽檄敢依漁棹滯花源

渡錢塘至江山縣入閩抵玉田暫憇

我昔剡中歸二子亦浮浙東猶仍分棹蘆花隔江雪渺渺釣魚臺登臨懷瑟瑟兹春及武陵又與王子發好風送錢塘桐江忽然達千山夾奔流溯洄窮其折安心學長年牽江蟻䇞律廻澓任飛注篙勢必相匹所歷數百灘灘灘皆漲月月路踏沙上深竹犬聲出蕭然三五家烟火結木末安知素心人非此中促膝篷窗十日夜各喜枕簟謐如何需於沙亭午不得撥歎慰分舟居貫舟看泉沸一葉

浴盤渦鷗鷺與出沒碉光非一映如玉碧者質庻幾直尋源又往問山驛野店初鳴雞僕夫已聒聒我襆繫我輿我輿束我骨依稀晨光中杲霧一兀兀及乎數里餘開峙如兩笏稍轉峯乃三分合幻一瞥僕夫曰江郎飛翠似酬別前嶺必緣度中峯割閩越老者買先登折竹戲相挐吁嗟此嶔崎征人何猝猝我息松下陰雲影亦就歇邪無雙不借猶逐征車軼平生五岳心濟勝何由必日暮倚山樓連床挂衣帙蓄雨一夕瀉披簑曉唐突小竿大竿間千溪萬溪裂簷引水筒挂碓轉風輪欻利誠資野人機事亦可咄庵僧試土茗快哉此當渴接引一甌內僮僕皆禪悅泛兹乘放溜竹箭勢莫遏巖壑雖縱奇衣袽衆所恤跳波無暫駐潛崿豈私割天地有顯淡況此區區沫不見延平津龍卧千古窟王子且束帶先發就日吉曰予山水縣子其無廻轍驛路取困關百折猶未迄揮秧入翠微絡前高下溢萬峯圍百雉家家白雲埒靜者牧此中卧理無趨謁衙齋揖五華翠屏案間物吾慕武夷三仙布置藏一絕搜尋或有待疇昔夢魂切亮哉

山骨立奇屈欝千萬愚魯孫幔亭不再設將無十下榻心知吾輿勃窣

嚴秀才仁錫

字求存晚號浮槎漫叟明諸生中允縄孫
之從兄著有閩游草

雨山

乾坤渾一氣明晦亦多形寸縷升微白重巒失舊青瀑流飛界道木杪建高瓴琴筑鳴哀壑偏宜醉卧聽

送錢礎日北遊

五湖無地好投綸北望關河氣象新爪步寒生吹

角月桑乾風集黠衣塵長門賦就知高價沙路朝回有故人捫蝨若論當世事欲將何策報平津

祝秀才鴻章

字星文明諸生崇禎間高彙旃胡慎三兩先生與邑中諸名士結詩社凡十九人星文與焉共十六人者劉潔周鲁呂陽賈明佐陳賓顧雲遲黃鐘全王槩許朝聘陳宏談高祜丁大任周曰篚黃永泰汧馬兆戛也

分賦荷花嬌欲語

風飄旖旎水痕香笑靨盈盈向碧塘錯認太真池畔浴低聲驚起睡鴛鴦

分賦空庭睡鶴

夜靜天高爽氣清羽衣和露伴琴横不知蕙帳茶烟繞夢向瑶臺第幾程

王秀才槩

字民慶明諸生

首會玉蘭正發

删後已無詩高言祗貢欺有心堪自詠有句堪自規所樂辰景萃春風日遲遲好花迎杖履揺光淡鬚眉願言滌塵慮素心與相期

丁秀才大任

字三餘明諸生

分賦米元章犢鼻滌硯

琴心挑後諫書寒不愛蛾眉愛馬肝惟有文人傳犢鼻可無名士贈龍團臨池銅雀驕投筆吞墨朱魚笑弄丸起視淮頭盤礴樣米家難畫晒衣竿

季秀才惟和

字雍介明諸生

村居初夏

積雨朝來歇殘流競水畦淺沙眠錦雉深樹坐黃鸝隔浦看雲亂平橋望柳迷老農無别事驅犢向溪西

霡霂晨光内荆扉候曉披清渠斜映竹細雨亂侵池乳鵲翻低疋隣雞過短籬豆苗初上架努力向東菑

晚霽雲陰薄殘陽雨氣昏漁歌廻别浦岸火出孤村樹暝林鶯寂溪渾水石喧紛紛映蘿葦月色到閑門

柳堤春泛

十里迴塘柳拂衣輕舟烟岸草霏霏晚風溪口桃花落細雨樓臺燕子飛樹入平湖山翠歇人隨芳杜棹聲歸放懷天地愁何極欲覓村醪上釣磯

華宜陽日躋

字元初號遯愚順治二年歲貢官宜陽知縣

北渡黃河甫登岸風雨即至驢背上詩以紀之

黃河九曲來崑崙奔流激湍爭喧屯禹王明德亦遠矣吞天浴日嗟行人行人貫錢爭競渡舟子長

年紛若霧須臾鼓櫂渡河來約束蛟龍不敢怒驀起狂飆吼蓼蘋雨霰飄搖雷作嗔窮途孑孑荒烟裏回看恍惚憑夷尊旅舍旁皇發浩歌一飲一斗朱顏酡返思時會爭瞬息渡河死者何其多

華秀才國球

字静育諸生

恭謁孝子祖祠和韵

瀏水潺湲山色青巋然廟貌藐孤庭虛堂晝靜神如在遺像燈深涕欲零地老天荒無限痛秋霜春露有餘馨年年瞻拜清蹕罷歸課兒孫誦孝經

時丁五季陣雲深日向長安哭望親頭白眼穿留恨事辭婚絕冠作奇人千秋血泪今猶碧一瓣香烟古愈新況是孝忠同不朽比隣罵賊有張巡

吳秀才長吉

字廣長明諸生

采石磯拜李太白祠

大江廻峭壁傑閣俛奔流一醉空千古長鯨駕九州騷人歌白苧孤鳥泣荒邱明月長如此先生何處遊

張居士旦

字曉八

題會靜堂

壽山多曲折攜篚入蓮臺游果依僧結詩輪借佛廻一鈎梅影側數酌茗封開小閣聞隣笛淒猜與月來

彭司馬年

字鴻叟順治五年恩貢生累官至西安府同知著有拂蓮堂集十四卷鏤版行世自序云嘗坐林茂之華林園與郭聖僕譚友夏論詩友夏述鍾伯敬語云詩莫若少作

作其所必可傳者選而後作勿作而後選余自十歲解吟性情所摯寢處嗜之及長棲尋嶽瀆放竄蠻荒上窮齊魯燕豫下躡甌閩百越勝友良辰恣以酬唱爲事至癸巳入都門廼二十年分體別類爰成是集二十年間喧得之寂悶得之快醉得之醒歌得之泣綢繆於窘苦奮肆於俯仰者舍此無以有愧於友夏者多矣孟津陳檟謂其詩或沖以約或藻以揚或深以入或淺以婉又有兼衆妙而莫之名言者 蔣景祁題鴻叟

沈朗倩惜別數載秋夜喜集秦以弜松閣分際字

楓林覓句書冊云閬丁種樹不種楓量材詰屈楞櫟同秋高沆瀣氣凜冽千樹萬樹霜華紅東園桃李好顔色誰過楓林一相識嬌花媚葉捲地空臨水登山杳無極先生秋思常滿懷入世出世多巉崖功成拜爵竟辭去還向楓林覓佳句

秋殘不可攀森肅理寒契接影對寥廓向暝凝遙睇有客物外姿矅然抱清厲分暉映餘坐如帶空山靄遲悰歷亂陳尊停招茗繼菊光佩爐屏壘壘明楚髻霜深靜百籟一鴈峯前唳歲寒期遠襟明聰愼矜閉水苦綱孤松清響吐何際石山高不言脫葉寄空砌

哭龔佩潛表姪乙酉五月以中書舍人殉節秦淮河

汝之王大母我之嫡長姑十七歸汝家饑荒茹蓼荼汝祖性駘宕生產一事無三十遂寡居汝父未離繈伶仃難豈立雨雪寒無襦中歲走膠庠衣食終難虞醇行稱篤孝事母眞吾徒雖無甘旨供半菽仍怡愉我父亦窘窶黽勉費扶掖漸及汝長成我亦就學初招汝同館舍竹馬爭蹶趨哀哉我父歿早嬰天災俱攜笈各就食顧影歎卒瘏棘門屢

鏖戰下第羣號呼汝忽成進士薇省參皇圖我分困諸生皓首偃菰蘆何期天步改新鼎移留都殺氣作秋聲鋒鏑滿道途汝獨秉正氣忠義激須臾城頭吹角哀燈前白月孤吾師馬文肅招汝還黃壚秦淮水湯湯可以完眉鬚衣冠漢威儀浮沒同鷗鳧嗟彼馬阮流畀豺孰蔽辜青綠繡汨羅魂來食芳腴名非得已存頑儒震肌膚我聞重愧奮彈淚如拋珠祖父盍有靈泉冥共胡盧入告汝祖母我父亦歡娛一脈共灌溉生氣未云徂

讀諸艮月詩四首

天欲造詩人必與醉夢遠裁其品與骨敎之以貧蹇束腹鋭經營無衣愼穊袭或賜以微量對酒輒頹偃其詩乃迸腹下筆如下坂頗爲無目啞亦爲妬口樓貧蹇日復然王孫無一飯繆繆志不從尚友自嵇阮山陰有諸子斯理正不反

我從塗山遊故人一杜老學詩過五十矻矻縱孤討灝氣前大歷奴郊而隸島披削飲濁酒卧榻備洒掃乃得諸子詩甫讀遽云好悲凉徹肝脾凄瑟藴彊褓徵其品骨間遇合良不早百靈有氣候蒼蒼縮其道子窮詩乃工詩壽子不夭

子詩如秋山盥櫛清氣浮覆以白月光孤空冷無儔一鴈天南哀金風振颼飀復有擣衣聲送之林與卭此景未絶似其音尚凄愁一室擾貧患詩適與境謀失乳初歲兒割攜中道遊啞人啖苦蘗格格若在喉不藉五字抒生理將焉求

况復喪亂時兵戈滿周道播遷不遑寧疲笈苦不保命也時爲之昔賢共潦倒詩史踞其前豈獨花谿老今子將無同所歷實枯槁久賤孰與搴長貧孰與掃詩成長骨傲顧盼自姸好置座坐詩人永言懷紵縞愼矣勿輟吟造子者蒼昊

臨江汀

寒灘石欲落乃覺沙路長蕭蕭紅樹短犯艇呈微芳山高類日暝山斷漏日光雞聲落荒水人語生菰塘運蔗牽車牛拮槳以爲霜甘飴利天下五味不可妨灘鷀雙飛來隨帆互低昂若欲指示人泊舟怪石旁微裴亦何意一葦浮蒼茫

九龍灘 并序

九灘險甲天下李不磷先生戒予曰予生長淸流未一涉九龍即邑中有探奇者問一問津輒回思䰟攝予自愧入閩未游武夷入粵未登羅浮重令山川笑我形穢因猛願航之適賀子龍

將軍方舟以濟甫入龍而兩僕已從間道軼山麓矣

濕龍走鴻濛天海失機紐截流盤危崖有族散其九靈威示不測篏人於腋肘清流客所航扼吭以絶耦風濤晦白日陰雨亦時有問途於已經戰䰟復搖手蹈險思利涉心目共抖擻眯爽解纜移長年戒絶口（侵晨劀飯羣起操舟長年彼此不通一語不獨戒舟中人也解纜時畏神知我往過爽時畏龍知我渡也）編箬裹船頭新纓換索扣曲防八面風更愼分寸走乃登安濟祠刑牲共稽首逆駕護

沙篷倒縴牽船後（逆風揚帆期少齟齬）此時藉智力土梢逞
輕趫（土梢世居龍上習水性舟人入灘例倩最能者護舟而下）如山以赴壑萬
馬奔澤藪雪花翻晶簾垂垂船左右滚浪聲詵詵
狹巷千杵日硿砑石角距搏人欲相揉此險彼險
接難使神明守漸次達龍尾崢嶸勢猶陡水聲高
於山靜深聽莫剖斯遊信努力濟勝藉良友聊慰
羅浮緣少解武夷咎何時沉九龍折衡而剖斗

蛸山道閑盧山雪介二師攜詩見訪尋有天
台之行作此志別

峨嵋千峯白雪枯匡廬諸瀑雲前呼慼茲奇冷寘

心目十年欲到今猶無莽然兩公叩予關綻衲襬
褳挂大山風烟子子寒萬狀雪瀑俱在筐之間携
筐相對渺不見譚破天涯詩一片兩物盡已化爲
詩精瑩蕭颯聚而戰須臾徧祖顧予笑曙霞開徧
愁殘照飛雪無香瀑無語待汝石粱奇絕處

秋夜讀書山寺

夕氣正淒緊窅然烟磬過岸蟲辛語草山鬼嘯披
蘿月近寒無際松堅秀不磨古人隨意接予好亦
無頗

野步同顧子凝子方

流水野橋分柴門半掩雲草香隨杖至人語問春
聞遠黛逼朝雨荒烟澹夕曛不知穠綠裏鳩婦欲
何云

郭聖僕漢硯齋

郭泰曾聞道千秋一後身秦前曾有字漢末竟無
人掃徑催花信揚舲理釣綸鹿冠方竹杖隨意作
天真

林茂之青䟽閣懷譚友夏

巢陰深小坐花氣接匡牀對子尚濠濮（閣爲華林園故址）
懷人在沔湘江空流夢疾葉脫引思長若可證高

素凭緘上野航

冬日自愚溪橋過朝陽洞二首

楚國江天異深冬若暮春客情衰短鬢遊屐動良
辰拱揖峯巒變蒼黃橘柚新解憐征戍苦看送渡
頭人
過潭幽徑轉橋影鎮清谿冬草無衰貌孤香上短
藜洞門迎日月山足抱鯨鯢不盡生嵐黛長尋望
欲迷

趙靈均小宛堂即席呈何黃如榷使

山膚初盡見青珉山骨嶙峋若埃人中有衣冠藏

異代乃於篆籀見先秦空灘木下窺鸞舞老洞雲
歸聽犬狺共泛星槎尋古逸數通秋信剪江蓴

陽山大石和吳匏庵先輩韵

寒葉辭柯晚照橫經臺僧靜冷青精山逢中古方
留字石在黃虞未識名絕往欲通神鬼氣奇攀偶
揖薜蘿情歸來笑蹈丹楓道背指高空片月生

雨花臺待月同郭聖僕林茂之譚友夏

諸天醒處忽孤臺畧帶斜陽翠畢開王氣高於雲
外嶺忠魂未燼刼前灰歌因蕭颯搖吟葉笛在孤
空怨落梅月影不知游子倦石蘿無際亦飛來

送顧雙九費菘崖沈泰川朱野巖諸六在侯
仙蓓諸同盟假還

鴈序翩翩列錦衣拴弓揚馬競南歸殿中三策羣
高唱市上孤琴我漫揮繞郭風微香荅老寒林雨
濕小葡肥蓉湖片艇中秋月並影相看亦庶幾

謁張許雙忠祠

神自京師一夜達潮陽飛蚊逐陣結雙忠字於
東山遂祠焉

破空蚊陣結江臯萬里揚舲一夕翀雀鼠未能忘
雨雪江淮常自障波濤爭看日月思重揭肯許乾
坤屬不毛城角尚留聞笛韵忠魂携手笑吾曹

儀封

高柳塵初起關門望氣時一鞭風雨外君子至於
斯

出師四首

天外韓彭破寨旗十丈塵君看汗馬烈豈盡畫麒
麟

擕娼住秦樓日飲西湖酒聞叙舟山功衰然已居
首

革帳列成行鳴鉦大道旁椎牛享壯士來日挾紅

妝

迎彼征伐師元黃實于篚邇者壺漿匿入門抱雞
豨

秋來辭倣李長吉

藕花咽露芙蓉哭緝絲小蟲啼舍北高樓夜凈掛
明弓秋風滿地吹橫竹
廣陵城外濤聲急濕雲不捲天吳泣屋茅三重接
地飛牀頭宿雨如簾立

安秀才廣譽

字光告諸生我素先生仲子少即掉鞅詞

壇文釆宕軼尤工山水著有烟餘草邑志入方技傳

秋日山居

空林轍跡自來稀蘿薜雲封晝掩扉彭澤菊松三徑在殷墟禾黍故宮非自註比歸自金陵　鶴糧半頃山田瘠鱸膾中秋水國肥江海躍鱗乘景運釣鼇人醉卧漁磯

爲道昭校書畫并題

青山如黛氣横秋匹練吳江望裏收何似秦樓聽鳳吹一簾花月上銀鈎

安樗隱廣生

字無傾號簡庵旡咎弟著樗隱草

過潭西小邱

間來步深林暫爾避塵俗野鶴倚雲眠長松經雨沐輕烟斷奇峯幽香襲空谷攜酒掃石臺瑶尊向誰綠

宛山釆石歌

宛山石勝端溪紫文章不靈石欲死死溪春浪接天高誰挾風濤割雲子扁舟共泛不辭遥龍尾一掉螭騰坳鷩倒牧豎駭老樵艮田晚歲聊是穮雀无鱗鱗那堪數鸛鴿咢青朱鳳舞兩袖嶔崎傲米顛四蹄犖确欺韓愈咫尺還看卓筆山太平歌寫五湖灣山僧曉事進不律玉版娟潔松烟斑夕陽歸櫂重回首海立空潭黑風走笑謝山靈贈席珍傳與子孫百世守

暮春樗隱小集

野懷何所戀林壑繫情長謄酒分溪滌春蔬剪露香是山皆可隱非醉不成鄉燕子巡檐語殘紅冷夕陽

寒郊送客

山川正蕭瑟送别倍魂銷客去雲横路詩留雪滿瓢天空高獨鳥嶺直下雙樵遠戍一聲角梅花夜寂寥

鄧尉探梅用汎紅軒壁間韻

古寺鐘聲晚蒼霞松頂摩路緣芳草細花傍夕陽多危閣千山擁長天一鳥過歸舟成獨醉清夢遶雲蘿

過石夢道人精舍

結茅臨絶壑山客到門稀春汲霞燃鼎晨參月鑑衣種松招鶴守移石得蘭歸徙倚盤陀淨看雲落

翠微

立秋後一日偕羣從過西林

早秋風日好挾伴共尋幽歲月拋塵外烟雲挂杖頭閒情狎魚鳥殘照淡林邱坐卧不知晚歸歟還復留

竹林清坐分得清字

徙倚幽篁裏神恬氣亦清雲酣千疊翠風碎一林聲陰客晴疑雨凉深醉易醒此中眞世外頓覺俗緣輕

春遊志感

浩然春望半烟蕪狼籍梅花負酒壚細雨新愁蓬鬢短斷雲殘夢劃絲孤湘潭何處無漁父吳市誰人是狗屠老去不堪矜舌在虛懷聊任馬牛呼

春歸

新陰已遍最高林忍見殘紅委碧潯雙蝶御風花架靜一蛙鳴雨柳塘深窗低蕉蔭雲先綠杯寫山光月共斟世事渾如籬畔草春歸消長不關心

鄒幼圃陞

字九揖幼圃其號經畬先生孫也幼承家學尚氣誼有節概子組緩所謂天日先生者也嘗與吾家昀滋恒惺兩先生築共學山居講學焉

獨感

竹笑花眠獨坐時影侵虛室意遲遲水流不礙雲孤起簾下何妨月一窺南面百城嚴爾室北窗五月樂吾師偶然池上看蝌蚪愛惜秦餘有所思

聞鷗眠起濯江湖刷羽風前不受汙山水方滋非故態乾坤已古自新吾末流何暇假仁義曠代難逢眞士夫聖哲靜觀成一笑笑他蠻觸只區區

東林懷高忠憲公

汨羅深處此心安得喪何曾繫一官寂寂東林風雨夜如聞義易講初完

顧子庵榛

字其質涇陽公之孫著子庵詩鈔

蘆花

滿眼蒼茫欲畫難祇應着筆怕荒寒濛濛似雪紛紛下卧醒漁人失釣竿

顧孝感龍裳

初名梲字稚龍號瑞黃涇凡公冢孫順治九年歲貢生授棠城訓導擢孝感知縣著

有世德堂詩鈔祀孝感名宦祠

雨後

一雨洗空碧悠然生夕涼逕花搖暮色庭草濕流光漸覺秋相逼翻憐夏未長二毛何冉冉容易積寒霜

寒鴉

一黑障空濶相銜了不分迴翔如弄影叫噪自呼羣寒羽常依日卑飛未拂雲北風吹汝急葉落正紛紛

螢

盛夏陽方極光生腐草叢無膏常吐燄有翼正因風紈扇飛還撲紗廚照若空夜游山谷暗何似處囊中

武昌感懷

梯絕重城十二層年年欲到竟何曾青衫別酒沾梁苑紅燭消魂憶秣陵一樹香飄清桂露幾絲愁種綠波菱霓裳爲厭尋常曲翻作匡牀卧病僧

小孤山

排空峭壁水中央天外羣峯接渺茫瀛海蓬山方寸地青鬟明鏡一泓妝何年玉貌離塵世終古神娥共辦香定有湘靈此栖止依稀瑤瑟送歸航

秦秀才詔

字寧侯號雪臯明諸生潛心理學畫矩而蹈擇口而言接人從容談論有睟面盎背氣象纂諸儒理學爲明心錄採古今格言爲省心錄暇則多摘祕方有怪症危疾艮醫束手者雪臯投以刀圭立愈貲囊雖匱遇顛連袞糜給棺殷殷不倦門以內子孫無佻達宕佚之容娣姒無誶訽嬉笑之聲百年如一日閱滄桑抱孤介以終年七十

六龔震西歷廷傳之謂如郭有道碑無愧辭也

弔何參軍 有序

何以培字曰厚宏光時授兩淮鹽漕參軍乙酉爲兵備道張公儉所執諭降不從慷慨就義

寵章三世錫先朝忍把君恩付弁髦駿馬有心嘶日月丈夫無計洗弓刀提軀天下尋知已懸首東門長怒濤竊意將軍猶未死英魂應自賦同袍

王秀才抱承

字果延晚自號溪南遺老明諸生工詩古

文隱居樂道著有開化志行世

輓張素臣先生逝 有序

先生易簀之夕召承至榻前出自定門狀及辭世歌示承復講存心養性死而後已書義吾本間强稍以湯潤高談轉淸承勸且黙張目曰君已來遲假此刻中與君談爲學眞際獨奈何重桔質而輕名理乎以手錄自注義經一本付承夜分而瞑年七十九

古來稱君子不于溫飽中舉世莫之愛天亦固其窮然後見言行可以爲世風誰爲後來者素心推

我翁結廬雖人境杳然閉閉宮一函義文經抱以究始終我來永訣時猶提主敬功惜哉我翁去蕭條閭巷空負翁日已多永矢愛吾躬

受業安　吉　彙占校

梁溪詩鈔卷十六

梁溪詩鈔目錄卷之十七

梁溪詩鈔卷十七

梁溪顧　光旭　華陽氏集

國朝

鄒殿撰忠倚

字于度，號海岳，己丑舉禮部，壬辰　廷對賜進士第一人，授翰林院修撰，甲午歿於京，年三十二。殿撰静黙寡言，著作甚富，少隨本生父叔介先生隱居武康山聽㕓堂，捧几授杖，間儵然作塵外想。邑志云：殿撰極孝友，嘗侍父疾，夜走數十里延醫，至兩足失履而不覺。著有雪蕉集，兹集所登不出此外，有箕園集，今佚矣。

高峯雜詠

俞家塢

入世苦不遲，入山苦不早。千載馳驅情，零落歸荒草。柴門静無事，小木儵成抱。石澗何時流，夕陽寒古道。七月十日霖，烟雲墨如掃。木末可垂罾，葑田浮荇藻。雷雨龍皮黑，原畬色同槁。獨蛟展古湫，孤嶼想妍好。由來變化深，秋風日衰老。

下隴古松

長松植何年貌深神亦古小橋藉清陰曲澗助仰
俯雙藤亦大奇藤客松爲主其上蟠虬龍凡鳥孰
敢侮蒼色照眉寒其下鬱風雨或言神明援千載
絶斤斧草木難大年五岳隸爲部木石性無殊持
脆不如樹東岡有樗杉匠者皆如堵

净名院

少年不足言聞道年已長摩詰句陡讀古人詩痛泣
慚俯仰晨鐘警暮昏天地開萬象世網難久羈躊
躇愧長往青篁夾路來松濤行逾響山寒歲復歎
一衆事土壤簑笠逐農人行作更無想崖側轉平

疇欲行階蒼莽堪笑塵內觀青山大於掌

西深

千峯散雲氣飛鳥隨出没柴扉逐樹斜面山照雪
月是時收穫齊芭栗欣初伐野菊語山梔槲葉風
將發入夕聽虎鳴父老戒無越鷄犬默無聲原頭
靜兀兀麋鹿走門前虎跡印苔髮月色熟園蔬夜
舂砭石骨山情屬曉暮晴雨變無歇

中峯

輕陰下山岑晨興理芒策秋聲磴下起來往羣山
碧隔林見從旅長望路已積人詹歎不驚時時度
行跡山空長橋柚風靜樵聲廻僧扉啟晴烟朝露
沾我披

高峯中秋夜

古寺多清夜況聞秋滿林千峯同一照草白暗蛩
吟虎嘯崖谷寒俯視得危嶔有僧同負藜厨火隔
林深捫蘿逐巉巖月露衣裳侵層阿逼人語覵之
莫可尋無言天地寬浩然此夜心深山寂自悟千
載不能任

夜坐有序

秋夜無事聞見悄然當其寓縣如溟吹萬俱寂

未必非天地示人微旨輒書所感累而次焉

萬古移於夜漫漫浩莫從鼠肝消事業龜尾聽行
蹤露竹聲寒拆星河影碧重吾師隱几者天地足
音跫

陶公惜道喪痛飲存其眞儒服濫于技遺書燼似
燐拘文誰解意逐富不能貧萬古常如此空悲漉
酒巾

靜者方知夜幽人每愛秋二俱蕭瑟意一自達觀
浮庭菊移篝看莖蕊着月據山林異朝市車馬漸
蕭稠

吾愛漢陰老清風千古垂濯纓滄海濶狎鳥歲陰逝生卽南山影行歌招隱辭昔賢慚識寡幽憤自形詩

千夫競名相暗室起雷霆吾在烹泉冽燈開對壁青曉心蟲響谷寒夢雨颸零白日走夸父毀釀殊未醒

英溪

野老生涯足自寬坐來秋草日彫殘雨中落果童先覺燈下鳴蛩婦起歎澗水恰供秔稻熟松風偏與縛茅寒蘧廬信宿猶餘事得句頻來石上刊

唐戸部德亮

字釆臣壬辰進士官戸部員外郎釆臣與邑中吕仝五馬爾釆錢爾斂以文章復古自任制義稱 國初大家入戸曹管京糧歷卒於京邸宋荔裳有報唐釆臣戸部時自寧夏還朝詩云使君書札勸加餐又報征車發賀蘭秦地關山留庾信漢家鹽鐵問桓寬飛鴻夜度朱絃冷邊馬晨嘶白草寒遷客隴頭憔悴甚故人傳語到長安

春申澗觀泉歌

九峯驅雲峯欲低寺小烟封鳥不啼一夜山中長新水巖前飛瀑驕雌霓聲如雷轟色如雪隨風散珠碎玉屑高低趁山山勢平石排牙齒水爲齧褰裳蹇足生波瀾登高復作臨深看長嘯激越叫奇絕驚湍怒捲天風寒匡廬石梁在何處我欲乘風不能去黃公澗水今如茲湧說巴江爭灧澦忽然迴首西泠西嶺是風篁亭過谿蜿蜒其間十八澗理安橋下濤聲齊逝者如斯應識此江山今昔烟霜裏一爲俯仰一惘然惟有潺湲猶在耳不知黃歇來何年九龍兜頸噴珠泉

黃孝廉鐘仝

字聞是甲午舉人高彙旃學使同社

米元章犢鼻滌硯

金星墮崖石神匠琢山液艮夜生光輝蛟龍乳几側米顛坐長淮蕩然胸似刮短衣攜硯來仰視秋空白吾既愛吾頂敢使硯貪墨滓之清流中寒霜凜爲鐵星氣壓鯨山石光射鰲宅黃公過其旁眼前霞如掣豈不愛龍團聊以似君癖一帶春山青雨人心事黙至今風雨時淮水清如滴

鄒聘公治

字際五號靜嶽甲午副榜考授中書 世祖章皇帝閲試五經立就歎曰五經笥也而靜

嶽以忤當軸罷歸輯六經註疏諸書以孫

登恒一桂貴界　贈內閣學士兼禮部侍

郎

昔遊

夢裡山川筆底天壯遊應自倦加鞭先生休矣羞彈鋏學者從之祗問仙一笠蒼茫空四海三秋寂寞恨千年逢人便欲埋名姓何事重題白馬篇

泰廉訪釴

字克繩號補念乙未會元廷對第二人

世祖初召見南海子賜袍服比第一人出爲廣東參議分守雷州遷杭嚴兵備副使有告無爲邪教者先生問知此曹戒食肉遂集之堂下與酒肉飲食訖散遣之先生性沉默對客終日其言可數而決獄片詞立定亦終不可移遷榆林參政所駐神木縣地逼蒙古與民通市小不平輒鬭先生時時曉諭曲直皆感悅候其出爭獻醴酪及按察江西進賢縣有叛人江德八者久未獲而所司得江國八鍛鍊誣服之以聞先生察其非亟釋之未幾果得德八其慎於刑政

類如此後以坐失出降補湖廣參政會裁缺歸見邑志宦蹟傳

來悅樓呈吳伯成明府

罨花近種伯鸞溪榜客傳歌到穆西霜肅兜鍪明夜郭風薰襦袴煖春堤才多灑墨樓千尺澤布平疇雨一犁自是臥轅歡借寇　御屏久已注銓題

泰宮諭松齡

字留仙號對巖乙未進士選庶常授檢討以奏銷罣誤削籍康熙己未舉博學鴻詞歷官左諭德凡通籍六十年立朝僅九載居家讀書之日多所詣深邃於性命之旨實有契悟兜益耽研經訓尤深於詩經著日牋四卷博採毛鄭以下及歐蘇呂嚴諸家之說參以己見補朱傳所未備一切申公詩說子貢詩傳屏弗錄也邑志列儒林傳　宮諭順治中在翰林時嘗應制賦白鶴詩有高鳴常向月善舞不迎人句

世祖章皇帝賞其有品　新城王尚書贈句云秦子清真五字詩　泰州鄧孝威則稱其七律字字工整　著有蒼峴山人詩五卷　微雲詞一卷

于忠肅墓

定策當年奠兩京墓門遺恨半湖明傷殘松柏啼

新鬼寂寞祠堂臥老兵宗廟有靈存國是英皇無意殺先生古來遺恨錢塘水又繞于墳氣不平

抵嚴州

睦州風物未凋零城郭烟霏間已經割漆人稀蠶正熟焙茶香透酒初醒花涵水氣千重白雨洗山根一帶青此地不曾樵牧入夢魂翻自憶西泠

上熊雪堂先生

正繫蒼生望先生未合閒累朝看赤舄雨疏乞青山直道安危後深心去就間盈盈章貢水爲照直臣顏

春詠

青郊處處翠華行問俗頻勞　聖主情馳道春融芳騎色夾城雷殷屬車聲河清再見　真人出頭白還看信史成（世祖實錄成）鳴珮趨朝多舊侶御溝東望百花明

先朝進講殿西頭日昃臨軒未肯休賜坐氍毹經傳士環聽劒履胥通侯金籍次第新編定玉軸縱橫自校讐閶道　今皇善繩武宏文館下釋春秋

鳳樓天際徹雲璈下直千官日未高別苑風微翻芍藥上林春媛熟櫻桃諸曹才子宜簪筆三唱書生已繡袍俳客愁聽燕市築典衣不惜醉香醪

十年不復賦長楊依舊都門柳萬行何處春風愁索米誰家夜月怨熏香三宮壯麗憑將作（方修三宮）一月清齋說太常（祈雨）落魄暫來騎款段幾經回首憶滄浪

金陵司馬行

宿遷旅次何子曰鴻述其先世遺事請作是詩兼送之别

汝祖金陵小司馬移家始傍梁溪居不事毛錐好說劒男兒塞上當捐軀襄陽法曹年少日貂璫盡屈諸司膝惟公倔强殺其奴脫走京師歸請室詩室朝朝復暮暮手把陰符自箋注百年典廢總瞭知九邊阨塞能指數温旨重寬直節臣芙蓉湖上幾垂綸援遼忽奉勤王檄應詔還留報主身萬金散盡酬死士死士曾無一人死偏師纔出復令旋西風淚落桑乾水破耗軍需罪不宥權奸在路天無晝鋃鐺誰當楊魏先覆車幾作熊王後信邸龍飛再赦還撫髀常憶玉門關壯心未展英雄死孫子飄零衣食艱送君東行在岐路努力功名莫返顧濁酒今朝盡一觴宿遷城外蕭蕭雨

穀溪

細浪眞如縠清川舊得名斜陽過水碓雜樹間春耕草綠偃王廟雲陰姑蔑城前途灘正急濁酒暫時傾

浙中諸郡安插海上投誠人

制閫新收島外兵越江還築受降城澄清海國輿圖合赫濯皇靈廟筭成解甲千營齊拜爵流民萬里望歸耕扁舟游子青山岸把酒聽潮及太平

自常山抵玉山輿中作

山郭散朝霞荒城剩幾家斷橋行客路亂竹長官衙地瘠無香稻人稀半野花江南今夜夢誰復記繁華

指點前山路前山是玉山殷勤茅店酒辛苦路人顏地勢趨仍下方言辨更艱愁看雙白鷺飛去幾時還

小孤山

水面千尋出丰稜或刺天橫當彭澤浪斜度洞庭船古殿靈風合空江夕鳥旋漸知鄉國近回首亂雲邊

里雨翁

爲黃先輩漢臣馬博士大林作也雨翁之死宿草猶悲旅役泰安車中無事尋念師友愴然興懷爰賦長句寄示同里諸子

白楊蕭蕭起夕風高墳古碣千山空人生貴賤等爲死文采吾悲里雨翁雨翁生長梁溪城死同涕淚生齊名九原不作黃江夏四壁今無馬長卿長卿早入金閨籍家世才華照東壁白馬青絲白面郎二十登朝人嘖嘖一自黃巾破故都君家文肅獨捐軀痛哭君親慘天地芘輓投隱在江湖湖邊

花柳芳菲節花色殷紅杜鵑血只道先生愛看花月落空山寸心折文賦江南庾子山流傳筆墨在人間酒酣向我一揮灑乍落秋燈風雨還自說前身老衲子心空妙解無生理每將止觀教黃翁他時共出靑蓮裏黃翁多病苦著書柴門高柳城東居三更爇火因煨芋五月披裘非釣魚早謝靑衫甘韋布圖書考索從無誤高文金石滿名山細字巾箱不知數精研梵夾幾春秋學餌丹砂悔白頭摩詰中年修淨業樂天老去覓丹邱空有文章詒爲累重堂萬卷無人誦執紼貧交范式看傳經弟

子侯芭重兩翁吾里眞典型一時彫謝愁晨星遥
相繼迹杜陵意後生誰者窺門庭我今哭兩翁襆
被入東魯欲將西風淚灑作泰山雨一洗秦皇無
字碑不隨文士歸黄土

滿目

滿目紅旗載米船西南何日罷戈鋋輸軍未盡蕭
何策斃國空思卜式賢薄海徧供金革費羣公莫
濫水衡錢焦勞尚體君王意救亂無如儉德先

過岱下阻雪不得登

雪色凝空路百盤十年三過一登難鶩駘那復勝

羈靮俊鶻何當借羽翰漢畤秦碑思帝子金函玉
檢記祠官誰知泰岱春晴望轉作峨嵋天半看

哭周伯衡先生

讀書飲酒興猶新潦倒湖湘未老身詩只窮人何
至死名能折福已長貧靑山弔古詞流失丹旐還
鄉客夢親難過庾樓清嘯地筆牀碁局總傷神與公同客武昌嵗久
吳門折柳送君行飄影追隨只數程一病江淮淹
日夕三秋風雨斷將迎靑蒲伏闕聲名舊白髮憂
時消淚横虛負中朝推轂意不令安石救蒼生

無復論詩散客愁空憐書卷對孤舟頻年老輩文
章盡何日他鄉戰伐休事去浮雲千里暮悲來落
木一江秋附書急報秦公子清淚休隨楚水流

雜感

關隴車書此日同相公拜命領元戎屯邊世久推
充國納土功寧比竇融　詔出中朝心獨厚　恩
須西土慶何窮　聖人威德原兼用干羽虞廷
舞未終

蜀道從來未易平行師緩急自分明早開褒谷雲
邊路且罷蓬婆雪外城漢水至今通楚地黄河終

古抱咸京惟教坐扼關山險盜賊他方莫震驚
授鉞親賢廟筭强旌旗萬里作巖疆周家同姓盟
爲長漢制非劉爵不王當日酬勲原異數祇今除
患屢分防堪嗟諸將功成後不肯歌鐘會未央
烽火章江警急多滕王樓閣轉嵯峨雕鞍曉日明
珠玉列帳秋風舞綺羅坐筭幾聞黄石畧戰酣誰
奮魯陽戈司農日夜憂財匱擊鼓椎牛氣若何
南郡城南野草平黄巾自昔漫縱横荆榛我欲求
遺史鮐鮐人從笑老兵沙市風塵朝試馬龍山燈
火夜移營誰來王粲高樓上臥聽寒濤戰鼓聲

寒風襆被復西來軍府高筵舊履陪精衛波濤心未死爰居鐘鼓饗空哀書生自信無長策天下何人解愛才垂老懷恩餘痛哭百年邱壑忍徘徊

席上同西溟蓀友漢儀送邵芾南南還限韻

流落頻燕楚年年送子歸知交客路少生計故鄉微白髮詩書誤青春去住非不堪楊柳色偏自照行衣

哭一等侍衛成容若四首

臥病空山暑未闌奉君書札勸加餐含情未報聞君死尺素重開雪涕看

爭說新恩寵眷頻八年宿衛一親臣朋游聚散尋常事端爲朝廷惜此人

去年扈從到吳門只愛扁舟泊水村今日哭君何處是楓橋秋雨又黃昏

顧生老友客平原梁汾姜子相知比弟昆西溟自憐白髮江湖外不得同渠哭寢門

湖南大捷紀事三十六韻

禁旅三湘捷封章萬里傳　皇威清率土春色麗中天雲夢荊門接星沙越嶠連城高巖作嶂地濶水無邊逋寇潛諸縣官軍駐累年屢經馳諭檄本擬息戈鋋錫重山河誓恩深杕杜篇上京方甲第江徼忽烽煙假息波濤壯憑陵柵壘堅鵑音終不革兕宄且頻穿不料真宰德非關錯與權游魂寧久活朽骨竟誰憐遺孽鯨鯢在殘疆狐兔跧元戎餘勇決猛士各騰騫燎火寒鬥帳霜風早控絃敢辭探虎穴豈畏犯蛟涎幾日移軍壘平時習戰船千帆過赤壁一鼓下湘川夜嶂聞啼狖蒸雲有墜鳶彎弧動秋月拔劒繞飛泉遂據湖山險横臨翼軫躔巴邱降上將岳麓絕歸鞭南詔虛屏障西陵亦棄捐揚麾光照蜀破竹氣吞滇盡散公孫客空

誇吳濞錢物情知助順首禍笑徒然青草春旗映桃花驛路鮮蠲租　明詔重止殺　主恩先市列千金肆人耕再熟田五兵還武庫六樂蕭宮懸玉燭揮丹陛金尊獻　御筵昇平同作頌敷奏　聖人前

新秦道中

風光漸暖柳堤平車馬遲遲返　帝京萬里雄師方奏凱中原曠土已深耕春歸雜樹三分綠日落前山一半明猶憶當年承　詔入白頭人說魯諸生

過教授松齡

字佺期，號石公，對揚子。乙未進士，除鎮江府教授，造士有恩義。己亥海孽突至，官弁皆匿，石公獨不動，抱印循頂髮曰：吾一老書生，何能與此俱存亡耳。偽帥嗟異之，不加害。事平，留任進胙俸。又四年，謝病歸。石公弱冠試澄江，有鄰女窺而慕之，隔垣調笙，石公初弗知，已覺之，移寓去，蓋其執操亦家教也。

酬贈馬蓼庵

君家子長才絶奇，揮斥八極鎮四維。南浮江淮涉湖海，相如並起爭陸離。其後賓王才更好，斗酒瀝見新豐道。天子聞之呼入宮，從容坐論邪新造。代有傳人今至君，君才君識横掃千人軍。唾落珠玉筆落雲，梁溪風月殊覓凋。會見鵷詠能平分，自是身從天上謫。閬苑蓬萊皆窟宅，雙瞳相對光奕然。不須重煮山中石，東風瑤草青紛綸。好撥舊醱羅浮春，與君共醉花影下。回首長安十丈塵，海隅日出朝市新。太平天子明良臣，吾儕相與歌詠盛世風俗淳。

稽司理永福

字爾遐，號漪園。乙未進士，召試鴻博，官嚴州司理，左遷歷城知縣，復以原官從軍荆襄，卒。家藏有漪園遺稿。

燕邸臥病口號

十年作尉嘆蹉跎，兩載從軍復浪過。報國每慚千慮少，終天長恨一身多。欲完臣子偏萍梗，縱得遭逢亦轗軻。老母近來頻肺病，蕭蕭客舍奈愁何。

王程旣廹敢蹣跚，出處關頭義命安。母過七旬應侍養，家無次子孰承歡。聖朝教孝弘恩易，人子離家入告難。一紙九門天蕩蕩，陳情空自淚汍瀾。

脉脉萱堂正促裝，荆妻此日忽云亡。何堪痛媳添姑病，最苦雛孫累母將。冷榻幽燈凄老眼，茶鐺藥裏繫兒腸。絶裾未忍牽裾久，親串魂銷白日荒。

病息如絲悵白雲，故人相見各殷勤。乞骸本是安臣拙（自註：行至河州病甚，許亦雲觀察遣醫診視，爲余具詳請告），當道何心壅上聞。行路笑啼秦越似（自註：東省藩司批詳有路過官員似無隔省具題之例等語），他鄉進退死生分。蹢躅日久渾無計，輿疾倉皇趁曉曛。

檢點行囊鮮宿舂，朔風吹破舊章縫。帝京日近人熙攘天語春温士兵從豈有巴人歌白雪漫教兀缶學黄鐘還思歲暮庭幃冷一日千回杵擣胸典斷春明二十年重來鬢鬢已皤然人間乳燕翩翩少輩下新鶯衮衮傳病隔朱門無半刺閒消白日有殘編東風一任常披拂只似乾枯抱樹蟬

施司理佩鳴

字號未詳乙未進士官高州推官

學使西山張公修二泉書院成志喜

殘碑前代委荒榛再睹雲階景物新此地獨兼山水勝如公不愧士夫眞發揮崧籟流餘韵探討泉

源接後津曾是文莊題尚德只將吾道付完人

吳孝廉長庚

字栢袠丁酉舉人

送周伯衡先生還楚

暫從湖畔奉儀型又卦征帆漢使星南國山川干樹碧大江風雨數峰青歌功夜草陳琳檄勒石朝書庾信銘一曲驪詞還進酒洞庭春色接南溟

呂司教鍠

字震乾丁酉舉人官巢縣教諭

壽馬公冒

論文早歲君推首今日詞壇稱祭酒白眉夙昔彩令名君今落墨皆含英窮搜汲冢一十庫吐棄一切江花生江花黯黯落江水賈賦長門長卿在書劎漂零尚黑頭可憐忽值山河改閉門不納徵君書從此邱園老奚悔孏志歌懷樂太平輿酣落筆搖滄海有時自和漁樵吟有時獨捧忠孝箴門前忽見新楊柳道是柴桑處士心柳花經雨空江永萬縷千絲卧斜影記否攀條鞭紫騮蹀躞紅塵縱驕蹇

張秀才壎

字伯于諸生

和公眉妹倩六十自壽元韻十首存二

幸際三陽否數終吾儕得力亦於窮一經漫道堪相勉百計須知不必工搔首彼蒼如有意回頭故我揔成空十年差次同稱壽晤對忘言稽古功自註齒長十歲

窮年耽癖嗜遺書雁序離羣苦索居對飲成三聊寄曠當今無二肯逃虚白雲貽贈華陽隱青笠忘歸雪水漁揮麈風生梧月上元言娓娓一杯餘

顧秀才九耀

字朗卿諸生先　洞陽公四世孫蓉溪公之曾孫也少刻苦下帷工詩文與雙九公齊名所著詩集俱散軼今從家乘中鈔錄二首

景初弟赴俞總戎之聘贊畫軍政次施眉堅韵

酒酣睥睨劍光遥鈴閣春回入柳條刁斗晝閒資畫箸貔貅夜肅擁輕貂威分推轂聲逾靜誼感投膠志不驕笑取黃金懸肘後肯將詞賦艷題橋

秋夜雨宿方文宇齋頭有懷雙九弟象山

雲掩冥色上孤城卧聽空堦漏四更何似連牀聽夜雨相將疎竹助秋聲窺人饑鼠驚還墮伴榻殘燈耿未明言念伊人隔江水蕭蕭落葉紙窗鳴

顧廣文壽

字若公號蘿峯順治十年歲貢生官吳縣教允　洞陽公四世孫瀛嶼公之孫也少工制藝善詩古文啓禎間爲徵社十二子之一有客燕草行世西蜀胡世安題其簡端曰蘿峯顧先生器宇端凝言動不苟觀於所忽表裏如一淵靜簡要之目不得不歸之筮仕得令宰退而就廣文或候之荅曰能爲師然後能爲長吾姑自試秉鐸四閱月而卒其從兄硯芝哭之曰一人知已曾無恨四月横經實足悲硯芝公諱之龍九霞公曾孫也並以詩鳴一時者

除夕憶先大人暨兩先慈

淹留夕復夕兩度客中過背棄驚年换浮沉問夜何婦羞蘋藻潔子淚白雲多耿耿不成寐哀哀詠蓼莪

寄雲使館贈勉齋弟　二首存一

軼代才華汝作舟皇皇使節爲持籌歡聲塡滿襄斜谷愷澤遥連易水流粉署香爐朝補衮邊城畫角夜登樓高王偉績今猶爛繩武于今迄未休

自題小照　原註戊戌四月初六日吳學署中作

不勝瀟洒送清暉松韵泉聲滿四圍入座自揮青玉麈臨流還着綠蓑衣人間誰更窮于我天上寧無路可歸剛令與兒刼多事撚鬚且看句先飛　按公作此詩後三日卒

顧秀才埜

字日質諸生涇凡公之孫　涇皋灑覽云忍草庵嘗讀徵君

歌詩嘗集邑中詩人拈題限韻有中原七子非無後顧氏三龍正始餘之句三龍者謂公與景行廷颺也惜遺草俱無存者獨忍草菴乘畧載七律一首爰錄於左

忍草庵社集

一嶺寒雲亂木中梵聲時出兩三峯石盤厚地疑眠豹松入蒼天欲化龍蓮社招携追靖節草堂酬對愧周顒最思往歲清談夜又見霜顔映翠重

顧司教焻

字沂仲順治十四年歲貢生初除安東訓導遷溧陽教諭涇田公曾孫也以子仔貴贈翰林院侍講學士邑志文苑傳云沂

仲家貧不師授而學遂孝友誠篤以館穀行任恤多著述涇皋滙覽云公著有四書原意尚書原意諸史大事序論十二國本末詩有恰暉堂稿今散軼僅見桓山禽一章

桓山禽

君不見鳩在桑知愛子烏返哺知愛母又不聞啼聲嗚咽桓山禽悲離恨別傷人心噫嘻吁嗟嗟南城西北子未室母皤白相望咫尺天涯隔晨昏菽水彼何人滄江老人淚沾臆桓山禽且莫悲有翼還得相隨飛

馮秀才兆艮

字公眉號蓼庵明諸生幼失怙恃弱冠採芹益肆志墳典博覽羣籍好結納篤友誼隨遇皆雲氣雪肝而亦不輕然諾一諾則生死以之或文壇執牛耳四海賢豪長者刲豕衡門未嘗不踵相錯也少年困於役監收邑賦轉運天庾每五載兩病賠貱定鼎之初蓼庵乃倡爲官收官解之說闔邑紳士具呈邀憲題允斯民始出湯火己丑庚寅兩年邑人更受總書飛兌之禍亂派使用每圖動以百計蓼庵亟思救弊因條

陳十欵時施公曠如高公彚旃贊成之邑令允而行之飛兌之弊乃絶蓼庵以朋友爲性命詩古文辭爲寢食足跡半天下所著有蘭皋集十二卷

感遇

雖遠三代風吾道直如矢非無經緯才恐失立達旨交人惟尚忠律已惟有耻少壯不成名老大鮮瑕訾

問道不學仙參禪不類釋閉門養吾素題竹無凡客糊飯白鹽味絃琴常掛壁灌園仲子來聊與共

晨夕

點易臺懷邵文莊公

西神容臥隱北闕賜閒身點易空山裏超然浩蕩
春乾坤三徑古裙屐萬花新雲木日應長時聞斧
作薪

載酒淮陰訪汪孟礽時金元調孫永錫俱遊
白下

吳楚風烟隔大江春潮初長送空艭月生釣渚詩
情潤夢到臺城客思降半剌平原遲玉勒孤尊清
夜薦銀釭梅花笑我無三友瘦影橫來不滿窗

梁溪詩鈔　卷十七　廿二

馬秀才兆元
字仲調明諸生公眉弟也

壽蓼庵

雷光駒隙度春秋歲月無多不暇愁几上殘編供
嘯詠杖頭何物佐清遊黃金散盡錐難立白首逃
虛劍尚留兄弟到今同寂寞蓼莪一廢竹林幽

黃秀才傳祖
字心甫明諸生斗南先生曾孫刻苦爲歌
詩好竟陵鍾譚之學蒐綜有明一代之詩
名之曰扶輪凡正續四五集性率易好飲
晚歲貧日借諸家文集於知交閒行坐手
抄欲有所選刻竟不能也彭鳴叟年將入閩聞心甫客維
揚寄心甫詩曰別帶梅花是早春邗江東
下柳絲勻更搜佳句閒中校想有奇情客
裏親好飲肯同庸士辭遊應有嬾僮
嗔如予越嶠三年住尚憶榕城荔子新

贈馬公眉

欲卷經綸事釣緡滄桑閱盡傲風塵神情爾久宜
邱壑品望人皆擬鳳麟老猒名場雞肋淡蚤耽詩
律彈丸新清泉白石高風在策杖他年好結鄰

顧太守岱
字商若號輿山又號止庵戊戌進士累官

梁溪詩鈔　卷十七　廿三

杭州知府公初除貴州銅仁府推官遷思
南府同知約束悍兵苗民德之再遷雲南
武定軍民府知府調山西潞安府左遷江
西贛州府同知值三逆犯順閩粵楚三方
兵火相接公隨機應變倉猝立辦時用軍
興法督撫提鎮皆得專殺公悉力拯救多
所全活又駐軍赤坎招降陷賊三萬有奇
復袁州知府補杭守罷歸卒于家著有青
霞堂集止菴集

望雲樓詩　在潞

長貧自分老風塵誰占詩樓第一春但有烟霞栖燕雀何須姓氏上麒麟當階紅藥親詞客曲檻青山愛酒人共説經營千載勝畫圖容易著閒身

遠望登臨最上頭太行煙景掌中收元宗往蹟無遺死紅線雄風剩古邱角枕攤書消午夢茶鐺活火沸清流侍兒莫唱南枝曲王粲年來不下樓

留別潞陽萬開來呂大呂諸前輩

春暮郵亭酒一卮東山風雅繫人思渭城楊柳歌殘日溢浦琵琶月落時吏拙欲翻高士傳囊空携得少陵詩與君暫賦河梁曲重醉清齋定有期

登石鐘山

南面孤城北枕關石鐘靈秀舊名山九江斷岸潮千尺五老當樓月一灣地接鄱陽餘刼火雲開楚甸列烟鬟子瞻遺跡今何在憑弔風流未易攀

奉檄進江背洞駐軍赤坎降賊三萬有奇

匹馬臨江背前旌近賊營由來皆赤子何忍作長平地險輕王法民頑有至情撫綏誠不易先軌是陽明 按是役也公所全活不少公孫預景贊遷並登科甲人謂盛德之報云

再渡西湖

雨洗孤山第一峯園闔秋水蕩芙蓉同恩南渡成何事醉倚斜陽聽晚鐘

陳節推禋祉

字洪瞻戊戌進士官臨安推官

壽馬公眉

昔年壇坫望翩翩此日逋林一散仙詩共酒清元亮後心俱眉白季常先青藜杖曳青霞氅絳帳經横絳雪連竟以期頤老飛將枕書松石酌苓泉

侯比部巘

字朝賓號衣潛戊戌進士觀政刑部歿祀尊賢祠所著有爾耳集初衣潛父鼎鉉令

黃岡留衣潛侍祖母嗣聞寇警衣潛兼程二千里省父於危城中寇退復歸侍養甹革後盜賊蜂起衣潛奉兩親偕隱東臯先意承志未嘗受兵燹驚父歿遺命葬祖塋形家言不利長子衣潛曰吾遵治命非邀福也父有贍田三頃命諸子中得第者與之衣潛分給其弟從弟卿瑩幼孤多難衣潛殫力保持卿瑩歿又撫其子十年如一日也見邑志孝友傳

閒居八首

掃月開三徑鋤烟憩半陂種魚新水足題鳳故情癡裘馬因人熱林泉與我私田間復何樂長穗向風垂

翠竹編籬密黃花擢幹微秋風吹月上舉網得魚肥攙櫂向烟渚掃苔眠石磯此中無限好揮手弄餘揮

侯州佐晰

字燦辰諸生遊北雍考授州佐以篆隸擅名兼工山水著有惜軒集嘗作詩自笑曰避俗耽閒半似癡醉醒隨意不拘時慣堆

米芾袖中石偏和王維畫裏詩今其書畫爲世所寶

棠陰宿店題壁

策蹇龜蒙道嵐光宿霧迷柹林斜露屋山路半成溪別夢欺殘酒長征怯曉鷄吟懷殊不減土壁漫留題

夜宿田家

漠漠烟光雁影稀幾枝衰柳冷岩扉殘燈積雪寒斟酒破屋臨風夜補衣犬吠隣家雙杵急漁喧渡口一船歸山翁不討滄桑事只羨年來秔稻肥

鄒黎眉表姪夫婦雙壽

小築山園位置佳琴樽瀟洒伴烟霞百年妻妾成三友自註有妾金氏諸郎皆其所出五世朱陳只一家自註自祖母以至孫媳俱娶于侯已五世矣鴻案每同吟柳絮玉臺相並畫梅花自註夫婦俱工花鳥試看蘭蕊欣初放滿院香風透碧紗

跋扇頭畫贈友

幾枝錯落大痴樹一抹淋漓小米山寫意不煩多筆墨可知全在有無間

長安酒家題壁

豪飲狂吟擬謫仙醉來常自就壚眠典衣羞殺黑

貂敝寫幅丹青當酒錢

聊攝道中

薄霧迷離一望賒曉程月黑亂飛鴉樯燈遠岸穿林罅疑是前村賣酒家

錢新涇慎方

字叙子號新涇長興令爾登之子著有梅花書屋集

春曉

朝來滴翠山光好無數枝頭亂啼鳥鳩杖横拖過短橋小池倒浸梅花老

葉秀才孝基

字培生，號梅廊，明諸生，明南京工部侍郎茂才之孫。幼失怙，孀孤煢孑，而清門慧思，集勝瀲芳，抗懷高潔，迥出塵表，人莫識其爲烏衣貴介也。所著有梅廊詩草，張光經序而行之。事略。高旦齋蓮生有贈梅廊詩云：何輕文傳海內，稱宗匠人過江東，號步兵。揮麈每成驚座語，弄簫常叶繞梁聲。襟期曠達應難老，公道遲君白髮生。

齋居

空齋絶人事，萬處無一關。端坐效明鏡，人鬼任往

還。攤書不求解，學佛乃學頑。曳杖時放腳，遠樹羅烟鬟。綠雨下平蕪，白水滿四灣。松蟠明古意，草嫩開新顔。淵明久物化，我老可追扳。

咏懷

我生凡幾載，世事屢變更。蚤歲在襁褓，慈父先飄零。哀哀閨中嫠，呱呱掌上嬰。有姊能解語，牽裾共伊嚶。今來八九年，寥落如殘英。骨肉亦相渝，何況求友生。結髮事讀書，孤高驚虞名。南山亦有田，驅犢不可耕。五侯亦有門，慨慷由天成。誰知塵網間，所値皆欹傾。羽翮日已鍛，風波日已攖。所乃天道然，豈盡繇人情。悲風從西來，涼月吹寒䈽。蕭條房闥間，中夜搖心兵。鵂鶹亦宵呼，鼯鼠亦晝鳴。莫測彼蒼意，努力存堅貞。

玲瓏石

浙西之山富奇石，疊翠堆藍餉行客。老僧抵掌話新庵，便有烟雲出雙屐。高懷如結夜不寐，未曉披衣整巾幘。一瓢一笠一筇枝，過盡南高數峯脊。門雲片片生堦除，香臺處處藏靈蹟。山深地仄佛容靜，鶴凍灰寒僧面瘠。峭壁連楹動數尋，巉岏去天不盈尺。石光如鏡復如黛，竹粉松花墜几席。巨源

有筆貌難似，寶晉硯山何足惜。窮幽恨未宿春糧，咄嗟來晚去何迫。珍重重遊浪出門，虎嘷鵲噪烟如席。篝燈約畧話遊踪，風岫雲林滿胸臆。

題薛野鶴畫梅册

我昔曾作虎山遊，十里梅花寒玉浮。幽姿老榦鬪冰雪，但恨身非顧虎頭。此遊倏忽已十年，足跡不踏吳山烟。披圖忽復見此畫，心眼颯颯如遊僊。秀野主人鶴同瘦，短衣楚楚不掩脰。羅浮明月藐姑山，何須出入君懷袖。高齋展玩識花暗，蜂蝶迷離偷眼覷。誰云詩筆貌難真，我覺塵襟淨於濾。願君

寶此如琅玕饑看欲飽愁欲歡歲寒長與花爲友
此身只作松筠看延君且止梅廊宿廊似虎山梅
繞玉一年花發一旬餘綠陰已滿窗西曲爭如卜
築此圖中長把花枝照醽醁

看山行爲張元拱作

蜀雲巫雨正森漫錦江日夜流驚湍龍飛鳳舞峯
何所看山今古稱奇觀中峯不讓兩峯秀兩峯遙
仰中峯蟠西風挾策走京國名噪萬里雞林權是
時長公典綸誥雪面風髯正年少咳唾九天珠玉
生嘻笑怒罵皆文妙箋表詩篇滿禁中天子動色

時讙呼猿洞蠹塢氣轉奇匡廬赤壁神同峭東吳
西蜀遙相通五百年來無此公梁溪崒嵂九龍出
君家乃復仍高風丈冶子裘一堂上玉昆金友藹
相向丱角高騰蕤苑聲氣韻不數幽燕將霜蹄蹀
躞會有時幸君早下康成帳接君言笑溫如玉握
手每每傾心曲米汁不辭甕底春茶烟或瀉花間
局花間新韻時相酬彷彿髯蘇墜几席千秋大業
應共傳爲語兩賢豈相阨

舟夜行

暝色由來令黯然一棹過岸移雲意嬾波定月痕
多年喜孤村火遥憐別浦歌倦游八不寐前路問
漁簑

重九日重遊華藏和談處士

鼓枻竟何往言尋湖上嵐舊林楓樹赤[illegible]雨石苔
藍秋稻入蓬戶天香發小龕重來華藏老白髮照
空潭

三月朔掃墓踏青山中

小策踏春鞭桃花遶墓田草香蝴蝶亂風暖鷓鴣
眠古碣埋先德青山笑後賢濁醪眞可醉華表幾
人仙

重遊震澤泊舟黿頭渚

欲將土目浣純灰不遣臙脂到水隈蘚壁亂松吞
宿霧蹲波怪石鎖蒼苔舟因蚱蜢魚偏狎人似鳧
鷖鳥不猜何事風流狂少伯功成猶擁越姬來

卧月

不道是蟾蜍應憐愁滿腹辛苦硤瑶空入間方睡
熟

桃蹊餞落英

猩紅亂點碧波狂引得魚驚鳥亦忙只有仙源無
漢魏繡茵深處醉漁郎

孫處士鼒孫

字稚均柏潭先生之孫氣度溫厚容止雅飭藹然前輩之遺　國初邑中書家稱孫高世泰嚴繩孫華長發稚均推第一矩矱森然秀勁如鐵初師率更晚用虞法見邑志方技傳

答馬公眉

漢箋爨瀋號瑤車馬氏龍媒信五花徧歷名山如黝黛重開圖畫足烟霞書能藎憶過三倭筆可橫飛廢八乂海上桑枝才發策爲君初記少遊家

題王石谷湖村夜色圖

昨夜秋風已斷蘅凌霜翠羽正哀鳴汀間一片清湘月直爲騷人不肯明

顧秀才雲階

字明階號秋泉諸生中翰我識公長子著有溪山琴史槀

冬祭五世祖洞陽公祠

嚴霜被衆草寒雨明松筠入廟肅冠帶祖德垂千春後裔懷駿烈歲暮修明禋玉帛與豆籩雜然來並陳奠畢欣神貺秩秩序天倫源淸流自潔佑啟我後人荒祠喬木古前朝流水新九龍橫几瘍石骨氷鱗鱗

九月十五月下作

明月今又來延月山窗開暗室如白晝淸輝洗塵埃籬落空庭影亭亭松與梅揮毫染素翰一字傾一杯昔人秉燭遊豈欲登蓬萊蓬萊在方寸洒掃上瑤臺

顧處士雲暹

字爾旭號旦兮與高彙旃先生同社我明公仲子嘗序其伯父我緘公詩曰伯父於

諸猶子中暹辱繆愛每賓朋晏集輒驕語於衆曰此吾家小步兵也繼以詩爲課又嘉其屬筆卽成伯父何針字砭提命之功居多蓋公自序如此

先嚴忌辰率兒謁祠

杳矣易簀期倏焉十餘載魂夢或偶依聲容竟何在松楸斷白雲荒祠鉄掃灑整襟立前楹詔兒愼頻頻語以祖儀容生晚全不解只今纔四齡聞教幸不怠禮義烏能知入廟識鼎鼐雖未挹淸芬大率不凡猥不肖自揣衛負愆復何悔薄蓮貧館糈

三鼎雜醯醢何年前德昭端於後人待

憶蓴鱸

長風送秋聲浮榮老壯士搔首悲古今白露眞未已田園豈不樂山肴傲青紫霜落蓴未荒况有鱸魚美東望范蠡湖漁舟泊蘆葦一剪江水平淞三百里

過碧山吟社遺址二首

山風吼長松危石咽蒼澗昔人去何之野烏啄苔片

行行賦招隱村老踏香來偶來亦不住沿山花自

梁溪詩鈔卷十七　三六

開

顧宛溪祖禹

字景范宛溪其故居也即以爲號後與膠山隱士黃守中庭友善遂結鄰焉宛溪少出遊履迹踰嶺嶠及歸應崑山徐司寇乾學聘與太原閻百詩若璩常熟黃子鴻儀德清胡朏明渭四人修一統志宛溪故擅地理絕學又得傳是樓藏書四人互相窮討各有譔述而宛溪獨成讀史方輿紀要一百三十卷彙九州羣史爲一書自禹貢職方桑經酈注而下一大歸宿也宛溪在志局時徐司寇將薦起之力辭而罷卒年六十二有宛溪詩文集藏於家今亦散失

送王石谷歸虞山惲正叔歸毘陵

虞山西上指毘陵二妙歸歟悵不勝乍雨乍晴誰是主忽寒忽暑竟安憑何年遊屐同時發此會離情一夕增相憶惟應獨寤語菊花開處夢層層

次南田韻題王處伯秋夜讀書照

簷前月滿漏遲遲正是三更把卷時只恐菊花幽夢冷驚迴燈影逗疏籬

梁溪詩鈔卷十七　三七

過石谷秦淮水閣看畫鵲花秋色圖次韵

輞川六月寫滄浪夢入平津逸興長却憶揮毫千萬里風生腕底爲君凉

秦贈公寅

字克備諸生補念先生鉽之弟篤於孝友以子仁貴贈嘗自縣知縣著有竹藟山房稾前津遊草後津遊草王醒齋若采稱克備秋日詩云江淮猶是戰烽侵獨掩衡門見素心三則可憐和氏璧四知肯戀郭家金青藜對酒襟懷遠白首刪詩涕淚深旋放天隨成小隱夜窗淸話伴蛩吟

靈巖

一枝藤杖白雲邊路入峯腰散曉烟詹漏未醒高
士夢齋鐘參得美人禪群山拱揖晴光迴萬壑行
迴翠色連惆悵琴臺舊時事忽驚梅候又新年

哭弟

形影相依四十年一朝分手淚潸然曾無半語留
身後忍見孤兒慟膝前家計支吾看自守文章辛
苦向誰傳得親含殮猶疑夢風雨連牀昨共眠

泰燈巖松岱

字亦仙燈巖其號對巖宮諭弟也師事族
祖大音先生鏞得高忠憲公靜坐法識解

日進時盩厔李中孚顒武進惲遜庵日初
慈溪黃黎洲宗羲以講學相應和燈巖馳
書質證往復累千言家故豐而菲衣糲食
治家一守古禮喪祭備極誠敬常獨居一
室而御下極嚴惡奴持難遂卒雍正中祀
道南祠

懷魏叔子

千里故人遠其如金玉音關山橫笛夜勳業倚樓
心坐惜別離久兒茲霜雪深雙鴻入瑤瑟清怨激
颯林

黃秀才永

字雲孫諸生　彭鴻斐有雨後過虎邱訪黃雲孫扶曦讀書處詩云宿雨激春寒環山走急湍擁書松葉暗問屐蘚痕盤掃黛添新課攻詞索舊𦶜一晴春郎燦應聽賣花殘秦對巖宮諭有歸舟和黃雲孫詩云扁舟斜趁海門風每對春光歎轉蓬翳翳綠陰寒食後遙遙清磬夕陽中鄉心已逐閒鷗去世事眞看失馬同莫戀河橋楊柳色還家猶及落花紅

繅繭

一月采桑惠曹烹亦可哀大忠雖性植多智乃身
災誰辨經綸意徒勞變化才功高原不賞鼎鑊莫
徘徊

來燕過歸鴻

差池倦羽落天涯應訴艱難客路賒燕壘三春爭
藻井雁關二月稅蘆花

浦篠庵象泰

字叔安篠庵其號亦稱肅庵

姚月子隱蓮華峯

山人何處有逢迎只共山光坐卧行木臼夜舂家
釀秫瓦鐺朝煮野藜羹布袍竹杖開三徑素月高
雲擁百城募種梅花千百樹春來香雪壓柴荊

送張賓鷗先生還吳門

樽酒不及潑片帆倏已開悠悠谿上水短櫂幾時
來

送歸使

送別不能言但看數行淚見我老親時勿言不得
意

朱㠿峯禾福

字宜豐㠿峯其號也好李義山詩有義山
詩註釋

寄諸兒

美女久在室良媒亦生疑男兒事讀書致身須及

時奈何日月邁立名尚遲遲良由學業疎非獨命
數奇寄言二三子不嫁羞蛾眉

縫衣曲

久客剩故衣線脫漏破絮倩誰客客縫好手西隣
女隣女不在家出門看春去

由青湖登陸山行

長途不可涉況歷萬峯巔倦鳥已投樹行人猶在
煙夕陽沉嶺路寒澗落山田矯首意無色惡高盍
悵然

觀水淺

立馬千山外臨流意不違崖傾急雨吼峽束怒濤
飛東逝水何駛南來人未歸自無舟楫具深涉凛
危機

桐江

奔流千折下峭壁兩崖分樵徑衝江雨漁舟宿嶺
雲布帆林杪見水碓月中聞獨有披裘客千秋不
可群

會稽懷古

獨上高城問廢興萬家鱗次暮煙凝斷碑碧蘚曹
娥廟古木蒼山夏禹陵剡雨霏微廻客棹樵風來

往送漁燈越王覇業長消歇極目荒臺感慨增

閩中

海國深秋別山關入望窮人家青壁裏鳥道綠蘿
中地煖收蒟葉天寒折桂叢嵐蒸晴亦雨瀑落靜
還風靈藥繙經識訛言待譯通問耕留野老賦食
與山童　王化周無外　恩波湧日紅

受業族孫　鈺　式度校

梁溪詩鈔卷十七

梁溪詩鈔目錄卷之十八

以上共二十一人

梁溪詩鈔卷十八

梁溪顧　光旭　華陽氏集

國朝

華侍讀亦祥

字縝長號鷺湖又號惕中已亥　賜進士第二人仕至弘文院侍讀卒年四十二母李夢麒麟入室而生先生幼以孝聞稍長値鼎革所在萑苻嘯聚瀕湖尤甚父受菴避盜入城爲鄰居新貴所侮先生發憤下帷窮日繼晷居母喪且哭且讀三年一日

久之沛然學使命五題限三刻先生落紙如飛如期納卷學使驚歎拔高等丁酉舉於鄉適科場議起　世祖臨軒親試以瀛臺賦春雨詩皆稱　鑒拔追以第二人及第職在史館嘗夜半　敕侍衛宣召策羸馬馳赴　帝命以天閑　御馬易之異數未可殫述先生旣稱　先帝非常之遇謂　聖天子爲三代以上之君侍臣何敢爲三代以下之臣獻可替否多所姤納順治十七年江南奏銷一案槩槼數百人先生志矢回天旣脫諸縲絏且貧之歸長洲彭公定求曰其效忠於論思推仁於濟物者無持寵固祿之心至其律身淸介稱如此之　恩遇而退食委蛇布衣襆被不異諸生人以緩急告嘗貸子錢以應沒後崑山徐公元文首以借券六十金焚於柩前滿洲辛君三百金與旗債三數千金聞風折券則義問之感人深矣越四十餘年康熙丙戌崇祀鄉賢祠嚴宗伯我傳論曰往余嘗聞公未第時道拾遺五百金越宿俟其人返之而秘其事公之潛晦

不欲以善示人多此類也方　元皇帝奮乾剛釐積弊公談言微中　上輒嘉納之陰賴公一言以保全者數矣其事不彰故亦不可得而論列焉善乎葉公之誌公墓曰公樸忠素矢不專以將順爲已責以彼同侍帷幄敷陳應對耳熟之久矣然公卒未嘗一語自白而世亦未必盡知公也若公之至孝具列於篇所謂大孝終身慕父母者歟

希夷道院對月

託志觀祥書意氣自跌蕩弱冠走衣食出門常悒快心身寄明發休戚關疴痒胡爲徒有子累親受抑枉中宵汗浹背無以立天壤豈能必顯揚學問在勉彊讀書靜懷古幽齋頗淸敞獨夜有鑒觀片

月忽開朗光明盪心胸鐘磬散餘響經義庶剖晰
性地待涵養牀頭移短檠燈落焠吾掌

瓊林與宴歸寓後作

躡履　螭坳拜　紫宸承　恩何事獨傷神遠違
嚴訓三千里永訣慈顏二十春花壓儒冠寧誤我
露霑宮錦轉思親鸞旐水碧松杉遠小雨朝來洗
綠筠

禮闈校士呈大總裁暨諸同校

伏誦草茅時羣焉作舉子一通金門籍操鑒試多
士豈徒重文衡甘苦知端委掄材作梁棟理不炫

空綺陶淑有本原心聲實取此　聖朝重稽古拜
獻爲羔雉不才忝分校何以副盛軌憶昔少壯時
朝夕自觽觝音節袪險怪風骨戒柔靡迄今二十
年豈敢失微指目或迷五色心洗一杯水光明自
磊落純正無背鄙聲宏期鏜鞳𨶑尚篚簋精粗
未必到見表欲知裏昨夜魂夢中雙龍出包匭當
空並飛舞去天不盈咫覺來燈尚紅焱焱燦金蕊
捫心還拭目鄭重復驚喜開國宏規模天地有鍾
美庶幾得端人明良歌喜起

病中示子詩

氣衰覺天寒力怯見風厲我今亦何求但期得正
斃嗟余生艱難失恃在早歲及長復逡巡逾壯始
奮勵遭逢　聖神主射策獲科第所志在無忝
不爲利身計而今甫中道彌留欲遺世爲子愧嚴
父爲臣負　先帝一言諭汝曹志事在能繼敬
恭事爾祖循禮無巨細吉壤南山陽慈親久莫瘞
旁穴與爾叔心德有神契麻衣及練杖爲我成遺
製豈必異衾襚聊表子心繫人生無窮悔總期世
有濟明心惟淡泊自立在孤詣所詣復伊何詩書
稱孝弟

鄒行人象雍

字兟宮號抑庵己亥進士官行人司行人
半谷居詩話云鍔曾大父抑庵府君以順治己亥歸自京師於涿州旅壁見維揚女子王靜婉感懷詩悽切幽婉援筆和云多君才調重連城灑筆郵亭無限情燕語簾前聲似咽蝶酣花外夢初成圖香暗憶當年事墜粉空留異代名懷古自來憐盻盻於今腸斷爲憐卿後數年復過此前題宛然再和云十年兩過涿州城此日偏多黯澹情旅壁留題香未滅離腸無緒韻難成漢宮不盡傷春意楚澤猶傳戀主名記得小青秋水句君應憐我我憐卿又云鍔曾大父少喜攻詩賦年二十三膺南京丁酉鄉薦榜發多物議奉旨赴部覆試連三日三試中式三十餘人餘革去議罪不等時科場例不用詩賦而覆試有瀛臺賦春雨五言排律二十四韻少時拈弄已安排

後日覆試之用人生有定數顧不然耶　鄒方鍔字豫章抑菴

曾孫也

春日同人集惠山分韵

九龍增氣色千里集名賢劍履紛臺榭松風沸管絃倡酬齊雉下憑吊惜平泉惆悵愚公谷繁華記往年

曲澗叢陰薄晴嵐藉草薰故園星却聚高會韵初分人倚巖前樹風來嶺上雲後期還共約莫使惜離羣

華畫溪始旦

字若木自號畫溪頑脩拙子少即工詩文嶔崎歷落可笑人也與吾家梁汾先生交最厚論詩最悉嘗有答梁汾論詩云忽接高談轉自驚談詩雄郄比談兵已知灞上成兒戲獨美隆中有老成弱冠封侯非是命暮年伏櫪豈無情中原孰與爭棋鼓莫笑終軍浪請纓所著有記年詩吾家齊之父序之其序有云予自乙酉以來挈家避地所過苕霅景深溪皆有詩而皆沒於火於盜於兵嗟乎詩之存亡數也吾兩人之志在數外者也齊之端文公仲子也其詩無一存者

逝行人龔先生南都殉難自註先生諱廷祥字伯興

龜山道已南哲人得其旨講習聚東林德星驚太史是時有高公忠憲執牛耳黨錮禍滋深止水從容死荏苒二十年國運臻極否龍髯攀鼎湖文忠馬公繼芳軌金陵帝王都淹忽自傾圮勳戚倡迎降將相爭歸里歸者尚爲榮降者更私喜吁嗟龔先生在昔一寒士少遊文忠門淵源獲親指蹭蹬垂半生癸未乃登仕清職受行人食祿方伊始榮未及妻孥恩未貤考妣聞難整衣冠痛哭過街市蒞身武定橋完全大綱紀國得眞忠臣師稱賢弟子

風流千萬年浩浩秦淮水

讀啓事徐先生遺蹟

三綱痛再絕惟死乃克全得力倘未眞轉念生衆牽所以古大臣從容始爲賢我觀徐先生自矢已歷年世局有滄桑此心無變遷踵頂見君王淸白還祖先寓書寄同調抱石沉深淵狼狽既得所苟息寧食言庶幾楚屈平澤畔留遺編

臨安懷古

葛仙臺上望初陽放鶴亭前拜鄂王波浪湖心終不息風雲天目總無常客依露渚吟香草鳥立霜

柯想上皇飛起鷺鷥江月小芰荷零落脆衣裳

贈法螺庵主

山庵深隱碧雲濃泉石盤紆路幾重恐被世人知定處又攜瓢笠過中峯

聞鴈

攸居何處有黃蘆矰繳漫空總畏途休向長天排作字寒烟酸雨正模糊

與朱鴟拜楊復庵先生柩

先生得力辨危微此日傳心重一衣魂魄不須招楚些已教宋玉賦全歸自註先生有絕命詩血書衣付弟子吳岳立

莫爲先生痛一身一身已不負君親獨憐柴市魂歸後從此南朝絕少人

偕顧齊之董西來過黃圯翁先生舊園時捨爲寺

偶聞鐘磬來相尋土花覆碧日色陰經之營之僧意得松耶栢耶予感深似見青燐避人語應惟黃石知我心數聲長歎出門去誰復槃下留古琴時先生在槃

偕朱使君息軒小飲

歷歷落落秋一庭客既不俗主亦清芙蓉枝上鳥欲語芰荷影裏魚竊聽天應知有德星聚遣送微凉數聲雨此後看花可復來今夕醉矣且別去

和錢礎日無家詩

南國田園半有無石麟荒草卧封狐東隅曉望三株樹北渚秋傷五丈蒲居卜湘潭悲屈子光分鄰壁歎徐吾素心何計堪晨夕尚有黃公舊酒壚

乾坤何處不吾家朱雀烏衣日易斜月上小山吟桂樹雲封流水問桃花道南近舍廬江宅天際遙乘博望槎辦得一竿攜一笠碧湖秋影老蒹葭

剡溪道中

亦爲名山好艱難入剡中一支溪水綠兩岸柏林紅灘急舟人苦村荒酒肆空天台前路近兵火未能通

古意和張六符先生

閉戶讀書史古人何獨賢饑不食嗟來渴不飲盜泉知雄守其雌元牝無熬煎埋照道愈明遠俗累自蠲幽芬拂人來庶幾蘭與荃

東鄰有艷質西鄰有素妝一旦失所天清節嚴冰霜匪勉五六載歎息居空房乃心不堅牢中夜嘗傍徨懷抱倚門立彈琴操求凰却憐孤黃鵠不若

雙鴛鴦失志喪厥守惻惻徒內傷內傷亦何爲風
波正難量
吾思史元獻逃俗歸林邱長子名史遵次子名史
逑把臂自行吟固窮何所求矯矯雲中鶴寧肯爲
犧牛高節同一時美哉獲良儔
亦有揚子雲投書至投閣譙周諭仇國歸晉爲邱
壑男兒只一身誠貴愼所託失足千古恨黃金難
鑄錯安命懲貪求居易胡不樂

苔葉賈侯兼寄秦霖若

十年生計一愁心欲覓瑯嬛路更深無用自憐枯

木楊相依還喜沒弦琴文因違俗多焚稿詩豈憂
時只苦吟怪爾干將增氣色匣中知已得華陰

薛秀才旦

字旣揚自號訢然子家故長洲垂髫列膠
庠　國初遷居無錫甲午以鄒海岳見招
遊京邸遂復赴昌平童子試刊燕遊試草
旣揚生而慧業吐納風流懷才不遇艷思
綺語往往見於歌曲自謂仙吏玉娥良霞
捧硯天魔山鬼卷霧侍几如蘆中人醉月
緣續情燈長生桃一宵泰凡十餘種盡登
梨園欲步武徐文長沈君庸諸公之後以
舒其憤懣之氣蓋亦悲哉舉鄉飲賓卒年
八十七

楊柳燈并序

辛丑七夕堵子子厚與同硯友數人步崇安寺
仰望牛女堵忽仆地狀如中惡亟扶歸忽作鬼
語曰我秀才也家本錢唐姓張名宰字子由十
歲舉神童列名黌序年十六遊學白門國變時
倉卒避難歸泊梁溪爲劇盜所殺浮屍北門之
塘河語未竟嗚咽不能言客曰此來何爲耶鬼

乃揚袂起舞朗吟曰昨夜風翻楊柳燈斷烟吹
起故園情人間未必能留我好和緱山子晉笙
復索紙大書其句字蹟類懷素絕非堵子平日
字也書畢囑曰諸君一時名士芝焚蕙歎誰無
薤露之悲倘得片言珠玉詠歌幽冥余死且不
朽衆曰諾于是拱手稱別三躍而退堵子乃蘇
因各爲歌詩以弔之

有客騎魚撇波赤橫蹋琉璃弄秋色美人唱罷楊
柳燈鯉魚風起芙蓉泣自言年少遭國殤避兵一
舸凌蒼茫斷頭郎恨非沙場年年楚水湘纍侶夜

夜哭歌越恨長有才不耀青燐光蘭膏無焰灰自香王子安李昌谷皆已死而名揚蒹葭蒼蒼白露霜我獨胡爲水一方楊柳燈歌一曲君試聽以當哭秋風古寺苔蘚斑當時亦有文百軸文名天只許班揚歎我沉淪在魚腹伊何人住錢塘名者率姓者張

漂母祠

極目天涯古道中薜蘿殿角走靈風紛紛鳥雀黍遺像峻峻星河照故宮豈有覇才終釣侶所難女子識英雄重瞳若具闈中眼不令王孫事沛公

野寺

諸天不動殿廊寒鐘鼓無聲木葉乾林月入窗爲佛火村烟遠座亦旃檀山猿擲菓施僧食野鳥銜花供法壇牧豎樵夫來作禮古碑無字草闌珊

寒夜課兒

喔喔寒雞黯黯天老年人伴夜燈前風傳漏鼓來書幌雪捲茶烟入硯田辛苦丹黃多禿管經營卷帙費閒錢兒曹應看高堂髮何事遲遲着祖鞭

哭楚中張進所處士

獻賊掠江夏張與其姊朱宜人子君重駡賊死獨幼子得免今爲瞽中禪師

鼓鼙聲動楚湘時戰士倉皇萬姓危滿地青燐多野哭合門血及有天知頭顱躍起鬚眉氣巾幗銜將義烈悲姓氏自歸遺史筆佛龕惆悵一燈垂

高隱居世觀

字觀民終身苦吟全稾不可得今於扶輪集并詩過中鈔存數首

吳紀卣送酒作歌謝之

春陰灝灝飛雨雪冷風入帷中膚骨短褐多年在裏裂手足柬痺凝氣血叩門致書承故人甕甖滿

貯松醪春酌之煦然視聽眞提如大藥起精神何須勾漏丹砂粒相看妻子皆愉色

春分曉霽

野人獨向西庵宿三夜雨聲窨茅屋今朝忽覺鳥音多雨散高原春氣足日出閒門埽杏花前溪水滿菖蒲綠隔籬笑與隣翁語農事于茲日相促架上鋤犂取一束好試鳴犢逐黃犢

喜亦老携展長林

遠山朝吐潤縹緲過籬花細響迴叢竹清陰接數家甕罋糠火熱布衲水雲華小閣新吟苦朝陽闔

止水祠

誰來池上問源頭藻荇風牽水鏡流得共傳薪扶絕業似同立雪補從遊國門聲價瞻山斗嵩室襟期寄壑邱(自註施有嵩室紀遊)賣却船歸官若水(自註施於湖西解組而歸賣船)詩成浩氣欲橫秋

寄吳門張山人敬修

翛然高寄古吳閶鎮日閒居底事忙一畝種松松字赤半園疊石石名黃携琴却爲知音操採藥先尋醫俗方别後子房今幾載還期鶴市話滄桑

山居六言

月瘦偏依短榻雲寒常護空齋無數飛花落硯一雙野鶴穿堦

村遠全然是緑林秋有處先紅日西月又東出山翁袖葉吟風

堦下山泉噴雪石間蘿薜垂雲叢木一聲好鳥水流花落斜曛

屋破雲能作葢墻傾樹可爲垣秋蔓零星難續寒花落盡山園

高秀才莒生

字節培諸生彙旃學使仲子工書得父之半叉

觀蒔

男婦呼深樹盤飧聚一村蠅蚊庭草濕星月路泥渾晚霽猶占雨人眠不待昏還期集餘力苗影接山根

幽居

種柳何須著姓名門開南面鏡湖明滿階片石三生話挂壁雙鞋五岳情行拂遊絲通蝶路坐臨芳樹欸鶯聲十年拙任農夫性陵谷浮沈幻此生

高秀才蓮生

字巖培號旦齋諸生舉行優彙旃學憲長子出爲益旃後事嗣母鄭以孝聞文行稱於宗黨著有旦齋偶拈旦齋二集皆有句云凛凛一心常若旦齋頭舜蹠共雞鳴其自醒醒人者深矣

次內姪顧山公韵

潛確還吾素棲遲一草廬閒來懷往事睡起讀殘書性豈因人熱形宜與世疎芙蓉江上望秋老更何如

聽施愬山次其金陵一拂祠講學元韵時謁

楷法

乙丑春撫憲湯公蒞東林因憶先伯祖忠憲公丙寅全歸日正六十年矣礎日韵志感

逝者如斯跡未湮道光節鉞舊彌新世升世降尋常事人去人來六十春止水一源同入海宮墻數仞共傳薪重看鐘鼓鸞旂盛直爲千秋慶此辰

高秀才芷生

字楚培隸旂學使叔子邑志云楚培早侍東林諸賢非禮勿履學使沒措拄講席數十年東林之得漸還舊觀學使營之楚培

梁溪詩鈔　卷十八　十五

繼之脩忠憲公水居及止水祠復校刻遺書汲汲若不及張淸恪伯行撫吳親詣東林與諸學者往復獨心許楚培與人交有終始所親秦再遷臨歿以孤源寬托楚培爲捍其家難教之成進士晚年揭主靜二字於屏間其淵源蓋有自焉

秋仲丁燕居廟釋菜

依然蔬水儼來歆洙泗源流似海深南國秋暘慚一曝東山古樂渺遺音敢希濂洛關閩業自有箕裘弓冶心鐘鼎傷殘梁木壞自註謂先伯祖忠憲公舊聞猶

是動雜林

鄭正誼若義

字玉粟號夕可著有正誼堂詩稿西神叢語義夫傳曰夕可妻周氏沒年止三十終身不再娶凡鰥居二十六年而卒張息廬曰世之多方漁色媵婢無制者固不足道蘇子卿吞氈嚙雪猶不免娶胡婦生子夕可壯年離悠終其身無二色豈不難哉

園樓夜飲

空濶倚城灣濠梁興未刪庭陰虛受月水氣遠吞

梁溪詩鈔　卷十八　十六

山勝地烟霞外幽人杖履間蕭然遺世意眞足起廉頑

過禾石弔李青蓮

秋山萬仞落秋潭湛湛楓林好駐驂遠跨長鯨君不返獨留明月照江南

禾石磯頭禾白雲青楓滿地落紛紛夜深吹笛江亭上明月窺人恐是君

張息廬光緯

字次民息廬其號明諸生惕菴次子隱父兄並棄舉子業邑志隱逸傳云次民殫見

悽蕪彌望非有引導者不能識因思忠憲前代有數人物止水亦吾錫有數勝蹟一再傳而竟等之斷潢絕港可慨也已戊戌二月偕孫翁漢廣秦子霖若賓王弟上舒姪同觀

先生正氣溢湖濵瓚焰彌天節自伸不辱其身惟一死各行而志等三仁光分日月心如水道接關閩學有津賦就九招惟宋玉我來何處哭靈均

秦秀才世鑰

原名德涯字來啟號書隱諸生占吳縣籍馬忠肅公弟子著有隱求集書隱當鼎革之秋黽勉固窮垂簾賣卜日得百錢養繼

母人稱其孝性澗達銜杯賦詩固窮自終

寄懷大兄衍箕山左

慷慨丈夫志蕭條遊子行長風度東海明月射聊城昔豈傷貧賤今方見太平濟南名士地慎勿逐虛聲

晚興

歌罷滄浪一再彈桃花流水下前灘漁人鼓枻竟何處江上青峯空自寒

華廣文章慶

字叔延號守齋諸生以教習除廣文著有洽聞著述甚富有青巖集若干卷

答馬公眉

五嶽遊初倦歸來禮石龕孤蹤人境外一笑虎溪南落葉風翻榻平池月印涵可容隨杖履白社與同參

葉秀才復

字賈侯諸生占崑山籍梅廊之子著有棣華堂何虹軒詩集

題燕子磯僧寮石壁

峭壁壓簷額陰陰夏亦秋午潮天外接晚靄谷中

收石意連雲長塵心坐地休奔騰竟奚息直嵌大江流

輓張元珙自註元珙諱光經暢庵子當思宗之變將衣冠納之學宮躍入泮池以救復甦

鼎湖龍去日慟哭擬追攀萬里金門遠一衿芹沼還茗園詩畫藪石渚水雲灣壁上粘遺句蒼然蘚共斑自註元珙曾館余里茗園

高公止水自註止水在城南隅昔爲忠憲讀書地齋三楹左偏小池淺深僅四五尺許方廣數尺其南有大池不啻數倍緹騎至郡時從容就義從扁平遺則不于大而于小所云冠不濕履無泥者信有之矣後遂爲有力者所踞其主人復不好事

九龍山人全集叔延與吳梅村曹潔躬秦
對巖諸先生相往還所著詩稿極夥其佳
者悉登上乘謌齋兄云向華氏能詩者首
推龍翔而不知更有叔延宜補入邑志文
苑傳中

澄江曉發

寒潮傍曉生落月低近岸客久歸心廹蓬底喚解
纜水深沙路移霧隱山城暗披衣還假寐乾坤何
時旦驟驚風雨來蘆荻蕭蕭亂大星從東起照耀
江波瀾鐘聲遠寺微雞唱荒村斷霜橋濟人影烟

渚喧魚變倚棹更擔簷舟子互更換努力為我前
朝光九峯散

壬寅仲春移居瀆川田舍

移家南山下烟水抱吾廬偶謝車馬緣忽與親故
疎艮辰展遐眺獨行還徐徐綠陰暗遥甸和風襲
衣裾旅燕葺新巢綢繆復拮据萬物爭向榮我心
用以舒閒吟彭澤辭契懷古人初微尚苟可托眷
言終荷鋤

病起作

寢疴息林邱雙扉掩山曲絕喜人事踈得閒亦關
福薦食煩妻進檢方授兒錄偃臥匝月餘不識流
光促暑退心神清秋高筋骨肅床下鳴莎雞籬邊
綻叢菊見山忽開顏經樹屢停躅舊製擬為冠新
裁荷作服嘉魚翔深淵好鳥息擇木浮雲異俯仰
時序互寒燠南畝穀方升東鄰釀初熟徐拂几硯
塵聊以慰幽獨

田居詩

晨興向東皋荷鋤覘阡陌好雨昨夜來良苗何澤
澤稂莠易滋蔓芟除貴區別屈指屆秋成此心恒
不廹皐綢溪風清開樽山月白堪慰胼胝勞家人

聚朝夕長歎風塵中奔走竟何益

小築

小築倦人事田野得自然逕轉東岡麓水積西溪
邊此獨最幽迥松竹羣參天開軒納層峯繞舍漾
清漣波下懸倒影游魚過其巔宛如對明鏡秋水
共澄鮮興來操舴艋棹入菰蒲烟雲崖不記曲間
汜憶當年

自偃霞嶺至浦城

度嶺及秋早僕夫侯晨集縛車戒高深峽口白雲
塞出沒盡迷漫頓忘行偪側始經歛危磴石氣摩

黑（寵嶺）長虹臥澗曉（保橋）安山鉄上初日須臾宿霧
收天半青峯出峩峩望獨秀（獨秀峯在仙霞絕頂）萬仞驚壁
立去路緯其巔仰眺心戰慄層岩三百里奔走一
關入（仙霞關）兵甲連山椒防戍互鱗櫛舍車躡芒屩
摳衣旋拾級螺曲輙聳肩趾行屢平縣行經千百
盤奇勝曷努力遐矚鮮齒齕絡繹復崒嵂稍下雙
羊牯大小各觧觧（大小羊牯嶺）擷茗瀹甘泉短綆已難
汲（仙井）紆迴途百折坦然易平隰石田傍嶺斜澗中
下歸翼（龍溪）急雨夜中起千濤驚湃沸朝涉（篁竽）
大小（竽嶺）躐走催帶笠歷險不知疲豈顧衣裳濕停車

憇南樓闕越届疆域細柳植戈盾（柳營關）伏莽逼蟊
賊鈴柝傳宵警憂心殊亟亟下峯霽旭開萬壑奔
泉聒耳目轉炫曜空翠淨如拭晴雨各異態濃淡
不相襲擬將北苑圖更展南宮册高楓穿叢篁（楓嶺）
列嶂旁拱揖靈氣之所鍾神明自憑式（五顯嶺　郎梨嶺）披
叱拆崩崖夾道蒼杉直（杉坊）迢迢涉魚梁（漁梁嶺）鳥道
更另崩迴身鏡谷底崖斷峪礿細徑轉入斜罅僮
僕忽相失高呼徐徐應遥從樹杪識踢蹶天爲開
歷勝總險遊山行四朝暮境過轉僨及川陸頓夷
巘心目尚晉䞋仙橋峙聳飛（掛仙橋）衆水趨蕩滿西
山同仰止懷古起伏軾（山陽爲西山眞先生故蹟）明霞繚傺賞
驅車僕夫疾雲歸萬山暝孤城吹笳樂秋月南浦
圓此夜宿夢筆（是夕中抵浦城宿南浦公署其地有夢筆山即江文通夢筆生花處）

遊武夷山

武夷天下奇山水結遐想今茲適行邁攬勝欣獨
往中春景暄和氣候初駘蕩牽舟雙溪口白雲棹
孤舉深樹幾人家疑入東西瀼盤礴六六峯曲曲
泝流上峯迴溪轉高懸瀑飛過額何須杖屨攜坐
臥俱遊賞旋一萬年宮雄峯矗千丈紫霞冠遥岑
青芝被文綮翠華今寂寞金書閟魍魎（投龍洞）亭亭

三玉女明鏡各俯仰（妝鏡臺）溪花眩靚粧岩烟牽翠
幌擬泛天際槎（架壑舟）雲錦機絲紡（仙机岩）荒雞寂不
聞（金雞洞）洞天忽開朗（一線天）瀹茗倚泉臺（御茶園）雪花
浮翠盎接筍扳崩崖（接筍峯）攢空出篠簜迢迢穿石
門僻塢逓鳴榜（石門塢）整衣拜考亭（文公書院）俎豆瞻遺
像斯文千載正學垂天壤是非身後定名豈藉
朋黨宗功堪仰止至今尊侑享此地仙靈窟獨作
名山長落日滿平林晚對映黯睇（晚對亭）一宿夢天
游（天游觀）頓忘羈世網法鼓鳴樓禪（樓禪岩）曙色擊高
掌（仙掌峯）我欲凌幔亭（幔亭峯）虹橋斷來往（虹橋坂）佳宴

不重開賓雲懷昔曩當時避秦人凡骨消骯髒如
何已羽化遺蛻留塵坱神仙不可期化迹或非罔
登頓群峯高紆迴九曲泱岩姿審虧蔽雲氣互滉
瀁近樹辨薺蒿遠島浮泱漭北去控甌越南來晛
交廣陰澗潛神蚪幽壑蹲魍象插地雲根陷排天
石眷疆洵知大冶中神功故難彷異時畢婚嫁棹
首謝塵鞅擬裹三月糧更縛屐幾緉始足暢斯遊
不然便悒怏

來烟亭望江

攝衣陟天風孤亭峙江滸登臨恣遐矚蒼茫混烟

雨日月相蕩潏魚龍各吞吐山色映中流樹影橫
迢遞南下接滄溟北來亘齊魯浩浩逝浮沉茫茫
送今古整楫長年招悠然別鄉土

過汶水

懸燈斷客夢束裝促宵征殘月猶在天繁星燦以
明理策渡絕坂崎嶇路難平陰風吹條柯蕭槭疑
人聲微茫盼東海晨光岱麓迎須臾膚寸合急雨
勢縱橫僕夫各東西我馬蕭蕭鳴失足有常處十
里欲炯生解衣向土銼濁酒聊自傾堪嗟歷艱苦
多因狥微名

仕豊侄孫脩蘇曾孫至署

晚飯臨前溪明霞引西顧忽聞檥棹聲兩孫不期
晤湖鄉衣帶水往返自朝暮一別二十載靡靡邁
長路衰年滯遠方未得展隴墓祖德竟誰傳凋零
少親故尚憶竹林遊窮達任所遇談深更秉燭郇
醪兼草具雲雷中夜屯澒洞雨如注來朝陟岩巘
好共春留住

刺船行

閩中昔日起兵戈深閨少婦北騎馳却憐此日派
舵婦赤腳堆髻修雙蛾目注前灘水溜急手憑撐

縱在一折水石交馳玉腕柔浪花高濺羅裙濕啁
啾索食囝競啼儘多薯芋給隨時峽轉波平明月
上停舟沽酒恰晚炊平生不識脂與粉自憐顏色
窺江影從教辛苦聚骨肉免使流離背鄉井

坊口曲

昔年買醉當壚處記得福清坊口住秋風去路夕
陽斜繫馬門前烏桕樹樹上雙雙翠鳥鳴聲聲偏
動旅遊情香飄簾內潛移影花漫堂中嬌不行識
我吳儂作吳語明燈細訴愁如縷妾生家住在錢
塘清波門外鳳凰里十三隨父赴漳南薄宦天涯

尉詔安豈羨殊方餐荔子偏宜弱質佩芳蘭半載闔疆告多難八郡堅城忽摧陷痛父捐生狥一官全家骨月皆離散妾身被擄偷生存從此微軀不可論羞稱壓寨隨楊僕花蕊難消血淚痕萬騎南征穿嶺嶠須臾絕徼塵氛掃自謂皇家郵故臣私心得返家鄉道一時擄婦盡遣擒認妾生身在綠林仍復賞降歸部落誰憐紅粉贖黄金降妾歸來生計拙驅我當壚賣顔色强將獻笑博纏頭日作風塵薄命妾訴罷吏情各斷腸回身勸酒不盡觴僕夫忙遽促行路其時月黑燈煌煌臨行更囑歸

程便相逢猶望重相見好向丹霞寄客愁却看明月當卿面今春重過酒壚邊冷落門前土銼烟絮絮結腸私語在熒熒印臂宿粧鮮欲問佳人渺何處行雲漠漠隨烟霧春風不斷鷓鴣啼遠水遥山阻歸落往事凄凉欲濕巾消魂立馬更逡巡止餘落魄天涯客哭盡浮生幾故人

駿臣留飲同伊旦聽沈洵如度曲

君居山南我山北春日攜笻過溪曲小橋横處草堂開一榻琴書護松竹羨君懷抱古人師相思不厭數相隨栗里閒情花下酒輞川韵事畫中詩自昔聲名震海國横稍曾推萬人敵英雄退步是神仙爲愛名山來卜宅宅邊幽徑緑楊遮戶外常停白鼻騧滿堂絲竹拋紅豆列座杯盤泛紫霞黄童雅擅無雙譽沈郎曲度南音細翩翩才藻並稱雄一時太史占星聚相顧萍踪話盡傾相看意氣極生平急難共知劇孟義深情愛説項斯名我本落魄無與伍蹭蹬風塵易懷土長飢數口誤文章老大頻年倦州府多君高誼屬曹邱家爲貧時愛遠遊倚馬還慙入幕客冥鴻終謝素餐流長住溪山更不惡肯向侯門怨淪落

述客言

客從京都還言過齊與魯此邦餓莩滿道周白晝啾啾鬼訴苦去夏無雨焦菽麥秋來山水漂黍稷斗米千錢無處覓小民何計延時刻挈得女兒年十五賣與行人任南北骨月飄零盡異方猶勝在家被烹食聞之慘切心悲哀飛沙百里空蒿萊埋骴掩骼即仁政發棠移粟原通才尺土皆有民父母那無奇策回天灾日暮行人投旅舍盤無餘物惟人豕相看舌撟不能下急跨疲驢過張夏

輓洞庭施烈婦

具區三萬六千頃日夜滔滔奔溟涬洞庭屹立砥中流縹緲峯高絕難並乾父坤母鍾奇姿挺生淑女家姓施讀書搦管四德脩十八嫁與吳家兒結褵五載未有子不料良人一朝死堂前夕停三世棺眼見纍纍盡餒鬼繼姑時進好言詞空房獨守難久持以爾才貌不易得何不早嫁尋歡娛烈婦聞言淚如雨家貧孰令四喪舉夫兄生子繼宗祧養姑撫子甘茶苦姑不念此屢遣嫁矢心一死語非假終身願作未亡人含笑從夫九泉下姑忽含嗔遷別室獨留烈婦守鬼宅三旬九食寒無衣長

夜惟聞鬼嘖嘖手傭針線口訓詁負笈女童具修脯積累錙銖作甃資奉姑時復進滫瀡以此謀生恰四載夫兄生子方周晬抱來襁褓泣呱呱一綫單傳延四代繼姑挽媒復到門牢籠百計驚心魂霜蘭風絮料難久不如早死隨夫君己卯臘月十三日祭筵特設分三席二祭祖考與翁姑一祭夫君自侍食粹縩麻衣再前拜明燈煌煌照長夜血淚書成絕命詞裂裾緘好藏衣帶從容旋解腰間繼翻視一死輕鴻毛耿耿芳心目不瞑尚憂子幼姑年高天柱地維不頃仄惟賴正氣相扶植綱常大節屬鬚眉懿範誰知在巾幗吁嗟乎縹緲之峯有時竭烈婦之名不可沒

登報恩寺塔

亦知高不盡更上白雲連淮泗雙流坼乾坤一氣懸故宮荒草樹勝國舊風煙極目情何限秋原獵馬還

送沈二式入閩寄諸舊侶

懸裝八閩去遠道最宜秋余昔曾爲客君今復此遊江喧層瀨急雲抱亂山稠舊侶如相問新詩不易酬

夏望

歸來栖隱處一水抱邱阿綠樹村邊合青山屋上多衰年疎宦興長日聽農歌莫漫憂生事呼兒學種禾

得西征大捷報

春日征西漠天兵早捷聞時清非黷武主聖自修文白骨龍堆雪黃沙雁磧雲歸來催賜宴共對海榴醺

病起遣懷

病起如歸客幽情入望迷看山催卷幔探圃忽尋

藜歲稔勤加飯天寒檢贈綈梅開春釀熟重與故人攜

秋日訪友不遇

曾約秋光好天池共躋攀舟移紅樹裏犬吠白雲間亂水高低月斜陽遠近山思君不可見歸與滿潺湲

蓉江早行

解纜春潮上輕舟便早行江雲籠古塔山月吐嚴城假寐還支枕遄歸易計程敝裘堪質醉何用逐時名

慧山寺

出郭九峯近維舟灌木陰泉聲天下澥山色寺中深亂水侵遊屐飛花點客襟還沽溪店酒閒倚一松吟

深青驛

窮海到邊城驅車更遠征山圍羣木秀橋鎖亂泉鳴古驛荒烟火殘盧避客兵干戈猶滿道落日暮潮生

宿灌口

南征臨絕徼吹角駐從戎潮長孤城白霞明列嶼紅連營兵戍火野廟鬼神風惟有天涯月依人照柝弓

漳南雜咏

聞道皇華使南溟萬里游一帆看日出孤島接天浮聞道還防海乘風更借籌歸來見天子應拜舳艫侯

絕徼民風異殊方瘴癘和弓刀鳴虎落烟火簇鯨波十月山桃艷三冬衣葛多天時因地改月令記全訛

雨泊

沆漭天涯雨維舟倚斷岡雷聲蟠急峽雲氣壓危檣高臥從欹側悲歌入混茫鄉心重飄泊歸雁不成行

立冬日野步

野色餘寒水平疇帶遠林幾家紅樹曲數里白雲深刈穫迎晴急風塵覺歲侵寥寥看候雁來往亦何心

雨夜宿湛公房

向暝尋蘭若穿雲叩竹扉僧依佛火靜客話雨聲微瀹茗空歸濕伊蒲野饌肥久知方外樂清夢竟

忩歸

集周氏山樓

草氣香難定嵐烟色易迷雲封沙路遠峰叠石樓低瀹茗尋僧話飛箋任客題與酣消永日明月滿前溪

石湖雨泛

放棹水潺湲烟巒縹緲間僧歸雙屐雨客載一船山漁響連空濶鷗波入市闤郊原剩餘興迴[illegible]木能攀

宿靜林上人禪房

蒼京野寺寄孤蹤漸覺年來悶世慵四海一身雙鬢雪半生萬事五更鐘何妨白社從高枕更傍青山狂短笻飽飯伊蒲無個事攜僧踏去亂雲重

初秋雜感

往事淒涼欲濕巾百年強半逐風塵僅存子敬青氈舊惟見馮唐白髮新老去鄉關頻入夢意中親友總傷貧支離懷抱難排遣濁酒頻沾強自親

溪居漫興

閒來步屧獨尋幽只此山中亦勝遊隔岸松濤來澗曲過橋雲影入溪流秫香隣舍連朝醉茶話僧房恰雨留乖老得閒無外慕近來何事不宜休

謁文信國公祠

信國英靈箕尾懸猶留遺像辟廱連即看俎豆常存宋莫恨江山盡入燕一代汗青柴市月千秋血碧薊門烟當時若遣黃冠去廟貌安能紫極邊

贈杜于皇

西風獵獵亂殘荷話久河房起夕波千里黃州稀到鴈十年白下積明駝愁深鄉國烽塵滿老去詩篇涕淚多搖落少陵常作客可堪歸計日蹉跎

仝嵩山總戎枉駕草堂

十年獻賦未成名坐老空山別有情何意元戎驄小隊須令單府恕狂生溪邊柳拂弓旌影嶺上雲移猿鶴聲多愧君侯遠相訪江湖久已倦遐征

項王廟（廟在宿遷其地爲項王故里）

策馬朝來下相過英雄遺恨意如何堪嗟亞父無奇計幸有虞姬可解歌霸業烟銷同赤伏英聲波撼亘黃河長陵麥飯無人薦此地千秋廟食多

奉答李介菴來韵

窮巷經年掩夕蕪過談吾處覓吾徒性難諧俗遊偏懶老畏趨時道轉孤入戶青山延眺覽[illegible][illegible]

鳥愛招呼翛然高卧松窗下會到華胥國內無

偶成

溪居門逕絕紛氛隔岸浮圖漏碧幢潑剌羣魚驚避權迴翔孤鷺下窺窗調心綠綺琴三尺寓目青山展一雙每觸興來思小飲醉吟時和水淙淙

病起入圃

溪上雙扉鎮日關衰年遊興總闌珊不眠到曉翻慵起多病經旬偶得閒携策探來三徑菊捲簾放入一房山桔槔聲沸愁苗槁灌圃呼童更解顏

乙酉除夕

七十流光彈指過笑窺青鏡鬢雙皤那堪歲月空遲暮何限心情等逝波樂事一生思竟少懷人五夜夢偏多明燈置酒娛今夕滴滴簷聲和嘯歌

歲暮歸興

蕭寂門庭柳數株卑栖結搆與人殊圍堪容膝原名小溪自忘機合號愚藥物豈能除老病莽壺猶可飼妻孥故鄉親友如相問釀秫初香不用沽

幽居何用買山深甕牖繩床足嘯吟老至抱孫添樂事閒中調鳥淨塵音菊栽籬落旋成徑竹透庭除漸闢林更欲疏池通澗曲一泓檻上任浮沉

風細花香霽色新時來行飯到溪濱官租早辦容高枕社酒相邀洽比隣貧借詩書非爲己老思農圃不如人支筇倚徙還舒眺何處桃源好問津

塵海茫茫息倦遊新編箬笠擬方舟高岩樹色含風動急瀨泉聲帶雨流午枕夢回烹雀舌宵檠吟就寫蠅頭歸來漸浹幽居趣白飯青蔬近可求

得曾孫志喜

艷艷榴花照酒樽暮年及見舉曾孫眼前四世催吾老客裏三遷念母恩隨聽笑啼携杖履還呼湯餅會鄉鄰添丁他日充耘耔敢望重高駟馬門

西溪草堂

草堂新築傍林巒黃土堆牆白木欄簷矮儘教巾角墊峯高不礙案頭看一庭樹長猶嫌隘萬卷書藏諒已寬爲愛昔人吟泛處柴門先向小溪安

山中

日夕此山中千峯一茅屋白雲何處歸就我簷下宿

曉行沂水

馬跡沙千里雞聲月半林依微山有色聞說是蒙陰

富陽道中

扁舟盡日水淙淙百里青山翠撲窗來往輕鷗知浩蕩暮烟秋雨過桐江

華布衣天衢

字堯旬號摩赤家鶩湖甚貧好豪舉作爲詩文俯視一切獨與李芥軒交詩酒唱酬不輟所居曰釀花莊四面臨流屹如孤島竹木陰翳隱居四十餘年年六十三卒著有摩赤詩文集二卷李芥軒感舊詩云丈夫不得志歸作釀花翁書屋牽蘿補漁村借渡通縱橫千古上睥睨百年中欲作招魂賦崇蘭泣曉風

秋感

痛讀離騷涕又新傷心未許問靈均四圍狼籍紅楓葉一室龍鍾白髮親有劍欲磨今口恨無錐堪卓暮年貧怎如載鶴孤山去相對梅花過幾春

咄咄書空亦怪哉此生何事不堪哀家從韓愈詩中送人向維摩病裡猜癡覓異書難果腹苦雕朽木不成材到今還作非非想恐有揶揄鬼欲來

釀花莊雜詠

春鳥依依擇木栖架間茅屋渡頭西一堤截水聊通路三戶爲鄰尚隔溪牧笛橫吹芳草亂漁簑斜拄夕陽低此中大有逍遥處羸得新詩日日題

精衛何知結構難今來處處足盤桓遶床流水清堪枕排闥青山秀可餐高唱竹枝歡進酒輕拈蓮葉戲爲冠故人有意抱琴至好就西窗石上彈

華匪莪毓琮

字佩揚號匪莪著有匪莪吟草

一門四節詩

四節者族諸生樹聲室鄭氏樹聲兄樹德長子燿室黄氏樹德女字葉之蕃之蕃死女過葉守貞姑死無依復歸華樹德妾許氏德亡亦勵志

守節

正氣各有鍾鍾之在髫髻青城一寒門嶽嶽見四烈分鸞二十五鳫聲砧際城琴瑟纔六月倏爾成離玦亦有靜女賢幽怨閨中結未識公子顔矢隨北邙穴妾許本寒微乃亦勵苦節貞烈萃一門閭里休聲徹芳樹並摧秀繐帷共相闚曉月照孤懷窮壑蘗古雪立志則維均幽情更無別勤作同苦辛清淚亦交洌至今過里居凄宵成悲咽秋草沒荒阡何處尋殘碣

安處士駿命

生入暮蒼漫擬樽前揮彩筆諸孫詞翰亦飛揚

去公招遊保安寺次商原韻

陰陰竹栢白幽遐門繞秋塘石徑斜禪榻碧幢翻貝葉香臺清磬落曇花溪橋復見成三笑叢壑從來是一家屆指風流君獨擅何妨隨處賦丹霞

保安寺送子能歸吳門

十年湖海識君遲偕舍逢君是別時送爾魂消紅雨徑懷人歸去白雲期途窮未擬歌長鋏狂飲何妨倒接䍦徐孺高風映千古回看春樹益相思

過繼梅小樓題畫示陸子鴻儀

醉起呼童汲澗泉小窗和墨寫江天青山有價爭賒去零落雲霞護硯田

秦石農保寅

字樂天號石滦山農諸生著有石農詩稿

石農在交遊間退然惟恐先人雖衆坐毋笑靜若獨處或時發言輒多微中內外事有所難往往用心獨苦讀書兼綜條貫所爲詩刊落一切獨標清令能醫偶爲人處方輒效中歲棄舉業嚴中允修志之役多所助發云見志邑文苑傳秦樂天六初

字聽之號瀟湘漁父延譔子著蕪言一卷

秋日曉起

散髮看雲起聽鶯坐檻前小窗蘿蔽日斗室樹藏天擊缶何須節鳴琴豈藉絃醉鄉吾自得此樂共誰傳

早春雪霽過靈跑泉蹲玉公

地遠塵囂隔名僧鬬勝多梅留殘雪在鐘帶亂雲過汲澗龍潛鉢聽經雀下坡蒲團剛坐徹新月掛藤蘿

新秋澇圖

曉起步林薄檐花礙角巾荷鋤驚宿鳥掃石卧閒身有竹堪醫俗無蔬可療貧短垣盈薜荔風過碧鱗鱗

張松石慥

字无技號松石道人初學山水於安无咎

邑志云无技晚年畫筆意象蕭散時奚過其師每畫輒題詩詩尤工

題補庵先生菰川圖

中書省裏尚書郎南郭曾開綠野堂巖壑昔年稱宰相藉問今日屬誰家鳥渡當人白雉堞雲

度詩云著雍鶉火降崧期五紀周星鳳琯移序屬龍蛇先得歲佩隨觿韘早相知芙蓉湖上端陽節蒲艾尊前競渡時伐木便知歌棣蕚斷金何用指松枝芹香在亥曾聯騎花燭逢申並結褵桃渡篷窗眠共被蘇臺筍席坐同帷西軒乙夜歡呼慣東壁藏勾肖面奇伊昔紅顏俱似玉而今蒼鬢盡成絲歲寒氷雪惟吾友儒雅風流是我師五字建安矜選句七言長慶讓新詩商周鼎呂尋常供河洛圖書次第窺東帛未來遵養晦衡門多暇好棲遲桂花秋嶺生瑤草松子寒庭秀紫芝越嶠過時無竹箭燕山行處少珣琪延年大藥傳眞訣壽世神漿飲上池蓮理博桑春煦煥交柯珠樹日融怡文章百穰承鴻業詩禮千秋裕燕詒已看青陽周甲子定知黃髮邁期頤頻儲栢葉爲春酒但玉裝賓卽介眉蓬島幔亭他日會升恆先頌效吹箎

卧石軒翫月

山景不在曠旦夕非一境舉酒臨前軒月明山愈靜時聞寒泉側轆轤鳴素綆白石瑩如水清光有餘冷吾心與之閒悠然謝機警

贈歸元恭

太僕曾孫在淸尊語夜闌論文眞不愧痛哭豈無端月近中秋好山連水閣寒更看幽興發乘醉寫琅玕

送姜西溟歸四明

姜子來東越相逢又別離孤帆適千里獨立望移時雪暗曹娥水雲生賀監祠到家方歲暮應慰倚閭思

復竹茶爐和顧梁汾

高閣淸製尚依然試茗蕭齋一榻前秋水淵深朝聽雨落花風過午生煙縹囊珍重三千首僧院銷沈二百年不是彥先能好事幾回遺韻委流泉

秦處士原

字景天石農弟

晤王石谷於鹿城徐氏北園奉贈

園林夕澄霽曠景羣情有士媚幽獨凭欄吹玉笙云從遠道歸磬折非平生世事苟難接幽意殊

未輕願與香草期不共珠樹榮差池銜泥燕營營欲何成疎柳明微暉青岑落前楹何當寫悰愫染翰有餘淸

周中翰繼高

字元培號亦庵庚子舉人官中書舍人

和邵文莊塔基詩韵

遠樹如苔點亂峯斷碑零落夕陽中風烟自繡山川色翰墨能爭造化功地拔九龍撐獨角天淸一水見長虹登臨何限浮雲感俯仰興懷今古同

得泉[illegible][illegible]起

孤塔崚嶒逼上台法堂鼉鼓迴聞雷巖巒夜氣寒
衣濕鳥雀風聲客夢回萬戶青烟城勒住一輪紅
日樹擎來山翁已汲溪頭水洒菊朝陽閣半開

施孝廉熙

字進揚庚子舉人

酬曾明府

理學傳宗聖文章列大家馬江鍾間氣金粟擅聲
華鳳彩呈丹穴龍媒産渥洼詩傾荔子國筆燦佛
桑花　簡命綸綸重行春父老遮龍山堪對酒惠

水只供茶調鶴寬秋稅鳴琴散晚衙風雷肅蕭艾
霖雨裕桑麻豹虎潛無跡魚龍寂不譁蠡湖無駭
浪錫麓映朝霞燈火新年社笙歌舊俗誇河陽清
興在彭澤酌情賒樸棫滋培久章縫禮遇加元亭
時有暇問字愧侯芭

梁溪詩鈔卷十八

受業男　邦堪　謂庭校

梁溪詩鈔目錄卷之十九

梁溪詩鈔卷十九

梁溪顧　光旭　華陽氏集

國朝

周學士弘

字子重號絨齋公謨長子康熙甲辰賜進士第三人仕至侍講學士居官恪勤讀中秘書常丙夜不輟應制典册多稱旨康熙己酉主山西試初制舉改用論策至是始復八股𢈔材彌望絨齋繩以先正法程栫發三晉翕然家世孝謹絨齋通籍四十餘年乞假奉親之日多年六十九卒著有浄緣居詩稿錢礎日選其五十餘首梓之

望岱行

鬱盤青邱横黛墨天孫潑成萬古色馬頭雲起瞻仙閭便欲乘飈奮雙翼神房香井亦傳聞轣轆征車未遑陟望裏懸泉明玉寒滴來空翠衣衫濕巖披鵬翅雲關幽岫疊龍鱗海水吸想像虞柴望秩時五雲飄飛百靈集秦松毫髮呼風梳周觀蓬茨戴雨笠吞吐日月分朝昏云亭肅然皆俯揖我來暮宿山城邊夢逢鋤父忽相失聞鷄起望千燈明火龍盤旋碧霄入他年攀崖覽九州舉手星辰或可即名山作鎮與天齊萬象并兼四氣溢人無千仞特立槩徒使山靈笑塵臆

老象篇

老象當先羣象隨封爵賜祿視爲差昨來朝罷歸天閑中有一象爭先馳老象雙睛怒如電哮呼奪擊風雷變颯若燧尾吳師驚掟似驅群天竺戰吁嗟乎老象何狰獰越次斯不平均食大官粟恪守爾度毋横行况乎有齒足焚身老象之怒保爾生

道旁歎

三月四月麥未熟餓夫扶攜領官粟得粟村墟起爨煙蹇婦何爲道旁哭自言幼本名閨妹父母衣我紅羅襦十七嫁作儒家婦足跡不出門中樞夫亡十指難餬口連歲凶荒斷升斗縣帖紛紛催樂輸大兒枵腹被枷杻小兒呱呱懷抱中身死奚恤悲兒從昨聞　詔書發粟賑飢匐哀告含羞容安得有錢買胥吏賑籍無名長官詈躑躅中路不得歸以此辛傷灑血淚我聞斯語愁心神彼司牧者獨何人方看蹇婦泣東陌又聽悲怨來西鄰

和高陽李相國先生經筵恭紀詩

讜論披陳慕引裾談經喜値治平初上公首舉龍
飛卦同列分繙鳥篆書蓮燭藜輝銷五夜梧垣薇
省惜三餘蓼蕭賦罷銜　恩出清禁松梢見望舒

重修二泉亭

新亭依翠壁倒影入池清細響苔階咽流雲畫棟
生蘿陰寒石甃松火起茶鐺雙屐山中過扶笻看
落成

編纂　皇輿表成紀事

職方紀籍攬遐陬蓼閣分輝事校讎晉魏東西紛
逐鹿漢唐尺寸重持籌版圖日麗垂千古郡縣星

羅錯九州　聖主自今刊寶鑑縹緗時展奠金甌

湖南諸路大捷和寶坻杜相國先生韻

二徵殘孽覆巢雛坦腹緋衣合讖符士行高牙麾
子國岳侯奇捷洞庭湖烽煙一夜天兵掃湯火頻
年我　后蘇橘渚楓州初戰定關山片月笛中孤

假歸留别同人

蕭然一榻病維摩只合山中臥綠蘿覗草暫容離
鶴禁看花猶憶對鸞坡春風東墅應攜屐明月南
村好放歌自此五湖煙水畔白鷗千頃浴恩波

温處參議陳貞亭死難

薇野蟲沙慘日光凜持節鉞殉封疆甌江夜雨孤
臣淚雁蕩天寒俠骨香氣肅三秋留勁草歌傳兩
郡徧甘棠茂城碧血知長在消盡鯨波海不揚

送舍弟子詵計偕北上

南風北颿駛翻憎風力強離情一以愴酌汝酒滿
觴丈夫憂蒼生意氣常激昂睠彼東山雲出岫霖
雨滂憶我未遇時寒窓共丹黄砥礪以聖賢仁義
期今王潛心討經術摛文叶宫商挾策余先售官
閒拙可藏職司惟翰墨亦欲追賡颺微尚矢生平
攬鏡愁鬢蒼休假返敝廬菽水怡高堂麋鹿性山

林鴻鵠摩天翔古人稱競爽我愧非元方　皇路
當亨逵闢門登俊良詎今公卿間遂無韓歐陽風
雪勿云苦櫪馬思騰驤瞻望郭隗臺節候迎春光

諸觀察定遠

字白洲甲辰進士選庶吉士改比部郎仕
至陝西布政司參議

劉懷翁郡伯自松移治皖江一時共爲詩謌
余亦有作

拯物藉仁人貧治惟神君神君天所賚於以康斯
民我公席世冑荆玉早嶙峋藜光起聲價　御筆

垂綵綸發軔首秋曹晉秩輝華紳心爲明光燭化雨霑無垠學遂若觀海交深如飲醇下車軫民疾敷敎俗乃敦煦煦就冬日靄靄披青雲困者漸以蘇休禎皀羣倫吅　天呼借冦情至童叟均我從絃歌里愛頌堂陰新皖江古名郡千里遍陽春

秦宜君鉅倫

字號未詳甲辰進士官宜君知縣

松江劉太守移守皖郡頌聲四播作詩寄之

花鞭錦繡鞍持節過江干政簡民無訟心清法自寬仁風披遠甸雅化遍同安安得如公等綏猷藹

姓歡

顧秀才景文

字景行號匏園諸生端文公曾孫才華贍逸早歲以詩文名一時而浮雲富貴睨視一切至晚年杜門養痾惟手少陵放翁二集著有匏園詩稿楚游艸行世猶子仁垓跋其詩謂淸節和神超然物表嘗汗漫遊楚歸父督責之將授杖袖中忽遺一册取視之卽楚遊草齊顏曰竟造唐人之室同社友黃家舒曰楚遊詩追掩正平而上友香山眉山又曰痛飲狂歌空度日飛揚跋扈爲誰雄子每懷景行輒咏此

曾祖端文公墓下作

曾祖之生應天地命合元苞渾元氣道南一脉世所述統系淵源本洙泗重掃榛蕪振鼓鐘登降揖讓何雍容斯世有復必有剝陽順陰逆來伏戎古云難進而易退出門有功處無悔屈指立朝幾何年敢事巖巖露手釆封章根本必大計林下憂時勞瘏瘵生遭貶黜死削奪鈎黨聲名已千載維皇御極景象新吾祖縉書當陛陳天顏動色許留覽易名予祠宜綵綸王言鄭重賁泉壤九京可作推斯人日星河嶽儼可望文章節義期不泯自註皆玉音中語　吾父抱忠弔形影叔也華年冠南省自註叔諱柄字其謙

家財散盡墓田荒翁仲無言暮烟冷西風石馬不須悲立懦廉頑此一時長夜微吾誰可覺哲人其萎竟何歸

雜言

扁舟鴟夷翁辟穀赤松子功成身早退明哲光青史王覇旣反掌胡不助爲理將無隆準公遂與鳥喙比以身膏斧鉞大愚不爲此不見蕭相國出獄竟徒跣

中坐忽不樂薄泊浮海航浮海將何之百寶生我旁木難珊瑚枝綴拾以爲常持之向中國可以誇

金張掛席且欲進甦焉心內傷但恐涉鯨波鮫龍忽相逢是非聖賢心即爲壟斷賜披裘而負薪畝間可徜徉

上古斷鰲足用以立四極義固有取諸乾坤無反側四序遞乘除日月互盈昃維皇司幹旋偏黨定於一奉行者或過於物則軒輊急須持其衡海內得寧息卑之無高論吾言可追憶

古人去今遠遺文多謬誤久聞亥豕訛斷章取其句其餘非經傳贋譌不可據本草神農書山海禹益著並用今郡國想以遥度故六韜太公畧雜引

軍識語爾雅周公疏先引宣王佐是可資一噱勦襲尚無數用以炫辨博誰知落雲霧盡信不如無思之可以悟

崔浩彰直筆魏收稱穢史各自逞私智俱不獲良死此事關神明必先格至理稍或一委移曲直判彼此千秋操白簡董狐詎有幾就家開史局從來未有是明季事紛拏一一辯根抵急須告成書不可用爲市毫髮無遺憾是在諸君子

追輓盧忠烈公

桓桓盧忠烈吾父同年友弱冠偕公車弧矢不離手流氛暗楚徼先勦後攻守麾下三河傑望旗賊奔走洪盧兩督師威名播南斗奈何國事非朝綱日解紐關門追鐵騎勢若雷霆吼返轅事北征賜劍主恩厚孤軍抗强敵致命不敢負同鄉有元宰切齒憎其口外援絶蚍蜉內儲斷糧糗日夜催出師揮淚躊躇久年月書墨縗金印繫諸肘枵腹起搏戰軍亂失前後箭盡寶刀折一蹶萬馬蹂部曲無一還伏屍積山阜朝端尚青蠅老親迴白首從此五六年遂喪其君后令弟幼皙公兩楊如芥取感憤天步移氣結心欲嘔揭竿連耰耡訓練及童

叟徒手攖虎吻得死又何咎吾鄉數忠義公家實淵藪青史鈇未修家乘付烏有捃摭爲此詩附驥期不朽

薄遊承同人遠餞即席留別

汗漫何堪賦壯遊止尋宋玉話悲秋人間急景星霜換江上行雲日夜愁金縷衣翻捐楚珮紅牙板罷看吳鈎百年重惜今朝別荏苒朱顏變白頭

次秦樂天見贈之作却寄兼呈其天

津亭日暮正離居遥唱驪歌苦憶予白苧寄來衣帶緩霜螯呼得酒杯初門前舊客誰彈鋏天下何

人不曳裾一一寒潮廻渡口懶題紅葉附鄉書
海日東生水北流側身天地此扁舟逡廵十載書
空上漫滅三年剌未投白馬江寒雲不散黃牛峽
遠樹先秋相思正是紅亭路橫笛誰家哀上頭

潤城晚泊感興示同舟諸子

二十不達劇可憐歲云暮矣病相牽莫羈江東枳
棘路盡賣郭北桑麻田白髮皤皤古堂上雙雛宛
宛新膝前忽然浩蕩出門去吾師誰者司馬遷
十日飲酒一日醉醉來苦憶平生歡市中屠狗盡
長者東陵種瓜皆大官時偕山僧狎鐘磬羞與俗

子同衣冠且復歌呼理懷抱公無渡河行路難
朱顏易變白日傾昨日婉孌今老傖青蛾小塚古
苔蝕金釵舊約浮雲輕竹枝裊裊酒千斛梨花菭
菭月三更短衣潦倒此何意推窻一笑秋江橫
鴻溪浩蕩峯崔嵬我生之初北斗廻金椎一揮試
滄海玉女大笑空樓臺坐惜乾坤老佳客愁對日
月飛狂才神魚作膾琥珀瀉共踏銅鞮歸去來

金山寺飲留玉山房

百尺巉巖倚醉登海門帆散暮江澄天邊鸛鵲飛
堪數波底魚龍嗅劍膺赤岸遥分三國寺緇衣舊
飯六朝僧摩崖怪石空題遍不是寒山盡可憎
憑欄纔倦坐僧寮依從孤峯進濁醪自託臣心比
清冷不堪人世日波濤舟經石峽呼烹鯉夢到蓬
山憶釣鰲九日懸知仍水宿悄簷欹側此登高

黃鶴樓

黃鶴西飛出郢城洞庭波落晚潮平樓從李白來
時碎草向禰衡去後生凍合乾坤三楚坼雪分烟
樹半江晴獨臨縹緲思投筆不用題詩道姓名

舟中生辰命酒有感

颯颯凉風動衣袂時時急雨打篷牕辭家未渡河

之北閱歲忽驚吾以降自擊鼉鼓倒金盞與吹龍
笛銷銀缸笑人鄧禹爾寂寂一麾何日來橫江

次荅鄒黎眉兼謝廚袍之貺

洞庭船上路漫漫客子衣裘日夜單誰寄珠璣傳
雁足兼貽雲錦詡龍蟠才人莫謾愁三刖國士從
來感一寒何日譚天同選勝清尊銀管與追歡

天門山和石壁韻

一線懸崖橫錦繡千層怪石立崔嵬風吹鴻雁兼
天下露滴茱萸着地開隔浦洞簫邀落月夾江巨
艦響奔雷憑高獨眺愁兄弟都水何難送酒來

黃州風雪

亂風廻雪晚蕭蕭留滯孤城臘漸凋一白驟驚迷渡口微黃初覺露山腰遠騰健鯉灘邊石飛立饑鷹柳外橋日日衝寒篷底坐欲辭高舸換輕鑣

楚盡

楚盡青山漸入吳不堪飄泊歎非夫解衣命酒樂相樂怨雨愁雲無日無江潤檣帆任欹側更長僮僕聽呼盧綠林豪客推篷問笑揖乾坤此腐儒

桐花 自註鴨城別業盛開舊題已忘其半因足成之

始華曾記暮春時五月香風着地吹金井倚來添

別恨繡簾垂下說相思哀翁漫憶琅玕實小鳳先巢翡翠枝非霧非花勞想像道家裝束最相宜

詠史

鄴侯本奇童早歲事沖舉遭逢馬嵬召間關至靈武陳謨宏補益白衣侍尊俎收京既底定還山期見許徵起遇元惡匿之少游所濟湖鑿龍門徃蹟亦縷縷晚年居相位百職聽分處力爭安儲貳流涕悟庸主至今黃瓜辭何人敢相語

若要天下好莫如召寇老奈何久閒散用之翻嫌早澶州寇深入楚蜀策顛倒公獨掀髯笑上必親征討車駕一過河懽呼已滿道稱臣獻幽薊百年可再造荒哉城下盟舉動殊草草正直遭貶謫顛死何懊惱千秋相公竹霜雪不枯槁

偉哉文文山廬陵表忠義對策居第一萬言根古誼發憤起勤王豪華俱棄置屢蹶志彌奮守道固不二土室被幽囚浩歌明素志正氣所磅礴永永塞天地羈孤謝枋得蹈死敢失墜愴惻生祭文慟哭西臺記泰山與鴻毛各自行其意

五臺行效劉呆齋作咏梁唐晉漢周

無賴作賊之朱三唐家天子何負汝坐擁四鎮爲

侯王猶向椒宮弑孱主鴟兒幾獘上源驛自踞繁臺閣豺虎禪代不俟九錫至先稱正朔蒞中土老賊萬段不蔽辜聚麀獸行了圖父繼世猶能死社稷道旁免繫降王組 右繁臺

生子當如李亞子朱温有兒豚犬耳夾河蹀血十五年燃燭負薪親戰壘誅燕克魏捲大梁還鄉哀晃囊三矢封牲謁廟告成功不負遺言雪前恥豈期志滿生驕矜獨向諸侯誇十指一朝衆散登愁臺兵亂如絲不堪理伶人反覆那可道牝鷄變亂良有以身亡國破恨門高宮闕蕭條冷於水 右愁臺

心膽墮地畏石郎今日視之如驅羊稱臣呼兒託異國特借哀晁作帝王盧龍一道雁門北一十六州民可傷自此沉埋幾百載不逢日月誰衣裳十萬横磨孫作逆忽覺壓卵成喪亡年時沙臺射生樂伶仃凍餒魂何方唐朝公主晉國母但願灰骨從風颺當初若聽押牙策謂劉知遠不用龜爛謀枯桑謂桑維翰　右沙臺

帝羓徂謝中國墟河東虎視眈眈久夫人力止刋民財自出宮中罄所有從此長驅竟入洛兵不血刃差可取豈知歷年不過五天祚潛移雀兒手總

由後主劉勲舊一旦身亡喪家狗湘陰無策吁可惜漢家六廟誰能守太原悉甲稱復讐新王出軍殊赳赳高平一戰氣蕭索泣抱黄騮向西走無兒送老愁奈何有客北臺迎宋后獨愁寡母遷西宮泣血迸空廻白首　右北臺

花項何曾作天子建節銅臺已窮貴不煩冊立由禁中黄袍剜白軍前至獨乘羽葆坐齋宮一家鬼籙連嬰孺養兒似爾眞絶奇獨挽頹綱正神器治道綽有貞觀風行兵直取孫吳意生民和樂物力盛一統平成亦云易何期中道傷崩殂顧命諸臣等兒戲衣鉢從來有馮道宰執效之豈非計王溥降堦首羅拜陶穀袖中已傳位　右銅臺

題盛子昭畫

樹杪露青山雨過殘紅少雙槳捕魚歸臥看鷗鷀老

黎眉鄒子同令弟衡湘見訪不値悵然有懷

人生不相識吳越儼殊方相識不相遇參商每分行憶君初結交須友實惟卬君時甫弱齡齒頰含芬芳白皙未有鬚瞻視驚非常于已二十餘自愧成老蒼辱子不鄙棄揖予先粃糠論文盡先代評

詩止三唐洛神大令帖宣示鍾傳章一一皆撫摹雙鵠淩空翔暇則臨輞川李郭侍於旁游戲及禽魚花朶領衆香古艷逞畫工黄荃與趙昌予幸遊其間贊歎必精良君家有賜書世業存靑箱尊公富五經紛綸不可量風鳥與壬遁八節共推詳露抄仍雪纂秘笈成一囊顧予有異聞請爲備遺亡每於發難處占對聲琅琅謂兒實可師富貴無相忘是時君鼎盛列卿紫薇郎叔父尤挺特狀頭耀巖廊君方履豐滿謙尊道彌光會方重文社南浙彙一堂薄言從之游遂束檇李裝簾舫頗閒適煙

雨何微茲自然嘯嗓佳來往櫻笋鄉締交豈須多
高誼相激昂云胡夸毗子楚楚只衣裳不値一欠
伸何暇接杯觴予弟廷颺俱文翰古班楊藝事俱
入神與予契中腸如何中道棄奄然薤露傷是眞
吾喪我浪遊諳瀟湘同人寵華餞綵竹陳宮商君
獨握予手解衣酬鸕鶿游子無愧色念君意故長
京江行寂寞琵琶址荒凉望夫與小孤窈窕改時
妝孤帆凌渚宮掛席愁馬當聳峙黃鶴樓歷歷指
漢陽久客厭羈旅倦遊怯篷檣到處有留題百家
無一藏歸來疏記憶觀者神飛颺曲折足尋味委

死窮滄桑自予年少日掉鞅詞人場謬許得一當
翡翠成鳳凰豈期逢失意袚除諸不祥非惟拔其
根兼亦尋斧斨君看同衣輩鞭朴施瑱瑠覩我成
欷歔我其發出狂所幸亦速死豈意留餘殃一往
三十載奚復問否臧寒冬困盜賊幽憂連死喪田
宅爲他人衣孺裳雪霜歲時思起居慚愧不得將
經年一相値多在岐路旁疇昔歲戊辰賤子六十
强貽我松菊圖若起三逕荒滿座俱動色逮夜生
光芒頌言桂蘭馥對此負慚惶今辰聞我來失喜
欵開房我方携老衲攜笻步林塘至今凡鳥題居
然在空床君時偕難弟才譽相頡頏重以孝友名
暖谷回春陽夫豈無異趣跬步同徜徉千秋鶺鴒
原可思不可望

行路難爲倚平弟客京師作

解君短歌微吟之長鋏倚君一彈三歎之清琴有弟詞名清琴一日五步去不速邂逅不諧愁至今鉛刀可以效一割枯桐可以嶶黃金自有仙人假羽翼一飛九萬何方尋我歌行路傷我心微君之故何沉吟

鄒上舍溶

字可遠號二僻國子生著有香眉亭詞時
保堂詩集二僻世貴盛豪于文酒善畫山
水學吳仲圭嘗北遊旣南歸數年後居停
獲罪亡命踉蹌至其家二僻誼不忍棄因
共逮至京師聞者咸義之在繫數年讀書
不輟後戍關中十年遇赦歸已無家矣寄
食僧寮以歿

吾家匏園寄懷鄒可遠秦中詩四首其一日鄒陽初出獄
薄戌出長安大吏方持法天心本在寬世情虛反覆交道實艱難此日三秦道人
同國士看其二日長嘯披裘出居然廣柳車南冠猶戀土西笑已忘家岐路多芳草
思君正落花五陵饒意氣杯酒指明霞其三日浩劫憑誰造同人野復郊初疑雷雪

異却得死生交不憤蘭當戸無端烏覆巢
驚魂栖欲定元白莫相嘲其四曰怪爾聲
名早祗疑詩畫傳誰知今日事翻出古人
前世自求張儉吾寧老伏虔逢迎隨處足
懷舊莫
凄然

偶然作用王右丞韵

東海有老翁獨釣寒江裏有時垂緡暇杖策歸墟里半塔水中直明月樓上起顧此景依依坐看春風美所以草莽間不能羡城市

過東林精舍

愁卧夕陽盡長風吹四野嗟予抱沉疴遲此歲方夏杖策來東林鐘遠識蘭若石壁生夜凉目極自

瀟洒採芝尋仙人把酒慕隱者開襟屢廻顧長嘯松林下紛吾意念多淡爾悟虛假遥望白雲中日暮空潭瀉

望月歌

銅龍滴水寒漏長月明皎皎凝珠光氍毹醉卧紅滿堂美人起坐幽蘭香凉風吹山白日死蟾蜍眼光射秋水直似孤臣夜夜心地角天涯何所是雪衣初試長征者銀河露冷秋風瀉一片笙歌榆柳烟忍使看渠馬蹄下關山易老亦易别世上本有英雄色霜吹雨苦頭復白至今用盡干戈力闘中

棄置不得聞飛向天邊作彩雲

擬白香山埇橋舊業

别有林泉意蕭踈獨掩門貧知移舊業寒覺到黄昏白照花間路青浮月裏村無端數枝竹相對各忘言

擬劉長卿秋夜雨中過靈光寺所居

誰識靈光寺經過草自芊松風歸大陸佛面冷江烟流水原無意浮生各可憐不如終日卧從此願棲禪

雨後鮑讓侯招從春申澗飲泉即事

返照過林麓閒門偃息機却逢新雨後獨向暮泉歸採藥留紅葉尋源入翠微經過殊不厭相對狎鷗飛

過許氏精舍

魚庄蝦舍隱汀沙仲蔚移居似若耶綠水于人成位置碧山終古負年華草深籬落猶春色麥秀平田自浪花我亦歸來城市近月覘微上隔窗紗

雪後晚眺

千里梅花問客衣柴門人影雪中稀年年壟樹驚殘臘極目江南何處歸

夜泊鴛湖

向晚舟行路未窮夜潮寒上五更風經時細柳春帆外不盡啼烏遠樹中

何秀才以達

字曰鴻諸生匏園贈日鴻詩曰世路日傾仄吾衰亦行休誰知聖賢心動與造化謀劍氣納羣物小心先衆流何子真吾師汪汪詎能儔爲別已三載鄙吝萌復抽豈惟閆望衰兼爲交道羞憶子居陪京所交公與侯三代四要津名氏傳九州令祖天玉公弱冠司爽鳩摶擊各巨瑺檻車會見收暨許効危彊徵兵事同仇麾下萬猛士闞若虎與彪今觀所繪象金甲棠兜鍪我望常再拜英氣凜九秋嗣孫有日厚一劍總貔貅棄職田間居物色遂見搜引見諸大帥優禮相勸酬但云受國恩

世有降理否慷慨請一死偉哉忠臣頭烈日忽陰曀酸風益飀飀何時傳信史此恨良悠悠君乃還梁溪言歸乎寢耶薄田何足耕舊屋頽不修自倚方少年一蹴遂瀛洲行文師賈董置身共鄒魯書法過二王遑問顏與歐三則寧下淚等之輕雲浮盡棄帖括業詩酒同我遊性僻耽方藥颼已金丹周憫我齒髮衰斯須成髑髏授我一丸藥珍重如精鏐三歲尚什襲神仙安可求惜哉喪明厄適生西河愁比已得鳳雛行將抵驊騮仁者必有後此言豈無由前春喜我至行坐每見留對榻三宿眠絮語重綢繆此別非山嶽慎勿厭書郵

採蓮曲

采蓮秋夜南塘冷霧濕紅衣花氣靜月黑惟聞蕩槳聲風多不辨驚鴻影歸來一道唱新歌爭弄蘭橈柳下過迴頭笑語隣姬道今日儂家採更多

聽鶯

啼曉惜殘英還來弄晚晴解催遊子騎猶是美人聲楚水吳山路雙柑斗酒行莫頻驚戍婦幽夢到遼城

春泛

桃葉生憐麗色殊浪操雙槳逐蘼蕪鶯聲遍野柳深淺雲氣漫天山有無杳杳笙歌迷極浦蕭蕭風雨入平湖含情欲問鴟夷子烟水能忘越大夫

朱布衣瀾

字幼安號剩水著有竹埜堂商山草堂於野幼安詩等集可亭云剩水嘗遊燕趙齊楚閩粵問所至多歷落嶔崎懷賢弔古之作爲人狷介廉潔刊落一切世俗娭阿柔媚態晚歲以友人獲罪牽連死詔獄子元方徒步隨侍入都稱孝子遺稿散失今無知其名者僅僅獲陳檢討其年所序幼安詩集一種選錄著卷中

惠山秋夜

大道本寥廓至人體虛空因茲白雲意來臥烟霞

中境净無纖塵籟絶惟天風湖月激夜明霜氣摧
秋叢山荒閉洞壑瘦鶴鳴寒松到此悔利名役役
真牢籠
觀音巖
奇石變瓔珞吾空鬘胡下惕然潭洞深登之互驚
訝連燈照幽壁絙鐵鐘簾掛架空梯磴斜雲根蝕
簷鏬憑虛幔幢擁刻畫毘盧舍山風捲烟蘿吹落
紫花謝憑闌對江景峯巒孤光射何處復禪關秋
林遂深夜
桂林七星洞
沉沉復杳杳直抵蛟蜃腹萬怪復千奇惶駭競乘
梁溪詩鈔　卷十九　三十一
燭縈紆愈深邃寥闃媚幽獨壁石生夜光寒泉凜
虛綠初疑神工鑿内有山鬼伏敬謹勞攀躋燈燈
遠相續陰崖凝積水澒洞不可矚遂于哀壑中竟
透西巖麓平生歷川原幽幽心所欲穿鑿開後賢
滄桑幻盈縮星岩極元妙逸興紛相觸渾忘旄蔦
牽恨掛蒲帆速
同樂子尹入山
同心每離居風雨坐長歎矧伊金石契落落晨星
散白雲度秋山碧水澄秋岸期于風日好與子尋
溪畔夢寐亦烟霞何况親披玩登巔遠林出入險
孤邨斷游目既已遐塵心方自判要當重明德握
手洪崖觀
自青山西墅歷横塘藻溪盧嶺白牛橋王干
司杞梓里章祈稠木西干雜詩
夜遥望東曙窗户轉昏晦秋燈照魚目百感焉得
寐瘦驢齧空槽行役有更代僕夫相喧呶主客不
能耐鷄鳴舍之去明月落山背
遠遊歷窮山孤雲每無定因風一長嘯登眺發清
興積翠高百重滄波勢遥映蘆花聚如雪水月看
梁溪詩鈔　卷十九　三十二
洄泳杳杳隔遠林僧歸自清磬
橋跨碧溪水下有高人迹白牛吃山花一叱還成
石四時煙雨變潭底龍爲宅洞壑藏幽深孤光静
沉壁仙人每流連醉此遺桃核
稠木多鳴蟬凉風坐秋夜悠然清磬發夢落青蓮
舍百累倏已除浮名悟虛假山花照空碧石火光
相射役役催征途翻然稅吾駕
二梟詩 并序
出羊城西南里許瀕江滸爲華林寺寺中方池
荇藻縱横旁通潮汐僧畜二梟甚馴朝飛暮還

依依不忍去云已三年矣始廣人放生畜梟六雙今失其五蓋爲虞羅所繒繳戀稻粱而喪其羣也余既憐梟作詩復用以自警

艮遊入招提寒波泛清影心閒本無着安步得所騁倦鳥狎主人棲遲托萍梗三年甘飲啄羅網還自警夙昔傷同羣嬰禍一何猛均爲口腹累斷脰連刎頸擇處不妄飛虞人安得逞知來復忘機吾身日三省

秋風二章效杜少陵曲江體

秋風浙浙烟濛濛蘆花散盡南飛鴻我有兄弟常

西東大湖之中隱林屋七十二峯雲水空狂歌歸來向漁父沮溺接輿應笑我孔孟悠悠道相左桑田滄海君莫問坐對蒼山意千古

粵女歌

江上女兩槳梭船弄秋雨背上兒啼襁褓中工夫那得頻開乳

江上女秋蔬帶葉和羹煮有米村南換得無晉中細小憐魴鱮

同竹禪二辭康藩先階集遠亭清溪草堂遲介夫雪岫不至

清溪別浦煙濛濛白蘋花白紅蓼紅漁舲向晩唱歌去秋月一灣雲水空主人西庄暗梧竹叢桂滿亭香透屋尊彝古鼎焚都梁牙籤架空三萬軸筵開與逸盡豪士論古談詩盛文史西園秉燭艮夜遊高會應劉問年齒何郎翰墨古宗匠新吟淡蕩陶韋上禪伯詩翁兩絕倫風流欲設談元帳鄒陽作賦梁園才清詞逸調光瓌瑰香閨畫閣事毫素擬將元鬢登蓬萊强侯少年才倚馬科名卓犖兼風雅玉樹玲瓏吾所思闔碁賭墅東山下華氏雲礽世共賢輕衫短裼袖吟篇同來緱嶺仙人駕鶴

背笙寒笠澤煙別有元龍風雨隔秋郊悵望青苔迹無功衡宇連東皐安得相逢話疇昔人生聚散如飄蓬浮雲蹤跡常西東百年情好麗金石千秋絕學將何從秋風吹衣月在樹我歌淮南招隱句津頭榜發歸去來明月還尋此中路

即席贈賓參領孝成兼示其西賓燕功貢子

前有尊酒旨且多情深意愜顏爲酡彤軒綺席臨清波幽禽埜鶴相鳴和伏波將軍銅柱立鞍馬西來瘴烟濕秋風落日吹大旗海上降帆一時集清香宴寢讀素書廣平司馬田穰苴輕裘緩帶接賓

客高文怏檄過應徐越秀重城越山曲璧月凝寒霜映菊中庭戲射穿綠楊酒後時時看飲鏃汝南黄憲余故人下帷十載交情真風塵然諾感知己士也不覺忘其貧酒酣狂來君莫嗔朱門先達登要津王陽貢禹總淪落何況夙昔悲張陳雅歌白雪經陽春尊賢下士誰比倫竊吹未學濫竽客捧心難效西隣顰和門交綏意轉親青萍結綠光隱淪知公將略勝羣策且待姓氏標麒麟

野禽寄巢歌并序

野禽巢於桅竿之杪飛鳴徃來哺其雛煦煦然相樂也余悲斯禽之辭舊林而託煙波有似夫人之去故鄉而依人者乃作歌以同之

野禽雙飛不知遠哺子銜魚日將晚營巢巧傍高桅顛飲啄烟波樂忘返東風故林春草長鳴鳩乳燕爭迴翔開鷗待汝且歸去何處水田無稻粱

彈子磯

彈子磯舟行仰面秋雲飛懸崖絶壁數千仞女蘿山鬼相因依江流滔滔石齒齒圖畫屏風白藤紙芙蓉倒挿看三山未必煙霞能勝此

夾城牡丹詩并序

出南城半里地名夾城村即梁溪古城也村中人多種牡丹余幼時歲一往觀距今四十餘年遂無遺種町畽蕭條廢圃荒落但見兎葵燕麥動搖春風中耳時因看花蓉湖庄偶話及此爲之悵然追有是詩

沿溪古城夾城屋外壕水淺春波綠野橋南去多烟村平仲君遷暗喬木薜蘿牆頭臨砌花中有牡丹春吐芽余年少壯百回至最愛野外幽人家幽人種花無藥欄花臺草生欹復斜開時客到憑坐立籬邊路讓西隣娃几剝烏皮漸零落瓦缶山罇共諸謔花枝冉冉綠葉繁袖拂香風透林麓自余踪跡走天涯夢到城南訪花萼玉樓春枝清露深金線穠華晚烟薄廿年回首芳郊路細雨荆榛轉蕭索爲問種花人在無花爲小草人爲鶴白髮羞隨紅粉粧粧成每恨看花約今年閏月花事遲芙蓉湖頭三兩枝鞓紅一種擅名貴更有白者相參差扶衰力疾頗踴躍蕩舟西去長河湄花憐遊子歸故里待我正放春深時凄涼莫問夾城叟憔悴難尋傾國姿

桂林道中

臨埠臨江岸孤篷夜寂寥故園今萬里荒服舊三苗骨瘦吟還健心空酒易消南來此羈旅猶得話漁樵

寄懷汪宸玉表姪

幽居少隣並高義每相親風雅存吾道襟期慕古人天涯悲杜牧潭水憶汪倫以我雲中意同君湖上春

春興

桃花如幔柳如旌偪窄西湖小鳳城入到六橋煙雨歇僧歸三竺海潮生勾闌廢圃荒榛暗華表遺

封蔓艸平蘇小芳魂更飄蕩青春油壁繫離情蕣華如夢劇相憐入墮空樓散紫烟欲把銅山消歲月可能金屋貯神仙飛花屐齒紅三寸芳艸裙腰綠一邊秉燭漫尋歌舞地貴遊凋謝已多年

遣懷

閒看春水浸春堤堤上垂楊葉漸低此地栖鴉金彈少當時歸馬玉鞍齊關河影落前朝夢花月詩纏舊日題便欲同移蘭槳去王官深谷武陵溪

全家移傍竹林邊茅屋春雲薄暮天管氏繩床穿膝後梁家椽案舉眉前鶴嫌爭粒飢常好鷗謝爲巢拙始全行踏落花吟未穩歸來時讀少陵篇

送長兒用矩入西寧

粤西西去桂江秋憔悴翻同柳柳州九月未聞邊雁信三聲應徹嶺猿愁蠻雲出峽朝含雨瘴海通潮夜撼舟此地臨岐還送汝歸心先折大刀頭

田園雜興

不成村落無車馬滿逕蓬蒿絶送迎細路緣源窮野水新陰借樹得高橙人傳膠鬲販魚市舊説吳王養鴨城自是逃名樂偕隱東風時爲埽柴荆

秋村寫懷

青尊夜雨讀離騷淡宕清吟拂兎毫多事十年梁苑雪驚心八月廣陵濤倦遊煙水縈霜鬢浪迹江湖冷布袍已薄題橋舊司馬笑他魚尾雜錢刀

興安縣斗河

繚繞羣山水建瓴東西荒岸折迴汀伏波故殿煙蕪冷諸葛空堤草樹青鐵汁暗銷危塹石金湯全泐斷碑銘灘源北接三湘路未必天南此再經

寄人宏 并序

蠡湖之西有溪焉南流入于笠澤卽梁鴻溪也秋水無烟蘆花成雪漁汀斷岸掩暎蒼山徃余

約人宏嚴子同泛扁舟人宏屬疾不果今年九月陞紫宸侯浴日暨家大旃往來時有唱和所不得見者嚴子耳俾余作詩以寄之蒹葭白露之思嚴子正復不減也

溪上秋光付泬寥踈林寂寂草蕭蕭神交不論三年別好友須從九日招倘借烟霞辭富貴便應圖畫入漁樵煩君再拂鷺溪絹寄與東籬舊小橋

讀管寧傳

遂識塵埃管幼安經年遼海儉儒餐清氷月夜繩床破細雨西風皂帽寒華氏龍頭曾割席魏家貂

尾莫彈冠顧厨俊及紛紛在未許名流一樣看

燕南旅次

悲風刮地紙窻鳴落葉哀蟬送客程不似故鄉楊柳岸曉鐘殘月入吳城

敖贈公巘

字山來諸生著有半臞軒草邑志云山來胸羅羣籍爲文章手出機杼掉鞅同聲慎交社間一時有繡口錦心銅筋鐵骨之目而厄于遇以子汾清江知縣贈如其官

遊嵩山寺

紆步入山路冒雲尋澗曲青松落高陰點衣濆輕絲午鐘隔林度妙香微斷續禪心縱莫探而得謝塵俗幽夢十年借風清吹未足日夕歸去來毋乃非心欲

送震修遊鄴下

身累苟不盡寧辭于役艱借問子安之駕言出吳闕勝事滿中州平生敢自閒走馬平樂下置酒銅臺間迴顧望大河東走正潺湲豈伊誇賓從聊欲舒心顏我夢願逐君一上太行山暮隨南風去曉隨北風還窮居使人老愁歎滯荆蠻

訪友村居

遠訪幽人室梅花屋幾重斷橋春水港古寺夕陽鐘霜鍔十年劍龍鱗百尺松祗緣人問字暫啟白雲封

偕雲間詹芝眉沈眀生及何徐二公由惠麓陟石門登九龍巔自二泉亭而下

曲磴旋危石山椒得共扶青螺開九面白練帶三吳秋廻日沉谷天低雲滿湖驚人詩未就謝眺合高呼

曉發

冷氣涵霜入舟行欲曙天水聲流枕外鄉夢到花前古道賓朋重離情子女牽朝來風色好搌抳問長年

有感

極浦引長望蒼茫對夕曛半山低挂月孤峽細生雲貧賤違將母離騷豈怨君征人江上淚不忍使猿聞

南浦渫舟

風高無墜露一雁過平沙客思琵琶淚秋江蘆荻花半規山外月千里夢中家前路誰知已天涯老

伯牙

洛社村中散步

路隨松徑轉人作暮春憐水碧全依草山青欲近天長林疎雨後古道斷雲邊策杖前溪徃歸禽噪夕烟

曉征

踏月向山去牽衣怯曉寒人聲雲外落樹影霧中看草濕烟全碧楓深葉未丹邱隅聽黃鳥不敢憚征鞍

進呂城內港過蔣墅至句曲河頭時同岳贇侃如

石坡微有徑小岸夾蒹葭雨翠山餘帶風香稻欲花烟嵐迎古寺鷄犬識仙家數點茅村在殘陽起暮霞

升庵先生讀書處

舊址高嶢在登堂見古人兩朝三大禮萬里一孤臣其雨朝陽怨言歸歲暮身經年離別淚到此欲沾巾

過濟南

岱影遥分魯東阿路是齊草枯寒潦盡雲凍暮天低卜雨商羊舞思歸謝豹啼酒旗林影外步折板橋西

送黃天育之海南

三載不相見天涯共一宵燈殘人未寐語細酒全消夜月城頭柝春風海外潮雷陽明日路楊柳止蕭蕭

嶺外三峯矗猶賒十日程自憐爲客遠不忍送君行沙煖車驅疾濤雄海渡平故園歸未得徒悵別離情

次宿遷

蘆花千里雪烟景類瀟湘宿鷺依秋渚飛鴉帶夕陽石街新水閘岸咽舊魚梁見說邗江近并州是故鄉

蒼峴晴雲

千尺金牛嶺蓮花湧少微山鐘靈鷲寺僧衲水田衣亂石藏行逕遥峯映夕暉湖光明瀲灎篸掛一帆歸

登巢城臥牛山之浥翠亭 自註舊名望湖亭使李公重建中多題咏

居巢迴繡嶺况是雨初晴秋水湖當縣夕陽山在城鏡懸千柳合虹跨兩堤平小閣風流在登臨見古情

隱庵晤一山師

蒲庵環碧水竹裏徑斜通石冷苔痕瘦屏疎葉未空茶烹秋露白僧話夕陽紅無限含悽 邊别遠公

訪德芝留宿鄉居

窗西剪燭夜徘徊刁斗無聲夢不猜橘柚霜高砧漸冷荻蘆風急雁初回天涯心事看詩句老大功名付酒盃莫把冰清推彦輔醉來慚愧玉山頹 德芝長子爲予女壻

早過毘陵

春初憶向晉陵遊轉眼風烟值晚秋楊柳渡頭霜照寺芙蓉溪外曉行舟十年客路雙蓬鬢四海交游一蒯緱此去布衣誰戀戀感恩先賦五雲裘

遊閔家園悵然有作

當年亭榭倚平原水畔空留梓澤園客破荒苔成小逕雲開亂石障頹垣芰荷香散鴛鴦冷楊柳風微鳥雀喧無事移文來蕙帳草堂祗有夜啼猿

僧寮夜嘆

飢驅兩月客天涯别鵠離鴻恨滿懷山上藳砧新破鏡門前瓦卜舊金釵瑟當齊國寧投好劍向豐城未受埋剪燭窗西僧話久一鈎寒月掛蕭齋

金陵懷古

鍾阜龍蟠舊地靈風流邀笛尚堪聽江雲夜繞三山白堤草春涵六代青綺閣塵埃飛斷瓦孝陵風雨失殘銘遊人不解升沉事需醉勞勞送客亭

江村話舊

鴻飛不到落霞前衰柳寒堤捲暮烟千尺江流奔斷岸一輪明月正中天故人寥寂還同我此日心

情憶去年倘使村醪能醉客與君潦倒白雲邊

舟中雜感

未須鼓瑟叩湘靈歷落江峯點點青一派秋烟山谷寺數聲風笛夕陽亭月涵鷗鷺沙堤冷雨灑蛟龍水窟腥孤客浮槎何處泛漫教兒女夜占星

泊黃茅潭

海門日落暮雲黃野店蓬茅起大荒一片月明千頃蓼三更木落九秋霜狂生猶是憐鷃鵡遊客何曾誤鷫鸘莫悵奚童無伴侶盡除詩句只空囊

鄱陽湖風順懸帆

萬頃菰然縱所之憑虛疾捲一葦時客心已逐遊仙夢別思難工幼婦詞蟋蟀夜愁衰艸在鵁鶄新恨夕陽知秋風漸起樓頭怨破鏡天邊合有詩

山行

蔓棘荒荆一磵通入從蜀道說蠶叢山巖半吐晴烟綠村樹遥連晚照紅野望直窮雲斷處春愁不盡鳥聲中直因陟屺嗟行役况復芳情老未工

過鷄鳴關

柳梢殘月度鷄鳴百級雲連馬首平草磴曉迴關似棧石林青鎖嶂爲城日臨古洞蠻烟合水散懸崖雪練傾消得十年塵土夢蓮山猶聽萬松聲

走馬燈

八鳳珠旂捲復來御風無地轉纖埃誰將畫裡凌烟閣幻出空中戲馬臺霞散九光容展驥坂因百折笑銜騎踏成處處燈毬曲知是陽春也愛才

端午前一日安莊道中

青峯沓出水雲連翠擁籃輿穩一肩石壘半山苗子砦瘴烟終日鬼方天啼鸎不復聞春後跳舞猶爭摘雨前最易驚心好時節野花噴火石榴鮮

過盤江鐵索橋

軍聲百萬水奔流西蜀南黔鎖上游駕海何年懸鐵索撤江無恙鎮金牛氣凌高閣雲霞捲勢壓長虹日月浮自是盤河如六月蒼龍爭抱火珠遊

鋤松

蒼顏老叟長龍孫曲屈虬枝鎖翠痕古澗有苔移石罅斜陽無影動雲根十年風雨驚千尺五夜冰霜貯一盆免向山中同鶴夢書齋長伴客黃昏

過石皮嶺望太湖

芙蓉天際曉烟收葉落村墟萬樹秋過嶺忽開湖水面隔溪先見馬山頭雲藏古寺蒼巖靜風撼蘆

洲碧浪浮竟日追隨趣步好塵途空悔少年遊

夜思

尺紮坐對古人論寒織幽簾未肯温斷井月横疑白露遥村犬吠欲黄昏梅花有夢生蘿帳元鶴無書降華門莫道平生易慷慨唾壺已有向時痕

闔閭城

廢址荒煙客再過東吳覇業竟如何人烟夜白魚蝦市碧艸春深麋鹿坡天外帆檣湖水濶岸邊砂磧戍樓多誰憐静夜遥聞柝明月蘆花起掉歌

雲間感懷

歸來長鋏已三年此日重過倍黯然石徑苔痕還自緑天涯燕子向誰憐鐘沉古寺聞清籟月落空庭起暮烟消息海門鼙鼓動百端慷慨一尊前

將抵汝寧

大梁千里獨行遊馬策關山到處秋白社登臨悲夏邑黄河沉陸悵中州虞卿自昔携殘笈范叔何心戀敝裘無限歸思明月夜數期先憶大刀頭

上已偕門人宫文輝及汾兒躡白雲梯遊桃花磵登天闕辟支龕陟捨身崖看懸影塔聽老僧講楞嚴又自牛首遍探祖堂獻花巖諸勝共作四日遊

翠微深鎖欝岧嶤躡磴攀蘿徑轉遥落日半銜雙闕寺白雲初湧大江潮巖前樹色看屏障松下溪聲作洞簫想得蘇門舒嘯處一山鸞吹出層霄

湖口

小孤山斷大孤山翠鎖中流第一關惆悵芙蓉江上客天寒日暮不知還

歸舟

唧唧啼蛩兩岸秋沙堤燈火一孤舟故鄉倘夢天涯客只在蘆花清淺洲

顧秀才廷文

字廷颺諸生匏園之弟梁汾之兄並以詩名著有綺繡樓詩廷颺好飲時時病酒竟以夭卒 匏園夢亡弟廷颺詩其一日行郎呑聲坐向隅此宵何意笑相呼魂來楓塞村村黑夢徹霜鐘寺寺孤蕭家埋文愁未卜破山藏劍意全辜相期再世爲兄弟斟酌重泉聽得無其二日青燈三載歎沉寃憔悴甘同赴九原未到長沙先作賦應逢宋玉與招魂若爲遊子催歸棹共憶慈親立倚門枕上沾巾顔色在接天波淚莫飛翻

擬古

結車駕言邁浩蕩辭里門風塵互賓主草木無寒

溫行行清夜發懷我園中人園中難久居日落秋昏昏堂前自生艾堂北自生萱萱生八九畝葉葉青琅玕所期以忘憂彌起長恨端江頭橘千樹迎風常簇簇主人皆素封紛沓未免俗程鄭既百僮王孫亦千僕結交諸侯門所願未嘗足東鄰菰蘆生抱犬眠邑屋既寡長者懽頗亦雜傭作一朝忽被遇金張皆蹴踖時來顏色好日月雙轉轂

次式九見懷之作

相看不樂如愁何爲君起舞秋聲多欲以一世供

笑傲那堪千古成蹉跎極天風雨叫鴻雁滿目荒凉枯薜蘿中宵酒醒淚未了明星耿耿當軒多

採蓮曲

採蓮日暮臨南浦瑟瑟鳴橈向空渚鮫綃作衣輕不縫蛺蝶爲釵倦知舞忽然刺面秋連天從倚無言淚如雨夫君行路行不歸田田芙渠三暎池昨欲持錢向神卜清溪小姑嬌未知東隣徤婦西家子隔浦臨烟細相語但誇田舍夫婿殊不識天涯別離苦迴船日落秋菰凉鯉魚風起空宵長顰蛾訴影掩明鏡自擁秋衾泣象床

山中避暑同伯兄作 時予從恒山歸

六月暑無際山中日更長乘陰通曲徑倚樹過斜陽未識紅塵若何知綠蝡凉晚風看欲起吹艸着花香

痛飲

痛飲高原上凄凄望不窮斷烟隨地綠落日半江紅鞍馬生秋色牛羊趁晚風生年今二十慚愧是吳蒙

忍草庵最高處弔古姬人墓

空谷存孤冢人傳女校書已離華屋處却近梵王

居骨冷泉聲咽魂來樹影虛未應銅雀上秋月照笙竽

顧明經嗣業

字斯年歲貢生涇凡公曾孫著有晚香居詩鈔

介之推

芊芊綿山側經月火不滅五蛇飛上天一蛇自先蟄君祿庸未加母隱義難釋寂寥旌善人千秋作寒食

兩夫人

宋宮災坐不回保姆不見心嫌猜漸臺水難通軌君王有命誰傳爾入火不爇入水不濡此心匪轉石一似守兎株不見春秋特書宋姬卒文姜辱死徒區區

新竹初成有述

凡百皆可醫急切先醫俗所以野人廬必種千竿竹惟竹生敝廬十畝僭居六餘皆植松檜森森被幽谷靜對瀟洒姿戛擊琅玕玉翛然世外心頗豁塵中目豈惟豁塵目歲寒自幽獨嚴霜萬木枯枝柯保林麓端人正士心聊與賦淇澳

東林書院會課即事

觀海洋洋記昔人欣聞講席啟斯晨道從濂洛淵源合心接庖義點畫頻鶴蓋臨軒聆析義虎皮橫座識依仁庭前檜柏陰猶在負笈追隨許問津

受業姪　皐　晴芬校

梁溪詩鈔卷十九

梁溪詩鈔目錄卷之二十

國朝二康熙

以上共十三人

梁溪詩鈔卷二十

梁溪顧　光旭　華陽氏集

國朝

顧典籍貞觀

字華封號梁汾丙午京兆試第二人官內閣典籍涇陽公曾孫匏園季弟也公美丰儀才調清麗文兼衆體爲人儁爽敦古誼初與松陵吳兆騫善兆騫以事戍寧古塔公爲悉力處辦贖鍰得入關事載邑志兆騫既入關過納蘭成德所見齋壁大書顧梁汾爲吳漢槎屈膝處不禁大慟蓋公與成容若交至厚彈指詞載季子平安否二闋容若擊節稱歎謂此事三千六百日中當任之公曰人壽幾何請五年屈膝疑在此時公聞塞外多暴骨即募僧斂金徧歷戰場收瘞無筭又游蹤所至贖去鄉鬻身者數家其居心行事類如此始公名噪東南慎交社既入都題詩寺壁有落葉滿天聲似雨關卿何事不成眠句龔尚書鼎孳見而驚歎爲之延譽名益騰起甲子移疾歸搆積書巖於端文公祠下坐擁萬卷領袖溪山風月三十年與秦對巖嚴藕漁兩先生稱三老著書數十

種而彈指詞則聲傳海外與迦陵竹垞稱詞家三絕云

灌園

不自量筋力求爲人灌園意惟營一飽跡若避羣喧誰遺五色芝服之託騰騫奈非塵埃種移蒔安得蕃還將理菜畦膏澤資泉源黽勉試操作編籬復插援早韭和露苗晚菘凌霜翻但從採掇便未覺烹飪煩心形誠若疲既飽亦軒軒向讀神農書近聞老圃言

夜聞梵音

一燈山牖出隔竹露光泫坐聽香臺人法華中夜轉清泉滴寒玉細入吳音輭嚼蠟況橫陳凡襟何待遣

秋曉登滄浪亭呈宋中丞

初日上東南林亭空宿靄艸香珠露重的皪侵衣袂唱杳曲池菱吟餘小山桂猶聞遺翰墨但惜沉碑碣望古情已深懷賢感亦係由來澹蕩人別作流傳計翁艴賤原嘗虛徐狎莊惠誰陪飛蓋遊屬和高文麗

立冬日荆溪道中

言辭故山雲枉溯清溪流羣木日夜疎空水相與秋追玆農功畢霜明墟落幽帆輕惜飛渡佳處不少留烟火指河橋停燈待維舟誰云豐年樂可解寒宵愁斑白各已問我何爲客游

寄吳漢槎 時在秋曹有詩寄余

尺書自遠道敘意無寒暄上言千載期中有平生懽今君履朔雪令我愁南冠入宮掩蛾眉當門刈叢蘭生不傷羅網安知惜羽翰皦皦窮秋日悠悠清川瀾揮涕一水間延矚層雲端精誠兩相鑒鑒之摧肺肝

蒙陰山中七歌

吁嗟頑生誰遣來抑塞磊落無時開朱絲白壁不可問閶闔笑我如死灰且復全身馬蹄下休惜面目辭塵埃漢家將相亦如此衛青牧羊公孫豕

有親有親涇水北笑落含飴聽朝讀開顏暫看孺子戲疾首更念男兒辱出門欲告不忍前但道路穩歸期促兒行自慎防風寒兩親強飯兒加飧

伯也賦詩臥酒壚方駕屈宋驅王盧且留黄金鑄顏色百萬一擲非良圖貧來肝膽竟誰是有口莫談諸賊奴臨行囑我淚如霰車黄昏兮馬清旦

有姊有姊工詩文長者曹昭次左芬針神弟子盡北面繡成賣作金縷裙十日遣使五日召遠遊不忍令姊聞兄弟飄零世所詬甥乎戒爾莫如舅

小兒塗鴉纔七齡短髮過耳雙眸青到篋縱横問奇字自言長成通五經我來山頭見梨栗欲拾寄女愁伶仃寒飔穩讀晨就傅夫差夫差亡爾父

松陵季子世無兩徙籍窮邊屬亭長禹鼎不鑄海外州天生才人禦魑魅我行霜露猶苦寒冰雪摧殘不可想淚滿李陵衣上血生當來歸死永訣

黑雲濛濛雨不雨招手何由見徒侶山深亂石穿馬蹄鞭箠已折不得舉微明涉水辨行跡老樹如人欲人語生平忠信那可仗風波倒落懸崖上

桃葉篇

桃葉渡頭水烏衣巷口花珠簾九微火寶騎七香車小娥十一工繪事身住西南第幾家兒家廳几清幽足遠山排闥天然綠坐愛芙蕖出水初微凉試展瀟湘幅吳牋銀粉蜀箋紅隨意春蘭及秋菊對客佯羞隱姓名扇紈小字題宗玉欲前還却總嬌癡鸚鵡傳言索贈詩教見兒郎應悔早學成翰墨自嫌遲座中白髮看揮染云是金陵老畫師阿

師宛轉如夙昔細數秦淮全盛時七貴共誇行樂
秘九秋爭惜最佳期霓裳急拍三五夜水榭華燈
十萬枝果餉合歡宜並蔕樹名端正亦相思董沙
聲價秋娘重誰擅清狂杜牧之過江五馬乘輿逼
虎踞龍盤竟何益御榻重茵索戰書刺閨片紙斜
封敕纔選昭容上犢車浮屠浮鐵來江北可憐雜
組繫降王可憐羅襪埋傾國一夜迷樓烽火連三
十六宮花脉脉瓊樹歌中石黛愁銀牀井底燕支
覓箏玉飄零鳥雀呼鈿珠冷落莓苔蝕若令此女
在當年定賜一花陪輦側前世青衣認玉環今生

繡幕窺仙客昨歲家鄉又被兵伏波橫海波連營
樓船忽報沉瓜步縞素俄傳向石城再逢喪亂歸
來日何處深閨無哭聲猶是淮淝聞鶴唳依然鐘
阜蔓鷄鳴眼前指點供嗚咽容易蛾眉得長成昔
我來游白門路將軍揖客初開府醉燒樺燭聽鵾
弦冶葉倡條詎知數恩怨千般不自由韶華一擲
教歌舞清溪廟裏朝雲暮鬱金堂下新人故待得
麻姑指爪長桑田滄海疑前度鄭重分明掌上珍
蝶翎未退蜂黄護莫遣檀槽訴別舡莫將紈扇捐
中路瘦燕肥環何足論羊車鳳蹕皆塵土話久神
傷愴斷蓬青衫翠袖意何窮六朝金粉銷殘劫三
月烟花逐便風彷彿畫圖相對坐上陽宫女說元
宗

山中送客

九龍山頂銜落日九龍山人起送客九龍山泉夜
深發山亭此時萬籟寂雨心如水水應知明星白
石光參差風輕暗下碧梧葉露重微開青桂枝對
此能令殘酒醒況復清音傳素綆爲君汲取贈君
行中有江湖片帆影

題荆州田芝來所藏龍鳳怪石

鮫宫月黑珊瑚死九淵夜啼玉龍子古苔繡壁雲
菼菼瑱玕叫徹青鳳凰龍威秘書不盈尺篆籀五
色化爲石由來岩穴多精英誰其鑒者田先生賜
汝著壁酬連城

暝城晚過鴛鴦池

雲樹杳蒼蒼關河逐望長孤城通海氣落日下烟
光爲客憐遲暮聞人說故鄉清渠名自好吾意惱
鴛鴦

有懷依平弟北遊未返

問年過四十豈尚學干名爲係全家望難辭間歲

行鴈踈鄉信杳裊儆客裝輕何日涇溪上西流一笑迎余家涇皐每有喜慶必江潮西上

讀遜國野史八首存四

雲臺高議倣垂裳袞舄雲端鈇斧斨豈爲流言疑叔父都憑祖訓失親王同根忍下然萁泣遠避難招採藥狂事定若翻前日奏幾緣離間寢封章明本意也

五雲依舊拱宸居賜勞微聞下輦餘謝罪羣收蒼玉珮論功再拜紫金魚若非誤朕無今日翻說臨朝有故車疏墨未乾呼草詔一時爭出袖中書數茹

纍諸臣也

緣幘軍前夜唱酬長城何處擁貔貅璽書數下權方重郊餞親行報未收莫道異時恩禮薄須知當日破亡由青燐滿地空遺骨野水無聲咽白溝追恨李景隆之喪師也

幾看芳草滯天涯一飯王孫事已賒南去瘴烟開百粵西遊風雪阻三巴雞聲店曉疑黃屋鳥道峯寒憶翠華柏谷主人應識我等閒行脚不歸家傷建文行路之難也

贈三山

抱甕城南生事微吹簫舊伴市中稀尊開楚醴虛前席帶拂吳鉤短後衣老覺鬢絲垂更減閒懸髀內生來肥莫嫌燕趙悲歌客忘却青山已息機

皖城余忠宣公廟即次公山寺詩韵

簪笏峩然鎮一方拜瞻時復動悲涼不知鎖甲埋春雨猶是珥弓枕夕陽今日轉看兒女重公夫人子女俱配食一堂當時早覺姓名香分明寫照兼楓荻血碧心丹兩鬢霜

雪月山行

清光欲濕水田衣猶自支笻歷磵扉雙徑夜隨燈影入衆山寒逼磬聲歸頻來莫認泥鴻跡已過偏

驚野鴨飛良久風檣俱不動任飄殘葉擁平磯

施比部剿曾

字雒遷丙午舉人歷官刑部郎中雒遷少更患難長習京師人情事變毫析理解初舶交集轟商籠官長爲姦利雒遷下車肅然屏息有里猾提牛頭證人私宰者雒遷一見即與杖證者猶梗雒遷笑曰盜殺者牛眼開病死者牛眼閉若能罔我耶老胥

盡爲吐舌遂寧撫浙於屬少許可獨心折
雒遷特疏薦之歷户刑二部司官尤潔己
奉公曰吾不敢負張公年八十餘卒

送郡伯劉懷翁移守皖江

蕭然惟四壁不止訟廷清三木多虚設片言無遁
情鄭書安用鑄晉鼎亦徒成何似于廷尉寬明庶
獄平

鮑孝廉鼎銓

字讓侯己酉舉人著有心遠堂集讓侯五
字如夕陽山在屋秋水月當門名句也心

遠堂一刻傳誦都門尤爲魏太師龔宗伯
兩先生所器重

虎邱雜興

入寺喜無暑山空多夜寒燈明上方寂幽磬聞林
端境靜風花細坐深天地寬雨餘孤月皎涼影搖
琅玕

靜海早發

四更解纜來方塘碧波濯露空蒼茫樹裡雞聲起
村塢朝烟艷艷含秋光滿帆殘月影初上棲鳥隱
隱驚相向早有漁歌入杳冥我亦乘流蕩雙槳

甲寅新春至湖上値雨

風塵勞歲月今復過西湖山水眞知己樓臺舊畫
圖春光堤上早客思雨中孤獨向空濛望鶯花問
有無

曉發

郵郭聽鷄早中流發棹聲沙邊人漸語波上月猶
明客思幾時盡春帆一水輕關河正杳渺遙指闔
閭城

登城西寺水閣

草閣蕭蕭雲氣秋曲闌處處俯清流藕花門巷湖

風細榆柳人家野色幽鳥去烟中看漸遠雨來水
面聽初收只今蝦菜還如舊漂泊誰爲范蠡舟

澄江秋日郊行

杖策東郊秋氣清靜觀物候墻心驚江流天外連
雲影木落山中帶雁聲三徑黄花看又發幾年白
首愧無成沙汀寂歷西風冷倏忽遨遊歲又更

吳教授文鉻

字紫梁己酉舉人官松江府教授紫梁束
髮治詩揮豪立就與鮑讓侯齊名著有綺
雲閣詩集季諸羅麒光序之

登西山頂

淹留忽春雨遊屐屢違誤西山在牕牖惆悵遲予步朝日麗林巒晴崖喜攀附翻然陟山巔振衣豁心素樵徑無人行蓊鬱榛莽互逶迤尋石磴伊予爲開路古柯蹲鸛鵯深穴潛狐兎獨立向高岑翩翩有遐慕參差指碧峯歷歷晴可數絶頂試一呼鐘聲應深樹叠嶂起層雲歸來已薄暮仰視牕中山飄飄隔烟霧

徐家墳

望望碧峯頭古墓聳高阜云是徐家墳沉吟見老

叟前朝會計臣蓄積多饒厚盤山築石圍樵採無容走豈期家勢衰子孫不能守林木亦蕭踈碑亭長苗莠聞自神廟時歷今猶未久徒使營心力爰以誌不朽狐兎漫縱横不朽復何有陵谷與滄桑盛衰亦復偶嘆息自兹去淒風聞石吼

戊申冬日呈吳伯成令君

楓林隱隱溪山紅九龍蜿蜒增巃嵸中有仙吏鳴休風琴堂暇豫聲淙淙只今課餉催征急問誰不使追呼廹只今他邦多洊饑問誰不使耕農失日惟令君才且賢心悉民隱能相憐國賦難支催檄迅征求尤念倉箱罄新穀新緜剜肉哀鴻溪淍敝賴栽培停征十日深恩溥禁令初頒戢豺虎安然刈穫及初晴家家杵臼向秋鳴人語桑麻鷄犬静月臨村戸笑歌聲民也有知共歡愛牛車擔負課復最六年撫字徧恩波三試繁方政績多百里惜非大賢地一方徒受專城寄輦下群公方見推同官牧守相褒異瀟洒才名更絶倫揮毫落紙烟雲屯觴咏綢繆傾百斗敏捷詩篇忽千首方膺 寵召入彤廷致身卿相亦何有願公身入台垣中衣被天下長無窮

洛陽道

聞說繁華地香風滿綺羅花飄遊子騎月照美人歌夾道朱樓盛相逢繡轂多捲簾白日暮南陌尚鳴珂

折楊柳

河橋舒翠柳映水綠參差綺陌花爭墜玉關春尚遲可憐人未返爲感別經時攀折遥難贈離心秖自知

憶母

紡績終無已操家只此心衣裳多布素釵飾少黄

金身老持閨訓工餘誦女箴恩施尤逮下婢僕感
逾深

山居

岙樹雲深處悠然小逕通藤蘿寧障日谿谷自呼
風得笋留僧共探泉與客同枝頭聽好鳥相喚綠
陰中

三月三日同何曰鴻鄒黎眉城西泛舟

還向春光載酒遊偎舟同泛自夷猶綺羅掩映花
間照絲管啁啾天際浮修禊未應爲僅事承和何
獨擅千秋微波落日歡無盡新月城陂起棹謳

送王蓼莪遊洞庭

秋風黃葉動離情落日孤帆促去程紅蓼遠連江
北岸丹楓遥接漢東城夢迴故國人千里月照寒
汀鴈一聲寂寞荒烟堯女廟不堪愁絶暮雲横

宿季聖昭齋中夜話

秋色籬邊静空庭夜雨寒交遊憐索寞聚會惜艱
難濟世慚無術修身敢自安西風吹鴈冷相對燭
花殘

訪花

春山無處不芳菲花裏人行香滿衣最是花時尋
欲遍日斜山遠不知歸

朱武舉戩

字民荷己酉武舉人讀書耽吟性仁厚有
幹畧人以緩急告屢周不厭或以無禮相
加亦不受也縣官使人於路取其馬民荷
造縣曰借馬何妨强取無禮縣官慙而止
其抗直類此臨没取貧人券盡燬之其人
歎息泣下年僅三十卒鄒陞傳之刻有東
溪遺稿

過通湖橋

不知路何處但有漁樵來行出斷山際忽看湖影
開野橋芳草渡春雨落花堆橋影亂無數隨潮唱
晚回

顧贈公紀永

字灝期號静樂少有肺疾遂廢舉業隱於
湖上年四十九卒嘗以春秋地圖指授其
子棟高棟高貴　贈公國子祭酒

內閶寒夜 并序

內閶灣名吳王闔廬避暑于此有避暑宫吳宫
并故跡

殘覇餘空谷巖風起內間荒宮逊井竈徃事問樵
漁月冷松林寂霜清竹影疎慼懷當日事揮淚弔
申胥

馬孝廉翀

字雲翎號蝶園忠肅公孫壬子壬子舉
人年十餘作游仙詩數十首有幽詭奇絕
之語長負異才年三十卒見邑志

母在行

母在父慈母亡弟傲母向驕兒未習父教父笞兒
不敢泣後母立屏前欲訴復咽一解 清明已遠春風

絕黃鶯哺子落花如雪挈兒祭墓願母飲且食酒
肴雖不豐兒執桮棬在母側二解 母見兒愼勿悲傷
衣履穿破面目無光兒已就傅能讀左氏公羊讀
書畢歸掃葉炊黃粱三解 黃粱已熟兒寔苦飢日暮
口呿步不能移憶昔懷抱中從母索榛梨四解 疾風
從何來塵埃晴白日几筵鏘然烟斷燭滅白狐從
梁下黃狐從塚出父呼諸弟驅車歸留兒獨守荒
墳立五解

上雲曲

五雲深處有高亭弱水如環繞畫屏架上蠹魚含
錦字簾前鸚鵡誦黃庭攜來絳雪調銀七擣罷元
霜注玉瓶同是蕊珠宮裡客一題綺語一翻經
箜篌神女怨飄零古廟空山桂樹青金斗沉香薰
小像石樽輕蘚護殘銘花魂背月啼幽露榆影當
窗轉曙星別夢欲通雲外路一江湘水綠蘿屏

雨卧

雨沉松葉珠離離綠苔古石迎新衣獸檐清溜玉
壺水鶴夢瑣窗人不知蠹花粉澁琉璃匣墨氣吐
絲鳴軋軋紅梨漉酒祭長恩一夜劍痕侵玉札露
濕雕楹鼠墮梁螢耕細艸參差光薄紗紫帳漏金

影團扇艸書明瘦芒畫衾疎柳疊廻塘菰蒲落葉
眠鴛鴦玉肌並卧凝秋霜隣壁咿嚶夜未央

樓前

樓前挾彈張公子白馬翩翩帝城裏東家小婦學
吹笙綠柳朱門映春水相逢洛陽道裙帶蘼蕪艸
無情一笑領春風臉際芙蓉淡如掃無情似有情
妾意未分明已得分明意朱顏亦自輕空倉鳥飛
急素手迴金勒青山銜日問如何去又相思住無
益一聲風柝露如瀉獨宿西廊杏花下

獨漉篇

槿花夜落桐離離

鷄鳴行

鷄鳴高樹巔旭日方曈曈侍女焚椒蘭良久垂簾櫳侍中下直歸刺史述職甘泉宮相逢大道上並馬如游龍入門拜父母高會鳴金鐘小妹絕世姿弄瓜清泉中問婿何所爲擊踘遊新豐堦前蠟淚斑斑紅明珠照影如行空深堂接席坐不聞雷與風何況朱門外誰知彳亍號哀翁哀翁從何來行乞困兒童當年居此宅鳴金擊筑羅王公

江夏女行 此黄夏蓀之女歸于嚴溯會

斗山古何鄉節烈鍾婦女娟娟江夏子舉案來皐廡良人負痼疾襏襫業相許六親哀其行掩泣摧肺腑慷慨不自惜女拜啓父母人生有定命加餐願無苦不見鴻與光今爲塵與土改婚議將成吞金方得阻投袂辭鴛機驅車引列炬洞房夫如何已矣勿復語來歸八九年良人自淳古飲羹食肉外不辨麥與黍羅幬並帶垂繡出雙鴛舞低頭默自愧獨倚影爲侶他人應且憎怨罵日縷縷視女惟淡然奉夫潔銅俎未寒益絮帛未暮靜寢處良人忽猿躍據地忽爲虎百戲無不爲怪駭走童豎月照濁泥不辨潛魚泥深陷轂馬鳴躊躇報讎前山匣匕首荒林颯颯羣狐走臨門露刃聞呻吟念其病母復斂手投刀江濤乃中長蛟萍藻夜赤氛霧晨消里中少年援弓走馬亟干王侯磬折嘔啞將哉莫與槁項山邱仰視白日悲歌淚流青林綠水高蹈何求瞑目植髮聖哲所羞

江頭曲

江頭拾翠便娟子回首流霞墮江底細腰如束本天生楚妃淚伴秋蕪死濯錦清流芳樹下停車薤容蜀司馬渡頭無數采菱人目成獨向羞人者愧

無城國爲君傾如此相逢萬恨生不言不笑君何意落日空帘酒肆情

臺上曲

列星次第如蠶子織女褰帷臨漢水黄姑蕭颯本無情白頭不向機邊死東方月出山連綿黯淡蛾眉明鏡前蕪城漏斷秋露溢古夢棠梨沉瘦烟高臺玉砌三千尺柳院陰森吹鐵笛獨孤劃管教龜茲十二闌干凍雲碧氷壺紅藕鴛鴦魄夜半獸檐殘溜滴錦帳酸風拂二毛潘郎獨對金釵客罽牕龍髓短長絲寒玉吐霜明繡衣簾外蟢蛄弔書客

徘徊但微笑終身罔或侮旁觀盡太息斯人世無
伍哭泣送夫喪合邑垂涙睹方秋念霜露塵筵虛
木主無後豈妾慾入廟終酸楚議禮嗣余甥受書
年方五騎羊繞母膝他日分珪組薇佩榮其親五
鼎不足數翩然謝蓬蓽母也今何處遺衣委故篋
敗几留環堵小婢一兩人伏哭朝至午已嫁稱女
貞退哉友陶曾豈無朱樓人争傳京兆嫵豈無香
車客結柳常容與此心非灰燼誰能守空宇空宇
甘如飴凄凄更風雨壁立千尋上寧復識險阻我
聞欽高風題詩愧北渚

孔山夜坐贈友

萬木蕭蕭盡白雲猿啼樵唱隔溪聞此生此夜稱
清絶已對秋光又對君

顧孝廉鉉

字渭若壬子舉人著有劍芝閣詩

憶友人青山草堂

背郭緣溪野岸回衡門斜傍碧雲開樹中山色當
窗落檻外泉聲繞屋來小沼新成浮翠荇短牆舊
築蔓著苔去年曾共桃花笑別後應教滿徑栽

雨阻京口

烟雨空濛江上舟鄉心客夢兩悠悠明朝曉色看
新霽直上揚州第一樓

問石

出處君身自太行誰人攜此幾經霜空山面目還
如故莫逐炎涼換肺腸

京邸送四哥南歸

客窗兄弟共今日速歸鞍前路憐孤影空庭起曉
寒瞻雲寧惜別聽雁自含酸季子幸無恙雙親尚
勉餐

王贈公志寧

字用康號巽行歲貢生官青陽訓導用康
内行醇篤貧館穀廪餼以給養其爲教根
柢儒先從遊之士取青紫者數十人不問
而知爲王門弟子也學使者許有江南司
教第一之褒以仲子雲錦修撰贈如其官
崇祀鄉賢祠邑志有傳

頌松江劉太守移治皖江

瑣闥紗籠第一儔大江専擁古諸侯荆榛處處成
花柳刀劍人人佩犢牛竹馬兒童欣佽郭杖鳩父
老樂迎劉何年四海陽春滿黄閣功成正黑頭

吳愚齋石亭

字未詳手錄詩一卷記年自順治乙酉至康熙丁巳止曰我愚齋自怡艸

鄭州遇雨和壁間題子產祠原韻時不得雨已半年矣

長征雨亦好小潤暵乾心西望關山道南來鴻雁音土風猶近古遺愛至於今留滯吾何憾連宵夢作霖

運河行

抵濟寧值濬運河覊客舍因作運河行

北風捲地南雁號歸帆忽阻心鬱陶運河歲修固其事旱年水縮河身高山脊隆然界南北誰使飛渡千萬艘白英老人手分水遞置八牐堅且牢元患海運此勿慮　天庾正供無漂搖天巧既盡人工操爲擊鼕鼓召服勞我行仲冬行且止前舟不進三日矣我起呼僮挈行李天地吾廬等萍寄無錢貫酒亦可茶無褁禦寒擁衾耳環堵自出金石聲翻思大禹竟何似高山大川悉經理千夫百夫愼勉旃赤棒莫教逢御史御史騎馬擁旗旋安知爾輩凍餒死

陳處士世祉

字介夫工詩不詳其世系遺稿亦不可得茲從詩遇中錄出數首有南巖艸堂詩自注云余家五湖中夫椒山南巖之下後復僑寓江陰之桐溪顏其堂曰南巖軒曰借竹志不忘也（其詩云本住南巖水石灣偶因借竹便忘還分他池上三竿地寄我湖中萬頃山瓜果欲成鋤蔓草槿籬堪補採香菅元龍已解除豪氣笑下牀來自掩關）

和陶飲酒

抱琴終不彈閑止方自得豈不愛知音空使巴人

或所以古人期先幾辨通塞鄙哉鬱輪袍招搖向傾國始知無紱貴希聲寄沉默

從陸桴亭過青山石屋還宿芳草堂

孟冬天氣寒空齋淡如此緬邈懷哲人艮駕或來弭其愛風日晴一葉凌空水緩步尋幽岩精廬結崇碕絕壁倒青楓懸流迅如駛日午天微雲飛鴻去無已夫子天下士徘徊悲廢圮遙遙古人心疇云不可企歸路向河梁日落孤烟起中天明月高寤寐清輝裏悠然感夙昔振策從茲始

晚香舘弔楊叔子

枯樹秋風吹飢烏啄簷瓦幽人定何處獨枕寒堂夜四壁非故物鼷鼠行燈下誰是少年塲飛塵控野馬幽明一室間嘆息因緣假阮籍違時淚歷亂爲君洒

丙辰初夏古迂自淮上寄我述懷五十韻次韻答之期以選詩一事并訊漢扶

三載久相思書來夢初續開緘見長什遙遙慰羈獨翁習和風吹倚窗知朗讀稚子亦有書呢喃紀行簏離别曾幾時平安豈須祝（是歲洙兒從遂亦有信歸）大雅漸淪亡洪波竟沉陸誰能獨起衰眞意傳菽粟識

解循淄澠門戶爭凉燠竊譽笑雷同獵微窮秘籙所畏多立名辨言紛耀煜王李旣浮誇鍾譚亦幽魘紛紛互掊擊信手隨蠻觸趨趨哀衆芳蚍蜉撼喬木靡靡温李餘遷喬偏入澳哲人秉通鑒當與明舒縮斯事良獨難早夜行自戮敗類芟稂莠佳植選穜稑九土取其宜百種歸于熟毋愛古剽竊毋逐今庸碌纂述貴有宗中正斯爲福持此藏名山自洗嵌巖辱持此傳其人行看騷雅復莫憚心力疲煩君炳明燭自顧樗朽姿懷此增觳觫寄跡長授餐臨河久伐輻冉冉老將至覽鏡私指憘數口寄他縣未得寧邦族兒曹遠行邁因人期自淑幼女病經旬倚壁交空軸善小能勿爲情至恒相勗風雨憶良朋葛藟緣骨肉往歲横山下披襟散煩襟枯碁竹下敲宿樽花底盞五日命新題行歌亦云足（時有横山五日詩）自是十年來采蕭兼穫菽涉江擥芙蓉不足盈一匊織女咨報章牽牛隔初服停雲望暮鴻夕陽歸遠牧歲晏知還原掃徑接高躅少長同里閈亂離仍鞠育窮骨日堅牢老脚寧踡跼與君南村內吹幽歌霡霂麒閣定何許翔步今趑趄金仙别何年高掌今空矗忘情付浩蕩取意

留淳穋江門月共看彭澤巾時漉論詩千古事煩君悉遐矚勿傷雍門琴勿抗燕市筑我志在和平君音愼金玉一爲問劉郎果否能成局

山居偶成

小築青巖際深居物自親白雲花嶼曉明月草堂春得酒人頻醉無糧鶴亦馴曠然此天地何處不吾隣

江村贈友

正欲尋高隱懽逢古道前便同看竹去未許共雲還紅葉當窗暮黃花入坐妍一樽傾倒後歸夢亦

欣然

寄湯公綸

離别日已久知君思我深不堪同遠夢况復異鄉
心烟雪海中棹楓林江上琴惟當破歌哭歲暮一
相尋

秋日還山

放艇家山近秋歸落照前湖陰微帶雨樹暝亂生
烟畏逐干戈老深期耕鑿賢故廬翻暫客終隱是
何年

續夢草

梁溪詩鈔　卷二十　三五

草閣藏梅塢幽栖亦自宜冥心忘所寄清夢與誰
期入靜月當樹夜深花滿池山翁宵多事秉燭更
題詩（自注五六句得之夢中因續成之）

秋莊留飲

落日清衣袂尋君楓葉天寄耕秋水外留客小橋
邊漉酒遲今夕題詩感昔年莫愁歸路晚踏月過
平川

山曉

新涼欹半枕曉色入高幃樹杪湖光發雲邊海氣
微空岩鐘忽報孤塔鳥初飛獨立清輝裏超然忘
所歸

雪夕

白雪詩初好清泉酒共佳一觴方獨進千載忽長
懷高臥亦何遠深耕愧莫偕醉鄉誰伴我呼鶴下
寒齋

秋眺

每愛林皐成獨往草堂閒處郎蕭然僧歸暮葉烟
中寺客渡秋光雨後船但使酒從田父熟不妨詩
與爨奴傳白袍短髮荒江上讀得離騷又一年

南巖草堂漫興

梁溪詩鈔　卷二十　三六

曲堤深柳水西村晏坐繩牀草亦温入戶禽言常
獨聽比鄰農話每相存行看禾黍雲生杖手種梅
花月滿門不用老兵相對飲笑他景略蝨空捫
消息東風到草廬土膏初動雪初除杏花菖葉春
耕外乳鷰鳴鳩午夢餘一室掃除原不惡半生誦
讀覺全疎殷勤獨拜龐家叟兒輩真教學荷鋤
好風高樹綠陰中長日披襟興不窮淺渚菱花魚
唼影橫塘柳浪鴨翻空疎簾傍竹開棊局短篷隨
流放釣蓬何處客來科跣樣抱琴纔過小橋東
倚杖行游過斷涯西風稻蟹足心期紫萸紅林閒

堪把白髮青鞵體亦宜卜式財多應換酒杜陵命薄只攻詩無求詎似南巖老一曲滄浪席帽欹

漁家樂

青楓浦上雁來時細膾江魚雪作絲自有閒原種蓴菜不教風雨但相思

過布衣廸

字天行光旭曾外祖世居邑之八字橋初賈於吳會之間年四十忽有悟曰萬事無如知止愸然而歸晚年築一畝之園竹籬茅舍優游其中殊自樂也友于之誼尤篤弟四人仰給於公公好吟咏日坐一室手一卷閒吟不輟有養怡堂集八卷

雜詩

雨氣積空庭衆草抽嫩顏秋風忽已至意在搖落間羈迹不自適客愁相徃還物性本自如我心殊未閑願言駕輕飈瞬息三神山胡爲特苦辛惻惻在塵寰

家本湖水旁疎籬接短扉茅屋三數間中有不息機晨披樹樹風暮挹山山暉翛然志物外不受塵世羈會當因秋風拂我舊釣磯

杜若生汀洲秋蘭發空谷春風久別離冷然謝塵俗世人重凡艷㸃綴尋庸目輝光能幾何商略在膏沐

秋氣本自佳如何轉凄愴諸幻隨起滅紛然呈萬狀塵埃積卷帙行坐失背嚮西風送晚鐘林表孤雲上

秋懷十四首

細物識愁意終夜成唧唧凄風打窗來怳若雨淅瀝誰能心如灰坐令鬢堪織榮落會有時境轉動成憶新蔓泥舊歡匆匆忘今昔

乎蟬已停響黃蝶猶翻飛老柳戰西風颯然生意微爲苦掌窗塵開軒納清暉苦吟無短韻延佇多遠思吾本悲秋人歲晏誰與歸

人生苦形役掩此白板扉門外泥尺深没骭蕭秋衣而我一室中偃仰聊當歸空簾界斜月凄其足幽輝平生飛揚意乃與造物違冥心叩真宰庶以賛予微

征雁叫秋空酸楚不忍聞千里萬里程勢自眼底分身無雙飛翼引領望南雲腸如機上絲組織成廻文萬象起肅殺樹杪空殘曛我欲一捫天野馬

愁絪緼

萬物各有質後世尚模稜非無美好覩古意不復仍君子凜耿介恍若裂層氷置身愼一室枯坐常兢兢天河翻濁流不易濟水澄賢愚有別白時論安足憑

春榮及秋悴對此傷我心行雲暮何之縹緲不可尋斜陽送脫葉的皪如碎金商聲自西來倏忽結層陰察變求自處物情胡足任歛用歸太虛端居屛息深歲晚知後凋斯言良作箴

何處遠寺鐘悠長結哀聲片時息羣動萬竅隨爭

鳴孤燈閃薄光夢落天邊行回顧萃叢憂幾欲捐餘生晶熒一輪月不照千山明因悲百年事人力誰能爭吾將任運游息機伺戲盈

老樹純鐵色自得靈氣噓皮厚有皺裂枝禿無客疎凡榮列其旁反覺氣象舒一旦繁霜零柔脆不留餘吾觀古來質百刼定何如

蛾眉豈善淫乃在衆毀中佳人不再得明鏡千年空白日逝昭昭枯條逐秋風豈不三嘆息羌聽之不聰志士銳始進思緒成悲翁豈知古賢哲守道在固窮

風緊葉聲乾月淡星光稀美人起嘆息心遠如不歸羸軀廹新寒開箱撿舊衣羅襦與珮璫何來當相隨因念溝中士所願起瘡痍霄漢結遐想泥沙委貞姿憂傷本性命怨誹屬歌詞年華若驚飈瞬息不可追吁嗟食肉子天路騁驅馳

木落響不輟栖鳥永夜號沉霧塞四野秋天何能高狂風拉朽枯如聞猛獸咆景逝心自惻道窮形爲勞覆載諒無私偏側焉能逃小智不自顧還思庇其曹繞急張秋檠光暗失寶刀數奇曾數李乞食何如陶古人愜至性修飾慚皮毛陰陽任轉旋

宵易平生操

客夢紛復滅死絜全無憑衰鬢人不惜持鏡亦自憎搜古多永懷敢冀有道矜微言生新機聆之動勸懲理至不求餘物平恥相凌愼哉固所守剝復自有徵

秋燕已作別戀巢猶一來人生誰無情如水去不迴我亦有田園荒蕪入草萊刼灰飛不盡暝色空樓臺回首傷往昔萬事嚴霜摧京洛饒佳麗陳蹟亦可哀我思在高岡所隔淵有漼山深秋飛雪遙見色已暟江南露初溥叢桂慘莓苔一夕神再往

天風淨塵埃

秋懷亂如絲欲理緒轉紛對面不識心取色在閭閻嘗甲季孫富未敵原憲貧窮居礪苦節古語吾所聞殷憂傷北門詩人亦有云誰能泯哀樂不以至性分金石銘肝腸涕下千載文何如混沌初一氣長絪緼

題雲林詩集後

品潔詩更潔自是殞霞人清香發古幹姸姿悅芳晨寢食韋柳間門庭闢荒榛尋源義熙代冲尚示所珍投贈率貞素傷特託隱淪栖栖湖山志急急

朋友身慨焉念京輔難與俗子陳寂寞雲林蹤千載靜囂塵

憂旱

飆蕭嫩葉枯縱橫厚地裂河水早斷流桔槔聲漸絕救苗非無心其如力已竭敢曰憂黎元自顧亦轉拙生理將遂窮物情恐愈黠況聞東海鯨鼓鬣恐溟渤恩虫易煽動奸萌須早折　皇仁幸屢邀中飽兎狐窟議赦議緩征故事等毫末誰能叫天閽一雪腸內熱

初冬即事

一夏雨愆期田禾半槁死秋後稍沾足結實總成秕還望收餘粒聊以充糠粃何期甫刈割便遭雨侵漬禾穗半脫落爛葉沙泥滓欲收不得收叉手嘆無計薪米價日高奸民射肥利歲運易其常陰陽位倒置官逋更督促縣符日交至怒吏虬紫鬚踏餐遲鷹鷙吾聞此語終三嘆復流涕

和韻贈友二首

夙昔慕至道雅志在居山本無紅塵想世俗誰往還瘦骨聳壁立不肯俯就憐有時臨書卷眼界豁以寛焉能信衆口從此望飛騫得交君子徒物理

叅我前

不願爲達官功名薄青史胸羅黃石秘世上如君幾嗟余燕雀翮日暮野田裏非不志梧岡飮啄習如此君如千里鵬圖南方未已欲採天街芝何暇問桃李

蠶箔題耕織圖

竹色淨茅簷陰陰映桑柘蠶長箔屢分清和正初夏不辭兩手忙餵葉旋叠架兒攜陌上筐婦曩鬢邊帕水光浸亭柱日色透籬罅悠然上古風吹豳侍飲蜡

題洞庭翁巖求蘭譜

東南水都有震澤吞吐乾坤等潮汐周遭三萬頃有餘諸峯出没神仙宅擅勝無過兩洞庭迥然秀拔雙螺青山川淑氣有鍾聚高人韻士爭揚舲中數翁君更超俗含香抱馥居東麓鶴髮蕭騷青鏡中滄桑曾入傷春目六十年間頓古今一揮散盡千黃金眼前種種浮雲是留連花草餘深心眈幽自與塵情遠芳根不啻滋九畹蘭草原爲王者香珍奇羅列逾琰琁春花獨占冠羣芳玉女丰姿絶代妝素心蘭蕙都高潔蕊雲幻出妙嚴裝花容似

鶴復如蝶馬欆魚魫分枝葉醉倒楊妃春睡時夕陽紅映琅玕碧廣南了蘭最擅名朱朱白白畫難成公孫碧作參差態金玉叢中過一生秋冬倏忽經微雪向榮好就爐邊爇生長山中自有情雙雙並蒂稱奇絶（譜以並蒂蘭爲殿）品題種種自非凡筆尖刻劃忞雕劖傳神寫韻抽秘思衆芳飄忽隨衣衫趙王舊譜俱零落張家續譜憑商畧灌園傳來到帝鄉（灌圃翁鄭氏園名）甜吟好作清心藥君家玉樹美風神相逢一笑情偏真索我篇章傳雅事多時雜冗傷紛陳茲當立春前五日剪燈磨墨舒凍骨揮紙疾書得數行幽香恍惚來閩粵予亦全家湖水濱楚歌能讀愛騷人芳洲杜若思不輟一篇新緑漸粼粼

秋海棠（忌一切粉紅等字）

一生棄置墻根底三點兩點秋如許露華洗出態轉妍薄命斷腸誰訴與美人相對碧牕下常避炎光愛幽處看君零落秋漸深颯颯西風送愁緒

掃竹逕

舊竹長新葉枯葉下紛紛疎雨逗秋氣凉風生片雲掃同乾土聚燒任濕烟薰長夏艱薪火聊茲用力勤

西園和韻四首

藍田沕一隅誰畫輞川圖花雨歛三徑烟雲擁數株人從香裡過席向水邊鋪攜得葡萄釀相將罄一壺

幽栖還未果託與在盤阿竹掃塵氛少蘿牽石徑多山禽如解語村牧亦能歌回首孤雲淨修蛾染翠螺

袞袞諸公在何緣得暫陪柳絲嫌短鬢花色照深杯淺醉抛紅纈閒情付緑苔自嫌詩思澁不是雨能催

地主能高雅尋懽此最宜座中吹玉笛窗外梟晴絲嘉會何時再狂來不自持曲終還奏曲此後幾相思

過秦石經能史閣二首

尺步得幽勝何須更遠尋竹高君子節花結美人心風動生虛籟雲來助片陰無非書卷趣瀟洒寄冲襟

眾卉市中得清芬象外收煩君頻位置笑我最淹留嗜好謬同味經營欠一籌但能酬韻事此日足千秋

責子

汝年今十五志學是其時富貴曷可望文章猶足貧立身須自愛達理信所爲毋墮讀書種此言應三思

春半詩八首 杜牧詩春半年已除其餘强爲有郎此醉殘花便同嘗臘酒作春半詩

春光誰向个中知恰到平分已不知朝雨陰晴樓上景花風冷暖日斜時佳人錦瑟彈方促繡佛金針度未遲一段年華愁暫過小紅撩眼最高枝

繚垣東角認烟林剩墅遺坪取次尋海燕寂寥春社影山茶珍重歲寒心低峯約髻雲添潤青鎖當門草又侵饒有尋常興廢在稍遲春困一狂吟

早知春去春復來信是人間白髮媒花柳逢時猶作態芳心盈寸已成灰東風鏡裡催年換青帝宮中促駕回真否流光疾如此試教蝴蝶夢中猜

菁葱點染出深村爲問繁華幾許存碧樹蒼江曾送別青樓大道一銷魂知無皓齒沾詩句剩有春衫見酒痕閱盡芳菲更何謂閉門容我偃松根

傍檐忽覩片雲高直放晴光足展毫南陌羅裙先舞蝶東鄰寶靨遲含桃誰憑舊豔裁宮錦尚想新妝出剪刀最愛小窗兒女意正收梅片醞香醪

芍藥薔薇刺嫩芽不知春色果無涯樵漁好證三生果帝釋還呈丈室花海外千春同旦暮人間二月竟韶華試從此處參求去勝似紛紛野衲家

社鼓村簫久絕聲荒寒不許近清明鶯花麗句歸三昧樓閣仙山阻一泓醒眼且留看物變浮生多誤中春醒蘆鞭一穗紅千頃可羨邯鄲隊裡行

漫縈遠思送斜暉但欵仙容入小扉萬里玉關花信斷一江春水雁行稀瓶除宿蕊空吟屋石長新苔補釣磯多事年年老望眼玳梁遲立舊烏衣

咏牡丹

爲殿羣芳轂雨辰天工鏤刻自精神千葩遜格斯眞麗百朵凝妝竟出塵看影便宜金屋貯研丹還向玉樓勻直蒸雲氣成靈液待散天花作錦茵紅燭慣迎朱帔客金樽高會絳都賓風前態度觀應止洛下流傳種最珍剪後尚堪香繞榻開時先忌雨連晨平分姚魏行中豔半把清平調裡春老眼一舒愁病減細吟三日酷憐眞杜鵑莫叫傷春舌爛熳年光到九旬

題蘭譜

國香已是人間少更託花中別種香不到蓬山那拾得數枝瑤草壓羣芳

富貴神仙總渺茫好憑詩句答年光山人未到忘情處別擁金釵十二行

春晝

漫裁詩句餞春歸聊爲愁城作解圍覔取壺中春色在元來無處不清暉

贈同舟

古貌何人比似君萍踪相遇氣如雲阻風三日交情兒他日相逢是故人

聽竹

蕭蕭客舍若爲情剪得湘江一片聲風雨忽從霄漢下珮環疑繞畫廊行誰知夜靜人偏醒却爲愁多聽轉明領畧清音知不盡露叢烟篠最縱橫

樓

百尺凌空勢轉寬眞仙曾否此盤桓可能閬苑書來易却爲紅塵夢穩難風雨無端辜望眼江山猶好待憑欄年來覔得消愁法聊借扶筇作羽翰

歲朝

斗室高燒百和香曈曨曉日好年光書拈廸吉人心樂竹報平安鳳尾長出肅衣冠頻揖客齊添福壽共稱觴家家門巷都相似春送梅花滿路芳

菊枕

何由一枕到羲皇高卧須乘九月凉歛盡白頭留晚節製成金縷是秋香清宵合作通仙夢病骨還憑上藥方何物與君推二妙辟邪曾掛紫萸囊

蘆花被

蘆花採取向寒烟襆被裝成勝木棉雪戸且便高士卧雨床應借少陵眠錦衾一任斕斑設蒲薦還堪次第編漫笑貧家無長物簍頭猶得作連卷

先曾祖惺軒公詩

邑志行義傳云顧愓字子仁廩生　恩貢
廷試授知縣不就歸築石塘自三里橋至石
塘灣二十餘里康熙已未大旱出粟平糶
作糜以食飢施棺以斂死性坦厚所欲施
毋問多寡胸無機心天趣溢出人謂大癡
公笑曰吾癡恨不大耳公既負大癡之名
益不欲與世交閉戸讀書養性時自得也
少愛吟咏中年後詩亦不多作故所存頗
少丁未四月之望曾孫光旭敬錄

寤言

孔子言性珠走盤孟子言性珠着氈不知東坡作
何語我揣其意猶杯棬微言既絕性道湮仰望日
月愁雲烟躡月窟探天根喜怒哀樂之未發一語
已破夢覺門長夜沉沉喚不醒醒來說夢猶昏昏
昏昏至戰國孟子距楊墨隻手摩蒼穹就地起霹
靂霹靂動萬物百草皆甲坼甲坼本細微嶧陽之
桐高百尺勁草疾風能自立嗟乎夫子之言性端
木以下皆未聞孟子之言性又從保合提眞源譬
如曉日未東出周天一氣但渾淪登高山望遠海
海波翻動夜騰彩此時欲明猶未明陰霾一起沉
光晶誰謂紅輪無掩蔽誰謂離照非陽精性光煜
煜有如此世人誤以性作情性作情百感并縱欲
敗度習慣成名爲韁利爲鎖萬物皆備喪其我波
浪中流誰把柁明季事日非顧高二公日憂之依
庸之堂爲此作依乎中庸保幾希幾希乎幾希惟
危兮惟微謂性非急歐陽子謂珠著氈亦猶是吾
誠不能學二子之高才欺世以誤人亦何敢航海
而不由乎水嗚呼醉翁千古喚不醒東坡不飮不
知性

待渡二首

日日柴門閉好春不知江上有迷津直須萬斛舟
横浦待渡君看兩岸人

何不中流架石梁教人來往涉康莊丈夫欲補乾
坤缺暮暮朝朝自忖量

受業俞　坊　人表校

梁溪詩鈔卷二十

梁溪詩鈔目錄卷之二十一

梁溪詩鈔卷二十一

梁溪顧　光旭　華陽氏集

國朝

嵇贈公永仁

字留山號抱犢山農諸生學道人也工文章尚氣節具經濟才閩督范公承謨羅之幕下以康熙丙辰九月十七日死耿逆之難踰年福建平督撫上其事　給銀優恤戊子范公子時崇撫廣東具疏為先生請恤典

特贈修職郎國子監助教先生之學凡天文象緯兵刑禮樂河渠荒政罔不條貫旁及岐黃術發為詩文性光洋溢皆可傳誦初范公蒞閩先生悉心籌議所以制亂之方事見本傳賊錮范公于峇室隨下先生等獄廹脅萬端三年先生與范公以炭畫壁相唱和閩人林能任錄而秘之先生子文敏公曾筠求之二十年入閩得於林塔潘宗趾曰抱犢山房集先生以子曾筠貴累

贈光祿大夫太子太傅文華殿大學士吾家倚平先生

衡文清琴集載題嵇留山先生抱犢山房遺稿四首

遺編讀罷黯然驚振筆春秋大義明海上蟲沙飛毒霧嶺頭風雨暗愁城不妨談笑爲歌哭恃有文章當甲兵四十年前豪傑淚綱常終古屬書生 右讀吉古吟及百苦吟與范忠貞公唱和諸作

橫抽心鐵細沉吟筆力猶能抵劍鐔好惡是非三代直死生師友百年心青編作計浮名淺白首相知到底深始識人間真國士非徒一諾有黄金 右讀和淚譜爲一時與難諸同事所作傳十餘篇

淚痕不逐酒腸乾且盡當場一醉懽白紵歌殘投舞袂壞陵彈徹戴南冠只知燒後方成玉豈識鋤來盡是蘭一樣騷人離思切國殤山鬼畫圖看 右讀續騷樂府

黑獄沉埋百鍊才鄗枚不復望生回丹誠碧血俱黄壤鐵鑽銀鏽總劫灰萬里雲旗長捲恨百年風樹獨生哀還憑一點承先志常捧葵心向日開 右讀先生忠節傳

秋夜次棠谷韻 范制府在難中筮得棠卦別號曰棠谷

寒衣何處授徹夜紙窗明節近天香遠人稀鬼火生枕書多是淚死國亦無名千水千山路捐軀盡有情

餅蘭次棠谷

嗟哉王者香幽谷紛未靜採擷人自喧詎奪山中性春風不入帷秋月照人鏡賴此數日妍芳馨彌老勁

雨夜詠袍次棠谷韻

蕭蕭風雨落花茵海角天南擲此身泣攤牛衣無少婦虛攤布被愧平津寒來空自聞敲練冷到方知有結鶉裘葛與君爲故物未能消受總酸辛

雨霽即事次棠谷韻

北馬南轅何所圖麟愁鳳泣爲誰拘卧聞嶺上風雲合棲向籠中羽翼枯腐血錐心魂自黯熬形鍊骨氣難蘇壯年贏得成衰老雨後頹唐酒一壺

癸丑秋邑侯吳公餞余于聽梧軒招集秦太史對巖陳進士椒峯暨詞客殳山夫余澹心諸子同拈踏莎行調末以憔悴二字限韻詞中有孤城殘角夢家山亂帆影裏人

憔悴之句余心怦怦動歸迹之老父欲不果行老父曰相國舊誼其忍負之遂促余行至幕府日輒病胸痛號欲絕恐屆不祿之辰歸念頗切舉顛末告之棠谷棠谷爲余解憔悴之意亦和一詞詞內有云城郭無光村煙失翠黯然一見心如醉停驂暫緩入山期哀鴻待爾離憔悴余讀之驚愕私謂許子九日言者心之聲也何爲作此不祥語許子亦悚惕相對咨嗟知將不免緣情勉留遂逮於禍情所感激不忍去

也不忍去而去非但薄情抑并悖義嗟乎

嗟乎禍患有因端倪先兆今日憔悴至於此極余固久知之矣乃作悴憔引

余本抱犢人東皋有荒田荷鋤將經營課僕耕雲煙天南節度不肯放聘書早到薜蘿邊薜蘿間挂處士牆處士一去令君傷招攜賓客置餞觴吐詞製調魂飛揚有心負米戀草堂堂上念舊催治裝可憐離別九迴腸陟嶺踰灘躋險峻一步一望吳天長羈棲伏枕藥罏間海濱倦鳥思飛還好音慰藉情凄婉勸我停驂遲入山好友掉臂行病夫銜

淚住張羅設網日月昏冥冥翔鴻去無路雨雪從來霰集成著龜四體先分明自是愚忠被束縛休嗟野客迯歸程吟來憔悴看雙鬢只恐秋添未玉情

索藥書

我于軒岐書平日甚了了自謂此中人心目始分曉雖無折肱勤亦既窮要窮危病偶一試庸醫顏色悄方知神聖徒不在萬物表出門攜藥籠男婦輒環繞頗能去疾苦壺天未嘗小即在禍患餘起痾亦不少誠恐先朝露著書盈寸杪精力日以衰筆墨覺繁擾方帙散與衆冀拯枉共天公裕濟世懷頗沛尚矯矯視人有痛癢酷似茹荼蓼爲我覓殘書病瘵謝億兆

余輩在難所夜不貼席每晨輒鼾卧難起林翁晨興料理盥水糜粥爲賦辛苦篇

辛苦復辛苦老翁殊太賢鮮衣美食數十年一朝患難自炊煙我輩頓忘服勞義紅日曝腹猶鼾呎翁本宋代文昭後淵源理學名家冑早歲投筆慕蕭曹繡衣御史斂容就海隅明末擁唐藩叅軍一官且拂袖擾擾塵凡不可知欲隱山巔與水澨攘

臂下車愧馮婦履尾猶幸脫藩籬裹糧棄家遊方外元戎下士虛左待疆埸正值用兵時牖戸綢繆桑梓賴鯨鯢出没繫安危招徠恢復知爲誰盈庭無如李閣部節制八閩安邊陲運籌決勝視帷幄大半皆出翁所爲樓船勦海紛紛舉請修文德罷師旅紅夸謀入中國巢疏陳養虎詔不許臨終遺草開漁禁欲俾遷黎早得所更是孤兒處危疑老臣有子淚盈楮防微慮遠翁德高交情生死敢辭勞至今每讀樹滋集撫掌歎息人中豪英雄若以成敗論我曹難免逐泥糞推心置腹伊何流一籌

莫展空拳奮鎖聲琅琅柝聲凄與翁起坐聽寒雞勸翁且復就高枕明日敲冰畫菜虀

蒙谷以炭畫壁自云目之爲狴犴聲

孤臣畫壁炭痕香十日熬飢絶水漿叫破帝閽俱是淚嘔殘心血更何傷留題觸手無斑管得句驚魂對土牆只恐他年重拂蘚斷章零落泣沾裳

燈前梅影次蒙谷韻

凍蕊苞含霜雪痕吹香散影若生根怕隨籬落沾餘土盡掃鉛華慰斷魂屋角酒杯難一醉天涯紙帳幾同温無端飄墮成孤質寒鳥啾啾叫破垣

蒙谷以炭畫紙上書顔杲卿伯夷蘇武三古人相詢欲擇一爲決絶地也但被執大駡求死既不得十日絶水漿求死又不得是杲卿伯夷天已不欲令其繼之也無已請學蘇武爲作擬古詩

常山舌既乾兩耳了不聞聲留白刃間遲迴遏陰雲首陽腹已餒薇蕨徒芳芬精氣盍豪放鼎食安足云維彼蘇屬國持節牧羌羵十年如一日氷雪嚙紛紜求死既不得堅志豺虎羣從容與激烈大道原無分上林白雁札終得達　聖君願言勵忠悃天心將罷軍

初度自嘲即次蒙谷寄祝原韻

人生四十更何爲仗劍天南負所期俠骨虛生留氣魄危途迴立見鬚眉關山涕淚庭幃遠賓主伶仃天地悲還憶田間農圃舊短衣破帽也相宜

一到兵厨滋味忘飧荼茹蘖覺尋常萬千苦盡天心在九十春深馬齒强鬚鬢星霜前歲白形骸土木近來蒼老親倘記兒時事蓬矢桑弧總斷腸

野鳥於人何所圖網羅驅廹阻江湖風波匝地身粗健骨肉全家眼已枯國難到今縫掖重塵埋此

日壯懷孤青春莫恨無花放留取花開向晚途

買犢將耕溪上田田荒犢老客迍邅誰能沉醉忘千日我獨知非早十年仙佛學來塵劫内柏松歷過歲寒邊何時重整犂鋤具夢想桑麻已隔緣

寄我新詩慰我情遥知義在萬緣輕（蒙谷題抱犢吟見贈有義在萬緣輕生死遥相守之句）衣冠文物蒙塵垢襆被琴書付亂兵病裏兩年神愈旺歌來百感氣俱平人間若不逢霜雪桃李春風浪得名

檢點年華次第吟淸明纔過雨淋侵儒編盡向風塵誤醫學新從患難深幼子愚頑留侍祖孤身陷

溺賴知心古來忍詬還强力世上浮名酒漫斟

侯翁舊將也年已七十矣隨公南來有妾相從紀氏處州人年未滿四十難作之日自經而死一僕婦一蒼頭同時并死噫亦烈矣哉

侯翁徐州之賢豪彎弓遼左筋力㷊壯歲馳驅能自立出入營伍多勤勞致身建節貔貅上衝鋒冒敵邊海瘴數十戰陣飽經嘗老年氣槩益精旺甘心閒散歸舊里芒碭有田買耒耜攜家原爲報恩來節度當年恩重哉覆巢生死不可知正是裙釵決絕時臧獲相隨黑夜月啾啾黃泉淚流血

有人製新服見遺裂而返之

苦煞王孫不受憐側身狼狽意陶然綈袍氣暖顔凝厚短褐毛穿骨愈堅挾策驚聞官況好埋憂甘作楚囚顛升沉異地真懸絕從此雲泥道路邊

壬子下第後攻治春秋未卒業輒遭禍亂念此事未了仍向友人借書窮研走筆紀謝

鼓篋嘗受書鯉庭重風雅鄉塾所面命埋頭壇坫下窮年問毛公四始理瀟洒偏側走科塲知稀遇合寡清秋嘆濩落匏繫傷草野誰遺數卷來同學手鈔寫云是獲麟篇校定不苟且公穀鑿鴻濛安定設罏冶時衰而道危此義未嘗假深愧記性拙日夕手重把管窺甫及半喪亂吞聲啞文章棄如土性命擲如瓦喘息今尚存嗜好獨牽惹死生固有分讀書志難捨向君借瑱函一了夙業者

劉紀綱

太傅初入關紀綱年少小喘息隨鞍韉待漏驚天曉來往承天門入直五雲表抱裯還進食左右身繚繞從征絕邊塞氷霜凍飛鳥經月無人烟汲水百里少咄哉黃頭郎飛騰類騕褭雖多諸健兒不及此奇矯體會在意先忠厚省煩擾馳策三十年

老大心憂悄買馬赴危疆賣價供茶蓼風波赤地起巢傾類俘殍束縛遭窮究宦橐詎微渺聞言氣激昂口舌休妄掉我主爲清官天下人爭眺撫浙四載餘逋累尚環繞東南財賦鄉未嘗愛寸草況茲閩海窮何忍困億兆請君檢囊橐百金用未了此乃馬價貲蒼天所皎皎籍者意沮喪白圭色愈皦道路吞聲哀重闈寞且杳

我僕

我僕去何急黠兵赴海灘晝旗秋色苦白羽夜光寒問慰今何賴存忘汝更難未能攔道哭愁逐戰

雲端

癸丑秋余婦送至吳門止於外家之紅橋莊是日天色甫明薄霧漫水面乳嫗抱兒輩佇立岸上若不勝慘切生離之狀人非木石孰能無情每一迴思腸寸裂矣因作紅橋莊歌行

秋風蕩漾扁舟早雙槳到門攬懷抱薄霧籠烟水氣蒸鷄鳴桑樹催晨興懷中潔白鷺湖綾眼枯難拭淚痕凝良人遠遊意飛騰不知前路多寒氷雖然弧矢分所應臨深履薄生戰兢上有高堂下乳

稚養親教子將何憑出門兒女愁葛藤欲語不語長撫膺矯情揮袂急解纜蒹葭搖落鳧雁升野老滌場將打稻漁翁撥刺亦開罾惟有征夫捨耕釣紅橋莊上晝欄凭

囑林翁能任爲余珍重殘詩

壘瀋荒唐滴淚殘酸風苦雨未曾乾此身若遂沈淪死留與寒家子弟看　以上吉吉吟

老親

斑衣辜負著囚衣白髮親恩報答微未致許人身囹圄孤臣幽縶忍言歸

昆弟

秣陵泛宅錫山家一本枝開棠棣花羡被寒温誰與共誤人多難滯天涯

憶內

抱犢田間夜辟纑於陵偕隱盼征夫堂前怕說南方事腸斷三年侍舅姑

思兒

夢到離家淚欲零大兒五歲次三齡解余手未停批點曾學攜書到父庭

同宗　立命堂謂淑子兄心遠堂謂盤石先伯余皆課業其中孝廉謂羽斯弟也

立命堂中督課嚴讀書心遠地沈潛清修南渡司

徒裔對策多奇愛孝廉

受業　銓部張鞠存夫子見余落拓吳門攜至東溪令下帷數載耳提面命成就余學

招攜琴劍別姑蘇恐類名場詩酒徒膏火幾年依別業釣魚臺畔學爲儒　以上百苦吟集載共百首先生自序謂用炭屑畫於四壁眞情實境不假思索吟者撫須未斷讀者觸心即酸聊作患難圖繪者也集監不及多錄僅登六首當時同難相和者會稽王龍光雲間沈上章附記於此

夜泛西湖同王于一

日暮歌船歇澄流杳若空倒峯湖氣上孤櫂月明中聽曲憐司馬題詩憶遠公鄂王墳畔樹一夜起

秋風

庚戌寒食前六日偕家巢村弟遊韜光和香山韻

竹路循危磴神仙此是家池流千古雪山放九秋花擬草尋苔碣支筇觸筍芽僧閒容小憩同試早春茶

飛來峯

窈窕横天界神靈玉削成洞陰斜日透壁峭亂雲爭台潤侵寒黛垂藤漾晚晴飛鶩巖壑意猶恐宿猿驚

曹秋嶽司農倦圃

愛客司農性花開暫閉關搆亭秋水曲把酒夕陽間人事無心絶嘯歌恒自閒南湖有鷗鳥應識謝東山

越女

越女習勤苦家家盡飼蠶攜筐來道左采葉過城南朝露常多畏春風獨抱惹趙王殊不識妾意比澄潭

富春江

春寒三月盡風雨富春江一綫分天影千峰赴海幢重雲飛瀑布巨浪撼蓬窗髣髴精靈過歸心逐此降

酬徐士能

作計與秋歸秋高雁共飛病支琴劍色歲問稻粱肥夢到鄉山斷尊開鼓瑟希故人念交舊江上柳依依 此首見舊書扇

吴江夜發

忽覺夜風至開船夢暗驚漁燈猶未滅江月正初生越樹崇朝色吳門昨夜情相憐遊子意過雁寂無聲

自解

入眼藤花落新詩不禁生登樓當有月聽鳥到無聲年少難摧折情多變老成舊遊知幾處昨夢石頭城

曉發燕子磯

風雨亂雞鳴披衣正五更危磯吞水面疾櫓裂江聲塞雁一惆悵沙鷗相送行明時羞獻賦誰與念生平

竹外

驚看盈尺筍翠影到柴門出土雲霄氣瀰天風雨

痕烏聲如隔澗人跡不成村賴有田間叟乘閒共把樽

京口訊潘江如

亂後家園在天留處士貧入城看敗瓦居巷寂無隣水活宜栽柳山低好負薪齊門難鼓瑟歸老著書人

聞梅杓司歸敬亭

客白白門過知君返故廬鄉關兵火後山色夏秋初雞犬舊司宅田園重買鋤是非江海上避患學潛魚

雪霽放舟答雲子見別詩

蹤跡悲浮梗雲山倦釆薇離亭一樽酒客路兩重衣雁字霜中斷梅花道上稀淮南風雪後我獨挂帆歸

談長益留楚中未還

江聲寒白日環抱野人扉一自出門去空巢有燕歸依槎潭影動投館夕陽微不有登臨者天涯誰息機

石塔院哭潛江劉學士

著書期後世夫子竟先徂可嘆黃花節傷心白社孤人間空手澤地下辨歸途蕭寺秋風裏門生泣向隅

觀獵

青草郊原外黃沙日氣蒸驕風嘶怒馬健臂立飢鷹細柳將軍過窮崖獵士登橐駝垂野獸鞍上月輪升

家嚴若移居峴山

峴山新買宅兒女就桑麻薄日東隣樹寒風處士家力田餘飲食養母惜年華莫更驅城市南方正鼓笳

秋思

落葉滿秋林秋聲不可尋高樓有思婦夜起彈瑤琴越國海雲變吳江煙水深輪臺千萬里何日罷笳音

同友人出郊外

便作揚州客寒濤不可聞有家皆逆旅出郭喜同羣蜀井前朝跡隋宮新鬼墳隔江烽火後移駐水犀軍

登影翠臺望泰山

嶽氣撼虛空登臺自不同千峰遥枕北羣阜獨朝

東雲落碧霞殿花飛青帝宮還疑霄漢近颯颯御天風

聞友人村居之樂

勞車何日已羨爾寄青門桑柘栽千樹漁樵住一村情閒能狎鳥客到即開樽人事如流水山家總不論

懷李青章公車北上

北闕繞燕雲春風獨憶君離憂應共切言笑孰爲羣天路鴻音遠山丘蘭氣紛去年相送處門外駐斜曛

湖上秋興

一葉空明點畫圖曉衝鳧鴨浪痕鋪別來幾日秋生草看到羣山興滿壺佛面平侵寒浦黛月輪圓漾寶宮珠自從倚棹吟詩後鷗鳥三生共此湖

偶成

貧女自村野使君自姣好不以色事人進退一以道妬者集如蝟視之若蒿艸蒿艸有時枯金石不可槁回視眉黛人能得幾偕老區區朴陋姿患難以爲寶

念別

乳媪抱兒出送我里門首舟子舉布帆云俟河濱久擊榜衝鳧鴨解攬雜烟柳盈盈岸上淚凄凄杯在手豈不立逡巡業已辭林藪父母促治裝長跪出戶牖丈夫身許人難與妻子守但恐隔別來骨肉得全否眷懷梁鴻溪愁雲結岩岫

送徐子能歸芝山

作客爾先歸還家霜雪飛病中搔短髮歲晚惜斜暉想到梅花日應開處士扉故鄉有耆舊寂寞尚堪依

凉谷

著書常早起春日隱蒿萊山氣不可觸柴門猶未開落花催細雨啼鳥戀空臺且莫歛懷抱驅寒縱酒杯

秋日再過嚴陵

作客易悲歡秋天又早寒雲山常寂寞世道自波瀾暫住梁鴻里重來嚴子灘風霜羈旅色不敢鏡中看

平望

一氣自蒼灝難分吳越天鳥隨楓葉下帆帶夕陽懸古驛深苔碣橫橋鎖暮烟干戈猶未歇飲馬太

湖邊 以上葭秋堂詩

王連江灝

字時大號遜林歲貢生歷官連江知縣孫蘭長子也著有霞外草 節錄吳梅村序云時大幼孤積學其制義久矣價重雞林余雅重其詩文謂遠猷辰告而兼有楊柳依依之致今秋予偶駐梁溪而王子歸自閩江出南征日記并霞外草示予其詩之閑婉秀靚麗而不纖清而不薄東南名勝盡歸錦囊矣康熙戊申秋吳偉業撰

高忠憲公水居

大雅久淪喪斯道在東林先正有遺徽穹然山水深浩渺縱孤舟雲居遠追尋登涉懷徃蹟曠望悅

梁溪詩鈔　卷二十一　十八

幽心羣峯散平湖空翠來蒼岑伊人雖緜邈虛室懸銘箴矧茲溯流風因之白雪吟投瓊意何厚賡歌亘不任自昔期古處靡靡遂至今日月忽西馳歲暮苦寒侵願言告亘友努力嗣徽音

張豫士明府徵其尊人孝烈詩感賦

勝國承平久武畧疎四方書生綰韜鈐玩寇寇彌張首難發關中江漢旋被殃勦撫紛盈庭兵民自相戕流毒延六皖殺氣亘欃槍卓哉張孝烈心如百鍊鋼纏綿侍湯藥父死身亦亡墜梁抱父官斷指血霑裳弱孫前致詞兒命欲何將魂魄願相依碎首在親旁感義及蒼頭太息爲悲傷憶從寇禍起燕京失隄防煤山何巍巍玉泉何茫茫國君死社稷忠節激鴛行先公秉粵憲捐軀殉封疆死孝與死忠均以植綱常咏此孝烈詩悽惻斷中腸

遊天柱

朝從山谷遊暮宿慧光寺登陟踰崇岡千崖轉蒼翠應接驚仙源一一心所誌厥明棄鞍馬策杖豁幽思鳥道逼層雲未躋神先悸怪石鬱嵯岈突兀欲飛墜絕澗喧流泉氷雪經年積短松何盤盤瑤草芊綿被憩足鍊丹臺聳身復天際珠嶺接金堦

梁溪詩鈔　卷二十一　十九

八步疑無地 至八步堦登山無路昔人于絕壁上鑿巖齒二三寸側足援崖而上爲險絕凡八步許上郎西關寨元末土豪劉源保聚數萬衆于此大書在不明季避流寇亂一夫守險數攻之不能克 歘橋最高頂諸峯拱揖侍極目睇匡廬一氣爐烟細入柱捧虛無矗矗千霄植倒景落長江混茫難擬議 試心橋在山頂懸崖上廣不盈尺下臨數百丈直見天柱山根旁無附麗于沙地特起一峯形如春筍按志高七千二十丈望匡廬在几席間長江一線東臨滄海西極瀟湘俱隱隱可見 天雞忽然鳴笙歌紛紜至中有鶴髮翁授我長生秘丹砂定可求驂鸞恣游戲局促塵網間毋乃轅駒類歸笻破暝煙嶺月侵衣袂喘定想幽踪怵惕不能寐

讀遜國紀

古木亘空碧若華被春榮枝葉交覆蔭風雨忽相
傾豈不念同根勢偪禍所嬰少帝纘祖業安居石
頭城方黃共柄國遂啟靖難兵荆棘遍銅駝飛鳥
夜悲鳴試望金陵道芳杜不忍生

池陽謁黃侍中祠

噫嘻乎古今磊落嶔嵜人屈指科目何泯泯乃知
科目不足誇飄如輕風捲落霞亦有科名重九鼎
大節烜烜星日炳池陽江上侍中祠奕奕英風我
所師三元盛事先商輅削籍何由天下知兵威門

梁溪詩鈔　卷二十一　廿

內自摧殘皖水東流竟不還屈平既遂沉沙志婦
殉淮清節更難復有曹娥同激烈魂隨皎月飛銀
潢千古常留血影石東薌剸斬萇泓碧陳珙駢首
景隆囚鴻毛徒死何嗟及噫嘻乎巍我廟貌作儀
型留取丹心照汗青徃來不乏垂紳者門外車輪
試一停

虎邱坐月

漾舟尋明月山閒展幽玩渺渺烟霧生耿耿星河
爛松竹蔭修垌芙蓉被芳岸綺宴開重樓明燈駿
朱幔王孫夜行遊佳人歌達旦頹俗非古歡感時

抱遜欵

悲烈婦

朔冬寒風冽鴻雁雙南翔比翼何翩翩離合詎有
常嗟此農家婦結褵事耕桑終歲懷苦辛恩愛兩
勿忘何期遭厄禍烽火暗江湘大軍赴西征劍戟
曜日光寇來恣淫掠妾心寔恇惶誓今明大義委
身赴滄浪反顧與夫別黃泉永相望欲待致丁寧
倉卒不能將更有弱齡女效節殉溪旁悠悠逐逝
波姓字焉能詳千古貞淫辨慷慨爭此場濡忍止
須臾節變名亦戕匹婦抱區區黽勉植綱常志潔

梁溪詩鈔　卷二十一　廿一

比曹娥操苦儷共姜寒月夜娟娟溪流浩湯湯

下闗江

客從仙霞來一葉滄江渡飛流東蒼山曲折千里
赴高下地形殊壘石巨靈布衆响激危灘嵯岈兮
心怖乍驚魍魅立旋駭蛟龍遇遠聽日潺湲即之
若吼怒咫尺皺人宮惝怳疑有睹舟至路已窮穿
行屢回互失意幾微間每爲長年誤綠蘿生孤烟
遠峯白雲護應接既不閒抬頭復回顧山鳥啼一
鳴憬然發清悟

匡廬

澄湖雨初霽淡蕩見匡廬青靄遠沉沉靈氣涵空虛山腰白雲起來往自卷舒杳杳天界濶蜿蜿地勢舒遥望香爐峯瀑布千丈餘驂鸞駕白鶴中有仙人閒道心寄松風世慮忘樵漁青蓮與香山逍遥散瓊琚高話羲皇上悠然返古初此樂不可得孤帆縱所如未知自茲去逼塞將何居仰彼古人轍負愧亘在余

彭蠡阻風寄所思

客心懸日夜歸棹故淹遲彭湖飛浪白浩渺將何之雲黑黿鼉遊風霾鬼神疑虎豹蹲我前猿聲清

且悲嘆息行路難愁心當告誰弭楫亂山下惆悵失前期崩波盪遥烟嶺月懸虬枝乾坤同一照萬物生光儀客子延竚立倚幌有所思湖山覗清景嘉賞亘在茲悠悠念我友杳杳隔山陂旅懷敘濡翰爲君緘此詩

山居

高臥一無慮柴門多夕闢不知山逕遠翻訝故人稀涼月下踈竹清風懷采薇隔林烟火動處處荷鋤歸

秋感

羣山高峙大江流幾度秋風憶舊遊北望關河迷客夢東來烽火動邊愁開樽且醉平原酒泛宅誰尋范蠡舟自笑行藏無定策還攜餘興對沙鷗

憶昔趨庭總角年傳經曾示手摩編雙旌虛望庾關外五馬從遊鑑水邊叔度有情悲陟岵子雲無賦奏甘泉綈袍欲飽風塵色孰信承家有象賢

隱几蕭齋秋日深滄桑不改著書心藜光夜照南窗曉劒氣霜寒北斗侵欲訪山陰乘小艇每依流水聽鳴琴曠懷千古多同調興至狂歌半不禁

空庭遥望暮林平矯首雲霄志未并綵筆欲題鳷

鵲觀雕鞍空指鳳凰城秋風江上思張翰落葉碑前弔許衡漫說故園禾黍熟生平温飽不關情

甲寅上正日作

積雪重陰慘曙暉點蒼山外羽書飛銷兵自出天王意阻險方知絕塞非五嶺干戈鴻信絕三湘征調燹烟稀只今江漢朝宗日莫恃昆明累鐵衣

千官朝會集長安紅旭纔臨承露盤雲繞　九重金闕迴漏沉五夜玉階寒疇咨岳牧民依切特賜田租帝力寬天保共賡今日盛雕題應見息征鞍

潛陽學署雨坐

萬壑奔流急一天梅雨寒偃虹懸樹杪倒峽坼雲端涉世偏多感憂時竟尠懽薄游成底事誤我是儒冠

別同鄉諸君子

離亭遠望思依依柳外蟬聲咽落暉身係他鄉難作別心憐好友未同歸一林墜葉鳴秋急兩岸懸岩吐月微珍重雙門分手意天南莫訝雁書稀

登岱

岱嶽崚嶒積翠重憑虛獨立最高峯天開鳥道浮雲合地接龍沙碧樹封覽古昔曾留漢簡尋幽今

復見秦松遙看不盡空濛色日暮惟聞萬壑鐘

丹陽三義閣

中流高閣砥南州四野烽烟一望收落日帆檣歸近郭深秋簾幕捲寒洲天分牛斗星河動地接徐揚水國浮吳魏已亡餘故壘鴒原猶見漢儀留

少年行

踏花蹀躞過紅樓一擲千金不用愁肝膽向人何處盡酒酣月落看吳鈎

癸丑春歸

濕雲如幕覆江城幾度蕭齋聽雨聲底事茫茫芳艸綠送春歸去亂啼鶯

立春前一日微雪初霽歸棹過吳閶

乍斂餘寒報曉晴遠山數點雪花輕溪邊一帶垂垂柳春色毿毿一夜生

飛花如掌北風寒寂寂山塘不厭看深壓柴門人未起悄然吾自憶袁安

一望霏微失遠汀江天漠漠凍雲停灞橋詩句人何處依舊吳峯數點青

舟夜

深夜放舟何處泊遙知犬吠有人家推篷乞得漁

燈火四野蕭蕭蘆荻花

西湖和韵八絕存二

題湖心亭曰勾留處乃三韓范公撫浙時詩歸不得取白香山未能抛得杭州去一半勾留是此湖之句以顏其亭者也未幾范公移制八閩遇甲寅難殉節郭快翁太史題一絕於壁云勾留畢竟未勾留君與香山一樣愁白馬橫江應有恨故人不忍泣西州予偶登亭上因次太史韵以志景仰云爾

傷心畫壁苦吟留（公有灰炭畫壁詩句）有客羈囚共說愁（謂秭）

留山先生百口已敎同日盡山河依舊拱神州旌麾遠控越疆留血戰三年未解愁一死一生雙節峙逢人更與說衢州 李鄴園之芳

建昌發舟赴省

揉藍一水抱山青綠樹人家聚遠汀趁得長風今日便波濤聲湧不曾停

王贈公畿

字式九號雪岫諸生明侍讀學士耐軒先生十一世孫著有西溪艸堂詩稿以子賚中書舍人贈如其官

春江詞

浩蕩萬斛愁春〻滿烟霧泊舟聽潮生飛雨灑江樹飄飄落楊花江干醉酒家蘭膏照妙舞清歌動棲鴉歌舞沉沉夜難久銀河忽傾迴北斗昨宵買醉西湖樓朝來走馬金閶柳金閶花覆吳王臺客行沉吟重徘徊嬌鶯啼上斜陽樹海月飛落愁人杯我有青萍劍匣底綉綠苔長恐芳華歇秋霜染鬢來緬邈鴟夷子桂櫂五湖開

青溪草堂歌

涼風六月青溪天蕭蕭吹入草堂前野花雜草寒紅壺藤蘿顏壁生寒烟堂前喬木書卷碧老人耽寂久成癖坐卧經旬莫叩門山雀飛飛來几席

秋江雨後月出

濕雲如絮捲江頭銀盤滅沒飄城樓水寒沙白江岸爭檣帆欲落漁罾收涼飈忽來江上宅螺髻亂鬟晚吹笛青楓蕭蕭濤截飛月層崖穿石壁

過湖塘登康山及鳳凰諸嶺晚宿秦大西齋留贈

五湖千頃畔萬壑一柴門藝圃忘朝夕爲農長子孫丹顏華若木白髮老雲根客到聊雞黍篝燈自

縱論

同梁汾謁涇陽先生祠坐二泉亭竟日

一艇溪迴帶雨輕斷崖千仞入雲平丹楓石壁先祠古黃葉山椒野史成祠中爲梁汾之積書巖攜茗漫嘗新汲水摩碑爲檢舊題名偶談遺事還增感坐對寒岩别有情

送魏叔子之廣陵歸翠微峯

秋深紅葉滿村籬有客登舟意獨遲荻渚斷烟空笠澤江亭落木到彭蠡可憐伯仲文章滿回首乾坤羽翮垂此去還山數千里幾時鴻雁過溪湄

送嵇滃園之黔蜀

江頭楊柳草芊芊何事臨岐更憫然匹馬短衣愁去路高堂老母望歸年荒鷄頻破蒼江夢鼙鼓猶驚紫塞天漫把文章論巴蜀烏蠻落照夜郎烟

次山來韵寄可遠獄中

干將氣白斗牛間三歲圜扉事等閒誰惜文章埋屈宋尚流翰墨識荆關（可遠善畫獄中以此餬口）拊心午夜悲知己回首斜陽憶故山淚灑白頭淪落客杜鵑啼血染猩斑

寄顧景范仍用山來韻

多才未許郎當閒歲月消除筆墨間題畫興亡悲楚漢鬬殘風物對江山蕭齋夜雨成灰刼絕塞春蕪老閉關（先生著有方輿紀要）時少英雄成豎子披圖欲使淚痕斑

太保墩（邑義旅禦倭戰殉處俗稱水仙墩祀廉宰劉公五緯於此）

孤嶼瀠洄古堞東溪山勝處着䄂叢春濃遊屐迷蒼霧月黑漁舟上晚蕖千載國殤存社鼓百年勞吏聽晨鐘于今誰識城烏夜羌笛橫吹擊柝中

楊漁父思九

字維三國子生例授州倅非其志也故自號曰漁父漁父幼孤產中落而發願施予志卓而操堅專壹務本自奉粗糲晚年以其贏餘置田三頃贍族黨之貧乏者爲衣食延師婚塟之貧其平居暇以茶寒以絮病者以藥死者以櫬暇即周行邨落中發衢造梁及諸焚券已責事嘗濟伯績可漑數千畝旱澇蓄洩一方賴之己未庚中間歲大祲指囷以賑所全活者甚衆西門橋爲邑孔道獨力修葺放生池傾圮甫落成而　翠華至　御書賜名慈雲寺漁

父性嗜書晚年不輟嘗丙夜篝燈手抄課諸孫較課諸子益切至今江陂楊氏實大且繁漁父啓之也漁父子宏度篤實醇行亦好善事載邑志行義傳

荅顧梁汾

使家有良田廣宅其人如璞玉渾金就地買山堪卜隱鋤雲種樹自成林不然妄想皆招損況復天心最惡滛歷歷前車何事覆井陘穩度馬駸駸

秦贈公瀾

字紫迴諸生官平樂知縣爲殉西逆李定

國之難恤贈按察使僉事華鍾之仲子紫迴至性過人篤於孝友隱德未彰以孫雄飛貴贈江西承宣布政使司

初僉憲殉難時遺絕筆一紙紫廻跋日傷哉此吾父殉忠時絕筆也順治已丑春吾父以序貢入對　大廷時恤三藩不靖授粵西富川縣令奉命隨征卽於是冬辭家起行七千里長途無倂瀾弟兄成立者三人長兄叔弟不無內顧惟瀾願從解維後迦長江而上至武昌度歲而　王師以養馬駐衡州久庚寅吾父寓雁峯寺之僧寮所攜資斧無多業已告匱同寓鄭兩艮晨夕共處稱莫逆因語瀾日此去百里爲耒陽其地產煤炭若以鹽交易可獲倍利遂假瀾鹽百包載徃不謂此中乃屬窮鄉所寓茅舍一間卑濕穢汙不堪寢處甫到病劇水米不入口者兼旬主人見病勢危迫爲延巫禱神移卧鄰家潔室調治月餘扶病回寓時羸瘠非復人形吾父一見驚駭淚潛然下也冬初王師移駐全州歲底卽攻克巖關長驅入省各官隨後進發恤州民竄避貢夫頻艱僅得一板輿與吾父乘之四百里崎嶇山徑瀾竭蹶徒行以病體未復踰一大嶺力憊喘急倒卧塘兵草舖中幾瀕于死越兩宿始力疾緩行詣省時定藩已發馬鎭兵馬開闢平樂辛卯新正十二日發兵徃富川同吾父到任富邑舊有九圍各練鄉兵以相犄角窺城守兵單陽順陰逆反側不常吾父子卧不貼席者累月百計開誠招撫始少寧戕署中苦無幕賓一切簿書錢穀惟瀾相助爲理地方稍定遣役來南接取家屬而長兄叔弟及六七兩幼弟俱來任所壬辰夏秋之交叔弟以省母旋里長兄亦相繼歸吾父在任將及二載爲士民愛戴建立生祠在戶祝膺撫按兩臺首薦謂遷擢在旦晚矣八月問西逆李定國窔犯桂林定藩死節頹發王令盡撤各

路鎭守官兵帶領文官齊至蒼梧聽候吾父子離城時城守安副總撥役伴送坐於馬船之尾艙羣騎日夕相踶囓致滲漏不甠苦乏舟更換又值三鎭兵馬缺餉向各州縣搜查攜出錢糧不容隱匿勢難存活瀾心急計生賄求管卡魏副將私給卡票改換衣裝充作東省運糧水手客攜素蓄幾百金肓險出卡至廣東三水縣買就一舟正欲赴梧已聞李逆兵下共駐梧兵馬俱退至肇慶峽中狂風陡發兵船漂沒者不知幾千艘屍骸遍江而下瀾是時不得吾父吉凶消息亟奔廣城莇問計程百餘里中途遇漳泥長數丈許舉足滕陷生僕二人惟仰天長號力爲扶挽而前此亦人生至慘之境也抵省尋見吾父悲喜交集雖船覆峽中幸早登崖僅以身免其行李資囊已盡付洪濤矣會値東省告急石米七金賴瀾所攜具在得以存濟李逆自王長冬迄癸巳夏全師久困肇城西省已無賊守新撫軍得抵桂林蒞任吾父由東粵赴謁詢知奉調離任印信保全頗加優禮仍諭富川僻遠且在省守候未幾左江周道臺復任強邀吾父下平泊舟河下數口嗷嗷瀾因徃會城向羅郡尊告貸去省數日詎料李逆攻肇不下矣從聞道面逆平樂文武各官一時破執旋抵桂林攻打七日夜城崩數丈瀾此時巳置死生於度外幸定藩陰兵救護城得保全李逆適聞孫可望內纂之報無心攻掠遂將平樂各官盡戮營盤撒圍而去瀾謂吾父自必一體破難於賊退之明日乘院鎭司道各官俱坐小南門城樓議事哭稟尋收父屍時方戒嚴城門未啟命懸繩而下瀾遍將潰腐屍首逐一細認並無吾父及兩弟諸僕在內各上臺自辰至午坐待回報知父屍不獲皆爲慘顏嘆息瀾隨具詞爲孤臣一家死難懇恩題恤以廣皇仁以慰忠魂事呈明撫院後蒙牌示已經彙題吾父幸邀曠典其他死難者泯沒無聞不知凡幾矣平樂道路稍通卽得吾父殉難的耗瀾亟下

平郡止存病僕陳榮一人臥於民舍詳述吾父被執時因郡民指爲清廉好官不忍加誅將父子三人看留察院內之東廡吾父於八月初九日書就遺囑從容就縊城守易參將聞兩弟哭泣覺而解救後以撤兵渡江吾父躍入灘流殞命易參將令兩弟送塋畢遂挈以行去後月餘六弟自柳州逃回將遺囑付瀾旋即病歿次年春七弟亦從交趾土司逃回與瀾相依一載復病歿於平諸僕則久矣被難僅存瀾萬死一生之身煢煢隻影悽慘萬狀蒙省中各上臺慰憫酌委平樂經歷暫藉一官糊口後因大兵會勦玉波土逆督糧招撫著有勞績復改補平樂縣令蒙撫軍題請實授部覆准任事丁酉春部選呂令到郵事每謁諸當事皆云爾自有本分功名在宜速還鄉瀾因思父櫬未歸母年已老逗留無盜遂決意還梓所苦解任後行資無辦偶爲左江周道臺諮知延入幕中二載所獲館穀聊潤歸囊遂於已亥九月挈任娶繼室周氏同扶父柩暨兩弟櫬登舟涉湘江越洞庭歷風波而幾蹈不測者數四受無限艱辛於庚子二月始得抵家自已丑出門至此已閱十二星霜矣喜萱堂無恙不圖此生得再見慈顏以供菽水猶不幸中之幸也因痛念吾父處家時年逾半百瀾以婚娶未幾曾未嘗奉養一日抱恨終天惟是隨征之任以及殉義數年間相隨患難天留此身扶櫬以歸吾父耿耿忠魂得依故土以承　欽賜祭塟之典瀾雖賤貧終老乎而差可無憾於生平也已瀾謹述

紫迴歿貧甚遺一妾諸守節撫孤破屋數間早夜紡織以自存活篤老猶乳其孫雄飛及見雄飛成進士也旌於　朝　贈夫人人謂忠孝節義萃一門云季聖昭曰紫迴詩瞪視中晩衙官沈鮑今皆亡矣曩方伯嘗誦一絶句亟登之

途中

千里流泉紅百里新鬼哭彳亍不得前哀哀主扶僕

季諸羅麒光

字聖昭號蓉洲丙辰進士初令閩清梅溪康熙癸亥臺灣初入版圖設郡縣甲子蓉洲簡調諸羅以新開之邑凡百俱費經畫日無寧晷案無停牘條議詳明爲臺灣定永遠之規制侯官高兆序其東寧政事集曰初澹水置罪人若古投荒之區其土著半番社無衣服廬舍間有人民則五方集鶩之衆既入版圖吏布教胥隸在前法律在後此中人日夕驚怖若麋鹿之入網羅觸藩躑躅不有其生吏樂其愚益以煩苛迫之先生至載瞻荒落歎曰

朝廷經營四十年費將士之命數十萬金錢十百億萬緡以有此土奈何若是於是進其目詔其子弟灑涕推心悉除害政力之所及申文告巽辭命犯權要冒禍患以寧處之力不可及則條疏荼毒奏記呑噬書周全之策講防杜之方無論諸羅一邑即臺灣全境山海形勢大之兵農扼要小之商賈委瑣至於撫痍之宜煕播漏濮之宜補苴無不覼縷書札監門之繪春陵之咏不能較痛切也　其事載臺灣志所刻有蓉洲詩稾蓉洲文稾四書制義東寧政事集蓉洲小

品秦對巘宮諭云東寧之廟貌于嶺之穹碑兩郡士民將百世以之矣

感懷

生無適俗情薄劣多所悞悲吒忽醜老棄置仍如故浩歌撫鳴琴人莫一我顧況值秋晏時綿攣愁難數皎月入簾櫳庭蕪生白露寒夜發紅蕋蒹葭起鷗鷺蕭瑟嗟歲華賞心亦時遇淸陰掩高窗神宇絶塵霧幸有古人心愼勿易所慕

有鳥生深山矯矯異凡姿方其毛羽成志在摩天飛朝遊崑崙巔夕返滄海涯豈不畏層霄寥廓固

所期逾分不知止遂使筋力疲遽焉返中林又恐拙者嗤何如東籬雀悠然棲一枝田園有稻禾飲啄能自肥上無彈射虞下無羅網悲得此亦誠足高飛竟何爲

梅溪里戶半在會城視事後卽有事于三山兩閱月將歸治署奉紫迴有詩見示漫賦留別并呈令弟撼岳明府

知君廿載餘握手三山道政事與文章君家兄弟好殷勤念故人襟期任傾倒論詩聞夜鐘酌酒對秋艸玉盤錦荔紅美熟銀蟶小海上方用兵郡邑急征調君季實多才指揮付談笑舊雨滿庭幽捲簾榕月皎軒窗竹翠明案牘蘭香杳讀君瑯玕詞風雨波瀾浩睥視中晚人衙官屈沈鮑嗟余梼櫟資章句恣探討平生滄洲意獨有青山曉致身無良圖攬鏡豁長嘯五十始服官功名不爲早頭白翻折腰摳衣私自誚枳棘非鳳心雲山寄懷抱寂寂梅溪城戶冷炊烟少街市積蓁砂墟落遍菁篠青苔生筆床衣桁上白鳥養拙固所宜薄祿愧溫飽珍重別君行天外相思渺九月楓葉丹谿容淡如掃臨岐祇足悲囊空慚紵縞君到故山時爲謝

五湖老

除夕

今年今日盡明日是明年百歲一倏忽白髮來相纏人生混塵跡小刼天圜旋古來賢哲士恥受羈紲牽伊予誠碌碌生計托聖賢浮沉二十載虛名不能捐人言服官好仗策辭故園山城旣日瘠海域復辛艱一朝禍患作風木淚漣漣蘭幃失雙影風雨悲斷弦困頓空兩袖會計缺金錢自慚服食菲不如舊靑氈欲歸陸無軸欲渡水無船著書良不少誰能救迍邅仕宦旣如此何不尋宿緣

歸義寺步月

佳人托蘭蕙高士比松柏爲其曠世情靜對神相懌邱壑艮夙因心遠境非僻月影澹簾楹凉露滴苔石

明月照欲周高林捲殘霧蕭然杖笠輕虛廊引徐步禪悅靜禪心送遠增遠慕去住各有情消息溪前路

客中送友

自予海外來棄置三山道晨夕欣相依梓戚話情好結契一何長書卷豁懷抱君實愛予多送君慸

紵縞浩歌激尊前皚皚山月皎遙望城上雲青青接溪艸

海門城

海門城昔人築城海之濆兩界山河南紀盡此城突兀夾天門當年廛市如雲接海販鹽估烟火集春雨魚蝦霜菜紅秋風蟶蛤鷺花白自從海水乘風來迴湍激岸聲如雷已見蛟龍吞碧瓦旋看魚鱉鼓朱臺秦皇鞭石馮夷怒高堤復堰無堅土叢桂曾飄何氏園豐碑已沒誰家墓蕭蕭百尺女墻高須臾鈌濫隨波濤鈴塔沙崩青霧散譙樓水湧黃風號桑田倏忽悲飛雪閭十萬誰依戀鶴鶴朝翔學士門蘆菰夜浸[illegible]二殿掀天高浪何湯湯濕雲陰霰晝蒼茫白馬潮來常作勢黑豚風急聲偏狂天吳捲土如捲艸前村已沒後村少北邙無復歸枌榆西郊誰插新榆棗吁嗟海若何紛然人物千年有變遷高岸爲谷不足異山葵淵實昔所傳朝灘夕漲誠無已滄海幻跡自如此安得息壤今復生年年塡海塞洪水

田婦行

臨淮道上逢田婦赤腳蓬頭立高土卻指斜陽向

客言淮西風物由來苦地疏水濶瘠且荒昔年曾此生眞王千里蕭蕭禾稻少平原脈脈多膏粱富家問僮兼問婢貧家耕作尋常事大婦前行中婦隨少婦紅顏能荷耜夜習機杼晝習田茅簷籬戶朔風穿聽來亟鳥知晴雨舉室蒼茫出看天三更催起裳衣倒四更盥沐鷄鳴早五更挈伴走中逵天明始到田頭好阿翁復向坑前呼挽栗移薪又刈芻黃口啞啞啼土榻竹筐瓦缶相攜扶阡陌高低互凌躐壯者躑躅弱蹩躠鎌鋤在腰兒在背面面汗流仍背浹削遍桑麻更摘瓜白楊高票啼悲

鴉大風颮颮黃塵滾肌膚寸寸積泥沙酷日當天烈如火尺布蒙頭衣肘裸渴掬河流飲樹邊饑飡麥飯田塍坐生來憔悴長荒村低頭倩覗臂問痕一身耕織劬勞併滋味長年啗菜根爲言辛苦猶不足食無餘粒衣無幅頹墻敗艸壓床頭夜雨秋風頻痛哭吁嗟乎人生百歲曾幾日鬓毛空向秋霜白面黧指皴眯涼瞳環堵殘年夜啼泣生平不識脂粉香好花不戴眞可惜爲語珠樓金屋人田婦何曾少顔色

蘧軒新築爲家叔賦

卜築遠塵俗悠然靜者居徑深多種竹屋小半藏書好句香殘後狂歌月上初非耽栖隱癖元艸接吾廬

宿金沙僧舍

問俗來鄉曲招提且暫遊鴉啼千樹月露冷五更秋山色窺簾遠灘聲入枕愁攬衣一遐眺呼酒上僧樓

和堵天柱閩遊雜詩

閩南風物異蠻語惧聲聞榕客垂深蔭蘭開散遠芬灘高波作雨嶺合氣爲雲此地年來好王風息戰氛

治堂古松 明初白公諱整令于華多惠政累遷州牧郡丞士民詣闕留之在任十二年因家焉今子孫蕃衍爲邑望族曾植松于堂今存其二扶疎矯曲誠古物也

深陰高復老誰數召公棠愛與人俱遠思因樹更長雨清亭下鶴風靜座中香沱水流無極依然頌魯王

草堂 劉忠宣公休沐處也李東陽有賦何仲默莊昶皆有詩

一疏歸來後先生自草堂經綸千古事泉石百年香謝傳娛情遠留侯托跡長東山雲片片依舊接瀟湘

詩墓 邑人劉必宏客死金陵止傳其手書所作詩二十七首曾孫忠宣公招魂納詩于棺以葬之故名詩墓

筆塚今何在如君詩墓香辭家無骨肉歸魄有文章一卷空殘淚千秋尚夕陽道傍徒纍纍姓氏托誰長

歐陽夫人墓 郎文信國夫人歐陽氏也墓在磯灣傍多二姓居此

閣能留相國墓亦記夫人日月更元氏松楸泣宋臣層山雲自歇一逕草猶新忠節千秋事蕭蕭望水濱

墨山 邑之主山離騷「少司命也亦謂之元石山有觀在焉張燕公詩中元[illegible]石

門天下絶勝即此廟祀陳墨子英爽最著因入祀典

幾度墨山下尋幽路轉重雨侵前代碣雲隱累朝封元頂松常濕石門草更濃山頭烟正白知是晚僧鐘

玉蘭花在觀音寺不知其植于何時宋咸淳初凋落如龍龍口別生一枝可數丈土人以花多少占歲豐歉

古寺名花老寒香托梵宮凍雲依石細晴雪落亭空虛白高僧榻清幽處士踪一株忘歲月霏虧自春風

章臺故址章華臺在城東隅元時試士曾以此臺爲賦題傍有細腰宫故址迷

梁溪詩鈔 卷二十一 四十

離哀草寂寞殘陽可爲荒亡之鑒

當年歌舞歇寂寞一臺存山影兼雲亂江聲帶雨昏人家連草色城郭印波痕極望哀凉處難招宋玉魂

大梁懷古

層城百雉帝王宫極目平原四塞雄少室南來連楚澤大行西望入秦中周京禾黍驅寒鹿宋氏園林卧石龍此地千年多戰伐黄流曲折亂烟空

江上送漁父

一簑烟雨大江干小艇横波去棹寒水外歌聲依曲岸柳邊燈影落前灘涤蘋夜月家何在白荻秋風夢未殘鷗鷺不驚隨 住好携樽酒漫垂竿

朱仙鎮懷古

鄂王遺廟舊軍屯汴水蕭蕭咽九原戰罷兩河翻日月獄成三字沸乾坤夕陽廢壘千秋血細雨祠堂故國恩憑眺不堪頻拭淚鴉聲凄切已黄昏

視事諸羅

西風輕拂使臣車諭蜀相如舊有書細譯番音誠異域喜看野俗尚皇初自來窮海無飛雁從此荒村有市魚漫向遥空長倚望黄雲晚日接扶餘

梁溪詩鈔 卷二十一 四一

穀日次韵

好卜陰晴問老農桑田今日有租庸天開瀛海層雲護地接扶餘落照封潮漲魚龍眠大海風多簾幙捲寒峰東寧穀日春光早一望平疇綠已重

大雨和斯菴

積雨陰沉日色藏高原烟冷暗牛羊山前樹影當窓寄屋裡溪聲入夜狂酒沸浮名愁自悞燈昏舊夢逐人忙知君此際誠相憶爲我重書療癖方

燕臺喜晤華紫灡

故人驚見古金臺臺畔斜陽霽色開漸老才名還

自愛遠遊鬚鬓總堪哀殷勤別緒憑詩卷牢落雄心付酒杯何事吾徒偏浪迹風塵相惜重徘徊

關山月

秋風邊月五更明細草黄沙谷口平夜臥鐵衣殘露冷哀鴻啼過海西城

青樓曲

横塘西去柳隄斜白玉紅牆是妾家門外醉停公子騎月明歌落海棠花

男 湛之 蔚仲校

梁溪詩鈔卷二十一

梁溪詩鈔卷二十二

梁溪顧　光旭　華陽氏集

國朝

嚴宮允繩孫

字蓀友號藕漁明刑部侍郎一鵬之孫已未召試博學鴻詞授檢討轉右中允乞歸餘十年卒於家中允性恬靜不慕榮利年五十餘旅食京師其書詩畫並極雋妙至以布衣名動公卿上蒙　帝鑒　廷試鴻博時僅成省耕詩一首不得進呈　帝親閱卷亟命取進曰史局不可無此人諸臣獨不聞唐祖詠南山陰嶺秀二十字入選乎他日　召見從容垂問曰朕知汝能寫真繩孫辭謝轉中允其紀　恩一詞云烟月滿漁村一道飛書下九闕　聖主臨軒初試日逡巡白髮青衫拜　至尊隱矣又焉文歸去空留土木身何意片詞親檢自　楓宸九死從今總負恩調南鄉子邑志文苑傳云中允沖襟雅量瀞然不可滓同邑陸楣擬之隱淪獨行謂與雲林先生異世同心崑山葉方藹又日雖以元鎮方之猶疑其未能及也所著

秋水集梓行已久晚加芟定益以近著併史傳擬稾若干卷雜文若干卷都爲一集陸楣序之

挂劍篇

延陵昔日佳公子寶劍橫秋向千里北來奉使過徐君鮫函麗穀芙蓉紋若耶水深赤堇合從之于莫徒紛紛徐君欲之不敢語公子由來意相許祇謂提携上國行誰知一别還如雨歸來撫劍空歎息宿艸離離土花碧星鐔玉珥懸松楸意氣寧爲死生易吁嗟公子義至高我歌挂劍風蕭蕭塵埃

三尺狗知已今人棄此如鴻毛翟公賓客聚還散人間萬事須臾變一顧方銜國士恩九疑已隔平生面感此悠悠復何道黃公壚前滿秋艸愧爾高陽舊酒徒龍吟一夜霜華老

漂母祠

漂母昔進食識此天下奇男兒感知已本自窮愁時淮水東南流悠悠不知期一飯久蕭索秋風生釣絲

燕臺雜詩

烏啼何處不勝秋終古桑乾入塞流故內金盤還

衛霍諸陵玉盌自松楸頻來寶地龍宮閟欵聽神臯鳳蹕遊遨莫山川無恙在不須鷓鴣話從頭當歌莫負酒如澠榮顇悠悠豈足憑牽犬幾經悲上蔡種瓜誰不笑東陵塵消碣石三更雪風落交河九月氷試問夜寒華省夢故人知未戀靑綾曾看直北是京華上苑寒生苜蓿花千里素書憑朔鴈九門刁斗雜宮鴉珠官瘴海唐蒙節玉帳秋風蔡女笳莫把茱萸高處望疎烟淡日正無涯山毳蒙茸醉巨羅趾隨肥馬狎鳴珂千門樹色驚心隕一夜蘆花點鬢多燕筑人誰知隱約齊竽吾

亦謝蹉跎他時歸臥烏皮几悵望浮雲柰爾何

曉登虞山觀日出

江南諸山虞山好欲往登之苦不早秦子攜我六月來二十四聲蓮漏曉遊人上山猶秉炬上方月照靑楓樹山鬼潛啼薜荔風雲根半濕滄溟霧薄寒蕭蕭宿酒醒置我望海之高亭亭外何所有八荒一氣靑冥冥須臾海圖雲錦坼碎擲珊瑚蕩瑇碧燭陰吹烱燔長空翻起咸池勢漰渚中含日車呵辟辟細柳扶桑幾朝夕祖龍長橋不可成萬里空鞭石流血吾聞岱宗日觀稱絕奇豈與此地同出沒人生萬事更何有海水悠悠自今昔不見神山徐市船安知別島田橫客表獨立兮雲容容山寺門開聞曙鐘下山始見上山路靑壁丹霞重復重

杭州雜感

宋家宮殿俯金牛狼藉山花雨不收北狩以還猶半壁南音從此雜中州空傳方響呼鸚鵡無復冬靑識故邱指點鳳凰山上路不堪蕭瑟起邊愁

紛華何處說先朝明聖湖頭樂事饒直指封章陳水利長楸臺榭上雲霄旋移帆影無窮柳不記簫

聲第幾橋往事杜鵑啼不盡淚痕添與浙江潮

湖上竹枝詞

白頭漁父見承平吹笛孤山舴艋輕見說天家錢又趙惱人湖水不分明

堤邊閘口水如羅月滿風生相應歌願得歡情似湖水更無時少更無多

爲黃漢臣題所藏顧子方書蹟卷

顧子耿介士夙昔見嶙峋豈惟異風骨不肯同衣冠抵掌論當世奮袂起長歎分別涇渭流心事如驚湍皇路一蕩覆所爲良獨難天風吹輓歌碧血

川原丹摧謝理一致達人辨蕭蘭壯心未試時日夕弄柔翰金石委坐隅逸思發流紈振頴旣游龍斂筆亦停鸞官奴草書後法不逮貞觀旭素與過庭各自開波瀾頋子學書譜姸步非邯鄲今觀屈強意孫實慚氷寒故人黄夫子投分同鷄壇至今藏舊蹟寶若金瑱玕示我一卷書無乃墨未乾其前列詩歌慷慨念無端歌時筑聲苦歌竟壺口殘其後綴短牘豁達披肺肝懷袖二紀餘如聞勸加餐世路多諱忌今人好譏彈獨有吾友心相守如任安勿言數行墨仿佛平生懽緹封護風雨一一

蛟螭蟠余愁腕力弱空得幾回看

山中曉歸 先輩云吳伯成制府宰吾錫時與泰巖諸公詩酒留連往往淸談達旦文翁多暇謂伯成也一時宏奬風流數君子優游林下後起之士蔚然興焉

使君遲日愛林泉碁局詩筒事事便山塘高樓聽急雨月明柔櫓下淸川戎戎岸柳連江市隱隱城烏起曙天自是文翁多暇日不關河朔勝情偏

寄頋梁汾次見懷原韵

曈曈曉日鳳城開纔是仙郎下直回絳蠟未消封詔罷滿身淸露落宮槐

南歸口號

短蓬隱隱見孤烟賣酒人依獨樹邊敲火石根炊不煖亂山風雪欲明天

送吳伯成明府按察福建

泠泠湖上風滉滉溪邊水非復昔時情長亭向千里城西楊柳綠紛紛攀枝折條送使君使君去矣承 主恩承 主恩不遑息莫攀公轅臥君轍閩海長鯨始自歸撫綏旦莫須才急秉持重典邦禁尊秋荼密網非 皇仁張弛有道在所寄中世循格無其人公名久在 御屏上 帝曰汝諧唯汝往一朝拜手卷黄麻拂拭鳴琴斂餘響仙凫起彩

鷁翔碧油紅旆照河陽雄州大郡色如土昨或比肩今負弩八言服官樂豈知服官苦槁項望一調惴惴保尺組望公不啻昇天行下視蒼蒼邪其數公昔撫我來民愚但言暮公今舍我去乃不須臾住回頋望我鄉棠陰覆屋桑柘長便令他日復覯止堂高簾遠私自傷私自傷田夫及紅女何況從公刻燭遊十載心期共風雨何用持自慰一人知已可無愧何用持祝公凌烟劍佩丹青雄仙霞關口飛春風三年苦見旌旗紅荔支甘蔗亦已空公行勞苦惠飛鴻無諸舊邦有先澤天風海濤相與

垂無窮

奉使晉陽道中作

河汾秋色意何如不盡林巒擁傳車早晩入占星使入古今吾憶覇圖餘雨晴山郭清砧遠風落關樓畫角初借問龍門應接近巖窗恐有舊藏書

晉陽歸道雜詩

駸駸長途騎所遇乃駑蹇豈惟少良樂生材固亦鮮受　命收國士將盡汗血選猶恐隔眞才無由到吾眼龍文喜一得觀者不言善强復加金羈逸足庶終展唯才與時命自古每多舛賢豪有特達

望古一長緬

送汪悔齋同年奉　使琉球

憶昨元會日玉陛羅四裔側見中山人遠自重譯至纒頭尺帛黃拜舞乃不異其王昔歸化保世遂及嗣抗表請　朝命　天子嘉其義畀之　紫泥封爲擇皇華使鄭重　詔九棘屢集金門議海國遣詞臣　昭代未有例吾聞重溟險萬里若烏逝日月互吐納合散在一氣吹滂見移鯨山嶽訝易置天琛與水怪包舉及瑣細行子凌窮髮脫身信遐厲行坐占五兩一失不可濟況聞田橫首魏闕未旋繫島嶼憤所歷何年掃氛翳當時語風濤人盡爰居避汪子軒然來用舍非所計春卿一顧起追復問其次副以薇省郎明朝入封事　九重親試人由來識名字便宜所陳章一一經　睿思上許扶桑東永鎭　宸章麗下彰風波倩宛轉及廉賜車服何輝赫公侯良不啻麒麟織成錦寶帶垂綠綴天仗引華芝蕭笳列橫吹喧闐青綺門出祖恐無地子行拜嘉慶庶展平生志稱觴歡父老負弩驅長吏一深捧檄情敢後叱馭意此邪秉聲教祇事敬弗替要使識　皇仁不共珠匡棄使

君挺高標氣與秋旻霽一段生黃金逡巡致前致久歷厭人情山川起睚眦何況絕島間飄飄一秋蔕天生當世才會必有所試所幸明膏煎無爲多才累共通金閨籍結好踰兄弟風雨此爲別何當望歸櫂差池悲世網哀樂傷中歲情知萬里行更執臨岐袂西風吹我心逐子去安稅理我五湖帆相逢始成醉

春日蒙　恩予假南歸

不是　恩深便拂衣涓埃生死報應稀吳牛避熱先愁喘宋鷁銜風且退飛十載青雲雙鳳闕三春

紅雨一漁磯去來我亦無心者何必逢人說昨非
青鐙　丁知白髮催年年珥筆侍蓬萊上林落月垂
鞭入內殿華燈　賜酒回鑾駕有人聊獨往松楸
無恙好重來寸心敢自孤明義已是身登郭隗臺
搏飛端不到青旻高足都看幾要津遮莫吾今先
喪我由來臣少不如人官同阮籍貧來久世識嵇
康嬾是眞文酒故交雲雨散夢魂相望落花春
因循行計蹇誰留歸到春光澹未休細雨綠江魚
上市暖風紅寺燕隨舟從今只作周南滯何日仍
陪博望游百度螭坳行下直昨來惆悵幾回頭

詠文石子

犖犖生何代悠悠憶棄捐在多寧自異處賤不成
妍細□知誰數貞心亦幸全梅黃飛帶雨苔綠卧
連天幽契忽相撈可文得共宣晶瑩初解珮彩翠
舊遺鈿金錯周刀蝕砂紋漢鼎鐫氣涵雲葉潤肌
沁土花嫣體孕山山巧曹分箇箇圓翻身辭綠渚
盈手上紅船洗祓潛生暈沾濡始更鮮終焉蒙採
擇敢自墜周旋行笈從連百郵籤屢破千携來蠻
雨外歸供法雲邊薤簟看承月花瓷養注泉銜奇
空泣楚賞僞欲噓燕䃭礌應難改升沉亦偶然不
須飧髓術聊得共餘年

劉廣文雷恒

字震修歲貢生官本府訓導遷六安州文行著聞師事王阮亭先生所交遊皆一時名人

過銅雀臺

西陵復誰望歌詠承新恩珠簾延素月錦瑟對芳
尊天命尚有待蛾角安足論如何拾翠女掩涕爲
東藩

劉秀才霖恒

字沛然諸生與兄震修名相亞文行交推世稱二劉嘗遊粵東著有南遊艸上下二卷陳朝偕已巳春年詩同庚七八以生日爲序首沛然次利禪大師及朝偕次華商原次安孟公次顧景行次孫星遠其壽沛然詩有軒后靈樞琴上受淮王鴻寶枕中傳之句註云沛然好岐黃之學得自琴川異人

五色鸚䳇

從來鸚䳇名原好羽翼鶯看五色彰萬里飄零懷
故土一生珍重是文章屏前孔雀應慙舞池上鴛
鴦已避行聞道丹山還有鳳碧梧紅豆與回翔

陳秀才睿聲

字朝偕諸生著有含譽堂集南陽太守振豪子也振豪在啓禎間抵突奸璫揞拄强藩至幽囚放廢瀕死不少悔朝偕守家學潔直自將所如坎壈弱冠工於詩藻思穎發與嚴宮允交最厚泰宮諭從軍漢南多與唱和朝偕論詩斷以盛唐爲質的或稍及中晩則揺手相戒故詩特整贍有法度中歲又飢驅南北得江山之助詩益豪放峭刻而意致兀奡如其爲人吾家景行先生題其詩曰流離寄沉痛本原在忠厚識

者以爲知言

辛丑正月五日同學諸子見過城南黛影園擬和陶靖節辛丑正月五日遊斜川詩韵

五柳有新意春風吹不休高節歷歲寒深情託娛遊斜川淑景動賦詩愜臨流素沙起歸鴈織氷立輕鷗吾廬接廛市中自成林邱歲月偶然合芳躅詎可儔高吟曠千載餘韵遥相酬諸子盡白雪下里慚獨不年光旣堪悦栢尊醉消憂况聽枝上鳥嚶嚶猶聿求

開平衛

崇墉一何壯萬雉亘繚繞渥温都漁陽玆爲舊豐鎬山川相縈帶關塞若懷抱嶄巘野狸嶺鴈過落雲表八角蘊方諸黄尖涵瑪瑙中華蔚人文地靈愛其寶別有釆玉河産玉始美好元宗拓大荒西域通貢道異物充内藏珍怪積瑶島水晶琢宮漏晷刻合微渺靈乩注陰蟲吐翕盡機巧長夜舞天魔丁丁不知曉閴寂三百年離宮滋蔓草上都今若在書契淨如掃

扺兒嶺至天城

南風吹衣裳送我入恒代問嶺名旣奇道途復破

碎窅靄臨洞壑崎嶇上岩砦峽角扼咽喉屹若重門對厚地百丈裂危石孤花戴森竦熊羆蹲突兀虎豹驕要害或可守幽并故爲界康陵昔荒遊西巡靡停歲所歷諸險惡輦轂豈無壞拾彼糊喔安履此至危殆土木有覆轍後車曾不戒垂堂古人懼我行尚多畏忽忽西馳景晻嗌廹難待天城信完固周覽益增慨古寺曲徑深老樹紛可愛金堂鎖幽靜僧定了無礙惝怳游子心傷哉筋力憊

雲中懷古

塞上山北趨白登忽西轉朔風吹不動山南氣澂

暖陽和室盧聚城市物稍腆土沃生殖滋蕃牧易
繁衍昔時漢家營草深狐兎滿岌業單于壘旌旆
猶在眼先民有遺言在德不在險
冉冉輿雲橋蜿蜒溪流上何年鞭巨石驅之下丹
嶂憏憯四鐵牛蹄角儼相向昔荷皇情眷今騎牧
人唱春陽油碧车春水青鳧舫迴飈舞袖舉明月
歌聲亮彩雲猶自飛塲影空蕩漾倚柱不復遐臨
風一惆悵
受降唐時築三城鬱相望鼎峙龍門隂控禦雄朔
方突厥遂遠徙百年靖邊疆飛狐不煩塞雁門焉

用防桓桓韓公積少陵著篇章自經漁陽亂年年
受漢降

金谷步障歌

君不見晉石季倫初爲散騎家尚貧一朝好俠事
剽刼累貲巨萬多奇珍自矜本是功臣子依倚權
門作聲勢路旁常拜廣成君座上偏凌高刺史冊
瑚碎擊誇元舅火浣衣奴羞晉帝意氣驕奢日轉
雄重開別館三川裏金谷流泉引作渠河陽花縣
添成綺青瑣窗中貯美人羅紈繡縠爛春雲輕聲
玉佩居前隊艶色金釵殿後塵更研沉水篩香屑
牀上行來俱細骨獨有翾風最可憐百年共誓中
天日習視紅顔寵漸移珍珠三斛買名姬曲製新
辭歌懊惱教成垂手舞明妃嬌歌媚舞歡無限昨
日風光今日换生憎洞戸慣行遊邦厥房櫳看易
徧欲鬬繁華出錦叢藻龍雲鳳閒翔鴻步障裁爲
五十里王家紫絲那得比漫空異彩散朝霞一片
光明奪秋水翠羽流蘇滿四垂懸黎結綠影參差
蜂疑香國遊成陣蝶訝花宮夢屢迷蝶舞蜂廻繞
障邊透迤爛漫映晴川北控華林遮紫陌南經上
苑覆紅泉白面縱横陳廣座中間次第列瓊筵上

客相邀先賈氏勝友潘羊二十四雕盤脯鳳膾猩
唇碧盌腼熊膰燕髀西域葡萄琥珀光烏孫青核
醍醐美酒盡千鍾日色移猶聞金縷勸金巵繁絃
急管青山咽皓齒蛾眉衆目馳歌停酒歇主人起
請賦當筵金谷詩人各一篇誰最後罰嚴三斗莫
教遲梓宅從來多勝槩年光占取春常在自言寵
孀非所甘自謂身名能久泰須臾權去賈謐誅孫
秀傳言索綠珠高樓猛雨嬌花墜東市繁霜泉艸
枯錦帳飄零無復有愁雲苦霧低衰柳春畦靃靡
麋鹿遊夏屋椒塗狐兎走早知奴輩利吾財安用

多金擁禍媒祇今何處尋遺址金谷青青但艸萊

秋夜

山水仲長志蓴鱸張翰歸收綸明月上吹笛暮烟霏菰米青蒲岸蘆花白鷺磯乾坤原浩蕩簪組幾人違

清明陪吳明府遊石門次蓀友韵

高閣翠微際寂寥人境違牕中堪矚遠塵外悟知希清磬偶然發孤雲何必歸良辰添逸興句軼謝元暉

咏鸚鵡次崑山歸元恭韵

棲跱崑山上傳音婁水南天寒同鶴語窻曉接鷄談毛羽人爭羨聰明性不貪當筵鸜鵒舞顧影自應慙

同學諸子邀汝陰劉公戫嘉禾朱子葆句章姜西溟鹿城徐蕤初過黛影園看菊即席分得灣字

地僻塵囂遠庭荒艸木閒鳴騶過竹里放鶴起柴關秫菊分深淺看花成往還不愁紅燭跋霜月照池灣

荊州歲暮六首存四

楚國三千里章華兩度遊再過當臘月昔別記中秋雲物著梧換寒香杜若收向來戎馬地奔走爲依劉

飢驅來此地風雨最關心柱折天增漏兵多氣積陰梅花空有夢柏葉未辭深回首鄉山遠凄然淚滿襟

僧舍朝眠慣鄰雞夢屢醒冷看爐火白靜見佛燈青雲響牕楞紙風傳殿角鈴却愁春水滿戢艫動空舲峽名

遥憶家庭聚團爐正此時慈親堂上語稚子膝前

嬉餬口終何計言歸那可期夜深兒共僕相對轉凄其

景陵喜遇郃陽王琴伯攜至吳巽中別業同寓

意外逢知己驚言共黯然相攜鈴閣下同到水亭前昔聚纔三月今來恰十年主人吳季重能識仲宣賢

吳苑歸舟

泬寥天氣別梧宮闔閭涼生逆棹風野水積陰多躍鯉秋堤無艸不鳴蟲漁舟倚柁炊烟綠估客連

帆夕照紅隱隱女墻吹畫角還家猶趁月明中

照黛閣和蓀友韵

穀雨深春柳散綿落花庭院鬬茶天歌常達旦歡無限語忽驚人醉偶然卜築擬鄭揚子宅催歸嬾上米家船勝遊此後何時再愛看藤陰枕石眠

項王廟 廟前臨具區後枕獨山

荒庭遺像擁琱戈木客山魈白晝過玉澗喑嗚號虎豹銀濤叱咤走黿鼉重瞳覇楚威名甚三戸亡秦剏業多百禩江東猶廟食大風爭似拔山歌

西陵道中 有序

先大夫初令蕭山天啟中事也戊申春㡿聲問渡西興舟子指埨與堰皆稱陳公遺愛不勝感愴恭記一章

家君昔宰越江東顯德清芬邁仲弓石鎮輕舟花覆錦香焚深夜月當空穿雲埨涌琉璃碧蓄水堤迴羅砥紅利澤到今遺愛遠舟人指點說陳公

荊門

夷陵刼火未曾休自古荊門戰艦浮七國咽喉爭楚蜀三分疆界畫孫劉元戎號令收臣妾軍伍橫行竊馬牛不有安邊羊叔子閣羅應瞰望沙樓高旍鳥羽繡林紅合甲犀鱗幕府雄梁帝樓臺三峽外楚王宮闕五溪東獨除逋賦邊陲固各卒增兵內帑充江漢安危付諸葛不妨淮海醉山公

過兗州

巖巖泰岱魯邦開不見黃河禹甸來白首從人騎款段青松笑我過岨峽爰居對享寧知樂鶢鶋移巢祗自哀漢武若教封禪早臨邛豈負長卿才

王文中歸自滇南余亦楚游初返春日招同泛舟湖上登五浪山拜孫秉兮先生墓

憶昔河橋手共扶別離生死各荊吳千山鳴鳥當

三月萬里歸人到五湖嘯遠蘇門悲拱木情深霄子致生芻先生若使今猶在也醉春風酒百壺

西冷雜詠

越國水犀波錢王強弩多如何番騎躪倏改宋山河

秋壑登庸日平章蟋蟀經金籠飛將死遺恨叫冬青

新燕

試舞花陰倚柳絲風簾雙翦羽差池商量舊壘須營補話盡春愁暮雨時

長春閭口占送別秦景天

燈影連霄喜暫同渭城朝唱石樓空隨君只有三春夢常在梨花夜雨中

華藏寺禪堂畫壁二首

龍蟠虛壁翠濤寒夭矯渾忘壁上觀隔水笙簧庭外奏回頭翻作畫圖看 柯敬仲松

鳳池遺墨護禪扃百尺貧當黛色青爽籟尙從踈影出恍聞風雨下湍靈 王舍人竹

華秀才長發

字商原號滄江諸生工詩詞善行草才華風度肩隨藕漁而書名亦亞之詩稾甚富存者曰滄江百一詩 陳朝階巳巳齊年壽商原詩云住隔城闉巷陌連芳菲時節事依然儀容瀟洒臨風玉翰墨飛騫嘯樹仙吟共閣中過雨夜歌同花下是庚年還思燕綵屏間句九萬而南歲八千註云商原燕綵堂屏上楊聯莊子逍遙篇中句也

送遠曲

馬行遲客行早山店官橋天欲曉月明江上山風吹原上草草在故鄉枯亦好

不寐

愁深不能寐夜長不肯曙流連及往事美人化雲

霧荒雞動五更月影掛踈樹依稀入夢中無言倏來去

題黃守中畫像

山爲屏几樹爲幛溪流一道來春幛望去門庭淸且高此中人在無懷上滄桑閱盡物不齊雄心未冷沖虹霓酒酣手弄鐵如意長嘯一聲江月低

蔡友對巖同入都門賦別二首

曾聞燕都勝未作燕都遊車輪馬足無停留長安大道心悠悠巖子巖子少奇特瀟洒不受相羈柸共道前身是畫師胷中邱壑誰相匹握管能書有道碑艸堂重見工詩律錦囊玉軸足平生二十功名早輕擲燕都自古帝王州萬戸千門一望收西山高插白雲裏易水倒入黃河流征車前進挽不得寒風六月如新秋帆過京口泛大江江濤溢起魚龍浮淮南木葉王孫賦潞河明月空閨愁𩙪然一笑輕離別我歸江南子江北萬里相看咫尺間鴻飛冥冥勞相憶燕都繁華近若何燕姬酒肆長經過驊騮嘶入紫煙去雲璈鳳管相呼歌何如江南稱澤藪蓴菜鱸魚無不有不辭風塵苦不畏道路難褰衣策馬在太行之左薊門之右丈夫壯志

每如是冀北空羣此行矣
馬卿仗節還成都傾城錦帳接九衢諸侯令長盡
負弩琴臺春色鶯相呼翠壚屠蘇泛醽醁彈琴鼓
瑟吹笙竽當壚美女顏如玉錦堂燭煖紅氍毹是
時漢帝方寵遲凌雲一賦千載無秦子才華驚傾
盼十九聲名滿芳甸珥筆朝趨碣石宮含香夜宿
明光殿三年魂夢繞親闈捧得　恩綸馳傳歸門
前羽葆如鴉色寶馬朱輪競夕暉敦槃氣誼宛如
昨芝蘭不數李與郭水亭月出奏銀簧玳瑁筵開
恣歡噱歷落琉璃甕日陳離披宮錦袍相錯鄰侯

梁溪詩鈔　卷二十二　卅二

梁上三萬篇青藜熒熒夜欲燃傳柑歌鶯坐花下
分題刻燭菖蒲籤追歡未已車又北江亭分手意
何極相思迢迢天一方欲往從之無羽翼贈言有
盡情不盡一日千秋各努力

嚴世華自金陵貽書約遊嶺表先此柬寄

貧易輕鄉國停舟盡一杯子身爲客去明日渡江
來白浪衰年怯青山倦眼開故人聯袂處多在雨
花臺

觀音岩

萬峭摩空起驚呼住小舠天窺虛洞杳樓俯斷崖
半石室無長夏巖風激遠濤路危爭尺寸上下戒
同曹

即事

世道茫茫未敢論每思往事便驚魂千橋影裏宵
鳴柝萬馬聲中晝閉門官路半淹三月雨人家全
荷五湖村白虹自散悲歌客皂帽于今幾箇存

哭顧廷颺

山川清响助哀音西望羊曇涕淚淫二月鶯花才
子筆五更風雨故人心移舟舊里烟波濶繫馬空
庭草色深蘊藉烏衣遺韵在後人誠不愧東林

梁溪詩鈔　卷二十二　卅三

清明寄秦五湘侯時在甬東

朝來分得禁烟無旅夢遥知夜入吳滄海日生欄
角早錢塘潮到枕函孤各天兄弟人千里落魄江
關酒一壺溪上桃花春已半幾時同釣狎魚鳧

有友招余北遊者賦此謝之

由來無夢到長安行路難如八百盤爲愛柴桑陶
處士南山當戶倚筇看

故交零落嘆晨星南面何如擁百城富貴逼人無
我分酒杯書卷送餘生

舟夜

青山兩岸入扁舟剪燭殘更話未休鐵笛一聲江
月白醉眠蓬底不知愁

安秀才璐

字孟公號蓍涵諸生我素家孫廓菴子手
輯先賢語錄高子遺書小補天全堂集著
有罨畫樓集兼工書畫世以其畫配華商
原書又以其書配鄒黎眉畫吳木泰序罨畫詩謂如九疑瀟湘泖峥秀絕陳朝嗜齊年詩壽孟公有字裏洛神王子敬畫中天姥李青蓮之句註云孟公所藏十三行墨蹟至今尚在罨圖集中亦有忘年詩和劉沛然拈少陵四十明朝過之句而作謂正當以千秋自期耳

名迹

道學怪有名肝膽惡有迹有名與有迹竊之無弗
獲狡獪保令聞樸誠多指摘豈惟末流然往往誑
史冊

三時咏

忠憲爲大行上書觸君相遠謫揭陽尉萬里臣無
狀往返凡三時顛狂任風浪經過十八灘習坎義
可仗此行微此事矢志正昭曠何處小樓中豁然
悟道豈患難勿自負浩氣從善養

高士

雲林古高士避寇蘆花洲異香馥烱水致爲寇所
收僞吳南面王作威眞可羞開口思便俗默然任
誅求至死無一言逸品名千秋

石公山

白雲迴古洞長夏晝生寒絕壁千尋立平坡百畝
寬石崖名劍閣水窟號龍盤更有幽奇處天從一
線看

銷夏灣

自昔聞銷夏今眞避暑來嵐光盪巖壑潭月浸樓
臺菰米灣灣出菱花面面開輕舟隨意泊凉氣滿

湖隈

贈襄甫兄自註予先姓黃

並是春申裔家因帶水分兄專千嶺月弟飽二泉
雲磊砢暫同調縹緗勉共文平生幾相卹握手語
殷殷

寒盡

無愁寒將盡窮居且自閒風聲危老屋雪意冷空
山裴是當年儆詩供此日删齊州青九點到處笑
囊慳

胥江別黃司農

六月扁舟汎具區名山七十二縈紆烟霞散處收
詩句骨相寒來入畫圖胥口片雲同信宿横塘孤
櫂忽分途攜將空翠魂猶縈憶否黄公舊酒壚

梁園歲暮自感次竹鑪詩韵

雪滿梁園意惘然家山久託夢魂邊竹爐有蹟標
新韵花石無人弔暮烟技老雕蟲嫌問歲眼看射
虎又殘年茶聲小築堪忘世我亦還尋滌硯泉

金山寺

南北勞勞此問津空王臺殿倚嶙峋英雄今古成
何事只剩江山冷笑人

春歸日送華峰黎眉還錫山

今日送春兼送别兩般離緒一般愁無情花鳥多
情客去後思量總白頭

鮑州佐景宣

字南侯州同知負經世才浸潤涵濡澤于
爾雅與兄武盧孝廉有二難之目武盧早
卒南侯以詩名世四十餘年著有青古軒
詩艸台遊小草杜太史詔懷鮑翁詩曰雙鬢已垂白時還憶少年由來公子貴生愛美人憐醉淺熏衣坐吟深就榻眠多情常爲我擘盡浣花箋

懷幼女

弱小偏憐汝萱親早去幃孤程吾獨往隻影爾何
依鄉信經秋斷離魂逐鴈飛情長多氣短淚灑濕
征衣

望泰山

幾回驅馬向長安泰岱烟霞攬轡看雲近天門常
五色峯迴日觀轉千盤深林風雨留秦蹕古時龍
蛇肅漢官未得登臨恣揮手遥從巖畔禮仙壇

雨泊

猶是關河促遠征窮途無計問君平江豚吹浪風
初起石燕翻雲雨未晴作客十年身似葉懷人千
里意如絣可憐勳業朝看鏡浪擲光陰已半生

表忠寺

漫向深山取次行奚囊隨處一身輕鳥飛天外先
雲過人到溪邊有鹿迎花塢日高縈霧氣石泉風
細散琴聲香臺漸喜塵緣絶欹枕華胥夢不驚

蕎塘溪

越水鳴榔去荒荒野燒浮路迴千嶂遍帆轉一溪
幽蹊樹叢青靄輕舟散白鷗弟兄相對處談笑慰
鄉愁

華頂

天峯高倚五雲叢有客登臨向梵宮日色迥浮滄海碧霞光晴映赤城紅松杉不散三冬雪鸛鶴常鳴萬里風咫尺便應通帝座莫輕談笑動虛空

紀勝

日日籃輿選勝行烟霞是處可怡情國清寺外松九里桐柏宮前鶴一聲丹井水寒雲氣上金庭風定月華明夜闌更向瓊臺望縹緲疑聞子晉笙

武林曉發

殘星隱隱照篷窗水勢乘風瀉畫艭夜永更清人不寐歌聲一半是吳江

蔣秀才遵路

字路然諸生家故饒於貲路然性落拓重交游耽吟詠漸以大困而路然灑如也初爲詩與吳人張澤同邑黃傳祖輩從事竟陵派已悉焚之求諸漢魏盛唐下筆遂無近語事父母至孝難起骨肉無幾微見於顏色年四十一卒嚴中允繩孫荅路然詩云今日停雲意多傷善病身飄零隨世故慘澹向天倫歲月文章老永霜晒對眞異時三徑裏應共白頭新秦宮諭松齡哭路然詩日十年風雨共盤桓子脫青衫我罷官苦愛詩書增疾病眞緣孝友得艱難支撐敗屋諸孤在收拾遺文老輩看舍北黃生今亦死可于泉下語更端註云路然與黃心甫論詩不合

題華補庵菰川庄圖

南郭先生隱薜蘿相傳耆舊日經過此圖彷彿移邱壑想見風流足詠歌菰米秋連漁浦潤藕花香接稻田多不知勝地今殊昔悵望前溪歎逝波

謁高忠憲公止水新祠

忠魂如在此全歸老屋依然舊講幃三紀壁田頻假易千秋俎豆共瞻依京堂改造松杉古譽命終須日月輝百變滄桑留道貌龜山祠宇共巍巍

和杜工部清明

春郊遊豫禁城東轣轆雷聲響破聾北里鼓催花盡發西施妝罷雨連空那知金盌幽婚合但有雞毬上食同格格鉤輈啼紫陌陰陰杜宇叫青楓鯉魚歌起江波上蓮露聲悲洛水中萬恨塡膺何處說一時愁絕戴盆翁

陳布衣大成

字集生少孤痛自振拔讀書爲閭人家委巷終歲無儋石儲顧雅好客客過梁溪者未抵境亟問陳君安在集生爲之授館舍治行李典衣判薦日不暇給聞人片長游

揚惟恐不力昏暮有請束緼叩門若脫之
水火蹤跡落落南不踰淛北不過淮而其
所爲詩則自中原走燕代楚蜀閩越所至
傳誦嚴中允繩孫山中同集生有句云落日有人成獨立空山何處覓奇文陸鐵莊娟贈集生詩曰白首元龍意氣真席門車轍久忘貧亦知行路輕然諾猶向天涯念比鄰聊輒覗高冠長劍客歌呼屠狗賣漿人蔓餘可憶華山道一笑曾同浩蕩春

和三唐人惠山詩

凉飈入林麓松檜靄蒼蒼層巒隱斜日白雲涵虛
堂但聞鐘磬音落葉隨風翔仰視秋烟直寒蕪延
末光徘徊步山椒幽澗清泉香不知今何時欲語

心已忘
高樹摩青天山空隱幽人日月既代謝俄傾有故
新流水清不已白石何磷磷緬彼曠達士所以羞
望塵登嶺眺湖光浩蕩接秋旻遠峯七十二一一
與誰隣
杖策復登臨經聲出林樾勿言跬步間迴與聲利
絕醉來發清狂禪侶談寂滅高樓空杳靄林端漏
微月遇物增浩歎懷人待明發世事感所聞凜焉
思覆轍

過碧山吟社有感

紫甲澗上古棠梨十老風流係遠思盛世亭臺消
歇盡暮年詩酒動當時碧山艸長無遺搆蒼徑蟲
蝕有斷碑奕葉漂零孫子在爲懷祖德不勝悲自註予七世祖玉溪公主盟吟社

送周伯衡先生歸楚

唱罷驪歌過短亭綠波芳艸正揚舲尊前蛙鼓留
今雨江上羊裘送客星柳暗黃陵湘瑟斷烽傳赤
岸峽猿停郢中詞賦今寥落千古何人弔獨醒

渡梁溪過高大父芹野草堂感賦

祖德由來美二方那堪荒落敬輿莊諸峯月霽當

樓白古樹藤牽帶雨蒼徑匝春烟連雉堞波搖夜
火隔魚梁誰憐歎息窺園客淚灑松楸對夕陽

春日池上草堂

春來積雨滿平蕪水滿池堂浴野鳧夾岸桃花猶
未放却疑身在輞川圖

鄒贈公顯吉

字黎眉號思靜晚號城南老圃諸生入北
雍少聰穎十歲能文章兼詩畫初游吾家
修遠公及黃漢臣先生之門學爲文後復
學詩於吳梅邨先生與邑中秦巖諸名流

爲詩文友是時常潤閒舉愼交社思静徃
來贈荅無虛日而壎篪唱和實惟仲弟衡
湘思静敦孝弟嚴課子易簣時敎子孫力
行三事第一積德第二讀書第三治家痛
戒三事一戒賭博一戒女色一戒出入衙
門其言可爲世則也思静於畫最深凡宋
元明名家無所不窺而心追手摹誠有獨
到處世但賞鄒氏菊非眞知者惲正叔嘗
謂其及門曰我身後汝等宜師錫山鄒黎
眉而思静亦頗自信也歲時與昆季子姪

爲詩畫會至今寸縑片紙人爭寶之所著
有北游集三卷湖北艸堂詩五卷晚年有
山居詩一卷未刋年七十四卒子六登科
第者三叔子士隨爲禮部主事時　贈如
其官

病中得黃漢臣師書

病骨日日銷何必堅如金哀禽不擇棲惡木枝無
陰淸旦抱影息昏夜隨風吟非捧一尺書長跪讀
至今言短情更延詞嚴愛彌深一讀復再讀氣結
難爲音孔門七十子人人悅其心誰能無感恩流
涕紛衣襟

對花作

索寞藉窮栖沉憂殢不起燦然一花開春風潤紈
綺遥睇目猶眩客坐情亦邇斜日東風吹餘霞散
流水一息不相保安能測終始爲君駐朱顏那堪
寂寥此

春詞

遊絲裊春春力微日光燒死紅薔薇密房羽客尋
不得幾日香魂歸未歸金閨女兒惜春滿柳絲能
長蒲正短氷紈扇尾金鳳翔越羅着身畏身痩秋

蘭膩髮香可憐後房欹枕鴛鴦眠

贈黃夏生

自然吾叔度淸濁兩難忘一醉眞埋照多情亦自
傷嘯歌披短褐風雨坐空堂三十年來事同君惜
未央

松陵道中憶吳漢槎

才豈眞爲累于今累已眞風塵余尚在山水此無
人只憶淸尊夕同揮玉麈塵寂寥騷雅筆一讀一
沾巾

荷

微風起林麓江空聞遠香坐思芳草遍牽引棹歌長脫幘一跡放迴舟生夜凉美人何處所采采欲遺將

倪高士祠梅花

俎豆於今且復然幾經滄海變桑田世間那識雲林筆當日還書至正年曲澗低圍連圃後小池新鑿在門前夢中蝴蝶梅花下清閟高人長夜眠

遣懷

青山依舊水潺湲塵世何人許醉眠錦散犁頭紅稻雨香開池面綠莎烟常思去日元多暇從此排

憂託永年回首夕陽邱壟下綺羅琴瑟各潸然

秦淮水

紅簾白舫近如何一笛秦淮哀思多繡遍樓臺情似畫烟開菱荇水如羅青蕪十里嘶宛馬明月三秋聽釣歌惆悵舊遊俱寂寞好風還自逐微波

桃葉渡

行人陌上醉顏酡還說當時晉永和銀雀小鬟明月渡玉簫清拍夜深歌年年春雨流紅漲日日秋風長綠莎莫待花時傷逝水舊宮粉黛竟如何

與顧景行華商原丁西文夜話兼寄懷顧華峯

木落松高逼歲寒少年相見惜衣單潤經歲月人情老貧覺琴尊聚會難一座嘯歌皆有淚百年零落竟無端悲愁各自還傷別吟入西風燭影乾

鄒贈公卿森

字衡湘號韡齋國子生靜嶽中翰仲子爲海嶽殿撰後以季子一桂貴累　贈內閣學士兼禮部侍郎崇祀鄉賢祠儀封張公伯行誌公墓曰君少時以循謹孝友稱翰撰公早歿事其本生大人曲盡誠愛事其兄如事父以萼韡名齋數十年居處同遊學同自童戲至皓首怡怡相對無間言其持身也坐

立無跛倚燕處無戲言終身不二色雖窘急不苟取人一錢覘非義若浼其處衆也自昆弟親戚朋友鄉里臧獲無所不愛無所不親終身不談人短不慕財勢不慢貧賤以故人稱之仁厚長者其愛物也有生之類皆不忍殺其訓子也不專以制舉得失爲欣戚勗之必爲君子爲善人遍授羣從經皆不用督責而能使自鐖礪余嘗論之士無論居鄉立朝必有一介不取之節而後可與言義必有萬物一體之意而後可與言仁和者近仁介者近義如君之守已也藹然其似春肅然其似秋在東漢爲黃叔度閔仲叔之流余得以兩言概之曰和日介是其不遠於仁義可爲聖賢之徒者歟光旭於公爲門下晚生高山景行嚮往之矣

惠山麓觀楓林二首

杖策披楓林杳然秋山長邱陵莽紆互松柏滋烟霜幽響出叢木迴飈亦已凉目縱情更延淸泉閒空香玆遊復不易惻惻情内傷遐思結遺音日夕勞相望

美人薜荔衣霜林好顏色雖無餐霞姿結侶自相得歲寒知後彫托根本貿直促景悲桑榆履道苦荆棘白日忽西馳塵埃失南北

獨立

傷心當落日愁眼對荒原獨立吾何適家家自掩門天空風入木山逼水流村不及投林雀依棲向

暮喧

初夏鄉居

四月陰成已送梅野人相見喜深杯蓮塘水煖收魚子蘭徑泥開避笋胎夢斷高城聽夜柝吟餘小閣散空雷楚山巫峽無消息簾捲西窗雨正來

宿田家

小橈風渡日西時土室相邀敢後期亦自有家容我宿豈緣無米寄人炊秀眉稚子知難字折臂村翁愛夜碁同是農桒勞悴客一宵判與醉中嬉

舟中遥聞歌吹

如見梅花白雪濛海山無路訪琴工聽來湘竹愁棲鳳響徹焦桐送落鴻按拍雲停凄咽處遠梁塵散寂寥中蘇門野客能長嘯相顧何當惜轉蓬

吹面東風入短闌沙鷗野鷺共閒閒三春事少仍多病一夜花開歸故山石徑苔空靑艸合柴門月上綠陰斑豆苗幾頃桑條嫩無恙田疇水滿灣

題琵琶美人圖

唱得琵琶一曲歌當年丰韵待如何而今若較青衫淚未必江州司馬多

鄉上舍北山

字恒中國子生黎眉叔弟

短歌行

秋夜歌歌聲何凄其年年未嫁女當窗理機絲月照寒梭影風吹細縷垂織就秦川機上字綺窗落葉秋風悴誰家少年碧玉蹄綠鬃紅韀錦障泥妾家住在洛陽道玉鞭時送花間嘶偶然相見不相識回看機中好顏色秋夜歌歌還咽一片雞聲滿天月

鄒處士本荃

字芳蓀流綺先生濟之長子著有綠曉堂

掃祖父母墓同兄黎眉衡湘弟衣言

魂兮招來得想像下雲端落日松陰黑高風木葉丹墻垣苔蘚沒華表薜蘿盤幽室千年在先靈幸自安

聞雁憶三兄

蘆花風動日光微孤鴈高翔帶雨飛淡月寒霜莎草畔聽君嘹唳欲占衣

鄒上舍顥文

字衣言國子生黎眉弟五弟

自題畫蘭

蓬窻秋欲暮窄徑正開時紉佩香應滿援琴調更悲風吹還馥郁露重只低垂獨卧深山裏幽芳空自知

施秀才國琮

字眉堅諸生與弟夔瑄京俱有文學所謂三施者也夔瑄字儷清京字青蓮邑志稱其風流文采並爲時所推云嚴中允繩孫答眉堅儷清青蓮詩云契濶能無念五言今杜陵足知靜者意不共世人能摇落俱相似死生眞可憑與君兄弟好懷舊一沾膺按眉堅儷清皆有送蓀友對巖入都詩而眉堅詩云舍弟昔同遊才

詩稿

賣花行

春風正澹宕吹我金谷園百花夜爭發香氣盈華軒朝來折一枝出門遇王孫見花便歎息便買無一言始信臭味合無用多攀援如何抱艮璧輙被刖足冤

訪友别業

結廬塵境外短棹獨差池野曠天垂遠花深月到遲青山堪入畫翠竹可題詩一徑幽栖處時人總不知

江陰曉行

百里澄江路衣侵曉霧輕潮乘風勢湧露共日華明岸隔荒村犬聲移綠樹鶯歸期擬此際問寢待鷄鳴

落花

蕭蕭草徑久無媒未嫁朱顔已自摧道韞有才偏詠絮壽陽何意獨粧梅無端流去憑紅葉所幸相依得翠苔縱是輞川多縛帚憐香那忍錦成堆

鄒贈公顥臣

字惟艮國子生黎眉季弟贈河間縣知縣

華略相敵君從冀北還宿草淚猶拭則青
蓮早卒矣

水逓歌

九龍欻起雲根動嵌寶珠璣塘相送有心長與白雲期無名不作元圭貢何事虛傳第二名黃屏退食太無情直尋漢使乘槎路一道銀河上玉京素粳未休山欲曉綠瓷相續隨飛鳥役夫津吏莫辭勞丞相心煩肺枯槁松羅不忍棄前功澤潞還資舊鎮雄當宁傾心頻借箸莫教恩怨攪心胷

華太守黄

字備大已未進士官永平守嘗以戸刑曹耶與修律例其治永官吏不能有所侵欺作姦而性恬曠不二年即乞歸

贈會稽崖明府

却望龍山月衙齋似畫明憂時心力盡落職去來淸僕散惟餘犬囊空剩一絃秋風吹五柳庭樹亂鳴蟬

侯吏部麟勲

字漢儀已未進士官吏部主事秦宮諭松齡有醉歌行贈侯弟漢儀句云落拓都城址千渴有文百軸誰當傳呼朋猶飲一石酒囊中那得青銅錢

郡伯劉懷翁移守皖江

何幸調羹社稷臣南來剖竹福斯民庭留冬日暄無告面冷秋霜杜有因多士環橋邀雨化老農鼓腹樂風淳文章太守揮毫處衰起昌黎八代新

周錢塘宜振

字子詵號靜齋緘齋學士之弟壬戌進士官錢塘知縣有民譽父喪歸不赴補年八十餘卒

謁龜山先生祠

載道南來識斗山歷階從此溯會顏在懸鍾鼓聲常靜堆案詩書氣自閒風雨羨墻千載下馨香俎豆二泉間東林眞僞何難辨伊洛淵源第一關

荅歸安沈世兄次韵

渺渺餘不隔岸深相思遥對夕陽陰白駒空谷人如玉黃菊疎籬月似金學本休文宜著譜才非宏子亦鳴琴荒莊久悵音書絶長跪雙魚慰素心

受業王　煒　暉吉校

梁溪詩鈔卷二十二

梁溪詩鈔目錄卷之二十三

梁溪詩鈔卷二十三

梁溪顧 光旭 華陽氏集

國朝

劉明經齊

字言潔號存軒選貢生元珍曾孫存軒與其家素川及陳震先秦泉南孫敬居吳粹躬施對揚諸先生稱蓉湖七子著有慎獨齋詩鳴秋集性耿介初入成均名聲壓儕輩時崑山徐健庵方延覽英俊出其門存軒與其友三數人誡勿往及試京兆有欲援而進之者乃作閨女詞謝之既而教習官學期滿上考當授縣令某少宰欲擅好士名致禮存軒謂君來必爲選首存軒笑曰吾不以一刺易科第而易縣令耶遂係籍州佐或勸納粟爲教官存軒曰教官當爲諸生分義利之辨巳先以納粟進事不順卒邦之歸數年卒年四十七後五十年桐城方苞大書於墓道曰狷者劉言潔先生之墓邑志入儒林傳

李北海殘碑

峩峩雲麾碑字體逸以秀仰接羲獻型俯覺蘇黃陋俗子亦何仇斧鑿不相宥年深委荆棘人馬同踐蹂呵護煩鬼神賢宰乃遠購方共葷載歸光華爍瑩琇各流競嗟賞酹酒相酬侑爰護等球圖用意良已厚於今又歷年零落仍非舊存者餘雙礎棄置曾莫收寂寞官舍旁空庭伴鼪鼬緇塵网清光苔蘚蒙晴晝官長自去來府史紛左右熟視忽若無雙瞳若瞶眘有美延陵公躡步驚邂逅呼余共摩挲逸態忽微逗觧彼蔓草纏重以清泉漱拂拭更生輝傳聞果非謬鈎畫半刓缺筆陣隱馳驟

誰知千餘載掩遏還重遘霏微煙霧浮夭矯龍蛇鬬文章固有神豈得長湮垢移置文山祠古壁光新甃茲地忠魂栖瞻謁人輻輳願假先賢力片石黙垂祐留茲剝落餘肅穆映俎豆愛者毋私取憐者毋推仆庶幾直臣遺長此垂宇宙

贈儒醫某

當路宏遠猷深山空世慮中情各殊趨出處亦異趣先生曠世才邈焉標遠度經綸素所期圭組非所慕掉頭歸南山元豹隱深霧幽棲良可懷忘世亦已固民物吾胞與未敢辭頹暮黽勉學韓康相期慰平素報施豈足論緩急長相赴何必登皇途仁風乃遠布吁嗟當世士苦被浮名誤

出都

七載遊京華逢世愧迂拙一朝掉頭去豁然袺斯脫憶昨出門初意本憚遠出親戚勸我行戒途在倉卒上有高堂親垂老重離別下有所嬌兒亳衣不離膝舍此天性歡却受緇塵汩用意殊顛倒行行彌恍惚自入黃金臺觸景殊自失金張鬬聲華卓鄭取容悅羣士無賢愚輻輳走京室或以大言誇漫謂挺才傑或以卑辭售揺尾欲無骨方臯不可作駑驥竟焉別紛紛利與名所事祗干謁得者

氣如虹失者淚沾臆咫尺分雲泥世態焉可逝頋我亦何爲乃不思故轍生平本踈愚撫事逾激烈他人偪僂前代懟面發熱落落長掩扉懷刺半磨滅以茲被嗤笑濩落被短褐短褐豈不完坦坦幽人節月臨肥馬塵安能履高潔翻然思遠逝慎保冰霜質却感賢主人縶維意偏切欲行且還住徘徊計終決獨往苦無侶蒼頭幸頑劣吳兒不能騎所虞在顛蹶故人贈我車慷慨遂脂轄舉手謝知交從此長拜凋驅車出西郭風景胡蕭瑟歲月已

云除寒威正凜栗朔風吹枯楊慘澹聲哽咽飛鳥寂無影離猷驚避匿游子悵獨行詎免心如結回首望薊門黄塵翳白日鐘動朱門啓賓從相雜沓旅人何所歡且喜歸蓬蓽永辭聲利區長嘯湖山窟承歡乏甘脆半菽還可啜稚子失學久豈復望英特黽勉登前途勿復嗟飢渴

君馬黄

君馬黄我馬白以白較黄黄不及君上長安道我登太行山太行巉崔嵬石徑相紆盤驅馬陟山馬不前悲鳴淚下如流泉遥憶長安春漸煖驕嘶廣

陌輕鞍軟臨風執策獨徘徊屈伸豈在才長短

相逢行

銀鞍白馬青絲轡從騎雜沓生輝光前驅傳呼徹路旁遥看知是舊相識下馬翻然道契濶問客何來幾時別今者達官昨韋布卜式輸忠棠異數勸人莫被詩書誤君不見九州牧伯多少年朱輪翠蓋聲喧闐聲喧闐功名富貴如雲烟

贈邵羲書

與爾敦情素于今歷幾年寸心千古在知己一人憐跋扈看時輩微茫愧昔賢相期珍重意不必向人傳

宿秦氏山莊和忠憲高公水居詩

林亭傳自古覽眺意偏新漸與風塵遠方知魚鳥親水分千澗月雲護四是春獨坐心無事開窗數綠筠

黎明渡德州河

千里皆平陸今朝見碧溪中流分向背一水晝燕齊隔岸投燈影方舟惜馬蹄寒郊殊寂歷何處遠聞雞

曉渡蠡湖

秋日湖干爽氣横更逢初曙景逾清烟收遠樹山徐出月落寒濤水正平漁唱忽隨雙鷺起扁舟共載幾人行平吳事業今誰在一領簑衣萬古情

閨女詞

南金何事忽相貽漫說深閨有麗姿攬鏡自知容質陋使君莫信蹇修詞

望峒峿

高山行盡試停驂又見雲煙擁碧嵐那得客心愁頓釋今朝山色是江南

高明經愈

字紫超景逸先生從孫性孝友家貧藉修脯以養母居喪一稟古禮五十餘喪父號禮如初後遂不與試初學使者高公薦詳江南宿學惟愈與桐城方苞兩人洎巳卯苞領鄉薦第一而愈巳不與試主試歎息不已愈爲學尙躬行日從事於謹言慎行飭巳踐履間舉孟子志士不忘在溝壑爲訓謂貧士自立必從此始晩益完粹氣温色和終日無惰容逸志有安貧樂道之風覃精周禮儀禮著有集觧又著小學纂註一書愈殁後四十年學使者尹會一取其書頒行通學邑志入儒林傳

頌邑侯曾公

歎息閒居賦河陽又早歸人情眞悔薄生意劇憐微林下彈碁客墻頭送酒稀惟餘五株栁惆悵巳成圍

陸鐵莊榻

字紫宸鐵莊其號也貌寢幼孤露讀書雞栖豚柵旁雖饑凍頓踣不輟業邑中遺獻黄守中顧宛溪亟稱之間巷慶弔稍稍持斗粟百錢乞其文張璧間朱孝廉旂見而驚歎訪之與定交延譽於秦對巖先生遂得縱觀秦氏藏書自是北走燕趙南踰閩嶠又得兩戒山河之玥闖然歷作者之堂骈體亦以古文法行之詩能不作大歷以後語六經皆有撰述篤老作古今官制考垂成而殁邑志入文苑傳

讀易四首 有序

十年讀易見聞所感以易占之未嘗不驗也長夏無事述之以韻語不皆易而道則易亦庶乎言之者無罪也作詩者其有憂患乎

離離徑寸苗引蔓緣高岡何如澗底松鬱鬱凌風霜微物慕速化躍冶非干將負乘志苟得豈知終慢藏不聞高車反早見金谷荒麋鹿秋食草熠燿宵生光闕之間無人安用天際翔

皦皦干霄鶴俛啄青松陰鳴高不求和豈曰無知音夸士買聲譽不惜千黄金游光秉宵燭屯雲晝朝簮齊上萬年壽各銜國士心金盡客先散身名變升沈登天翰音困聲大寔難任遐哉嚴鄭輩逃之入高深

猛虎決係蹄以踊蕩其腹蝮蛇螫我體終不惜手
足進退得喪間決幾貴明速卽鹿憂無虞藩羝戒
輕觸不見桑下謀去如遠酖毒一慙忘終身千載
悲鸚鵡窮災志瑣瑣旅人聽忠告
太公剖符日計當百歲期求衣及未明寢甘懼非
宜托體金石固厲志風霆馳將知而耄及憫彼蒲
柳姿尸居事聲色外適中已疲浮華綴枯楊好醜
復幾時慎此歲寒心東隅行可追耿耿在方寸何
論盛與衰神龍惕以夕日昃嗟重離朗然日中照
終古無盈虧

鶴來有序

梅瀆瞿子有鶴翔其圃上徵詩文以紀之或謂
瞿子嘗事佛從尊宿問道鶴來之應以此夫知
道者天神送供百鳥銜花視同魔事於區區之
鶴何有吾聞瞿子至性過人免喪後衰麻不去
體不茹葷血蓋將終身焉古孝子異鵲馴烏之
應史不絕書有感鶴來巢者瞿子之鶴其以是
乎爲作鶴來之辭以申其志

雲間鶴何盤桓下有人形欒欒天風急海水寒解一
親在堂樹在圃花在樹親在土風摧花淚如雨解二
麻百結親所治歷寒暑霜侵肌麻斷爛心不移解三
鶴歸來兮山之阿爾有子鳴且和彼孤雛兮當奈
何解四鶴飛去兮雲水長安得羽翼兮與爾翺翔上
窮碧落兮從其親以徜徉解五

述懷

白日不可縻仙山不可梯俛仰百年内眇然太倉
稊遥遥昔賢達去我如雲泥苦將飲河腹妄擬測
海蠡何異椎髻徒謂與天漢幾一朝望洋歎自顧
誠醯雞坐大旣失策却走詎非迷今人不敢薄自
鄙吾無譏庶循上古轍勉躡追風蹏

端居玩物化淵然見皇始鼓瑟歌春風齋心飲瓢
水遺音遂茫茫千秋事糠秕忘形寄遐賞是中有
眞士南陽謝聞達東皋課耘耔抱膝天地寬采菊
風味古大槐被莽苔空階鬬羣蟪

有客就我談經綸滿其腹指顧驅龍蛇縱横吐川
谷當杯引長劍明鐙撫空局悲風從天來凍雨穿
敗屋辭客但留飲泥塗有脱輻吾鬭馬服書不救
長平衂陳濤牛自焚符離馬重牧由來盛名下秖
許高閣束英雄古神仙終身尚雌伏顔如好女子
謝病常辟穀

雜詩

達人羞需同俗士膠故常拘牽信繩墨尺短寸有長圜轉明月珠未肯隨蛣蜣䟕蹪志千里安能𥯖與黃箕山掛瓢去逆旅猶彷徨悠悠詎足憑努力干仞岡

隨陸非怯武絳灌豈輕文揣摩並有素乘時策高勳一逢英雄士萬物歸陶鈞洗足羞降王溲冠罵儒羣奇謀祕帷幄叱咤生風雲鹵莽與齷齪何以爲經綸

中庭有奇樹華實何離離附以百尺藤娟娟凌雲

姿風霜一時至兩兩無完枝攀援易爲德力盡還自隨俯視蓬與麻辛苦相扶持物情畏挺直終久無傾危落落原上松各保千歲期

膠山尋李忠定公遺址

虬松偃培塿潛蛟出蹄涔乾坤蘊靈異所在爲高冥緬彼幽人宅寄遯山之陰緣磴眄故武臨池想微吟慘澹濟時策爵伊望古心棄置感在昔搖落傷自今掬泉薦明德披雲儼朝簪洛日起樵唱丁丁空外音

秋晚自河間陸行至都道中雜咏

晨風起霜葉飄颻作前導誰家敝犢兒持鞭逐長道邀我坐田舍芬楚事灑掃當簷聯詩書繞屋樹梨棗自言本儒門勤劬膳翁媼四體誠勞辱倫理庶相保往來朱輪人紛紛幾榮槁感此發長嘆濁醪命傾倒月出問高歌墻根秣芻藁

天高令肅殺澹月收寒芒孤蓬忽自振衆鳥不敢翔昨聞選材官縱獵陰山旁講鷹起撇捩櫪馬思騰驤參差白羽箭結束黃金裝旌旄暗長雲戈戟森朝霜平明出金闕累宿經沙場重城動淸角翠幕愁明璫借問上林客幾人賦長楊

射虎行　自註三月初四記所見

夜半虎跡窺官廚圈羊牢豕遭吞屠旦呼獵夫命驅除枵然鳩鵠形蘧篨蔽體不完袴與襦隸八牧卒羣揶揄汝骨不中虎所需蓿前猛士盍與俱長弓大箭衛汝軀獵夫仰笑了不須聊復側耳奚區區袖中鐵鏃剛寸餘彎以弱竹繚以繻揷棘布地周盤紆昏昏月墮荒城隅腥風窸窣撼敝廬平明起視當弦虛草間斑斑血茹藘跳踉十里僵路衢舁歸公堂衆口呿中廚充膳纔須臾輿臺飽肉相嬉娛安神閨房吏無虞四郊布令樂且舒各肥爾

菑薪爾樗獵夫叉手歸徐徐勞以巵酒謝弗居語君勿輕山澤癯豈無堂堂高冠與長裾吁嗟乎黔之驢

對酒歌贈華霞峯昆季

恨我生不見古人鶩湖三君庶其倫北風微涼雨霰集湖干斗室生陽春開筵別覺風景好仲口不飲中含醇鬚眉歷落襟袖潤瘦內經籍何紛綸巨觥對客不辭讓伯也坦率渾天眞詼諧四座正頤解隱几俄作華胥民温其如玉者叔子舉杯飲顏微酡唇初嘗和煦後縝栗由火三日知堅珉醉醒

語默各有態神氣合併如一身我從定交仲子始高談忤俗君不嗔傳呼二子共傾倒十年肝鬲均天親平生所過跡便掃此會輒欲忘宵晨邇來羿潤間湖海夢隨落月蘆花津世途巇險靡不有屠煎骨肉肥狂猘縱橫國瘠悍入室入間何處逢祥麟君家盛事復誰託至行要自動鬼神翩翩少年弄柔翰已見滾滾詞源新願編此詩入家乘長使元氣留清淳

遣懷

問訊郊原外山田半廢耕朝來春雨足幾處燒煙生虎跡空村怖猿吟夜壑驚掃除從一室默坐玩餘清

何處鳴笳吹臨風也自豪山空馳羽檄樹影雜旌旄野犢宵仍佩村雞曙莫號驚聞市門外白日倚弓刀地多營伍

七雲山下宅幽事近如何砌雨分叢菊墻陰架薜蘿夕陽歸鳥樹落月飯牛歌昨夢桃花裏緣溪一棹過

歸

不謂江天杳皤然又故鄉去帆汀雁雪歸袖渚荷

涼作客顏終厚爲農味信長歡娛今日事秉燭話高堂

春日即事

一淡成諸趣無營靜自嘗童知辭釣具廚許薦溪毛粒貴禽窺數苔豐犬臥高縕袍殊自戀不擬換春醪

跏趺松下石梵韻竹間風我自娛閑寂人疑學苦空洗瓢分淨綠揮帚失殘紅向夜前溪月清光着處同

集華翁商原齊

昔與宛溪子悲歌野史亭勝遊成凋絕亘會喜重
經髮短今皤白編成未殺青滄江遺老在寂寞少
微星 自註往與宛溪商畧方輿紀要予及見之忽已三十年矣

浪迹

浪迹平生事茲遊覺太憨跅弛從自放蒦落竟何
堪行路誰相識征途我獨諳春帆楊柳外山色記
淮南

西望通荆楚東流似建瓴海雲連野白山霧渡江
青荻渚分新漲蒲帆颺別汀閒閒沙上鷺斜目對
梳翎

八公草木盡氣象失蕭森覇業知安在仙蹤似可
尋王門輕白髮稚子覓黃金雞犬杳然去依稀雲
外音 自註八公初謁淮南闔人以其老弗納乃化爲美少年山上嘗拾小金牌丹砂所化

傭書

石壕何事怒相驚風雨蕭疎恰滿城負郭有田驅
李子傭書無直愧班生饑鷹霜野翎猶淺病馬秋
原氣未平早晩軍符催里社錯教豎子解論兵

城南 自註故居今屬他姓

滄桑休話市朝更彈指遽廬已隔生遺愛百年徵
父老勝遊當日數耆英夢回風月南樓遂亂後鶯
花北里笙轉首城陰蕭寺在霜天無恙曉鐘淸 自註施太僕策撰先曾祖墓誌云余自壬辰請告歸時陸光祿鎏原公最長與余居最近日夕過從情分最篤

雪夜訪宛溪顧子

三年瘴雨漬征袍一過居門也自豪棊局敲殘虛
對壘爐灰畫竟試含毫疎窓雪虐欺寒酦老樹風
憨激怒濤寂寂溪山人宛在蘆中吟罷轉蕭騷

臨安懷古

落日空江想翠華百年心計誤烟霞一泓淸淺芙
蓉國半壘紅香燕子家藏碧有碑尋宿草射潮無

鐵洗沉沙祇應問訊孤山樹歲歲還開處士花

追和祖母舅華鳳超先生臨難詩韻 自註丁卯三月恭謁新祠作

早年淸望肅朝端直作朝陽一鳳看欲障狂瀾波
已逝爲留完節歲偏寒攖鱗自分輕投組滅頂何
期後掛冠金虎銷沉銅狄改忠魂無路問長安 自註官職方時疏劾閹部
蒼梧落日暮雲端咫尺橋山未許看綉嶺鵑啼藏
血碧金陵鳳去刼灰寒神遊見說身騎尾 自註或傳公爲神
遺恨虛疑髮指冠私淑情深餘悵望短吟和淚

苦難安

廣陵感舊

新亭北望總神州抗疏專征出上游未許條侯收劇孟懸知蜀主重譙周鍾山王氣風雲擁瓜步軍聲草木秋欲賦大招何處是梅花終古弔荒邱自註史閣部葬衣冠梅花嶺下

歸過惠山

濯足寒流憇柳灣夜除塵土上漪瀾繫舟南浦經年憶秉燭羌村後夜歡作客久難諳世路逢人偏苦問長安山靈莫漫嘲逋客留得懷中一刺看

哭華凝修表兄自註兄以進士令拓蒼盛夏赴官勞暍道卒詩以哀之

一官乖老竟何須到此真令悔徃圖匝月閭門譁慶弔自註自赴官至喪歸兆一月中宵形影泣孀孤人從異地歌鸜鵒我向空山聽鴟鵂自註兄未行銓部祠前時每風止之齊灑淚敢論天道有還無

題獨往亭詩有序

毘陵金廓明嘗習靜惠山荷花橋邑人呼爲道學余未之識面也及讀其詩知爲豪邁之士思一見而廓明沒久矣邑人亦無道其詩者爲錄而存之併題其後

滄海遺民事渺茫刼灰無恙見靈光全身白髮心何短回首靑雲翅已傷自註嘗從軍墜馬傷臂故國魚龍悲鳥道空山杜宇泣羊腸小橋流水孤吟處敗柳殘荷幾夕陽

讀史

鳩車竹馬夢京華揔向西園一笑譁漫道終軍堪許國誰知卜式已無家柳陰蛙吹迎高蓋草暖蜂房競放衙怪煞溪頭樵牧少小畦烟雨自鋤瓜

通眉長爪號能文白首鄉校也及門豈有春華憐庶子無端芳草憶王孫驪宮夜笛吹難徹銅輦秋

衾夢易温何必軒車親一顧始云曾荷信陵恩

京口蔣東巖見招寄荅自註故定西侯裔諴意伯外孫

廿載江村憇寂寥尺書何意屢相招長歌罷釣春中浦杖策行過丁卯橋狐兎秋空霜鶻健魚龍晝偃水犀驕何當醲酒臨高會飽聽天風戰海潮

追和宛溪題方輿書

誰憶當年舊酒徒蕭蕭風雪叩菰蘆空江月冷驅烏鵲半嶺煙昏語鷓鴣萬里鯨波征夢杳十年螢火夜窗孤牀頭數卷寒芒在還識荒城鐵氣無

葺草堂成學劍南集

片茅如笠足安居歛膝纔容意有餘寛着軒窓晲倚嘯高營庋閣待收書短簾風靜閒舒卷敝帚塵空却掃除猶恐坐來筋力倦藥闌乘雨試携鋤

水仙花同西安賦

自瀉氷壺浣玉容愛將孤淡壓春濃水晶宮闕前身任不受人間尺土封

馬州佐澗

字碧滄號桐山國子生考授州同知著有桐山草堂集文肅公從孫也生而敏悟少從魏叔子顧宛溪先生遊負氣節工詩古

文辭既與姜西溟鄭谷口朱竹垞輩爲昆弟交學益茂名日著聞然碧滄夷然獨行其志不輕與世俗交自顔其樓曰清暢樓坐卧其中怡然自得也見蔣布衣衡桐山草堂序

潘師仲移居賦贈

西城東去石橋東雉堞參差仄徑通半壁好山雲影外一庭嘉樹雨聲中風期闇澹違時輩門巷蕭閒逼古風何計娛親兼課子寸心直欲問蒼穹

送蔣湘帆北上

氷雪雷霆與激昂少年多半誤疎狂石中璞韞終須剖海底珠沉定有光午夜剪燈聽落葉秋風勒馬話斜陽酒徒無數長安市莫賦悲歌入醉鄉

寶花菴避暑

披襟來此卧疏櫺水竹禪扉盡日扃小閣湖吞千頃碧矮牆山納數重青鐘聞別院僧初定風過閒房客乍醒一枕新凉消暑後白鷗飛近晩莎汀

泛舟梁溪同孫栢堂

一棹輕颺接杳茫此身深入碧雲鄉垂楊倒水浸春色倦鳥背人飛夕陽有分青山容客住不勞白

髮笑吾狂浮家亦足供生計簑笠從君細較量

過越塵上人待顧珊公不至

陰森古木接高雯小隱禪關隔世氛踐約客來雙屐雨倦吟僧卧半床雲爐餘藹火香泉熟燈蕊殘宵靜夜分何事相期不相見剎鈴獨語枕邊聞

平山堂

荒岡衰艸野堂開堂上仙翁去不回細雨乍收雲散盡却延山色渡江來

朱中翰旃

字大旃號西安甲子舉人官内閣中書邑

志列孝友傳著有朱舍人詩藁秦泉南先生序其詩令篇存其要曰西安以哭亡母卒遺稿百篇得之性情而其本正得之氣骨而其格高得之識趣而其神遠麗句清辭緯有風人之旨方西安事舉子業即為長洲韓宗伯所推重及赴京兆以多病不與計偕乃肆力於詩古文辭先大夫曰吾鄉詩學頹于不墜矣蓋天付雋才而篤於人倫澹於榮利讀書行已必欲追古人而從之者也

婁江夜泊

蕩舟纔出郭，頓覺清輿長。九月霜氣青，昏旦雜溫涼。信宿惟所適，愛茲林木蒼。談笑數還期，還期吾已忘。嘗慕把杯樂，況聞郫酒香。酒酣理散帙，那復計其亡。明月照篷戶，須臾滿林塘。登岸且狂走，健如麋與麞。人生會有涯，為樂當自強。貴賤以材耳，吾材殊未良。

梁溪詩鈔　卷二十三　廿

鶯脰湖

怪底湖波裏，番楊欲滿汀。名憐鶯脰小，色借鴨頭青。烏啄何能國，鴟夷願乞靈。東風吹淚急，白鳥自梳翎。

同年施昂青故居

我有素心人，十年隔長夜。今日重躊躇，含悲一命駕。孤鴻集遲渚，寒烟連柘虽。虽村中人覩余，或猜訝告以所欲。投遲指楓樹下，入門貌遺孤。見客鮮邀迓，清徽番九齡，頗亦君流亞。時來牽我衣，詞氣故整暇。執手當平生，涔涔淚盈把。整衣拜高堂，傳命相慰藉。老病卧床蓐，自春還及夏。空齋塵一尺，殘書亂堆架。遺像故依然，忽忽竟如乍。聞訊生業微，荒田少禾稼。又苦責地征，頗遭長官罵。惟君好結納，當時有高價。黃金既無術，一朝同物化。天道固有遷，人事不相假。出門見落日，令人但悲詫。

桃源

桃源深洞水流香，信是亡何別有鄉。定爾九泥封谷口，教人茅土失中央。未經漢約山川古，直接周

梁溪詩鈔　卷二十二　廿一

遷歲月長。試問漁郎整歸棹，人間何處更難忘。

送秦一上舍入都應試

彈指春愁奈爾何，送君行去莫蹉跎。文章定不隨時命，才子還能重制科。萱艸堂空風滿樹，畫眉窗暗月沉波。洛生幼失恃時又喪偶知君最有難忘處，明歲承恩淚轉多。

庚午初秋病起

不堪相見倍相親，翠竹横斜艸樹新。掃徑但如曾到處，看山應似遠歸人。蓴鱸入饌從村叟，鷄黍為情足比鄰。讀得南華成一笑，等閒看取未嫌身。

曳杖柴關思不禁亂荷衰柳漫追尋旋移小榻常供卧笑倚閑窗暫費吟白晝倦飛高鳥計疎林低唱暮蟬心秋風病眼都殊絶溪閣門前秋水深

南還

落花如絮艸如茵閒殺江南被放人舊日琴書長作伴他鄉茶飯强沾唇暮投山驛兼尋勝朝促羸蹄好送春傳得親朋無限意一番重見慰勞薪

六街鼕鼓曙煙飛猶自深深卧掩扉此日不教成虎變平生終薄泣牛衣縱來京洛閒中住頻憶溪山夢裡歸記得江南風信早水門初拂釣魚磯

破帽疲驢著處行新花細柳漫爭榮叩門我不羞盃炙傾蓋君休問姓名何限雲山迷海國無多煙水隔蓬瀛故人不用相矜惜記取曩時物外情

春風處處撲窗紗蓬鬢衰顔感歲華客裡忽驚花爛熳病餘惟見骨槎枒自甘世棄非忘世不耐家貧尚憶家種竹栽松等閒事昨來歸思已無涯

舊遊如夢尚依稀惆悵朝煙與夕霏涉事萬千都是幻行年四十已知非於人直覺輪無輻從此真成鷁退飛莫訝社前歸燕早朱欄盡日惜芳菲

漫把音書寄復頻倚門約莫及兼旬不辭作客逾千里却喜全歸有一身入室也應喧稚子上堂何以慰慈親自來無處輕彈淚此際潸然一滿巾

臨安

臨安城郭枕江隈碧浪青山滿眼來夾岸笙歌緣水晝倚空樓閣拂雲開西泠暮雨烟花冷南渡春風石馬哀兒女英雄揔消歇好傳烏榜共餘杯

河陽

河陽頻見歲華新金谷園林尚有春芳艸侵廷飛轂地野花飄落墮樓人彎金堂冷香消篆玳瑁梁空燕蹴塵一笛春風渾易散不須重怨趙王倫

嚴助墓

茂陵荒草已陳陳何況當年侍從人南粤東甌舊勳業秋風吹斷石麒麟

淮南雞犬亦升仙痛殺將軍不自全古寺半邊黃葉裏鐘聲常到墓門前

侯中翰文熺

字浴日號蘅皐甲子舉人初官長洲縣教諭既改授中翰復由中翰改作撿選蘅皐賦詩自嘲有一歲何妨三仕兼須知升斗未曾沾之句著有碧筠詩稾

湖亭秋霽

一亭秋雨過晝出米顛山蒼翠滴林杪孱湲瀉竪間帆隨返照落禽帶暮雲還齋鼓鼛鼛動歸僧夜叩關

題雪浪庵

徑曲門何處尋聲一磬寒浪翻青嶂裡雪擁白雲端禪定香初燼春深花未闌名山誰許占斷送破蒲團

壬申九月再宿東溪書樓

泛得扁舟自在身白蘋紅蓼揔相親獨來亭館無

生客静對溪山似故人植藥按方還待用積書充棟未爲貧郁南卜得茅齋在同作無懷老逸民

山行即事

一徑丹楓覆綠苔尋幽層上白雲隈前峯呀衲捫蘿出下坂山童餉饁來蒼狗無情常變滅清流作態自潆洄平生恨欠長鯨飲勸客淋漓酒百杯

忍草菴度夏寄貽京王二

分將禪舍作書巢補葺何妨自剪茅客病寂宜親茷荻家貧只合薦山肴恰逢花晝荷擎蘂正苦林疎筝放棹長吏任教徵稅遍傳呼應不到荒郊

輓朱西安同年

交態紛紛不忍論惟君真率古風存買山幾欲相招隱賣犬何嫌漫締婚兩度關山同逆旅兼旬煙雨伴孤郵平生有淚無揮處留與今朝哭寢門

竹塢花房我獨行架頭書卷尚縱横但教格調開生面未許功名屬老成三釜終慳邀北望一官虛寄老西清風流頓盡無須恨百首新詩定有名

泠泉關 俗云過此關寒煖頓異余初未信試之果然

俯從石罅聽潺湲轉盼凉生衣袂間范叔一寒今至此豈宜再過泠泉關

重陽後一日送潘又巖回南

萱堂衰老近如何椎鼓蓉湖乞一過若問重陽新況味滿城風雨雜驪歌

顧秀才鑾

字來玉號雷育諸生雙九公長子修遠公嘗爲雙九公傳曰吾叔生四子鑾塈堂室皆廓落有父風公與鄒黎眉兄弟爲詩友

先德詩

耶耶余小子孩提失所恃嚴父兼慈母劬勞更何似邇我高王父直聲振青史兩朝批逆鱗慨然不

避死我父甫髫齡立志無卑靡十年下董帷廢食經與史是時三吳間文事蔚然起旗幟各相向雄壇常執耳堂上訂金石門前樹桃李來往皆賢豪聲氣盡蘭茝客至輒開樽絲竹盈階戺乘輿一呼盧百萬同敝屣散盡還復來才優絶邊鄙或當鄉射時彎弓慣馳駬正業力有餘遊戲及他技文事兼武備以充廊廟使一經教諸兒舉業期同軌篇成列案頭瑕瑜一一指但聞誦讀聲頗覺顔色喜我父真意氣當世殆莫比揮金多賈怨旁人駭聽視鋤强與濟困豈敢恤一已世無平原君肝胆向

誰是筮仕浙海濱兵凶空壁壘爰輯我遺黎聿消乃奸宄俸薄魚生釜臣心信如水文教久不振創社開風始士風翕然新絃歌徧閭里鄰封多譽髦聞聲亦至止執經問字者奚啻如歸市三時憂不雨步禱中心痞憔悴無全刑天心終降祉海氛時未靖夙夜罕寧晷一身先士卒登陴冒石矢海外一孤城力竭終不圯庶幾及瓜期無何生棘枳家食未三載賚志竟沒齒荒櫬生黃塵久寄虛堂裡殘編餘手澤雞窻時徙倚十年三刖足壯志終已矣敝廬遭風雨棟折垣胥毁鏡中衰鬢生年華信如駛念之涕沾襟有生亦奚以

宗玉弟歲寒松柏圖 并序

憶昔歲在辛巳吾父四十紀容滿架圖書一編在案用子美床上書連屋階前樹拂雲之句自題幀首今季弟此圖亦猶是也弟髫齡隨父任錢塘巨浪渤澥洪濤靡弗歷覽父即世後訪舊三楚涉大江渡漢水眺方城踰洞庭上岳陽猨狖所家魚龍所宫極幽奇放曠之勝駭膽裂魄之觀宜其爲人以閱歷砥礪而加進也且弟少而孤偕余伯仲茹荼蓼歷風霜矢志勿渝維松與柏庶幾近之同懷風木之悲曷禁歲寒之感

展斯圖也爲之慨然憫然爾

季弟有深心爲學辨儒釋嚴親早見背百事俱非昔飄搖風霜裡茹荼堅不斁欲借歲寒枝藏身且斂翮粉圖列二木森然數千尺繞山映清流臨流盤巨石而季處其中展卷自怡懌左右圍空青俯仰生虛白拙哉世上人城市徒跼蹐側身列鬚眉甘任乾坤役對此心悠然頓與塵囂隔爾胷何太褊兀坐無主客豈非人盡非獨擅尋幽癖我欲入此圖與爾共朝夕

王進士允持

字簡在號鹿柴乙丑進士不赴選以母老乞終養工詩詞清新腴潤在中晚之間爲人安雅篤於孝行一日手書數十行付諸子皆身後令奉養大母事未幾卒著有天全堂集見邑志文苑傳

詠史

漢季搆黨錮淫刑及清流卓哉申屠子先幾自爲謀身栖梁碭雲跡混樵牧儔鴻鵠飛寘寘虞人亦何求三君與八顧標榜徒紛糾太原有郭公捲舒

自夷猶隱見或殊轍明哲庶相侔

中散既厭世禮教詎能律作書謝古人云不堪者七才高自寡合氣剛終見嫉片言滋厲堦冥心潤斧鑕龍性固難馴豈羅亦云客哀哉廣陵散人琴兩蕭瑟

步兵鶩鶩姿沉酣薄榮祿醉鄉非可逃進退窘維谷賦詩慰平生援琴寫幽獨心怡蘇門嘯神傷窮途哭深衷各有託登必驚衆目誡子勿復然斯言堪三復

徵君解官後日與農事親耰鉏非所便衣食良有因屈勉卒歲功壺觴勞四隣潦倒東籬菊攲側漉酒巾游心唐虞上含哺率其眞既高東陵操且甘原憲貧寓言桃花源避宋非避秦

雜詩

邯鄲有美女嬌小額初黃妝成捲簾望高樓倚垂楊王孫挾彈過流盼心飛揚千金賂蹇修再拜登中堂聘以玉燕釵報以明月璫兔絲付喬木百兩爛成行結褵見夫壻捧匜拜姑嫜綺紈充下陳珍貝羅曲房同心誓娛樂比翼相翱翔中道忽離別游子宦四方一朝輕棄置十載暌容光富貴非不

願盛年守空牀不如貧家婦白首同糟糠

和唐人惠山詩三首次原韻并序

新秋多暇獨遊山中水流雲行寓目心得因憶唐人王晦伯賓丹列朱還景倡惠山詩高簡蕭涼飄飄有塵外之想各步原韻用寫幽懷是時占公築室錫山乘月過訪强起襆被中相與唱嘆樂而忘返斯遊也非敢唐突山靈亦如晦伯所云賦詩道意而已

九龍鬱森秀萬木羅青蒼逶迤陟峻谷縹緲登深堂孤行無儔匹飛鳥相翱翔雲谷霽朝景水物澄

秋光投策酌靈泉藝罌汎寒香聊用滌煩襟俯仰
百慮忘
眺聽一以適秋山若無人開軒松桂古捫壁藤蘿
新涼颸動芳沼石齒波磷磷朗吟三賢詩一洒胸
中塵抽思發元奥振彩凌青旻宗風照來茲寂寥
誰與鄰
噌吰晚鐘鳴珠宮閟林樾茲山未云深窅與人境
絶淸風松下起綠烟嶺頭滅攜琴玩流水脫巾望
明月寤言懷支公中夜興遄發復此叩禪扉流連
泥歸轍

送朱幼安兼呈廣文秦映碧

咄哉朱生絶世奇少年對客能賦詩通稍纖爪苦
吟弄心肝嘔出無已時是時我髮亦未絲五言七
言同所好君賦王生結襪行我歌尼父猗蘭操大
堤楊柳春風香細雨梧桐秋夜長阮孚平生幾蠟
屐李賀詩篇一錦囊別來忽忽二十載我已絶吟
君不改劉毅家無儋石儲曹曾富有書倉在侵晨
叩我湖上居口角生風稍眼舒白藤花匣青萍劒
翩翩書記誇應徐主人爲誰少游子曾向詞林執
牛耳就中與我最莫逆歲寒之盟事永矢文星久
被浮雲蝕一日光芒動北極詔書連夜下江東廣
文館裏生顏色敬亭山水梅溪樹看君挽袂聯鑣
去月下歌呼文舉杯樓頭倡和元暉句此間若憶
王充功只在東皐讀書處

溪上歌

蛙鼓喧喧雨初歇萬家烟樹浮城闕酒酣燈上與
未闌濯足船頭弄新月青天如幕月如鈎水面涼
風吹不休玉壺傳點催人去橫笛一聲天地秋

送華藏僧歸天台

杖錫自茲去白雲何處家行辭蒼峴月歸伴赤城

霞問道休嫌拙探奇肎憚遐山中相待久早晚熟
胡麻

春雨初霽招同北平季與參廣陵吳萬子耳
公雲陽張孝舒蘇門項鳴先同邑季蓉洲
倪京武顧渭若馬雲翎社集長安旅舍

一夜梅花雨復晴玉山相對旅魂清論文海内爭
南北投分天涯總弟兄比舍葡萄催酒至隔簾鸚
鵡報詩成龍媒眼底紛紛是早晚聲華動帝京

蠡湖弔古　并序

新夏雨後吳明府伯成招同杜于皇余澹心顧

修遠薛國符侯先蓓秦樂天陳集生秦對巖顧
渭若馬雲翎泛舟南湖即席限韻
連朝梅雨漲平湖一棹滄浪興不孤深柳欲迷殘
覇壘遠山如對美人圖溪雲半掩迴塘出水鳥雙
隨落照呼彷彿鴟夷應自在風流曠絕至今無

江上送別
津亭喜遇孝廉船又唱驪歌對別筵帆落海門潮
正上雲開江介月初圓新詩刻燭三更後舊雨聯
牀十載前堪笑萍跡兩無定斷腸吳楚各風烟

鄧尉探梅還泊虎邱山橋與蓉洲輩夜話
沙邊繫纜日初曛細嚼梅花到夜分烟樹迴浮千
嶂月石梁橫截半湖雲碧林重訪疑無路青翰同
行幸有君脫却羊裘早尋睡滿舡香雪落繽紛

三月三日清明撫時即事
闌風伏雨困愁城枝上黃鸝報早晴扶病尋花逢
上巳看人插柳訝清明山村榆暖家家火店舍茶
香處處餳一部笙歌百壺酒幾回心折少年行

過華藏寺訪圓音和尚
觚稜高闕出雲堆行處春花夾道栽松合四圍遮
日去山留一面放湖來貪看畫壁今猶昔盡歷珠

宮閉復開稽首金仙方下座香風披拂講經臺

送別
頻年蹤跡類飄蓬祖道關門喜暫同岸腳雨添春
草綠波心霞映夕陽紅箏經行地書難到贈別離
人句易工聞道鄭莊能愛客快帆高枕渡江風

懷嵇留山
丹山碧水豔清秋中散年來喜浪游月滿西冷勞
夢寐霜侵北固重離憂一氊到處扶風座萬卷方
隨米芾舟客路相逢尊酒在何時爲典鷫鸘裘

雜感
江湖潦倒不須論皮骨空虛息僅存散佚盡教魚
作蠹對人惟有虱堪捫烟消柳店長河市花落桑
原細雨村一種傷春今更甚倦遊司馬易銷魂

秦司教曰新
字映碧歲貢生　廷對第一官旌陽教諭
著有白鹿堂詩

寄懷錢礎日
不見錢君久依山想十峯匡牀足文史丈室自雲
龍酒力愁增健名心老未慵吾親眞契在相對盐
從容

寄張秋紹

張子久離索城南天一隅孤吟原有癖雄辨不妨迂武庫春秋傳交門孔李徒宣州箋記好投報切躊躇

懷嚴蓀友

頻年謀築室結搆愜初心秋水一簾靜春山何處吟獨將瀟灑意宥與歲時深謝朓臨風處登樓思不禁

送徐揚貢遊新安郎席賦贈

幔卷秋風落葉初不聞索莫子雲居西郊偶憩尋

山屐北面爭投問字車薄酒孤亭黃海客輕裝千里白門書拂衣早悟逍遙理解得朝盈與夕虛

答王簡在

已分漁樵狎此身衰遲無計慰吾親一官小擬金門隱十上空慚玉局人世路功名豪氣短知交悲喜白頭新問憑丹井青蓮句寂寞仙源問舊津

再過琴溪觀魚口占用愚山先生韻

澄潭如練雨如潮青壁丹崖獨石橋洞壑人乘飛鯉去銀沙吹浪碧雲遥

沈秀才國裕

字霽斐明諸生工詩有嚶鳴集

和高青邱梅花九首 存三

扶筇吟向玉山頭滿眼瑤華好句收枝寄風前憑去馬香攜袖裏下歸舟疎林月照三更寂層嶺烟凝十斛愁堪羨羅浮仙境別師雄贏得醉中遊

風綻南枝白玉痕微微暮雨沐春溫酒家細訪雲連徑驢背遲歸雪滿村翠羽飛來驚破夢蒼笳吹斷暗消魂山翁放鶴亭前去寂寂花陰靜掩門

幽人高卧玉山陽月是隣家雪是鄉寒到盡頭饒勁骨春先動處有奇香虛憁有爾何嫌寂孤嘯如

余硯已荒樓外一聲吹曉角鳥驚飛出滿林霜

同邱維岳登君山

朔風獵獵雪初晴石徑蒼涼沙草平潮落漸移收港舶雲消遠見隔江城神龍去海空留蹟征雁銜寒不絕聲行客登臨懷楚相夕陽影裏亂山橫

送王近五之長興

王孫亦作越歌謳指點家鄉說雉州社燕南來尋舊壘江帆東去漾新流茶香顧渚幽人賞月醉春園羣季留應憶鑫湖堤上柳日舒青眼盼歸舟

楊秀才慶徵

字燕又諸生幼穎異攻舉子業屢試不遇始精分其學於詩閱十年而成集三韓吳興祚稱其弔古曰古道殘碑没高城畫角喧懷人曰芝蘭香未浣風雨夢頻驚漫興曰澤曠漁穿徑天空鳥下音感懷曰溪邊穿柳絮疑是浣春紗諸句不愧唐人而諸觀察定遠序其詩曰楊子之以詩見楊子之遇之不幸也雖然楊子而遇則又烏能成楊子之詩也刻有衣南堂詩八卷

秋郊晚望

疏樹暗秋色千山明夕陽極目碧田繞娟娟禾黍香寒蛩鳴且歇飛鳥故迴翔少焉夜氣沉明月來清光徘徊東皋上長嘯發清商

閒行日已西四面秋聲起野際盡蒼烟隴畔皆流水牧童吹短笛漁燈映遠沚清風開胸襟薄露沾衣履登眺興不窮惟吾自徙倚

擬蘇許公幸望春宮應制

望春宮裏望春來此日宸遊春色開滻水晴波搖紫闕南山瑞靄入層臺花飛片片金輿落鶯囀聲聲玉管催自識君王多讌樂微臣載筆喜趨陪

惠山雲起樓落成同諸公賦

幾年不作九龍遊扶病行來解宿愁經過古藤依舊在忽看新雨半空浮雕欄曲檻凌霄漢畫棟珠簾俯澗流坐憩意隨泉共徹登臨身與境俱幽大湖月滿南牕入叠嶂雲深北牖留冉冉平疇來霧靄陰陰廿里布松楸上方禪寂疏鐘度下界人喧細管稠水帶玉虹晴亦雨山飛翠浪夏疑秋賓朋不數三賢筆意氣應依百尺樓曾見靈臺成不日共聞花縣治難侔未因喜雨追坡老自布淳風比太邱欲識憑高無近遠延陵處處有歌謳

錢先憂行

字其所邑之嘯傲涇人著有先憂齋詩集

觀書

挑燈掩明月斂氣觀書編悠然會心處宛若遊名山所見琪瑤草所聽清冷泉谿谷帶雲樹歷歷在眼前折旋盤鳥道獨力窺洞天此乃是眞得不同口耳傳後日理前境還如再遊然

呂秀才大呂

字聲宏號奚山諸生邑之走馬塘人著有復古堂詩文稿

古刹嵩山寺傾欹已久圓水大和尚不費方
中施主重建殿宇規恢舊業因賦以誌之
巍巍嵩山寺吳越地之維名垂誌書久建立知何
時神僧屢飛錫傳燈派有支頭陀嵩和尚衣鉢留
於兹佛化幾千載普同塔不欹明有姚廣孝發跡
亦如斯沙門北邱長入朝掌綸絲偉哉少師力爲
世大住持古刹頓生色頂禮皆虔祇無如世漸遠
不免日凌夷鴻鐘聲千里墮落埋萎薐蕭蘼傾殿
宇棟折榱爲拋幾幾化灰燼作歌悲黍離天啟
皇清運眞僧應鴻禧苦心叅經卷苦行追阿彌淨

體塵不染端坐意無私妙悟得道奧菩薩常相隨
鈴鈴振金策北望 帝畿掀 勅書一朝下
欽召入 丹墀設法 清禁裡 天子爲解頤
御賜紫袈裟卓爾坐象獅試辨風旛動公卿侍側
咨虔奉 九重命拓提興故基起頹振彫敝荆棘
親自披經營無旦暮寒暑日孜孜傾欹已百歲今
始得改爲峩峩新殿閣比昔尤壯麗瞻仰頌功德
功德歸伊誰歸之于 帝力 帝亦遜且辭
還歸諸長老長老勞不施默默問蒼旻蒼旻陰爲
司大闢 皇朝宇生師何其遲吾非無所見梧井
浮神碑碑中何所勒世界清無疑水到渠自成令
人嘆神奇清乃今 國號水到應大師此山興此
日 皇圖卜永垂江南貧百姓竚望酒楊枝

中秋夜醉後同浦漸之步月到君法庭中劇
談千古聖賢無不安於義命各成長句
秋色溶溶滿碧巵風清露冷出新詩笙歌院落追
歡賞燈火樓臺闃陸離豈有儒冠冲怒髮更無尚
論不軒眉君看月到天心處萬里何曾着點翳

曙卿浦君好交遊樂施予今之俠士也工書
畫尤工于詩昔年屬予爲序予顧以禪語

發端曙卿每晤必諄諄命予易之因循未
改不謂曙卿之忽逝也令叔漸之作詩哀
之謹次韻奉輓聊補易序之意
偶寫楞嚴一弓徐却將佛語溷吾儒千秋知己何
堪負今日慚余不早圖華表若歸應見責濁醪纔
薦似聞吁香飄庭院添惆悵敢復談禪證野狐

詔賜戊戌會試舉人加中進士一百名恭紀
漁鹽困阨渭濱年共仰 龍飛五色天駕馭英雄
安社稷網羅俊乂到林泉鉛刀難溷青錢選金鏡
先從 紫禁懸 聖代發揚多士氣一間茅屋對

殘編

寒甚

鶉衣百結苦嚴寒筆硯生涯不素餐世俗錯教貧
是病考槃誰識碩人寬

黃州佐澇

字覲懷號萍谷選貢生官蔚州同知著有
懷香集

題家尊古姪畫冊并送南遊

烟雲濃淡樹濛密點染匡廬藏二室溪山疑爲畫
傳神天工幻出丹青筆江左傳流老畫師百年風

雅繫人思華亭尚書太常伯前輩具有天人姿昭
代聲華誰聞出藕漁先生罕儔匹金匱文章翰墨
餘前身合是王摩詰宗工巨手今瑯琊黃門封事
奏正牙退朝匹練與尺素興酣落筆生烟霞石谷
山人蒼髯友華子子千蔚龍首並有卷軸供　御
筵　至尊含笑稱能手籍甚風流誰與同吾家
阿咸筆蒼雄研精入微詎師授別有經營慘淡中
閒窗臨摹謝煩冗窗外西山正孤聳意在似與不
似間彷彿雲蒸更泉湧到處逢迎好曳裾五緖厭
飫憶鱸魚十里楓林吾谷樹一簾秋水尚湖居背
郭沿溪數間屋牽羅未許躭幽獨春風重泝浙江
潮路入仙霞天外矗由來此地絶風塵莫愛丹崖
戀絲筠歸來更得江山助別寫烟巒妙入神

送華東濵舅氏南還

三月邊城雪滿衣官橋攀柳重依依雲山過眼題
詩遍氷蘖同心願乍違忽據吟鞍辭雁塞偏隨客
夢遶漁磯渭陽南望懷思切江口雙魚信莫稀

和顧倚平歲暮移寓感懷

風塵歲月易推遷合使襟懷日洒然湖海逢人機
未息邯鄲得路夢難圓情縈松菊存三徑墨洒烟

雲遶數椽坐對牙籤躭逸興笑他牛背擁蒲韉

上新城王少司農

瑯琊簪紱遠逶迤江左夷吾領度支蓮燭夜翻蝌
蚪冊柳烟晨步鳳凰池青雲此日無雙業黃絹當
年絶妙辭見說堂開麟脯宴麻姑先爲駐秋曦

受業王　鼎　雲珠校

梁溪詩鈔卷二十三

梁溪詩鈔目錄卷之二十四

國朝六康熙

以上二十四人

梁溪詩鈔卷二十四

梁溪顧　光旭　華陽氏集

國朝

王雩都世濟

字貽京號豐亭晚號欣物老人庚午舉人官雩都知縣邑志曰虔被兵之野空田減科無筭至是稍生聚報漏案至吏私進曰據報清勘可以增額得嘉獎豐亭叱曰寬大之世以我隘其生耶間數日他吏又以利餂曰但一聲勘萬金立致復叱之歷任四年最愼民命卒以失法官意解印歸年七十餘卒

遠山

山深萬古靜變態一時形噓吸通天氣陰陽拔地靈日升先項赤雨洗着根青極目渺無際遥遥翠作屛

遺懷

不仙不佛有涯生寢食粗安是課程飲到微醺殊得得詩方半解只平平無心擬向閒鷗泛覺夢空勞覆鹿驚扶老短笻尋勝事肯從家計費將迎

秋蟬

飲露湌風兩翼輕微軀抱葉向誰爭如何猶有螳螂怒只爲高枝噪幾聲

施寧都謙吉

字季吉號抑閒癸酉舉人官寧都知縣著有卧雲閣稿

和郭平巘別駕山中招飲原韵

荼蘼香裏又殘春雨歇林園樹色新節物已過脩禊事風光猶似永和人放衙蠟屐登臨況載酒題詩賞識眞知是細侯隣竹馬詠歸燈火避行塵

庚辰正月偕素川劉子雨華族叔入都留寓從祖比部公邸舍

春風並轡意如何上國年來更復過霄漢雨晴雙闕迥嚴城雪淨六街和吹竽自愧文章舊投轄終叨禮遇多晝省香消頻剪燭來朝還喜促　朝珂

諸司教校

字卜臣癸酉舉人官嘉定縣教諭

頌邑侯曾公

飲水心期祇自知淸風應不數胡威五株柳色揺

驂馬千樹芙蓉照錦衣鼙鼓晝閒鴻自遠朱絃夜静鶴還飛使君更是饒文彩銅鉢催詩詠翠微

邵醴陵元龍

字巽咸原名曾恒丙子舉人官醴陵知縣

李相讀書臺改王允持詩臺今爲張遜墓

丞相池亭聞久廢樵人指點有遺碑松杉路繞知何處燕雀堂虛見舊基墓識福州張太守臺平唐代李公垂愴懷舊事摩殘碣白柰飛花夢正遲

劉大令學洙

字遜五號素川庚辰進士謁選得陝西城

固知縣未抵任卒素川制義精博爲一代大家方靈皋先生深推服也詩宗法陶韋爲蓉湖七子之一

讀書

客心澹無事讀書及清晨澄懷友千古欣然見洛閩得意不在多片語可終身章句皆粃糠要取性情真莞爾步堦除志氣常誾誾

寒風答胡襲參

西北多寒風蕭颯滿天地豪家方夜飲重帷擁歌吹貧士無衣裳慨然發長喟大化本無私悲懽乃殊致物情自循環轉眼便更置盈虛各有時造物復何事

鄰女

鄰女嫁豪華被服多珠翠昨歸寧父母蓬巷高車蕢榮光炫人目女心常惴惴入門爭取憐金釵行十二婉轉事君子深慚未當意寒女躬操作瘏痡淡無事誰言勞力苦心逸良不易

幽蘭

幽蘭在空谷寂寞無人知日與衆卉伍牧豎將見欺美人攜之歸光華傾一時芬芳隨風發過者皆

歎咨素質本無加人情自參差

別友

江上定交時春花方盡吐燕臺話離別萬象皆寒冱繁華有時歇植根原未固亭亭百尺松挺然絕依附豔陽不自炫霜雪乃弗懼

吳內江遵鉄

字粹躬號蓉裳壬午副榜官四川內江縣知縣素工詩文負時望蓉湖七子之一也邑志云內江值兵燹後流亡未集粹躬招緝撫綏民皆復業邑以捕魚爲利上官索

魚慮爲民害拒弗應除大憝之掠買人爲奴者并捕役豢盜之害積患頓除乞休歸享高壽而卒

過淸流探玉華洞

新羅數百里列嶂無停翠客路充逢迎軾前爭向背望望忽一峰淸虛自標置瘦潔骨如立玲瓏態轉媚頫諾同行侶是中必有異停輿索樵徑榛棘巧蔚薉賈勇披蒙茸幽境來取次山根露微隙遂我深入計聯膂相扶攜決背窮盼睇方俯足而下旋仰面而跂曲折生驚疑軒豁脫陰翳高雲出竇

間碧落界岩際參差列怪石彷彿几灶類應是古仙人蹤跡留其內坐久來寒風嵯岈石欲墜從奴色徘徊愚者自多悸吾方愛此閟願言且休憩迫促苦輿夫未肯許留滯登程一回首山靄遠相對

沙陽行

去年過沙陽桑麻蔚成行健婦躬當壚小兒手提筐客來問所需家有新黄粱雞豕隨所欲并有鮮魚嘗今年過沙陽白日野荒荒婦女一不留兒童去何方老翁守門戶見客猶徬徨索米出升合稗黒兼沙黄索羹無以應藜藿勸充腸借問此樂郊胡爲忽凄涼云自六月中烽火動武昌官軍遠征討其來自荆湘經過此信宿村小乏壺漿供億理固宜豈敢惜空囊所幸妻與子先時已走藏至今未敢歸我留視此鄉客聞再三嘆尔賊何猖狂上勞我官軍下爲赤子殃

應城行

漢東城郭如雲起中有應城城蕞尔城内編民向萬家家殷戶足畏遷徙我來此邦經亂離比屋慘慘行人稀雞犬無聲地闃寂空街鼠趁牆烏栖道旁古廟試投足四壁傾頽堂宇壓鬼卒俱愁風雨

侵神明亦受塵埃辱廟中老叟病骨立問所由來涕横集自言家住陌頭西八口終年常自給武昌鼙鼓揭天來紛紛夜半城門開壺漿不是居民意白刃當前暫乞哀賊亦倉皇前復却幸獲須臾緩溝壑官軍數萬倏臨城賊逃翻把居民索老人閧變起洶洶脫身獨走窮山中歸來妻子杳何在舊里蕭條隣舍空剩得一身翻似贅生生死死俱無計半架荒祠暫作栖靑燐白日常相對我聞叟言鼻酸辛蒼蒼者天胡不仁獨此一方罹殺戮感召亦怒非無因叟云浩刼非人使此地爲君目擊耳

近聞收復漢黃城千里之間俱若此

洛陽橋

我聞精衛銜木西山中千年填海無成功又聞鵲橋一夕横長空牛女旣渡茫無踪乾坤險阻憑天公波濤淼淼人力窮中流震盪愁蛟龍誰作長橋代艨艟南踰梨嶺地多水輕橈日夕危灘裡過得三山勢如砥海邊忽訝江濤起洛陽江水勢洶洶山趾崢嶸矗水底浩浩狂飈激流駛當時渡者船多毀端明學士心愴然鳩工壘石盈江干計欲爲梁經始窘潮頭晝夜常漫漫檄付海若遣吏傳天

吳領命廻奔湍及時結搆人爭先八日梁成麗且堅三百餘丈形連綿蜿蜒曲折如龍蟠從茲行路忘波瀾到今遺澤數百年始知人事果勝天二儀高下殊無權吁嗟乎安得古今如公輩者以十數參錯九州爲砥柱

妾薄命

中堂居阿誰使妾背地棲空帷阿誰襲羅繡使妾金針度昏晝空帷不聞聲猶自愁他嗔玉手和針老不敢望言好來有期去未宜良人惑溺天無知廣寒隙地如容假妾身願似嫦娥寡

碧桃行

春光未必憐行客客心自把春光惜游絲百丈鎖江天一樹桃花牆外碧碧桃種自阿誰家淨洗胭脂傲百花玉骨秪容飛鶴件冰姿不許素娥誇我聞海外此花遠瑤池遺侍君王宴後來移植到天台獨有阮郎曾一見千載于今貌絕塵只應常與仙人隣不然梁苑並瓊樹不然金谷番芳茵胡爲零落在泥滓清影低斜雜荆枳雨雨風風寂對誰朝朝暮暮寒居此嘆息問花花不言春雲漠漠春禽繁獨藉蒼苔倚花坐爲花惆悵至黃昏黃昏冉

冉東生月恍惚娉婷花下立肅然前揖訊何來自言妾本瑤臺質三素雲中傍玉皇九枝燈下捧螺觴雙成舊是遨遊侶弄玉曾稱姊妹行香案前頭輕一笑淪謫人間空窈窕生來不肯學鉛華淡素寧違時俗好去歲東隣富家女幼出綺羅年十五蘭膏狠藉畫眉長粗醜强將珠翠補珠圍翠擁傾城傳公子王孫射雀先縞綦能使夷光賤脂粉常教嫫母妍低鬟再拜悄然別風隨環佩無行跡翻身復坐夢初廻月轉牆頭花共白吁嗟此花洵有情天涯感觸能分明寄言花裡東風主莫與凡花

一例輕

驛騎行

君不見江漢之間數千里驛騎奔騰似流水軍前羽檄刻難停一蹶沙場不復起物力由來窮卽死馬稱善走猶如此馬上之人可知矣莫言此馬皆駑駘風塵豈必無良材王良伯樂不可遇奴隸鞭馳氣欲摧年年道路成虺隤千金買駿何人哉世亂騂騮亦可哀

泊京口

鐵甕城邊萬井開寒潮日夜此潆洄眼看北固還

襟帶事憶南朝盡草萊千里破帆京口驛一江清磬妙高臺榜人催起殘更夢颯颯長風動地來

望夫山 在當塗縣

終古亭亭立翠微垂鬟擁髻尚依稀江潮夜織迴文字石蘚春縫寄遠衣雲鎖紵岩眉黛蹙雨翻螺穴淚珠飛年年社燕南歸早莫向磯邊說是非

襄陽懷古

山川終古自留貽杖策登臨路或迷千載幾人還墮淚當年多事漫沉碑虛傳池館經遊屐無復兒童倒接䍦憑弔秪餘霜柏在舊時風幹未離披

楚宮

不信君王愛玉顏渚宮虛鎖綠苔斑無端遠覓高唐夢神女何曾到世間

侯夫人

君王漫道惜芳姿玉殿芳姿近不知始信世間才泯沒最憐偏是愛才時

秦中翰源寬

字未能號岵雲癸未進士考授中書舍人幼孤性至孝母胡守節撫訓岵雲晨夕不離膝下甫通籍遄歸侍養及母邀

恩旌節又遇 恩詔得建祠惠山鑴坊豎祏綽楔既崇祠左別搆一閣額曰永思用憩展省申警保墓爲族人率岵雲雅意汲古多藏書時復縱棹清吟綈囊繡巘問迹常參半焉

望盆樓分韻得正字

誰將薪樵意寄託柴桑徑望益顏書樓砥礪諄提命愧我欲升堂衰遲白髮迸𥅃懷入室英蔚起鼓後勁尚克祇師言羹墻見先正

送邑侯張湘門先生還湖南

不得留公卻送公烹鮮小試半年中誰憐遮道攀
轅泣爲達斯民借寇粟

徐南臺珽

字紫長南臺其號少學詩於同邑張毅先

癸未春獻賦迎
鑾 選入蕉園教習凡所撰著輙合
廣仁宮成珽所撰文勒石於
御製碑文下以布衣受 寵眷前後二十年官
光祿寺署正出宰德清縣著有香樹山房
集邑志文苑有傳

海上

坼地浮天一大觀倦眸空濶素懷寬千堆雪浪逃
徐福萬頃風濤戲謝安幾見三山通弱水徒聞七
島障狂瀾紅盆擁出扶桑日不過飛空小彈丸

題鏡

何須温嶠玉爲臺照我曾無一點埃遥想唐宗臨
御日捲簾時望魏徵來

楊徵君希曾

字曾公號東軒諸生著有感 恩艸早卒
邵陵園先生哭以詩且䟦其後日曾公吾
友聲毓子年十四而孤二十二吾遇之杜
紫綸宅恂恂雅飭工爲文精書法與之語
先敘先人齎志遺孤不克自振繼以欷歔
乙酉歲
上之南巡也收羅江左才士修書內廷考較數十
人曾公與焉從
駕至京師供奉武英殿月支太府金錢給筆札
宮袍 御膳不時寵賚顧曾公以白衣蒙
上知尚未青其衿乞假回江南角藝童子塲不勝
而其偶在京皆
欽賜國子生秋戰有捷者曾公更不樂明年夏再
乞假奔波炎風赤日三千里歸試得隽而
曾公病且死矣死二年書告埈數十人並
授官康熙己亥清明日邵曾訓記越六十
年以嗣子潮觀官四川瀘州 贈奉直
大夫

賜魚雉

侏儒囊粟忝平生珍膳初頒薄五鯖久逐貫魚知
寵利虛占射雉應文明詩書漫擬供魚獵鼎俎寧
堪效割烹好向江風憑去雁小人有母未嘗羹

恩允歸試志喜

下國掄才日高堂念子時望雲誠戀 闕洒淚更
陳詞擬趁圖南翼還伸返哺私 天恩眞浩蕩結
草是心期

外靄亭送春

狂風吹日淡無華歸去春魂那有家一覺小園蝴
蝶夢花時多恐是空花

華上舍之望

字渭生號戴笠子國子生著有戴笠吟稿
戴笠嘗學古文於寧都魏冰叔平生足跡
半天下所至名山大川登臨瞻眺一見於
詩杜川雲太史師事之

甲秀樓（在黔省之南中跨兩橋山明水秀甚堪遊憩）

郭外晴嵐晚芳洲處處幽斷橋仍鎖月老樹半含秋欲洗風塵色偏宜澹宕遊衆山看不盡蒼翠入高樓

和呂柏庭感秋詩

終子當年少從軍討不庭枕戈江水激橫槊暮雲

停瘴霧晴還黑蠻烟遠更青燕然一片石不朽藉君銘

春懷

樹底茅簷下棲遲只一龕白沙迷塞北紅雨夢江南殘局收應易餘盃典自酣只談風月好藤杖一肩擔

將發粵東留別都下同人

握手分襟酒未醒蕭蕭風色短長亭黃沙萬里燈前話白鴈三秋夢裏聽匹馬空山衝暮雪片帆斜照渡寒汀諸君莫作閒居賦恐惹潘郎兩鬢星

新秋

嘉樹千章覆石牀好攜清簟午追凉風來竹院茶聲細日轉桐陰鶴夢長先滌煩襟依碧檻待消輕暑製秋裳閒憑曲沼渾無事握取盈盈菡萏香

送顧子瑞南歸

匹馬嘶風返故林斷烟微靄獨登臨倦遊未必因飄泊歸隱何妨託醉吟一片白雲籬落靜幾層紅樹草堂深羇人未得同君去愁聽秋高月下砧

元宵雨雪舟阻裏江

兩岸沙痕積水痕裏江漠漠峴山昏登臨有客同

王粲歸隱何人訪鹿門細雨春燈迷野店小梅殘雪凍寒村莫思兒女團圞話獨對蓬窗酒一尊

五十述懷

苦厭風塵久欲歸何須五十待知非客愁頓覺消皮肉身健仍披舊褐衣頭鐵有聲終不韻黃金無翼竟能飛故鄉鷗鳥期相狎坐對湖陰好息機

甘州道中

秋高氣肅逼天寒衰柳荒堤駐馬看萬壑烟雲歸峽口一肩風雪走山丹

顧散人玫

字本玉自號花間散人工詩嶔崎歷落入
也先高祖勉齋公從子洞陽公五世孫年
七十三卒

覽古

火生而有光用光在得薪人生而有才用才在識
眞至哉孫登言典午第一人

秋思

秦樓少女藍田玉梁父美人金錯刀蟋蟀堂虛秋
露白蒹葭水落月明高鯉魚尺半緘書至駒景分
餘運甓勞栗里門前橫醉石且呼鄰叟盡松醪

夜泊蕩口早訪華星紫星紫先有詩酬韻

昨過鵞肫一問津瀰瀰綠浦月淪淪風吟白露蒼
葭遠水宿鷗盟雁序新五夜星河難向曉數家老
壽莫言貧謂余不是柴桑客何似山中送酒人

再和星紫倒用前韻見贈

烟霽雲空鳥喚人夢中覓句不知貧秋來天氣風
餘善晨到君家山更新室有琴尊供嘯傲性耽詩
酒豈沉淪陶公寄意漁郎事莫問桃源何處津

偶筆

戰國多辯士吾慕魯仲連甏亦謝梁相不爲名利
牽彼豈一無有而敢狎大賢操懲如於陵濁世亦
翩翩于齊本世家槁壤飲黃泉有兄祿萬鍾母見
仲亦憐旣出而後哇順事於母前矯廉以自勵于
道良亦偏君子蹈中和家庭化可傳

周山人士俊

字明如著有石樵草居邑之獨山門獨山
據太湖口方 國初時其父玉生年已七
十猶以勇力庇其鄉人瀕湖無寇盜患其
兄偉如亦以膂力稱與楊子淵鄰近往來
過從深相得也明如故文士而終身不應
有司試半耕半讀逍遙山水之間嘯歌自
適殆亦古之隱者流

扶竹

滿園風雪幾枝眠君本無心肯乞憐高節豈因寒
便改淸操應爲勵彌堅誰教歲晩傷遲暮慣歷窮
陰漸自然松柏比鄰時慰藉莫嫌筇杖與扶顚自註
松柏謂子淵

忍飢

那得還留隔宿儲老農家似范丹居無炊困不留
飢鼠有篋書還飽蠹魚世事每看成一笑生涯端

只在三餘欲尋乞食柴桑路五柳風流愧不如

顧明經彩

字天石號補齋選貢生修遠公長子七歲能詩年十二已裒然成集修遠公交滿天下四方名士至見補齋公總角負異才莫不嗟歎公既貢成均名噪都下時方開博學鴻詞科三親王共欲舉公公深致謙讓薦潘次耕自代至徐立齋以科舉招致之欲公出門下公乃曰嘻彼不師我而欲弟我以弟博第吾實恥之且徐氏安得以聲利輕天下士耶絕不往既而爲朱門館師小不適辭去朱門者慚曰吾誠不能客先生然度諸貴人中無能禮先生者乃作書致衍聖公走幣聘延至曲阜深相得衍聖公爲梓其所著徃深齋等集至桃花扇傳奇則嫁名孔東塘者公暮年歸窮且老矣未嘗不悔文彩風流微傷大雅云

梁溪詩鈔　卷二十四　十七

仙霞嶺

仙霞原非高眾嶺會成勢大楓已嶄絕到此猶下視閩疆天所闢崗巒互鱗次嵌空得屏風與浙判爲二三闕絕奇險無乃六丁置封以一丸泥萬夫莫窺伺其傍有奔澗亂波聲若駛其下千丈崖石尖皆仰刺叢生多苦竹笋籜密如蝟輿夫慕陰凉遥指云可憩貪泉不敢酌美茗無由致但愛腋間風盛夏猶戰慄生平耽邱壑及此慕平地脫身顛墜中攬勝乃餘事啾啾越鳥噪落日掛山背欲問今宵程前峯鎖蒼翠

庚申春日記所見

江南何其悲草木不容長萌芽纔發生已爲飢民饗無食思播遷無廬何偃仰強半枯瘠兒形骸肖魍魎久餓腸已摧兼絕饘粥想終塡溷斛轍豈受江湖養漸漸二麥秀今歲庶豐穰存者或得餐死者魂已往如何催科吏程限不暫爽鞭撻鳩鵠民驅令供軍餉徒有骸骨存安能事耕紡苦役彌乾坤蒸黎在羅網反羨死者安無虞受笞杖我爲饑寒驅終朝逐塵坱騎驢蹴骷髏三三更兩兩低眉不忍觀汗出覺盈顙彼孰無妻孥誰來送楮鏹遭逢大洗滌樂土逝安放身與粒食違因知后稷妄美哉糟糠味其甘若熊掌垂涎蘇武氈庶與妻兒享荒原萬鬼哭落日泉田響猶有劫餘人含寃逝

梁溪詩鈔　卷二十四　十六

惆悵

雜擬

冬日衆卉瘁塞外西風飄哀彼嶺上霜凍此牆下茗征人未云返陰山寇仍驕漢月在玉門望之千里遥疇昔家信至八口同枯焦園葵竟就荒幼子傭爲樵我今廢耕耘何以有黍苗

擬古

戚戚抱璞心悠悠白雪吟何惜吟者苦但傷無知音由來郢人調浩蕩空古今排雲叫閶闔餘響杳難尋高鳥爲之飛淵魚爲之沉聾者笑啞啞視同

啞與喑世事故如此伯牙空撫琴

虚煙蔽深山彼美在空谷本是傾城姿何意遭斥逐自言甘荆布羞炫羅綺服脂粉棄不施無心理膏沐焉知氷霜質不賞紈袴目窈窕憐新人別爲貯金屋從他新人笑故人亦不哭織素以終身休休任榮辱

長安良家子素驕不知兵鮮衣策肥馬挾彈洛陽城晏安恣豪奢軍籍徒有名一朝邊烽入朝野俱震驚按籍點征戍辭沉雪涕行此輩若腐鼠摧烽何所能頗牧棄田野趙括守長平舉錯誤國事功勳何由成

沙岸行

黄河兩岸飛黄沙黄河千里無人家吳船底重難徑涉吳牛喘月空成霞水漿濁澁不可飲炎蒸爍人氣欲盡壺中一半帶沙泥稚子垂頭渴將殞北來行路難如此估客悲歌淚如水何况從軍到朔邊更向黄沙磧中死漢軍莫唱丁都護重城蒼蒼風雨暮萬國吹笳虎豹驚千山落月狐狸語撫劍英雄雪滿頭彎弓老將顔如土沙岸蕭蕭作雨聲夜來陰晦少人行可憐白草黄雲塞偏繫千秋萬

古情

戰後行

千山之南萬山左碧草叢生花朵朵危關野戰朝棄屍澗道陰風夜吹火出穴黑狐吞髑髏黄虵直立如奔乱千年不復有人到血地難耕砂水流兩崖削出城隅勢十萬羌兵旗倒豎風掣牙幡化白雲秋沉鞨鼓悲霜樹回首平安燧已銷連營吹角夜迢迢英雄老盡長城窟誰與天家守渭橋每從戰後常經過指點山村淚頻墮冷落無人塞草腓夕陽西下秋天暮亦有經霜滿地花飛來蝴蝶憶

誰家蒼苔野塚黃昏月不見人煙祗見沙

鬼馬行

旋風夜起廻沙舞樹影蒼蒼隔秋浦此地多年人不行惟有沙塲鬼私語將軍苦戰成國殤血手還持竹葉鎗身騎鬼馬馬無影一嘶萬鬼皆慘傷當初市駿價百萬與人一意同患難何期垂老成棄捐汗血功名灰一旦老骨如山淚不收敝帷豈葢鹽車羞年多物化氣仍在幻作夢裏眞驊騮古祠風雨神燈下魍魎公然騎石馬中宵馳騁恣揮鞭却把門前卧碑打嗚呼死馬葢有神况乃生爲正

直臣始知千古不降士定有浩氣千秋旻雖有浩氣干秋旻公道抑塞何由伸願騎鬼馬訴天帝遊遍八極招其魂

關山夜雨

廻風夜起沙如雪都護營前將星滅半捲黃雲壓帳垂横空不見關山月陰飈颯颯螢亂飛鵂梟帶雨鳴牙旗將軍玉帳忽驚起疑是羌兵夜合圍控弦壯士三千隊解甲連營正鼾睡中軍傳令着鐵衣雨濕兜鍪冷難戴君不見戰塲白骨如車軸每到天陰聞鬼哭啾啾聲似向南行燐火青青淡於燭紅粉樓中夢裏人年多應化馬蹄塵不知今夜瀟瀟雨何處還家說苦辛

海陵徐孝子夫婦歌

君不見海陵徐孝子刲肝食母病立甦其妻感格亦純孝棄兒留乳哺其姑誰云奇節不可蹈精誠上達蒼天孚一門雙孝不受奬但有芳譽傳名都嗟爾蚩蚩木工子豈識人間有青史毀傷遺體竟何妨反哺慈烏孝如此東家老嫗呻吟哭懶婦擁衾睡正熟夫來歸母疾不問披妻幃嗟乎何人得似徐孝子荷戟邊廷爲王死

老壩口

河流黃白日荒一望極千里沙草何茫茫老壩口津吏守低處無寸田高處但種柳江南五月槐成陰蟬聲相送清江潯到此忽覺風景異蕭然勞役傷我心傷我心渡河去火雲燒空無滴雨今夜扁舟宿沙渚沙渚上鬼夜呼乃是多年沉水之髑髏岸有鬼馬林鬼烏烏啼馬走鬼亦作隊而奔趨河風夜凉腥帶血推篷無人一片月

廣陵謠

廣陵城下秋風起蒹葭蒼蒼竹筵筵廣陵城內盡

流民挈婦攜兒丐城市市中車馬喧成羣富兒甲
第高入雲黄花綻金桂墮子美酒肥羊會衆賓緩
歌妙舞傾臺榭白晝歡娛還卜夜爾輩生爲富貴
人安知外有流離者去年水患無田禾今年房屋
漂没多魚鼈舍生事在一半桑田沉白波黄淮
波高堤岸圮衝決一來千萬里縣官不惜水衡錢
朝議惟憂塞瓠子炊烟蕭條白日曛葦墻土屋如
生壙兩河使者廵行數習見鳩形鵠面人

雷塘曲

青荷側動金蟆翻夜螢數斗流蘋灣昔時煬帝亡

國淚至今碧火燃其間棠舟夕維避殘暑吳商貪
花載楚女雙星卧看隔迷樓別浦歸霞作秋雨點
滴銅壺咽不聞莎鷄聲報夜將分玉鈎斜畔如環
月照見蒼苔故篆文平山一秋腸一斷况復悠悠
古今换君不聞二十四橋吹玉簫明月到今無一
半

早起平山最高峯客館

昨居芙蓉城猶在人境中今來平山頂寢息最高
峯天鷄夜半喔咿叫海日先從下方耀須臾雲霧
漲山巔截若劍光横出鞘大峯小峯俱潑墨米顛
有筆畫不得化爲雷雨固莫知煥作晴明更難測
欲眠耆然門戸開曉鶯杜宇飛鳴來擁衾自分非
久計早起無事空徘徊徘徊且坐盤石間俯視蠶
叢鳥道之危關天心之橋入地底猿狙童叟相牽
攀如今李白倘猶在不復浩歌蜀道難噫嘻蜀道
難其難未必如平山遊人過者盡却步我獨何緣
兮起居寢食於其間

折楊柳

楊柳青青三月時河邊陌上弄春姿忽逢遠道人
將別爭向長條借一枝君不見人無日不別君不

見柳無時不折樹上柳枝不曾少樹下行人何日
了折去明年柳復新別來幾度人偏老

別雲來莊

此中爲客久童稚亦知名不厭經年住皆憐冒暑
行山辭遊子屐月挂主人情去路從西閣愁催斑
馬鳴

和呂子郊聞鷓鴣

亦知行不得安用爾頻呼意怯臨溪澗身貪入畫
圖如聞促歸去未肯叫提壺遥想黄陵廟神傷鄭
鷓鴣

建寧道中夜泊

旅泊無常處寥寥犬吠村彎弓百戰後擊柝一夫存石瘦疑人影灘高印虎痕四更纔月上何以度黃昏

九日孝侯臺登高

木落寒亭草色枯孝侯臺枕石城隅經霜老蘚猶千點倦翮羈禽偶一呼失路英雄埋戰血過江卿相泣新都斯人獨繫綱常在遥與羊公片石孤

過吳淞一帶目擊水荒賦得不看秋草自傷魂

不看秋草自傷魂萬室今無百室存棄我村莊逃稅斂借人錢鈔賣兒孫空山雨後狐尋窟靜夜風號虎過門鵠面鳩形等閑事更堪消瘦到雞豚

平山月夜

素女光輝下泬寥仙人樓館逼層霄岩空鸛鶴聲清脆峽怒星辰影動搖別塢停雲湘浦瑟畫欄殘雨洞庭簫狂吟已在高寒處不覺臨風袂欲飄

坐浣雲橋

四環烟水盡空明帶雨兼晴畫不成橋外馬銜芳草立隴邊人背夕陽耕青簾夜看東山奕黃石朝談細柳兵絕似五湖歸隱處白蘋紅蓼布帆輕

不離西閣

小閣亭亭碧嶂間淹留天放此身閑鳶肩夭影京拖雨虎目如燈夜過山太白有詩悲蜀道相如無檄喻荆蠻何時重鼓江陵棹一枕吳歌載月還

途次南昌遇友人話舊

當年曾共醉旗亭夢遶湖干尚未醒壯士近來頻破敵老儒何苦但窮經愁邊草色連沙白客路山光學劍青無意相逢仍話別兩行征雁各冥冥

春日竹枝詞

西城山色淡於烟城上兒童放紙鳶昨夜一篙春水漲小溪撐出看花船

口占贈桃源澗愼逸士

山人只在此山中俗客無緣那得逢今日我來偏遇着亂雲堆裏話松風

夢吟

五更風雨壯濤聲估客扁舟夢裏驚應是子胥亡國淚夜深流到闔閭城

題張勿藥遺稿

浮雲身世等閑空遺韻人間響未窮知爾詩魂猶

可覓萬山風雨夜猿中

華贈公部

字皂儀國子生考授州佐補菴先生五世孫會元諱祺芳之孫光旭內祖也幼擅才華工詩詞舅氏宋文恪公亟賞之著有竹窓偶存以子純曾官常熟教諭贈如子官

雜感

古有明鏡臺用以別姸媸光輝今何掩昏然塵垢滋螭文漫雕飾鸞影徒參差顛倒失其眞鑑别寡所宜美人落雲光鉛華閑容姿欲得一相照旦夕

勞怨思

昨暮一老僧今旦變猛虎昌得慈氏名橫被殘虐苦哀哉山中人日與虎爲伍藜藋不及採巖穴無安堵倀鬼何皇皇前驅負弓弩攖之力不從相戒閉蓬戸

嗟此止棘蠅抱柬入簷隙爲時旣代謝念爾終何策驅之暴日中漸覺含生澤彼以日之温不如火之熱噤吟忽飛去投爐被火炙藉非附薰灼豈得遭此厄

送浙學使者王顓菴復　命入都

十年作客長安道風蒲雨柳驚秋早氣誼邱山憶渭陽楊懸花嶼時時掃先生見我倒屣迎夕陽欵欵追平生玉堂下直歸來晚促膝夜話逾三更聖主宵衣重英彥妙簡詞臣懸玉鑑先生攜我別金門錢塘八月潮如練江河日下水滔滔砥柱中流敢憚勞採取成材盡梁棟剩來餘唾亦瓊瑤自公之下研朱露銀燭光中呼拂素風俗重編越絕書山川不借吳都賦今日持書捧　御筵五湖明月送朝天花磚晏出蓬池膽鈴索花生學士蓮舊遊客子愁無那不到黄昏成獨坐重向樽前訂後

期西風再鼓芙蓉枻

客窓對雪

牢落三年客飄零兩袖風雪凝山失翠顏老酒添紅怯冷鴉棲樹銜寒雁叫空有懷徒拂劍蕭寂向孤篷

仲春苦雨步大人韻

墨雲拖雨苦遲留似不容春欲變秋瘦綠襛褷悲宿鳥嫩紅狼籍怨啼鳩半池水漲浮新藻孤榻寒凝擁敝裘滴瀝中宵渾不寐起添爐火護衣篝

華秀才修昌

字弼思鶩湖先生仲子幼有至性鶩湖歿時僅十有六歲弱冠補邑諸生至老不遇鶩湖之祟祀鄉賢也弼思竭盡心力五十年而得請當時雖協乎朝論鄉評亦孝思所感云

掃墓歸作示諸弟子姪

男兒生不養親死不送縱獲功名復何用豈容漫信青囊書輕以遺骸供簸弄吁嗟父母入黃泉艱難倉卒資遺則邇來奄忽四十年冬青陰結寒雲凍春秋歲時惟二祭子弟相隨聯伯仲爲言茲山

梁溪詩鈔 卷二十四 兲

本吉兆點穴地師未切中若能移武上高麓馬鬣適當龍腦縫會當榮名掇科第經濟宏材作梁棟紛紛各欲主議遷我坐無言實深痛猶憶少時侍京邸先子養親寄淸俸濟人利物日不足自給簞瓢竟屢空一朝風燭無寸瓦黔婁惟有窮塗慟北方旣無中古棺敦匠未能嫺斲礱歸來殯葬俱草草夙夜疚心惟自訟如今敢擴復何有勢將歸骨瘞雞甕志事未能謀繼述何忍遷移掘枯葑苟欲亢宗先亢身若期邁俗惟邁種仁厚深積遊德麟文章成就翔威鳳居恒每厭堪輿術拘忌陰陽總虛哄祖龍反不盡燒却坐使舉世非幾貢何當大破形家言庶幾一醒癡人夢

黃徵君瑚

字夏蒸工詩不多作其學以古文名館於吳梅村家 詔徵鴻博病卒

雨後二首

雨後天光不可擬開門遣我千端綺罨溪波蕩雙鴛鴦剪取春來合歡被高霞變幻斷復連五色掩映江南天江南江北盡如許欲語其妙無人傳天雨文章山作硯墨雲騰起須臾徧故者已故新自

梁溪詩鈔 卷二十四 三十

新釣人頭上桃花片桃花亂落怨東風點點還如上番紅茂陵桃核仁何有却道仙凡境不同

此樹婆娑生意盡武昌楊柳東風準當年折得一枝梅漢水東流似醱醅玉壺買春春似海襄陽耆舊今安在漢陰抱甕傚漏無不然嘉遯夫何悔夫何悔花滿枝酒滿巵湖山滿眼綠差差孟光舉案梁鴻井陸羽烹泉黃歇祠閒閒散步林泉下倚徧闌干好聽鸝

吾將

花慘一池波縐雨鳴兩部蛙聲高臥青山無恙吾

將擁褐百城

華秀才文炳

字象五諸生補菴公五世孫滄江先生從弟也詩名亦在滄江伯仲之間著有桂窗遺稿

秋日惠山和三唐人詩

秋氣渺無際輕舟漾青蒼廻流接叢路弭節愚公堂松下一延佇京鶴忽已翔皜皜池上泉中含明月光坐來微風發空林亥遠香願言托桑苧遐哉不可忘

竹樹一蕭瑟秋聲如有人烟霏翠鬟結露重丹崖新明泉漱白石千載無淄磷如何供衆好馳驅京洛塵古多素心子抗志薄高旻似彼冥鴻翼横絕疇與鄰

登陟異亭榭紆遲去榛樾不聞絲竹喧秋心正清絕山空曠無雲歸鳥跡初滅削壁胥朱華曲潭迎素月茗理不易尋悟久泉香發借問霞外人胡然滯塵轍

江上漁父吟

一竿新水碧烟輕到處浮家是島瀛鼓枻歸來入不見秋風落日大江横

秋日送叙上人還山

鴉閙堂下竹千竿剪曲芟繁總未安看徹青梧風骨異帶將秋色上銅官（嚴人宏詩日青梧集）古佛寒燈旦旦香編茅成屋竹爲墻申屠老去張公死留得詩僧坐夕陽

秋日雜詩

幾日東籬菊朝來已着霜與君成久別相對復秋光野徑寒烟碧登場晚稻黃幽尋不覺遠踏月過南塘

晚來交杜五閒暇輙相思佛閣同凭夜菰莊歘課時忘形任爾汝古道敢差池莫漫抛書帙清霜點鬢絲

閱世人難記尋山徑易諳野英開爛熳秋水落江潭小閣藏深塢推窗放晚嵐無端復妄想燈下試頻參

麥隴荒荒白楓林爛爛紅夕陽明滅外遠翠有無中牧唱牛歸晚沙晴歴叫空田家築場圃霜月夜舂礱

君山落梅

閒從江郭歷江岑，直爲梅花動遠尋。小寺夢寒香滿石，半亭春瘦影歸林。飄殘官閣餘詩興，踏破孤山有鶴吟。爲問當年珠履客，可曾嚴壑一橫琴。

游溪橋桃花

九龍山下小桃源，源上繽紛樹樹繁。夾岸深紅香到水，一溪寒綠鳥窺園。鄰翁坐久頻呼醉，漁父歸來獨不言。前度劉郎竟何處，春風一笑閉閒門。

續夢

庚午秋應省城鄉試，八月初八夜宿列字第七十六號，夢中得詩一律，覺來止記二語，姑續之。

驂鸞曾到太清家，折得堦前碧柰花。笑撥浮雲來下界，愛乘秋水泛靈槎。大羅天上留仙佩，小酉山中看月華。止記此二語 一曲山香啼鳥寂，有人深勸飯胡麻。

王孟端先生故址即邵文莊公尚德書院也，詳文莊詩註中 得眞字

勝地名賢跡漸湮，文莊詩史紀偏眞。交無輕可推前輩，畫不多傳重舍人。匹馬戎裝歸朔塞，一燈禪榻話西神。紙窗斜掩月明在，忽聽洞簫吹四鄰。

華秀才炳微

字星紫，號福庵，諸生，占嘉定籍，改肄國學。卓越有大志，三戰棘闈不遇，將之京，父命之曰：汝輩讀書，果能養好性靈，即家庭閒儘有事業可做。於是肆力於濂洛關閩諸書，以求實用，孜孜汲汲，至老不倦。治家內外有常度，男女有恒業，長幼有定分。輕財好義，婚至戚之子三人，各授以田。貧族停柩祖塋之饗堂，至疊壓充屋，盡葬之。族有孤女，婿貧不能婚，出資善謀好合，婿與女事過始覺也。偶過縣治前，見枷者以逋漕

荷校，代納而請釋之。有姪幼被侮，傾蕩入求白之，檢書得父舊逋記，悉註其所償，有龔姓銀七兩未註，亟召其子問之，茫然不知，乃告之曰：吾先君未註簿，則未償可知，吾每事求慊於心，汝又貧，能藉此爲活計，則吾願慊矣。其人感謝而去。鄉里欽重，欲申請爲鄉飲賓，固辭不就。卒年六十八。著有考槃集十二卷、雜詠六卷、詩餘二。父諱教，字小樂，鳳超先生同學也。

過商巖釀花莊

柳根斜日繫孤篷乘興追尋湖水東物外久忘秦世事此中還有晉人風古梅瘦鶴林逋客白酒黃花彭澤翁我自入林猶未客卜居鄰近往來通

秋曉出門適逢本玉

儂家斜對打魚津雞犬桑麻足隱淪乳酒初開蓴菜嫩鱸魚正美菊花新山容入戶都忘老書卷盈床豈是貧我愛芙蓉秋早起何期先有款門人

倒韵再贈本玉

似爾花間作散人（本玉自署花間散人）行吟花下肯知貧胸中邱壑仍如故筆底烟霞近又新落拓忘形俱老

大起居隨意聽沉淪秋花不讓春花艷莫訝漁郎更問津

呈李芥軒

莫道漁郎去不回浮雲難撥萬重開掃花欲治陳蕃室買駿空懷郭隗臺無字碑青山入夢不絃琴綠水添杯百年玩愒皆如此那向旁人索解來

和芥軒也庵雨窗話舊韵

小李將軍河北紙大髯學士海南詩幾回秋雨孤燈夢一聽寒潮萬鼓悲射虎斬蛟春漸老殺雞爲黍夜何其人生底事匆匆甚可憶輕衫側帽時

和顧本亮表弟春日山行韵

勝事奚囊收拾盡春山無處不春風傳來好句看如畫立向斜陽數落紅松石六朝名士業薜蘿三徑舊家風昔人幾緉尋幽屐都付蒼藤碧蘚中

戊子四月十八遭女夫婉斯之痛濡淚題此

有日不消頭上雪無風自落眼前花人生哀樂憑誰說流水空山放歲華

桑椹紅時最可憐葱湯麥飯起茆烟從今誰復知郊鑒一慟清江翠嶂前

夏日寄鄒環西表弟

暮蟬高柳雨池塘雨過南軒菡萏香忽憶故人天際去石渠何似水亭凉

內姪女于歸在西

殷勤翠袖燒銀燭早勸才郎夜讀書指日成名看耳筆明年肘後掛金魚

弄玉由來作鳳鳴今朝綵鳳下樓迎不須妾面羞君句管取蕭郎上玉京

華秀才振先

字纘緒號也庵諸生世居蕩口之西莊七歲而孤性警敏豐頤長鬚弱冠補博士弟

子卒年六十八也庵孝行聞於鄉里諸父嘗與均產也庵得東城別舍東城距西莊四十里寡母金不忍遠離大母也庵乃結廬舍旁竟棄東城每言得美官不如得母懽及大母母一歲中先後卒也庵年三十九矣不異失乳兒喪既除又心持之三年當祭淚盈睫語二母輒嗚咽與人交無久近冷熱掃室莊坐恒竟日喜爲詩古文所著有也庵集前澗浦起龍傳之

山居

青山卜小隱閒誦考槃詩谷冷雲歸早林深日到遲采芝攀絕磴洗耳就清池靜卧烟霞裏神遊太古時

題釀花莊

不辭與世日栖栖水竹幽居野渡西客至漫呼彭澤里我家何似浣花溪晴來排闥青山近風起窺簾綠樹低稍覺此中堪避跡醉餘粉壁自留題

華秀才士方

字泰巖號漁山諸生著有養閒齋詩集漁山工詩文間作小畫亦雅淡有致杜雲川李芥軒諸君與之交

登臺

亂雲歸盡月華澄半醉攜琴獨自登欲把清音和天籟耐寒直到第三層

唐秀才開潛

字晉水諸生康熙甲午鬮中已薦元得而復失士林惜之

送贈曾邑侯黎崖先生

銅官山挺秀百尺生梧桐上有靈鳳棲振翮時噰噰吾師應運起作賦凌崆峒一麾先出守雙鳥來

芙蓉治平追舊績不數龔黃功泉聲夜激發木末來清風彈琴鬪古調秋氣橫高空公餘多校士氷鑑開懸蒙役堂列歌管絳帳推馬融賤子荷首拔自顧如蕭蓬慚非鄭高密庶令吾道東卽今師解綬長嘯烟波通扁舟載詩史出入雲霞中謡啄誠非異蛾眉衆所攻自非曠士懷安得尋陶公盛年正强仕　帝眷方崇隆徵書旦夕下不次回
宸聰題詩繼棠蔭蹇拙羞雷同庶幾平原繡此志終無窮

趙秀才汝瑚

字中文諸生幼有文譽林邑侯試童子首吾家敬輿先生次卽中文邑人士翕然稱服至今誦林邑侯之公且明也能詩者或見之歌詠盖此風爲已古矣林公諱濤惠來人

懷洞庭友人近日僑寓天長

靈威丈人之所家包山林壑尤可誇木奴千頭竹千箇陂魚種樹爲生涯憶昔延緣傍隈澳主人小隱湖中花開門一笑出迎客握手已覺忘形骸恍疑此地非人境别有雞犬成桑麻知君此計夬獨

往更尋樂土願亦賒昨從江中得雙鯉驚遷忽爾聞邊淮廣陵烟樹隔揚子蕪城作賦何能偕天長相去不百里芳草一道裙腰斜蹇驢早發未亭午孤城小吏纔放衙乃知卜居頗不惡但恐索寞無朋儕屋梁月落見顔色何以贈子慚瑤華

九日登龍尾陵道在九龍山上

此地探幽好相攜人更閒世情千日酒詩境九秋山青靄看初合丹崖望可攀淵明琴外意空見鳥飛還

孫嘉蔭允膺

字玠玉一字渭川著有嘉蔭樓集

山居

孤館去城市招尋已覺稀庭閒花自落雲過鳥同飛古樹籠青靄秋光淡翠微此間長閴寂盡日可忘機

鮑秀才鳳苞

字子雯諸生著有偶然吟

咏鶴和蘼湄韻

自傷鶺鴒與同餐萬里飛雲勢欲盤松頂孤眠山月曉江心清唳雪風寒千年緱嶺初辭駕十日華

亭早掛冠相對氄毿時一舞終期霄漢待人看

江上峯

滄波浩蕩一帆開夢托清遊得幾回遠樹忽從浮靄出亂山疑欲渡江來仙人長嘯風爲御詩客清吟雨又催兩袖翩然欲冲舉人間何處有蓬萊

受業姪　敬恂　斐瞻校

梁溪詩鈔卷二十四

梁溪詩鈔目錄卷之二十五

國朝七康熙

以上共二十三人

梁溪詩鈔卷二十五

梁溪顧　光旭　華陽氏集

國朝

王殿撰雲錦

字宏駿號海文丙戌　賜進士第一人授翰林院修撰甲午春視學陝西　國朝開元典學自先生始在陝四年三秦之士始知尋繹傳註及五經性理諸書取法正嘉以來先民尺度蓋爲功於秦者甚大至以積勞遘疾差滿乞歸家居鍵戶仍然一老書生日夕窮經尤邃於易手輯綱目金鑑類編鏤版未竣卒年七十一世之重先生者尤在樂善不倦云

九龍山歌贈成孝子民望

君不見九龍山麓馬鞍塢下有孝子廬於墓結茅爲蓋土爲垣不蔽風雨雪霜露短衰百結穿不温黑燈黯黯凝青燐白楊枯松歛陰氣山鬼晝嘯驚心魂此時呼天天弗聞獨呼父母遠新墳亡何芝艸生墓側烏巢皃戲集墓門成君成君真孝子尊公軼千億母死君今伴母眠陰房骨立後先能濟

美力今　聖主求賢良孝弟力田重表章君家孝行積累世世德豈久湮幽光　鑾輿早晚西狩回　翠華拂天來未來安得採風九龍畔辟取孝子登蘭臺嗚呼辟取孝子登蘭臺大起末俗荒陬辟壤循南陔

庚寅夏次韵荅樹翁

耆省才名久賢勞出　帝畿桃花平水漲菜色起民饑列宿光常爛春暉近可依東山休穩臥霖雨望征騑

丙申夏謁狄道楊椒山先生祠

抗疏孤忠讁官來當年此地講堂開道高寧爲卑官屈臣直惟蒙聖主哀碎首鷹鸇終不死甘心豺虎已成灰郎今祠下瞻遺像浩氣行空塞九垓

宮傅嵇文敏公曾筠

字松友號禮齋丙戌進士選庶吉士官至太子太傅文華殿大學士公署河南巡撫時改典試撤棘還　朝條奏貯穀理漕防河三事未幾河央中牟遂　命監視堵築又條上河工便宜就授河道總督督豫河務歷南河駐淮浦董浙海塘工公知人

善任恭慎廉明累用引河殺險之法一施之倉頭再施之雷家寺又施之荆隆口而豫河定於揚於浙綏切身而先治對面瀉彼梗而長我護沙而江海咸定明用塘用適變莫測生平勞效治水爲大著有師善堂詩集防河奏議行世

五臺山

昔人一攬五臺勝謂可不須五嶽遊把詩令我輙神往春裴欲發仍勾留郰知山靈有深眷銜命太原償此願見山已自開心顔况復驅車到天半摩霄跨漢何從龍呼吸直與精靈通疑是媧皇此煉石化作五朶青芙蓉聞說東臺特奇妙拾級先登縱遐眺夜半湧出硃砂丸海外天鷄猶未吽山僧復導過西臺舉頭正喜鴻濛開陰晴涼燠變俄頃颯然萬里遏風來遥指南臺高幾許蹈虛躡險如霞舉上方歷歷見星辰下界冥冥自風雨欲往北臺更飄瞥分明引入水晶窟陰厓高叠萬古氷幽澗長流千歲雪中臺宛在山中央云是文殊舊道場馴虎何曾避行客伏龍猶自依空王飛泉宛轉當檐落注入清池長不涸鏡中大可印禪心惟見

一泓開瀠漠小憩剛逢梵課餘妙香冉冉飄衣裾到此能令衆緣息祇有夙好猶難除因之餘勇更一鼓直上蓮花嶺頭坐兩丸日月足底生百道煙霞襏下裂一峯萬狀難具論諸山環侍猶兒孫置身合在最高頂俯瞰一氣渾無垠假令獨往心不猛奇勝何由得全領乃知萬事須造巔賴得兹遊發深省揭來幸值公務閒閒情暫寄水石間幽吟頗得清淨理遐賞適在清涼山郤爲　王程難久住搖鞭又入紅塵去回看一片出山雲不識爲霖向何處

比干墓

一死扶殷祚千秋仰太師因過埋骨處更憶剖心時地有風雲護名同日月垂宣尼遺墨在再拜讀殘碑

題任城太白酒樓

子儀起汾陽先生可以退季真歸鑑曲先生可以醉只有先生是獨醒故向長安酒家睡縱飲斯樓亦偶然後之好事爭流傳我來何處呼謫仙山空水冷月在天

昭陽湖

夜分催振柂遂達昭陽湖如行菱鏡中澹蕩涵菰
蒲跳波月一九散作千明珠天水浩相接湛然纖
翳無五千五百頃一色琉璃鋪空際下漁舟點點
疑飛鳧倚舷獨凝眺心曠神爲舒我嘗考圖誌信
美惟此區滕薛既合流黃運仍分趨詎徒資蓄洩
兼可濟輓輸所嗟水鄉窪民力思其蘇幸逢清晏
日滅澤長涵濡　九重殷軫念衽席需　宸謨

彭城懷古

廻行偶得停征驄選勝一上雲龍峰重巘沓嶂互
廻伏濁流中貫連長洪徐方古是大彭國神禹作

貢爲疏通九州分域此其一遠接海岱青冥濛由
來玆地經百戰劉項自昔爭鋸鋒并吞囊括四海
一力役累歲爲高墉詎知沛公起亭長逐鹿郤在
長城中雲氣乍騰芒碭白火德方熾咸陽紅三章
約法萬姓悅入關先王除元兇衆心早已屬隆準
勇力空復矜重瞳戲馬築臺洶足鄙沐猴著冠難
爲容亞夫縱善出奇計旋行反間烏能從玉玦徒
持玉斗碎直至北走知其忠遂令美人殉垓下爭
如帝子歸新豐翠華熉爛映黃屋赤幟飄拂遮蒼
穹沛中讌樂話當日臺上慷慨歌大風衰衣不忘
布衣好遍勞父老兼兒童較之晝錦炫鄉里喑嗚
叱咤寧相同順存逆亡由此判匡佐況復多英雄
蕭曹韓彭曁平勃何似留侯能讓封報韓既賴圯
橋叟翊漢更致商山翁功成遂訪赤松子隨時隱
現其猶龍王侯將相俱已往後人歷歷懷遺蹤我
嘗憑弔趁公暇不嫌步屧穿幽叢荒臺故宇靡不
到殘碑欲讀都迷蒙勛名雖並列青史轉頭郤歎
羣豪空惟有桓山一片月至今猶挂彭城東

清口西壩

淮黃爭挹注清濁勢瀠洄激浪花生雨鬪風響應

雷蒸長挑水健土擁當山培扞禦憑忠信蛟龍去
不來

清口望黃河

桐柏由東注周防逼向西會黃趨海若合泗下雲
梯輸輓風帆捷蒼茫煙樹低時清俱効順底用水
分犀

公路浦

黃淮稱扼隘吳楚盡浮槎流駛通湖氣波澄吐鏡
花魚鹽連萬井煙月罨平沙慘淡經營日何心覽
物華

瓜洲二首

瓜步城邊白浪飜，望洋常訝勢騰掀。不因三載猶繆後，誰見閭閻煙火繁。庚戌辛亥間皆言瓜洲被江水衝刷，不如棄之。今百計圖維，至今三載，城社民生依然無恙。

爲傳飛溜嚙江灘，保障何人不畏難。破釜沉船千慮得，滄波皎日寸心安。

白門祭掃祖塋敬述

不拜先塋已卅年，王程得間展靈筵。櫛風沐雨歸非易，春露秋霜倍黯然。贔屭已逃荒草路，松楸猶結故山煙。奠樽敢乞曾孫慶，丙舍何時設墓田。

正月十二日北風大作，昏暮至京口，急催飛渡，風浪頓息，即抵瓜步閱工，詩以紀之

北風狂吼蹴銀濤，夜渡瓜洲敢憚勞。鐵甕城邊雙櫓疾，金山寺頂一輪高。澄清蜃窟消陰翳，忠信鯨波息怒號。鼕鼓宵分催力作，懸厓堅壁此江皐。

鄒學使奕鳳

字環西，丙戌進士，官翰林院編修，典試粵東，著有使粵集。隨奉　命提督廣西學政，卒於官。

潛山道中

古驛深山裏，馳驅列嶂邊。更無塵拂面，惟有翠連天。繞澗田皆玉，翔波鳥亦仙。輶軒逢此勝，敢後探風篇。

湞陽道中

回首逃來路，非關霧雨濃。峽中還過峽，峰後更藏峰。白吐雲千片，蒼懸石萬重。歸時行止便，細與訪仙蹤。自註：是日過觀音巖而未上。

顧訒庵趙炳

字博暘，先洞暘公七世孫。具異姿，善屬文，偉容色，自負非常。丙戌捷禮闈，未與殿試，以病卒于京，年三十八。

公路浦夜泊與松友飲

天涯蹤跡付觥籌，支枕篷窗倦即休。旅雁數聲千里夢，殘梅半樹五更愁。地傳公路猶名浦，人到淸淮一繫舟。多少金錢糜費處，誰將全力奠中流。後稔公總督南河，此詩已爲之讖。

病中春盡

薦賦何當第一人，樊川遺句詠來頻。年來聲價登龍望，味外詩情病鶴呻。伏枕忽驚飛絮候，銜杯可待落花晨。夢中蛺蝶匆匆去，筭到明朝九十春。

頤刺史開陛

字元臣號復齋丙戌進士粱汾公仲子歷永寧遵義二縣令進太常屬擢貳澤守兼攝絳州所至重農察吏遵義古播州地錯黔而隸蜀黔民掠苗口綁賣多徒黨牒報岐迕奸民相影射復齋旣設法置廵緝及入太常摺請移遵隸黔遵人皆稱便於絳斥不職令坐人盜者鬭入人命者當官無赫赫名而惠愛深矣

杜太史雲川招飲山中次韵

引泉開碧沼可以勝滄浪花蔓蓬山筆風流曲水觴古梁鳴翡翠秀句出篔簹明日傳高唱行人識錦囊

春郊口占

連門芳草綠離離幾曲春波漾酒旗行過小橋風乍起看他紅雨打黃鸝

曹伏羌思義

字子贊號荷村丙戌進士官伏羌知縣

恭頌華侍讀鵞湖先生崇祀鄉賢祠

三吳盛文物九龍彙羣英誰持風化原表率垂儀型先生策高足乘運佐休明淸辭攄幽藻讜論抒忠誠　上方頻寵錫文章被恩榮惟忠實移孝精純貫天經慈幃悲早逝滴淚痛失聲敬事受天祿祇以供對庭冬笋迸寒日河魚躍層氷終身永孺慕蓼莪復蒸蒸和樂翕諸弟匍匐救凡氓在地爲河岳在天爲列星淸露不永日芳蘭無久馨赫赫留遺光直與曩哲爭音容雖已邈籩豆從茲登歿世祭於社頑儒庶以興

劉教授洽

字武鄉號瞻岵丙戌進士官徽州府教授

遊九原山和壁上韵自註山有清濁兩泉

下馬尋幽古澗隈泉分淸濁望中開人家急溜安春碓天影寒潭漾釣臺幾樹夕陽歸騎促一川烟草野鷹來滄浪一曲君聽取漁父歌成白雪堆

成孝子達

字民望邑志云民望父英訪母不歸不知死處母吳氏以節聞民望察色聽聲迎於意先比歿依母於墓久之墓産芝墓門甘泉出井徑兩世純孝能詩者爭歌詠之雍正二年旌陳振公用賓贈詩曰節孝相聯復見君三年血淚染秋墳風號

古木狐爲伴日落深山虎作羣雲影遠廬奇鳥至經聲出塢瑞香聞醴泉自湧靈芝茁傳與人間作大文

華鷲湖先生崇祀鄉賢祠

韓雲五色起商霖博濟清時澤更深內苑文章留片玉維桑名德重兼金載歌陟岵悲存沒自註達嗣父公鼎府君下帷先生京邸載餘每與先生夜分相對言及太夫人李氏抱恨而亡聲淚俱下遇祭獻哀痛如新喪應禰棠華耀古今自註先府君於乙巳二月偕先生弟孫若及其長君綏及同舟南歸先生傾囊不留寸縑友愛如此先府君之言甚詳今特畧述一二仰止儀型感疇昔椒漿釋奠淚痕深

華東籬碩宜

字養聖著有東籬艸堂詩集養聖爲鳳超先生從孫潛心理學嘗受知于湯文正

梁溪詩鈔 卷二十五 十一

山園

小築青岩裏幽懷獨往還亂雲封石逕野鶴護花關松老鱗方客梅欹蘚自斑南華初讀罷轟月照人間

山居

開戶傍花源幽棲不記年泛舟臨野渡採藥入蒼烟詩拾空山月琴流夜壑泉一樽傾倒後掃石看雲眠

春日訪張秋紹先生因過福田禪院

春水欲平堤南郊綠正肥偶尋高士躅因叩遠公扉鶴傍禪關宿花侵客座飛清談不覺暝衣染露香歸

南關夜泊自註戊辰八月廿六日同洛臣殿臣兩弟由荷村入城

遙看山欲暝何事復登程野暗星沉水更殘霧隱城掩窻收燭影欹枕納秋聲漸覺林端曉烟中一棹行

舟夜

秋水寒烟外扁舟復此過鄰商通越語醉僕和吳歌燈影林間沒濤聲枕上多自來愁不寐今夕更如何

梁溪詩鈔 卷二十五 十二

春暮同會梅峯遊秦園

可惜韶光晚重來景更幽花蹂蝴蝶懶春老杜鵑愁高澗泉聲落青川塔影浮遥看山月上沿月棹歸舟

讀陶

不好談元不好禪已超仙佛了塵緣醉中歲月渾忘我夢裡羲皇別有天人澹始知豪傑妄心空方悟逸民賢先生清節高千古四皓還嫌守未堅

江村

蕭蕭荻葦風曲岸晚潮逼雁落殘霞外漁歸夕照中

戍婦吟

良人十載荷金戈欲寄征衣恨轉多綉戶猶驚霜月冷玉門關外更如何

贈別敖山來先生 時山來將之雲南

無邊烟草暮愁生況復愁中送遠行最是客懷愁絕處曉風殘角和鷄聲

呂大令高培

字柏庭邑志云柏庭浦之自出康熙中蔡征西毓榮辟稀進士丞福主機宜文字栢庭以諸生從吳逆平由楚入滇注軍功籍敘縣職初任米脂毋艱起補隴西兵興供億不繼罷官柏庭盛歲廻翔藝林詩上下香山眉山碑版之文敘議夾行得廬陵意度家本貧自罷隴西歸益無憀歿後惟書法篆刻間有存者人輒珍之

山中

秋風掃枯蘀空林自生響況有流泉清頓令心目爽崇巖雲氣出古今一俯仰憑虛發長謠凉月漸東上昔人歌歎地烟草資歡賞以茲感陳迹滄桑信非罔避世復何心願言息勞攘

登龍山絕頂望太湖

愛山亦愛湖停策展孤眺晴光媚川渚層波盪巖峭上下抱淸暉空潤盡迴矚一覽三萬頃詎謂盡其妙遠峯七十二峯峯可長嘯恨無垂天翼冲舉悉雲嶠心目兩棄捐冥觀得大要激發旣無名因依詎免誚所嗟進德難未敢習漁釣古今亦已殊曠懷庶同調

感秋十首 并序

萍浮西土匏繫南安業海波濤惡風漂沒此固知其無可奈何而安之若命者也已成破甑奚事洛嗟幸免戴盆猶難擺脫救民飢而虧賦術之點金因公事而負租計窮索米愁來坐睡管竗安之木榻蕭條病廢行吟李長吉之錦囊羞澀日歸未得乞食無能雖老驥臨風或昂昂然思走而寒蟬抱葉早寂寂以收聲邇者同社依園異鄉對宇殷勤勞苦慷慨言懷不覺思舊傷今吟成五字兼以嗟貧悲暮感託三秋匪敢妄

鳴不平夫亦自求無悶云爾

魚頓傷秋客天高孰與捫此生長落魄何地更招魂山仰蓮峯峻河吞渭水渾薄寒歸不得蕭瑟滯青門

憶昔從戎日狂波犯洞庭旌旗南岸卷樓櫓北風停水落人烟白沙明鬼火青一軍當百戰勲業爲誰銘 自註戊午至壬戌從綏遠將軍出師自楚入滇

湖南揚白幟一日五湖開暮飲盤龍水朝登金馬臺招降封事入免死 詔書來奏凱論功龍長開草檄才

將軍今已矣知己痛難禁道重扶風帳音希鍾子琴生芻空有淚掛劍不忘心誰定千秋論高邱宿草深

荒寂銀州地山懸斗大城剪蔬同客飯刈麥共民耕社鼓穿花急村春隔水鳴愧聞河上路片石尚留名 自註承乏米脂八年

昨年來隴右發粟救秋飢民嚳終何補官卑豈易爲不才宜我罪多口聽人滋長孺遺逢好能消上下疑

操切牛毛細猖狂虎翼飛但知無肉瘦那信食糠肥稚子離家怨蒼奴棄主歸只今貧吏苦事事與心違

比隣來舊雨感遇托冥鴻光焰文還在拘幽道豈窮深杯浮皓月長鋏響悲風肯以顛毛白頹然笑老翁

欲去

折柳章臺畔看花湘水湄慇懃記歸處約略道來期密意防愁覺深情諱恨遲自憐雲與夢欲去更相思

深秋

虛寂豈無意高齋多遠風自然黃葉下不盡短墻風山月栖寒鳥人家急夜舂毋令涉江采采采怨芙蓉

懷人

秋雲莫遣報當關硯几名香未盡閒舊事枉勞寒食雨新愁無限夕陽山月明沙岸潮千里花暗江村水一灣欲就西窻問消息凄涼燈影問刀環

綠陰

翠烟摇蕩不曾殘送盡春風到藥欄一樹雨晴鶯共語十分深淺夢俱寒芸窻促席相過數湘箬飄

業竟如何可憐陳蹟星碁布一局輿亡掌上過

曉霜

不將秋雨逐秋烟碧瓦飛飛影拍天倚檻美人空
外立上樓孤客水中眠蕭條景物船頭見清冷江
山馬足傳爲報行人好惆悵莫驚飄鬢毛偏

敗蘆

最多飄泊是汀洲岸葦蕭蕭並客愁不是花時曾
宿雁更無人處欲驚鷗秋風一夕江邊渡遮棹何
年水上舟莫惟如今易消息露華凄冷不勝憂

吳司教人秀

梁溪詩鈔　卷二十五　十六

宇向若號景晴附貢生著有細腸集河西
草堂文集官太和縣教諭設法造士恩禮
曲到尤加意全人功名有相許者分別戒
諭而火其詞不使留司訓倪某卒官紀其
喪以歸其櫬年七十致官歸和士鏘其德
於樂石諸見邑志宦蹟傳

題王石谷十洲三島圖

我欲浮舟東海東舉足直上蓬萊峯水晶爲闕王
爲樓一履至淸光碧之幽宮葡萄美酒鬱金色一
飲立盡三百鍾醉來拔劍夜起舞星斗搖動青天

獨倚看我亦慣來林下住繡閣時近玉闌干

武昌

重來人老復何堪勝蹟須教着意探萬古煙波留
別渚昔年楊柳落江潭歌當鐵笛愁空缺夢逐華
肩仗酒酣誰信傷秋還刻骨暮雲蹤跡滯天南

過黃州用放翁句作起

輕帆斜日過黃州翠壁丹楓瑟瑟秋霸業三江餘
戍壘仙遊二客共扁舟臨皐月落亭空峙樊口風
清水自流懷古思鄉最驪肩欲將斗酒澆牢愁

歲暮雜感

梁溪詩鈔　卷二十五　十七

他鄉何處好遲延回首征途一悵然衛國田廬非
舊日漳河波浪甚今年秋清南雁遙愁侶木落西
烏失夜眠誰復能聽勞者曲不禁搔首向雲天

游通明觀

接徑淸陰覆淺沙浮蹤忘却在天涯門前別盡仙
凡路洞口開殘姊妹花誰駐紅顏求大藥杜燒金
鼎煉丹砂悠然別有人間世一桃松風嫩茵牙

滎陽懷古

極目滔滔總逝波當年此地戰場多舊山廣武餘
殘照古界鴻溝接大河泗上雄風今已矣江東霸

中左攜洪崖右赤松劃然一嘯呼著龍此意茫茫久不遂鬢禿齒落成衰翁况復園荒不栽花與竹想開不見山與谷坐此三間白茅屋側身天地何拘束憑君飛筆走空青孕此十洲三島之英靈上有半平不平之奇石下有半欹不欹之危亭淼淼海水幾千里日光五色揚空舲秋風清秋日晶霜黃雨岸來秋聲橫吹鐵笛倒玉缾此翁無乃商老彭我入畫圖誰復爭陶然一醉不願醒

黃具湄煇

字覲昭號具湄著有如蔓草具湄居邑之

開化鄉少孤母朱親授以書頗通經史事母盡孝平生隱居教授不近名利嘗執贄錢十峯之門其讀書靜坐多得先生指授云

秋晚

梧葉飄金井清風過竹扉草經秋雨瘁鳥傍暮雲飛牧子騎牛返漁翁罷釣歸孤洲涵翠靄危嶺倚斜暉萬圃林將瘦盈塔蘚尚肥折荷香染袖採藥露侵衣慚獻荆山石忻尋渭水磯鵲聲何報喜久矣好音稀

歸舍偶成

雲深三徑長新蘿每到良辰一暫過客舍謾云非故國家園或恐是行窩撫絃且奏高山操對酒休提長恨歌但得魯陽戈借力漁樵終不負青蓑

重修橫山橋成呈蕭虞音伯仲

百丈長橋跨廣溪每疑波底駕虹霓月明五夜青龍臥露靜三更白鶴棲杯渡謾誇今日浦錫飛已識舊時堤英雄自有相如志題柱終驅駟馬蹄

西宮怨

落日照窗紗觴東映晚霞眼看雙蝶舞不採妾園花

吳秀才位鏞

字益讓諸生著有樵霞草

感懷

嶧陽有佳樹孤直號梧桐生彼祟山阿颯颯招雄風吸取日月精常渥露華濃黛色蔭岩壑柯長如青銅丹鳳巢枝巔翱翔鳴太空或因風雨夜吟嘯引蛟龍雖乏棟梁質亦見造化功夫何栽培久一旦遭豐隆葉凋枝盡枯螻蟻穴其中半死心還直矗立若危峰樵蘇過其下仰視白雲封手持斧與

斤努力相交攻將作爨下物忽然遇良工云此實
美材君眼胡庸庸取以斲琴瑟戛玉敲金鐘上絃
操求凰下弦彈征鴻佳音世罕聞攜來贈山翁山
翁相顧笑科跣倚長松握手坐怪石訴盡平生衷
爲我調一曲無言思不窮

早起

愛雨起偏早披衣步庭除鉤簾推瑣窻清風來徐
徐殘雲留雨意生色動園蔬飲露籬下蟲唧唧樂
有餘一泓清潔水禿髪映自梳好鳥任來往歌笑
暫歡余

病起秋懷

伏枕支離久蕭條感慨新猾梧催短鬓啼鳥怨愁
人夜夢因風減清齋爲雨貧無言成獨坐蟋蟀喑
傷神
何計可追歡行吟强自寛衰顔唯獨照青眼向誰
看有露朝應爽無風夜畏寒幾多同調者相見慰
加餐

仲兄讀書漆塘却寄

暫將形跡溷樵漁却喜春風遍敝廬雨後夜添三
徑草曉來雲護一床書非關泉石躭幽趣豈爲湖
山學隱居試向東君頻借問芳菲桃李竟何如

山行

何必青霞並赤城偶隨知已踏新晴花邀過客端
詳看山引遊人曲折行精舍半開僧聚話園扉乍
啟鶴遥迎松風澗水斜陽外最愛幽禽自喚名

雨窻步韻

檢點遊踪輿尚踡窻前烟霧似蒙紗雨膏著意滋
芳草風信無端妬落花籬下土掀尖露筍山邊雷
動嫩抽茶多情最是銜泥燕春社歸來認舊家

小春泛舟湖濵

旭日晴明葉染紅湖濵放棹喜柔風千峰羅列皆
城郭三郡瀠洄接遠空練甲報仇虚覇業鑿山底
定羡神功何時結客探林屋出没烟波伴釣翁

戊寅春暮閒居言懷

逝水韶華互主賓悠悠人世隙駒身年逾强仕誰
云老用不求全久耐貧半榻綠陰趺草礙一簾紅
濕繡花茵試聽百舌何無語客到吟詩又送春
烟霞深處久清酣況有嵇康七不堪雲水白鷗閒
浩蕩風塵老驥讓驂驔未捐俗累先除妄欲證初
心學洗貪憔悴休文緣底事維摩公案許誰參

春園漫興

滿園芳樹鬬妖紅勝賞寧辭酒盞空醉後日斜還更酌笑看雙燕舞輕風

仲兄鄉試未歸有望

朝來屈指計歸程乾鵲殷勤噪晚晴幾度挑燈驚剝啄不勝堂上倚閭情

獨鳥

獨鳥幽棲不出林爲嫌秋日半成陰待看雲白山青候飛向喬松弄好音

馬上舍志亮

字漢翼國子生文忠公孫

月夜觀惠山泉

靈泉渟滀西神麓流作方員雙沼玉雨餘輕泛落紅香烟際細浮寒藻綠被誰搥破老雲根洞中一滴常相續繹絡銀瓶汲綆催紛紛過客花間逐晚來山月掛高林月下無人更芬馥我獨携笻踏月遊仰視九峯螺髻矗綺塍行盡到山門鐘磬悠然出疎竹渡江五馬寂無踪惟見蒼苔繡頹屋三千珠履盡成塵空留碑碣枕山足從茲訪古縱幽探一徑流泉秀羣木乍逗巖腰氷雪凉旋穿石罅龍鳴處漪瀾堂畔響潺潺桑苧祠前聲簇簇俯看皋心月一輪蕩漾清光悅塵目汲來松下和月煎小瓶蟹眼湯初熟茗折紫芽泛玉甌味滑而甘勝醽醁茶經向說惠山泉共傳有錫藏山腹誰知此泉山鍾秀終古澄泓任挹掬元氣上與銀河通瀉出驪珠千萬斛散作百里清凉雨水田香稻資灌沃衛公驛遞事久停流落人間仍絕俗瀑布蘭溪何足數遠過中泠併康谷中泠疑是漉傳名涓涓一勺江心伏康谷簾泉品縱佳安得如許清且淑我謂此泉眞第一泚若瑤池水常淥勢如飛雲出山

背響如孤琴鳴澗曲幽如巖光隱釣臺高如鄧子棲白鹿巖深寒月照還空獨坐泉邊夜氣肅觀泉欲探衆妙機九龍山下應卜築可恨仍題第二坊惟怪當年張與陸

蓉湖秋月

射貴湖頭漾暮潮氷蟾瀲灎濯秋宵美人擁楫臨江夜櫓似菱花鏡裏搖

吹簫

江皋秋日麗樓上玉簫聲秦女知何處臨風簫史情

嵐光

光氣上天下地先生懷抱何如勝絕空中絢爛憑闌一筒倪迂

尤秀才直

字鯤溟諸生精於易理著述多散失不傳

秋日偕泰丈對巖小飲寄暢園

主人能好客園樹亦先紅魚意空秋水禽聲散晚風心知上下古人老去來中山色常如舊神先自內充

陳處士錫曾

字初篁著有芳艸書堂賸稾

歷城懷古

岱宗五嶽秀岌嶪表東海列郡若星羅附麗實爽塏歷山岱北麓祟墉軼雲霭土沃庶草蕃澗芳百泉滙三農菽九穀可以無飢餒邪知杼柚空鳩鵠周道載緬維有嬀氏躬稼山之鬼艱難悉閭閻乖裳化猶在含餔忘帝力耕鑿安樂愷上治不言功何心銜泣罪以彼仲也賢謀國乃謀賄官山府海蒞錙銖詎遺採遂令海上民朘削曾無攺藏富理其敦胡爲事菹醢庶幾揮虞絃臨風覿真宰

顧上舍奎

字宗玉號忍軒國子生雙九公季子嘗手輯顧氏本支傳志銘誄記序奏疏詩賦各若干卷著有白鹿亭詩稿藏於家 陸鐵莊楯爲公誌藏曰余晚識宗玉顧翁其爲人不事邊幅嘗攜短筇彳亍衢陌間衣冠昜弁者過之掉臂不交一語當其會心默然頤解旁觀莫測也旗亭里社簫鼓雜遝公未嘗不在兒童負販肩摩踵接了不爲怪習翁者相與目笑余獨心異之以爲頗有德者翁歿後子鑒謁余請志其墓始悉翁生平梗概云

張秋紹見贈詩落句日到處相逢是戲場口占答之聊亦解嘲云爾

到處相逢是戲場每從閒裏看人忙但教優孟衣冠在已覺聲詩諷諭長身世等閒皆傀儡笑啼原不外倫常村村社鼓雞豚會誰爲千秋泣數行

王平陽志喜

字燕公諸生教習年滿除浙江平陽縣知縣燕公頴敏絕人落筆千言文不加點以子廷範官東臺訓道 贈文林郎

郝金館距麗水四十五里明毗守何公罷郡歸屬民醵金以貲行李公却之去郎以其金建館何名文淵後仕至宗伯

薄宦天涯那不貧蕭條行李歎艱辛郝金館上高

風在獨有先生愛潔身

讀史

撿得殘編自按讐搜神洞寘幾曾休牛蛇身首羲皇侶氷雪肌膚姑射儔秦火未遭書尚在王風不降史仍留爲看揮塵清談輩尙論誰當第一流

獨立高峯太岳頭俯看塵世等浮漚司空跳鑿河千里家相經營土一邱豈必銀槎通漢使浪傳蜀道置金牛神洲自古無多地虎鬬龍爭卒未休

和張匠門編修栽花種竹圖二首 錄一

坐對長松倚石邊細分瓊蕊藥闌前武陵人任桃

爭發庾嶺春來梅正妍生計笑看芳草徑化工偏作惜花天遥憐上苑珠千樹露滴金莖色更鮮

宿廟詩

東南民力寂堪憐粟米麻絲征繕全豈顧催科稱上考可能撫字繼前賢寬文祇凛三章約平允還將一眚捐但使閭閻登衽席萬民歌舞誦堯天

民社由來未慣經藐躬任重日惺惺俗耆化道宜師儉尙德風期在緩刑桃李花時看歷歷桑麻種處正青青勤堪補拙酬 明聖出入郊原並戴星

吳山晚眺

萬井蒼茫氣象殊憑高長憶宋遷都古祠日落遊人散老樹枝撑倦鳥呼帆動影隨天際盡風吹月上海門孤只從第一峯頭看點點歸鞍入畫圖

半閒堂

占得西湖便好遊半閒堂下自夷猶不知亡國成遺恨只喜佳人得莫愁玉騎乍回芳艸岸畫船齊上百花洲年年風月平章業燈火笙歌夜未休

安處士期

字亦生未詳梗概

流螢詞

熠熠流光漾水烟池亭雨歇晚涼天西風吹墮紅蕖裡照見鴛鴦自在眠

秦秀才泉芳

字天乳諸生

和三唐人惠山詩

微風起空山萬籟出林樾肅然身世清相對言說絕坐久生夜涼清聽遠漸滅惟聞松下泉泠泠度微月夜景湛虛明可以覩未發於此企前賢閉門當合轍

張秀才宗齡

字孝存號曉峯諸生存是先生之孫存是

黃秀才蛟起

場傍烏如丈室香光吾意足敲頻門巷有停車

客釀懷人忍作絕交書飽看世態秋雲似怕人名

經年抱甕灌園蔬又見黃花帶雨餘謀婦能藏留

述懷

頹爲述家風與亥舊百年手澤又重開

童年纔膝親何在先君子三十一而歿支郁俞幼六十平頭予又

敬展曾大父六十壽言手蹟

字椎夫諸生鴻山學士曾孫

華秀才文郁

嘔憶舊盟自笑天涯八留滯每因風物倍關情

未散杏花春雨日初晴路逢寒食嗟新火坐對輕

半規殘月曉雞聲似葉風帆接尾行楊柳曉風烟

寒食曉行運灘道中

幸對青編匆匆別恨添惆悵翹首龍門萬里天

花夢一棹尋波書畫船逆旅偏傳歌白雪侍遊何

不坐春風已判年萍蹤南北記山川五更驢背梅

贛州遇春坊儲王依先生書賦

字江如月坡子諸生著有萬里吟

抱病歸心急巾車過半塘鶴行孤澗月雀語一籬

曉發吳閶

教讓出梅花

朔風獵獵吹沙霜雪漫漫又加落盡一林木葉天

冬詞

圓

露水滴成珠團團絕可憐採蓮莫動葉珠碎不重

采蓮曲

草西神叢語

望梅見者莫不歎息所著有我聞草嘯閣

時見續心死未全灰啼笑真交集年年渴

苦尚重來遜豈投時好花會夢筆閉門謝言

癸卯年七十題詩號壁曰老人頭雪白辛年

服也應吳門於撝屋數十年至雍正元年

山來顧和大諸君子相與往復唱和咸推

扶邵東蘂强咸宋西安蒲咫嚴吳貞求敖

璋五號梁溪二子時邑中劉言潔沛然漢

孫其援武乎稍長績學能文與湯孔卓黃

是先生摩其頂曰吾幼有五經神童之目

先生夢庭中桂花而嘆吳生生而敏慧存

霜薄霧籠荒墅晨鷄動遠莊白蘋風乍起十里稻花香

雨花臺晩眺

蔓草含秋色登臺意惘然殘陽眠病馬荒柳歇鳴蟬寒淡半江水陰濃一寺煙翻因寂寞恨花雨到今傳

九日登蓮東塔

眼界俱空濶浮屠逈大觀天開秋氣肅日落佛光寒河勢欺城小州形對海安自註邑故楚州地二面濱河一面近海題名猶未得慚愧説彈冠

試劍石

白練霜橫劍氣秋中分崖石一痕留青苔萬古猶遺恨不試亡吳太宰頭

竹素園即事

有竹何須便去到門且住爲佳與爾山花對酌小橋淥水之涯

池上偶成

畏途頗覺日生疎醇酒名香領畧餘老子愛聽兒學語山妻閑課女繙書無風花落初歸鳥未雨陰蒸欲上魚更喜白鷗機事少此身决計混樵漁

渡江

怒潮日夜盪平蕪吞吐金焦石骨枯天塹風聲平戰壘秋江寒色上浮圖興亡流盡何年歇烟雨濃時一抹粗十幅帆開添意氣乘長破萬未全辜

後子夜歌

妾身如華燭流淚何由乾郎情如暗風來去相吹殘

幼子

頗能工笑語漸解説生年竹馬呼乘傳茄牛學種田小名頻自喚新履不勝憐故賺雙鬟覓潛身繡

榻邊

雙髻簪紅杏紗幮攬晝眠據梧先竊筆唾硯忽污箋瞎笑低星眼微嗔出小拳尋花亭下過猶是弄清泉

甲子春夢雲闕中杏花盛開下有仙媛佇立若將贈花乞句者余時立綴一絶覺而止記一句云向曉月經天因足成之頗恨春夢懵騰不能記憶全詩也

春夢苦難記斯遊不偶然乘高雲在地向曉月經天半面靑娥少一枝紅杏妍何時重許續追取錄

殘編

宴毛闓仙先生安陽新居分得九佳

紫薇堂左闢新齋種菊栽蘭未滿堦五柳先生開愛靜拾遺老叟癖躭佳巖扉繡井紅蓮糯畫障花奴紫燕釵自笑詩才非李賀詞場跌宕巨公偕

石湖田家

如此秋天那可得不如跂脚石湖涯霜枝無力時拋菓老樹多姿稀着花陳醞恰開肥蟹候香秔新送上農家瓜田橘圃都成趣閒待人歸放鴨槎

同劉言潔過嘉樹軒

問竹入重門春風花一軒假山多畫意流水織簾痕塔影隨波潤自註庭前有塔影池橋陰近樹昏主人偏遠宦三載未窺園

踏月虎阜時巳際曉

千人石畔滿秋草寂寞霸圖無留踪颯颯廻飈走霜葉凄凄曉月寒喬松禪燈樹隙紅一點晴霧天末青數峯會否昔日劍池水浣紗麗人映玉容

留別浦咫巖

久客非艮策拂衣登暮槎故人不能别廻棹復翁家鬢白憐多病爐紅喜試茶春山無限好相待訛

梅花

題揚州旅壁

煙波影裏畫船輕尺五斜暉擁樹明馬上銷魂禁不得杏花山店一聲鶯

弔龔佩潛先生時河塘專祠落成 諱廷祥

千古綱常托鉅公明亡北馬與南龔甲申馬文肅殉難燕京乙酉先生殉節留都邑人稱北馬南龔師生似此纔無愧自註先生爲文肅門人忠孝於今信獨鍾自註先生忠孝性成初得文肅死節報終夜繞室獨行淚下不止是時蓋已決志矣止水素心盟日月自註應天城破先生衣故冠服投秦淮以死行人遺珮逐朝宗自註先生官行人同人誼在重瞻拜

自註癸未會試先生與先王父同出劉文正公之門新廟河塘勝九峯自註先生舊有祠九龍峯下因族人相争余與呂貞令集諸年家世講呈請郡縣特建專祠於河塘春秋致祭呂之尊人故先生巳卯鄉同門也

華藏雨望

煙雨迷離處長天蔽復開乍驚千樹失陡挾一峯來秋老江楓健風寒塞雁哀蓮花最高頂龍帶濕雲廻

輓顧博陽表弟

纔報宫花捷俄傳廣柳歸微名身後薄遺稿篋中稀白首親猶在青蒲業巳違自註博陽爲涓陽公裔孫招魂皐

復夜合悔未忘機

湖沙客夜

魚社鷗鄰隱再招空齋分韻坐深宵濕螢熠熠還零落促織綿綿未寂寥虎尾擊門驚夜讀鬼燈凝漆落秋潮湖沙野色淒其甚誰向山中帶月樵

秦淮水閣與孔卓璋五玩月

三年逢此夜月向秣陵看秋氣桃笙入江聲草閣寒歌鐘青雀舫漁火白鷗灘水底驚天曉殘星數點乾

淮口酬周雍見寄

頗似東坡海外時燈窗慘淡更微之半生妄想能消福一日虛名不療饑病後枯腸疎酒力窮來活計畏人知忽聞　廟算停徵稅狂喜仙霞已罷師

甲午九日訪楊以博孝廉留飲南樓

爲訪南樓主清樽對晚開蕭蕭竹自可澹澹月方來便脫登高屐同傾漉葛醅題糕聊復爾敢笑長卿才

輓林烈婦和絕命詞原韻有序

林烈婦者姓曾氏名如蘭閩之長樂人康熙壬申冬適同邑林邦基癸未夏邦基病革語曾曰能從我泉臺乎曾泣應曰諾邦基猶目曾曾乃指天矢日有如皦日邦基遂含笑而逝逝之日曾命製二棺斂夫畢即投繯者再皆爲至戚救解其舅漢朝至往復勸譬且爲立後曾意終不回潛脫環珥鎔爲金丸佩之時僑寓浙之仁和邑令謝儼聞報亟書孝節雙全四字表其門諭曰不負前言許以身殉義也其如舅老在堂何因名其子爲先節捐俸十兩卹之曾乃不廢命及丙戌夏舅歿曾力襄喪葬獨留夫柩不舉七月六日竟絕粒不食越旬未卽死又出故所

佩金丸吞之仰天曰妾佩此三年矣今子職粗了可以從夫地下矣於是索紙筆賦詩曰鏡裏菱花冷三年淚未乾已終姑舅老復咽雪霜寒我自歸家去人休作烈看西陵松柏下夫子共盤桓後書林門曾氏如蘭臨去題此擲筆端坐而瞑時七月二十日也年止三十有五

白雪吟辭苦黃壚淚眼乾恐因旌典下久使夙盟寒皦日當心在自註用韓憑妻歌懸崖撒手看祗應還玉婦地下共盤桓自註吾邑曹節婦錢於其夫屬纊之夕謂曰他日地下還君白玉夫頷之而絕時年止二十有四守節至八十五夢夫就索白玉晨興以語子婦遂含笑而蛻

訪葉友松
蓊湖繫短歌一訪碩人薖樹濕昏殘雨園空冷敗
荷晚潮新没斷煙艇舊披簑獨立生秋思蕭京觸
目多
公錫餉藥酒
豈有鴆人羊叔子叩門貽我酒一瓶敢云欲嘗還
未達正念皆醉何獨醒佳者名合呼去病久之功
或方延齡問誰狂藥謾相詆從事惟此齊州青
柬孔卓章伍
誰與慰榛蕪悽悽一故吾閒知多事誤老悔看書

蠹雞肋全無味豬肝詎足娱唐衢非善哭更欲哭
唐衢
題楞伽山人畫冊
畫手兼禪意塵埃了不侵一山樓外秀千樹磵邊
深虛谷生天籟閒雲起暮陰寺門秋色好有客話
疎林
同瀛竹映未天章殿一諸子探梅
遲却尋山興寒新愁亦新惟餘六出雪未有一分
春小飲無妨卯閒眠每及辰梅花如解事應笑閉
門入

初至江城喜遇馮德心有懷曹孕千任翼聖
吳方來
小舟輕似葉纔趁早潮來喜得君重過驚看我漸
頹深情餘短札絮語憶深盃聆斷江天濶秋風雁
陣開
自梁溪放船至月山書屋探梅
新霽放船來聞香始見梅溪橋粗領畧書屋重徘
徊地僻春行徧枝寒雀啅開病夫聊自遣坐對一
持杯
再泛湘江

又鼓衡湘枻乘風愜舊遊殘花仍倚暮來燕尚迎
舟螃蟹山無恙猿猴石乍浮依然江上水唯覺綠
如油
獨月山漫興
路斷行人草色閒千條弱柳綠溪灣殘花如夢隨
春去新燕偏忙掠雨還苦愛作詩原是累長捹中
酒亦成頑客懷慷慨和誰說坐對門前獨月山
閱阮大鋮事有感
五夜新聲奏翠娥一朝荆棘没銅駝寧關畫閣麒
麟少自是閒堂蟋蟀多黄石經綸傳顧曲烏欄筆

壘誤投戈君王漫發梨園嘆失遣和凝按拍歌

湖上泛舟

片帆湖上開斜曛淡高樹蒼然衆山晚煙生鳥歸處

出門時口號

二十餘年未出門祇緣鶴髮老親存而今楚水吳山去才着征衣滿淚痕

受業姪　敭憲　傳燮校

梁溪詩鈔目錄卷之二十六

國朝

梁溪詩鈔卷二十六

梁溪顧　光旭　華陽氏集

國朝

李嬾仙崧

字靜山一字芥軒嬾仙其自號也築室鴻山鵞水之間嘯歌自得年八十卒著有夕陽邨詩鈔沈歸愚先生序曰芥軒向刻浣香園詩藝林無遠近皆稱之五十以後成夕陽邨稿不煩繩削不事黼黻排比鋪陳一歸心得而當世雕鏤黼藻之家俱未之逮惟其眞也蓋芥軒重天爵樂林阜厚倫物嗜好與俗殊七十以後復盲於目廻光返照靈臺湛然故發於詩者無背道之語亦無違心之言朱棡香手鈔芥

軒近稿題詩卷首云夕陽社長推李翁芥軒其字厥名崧嘯傲澄名幽棲遠塵蹤經年不入城府中種松皆老顏尚童閉戶著書篋笥豐出入李杜是所宗變格亦做劍南公胡爲忽罹左邱窮張張無依嘗寸衷將毋筆尖鑿混濛爰致見妬於化工然而吟興依然雄終日咄咄手書空山水清音寫潨淙廣陵元未絕焦桐伊余小子慕高風緣慳十載都未逢邵二來九少年淬詞鋒骨力昇岸與翁同臨淮壁壘勇折衝下欄小阮居比墉吟筇往來不數弓朝夕靡間遺詩筒愧余落寞守蒿蓬苦吟何曾學力充敬贈一詩爲先容乞與斤削加磨礱先茲集所登得城南華氏所藏棡香鈔本多夕陽邨刊本中所無者蓋未刻稾也

沈莊槜古隸歌

銀光橫陳瀉寒玉力排龍虎斷鼇足兵甲銷磨古戰場折戟沉沙遺銹鏃是誰作此古隸書莊槜先生出凡俗先生耆年髩蕭騷手撫碑版情偏豪蒼崖古廟及破冢每過其處常周遭一點一畫無假借心摹手追不輕下青霄紛紛亂粟雨魍魎呼號鬼神詫秦有程邈漢蔡邕鍾繇梁鵠稱神工有唐鼎足韓擇木蔡有鄰李潮兼擅數子推元宗封禪碑直追漢人國初顧苓與鄭簠大江以南稱兩雄苓也謹嚴筆屈鐵簠也流宕徒橫從先生奮起更超越網羅今古無遺蹤贈予長箋幷短幅大如盆盎細如粟玉

軸牙籤座上陳周鼎商彝眩人目海陽程旭吾及門善寫丹青頗得名一見書法狂叫絕臨摹面壁披香冥苦心經營忘晝夜形枯神瘁戕其生嗚呼造物毓才稟元氣君之精力雄健誰能爭

贈戴南枝別裁云南枝山陰人傭書葬徐昭法高士讀此詩可以想象其爲人

熱血難消白髮新滄桑閱歷幾番塵獨書甲子依彭澤老向乾坤哭富春畫裏無人元隱士井中有史宋遺民一竿何處堪垂釣流水桃花護舊津

宴溪亭翫牡丹感舊歌者

去年清宴此花前一串歌珠粒粒圓今日花前追

往事空留白髮照嬋娟以上沈選

夜歸用杜少陵韻

獨木横橋夜獨過怪石猙獰向水卧卒聞風嘯毛骨寒亂踏樹影蛟龍大叩門犬豪人寂寂撲衣星光螢箇箇愁從天上來不來拊髀搔首真無那

寒夜煼茗

竹爐煮殘夢靜對一燈青爽逼詩情淡香扶酒力醒哀鴻背斜月凍葉漏踈星陸羽會斯意留賤舊日經

老狂

白髮餘雙鬢年來老更狂懶時逢酒健閒處爲花忙剪草織新屨栽荷補舊裳兒童爭拍手笑殺野人粧

隆冬

隆冬空萬象知對老成人石瘦惟餘骨松寒愈有神風霜貞勁節歲月逐飛塵俯仰悲身世深慚舊隱淪

問竹隱乞藤杖

老去山翁慣學顛愛拖藤杖踏蒼煙扶持白社稱詩長帶挈青山買酒錢高節琢磨加意瘦鈍根砥礪自然圓知君不負余清興早結芒鞋箬笠緣

與邵二來九論詩

老研律法不容絲難覓知音似子期愛友無如焚舊草賞心莫過改新詩春風絲蟻催君興寒雨青燈伴我痴甘苦味深誰解得箇中惟我兩人知

書懷

笑我憨癡老還餘赤子心舉頭邈雲漢掉臂入山林避客衣冠古掩關風雪深繩床誰伴宿時抱不絃琴

題畫鷹

點筆蒼鷹老軒然入化工雙眸横殺氣萬里擊罡風木落川原迥秋高狐兎空恐飢懷遠志詎肯受絲籠

弘毅堂讌集

欣逢知已罄交歡銀蠟高燒却夜寒皓首難償詩債苦酡顔爲放酒杯寛尚留壯氣能傾座休笑狂夫不整冠幾換更籌人未散回看月影醉憑欄

段橋

段橋橋畔最關情藤杖横拖蠟屐輕回看兩峯分變態南高風雨北高晴

嚴先生釣臺

客星犯座應蒼穹，畧迹論心見古風。高隱首開東漢節，中興黙佐赤符功。雲臺事業歸名將，澤國煙霞讓釣翁。七尺絲綸任舒卷，桐江𨚫與渭川同。

甲寅寒食

一樣鶯花二月天，可憐風景異當年。荒村日日晨炊少，不獨今朝是禁烟。

秋暮集半樓分韻得半字

我從山中來，山寒濕雲亂。衝泥訪故人，問渡隔溪喚。遙指煙中樓，樓高出林半。主人笑相迎，愛我猿

鶴伴。傾懷數晨夕，念舊星霜換。興到輒賦詩，詩成互傳玩。秋空氣寥廓，長嘯動天漢。

溪居雜興

自媿無才擇木棲，架間茅屋渡頭西。一堤截水聊通路，三戶爲隣尚隔溪。牧笛横吹芳草亂，漁簑斜掛夕陽低。此中大有逍遥處，贏得新詩日日題。

事事如今莫認真，碁看世局夢看身。欲排天闔無雙翼，得住寒江有幾人。門外半懸陳氏榻，甑中時撲范丹塵。閒來對客常誇語，架滿詩書未是貧。

搔首臨風惜寸陰，客心悄悄轉成瘖。筆因無用方歸塚，硯爲多磨易作池。堪笑齊門猶鼓瑟，間誰吳市尚吹篪。男兒縱有可憐處，莫使當年漂母知。

空庭葉落欲魂銷，反爲牢騷不寂寥。病後踏山身幸健，醉來擊鉢興偏饒。籠鸞客去留鐫帖，放鶴人歸過野橋。從此閉門成獨樂，世無知我亦囂囂。

憶弟

死别亦已矣，生離可奈何。才高嗟命薄，世窄此身多。入夢音容在，傳聞消息訛。睽違經十載，涕淚滿山河。

積書岩弔顧梁汾

積峯蒼翠影參差，名士風流尚在茲。墨可成莊藏舊業，綆能汲古憶當時。夢寒煙雨瀘塘棹，腸斷歌樓彈指詞。落日草玄亭寂寂，侯芭重過繫深思。先生所著有瀘塘詩又有彈指詞三卷

寄懷陶邨兼呈樾亭

斜日滄江岸，寒煙獨樹村。空堦餘鳥跡，落葉滿柴門。寂寂聞天籟，行行惜蘚痕。他鄉知已隔，此意向誰論。

和杜太史雲川半樓秋曉

樓上江南山，樓下江南路。秋風昨夜來，先入庭前

樹殘星猶在天烏啼女墻曙早起捲簾看熹微半煙霧歲月不我留美人在何處渺渺天一涯感作悲秋賦

春寒

茅簷鷲毛作狂雪水村氷澌響觸船春寒十日陰九日頭白新年感暮年鳴雞挾雌上古木野鳧依母棲荒烟老夫愁懷如中酒擁裘蝟宿低吟肩

咏白蓮

翠蓋高擎好護持亭亭獨立出塵姿月明湘浦無人見煙冷滄江有鷺知秋水自然空色相畫工何

處着臙脂涉江采摘移蘭櫂一片氷心寄所思

題沈漚也畫蘭

梅福橋頭遇漚也雄談驚座佯狂者自言少壯五陵豪千金貂裘五花馬可憐坎坷不得志晚歲豪情寄揮灑一生癖嗜芳蘭叢危崖絕壑尋幽踪一枝兩枝拾香草白石點綴蒼苔封時時相對得深趣精神潛與花情通左之右之隨筆下筆筆搖動生香風横斜正側極姿態千枝萬幹無雷同不比世人學畫少生趣捙筆接葉爭人工能事從來有高價四方寶貴聲隆隆吾聞筆墨之傳不止傳其跡尤貴孤芳逸品同高潔寫蘭獨推鄭所南心史於今見清節願君勿入王侯門江皋隨處多芳蓀采蘭作畫足千古世上浮雲何足論

半樓對月待主人未歸同人分韻得影字

秋空月色寒樓虛滿清影不敢近欄看自惜衣裳冷濛濛雲外樹淡淡煙中嶺扁舟歸不歸貪看湖上景

荅歸愚京江夜泊見懷

潮聲滾滾赴瓜州肯爲相思寄别愁地逈江山留遠客夢寒風雨入孤舟感時重作蕪城賦乘興還

登文選樓誰道金陵饒王氣銅駝荆棘幾荒坵

送别陳亦韓

送君湖之滸欲别不忍别懷君越三秋晤君止三日平素未盡剖臨岐何暇悉春風催掛帆倏忽飛矢急獨立凝雙眸渺渺煙波隔

留别華維康

風雨聯牀三易旬今宵相對倍相親停樽不厭更深語後夜挑燈只一人

貧女怨

花落孤燈奈冷何流黄未就敢停梭可憐夜夜當

飈織換得纏頭一曲歌

散步

環流溪水四通津散步芳堤不厭頻村社酒香春醉客市橋漁泊夜添鄰湖山寄興顏難老花柳趨時日換新一段閒情聊自遣賣餳天氣騁遊人

贈濮子恒

鵞湖東去是通津橋度蓮花訪隱淪學劒學書吾少賤種瓜種豆爾長貧壚香埜店邀沽酒雪霽江郇共探春莫着羊裘驚世眼櫂歌聲裏捲絲綸

題樾亭上人將母啚

有母無家子百年孺慕深嬉遊祇樹下清供柏堂陰一鉢幾村飯三春寸草心動余風木感掩卷淚縱橫

天均上人見訪集梅花下得香字

林虛萬籟寂月影凝寒霜相對澹蕩人靜挹梅花香坐久神氣清玄悟入杳茫詰朝攜芒屩遍踏雲山蒼

勺湖同陶郇賦呈方東華

襟懷任曠達魚鳥自相親獨得烟波樂逈忘人世身柳汀寒雨曉花嶼夕陽春處處淹留足悠然自遠塵

送吳一亭別

愁緒憑誰遣其如君又歸病中殘臘盡別後故人稀白髮增慷慨青山遠是非臨岐獨惆悵斜日下荊扉

懷管社山人楊紫淵

山人攜家歸鹿門世無知我道自尊短簑煙雨志和宅隔屋雞犬桃花源千巖萬壑山中路遙見白雲自來去思君望君不見君只有白雲知住處

春曉

煙際空林啼曉鴉粉墻紅影散流霞山童酣睡呼不應自起開門掃落花

九日

歌呼懷老杜九日有餘哀天影江流去秋聲雁帶來古人同縱酒此地亦登臺自顧身猶健茱萸看幾回

題陽山高士啚為陳虎文賦

早猶之山山四飛俯瞰震澤煙雲迷令威遺跡已千古金芝丹井藏巖扉山人高蹈繼清節折脚鐺空煮明月石牀幽夢繞羅浮滿塢寒雲落香雪

楊山人維寧

字紫淵自號管社山人少負奇才性剛耿善劍槊後潛心理學謂聖賢教人躬行下學而上達非空虛躐等也年三十慨焉有高蹈之志家本素封至是鬻田百畝刱山堤水築舍於管社山之陽足不踐城市妻趙氏善鼓琴長女秋漪並工詩山中冠婚喪祭一遵朱子家禮嘗作偶語弁於堂曰勿致孔顔惡我須防佛老愚人又曰毋忽於物有濟恒愧爲人所容其所得可知矣

詩有眞趣顧其意不在詩隨手散棄其季子裒其遺曰潛樂堂藏稾

山莊

一生棲汲處歲月任循環池劃三吳水園分百越山趂晴張畫軸未暝閉松關笠屐有人到無言相對閑

夏日

空聰小憩納微凉山茗烹來看瀉湯調鶴自消新寂寞向人難免舊清狂直因無愛憂方少也爲能閑夢始長一任孤懷頻獨徃慣於幽處學羲皇

泛湖

扁舟信宿五湖中鼓枻長歌西復東見底清流魚惚恍露根奇石草蒙茸秋聲木葉山山月夜色蘆花岸岸風任我浪遊渾不禁誰言天地有樊籠

華丕光偕仲兄友清到山看梅適岳二宗華亦至遂成佳會

春來風雨碍鉏園正合逢人覓笑言仙侶爲誰攜兩棹梅花引爾入孤村魚知好會因投網雲解幽情亦鎖門若使弗嫌蔬水薄還拚松醞浸靈根

十二月二十九日

身無忙事覺心寛送臘還多興未闌野徑雪深離市遠小樓春淺傍山寒踞床撥火呼松釀對案彈碁隱玉盤晴雪梅花開更早爲攜筇竹挈兒看

施秀才廷琮

字宗燕諸生著有鷄肋集與楊紫淵山人友善楊酬以詩曰雖設柴門隱碧灣爲君開後便常關只因徑僻無人到毎想長空獨鶴閑其亦翛然物外者歟

老馬嘆

白日西没烈士驚騏驥伏櫪徒悲鳴世無王良與伯樂鹽車輥輥老此生生芻不飽非所惜恥與駑

駘同縛軛少壯追風今就衰驤首向人復何益

過淮陰侯墓

眞王定計滅重瞳手挈山河與沛公三尺屬鏤酬國士一坏黄土報元功蒯通游説徒饒舌漂母憐才可再逢過客不須重惆悵漢陵無没野煙中

秋日登西城有懷

清秋多所思荒城獨登眺湖光遠際天連山勢奔峭風帆越洪濤石梁枕古廟漁舟汀樹邊悠然坐垂釣煙村逐岸斜老農歸荷篠相望不相識孤懷對夕照暮靄入深林長空雁悲嘹幽人去不還賞

心之同調惆悵返柴扉空齋見熠燿

湖上

八月湖光冷千山夕照空舟懸明鏡裏人坐碧雲中魚躍翻紅蓼菱歌送遠風飄飖塵世外心跡與鷗同

梅花

氣肅百卉凋檕枝獨舒萼靜穆本眞性興趣在淡泊灑然空谷中清光滿墟落一任霜雪加無心怨索寞

顧倚平衡文

字倚平諸生遊北雍涇陽公曾孫匏園梁汾之弟倚平才名與諸兄抒詩詞擅一時壯歲遊京華諸先輩以國士待之而制義尤爲張匠門孫莪山何義門所推服顧試輒報罷一日宴某公家庭中見病鶴郎席賦詩四章蓋自况也詩成大哭合座傷之病鶴詩其一云夢斷會香萬里雲空庭獨立乍逢君三山不返神仙駕一水終羞雁鶩羣倦翮幾從天外振清音猶向月中聞形骸完轉神憔悴願得金丹共爾分其二云不道昂藏志盡灰猶能緩步踏蒼苔時從榻角穿花過還向廚邊戀食來落寞不遭塵世忌清癯寧受俗人猜升沉到底還難料失勢何嘗是不才其三云青松百尺

舊會棲回首蒼茫去路迷一舞作迴秋雁影三聲何似夜猨啼心悲故侶沉遼海眼看殘芳墮廢畦相對雕籠鸚鵡在深情難索解人題其四云難將故態託殊鄉朱頂依然弄夕陽閬苑只今無近信芝田何處有餘糧虛疑洞府吹長笛何意人間到晝堂好待秋風起天末青冥萬一許翱翔

秋聲

朱夏已將盡倏然作秋聲如聞擲金梭軋軋機上鳴時至物自化先期弄哀情冥竹答虛響淡月軋前楹會心良在茲撫時還自驚何如聽疎雨清籟足三更

七月十一日立秋後作

清影漏滿地洒然竹間風已知節序改未覺溽暑
空火雲雨月燒黍苗失芃芃中林露氣薄草木變
衰叢河漢常昭回零雨何時濛二頃果虛願百憂
方見攻秋光豈不佳乃與歎歲逢開軒坐遙夜飛
揚見羽蟲物性本自得天心胡降凶鄉土豈樂郊
暫歸同寓公倏忽五載留復此傷哀鴻智者見機
作宵自羇樊籠尚恐盜賊滿梗塞道路中所貴良
有司赤子等姘幪近聞議加賦俄傳遍江東
天子寔聖明歲額捐常供守土者誰子眛此惻隱
衷風聞固難信揆理亦未通昔日元道州危苦辭

益工繼以少陵作字字鏗鍾鏞至今千餘年百詠
不厭重安能得結葦撫養回蒼穹感召有至理合
損無殊功千里大江南恩波浩無窮庶幾奠烝黎
勿使隨秋蓬

小雨

兩日風怒號陰雲滿空塞南雲去如駛北雲湧潑
墨風勢挾雨點有時聞淅瀝失喜小馳驟潺潺簷
溜滴罌盎承滿堦雨絲漸無力積水不盈寸湛然
照虛碧蕉葉展新綠豆花破初白造化無偏頗萬
物揔需澤有感斯有應眞宰義不忒怨咨亦奚爲
試看足阡陌

中秋

凄風颯然來暗雨洒窗牖天韜明鏡光不爲照衰
醜稍盡兒女懽聊把一杯酒屈指數年來清光幾
番負今宵不見月團圓得相守傾倒只壺中醉歌
還擊缶虛堂集村媼猶自拜香斗豈識隨流年遂
爾成白首世路日改轍荒里亦非舊昔日絲竹音
依稀出虎阜亦有苧蘿人飄搖見衫袖山川得清
曠嘉會屢奔湊今夕更何夕勝賞不獲覯以我今
日情大槩亦非謬

寒風

寒風猛中人百路箭俱發我坐矮牕中土壁動兀
兀隙光亂浮塵鏡花暗飄髮乾坤殺厲氣兩足先
暗刖童稚羣叫跳叢荊恣剪伐日暮負擔歸地爐
煨榾柮博此片時煖漫用苦嗟出因悲行路人郍
得不銷骨

題玉素草堂

我家古梅里卜築涇水傍藏書得萬卷古木饒千
章修竹映清池野卉亦芬芳別來忽三載歸夢從
風翔朱門酒肉家畫棟飛朝陽羅列富清玩而無

芸桂香歷足畏蹋促使我神不揚大雅妙結搆宛然讀書堂井圃掃荒蕪扁額懸清光鬱然樹文幟用以集冠裳俯仰俱自得收拾古所亾我意欣契合懽舉累十觴醉擁襆被眠且勿念江鄉

至寶不雕琢大文彌朴素久知君子心意不在丹葰隨遇得所安忘形任天賦跬步真趣存咫尺萬象具詩腸豈緣境神足自奔赴老屋三數間彷彿浣花圃妙友策杖尋佳言共吞吐日夕興味永豈復問新故潞水清且深方舟可容渡

山館

亂蟬嘒衆木始覺秋氣近簇簇牽牛花籬落纏木槿墻缺若匡臼堆垛小山隱山中胡見聞我自拾

朝菌

微雲弄晚月月色在高樹細果帶生落滴瀝雨餘雨聲色無邊來耳得更目遇觸撥無盡藏莫為物膠錮

收拾數弓地一展望雲薦巒勢亦相湊疇圃迥然隔不作詩畫緣且免形神役一聲歸去來斜陽弄虛碧

夜色淨遠樹樹深邈無際山水闊真寂惘然得元契翻嫌華子陋吠犬作聲勢我欲寫此圖一展幽人睇

悼亡詩 有序

余婦華氏氣含清淑品習端莊荊布家風不羨綺羅珠翠蘸臨自奉何來滋味膏梁夜夜機絲獨嫺中婦年年金線半為他人何期天壤王郎竟作花邊秦贅薰爐茶具常供五夜裁詩繡羅裙還倩三年抱玉兼以燕臺一去斷鴻之羽難憑直自瀉淯歸來舊燕之巢重返可憐隻影旋教飛傍斜陽無福雙栖徒留名故巷依人六載漫約刀環望子三秋未施膏沐田園蕪後偏驚獰吏催科兒女飢來難向豪門稱貸艱辛十指憑為餬口之資憔悴雙眸無復停針之刻含愁以極抱恨偏多既而漂泊萍蹤又扳楚江之柁差池鶯羽難還上苑之枝舉案以齊眉片立畫圖而偕影數株蔓綠殘山剩水之鄉一鴿紅春箏櫻桃之低羈栖尺壤豈知內顧方深

宛轉鄉心遂致生涯多誤枋榆燕雀漫效鵬飛滄溟波瀾未容鯤化月無華而遭暈珠有淚以爭拋貧且自安未免揶揄道路書能為祟翻教怨恨當年愁結難舒壓春山而蹙黛愁絲易絆淑秋水以增波是用牢騷更無聊賴何期人方抱影鬼復含沙荊樹花邊忽生榛棘鶺鴒原上長踞鴟鴞怪語飛騰不異吠蘭之犬讒唇激起何殊玷素之蠅豈知玉性原剛無辭粉碎可惜花枝木脆又被風摧一架殘樓便是銷魂之地半痕纖縷難為續命之絲夢夢蒼天欲叩閶而無路茫茫塵海誓之死以靡他歷數生平揔蹙額愁眉之日何期一旦成天荒地老之場窮乃工詩夙諳狂吟誤子歌堪當哭今將碎王酬君絕異河梁唱罷一聲雙淚無殊隙駟眼前少別千年難煉石無功不補天邊之離恨底招魂有路好通幽信於重泉世或知予慢作過情之論吾今喪我何辭滅性之愆較郭奉倩之傷神尤多悽僾擬顧彥先之悼婦積有篇章敢祈共錫清音庶幾永揚淑質千山血染豈杜鵑偏解傷春萬里雲迷只蝴蝶能尋舊夢聊憑短拍一奏

哀綄壬辰仲春顧衡文倚平氏題於涇皋之借花書屋右序在先生清琴集中悼亡七絕之前七絕五十二章茲鈔不及備載移置於此以待採風者

蘭心抱空香蘭露如啼眼枉作並蒂花參差命如剪殘膏不再馥清光黛痕掩

本是連理枝柯條日糾纏風霜自肅殺烟月仍娫娟涓涓血暗流下欲成長川

五色目易眩賞心在朴素胡爲等空華倏忽改前路寸心亦何有萬象總顛仆

白日亦長夜陽春抑不行芳條別故態好鳥失舊鳴豈緣物性改人心自牽縈

生死眼前境諦觀無兩途蛻委游萬化形喪失故吾翹首雲中君青冥誓同趨

鑠骨骨未灰剜心心尚熱如以漆投膠紅淚與碧血我欲叩九閽天道竟濛蔑

終日氣長吁有時急潊盥拂拭靈前几青蔬薦麤飯豈伊異存歿猶同舊舉案

長貧志未灰榮名昔所望寧死囑狂夫立身青雲上閒窗當時話歷歷作惆悵

庭松

庭前二老松植自曾王母辛勤幾費灌沃功漸看青青過簷牖二松係先曾祖母手植　先曾罷籍歸里中著書堂上多淸風百年文物一朝盡但見交錯蟠虬龍年來屋舍蕩如洗青山直照松根柢風摧雨溜枝漸踈膏液淋漓半生死吁嗟此樹豈凡質行道之人那愛惜更待百年未可必願得韋偃留畫筆

碧山留別

半載萍踪幾度還碧山曾聳瘦吟肩一椽架雪居瑶島三月尋花到洞天饒有閒情差免俗不能癡骨頓成仙樽前歌哭無人會頻借虛窻一宴眠

思歸

萍踪何待拂龜占屈指鄉園樂事兼溪號梁鴻餘杵臼山名膠鬲富魚鹽嬌雛解讀攜書卷舊友尋懽覓酒帘如此生涯差自足不求身外一毫添

店舍

土銼繩牀幸自便長宵且擬一安眠剩來蠹簡難醫俗脫下塵衫卽筭仙蝶夢有心尋舊轍雁書無字落遙天殘燈剔盡留紅灺應爲征人照黯然

留別鶴羣表兄二首

紙窻烘暖足朝曛何幸天涯有弟昆欲上雲霄原幻想愛攜書卷是名根紅來醉纈添還褪淄後衫

痕浣尚存那計爨材猶一顧隔年前事更重論

棲棲自笑亦無端揮手偏當歲又寒倦後湖山頻到枕醉中身世一憑欄功名已信干時拙詩律還愁入手難回首茫茫空惜别海邊可有釣鰲竿

别陳渭公

閒雲流水兩悠悠也爲消憂一上樓柳色濃時偏着雨梨花落後即成秋人間何路非三峽世上無波便十洲君是解人諳此味可能爲我一分籌

别徐朗豫

青門同闕軟紅塵海角重逢話舊頻故態不因貧

梁溪詩鈔　卷二十六　主

後減交情偏到客中眞滄桑歷刼心猶古朗豫祖諱世淳知隨州全家二十七口俱殉流寇之難棋局重翻事已新近得合兒閣學公歸田之信相對不勝離别意關河南望一沾巾

春盡日滄州道中

曾是湖邊載酒身天涯幾度負良辰輕帆纔掛初三月細雨旋消九十春薺麥添青圍廢壘鶯花含淚謝流塵居然剩水殘山意閱盡年光似轉輪

過灰埠驛入廢察院得施愚山先生石刻作因和其韻

石磴欹斜逕自幽何來羈客片時留匆匆已盡花前雨瑟瑟先飄樹底秋一帶山川都莽蒼兩章詩句極風流經過不盡徘徊意回首長吟起暮愁

即事

棲棲難得是閒身破悶何妨作笑顰敗局殘棋猶戀手潤花微雨乍沾巾槐根覔夢抛前刼桐葉吟秋暑散人却爲南翔雲際雁一時心目到蒼旻

徐素傳出箋索題漫賦一律時立春後三日

鳳城晴日靄輕陽禪榻棲遲等醉鄉素傳自號醉可爐火熘烹新積雪桁衣閒掛舊薰香眼看山髻盤朝翠心逐春旛上曉粧我亦懶從燕市過小窻風物費

梁溪詩鈔　卷二十六　主

思量

上元送際若出都

輕裝破曉上羢韉恰值燒燈把盞天前路正圓今夜月春衣量減一重綿古懷已向醒時露交道還從别後堅我亦何心淹帝里相思先怯落花前

感懷

百計都隨逝水空滄宵剩照蠟花紅浮雲自昔能成狗寶劍何人認是龍佽物一鳴猶跌宕惠子三歎郎英雄欻然夜半回頭望又逆金烏出海東

喜雨

通宵雲陣響輕雷，際曉滂沱溢砌苔。泉向玉川爐裡煮，山從海岳畫中堆。新歡真似逢今雨，舊夢還疑隔大槐。颯颯微涼殘暑退，秋心先到白雲隈。

北海道中

壓肩霜雪走侁侁，路入青齊拭眼頻。何必牛山堪下涕，幾曾東海見揚塵。樽中有酒英雄事（孔北海賦），後無文偷父身（左太冲）。千載才名橫絶地，一番憑弔尚如新。

雨後

夜雨蕭蕭徹曉聽，起尋春意到閒庭。楊枝未放干

條綠，草色纔舒一剪青。日煖鶯花迷故國，烟籠樓閣入滄溟。莫嫌芳信蹉跎甚，暗裏天機自不停。

青州道中桃花盛放爲賦一律

年光何處係人思，山脚桃花發滿枝。笑靨更容看幾度，高鬟猶記立多時。春深南客顰眉去，日暮東風着意吹。不信忽忽便零落，從來三月是芳期。

恒山寓齋有感

魂夢宵飛倏去來，從今應悔落塵埃。孤踪漫擬追先達，數畝何方貯不才。萬疊雲山歸有路，一軀肝膽賣無媒。東岡忽憶抽梢竹，已放新陰覆綠苔。

真定西郊即目

亭鞭歷歷數烟屏，恰喜朝來暑氣微。溪鳥蘸波飛白練，渚蓮擎雨顫紅衣。空香萬縷塵情遠，野翠平鋪過客稀。欲葺漁簑此中去，何時心迹竟同歸。

邯鄲道上

山川寂歷暮烟平，策蹇邯鄲道上行。歌舞叢臺縈短夢，功名一枕惜餘生。荒村古柳陰中見，落日歸鴉背上明。誰與縱橫論往事，袖鞭尋句有餘情。

宿村店

薄暮人家半掩門，真經風雨向荒村。烟浮樹杪天

無色，水落渠塘岸有痕。百里故人先入夢，三秋遊子最銷魂。擬將杯酒澆胸臆，情話來朝更細論。

又七月十一日寄內二首

莫將愁緒壓眉邊，畫筆猶能討舊妍。小助淡妝惟早桂，薄添新味是秋蓮。支撐謝汝憐予拙，落莫增予憶汝賢。回首更饒餘思在，生逢秋閏却今年。

曾捧花前酒一巵，視君常似看花時。生來有蒂都成並，自是無心不共知。失路揔辜前度意，零箋羞寫少年詞。彈琴把卷從今日，莫遣秋光笑客癡。

十五夜雨聰

桂樹無緣月裡窺依稀隙暗風吹團圓兩字真無價荏苒三秋已後期直筆清歡來眼底可知舊事上眉時更闌一會無聊甚淺醉朦朧總不支

黃鶴樓

突兀危機瞰碧濤漢陽形勝拓胸襟臺名湧月兼圓鈌山解停雲作古今呂笛已隨孤鶴去崔碑猶與後人尋烟波極目闌干外誰會登樓日暮心

雨中杜鵑花

分明一樹珊瑚色微雨斜陽洗愈鮮種甫三年聊此地開當四月奈何天層紺剪就香都斷赬頰塗

成火欲然淚說神仙留幻影洞天無淚迸啼鵑

早春雨中口占

老去行藏不自商一窩蜷足且相羊兒燒舊竈烹新雨婦踏春機織曉霜有病我知謀食短無聊人笑檢書忙此中消息還難料佇看墻根發蟄芳

初春寫懷

一様無計可爲家却令人間薄歲華凍雀啁啾爭粒食枯籐夭矯縛梅花沽方待價思完玉揑不成團類聚沙屈指十年增慨嘆耻從蠻觸戰生涯

苦旱

清商指日魄初生尚挾炎威夏令行石髓易隨焦土爍冰漿難倩玉壺盛只疑仙竈飛丹火無復昆池動石鯨咫尺神仙差不隔擬從陸海上蓬瀛

章江

吳城形勝壓江關此地登臨一解顏廬阜峯巒低浸水蠡湖波浪大如山估帆日暮看風色漁火星明照渚灣那得才人遊此地壁間題墨盡堪刪

皖城贈丁學博

閒愁寥落碧雲天回首征途盡惘然舊夢不離吳苑樹覊心先上楚江船客中親故鄉音熟酒後亭

臺望眼穿頗有襟懷待傾瀉且從旅邸枕書眠

釆石磯絕頂

釆石山頭捫葛蘿天門南望鬱嵯峨燃犀浦畔英雄去太白樓中醉墨多萬里風濤吹絕壁一圓江月照愁蛾傷心龍戰前朝事淚洗沙沉舊斷戈

維揚旅舍

竹西重過古揚州荏苒年華閱九秋金盡何人憐季子詩狂無夢到青樓官河鼓角傷遲暮畫舫笙歌記昔遊今夜月明清似水漫憑孤枕覓封侯

訪李氏姪女留宿園中五首存二

一門叔父愧中郎還向窮途惜阮狂展紙倩修南
去信開箱爲辦北行裝諸兒繞膝爭稱祖嬌女隨
肩絶似娘眼底團圞差足樂却添遊子幾迴腸
奚囊襆被卽登舟送我中堂淚暗流隋苑暮砧方
九月燕臺别雨忽三秋雙魚莫訝希音素千騎應
看在上頭（時婿雲襄候郡闕在都）倘遇王郎當寄語鳳簫清
絶月明樓

感秋和韻

無愁直道是無情愁自秋心合處生鐵陣驟添走
馬勢寶刀誰響剪衣聲短絲獨繭抽偏澁瘦影枯

枝焰轉清恍惚空山連夜雨一渠新水到堦横
何辭冷艷逐秋蓬千叠迴文此意同繡佛像前心
字印燭花樓上畫屏風聲情蕭瑟秋窗裡雲雨銷
沉曉夢中青女輸他能變幻一林霜葉試新紅

李貞女詩（貞女李氏兖州人許嫁孔氏子未成禮孔氏子亡守貞八載復歸孔氏盡子婦職以終）

椎髻親操井臼間傷心泉壤土花斑金釵永斷雙
蓬鬢玉玦應留再世環情以長貞完素節貌緣能
毀愧紅顏氷壺映徹秋霜潔還染鵑啼淚色殷

歲暮雜感

春風指日鬭新妝遊莫施朱更約黄畫本依稀留
蛺蝶金針顛倒誤鴛鴦佳人日暮愁空谷絶代風
流悴曉霜太息捧心遺影後縱教傾國也猖狂
飽掛輕帆趁曉行漫將文字博時名朱絃祇是饒
三歎白首猶教鍊四聲吳楚徵菰紛靄碧山川平
遠入秋清傷心細雨斜陽候又溯秦淮過石城
蕭然三徑撫孤松藉爾盤桓作主翁種豆爲其聊
一頃抱茅入竹柰羣童乞温短日須朝旭攺歲空
村怕北風縱揀一枝栖不定夜烏啼斷月明中

壬辰秋孟滙龍菴

昔年曾是論詩地伯氏清談見典型（謂匏菴兄）老去才
人經宿草坐來禪榻伴秋螢靈風挾雨侵虛閣叠
石牽蘿拱壞亭陳事追思饒感歎浮生何處放愁
醒

漫興

萬里烽銷海甸寛思將玉食報平安關門虎豹猶
爭攫宫井蛟龍有屈蟠雲錦蜀江來不易機絲天
上織應難可憐拋盡春梭後還嘆無衣翠袖寒

感懷

風輪一去渺難留鄴澤遺巾剩不收燕啄香泥過

別院燭燒紅淚落空樓鴛鴦幾向金籠宿蝴蝶曾爲曉夢遊一道銀河正清淺未應從此別牽牛

散點雲花欲暮天鶴聲淒絕隔蒼煙玉鈎夜掛西南月錦瑟塵封五十絃有淚未能酬夢寐無緣莫更誤神仙星河歷處鄉園好怎奈從前事惘然

豐城阻風

淼淼章江望裏情漫携長鋏過豐城春回古木千年色雪湧秋濤兩岸聲寶氣銷沉龍劒去朔風淒緊雁書橫孤舟靜泊腸堪斷作賦誰知舊擅名

章江道中

飛閣凌空倚水湄橫江秋氣正堪悲地臨南服山河壯眼入青冥世界卑晴雨欲來孤鳥去陣雲初捲朔風吹白頭未了登臨興尚有奚囊載筆隨

大孤山

青山北去大孤堂即大姑神女廟也山色湖光兩渺茫天馬脫覊瀛海外靈犀橫截水中央蒼崖翠柏飛清籟古廟明粧對夕陽應與小姑爲姊妹一般居處本無郎

九日舟中

皖水風煙瞬息過登山臨水興蹉跎五絃琴裏知音少九日樽前失意多飄渺平沙迴雁影伊啞柔櫓咽江波京華極望三千里回首臨風一浩歌

題左忠毅公祠

東林首倡實先曾先曾祖涇陽公開東林之首吳楚諸賢揖讓升祇計微言開後學敢期壇坫負先登一堂竟買清流禍海內旋悲黨議興今日袁楊遺裔在天涯相對欲沾膺

椒山祠西有忠烈祠係城中士女殉甲申之變者

驅馬初來上谷城遺芳忠烈尚垂名衣冠道盡埋

荒草羅綺魂銷捲落英滄海虛塡精衛木空山猶作杜鵑聲不堪頻向高原望落日無端愴客情

東義門

萍蹤久歎隔雲津忽地相逢話舊頻屐踏風濤小海曲招尋春夢軟紅塵義門曾賞余塡詞謂妙絕一代也歌闌酒散啼烏夜月白霜淒落雁辰欲倩朱弦傳古意指頭哀結不能伸

枯碁劫着已桑田百載閒枰尚宛然黨籍舊爲天下首斯文今藉後賢傳義門選錄慶歷制藝以先涇陽文冠集空亭名號留野史破屋生涯住玉川相對不堪論往事

怕驚風雨促懽筵

仲冬過眉山李四兄齋漫賦

潞水風沙滿目昏日斜還叩故人門一爐火煖添茶話三徑霜清送酒樽賦畫粉箋留好夜臥深羅轎待朝暾高歌青眼平生事風雅沿流衹杜存

梁園舊事付長嗟回首空教兩鬢華芻牧生涯傷老驥臙脂色相誤名花筆歌刼火銷沉地魚鳥春風自在家認取青門種瓜客五侯池館不須誇

贈莪山先生

還從塵壤闢幽居胸次悠然足卷舒廣厦願爲寒

士設一拳能衹衆流趨醞來菽粟成靈液鞭得聰明入古書千載名山應有託要令吾道識師儒

惝怳吟

久恨穠華委逝波更憐殘翠壓愁蛾風欹瘦蝶完翎少雨戰高梧墜葉多深院不聞蟲促織壞墻頻見女牽蘿人間秋水方時至誰向中流唱櫂歌大雨浹旬民房傾塌

散悶還依說法僧盂蘭七葉碧層層可能大海尋蓮岸却趁明河試鬼燈人唱鮑家歌宛轉蟻穿槐國夢曹騰蒼烟又向喬柯掛問取前因證未曾節屆中元京師供盂盆最盛憫忠寺尤大會也

北山

仙源曾向武陵探此處桃花路未諳峭壁一拳蹲硯北翠屏千摺畫江南烟方濃處看平抹雲欲停時恰半含寄遠莫愁無别物黛螺十斛伴瑶函

甘年長鋏老羈僧再向巖阿取次行時有樵人穿斷冢偶逢鄰叟覆殘枰蘚碑蝸篆猶粘恨烟笠漁竿不釣名詩句研精竟何益北山甘作一遺氓

東衕齋

踈香瘦影與誰論曲折清漪古鑑存可惜相逢當

白首不知何處是朱門狂來擊缶歌無節醉後沾花淚有痕日暮東風懶回首一枝難借著羈魂

古槐

參天翠色接烟巒彷彿蛟龍勢屈蟠豈有精靈藏蟻垤更無城府號槐安戰來雷雨枝猶勁撑盡風霜影亦寒簇簇青黄花滿樹十年忪過不曾看

贈仲山盧大兄

憶昔連牀夜話時源深流逹是吾師聖經蘊作文章本先生會墨首篇從大學聖經立義便見一生本領杜集携爲學問資先生箋註杜集成書諸家皆不及也異處只於平實見闡中先畏鬼

神知初心獲遂無餘事豈獨區區勝繭絲

世路羊腸畏險艱懷人日日若循環論交久在形骸外攜手翻同蓼莱間顏巷一瓢誰自得杜陵廣厦本相關春風次第催芳信爲檢高枝更一攀

贈莪山先生戊戌中秋前三日作

大義微言徹本根襟期瀟洒與偏存杯中貯月看圓缺樓畔停雲遞曉昏萬象只憑心作鏡三秋每嘆霧成屯可知帝鑒原來近一夕清光滿玉盆

古瓶中水浸蓮華二枝燈下愛玩信筆成句

插得芳蓮一兩枝清香偏發漫吟時花無一點天

斜貌人有千般愛惜詩燈下細看原夜合浦邊初見即相思爲君細繹前賢說直許風情道學知

盧仲山以定陶卓異擢任州牧攝瓊州之臨高詩以送之

囊裝瀟洒不須嗟捆載難攜一縣花純以無私爲立命本來還我作生涯名緣能淡偏成異官可粗安便是家留我饑寒孟東野曾山詩句最楂枒

按圖遵路漫揚舲迥絕南陲在畫屏斷雁幾時逢故侶雙魚難得到滄溟窮留瘦骨還須鍊余到處未能投合仲山以忍字進余真對病藥也老惜奇觀不共經仲山初與余相約得近地偕往今海南萬里山水奇絕借以老不能共遊深爲悵然他日尋懽談勝蹟插天如見五峯青

秋日雜興

不須重進濟時箴寶鑑千秋足遠尋桂樹小山花又綻秋衾銅輦蓼偏深杞人過計何如昔魯女珑憂直至今爲向解人彈一曲漢宮秋好在鳴琴

作計淸時覓上乘可知有味是無能神功猝劒悲歐冶窮老珑詩笑杜陵掌上山川原故物匣中風雨失飛騰多時斷却才人淚何處通天試一登

司馬處士龍藻

字雲立一字筠塢著有秀野居詩初編二編若干卷錢十峯先生云筠塢幼讀書能文章長而棄制義攻古文辭於詩學尤深窮源於三百篇旁及楚騷推而漢魏六朝無不擷其藩而探其奧唐宋以下若不屑觀不屑爲者故其爲詩渾渾淪淪落落穆穆即在唐宋亦必宗李杜而仿大蘇陳朝皆膺聲題秀野居詩云杏圃幽居好文園摛藻多名花添雋思香草發新歌秀壓唐長慶淸傳晉永和遂卑今作者君句自嵯峩

雜感

飛燕如故人依依入我室翠羽翻紅襟願言託微質編竹搆爾巢爲爾撰良日飲啄原野間差池必偕匹高不慕鳳凰棲梧餐竹食卑不效鷄鶩嗷嗷

伺秔秫屋朽梁棟歆爾我自寧謐春風漸和煦雙飛任徐疾吁嗟我故人跡已絶蓬蓽太息丙夜涼助我聲啁唧

帖括代羔贄豈盡垂世文一第出身始謂已登青雲安知天下事萬緒方繽紛古人常欿然遠大期致君黼黻光廊廟拯濟蒼生殷胡爲飾冠劍意氣徒欣欣驕倨見寒士豪横侵榆枌通籍不自愛何由致清芬

戲題舊蕉扇

瘞埋欲待時時至厥功溥風從掌上生月向懷中

吐翛然天氣秋炎威乃退處多君能久藏封姨復奚妒

有傷

人間多錯夢千古美人愁月上闌干夜風生畫閣秋繁花才可惜殘葉命何尤僕本恨人也還將大白浮

偶題

靜坐常因嬾悲歌豈是狂雜談虛北牖鳥語亂東墻夜雨經心急朝雲過眼忙嶮巇歷已盡前路或康莊

登大茅峯

頗似孫登嘯清吟動遠松石形盤臥虎山勢縱游龍谷暗林皆雨泉鳴磵有鐘具區三萬頃一望寫心胷

上巳日至圃瓢次高元方韵

夢中游未半今始識圃瓢想望松陰鶴追陪石徑樵樹含新雨碧山入亂雲遥此際塵襟滌浮邱似可招

送吳朝若令澄邁

大海波恬日之官亦勝遊文章傳絶島豈弟及窮

陬蹟訪蘇公舊林疑鄭谷幽攻成不次擢萬里覲宸旒

和侯粲辰蠡湖曉泛韵

霜鋪圩岸野人稀渡口農家白板扉小浪枕邊驚夢早遠峯天外送青微星星落木空疑雨片片輕鷗自浣衣縹緲夷光何處去扁舟萬頃擁朝暉

賑饑之役濟民少府勞勩兼至次公眉韵

繪圖猶未達長安發粟何人瀝肺肝大邑宰官勞日昃遐陬赤子獲晨餐壞墻春雨蜂衙散塵釜朝煙鳥語歡爲問溝中皆已溺可堪袖手倚闌干

癸亥春仲丁道南祠釋菜和毘陵黄雲孫韵

正學東林接聖傳，後生何敢墜前賢。哲人兩代曾親炙，龜山先生寓錫時，先世祖聖裏公聽講，著積屑錄。先祖銘鞠府君爲高忠憲入室弟子。道統千秋詎變遷。肅穆典型容掌故，謹嚴俎豆賴承先。東南名宿嘗雲集，爲獻丹箴到御筵。

輓高節母李孺人高聖培先生以諸生死義，澄江賴孺人撫孤成立。

世事滄桑過隙駒，乾坤正氣果誰扶。布衣慷慨真男子，巾幗操持儼丈夫。彤管歲寒懷往烈，青燈漏永課遺孤。國家全盛嚴修史，孟母芳聲不可無。

輓張勿藥有序

予初識勿藥，勿藥方抱病，常畏八時，復瀟洒臨池，忼慨命句，其所作多蒼涼悲感之語，力僵黄初，厭薄中晚。予未嘗不奇其才而憂其不永也。庚戌暮春遂爾長逝，心實傷之，爰成二絶。按陳朝暗集中有裔勿藥詩云張子信鬼才漳浦集蠹軼呂恂令亦有輓勿藥詩徧訪漳浦集竟不可得無知其人者

知已多凋喪，悲君正少年。人間留不住，縹緲對藍天。

抱病七八載，遺詩千萬言。乾坤寥落甚，大雅借誰論。

難兄作賦歸天上，尚有人間五鳳樓。題張吉哉齋頭按呂恂令集稱吉哉爲勿藥弟，其詩亦不可考

春艸池塘何日夢，花殘鶯老不勝愁。

雨後同沛然、樂天、朝皆、景行、商原、黎眉讌集分韵

詞人雖漸老，亦不負鬚眉。珠玉時參錯，雲霞與陸離。桐陰雲濕好，鶴影避烟移。茶熟花初放，分題訂後期。

和友人荳腐詩二首

烹菽風猶古，淮南術始神。流酥凝處瑩，軟玉剖時

勻。淡泊有餘味，尋常即上珍。紛紛粱肉者，何必與評論。

腐儒能辨此，端不羡侯鯖。消受知非過，調和喜易成。頗投鹽豉意，更愜桂薑情。縱有嘉賓至，尊崇當太羹。

東林講會菰川屬和原韵

觀聽慙余後，友朋每緣傳。竊歎淵澄無間，易老成彈指，有樂甚尋任曲肱。祀盛喜賡芹在泮，佐談思借酒如澠。須知黽勉何窮際，爲語先從細行矜。

題長川烟水圖追和先待制行色詩韵

[illegible]披三尺畫圖秋徑欲看雲憩石頭洗馬渡江如共我放歌何處覓閒愁自註原詩岑於陂水遭於秋遠岸初窮見渡頭賴得丹青無畫處畫成應遣一生愁妻絕思豪不妨更進一解

孝子泉有序

諸生秦勵父歿廬墓垂四十年歲旱忽於廬旁有泉湧出可潤數百家人稱孝子泉至今賴之在白龍山邵文莊銘吳海洲記沈青霞題依沈韵

空山何處水濺濺千載長流孝子泉有鳥有花名一樣聲悲淚染並成鵑

梁溪詩鈔卷二十六　　堯

採蓮曲和友

採蓮曲蕩漾隨漣漪游子久不歸秋花開後時寄以百蓮子伴以雙藕枝妾心最苦正如薏妾情不斷眞如絲

受業薛　禮本　方立校

梁溪詩鈔卷二十六

梁溪詩鈔目錄卷之二十七

國朝九　康熙

秦給諫道然　四十三首

黄太史趙音　二首

嚴青梧澥會　二十首

孫徵君祁雍　七首

華巢縣湘　三首

華韋軒孳亨　二首

劉秀才尚志　三首

顧秀才仁垣　九首

顧秀才仁埈　四首

顧別駕統鈞　二十九首

朱秀才襄　十首

華隱君坡　六首

以上十二八

梁溪詩鈔卷二十七目錄　一

梁溪詩鈔卷二十七

梁溪顧　光旭　華陽氏集

國朝

秦給諫道然

字雒生號南沙又自號泉南　宮諭對嚴先生長子也己丑進士選庶吉士改禮科給事中先生少時姿少鈍塾師議廢學先生聞之發憤自强始文一首率二三百遍後漸減最後兩三遍即成誦自是明敏過人貫串六經諸史而於性理及先儒語錄諸書寂靜窮參晝夜弗釋深信即工夫即本體必透性體方萬感不攖經年累月併心一力果得豁然發露迨先生以藩邸事被逮日坐圜扉中橐饘幾不繼與囚徒隣而讀書談道不輟後生來問業者講論亹亹不倦凡十有四年貌益充視聽益精明乾隆丁巳季子蕙田已登鼎甲値　禁廷伏　闕陳情願以身贖蹴入即蒙　原宥是時先生年已八十矣優游林下又十年年九十無病而終在獄中手輯明儒語要

若干卷以方正學曹月川薛文清胡敬齋呂涇野蔡虛齋吳康齋羅整庵顧端文高忠憲諸先生語爲正錄湛甘泉陳白沙王陽明羅念庵王塘南唐荊川黃石齋劉念臺諸先生語爲廣錄餘各以其學附又著有困知私記發前人所未發先生少與馬雲翎嚴青梧輩爲講德會後聞義與湯先生宗高忠憲之傳乃與同人敦請來錫行復七規定期會講執弟子禮惟謹吳君卜臣年長失學資且魯來問業先生授以高子遺書口講指畫吳君得聞道爲世眞儒先生雅不欲以文藝名古文亦不多作有作皆粹然儒者之言詩宗少陵而與年遞更晚和高詩一卷則純見性地光瑩沈鬱愚曰無理語而有理趣别於白沙定山流派善讀陶詩者欣然遇之書法出入平原北海間尤工漢隸爲世貴重詩曰昭明有融高朗令終非於身心上腳踏實地下一番艱苦工夫其能造次顛沛不失其常如此哉

和高子詩

湖干月無際月坡先得之山人倚杖朋坡上月到時逝者不可留明月常如茲田夫荷鋤歸漁舟亦

來斯笑言隄柳畔誰云不相知仰觀天宇空不礙
浮雲馳千川一月印虩寂亦成私撫景時有得古
人吾所思 春日月坡初成
何以娛永日對景常忘言栖遲詎非計造物與我
閒碧草長庭除珍禽息樹間微風生秋意雨氣在
遠山艮友欣然來小酌俱陶然柴門月色裏相送
溪橋還 夏日閒居
昔人感離羣吾亦念吾友片帆湖上來扁舟繫堤
柳呼童埽三徑欣欣競奔走清言味道腴庶慰別
來久相期在千載聚散亦何有結契不同方合并

亦非偶截歌伐木章真氣滿戸牖 湖上閒居季思子往適至
一涉山水趣所得常有餘況兹禪境寂更值三春
初嵐光照几榻花氣盈庭除忽聆清磬音頓覺塵
跡疎先聖言淵淵瞿曇說如如門庭别疑似當别
靜與虛欲識道味腴莫厭山中居 弢光寺靜坐

弢光山中雜詩五首

岩前山鳥鳴林下花光明虛白小齋幽閒雲任來
往
岩花臨絶澗飄落穿深竹林迴無人家經聲出石
屋
楓林霜氣薄爛爛照初旭禽鳥有歡聲山村禾黍
熟
獨往不逢人小歇長松下遠見深澗邊山僧雪萊
把
入山深復深塵境恍然失忽聞鷄犬聲村翁杖藜
出

靜坐吟四首

我愛山中坐白雲來無時垂天白鷺歸山亦徐
徐青松千歲姿夭矯干霄枝舍此不棲息營營竟
安之超然無懷世日夕心神怡

我愛水邊坐照我遺世情周流雖不居瑩澈全其
貞蒲蘆依渚碧杜若方春榮波間雙白鷗游泳不
復驚高天雲影净相對同涵清
我愛花間坐花意如人心咺之喜朝旭養之喜春
蔭下有交翠草上有和鳴禽敷榮豈自炫成蹊漫
相尋詩人感偏反徒爾誇情深
我愛樹下坐禽鳥來翩翻飛鳴暢天機於人寧不
然萬物同所適相關不相牽但得無營心至樂盈
目前長林友麋鹿此意何人傳

王孝子詩

忠孝本庸行盡之或成奇卓哉王孝子遺蹟誰攀追阿翁離故鄉孝子方孩提雖仰阿母慈少長乃自疑羣兒有翁媼我翁獨何之再拜問阿母阿母淚漣漪而父因徭役家貧豈能支三人不相保寧爲長別離孝子聞母言慟哭肝腸摧人生不識父何以徒生爲兒當別阿母求翁走天涯天涯終有盡會合寧無時阿母牽兒裾而父誓不歸兒去死道路阿母將何依孝子心彷徨阿母言堪悲去留俱不可吾計將安施僦屋大道傍茆簷颺青旗[illegible]者供壺漿勞者贈屐綦過客問所欲稽首詳致詞

他鄉遇阿父爲言兒在茲父子或相合生死答恩私忽忽十餘年音書杳難期孝子别阿母兒去志不移兒今已有婦足以備晨炊兒郎死道路阿母當無飢脫身走四方險艱豈所知朝哭青山巓暮哭白水湄青山草木變白水波濤哀蒼茫田横島孤絶海東陲從死五百人靈爽此中栖孝義足相感魂夢通先機隱語指迷途令向南方馳蘇門嘯臺畔寒餓僵庭除忽有白髮僧鄉音動聾瘢各將姓名道慟絶相抱持共携還故鄉阿母鬓成絲相看不相識聲是面目非鄰人助悲酸行路亦嗟咨綽楔表門里薦紳投詩詩爲善必有後子孫盛簪綦嗚呼孝子心所志贈庭幃高名與厚福何嘗計毫釐紘歌俟采風用作後人師

稷山民尋弟詩

民名伯宗其姓吳父母竝喪遺三孤伯宗年甫十四五仲季孩幼聲呱呱出則提攜入同處哀啼中夜隣人吁一日幼者失所在遍求數載終成虛次者無端又失去晨夕哀痛淚眼枯同體三人身屬長致弟流落誰之辜叩頭誓墓告父母尋弟不惜捐兒軀重趼山川歷幾載是非錯互空馳驅忽從

京師得其季已易數主爲人奴主翁哀憐許相付俟得仲弟歸鄉閭逆旅忽逢舊都客口傳仲信言非誣上言身從某年月爲人給至東海隅地有流人作姦藪掠得生口如貨居我今作奴寧古塔朝逐牛羊暮狠狐下言身已落陷阱心念鄉里難逃逋我有阿兄能拔我不異又下完頭顱伯宗聞語心斷絶便與季别登長途生偕仲還死永訣季在不至飢妻孥遼陽更北數千里凝寒墮指風裂膚郊關禁嚴以計達果得仲所如囚拘伯宗自念入虎穴共塡虎口寧非愚大帥去此僅百里往愬倘

得擒兇徒　朝廷清明威令肅萬里邊塞如通都
煢煢遠民絶倚仗朝投片紙暮得符符遣將領質
其事罪人雖得情未輸伯宗對簿忽起立將領怒
視兩目盱鞭箠交下血被面伯宗侃侃氣益舒抗
言奸人犯律令却得平立官庭除亘民寃抑就伸
理乃伏堦下同囚俘民非敢與官長抗黑白倒置
理則無將領聞言遽愧悟奸人氣沮辭支吾便白
大帥令歸去死生哀樂分須臾兄弟扶攜入　帝
里共訝合浦還明珠　廟堂元老敦政本力崇五
品追唐虞鴻文大篇紀厥事登諸上座同璠瑜行

看綽楔表宅里永作　盛世人倫模

荅華丕光見贈韵

衰年羡聲律亦屬心未定妍醜苟不忘名心此中
孕君詩包衆美萬象無少剩辭放骨愈堅神閒氣
彌静精微奓奥闢空朗水雪淨長篇壓元白險韻
叶病競多慚塵土言拂拭令光瑩

老境詩

老境處來久漸與老相忘中心無所營但覺四體
康白日自杲杲高天自蒼蒼人問諸變幻問我都
茫茫卽此返厥初聖賢非敢望

留目覩衆芳留耳聽萬籟悉與眞宰遇耳目豈在
外諸緣舍我去二物差足賴見聞非見聞此意誰
與會

我有二三子矯矯皆英才絃歌斗室中金石聲和
諧雖非舞雩樂亦有春風來載咏伐木章可以抒
我懷

中夜不成寐衰年未爲病天君苟失職朋從乃相
競擾擾反側間夜氣安得静先哲有遺教魯者肯
篤信惺惺復惺惺庶以安老境

少年驁强記老去善遺忘遺忘非我憂我本無一

長譬如遠遊客遊倦還故鄉安心事耕鑿爲樂殊
未央

覩者日已疏疏者無復親歷歷平生意飄忽隨飛
塵牀頭數卷書中有羲皇人開卷一相覿結契斯
爲眞非遵尚爻訓吾意胡由申

春晴固自佳春陰亦自適垂簾隔餘寒蘭氣滿幽
室終朝斷來往有如住岩穴亭午夢初迴隣雞一
聲徹

天運日推遷人生有大分隆冬百蟲蟄分爾非爲
困老年精氣衰聰明安所騁冥心了無作無作乃

無悶

四顧骨肉親十人無一飽入耳皆苦言老懷安得
好常情卽至性此物豈枯槁幸如空中雲一過迹
便掃

我有孩提心見者愛我老終日欣欣如亦復嗜梨
棗閱世七十年未嘗識機巧自署葛天民無知以
爲寶

還杖歌爲虛舟吏部作 杖爲黃山富人所贈

世上無端產尤物世人無知多受惑星星之火可
焚山涓涓之流可成澤古來往事俱殷鑒小隕身

名大傾國何啻山中一莖草亦稟精英挺奇特夔
枝秀出時合離節應星文整排列才人語妙恣形
容未覩其眞疑假飾主人酷嗜恭壽書捧持來乞
臨池筆豈知造物有深意不使人間作妖孽非常
之寶宜有歸將配天球與宏璧主人櫝虛不得應
形勢格持徒窘迫恭壽聞之曰易耳亟遺馳還無
吝色吁嗟乎世間紛紛互爭奪毛髮都將人我隔
不留些子障靈臺悔吝眞如鑪化雪尤物於人終
作祟用解紛糾心最慊森森亭下萬瑣玕伐來可
助遊山屐

山齋

山齋寂寂玄鳥初來春風融融林花乍開共二三
子撫景銜杯從容詠歌吾師點哉

詠史

六籍委秦燄聖學棄榛叢董子乃崛興遺經究始
終不沿縱橫流不將枝葉窮精心契先聖高言發
羣蒙譬如剝復閒微陽生窮冬譬如百世系一綫
傳其宗孟氏醇乎醇繼之則有公何爲昌黎書乃
稱兒與雄

偶作

文章從何生其道本自然中天列象緯川岳蒸雲
烟風來水生波春至花自鮮人心何所有出之則
綿綿悟此無文意至文乃生焉喤喤夸毗子綺麗
徒增妍

次韵酬石林上人冬夜初霽見懷作

得月沉陰後光輝一倍新對茲淸絕景遥憶吟吟
人葭管方回暖梅梢已報春飯山氷雪句終不受
纖塵

續和唐人惠山詩三首

蓉湖闊明鏡遥映山容蒼沿迴入山阿策杖漪瀾

堂水木含華滋魚鳥紛游翔乳泉注玉井欄檻浮清光一經桑苧品千載口頰香豈徒助幽賞足令塵慮忘

徘徊泉石畔慨然念前人吟社有芳躅詩篇競清新至今觴咏處澗石猶粼粼十老眉髮古衣冠絕埃塵清芬豈不懷搔首問高旻誰爲後來者千秋若比鄰

少結山水緣讀書栖林樾焚香斗室靜邈與人境絕時汲中夜泉一酌萬想滅寂寂對松影澄澄弄明月皪皪幽禽鳴泠泠清磬發入山何必深心遠

斷車轍

甲寅元日

春光來不易喜共歲華新大耋三年近齋心五夜眞隨時觀物妙忘我見人親開卷明窓下依然未老身

梅信

梅信胡爲晚多緣氷雪稀天機寧在遠物性自通微瘦骨因寒勁幽芳與暖違試看籬落下早見荳花肥 去冬無氷雪麥秀蠶豆見花

早春

滿目皆生意吾心豈不然晴窓數蘭蕋小院護苔錢山暖添新黛氷消響細泉會知元夜好初月已娟娟

冬日偶作

餘年不敢負內照全吾眞詎曰躭枯寂虛中滿陽春幻境日萬變紛如隙光塵吾心無去來何必患有身大道直如矢紆曲由斯人一念卽萬年庶與大化親

寒雀曉弄晴歡聲滿吾耳旭日明南窓擁褐常晏起土室淨灑埽從容理文史簞瓢日可繼誰云非

甘旨寢食頗自由行素恐乖理百歲如風燈俟命而已矣

雪莊張孝子詩

玉峯靈區產秀民文章宦望何彬彬豈知鍾靈獨厚處乃在不學不仕尋常人雪莊孝子世絕少堪與人倫作師表上格蒼穹幷鬼神下感讐人及禽鳥孝子童年母病殆叩首籲天身願代灑血呼號天聽卑母命得全兒首碎東鄰火發延高堂火中脫父何倉皇翻身入火負後母火烟迷目身幾戕忽然反風火勢轉齊呼孝感聲洋洋中肯侍父父

醉卧讐出牀邊白刄露赤身徒手起禦讐手迎白刄手指墮還抱讐人請代死讐人擲刀心感悟解讐願結平生歡有子如斯天所祐執喪廬墓空山隈晝號夜泣心肝摧山靈震驚物類應萬烏助哭聲同哀吁嗟乎至行惟從至性出孝子何心表奇特天人庶物同一根感之卽應如呼吸孝爲德本作人宗八十婆娑一老農化導鄉邦成美俗用播聲詩待採風

十年

十年彈指過土室一衰翁幸籍磨礱力能無變化

功獨行時顧影兀坐不書空萬事吾何有端居只養蒙

題玉峯徐師魯遺照

憶昔少壯時結交裘屐場玉峯盛才彥敦槃會高堂峩峩王謝門羣從皆珪璋君才更挺出文陣屈老蒼馬齒長於君執手稱雁行忽忽五十載人事如滄桑君雖遭貝錦雲步仍高翔相州古名郡至今仁聲揚諸郎皆國器守牧著循良巍然太邱長名德世所望老成遘徂謝豈惟感友傷嗟我晚得罪檻車帶銀鐺親知非不多近我如探湯君獨敦古義爲我治嚴裝我幸脫鼎鑊羈幽隔天光顧我請室中未語淚已滂平生金石交如君孰相方別君幾何時生死兩茫茫披圖對君影沈痛摧中腸長歌以當哭聊用慰存亡

題櫚香閣詩卷後

人心具風雅萬象皆牢籠祗以俗情累靈府如塵封煌煌三百篇實啟千載蒙漢魏闢門戶三唐各爭雄王孟與韋柳嗣響柴桑翁至味寄淡泊元音獨舂容當其入妙時造化難爲工紛紛雕繢者對此智力窮吾友若愚生清才天所鍾簞瓢有餘樂

榮名付飄風嗜古咀其腴不在鹹酸中芝蘭生幽谷豈與衆卉同示我櫚香詩氷雪光熊熊知君超世慮瓣香得所宗讀罷再三歎使我心神融風人有微旨聾俗何由聰

黃太史越音

字翰思號秩齋己丑進士官翰林檢討著有館中存稾斗南先生六世孫子栻先生子也子楫諱汝濟兄汝澄溺死震澤子楫徒跣瀏瑞覓口三晝夜不得號泣曰兄乎有靈盍夢我夕夢而旦獲之喪得歸事載

邑志孝友傳秩齋少穎敏善記誦爲制義風發泉湧而連蹶省試乙酉夢口吐手角是科果發解人以爲天之報子𢴤也秩齋既通籍自以忠臣子孫務立名節家素貧官益困燕坐讀書不預外事人稱之曰固窮先生後進以文謁過目輒爲雒誦游光揚聲懇懇不已君卒寒士多墮淚者年四十一

聞雁和王惺岩韻

似共愁人語還從醉裏聽數行横月白一字入雲

青歷歷關山道凄凄長短亭今宵歸夢遠隨爾宿沙汀

涇陽王同年令祖癸心先生殉節詩

一代儀型遠千秋歲月長深仁垂雨露大節凛風霜彤史名應久青山骨亦香墓門碑石在華表有餘芳

嚴青梧洄曾

字人宏號青梧藕漁先生長子邑志云青梧性尙雅素畧似其父畫有家法詩蕭澹著青梧[illegible]藕漁先生所謂青梧有佳句往往建安風者也吾家復初祭酒云青梧幼有羸疾弱不勝衣體常僂行而其詩如秋水芙蓉蛻出風露工乎遠山水尤善人物常畫昭君出塞圖人爭寶之

感遇詩

結廬面青谿水色何瑩瑩日出蕩昏霧萬象含虛明杖策有特出飛鳥繞舍鳴藥畦既云理野田亦已耕平生愧疎劣山水怡我情積痾協幽討棄智寡所營高揖謝時輩永言遺世榮

湖上坐常晩抱琴風滿樓何來扁舟子散髮乘春

流坐嘯山水間甘與麋鹿遊我方若物役動息常弗周推理固宜爾猶懼招愆尤安得從子去逍遥滌煩憂

荅秦雒生

賤子安廢置抱病亦已久習性終不移潦倒托杯酒平生相識者取笑十八九誰能了不嗔自顧終何有出門無一事逶迤衆人後心非不能言習見寘可否世路若無常憎愛昧所守于時既無競稍覺人情厚秦子數相過意氣乃無偶利器前出匣快披風雨走豁然性情舒未覺疎狂醜若翁我父

執金石比交友願勉平生期臨風更搔首

書秦石農集後

予昔童稚時識公裙屐場矯矯諸君子文彩森相望但知親情貴日夕同杯觴焉知三十載眇若晨星光石盡識良璞草萎見孤芳不才辱提攜復登君子堂欵曲接言笑外物都祛忘薰然懷抱盡令我用意長秦子笑謂我此道日已亡群情如風雨達者守其常再拜誦公詩澹爾契微茫世事良已矣吾其師老莊

烟雨樓

秖緣沙草得霏微清淺波明白袷衣斜照樓臺還獨立平川天水自相依幾爲圖畫終何有且喜登臨近莫違小艇肯容新病客渚花檣燕送將歸

早春雜詠

晴起從容卧幾旬小窗風日漸知春寒多遲蠟看花屐歲儉先飢鷺畫人委化蜉蝣天地澗忘機鷗鳥性情眞朝來思與支公話索茗閒房坐一巡

豈緣耽靜得丹邱自愛城隅竹石幽山起曉嵐銜粉堞花迎朝日見紅樓藍田春滿生烟暖珠樹風微結實稠不向簾前聽玉笛夢醒何處看羅浮

奉和顧輿山題大雲樓見寄

爲愛城隅柳萬枝便教解組樂栖遲居然小隱成岩穴不假高軒照路岐葉甲自從鄰婦摘藥苗惟許道人知朝參懶甚登臨徤莫怪人間笑絕痴

花塢深藏畫樓行來微路曲通幽風林雜坐香沾袂竹徑交扶笋過頭鳥入空明時獨語雲圍窗檻鎮長留與君奕罷凭闌望遠近輕帆次第收

諸子分題草閣爲陸紫宸賦

草閣青溪曰先生早閉門近山低似屋獨樹老成村未覺承歡薄端知養拙尊所嗟耽卧久契濶懶

過存

自題空江吹笛圖

竝舷誰坐月明中十載江南鐵笛翁夜靜爲君終一曲滿溪蘆葉颭霜風

長夏漫成

秉燭難爲衰謝謀并將行樂一時休因閒作畫非闗徤不寐成詩也勝愁小竹隨風時入戶疎花經午却低頭驅炎望斷今宵雨淅瀝旋從葉上收

梅雨才過五月餘水鄉風味樂村居驚雷乍逆緣籬竹新漲初肥逆浪魚早麥先須儲麴蘗嘉蔬差

足會樵漁無文自喜安卑俗遮莫人嗔禮法疎

贈顧震滄文學

言情莫如詩感發最深厚陶冶出天真和悅洗疵垢理裕珠在淵意動丸脫手遺詞雖獨運應律與天偶世風尚雕飾誰復窺戶牖顧子敦晚交三冬盛文藪窮搜倒溟渤銳意拉枯朽病夫汩沒餘嘆羨忘白首讀書貴得要豈惟誦于口尚論友古人斯言待君剖

移居雜興

不用長嗟席作門鵪鶉猶藉一枝存空庭凈掃收

桐了廢圃新犁得竹孫且喜西偏宜晚眺剩虛南牖受朝暾藏書萬卷吾無用未抵當前酒一樽

病侵腰膝苦龍鍾布席焚香也自慵錢掛杖頭延鄭老衾支牀脚坐梁松無求便當娛衰晚得飽何曾計宿舂高興秋來惟一事雨晴牆角種芙蓉

才對殘書便惘然沉綿偏屬暮秋天蓋棺何必非今日種樹無妨計十年豈爲持螯閒晝手漫因栽菊得詩篇三冬倒學魚龍卧且待春風榜釣船

襆被寒生故漏遲暮年情味一心知霜鐘淒緊新晴夜佛火青熒半睡時人面漸隨徂歲窄物華都逐世風移朝來小試登樓眼喜見賓鴻入稻陂

農言

頻年災祲未全蘇不惜傾囊更事巫鉦鼓村前迎孟將菱糕田角祀丁姑日斜廢苑無行客月黑空村叫晚烏惟有此時高卧穩里胥誰敢到門呼

勞苦曾無一日償眼前雲物早淒凉衣經禦臘春仍典酒不勝寒日再嘗機上婦應勤夜織牆根翁自戀朝陽田家亦有三章約鄰曲論婚不出鄉

孫徵君祁雍

字李若號敬居蓉湖七子之一柏潭少宰

元孫徵君幼英敏絶倫年二十以文受知於郡節推畢公待以國士乙卯學使解公大錄童子千餘於演武場尅時命五題題皆枯脊兼科擬表一道君搖筆立就解公於千人中止拔二人君與王修撰海文才名五十餘年韓城張公視學獎異尤甚韓城主南宮試得一卷酷類徵君語人曰惜其不得與此試吾得其近似者亦稍慰矣乙未有　詔舉茂才異等之士韓城以君名上奉　徵召辭病不赴越一年卒徵君

尤工於詩餘當其佳處於辛蔗周柳之外別有神會生平率眞任質秦南沙先生稱其有緼袍不恥之風焉

慶雲僧舍贈俞武陵四首存二

浮榮無可羨結想托蓬萊五岳遊應遍三山去復來飯流溪路轉花落洞門開放浪乾坤外焉知才不才

蕭然如栗里屢空見簞瓢寒色深松葉春陰養菊苗藍輿猶懶坐蓮社漫相招弄熟無絃調行攜慰寂寥

靈壁

浩衍平蕪地居然聳半峯山空石自磬泉激水能鐘便擬顛呼拜仍餘怪作供還須經意匠琢就玉玲瓏

山塘夜泊

虎跡蒼莅蘚業沉古時山色尚陰陰可憐伍相空懸日不見西施會捧心雲滿絳津翻有態露飄青桂濕無音東陽病客何人識夜半眞娘墓上吟

秋詞

凉露濕秋衣星光碧漢稀無書雲外雁陣陣向南飛

對月

玉宇澹悠悠金波徹夜流最憐圓缺處偏照古今愁風露孤輪影山河一氣秋何人吹鐵笛乘醉倚南樓

蕭寺夜泊

古寺維舟夜風光似昔年鐘聲遲客夢漁火照殘編帆靜千江月烟橫萬里船啼烏棲斷岸徙倚不成眠

華巢縣湘

字衡南號梅里辛卯舉人官巢縣令著有梅里詩稿梅里詩溫厚和平稱其爲人政尙廉靜公退則手一編蕭然如退院僧解組歸築室三楹以居屋成而囊罄矣而梅里怡然自得也

哭楊綱章二首

斯人不可作悽惻感時艱力盡娛親老心勞作吏還容華銷簿領髀肉落關山歷歷平生事臨風涕淚潸

京國支離久憐君獨我哀萬分從客死千里命醫

來褭藥偎爐煮遺金伏枕開餘生翻得在華屋首重回

焦湖觀打魚歌

淮右巨浸維焦湖襟帶肥六聯廬舒門戶控扼巢西隅浮梁絙亘稽匪徒勿入寸葦滋沮洳莎明岸靜香荇數千年高枕無萑苻姥峯崮崒聳秀孤晶瑩一片晴空鋪漁舟綱集紛牽挐挺叉撐突如亂梟大魚暴腮卧巨罛鰓鱗雪片傾箱虛使者采風來下都下吏不敢陳嘉魚漁人不耕米似珠漁婦不織身無襦鑿氷取魚凍裂膚列市不及盈數銖

膾飛忍與王饌俱民物得所懷區區

華韋軒孳亨

字子宏韋軒其自號也爲人篤於本根檢身修行動必以禮與人交不設城府與吾家祭酒復初先生並習儀禮畫古宮室制度於棋枰以棋子識賓主升降之節器物陳設之序如以身進退揖讓於其間及祭酒撰春秋大事表每一篇成必以就正偶有所駁正祭酒亦欣然從之所著有詩經旨言十卷韋軒存稿六卷成歐陽公年譜及華氏宗譜二十八卷傳芳集一十三卷別爲西房支譜一卷祠墓考一卷文獻表一卷皆自爲之序述祖德以風宗人

上巳集蘭亭字

猶有斯文在無人悟化遷清時況春日癸歲又今年蘭氣流爲水林風坐可絃閑情一以暢虛室亦欣然

早秋舟夜

短篷高咏謝將軍我亦安知古所云萬里江湖空有夢二更河漢淡無雲此時清絕聲塵寂何事還

將筆硯焚蛩語草根螢似雨墮烟飛起又紛紛

劉秀才尚志

字相在號香圃諸生本孺先生之孫著有飲香集

題孫徵君小照

有明神宗末龍戰元黃矣一舉太學擔浩氣存正始卓哉孫徵君履砥直如矢晚歸蘇門山講學別朱紫濂洛升堂奧王陸汰渣滓夏峯屋數椽堅卧烟霞裏仲符其裔孫與予通孔李予登兼山堂睎予湖北紙肖像頗而黛清古到骨髓瞻拜載晞噓

東林大夫士余祖本孺公衛道同彼此龜山倡宗
風顧高光厥祀展卷㠯憮然緬懷八君子

靜觀

豈獨蘇張六國傾紛然楊墨並縱横嶧山雷動羣
邪散泗水風廻百代清遺虎狠秦灰燄滅策天人
董利功輕靜觀造物寧無意留取孤燈徹夜明

請見亭卜占

一車兩馬各相逢關吏殷勤仰聖容片語千秋傳
木鐸至今不識某儀封

顧秀才仁垣

字中以諸生累行子端文公元孫也著有
夢華軒稾邑志文苑有傳傳云中以厭薄擧業若意作詩其沉博絶麗不及父而句稱字等過之淫皋詩彙云夢華壯歲游梁登嵩山涉洛水考先賢舊里訪前代故都憑弔蒼茫詠歌志感及其盡而返鍵戶荒野落落寡交而詩名遂播都下一時名公卿想望風采有以詩就正者率多怪少可顧經其指授悉有法度可觀邑中如潘師仲俞文心劉南榮鄧振蜚葦皆其門下士也

締夫詞

龍艘鳳艒青綵綍繂挽長途急推卸黃皮袴褶虬
鬚兒白棒訶責如雨下督郵驕横甿民大號令孰
敢稽天誅頗聞曲河有賢宰不愧昔之何易于

去矣行

君不見立仗馬一鳴輒斥去何如飽芻稾垂首聽
牧圉森然毛骨氣不平矯矯龍性誰能馴東西坊
監皆駑下忍放麒麟地上行

李相讀書堂

歷山草堂最深處長史題詩久仙去南峯衲子營
精廬杖屨經過重游寓公垂遺蹟留山隈數卷長
依佛火開栖遲頗自愛岩壑憔悴豈卽期公台浮
沉幕下各逾重政府傾危相遘弄頻遭遷徙忘恩
讐嶺海江州均一夢沙堤築就近懸車追憶前遊

顧遂初何日重尋石泉寺妙香燈影讀殘書

嚴八宏邵義書作詩贈行依韵留別

辛苦依人者多慚問所之春風微子國落日信陵
祠肯借吹噓重因悲樹立遲眼中今雨在小别最
相思

題吳趨老伶人扇上

承直華清鬢已華千門宮闕夢猶賒天涯何處無
芳草時節逢君又落花記得明眸如剪水空餘短
髮縮雙鴉消城饒與殷勤唱燕子烏衣日易斜

漫興

失寵蛾眉空絕代承恩嫫母若爲容枉教青鳥殷勤探咫尺蓬萊隔萬重

不與秋試送諸兄弟入省門

鎖院槐廳夢巳闌鏡中勛業鬢都斑臨岐悵望君知否只是難忘白下山

鏡佛求仙事事空司勳鬢影落花風如今縱有長千夢不到輕烟淡粉中

漁郁

延緣自笑本無因信宿拏舟徃問津鬪道直鈎無處使豈知猶有獨醒人

顧秀才仁垵

字元基景行仲子幼穎敏未冠補博士弟子早卒著有修竹居詩抄景行燈下得元基遺札哭之有詩元澤臣來又及蘧昔賢沉痛意何如皐夔自北辭原過曾閱家風譽不虛遂有聞雞思擊楫都無買駿枉牽車閒檝漫滅平安字楷法蕭疎力疾書

太白酒樓

相逢何必薰糟邱賀監壺觴此勸酬雲夢胸襟無芥蔕岱宗林壑恣冥搜鏡湖留待他年乞米石相將清夜遊獨倚危闌望空闊暫憑九點作齊州

蕭寺

梁溪詩鈔　卷二十七　三七

白雲深護薜苔封曲徑通幽久絕蹤憶自虎溪三笑後不逢僧話但聞鐘

野店

短衣孤劍誰家子兀坐壚邊喚酒時豈有吳娃工折柳山童解唱竹枝詞

楓葉

憶昔深宮墜砌時綺疏銀燭自題詩只今飄落空山裏流出人間總不知

顧別駕統鈞

字珊公號施淵梁汾先生長子幼聰慧絕人日誦數萬言輒過目不遺一字爲人不拘繩檢年二十餘從軍閩中以功議叙湘陽通判未抵任卒其詩工於五言著有施淵詩鈔杜太史云向與顧施淵朱贊皇華子山偕諸同人社集今忽忽十年惟子山時相晤對贊皇留滯燕臺諸同人如晨星落落而施淵則墓已宿草矣追憶昔遊賦詩載雲川閣集中有澤皐作公子風格追建安結交岩穴士希落輕儒冠之句半谷居詩話載施淵佳句松高雲氣白石古月痕青故山歸不得芳草意何如典衣春酒旆騎犢夜漁灣烟如待柳寒雨不沉山生理隨枯樹吟魂折大江生涯懸磬室心事缺壺歌山中心似水門外事如雲吳鋪仙尤愛其門柳依春水看人渡野儕時時詩之

梁溪詩鈔　卷二十七　三八

留樹詩呈吳伯成師

老樹扶還起留陰護水亭平添九峯色不減六朝青松得支公法棠依召伯靈無多雲石氣鸞鶴下翻經

納凉

入夏衣裳懶臨門卽遠行山腰雲滃白溪口雨疎明倚杖緣堤曲看帆與樹平繩牀眠不穩處處夜漁聲

秋賦有期却寄

我豈蓬蒿客逢人只問山典衣春酒旆騎犢夜漁灣迴立鵰相待高眠鶴自閒故園松菊好荒徑手曾刪

遊石門精舍

山行誤亦好高下亂烟遮過嶺疑無地投庵是到家落霞原上綺枯樹霧中花不盡探奇興前林坐暮鴉

喜友人北歸見訪

喬木連溪口村寒夕照催蒼然遠山色忽擁故人來倒屣開門草停鞭古道槐三年一掬淚驚喜灑莓苔

野望

老屋清溪曲棲遲竟日閒淡烟如待柳寒雨不沉山酒冷歡娛後詩成眺望閒冥冥雲徑黑細火點漁灣

寄蜀橋上人

野客唯支遁三年蔓杖藜却看村極北欲去日平西白水吞蛙濶蒼山映竹齊我憐青草靜莫放馬銜嘶

夏日郁居

倒影清溪曲家家入翠微經年漁臥穩長夏客來稀野水停孤棹遥山抱落暉東籬隨步屧不用掃苔磯

秋夜雜感

坐深殘暑退斜月淡銀缸生理隨枯樹吟魂折大江秋來無限事老去片心降冉冉荷風入中宵拓綺窗

輓元方

落落秋墳劍光芒不忍看死應耽醉夢生已慄飢寒螢燄銜風滅蟬聲咽露乾紅樓頻悵望何處覓潘安

山房除夕

二十年來夢爭教此夜除故山歸不得芳草意何如野竹濃於酒簷梅澹到書春光已前日次第病眸舒

幽居

爲愛幽居僻朋來不出迎山容看得熟人面見還生病減搴芳興春深中酒情小桃晴簇簇作意散朋枰

野亭

不辨東西路蒼茫見一亭松高雲氣白石古月痕青浮客難爲夜愁人却怕醒行藏隨處足吾意卽流螢

雪晴和吳園次先生

白頭何夜換一碧淨烟鬟霽景隨茅屋春風斷玉關梅花疎寄樹明月淺深山此境泠然好期君共往還

坐泉上作

晚涼山更靜催客一林蟬古澗陰陰雪長松漠漠天竹喧風落石琴靜月當泉何必山僧逕常來卽醉眠

散步繞籬落悠然適性情疏泉防竹旱縛架引花生山客能移棹家僮或入城打門無吏過聞說縣官清

歸後雜感 八首存四

殘臘客中除隨春入敝廬人歸芳草徧淚盡落花初潘岳休看鬢楊雄且著書暮山青不改相對意何如

頗覺巢居穩風塵眼倦看彈碁當晝淨鬬酒及春寒幕府依嚴武湖山待伯鸞夢中雙綵筆畫出一漁竿

今雨誰相問衡門靜綠蘿生涯懸磬室心事缺壺歌鳥下夕陽色庭前落葉多哀吟連蟋蟀坐久恨蹉跎

早歲題鸚鵡飛騰翰墨場將軍羞絳灌丞相惜班揚菱蔓原無定幽蘭只暫香連城猶在璞涕淚奉君王

立夏日志感

栖泊爾何依風花不定飛一餐隨野衲四月尚寒衣遲日紅情淺停雲綠意肥子規啼更切昨夜送春歸

西郊

西郊行樂地嵇阮復相邀問柳依春水看人渡野橋樹陰藏雨脚花底露山腰岐路知分手追陪有暮樵

慶雲山房聞雨

入門非問道下榻即安禪別路風花斷羇心夜雨懸撥雲看白水䟦石揖紅泉對此聊相慰他年買秫田

泊舟宿遷

落帆風雨至怒石走春沙燈火舟三匝魚鹽市一家葦花迷驛道河水浸官衙深客今宵醉吳歌亦自誇

野泊

迷方仍水宿寥落感檣烏月與寒波小星依獨樹一水郵魚較賤野店酒能沽岸岸明殘雪翛然在五湖

即事

青山迎薄醉十里賦行行一笛空村晚殘陽小樹明草黃蟲自語蘆冷雁無聲記取明朝約疎星肯放晴

東望

晛傷東望後不敢倚前墀著雨花如夢窺人鳥自私春歸無事裏山對獨醒時深巷風塵絕嵇康懶更宜

即事

白閣雙峯對清陰兩院分山中心似水外門事如雲枕簟備朝起爐香愛夕薰偶逢瀟灑客新詠定相聞

貧居效中唐人作

阮公眞負癖中酒臥經旬門外多窮轍人間有要津愛山曾改眼題竹獨傷神嵇呂能相訪淸談不及貧

朱秀才襄

字贊皇號嘯園諸生著有一亭雲集漫與集漫與皆往來蘇杭之作於杭止於吳只皀青蘿書屋者十年於蘇則止於金君最木芳潤堂最木有小南郵六家之刻以嘯園漫與集冠之至一亭雲集則蔣京少輦下和鳴集王景州雌珠集黃交三名家詩衙皆選刻約蘭王人又附刻玉池生稾後

嘯園又與呂恂令鮑南侯堵羽三陳子循
聞舉叔姪汪辰玉有續碧山吟之刻又著
有易韋毛西河爲之序朱竹垞嘗與韓尚
書書云曩在都下見無錫朱贊皇集唐三
十律歎爲工絕頃復示易韋一編其立說
皆本漢以前不墮陳圖南邵堯夫窠臼

述懷三首

有客扣我門是我一至友（侯辰案）遠寄吾母書欣焉
跪而受書言別汝來汝身無恙否聞汝客平臺毀
譽在衆口自牧必撝謙愼勿縱盃酒汝年三十四

室中尚無婦出門且十年歲月一何久汝父翦思
慮養生頗得手今年五十八明年五十九明年望
汝歸六十當介壽晨炊或至午固貧理應守東皐
好兄弟（顧太守爾上舍公若）時時惠升斗披讀未及終卷
之寘座右太息復太息何以報吾母
僕本農家子越分事簡編非特識者嗤自顧亦赧
然久之漸相忘騁鶩思遊燕移居入城中以便家
書傳力不辦屋租一歲三四遷遷轉覺太勞勉爾
典一椽入門即支遁湫隘可知焉小樓上橫擲薑
足供食眠客至五六輩便滿几案前樓下地半弓

花竹有餘妍父兮與母兮一生在憂煎盈頭髮垂
白日夕求神仙三年不歸省徒自抱悁悁流思向
壁歎皓月流中天
我生何不辰少小爲貧使去家無一欣聊以資菽
水、才微人所賤何敢望知己拙詩藏行篋偶呈顧
夫子（汾粲）入前輒朗誦曾不惜牙齒竹垞初罷官湛
園尚修史相賞序簡端且爲付之梓竹垞有老友
周青士貧出入懷袖裏相逢即贈人虛名由茲起得以
文庸劣仰交天下士時惟新城公追遥千餘里茲
來亦奉見高山慰仰止人豈重布衣所重夫子耳

夫子有賢甥（劉鄉武洽）結交願終始

張朗山招集雲居分體得七古

雲居山有趺翠之山房乃是中峯禪師古道場梅
花百詠久傳誦思之齒頰猶餘香今有風上人彈
琴妙無比聲固不在絃音亦不在指朗山邀我去
訪之因循半載空爾思況復走使折簡召背踢烈
日行步遲冥濛樹木暗山门上山入門時過酉稗
畦主人病不赴鶴舫先生到已久主賓握手無俗
情開窗脫衣尊酒清一枝紅燭照談笑那論撲面
蚊蟲叫須臾月上東山頭圓如瑤臺鏡未收輕雲

往來光隱見五月凉生不須扇爾我今宵且勿眠人生歡會亦偶然禪榻相對暫相語明朝各自東西去

題丁公銓北征圖

北風蕭蕭動地來欲雪不雪吹塵埃僵立古木禿如帚平楚直接黃金臺黃金臺高高百尺黃金買駿空陳迹徒聞公子羅衆賓幾見將軍延揖客天涯遊子滿薊城飢喉東骨傷中情還家不敢告妻子賺得旁人盡北征君有奇文古無有懷抱未申一何久如此寒威何可當匹馬冲關向前走羨君

壯遊當壯年容服翩翩不乏錢僕夫提壺供買醉下酒野雞毛羽鮮前途行盡難行處我亦常從此中去今朝晝裏忽逢君猶願傍鞭與君語

盧家

盧家七十二鴛鴦養在盈盈水一方牛棘花開春漲滿隨風幾對出横塘

立秋前一日陰綠軒雨中讌集分韵

折柬招邀在帝京滿城烟雨幾時晴門前馬畏泥塗滑座上人誇暑氣清雲破簷花搖夕照風回庭樹作秋聲天涯投分能如此應笑乘車戴笠盟

金星龍尾硯歌爲蔣香山賦

列星體天天可數四七爲經緯以五諸餘磊落拱北辰總是石精騰出土不然西北天傾時媧皇鍊石何由補緯星之金重且堅散爲刀布兼金錢偶少則貧多則富賺人如蟻趨腥羶下士本屬無知者嗤笑金星知識寡同稱五緯列天文利市專營欠風雅金星聞説頗赧顏翻身下降蜀東山姓名李白號太白詩重有唐天寶間釣鰲客化騎鯨客上下晴雲了無迹一靈誓願不歸天遁入歙州龍尾石南唐後主稱好奇鑿石作硯聲煇赫筆花墨

花別一香端溪妙品同翺翔趙宋以來負才子殷勤托此成文章近時殘片那易得何况完全未彫刻將君偶遇列肆旁不惜典衣給其値呼童汲水浸于缶星如撒沙手可掬火敦腦兒倚擁隔何意一蹴登崑崙摩挲愈覺精神爽就枕猶擎在手掌由來靈物獨享難爰命良工剖爲兩一貽好友汪渭蘊也一自留各賦詩篇互欣賞予因誦詩索硯觀乍披寶匣光芒寒吾生有眼未曾睹喜甚再拜忘整冠拜罷回身向君祝君命應臨好星宿木火水土已從金聚在奎垣成一族張騫槎可泛銀河劉向

書能校天祿君乃愀然請具陳昨宵入夢是錢神
爲言爾賓金星硯忘救書生貧日貧
繆桐村招集西郊探春
立春五日歲始新茅簷索句又過旬桐村兄弟皆
同張邀我出城同探春城濠水落城根出畫舸亭
亭水中歌客至招呼上渡船卓午伊啞擢歌發行
行兩岸人烟稠一岸忽斷樓邊樓半塘橋西烟浪
濶虎邱孤塔當船頭薄薄輕雲合天宇准擬有雨
却無雨春鳥時聞一兩聲隨風吹去知何處垂楊
末綠草末芽小梅亦末舒寒葩邇來風俗逆簫鼓

姹女肯露顔如花上山下山重開宴酒入柔腸氣
蒸遍注日看春不見春那識春歸在人面嗟予衰
鬓欲成翁猶與少時歡笑同行步欹危覺沉醉歸
途月出光朦朧
紅蘭室咏白露得十一尤同沈耘石顧爾立
白露冷冷好偏能伴夜游乍添清漏水一洗碧雲
秋取象珠難别呼名玉不羞梧桐殘月底催冷舊
秦樓
華隱君坡
字子山號天全子工詩善畫晚隱居坊前
之鄒莊流水孤村柴門一曲興至則吟小
詩或解衣盤礴終歲閒甚除夜獨孑孑有
事或問之曰古人祭詩吾兼祭畫取一歲
所作詩畫享以乾脯酹以昔酒聚而焚之
著詩集十二卷華氏文獻集五卷見邑志
隱逸傳
題歲寒三友圖
幽韵沁毫指寒窓靜離奇疎影蕩鸞尾碧玉紛叅
差虬龍吹墨濤影落江水湄窓寒淡無人凝香騁
幽姿持此堅貞心仰彼歲寒時

墨梅
横窓無定影落紙爭離奇老幹藴古香淡台依茆
茨埃墨積鐵色霜毫拂枯枝三五含佳花古淡凝
幽姿獨擁羅浮月清吟入夢思
畫墨花巨障
把酒惜春春已去濃華似水隨風飄年光空媚入
芳草尋花無那靑鞋遥空枝悠悠蝶粉退匏尊且
就靑帘招百川一吸氣欲奪酒兵驅筆紛雄豪硯
池筆格久塵土醉尋側理追春韶風飄雨浥失顔
色鼠鬚急縱追空條有意無意在變换墨痕欲斷

生烟濤淺深錯雜奪造化妍媸雅俗爭纖毫刻畫
洗盡見眞色獨露幽淡超孤標今朝落花流水仰
嶺白元瑜一變夔同曹

題墨菜

滿紙烟雲色爭如曉露溥憐余揮醉墨仗爾入盤
飧生色饒三徑參差在筆端荒厨無淡泊何日送
閣官

畫芙蓉

秋水空江上烟霏入夜清錦城歸夢遠曉鏡拂奩
明名以烟嵐重香分水殿輕裾鳴翠佩隔座望

盈盈

和顧景行忍草庵看菊

水邊蕭寺倚高城老樹穿雲帶晚晴紅葉樓臺深
瞑色黃花籬落晚秋聲客聰解帶逢今雨僧舍分
茶理舊盟況是霜寒禪榻畔有人揮麈說無生

受業王　煦　和仲校

梁溪詩鈔卷二十七

梁溪詩鈔目錄卷之二十八

梁溪詩鈔卷二十八

梁溪顧 光旭 華陽氏集

國朝

邵秀才曾訓

字衷燮號園客颺園其晚號幼頴敏過人十三能詩有詩云偶向花間行忽聞花間語欲尋花間人迷却花間路文椒令先生歎曰是兒後當得盛名而終不逹十五六時淹貫史漢八家熟精文選詩古文詞無不入格詩宗少陵書學右軍若歐柳顏虞褚薛一涉獵而已吾邑書家自孫高嚴華而後至颺園起而彙晉人之精華成一家矣王蔣兩寓公俱以爲不及今 上初年偶於書畫冊中見颺園小楷并詩深加贊賞將 詔舉之而颺園已歿惜哉颺園孝友出至性母侯偶有不悅長跪勸解必色和乃起兄弟三人白首怡怡襟懷高曠年八十卒其門人王會汾爲行略邑志有傳

鹽婦吟三首

姑采墻下桑婦采陌上桑桑葉昨嫩今日老天色
今陰昨日好
嗟蠶無糧婦詛枯桑鄰桑沃若蚕早熟四月新絲
上杼軸種桑亦愛枝葉多空抱木根柰爾何
蠶荒舅姑怒蠶熟新婦苦今年四月少晴時蠶病
家家不出絲新絲償長舊絲上舊絲未贖新絲當
有絲不上身有絲不賣人權關使者金錢多十萬
收絲實馬馱

十月望後二日集華滄江先生齋分韻得亭
字　二

羣公矜繇筆我亦共吟亭老至詩先瘦酣多字未
醒月簷茶氣白風幌燭痕青客散紅橋上分題重
復停

橄欖

方寸抱甘苦會須知味人紅鹽落巳盡白齒掛誰
頻赴鍛凉銷骨投烹淡碎身願因馳茘騎爲報易
傷春（蘇詩紛紛青子落紅鹽）

秋日遊青邱

開荘將易主否則卽爲主人歸骨之所莊
故爲提業化爲園林尋又將化爲邱壠感
浮生之幻疾嗟世事之推遷率然有作以
志慨云

石砌陂塘石砌臺當年觴詠坐莓苔開樓秋水月
飛上攀樹夕陽山落來啼鳥囀哀消白雪逝波流
恨付黔雷丁寧空有平泉記抛擲春風等棄灰

餓鴟行

古芮縣署背土岡鬱紫紆岡頭古槐樹數抱四五
株有鴟巢其上久爲叢雀虞我思逐之去還復立
躑躅想見從前人因循亦如吾無何鴟益張下屋
窺官厨官厨淸似水供客盤飧殘𥝽身上樹杪俯

身一遙盱側見堂中奴舉案冉冉趨飛來竟食肉
勢疾排猛夫一啄肉去半再啄肉全無趨者愕而
立有手不敢驅驅卽飛打人打人傷頭顱食飽自
颺去得意驕鳶烏

孤鵲行

孤鵲鳴何哀哀鳴念其妃暮歸巳獨宿朝出尚雙
飛本巢官衙樹擇木未云非豈知下有人窺伺伏
禍機雌者遭毒手雄者旋來歸歸當併見殺豈不
早見幾徘徊故巢旁欲去還依依風忽薄我巢雨
忽濕我衣念昔綢繆共臆淚落霏霏哀哉爾孤鵲

窕深恨力微

自題江磯觀釣圖

此地棲遲過此生吾嫌此老過於清眉紋不着憂時色眼白元無傲世情觀釣偶來川上坐罷碁閒向竹邊行半窗風月饒安樂未到鵑啼便隱名

苦雨題吳廣文齋壁

廣文先生屋數間晴天來坐慘我顏坳堂泥淖禁雙腳風雨直如墮陰壑短隐昏昏水氣高離披蒲眼青蓬蒿虎阜香籌少錢買衣裳枕簟都生毛壁根鼓吹聚蛙族野蚊躲雨屯暗屋暮酒三杯心酩

酊攤書半句不能讀

呂二恂令潤州解館歸見示近作題贈

攜得新詩百首來清眞哀豔不同裁似翁髓已經三洗騷客腸應過九迴鐵甕上潮先放艇金陵落日獨登臺江山只助吟懷好猶恐難銷絶世才

雨宿惠山貫華閣曉觀採蕈戲呈同遊諸子

五十韻

白閣雷宵震青巒蕈曉森蒸成山澤氣狠藉夏春陰幽意聯叢薄靈根托雨霑怒生時逐草遠朽漫依湛晦朔皆塵刼朝昏即古今寫形無鍊骨乘化有空心若木華休縣蒙泉液任淋文苔榮悄悄芳草覆愔愔直欲羣三秀由來隱一林蹲鴟降蜀野芣實遜江潯釆去薇同潔搴來藻並歆數村因撤未幾戸爲抛紝薄掇多於苢幽搜罕似蓡爭先穿霧谷各自陟雲岑雜嘯騰巖響紛呼亂澗音草窩仲足擬松徑折腰尋玉子堪銷局金嵌可嵌琴空陵收寶鏡古塚拾瑤簪黮黮土花綉班班碧血侵水銀膏赤玖牧火黠青琳醬碎嗔山鼠銜殘惜野禽愼攖蛇虺螫慮觸虎彪擒辛苦求盈掬匆忙欲市金安排齊入籠撿擇倂堆砧最小偏憐子分捎

另繫紟匀圓生莢實的爍熟林檎色絢丹青繪形纖玉石鋟高門欣雨澤美茹出嵚嶔捃逕邀知巳開樽集有壬釜飴頻費沃薪爛屢銷燖厭就蘭肴膂慵將綺食嚵吳風尊蚌蛤江俗重鰉鱘爾許誇珍味焉能愜素襟何如朝菌薦白令夜杯沉貯以金爲盌攤如錦作衾翠團春茗月珠貫白榆參雜足連沙赭燕脂帶雨黦浣泥澆滌水剌蛙捉花針小婢調羹桂佳人溉釜鬻薄脂分滑膩菽乳共浸滛巳潤雕胡飯旋消白墮斟鮮應緣暑雨肥更及秋霖感子殷勤採嗟余遲暮臨遭逢都衮衮搖落

獨騣駿物色常遺僻猜疑或致瘖花傾將上蝨簡脫漸生蟬山鬼看還笑金夫見豈欽生成知有用棄置意難任埋草文章隱和羹滋味深因聲黃綺輩莫炫紫芝吟

題雲間陸素園傳經圖後

嚴姿洲景當春和紅桃碧椰夾津波石橋左直去有松翠嵯峨有蘿泉搖曳有篁風戛摩一人頎然坐盤石一豎椎髻赤腳捧硯微僂促踏橋心沙石旁少年玉色瑳衣冠肅肅立不頗彷彿學禮趨庭過石上人意云何手中一卷黃石書未傳欲傳意

思多教兒且出鏘鳴珂濟時事了來槃阿風景重尋石橋左竹龍生孫蒲崖坡松子出松成虬柯石上人鬚眉正黑頭未皤

讀杜甫哀王孫

燈昏把卷思微茫宛有王孫泣路旁青坂陳濤遺壘盡新蒲細柳故宮荒從來帝子窮三匝幾見將軍敢一當天寶杜陵詩句在至今吟咏愈淒凉

讀司馬相如傳

長卿不餓死操諸西蛾眉陳后買賦金卓女當壚貲嗟此安足多感激遭逢奇士窮急知已不論雄與雌身後求遺藁傷哉落晏時

咏史

九廟還遺六尺孤腰間寶玦認珊瑚存唐信有張承業殉宋疇爲陸秀夫屠狗風雲堪將相攀龍弓劍可佳苻一竿獨釣桐江去我愛羊裘事業無

咏白木香二首 時客芮城縣署

何處繁花最不忘西園池上亦亭旁雲屏夜簇眞珠艷翠被春籠小玉香刺眼風光千點白牽人情緒萬條長他鄉四月尋芳少擬向清陰置一牀

豈獨香眞色較眞醉紅狂艷妬丰神宛披鶴氅人

如椰恍舞霓裳月滿輪晝倦玉釵慵徙倚暮寒珠被自橫陳花情到此堪憐絕更遺飄零似旅身

秋日過趙氏池館

六畝方池池上廬馮君隱此學爲漁菊花臨水岸容靜梧葉落堦飈影疎獺起夕陽收網後鯉飛秋霧脫鉤餘從今不厭頻來往贏得煙霞癖屬余

謁虞仲陵

虞仲高墳封樹空斷碑衰草起寒風山城雞犬走陵上澤國龍蛇遊穴中季子蕭條江茇墓讓王寂寞野蒿宮千秋萬歲三堆土長使吳儂肅拜同

虞山謁子游墓

海虞山麓言游墓舊栢幾株含翠新去國能爲尼父弟歸家稱作仲雍鄰子孫文學還傳世鄉里絃歌尚化人拜四[illegible]碑思一奠澗泉寒澈采無蘋

病目

五十交頭心血乾西遊更欲走長安結成妄想元蛇足看破浮生鼠肝夜雨他鄉鐘到枕春風故業草平欄如今灰盡從前念除事逃禪事事難

九弟和余病目詩再叠前韻自嘲

一春藥椀不曾[illegible]緣炳久安坐擁短裘惟數息行扶輕杖漫噓肝丁香樹底觴飛席唐棣花間筆點欄更想幾般歡樂事欲盲張籍也應難

聞楊魯公歿信 歿已丑夏信得於庚寅正月劉寧若書中

正訏飛騰消息遲隔年肉問雁歸知九重紫[illegible]書客一領青衫下世時霄路蔦肩添悵恨夜臺駿骨起愁思方千死後仍登第到爾君恩未可期

晉歸過楊魯公故居

幾年燕晉各分離今日歸來見總帷兩世重孀姑倚婦一丁弱息姪當兒林看舊竹塵沙上几認前書歲月移無限凄凉過客弔禪花楓葉未云悲

題澄江張虞士闢深秒林讀書圖

毘山處士少微星抱膝長吟過一生客至敲門渾不應繞籬蹤樹淸秋聲

爲江陰夏天章題枯荷雙葉圖

秋老蓮塘煙水淸采香人散不勝情阿誰更爲留殘葉長響空堦滴雨聲

遣嘲

春風已過禁煙時日日顛狂攬客思誰信隔墻紅樹笑好山當面竟無詩

閱南宋紀

厓山兵燹勢崩離海上風濤折大旗兩宋更無一塊肉五陵空有萬年枝於今杜宇啼來恨終古蘆花老去悲轉憶遼金深寇數中原未盡陸沉時

虞美人花

一劍酬恩血濺沙春風吹着發鮮華八千横草同爲烈只作青燐不作花

登樓

樹裏紅樓臨澗泉捲簾人倚晚晴天踈鐘小寺鳴蟬外歸鳥煙村落日邊

過若愚巷石軒題壁

才與貧兼負淋漓一片情贈交詞協律留客飯營
羹市近囂塵遠人迂闊閣清全家窮巷住門杜欲
無名

清明懷先人墓示九弟

拱木蕭條蔓草無天涯頻歲走諸孤骨埋先壟心
雖遂魂逐窮途淚豈無兄弟清明同客晉家鄉饑
饉未歸吳還能盡室依然在麥飯青山酒一盂

爲崑山徐二磯題垂釣圖

東海先生後百身風流文采尤任眞玉華景裏神
仙亞釣竿愛向林泉把即事丹青爲作圖乞言弁

首翻屬吾昔時鍾鼎今貧士饑典書籍醫腸枯壯
爾寺嶒病後官時正年華未三十迄今五十已交
頭家復飛騰亦半秋脫羈落絆南北走萬事飄零
一杯酒門生故吏等晨星尚書墓上楊如斗歸來
日華林泉詩酒消磨昳蕩天看竹林間竹不盡
觀蓮池上蓮無邊蛾眉倚檻色相射若葉紅花淨
如拭陂陀立鶴復多情宛入華林濠濮行安能不
醉復不釣風光錯過回頭鷺張君圖聽我歌嚴光
志和不足道釣名汲汲殊草草君不見海中鰲身
映天黑一釣六鰲盡爲腊浙東家家饜若魚食無
魚者無一夫任公之釣眞吾徒嗚呼任公之釣眞
吾徒

牡丹過時始花

穀雨花時任鬬妍那知掩抑倍堪憐種來地勢何
嘗下開到春風已是偏豔影有誰扶獨立濃香終
不贈無緣笙歌沉醉須臾事落盡紅蔫一簇鮮

綠萼梅

翠旌孔蓋九疑仙淪謫歸遲若黯然日暮天寒脩
竹裏曲終江上數峯前芭蕉心卷遙相憶楊柳眉
顰對可憐望斷隔溪愁不見蘭舟空繫水如煙

呂秀才莊頎

字恂令諸生全五觀察仲子工詩多與季
蓉洲侯夏若唱和刻有硯虹集續硯虹集
後復刪存二百餘首重付諸梓更名曰山
木集試江寧暴卒闈中陸鐵莊作詩哀之曰十上成名曉焦桐未厭也知青眼少不道素車聞鐃氣臨秋戰文星殞夜臺鐔山弓劍在地下可憐才

問愚公辭

愚谷主人吾語汝六十年來何至此葉敗秋霜叫
野鷹墻傾白日眠鄰豕迴廊半颭酒家帘荒圃重

開山下市相逢盡說舊繇華不道淒凉君自始閒
昔江南歲不豐村村四壁掛寒風雨中撲棗充兒
飯雪夜穿針販女工玉華特敕茅爲蓋甲士都教
秫作縫君家樓閣徧新起蜿蜒如虹直如矢竹西
行處兩三橋步障陳來十數里菡萏香生流綠渠
優曇花剪芙蓉水試問春申舊主誰萬松堆下枯
骸是（係圖在春申澗旁百年前義塚）逢顛燒殘鬼氣銷金屋裝成
爲阿嬌螺子著眉橫綠字櫻桃入口漲紅潮渭城
送客　二疊溢浦停舟唱六幺脂粉情深娛暇日
綺羅春暖闘良宵家童隔樹敲檀板侍女懸肩弄

玉簫烏衣弟子年十五不事詩書事歌舞小隊閒
從麈尾收封侯欲信圍棋賭薛濤箋上淚千行霍
玉欄前釵一股此日滄桑幾變更誰將金谷新詩
補我來林下喚韓娥生不逢君可柰何長劒倚天
歌蠟屐黑頭濡墨漬漁簑支愁不作西臺哭弔古
翻成茂苑歌聽盡子規聲裏血年年滴向鳳笙多

挽旌節高母二十四韻 并序

一節母姓李氏年十九適諸生高聖培先生生子
四長綿士次伯常次季常又次幼常乙酉之變
先生偕綿士死節江陰母守節三十六年未嘗
一窺中庭教三子皆成名士事載錫山志中

列女添新傳騷壇續舊辭地因梁案著名共邨丸
垂聞昔禱初結相依日正遲鹽虀儒素味櫛縰大
家儀世忽桑田改人驚埃火馳棄繻知已矣擊楫
悵何之濟否從吾力行乎仗子隨斷魂啼杜宇歸
夢絶險糜髮署憑誰解城崩未可期牛衣零獨淚
馬革失雙屍鏡破鸞悲影巢空燕認絲餘生惟十
指惜死爲諸兒芝砌看三秀萱堂借一枝移忠仍
作孝以母却兼師荻畫鈎如鐵羊埋舌在瓷輓車
桓氏婦扃戶狄家姨菽水貧堪辦蘭膏讀自支譽

推元季並節表郝鍾宜此父還生此斯人不媿斯
夜臺雲寂寂華表鶴翅翅薤露歌徒挽冰霜報有
時清風江上嶺明月井邊祠豈羡鴛鴦塚偏須常
棣碑賦詩遙再拜酬酒問湫湄

山行答夏若

層巖未可到落日此荒榛不雨枯泉眼冬風敗石
鱗懷人惟獨立作客有餘塵北地霜花老從君看
早春

秋夜

簾外霜高網草平架頭風起一編橫瓊筵坐月人

何處侍史添香夜幾更鼠落空梁餘鬼氣蟲吟舊砌得詩聲燭龍未解多愁字又到秋天不肯明

再宿閶門夢中得句因足成之

吳閶今夜客而我亦風流馬繫燈前樹人眠笛裏樓再來三閲月兩度一孤舟好夢無端甚詩成在上頭

過滸墅關

三尺輕裝十里湖片帆衝雨下姑蘇使君若許供詩稅尚有新詞一斛珠

哀雁曲哭亡弟謙令 十首存五

兄弟看成五丈夫若教零落不如無玉樓縱有神仙伴難向秋風問鶺鴒

小惹殘蠟理新編雁字題成二十年不道蓼莪纔廢夜刪詩又到鶺鴒篇

亦有終童骨早寒功成難作少年看重泉一見誰相慰只是唐初王子安 三弟年亦二十二

樂安遺得藐諸孤繐帳懸時血已枯衰草總成狐鼠穴莫將此恨寄童烏 十弟無子

匣裡魚腸耋曉霜送君無路可同行素幃寥落三更夢不信陳家有季方

從胡侍御愼三先生浙遊草中見呂公祠詩三復之餘愾然有作 先大夫備兵東甌所屬建生祠歲時報賽

碑從御史見新修氷玉名標四十秋兩郡生兒仍字賈一官有子媿同劉聞烏未謁祠堂栢待鶴初營墓上楸他日甄逢求父傳好憑詩句作曹邱

撿亡友張二吉哉遺稿并哭張大資伯吳三子沂及謙令弟

死矣安須此徒令見者悲欲焚仍未忍或夢可相持世道存亡攷天心壽夭期泉臺有知已能否和新詩

顧恒惺

字雋生恒惺其自號也先洞陽公六世孫性剛果年二十讀理學書知舉業外大有事在因與族兄侯升從學於荆溪湯黙齋行高子復七規靜坐三日夜心地頓豁開明作得主宰自此一意習靜辛未與侯齋搆共學山居為讀書靜坐地每春秋二大會四方來學者不下百餘人公嚴毅清苦或面刺人過人初若難堪久皆心服公夜坐時倦極始就枕常懸一錢於盤香上其

下承以銅器香到錢落鏗然有聲卽醒復起坐如是三十年得心氣上升大腸閉結之症其友溧陽史支封宜興尹勿偽者患舉業之妨功授徒者牽於舉業謂非正學剏為力耕代館之說致書于公公大非之然公與侯齋學主靜坐張清恪公撫吳時會講東林專主當湖議論不合謂學術宜歸正也公亦自知之易簀時猶延侯齋至榻前講學蓋死而後已云

頌邑侯曾公

古人為吏稱專城政教號令以次行今人為吏如傳舍簿書鞅掌徒營營我侯初試經綸手竹馬歡迎眞父母誰過閭閻窺隱微侯呼父老行杯酒東南力竭愁追呼吏胥作奸無地無况復頻年遭水旱鄭俠難繪流民圖三年預積常平粟萬戶均蒙恩養福赤子應憐乳下兒青天難繫雲中鹿雙鹿來時夾轂鳴雙鹿去時聽頌聲龔黃卓魯今誰是風浴詠歸無乃情送侯江上人千里野店山橋早鶯起

我憶

識性原來自子思今人何苦更紛岐只看未發從何發若致良知是後知近墨近朱成習染一啼一笑起情私渾然中立無偏倚我憶維皇付畀時

錢贈公琰

字令友號二范又號弄丸子諸生占籍長洲先生少頴敏讀書過目不忘不喜時藝而潛心經學得濂洛關閩眞脉所著有周易大全纂禮記讀毛詩讀學庸講義嘗館葑門彭氏以張子正蒙授徒殫精思注之酷暑午夜不輟自謂闢洪濛鑿渾沌注未

半而咯血數升自後乃與二三詩友陶情吟詠藉以養疾著枕上吟一卷病二年卒年三十二無子以弟之子曜為子曜貴贈先生天台知縣曜嘗屬余為先生家傳行事載傳中弗復著著其學而行可知矣曜光旭同年友也

辛巳中秋臥病旅館夜半不寐慨然自述

年少顏淵二歲一日克復何期今夜碧雲深處依然山桂馨時 自註東方朔謂顏子如桂馨一山

山居詩同仲立姪孫作 按仲立十峯先生季子

栢花和露掇芝草帶根挑歸去長松下月明吹洞簫

生逢漢光武不願上雲臺想寄桐江雨披裘入夢來

壬午正月勉赴南畇先生之約到館後啓篋得昨年所註正蒙一卷感賦

孔孟道遠微言熄理路榛學晦蝕漢唐諸子窺樊籬罕見升堂矧入室濂溪元公倡絕學太極通書遠紹述復有關中橫渠氏精思妙契無其匹包涵萬彙入微茫正蒙垂世篇十七自言吾書罔弗

有辟盎示兒從俯拾世尚詞章茲吐棄小儒俗學惟耳食苦言奥義猝難究太虛理氣滋紛賾琰分章句析源流剖疑抉蘊窮日力未竟三篇心血嘔半年伏枕吁黙黙迄今氣弱身更羸蹇蹇匪躬兆非吉（自註自筮得蹇之二爻）爲撿藥囊得舊編撫卷長號三太息天生後起振斯文吾道悠悠曷有極

仲春感懷次南畇主人用范陸唱和原韻十首（存六）

久絕雄爭逾木雞一枝聊借息天倪說經敢奪侍中席照讀空分太乙藜亦擬逐波鳧上下獨憐浮梗水東西閑閑桑者眞吾友歸去韓康一藥畦

肘見何曾百結衣牀頭鶴料尚堪炊醴空穆去幾非早食竟韓來怒已遲縱使交知親肺腑難望予聖識雄雌旁人莫誚狂奴態相慰還歌食藿詩

喀然喪耦仰噓時渾沌鴻濛任宴嬉然後死灰栖槁木靜中生意托寒枝風和竹韵梅還笑月冷鑪香鶴自知寄語君房休顧問菜傭求益枉招疑

內照惺然畏褻天乖崖不與俗爲緣何嫌尊已輕千駟未解求人割半氈虀粥三餐當再食繩床七尺任孤眠自知骨相生來賤事業從今付釣船

利名榮擾絮泥沾釋縛消粘只屬厭未許聖賢千古獨不妨貧病一身兼悶當善遣非清聖情自能忘豈黑甜（自註放翁詩遣悶憑清聖忘情付黑甜子病戒飲少睡故云）更怪放翁强解事痰餘何用萬牙籤（自註列屋萬牙籤亦放翁句）

休問春光何爾遲嬾將倦眼見花枝修琴暫緩仝收藥就枕常醒半爲詩麥秀遠畦挑菜節鶯啼近午捲簾時厭厭不作與亡感誰道長安似奕棋

贈仲立即題湖塘逸草（有序）

族孫仲立有湖塘逸草二編索序已久至今未作六月初病稍愈時悤新詩皆俄頃所作雄怪

奇特較前益工而閒澹老潔時見本色披幃諷
誦不自知其病之全去體也喜賦奉贈卽以代
序
湖塘居士筆如龍吳箋笑拂驚生風揮毫霹靂走
閃電潑墨烟雨飛空濛癯叟一病六十日新詩忽
示開心胷顧我頻來舉酒待詩成一樽還未空時
時我倡子屬和黃鐘大呂慚秋蛩子知我拙故相
取我謂子才眞不庸子才我拙玉石異蕘落俯首
同書傭吁嗟乎我爲子歌兮憂忡忡子毋自悲兮
子自雄但看湖塘逸草詩千首光芒夜半騰長虹

倪秀才之燁

字奎光號客齋諸生入國學雲林之裔也
客齋負儁才少讀書富詞華二十後痛自
韜晦悼末學之支離思前人之純詣愛高
子遺書與其友吳卜臣相砥礪身體力行
論工夫氣象書札往來凡數十而其學以
靜存爲主著有靜存錄余嘗撮其最精者
數言曰律身必以嚴動處必以莊此身方
能凝道又言只一種懶散精神漫無著落
處便是閒居爲不善的情狀皆小人無忌
憚處也可畏哉此外數十條大純而小疵
年僅三十卒惜哉高子超爲之傳其子某
刻其所爲劄記并詩詞行世曰退客軒遺
稿

靜觀堂閒詠

一榻蕭然絕點塵喜無拘束任吾眞疏花淺影皆
良友明月穿窗亦比鄰落拓生涯尋樂地清幽池
館得閒身寰中自有逃名處不必桃源始避秦
貪閒非敢慕疏狂自愛空齋學坐忘身世半隨孤
榻冷風花聊看片時忙僧因枯寂爲禪定我豈名

山始退藏寄語塵中勞擾客廿年何事不滄桑

秋日

山水誠佳絕匡居興更幽淡烟林鳥靜疎木夕陽
秋地僻依江渚身輕樂海鷗爲籌塵外事□了者不
應休

鄒明經宮

字藏九一字補臞庠姓劉歲貢生配祀道
鄉忠公祠

雨後池上讀謝詩

霽色涵空碧流霞戀虛閣芳池漲青萍幽篁挺新

釋象卉闢蒸翠始悟熙春樂踈泉清石磴暝煙斂邱壑鶴淚時一聲餘音散林薄披賞目忘疲取酒聊斟酌

秋晚南堤口占

囂塵那可道愛此地殊偏踈柳媚深渚寒鴉薄野田鐘鳴原外寺人喚渡頭船藉草聊相憩悠然悟靜緣

高秀才淳

字良孚晚號亘夫諸生舉行優學使彙旃先生孫也幼秀頴學使公親授以書法經

吉長修孝友婣睦之行推重鄉黨韓城張公視學江左給餼躬勵行額獎以歌詩鄂西林爲江蘇時先生以歲饑司賑候民沾實惠西林獎以存心利物額北平秦公守常州稱爲三吳士式邑中同善育嬰施棺施衣放生惜字諸善舉先生剏膏腴襄事月會佐以私錢爲人外和而中有執持意所不可雖貴者不能奪處事斂練家產不踰中人菩心衛喬而貧乏待以舉火佐諸父措撐東林棖楔春秋釋菜籩豆靜嘉居家几席茗椀位置悉有法臧獲嫗婢見賓趨事必中矩度善觴政出奇無窮雖素不能飲者必爲進一觴蓋其精神周緻形於小物者如此華劒光先生銘其墓曰假令先生得仕於時其所設施必有足觀者而以諸生老命也

酬曾明府黎崖

熙朝豪雋漢循良樾蔭方深化日長四野謳吟花映騎一簾水雪鄰毒堂懸知山水鍾期意共說風流荀令香退食從容公事了一編官閣自平章

高秀才起經

字判望號窮谷叟諸生彙旃先生之孫嘗作五十感懷詩六章呂栢庭和之且跋其後曰判望儆屣青衿頹然自放殆有所不屑者在耶

奉贈曾邑侯黎崖先生

理學由來遠今看墨綬香先勞播嘉種寬猛樹甘棠立雪栽培久衡文麗澤長我尋循吏傳何必讓龔黃

五十感懷六首存一

幼秉趨庭訓東林亦問津燕居脩俎豆燕居廟麗澤講天人麗澤堂祖武猶傳硯儒冠自誤身壯心成底用歲月忽因循

華贈公與昌

字子封諸生著有詩鳴集若干卷以子西樞貴 贈文林郎

簡向石村借琴

愧我客吟無郢調聞君東壁有焦桐已教得趣不弦上還想怡情再鼓中綠綺傳家經數世響泉知已遇而翁瘦蛟裂出空窗雨爲掃匡牀聽早鴻

侯贈公文燈

字伊傳號逸季貢生仙蓓季子也

聖祖仁皇帝南巡獻詩 命入南書房母老告歸以明經終季子可儀官五河縣知縣 贈如其官著有抱膝吟廻雪詞

集中西窗雜詠自註云余承顧梁汾先生引爲忘年交曾語人曰吾老矣將與伊傳訂三生之約不知能如願否迄今追憶爲之愴然梁汾先生丙戌花朝送伊傳北上詩曰素心晨夕幾相招時復緘詩慰寂寥已惜流光兼惜別送君偏在百花朝宋西安贈伊傳三十詩曰王掾未知名山簡亦復歎侯生隽才子三十富詞翰時想朝始明繁花春欲半群從皆過來亦乃爲之冠既苦愛臨池時復解操縵自從結西鄰歡飲設盃案顧予騎房者忽忽驚歲換追溯三十時誠不足把玩而君仲容姿會應徹霄漢一尊始爲視二毛行未判

一室

一室澹無事四簷花雨流天清時未暑人老意先秋學古貶機械安貧克怨尤蕭然對殘帙迂懶孰爲儔

遊長泰寺

紅樹發秋吟乘閒愛遠尋泉聲寒漱石香氣夜歸林古屋青蘿挂殘碑碧蘚侵低徊不能去徒抱住山心

侯拙園文晟

字晹若拙園其號也著有來青閣詩稿

喜海翔至

堂下積莓苔堂上滿塵埃老夫臥慵起日晏門未開忽聞叩門聲不知誰客來顏狀無人識姓氏傳童孩嗟予總角友新從萬里回不見四十年思君心已灰白髮兩相持喜極還生哀無暇敘一言且謀治樽罍

晚憩花藏山房

獨坐逾清曠湖光淡翠微鐘連空谷響鳥共斷霞

飛月色自來戶松陰故落衣參參蘿徑外曳杖老
僧歸

登半塘閣

高閣攀援到上頭吳趨勝概望中收溪橋十里逢
山寺烟火千家接郡樓楚岫西來龍虎踞越江東
去水天浮夕陽未忍頻回顧麋鹿荒城萬古愁

惠逸狂雲

字聞孫號逸狂善奕隱於市爲詩時有佳
句廢園云徑荒花讓草橋圮石欺人命意
自遠惜未見全篇逸狂家貧有假其金者

將以卧榻償逸狂往視其家榻外無長物
問曰榻去何卧答曰藉地逸狂憮然擲券
還之見邑志方技傳

同滄公夜詠

落落志難合鄰君我不孤問奇常獨往得句每相
呼衣食貧無計詩書老可娛聯吟同坐久殘月照
庭隅

松風

霜幹矗雲霄龍鱗百尺高鶴眠驚午夢僧定入春
濤聒耳心逾寂披襟興亦豪山中蕭散客探買釀
香醪

步月

淸宵興自生溪上踏歌行冷月瘦人影低雲凄雁
聲豈因貧落魄反覺老多情莫效窮途哭心非阮
步兵

和友人登州望海

天風萬里山海秋九州九點浮輕漚光搖島嶼日
月浴勢翻坤軸蛟龍愁五百壯士久不見三千童
女還存不雜入大水幻詭怪世間何事非蜃樓我
未親見疑妄誕瑤池元圃皆虛浮賓客談奇駭我

耳何日乘槎犯斗牛

泊燕子磯

燕子飛飛燕子磯六朝風景已全非漁人不解當
年事滿網秋風挂夕暉

邵秀才嘉謀

字襄翼諸生賧園弟

汴梁懷古

宣和往事付權姦指點離宮夕照間石盡天南嗟
艮嶽邊開薊北怨桓顏蔡京豈合登三省靈素無
由得九還五國城中千古恨胡笳聲動夢家山

題安陽徐明府宜溝別業

無多室宇亦清嘉芍藥叢中一徑斜屋後池塘連別縣（宜溝驛屬湯陰地連濬縣）庭前竹樹接鄰家風窓響入蕭蕭葉露砌分開艷艷花除却南州仙令業驛邊何處問烟霞

周亞夫墓（自註在原武城東北）

將門出將重條侯入相還推補袞優約帝不馳軍令肅從天而下戰功遒立朝自信如絃直結主終輸繞指柔鞅鞅竟遭屈辱死一抔千古弔荒邱

賦得千秋釣艇歌明月次許梧菴韻

艛艓旌旗轉瞬過月明長照二江波野人未解憂天塹釣艇依然起夜歌款乃棹聲沙際遠悠揚水調抹邊多縫囊投筆當時傑較比漁翁竟若何

劉贈公珍

字天聘號雷紫脩遠公仲子美風儀性樂易垣厚不逆詐佃人輸租僞爲饑寒狀即惻然遣去傭人春匿米糠粃中僕請發之公曰柰何使人失望而又大懟親戚乞貸竭力應之而常有愧色嘗游粵中吳大司馬與所署所得橐中裝悉市端硯名香而挚同鄉流落者以歸著有粵游草石香詞藏於家以孫奎光貴　貤贈文林郎

題長泰寺（自註寺內有井舊傳有仙人從井中出逐之不及留一笠而去或云仙人乃僧伽也）

僊道無盛衰立教尚中正旁流及仙釋往往出幻境岧岧長泰山古寺歷梯磴高閣何崔巍留笠誌名勝復有羅漢跡鑿空作左證飛仙及化人我亦疑未定或者解天嵗游戲偶乘興不妨作狡獪醒世使生敬老僧談往事附會惑觀聽怪事何所無不語憲諸聖長廊古碑昏蒼然四山暝傳聞任悠

悠棲遲愛幽靜

倚闌

倚闌愁坐獨徘徊昨夢携樽放棹回一帶溪山皆緑柳萬家烟雨又黃梅釣絲閒處蜻蜓立麥浪翻時燕子來彭澤東陵俱泯沒却令懷古極悲哀

要離墓

三尺侏儒佩一鉤胸藏猛氣膽凌秋青鋒乍向舟中躍碧血俄看水上浮花落墓門飛蛺蝶日斜吳市叫鵂鶹幾回欲採蘋蘩薦長恐英雄淚不收

驢鳴冢

何事人間有死生北邙衰草任人耕雀羅已具賓門主馬埒應埋舊日名由甫洗禪文酒滅野花臨塚泣無聲河橋策蹇平生樂試倩狂朋更一鳴

戲爲五色詩五首錄四

司馬江州衫子濕漫斟竹葉且斷杯無邊春草連空天不盡秋山入眼來雷煥匣中萍是劍萇弘原上血爲苔傷心獨有明妃冢閃閃殘燐傍鏡臺青右

落日空山歛絳紗平原白戰血如麻不知秦地經年火何似桃源萬樹花蜀魄啼來春有淚蜃樓散處海成霞玉容醉後胭脂減漫對楓林感歲華赤右

梁溪詩鈔 卷二十八 三一

濁浪滔滔夾霧屯暗風吹雨蔽重門幽都夜索靈均魄瘴塞秋悲李白魂季子敝貂塵更染江郎禿筆夢同昏劫灰飛後川原改無數寒鴉集遠村黑右

霜重征驂過板橋吳山千里月迢迢空庭鶴舞梅花落古驛雲深柳絮飄燕客衣冠臨易水蘇卿鬚髩憶中朝那堪更到藍關路望眼連天雪未消白右

入粤寄内

我去瓊崖路正長片帆欹側掛斜陽閨中有夢飛重嶺海外無魚到故鄉日永自應勤紡績春寒何處寄衣裳幼兒未識之無字叫怒啼門事亦常

顧處士彬

字天𥙿號水湄修遠公第七子幼敏悟絕倫工詩古文詞所著傳奇齊人記膾炙人口獨不喜爲舉業不應有司試以布衣終善詠諧好飲酒世無知者獨與李芥軒善笑拈集詩文二本亦芥軒所定也

擬古

新雨濕幽花淡然若凝淚朝向離人開暮向離人萎一朝零落盡殘紅易新翠對此懷故人形容覺憔悴案頭紙不多寫遍相思字欲寄尺素歸天邊

梁溪詩鈔 卷二十八 三二

雁或至

芥軒席上浩歌兼送别

拍手叩天發長嘯散髮披襟放懷抱古今宜醉不宜醒側眼看春春不老吾當忼慨擊節歌離騷汨羅江頭起怒濤吾當裸身撾摻漁陽鼓曹瞞掩耳禰衡舞忽思拔劍斫斷籬外之長風不許催落枝頭紅又思此身化作天邊之皎月幽光冷啖弔蜀魄心雄耳熱欲何爲回頭顧影心傷悲况復來朝又分手離情鬱結何堪剖提健筆墨濡首天嬌蛟龍怒飛走浩歌一曲送君行不折灞橋柔弱殘枝

柳

芥軒懸壺賣酒歌

月夜雞鳴天馬看他彳亍長安者腰金衣紫能幾
時胸中穀觫如何舍金谷死銅山饑笑他阿堵等
沙泥千年萬年枉作兒孫計誰能片刻舒愁眉名
乎利乎伐性斧達者避之如避虎芥軒芥軒何爲
哉網羅跳出空今古浣香園中築小隱買月賒雲
溉楠井霞開青鳥寄丹書丞熟黃龍八金鼎施丹
藥換青蚨青蚨得來擲酒鑪狂歌爛醉日復日浮

邱洪崖皆酒徒輿酣落筆更豪快潑墨淋漓驚鬼
怪烟雲萬里滄溟空坐我廬山寬眼界古來名士
稱風流我今望君百尺樓誰能長醉挾仙客遊戲
湖山弄白鷗兒讀書妻辟纑爲君寫幅小隱圖芥
軒芥軒合知止黃金臺畔人槁死

牧牛詞

今年出角青犢小前年骨立黃牛老岡頭夜雨春
草肥一聲牧笛青天曉牛渴飲牛隴下泉牛疲伴
牛隴上眠家無官稅門無吏牛蹄穩踏斜陽烟君
不見五羖墳頭墓木死空名何用留青史我知世
無奈穆公不肯向人說名氏

野田黃雀行

渴當飲洗耳溪饑當食首陽薇但聞上古有巢父
不知今世無夷齊無夷齊多盜跖野田黃雀子安
得長啄田中之白粒

擬隱

樹寫蟲書幻風吟竹韵清小箋分柿葉倩語教流
鶯木榻椰榆酒櫻瓢筍蕨羹攜筇乘薄醉隨意晚
山行
屋破牽蘿補橋敧倩石支題詩捫絕壁洗藥弄清
池幽思憑琴語行踪許鶴知看雲愁曉露先索綠

簑披
披襟坐危石僂抱向風開投鈎牽長荇嗔兒摘矮
梅蜂輕拋蕊落鷗暖入雲來山僻無茵褥閒眠只
綠苔
買山雖半畝殊勝習家池阮氏新遊屐山公舊接
蘿應門呼燕子敲菓倩猿兒莫道無知己閒雲片
片隨

登絕頂望太湖

三萬六千頃豁然空兩畔天穿將浿補山動爲雲
浮七女盡行蟻艨艟亦野鷗范公靈爽在吾欲放

扁舟

贈廓堂和尚

無事閉松關悠然歲月閒道心清似水詩骨瘦于山黃卷供朝夕白雲相往還暮春言別處留偈落花間

歲暮雜感

徙倚無風莫浪飛藩籬斥鷃暫相依雲橫古塹乾坤小雪滿空山草木稀素志昔曾期馬革微軀今尚戀鶉衣一竿且弄閒風月踏破嚴陵舊釣磯

寄懷天騁兄

野水蒼蒼下夕陽雙飛鴻雁忽分張小樓晚樹八千里細雨春燈夢半床粵嶺雲深蕉葉潤珠江風暖荔枝香南來若有梅花使儻裏新詩寄數行

梅花和韵

孤山深處可忘情羌笛何須怨未平天下必肥應獨瘦世人皆濁忍爲清色因淡極翻多艷香到幽時不可名我亦無聊思遠俗可容籬畔結深盟

遣懷

悵望南樓惜歲華愁魂黯黯暮雲遮偶辭鄉國原非客住老禪房便是家春雨過山堪點屐好風吹

樹欲飛花輕烟散盡留明月滿眼傷心人自遐

送葉南客歸鴛湖

旅舘蕭條歲月更那堪又值送君行滿天暮雪迷歸棹一路寒氷得客程累代金蘭先世誼兩年詩酒故人情河橋枯柳含愁折咽住陽關第四聲

顧封公起佐

字右丞號蕉軒杭州太守止庵公侄子也年八十四卒幼從宦四方能絕奢侈習凛然異恒人性剛易怒有拂其意者雖貴顯人輒面刺其失不少避甚或嫚罵人目爲狂受業荆溪湯先生獨許之曰此聖門子路惜少學問耳與人處至無絲毫掩飾傾蓋終身不忘邑中陸鐵莊高紫超兩先生好尚不同於公俱亟賞曰二百年來無此人物矣公生八子三女嫁娶不以經意雖拮据倍常兀坐一室執卷高吟洒如也生平足跡幾遍天下年已七十忽思啖粤中荔支命駕往遊遊則以詩紀之下筆輒擬古人然不以自名客有規之曰先生當勒成一經再不朽答曰文以載道道不充而

爲文余實愧之八子列科第通仕籍者凡四餘皆以文學世其家叔子贄官山東糧道累封如其官

讀蘇公初食荔支戲作二首

久聞粵人誇荔支道遠莫致空嗟咨再披南豐荔支譜海山未到神先馳蘇公一語尤艷絶紅紗中單白玉肌何年却得親見此手擘絳囊嘗玉芝我昔南行到閩海已及秋盡非其時幾欲裹糧趨嶺嶠未免與劇身還羈江瑤風格河魚肥流涎彷彿香凝脂作詩自約勿輕負此生會覩傾城姿

江南櫻笋世所嘉洞庭橘柚人咸誇驚聞遠人談荔子口角流沫神嗟呀奇姿艷質絶比擬冰肌玉骨籠絳紗玉盤初摘帶清露火齊磊落明朝霞晶丸剖得光照眼朱房落手紛丹砂此時把玩應叫絶何況天漿溢齒牙眉山學士信老饕對此不覺忘其家雄文健筆艷稱說想見睥睨千林斜雲山引領幾時到安得奉使乘輕艖不然南去特爲口興至孰惜人爭訝吁嗟乎何時好風吹送掛帆去一飲瑞露天之涯

至廣日戲呈家瞻廬學使

自笑棲遲已白頭萍踪忽作嶺南遊五千長路不知遠七十老翁何所求欲挹天漿嘗荔子更賓朝旭到羅浮傳聞羅浮朱明洞夜半見日出平生此願由來久不謂憑君得盡酬

食荔支後作

楊梅釀丹液荔支流玉漿晶丸與紫顆信美均甘芳翻思故鄉味難與分伍昻惟輸猩殷艷一一函朱房乃知蘇公語未免多誇張因茲遠相訪吾與良已狂

嵇明經曾翼

字翼子貢生濟園之子有詩一卷王漁洋評點張實星王啟涑序之

早發京江

月上曉風生扁舟一葉輕海門潮正落鐵甕角還鳴三度長安客頻年白下行江神應識我波浪若爲平

夏日準提菴口占

鎮日雲堂手一編曲池踈栁亂鳴蟬家雞覓伴晨呼衆黠鼠欺人夜數錢詩債未償添酒債俗緣能了佛仍緣但憑好夢消愁思一榻清風到二泉

先祖月江公詩

家乘公諱愫字珏斯號月江國子生考選州同知三歲丧母日夜哀號旁人爲泣下少長卓立有法度父性故方嚴特愛之任以家事內外整肅篤於孝友兄三弟七弟皆蕩其家貲公解衣推食無吝色無倦色內外無間言年五十四卒以孫光旭官貤贈朝議大夫戶部雲南司郎中著有感應頌言以感應經文逐句成詩志在持循弗失其稿謹藏於家

太上感應經

日誦感應篇不覺少而壯憬然忽自思篇名云太上謂出於老聃五千言則放此篇最平近一字不流宕誠正修齊治萬事歸至當六經無不包奧義得宜暢夫婦所與能賢知無以尚是豈道家言而徒曰高曠懷此蓄有年出入廣咨訪昨逢一道士循習知所向謂是上帝語真實乃無妄因覺聖論微未若天語亮彼氓之蚩蚩千態復萬狀經書非所知以此用周防彼學士大夫不識天所覘請證之詩史今來古已往金科注玉律吾言敢欺誑

成孝子武

字繩祖孝子達之子達甚母因廬墓側武時六歲即隨父廬中供樵汲不去及武丧母黄偕其女兄亦廬於墓三年始歸惜武年僅二十餘卒憲旌其門

憶廬墓日悲泣先慈

衣上針針手澤存此生端負哺雛恩何曾捧檄怡萱砌徒爾編茅宿墓門負耒已嗟虛設釜椎牛空灑泣盈尊呼天搶地終何見泉下慈顏那復溫

秦明經孝然

字石經號慕盧貢生壽至九十六乾隆十有六年　翠華南幸駐　蹕寄暢園孝然率兄弟子姪年六十以上者九人於園門迎　駕　御製詩有近族九人年六百者英高會勝香山之句孝然等皆恭和九人孝然賓然敬然榮然壽然瑞熙芝田東田莘田是謂秦園九老

恭和　御製寄暢園詩元韵

乘春　龍舸艤溪灣問俗欣看萬象閒草木懷恩知發育烟霞落紙想宗濤百年　祖武三江澤

草茅泉壤被　恩榮數世深仁浹死生吟到九八
年六百濡毫欲和字難成
祥雲塞路轉和風花外鶯聲柳外鐘山色溪光常
似昔奎章彩翠九龍峯
不盡烟霞浩浩春一絲一粟總　皇仁迎
鑾父老齊聲頌　聖世推恩首壽民
寄暢園邊春日長二泉亭下春風香只憐碧社荒
蕪後無復當年十老堂
泉邊故物惟詩卷　聖藻新題舊竹爐裙屐風
流應下拜湍山松翠護　鑾輿

恭和　御製寄暢園詩元韵
省方今到九龍灣暫　駐邱園一憩閒鶯囀芳林
歌緩緩水流花徑石潺潺春深沛澤連甘雨天霽
和光㶇碧山草莽微臣邀　睿藻一時抃舞五
雲間

秦贈公敬然

字學伊號眞齋諸生以孫鑌貴　贈兩廣
鹽運使壽九十

恭和　御製寄暢園詩元韵
春氣乘流下碧灣六龍遙駐　萬機閒祥風㶇
一片　慈雲萬歲山擊壤小臣今九十瞻　天身
在日星間

秦贈公實然

字浹子號訒庵貢生給諫泉南先生仲弟
出爲從叔氏燈巖先生後才高而不踈識
洽而有斷急義問不內顧羸絀方給諫被
逮時先生矢以其身共兄難臺憲不可固
請臺憲曰若胡爲於此株不及孥若且出
嗣對曰出嗣者分同生者身不株者　國
恩不移者天性兄存與存兄亡與亡耳聲
淚交迸盈庭斂色稱歎至於北首荷再生
飭眉晚節兄弟共登大耋在先生若出望
外也先生席重闈清望之蔭所執持闓幹
隨地周浹采入危疑微曖閒壹徵所性若
夫郊之弱祚貧寡推產延誨庸言庸行宗
郵並稱年八十九卒前澗浦起龍爲之傳
以孫震鈞官曹州知府　貤贈如其官

寄暢園紀　恩詩
深恩再造鶺鴒原淚血沾濡二十年今日東南春
飫海萬花一放忽瞻　天

路傕花發靈雨千巖夾澗瀑曾是　先皇留
賞地無多古木漸遮山雲蒸霞蔚牕　宸翰喜
起層嵐疊嶂間

秦明經榮然

字希敏貢生原名榮乾隆辛未迎
鑾　御改今名卒年七十六

恭和　御製寄暢園詩元韵

三呼　萬歲拜前灣　玉輦平看十畝間花近
御罏香細細泉供硯水雨潺潺讓稱泰伯初開
地慧豈江南第一山趙子昂題額江南第一山日得覲　龍

光瞻　睿藻滿身清露翠微間

秦翰林壽然

字人鑑號蓉溪諸生乾隆丁丑迎
鑾　欽賜翰林院編脩卒年七十六

恭和　御製寄暢園詩元韵

水暖烟寒柳一灣白蘋風細綠雲閒雨絲如髮濕
衣濕樹杪飛泉落鏡瀑北望　翠華依日月東來
紫氣滿湖山架巖欲起　天章閣廣廈何時得萬
間

秦封公瑞熙

字五輯號耐圃貢生工畫不多作多藏古
人書畫真跡精於鑑別初寄暢園自
聖祖仁皇帝臨幸之後三十年不修葺亭榭傾圮
耐圃獨力新之乾隆辛未迎
鑾進畫冊　恩賚至渥　誥封知府年六
十六卒

恭和　御製寄暢園詩原韻

素業空懸水一灣朝來天霽白雲閒自從　輦
路經秋澁惟有泉聲帶雨潺波及臣家　恩似海
恭逢　聖母壽如山皇太后六十恭逢萬壽

奎章麗藻垂千古翹首金莖霄漢間

受業張　雲汾　舜玉校

梁溪詩鈔目錄卷之二十九

梁溪詩鈔卷二十九

梁溪顧　光旭　華陽氏集

國朝

杜太史詔

字紫綸號雲川康熙壬辰　欽賜進士官翰林院庶吉士乞養歸不復出手輯叩彈集著有雲川閣集沈歸愚謂雲川所選皆中晚名作平生得力亦在大歷以後雲川尤深於詞宋商邱謂其格在草窻玉田之間嘗兩奉校詞之　命曰今詞選方徵詞未卒業雲川少師事嚴秋水華滄江暨吾家梁汾三先生而劉翁沛然鮑翁南侯皆引爲忘年交集中所爲五老詩是也其碑版記序之文獨宗廬陵嘗修山東省志晚年詩益工與天鈞和倘洞泉道人號九峯三逸云

青溪弔侍中黃公祠

公諱觀貴池人洪武戊辰會試廷試皆第一累官禮部侍郎建文時改侍中奉詔募兵上游至李陽河聞建文帝遜位投急湍中死其家在京

被收妻翁夫人攜二女先投淮清橋下死至今祠有夫人血影石

金川失守時冠裳盡汚蛾矯矯黄侍中臣力巳云竭乃與翁夫人後先均死節李陽河水湍秦淮河水咽血淚不曾收血影安可滅斑斑形隱現肌理石深湼魂兮江上來精誠皎如日公聞金川失守謂人日吾妻素有志節必不辱遂招魂瘞之江上肅然拜祠下諦視不敢褻緬唯十五公同時表忠烈只有王修撰與公同一轍時聞變殉節之臣凡十五人王修撰叔英守廣德靖難兵渡江自經死妻亦自經二女赴井死

卞將軍墓下作

冷落一坏土全家忠孝門喜鄰何點宅羞並謝公墩握爪有生氣撫屍無淚痕白衣人夜語端的是貞魂

雨花臺拜方景二公祠

二公死尤烈一氣聚精靈何處散花雨滿山空血腥荒凉祠並圮蒼老柏孤青動地悲風起蕭蕭木末亭

隋堤曲

隋堤一帶官河口不種桑麻種楊柳錦帆帝子數巡遊厭住東京樂奔走將兵西域再征遼呼韓稽顙諸番朝江都宫監伺顔色翡翠玻瓈恣雕飾水晶殿揭珠簾開香風吹送飛仙來凭肩笑語能幾迴夢遊恍惚吳公臺吳公臺下雷塘路野土茫茫亂煙樹傷心爲弔玉鉤斜柳色昏黄不知處

周處讀書臺

臺廢尚遺址城高雉堞空在朝能獨立致命見孤忠始信讀書效誰誇力戰功斬蛟與射虎未足號英雄

戲馬臺

戲馬元來楚故鄉鴻溝還記各封疆儘教率土歸

劉氏剩有斯臺與項王一戰快心惟鉅鹿三分失策在咸陽如何蓋世英雄氣獨爲虞兮泣數行

雨泊吳閶送春同顧梁汾先生作

六宫花老淚臙脂點點殘紅墜晚枝自是東風無著處本來西子有歸時錦帆冷落青簾舫玉管闌珊白苧詞雙槳綠波留不住半塘煙雨柳如絲

周太史金簡

字大猷號蒸岩壬辰進士官翰林院編修

緘齋先生之子著有蕘香小圃詩草

甲午九日華豫原招同藥師雲川讌集龍山

郎事

爲酬佳節此幽尋霜落楓天翠靄深蝶任是非園吏夢馬何得失塞翁心黄花酒漉秋光老烏帽風吹鬢雪侵不用登臨傷往事倚窗小住聽蛩吟

夾竹桃

春花偏上歲寒枝新粉光凝灼灼姿翠浪平翻桃葉渡紅雲低壓竹郎祠無言自抱凌霄意顧影生憐倚袖時沉醉東風扶不定碧窗敲徹玉參差

遊湖心亭限心字

六橋堤畔一披襟又向中流擁檝吟燈火樓臺千

古恨煙波沙鳥五湖心誰家歌管穿雲曉隔岸山光帶雨深濃抹淡粧都有態鴛鴦飛去竟難尋

同年劉喻旃枉書相促入都詩以謝之

三年音問隔柴荆長跪烹魚百感生一笑入林同病鶴早忘出谷有遷鶯燕山夢斷人千里江國春寒雨一城爲愛萱庭遲日好板輿藤杖遶花行

秦太史靖然

字藥師號陶庵壬辰進士官翰林院編修少時天姿英發風度凝秀父恐其見聞淺狹命偏從名師遊同邑則徐轅五部經農劉素川同郡則儲同人蔣玉度丁丑與選扳士林爭誦其文浙學使者張石虹侍讀得陶庵文即日鏤刻頒行爲浙士法於是陶庵之名始振又四試而捷南宫其業之專且久以幾於成也不賴有賢父兄哉

東園詩和雲川

蕭閒堪避俗親串愜相逢話舊人琴遠尋盟杖屨同梅花春嶼雨竹葉曉窗風一榻清逾好茶聲小院東

黄客部天球

字璋五號璞齋壬辰進士歷官禮部主客司主事初選授靖安知縣爲政舉大體而明徹幽隱靖民多瘠首谿逋欠賦籍不開細戶立餉清分土田換段造僞契殺人沉命徒屍大抵匄猾吏作姦璞齋精心究切輒破露揭天艮解兄弟釁舊俗大革七年擢禮部郎璞齋晚遇於制舉藝最深其在靖萃秀士與講解科名蔚興宦蹟具載邑志著有璞齋制義行世鄒愼齋華劒光輩皆其門下也

遣懷柬薛浣新兼呈同學諸子

我聞天池物變化不可擬及爲涸水鱗猶獺笑之矣所以英豪人屈信少定理予素負不羈趺蕩猟文史自慚造詣疎出門無合軌君也念轉深簡鍊爲摩揣引錐殊痛憤聞雞夜驚起蛟龍成蠖屈珠玉委糠粃拔劒擊坐隅志士困如此肱橐謝古人公等不足恃毛穎爾何功剏其管城子丈夫肯揮淚途窮復爾爾旦久發浩歌歌罷還自喜不逢俗眼白誰爲成知己會當遭伯樂一顧空千里寄語同學生努力丹鉛裏名早敗亦速大器晚成耳

送同年周燕岩歸省

碧山學士舊詩豪池上風流屬鳳毛每向玉堂尋手澤偶臨瑤島憶仙桃花明綺陌催吟輿月上春江照錦袍捧日　紫泥歸繡闥斑斕遙接五雲高

哭從弟翰思檢討

靈和殿柳及春榮頓盡風流散落英池草碧時空有夢人琴亡後不成聲案頭塵掩鑾坡稾門下哀銜玉筝生遺業蕭條惟四壁夕陽孤映繐帷清

秦秀才樹猷

字麟公諸生祖華鍾順治間任廣西富川令殉李定國之難

任城太白酒樓

濟水成桑田河流日東注川原久陵谷圖經渺難據我來訪古登高邱望見任城西南舊酒樓徑須沽酒上樓飲飲酣懷古心悠悠竹溪六逸今何在人去樓空竟誰待洛陽不見董糟邱黃鶴當年已搥碎四明狂客邀謫仙騎鯨斫鱠張綺筵齊州九點青未了岱宗日觀生雲烟鵲山極目傷心碧海色天容映南極此時搖筆興橫飛想見龍蛇紛滿壁朅來憑弔感興亡眼中俗物都茫茫日暮東山

無賀老令人千古憶知章

久雨

江南多少好山水可惜久雨罷登臨出門厭聽泥滑滑仰面又見天沉沉有赤腳婢去烹茗無素心人來抱琴坐看春盡忽不樂鶯啼隣樹垂濃陰

春日

燕子家非王謝杏花村似朱陳青裙稚女挑菜白髮老翁負薪

茱萸春圃蝶鬧麥綠朝原雉飛影翻竹樹清淺烟染樓臺翠微

陶東籬乾

字元直號東籬邑志行義傳云元直服賈養其母祝氏茹苦匿貧而好爲詩時時苦吟未嘗瑣屑推算心力所萃洗腆致慶而巳性慷慨重然諾敦氣誼嘗陰濟人急不尸其功詩有東籬遺草子仲敦叔和掇拾散軼僅得五六前澗浦起龍爲之序

蓉湖

古渡煙光暝蓉湖夜色殊疎鐘隨月到細火入林無秋水伊人遠寒汀落雁孤相依獨漁父買醉近菰蒲

夜發江口

榜人利風順夜半起解纜潮來沙聲長月落江風暗萋萋新秋夕㸌㸌燭輝憎遲廻千里情結此終宵慽

曉發

空洲人語天欲曙薄霧横江不知處須臾日出曉風來無數青山向東去開帆正及白蘋秋紅蓼青菰滿渡頭渡頭唱出青山曲沙上飛來雙白鷗

江上遇雨寄嚴人宏

孤舟生暝寒旅客傷局促驟雨西山來江上無行蹤煙靄澹濛濛何處滄浪曲翹慕披裘人高卧春山綠白雲獨歸去日暮勞瞻矚

滕王閣

楚天何處放羇愁飛檻横空看白鷗落日荒荒彭蠡濶亂帆歷歷大江流煙沉帝子亭臺古露冷仙人嶺樹秋哀雁衡雲窮遠目暮山無數到他州

秋夜

不復千秋想空悲萬里情雁鴻乘月戍蟋蟀徹宵征壯事竟如此老懷何所成放歌重跨馬初日照山行

送徐紫長

秋日薄秋江寒蕭蕭廣陌走黄葉驅車送客臨江干江水咽不流江帆空自轉行傷故人去坐看江帆遠江帆漸遠增暮瀾山頭落日紅團團裹裳矯首重長嘆徒采湘蘅搴渚蘭

寄嚴人宏

露下江峯暝風生洲芷香懷君獨秋夜明月滿瀟湘

畫牛歌

短籬矮屋何人家桃花細柳東風斜溪流宛宛溪草軟羣牛嬉戲循溪涯一牛掉尾一牛伏一牛下飲一礪角其餘三犢一回嘶升降擦癢各躑躅牧兒荷笠坐前汀短笛臨風落日橫似將一曲田家樂吹向南船北渡聽我本江南老農父偶然出泛湘潭艤何當賣劍買黃牛便去歸耕五湖滸

寫小景寄紫綸

微雲澹抹遠山低一髮寒煙罨畫溪寫就瀟湘人不見滿林落葉夜猿啼

江行即景二首

片雨夕陽新微風蘅杜辛輕帆如畫裏來往大江春

海日開新霽江風散曉煙春生瓜步水心遠秣陵天

曉渡黃河

雨歇朝暾上春風逐浪開斷雲雙廟出曲岸片帆迴地勢東南坼濤聲日夜催低徊堤畔柳是否靳公栽

東嚴人宏

羊裘故態近何如聞道山園已定居何事桃花空蕩漾臨流不惠一雙魚

送袁彝遊荊溪

知子探梅去新晴正鳥啼春風催桂棹斜日到荆溪高閣山雲覆疎香客夢棲祗應與朋好佳處共留題

楊中翰守約

字以博號南邨癸巳　恩科舉人考授內閣中書漁父先生之冢孫也世居邑之江陂是爲江陂楊氏南村十齡即通經史舉子業必以先輩爲法以五經掇經魁文

譽蔚然顧六上公車不第丁父憂哀毀成疾遂絶意進取居鄉好引掖後起或收之門墻或爲延師多所成就當其時江陂人士彬彬如也南村以餘事工詩詞而詞尤工澄江張世綸同邑季騮光爲之序季騮光之言曰微漁父先生之積德累仁默契天心安能篤生英才如南邨者哉

春雨

春雨滴空堦泠泠發幽響兀坐不能寐撫卷邈疇曩人生一瞬息蜉蝣寄天壤弱草承輕塵朝暾映

虛幌悠悠對典墳，咄咄動慨慷。豈乏嗷名客，紛然互標榜。營營喪天眞，念此覺泚顙。我本蕭艾資，干雲未能上。騎隙不吾待，馬齒日以長。幽居遠塵囂，放浪寄菰蔣。揭來暫棲泊，窮鱗困疏網。欲作山水遊，此生展幾兩。窮達終有命，富貴來亦儻。且讀古人書，悠然一抵掌。簷前聽潺潺，衆籟忽蕭爽。

寄懷殷夢五師武陵書院

一石松醪好獨斟，身輕喜得罷鳴琴。閉書彭澤歸來賦，靜識濂溪太極心。舊雨來稀酣午夢，新詩吟罷愜幽尋。雲亭問字棲遲久，夜月寒窗思不禁。

王中翰賚

字傳巖，癸巳進士，官中書舍人，著有穋村近稾

喜顧倚平過寓齋小飲

思家成遠夢，喜爾故園來。頤解匡衡鼎，愁深阮籍杯。壯心知未減，奇抱幾時開。爲問西溪水，遲余釣艇回。

送陸憲章旋里

旅館青燈共酒卮，百年心事托深知。探梅申浦春鶯早，剪韭辛盤夜漏遲。竹徑偶來逢舊雨，烏篷歸去有新詩。廻遂客路重回首，正憶山中櫻筍期。

和西澗韵

飛泉千尺劍門前，雨過初開卯色天。欲向溪橋圖障子，隔隄聞喚尙湖船。

秦孝廉鄒洛

字大來，號公軒，甲午舉人，與弟岐賓偕隱庶渠之上，尙羊終焉，著有公園草

古詩

何物爲爾身，二實相氤氳。何物成爾形，五殊相化醇。兒有明月珠，造物重且珍。殷勤足分付，此去無

泯棼。自入塵網中，面目忘其眞。瞻彼林樹間，烏烏羨爾好友朋。日月光以明，羨爾好鄰里。山水高且淸，陰晴無向背，主賓有送迎。豈但計長久，早巳托死生。死生竟安託，託此於百城。昨宵清風來，泠然修竹聲。夭壽信不貳，園吏何出醒。

天地有孝子，孝子爲聖賢。天地有頑子，頑子爲神仙。聖賢存順事，沒寧曷憚焉。魂魄有所依，仍在懷抱間。神仙煉神氣，似巧又似顛。兩手擒龍虎，長逃山水邊。父母倚閭望，一去不復旋。所以程與朱，不

顧吞神丹

有烏

有烏巢蜀山羽毛本非俗燕雀驚且喧兒童耳而
目一朝遭網羅哀鳴莫肯穀既無喬木心胡不在
幽谷天地蓋高厚爾乃自踡跼野鶴乘清風飄然
離榮辱

憶蔣東巖將軍

不愛登壇愛種山雲知出岫鳥知還山前山後花
如錦忽憶將軍鬓已斑

久雨

朝朝陰雨事如何正月連綿三月過小塢草深憑
虎豹野田堤斷伏黿鼉挑殘籬笋和雲煮採得松
花帶濕搓只有青青原上柳放開眉眼展阿難

顧典籍景

字士行號畬臯甲午舉人官內閣典籍蕆
軒先生仲子年七十三卒於官生平寧靜
澹泊居京師二十年彈琴詠風蕭然自得
光旭壬申通籍後謁公公語以闇然日章
之道焚香鼓琴爲彈風入松一曲今爲廣
陵散矣

重過大雲樓廢址追和吾祖止庵公舊題敬
步原韵

含飴常憶撫孫枝鯉對追從暮景遲觴詠尙當家
有慶釣遊未識世多岐香山高會烟雲散金谷全
荒魚鳥知踏徧蒼苔無限思兒童不解笑人癡

鄒學博士夔

字聖俞號曙峯黎眉先生長子丁酉舉人
官泗州學正少負儁才兼工畫學家庭之
間父子兄弟每於新年共繪小冊花鳥人
物山水俱有曙峯寫一少年騎馬負劍自

題其上曰生涯擾擾杳難成二十部華未許驚白髮三千愁未起紅樓十二恨還生瑤琴曲奏相如意柳絮香飄謝女情竹興風多迯醉客玉闌春滿轉流鶯薰香荀令原如舊夢筆江淹定有名憤到好提俠士劍憂來欲誦少年行買臣見召非爲幸季子歸來不是榮無淚莫乘曹植馬有情應泣禰家鸚玉鞭擬折長堤柳錦障還宜上苑英底事春來倍惆悵陌頭花影正縱橫蓋少作也亦足
見其磊落英多風流自賞矣

惠山和唐人王武陵韻

茲山昔幽翳草樹鬱蒼蒼徒聞長史宅未創漪瀾
堂杖履亦罕到谷鳥空迴翔一從桑苧翁披榛發
泉光瓶罌無虛汲樹杪茶煙香俎豆不可缺淵源

詎能忘

九月望日燕集蓉湖舟中因登惠山得洞字

龍山接勝遊羣賢蔚鸞鳳高歌索侶多小槳輕帆送秋色草際浮月華湖上動乘醉復捫蘿同過若氷洞

寓華藏寺

石室松龕下沿堦草色侵自能消俗慮何必問禪心簾影度空翠湖光澄碧林法堂臨澗水終夕聽鳴琴

酬顧中以獨居懷贈

大雅扶輪者如君有幾人輞川眞淡蕩涇水亦清鄰小築茅茨爭閒吟蕙草春瓊瑤空有贈掃榻感流塵

仲山祠探梅

怪石重岩下梅花一樹橫風流已消歇日暮聽松聲

顧學士仔

字予肩號瞻廬端文伯兄涇田公四世孫戊戌進士選庶吉士歷侍講學士視學廣東移督兩浙振風習釐弊竇士氣振肅而亦以此取時忌中讒口邑志宦蹟傳云以操撿結　主契以爽曠著性情以執虛味澹徵襟度人以有道目之卒年八十一王蓼原先生曰自吾鄉顧瞻廬先生没而士大夫中失一清修碩德之君子矣人之云亡高山莫仰可不惜哉

送小范姪之任澂江

垂老倍惜別送汝仍遠吏他日重歸來知我復相遲臨岐意何限珍重語一二黽勉荅　君恩清勤莅民事持此二者足以外非較計古人有格言俟

命在居易

犀牛潭 并序

自關索嶺行半日程抵兕牛潭村舍中飯舍近在潭右而山勢回曲不見也惟轟轟聲牆壁若震飛沫時時落庭院飯罷行可里許有茅菴四五間前有小亭正與潭對瀑布懸空氷雪四射坐玩間殊愧清京世界無處着塵土面目也詩以記之

晴雷殷山走白虹一落千丈誰爭雄怒撼地軸穿龍宮跳珠噴沫隨廻風茅亭斜對晶簾空人語咫

尺難爲聦但覺盪胸層雲外還疑濯魄氷壺中杳然絶壑去何所惜哉叠嶂偪塞有用坐與無用同何不鏟削教作平川流蜀麻吳鹽舟楫到下稌高黍田疇豐是邦胡至苦貧陋至今猶似未闢之蠶叢吁嗟乎古來才大不得地誰識蒼生霖雨功

夏日病中自題小照

我昔少壯日意念頗自欽中更世味久倦鳥還投林蒲柳之姿七十七青銅笑我盈頭雪分無柔骨膩人間差喜衰容無靦顔有客過門道子後丹青妙擅傳神手戲請渉筆圖龍鍾圖成瞥見驚兒童

鬚眉色笑吾家翁吾翁杖履春風中嗟汝所見吾形容形容之似非知翁他日當知吾所謂看取亭亭百尺千雲松

追詠甘溪并序

淵明桃花源記其有無不可知若子所見甘溪者其近似乎自迎溪口行十餘里皆鳥道屈曲前若無路比至甘溪東北口路益隘覘其山石類人力鑿開者過此則豁然平曠山色四圍新秧滿野望其東南尤爲綿緲官道循北山行山石皆拔地而起作蒼白色上始戴土樹木蓊翳禽聲上下其間水與田平宇舍棲楚有靜穆之象折而西山根有洞閑閎若城闉水從此洞流出外溪問之土人可四五里云又循而西南其隘口亦如前所入處噫使兩處不經開鑿則此地寘別有天地而山根洞口非即漁人所窮桃花源乎惜無善畫者圖此以當卧遊

武陵南去多佳境最是甘溪夢想頻犂磴屈蟠疑路斷緣苗瀰渺到眸新四圍創壁堪逃世一水穿山好問津鳴鳥相關塵外樂落花流出洞中春無論魏晉桃源路自謂羲皇栗里人茅屋幾間田數畝若爲此地置閒身

鄒學士升恒

字泰和號愼齋海岳殿撰之孫衡湘先生之子戊戌進士選庶吉士歷侍講學士視學河南著有借柳軒詩學士周晬識字九歲屬文而遲於遇所造旣深通籍後著作承明累纂史志地望並高士林矜式其督豫學時嘗疏請追謚舊儒臣睢州湯潛菴先生又請著出嗣子遇本生父母喪停考停官一年之令並蒙　俞允識者謂端

學術補孝治所關於名教者大也黃可亭云學士詩冲和恬靜神味淵永集中如被命視學紀恩句云風濤送雲帆戒懼從此始出都門句云莫忘貧賤日席帽走崎嶇可想其生平所蘊矣

鸜鵒詩

牆東何所有一樹好樓桑上有鸜鵒鳥朝夕鳴且翔此鳥不踰濟何由滿光黃能言似吉了善囀同鸎吭休爲兒童得美蔭宜深藏是時正祈雨沃若愁凋傷爾既善調舌爲我語鳳凰急呼石燕來相對舞商羊再語三足烏暫且韜其光一洗魯謡辱轉怪以爲祥爲爾覓東絹圖形上高堂

小車行

丈夫何事須八騶朱輪繡鞅詩文軥馬乘欵段車下澤此意吾師馬少游免令官長誚徒步差勝獼猴騎土牛粗布成幨餘作羃騰騰兀兀如行舟旁人勸我小點綴碧紗四牖紅簾鉤行窩得此不啻足肖羡濯龍如水流黃塵滾滾没馬頭掠耳市語紛啁啾先生閉目斂膝坐身若大海行浮漚殿呵何來且引避小車恰遇田千秋

白海棠詩 有序

靜海勵文恭公手植海棠二株于家之庭每當敷榮時紅雲覆砌迄今二十年公以尚書卒官靈輿歸里正值清秋忽繁素萼兩樹如雪見者異之僉謂草木之知恩抑亦孝誠之默感也作詩記之並屬知公者和焉

吾聞笙詩有白華義取孝子之潔白補亡不用束廣微看取精誠能感格堂堂瀛海文恭公一生許國惟公忠故園庭中兩棠樹廿年手植枝蘢葱每當春三蜀錦爛千條萬萼舒嬌紅公居巖廊久未見惟有夢寐依芳叢有如慶朔堂前范文正花開管領憑春風范文正公守饒時于慶朔堂前植海棠二樹去饒後有詩憶之有云年年憶著成離恨祇托春風勾管來今年公歸碧落去歎息尚書白楊

墓豈知草木似人心縞袂迎門淚如雨是時方當八月天秋清景物翻暄妍紅粧盡洗胭脂態錯認梨花卧曉煙天外霜鴻初嚦嚦枝頭粉蝶猶翩翩主人見此悲且詫拭泪沉吟雙樹下妖耶祥耶兩不知恐似祥桑忽盈把人言孝感理不誣孝有名節慈名烏白華正同小雅義甘棠之德還相符願公孫子如樹滋百年善慶承堂基無忘角弓殖嘉樹怡怡一氣聯交枝橘奴千頭不足貴松公十八無嫌遲爲公泚筆題此詩譜入家乘傳芳規

放鷹篇次韻和汪謹堂學士

玉堂齋日停揮翰，拂戸春星光碎亂。倦僕屏風籋又驚，聽說放鷹忘夜半。天生勁骨夌風霜，快如猛士赴敵揚。臂鞲未離態靜穆，絨帽一脫神飛揚。雲間搏雉易若摘，殺氣憑陵刀在鬫。虔亭奪戟訝孫郎，鉅鹿鏖兵觀項籍。就中海青尤健者，時或飽颺呼不下。鶱裯洼坡任飛馬，忽見將軍戰平野。塞雲黯黯日欲收，餘酣天外猶舉頭。　君王欲試鷹揚器，信知習武非盤遊。李廣善射本天性，景宗自擬霍去病。此皆架上之豪鷹，玉爪星眸先後映。聽罷

回鐙意悄然，搜將異句入新篇。空誇吐鳳躭書客，爭及呼鷹俠少年。

朱仙鎮

數里朱仙鎮，千秋遺恨長。寃逾檀道濟，業可郭汾陽。往事煙雲滅，高名日月光。黃龍行可抵，鳥在巳弓藏。

殘書

卷去同秋葉，吹開任朔風。味全饑鼠外，身老蠹魚中。蕉影慚新綠，燈花落舊紅。百回休厭讀，重與闢蠶叢。

送黃璞齋夫子南歸

出本無心倦郎還，此行應共白鷗閒。鄉園有味身猶健，官職無窮鬢易斑。甓握香蘭趨建禮，旋收完璞返荊山。河汾更有傳經業，竹塢松窓靜掩關。

重九同張南華登高

攜稚登高發興偏，虛亭無酒也陶然。地居紫陌紅塵外，詩在蘆花野水邊。遠岫雲深雙鳥沒，精藍風靜一幡懸。人間多少悲秋意，不到先生拄杖前。

新正廿二日邀沈歸愚李玉洲張南華蔡竹坪胡稚威看花

寒花禁暖漸闌珊，催喚詩人與駐顏。一醉且乘官事少，百年俱巳鬢毛斑。身居金爵觚稜畔，心在青溪白石間。同是江南愛花客，盍簪何異對西山。

謁二程夫子祠

明白義經傳，精微定性篇。千秋兩夫子，姬孔得真傳。冬夏雖殊日，顏曾總比肩。詞章爭炫俗，道德孰希賢。

登赤壁謁蘇長公

稚年郎讀先生賦，今日來登賦裏山。天地肯爲分鼎累，風雲暫許一人閒。江堪放眼何稱險，石可留

詩亦不須懶態雄心渾兩得匡牀高卧聽潺湲

二月十六日夜宿大年寓齋卽事

高齋上春星片月蕩淸景喜以公事來得此晤言丞吳子富經術棣蕚聯秀頴書卷牛腰多琴音鶴心靜令弟工琴中宵設盤飧良夜已過丙我老空勤學有類殘燭炳欲就扶桑暾同觀滄海境曉聞轆轤聲及古念修綆

送郃上九

美女簪花孰敢前眞書已到褚歐邊他年自寫容春集第一家風第二泉

八月九日闈中早起呈嵩茂承同年 丙辰山西

疎星澌天宇重露滴空庭半夜披襟坐一鐙懸幙青此時無物役可以認心靈忽聽簾前鼓門開還復扃

辛苦秋闈味生平實飽嘗勉思酬　帝命敢道主文昌事重身忘老山高氣轉涼此邦眞冀北逸足自騰驤

貴陽信至却寄原褒

三春忽已暮朝罷門方掩老病旣無悰窮愁復誰遺賴遺盧仝奴久望陸機犬衰羸方食粥爲子加一餐念子遠從宦山川倦流轉兼抱舐犢憂晨夕眉未展人生無定境夷險隨所踐所貴心不搖孜孜但爲善况我同枝生受　恩皆不淺昨者求賜書立須沐　殊典當思殫忠勤補職在黽勉屈指三冬期回車路非緬眘巢尙可營插架富書卷弟勸與兄斟重開草堂宴

孝眼先生詩 先生爲同館熊梅亭之曾祖以救父爲賊斫去一目鄉里稱孝眼先生

世人雙眼光瞳瞳不識義理與盲同先生一眼被賊抉顧盼更覺增淸雄以身衛父子之孝以死捍

敵臣之忠忠孝輪囷在肝膽形骸支體猶虛空稟然大義有如此碌碌偷生應媿死古來一行可傳世况復生平多衆美姓氏堪將金管書至今父老爲嗟吁皇天老眼定不錯錫以孫子聯簪裾不見天朝敕雨露綽楔煌煌照門戶摘埴索塗笑聾瞽孝眼先生獨千古

十一月十三日讀南華戒殺詩感和其韵

鮪逃必潛淵蛤閉緊護汁燕不妄營巢蟻亦知避濕羣生各愛生生理本自得如何刀砧忙取彼性命急東隣時殺牛南郡盡殲鴨吁嗟地有牢奈此

天爲幕古訓戒鯢鮞愛物同保赤長平四十萬恐
矣秦臣白吏虎常峨冠湯雖空載犢成湯開網祝
大禹下車泣稂莠苟不除王政亦已缺但存不殺
心豈弟福所集

華餘光希閔

字豫原亦稱芋園家故有藏書之閣顏曰
劍光仍其先世補庵公額也因以爲號生
有夙慧初就外傅塾師已卜其遠到年十
二補博士弟子員兩中副車爲涇縣學博
至領康熙庚子鄉薦年四十有九矣乾隆

辛未年八十恭迎　聖駕於慧山孝子
祠前蒙　恩賞知縣職銜尋卒所著有
延緣閣集慨自顧高既没道學衰息先生
則纂性理註釋輯薛文清讀書錄節要刋
劉念臺人譜及記過法高子全書朱子節
要二程節要張南軒集大學約言中庸剩
語論孟講義知非錄知非續錄玩辭初筆
學詩隨筆宋史質疑又以其餘事刻事類
賦廣事類賦元遺山文集詩集元人十集
鄂西林南邦黎獻集凡以嘉惠後學今邑
中子弟尙知道南一脉賴黨塾中耳濡目
染者久有此書存也至其事則修學築高
忠憲公水居重建孝子祠寢樓立祠前忠
孝節義四面坊葺婁巷至德廟復邵二泉
先生墳重建明邑令松滋王公祠修明吏
部鳳超公祠建崇安寺坊成關廟寢樓築
西郊堤新龍光塔寶善橋築尤邨渡大橋
揚名大橋揚名小橋濬城河濬南塘河皆
鉅舉也遇災則兩浚城東弓河以工作賑
凡分厰煮賑者四減價平糶者二家固素

封後亦中落然當其時分人以財分人以
地無難色無德色以故人德之樂從之遊
知與不知皆爲延譽實至名歸有自來矣
撫幼弟希閔成立先埋父金於地俟其既
發而予之又門內事也韓子曰古之所謂
鄉先生殁而可祭於社者其在斯人歟

共學山居夜坐

蒼翠集虛牖自愛門前峯忽看峯際月已掛淸溪
松境靜山水曙人幽眺聽空孤塔插簷端鈴鐸語
天風懸燈動星漢倒影溪溶溶耳目旣淸曠衣履

亦從容俗澹累不居慮寡氣乃充意會忻所適宦
宦西神鐘

八月十一偕雲川客山隱圃叔過高忠憲公水居雲川用公月坡初成原韻紀事依韵賦和

秋清弄微凉魚鳥翔泳之農人喜相慶早禾農穫時我有平生懷歡樂亘在茲漆湖百頃寬萬古長如斯龍燦兩山峙前後青翠似有知葉舫任還往閒看浮雲馳寸心澹無事何有纖塵私況有同心人笑言慰所思

月夜渡淮有懷

孤舟趁夜風微波濕星漢四望無一山乃知南北判天水搖空蒼新月出西岸閒卧抱奇情幽姿若獨玩故人在淮陰別來已春半

訪梁鴻墓

何處訪梁鴻金閶想象中曲城渟積潦野樹起悲風清節尊妻子交情仰伯通無因留片碣悵望夕陽中

白下晤林茂之先生

先生天下望萬事竟沉淪舊德留青史清詩出絳人關河雙鬢雪杖履入朝春莫聽歌桃葉鄉心遶七閩

宿無可大師山房

攜筇石磴幽嵐翠疊危樓鳥識山情性雲隨人去留燈昏明月入松寂暗泉流擁衲輸高卧名心到此休

和景州先生江行戲筆原韻時將赴湖南廵撫任

朝來春色滿晴空極目江天更不同萬派雲雷連漢口一堤桃李照江東依稀帆影遙青外宛轉鶯聲嫩綠中此日追陪眞勝賞濂溪明月舞雩風

顧大司成棟高

字震滄號復初亦號左畬辛丑進士由景山教習授中書舍人以奏對越次罷官乾隆辛未 詔舉經學鄉二知宗伯上公名授國子監司業丁丑遷國子監祭酒前後 錫予駢蕃一時傳爲異數時公年七十有九越二年卒於家公少具異稟年十歲遍讀六經史漢唐宋大家文通曉大義少長父紀丞授以輿圖指點春秋列國疆域及南北朝割據地形又授以左氏春秋

曰此二十一史權輿也時公舅氏華霞峯先生學泉以經學名世高紫超先生愈通三禮學公遊其門晨夕究論得治經法及罷中書歸思立言以垂不朽於諸經沈潛往復鈎貫旁通久之用史遷諸表例著春秋大事表若干卷輿圖一卷大事表首列時令表明商周皆改時改月以正胡氏及蔡氏書傳之非於吉禮表詳列十二公即位或不書即位明夫子皆據事實書以正聖人以天自處貶黜君父之謬列朔閏及長歷拾遺二表以補杜氏長律而二百四十二年之時日屈指可數列疆域及犬牙相錯五表而一百四十國之地理聚米可圖郊禘社雩崩薨辛葬蒐田大閱會享逆女納幣雜然繁縟列吉凶軍賓嘉五表以紀天子諸侯禮儀上陵下替之情形稅以足食賦以足兵乃魯稅畝而田制壞作邱甲而兵制又壞之列田賦軍旅而表以志強臣竊命損下剝上之實霸統興而王道絕周室夷爲列國霸統絕而諸侯散列國淆爲戰爭列爭盟凡五交兵凡七以紀春秋盛衰考鏡世變晉楚爭衡中互爲勝負主兵事者左氏備載其人列晉中軍楚令尹二表以志二國強弱之由宋鄭爲天下樞晉楚交爭宋鄭尤被其害子產有辭而諸侯是賴向戌爲弭兵之說而中夏以靡列宋鄭二執政表以志二國向背關於天下之故王室既卑魯亦守府自襄王錫晉南陽而勢益不振魯自僖公賜費而季日益強列王迹拾遺魯政下逮二表以志周魯陵遲之漸禘即祫祫即禘一祭二名朱子取趙伯循說謂祭始祖之所自出不知帝嚳原非稷契之父生民長發皆商周尊祖禘祀之樂歌斷無稱母不稱父之理著禘祫說以明戴記祭

法大傳之誣去姜存氏去氏存姜杜孔斷爲闕文宋儒謂各有意義不知二姜罪惡豈待去姓氏而明況上下截去一字人知誰某聖人斷無此文法以待後人推測列闕文表以掃後儒穿鑿支離之習三傳各執一是靡所適從列三傳異同表以祛說經偏枯之弊列四裔表別其部落詳其姓氏以正史遷允宗姬宗目爲兄弟之妄列兵謀表以志孫吳韜畧之始列三經表以志漢宋儒者說經傳義之祖大河遷徙不常周定王五年河徙係已未爲魯宣公七年春秋以河爲境者六國獨係於衛列河未徙已徙二圖以志春秋與禹貢河源又遷變之自凡目五十爲卷六十有四又著毛詩訂詁五十餘卷於吳天有成命及噫嘻執競三詩則從歐陽及朱傳以成康爲成王康王而斥毛鄭迂曲難通於魯頌戎狄是膺荆舒是懲則從王魯齋說謂爲周公之事疑詩中有錯簡於鄭風同車褰裳狡童諸詩則以狂且爲斥宋莊公非刺忽而於朱子之淫奔亦無取焉於唐風杕杜三詩則指晉惠公之欲殺重耳宜列在采苓之後於衛之淇澳鄭之緇衣齊之雞鳴唐之蟋蟀則謂諸國正風猶有一二存者而非可將變風一槩論定又著論二十四首附於各篇之後會有　詔保舉經學以二書進呈廷臣稱其說理醇正斷古人之疑案便學者之記誦可謂篤志於經學者語見孫嘉淦等奏疏外有毛詩類釋二十四卷尚書質疑三卷司馬溫公年譜八卷王荆公年譜四卷萬卷樓初稿二稿若干卷藏於家公性坦易與人交不設城府交遊中有孝義

忠節可傳後世者不憚闡揚而操守謹嚴
不爲利動兩淮盧運司極敬愛公方謀築
塔邗上鹽商某某爭先爲之媚寵也爭者
謂若得公一言致盧盧必允以告公公許
之公初不知其爭也其人出語公僕曰事
成當以千金爲壽公聞之曰若市我乎遂
絶之河南雅撫軍具千金幣聘至大梁書
院公以先與同年鄧悔庵訂兩浙閱文之
約辭不赴他日賦詩云憶昔抗聲辭萬乘
也曾拂袖却千金其篤學明義類如此

讀公孫弘傳

公孫丞相六十餘倚杖牧豕東海隅學成老奸能
變化曲學阿世逢時須策奏天子擢第一衣冠甚
偉容舒徐外寬意忌貌儒者內深刺骨豺狼俱收
召張湯作牙爪族偃徙董無須臾世人罵儒從此
輩反令顏孔遭揶揄轅固正言若不聞汲黯庭毀
詐若愚孔光馮道不絶種豈知此老爲權輿耄年
發跡至顯貴終懷相印歸田廬始終見稱惟一節
幸有諫伐匈奴書

過雎州寧陵縣有作

策蹇逝南旋行行心未巳平原莽曠蕩遠樹望如
薺垂楊夾道周槃戟宛相似黃雲鋪田疇比戶種
梨柿雎陽古戰場張許功千祀是時望風靡四郊
皆賊壘寧陵峙其東相與爲唇齒賊欲斷其後併
兵先困此斬馘無遺逋軍聲日以起嬰城二載餘
卒與城同燬一身抗兇鋒萬里安耒耜藉非巨手
撐平行過江矣東京未及收東南早如洗乃知設
險功不在山河美江淮所障蔽平地四無倚屹然
當其衝衆志成城耳我來此地遊四望直如砥南
北有戰爭往往從茲始晉楚交兵時析骸并易子

劉項龍闘野天風起雎水得人斯爲貴地險安足
恃停車日巳晚感慨寄前史

留別程風衣四十韻兼論春秋大事表

嚴冬廻棹冰粼粼故人送我河之濱畫作山水平
遠幅幅中不覺生陽春長歌贈別慨且慷臨岐握
手何彷徨江水蒼茫界南北感君此意同深長我
滯淮濆經兩歲相見聚談無別事春秋往復累百
千夢寐宣尼得微意君每一見輒嘆絶此論從今
應不易疾讀數行曉深處高吟拍案爲起舞一從
公穀恣狂瞽杜孔啖趙幾淸楚康侯旋復起支離

至今迷濛如宿莽東海刊行數十家徒滋衆說相
紛拏節齋程氏端學則堂家氏鉉翁相祖述夾漈鄭氏樵益復
重蒙遮三家皆以春王正月爲夏正學者見之重結膈茫茫大
海誰與適引經據論各成書彌縫更復無瑕隙從
此求經經愈遠沿枝尋葉忘根本譬如白日障浮
雲終古黑夜增煩懣獨有元儒張翠屏張氏日寧力持
周正豁沉溟諸儒贅論如落葉醉夢叢中我獨醒
其餘亦各有長處未免拘執多回護齟生短視亻
亍行十步回頭五步顧讀書要當登天衢極目千
里窮所如宣尼微旨今何在只是當年據實書我

從遺經尋義諦盡掃紛紜諸則例褒貶微情倏忽
分應看當日居何勢少陵一代千首詩天寶肅代
不同時太平離亂俱有作討賊銷兵各異辭世儒
强解從一律刻舟膠柱拘形迹寒暑一令同衣裝
夏着綿裘冬衣葛是皆於事未熟覽致令經義從
幽闇以管窺天天一隅誰知頃刻雲霞捲從古知
人須論世世態變遷褒貶異白衣蒼狗自昔傳何
况春秋是末季義理人心所同然屬辭比事得眞
詮求之太客逾遼遠至義要當在眼前鑽穴十年
如攻城一番攻破一番平於今觸處無停滯鼓枻
中流自在行君今惠我春風圖山平水遠足歡娛
彷彿窮經得意處目不給賞堪怡愉多君知言兼
好我臨别緒論陳瑣瑣更繪新圖送遠行乘風擊
楫無掀簸

正月十四夜泊建寧城外

春來漫說短長亭迢遞離腸酒易醒兩岸青山圍
素月一溪寒水宿殘星人依樹色經年老舟帶灘
聲午夜聽料得家鄉燈火鬧可知客路在郊坰

壽同年陸卷阿七十

少時曾識天隨子詠諧劇謔心未已揮毫橫掃數

千言險韻詰屈無瑕呰呼盧動輒連晝宵鄙棄俗
學猶泥滓中歲偕我登賢書旋遭黜落仍歡娛三
都賦就成豪士八極橫空恣所如終以文章蒙甄
錄鳳凰池上追遺躅朝從　紫禁捧天書夕列紅
鐙燒樺燭此時我賦歸去來東西南北衝塵埃長
安咫尺望不到江南暮雨生秋苔羨君意氣老逾
盛扶搖九萬凌風競薊北秋高塞草肥短衣匹馬
衛　王命洊歷風霜去不歸十年世事不勝悲童
烏零落傷孤另弱女伶仃色笑違男兒橫行厭廊
廡剛腸不道別離苦直將萬里等家鄉底須刺促

憐兒女聞道今年屆古稀長筵引滿繡羅幃閨中
新得如花女且咏樽前柳絮飛藍田日暖熊羆卜
應愧阿翁髮如玉侍兒再拜獻新詩點竄淋漓餘
尺幅願君更歷千百年瓊芝瑤草長堦前南阡北
陌頻來往二老風流可比肩

劉孝子萬里尋親歌四十二韵 孝子單縣人庠生父典邦爲雲南澂江府經歷知吳逆將叛棄官逃至騰越之界頭鎮西南去澂江二千五百里緬甸八百媳婦諸國在其北

人生純孝通神鬼寧論千里與萬里盜賊投刃感
至誠逆旅邑從相爲死我聞山東劉孝子有父遠

宦澂江水吳逆亂起煙漲天音書隔絕兵戈裏長
戟利矛阻險隘屠戮生人到雞豕母子哀哀相抱
哭是否存亡驚入耳亂定訣母去尋父兩地骨肉
猶彼此親戚祖道傷別離兀如死灰心有以是時
魂飛滇海南展轉百結情靡靡中途抱病僕告殂
煢煢弱體更誰恃慟哭呼天天欲昏逆旅主人感
流涕王君良梧信人傑許共馳驅執鞭箠乃知至
性感異類何况四海猶兄弟烽煙初息亂未定亂
兵刼掠入城市城門晝閉旅舍空深林茂樹望投
止途遇亂兵遭刼質爲語其故兒啖弭王君仗劍
前後護夜同露宿晨共起十生九死到官所父已
避地騰越鄙屆指郵程餘二千苦辭王君別荆杞
王君慷慨誓不顧爲德不卒古所恥騰越遠在瀘
水南北望緬甸猶隣比崇箐大壑絶鳥道前有猛
虎後蒼兕控弦露刃遮道過腰懸人頭斷脚趾攀
緣側足同猿猱性命久已拚刀几孝子尋親親不
還王君胡爲亦在此信知至孝通天地能聯行路
爲一體展轉詢至界頭鎮入門一哭動隣里面目
黧黑乍不識漸通語音我兒是天旋地轉感翻覆
竟如來生結父子翁因不受逆臣節遁逃於此贅

張氏昔憂無父今兩母喜極生悲更添喜宛轉哀
號勸母還統計勝從踰十指絶處逢生天所佑無
憂匱絶悲行李萬里生還骨肉完更得艮媛同妯
娌出入省視在門內無勞陟岵兼陟屺踰年父殁
張亦殂更立義男主禋祀孝子之母踰百齡子孝
母壽稱兩美並邀綽楔雙巍峩大書深刻光有煒
王君來訪爲娶婦分與田宅相依倚復邀其弟入
販籍昔歷窮荒今在邇嗚呼孝子之孝空古今王
君信義能有幾

自題春秋大事表

滄海初看幾横流參差晉楚互紛糾分明書出輸贏局憑仗書生爲點籌

宣聖精神費手裁千秋粉本漫成灰誰知盲左闕心切親見當年國史來

仲父經營儘可觀成周殘局藉完安貴王賤霸紛紛者抛却河山袖手看

梁溪詩鈔卷二十九

受業龔　球　介堂校

後記

無錫是中國吴文化的發祥地。七千多年悠久歷史與文明，造就了『梁溪明秀之區，衣冠禮樂甲于江左』的城市人文傳統和深厚的歷史文化底藴。數千年來，文脉綿延，永世流芳。邵寶在《錫山遺響》序中曾經這樣描述：『錫之爲邑，在三吴間。山水清麗豐曠，生其地者，多沉雅秀整，以文名家，代不乏人，詩文之一也。』文化已經成爲這座城市最本色的氣質。爲傳承吴地文明，建設文化名城，進一步彰顯無錫城市内在精神特質，經過幾年的精心策劃，旨在全面整理地方文化典籍的《無錫文庫》編纂出版工作于二〇一〇年全面啓動，二〇一一年起陸續與讀者見面了。

無錫的城市文化曾經爲中華文化寶庫作出過巨大貢獻。顧愷之、倪瓚、王紱、鄒一桂、賀天健、徐悲鴻、錢松嵒、吴冠中，如松秀群嶺，在中國繪畫史上擁有很高的地位；華秋蘋、楊蔭瀏、劉天華、華彦鈞（阿炳），乃韵動天籟，對中國音樂發展發揮了重要作用；李紳、蔣防、尤袤、蔣捷、陳維崧、顧貞觀、嚴繩孫、周濟、劉半農，皆胸懷錦綉，在中國文學史上可謂各領風騷；計六奇、顧祖禹、顧棟高、秦蕙田、嵇璜、錢基博、錢穆、錢鍾書、錢海岳，可稱堂奥廣庭，學造淵源，在中國學術史上卓然大家；顧憲成、高攀龍之東林，唐文治之『國專』，徐霞客之游記，徐壽、華蘅芳之『格致之學』，陳翰笙、錢俊瑞、孫冶方、薛暮橋之經濟學，都堪稱中華文化史上的一座座高峰，至今閃耀着炫目的光芒。

深厚的歷史文化底蘊激發了無錫城市的文化自覺。市委、市政府滿懷對鄉土誠摯之情、對文化敬畏之感，以義不容辭的責任擔當，致力於文化强市建設，以科學的理念和方式對歷史文化遺産作全方位的觀照、深層次的發掘、系統性的保護，匯四海之智，舉全市之力，共襄文化建設盛舉。二〇〇六年十二月，無錫市成功申報國家歷史文化名城，標志着新一輪文化意識的覺醒，并迅速轉化爲文化自覺的實踐。近年來，我市全面啓動惠山、清名橋、小婁巷、榮巷、蕩口等五個歷史文化街區和十個古村落保護修復工程，『護其貌，顯其顔，鑄其魂，揚其韵』；鴻山遺址成功保護的經驗被國家文物局譽爲大遺址保護『無錫模式』，并被授予首批國家考古大遺址公園，闔閭城遺址考古發現則確立了歷史上無錫曾作爲吴王闔閭都城的地位；建成開放六十餘座博物館、名人故居和紀念館；對無錫的非物質文化遺産予以重點保護；每年春天舉辦的中國（無錫）吴文化節、中國文化遺産保護論壇成爲文化亮點，享譽海内外。這些舉措遵循規律，探索文化建設體制和機制的創新，形成了寶貴的『無錫經驗』，得到海内外學者、專家的一致肯定。

在注重保護歷史文化遺存的過程中，發掘、整理無錫歷史文獻著作，展示和弘揚無錫城市的思想精神世界，自然而然成爲大家關注的重點。二〇〇六年，市委宣傳部組織無錫文史專家、學者編撰的十七册三百萬字的《無錫文化叢書》正式出版，引起强烈反響，出版後供不應求，在二〇〇八年再版加印。《無錫文化叢書》集中反映了無錫城市文化精華，展示了無錫城市文化特質，彰顯了無錫歷史文化的厚重，同時也告訴人們，文化精神的傳遞是文化繁榮發展的重要内涵，一旦擦去歲月蒙塵，優秀的歷史文化就會轉化成爲取之不盡的精神財富。

爲了進一步彰顯城市歷史文化底藴，二〇〇七年，市委、市政府將全面系統整理無錫文化典籍擺上工作議事日程，明確提出編纂《無錫文庫》。由于無錫歷史文化底藴深厚，卷帙浩繁，内容豐富，編纂工作千頭萬緒，要想整理出一部簡明扼要而又内容翔實、主旨鮮明而又文質彬彬的文獻集成，難度遠大于預想。爲此，我們先後成立了《無錫文庫》工作委員會和編輯委員會，加强對編纂出版工作的組織領導與統籌協調，在尊重歷史、尊重規律、尊重科學、尊重專家的基礎上，積極推進文庫編纂工作。編輯委員會經過反復論證，明確原則，綱舉目張，有條不紊地開展工作。充分憑借地方文史專家的優勢，充分發揮高校人文學院、研究機構的作用，充分依靠出版機構的專業經驗，并邀請國内外著名文史專家指導、把關，形成了文庫編纂的工作合力。

在編輯過程中，我們力求使《無錫文庫》成爲經得起歷史考驗的鄉邦文獻集成。

全面規劃又保持開放結構。面對豐富的歷史文化積澱，没有規劃就不可能形成清晰的編纂思路。在前期編纂工作中，編輯委員會經過二十餘次的論證會和專題研討會，形成并確定了《無錫文庫》總書目，明確了收録範圍和内容主體，立足無錫市區，兼顧江陰、宜興，主要體現無錫本土内容，突出人文科學，適當兼顧其他門類。據此，《無錫文庫》收録圖書五百五十餘種，分爲五輯：第一輯『官修舊志』，收編無錫地方志（含江陰、宜興）；第二輯『地方史料專著』，收編反映無錫地方史料的專著與筆記；第三輯『年譜家乘』，收編無錫（含江陰、宜興）地方名人年譜和望族的家譜；第四輯『無錫文存』，收編歷史上無錫作家詩文和專著的精華；第五輯『近現代名家名著存目』，編撰無錫近現代名家名著的書目提要。爲使文庫具有更大的開放度和包容量，《無錫文庫》注重整體設計，在框架分類上既注意整合，又突出重點，考慮到文庫的涵蓋面和系統性；在書目選擇上既注重經典性，又强調代表性，兼顧到圖書本身質量和作者特點；在出版方式上既總體規劃、循序推進，又采取較爲靈活的方式，成熟一批出版一批，不編序號，爲今後增補書目預留空間。

尊重歷史又反映時代特色。《無錫文庫》注重歷史性與時代性相結合，以嶄新的學術角度和現代學科理念對城市歷史文化進行整理和弘揚。編纂工作充分體現對歷史傳統的尊重，儘可能減少評述性成分，杜絶截割、改篡、增删圖書内容，對節選本衹采取作者的自選本。與此同時，以現代學術視野來看待傳統史料，增加收録有價值的歷史資料和文獻，如對民國時期的一些稿本、期刊、會刊、紀念册也予以應有的關注，收入了部分重要的民間史料。

保持原貌又便于讀者查閱。《無錫文庫》除第五輯外，全部采用原版影印方式，力争選擇最優版本作底本，保持文獻著作的歷史面目。爲了便于閲讀、查證、使用、研究，每一輯均撰寫編輯説明，每種書撰寫提要，并編撰《文庫》書目索引。通過這樣的方式，使《無錫文庫》兼具工具書檢索的作用，增强文化典籍整理的實用功能。

如期完成又精益求精。《無錫文庫》作爲一項重大文化工程，編纂工作面廣量大，必須集中力量，一鼓作氣。我們明確，從編纂工作全面啓動開始，花三年時間完成《無錫文庫》出版工作。《無錫文庫》總書目形成後，五輯的書目編纂工作同時開展、整體推進。我們要求，《無錫文庫》編纂出版工作要强化精品意識，力求思想精深、内容精彩、選編精當、學風精良、裝幀精美。文庫編纂出版的每個環節都反復論證推敲，確保經得起歷史檢驗。

《無錫文庫》的編纂出版工作，得到了鳳凰出版傳媒集團的大力支持，鳳凰出版社在版本選擇、編輯出版方面做了細緻的工作；由于《無錫文庫》收録的資料有三分之二散落在全國各圖書館中，中國國家圖書館、上海圖書館、南京圖書館等一批國内知名圖書館爲此提供了積極的幫助；應邀擔任《無錫文庫》學術顧問的專家，都是無錫籍的文化名人和國内一流的古籍研究專家，他們有的不顧年事已高，有的不顧自身工作繁忙，爲《無錫文庫》的編纂工作付出辛勤勞動；《無錫文庫》工作委員會和編輯委員會成員以及編務人員在文庫編纂出版過程中做了大量的工作。在此，謹向他們表示崇高的敬意和由衷的謝忱！

由於《無錫文庫》收録内容涉及範圍廣，時間跨度長，部分書目已經散佚，可利用資料受到限制，加之編輯委員會水平有限，《無錫文庫》的編纂工作難免會有一些疏漏和錯誤，不當之處敬請讀者指正。

王立人

二〇一一年一月

無錫文庫

第四輯

梁溪詩鈔（二）

鳳凰出版傳媒集團
鳳凰出版社

無錫文庫工作委員會

無錫文庫編輯委員會

無錫文庫學術顧問

（按姓氏筆畫排列）

朱玉麒　朱維錚　江慶柏　李文海

沈衛榮　武秀成　金良年　胡福明

莫礪鋒　徐中玉　陳熙中　許倬雲

張仲禮　張廷銀　彭　林　程章燦

馮　遠　馮其庸　楊天石　趙生群

劉玉才　錢　遜　錢中文　錢文忠

總序

七千年文明史，三千年建城史，江南名城無錫，襟長江依太湖，自古以來就是魚米之鄉，禮儀之邦。無錫文化自泰伯南奔以來，騰蛟起鳳，尚德崇文，在數千年的傳承發展中，教化常持，經世務實，人杰輩出，大家林立，文藻絢麗，錯彩鏤金。舍南舍北皆春水，欲與湖山作主人，數千年的人文傳統，賦予了風光秀美的無錫以獨特的文化魅力，鑄就了城市剛柔相濟、秀逸清麗的的文化品格。

無錫是中國吴文化的發源地。早在商代晚期，周太王古公亶父的長子泰伯三讓王位，携其弟仲雍奔吴，定居無錫梅里，建『勾吴國』，『端委以治周禮』，施以禮儀教化；興修水利，授以農桑，不數年而『民人殷富』。泰伯帶來的中原文化與無錫本地土著文明相結合，吴文化以及作爲其重要組成部分的無錫文化就此發端。晋室南渡，北方人群大量南遷，帶來了中原的文化技術，促進了無錫農業、水利、手工業和商業的發展，中原文明再度與吴文化進行融合互滲。在本土文化與异地文化的碰撞和交融中，不斷推動着無錫這座城市的文明進步。

無錫歷史文化『追歷七千餘載歲月滌蕩，遂經四大轉折而成其廣大深厚：泰伯西來，吴文化成焉；永嘉南渡，江左文脉振焉；宋室波遷，江南文風始焉；歐風東漸，錫邑占風氣之先，民族工商文化始焉。數百代鄉彦賢達智慧與創造累積，文獻足徵，無慮百千』（《錫山先哲叢刊》重版弁言）。無錫文化以兼容并蓄多樣化的形態不斷發展。

崇文尚教，以教促文。北宋嘉祐三年（一〇五八），無錫始設縣學；北宋政和元年（一一一一），理學傳人楊時在無錫創建東林書院，此後無錫出現了喻樗、尤袤、李祥、蔣重珍等一批知名的教育家。至明代，顧憲成、高攀龍等在東林書院講學，此後又有許多書院相繼而起。古代無錫對教育的重視，促進了『崇文』和『尚教』的風氣，也造就了大量的人才。自隋朝開創科舉取士到清末廢除科舉，無錫共出了五名狀元、三名榜眼、六名探花和三名傳臚，并有五百四十名進士，一千二百多名舉人；『一榜九進士』、『六科三解元』，自古傳爲佳話。近代以來，經濟的繁榮進一步帶動了教育的興盛。無錫籍國學大師錢穆曾説：『晚清以下，群呼教育救國，無錫一縣最先起。』此後無錫的實業家紛紛出資興辦文化教育事業。教育的繁興，在極大程度上促進了無錫的文化發展，出現了空前的文化人才崛起的高峰。

文脉綿延，後出轉强。歷來『文化』的概念有廣義和狹義之分，這裏的『文脉』之『文』，用的是狹義的概念，即指經史、文學、藝術等人類所創造的精神財富的總和。在無錫的歷史文化傳統中，自古及今，悠悠文脉，如瓜瓞之綿綿。必須指出的是，從文化發生學的角度來看，早期中華文化的中心是在黄河流域的中原地區，無錫在宋元以前，雖有像顧愷之、李紳、尤袤、蔣捷、倪瓚等一批人文英才，但在整體上，無錫的文氣是自明清以迄近現代達到巔峰。在整個江南地區文教昌明和無錫經濟繁盛、教育勃興的大背景下，無錫地區在經史、文學、繪畫、音樂等諸多領域中，建樹卓越，俊才雲蒸，真正呈現出『人文之盛，冠於南國；碩彦輩出，著述繁實』的局面。

求實務本、重工崇商。無錫自古爲江南富庶之地、魚米之鄉。明代東林講學者將士商并列爲『本行』，講求經世致用；近代早期維新的思想家、實踐家薛福成提出『黜浮靡，崇實學』，大力倡揚『工商爲先，耕戰植其基，工商擴其用』的觀念，這些都成了近代以來無錫人求實務本、重工崇商的重要的思想根源；兼以明清時期，封建自然經濟解體，資本主義開始萌芽，無錫經濟日趨繁盛。鴉片戰争以後，上海開埠，由於商品經濟的發展和商業資本積累的增加，逐步形成了一個以上海爲中心的，北接江陰、靖江，西連蘇州、無錫、常州的經濟區域。有布、米、絲、錢『四大碼頭』的無錫，被譽爲『小上海』。到了十九世紀末、二十世紀初，無錫許多有識之士積極引進西方生産技術，大力興辦工廠，形成了近代六大資本系統，無錫成了近代中國民族工商業的發祥地和蘇南經濟中心。經濟的繁盛，不僅爲無錫文化的不斷發展提供了堅實的物質基礎，而且也形成了無錫文化的主流形態之一的，具有鮮明特色和豐富内涵的『工商文化』。

文化源長，文獻宏大。在歷史上，無錫有過兩次較大規模的文化整理。一八九九年，《常州先哲遺書》是包涵無錫城市在内的第一次區域性文化整理集成。一九二三年，《錫山先哲叢刊》是無錫真正意義上從城市角度進行的一次文化整理。當時，國家積貧積弱，社會動蕩離亂，身處亂世的有識之士高擎文化的旗幟，以縱覽千古的魄力和毅力致力於城市文化傳統的繼承與弘揚，爲無錫地方人文教育提供了文化楷模，對增强無錫崇文興教氛圍發揮了重要的作用，爲無錫躋身江南名城提供了文化動力，其意義至今爲後人感念。

滄桑巨變，天上人間。經過近一個世紀的奮鬥探索，特别是改革開放三十多年來的迅猛發展，中華民族强勢崛起。國運昌隆，盛世修典。中共無錫市委、市政府高度重視地方傳統文化的整理弘揚工作。自二〇〇七年提出『建設文明無錫，打造文化名城』以來，無錫全面深入開展歷史文化遺産的挖掘、清理、保護和修復工作，傳承弘揚優秀傳統文化，彰顯城市人文歷史底藴，掀起歷史文化名城建設新高潮。此後，市委、市政府在《無錫市文化大發展大繁榮行動綱要》中明確要求全面整理出版地方歷史文獻，市委、市政府在《關於深化文化體制改革加快文化强市建設的决定》中再次明確要求編纂《無錫文庫》，正式啓動迄今爲止無錫地區規模最大、綜合性鄉邦文獻集成的修編工作。爲確保《無錫文庫》的編纂工作順利進行，市委、市政府專門成立了『無錫文庫工作委員會』，由市委宣傳部牽頭，設立了『無錫文庫編輯委員會』，計劃用三年時間完成編纂出版工作。《無錫文庫》的編纂，將以嶄新的學術角度和現代學科框架對城市歷史文化進行全面梳理和弘揚，站在時代的高度，充分展示城市深厚的歷史底藴，彰顯先賢哲人的智慧創造，解讀無錫文化的獨特個性，提煉升華無錫的人文精神，光前裕後，古爲今用，以文化人，由人化文，以史爲鑒，開啓未來。

《無錫文庫》的編纂出版必將發揮重要的文化功能：首先是搶救文獻。無錫自古即有豐富的地方文獻，無論經史子集，都有重要著作流傳於世。然而無錫近代歷經戰亂，一些重要典籍已毁佚，僅有書名存留；還有一些珍貴的明清地方史籍，也以孤本存世，處於若存若亡之間。由於各種原因，一些代表無錫文化的典籍保存於國内外各大圖書館中，在無錫不易見到。從清末到民國期間，在文化上有不少重要成果，而這部分書籍因長期被忽視而處於毁佚的邊緣。《無錫文庫》的編纂就是爲了搶救文獻，保存文脉。其次是古籍整理。無錫先賢留下的載籍很多，但現存書籍，版本雜亂，良莠不齊，整體而言没有經過系統編排梳理，使用不便。《無錫文庫》的編纂，就是從版本目録學的角度加以梳理，每書皆撰提要，鈎玄指要，便於閱讀使用。第三是服務大衆。《無錫文庫》所收皆爲地方古史遺文，是研究無錫歷史沿革和文化傳承的必讀書目。《無錫文庫》的編纂出版，使這些書籍的使用更加便捷和廣泛，對無錫的文化建設、城市規劃、古迹保護、名勝開發都具有很高的學術價值和實用價值。

歷史唯物主義觀是《無錫文庫》編纂出版工作的重要指導思想。《無錫文庫》是一部具有社會主義新時代特點的典籍集成，編纂理念和選編觀念更加科學，注重學術性、實用性和經典性相結合，并且儘量收入古籍版本研究的新成果，廣泛收集流散在國内外的珍貴典籍。編纂工作中，始終堅持『尊重歷史、尊重科學、尊重規律、尊重專家』的原則，堅持『雙百』方針，對傳統文化中重要的不同學派、不同觀點的資料兼收并蓄，力求客觀、完整和全面。當然，《無錫文庫》不可能包羅萬象，而以文史哲爲主要内容，兼顧其他類别著述，整體呈現出無錫歷史文化的發展脉絡。强化編纂工作的學術規範，提倡實事求是的良好學風，對文庫的整體規模、體例框架、所收書目、版式裝幀等進行反復論證，反復比較，多方聽取意見，慎之又慎，力争使《無錫文庫》成爲一部真正代表無錫文化的綜合性鄉邦文獻集成。

編纂出版《無錫文庫》的盛舉，得到了海内外衆多著名的文史專家、學者教授的熱烈響應。許倬雲、馮其庸、楊天石、李文海、徐中玉、馮遠、胡福明等無錫籍文化名人和劉玉才、程章燦、江慶柏、張廷銀、金良年等專家學者應邀擔任《無錫文庫》的學術顧問，他們扎實的學術功底、嚴謹的治學風範、卓越的學術見識，爲《無錫文庫》提供了有力的支撑。

千年吴地文明，百年工商繁華，賦予無錫人聰慧和靈秀，創造了具有獨特品質的城市文化和城市精神。當我們手捧先哲留下的珍貴文化遺産，不僅滿懷感恩、敬畏之心，更涌動着不負前賢、勵志圖新的激情，去努力創造城市文化嶄新的輝煌，讓無錫文化大發展大繁榮的春天更加姹紫嫣紅、繽紛燦爛！

無錫文庫編輯委員會

二〇一一年一月

凡例

一、《文庫》所收爲無錫籍作家的著述和與無錫相關的歷代文獻，分爲《官修舊志》、《地方史料專著》、《年譜家乘》、《無錫文存》和《近現代名家名著存目》五輯。

二、無錫地域範圍以現行行政轄區爲準。《文庫》立足無錫市區，兼顧江陰、宜興，適當選收江陰、宜興具有代表性的著作。

三、《文庫》所收著作，以史料價值高、使用價值大爲原則，適當兼顧其版本價值。

四、《文庫》主要采用影印方式出版，《近現代名家名著存目》收入作家小傳和主要著述目録。

五、《文庫》所收著作，其編纂年代下限爲一九四九年；《近現代名家名著存目》則不受此限。

六、《文庫》所收著作，原書如有蠹損、殘缺、漫漶不清處，原則上以相同版本予以換頁、補頁，使全書清晰、整齊。

七、《文庫》對所收每種圖書，均撰寫提要，置於每種書扉頁之背面；每册均新編頁碼，自爲起訖。

八、《文庫》編制書名索引和著者索引，以方便讀者使用。

第四輯編輯説明

本輯爲《無錫文庫》之第四輯《無錫文存》，主要收録歷代無錫籍作家具有代表性的詩、詞、曲、文集或珍稀史料。

無錫歷來被譽爲人才輩出、人文薈萃之地，所謂『蒼聖造端，文教聿起，泰伯入吴，肇基梅里，由是人文之盛，冠於南國。碩彦輩出，著述繁實』（高鏷泉《錫金歷朝著述書目考》序）。明代以前，無錫地區就已出現顧愷之、李紳、尤袤、蔣捷、倪瓚等一代名家；到了明清時期，這種『碩彦輩出，著述繁實』的特點得以充分地體現。據對《江蘇藝文志·無錫卷》一書的統計，古代無錫地區（包括江陰市和宜興市）有著述存世或見於載籍的作者，從東漢到元代有一百四十餘家，而明清時期則多達四千四百餘家。其中，尤以詩、詞、曲、文别集爲多，并且湧現了如吴炳、陳維崧、萬樹、顧貞觀、嵇永仁、楊潮觀、周濟、蔣春霖等一大批在全國範圍内廣有影響、知名度很高的作家文人。

許久以來，無錫地區的許多文獻學家，致力於無錫歷史文化遺産的保護和流布。除了刊刻大量的别集外，還編撰和纂輯了許多無錫地區的地方文獻書目、地方文獻叢書和地方文學總集。地方文獻書目，如高鏷泉《錫金歷朝著述書目考》、無錫縣立圖書館《無錫縣立圖書館鄉賢部書目》、無錫市圖書館《無錫市圖書館館藏地方文獻目録》及續編、辛幹《無錫藝文志長編》、宫愛東主編《江蘇藝文志·無錫卷》等；地方文獻叢書，有侯鴻鑒、劉樹勛輯《錫山先哲叢刊》，金武祥編《江陰叢書》，謝鼎鎔輯《江陰先哲遺書》等；地方文獻總集，有莫息、潘繼芳輯《錫山遺響》，顧光旭輯《梁溪詩鈔》，侯學愈輯《續梁溪詩鈔》，周有壬輯《梁溪文鈔》，侯學愈輯《梁溪文續鈔》，王直、王鑒輯《錫山文集》，侯晰輯《梁溪詞選》，楊敦原編《江陰詩存》，顧季慈編《江上詩鈔》，謝鼎鎔編《江上詩鈔補》等。而《無錫文庫》的編選，正是建築在前賢們這些努力的基礎之上。

本編收録歷代無錫籍作家的作品集一百多種。所收作家作品的時間下限爲民國。民國以後的作家作品，則進入第五輯《近現代名家名著存目》中，作爲存目處理。

按照經、史、子、集四部的傳統圖書分類，本編主要收録集部的作品；間亦酌情收録少量其他部類的作品，如顧憲成《顧端文公大學通考一卷大學質言一卷大學重定一卷》及《大學意一卷中庸意二卷大學説一卷中庸説一卷語孟説略二卷》屬經部四書類，徐弘祖《徐霞客遊記》屬史部地理類，李浚《松窗雜録》、費衮《梁溪漫志》和李詡《戒庵老人漫筆》等筆記體作品屬子部雜學類或子部小説類。這些著述或因版本珍稀，或因影響廣遠，故而收録。

本編之前數册，收録《梁溪文鈔》、《梁溪文續鈔》、《錫山遺響》、《錫山文集》、《梁溪詩鈔》、《續梁溪詩鈔》、《梁溪詞選》等無錫地區詩、詞、文總集；其餘各册，所收皆爲單集作品。

各總集内的作品，雖然與各單集内的作品會有少量的重複，但其中還收録有大量未選入本編單集中的作家作品，再加上這些作家的小傳，便使得這些總集具有了很高的文獻資料價值。

各册之間的順序，以歷史年代先後編排。所收録的單集作品，如卷帙較大者，則一種編爲一册或數册，如薛福成《薛叔耘遺著十六種》等；篇幅較小者，則或按年代先後，或按文體類别，或按家族關係，由數種編爲一册。

目録

梁溪詩鈔（二）

（清）顧光旭 輯

梁溪詩鈔目錄卷之三十

國朝康熙十二

王逸老邦采 二十一首

徐秀才漢倬 一首

黄秀才泳 一首

施秀才鉉高 一首

俞司教玉局 十二首

華秀才昭發 二首

殷秀才宏寅 九首

鄒明經祖符 七首

姚白怡樂 四首

錢學博袁英 一首

秦明經宏鑄 八首

王上舍興仁 一首

華處士祖栻 一首

華秀才碩沅 一首

王秀才志琪 一首

陸秀才天儀 十八首

秦秀才尚烈 十一首

錢布衣允亨 十二首

鄒贍公士荀 一首

秦封公東田 六首

劉秀才本楙 七首

范孝子備五 一首

王雙木松 一首

華大令有恒 一首

鄒封公嘉升 九首

以上共二十五人

梁溪詩鈔卷三十

梁溪顧　光旭　華陽氏集

國朝

王逸老邦采

字貽六晚年自署曰逸老亦曰逸人諸生弱冠遊庠數蹋省門不利中年善病棄舉子業大肆力於古六經性理諸書殫心研說探抉奧窔而口不言性命崇實行也經疑則隨手劄記史論亦然嘗曰讀史當識其大者人物瑣細描畫處彼自爲文耳無關緊要古今興衰治亂事機得失人物邪正縱橫貫串獨見其大後進有質疑就正者必窮原竟委不憚諄復發人神智所居斗室常扃戶非所欲見扣之輒不應古今法書名畫張滿四壁日夕偃仰其中興到捉筆爲詩古文辭爲書爲畫皆入妙而不肯出以示人著離騷注釋於前人多所辨正又注徐節孝晁具茨吳淵穎諸集行世又讀書隨記讀書續記讀書剩語皆付剞劂其他著述甚夥今皆散軼不可復覩邑

志文苑有傳說者謂逸老生平有倪高士之風焉

示兒詩

素質不受染大路何曾岐惟彼翟與朱安用泣且悲緬懷古聖賢至道自坦夷君子患不學學則有餘師攻玉劘其瑕植苗而耘耔寧爲迂爲拙勿以遨以嬉日莫日以積德業日以滋百鍊耶谿鋌寸晷寒女絲苟能惜分陰古人豈遠而蒙莊亦有言厲人夜視兒汲汲惡似已天性量在茲吾衰日益甚爾曹其勉之

造化一大冶萬物陶其中天朝重文治四海皆從風智愚異其等楛菀無雷同好學量足貴不學心猶聾幸生先覺後詩書發其蒙潛心發妙悟若讀收全功古者高才人理明氣自雄吐辭或羞澀毋乃學未充勤當恣搜討文史足三冬不見鴻鵠翔猶俟毛羽豐

書懷

君不見東海有草名龍芻食之往往成龍駒又不見蚵魚三食神仙字中夜煌煌降星使物生大小不偶然一朝變化何通玄我生托此亦有命跰躃

無巽夔憐蚿幾回嘔心進知已附膚落毛聊爾耳劍鋏歸來鬢着霜粟囊無底餓欲死經明不明且歸耕莫教漏盡聞鐘鳴青山容我老疎拙舉手笑謝曹邱生

莫照

莫照團圓月月滿光將缺莫開爛熳花花飛入隣家隣家少婦春眠重花影壓簾方破夢披幃手寫楚明光乳燕銜泥繞畫梁差池下上呢喃語五戊雙雙自來去

雜咏五首 二存

枚皋稱敏疾長卿自淹遲廟堂戎馬間用之各有宜文章信小技恒若相詆訾虛名亂其真愁絕賦清思

學海不至海學山不至山所當惜一簣奈何坐井觀乘光或梯屋對食且忘餐重嗟紈綺習坐令芳歲殘

春遊辭

川光晶晶平如翦山氣濛濛舒復卷深林翳翳望不穿勝地盤盤爭受選金丸公子試羅衣紫騮驕嘶草正肥蛺蝶雙雙若有意若近若遠隨風飛兩岸花明香滿路髣髴武陵蹊盡處山廻峯轉白雲深野色蒼茫愁欲莫岸幘簪花汗漫遊酒酣有客彈箜篌箜篌調苦不可聽臺歌榭舞樂未休

歲暮

歲暮百憂并獨夜寒牕坐冥觀造化意情與事左左大運無錯忤斯論諒未果熱者渴求水寒者慄投火我欲韜退跡衆乃曰耐可不然柔其骨側身事委瑣計拙心未降悲叱多坎坷妻妻霜露意跕跕飛鳶墮會當遊滄溟一鼓凌風舸

題蓉帆圖

芙蓉華滿芙蓉湖芙蓉湖上登仙艫一幅輕帆漾晴碧山光水色循檣遊不染京洛塵豈是煙波徒舟中何所有茶鐺棋局劍琴書問君誰爲侶膝前攜兩麒麟雛清徹者神敷腴其膚大兒學得手摻濟川楫小兒持竿逐鷺相嬉娛人生如此自快意吳生好手爲之圖爲我問朱君肯分一半無

題金粟山房

平居愛幽僻入夜靜較可掃葉煮新茶廻風落殘果披襟對山月隔林見村火坐久不聞喧禪關白雲鎖

題雲山圖

意與雲山親寫出雲山意雲山千萬重伊人治何
事朝看白雲出暮與白雲居白雲多變態青山自
如如

老至

種種胡爲者淚將衰白傳哌情秋夜薄靈氣道書
甑茗煮辭柯葉琴調膠柱紘馳彈宛飛電長此自
推遷

題扇

先生逸與定何如煮茗焚香坐讀書許大乾坤看
梁溪詩鈔 卷三十 五
不盡攢峯凹處着吾廬

述懷

寂寥人事隱牆東惷惷憂心醉夢中右臂偏枯傷
杜老前身省悟詫房公僊人歲月今非昨顧我衣
冠介亦通白髮白來渾白盡灑然休笑北宮窮
倏逾强仕尚憂農錐處囊中不露鋒七步才高慚
繡虎三年功到悔屠龍典衣且進杯中物乞食誰
憐伮後鐘始信儒冠真誤爾秋高愁絕聽吟蛩
莫怪睛聰晝掩扉所嗟身與世相違饞魚不照鮫
人織海鷗能隨斥鷃飛賸有駒光殘射隙會看棘
露泣霜衣荒途徜遇金谿子笑問囊中孰是非
弓冶箕裘願已虛傳家非復舊田廬陳咸徒曉教
見諂趙括何能讀父書對客喜談先世澤空囊愁
料後人稍近來學得癡聾樣短鬢飄蕭氣自如
秋風健對一松孤直北遙看是帝都深訝上林全
借樹絕憐南郭近逃竽側身天地誰家子刺眼冠
裳淺丈夫破屋數間過客少寄情詩酒未教迂
終風盡偃玉山禾樂歲凶年一刹那上將開邊勳
業盛腐儒憂國轉輸多愁聞齊土懷甎俗喜誦康
衢擊壤歌能吏催科頻報最東南民力近如何
梁溪詩鈔 卷三十 六
我愛鄉居意味長近山近水足徜徉黃童白叟忘
年友春韭秋菘和稻香蛙吹池邊皆律呂蜂衙朝
候亦冠裳鄉居意味能如此却笑人間日夜狂

題秋林圖

綠樹濃陰合紅黃相間時江山無俗韻天地亦吾
師

徐秀才漢倬

字鳴皋諸生著有東園詩草邑志文苑傳
稱其澹於進取詩擬襄陽詞仿玉田不染
塵濁爲人謙退沖夷與之處矜躁都化對

親如孺子父歿哀毀不克終喪亦殁年僅
二十七初武進秦宮壁愛其才以女爲之
繼室女以節 旌

自題東園詩草

微風北牕來羲皇對牀席陶公有凉音饑寒實驅
廹作者代有人東皐起王績醉鄉日高枕逸氣出
秋壁豈惟屛滛哇亦復黜梟嗷古狄反微事多滯響
寫景饒秀色蒸蔚爲雲霞鬱勃走霹靂聲詩與樂
通由毖聖所仿盛唐李杜輿萬象盡開闢可憐千
載下何處弄筆墨吾生竟何事弱毫歎孤植如遊

空山阿寒溜凍幽石臘盡春漸穌氷雪滴餘瀝遂
成一脉水中涵小天碧遙見鯨魚歸復何能爲役
遠海生波瀾蛟龍有窟宅風濤中澒洞乃萬怪惶
惑落日收釣綸迴舟傍蘆荻

黃秀才泳

字海森號石壽諸生嘗客任香谷尚書四
川學署與陸高千陳璣先唱和任研齋以
師禮事之著有蜀遊草晉遊草

遊魏文靖公讀書臺贈邛州張刺史

魏公書臺鶴山址千載遺跡徒荒凉殘碑剝蝕苔
蘚没祇餘雙桂留芬芳文章幾遭兵燹刦子孫零
落堪悲傷三韓張君古賢牧瞻覽太息思彷徨披
榛剃莽闢遺構黙綴泉石紛老蒼聖賢道脉久必
復靈物守護天地藏我來高山一仰止讀書臺畔
猶羨牆藐然獨往恣幽討寒林秋色明斜陽松聲
竹韻送孤響彷彿六籍吹笙簧嗚呼世儒雜眞僞
素絲一一分緇黃浮雲散盡白日出豈有爝火能
爭光張君用意良不朽愷悌正直神所將斯臺終
古峙山麓淸風琴鶴遙相望

施秀才鉉高

字台孫諸生嘗與吾家復初祭酒同修河
南省志台孫富才華每發論驚四座鬚髯

欲張年七十猶赴省試意氣自如顧終不
遇著有遊梁草

鳳陽道中

策蹇鳳陽道狂飈天際聞千山爭欲俯萬壑迴難
分暝色全歸樹江聲半入雲古稱龍虎地佳氣自
氤氲

俞司教玉局

字爻心號卯茗選貢生官合肥縣教諭著

有卯茗船欵乃卯茗偉貌修髯讀書過目
成誦少學詩於吾家中以先生沈思苦吟
出入漢魏三唐而歸於南宋性孤介居京
師十餘年意所不可貴顯造廬弗納褐衣
疏食兀坐一室如退院僧邑志文苑有傳
卒年七十一卒之前數日曰吾以某日死
至期斥子孫盡去左右以父客死巳不及
覩含殮故也

三良詩

惠來林公 濤

惠來衆所母心地清而和詎惟恥擊斷幾欲廢譴
訶因之成歡笑老稚呼林婆校士極精嚴愼重童
子科稂莠痛剪除培植必嘉禾甲乙並妙選盛事
永不磨（壬辰童試首顧太史晉次趙秀才汝瑚）寛猛兩調劑善政何
偏頗謂余言失實盍聽輿人歌

新鄉殷公 元福

新鄉令南蘭吏治本經術兼篆古梅里希聖情彌
切下車便東林勤學信無匹儀封忘勢位民病咨
曲折首陳海洋禁次及煎熬物肝膽救瘡痍米鹽
籌瑣屑（張清恪伯行撫江蘇時嚴海禁平鹽價諸政皆發自公）清剛招衆忌
陷穽竟誰脫舊雨來高安延公課帖括春風風講
堂多士傳衣鉢（朱文端軾撫浙時聘主敷文書院）何如交儀封性
命成膠漆談心無昏晝幕府參機密歸歟返初服
遺編追往哲慚余頑鈍資竊附門牆末飽聞儒術
醇惠政難縷述歌此借箸功術良識萬一

盂縣武公 承謨

盂縣死事繁把筆淚珠落發願廻狂瀾懲奸先賂
博犯則破其巢何處容著脚征輸絕追呼士民爭
踴躍上官詫鐵肝緘書餽銀雀問俗及僧尼微行
偏城郭婚葬諸穢習次第並芟却（婚葬輀車舊各晝地勒厚直公

下令革之）性尤嫉強禦志在扶孱弱政成恰三月四郊
歌極樂食少忽長逝茲土福何薄掛漏吾敢辭哀
吟䄍約畧

遂初堂

饑肉寒裘寂處朋耽書到此癖堪稱只應文選兒
都熟誰料鈔胥婢亦能祕笈千堆灰野火宸章兩
字巽崇陵遺編剩有誠齋序讀罷空教慨歎增

雜題

杜律深嚴要細論北征長調短羌村近來愛拾滄
浪唾多入羚羊掛角門

趙州八十還行脚古德從無杜撰禪我與漁洋宗派别勸人多費草鞋錢
水著波紋山著皴工夫熟後自通神入門便學盯畦化到底何曾邱壑真
閱徃歲所賦先大行公詩恨尚未詳續成此作
百粤以西州有龍官龍以世趙則庸明初定鼎貼堅服宗壽繼立如乃翁常開平王子曰茂帝命安置蠻方中彼狂心弗悔厥禍巧納趙女僮房櫳流言自遠成貝錦罪人巳死疑杯弓籌邊遏亂勤廟

算論龍捕茂吾先公甫臨粤境龍蠢動徑入虎穴衝其鋒頭顱可斷膝不屈䧟江魚腹靈均同時維二十有八載節序正吐桃花紅史臣畧不爲立傳猶賴邑乘留芳蹤惟嫌顛末失備載後賢徵信將奚從詩篇重疊愧述祖藏之家塾傳無窮
題劍南詩稿
年垂九十恨誰知腸斷偏安恢復遲高孝光寧身備歷滎河温洛見無期夢中拜手還都疏死後闗心家祭詩個是騷壇老方叔壯猶彈壓幾偏裨
留智廟有序
廟有二在德州界之北者曰南留智在景州界之南者曰北留智詢之土人莫詳名所自起比閱東平州志中載宋相劉忠肅摯故東光産少孤就學外氏占籍東平直節彪炳衆望歸焉古有取孟襄陽名名亭者廟其近是乎賢者名不可斥是所望於官兹土者
癸卯丙辰入都再路過德州更景州南留智接北留智古碑無字賦古邱廟創何年義何取野老不答低垂頭豈知譌誤自口齒宋有賢相東平劉厥名曰摯聲近智芳留國史垂千秋疏彈安石劾章

蔡身經竄謫殂荒陬蜀洛並遭黨錮禍峭直合享蘋蘩酬子虚無是出附會彼哉何啻風馬牛疇官兹土正廟額具敖早洗邦人羞
勾吳逋人歌
勾吳逋人好讀易青鬓研朱到頭白心清註得南陽經直取靈根作湯液傳家更有丹穴雛妙齡便奮泮林翩哦詩共許驚老蒼填詞亦頗稱入格如何忽憶懷沙人父子同遭汨羅厄擬賦招䰟巳七年夜夢逋人索詩亟自言註易亦成書留滯蛟宫苦昏黑早贈衝風破浪篇重理陳編參太極我問

湘纍沖舉無正好聯吟數晨夕君胡靦面失騷翁拋擲黃金覔鉛錫笑談未半曉鐘來起視殘燈吐花碧作歌之三日夜夢逋人令嗣百男袖稿來謝余指聯吟覿面四字云請易以隨波泉下四字噫百男死矣倘爲點鐵於三千里外如此

續與若詩訪與若詩不獲偶憶己卯遊山七律之半續成一章聊志亡友詩槩

紆廻石徑隱禪關聽去疎鐘遠近閒攜手微吟銜暮靄開襟長嘯響秋山餘霞散後難成綺片玉搜來只半環衰老補亡才鈍拙詩魂應笑鬢毛斑

華秀才昭發

字葵儀諸生幼勤學工文章爲人英特爽

朗遇不平事侃侃可否不作世俗婣阿態家故貧視非義財若浼善飲酒談笑而至性特純篤父君武晚患癱瘓葵儀晨夕抑搔每風日晴和掖父坐門首門故臨錫驛通衢行人肩摩輿馬絡繹擊鼓吹金手搏緪走及導猱盧以爲戲者踵相接也父據几案頹然睇視輾然色喜忘其疾之在體矣又嘗與族叔劍光重葺孤川莊孝子別祠年五十卒劍光爲之傳

病中口占示內

五十年來只故吾艱辛歷盡寸心枯一坏未卜平生憾說與孤雛解得無

久諳世味足酸鹹門戶難支賴阿咸謂于九姪一語汝曹須記取畏譏憂謗口三緘

殷秀才宏寅

字公貳諸生著有春明近稾幼穎敏讀書目十行下稍長與華劍光同學苦志下帷詩亦日益有名晚學參同悟眞之道遊京師最久嘗主薄隅齋學士家學士盛推其詩倡和最夥今卷中亦僅登其倡和時作

和薄隅齋學士綿雨效齊梁格步宋之問雨從箕山來韵

汪汪千頃波每念黃叔度風雨亦來過持時譽嘉樹自是友三益匪敢厠八顧巳聆言外乎更得詩中趣高格豈淫靡微詞多諷諭書裹接心傳夢草有神悟願爲雲與龍相從不相去

題杭大宗太史松吹書堂圖

鬱鬱兩高松盤空作風雨下有瀞宕人倚松聊結宇淸吟和幽韻嫋嫋音如縷有時發長嘯九天鸞鳳舉有琴不須彈有瑟不須鼓祇此松籟鳴希聲

追太古歲寒君子交舍此更誰伍

次薄隅齋韵

宦途滋味已如氷世路崎嶇歷百層海內虛名多觸忌年來刻意學無能憂深每羡山藏豹性急猶思劒逐蝇日月不奄豪氣在放歌慷慨賴詩朋

秋晚次薄隅齋韻

秋晚天寒骨未寒沉酣燕市且爲歡何妨約帶腰同沈遮莫斑毛髩似潘吾道非耶窮若此俗人乃爾富終難壯心豪氣依然在起舞高歌任夜闌

奉訓薄隅齋長句

糟粕平生愧斲輪君如逸少自淸眞足音雖喜閒空谷花片還愁誤去津東壁光芒長照地西崑寂寞更無人雕蟲小技猶餘事當世儒宗仰賀循

氷牀次萬柘坡孝廉韵

人在菱花鏡上行凝霜結雪補天傾元眞好作浮家具少伯從教去國輕碧海金鼇占壯趾黃河鐵馬想軍聲濁流泥滓今朝淨偏照鬚眉分外明

正襟三復少陵詩忠信毋須慮險危不是詭言堅可渡祇緣結實涉何疑九川縱自分千派一水何曾有兩岐小試經綸新制作古傳樏橇豈神奇

天幻波流砌作街瓊瑤鋪就没津涯六花圓陣全營合八卦方啚四面排閉却東山安石屐用還內院鄭侯鞵含舟蹴踏層氷去一片寒光境自佳

安得神工手琢磨構成氷閣勢嵯峨閒遊水殿新題遍時見鮫人巧織多盡合百川成大陸長教四海不揚波越裳白雉尋常貢那數弘農得寶歌

鄒明經祖符

字益朋又字一鵬歲貢生補颸之子著有藝香吟草

黃樓

昔讀大蘇集曾見黃樓篇今來急爲訪遺跡振衣拾級登其巔樓頭極目渺千里黃河西折波瀾翻衆峯夾流勢益迅奔騰直欲排邱山孤城三面枕河渚形若島嶼當中懸居人太息爲余語昨夜水漲河伯怒狂瀾百丈撼城頭長堤不絶如一綫幸賴守土賢且能隄防百計謀寧宇束薪積楗塡河湄勞勞匝月方安堵已往可畏來可憂所貴綢繆未陰雨萬一天公厭此方曲突徙薪更何補安得五丁運神工移此彈丸置樂土或圖補捄須及時上游疏鑿分其威理勢如此豈再計懵懵夢夢坐

失機燕雀處堂孰知懼豕豕食肉徒肥凝眉山不作嗣音少吁嗟此語當告誰酒醒倚檻空悵望紅日西匿天四垂

淮陰雜詩

才渡黃河復運河人家終日傍頽波西風一夜潮頭惡何處宜防得力多

狂飈吹浪汩金泥瓠子歌殘極慘悽幾隊紅顏應官募至今猶號女兒堤

高壠湖田萬頃平今年新漲可憐生晚來幾陣蘋風起箇箇漁航屋上行

紅粧結伴出香閨扳得金鞍上馬齊羞與路傍年少並揚鞭先過月堤西

天花菌子色如銀青玉紅櫻綴滿林幾日濯枝新雨過鵓鴣聲裏採林檎

年年晚漲稅魚租紅豆成時結網罟齊向得魚多處去漁溝西北水晶湖

姚白怡樂

字素行著有自怡草素行蓋狷者也踽踽涼涼不諧於俗其猶子伯男爲之傳

山居雜興

逃名非計拙幽寂勝趨時塢暖花開早屏深香散遲壯懷長劒在幽興短筇知愛誦杜陵句高吟伐木詩

洮東道中

兩岸青山潤鶯風吼白沙煙開林影淡鳥度夕陽斜古寺藏幽徑荒村數落花有懷鄉國遠客路惜年華

栖貧

栖貧三十載此意與誰論洗硯遙臨澗攤書靜掩門突煙妻白晝山雨暗黃昏恥結王生襪方知吾

道尊

旅中

殘秋風雨滿煙蕪客舍人稀客思孤脫却征裘無典處馬頭空掛酒葫蘆

錢學博袠英

字蘭宜父棟卒時以節性愼言積德三箴授英英因更字箴三褆身謹待人鞠躬如畏然居負北郭市囂鼎沸鍵戶讀書教授弟子門無雜賓產不踰中人而勇爲善不以力詘辭以貢授青陽縣教諭未任卒語

在邑志行義傳著有箴三詩稿其弟朝熙
字二愚鄉里皆稱孝子邑志有孝友傳子
一株志亦稱其愷悌樂善篤於倫紀云

出塞曲

龍沙萬里音書絕征人一去無消息故鄉兒女泣
燈前回憶臨岐別倉猝牽衣珍重千萬思欲語不
語聲先咽隻身鞍馬去絕國路逢戰没新骸骨白
嵓日暮鬼火青徘徊獨宿長城窟銅花斑駁劍鋒
寒匣中長嘯頻看拔雄心何事轉悽切側身南望
江天月昨宵歸夢到深閨無限衷情同刺刺醒來

哀角不堪聞一夜關山添白髮

秦明經宏鑄

字大兮號白石老人歲貢生著有果存集

秋日閒居

東舍西隣盡築場柏林新變一朝霜牀前月色冷
添白廚下炊煙青帶香酒是壓茅猶未熟羹名糝
玉喜初嘗白衣久寂王弘使松菊由他一半荒

湖上

輕風暎日錢塘路拋得閒身入畫圖山解撩人花
解語恨無千眼看西湖

錢王表忠觀祠

湖上荒祠漾若麻表忠先拜五王家英雄千古風
流話陌上於今滿地花

宿昭賢祠

嵐影松陰落翠池昭賢寺裏夜哦詩怪來魂夢通
幽處門對孤山和靖祠

朱淑貞祠 在宋烈侯張憲墓側

小菴孤磬入雲低曲巷哀猿帶月啼認得青芝埋
骨地仙姑峯下烈侯西

上白隄玉蓮亭亭祠白樂天

白傅三年曾此住玉蓮仍見使君身誰將鏡水屏
山地都付元和一老人

初二日清明

忘老貪歡事此行芒鞵得得幾曾停清明踏遍三
隄路收拾西湖滿地青

自題小影

郊島秋深倍泬寥微雲山下舊漁樵平生雅愛陶
元亮硬聳吟肩怕折腰

王上舍典仁

字立三號歷山國子生義門後裔嘗遊幕

江右雍正間有　詔舉茂異同撫軍國
相欲以歷山名入薦牘辭不就

書齋

棐几湘簾遂此生擁書萬卷一青檠百年最好關門睡七字難成遣室行剩有肺肝人共見不教䰟夢夜來驚只嫌落莫傷無友隔葉黄鸝喚幾聲

華處士祖栻

字道南鷲湖先生榜眼亦祥之孫

先祖侍讀公祟祀鄉賢祠恭紀

熙朝隆曠典叔世仰高賢允合邦人論長垂祖德

篇聲名翔薄海哀輓徹重泉竭蹶皆吾父憂勞已歷年新詩來几上灑淚誦靈前落筆初徵信登梨始共傳自註吾父字弼思每接詩文必於王父木主前跪誦一遍然後發刻當其逢驛使直欲罄囊錢備辦皆慈母殷勤爲祖先儀文出內助俎豆預賓筵自註送詩文人至必爲款洽吾母范每脱簪珥咄嗟立辦事訖心逾瘁神傷病復纏因思留小照猶盡捧前編自註吾父於崇祀事竣侍疾七閲月病中倩畫者寫照手捧崇祀錄一冊何幸蒼蒼眷終邀冥冥憐君蒿將降鑒悽愴得明虔孝感終成志丕承不負慈孫謀慚燕翼詳愼附銘鐫

華秀才顧沅

字鵬遠號彭園也庵之子諸生居邑之蕩口占籍蘇郡爲人孝友性爽剴善處事遇歲旱鄉民洶洶欲擾富室米君知之白邑令令田主亟出粟雇丁挑濬裏河於是高仰可戽而饑民得食無他虞其應機識變類如此常熟陳祖范傳之

春日田園雜興

茆屋疎籬枕碧溪一蓑煙雨棣東西菜花天氣忙蜂蝶麥秀人家字鶩雞行圃最憐紅淺淡撒秧旋喜綠高低挾書就塾兒童事若箇關心聽叱犁

王秀才志琪

字景韓諸生燕公弟也性穎敏讀書目十行下日盡架上書數十卷探筆爲文不假思索日得十數篇卒不得志於場屋以死

青齊謡

青齊號繁庶古來稱沃饒我來至臨淄所見何蕭條田疇悉汙萊草木皆枯焦沿回數百武積屍枕荒郊逆旅叩主人欲語涕泗拋爲言數年來千里無麥苗河流復奔湍平地成波濤居人絕煙火朝夕耤藜蒿壯者走四方乞丐擕團瓢老弱徒伶俜

僵仆饑火燒復有不忍言人性非鴟梟割彼死者肉充此饑者楞君看狗彘食原隰塗腥臊烏鳶啄人腸飛挂枯樹梢昔此耕鑿氓擊壤歌唐堯伊誰視其死粟米資斗筲縣官頗刺促憫此哀鴻嗷赦請至軍門抑制在大僚災青乃偶爾奈何相喧呶至今幾閱月忍死誰呼號客聞主人語搔首心忉忉上天立民牧大吏麾旌旄民隱不上聞竊位忞貪饕帝鑒實在茲國憲容可逃終夜不能寐譜作青齊謠

陸秀才天儀

字獻章諸生著有編年詩草秦泉南先生盛稱之

潯河

不識淮西路今來事遠征馬從橋底渡雞向樹頭鳴水堰依村蓄沙堤逐戶成望中驚野燒疑是斷霞明

花朝午後大雪 時飲集沙村書屋次侯逸季韵

纔喜朝來霧氣清寒飈忽發颭風旌春無定準憑誰主花不逢辰似我生玉鬣去迷芳草路畫橋歸阻麗人行若非徐孺能留客何處今宵話舊情 自註是年夏丁外艱未必非次聯詩讖云

哭劉朝音

人如金玉從無匹氣似芝蘭獨可憐恠我廢書仍許可視君力學竟徒然經年偶晤生前恨再世論文日後緣哭到曼卿詩百遍可能一字達重泉

陌上

策蹇渾忘客路長忽驚風物異吾鄉犢車紅袖歸寧女蠏舍青旗傀儡場晝市雞鳴湯餅熟秋田風趁麥花香犂歌斷續斜陽裏何處糟牀索酒嘗

遥和九日龍山社集

西風吹夢上高寒此日心情自鮮懽楞里秋深荒蘚合碧山吟斷夕陽殘詩傳白社人初集節過黄花興又闌遲我新痊戀衾枕茱萸羞傍藥爐看

客況

看花莫問主有酒便成鄰久住方言熟常騎馬性馴逢人疎禮數觀獵倍精神芳草連千里東風淮水濱

哭徐來安先生

會到桃源地花間遇隱淪典文周太史冠履晉遺民載酒聽黄鳥移舟採白蘋重來非舊主悵絕問

津人

警悟

得鹿亡羊夢亦勞虛舟到處息風濤商鞅不權閑
山水盜跖寧窺舊緼袍人似稗恭眞美穀交逢公
瑾最醇醪蓬壺自有羲皇境還笑坡公作老饕

薄俗

市利何知更市恩雞鳴狗盜月黃昏王戎鬻李謀
鑽核毛遂懷錐學處褌老去謝安閑賭墅散歸鄰
邑憶齊門西園廢後風流歇零落芙蓉照水渾

哀瘦奴八歲事余時年五十

懶極仍能事愚深却老成服勞經五世偃息每三
更病渴耽茶椀衝寒煨火鐺雖爲貧士僕冠蓋半
知名

榮孝子洞泉出山 次天鈞韵

曾逢社集到香山醉墨淋漓翠管斑一去白雲長
飲泣獨依青塚竟忘還神遊米芾煙巒外身在坡
仙夢想間何意遠公重握手共來花下坐禪關

哭侯主政夏若

哀哉此去竟如何舊日才情定未磨五世弓裘祖
禰在九原詩酒故人多塵緣夢幻今方覺花徑魂
歸幾再過痛我靈椿先逝久好同舒嘯白雲窩

次侯完璞逍遙書屋韵

烏衣門巷舊朱扉近日東園載酒稀除我雲亭來
問字祇餘芳樹綠依依
鄴架書編甲乙成山光水影案頭橫藜燈子夜誰
爲伴聽盡芭蕉疎雨聲

哭才兒

蒼頡書文校未完此兒何處嘔心肝寒牕手蹟依
然在指示旁人也鼻酸 兒善考羣書訛字
汝祖由來最愛憐夢魂先到小姑邊於今好自追

隨去啜茗焚香照昔年 兒變之前夕余妹夢先父報凶父性嗜茶兒嘗烹侍
村塾生涯豈足珍病中猶盼到良辰只云是處青
山好誰料青山壅此身 兒擬愈後赴館山中
壽殀尋常數偶然何期今夕即今年春光滿眼遲
遊賞一霎狂風驟雨天

秦秀才尚烈

字岐賓諸生大來先生弟也著有庶渠草
杜雲川太史爲之序

擬古

白烏從東來載飛亦載鳴矯矯登木巔雞鶩固不

爭頑童設矰繳毛羽在所輕潔者患人指高者患人傾朝不南溟遊逍遙萬里程

山上一泓泉泉水清且馥靜影映青松浮光耀初旭泠泠玉液姿池潢不敢矚忽然天風起奔巘掛飛瀑願泉莫出山出山不可復上者以洗耳下者還濯足

所居六首

綠池碧草繞芳洲萬古情懷一釣鈎花落游魚吞碎影萍開輕燕點浮漚林深障日時忘夏水近生凉易變秋試問富春江上客錦衣曾肯易羊裘

灌園餘暇敞茅堂學本無多一半荒蠹浴硯池浮粉白箋旋颺紙落花黃擬將蓮瓣粘梅帳聊把書頭記藥方老去好閒猶未得風吹葉落掩幽芳

晨起秋光冉冉來杖藜隨意坐蒼苔雉飛朝隴村煙動魚躍晴池水氣開剩有餘糧先飼鶴縱無隙地亦栽梅石牀坐唱閒居賦月滿天心酒滿杯

身似輕雲不自支休教閒裏費閒思茶經新覆丹黃未詩債應償贈答遲好雨卜來憑柱礎太陽初昃驗園葵北牕趺坐心先卧風動簷鈴響莫知

散人何敢傲煙霞乖暮無成戀室家安慰野僧雲作伴欵留山客笋為茶黃昏不厭知時雨白日消閒可意花最喜分通鄰曲酒過橋西去任遐賒

小院深深似洞天茶餘琴罷枕書眠衹緣條碌人多事誤道閒閒我是仙響石若鈴鳴澗水入林如篆隔村煙足音那得來空谷早閉柴門待月懸

芳樹

花發泰山阿移根植庭側偶反非一態嬌姿多異色佳人每自憐含情畏人識常恐雪霜摧中夜長太息

春宿苐六姪村莊追憶伯兄大來感賦

綠柳青蒲滿地新短籬低舍不勝春繞梁尚有呼雛燕入室曾無喚弟人鼠負牆根窺白日龙遶花影吠黃昏尋幽那比當年興隴畔徘徊只一身

將插蒔望雨

秦塘涇上野人家若說清幽未足誇分外只貪隣水竹意中不盡隔牆花釣歸晚食兒耕飯琴罷閒烹自種茶生遇羲皇無所願願天好雨及時加

錢布衣永亨

字嘉會多與陸獻章秦岐賓倡和今庶渠秦氏猶藏其遺稿

秋懷

黃橘蒼松覆釣津蓬門終老薜蘿人豈惟司馬長憂病已覺張衡自厭身知命不須推甲子延年何用守庚申浮雲到處能遮日那得幽光照隱淪

桂葉香濃冷露滋芙蓉湖上水漣漪一枝明月鵲飛處幾點殘星雁過時垂涕書生空有策吞聲野老豈無詩秋來心緒先搖落似勝當年宋玉悲

野菊

歷亂秋風颯颯黃棘籬椒塢隱微芳非因仄徑無由見不遇閒人那覺香潦倒恐隨秋草沒飄零愁

見海田荒柴桑三徑俱榛莽誰得如君只傲霜

追和楊眉菴次韵李義山無題 眉菴名基字孟載寓無錫南城

越女清歌掉桂舟鄂君香被思夷猶星妃別浦終常隔神女荒臺本暫留細寫紅箋宜向日頻窺青鏡怕逢秋三年魚腹相思字好寄他山碧海頭

莫怪千金一笑難好花都是易摧殘調箏促柱鶯絃斷弄筆題裙訝墨乾紫塞魂歸金瓦冷綵樓人去玉簫寒十年不作尋春夢遮莫將儂薄倖看

雜感

焚山煑海慾無涯蟬腹龜腸力不支天上有箕長喻舌人間無地暫容椎五更深巷猶吠犬二月荒村已賣絲好繪流民圖進覽南風方奏阜財時

莫嘆長安路轉遙九閽深閉隔重霄馮公敢惜頭顱白季子應慚面目焦巖岫霧昏遲見日海門風緊早聞潮芰荷製服蘭爲佩時寄漁樵上小舠

夜臺長此閉幽扃泉路安知是冥靈馬鬣苔深碑字沒牛眠松冷漆燈熒千年歸鶴來還去三載埋魂醉豈醒誰念生前已心許白楊荒處掛青萍

壽夭何須較不齊有生同是觸藩羝廻車阮籍途

多阻解組陶潛徑易迷騕褭三秋無定宇鷦鷯五夜尚驚棲誰能不負林泉約時掛青錢攜杖藜

曲曲清流叠叠山野花深處草堂閒每凭水檻因垂釣時上茅亭爲放鷴琴本無絃常獨撫藥曾經驗頗相關忘機且喜交遊息懶逐羣童日往還

題張鵾翼隱居

竹樹重遮水一灣隱居無事日閒閒從來門戶無封鎖俗客何曾暫往還

一鷗香茗半簾花榮辱紛紛未得加若擬桃源避秦者肯教漁父共移家

鄒贈公士荀

字少伯號蠡湖國子生黎眉先生仲子爲其叔父華屏公後以子雲城貴贈河間知府

荷花

曲闌青十二獨對此清漣綠鬓偎紅頰金環約翠鈿心多還自苦絲弱爲誰牽惆悵黄昏後鴛鴦咽露眠

秦封公東田

字暘谷號葯齋諸生奕仙之孫以子鏁鐄

貴　封朝議大夫累　贈通議大夫葯齋性謹愨課子嚴家庭雍穆終年閉戸讀書啫古年七十餘卒

浪渣石 為王甥圖南作

我有一卷石珍重如拱璧彷彿仙控蟾奕奕生光澤靈壁小山狀如仙人控蟾王甥淡俗緣好石有奇癖尤物從何來乃自無意得苔蘚纏其身空洞穿其腹面面碧玲瓏宛轉具巔麓瘦骨列森森紛綸條理晝却似千年松枝幹挺然直孰能窮淵源我曾爲褒賞震澤琉璃波下有蛟龍宅犖确生湖濱湖水日衝激漂轉同浮萍歲久多孔隙剩有澄滓存皮肉盡裂坼神靈不敢秘漁人舉網獲寶藏亦偶然賀者手加額愛此瓊玖姿類我古仙跡君以盆水承我祗供几席啫好或不殊米蘇同一格仇池小有天配合價盈百束帶具衣冠袖中更奇特落落近千年品題無強弱愼勿加人功鐫鑿石之厄

乾隆己卯之冬顧珍山先生持二泉紀盛圖約余赴十老會緬昔吾祖貞靖公首倡碧山吟社厥後族祖從川公續之顧洞陽先生實倡之是舉乃三續矣予不工詩勉強

應命率成長歌一首

九龍蜿蜒蓉湖瀏南極峯高國多壽况逢運會值昌期文物聲名正雄厚　翠華屢幸　恩聯駢　宸翰輝煌賁二泉邑中耆英主揚扢披圖題咏多新篇自昔香山推九老樂天七十稱最少狄盧年未登古稀同賦無須列名早碧社諸公並九峯撚鬚亭畔生芙蓉石田爲繪碧山景畫歸吾祖貞靖公風流歇絕殘碑在一朝振頓需宗工朝廷尚爵鄉黨齒布衣軒冕分仕止期頤又見兩詞宗鄒二知張有堂滿堂嘉客首屈指不見吟社有潘君當

年嘖嘖誇閭里碧山吟社惟潘玉林豬未六十今珍山未七十也巳人何處和陽春水秀山清氣象新箕裘勿替孝慈賴醇儒文苑交流芬虎頭盛舉記三續文獻從今有替人

宣爐 并說

明宣德年間詔倣秦漢以來爐鼎彝器古式命司禮監會同工部督造凡千百十件以供大內暨各官釋道之用其質料之美鍛鍊之精皆非民間所能辨其料乃暹羅國風磨生礦之洋銅及日本國之紅銅加以倭源之白黑水鉛賀蘭國之洋錫至天方國之番磠砂三佛齊國之紫硃渤泥國之紫礦臙脂石琉球國之安瀾沙以及石青石綠硃砂文蛤古墨雲南白黑碁子等皆所以助其色澤之用爰自八鍊十鍊以至十二鍊而後成有棠梨熟梨豬肝三色其式有商彝龍商百乳周文王周子父大中金猊三螭雲篆龍九子鳳九雛再蚰龍耳冲天耳二足孔雙魚耳釜底天雞錦邊九鳳穿花飛鳳點耳耳環耳獅首象首豸首角端天雞馬蹄鈔金戟耳橋耳三足朝冠四足三元太極并雜欵并戶獸耳面九箍桶子如意方式夔龍梵書虎面百摺冲耳橘囊朝官馬蹄大小臺几等鼎爐鑄成分進陳設乾清宮坤寧宮暨各王妃各王府各官府衍聖公府其索耳一種則分賜各神廟祠壇并學宮押經法盞鉢盂三種則分賜各經廠各寺觀爲釋道二教用者以上各種或大字欵或小字欵或無欵或鍾王體歐體而其正色則有鈔金流金蠟茶藏經四種蠟茶以水銀浸擦入肉薰洗爲之藏經以金爍爲泥數四塗抹火炙成赤鈔金流金金銀絲片飲減俱實用赤金白銀若干兩其在上半名覆祥雲下半名湧祥雲若流金單傳本色則有蠟茶藏經本色又有蠟茶鈔金最佳又有蟹殼青栗殼色棠梨色熟梨色棗紅色硃砂斑雞皮鏽其藏經栗殼更有淡者一種硃砂斑者用番磠砂點入名金帶石榴爐雞皮色者跡如雞皮拂之實無跡火氣久而成也或謂爐之舊者爲覆手覆手必有青綠色却不盡然余家索耳宣爐覆手頗黑押經爐有高脚碁脚二種謂棠梨子白菓赤以赤爲主梨色生者青熟者內白皮黃若煮熟者又不然此當以樹頭霜打熟者爲主熟梨色嫩黃豬肝色深紫三代及秦漢間器流傳世間歲月寖久色微黃而潤澤者曰蠟茶色可知原是古銅器也藏經色黃極亮極稍類赤金色總出其質料之美鍛鍊之精故質純而嫩晶瑩脫透而無一膜之隔色嬌而雅鮮潔膩潤而有油然之光真足爲席上珍希世寶明末清初間有周文富湯子祥二家湯善用補法周則爐身耳底三件裝就宜廟時本然二家亦稱好手餘則施家北鑄蔡家蘇鑄甘家南鑄其僞造宣爐誠有如日下舊聞所云者而文啟美長物志高深甫遵生八牋內歷叙鼓鑄各家如元時杭城姜娘子平江王吉及明時雲間潘銅胡銅等種種不一互有低昂未能殫述今時下又有對銅爐子因今之賞鑒家以耳爲目不免指鹿爲馬故特表而出之并系以詩

彝鼎由來貴宣朝萬選錢百王垂制作率土奉周
旋供用原非一經營歷幾年山川三島瑞風雨百
蠻煙元錫黃金備丹砂紫礦全十分錘鍊足萬里
路途緜製彷先朝式圖披博古篇錙銖較不爽分
寸定無忩鵲尾金光燦龍頭寶氣宣陽崖融乳嫩
古竇凍氷堅三殿曾供奉六宮被寵憐如珠出滄
海似玉種藍田一旦成淪落多年漫弃捐泥塗被
收拾薰沐事摩揃玼小醇無掩年深功始圓品題
須隻眼考訂得遺編官製當時重家珍奕世延時
時存活火刻刻續薪傳飄渺首山境迢遥花影[illegible]

昔年温室裏今日硯池邊得失須臾耳升沉豈偶
然賞心何第一陽識法書鐫

再題靈壁石詩後寄示楚蜀兩署中

瘦石崚嶒經緯分先人手澤重遺文不分側嶺兼
橫嶺一片朝雲共暮雲縹緲九嶷仙子宅玲瓏八
陣武侯軍名流題咏多佳什伴我清晨到夕曛

題顧珍山家藏九華公手錄清溪碧山詩卷

先人主碧社繼續有清溪勝地堪相埒名流亦略
齊珠璣世裔賓科律後賢梯邈矣徽音遠空林山
鳥啼

寄寧遠

僻遠西南郡蠻夷雜處方綏和官長福鎮靜野人
康賦稅兼鹽鐵詩書别莠良豆棚與蔬圃隨意叚
奴忙

劉秀才本楙

字正棠諸生存軒先子齊子

喜雨有作

枯苗終得雨望絶翻成喜嗟此六旬旱廣川半呈
底新禾縱盈疇那望穫穅秕官府循故事屠沽禁
廛市精誠辦倉卒旱魃乃逾熾富預憂倉庾貧輒

愁餓死陰陽久必復降雨非有以連朝看霡霂雨
勢殊未已既槁應莫拯秀者浡然矣洵知活烝黎
端仗蒼穹耳近聞貪天功乃出衣冠士居然踞壇
坫曰余寔錫祉長吏亦唯唯雖余實指使是非難
具論且覆杯中旨

荆山石

荆山石層層包裹中心碧中心碧大璞含輝先自
惜不作虞廷球騰聲却伎瞭瞍儔不作漢官斂蘭
膏膩粉輕相埋不入米人懷裏獻子罕祗換金錢
買飽煖中心碧寂寞含情空日夕世上悠悠那相

白豈徒不相白還疑中裹石

遊韓信拜將壇

漢中南郊有荒邱邱上彷彿餘堂廡云是淮陰拜將壇後人按籍爲築土當時遇合絕奇怪今日大將昨亡虜臺前絳灌排雁行臺上王孫建旗鼓此時胯下舊書生丰采已非噲等伍史云此舉由蕭何恰似鮑叔知仲父其於漢王殊不然等閒覩信曾莫數乃知國士不易識泯没豈必遭庸主斯人淘亦天所授邪復貪功戀圭組君不見子房當日識此意忽如敝屣拋萬戸我來曾過辟穀處明哲

千秋猶可覩

丁未秋日大雨率成長句

去年八月未收穫嘉禾忽被馮夷蝕今秋水勢復如前千村魚鼈何嗟及昨日客從淮北來共傳洪澤泛鄉邑徐州白洋屹巨鎮生靈百萬實孔亟上流憂在侵金堤下流勢恐拋玉粒　天子頻年遣大僚相視川原濬溝洫旱潦疏泄兼隄防高高下下坰咸則早晚傳車徧九垓孔修六府奠區域

小至

又是江南小至時翻教老母祭家祠酒槳未肯遇新婦拜跪親行訓稚兒暫喜團圞同飲福定因節候動離思遙知相對悲游子不語還因淚暗垂

祁山謁武侯祠

孤城殘照半靈旗廟貌今餘蜀相祠巾扇依然高臥日風雲如見出師時計從隴右搖三輔勢覺關中可一麾成敗不須悲往事愚教未捷亦名垂

宿凉州夜發大風

狂飈一夜動無垠信是豳風飈發辰珍重莫吹歸客面好留顔色慰慈親

范孝子備五

字號未詳曾刲股肉愈其父病

立春日述懷

忽看臘盡又逢春何事今朝絆此身閲世頻年猶故我嫁衣終日爲他人囊空榆莢詩千首坐對梅花月一輪領畧不窮清意味始知處士固長貧

王雙木崧

字林仙號雙木山人居邑之新安鄉著有自怡集詩詞稾黃曉岑爲之序

漁翁

日日清江把釣竿四鄰秋水月團圞老漁怕聽與

亡事半夜移舟過別灘

華大令有恒

字聖基優貢生官建陽知縣著有半村詩

送臥雲南旋

那堪客裏又臨岐惜別應教策馬遲頭白異鄉還
剩我眼青歸路更看誰歌殘江岸風中柳寫遍雲
山畫裏詩橘綠橙黃秋正好滿湖菱芡到家時

鄒封公嘉升

字佩垣號怡圃晚號蓉西叟諸生著有問
是存草怡圃無子撫仲弟承揚先生子起

鳳爲子早晚自課出入動靜必以禮起鳳
官廬州府教授　封如其官年九十卒

虞美人

一劍酬恩萬古悲杜鵑飛上㝡柔枝風前欲語嬌
如許想見當年夜晏時

餞菊

淺白深紅刺眼明坐花日日到三更那堪秋老霜
飛夜寒影蕭條月裡橫

梅隝

雪霽扶筇探嶺梅東香寒色滿山隈夕陽且謾催
歸去試看何人踏月來

過東山草堂訪深明上人

草堂數畝足閒閒石徑疎籬轉曲灣新漲影搖垂
隴樹奇峯幻襯隔溪山情唯耐冷危機遠交到忘
形縟節刪啜茗醉香吟望裏枝頭好鳥語間關

晚晴

凍野留紅葉閒門遠碧湍天空飛鳥盡日暮遠山
寒

舟泊村西野步

銀塘風掠水潺湲楊柳橋西又北灣紅映數重村

口寺青浮一點隴頭山

承揚弟北歸詩以慰之

舉世嗟行路家居恰自由羈孤懷趙壹清峻愧周
球吟興隨花發閒愁藉酒休庭闈眞色笑何必計
沉浮

客中孟冬晦日

開簾延朝暉氣肅無繁響悠然坐南軒物希曠心
賞浪迹已塵埃山川亦何廣去日已苦多委懷慨
以慷松柏慕大椿仙人貴頤養遊子自有方棲遲
蕩歸槳遠憶蓬萊人蓬萊更無兩

春中澗

吟社抛荒遍草萊常留瀑布怒濤㢒探原直上層巔去尋徑遥看曲水來草盡雲根飛野馬山空地底走晴雷遊人載酒臨流賞應酎黄公一巨罍

受業俞　坊　人表校

梁溪詩鈔卷三十

梁溪詩鈔　卷三十　四

梁溪詩鈔目録卷之三十一

國朝一雍正

梁溪詩鈔　卷三十一　目録　一

梁溪詩鈔卷三十一

梁溪顧　光旭　華陽氏集

國朝

陸農部慶元

字龍岡號巷阿雍正癸卯　恩科舉人初龍岡於康熙庚子㨿北闈以寄籍被黜至是復售京兆試官中翰遷戸部主事調盛京戸部三年差蒲擢員外郎乞歸著有不負艸堂詩稾刊度遼集行世龍岡少與潘讓村同塾又與華劍光同受經於陳體乾先生之門制義外不他涉洎與雲川讓村分箋鬬韻詩名乃大起爲九峯六子之一

山海關

犖峯揷天攢青蒼遶海東注接混茫山横海立互吞噬驚濤怪石爭雄強雄關屹然據形勝限制中外成金湯丸泥可封擅天險萬古於此嚴邊防往時駐師幾十萬籌邊聚訟何荒唐元氣䐯削腹心潰中原蛾賊成豺狼土崩瓦裂國勢蹙設險適足資與王海東眞龍奮鱗爪曈曈旭日升扶桑剪除

鯨鯢掃陰翳入關兵馬何堂堂萬方甪崩四海一一關鎖鑰關興亡我來攬轡縱遙矚回明心開鬚戟張平生漫說歷名勝奇險尚待窮要荒東走留都西輦轂中爲門戶聯邊墻邊墻綿亙及萬里一線繚繞如羊腸震雷隱隱海濤怒塞雲慘慘山風狂丈夫意氣本磊落白頭何意尋梯航關門候吏亦解事指點紫氣東來長

抵瀋陽作

南華妙諦孰通微怪煞中流勇退稀仕宦豈爲溫飽計乘除堪悟去留機掉頭便脫羊腸險俗眼猶

誇鷄肋肥坡老一生能作達笑他還俟有田歸蘇詩有田不歸如江水

海蛳

瘦質玲瓏碎玉攢珊瑚網底碧琅玕羊腸屈曲抽身澁蝸殼連卷斷尾難海蛳必去其尾乃可入饌纖指香痕紋細疊美人妝樣髻高蟠由來海錯腥羶甚似此清芬性所歡

開原

中原到此黃龍府開元城金時黃龍府之半萬頃龍沙映雪明一統車書中外定不須重問受降城

送謹齋還朝

儒生抗節謀國是罄此區區積誠耳有懷不吐斯負心知難而退亦誼士先生正色立大廷孤忠謇諤久有聲萬言弼亮骨鯁切而疏慷慨龍鱗攖遭逢明聖嘉讜論簡畀遺直司文衡煌煌賈董秉藻鑑期年多士歸陶成塞門落落幾同調天涯骨肉弟與兄闘碁賭酒間諧謔劈箋分韻交從橫胡爲一朝遽分手攬轡叱馭登嚴程雪花如掌冰滿地西風獵獵吹雙旌鄭公獻替文章重長孺戇直功名輕直抒胸臆少顧忌孤標勁節超羣英桐

陰百尺虞絃静重聽彩鳳朝陽鳴

過大令炳蚪

字蘭臺癸卯　恩科舉人官懷遠縣知縣著有貂聞堂詩稿

萬里行并序

彭西山適少負軼才不事生産弱冠遊蜀幕踰二十年始一旋里相國嵇公薦之以布衣授官閩之平和令蒞任四載有廉聲罣誤歸宦槖蕭然戊午秋再入都門旋復之閩之黔之晉之楚之齊庚申除夕與予相遇於任城旅舍中云已

移家濟上矣造其居蕭然四壁行止兩無所資
才人之遇有足慨者短歌以贈題曰萬里言其
足跡所至也

濟水何年西北流功名富貴如雲浮黃金散盡四
壁立歌入行雲爲君泣今夕何夕燈燭光天涯爆
竹思故鄉千里萬里春風長試看江南鴈幾行

彭城懷古四首

彭城雄踞舊巖疆控引中原帶礪長戲馬臺空餘
蔓草雲龍山冷送斜陽西馳地脉連芒碭東抱河
流東呂梁千載興衰陳迹在浮雲何限接蒼茫雲龍

山

鶴自何年放竹扃峯頭猶剩一高亭萬家煙火收
城郭三面嵐光列畫屏春晝風和堪飲禊夜京天
近可捫星始知勝地供吟眺劉項紛爭夢未醒放鶴
亭

聞道岡頭可卜居臥雲醉月興何如狂歌欲點群
羊首小徑堪招駟馬車太守文章開窈窕諸賢祠
宇敞空虛清風百世皆興起弔古還摹石壁書黃茅
岡

妙法能通萬億身巨靈開象迴無垠泉流石罅雲
衣濕葉落松門華雨新飛錫定知從碧海結跏原
不避紅塵徐方且乞慈航渡澤國應回大地春大士
巖時徐郡雨遭大水

輓蔣拙存

江東遺老嘆凋零又見華陽墮曉星剩有銀鉤千
萬本堪齊石鼓十三經白頭供奉非蕉夢黃卷攜
將付鯉庭太息虛舟木已拱不留知己爲君銘

周孝廉熔

字紫傳癸卯　恩科舉人會試於闈中
得疾卒于京

春日田家

斜日靄村墟微風動茅屋門前桃李花開謝亦云
速此夜梅雨深鮰魚泳溝瀆大兒水邊嬉小兒坡
上牧老嫗摘園蔬少婦鳴杼軸但使舊穀儲秋來
接新穀安用阜財琴吾儕自拼鑿

陶方伯正中

字田見號未堂恢旃子也雍正元年癸卯
恩科進士選庶吉士改御史巡按直
隸復入翰林本　朝巡按自未堂秩滿後
卽奉裁未堂累官山西布政使司護理山

西巡撫左遷清河道其在臺中巡畿內抑豪右理寃獄及爲外藩身以潔白爲官吏先所至摺奏皆關政要人尚搽切我以靜鎭屬吏並得從容展布不苛細以故姦不得行民安其業事備邑志宦蹟傳所著有未堂詩槀

讀史

商君修耕戰立約於徙木賞信罰隨彰卒以震巴蜀梟雄負異能斷制在專獨民可與樂成創始每弗欲君子重違衆持衡妙善俗握機亶所同用意乃各屬不見褚衣冠終焉致巷哭

凌孝婦有序

孝婦陳蓀泰女刲股療翁疾旣而創重死陸卷阿作詩輓之同人咸屬和余亦繼作

孝婦陳氏我姻黨里居最近差能詳二十歸凌倡隨好盤匜滫瀡承姑嫜是時翁家正全盛婉娩但日女德臧春風錦帳繞羅綺夜雪紅爐鳴佩璫嗟哉凶閔乃疊遘宛轉苦蓐從高堂降割先姑後及舅兼旬蓬葆心力傷舅翁幾日便周甲昊天不弔丁百殃扁和緩佗遍診視內外束手徒搶攘孝婦龜手洒血涙凌生乞代號穹蒼呼天搶地復何補孝婦入室手劍鋩夫死代翁妾影隻妾死代夫翁命長一臠刃下不知痛志決身殲寧較量烹調七箸入翁口弱肉無力回膏肓翁竟不起婦滋苦榛笄髽絰攪我腸哀勞并集神氣薄創重那得成瘢瘡繐帳飂飂風淅淅夜臺彳亍魂茫茫凌生與我交最厚縷述婦行涙滿眶大節捐軀洵不愧餘生視息誰責償言之酸楚動行路嘖嘖孝婦維三綱至今凌生遂無偶盛壯未忍重求凰

潘司馬果

字師仲號讓村癸卯　恩科進士歷官湖南辰州府永順同知讓村深於易詩古文並工莅政以廉能著詳邑志宦蹟傳讓邨與同邑陸龍岡華丕光邵振飛劉于根吳岵瞻稱九峯六子有曉滄集吳頴長云庚子歲余拙守江鄉梁溪杜雲川潘師仲載酒相訪飲太白樓各出詩示我雲川固宗匠而師仲詩秀挺工穩尤長於五七言古舉酒嘯歌江山增色直欲呼謫仙而問之沈歸愚云近人詩多尚穠纖婉麗曉滄詩則刻削浮詞獨標風骨而所謂穠纖婉麗者未始不兼而有之

寶劍篇送豫原泰和入都

平生好擊劍漫欲屠長鯨咄哉兩奇士示我雙龍精出匣露刃芒冽冽寒風生芙蓉發奇彩蛟血還餘腥神物難久藏斗側光宵騰豈無博物者望氣能知名豐隆倏奮槌颯起凌青冥

題分霨先生雲川閣圖

名卿何人擅山水前有麓臺後分霨天機到處妙入神不向兒童問形似（東坡詩論畫以形似見與兒童鄰）賜書之閣名雲川湖山環夾城南端分霨欣然爲寫景景未入眼從何傳吮毫凝想忽有得閣中景物開生色花柳欹斜路欲迷遠山恰抱溪橋側晴光澹瀲

含青春春雲春水交鮮新主人襟抱正如此孰云此閣非其眞麓臺弟子誰入室未岩妙迹清而逸亦爲先生寫一圖幾點煙鬟隨墨潑吾聞麓臺評畫好工畫不於畫中討胷中兼有四庫書象外生新奪天巧披圖此語良不欺寒風十月廻春姿何必倪迂與王癡積書萬卷皆其師

蟂磯孫夫人廟

江神蹋浪朝靈宮靈宮夫人下雲中奚官擐甲擁前後寶刀爛若銀芙蓉孫郎兄弟並英拔玉顏小妹僥家風天教帝子作之偶流蘇窗帳藏眞龍英姿久已壓老瞞夫人一見心爲忼無何逐鹿失前好忍教與國連兵戎孔明不諫孝直死陸郎年少貪奇功倉皇白帝下遺詔九嶷蒙斷尋無踪西川有路歸不得可憐遺廟留江東江東信美非吾土雅孃神鼓聲鼕鼕東流有盡恨無盡至今淚竹斑斑紅

學舍樓壁觀蘇陸兩先生行草石刻

晴樓百尺重門鎬老檜周遭森鬱鬱我來十月天無雲壁間瞥見龍蛇出靈氣盤拏勢欲飛乃是坡翁放翁筆二公兩宋負盛名眉山劍南幾抗行區

區戲墨特餘事雄健秀騙如平生君不見坡翁評書語特妙字外出力中藏稜又不見放翁醉筆每自負風檣雪刃交縱横當時貴重已如許況今幾閱廢與興荒亭廢榭石斷裂莓苔剝蝕纏枯籐此間點畫獨完好不異脫手書縑緗山谷當年亦巨手曾領一麾來出守豈無片石落寒山雪銷爪滅今存否

曉帆忽遇順風疾甚偕逸亭

曉雲坼錦天微紅天風颯爽來天東篷窗得我快心友相與破浪乘長風風高浪急碎花起草樹紛

紛盡東靡連山合沓有誰驅督艰聯翩走船尾去年此際來湖灣赫曦如蒸風浪慳蘭橈軋軋不停響日落未見湖西山快意人生得幾許輕舠疑有天吳舉纔見雷峰一抹青浮虹早跨清江渚

觀星臺

太虛茫茫星吐精仰觀何托觀群星三垣高居列宿拱七曜以次升天庭觀星之臺自此築古器森立亥崢嶸吐吞日月運精氣異采煥發堅光凝夏官歷歷親示我法象初得知其名渾天最古位居右西洋側景開 皇清銅象凡十三座古物也惟此象鑄於我 朝居中

日躔月次分杪忽相風高尺晴空橫憶從虞后在玉衡子來繼咏靈臺成狂秦亂紀失遺法漢更七帝銅儀興制自宜帝時遽相精核及元代人巧上與天工并直收萬象入指掌豈比露盤承六莖緣何未造不能守徙徃再徙歸燕京昔聞王孫論九鼎雖小亦重大亦輕鑄金象物尊尚爾况于於穆圖眞形何以守之德是憑惟 皇得一符清寧

花將軍

如龍王氣金陵出沔陽猘子何狂突連檣東下勢如山百里孤城危岌岌將軍奮起皆爲裂怒貌鬱勃豪鷹疾城北塵高鬬正酣城西一潰孤忠竭誓將滅賊斬爲膾萬箭叢中戰殘血巢覆從來卵不完倉皇豈望孤嬰脫誰知嬰曰出雲鬟抱宿蘆花啼蓮寶豐隆指點達行營袞龍親抱悲嗚咽投袂長驅掃妖孛蔽江戰艦隨烟滅鄱陽髑骨有誰憐將軍生氣千萬年

胥城伍大夫廟

颯爽猶生氣愀然面故城空廊一馬立殘日半旗明報越讐空長亡吳礜早成胥江流恨滿那得怒潮平

偕陸龍岡和女史梅花詩四首存一

青陽著意染香痕料峭微寒間薄温弄笛船來三泖路浣紗人住六橋村蒼涼曉月初醒夢澹蕩春烟欲化魂此格祇應林下見肯將顏色媚朱門

華西園龍翔

字丕光號西園諸生永平太守中湄先生黄之子九峯六子之一幼隨父宦遊熟諳京邸故事既歸閉門讀書間遊齊趙間詩益工所著有𨚍凡集邑志文苑有傳子允思補邑諸生亦能詩有澹餘草余家復初

祭酒序之日允思詩豪不逮其父而淸迥
逼肖劉子南滎鑴刻萬象言遠旨勝云秦
南沙先生答丕光見贈詩曰君詩包衆美萬
象無少剩詞放骨愈堅神閒氣彌靜王篛
林先生序其詩曰爾凡有母一啟口而不
忘於戲此爾其詩之所以工也部移山趾
爾凡遺稿日西圃絕句有云攝管敢摩韓
杜壘辯香私擬拜蘇髯此西圃自評其詩
也余又惡能評西圃之詩族兄劒光序其
詩曰西圃爲學士公五世從孫其五言冲
澹夷曠置之巖居稿中幾無淄澠之別七
言長篇及近體諸詩才情橫溢從昌黎東
坡沉浸醲郁而出
學士公所未有也

詠古

徐泗有男子破産思結客東下見倉海圯上遇黃

石風雲激壯懷功名遂烜赫此事亦偶然竹帛胡
屑屑遐哉赤松遊行藏兩無跡

簡泉南先生

十章老境詩近作先生三復心氣定如黍大乘禪忘言
富包孕神超理自洽識空迹俱剩從彼外患干彌
徵內觀靜天游得空澗心源證淵淨有我故知幻
無物復何競浩歌當太虛明月入懷瑩

秋郊晚眺聞牧笛歌聲欣然有賦

秋花不爭妍蕭寂意有餘耳目欣所遇野立獨躑
躅平楓淡如畫落日遙村孤驅犢破暝笛聲散

煙蕪淸謡互相續渺渺緣前渠傾聽情莫宣涼風
動衣裾

、海烈婦祠在常州

海媛絕代姝飢驅去鄉里流落南州旅食艱漕艘
北上戒行李數奇動足轍投罝狂且窺覦黠如鬼
利啖威凌百計嘗波瀾不起井中水毘陵城高一
百尺陰雲壓城接天黑三聲戌鼓夜寂家艙底書
然驚板礫賊前持婦若虓虎婦擊賊面被流血疾
呼吭斷救者誰力盡聲微泣幽咽投繯竟以死報
夫納衣方歎生完璧義不受辱智足備魂豈須招

怨沉結河干祠宇空崔嵬凄風愁雨荒蒼苔靈旗
寶馬神去來矯首歸路應徘徊村姑里婦淚滿顋
仰瞻玉貌銜古哀銜哀瞻拜亦何益不愼其儀神
所麾

放歌行贈張眉州并序

眉州孝廉三津風雅君子也早歲知名賓客造
訪者履常滿戶外中年忽罹憂患坎壈相仍今
且老矣嗜酒工書耽句時痛飲達旦命稚孫一
二輩捧硏旁立且醉且吟伸帋揮毫睥睨自得
蓋亦有託而逃焉者也予偕苻子莂林屢過之

輙大醉玉山自倒因爲作歌郎用贈荇子韵
蒼蒼者天高復高風輪欻忽驚刀騷百年只供三萬六千醉何須醇醨屑屑煩吹毛眉洲一飲動一石螟蛉蜾蠃鄙二豪醉歌碩碩踞木榻聲滿天地神獨超詞源倒噴出峽濤卷軸堆案如束蕉濡毫愁泗大瀛海擲筆直架三山坳眉洲所居瀕海左手把紅螺右手持紫螯髣髴醉髮懶復搔荒除鼓吹蛙兩部絶似洞庭廣野張樂鳴簫韶忽然大叫頭蘸墨擘窠磈礧盤生蛟頹垣破瓦發光怪直貫箕尾森芒毫噫吁嘻鳳凰在藪麟在郊元豹伏穴霾昏朝

安得倚天一長劒披雲撥霧開青霄我騰而上泝銀漢白榆歷歷枝相交繁星爚煜如懸匏懷中齋戒抱殘劄適與帝遣巫陽遭攜我奏通明玉女群笑嘲天視能卿聽能遠下命六丁甲士爲汝翼覆巢眉洲以非罪破家君今有子車可牽有妻臼可操綸巾藤杖行飄飄裝棉布襖踰華貂芒鞋策策當乘軺跡遍五嶽原非遙孤吟踏雪尋灞橋羊腸危坂有九折鹿門歸路祇一條道旁亭子名勞勞輪蹄征逐窮晨宵我今胡爲隨爾曹荷裳不著披征袍龍泉埋獄光不銷青松拔稠葉不凋我無凌霄射斗精瑩之勁質安能壽同金石以與庸耳俗目相招要嗚呼庸耳俗目相招要感君風塵混混拭青眼不似宋人長寶燕石爲星瑤

恭壽先生於黃山深谷得杖一枝雙莖盤屈節目輪囷而首尾仍合并爲一極離奇瑰異之觀爲作短歌

恭壽之杖一而兩夏后雙龍落吾掌恭壽之杖兩而一延津劍合誰能掣驪珠百六節可數追琢丁丁鈌鬼斧或言軒轅丹竈多遺薪黃山有黃帝同浮邱公鍊丹處燼餘裂石蟠靈根雙柾競苗不相讓欲擘未擘成

輪囷或言扶桑相倚老東溟孫枝迸出仍駢穎九烏長喙日夜啄疤節蚴虬墮殘梗我行欲把不敢觸恐是生蛟遭束縛先生與至時一捉畧似雲駢駕雙鵠世途蘷峽從崎嶔扶攜直過三山曲

邵秀才熉

字振翡諸生初名之鷺九峯六子之一邑志文苑傳云振翡事親孝才名噪童子試旣壯始補博士弟子員淹洽工詞賦晚益坎壈名所著詩曰移山以愚叟自託詩格亦近襄陽柳州竟病酒卒別撰毛詩勺楚

辭彙解杜雲川太史曰移山佳句如小院雜留月名花愛近人夜月潮聲衝鐵甕秋風帆影落蕪城不減古作者其駢體亦直造六朝佳境

古意二首

儂家蓮浦上不學採蓮歌歌聲出蓮浦岸傍年少多

使君乘青驄來繫門前柳一馬駕雨車使君曾見否

雜詩

奔流無靜鱗修塗無停軌落日銜西山驅馳未云已蘭蕙豈不芳春風吹荊杞借問客何爲去去五

都市

旃檀初生時生在伊蘭中冉冉成茂林香入修羅宮乃知宇宙間萬物生必嘗胡獨人不然所貴觀其終

題沈丈元佩南雲集 詩爲元佩尋親滇黔時作

僂絕驚人句南雲涕淚多十年跡定省萬里走關河眺望乾坤外謳吟虎豹窩一編孤館夜我亦欲滂沱

哭王十一兄在中 敬業社中推在中爲文豪僅半載而在中病卒

何意君真赴玉京誰教年少擅才名半年白社成千古三載青衫便一生此日焦桐憐絕響幾時雛鳳有清聲同袍擬倩文通筆爲寫鬚眉傳叔明 在中卒時年二十有八與袁叔明同文通謂陸鐵莊

曉發

踪跡飄零似斷萍山城急拆不堪聽夢長倦曉雞重覓酒薄衝風易得醒匹馬嘶殘林外月荒雞叫落嶺頭星幾家茅店臨官道尚有孤燈一點青

讀鄭侯外傳

未許芙蓉集作裳紫宸朝罷坐熏香彩雲不散垂庭樹青鳥開窺立井床夢到碧城歸路杳宴移元

圃去時長赤松何處留侯逝畢竟仙家事渺茫

君家

君家溪上住畧彴接柴扉老樹生虛籟歸禽背落暉茅低簷壓帽籬郤粉侵衣濁酒頻相勸停盃山鷓飛

得家書

驚喜家書至開緘慮萬端歲荒追賦急母病仗醫難乞米鄰家遍無衣稚子寒恐傷羈客思重疊寫平安

歸思

徧看新製欝輪袍忽遣歸心折大刀千里月明秋
似海饑鷹欲下朔風高

憶昔詩六十六韻 并序

僕生三十有四年矣學謝凌雲文慚擲地望屈
平之香圃難伍衆芳入韓子之天池甘同凡介
況啜菽飲水尚愧雙親而讓棗推梨更無同氣
所歡澌去徒悵黃門之二毛素志非遥且遲白
衣於三逕爰拈五字用寫千愁

憶昔還如昨雙丸去若馳一盃齊物我五字足生
涯尚阻飛騰志誰憐少壯時春風宵燭暗秋雨夜

床移刻鵠難冲漢雕龍可療饑將投定遠筆暫敵
仲舒帷歲暮辭鄉國天寒問路岐 予以丁亥冬入都 敝裘
從月照曉夢怯風吹江濶蛟龍怒山空鳥雀悲玉
鈎衰草路漂母夕陽祠野火明荒戍河流帶斷澌
金臺雲外近錫嶺日邊迷身事多艱阻皇途自坦
夷一椽依叔氏 謂與咸叔 千里託心知獻賦何難達彈
冠更不疑祇緣躭寂靜未肯受磷淄有意排羅隱
無人説項斯龍門鰓未暴馬坂耳偏垂獨處懷三
徑閒行出九逵萍踪無定計花縣許相隨 己丑春高亦巷之官新樂招同往
賢宰逼冠蓋華堂接履綦燭長聯芍藥
寒淺沁玻璃嘉會同金谷歡遊並渼陂春郊爭試
馬夜月賭圍棋百歲原如寄千愁庶暫遺漫傳鴻
雁到忽寄鶺鴒詩敢獨辭勞悴重來歷險巇 七月家兄到京余亦再至都中與兄同寓慈源寺
長途經酷暑蕭寺慰孤羇一
榻閒酸語雙親起夢思悔隨來北使旋折向南枝
並騎心難別臨岐手共持屢沽茅店酒聊附草堂
貲黃葉聲蕭瑟滄江路渺瀰雨昏飄櫂急風緊逼
檣欹竟遇波臣厄難邀造物慈 九月兄歸夜泊滄州遇風舟覆竟不救 傳哉
初聞惟錯愕稍定轉漣洏去住俱無策風雲
未有期不如歸里舍何處賦塤篪蓬底纔安膝舩

邊暫拄頤岸蘆驚塞雁漁火認河麋鄉樹城頭出
鄰人屋角窺慈顔揮涕淚稺子立參差人世難如
願誰家欲賣癡 余以除夕前五日抵家 長年傷逝賦小令送
寒詞僧院飄殘絮蓮池澹碧滋逃禪非所愛習靜
頗相宜 庚寅讀書石林精舍 雜句粘空壁閒花綴短籬看山
還獨詠玩月偶停披竹外登臨好門前剝啄誰詩
人揮玉麈酒客解金龜只此堪行樂如何忽不怡
手龜 音均 尋宋客舌在走張儀 辛卯秋芋園先生秉鐸琴溪招余同往
來往祈風伯安危仗水師釣磯鳴翡翠蠏斷立鸕
鷀顧我同浮梗依人似縶維亦知蒙拂拭欲去更

凄其憔悴憐蘇季踈狂笑食其凌雲思𠜱羽戀舊感羇雌珊管齊裁錦珠盤共錯鍉與曹兄王瑒陽兄象貞等十三人共結敬業社小園過庾信別館訪潘尼白雪題歌扇青山對酒巵就中推遏末腕底舞蛟螭謂在中小閣飛紅雨閒堦擁翠甤傳經中壘近謂紫超高先生博物茂先資謂鄒兄泰和余自壬辰後與先生同館於華芋園先生劍光閣錦被爭搜異雲亭且問奇半生斷落拓奮翮待來茲

獨立

獨立江邊無限情排空雪浪勢縱橫生成南北終難限捲盡興亡尚未平夜月潮聲衝鐵甕秋風帆

影落蕪城登臨欲上金焦寺兩岸蕭蕭蘆荻鳴

獨酌池上艸堂作

千載誰得閒有酒且獨酌昔賢渺難追持盃歎離索涼風吹簾帷細雨灑葵藿雨止夕陽明池上桐花落

秋日過積書岩懷梁汾先生

纔塘佳句怕重拈到此秋懷倍覺添綺語夢醒多自悔名花老去未曾厭溪光送客仍臨檻山色無人尚入簾我亦解裁紅錦段只今何處寄江淹

劉檉林瞻榕

字于根又字南榮號檉林諸生素川先生仲子早歲即工於詩爲九峯六子之一吾家梁汾先生謂于根詩寔吾邑一人而泉南先生謂其取徑太狹或有謂其詩於秋水爲近者夫窮達既殊詩格亦異唐有郊島宋有宛陵我朝有吳野人檉林其流亞歟少陵云老去漸於詩律細以觀檉林狹誠有之庶幾入細如謂近於秋水則猶皮毛之見歟抑余疑之唐季至宋初宗賈者多詩格遂不振然奇偉特達之士亦必

不爲浪仙所限則亦存乎學者之自立耳檉林行誼具載邑誌不復敘

感遇

顏色日以陳鬢絲日以新臨妝怨清鏡寫影爾何眞憶昔總笄初質與玉並珍待字二十年芳枝已徂春昨聞兄嫂言蹇修來西鄰意苦自難默辭卑知弗嗔婦儀多委曲女老詎能申

春日田家

艸廬負高阜柴扉面清池村居本自好况有春風吹春風果何心如與邱園私一夕聲颸瀏千頃新

綠滋朝來荷鋤出對此情自怡時運無或愆力田
復何疑倉庚先已覺飛鳴桑樹枝

題菰川莊圖

黃花憔悴秋雨餘翩然嘉客來吾廬寒暄未竟出
圖畫光輝頓覺流衣裾圖中是何處曲折清溪覆
紅樹樹裏復誰家無數書籤一釣槎眼底浣花春
物外秦人意昔游不可追故跡詩能紀菰川莊上
今琳宮乃是武陵先生讀書地憶昔先生開徑年
東吳名士盡流連紗帽煑茶深竹裏殘燈看劍艸
堂前山陽此日誰橫笛一代詞場變禪寂諸孫話

舊指丹青寥落故老摩銅狄我知客心爲客語不
見揚塵換今古高懷果得肖家公泉石何妨在畫
中

虎牢

山險形如削河奔勢若㘭中原龍戰後巖邑虎牢
存遊騎盤飛磴清笳隱壞垣東西任行客天限只
空言

再登棲鳳樓望太行山

躡遍黃華下柳塘再來泉上解行囊危樓欲曙秋
逾好倦客憑高氣復揚慘憺風雲連上黨蒙茸竹
樹隱山陽英雄風雅消磨盡依舊中原有太行

送須覲予還晉陵

冢粟野田黃口雀盡日揮之苦難却翛然老霍迴
出塵連軒矯翼誰能馴春風樓前梅花白看花君
作西洲客細雨宵宵梅子肥鷓鴣聲裏送將歸何
人怨君言別早客舍雖佳歸更好一帆明日向東
去正是鄙夫心憶處

雪後喬勉伯見過因懷介甫先生二首存一

椿府今吟伯詩篇一世奇老方 天子召幼已
路人知鄰下追陪久燕南送別遲柘溪趨侍日道

我六年思

辛亥東歸

蹤跡生平類轉蓬玉津花石別匆匆新愁我不緣
遺已古意君應解惱公山勢自來爭向北河流從
此徑歸東長途獨去休相憶尚有殘陽照落鴻
洛下還轅猛雨餘汙萊千里足愁予水邊舊市人
烟少柳外新堤馬跡疎單父更休論翰墨孟諸空
自憶樵漁中原沃壤今如此誰鑿西門十二渠
十載邉陲未解紛彎弓孰得奏殊勳關山金鼓催
防月幕府笙歌遏雲白而慨慷論却敵紅妝鳴

咽送從軍泰中此日無衣什病客文離罷不聞
繁臺折柳未春徂稅駕江城夏木敷籬落雨晴鳩
喚婦茅檐風暖燕將雛芟夷老圃闢新境點檢殘
編續舊圖不信無稽行路語人生雌伏便非夫

用蓼園先生韵寄秦水部大樽

衣錦原如戴鷃冠朝回無事但揮翰何郎情思蕭
閒甚恰稱官曹似水寒

長洲詩學冠江東僞體難裁定問公垂老還思溯
風雅好將三昧付歸鴻

哭內五首

憶我少壯時驅車事遠適家有白髮親爾獨奉晨
夕上堂顏色溫入室恒歎息唯恐萱艸凋不待言
歸客重疊寄音書切以喜懼惕人心非石頑此意
惡能没

我生不知愧輒敢越藝圃入世無寸長人並笑庸
陋爾以命自安終身未眉皺豈若道韞歸薄彼義
之役

病肺日以深午夜還隱几爾手絡殘絲相伴寒燈
裏方謂爾力強辛勤應未已誰知遽潛緊棄絲不
復理惝然掩空帷紡車聲在耳

竹邊一枝花昔與爾共尋昔時花隱葉今歲花照
林照林爾不見傷此春色深欲折供靈筵廡幾爾
一臨援條還復止折花非爾心

先塋爾可耐往者謀之臧水勢及山形指示我已
詳秋來送爾去爾其安此鄉我衰遍更甚耳聾目
亦盲不久當來歸遲我青松岡

張隱居延祚

字岑人隱于膠山早卒著有養浩齋詩稿

石門精舍

凌晨多爽氣小駐依薜蘿白雲補石罅清風出岩

阿朝旭華遠岫殘星逗遥波露珠何的爍艸木爭
阿儺憑闌供眺望郎景還摩挲蕭然擬出世其如
骨肉何

空谷無人來當晝乃逾靜峯高絶鳥喧露圓篩日
影餘墨剩淺池微香發古鼎更衣翻短襦盥手汲
素綆瞑目得奇觀漱津當香茗習靜垂湘簾午鐘
發深省

祝明經昇平

字天格號亘齋　恩貢生

壽成節母

人生貴百年何者堪不朽閨中砥金石寶與忠孝耦卓哉成母賢兩世繼相守勤勤奉孀姑默默哺黃口夜月映機絲春風吹蓬首賴兹十指勤晨炊足午酉教子名業成恂恂懼盈缶有孫秀眉角曰保艾爾後今春界稀齡親朋獻瓊玖小子媿後期未及酌春酒敬續下里詞爲母介眉壽

鄒太守士隨

字景和號晴川癸卯　恩科舉禮部甲辰廷對　賜進士黎眉先生叔子工書能文官廣東肇慶知府著有村居湖濱等詩

蓉湖秋月

芙蓉湖上月光浮獨坐憑闌萬象收茶竈筆床三尺席白蘋紅蓼一灘秋風流已散春申履潮信還催范蠡舟何似沅湘投珮客每拈芳艸憶靈修

周條侯廟

遺像荒城外空庭苦蘚封墻坳一樹柳慘澹尚軍容

鄒秀才士騊

字是驂諸生黎眉先生第五子才名噪一時人比之慕廬先生亦善畫薄遊燕趙丁母艱匍匐奔喪卒於途次著有雪音軒學詩藁

題董文敏山水畫扇次伯兄韵

華亭先生董元宰工書善畫世莫逮蕭蕭數筆如有神吳山自此多光彩先生自珍不常畫惜爲時人贋本壞今披此圖歎殊絶孰能就中議工拙層巒疊聳烟雲起咫尺看如百千里蕭森樹杪近縈廻疑有幽人茅屋裏只今搜羅殆亦盡先生真蹟無片紙須知好物不必多還將什襲藏巖阿遥想當年墨花落拈毫細皴意如何

擬劉蘊靈長洲懷古郎次其韵

道是天涯盡刼灰姑蘇依舊好樓臺江山佳處風兼雨鷗鷺閑時去又來花苑幾看西子笑水聲猶聽伍胥哀繁華寂寞秋風裏籬下年年野菊開

送楊曾公兄北上

驪駒一曲倍神傷那不關心道路長媿我春衫青艸色看君衣白對衣黃

鄒贈公一元

字汝封號耐菴國子生愼齋先生叔弟二知先生之兄以子越平彝縣令　贈如其

官卒年八十有六

江南曲

楊柳詞中見梅花笛裏諳何由將水調譜入望江南

蔡浩觀文隆

字季眞著有浩觀集

九日發梧州

又是重陽節風烟近五谿舟行波上下身逐粤東西鬢短萸難插峰高日易低我行殊未已處處鷓鴣啼

中秋客淮上偶題

橫笛何人夜倚樓小窗明月正中秋凉風吹動雙梧影滿地白雲如水流

高春林齡

字九如著有春林草堂詩

曉行

旅舍寒衾擁寂寥無端一梦到漁樵醒來仍是風塵客殘月清霜過野橋

雨中同友遊通明山雙泉菴

不負尋山約同來冒雨游雙泉涵日月萬木老春秋嘯咏追前輩登臨鼓勝儔白楊風颯颯偏我郤征裘

重九前一日江頭夜泊

蕭散樓船客烟波送夕曛江聲喧靜夜旅况冷孤雲好句愁中得踈鐘梦後聞龍山朝可望吾獨愧叅軍

海陵往返途中即事

萍踪何鹿鹿歲暮小溪行矮屋藏牛具踈籬出犬聲柳衰先我瘦日落傍人明借得寒林下維舟百感生

敗蕉

畫圖曾見雪中蕉何事秋深爾便凋應與愁人同一處隔窗頻度可憐宵

題陸秋崖山水

謖謖松風响夜潮吹將濕翠鎖山腰茅亭曠寂凉如許應有詩人度石橋

鷺鷥灘拾石子

山勢壓孤舟灘聲怒不休不緣齊衆力那得上奔流石選花紋艷亭飛木葉秋歸帆成一笑尊酒過黔州

顧太守維鑄

字小范號葉舟端文公五世從孫甲辰進士官雲南澂江府知府

盧龍道中

莽莽黄塵內當頭天蔚藍風聲趨古北秋色帶終南氷雪時方至闗山馬自諳桑麻共鷄犬何處問張堪

顧太守頊

字元凱號坦園甲辰舉人官雲南鶴慶府知府蕺軒翁長子翁八子頊景贊還聯掇甲科維以高才至老不遇云

梁溪詩鈔 卷三十一 卅

雨後飛翮見招同振蜚石渠暨二弟士行城西泛舟至寶華庵宴集

誰將一幅輞川圖添寫溪橋帶五湖處處魚罾緣斷岸家家蟹舍漫青蕪山因雨洗千峯淨村爲波侵四面孤清境豈教僧占盡隨人領取有眞吾

珍山弟慧川園卽事

可知城市亦山林不許塵埃半點侵三尺游絲横路起一灣秋水閉門深花能解語窺詩境魚自空行識道心見說淸溪舊池館至今喬木向千尋

顧副使贊

字敬輿號稼軒蕺翁叔子元凱弟也甲辰進士選庶常改御史累官四川驛鹽副使先生亢爽易直內而家庭骨月外而族黨親友一意任眞尤篤于倫理宦遊所至實心實政具載邑誌宦蹟傳甞有拜楊伯起祠墓詩曰荒原野火漢諸陵太尉旂常日月明身是本朝淸白吏一杯曾酹酒酹先生蓋自信也著有稼軒詩稾

飛越嶺

梁溪詩鈔 卷三十一 卅一

棧閣連雲一千里我行喘汗神魂疲揭來直上飛越嶺乃知前者所歴馬鞍龍背皆坦夷壁立一線劃畨漢磴道萬叠無委蛇羲和畏險亦廻馭一任霜霰相凌欺氷淋亂石石愈峭石附堅氷氷更危猿猱欲下不敢下而我欲趂天風吹自下而上用力猛騎步叅半猶可支自上而下勢莫測孟賁勇士無把持惜哉大禹旅平蔡蒙功神奇造物拙處人工施此不剷削夫何爲豈其以此限中外郡縣之外悉外之止嶺外屬土司中原郡縣自嶺而蠻荒一體被聲教天地日月終無私卽今嶺上孟春月天容新霽皆

字王瑞號竹屋甲辰舉人官施南知府著

有竹屋偶存先大夫業師也

早秋過棲真院訪陸鴻儀同雲川先生用雲

林幽居韻

涼風動高枝眞意四郊滿梧竹羅淸蹤閒門閉孤

館客來驚晏眠呼童具茗椀老境得幽寂浮塵破

喧暖兀坐非枯禪漸與人事斷嗟彼要路津茫茫

幾時返

　箐口

駭汗過石門陰寒箐口獨入徑才數武重裘如未

服參天叢雜樹幽昏失朝旭低窪氷雪積路滑萬

起伏前行已陟巓後從猶澗曲何年仆巨木輪囷

苔蘚綠中空霹靂燒斜折斤斧劚嗟哉梁棟材晦

昧老荒谷

　歸來

詩就兒能和杯乾孫又斟新歸聊慰意俗事不關

心凍水魚知樂寒窻鳥弄音渾忘歲已暮明歲但

如今

　同杜雲川雨泛西林庵

扁舟乘雨隙小泛遍郊坰寺浸湖光白橋連山氣

澄澈淸光上下齊靑銅嶙峋秀色環芙蓉嶺足孳

山出雲氣晨炊萬竈烟霞紅儵忽雲平鎖山腹上

露嵌雪諸奇峯雪光山色耀日彩雜出蒼翠花瓷

工人間奇趣出奇險解鞍小憩松濤風

　題劍門驛壁

不繫萍蹤任往還偶然西蜀踏千山山川磊落雲

天迥風雪騎驢出劍關

　出蜀

三年蜀國兩專車又奉　恩綸上玉除書卷空囊

循故道盤飧父老勸停輿殘山剩水先疇舊樹樹

桑林聚落疎保赤叮嚀期長吏太平耕鑿日長舒

妖氛銅鼓陣雲開襁負饑黎四野哀牙爪秋深貔

虎健餱糧春畏雁鴻回北門鎖鑰長城倚東道舟

航泛粟來月食幾人謀國是安危眞仗濟時才

　虞大令金銘

字行若號島思甲辰進士官茂名知縣

　不寐

遙夜不成寐擁衾愁自生更堪竹外雨添作打窻

聲

曹先生輯五

靑魚蝦喜兼味賓主久忘形薄暮移歸棹風吹酒
半醒

郎事

一郡千山雲滿几殘春閒月日加遲與來揮翰餘
生趣倦起嘗茶醒睡思愛竹頻窺臨砌筍摘花先
揀背人枝家書報與平安在但愧河干伏輻詩

曹秀才必進

字王制號簣山諸生竹屋先生從弟也負
志節有經世略幼從學於從叔思義及思
義官甘肅伏羌縣需其助理趣之再三始

就道時　王師征準噶爾簣山至隴客有
言其才於主帥者令至肅謁見至則長揖
帥兀坐不爲荅簣山曰願大人行相見禮
帥曰進士官進見皆如此簣山曰處士非
已登仕版者比吾不願見矣拂衣徑出登
車去許中丞容觀察甘肅時延入幕自甘
至撫吳十數年間事無鉅細必咨之而行
著有簣山詩稾

對月

愁裏牽愁愁積累更殘燭燼懷彼美簾衾寂莫委
淸光床前明月疑秋水南國鯉魚江底眠相思不
寄珍珠篇若將三歲抵一日從教筭作千餘年怪
事書空但咄咄劇憐瘦減捫皮骨桂花咫尺照當
頭銀河欲浸蟾蜍窟誰遣嫦娥坐廣寒時時殘缺
暫團圞擬托綵雲通細問缺何懊惱圓何歡可惜
嫦娥不肯語行行只向西巖去低頭歎惋瞬息移
烏鴉啞啞喚天曙

夏大水

今夏多雨歸自澄江路過諸圩越崖傾岸波瀾
交衡水鄉一望雲物茫然悲旱澇之有數慨經

理之無人微禹其魚亶其然乎遂賦此詩

雷公悲擊蛟龍窟崑崙倒壓銀河溢縮頭旅舍坐
如年濕滲肌膚氣鬱臆歸來江上棹扁舟萬畝千
村一朝失洪波轉陸亂騰襄怒水包陵縱超軼老
稚幾從魚鼈遊禾苗盡餉黿鼉食數家板宿學巢
棲出入應悲無羽翼眼看農事已成虛心想秋來
痛不實具區積水奚弗容三江走海何由入欲爲
經畫起疏排常使東南長稼穡緣知當路自多才
草盧賤子應無術

巴里坤

已里坤西海行哈密五百里至此地稍平人煙間絕無屋廬傍有當初逆夷牧馬城海波汨汨海風起野騾野馬遠自驚日落山空氣悽愴又聞虎豹犀兕爭長鳴我軍久駐排千帳平沙聚食屯大兵大兵踴躍多驍騰高陵邱麓時升登軍中飽食無所事攫取猛獸資割烹鍛我刃兮礪我矢逆夷當之鮮不死聞聲遁跡不見人縱有熊羆徒爾爾直北便走土魯番過去更有番王子若到澤旺阿剌蒲坦地約莫再走三千幾百里聽説路險不容軌飢無草木又無水一人一騎尚難前何況大軍進

征百萬士嗚呼何況大軍進征百萬士

歸途雜詠

廢廟懸崖落舊煤雪花如蓆恨難裁同塗莫辨畨人語認路遙觀烽火臺山繞地維多曲折水流天漢幾紆迴厭看世界茫茫在賸老英雄朽骨堆

漫促歸鞍正欝陶空山風雪曉騷騷東南有路皆添驛來往無人不帶刀天外已愁機石遠邊中猶恐陣雲高時西寧又闖有警三軍自肅嫖姚勇東閣何因識姓曹

首夏訪杜大瑛

薰風何事趣鶯鳴引向城南覓友生步逐村農纔有路香傳野卉盡無名槿籬掩映尋門入竹徑紆迴避筍行最是上堂人閒寂摳衣佇聽讀書聲

邊月

夜色偏宜耀玉門白雲縹緲接崑崙邊鴻孤警低殘魄胡馬羣嘶落大盆北塞劉琨長獨嘯南樓庾亮與誰論只貪滿地山河影不鑒征夫積淚痕

白頭

深山跳虎水吟龍道是風雲總易從屠狗短歌同激烈將軍長揖恕疎慵南臨閩海煙迷嶠西走秦

川雪滿峯三十年光轉眼過白頭猶作一書傭

蔡司務德晉

字宸錫號敬齋丙午舉人官工部司務敬齋少時與儕輩論文一題能誦諸大家文數十篇評論各當入鄉校後窮經二十年易詩書春秋各有著述而尤長於三禮祖述朱子意合儀禮周禮爲禮經周禮以六官爲序而考工記不冠以冬官儀禮以五禮爲序而軼軍禮又補逸禮八篇爲本義三十九卷戴記則刪蕪去複博採周秦兩漢之書及先聖格言之有關於禮者爲禮傳本義二十卷又輯通禮五十六卷楊文定公名時讀而好之薦

爲國子監學正六年遷工部司務敬齋於
禮能服習不爲空言燕居必檢至醉不亂
其在成均令諸生先通習本經以次及其
餘五日一會各具劄記書所見而爲别白
其當否多所成就在工部歲邨常例數百
金妻子啼飢號寒弗恤也初爲三禮纂修
官時總局則方侍郎苞李學士紱俱當代
鉅儒敬齋隨事論辨悉有依據靡不首肯
終其身爾然不滓言行相顧云

冬夜不寐

好夢偏教短寒更故意長孤衾涵病骨殘月印愁腸静聽鷄鳴栈時驚犬吠廊坐深湖墅曉窻外一庭霜

題昭君像

夙昔承恩在漢宫那堪騎馬泣秋風千年遺恨終難釋猶抱琵琶入畫中

望家鄉

龍山蒼翠枕西頭水上芙蓉一帶秋雲樹不須遮望眼夢中人在木蘭舟

丁司馬樸

字元昭號鴻洲官廣東廉州同知著有吾
齋詩艸杜雲川丁端如爲之序

山居次蔡南民韵

靄靄鬱烟鎖茅廬傍竹邊風微人不覺日上我猶眠涉世無良策端居守薄田一塵俱拂淨閒裏自忘年

村遊

暖風吹繡陌扶杖過橋頭柳岸輕烟鎖花溪月自流燕拋雙剪去荷長小錢浮曲折隨芳徑春光一望收

和顧研峯六月七日乘月訪友韵

雲斂奇峯出岩露華渾欲濕单衫犬依深巷吠人影舟向平橋落布帆得句推敲聊學島然薪誦讀始希誠門前腐艸雖牽袂可化爲螢且莫芟

秦太守仁

字體國號薪巖丙午副榜雍正七年舉茂
異歷官福建福寧府知府先生幼孤奇貧
遭巨創與兄民寧同刻苦於學初試官於
滇歷富民彌勒決滯獄辨急饟皆得當旣
授蒙自恩信著行漢猓慴服逖邇一致闔

在道書院立程而膳課之文教亦甲南服
計最北上乞便養得移山東之東阿三年
計復寂以母憂去旣行有赴闕之
命服闋起攝邵武丞尋授福寧府所屬寧德
宊海涯穀土狹有壙壖可秔稻汨於潮潮
退壞見彌望平潤宋世嘗拼而田之先生
行縣規度銳欲復之三歲隄成得田百頃
力紓而食裕其他事無賸舉乾隆壬申秋
方問事氣逆而仆遂告歸歸四年卒卒之
前三日口占長句云跨海便乘雙白鶴出

門惟見一青松曰此去大快樂也

生日潼關述懷 廿四 十一月

落拓生涯類轉篷漫携書劍過關中驚心馬齒頻加長回首龍山孰與同萱艸倚庭應計日萍花沾水亦隨風敝裘針線高堂夢霜冷吳天有斷鴻

清明散步寄大兄

潼關今日亦清明客裏風光遣客情出郭青山入掃墓打門紅雨客呼餳春陰記得鳴鳩路曉日聽來喜鵲聲若到品泉亭上望可能望見華峯晴

遊禹門寺觀瀑

好峯藏古寺飛瀑下晴川萬籟此俱寂千尋獨自懸殷雷松徑裏轉石禹門前不是忘機客相看亦冷然

萬福寺樓中喜雨 五月十三日

雲氣沉樓擁落暉四郊待澤歎祈祈神功自布陰霖勢衆志能消旱魃威幡影漸隨風影亂鐘聲急逐雨聲飛叱犁早徧南東畝父老前村荷笠歸

顧刺史湑

字克家號毅夫諸生先洞陽公七世孫雍
正七年舉茂異歷官山東濱州知州初官

福山縣勤勸課與禮讓調單縣單民輕生
小忿輒以死相傾陷公不波逮案無留牘
久之俗遂革縣瀕河檄徵白楊數千爲椿
材不足議伐民墓木公曲全之遷知濱州
請豁鹺地逋糧忤上官意會奉墾荒令濱
屬獨無所報趣之急公曰寧失官無累民
遂中他事落職公少孤發憤自奮起以才
幹名書法尤雄勁刻邑志宦蹟傳

謁先 洞陽公祠追和海忠介公韻

氣節文章日月新至今婦豎識忠臣仗前扣馬憂

銜橛闞下攀龍犯逆鱗九廟英靈憑譏禮千秋俎
豆豈謀身惟公尤具人倫鑒鐵網珊瑚起鳳麟海公洞陽公門下士

嵇儀封炎

字展成諸生雍正七年　詔舉材能以金
匱知縣王喬林舉官河南儀封縣著有嘉
會堂稿

貽秦凌滄秀才

之子江東秀飄零安可論不須傷白眼且與醉清
樽皮骨身猶壯詩書道自尊前型憶耆覘風雅頼

君存

偶成

行藏我已悔飄蓬家住西溪作釣翁溪上葉聲鳴
不住秋來夜夜鯉魚風

呂信宜宏基

字天章號澗樵雍正年間由監生保舉咸
安宮教習出爲廣東信宜縣知縣兼管陽
春縣銅廠卒于官

梅影

笑顔曾向步檐開幾許傳心鶴夢回今夜小園人
半醉澹烟疎月送君來

龔秀林燕貽

字秀林佩潛先生曾孫少與徐蘋洲攻詩
杜雲川序其詩云邑中之士及吾門者甚
衆惟秀林所得獨深有西林小草

寄懷聽松山人

不住蓬山不採芝結廬冢畔獨棲遲三更細雨思
親淚半壁殘燈哭母詩泉湧舍傍魚出後草生墓
下鶴來時他年若肯容疎放晴趁梨花一問奇

聽雨雲川姑丈命賦

溟濛花氣濕胭脂淅瀝空階柳挂絲畫閣吹醒愁
外酒曉窗滴破夢中詩寒生枕簟傷春後風灑天
涯惜别時最是湘簾常不捲海棠零落燕歸遲

竇仙谷嵋

字眉山號仙谷幼失怙恃依表叔杜雲川
太史教養成立幕游東粵大吏以精勤得
治體欲薦舉力辭而歸有眉山詩稿

憶梅和天鈞和尚原韻

相期已是違殘臈相約探梅不果雨雪蹉跎又半春自别
清癯池上影每懷澹遠月中神迢迢驛路詩難覓

渺渺羅浮夢那眞晨夕巡簷頻索笑却敎妬殺住
山人上人自號住山人

郁濟蒼思貽

字令果號濟蒼業醫善吟有濟蒼學吟草

蓉湖夜泊

霧障山形合林昏鳥夢幽漁燈明古岸梵磬落孤舟月出波容淨風生野氣秋笛聲何處客餘興助鄰舟

杜上舍璽

字寶篆號秋圃雲川先生第五子受詩學

於潘讓村讓村曰此君家事宜留意晏試不售終老於家詩有秋圃小草

中秋前七日再宿覺林寺次張塤東生韻

秋高暑氣清微雲澹無滓復來方外游偃息空山裏夫豈慕禪寂心定似水止此中有眞趣且住爲住耳盈盈月半規的的花含蕊薄醉昵清酣樓角鐘聲起

受業沈 振鵬 子萬校

梁溪詩鈔卷三十一

梁溪詩鈔目錄卷之三十二

國朝二 雍正

唐坦然一均　一首
湯秀才玉孫　二首
陳秀才亘佐　一首
惠秀才衮　四首
惠秀才沛　三首
陸秀才廷楫　二首
朱秀才斯沛　四首
華秀才士芳　四首
以上共二十七人

梁溪詩鈔卷三十二

梁溪顧　光旭　華陽氏集

國朝

鄒宗伯一桂

字元褒號小山晚號二知海嶽殿撰之孫慎齋學士之季弟也丁未進士二甲第一人選庶常入諫垣累官禮部左侍郎兼内閣學士加贈禮部尚書吾師耿直廉介立朝三十餘年以文學侍從遇知聖主睿謨不阿視學黔中凡六年士風丕變在臺端言切直一矢至誠夙工繪事淵源家學而自成一家乾隆巳卯秋御賜詩寵其行有吳下詩人應好在白頭相對話烟霞之句朝士和者二百餘人歸田後主東林書院講席爲續碧山十老之領袖棠　恩在家食俸辛巳進京祝釐入九老會　賜杖遊香山辛卯進京祝釐壬辰三月歸途病發卒年八十七所著有賡和集小山詩鈔四書文稿筑間籟百花詩畫譜行世

天柱縣登樓

喜得齊雲倚石開不愁前路有崔嵬何人便說南天柱我亦蓬山頂上來

白水河觀瀑

吾奥富水黔富山有山無水山不活林深祇覺嵐氣重穴多饒與狐兎窟十里一匊泉五里巳成渴涓伏流山草没縱有清駛無人撥轉岡忽聞萬馬聲荒山鐘鼓何鏗訇遥看始見白一線匹練晝暴妖虹横兩旁水氣侵石壁濺跳碎玉煙霏輕天紳長垂不可卷白龍歸壑山風鳴觀瀑亭中頓忘之

馬匆僕飯遲行旌山靈怪我大枯寂獻此血脉流其精華峯蟻穴昔曾到莫炫怪異欺先生

八䆁詩存二八首

黔省文風不競而童子秉性清慧不染俗氛者轉覺過人古州夷童亦膺青選弁志以詩

背誦瑱瑱略不停滑如傾水出銀瓶兩旁卓立三千士不及髫年熟五經楊漁年十三背五經入平遠縣學

湿洼初出巳空羣小步驚看冠一軍好把鞭絲付艮藥便教蹀躞上青雲龍文瑶年十二極靈慧牛羊父母二句破題擴兒之物以輿梘似孝而弟道絕矣入黎平府學

平定金川恭紀乾隆十四年逕入平定金川方畧內

維皇撫萬邦四海慶安宅梯航來百蠻共球走重驛血氣皆尊親豚魚亦孚格何物金川酋蠢爾逞昏孽弱肉恣侵呑天威敢忤逆恃險憑虎嵎出穴工鼠竄師旨謀不臧兩載氛未滅我　皇赫然怒𩠐算定機策指授經畧恒戶部侍郎傅恒汝往親馘經畧秉忠亮神勇更超絕擒賊如戶庭過伍于衽席蕞營卽鋤黨賊巳失間諜軍令申嚴明士卒奮糾佐攻摧連晝夜衝冒先兵卒卡奪瓦解紛碉破雷轟裂長驅搗中堅膽落魄巳攝窮蹙乃歸命泥首

乞存活專征事犁庭未許便輕釋解網頌　皇恩赦罪諭兵徹神武貴不殺况此等蠓蠛浩蕩覆載寬畏懷卽吾赤崩角伏闕　詔悚慄變喜悅六事遵約束萬戶供兵役番蠻盡傾誠邊徼永寧帖衮衣振旅歸酬庸秉圭璧玉壘呈祥雲巴歌雜鐃發解甲倏櫜戈閭里欣卧轍捷書到彤廷忭舞遍臣列皇師不血刃醜類巳洗革洪仁稟　慈訓偉武昭　祖烈好生洽民心宗社綿福澤作詩嗣采薇千載光史冊

姚江雙孝詩并序

餘姚翁大環探親廣西舟泊祁陽一夕獨登岸
陷葦澤中同舟無覺者疑其有故亡去因捨之
而行後取其所遺篋還家中冀其不死大環有
二子長運槐次運標時運槐七歲運標三歲母
亡依其姊槐即獨行尋親江西湖南跡幾徧因
逆旅中遇鄉人憐而歸之標長成進士兩人分
道往跡往返粵西會於祁陽先時大環之死有
祁陽鄭海生者見浮尸埋之至是海生亦死其
兄海還述其事且云存一佩囊囊雜物鑰一今
鑰故在驗開所遺篋適合兩人大哭舉柩歸餘

姚喪服三年始仕今運標爲道州知州稱循吏
餘姚翁氏兩孝子一子已成名進士鳴琴劇邑著
循聲誼篤所生更無比三齡失怙守孤惸萬里尋
親歷寒暑兄也早歲披荊榛弟也分途走江渚粵
山楚水兩茫茫誓不見親不歸里哀思毀瘠感路
人淚落荆衡沅湘澧皇天黙佑潛爲引往復祁陽
得踪跡土人爲述舊傳聞三十年前曾記此有客
溺流尸載浮鄭生收瘞魂無主留下佩囊盛一鑰
至今鑰在堪攜取開遺篋合牝牡乃知久作沉
淵鬼生親不獲獲死親長號大慟悲何已盧郊三
月扶柩歸蓼莪廢盡方登仕標名冊府聲籍籍槐
亦純懿傾桑梓人生忠孝兩大節同根並茁非殊
軌道州治行已卓然移孝作忠道在邇從來陟屺
美壽昌得君兄弟真連理他時雙孝旌翁門翁翁
雖死而不死

題顧珍山二泉卷

余别慧泉幾四十年今來仰止亭臺蔚起巍乎煥
然若冰洞戸花竹繞竹鑪山房 御題簽山如仁
靜壽者相那知陵谷猶變遷吾生有涯無百歲半
生離井羈幽燕歸來見諸孫總角已長鬣當時黒

髮今白巔當時白巔已遠焉而我頭童齒豁獨不
死非仙非佛何其延年少場中例不入乎盧博塞
無前緣塊然坐一室形影自周旋珍山惠然來手
擕卷軸兼詩篇卷圖九峯逼蒼翠詩瀉百斛珠璣
圓謂當嗣續碧山社忍讓風雅于前賢山靈怪翁
久不見既見叙濶能無言嗟哉伏生扡經撇我去
復初祗餘瘦沈來投箋歸愚黃花向我誇晚節香
山洛下誰後先謝家屐米家船登山涉水相流連
從今一日如兩日壺中朝暮長于年杖藜從子看
楓葉瀹甌試茗烹山泉

題岳陽樓畫扇

八百湖光一箑收掌中擎出岳陽樓先憂後樂人何在惟見孤峯水上浮

題黃正衡半舫詩冊

有叟本江客半生車馬勞歸來理三逕鑿池蓋衡茅三間傍祠宇疊石架橫橋編籬蒔花竹引泉養魚苗顏之曰半舫息足淸塵囂黃生乃年少有志凌雲霄讀書半村郭跡未離江皐胡爲勤小築亦取斯名標咿唔作欸乃寸管爲長篙宗風乘巨浪蘇海驚洪濤放乎無所繫汨然脫非膠舟虛乃能

載器滿覆自招愧生于既望歲盡于元朽樂志不可極得半意自饒余舫在山麓君舫臨塘坳余舫多畫具君舫餘詩瓢合之應共濟分之各停橈八十一人來伴作忘年交（伴文爲八十一人時余正八十一歲）

慧川園詩和彭芝亭原韵（四首存二）

聽竹禽鳴晝登樓月掛簷身安隨坐臥興適共飛潛水態經風渙山容過雨添更看鄴架上珠玉遍瑤籖

六載全黔路時聞杜宇啼歸來泉石畔猶憶瘴烟題海闊從鯤化林深穩鶴棲扁舟數相訪不似武陵迯

秦比部甸

字中御號毅菴丁未進士歷官刑部督捕司主事初謁選得齊東令有鄉民被殺不得主名先生閉閣靜思忽見飛鳥自東而西乃託近村閱戸籍出西郭至一村輿夫忽小駐有婦人瞯於門者反走曰官至矣蹤掩捕則殺人者與刀仗血衣具在一訊而服人謂至誠如神無不感悅積十餘年調繁濰縣中丞岳公濬嘗曰能吏者恐於

取下而勤於奉上百姓何賴焉不作聲色而民陰受其惠者其循吏乎秦令其人也旣而先生以憂去服闋補懷集令行取爲刑部郎兩年先生外和內剛於義所不可[illegible]然持之以老乞歸適年卒年六十九

四月十九日集望益樓

高樓補山闕山翠當窻分坐對興非一萬象相主賓虛檐乍雨過淡冶怡我神蔚然關中彥雅意在作人兹樓雖昔構弦誦今始聞黽勉赴兹會講萩同莘莘金春而玉應叩觸皆天眞所得良不淺淹

留忘日聽五柳古高士望益情猶殷矧予服儒服詎敢遊道津漉酒未暇學學塾林宗巾

陳進士八龍

字震先號體乾丁未　欽賜進士尋卒年七十有四先生十歲而孤事母以孝聞長爲名諸生方正謹恪師表鄉閭者五十年作止語默皆有成法每揭行已有耻四字教弟子身爲之鵠從遊者繩趨矩步望而知爲陳門弟子也其治家僮僕非老幼不入中門親朋有戲謔者先生至則肅然尤慎取與篤信脩吉悖凶之理一舉動若神明臨之客有談積善獲福者先生云人有福方能積善耳年益高德益劭禮益恭年六十三始充貢入京明年丁酉舉北闈又五試禮部不第　先帝知其名命一體殿試　賜進士大學士嵇禮齋先生共門下士也爲先生傳

贈曾黎崖明府

南豐華冑擅才名爲政三年頌有成馴雉仙鳧多異績玉壺氷鏡羨雙清觴傾蓬島來翔鶴花滿龍

山聽蚤鶯願祝調羹方試手佇看　丹詔下神京

華中翰希閔

字文友號蕡圃劍光先生弟也巳酉舉人初官行人司行人裁缺後改內閣中書先生秉心慈惠忠厚過人幼失怙遺命日爾惟兄命是從先生一生謹禀不敢違癸丑丁卯歲歉米貴偕兄爲賑䘏平糶之舉兄没亦遵行不怠所刻容春堂集千金翼方訓俗遺規又重訂廣事類賦皆兄志也卒年七十五續碧山十老之一

謁先賢仲夫子廟

升堂入室此登壇再拜階前得仰觀岱岳烟雲搖劍佩泗濱蘋藻肅衣冠千年斷碣苔痕古夾道深松日色寒應識干城斯道重有聞惟恐力行難

浦郡博起龍

字二田晚自號山倉庚戌進士官蘇州府教授先生居邑之前碉肆力於古於書靡不窺丹黃甲乙積數十年四方來學者日衆世比之鄭公鄉皓首談經懃懃懇懇嘗修無錫邑志雖同事數公實先生之力居

多手註讀杜心解史通古文屑詮刊刻行
世所著有不是集藏於家卒祀惠山尊賢
祠

蓉湖送行曲贈江侯日容

祖帳隘西郊青青古堤柳只繫去人思還繫津船
否一解　搶影森龍角乘空尺木間宵來行雨足神物
自麥雲二解　墅農東皐下山田正驅犢說尹沸蓉湖
行歌漾水曲三解　送客復迎客迢迢黃埠風傳聲到
天上待澤滿江東四解

十述詩并序　十首錄四

髫年遊處十不一存歎逝懷賢槩欷未已遂有
山陽作多慚鮑叔知豈復斯言百端交集迺倚
爲韻而述是詩

晨星無留芒曦馭無頓轡屈指數從遊天不憖一
二溫溫族曾祖質樸敦古誼凝然簡言笑而亦罕
怒詈掀髯酌大斗兀坐肱不倚予時甫垂髫就問
之而字六書說文核諧聲與會意向來誦習譌一
埽等掾篳熟觀臨池法運腕力貫臂畫沙追曾公
問出鄭覓媚從其所指授態與骩骸異動止恪有
程模楷幼儀備張弛濟寬猛夙興到宵寐京瞳欻
五更遠跨函關騎稅駕武功天碑版剔幽邃歸移
淳化搨握手叙暌思雲林世講通談經坐淸閟過
從時節暇揚觶話娓娓每接典型舊如覩靈光歸
嫁女五湖濱念之顏孔頳老眼日以枯奄忽墮吾
淚有孫讀遺書所願聊復遂儼爲童子師庶繼先
生志　族曾祖成美師受業

自昔鉤黨烈東林厄陽九堂階羅荊榛芟薙懼傷
手緒言蝕將既誦法誰挂口一二雄傑人夜壑負
舟走就中孰挺出吾師氣彌抖孝系綿簪纓師乃
方伯後家聲幾墜地振起安居首情匪好爵攖志

抗先賢友數冊顧高書服膺類克守尤尊薛河津
不啻子顧母特倣近思例編次窮卯酉書成稟三
脫誓欲垂不朽爾時侍函丈提耳駭傖叟挾之謁
道南指示宮數畝云自邵文莊崇祀龜山久予誠
荷道器願此從事否泊乎談藝文左漢及韓柳制
義金陳餘十九覆瞥毓小子負遠期師年啻中壽
斯語久不聞向往復何有聚散雲卷舒蒼茫水淸
劉玉泰師受業比

迢迢泰伯瀆其北讓皇山吾廬山之陰當戶石欄
徧所思瀆之陽抱屋溪潺湲思之不可即使我泪

潸潸憶昔年十六親承長者顏長者禮法疎末節
非所嫺文成罕加黜詩就懶復刪與酣浮大白連
引雙顴殷搖筆盡數紙欲躋供奉班時時雨拳張
侶拓弓梢彎推我居上首拔出曹偶間毎曰此子
才出語無苦艱別去十載餘書劍阛市閴無何涉
海門怪浪掀天關膽裂神不守云將抗塵寰自茲
絕請業會面緣始慳去秋走白下解后青溪灣狂
喜約歸來來往須循環疾急祗三宿滄江孤櫂還
我歸就斧政巳失公輸般搴帷寄一慟前約從誰
攀 受業嗣服錢師

梁溪詩鈔 卷二十二 十二

戊寅歲之杪寒艇江上泊予應童子科瀟灑借一
閣先生尙經生老驥風塵躍名字識我早舍館從
我索訂我忘年交披我歷試作頗謂正及鋒磨厲
干與莫予隨德園叟負書向海嶽先生文戰捷轉
眼上寥廓書帶翩堦前午歲足始託云是汗血駒
泛駕未施絡一編太僕集理法抽秘鑰是時同學
入秦 藥師 薛二宜最落落負氣各不下陷陣詎少卻而
我混雞群延頸狎飛鶴先生俔需次簿書非所樂
梯棧相鉤連西望足如躩於時遽委頓筮不遇勿
藥念此心怦怦疇能意漠漠學已紹趨庭產豈問

負郭所慚門下士未得侯芭若生平五師承耿耿
記大畧振筆翔風厲吹墮欄際擘 受業素川劉師

周丈子瞻攜令子見過作詩贈之

門前剝啄耳厭聽启戶一笑雙眸青白牯秪兒下
坡立黃鸝喚友啼枝醒老不曉事叱呵堵窮乃工
詩遺寧馨盧胡餘子那足數風生兩頰聲泠泠

八月十六夜留燕子磯渡江翫月次徐北郭
韵

江光倒景天光藍團團月出南山南凉風吹波淨
於縠蘋鬖荇帶交毿毿山腳雲横露山頂瀰漫水

梁溪詩鈔 卷二十二 十三

氣浮空潭群峯恍疑入寥廓雄虹為御長蚪驂水
乃積陰月精氣水月相得還相涵劉安叢語記一
二說鈴儻此書中蟬側聞桂子月下落雨華郝得
如優曇頗喜推蓬極曠望笑彼蝸縮眠窠蠶拏音
一聲華花白引我長嘯唇谺谽須臾鼓角切雲表
市聲四起風聲含高梔大艑指歷歷木栫飄落肯
施鑿負此良夜苦捺作眞州鹽利世所婪我亦爭
名浪遊者好景到眼能無探隔岸岡巒亘百里似
熟識面名不諳舉頭端正月卓午長年訶我眞痴
憨酒闌燈灺坐不寐抵死喚醒蓬頭男聞言我不

詎可否修我翫事情逾酣我生四十已過二十之
八九栖書龕清狂亦饒濟勝具戰藝餘力差能堪
況如妙高峯頂月皰詩謝賦中流擔南冷郎不問
桑苧汲江酌月㴜庸談直需月斜擊檝過紅欄清
影穿樱栒𧈧魔有靈頗解事屏跡不用揮銛鐔思
端未竟側輪射揷天紺碧瑩雕嵌乃今起舞愜抓
與華陽續響洵非慚人爭治遊此高賞喧寂各領
分杯簪頳唐著句意所適擬前俳體殊鬛鬖圓蟾
三五八月好歐陽旨論中心甘而我玆遊乃冠絕
永崇之樂猶未耽詩成呼起九人和聯翩前後加

三三時同舟者與予十八

食蟹并序

九秋郤振蜚丁孔環大中顧漪園會飲蔡文清
板村含翠堂尋泛菊之盟主人煮蟹餉客同賦
是詩

生不願得九尺四螯輪囷矜離奇亦不願得千里
百足犖确紛昌披但願輸芒飽新穀撑臍揞腹兼
致雄與雌堆蠣膏紅耀琥珀凝脂雪白光琉璃炙
手手不縮結舌舌不疲乞與醯一器糝用姜千絲
須臾骨蛻匡爲齣不可皺揚南有箕龍也學步繼
響莫繼餉但恐只有通判爭長無蠏持噫嘻吾家
宛水足傲之綠橘黃橙時樂不可支

舊遊并序九首存四

紫陽書院儀封張公撫吳時建規蘇州府學舍
中曠地爲屋百間楹以居四方來學之士甲午
之夏龍往赴檄徵讀書其地凡三越月儀封公
以是秋緣事明年春罷去尋蒙恩昭雪今督漕北通倉學者
相繼散歸忽忽五年落魄如故上負宏奬之懷
下慙切劘之誼回首昔遊滋之永歎

文正初規地滄浪遠帶橋池身欹半月殿角撼層

霄列屋青林護登壇赤幟招皋比開講後輻輳不
知遙學舍縱廣五百畝宋范希文以所購錢氏南園地建其東偏爲滄浪亭相望三百武
地擅東南美官居第一清奉身租減鶴折節友呼
鶯階負循墻劍庭分陪鼎羹師儒懲倚席公暇輒
經行公再開府吳中天語褒美謂天下第一清官公於院中揀廣文四員專董其事
龍腦初收藥鷄頭旋着花檢書慚宿蠹楖帖眩奔
蛇卉物依時換經生去日賒風流宏奬處灑灑欲
忘家學署之內有地一區俗謂之龍腦所產薄荷特良池中復產鷄頭
釋菜崇嶶國千秋一瓣香餼羊浴古意鼓篋正新
凉制黜丹楹靡規尋白鹿藏南軒此持節五緯麗

穹蒼書院崇祀朱子孟秋月朔公命行釋菜禮院制甚朴不施丹堊南軒謂公

舟行短述

客意西風候溪光野燒痕祀雞黃傍毋刈稻綠生孫租吏呼何怒郵春僻更喧頗聞隣叟說苦憶道州元

和莊司成雪厂歸田

載得樵青細瀹茶海鷗沿檻不聞譁三篙水浸林逋樹半角山環謝眺家淺碧及時郵務酒小紅隨意陌頭花先生重放經綸手料檢魚租理釣車

喜雨劍翁並集

東風遲放柳條新吹合林鶯鬭好春三泖歸帆衣帶水十年舊雨草亭人雄雌劍並橫南斗經緯星皆向北辰太史定書賢士聚彈冠准擬坐蒲輪

客有山頭暢集之約作此促之

轉盼春殘客又分青山把酒送行雲煙霞掌管遲盟主水石標題與策勳栩栩蘧遊蝴蝶夢狉狉闌入鹿麋羣遠鐘敲起松杉月醉墨多應灑練帬

劍門爲余說置一草亭意口占

且結茆庵著楚狂浩歌何事不徜徉光黃間有方山子世界中多廣莫鄉爪雪孤鴻雲漠漠印川圓月水茫茫碧梧翠竹閒秋色休指鵷鸞爲稻粱

冬夜感興

羣烏噪晚樹杈椏犯難其如出手差局尾覆思棋一着馬頭頻見路三义雨昏浹月濆山溜風急搏雲簸雪花喜脫衡泥芒屩早擁爐清夜聽簷牙

冬曉簡華在西

溶溶晴旭射南榮氷雪緣知懷抱清賦擅馬卿呵凍寫劍抽雷煥倚空鳴如君其庶無雙士與我相於恰半生帝里一乘春浪去可能存想白鷗盟

八月廿二秦先生大來見過訂九月初過訪

尊齋

面面芙蕖冉冉風板橋時挂柳陰中問津爲我通漁父行藥煩君養露叢茶貯雨前花乳白橘移霜後洞庭紅不須更學陶元亮採徧疎籬東復東先生頗以不種菊爲嫌聊與解之

王先生繩曾

字武沂學者稱蓼原先生庚戌進士歷揚州江寧兩郡教授先生生而醇謹幼讀七世祖九巖公遺訓至慎於身所獨處之地慎於心所獨知之時便慨然向學時邑中

吳卜臣倪奎光顧昀滋顧雋生諸君子方講求顧高之學四方來會者甚衆先生退然却不前闇然自修於學無所不窺五經諸史及儒先諸書手自抄纂切身體察嘗謂君子求諸巳義無不該大學自明自修自欺自慊中庸自得自道論語自省自訟自厚孟子自反皆以求在我爲爲巳之實秦文恭公謂吾鄉自顧高諸子倡道東林百餘年來士大夫從事身心之學不必負盛名登壇坫超然於理欲之界者莫如先

生秉鐸維揚蕭然環堵樂君子之三樂撫軍高文良舉應博學鴻詞堅辭不就丁外艱服闋補江寧教授歸田後掌教東林書院朝夕熟玩儒先書倣近思錄例纂明儒語要所著交翠軒稿巳鐫憎園詩稾𤺥歌存艸知古錄知今錄未刻藏於家其門下士秦君朝釪有追懷之句曰早便希賢心愈下老持謙德道彌尊彷彿先生梗槩云

長歌荅客

玉川先生破屋數間洛城裏少陵野老囊中還有三百青銅錢笑爾刺促四壁立朝飢無食寒無氊君不見親朋交遊袞袞登華省又不見分苻剖竹人喧闐蔽身泥水徒爲爾餓死溝壑誰相憐賤子請致詞凉煥隨因緣一昨南宮　賜宴日　九重詔下絲綸宣內外各有職閑劇聽所便致身敢自愛七尺八十老親心縈牽願就閑曹得侍養素心如此無遷延明日　天子特召見烏私許遂君恩偏歸來老親相見情欣然朝率兒孫問膝前團圞夜坐春風天春風融融秋月白雍容杖履生雲烟白頭頗喜蒔花木更喜稚子雜誦絃以此

娛親亦自得從他捷足直上青雲邊此樂三公吾不遷但願素風舊業世世相綿延東西眷南北阮白衣蒼狗倏忽變

題饋瓜圖

民生有秉夷親親與長長愛敬始孩提天良在培養一自習俗染難保勿凋喪薄物細故間計校及銖兩微萌攘奪端漸爲爭鬬釀所以王化原家庭敦禮讓吾宗本裴姓浙嵊占族望十九世同居義門有宋榜平水雲門間莪莪綽楔閎派別衍梁溪一支猶獨壯悠悠水木思綿綿譜系藏有美光史

乘傳作孝友樣浙省志載饋瓜事 親朋通饋遺偶以瓜相
餉纍纍盈庭除父老欣策杖呼集髫亂輩不啻數
百行分甘恣所取俱作揖遜狀後先依次序莫或
敢先掠在醜夷不爭𡾾稚邪知向斯風可儀世先
德吾家兒教見始嬰孩古語良非誣繪圖貽子孫
俾世世宗仰

冬日雜詠

無端常切痌瘝身溝壑如推愧古人災祲流行殷
廥庾廩倉出納頁 皇仁豐凶總益多藏室斂
散難賙失業民敢效陳書長太息伐檀終沐太平

春
化敦淳樸樂民安澆俗難回足慨歎蟻聚不知何
所務蜂忙底事起多端險塗漫涉愁狐濟妄想無
因夢鹿懽一念盡休蝸角戰身心胡弗海天寬

送顧雙溪之任湖南

丹穴起鳳雛滄浪媚明珠煌煌忠諫門復此產名
儒吾友雙溪子天賦慧業殊松筠始斂拔環珥垂
瑤瑜使者曲江公藻鑑懸氷壺不意丱角中快遇
庾鮑徒拔之冠梓楠𠡠以成璉瑚知遇亦偶然賞
心有是夫轉眼忽數年九萬果搏扶發軔宰百里
新捧瀘溪符過家拜北堂懽顏慰勞𠞰勉矣擊楫
行報國摅鴻圖衰朽掩蓬蒿蕭條三逕蕪臂抱棄
寒蟬寂寂云何吁惟子交有道十載情相輸何以
送子行贈言鄙面諛一昔翰墨塲揮斥敵千夫殫
力立命地才藻詎日餘文章與政事趣異軌一途
意愜理無違前訓良不誣東京傳循吏惻愊無華
敷艱難持既濟說吳惟中孚卧行慊衾影痛癢關
肌膚勿爲隨波靡俯仰供人娛白衣與蒼狗變幻
直須臾蚩蚩情難欺蒼蒼感不孤 聖朝重良牧
民瘼胥肝紆吏治富經術潤澤枯槁蘇先烈既未

湮邁種在今吾不以頌以規爲言敢辭迂長風振
翏廓金石盟不渝

病中作

枯坐終朝一短床起居扶掖着人忙歡迎煦煦朝
曦早愁數沉沉夜漏長易朽形骸原土木不亡神
智倘修藏依然視聽兼言語無奈支離動罔臧

王秀才述曾

字映荃號隱圩諸生蓼原先生仲弟也父
鄺埜嘗聞隱圩夜讀語人曰聽此子讀書
聲如黄梅夜雨滴滴入人心脾績學不遇

著有詩詞二卷藏於家

秋日過茂林艸堂贈楊翁兆遠

昔人亦有言不可居無竹此語罕能解解者信不俗生平愛此君夙願不我足半生守硯田舌耕徒鹿鹿十載走四方種種鬢已禿安得有餘閑數椽葺茅屋遍栽淇園種朝夕共棲宿萍跡到星沙奇景忽在目乍過楊子居彷彿若盤谷入門水一泓倒影千竿綠瀟灑晉人裝清談相往復置身羲皇上塵網那能觸微雲映秋潭凉飈響林木夕陽已在山回頭載瞻矚

王秀才聯晉

字綵生號養喜諸生蓼原先生叔弟也綵生性頴敏一生轗軻足跡幾遍天下詩艸散軼僅存養喜餘藁一卷

贈棲隱洞譚先生

先生霜兩鬢深谷臥烟霞不伐有巢樹多移無主花石泉春釀酒松火夜煎茶因問山中客如君有幾家

宮師嵇文恭公璜

字尚佐號黼庭庚戌進士選庶吉士累官吏部尚書文淵閣大學士年八十四薨加贈太子太師謚文恭公生平謹慎立朝六十餘年遭遇聖天子爲太平宰相天下無事四夷賓服雖古名相何以加玆

長白山

高山天作　神聖興太和絪縕之所凝肇基王迹岐陽徵紀名始見山海經橫亘千里收東溟開運隆業靈脈承其巔有潭千仞澄周八十里環峯青青環五峯峯五形西南流以鴨綠名北流混

同曲折縈東南土門流至淸納綠窩集霄崢嶸納素窩集春鬅鬙南麓兩幹相送迎土拉庫者懸秋冰九天直下銀河明巔生白花花丁星亦有香樹黃金英古圖五岳圖未曾今之所圖元氣憑封山典禮孚山靈職視嶽鎭玉策膺我　皇仁孝懋緒繩　東巡望秩至治馨長發其祥頌永稱共球小大百祿并刊碑瀚海彩筆凌晴蜺耀野摶秋鷹蒼松夾道龍騎騰大風作歌卿雲蒸鬱葱佳氣歳月增億千萬年頌升恆

恭和

御製題盆假松樹歌原韻
石盆誰斲磁斗同盆山盆水環而通乃有雲氣生
其中雲從何生生古松松兮無始雲無終松一無
二撐于空一尺千尺盤蘢葱　帝文則雲德則
龍詩爾肖爾如天公假自何年來何方叶貌雖傴
僂道已豐　泰階雨露乘時逢作歌豈憶浣花翁
假蓋假蓋凌春冬聲名從此垂無窮徂徠所詠能
希踪盎流和氣雲長濃

送女勤之德清
憶別汝母時汝纔繞母膝荏苒悼流年汝年今十

七女工學未工詩禮讀粗畢當春賦于歸余懷如
有失買舟送汝行風帆無太疾却感泉下人夜夜
夢未悉似憐汝尚幼神魂不能佚父母一身兼未
諳愧疏率幸茲夫壻佳和諧與可必多言固所戒
沉靜葆汝質操作職在勤奉養心宜密庶用慰汝
母佇卜百年吉登車汝竟去有語不能出平生丈
夫概肯爲所愛汨十載死生情頓牽别離日回掉
望吳羌老眼淚已溢

送二兒承豫之滇南
年老誠難别秋高又送行臨風人萬里對酒月三
更有守惟從儉無才更戒盈勉思爲善吏莫負此
家聲

贈策靜齋制府
千里狂瀾手障迴靑風江上引離杯偉人自爲蒼
生出古道難逢靑眼開惜别頻攀隄外柳相思付
與嶺頭梅石交倘許平生約更欲從公覓硯材

尹公見示和莊滋圃作即次元韻二首
接席如登李郭舟龍門直上溯源頭雅詩自鼓成
連曲輿頌宜添海屋籌亦退蜃蛟皆徙宅公來黎
庶已忘憂郎看底定歸談笑元老于今紀壯猶

南河上下幾停驂早卜安瀾汛歷三理得棼絲成
妙緒平將濁浪比澄潭不辭盤錯公頻試倘許醒
狂我亦談百變魚龍憑出沒狂波千頃總包函

恭和
御製落花詩元韻
啼鶯無賴怨殘紅韋杜城南幾樹空有客登臨悲
泛梗誰家憔悴詠飛蓬游絲蝶粉三竿日禪榻茶
煙一縷風只爲情多留不掃繞欄細數寂寥中

侯觀察嗣達
字二端號若木庚戌進士由刑部郎改御

史嘗視漕東省著有南池雜詠其同年生張南華題其簡端曰余與侍御同籍幾二十年未嘗見其爲詩乃一事吟詠卽能清拔不凡如此豈獨江山之助哉胡太虛曰其品如梅花清瘦多韻葢五言長城也終浙江寧紹台道

晩行蜀山湖內

浮沙延一線彳亍度危磯天湧寒流碧旗翻落照微輕烟籠島樹遠沚漾漁扉草色風花湖中臺名上人從畫裏歸

顧長公維鈖

字孝穀國子生瞻盧先生長子工楷書尤工畫有麓臺司農意性慷慨好施族有嫠女者爲勉力贖歸族故有義莊久廢偕同志力圖恢復小有規模今又不可問矣少從族父中以公學詩得其指授顧隨手散軼今從涇皐遺詩彙覽中鈔存數首

竹窓

只消塵網豁眉端縱被閒愁縛也寬花事韵添朝芍藥竹聲清絕夜琅玕燒香却愛烟成篆書句偏嫌字出闌莫道日長炎熱苦自知心骨本來寒

墻

休猜銀漢隔塵寰地逼金堂咫尺閒月浸桐陰疑著水雲封屋角恍連山斜侵蘚逕句螺翠半出花枝照玉顏消得片時窺宋意不勞飛夢度重關

西溪草堂桂花

可是如來蜜印身寶珠瓔珞散來頻微塵世界花同碎匝地天香品自眞斫樹何人留月窟折枝無路問秋旻故攜紅燭端詳處一夕西窓最愴神

淮南早發

寒雲漠漠雁嘹嘹木落淮南氣泬寥時序已看秋復臘風塵何事暮還朝馬啼月白敲沙路人迹霜濃過板橋行李一擔無長物御於風景稱蕭條自註此詩戊申冬淮陰道上卩占自喜月白霜濃一聯于景有得用以繪圖時年四十有二云光旭於丁未春過江陰長涇汪氏見伯姊郎孝穀先生長女也外甥汪廷飛出外祖小照見示先生自題此詩于上畫倣北苑法極蒼秀葢手蹟也

咏蓮

凌波不見襪塵生吹上鴛溪畫綃明騷客魂消環珮冷女郎歌斷釣船橫幾棱玉骨依秋水半鏡紅香雜杜蘅三十六陂人靜後鴛鴦留伴月華清

芭蕉

蕉色直飛簾外勢淸光分映碧闌干波箋一束心常捲仙掌交承露已寒夢後乍聞聲淅瀝霜前先覺舞蹁躚何當棲託幽遐地脆質還防絲竹彈

題小照二首

雲逃芳樹石縈流靜者無心動亦幽機械不生眞趣足此身應在畫中遊

休憑面目問伊人頰上三毫未即眞紫陌紅塵無我事青山謝眺是前身

顧司教維鎰

字孝武號南廬瞻廬先生仲子壬子舉人乾隆丙辰壬戌會試兩中明通榜官泰興縣教諭以母老乞養歸卒年七十二

山齋

自笑逢時術未工烟波蓑笠伴漁翁蓮塘南北東西戲蘆港風花雪月功世事任抛雲海外浮生都付酒棋中一杯郫釀依微綠催放山桃早晚紅

徐太史廷棟

字宗海號念齋癸丑進士選庶常改知縣終湖南辰州府同知著有濬雲詩艸宗海長身白皙循循矩矱父紫長公宰德淸者職後留滯浙中宗海百計奉其尊人歸里宗郷皆稱其孝官湖南最久累膺劇任權大郡罷官後囊橐蕭然至鬻賣田宅以給蔬水吾兄諤齋云宗海詩如穠花美女嫵媚動人又如雨後遠山蒼翠欲滴

阻風城陵磯

鷄鳴泊枉渚日赤江水白巴陵百里間須洞不可越篙師舍篙卧當晝喧躬息坐看對面舟决背過飛翼我生懶馳競動可靜亦得流行與坎止各各

順所適亦知牽挽功可以爭巧捷恐遭波瀾會失足黿鼉窟

晚晴

不雨憂農事雨多還望晴亞窗斜日漏高樹晚霞生一水白連野數峯青過城明朝思出郭看稻聽殘鶯

過鷹潭

山半忽成市人烟島嶼通漲痕秋氣白草色夕陽紅幾樹懸魚網誰家散鴨籠征橈還暫住隨意問民風

湘江夜泊

笳聲暮色邊一棹入湘川山氣忽成雨水光齊上烟遠鐘知野寺細火識漁船清絕江皋夢相期解佩仙

永州瀟湘門

郡門俯瞰瀟湘碧萬里人來一繫舟汀影曉分黃葉渡雨聲宵過白蘋洲蒼凉泪竹悲娥女凄咽吟猿痛柳侯浩浩清波去無極幾時流盡古今愁

劉暘谷索余近詩率成一律

無復妍詞擬子虛還將漫與托閒居任來花舞談

梁溪詩鈔　卷三十二　三十

邊塵倦去風掀讀過書新綠滿簾微雨後殘香一徑晚凉初只因世味嘗俱遍滋味偏諳澹泊餘

月夜登嶽麓寺

纔轉山椒境已靈到門頭上揷繁星滿衣露氣夜將半何處鶴聲鐘乍停高閣直須雲作幔懸崖常借月爲櫺老僧指點蒼龍鬣猶帶六朝風雨腥有六朝松

湘水謠

欸乃前溪烟欲暝參差別浦火初明十年來往扁舟上聽徧瀟湘夜雨聲

題銅坑香雪海

雨巖人家似畫圖冷烟寒水半模糊不知貝崎方壺上有此香濤萬頃無

鄒司馬承垣

字羲章號湫泉癸丑進士黎庐先生第八子官臺灣同知

甲子俸滿除夕

如何五十未知非萬里風霜黯客衣栢葉有情憑夜醉梅花相約待春歸暫拋氷案尋書卷長卧茅齋掩竹扉一榻爐烟堪作伴閒堦只喜吏人稀

梁溪詩鈔　卷三十二　三十一

薄暮遊海會寺

大地山河四望通公餘乘興訪崆峒人來碧嶂清江外犬吠幽蘿曲徑中瑤島波連天共遠海門雲吐月當空昔年歌舞今安在祇聽蕭蕭落木風

嫏嬌有序

嫏嬌在鳳山之極南偎偪之盡境其路崎嶇下臨大海中多樹木乃生番盤踞之所而漁樵貪其利徃來未絕相傳仙人對奕於此至今山上有棋枰石云

何年闘士到嫏嬌風雨淒淒共寂寥地控諸番分

島嶼天垂絶域老漁樵危柯振石難爲路大海無波亦自潮一局消磨千古事分明先手問誰饒

秦大令莘田

字耕樂號待軒癸丑進士覺仙先生之孫歴官湖南益陽調保靖縣八年民祀之終養後補福建武平縣三年乞老歸五年卒

月下鳴琴

高齋萬籟寂開軒彈素琴非必知音賞聊鳴靜者心須臾月東上披襟更閑敞泠泠送餘響鳴蛩助幽響更闌曲已終餘音連碧空中庭露華重颯然

來清風

哭耕紅弟

伯較温醇叔較狂髫年就傅一東廂天公奪汝連枝驟拊背何人念伯康

一堂痴女共騃兒漸得成童學綴詞慘殺阿年年十四背人剜臂療親時（阿年私割臂肉和藥以進）

題亡室侯孺人小影

湖湘攜眷十年前但剩官銜半畝蓮儉約不渝偕隱志欣然從我賦歸田

山遊夜歸

渡口遊人盡村村自掩扉山清雲氣上谷靜澗聲微長嘯因風激春衣帶月歸幽人宿小院還恨賞心違（是夜持國宿山寺）

讀雲川榭集懷半樓夫子

詞壇老宿浣花仙來往城南續舊緣負笈十年從祖訓瓣香一綫得師傳溯洄秋水齊前哲噓拂春風引後賢顧五（持國）邨居劉二（于根）病陸游（卷阿）相對念菰川

次卷阿寄懷曉滄韻

何意循良倏去官羣蠻束縛事艱難只將忠悃輸君國未敢羈縻說治安痛哭豈煩同賈誼賢勞原不讓兒寬幾番楚澤傳消息遜聽令人膽魄寒

贈啟丹

王郎丰格本翩翩庾信文章老更妍臨水輒憐如此樹傷春欲喚奈何天風光昨日還今日詞藻前賢讓後賢採得杏花消息近錦囊隨處闘新篇

鄒先生烈

字承揚乙卯舉人怡闇仲弟光旭先大夫從受經師也先生於制舉文不膺三折肱一時遊門下者如秦公勇均且先生十

年領鄉薦功名顯於時先生垂老僅博一
科以終亦數奇也

詠懷呈鄂西林方伯四十韵

乾坤看往復易簡賦純全二妙關呼吸三無合地
天抗懷祛俗慮嗜古覓眞詮敢奐龍門躍深期月
窟眠鵠來何日盡豚放幾時還博覽徒荒耳工文
奚益焉閑存功少間趨避動多愆性定如懸的情
和若應絃塵途驅障霧靈肺瀹原泉公溥渾忘跡
明通不類禪客形非我體無感乃其淵曲學焉知
道爭鳴欲占先頑空失面目頓悟詫機圓倫紀從

抛擲經綸悉舍旃漫誇遺色相却笑墮狂顛冥冥
都疑夢飄飄竟入玄千鈞危髮絶一脉幸蟬聯寂
滅誠非正高明亦太偏紫陽功矻矻白鹿緒綿綿
月映横渠水香開茂叔蓮蕭傳宗主敬調息小遊
仙兢惕神偏暇悠閒守愈虔卷舒同野馬鼓盪得
飛鳶有主還無固無心别有權獨中含法象忙裏
謝攀援跬步嚴臨履貧身仗粥饘孤踪甘落漠世
故任迍邅演數爲參理藏著豈貢錢竊慚行未逮
頗信志能堅遠眺先生座羞陪弟子員春風吹物
化膏雨及時鮮翼翼文登岸悠悠子在川不聞宣
聖道妄議孟軻篇集義生剛大收心看遂燃家庭
親長日王道蕩平年何事惟恭己奇謀但舉賢數
公飢恭布萬國列星躔果見儲庠序何須復井田
公今時茂育士亦樂騰騫請奏承平烈齊州九點
烟

華孝廉紘

字度昭號珠庭乙卯舉人劍光先生仲子

陽羨幽蘭曲

枯桐嶶黄金玉軫調朱絃一彈再三歎此曲誰爲
傳幽蘭之生在空谷寂寞都無往來躅春風只恐

當門鋤紉佩祇應君子獨莪莪銅官山澄澄玉女
潭托根既得所凡卉何由參請君譜入琴絲裏希
聲聾俗無知巳縱使郢中絶賞音一洗人間箏笛
耳

秦秀才仁溥

字霖若諸生著有文溪詩鈔

湖上

暝色入烟郵殘雲帶寒雨蘆荻風蕭蕭漁人隔烟
語

澄江曉發

江城看曙色江上放歸舟雲出千山活蟬吟兩岸幽冷風踈郲港殘月落花洲笑我忘機久鷺飛兩白鷗

郲居

柴門臨水靜一徑向郲斜艸色連青嶂林陰鎖白沙綠濃雲際樹紅重雨中花欹枕北窓下閒聽噪暮鴉

顧上舍曾基

字雨和國子生著有畹香居小艸

與渡震澤

蕩漾杳難極村墟半有無殘星猶伴月旭日已烘湖泛泛中流藻蕭蕭遠岸蒲君溪何處是笠釣綠模糊

題黃琢五表兄詩葉

以膠投漆最相親來往高齋欵洽頻花下有杯傾好夜袖中無句不陽春擘牋多處防風雨落筆酣時泣鬼神縱是知音非敵手濡毫欲和又逡巡

唐坦然一均

字立成著有坦然詩稿

山居雜興

霽景初開夕照殘秋天還作麥秋寒徑花斜倚苔衣濕池水平添梅雨寬清汲石泉初沸鬪鮮挑山蔬欲堆盤明霞攬結朝兼暮何必靈芝始可餐

湯秀才玉孫

字稚崑諸生

題宋人畫二絕句

誰搆茅堂飛瀑中柴門相送月朦朧幅巾藜杖深衣叟應是眉山玉局翁 劉巨濟

暮鴉枯柳斷橋邊風色江鄉欲雪天雞犬蕭閒村落靜東京人物太平年 孫太古 畫凡六冊北宋祇此二家董宗伯定爲真

蹟

陳秀才良佐

字上言諸生

下帷秦氏所居三楹卽碧山吟社之十老堂也吟社廢後移搆弓河之上又百年矣晨夕諷詠其中顧瞻棟宇不務仰止之思爲賦此詩

韋布名逾重何人繼此風門無軒蓋客圖畫角巾翁移向空山裏依然結搆同若教迷出處誰識是新豐

惠秀才袞

原名有慶字漢裳諸生與弟有孚俱學詩於吾家中以先生有孚字元吉有春日過祇陀村雲林舊居詩云古寺藏深竹空村落野棠門前新柳色閣外舊山光鐵笛扁舟共玉峰詩酒荒昔人多避地憑弔益蒼茫高格也附錄於此

簷馬

片玉明秋水簷牙響不窮風絃殊漢殿纖鐵應梁宮巳警中宵夢難禁五夜終極知心欲碎作意惱衰翁

和王孟端惠山煑茶原韻

颸虛夜不眠客與石欄邊細細穿林月泠泠落澗泉竹爐存活火葵扇散輕烟咏罷玉川句臨風似得仙

和高季迪寄懷雲林草堂原韻

青邱閟閣想當年風雨相望悵各天雲木清耀堪入画草堂枯寂似逃禪詩篇不落金元後人物宜居魏晉前笠澤淞江饒勝友烟波時泛米家船

西湖倚棹咏拒霜花

誰憐菡萏委秋塘祇憶芙蓉鏡裏霜泣雨未銷亡國恨恐寒猶作入時粧萍洲欲採人憔悴木末誰裘路渺茫比似水花應更艷孤舟旅夜獨沾裳

惠秀才沛

字若霖諸生

西郊泛舟納凉至資華庵小憩

城西一水多洲渚柳暗荷香不知暑急呼篷艇共追凉撥棹延緣葦間去筆床茶具置兩頭竹爐蟹眼聲颸颸清風似惜玉川腋稍覺爽颯凉如秋沿洄界彴倚叢薄誰結菁茆臨水曲六時鐘梵洗塵襟丈室維摩散炎燠相對彌天釋道安照人落落

鬚眉寒問年都指階前樹案上楞伽久不看問予觸熱來何以揮汗得毋穉讖子北颸高臥卽羲皇布襪青鞋何日始

五湖村舍

小住湖干客春來事事幽好山皆入座遠樹不遮樓乳燕頻窺硯閒魚自上鈎短簑垂釣者畵裏獨移舟

和九日龍山登高

戲馬臺荒莫問津且移雙屐上嶙峋非無白社能留客只恐黃花解笑人遠水孤帆頻范蠡夕陽衰

草帀春申登臨底事傷懷抱倚醉還歆漉酒巾

陸秀才廷楫

字用濟諸生著有餐藹集

秋鴻

絶徼霜風早征鴻萬里愁影邮孤月冷聲帶一天秋沙渚圖黃葉蘆花認白頭爾來應有信寬我故人憂

夜泊黃埠墩

未遂金焦覽勝遊聊憑孤嶼且登樓九龍晴漾一湖翠孤月澹涵千頃秋估舶帆檣連澤國酒人歌吹拍涼州低徊倘覺言歸早隔岸更聲故故遒

朱秀才斯芾

字與若諸生與俞叉心友善俞有續與若詩見前卷

初夏書懷用斂南集怡齋韻

茅堂背郭陂池荒陰森灌木五月涼籬根戎葵初弄色屋角梔子頻催香比鄰有酒即相覔乘醉握手登危梁掉頭行吟觀者笑淋漓墨汁塗敗墻長懷杜陵數鵝鴨不喜崔珏吟鴛鴦時人强點花樣古故知倚市多新粧千窮百巧坐自致冷淡生活誰取將壯遊吾已央獨往歷抵燕趙浮江湘

杪秋感興

比來井稅得寬征更喜新芻價漸平爛熳且謀千日醉登臨莫負一秋晴分來淺白籬邊菊看去新黃寺裏橙十里郊原風日好未妨閒客此閒行

不因人熱口如箝日日丹鉛信手拈蠟炬燒殘秋夜永紙窗吹破北風尖爐從冷後灰重撥被為寒侵絮更添獨夜背燈還自笑十年心事太厭厭

小疾自遣

搖落窮秋實鮮歡維摩那得此心安閉門煮藥香猶在伏枕臨書墨易乾但覺壯圖消去速豈知貧骨换來難一生孤憤從誰洩燭燼樽空夜正闌

華秀才士芳

原名岱字泰巖諸生庠姓徐

鄧尉山中

不是探梅日空山氣更清上方尋古寺下界聽鐘聲野鳥自呼侶閑花不問名諸天稍昏黑回首暮雲平

自聖恩寺至藥師壇

望入青岩裏中天翠壓門迴風吹絶壁細雨過前

郵竹暗山無路峰高晝易昏碧雲詩縱好誰與遣
公諭

黃浦夜泊

衆水連滄海三江失故流濤聲時警夢酒力未降
愁星影隨波動烟光着水浮天隨真得計入手舊
扁舟

感舊

薜荔營墻半已頹歡場當日記同來荒烟籠草今
無路絲管留春舊有臺梅蘚自沾秋雨潤野花空
向夕陽開祇餘壁月渾無恙曾照金鋪上紫苔

受業秦　玉海　步山校

梁溪詩鈔卷三十二

梁溪詩鈔目錄卷之三十三

國朝 雍正

以上共十八人

梁溪詩鈔卷三十三

梁溪顧　光旭　華陽氏集

國朝

端操楊先生孝元

字介公晚號端操子亦稱蜺道人諸生以子潮觀貴　累贈奉直大夫著有存之堂詩稾行世先生廣顙豐頤多髯頗短視善談笑好獎進開發人光旭年十七學爲詩先生之教也先生幼孤家貧奉節母孝事寡嫂恭多識前言往行先達爭折行輩與交海寧中堂陳文勤公聞先生風過梁溪造訪定交去閣方伯未堂曰凡人罕能無愧於名若字者獨端操子之孝與介諒哉

諒哉

端操子杖

楷模曰彫耗一杖奇巧爭或刻首若螭頭角誇崢嶸或又鏤若芝瑣細具根莖或纍若磈磊歷碌相逢迎或駁若雲霞黑黃常合并或若脣出暘或若扶去睛或鑿而得空或塹而爲稜或脊而始濘或剞而後晶喜新紛雕飾踵事華日增伊予故弱植

端操先民程適某執末遺實惟南山楨竟體無偏邪身首自生成醜正而惡直滔滔流俗情人棄我取之拂拭純粹精差慰延年慕康衢翼我行

爲程生大經題其先人仰山落拓吟仰山涇皐顧氏贅壻

忍讀先生落拓吟經乎知否爾翁心寧持方枘乖圓鑿肯逐新聲變雅音依倚山高遮烏道流連水澗斬蹄涔吁嗟傲骨今安在三復遺編寄托深

蜺道人并序

蜺何容易南軒蟬蜺人欲之私春融天理之妙二語直是點春顏樂氣象道人固未之能也而以爲字貴且快意云爾

嘒嘒雲中萬樹蟬倚風吟羨白矜憐道人底事名從蜺洗耳南軒一洒然

黃華石寄示兒潮

聞道岩州署黃華石已多主賓還物色僮僕競遮羅勢必兼車載難將一騎馱將毋同苡薏謗起待如何

柳港予所居里名

柳港橋邊列屋廬比來風景想當初兒童長大居

何等親友凋零有幾餘禮讓昔年與末易詩書此日味誰茹匹夫爲善猶能化嗟我而今迴不如

杜半山璞

字石渠諸生雲川太史仲子著有半山閣詩集

范蠡

功成身退任夷猶似水臣心何去留識得扁舟五湖趣縱然宦海亦輕鷗

李牧

示怯頻年壁不開擊牛饗士亦雄哉老成謀國須

持重肯放邊庭牧馬來

顧文學維

字持國諸生虞翁第五子著棣萼軒詩二十卷又明史雜詠六卷胡稚威天游跋云明史樂府詠者凡數家予友梁溪顧文學指事標義得史氏之正不獨其詞瑰瑋稱工詩人也文學負才歷落至老不遇宜其鏗鏘壯激多所感動予於是卷診其聲焉極鼓舞於南郭矣

醉學士歌

宋濂每燕見必設坐命茶每旦必令侍膳往復咨詢嘗夜分乃罷濂不能飲帝嘗強之至三觴行不成步帝大歡樂御製楚詞一章命詞臣賦醉學士詩又嘗手調甘露以飲濂

雲紋賜紵垂華裾酡顏白髮半紫鬚婆娑商洛來皂趨溫室設坐紅氍毹嘏茗前席綸言紆眾恩人靜晝影舒晶盤翠釜行天厨手調甘露醴酒滑遂忽三爵頭可濡僊僊屢舞降玉除殿頭目送歌一曲餘音白雪朱顏續學士文章鼎百斛夜深歸院金蓮燭

夾河行

建文二年盛庸營夾河燕王以三騎來覘掠陣而過庸軍皆擁盾自蔽日暮燕王獨以十餘騎

逼庸營野宿天明引馬吹角穿營而去

雕弢蹀躞摩中堅鐵甲擁盾弓弢弦華蓋壓營紫垣曉信轟平野龍斛眠晝角咿咿導前列玉蹄蹙處屯雲裂日光照鎧射眼紅壯士駢肩看龍準揚子江聲動地回水犀檣艫迎濤開秣陵露布馳報捷高翔北燕憑金臺鷹揚閫外威權重百萬熊羆屹不動夾河壁壘非淝陰黃鬚已入將軍夢

汲水沃城行

建文年瞿能從李景隆北伐與其子率精騎千餘攻張掖門垂克景隆忌之令候大軍同進於是燕人夜汲水沃城立大寒冰堅卒至大敗

城闕崔巍立如鐵水不能浸火不爇秣陵鉦鼓動地來扃鐍脫落門將開九江年少紈綺兒舉鞭擊鐙輕致師先登不許頡考叔㚖取蝥弧偃旗纛皂旗張中呼爲皂旗張逸其名每戰輒麾皂旗先驅軍小馬王王指揮者常騎小馬軍中呼爲小馬王戰白溝河破重創脫帽付其僕曰吾爲國死以報家人立馬植戈而死脫胄植戈死不僵雪壓營壘氷凌墻酸風射眸困厄仰馬如蝟縮士舌强滑滑軍中履聲響溧城蕩蕩誰能上

血影石詞

建文四年燕兵起黃觀奉詔募兵上游且督諸郡入援燕王即位命有司追捕收其家屬給象奴其夫人翁攜二女及家屬十人投淮清橋下死觀聞之命舟至羅刹磯朝服東向投急湍死初觀夫人投水時嘔血石上成小影陰雨則見相傳爲大士像僧舁至庵中翁夫人見夢曰我黃狀元妻也比明沃之以水影愈明有愁慘狀後移至觀祠名翁夫人血影石

淮清橋邊血點紅淮清橋下江豚風女媧鍊就一片石留與節烈圖音容磨笄山高白雲起望夫石立青苔封天吳聳劍擁幼艾孽燕邂逅鼓螭宮洪爐刼火沸灰燼天姥一柱支蒼穹蓮花寶絡現色相三生願結香煙空攢眉不語意愁慘他年持璧遺祖龍

冷面寒鐵歌

周新永樂時監察御史多所彈劾貴戚震懾目爲冷面寒鐵京師至以其名怖小兒後爲錦衣指揮紀綱誣奏新罪竟戮之他日帝悔曰[illegible]殺之矣後帝見一人緋衣立日中叱問汝誰耶曰臣周新也爲陛下治奸貪吏言訖不見新歷巡按福建北京尋擢雲南按察使改浙江究民冤繫聞新至喜曰我得生矣至果雪之初新入境羣蚋迎馬首跡得死人榛中獲諸盜殺人者一日視篆旋風吹葉墮案前葉異他樹詢左右獨一僧寺有之寺去城遠新意僧殺人發樹見婦人屍鞫實磔僧

繡衣鐵面花驄行乳下小兒怖姓名朱門側目奮欲殺圜扉額手欣吾生旋風吹葉案前墮荒榛羣蚋馬首迎張網埋輪雲折檻貝錦結網蟣成阬銀鐺赴市猶抗聲帝心後悔誰敢爭緋袍象笏作直鬼白日卓午來宮庭

青詞

嘉靖中邵元節陶仲文以方術進帝益求長生日夜禱祀簡文武大臣及詞臣入直西院供奉青詞詞臣皆舍本業爲丞硯詞以取媚工者立超擢驟至入閣時謂李春芳嚴訥郭朴袁煒爲青詞宰相

五花宮中春寂寂五花宮雨暖閣帝建齋醮處鶴鹿雙銜芝五色鐵觀道士田玉以召鶴術進時方獻靈芝白鹿等率告廟稱賀大羅天仙抱胎息帝於文華殿建齋居自號大羅天仙龍圖龜範臨八極邵元節受龍圖龜範元始太虛之學因內侍崔文等入見大加寵信封真人賜紫衣玉帶黃梅小吏鍊液方紫衣寶帶騎[illegible][illegible]陶仲文由黃梅吏爲遼東庫大使秩滿需次京師與邵元

節善因薦於帝不二歲登三孤丹鑪供奉白金器方士段朝用以所鍊白金器百餘因郭勛以進云以盛餘食供齋醮卽神仙可致星軺督採龍涎香時採銀礦抒龍涎香使者四出日覩峯頭彩雲起茂陵劉郎老不死文
成五利兩將軍坐致安期羨門子月明西苑宵冥
冥麻姑手授黃庭經宮娥洗妝着冠帔霓裳法曲
空中聽命宮人於西苑習法事人間雞犬皆天上玉皇頷首
工酬唱紅蘭署作步虛聲綠槐陰裏青詞相

車箱峽行

崇正年陳奇瑜總督陜西山西河南湖廣四川軍務檄諸將分道殺賊皆連勝楚中漸有寧宇賊走漢南奇瑜引兵而西命諸將分守要害賊悉遁入興安之車箱峽諸渠帥李自成張獻忠

在焉其峽四山巉立中亘四十里易入難出賊誤入其中山上居民下石擊賊或投以炬火且用石塞其口路絕無所得食又大雨二旬弓矢盡脫馬之蜀死者過半自成等用計僞降許之先後籍三萬六千餘人悉勞遣歸農每百人以安撫軍護之檄所過州縣具糗糧傳送諸賊既出棧道遂盡殺安撫官五十餘人攻掠諸州縣關中大震奇瑜亦悔失計委罪他人以自解

團團車箱峽巨靈設陷穽么麼蟻聚誤入圍中有
元兇梟與獍緣崖崇阻深更深居民投石天雨霖
赤伏多年愁綠林安知殲滅非天心宗社靈長竟
誰莫將軍輕敵開三面坐失先機齎盜糧十年刃
血中原濺嗚呼挽弓當挽強用箭當用長三萬六
千皆赤子須知擒賊要擒王

蔡子英

蔡子英元至正中進士察罕開府河南辟子英參其軍事累薦至行省參政元亡從擴廓走定西明兵克定西擴廓軍敗子英亡入南山太祖聞其名使人繪影求得之傳詣京師至江濱亡去變姓名賃舂關中久之復爲有司所迹械過洛陽見湯和長揖不拜抑之跪不肯和怒焚其鬚不動至京太祖命脫械禮之授以官不受退而上書帝覽書益重之館之儀曹忽一夜大哭不止人問其故曰思舊君耳帝知不可奪命有司送出塞從故君於和林

南山假息賃舂餘長揖然鬚就檻車率土已歸三
尺劍逋臣憑奏一封書閉門謝使非王蠋乞食吹
簫似伍胥一片閒雲飛出塞竟辭周粟拜殷墟

陳普才

陳普才沔陽人陳友諒父也普才業漁有術者相其先世墓謂友諒曰某年當大貴友諒心喜徐壽輝兵起友諒欲往普才止之曰汝漁家子何不守故業作此滅族事耶友諒不聽遂往及貴迎父普才曰汝違吾命不知汝死所矣漁如故及友諒死子理降封普才承恩侯居京師後徙滁陽

沔陽垂老一漁翁敢望豚兒便化龍榆社無心圖
漢業磻溪豈意受齊封洞中戰艦功難就江上煙
蓑睡正濃不是佳城無地理鏤金脉碎最高峯武昌高觀山第一峯有友諒鳳凰窩太祖駐此碎其鏤金脉曰如此焉得不亡

莫天祐張翼

莫天祐元末聚衆保無錫張士誠招之不從攻之亦不克及士誠旣受元官天祐乃降士誠累

表爲同僉樞密院事士誠被擒他城皆下惟天祐堅守邑人張翼率父老固爭天祐許之翼乃縋城謁平章胡美請勿僇降人美大喜許諾城中人得完天祐至金陵太祖殺之

吳越人民幸苑全崢嶸故壘想戈鋋孤軍堅壁臨

吳漢片語休兵得魯連虎踞巖疆歸版籍鳩笻野

老話桑田睢陽張許同祠廟一例還應合几筵吾鄉祀張而不及莫

謁孤竹二賢祠登清風臺

孤竹城邊弔古魂當年遜國事猶新天荒地老歸

何處水綠山青似此人故里已耕辭粟土叢祠空

貌採薇身登臺尚有清風在拂拭衣冠舊浣塵

周捧齋農部寓齋賞菊

憑仗豐臺老圃家秋來猶未減春華諸君不是山

林客與我同看隱逸花莫畏夜深催跋燭且邀门

色到籬笆長安儘有柴桑里冷艷寒香各自誇

貢院會經堂題壁自註癸酉六月偕清河學使至此盤桓及旬回憶場屋半生未經一過客都十有二年計整舊裝不復作春明夢矣因題絕句以志慨

一上空堂思渺然幾人提筆舊登壇垂簾咫尺分

中外直作瓊樓玉宇看

自古文章說有神鎖關清夜見元真可知此際量

才者猶是當年射策人

楚中遣興

風獵絺袍范叔寒强顏酬答主人歡狂思燕市葡

萄酒愁對荆江苜蓿盤海上三山誰窟宅胷中五

岳自峯巒天涯知巳同相憶好把新詩寄與看

渡江

釃酒淩波也自豪長年操舵不知勞風柔萍末魚

龍靜水漲桃花舴艋高青眼有時容落魄白頭無

那苦刁騷長竿且拂珊瑚樹笑倚漁磯說釣鰲

題彌勒像

萬刼河山萬刼塵此君原是局中身只因閒着當

門坐哆口旁觀會笑人

顧贈公郢

字楚望號雪客以子奎光桑植縣知縣

贈如其官公性寬厚犯而不校早歲卽工

舉業困于小試卒年四十有六

招隱

達人慕高潔所好非山居謂言有異境且讀上古

書置身羲皇代下視唐與虞飽餐青精飯使我顏

色腴甲子亦巳忘豈復問其餘明月西南來泉聲

繞庭除開門仰天笑希夷意何如

玉笛飛聲引

銀釭凝碧月逗窗風入繡帷天雨霜誰家玉笛怨遥夜二十五聲秋點長空山老嫗調石馬銜草獨嚙青燐下不勝哀怨却嘶鳴十月天陰鬼行野剨然聲漸高燕子呼伯勞幽咽數四轉水激風如刀此聲本是關山疊雁門太守聞之泣李廣空傳射虎還李陵巳𡍼黄沙窟十萬胭脂結紫氛滿城寒霧郭殘軍故劇尚有垂楊柳吹向愁人不可聞

題家兄城南小築

謀道爲農事總迂數間茅屋一池魚坐來脩竹還

鄰舍招得青山到我廬待客好儲千日酒有兒能讀半牀書生平只此堪高隱莫怪門無顯者輿

寒食有懷

寒食東風吹柳絲隔江微雨燕歸遲天涯芳草青無極正是闌干倚遍時

布衣朱㰖香克敏

字若愚所居城南小閣曰㰖香因以爲號

趙止齋繼光日㰖香詩宗賈孟詞學辛柳

性脫落不事生産趙止軒雅出語多儁永

家貧困童子試擯兒園册子爲里中師

晚年失明屏絕造請詩亦不復作遺稿藏於家

登華嚴閣

傑閣憑臨霄漢間四圍松檜鎖禪關頻年入戶只容月無處開窗不是山久住故應銷世慮暫登亦覺淨塵顏飄然便擬從僧隱一卷楞嚴任鬢斑

宿貫華閣

獨夜開禪扉東峯忽破暝林深不見月但見松楸影

咏梅

午夜蕭齋把酒時夕陰黯澹下簾遲清風一榻悄然靜冷月半庭空所思豈爲寒深難入夢不關才盡竟無詩折來多恐冰姿澁自汲山泉滌素瓷

自嘲

[illegible]川有一士草屋只三間其懶不緣病所忺都屬閒詩成幾辛苦衣敝任斕斒忽忽華顛矣終年長掩關

尋碧山吟社遺址懷與復諸先生

山靈闡精藴源流無古今不有吾徒在林泉減清音十老開吟壇斯人何嵩欽洎乎嘉隆間繼起還

能任俯仰二百載流風久銷沉荒碑卧榛棘野鳥鳴空林前年南垞翁雲川先生懷古情獨深白社倡嘉會碧山羅華簪邵子來九期再續逸興飛遠岑觴斝集羣彦高唱攄崇襟仰見嶺頭月來照山中吟古人豈遠哉曠世從招尋

邵半園燮

原名之鴻字來九號半園著有自怡客詩草半園終老布衣歿後遺槀頗多家人持以易米詩人之窮乃至于此

詠史

柴桑寧乞食五斗羞折腰推此事晉室肯立他人朝愛菊採其英所貴在不彫娛情秉書琴玩世託醇醪高風邈千載繼者何寥寥

與李芥軒論詩

與君同癖日相親次第平章識苦辛舊草酷删還剩幾新詩屢易不嫌頻通幽肯拾前人唾鑿險寧教後世嗔著意鑄金摹杜老瓣香舍此總非真

尋碧山吟社遺址懷興復諸先生辛酉正月初五日

勝朝遺大雅今代溯休風吟社諒匪異斯人迥不同布衣執牛耳軒冕追芳蹤緬懷往哲規來尋古華峯斷碑卧殘蘚老樹號悲風花落梵宮寂池荒春草封流聲餘破冢紹脩剩寒叢逸響寄空谷遂覯付蒼穹昔賢詎知我嗣者亦慨儂湖山有誰主壇坫爲誰宗

題岳少保墓

朱仙一戰巳吞金奉詔班師淚滿襟廷議早拚捐陜冀天心不欲返徽欽忘親那悟丹誠苦賣國偏教碧血沉義憤到今充宇宙愁雲散雨作湖陰

村居

天與林泉逸棲遲雲水鄉村墟煙樹翠籬落野花

香愛月因删竹看山不補墻詩情隨景發疎散與偏長

老驥

駿骨老逾健寧忘千里心長嘶悲伏櫪昂首望知音邊塞風塵暗關河霜雪深横行如有託報主意駸駸

尊經閣眺水西諸峯

衆峯如層波湧翠聳茲閣夕陽欲西下矚望澄碧落煙雲若皴染濃淺生邱壑倏忽千百變廻飆蕩寥廓風流慨遐賞聊破我蕭索媿無謝公屐亦少

青蓮作令毫且冥搜眞意難約畧願言𠀤高卧以
遂幽人樂
舟中別陵陽諸山
別人容易別山難更倚篷窗借一看却喜琴灘千
百轉時時湧出數峯寒
鄒明經祁曾
字肇京貢生詩有松麟書屋稿
新晴觀刈
司畬不解防癡龍噓雲興雨日日同禾頭生耳慾
漂溺農夫坐歎陰霖中歎惜空言歲在酉那更乞

梁溪詩鈔　卷二十三　十五

漿還得酒濕薪入手寧論値甗石宿儲誰復有晴
光入牖十月交亂雲高捲如奔濤鼓舞居人慶行
路銍艾翻看䳌鴿鷺三三五五映斜陽秷秸聲乾
秬黍香春蠶食棗猶難盡渠盌如銀已許嘗却憐
水穫甘愁痛山芎麥麵誰能送稚子收竿牛背歸
橫笛一聲山烏弄
許秀才獻
字香山號絅夫諸生
九月一日社集擁經堂
盟誓日以紛膠漆日以薄高堂矜合簪念之令人

作陋巷青雲交縞紵跡所畧心能追古處力辦去
塵縛一朝叩門至秋露濕芒屩懽言出家釀相對
慰離索欸爾來人思非有鼓吹作餘事及篇章珍
重曷所學聚散如浮萍此會良足樂卓哉青松心
萬卉任彫落
顧漪園羽泉
字萃愚諸生工詩書畫爲雲川太史高弟
著有漪園詩稿
五月三日集虎邱澹香樓作按是集雲川太史主盟而吳興沈綸翁適至于是長洲沈禧士彭翰文程篔軒徐龍友朱恭季丁垣升張蓀九韓祖

梁溪詩鈔　卷二十三　十六

藝程南溟陸學起陸雲仲陸峩鴻何子未王越南夏葭湄金次山金象巖胡崑麓番禺方蕡朝方東華常熟江西京吳江季酣芸王載揚歸安沈葆之慈溪沈景韓沈左泉錢塘張繼青無錫華子山邵移山華紀常魏師才吳商霖杜石渠顧漪園開士松泉一時並集各賦五言近體二首而無錫馬碧滄不及赴因約友訪雲川于虎邱亦賦二律雍正元年癸卯五月也其明年金次山校定付梓曰澹香新詠
茲樓同燕賞何似永和時一雨清湍激曾雲老樹
欹坐深應有悟香澹最宜詩夢筆人猶在青山短
簿祠
風流推二老諸子復詩豪異日知誰健名山不在
高一尊先竹醉五字和松濤記取端陽近分牋續

楚騷按二老謂綸翁雲川

短簿祠

見説司徒是故侯（封東亭侯卒贈司徒）當年文藻擅風流不辭嫌謗匡衰晉（桓彝書殉神情朗悟經史明徹不避嫌謗才用不盡）應有烝嘗祀武邱社鼓聲闐吳市月雲旗影落劍池秋我來憑弔東山暮極目蒼茫海氣浮

挽華滄江先生

城南遺老盡江左絕風流白社同聲哭青山一帶秋清吟追賈孟妙墨醉顏歐心事憑誰訴癡頑賸虎頭

秦秀才棐燮

字陳常諸生隱于醫

東園詩和杜雲川

拂石照水坐微風香一圜魚苗新雨出蜂陣午晴喧小艇依低檻疎籬移短垣暮煙迷遠邑雲室剪燈言

遊仙

偶隨劉阮到天台路曲雲深徃復回傳語胡麻炊未熟石門敲遍不曾開

折梅寄遠

出高嶺隨江春一枝欲寄平生親所親渺雲外聊以展殷勤此日吳中山色寒登高望君路盤盤心如故瀾瀾復瀾

秦處士之本

字逢源號常惺少善病廢舉業而薰陶於卷軸彈琴詠風門無雜賓終身足不踐城市著有悆憂艸

山中吟和陶公歸田園居五首（存四）

舉世重名利賢愚受羈鞅曠彼安宅居白首逐虛想緬懷彭澤翁千載獨神往兀兀春復冬不覺年忽長吾年日已長吾願不復廣稚子與山妻依依共艸莽

晨出向東皋湛湛露未晞崇朝刈禾黍日落入獨歸路暗艸木繁藤蔓牽我衣行歌雜牧豎追惜與世違

素性畏塵囂澹泊甚自娛愛此田野僻信步遊村墟寂寂重岡中定有高人居修竹盈半畝疎柳垂五株雞犬守蓬蓽俯仰眞曠如疑是秦漢民或乃太古餘閉戶滕南面至樂洵不虛區區爵位榮泡影若有無

緩步歸西山山根水一曲兒童立淺沙濯纓兼濯足清濁亦何心大地不吾局長嘯有餘興開尊對華燭醉歌搔短髮濡首愛張旭

仲夏書懷和陶公五月旦作韵

刈麥隨種苗農務曷有窮凌晨向東皋蹋踏泥汙中好雨溉我田顧瞻樂年豐榆蔭碩且密披襟待薰風素心但如此乘化忘其終摘蔬佐村醪味淡神彌中履運有升降學道無汙隆隴畝足栖隱豈必居華嵩

唐秀才熙

字子緝諸生自號梁溪散人

贈寄

贈寄荒村一草堂百年心事付滄浪避愁但作眼前計積悶難禁酒後狂看過好花如憶友吟安新句似還鄉日高猶擁重衾臥差勝侵晨靴滿霜

不寐

酒聖無功醉即醒睡魔曾不到愁城天寒月但簾中看夜永詩于枕上成净几有燈書受盡遠鄉無柝雁支更東鄰有客同爲客明日相逢說此情

福慧菴前二石橋逆折斜連風景幽絶

石梁紆折水廻環幽景疑非濁世間田叟歸如緣曲磴漁舟去似過重關立殘晚照聽清梵踏破溪雲看遠山三笑風流如可擬不辭頻訪已公還

病後雜書

窮簷誰復恤呻吟一片猪肝不可尋吏巧竟能私聖澤民微空自厪天心艱難只益人情窄疾病頻增道眼深却羨鹿門高臥者閒從物外看升沉

確菴偕斷關詩

半生南北與東西越水吳山不定栖笠雪寒凝停夕蹔鞋花香綻踏春隄高蹤已似凌霄鶴警語還

同報曉鷄宿習未忘吟興在得閒隨分又拈題心到能安夢亦清豈惟忘利并忘名尚無好態供描畫那有危機入戰爭孤雁叫雲天萬里寒螿泣露月三更夜深衲被蒙頭坐靜對琉璃照佛明

答華汾令

年來禾黍雜蓬蒿十畝犁耝枉自勞惟有青山無旱潦買田那及買山高

李處士天根

原名大本字天根芥軒子也沈歸愚別裁集稱其生平不妄言不疾行硜硜自守人

有假其名具呈官府者知之曰汙我名矣
遂易之以字云

詠古

友道昔所重吾悲左伯桃相逢羊角哀結爲生死交君子交以義死生不足撓小人交以利爾我分秋毫不見耳與餘亦曾稱久要祇今泜水上遺恨起寒濤

聽松山人以雨蕉書屋圖屬題

江南六月時方旱田中甲坼乾以暵赤日當空無寸雲四野農夫坐愁歎聽松山人意奇特腕底大

有回天力潑墨寫作雨蕉圖滿幅淋漓雲墨色山童攜圖到茅舍座客爭看盡驚訝入手如聞風雨聲開緘似見波濤瀉吾聞古人畫月但畫雲渲染巧妙妙入神今君畫雨不着紙雨聲却在芭蕉裏何須懷素手植千萬株却疑溼川急雨直如矢卷圖烈日忽遮藏天半萋萋野雲起自註是晚果大雨

鄒明經德臣

字孝揚號竹齋歲貢生承揚弟也著有竹齋詩稾並四書斷疑未刊藏於家

新柳八首

漢苑三輔故事漢苑中有柳狀如人形號曰人柳一日三眠三起

人柳如人發上林先于桃李旋生陰衙牙乍拂千官佩寶帶新拖一縷金似整欲斜欺燕力乍眠還起有蠶心栢梁宴罷春猶淺分付枚臯作意吟

隋堤隋書大業中煬帝自板渚引河達於淮海謂之御河河畔築道樹柳名曰隋堤

剪綵纔完綠尚柔一絲絲解繫龍舟錦帆百幅銷金暗殿腳三千翠黛羞傾袖烟花迷大業嗔回歌吹入揚州而今寂寞寒鴉色不到吹緜已自愁

軍營史記周亞夫軍駐細柳帝勞軍不得入都尉曰將軍約軍中不得馳驅天子乃按轡徐行

嗔作條侯號頗宜澹烟低鎖戟門枝難穿白羽稀猶小亂拂紅旗帶已垂晝角曉吹金縷曲鐵衣寒映麴塵絲將軍令肅春難透莫怪東王按轡遲

池上南史陸慧曉與張融並宅其間有池池上種二株柳何點歎曰此池便是醴泉此木便是交讓

慧曉池塘二月初兩株新綠似相於不爭春色和梅瘦各抱柔情映水虛風韓細腰疑拜手雨飄纖縷忽聯裾相看青眼年俱少莫向章臺便索居

靈和南史張緒字思曼齊武帝時益州獻蜀柳數枝狀如絲縷帝植於太昌靈

和殿前常賞玩咨嗟曰此柳風流可愛似張緒當年

當年忽憶張思曼縷縷絲絲滿露華別殿風流移錦水過江春色壓蓮花王儉云緒過江所未有蕭疎只欲窺青瑣濟宕偏宜映碧紗誰道一生無所諾幾回鳳尾點黃麻緒嘗云一生不解作諾

板橋白樂天詩梁苑城西二十里一渠春水柳千條若爲此地今重別十五年前舊板橋曾共玉顏橋上別更無消息到今朝

人迹霜空逗曉烟赤欄杆外影娟娟橫分鴨綠溫瞰水卧惹鵝黃細膩天却聽早鶯烏鵲畔愛梳新月彩虹前玉顏去後無消息一線牽愁十五年

隔戸杜少陵詩隔戸垂柳弱裊裊恰似十五女兒腰

可是東鄰眼乍窺隔牆斜露小腰肢輕絲剪剪初垂頷薄暈重重未展眉若許分明應看殺轉于依約惹相思流鶯飛過頻傳語願結同心未嫁時

武昌晉陶侃鎮武昌性纖密嘗課諸營種柳都尉夏施盜種於已門侃過見之問曰武昌西門柳何故盜種於此施驚服

檢點春條一萬行武昌門外舞羅裳風間運甓微微綠雨外空攤冉冉黃庾亮樓高分澹宕吳蒙城近映微茫食魚休縮輕絲貫留蔭刓奴試馬場

陳贈公遵

字尚賓一字上賓國子生事親以孝聞母病嘗刺指血書疏祈以身代少攻舉業書學二王病羸怯學琴養疾於惠山白鶴道院翛然塵物外也年四十卒以姪鵬萬貤贈徵仕郎

和惠山三唐人詩三首

誰留萬古眼常對山蒼蒼太伯來句吳蠻荒詎有堂堂開復堂圯山鳥鳴且翔千秋陸羽聲一鑑漪瀾光泉邊亦何有苔蘚樹石香痛飲欲成醉世事都相忘

亭榭非故物山水暫娛人新者日以故故者日以新我心胡不然天澹波粼粼欲將亭上泉滌彼城中塵此意出雲表振步凌秋旻誰當從我游敢謂必有鄰

百感從中來孤吟動林樾靄靄山中暉歸鳥飛不絶琳宮殊壯觀千年幾興滅一瓢西神泉常時南朝月欝欝澗松寒霏霏野芳發歎彼泉下人匆匆返游轍

曉入白鶴院

攝衣蒼徑滑白鶴院門前犬吠春雲外人行老樹

巔山風騰海日青壁落紅泉塵慮此時淨掃苔安
七絃

靜夜理琴

觴春深兮拂瑤席絃青冥兮掃白石風枝翻兮露
華滴紛吚影兮夜空碧天不言兮湛虛寂搖萬籟
兮聽瑟瑟砉然中開飛霹靂孰主宰兮起捫壁山
吐月兮衆峯白

山中答友人二首

山中豈必事神仙白日攤書夜穩眠懷古憑闌看
鳥篆推琴隱几夢宮懸掛簷銀漢添飛瀑入戶金

風助撫絃徙倚隨時生逸趣朝朝散髮弄清泉
新雨初過碧蘚滋綠雲侵壁潤琴絲山中累月無
人到林外飛花有鳥知科斗文章從問字羲皇天
地可論詩漱流枕石平生願汗漫誰能五岳期

偶作

漫說文章富麗工故應班馬獨稱雄何人解道天
垂象星斗縱橫碧落中

錢明經凌雲

字鶴齡號學林歲貢生少工制義名噪藝
林薄遊吳越間爲老敎授弟子皆掇科名

以去所著有漱芳閣詩鈔若干卷其仲子
孝廉世燦手錄藏於家

述懷

男兒旣墮地造化非偶然上窺千百載下係億萬
年穷視渺六虛高踞太華巔舉手捫星辰盪胷生
雲煙天風起海濤滄波浩無邊汪洋百千頃蛟龍
互盤旋窮通眞有命立志尚貞堅凌寒挺松柏矯
矯霜雪間安能媚春風桃李相暄妍孤根自天植
毋爲人所憐

鹿城行 即永嘉丁巳大飢流離載道遠赴粥廠者多路斃

鹿城蕭蕭風雨晁古道荒郊滿寒綠西村北郭少
行人野老呑聲道旁哭停驂試問哭者誰自言七
十瀕飢危瘦妻老病久無食先殞却有稚子隨東
甌自昔濱海島民生性命輕於草毒龍怒攪狂瀾
翻去歲田禾跡如掃嗷嗷數口無饔飧大兒入山
劚草根草根苦澀不可咽嚼之聊冀須臾存西溪
名村舊鄰不知數漂屋沒樹幾空宇兒啼呱呱向母
懷忍飢猶自哺其乳乳中無汁餘殘血心刺刀銼
骨如折水春汎汎久無聲剔取飛糠并灰屑麥隴
高低盡草蕪新穀欲種無人鋤稚子傳聞官施粥

徃返百里半路殂半路殂骨月不得歸邱壚老翁傴卧裂肌膚聲淚盡迸血糢糊吁嗟使君誰與繪此圖寒風泠泠鬼燐碧永嘉縣前日欲晡

秋夜感懷

蕭蕭凉影響梧楸迢遞層城起暮愁無數枯蟲催落葉幾番寒雨作深秋長天野水正飛雁荒草殘雲獨倚樓慚愧劒鋒消落盡十年心事一浮漚

冬夜同程祖芬舟行適吳門

扁舟渺渺倚孤篷鳥雀聲寒古戍空鴉背夕陽金瑣碎樹頭斜月玉玲瓏高低野燒烘殘壘明滅漁燈亂晚風把酒論交舊遊夢十年前憶與君同

楊處士蕙

字學誠著有紉香齋詩草

九日訪菊寄鳳舉

尋幽度阡陌路紆誤亦好忽逢野人家秋菊開已早叢叢場圃間未備五色花黃者色正中何須羨紛華兩間重正氣留此霜下傑未被春風溫獨立抜高潔隨意搴一枝欲寄平生親所親渺雲外聊以展殷勤此日吳中山君徃登高否訪菊應同心清節期相守

先大夫詩

光祿寺卿南滙吳省欽爲翰林學士時誤先人傳今畧載于此公諱建元字振川號珍山姓顧氏其生時母呂恭人夢道士乘五色雲入室故晚號丹崖子公故吳相醴陵侯雍後元通判潤之始居無錫九傳至廣東提學副使鏞是爲公曾祖祖敦考遴知縣父候選州同懽兄三弟四就塾爲舉子業皆以爲不若旣乃歎曰讀書不爲害縱得第何補于世于是倣高忠憲同善會

合一人集十人一日輸一錢或米一溢瘞捐瘠給寡婦之不朝食者其厚者聽積十年得田二百畝若施衣施藥施棺放生惜字諸會垂五十年以爲常脩學舍脩七世祖洞陽公祠尊賢祠營道成梁產不過千金而爲害日不足徃弔視學入蜀公之子光旭權按察使每示公家問語嚴至不及生產事其最精者曰除弊恐利去道在正已正已則弊自絕興利恐弊隨道在因民因民則利自溥公晚歲居錦樹園續碧山

社賦詩爲前後十老圖以光旭歷御史甘
凉兵備道累封如其官卒年六十九及見
光旭子永之舉京兆試山東曹州府知府

愚表姪秦震鈞頓首拜填諱

蔡園翠深堂敬賦

擕竿釣秋水入座洗心顏雲動松根石風搖竹外
山文章先進在杖履幾人開吾　祖此遺墨濠梁
舊徑還（堂額爲先洞陽公筆）

江上夜泊次友人韻

繫纜江楓下孤舟人未眠村橋明夜火山犬吠寒
煙殘柝不知處疎星猶在天篷窗流月影趺坐學
安禪

鶴皋南華兩姪約共讀書石門以遠不赴詩
以示之

輕塵逸遠性清暉瀹人境伏處期避喧名山希絕
頂雙塔洞陽居（洞陽公讀書雙塔寺）下帷絕造請亦粵[illegible]齋
公困阨靡所騁散帙折足鐺汲古得脩綆（昌黎句）煙
鳥棲林雲遊魚宿潭影上下得所安地偏悅天永
崇高俯千峯積厚薄五鼎長嘯呼阿咸松泉發三
省茲徑非終南力鞭庸趨猛

邵來九招赴吟社走筆奉謝辛酉新正

君言碧山社吾盍念吾祖（先七世祖洞陽公丁嘉靖甲寅與秦太保暨諸老復碧社）前哲既徂謝（謂景泰間前十老）吾祖始解組濺血殿
陛餘撚鬚泉石古當時社久廢煙草凄洞戶諸老
亦栖栖歸田事脩補至今龍縫清殘僧尚鐘鼓亦
有碑碣存寒風蕩榛莽休暇時一登慨然思振緒
顧慙學詩訓騷壇敢接武竊慕關西楊（楊介公方有事于天香第一樓）頗憶城南杜（前杜雲川倡復吟社）爲君動春酌高歌起
環堵

白鶴道院題壁三首

何年別山去今日入山來照水一相笑風搖嶺上
梅

問道來入山見山無一語山空本無心飛泉若風
雨

白鶴飛上天下有白鶴院留跡在人間黃庭經一
卷

石門曉歸（正月入山至夏五始一歸）

落月在高樹絺衣生早凉下山隨澗水飛鳥共清
光却過春申里還登長史堂風蟬嘶近郭門戶正
朝陽

早渡燕子磯

一艇下寒磯江聲挾雨飛中流澹容與矚色正熹微獨鶴夜來過長歌天際歸鯉魚風又起莫羨綠簑衣

辛酉榜後展墓

今年又被放何以拜松楸野服紫嵐氣墓門青溜流雲礽皆祖德筆硯是先疇三復漆雕語聞雲捲素秋

文昌殿落成 在崇安寺內

青雲有路桂森森秖是難教俗士尋一部化書君

記取殿頭風雨又秋深

謁梅里泰伯廟

封豕長蛇恐不堪天生神聖此幽探乾坤欲闢湖山秀草木應滋雨露甘伯仲偕來心共白商周已往事誰論村翁牧豎無知識也說宣尼表讓三

句吳懷古

漫說句吳事可傷東南財賦孰開疆風傳淮海三千里雲集湖湘十萬航軍帳山高空帶礪胥江月冷尙金湯如何唱斷烏棲曲只問粧臺響屧廊

都門見月贈同舍孫杏西

薊門落日銜天末一鈎已掛江南月江南月下水增波天末懷人望雙闕青松朱桂露華明人影蹤跡拄杖聲遙知貰酒秦淮客直上層樓喚子荆

登金山四首 甲子九月十七日

攬衣徑上妙高臺休問東坡玉帶圍萬頃秋光無處着一汀寒雁向南飛兎奔月窟先偷藥烏落檣竿却道饑我被儒冠真箇誤打開金鎖放猿歸

一覽江天萬里流夕陽低壓海門秋似聞鸞鶴憑空語且任黿鼉自在遊北顧南徐無限恨十洲三島有何愁玉笙不受人間弄石自硜硜竹自幽

誰雨嘲風可笑人不貪富貴肯愁貧嘗憐天下李元禮何況江心郭景純鐵甕夜鳴鸞碧落銅瓶曉汲湧紅輪山僧指月凝圓缺只道寒蟾齧爛銀

天馬騰空懷伯樂塵汙撲面障元規無多辭賦風雲變如此江山鼓角悲已辦一竿懸北海不勞雙鵲噪東枝自家方寸教誰看淼眼巖光上兩眉

慧川園詩 有序

癸未春移居錦樹里之半園署其名曰慧川葢流水環門其源發于慧山而灌于園中平池終歲不涸故知不息之義焉予自甲子後絕意場

屋詩亦不作至是復一拈弄亦兹園有以發之
也遂著于篇

雖有千尺水不洗三丈塵我有洗塵訣寂坐掩圍門門中何所有物物皆乾坤心中何所事默默見形神昨夜有客至舉頭檐月新清風亦俱來邈然與古鄰安知古何似且作園中人

入世五十年中心車輪轉夜夢晝所思晨興苦訛舛至此一屏除松風冷然善稚子學烹茶庭鳥忽驚散我欲嗔稚子復念戒煩懣萬物自去來如人有脩短忘言隱几卧閒雲任舒卷

枯梨一樹盛開社中諸老賞以詩予亦作歌

薄薄落落春風寒高低上下玉雪攢昨朝帶雨尙含蕊一夜花光已如此頭白園丁喜欲狂謂言不識榮枯理此樹昔年枯半邊幾年不發今嬋娟不辭縛帚掃蒼徑門外剝啄臨高軒高軒聯轎到花下撫掌晴雲落銀瓦歷帽不愁梁緒折拈毫只待邊鸞寫（鄒二知先生許爲寫圖）此時停午日影烘碧紗翠幕香濛濛鵓鴣啼罷恰如畫燕子銜來低遶風泚泚偏覆三間屋舍南舍北都芬馥淡煙清寒食過蜂遊蝶戲流光速人生行樂須及時趂花釀酒酒滿卮屈指春餘能幾日肯教花落剩空枝蓮漏沉沉夜飛雪誰家庭院溶溶月相攜認取醉顏紅史凭闌干照光潔

閱邸抄見兒子光旭 奏直隸災務摺紀
恩二十四韻（癸未三月十八日）

我后超三五微臣達 九重 殿廷陳疾痛日月照愚巷入 奏潛焚草傳抄下采蒭亦知無忌諱咸爲慶遭逢 天聽方今日民饑自舊冬上言春發賑中述水妨農婦嘆男嗚咽鳩形鵠面容過堂悲觳觫填壑泣龍鍾雲散摧榱棟煙空伐桂

松誰歟民父母不見漢黃龔欲坐距心罪先籌河內凶浙西曾大祲朱子有芳蹤奇策無寧濫常平亦足供難逃滑吏手洞鑿 聖人胸苦語憐誠悃終篇獻靖恭稻粱謀匪易鴻雁集何從况復與東作翛然斷晚春扶犁鷓鴣早失壘燕飛慵乃粒歌千耜言歸接四封普天皆赤子伏地仰 丹彤頻覽聽街鼓翻疑傍 禁鐘香添金鵲尾露點玉芙蓉北斗看星象南風動 袞龍消埃恩報稱拜舞洽 堯雍

陶光旭奉

差巡察畿輔賑務水利寄示二首

持節求民瘼茲行是救災痌瘝如在抱溝壑若爲
推圖有監門繪倉教汲黯開仰惟　宵旰切忍
使澤鴻哀
流潦豈無歸桑乾遶近畿遙聞經歲月積水沒郊
圻寵荷　堯天大心爭禹溺微及今用疏瀹吾望
雁書飛

自題行樂圖

海鷗正唳風日清我亦一夢昇天行乘飈控景謁
玉京千林欲曉珠樹明華池始華水點萍隱隱霞

氣浮東瀛東瀛日出金鵶騰照耀六合光天庭紫
界紅墻到銀漢遙見十二樓五城五城迢迢九門
啟車馬雜遝如流星忽復拄杖行青冥黃冠數輩
來相迎耳中鸞鳳鏘鏘鳴松吟竹嘯再拜賡懸崖
竊皭幾千仞飛瀑萬丈搖雷霆恍如洞庭張廣樂
心搖目眩神魂驚一人廣顙脩眉青授予三珠兼
八瓊謂是天地日月精百邪不侵役百靈萬法非
法惟一誠柱礎神芝能益齡倏忽寤明晝夢醒起
來拊鬲數十聲玉漿金醴兩頰生赤松子黃方平
與子逍遙出塵表分擔風月顧頭輕

山行

山頭落日與林平山下看山信步行行近翠屏樵
笛起斷霞飛過碉西明

初至潞河口占示光旭 并序

乙酉春赴光旭通潞使署計自光旭通籍以來
越十四年而得家人父子之歡聚也悲喜交集
用深勉焉

自沐　君恩十四春一家團聚最良辰古來只有
清官好天下無如愛子真儉可養廉兼養志學惟
謀道不謀身回看世德膠山遠要做承先啟後人

彭芝亭大司馬枉過寓齋菊前小酌次日以
詩見投走筆奉和二首

自憶談經清夢長魏公晚節句生香柴桑酒漉使
離月洛社花分點鬢霜輾轆雙輪人淡淡蕭疏三
徑草荒荒却看昨夜高軒跡繚繞金風蝶翅黃
滄浪一水水邊亭月下何人影贈形向日婆娑鳩
作杖問年強健鶴同齡松筠落落秋霜薄河漢沉
沉湛露零想見吟成動幽興疎叢分映半池星

六十書懷

已是平頭六十人剩將方寸報　君親憶騎竹馬

攀龍嶺來釣金鰲傍　鳳闕順水怕看舟放溜上
林閒聽鳥啼春細思萬事邀　天貺無邪關心
葑屋貧
淥酒紅燈釀雪天春寒不犯畫闌前誰知十戸中
人賦漫説三杯草聖傳輿馬西風催急管衣冠
北闕聽鳴鞭諸君定有訏謨　告野老看門意惘
然
記得趨庭語最悲未周甲子大椿移謝家寶樹人
人看荀氏前塵步步隨汲水刈葵依古昔滋蘭樹
蕙及今茲尋常酒債多相累不學無功學紫芝

昔年五十歎無聞今更蹉跎對夕曛同善心源傳
景逸同善會本高忠憲成規微言耳順闡端文族祖端文公爲古水鄒公元標六十壽序以耳順之義相質畢畢老蚌爭寒月隱隱潛蛟卧
凍雲便擬還家省邱墓春風蘿薜綠紛紛

舟行爲水涸所阻寄光旭寧夏

一水滯南行千山況北征每因貪利涉翻自阻前
程東海何年涸黄河幾日清古來存遠績辛苦爲
經營原註寧夏最重河渠

露筋祠

清淮月上二更時消盡潯陽夜客思何限琵琶亭
下水微波不到露筋祠

六月抵家予正在病中秋初强起口占

歸路三千里舟居十二旬眼前花過雨扶病看秋
旻

蚤起池上作

鐘聲到枕五更前埽地焚香欲曙天一滴露珠凝
不得朦朧水澹落花煙

鄒二知先生爲寫慧川園圖賦謝二首

小築依城市何期入畫圖交真不厭澹鄰好未應
孤埽石松三徑彈琴香一爐詩書吾夙好豈敢擬

潛夫
地僻少塵跡青苔久未除落花茶臼冷延月竹林
疎支枕驚聞雁繙經學種魚欲憑摩詰畫一問輞
川居

續碧山吟社詩并序

碧社以前後十老傳林壑已墟流風未泯欲舉
其廢者前有杜雲川太史布衣邵來九諸君子
比鄒二知宗伯林居既久今八十有六張有堂
宮傳以八十　予告歸里今八十有三二老提
唱風流慨然復古爰集曹經歷子通之琛年八

十有五鄒封翁逸溪（鍉）年八十有四華大令[illegible]麓（西植）年七十有九施大令紉齋（禹吉）年七十有八華中翰蕢圃（希閔）年七十有六家廣文攬閣（選）年七十有四鄒太守亦樓（雲城）年七十有二予年六十二亦與其末庚寅之秋會于慧川園續碧山吟社繪十老圖因系以詩

復有杖藜人曠懷雲物新愛閒難事過全樂宦時貧不以桑榆晚而于風雅親乾坤草亭外㫖會又庚寅（先洞陽公復吟社爲嘉靖甲寅）九老鬚眉古看余亦杖鄉招邀錦樹里圖畫碧山

堂茶夢歸詩卷松聲冷石牀遥遥望千載秋與白雲長

先大夫樂志吟光旭先已刻石列于祠壁茲集倣中州集例謹就遺稾中硯雲集燕山集慧川園草中撮錄如干首登于是卷之末伏念我　先人以餘事作詩而格律謹嚴原本忠厚篇什具存今反覆讀之如見我　先人飲食嗜好笑語居處時時詔我于庭也志之所之無乎不在而音容莫接忽忽十霜靡瞻之痛何窮期耶　先人中歲好道而與邵移山先生交最早移山贈詩已有舊夢醒禪榻新詩見道根之句後曹竹屋先生訪慧川園詩云詩與只緣巖壑迥道心常寄水雲涼蓋先人道與心融有由來矣鄒宗伯二知先生過慧川園見贈曰地僻臨城塢樓高接嶺雲松聲雨蕭瑟花氣日氤氳塵遠神愈逸交醇德可熏賞心于物外脫略更無文其二曰久稔芝蘭室新開桃李莊砌香芳草潤籬艷錦屏張月上棲林鵲波明在藻舫醉吟惟賭句不厭客清狂邑侯全椒吳愛棠和曰別業

德星聚長歌寄白雲春光偏瀲灔花氣正氤氳風雅歸羣彥溪山又夕曛不辭達曙飲讀畫更論文其二曰常關栗里宅偶步輞川莊碧草春猶夢焦琴夜亦張清吟凌鸛鶴垂釣餌鱒魴笑與林泉約休嫌醉後狂附錄一二以誌一時觴詠之盛其他贈答哀輓之篇集隘不載乾隆丙午上元夜男光旭濡淚和墨謹識于寶傳樓中

男　葆之粢叔　校字

梁溪詩鈔卷三十二

梁溪詩鈔目錄卷之三十四

國朝 乾隆 一

以上共二十一人

梁溪詩鈔卷三十四

梁溪顧　光旭　華陽氏集

國朝

宮保秦文恭公蕙田

字樹峯號味經宮諭留仙先生之孫乾隆元年丙辰科進士第三人累官太子太保刑部尚書諡文恭公少師事吳卜臣先生長交蔡宸錫吳大年輩遂以經術篤行卓然自見丁世立　朝垂三十年領西曹最久執法稱平初公本生父給諫南沙先生

繫獄時公僅弱冠徃來定省羈所黽勉奉菽水十餘年賦詩曰棲息知無地晨昏覥有身讀者皆感歎及公通籍伏　闕陳情乞以身贖或力阻之公曰誠不忍昧心竊祿外干罪戾內慚名教竟蒙　恩宥公亦以是上邀　主知公遇事沉摯果斷退則閉戶著書所撰五禮通考凡二百六十二卷先經後史以類發明殫思三十餘年藁易三四而始定又撰周易象義日箋十七卷味經窩詩文類藁二十八卷公性嚴峻而人有小善輒奬借不去口郎官入薦剡則終不言也光旭於公爲鄉里後進辱公折節下交推許之過愧負知己何日忘諸

敬題高叔祖僉憲公遺命卷有序

高叔祖僉憲公者淮海先生二十二世孫　旌孝子養恬府君六世孫也以順治四年令富川時粵氛未靖從大兵行三年乃達居任二年陷於寇自知必死作絕筆遺後人後四日從容就義　天子憫之䘏贈有加焉嗚呼臣子之分

當如是矣不負　君不忝祖光家乘而勵名節吾族人其知所與也夫公之曾孫雄飛以進士官戶曹同寓京師宣武門外出遺墨俾識其後敬爲贊曰

取義成仁前哲所守若子若臣厥性則有人生也直如響在谷胡牿而亙爲世大垢吾祖龍圖元祐籍首元祐碑自宰臣外祖名列在第一孤忠耿耿猶膾炙口俎豆梁溪式啟我後卓哉孝子至行無負療親和劑胃血可剖養恬公侍親疾醫云得胃血可療遂刲血以進疾乃瘳篤與我公繼志非偶曰丁時艱作令以走粵孽未息顛躓賊藪

有如皎日忍負予 后致命遂志從容揮手眞痕斑斑遺墨左右宗望攸歸 國卹優叓煌煌青史比金石壽豐碑崇隆示民孔臟貽謀翼翼宜天之厚小子肅觀長跽惟久厥幾子姓頑懦知醜盥手抽詞歲在丁丑

題張葯齋少宗伯觀穫讀書圖

淳風浹朝野藹然覯唐虞緬維文端公相業韡范徒風雲搆神契篇什達宸居 至尊親灑翰奕世留瑺璵（杭稻年年觀穫樂子孫世世讀書聲文端句也聖祖親書聯幅以賜公圖即用此意）吾師粹家學植德侔醇儒和鳴振高岡奉璋

臾華湖寅清播文教九載臨東吳孝秀齊阡陌絃歌徧鄉閭君親兩酬答深心託茲圖峩峩龍眠峯渺雙溪廬山氣合晨夕水容湛清虛隴歌起中[illegible]書聲與之俱物我愜所願此樂誰能如以茲悟公意豈伊戀菰蒲人生有定分農業及經畬四體誠各勤外物焉得渝當今明良會富教均涵濡昇平繪眞景六合應無殊

題馬文毅公彙草辨疑後（公遼東人）

卓哉扶風公維嶽鍾遼陽壯歲入臺閣峻望儼珪璋建節赴粤西撫綏靖蠻荒流亡甫安集禍變起倉皇維時逆徵熾滇閩逼鄰疆叛臣竊兵柄（孫延齡）肘腋俄披猖公憤不欲生唾罵裂眥眶拘幽拜北闕血淚濡封章狡孽恣脅誘慘毒羅百殃坐臥一小樓擊紛題其牆厲鬼終殺賊誓作睢陽張蓬垢秉雙管草法求微茫剖晰止一間出入嚴隄防寓意自深遠詎止傳縑緗一字一斧鉞星月森寒芒羈困歷四載飲刃氣激昂捐軀盡百口白日爲飛霜妖氛倏隕滅褒崇自朝堂穹碑立墓隧 宸翰流輝煌丹心照霄壤忠魂慰烝嘗（時撫蠻將軍傅宏烈亦殉節桂陽粵人爲立雙忠祠）至今緬風烈生氣猶飛揚曾孫抱遺墨

漭洄交相將碧血猶淋漓欝爲翰墨香金石有銷爍精誠日騰光撫編肅起敬令我神明強臣節人所同公獨維其坊長吟視寥廓高天正蒼蒼

和顧復初先生見贈原韻

六籍聖所貽紹述賴百氏紀綱天地人精言瞭如指性功達治術出處均一軌胡爲後世士觸目驚且多如搆九層臺版築傾基址又如舟失柁簸蕩風波裏禮器及車服誰復求形似吾邑有顧翁服古氣雄偉窮年抱遺經含咀吸眞髓脫身塵埃外清曠莫與比擁書萬卷樓（先生讀書處）詠原必迄委初

年學古文下筆輒光煒尚論愛司馬年譜究終始先生曾著溫公年譜儀禮圖宮室古意追釋萊穿穴暨春秋三傳列硯几創成大事表務合筆削旨書成忽十稔作歌告諸子謂蔡宸錫吳大年謂蒙守樸學謬與談名理反覆幾百言奧得開示軒朗豁雙眸不啻脫痏疻所恨久離索末由竟株柢先生名山業塵垢視青紫高風式鄉閭立志起頑鄙嗟予日荒落寸蠡難測海指示蔡與吳入手先色喜何當返柴荊百尺容攀倚

將至潞河舟中題睫巢集贈李鐵君

風雅泝太和人心劣含孕虛中際物卬廼與天籟應在昔古哲王觀風返其政哀樂情自流淳漓皎于鏡至今千載下藉以覘厥性騷人揚餘波于此稱後勁漢魏有作者義尚存比興如何僞體滋繁辭藻相競李唐擅當代藻采紛輝映運會別盛衰才智各抓行真儒起閩洛義理資吟詠太朴絶無華葩詞終未稱試誦東山詩姬才信稱聖山人具仙骨超悟居上乘空巖吸元精高覽豁脩㑩和同豈汩沒冲淡非子負淵潛四十年至樂在獨醒静理遊古初心聲黍天聽片語愜大公豁然歸究竟紛吾此行役一卷時熟誦岧嶤原上雲悠悠水邊磬獨樹倚秋村寒漁響孤榜颯颯西風來澹爾柁樓聽

題金慎齋東征贈策圖

長白屹峙天之東三江倒瀉爰長虹神靈蟠欝億千載劃然草昧開鴻濛真人出世壹區夏奠定鼇足森元穹隆隆留都鍾王氣肇造遠邁鎬與豐大規明堂列朝位卿曹左右分天工出來郎官應星象珪璋特達著匪躬金君卓犖廊廟器四十綰綬馳花驄長城鉤連鎖石棧鐵關突兀當其衝前驅

蟒蟒導征路賓從雜沓塵蒙蒙清和月令紀首夏邊塞披拂餘春風夭桃霏紅莎草緑净掃氷雪横雲峰吏牘不煩官閣静攤書說劍娱心胸時登高山覽滄海襟帶鴨緑暨混同三韓鼎足控馭遠睥界豁達倚長空水泉肥甘土脉厚匙有玉粲蔬有松黃羊紫駝白頭豕鲂鯉腴膩貂蒙茸江南櫻筍不足憶八珍饜飫雷兒童壯哉此行樂無極瓜期猶恐成匆匆先生於我丈人行骨月氣誼淪深衷冀江蓉湖片帆駛往來不倚孤飛鴻七年家山隔雲樹旅邸握手歡重逢今朝客中復相送折柳欲

賭心忡忡王生作圖別思濃感我舒卷如[illegible][illegible]欣
聽殊績奏　法宮歸來　鳳闕陪雍容遲君醽淥
儲三冬却話元菟樂浪萬朶青芙蓉

直盧新詠并序

薦年逾三紀變閱萬端庭訓敢忘師承幸切居托東林之里家傳雙孝之門愧私淑之未能懂清芬之難繼少研經籍即知不爲功名長慕儒風竊願仰窺堂奧修持有志氣質未馴驗夜氣之時生畏年華之虛擲備員　禁近奉職編摩翰墨偶餘隱微自訟黙成韻語聊當箴言戊午冬日

聖學眞源在達天昻藏七尺豈徒然虛靈洞澈通形外聲臭希微在目前果信周旋皆陟降別無隱怪可鑽研只從孝弟根尋去不落元宗不落禪

必從立志着根基志不堅凝事事危出悅紛華皆鴆毒返求明命莫狐疑直如背水衝鋒日更似中流把舵時舜蹠關頭從此判哲人造次重嚴持

紛紛人事日相乘涉足夌兢履薄氷端緒發時當下驗樞機轉處箇中憑豈徒約樂當安分更向知能矢服膺泉達火然非在外萬殊精別判淄澠

馳逐紛華汗漫遊自家心放不知求靈明有舍眞安宅出入無鄉等置郵纔覺便收非二境從人忘我棄千修惕然一念能回首曠劫塵緣頃刻休

和前輩嵇黼庭學士韻贈持國五兄

倡和頻裁叠韵詩暫容疎散傲淸時中原旗鼓登壇將藥籠參苓上國醫刻楮枉然徒自笑乘槎頃爾未嫌遲上林虛左求三絶頫首柴桑是我師

顧比部維鈁

字孝謀號半舟丙辰進士瞻廬先生第三子歷官刑部廣東司主事性剛介不阿初官嘉禾瀏陽黙江內外整肅剔吏安民其民至今稱之在比部時川省錢局爐頭盗銅鼓鑄違式定擬到部金壇于公爲侍郎駁飭封一錢到日再議先生在白雲司正色曰爲政有體公謂督臣不值一錢耶于公恚甚以告大司寇泰公泰公曰公休矣是予所素畏憚者遂不復言在京與光旭同寓一夕得家書聞太夫人有疾詰朝掛冠去歸涇皋手自灌園足不踐城市二十餘年年八十九卒

贈梁員外濟灑二首

桃李四面開春風千里來青緱絡君馬騁望黃金臺駿骨亦已寒平原滿蒿萊下士走聲利聖哲抱奇瑰但弔望諸墓不爲騎刼哀藏器亦待用君毋笑郭隗

君家在隴西我家在江南江南種花田棉布佐桑蠶隴坂秋風時槖駝過青嵐以粟易我布青黃緣復藍近歲間凶荒農困商何堪此事貧變理懲酷先懲貪

贈蔡斯篁

一片青山倚劍天徃時曾此夢凌烟白頭似雪休看鏡明月如弓又上弦虎項班超飛食肉雁書蘇武卧吞氊聞君梅里成歸計爲我前灘喚釣船

朝驅車

朝驅車入金門暮驅車下粉垣不知乞米向誰是淋漓大筆顏平原風蕭蕭兮秋葉丹毋憐子兮衣裳單毋憐子兮子不知歲月其逝如波瀾

輓鄂剛烈公 容安

將相家風濟代才鄂公秉節舊登臺他年士庶悲羊祜今日朝廷憶郭隗瀚海陰風新鬼哭沙場碧血異花開昭忠祠廟英靈聚爲報高堂辨髮回公殉阿瑪兒薩納之難鄂太夫人年且八旬矣

賈靈壽霖

字沛然號誠齋丙辰進士官直隸靈壽縣知縣有德政莅任三年麥兩岐山出一泉前者陸稼書先生宰靈時山出一泉民稱爲陸公泉至是民稱爲賈公泉以憂去老幼哭送百里不絕服闋銓雲南祿豐縣改寧國府教授年八十一卒於家

偶題

魚遊盆水濶心踞畫山巔惕若疑無地寛然别有天閒人茶氣味詩客酒因緣隨意無求足餐餘一小眠

老懐

扶衰嬾是訣出處似同科唯有閒眞肯原無事可多風雲觀物化草木養天和默默殘編在餘齡勉切磨

歸途

物外纔知有歲華身輕燕燕徃來斜數程曉月行怠遠一路青山看到家眞假漫分狐作虎猜嫌從

詠雉爲鵶安心便道漁郎誤何用桃源始見花

留別諸同社 時詹元龍新殁

聚散渾如夢晨星幾箇明存亾方殞涕離別又闗情疊嶂春常在南樓月自横從兹詩酒會孰繼謝宣城

乙亥元日

踪跡浮沉愧掛冠茂陵聊借一枝安蒼生自愛甘棠樹淸宦偏宜苜蓿盤匣劍欲鳴終歛鍔韋編雖絶尚須看宛陵自昔推名勝山色朝來秀可餐七十韶光似擲梭生涯落拓半蹉跎御爐香靄天

邊迥花縣春遊夢裏過萬里不堪雙鬢雪三鱣尚愧一官多年來差喜精神健且向南樓寄嘯歌

正月八日

埽徑門迎益友三謂余衰老未能甘尊中淥酒掀髯醉雲外奇峯策杖探薄有心思防近刻素無囊橐怕成貪生平忝竊河陽令留得棠陰衛水南

楊鴻博度汪

字若千號勗齋晚號蓠臯道人選貢生乾隆丙辰召試博學鴻詞選廣常攺江西德興縣知縣先生少從其世父絅章先生游預聞止靜定性胞與一體之旨及入詞垣益欿然篤專於學莅任德興常以潔己愛民四字銘諸座右邑有賽周將軍廟者瀝鷄狗血且呪且灑隊相踵不絶先生命毁之衆疑懼先生趨奪挺手自撞之此風遂息又其俗多溺女下令禁止爲設育嬰堂籌處經費得垂久解組歸垂二十年卒

題馬文毅公藁草辨疑帖後

千秋正氣撐乾坤綱常擔荷必偉人浩然磅礴隨處寓流傳點畫皆精神粵西中丞馬文毅烽烟萬

里封疆寄秉鉞孤城不典兵封狼肘腋銛鋒伺幽囚土室命懸絲百口懸知駢首時心神鎮定整以暇編摹不輟哦新詩生平草書尤傑出網羅今古搜遺帙推敲疑似窮毫芒轉因簡便嚴書律三年憂患辨疑成淚痕血跡書縱横包孕萬有大成集凛凛慄慄龍蛇騰芒寒色正流波磔腕底風霜八辟易法書端正顏平原集杜圖國文信國書因人重書復工此中眞有精靈通天爲雨血鬼夜哭其人其字垂無窮

登夕佳樓感賦 元忠臣俁公樓也

誰搆飛甍壓郡城俠公於此夜籌兵蒙塵帝子龍沙遠握節孤臣虎帳驚章水尚流亡國恨高樓偏換夕佳名短長詞句留題在併入今朝望古情吾鄉顧梁汾先生有長短句

鐵柱宮

旌陽遺像肅琳宮瞻謁森然劍氣雄一自蛟龍馴海底便攜鷄犬向雲中神仙不藉還丹力忠孝寧隨造劫終扁題忠孝神仙四字傳是降乩所書咫尺上清靈寶地綠章書奏總無功

次韻王丹宸雨中社集塔影山莊題師川畫

不向明牕置佛書自然支遁足幽居山光到檻花光好墻影當軒樹影疎秋稼築場和雨刈晚香老圃帶雲鋤虎頭更展滄洲趣筆點烟霞興有餘

浮洲寺在饒郡東湖之濱

洲以浮名寺亦浮湖光樹影兩悠悠動搖渾欲歕鰲脊縹緲還疑傍蜃樓自是諸天無實相由來大地總虛舟孤亭寂寂憑欄久羨煞眠沙自在鷗寺旁有亭額日佯鷗

王芷江雲萬

字驤程號湘澄丙辰進士官湖南芷江知縣湘澄孝友廉潔在官時嘗有不堪胥久折空說項猶強之句梗概可知至十年作宰歸乃不能家食垂白倦遊坐卧一室移如也易簀之前夕作對聯口授其壻劉君汝烜日死喜見先親黄土一坏爲子舍生榮虛　盛世白雲無際是吾鄉年七十有六

大饗堂懷古

猴冠昔已嗢重瞳錦衣故里誇江東五官中郎更輕率墨衰未脫先從戎乃翁橫槊歌周公小兒臨

渦擬沛豐驚魂慄慄走赤壁火雲片片燒艨艟華鑾輅駐故宮控弦持戟皆羆熊礌硠伐鼓驚靈鼉招我父老宴享同登壇高會樂未終思銘盛軌傳無窮釜豆然殘氣尚雄筆挾麗藻揚膚功文帝字傑飛鸞鴻堂皇贔屭豐碑穹欲追石鼓邁車攻胡然堅珉沒蒿蓬空掎秦鹿爭楚弓都盡東風野火中休嗟石泐堂俱空墨莊猶見摩本工縹囊綠字古曈曨

鄒刺史承綬

字紹庭號陟齋慎齋先生子丙辰進士官

工部歷郎中左遷雲南姚州以事罷官未
歸病卒

贈盛四兄

天涯倚託唯朋友離合參差每係思三騎偕來哺
燕候一帆歸去送春時開襟未遂酬杯酒剪燭先
敎照鬢絲萬里時縈鄉國夢黃雞香稻且吟詩

喜念祖同寶之到滇

父子追隨定省來路長天冷雪皚皚山中屢欲探
梅信客裏無須勸酒杯老矣而翁皮骨盡昜哉猶
望子孫才剝窮復反循環理試看春風啟凍荄

改慈育和尚詩

雁行同寓小禪堂座有瓶花爐有香鄭架日翻經
史讀庾園親摘菜羹嘗名成冀北空八世仕筮滇
南記佛牀丈室維摩還似舊待君攜杖探年芳

憶溪湖

五里清波范蠡湖秋風又起憶蓴鱸多稌委積排
山鳴連網鋪張截水區菱角雞頭爭上市鷺鶿雁
陣共依蘆投簪歸去身原樂誰笑鄒生一故吾

楊刺史湖觀

字閎度號笠湖乾隆丙辰　恩科舉人鄙
亂時稱神童年十五鄂西林中堂開藩于
吳試吳中多士笠湖以總角冠軍名籍甚
既登賢書上　實錄館期滿出爲令於晉
於豫於滇皆有惠政今豫省志載焉擢簡
州再擢卭州瀘州以老乞歸笠湖晚好禪
悅著有心經指月金剛寶筏皆蜀幕府中
作也時制軍文公謂余友沈澹園曰金剛
寶筏人人稱許聞顧臬司獨不然何也沈
對曰顧臬司謂彌近理而大亂眞亦各言
其志耳笠湖所著尚有左鑑易隅已梓家

閣閱年七十九卒於其子掄太平縣署中
語貫珠未刊而所膾炙人口者莫如吟風

方外雜詠十首有二

桐君入山去采取百草嘗雷公炮炙之藥物自有
常緬惟孫思邈傳世千金方採生及蟲巖刀圭别
稱艮救人豈云少所惜物命傷至今謫地仙不得
功昇儻上帝惡殺機作俑聖所防寄言攝生客害
他寧自臧

國有百年法家無三世規没身已云幸後起輒壞
之近俗盆浮夸虛器誰能支廢衰名教地況乃物

外爲我聞雲栖山威儀如舊時遺範竟不壞卓哉
自蓮池

田家謠

好婦進門如親女好男長成如稚子鋤耰箕帚斂
家常老媼不言老翁喜菽水勤儉翁亦足梁上燕
巢常不徙不知何舍疎籬落有鳥勃谿嗅復作西
飛又慕東枝樂得蔭不知風露寒慈竹林中呌姑
惡

讀書

讀書何所樂樂處企通儒自得春融妙方知墨守

迂六經無故紙三省有眞吾風月濂溪好紛紛朱
陸殊

雨中登劍閣

烟火迷秦塞登臨帶雨來鷹聲盤絶壁虎跡破蒼
苔古戍風雲暗重關劍戟開時平天失險空憶勒
銘才

牛頭

千盤出劍閣萬仞上牛頭嶺勢雲中見江聲地底
流連山風送雨滿谷樹生秋何處葭城小深藏大
鑿舟

宿龍尾溝

且喜衝寒至停鞭問俗良人稠茅店煖土厚茱萸
香竈有傳新火牀餘隔宿糧雖無雞酒奉岐路莫
彷徨

潼關

華嶽連天起潼關向日開至今三輔重自古兩京
陪氣勢洪河下風雲天馬來憑高瞻四塞一面亦
雄哉

秋日從鹿嶺口出侯兆川回望

不覺穿雲第幾層山形半卧半飛騰牛鈴入谷含

宮角鳥道盤空應準繩老衲尚流仙窟乳夕陽初
上佛龕燈懸崖小立堪遺世話舊聊從白髮僧

魏公子無忌

太息夷門市井紛信陵高躅想風雲誠知天下無
雙士莫道當時有四君屠儈監門登上客婦人醇
酒畢奇勲可憐末佘英雄骨動地函關已出軍

顧長康

逸興當時顧虎頭妙從阿堵解神留囊無萬卷癡
非絶胷有纖埃筆亦羞吳地山川自佳麗晉朝文
采足風流至今湖上龍峯翠氣韻疑君畫裡游

治病

治國依然治病方葆眞誰是漢龔黃每愁吏筆如刀誤却喜醫仙似相良底事切身關痛癢偶因沾祿愧流亾安期市上行相遇便把詩囊當藥囊

固關

隔斷幽并擊柝聞雄關開處射朝曛落星石重中分水聚米山多遍出雲趙士未消清野恨李左車說陳餘堅壁清野拒韓信燕山還紀土門勳李光弼破史思明于土門於今拱衞黃圖盛日夜驅羣閒馬羣

西林遺稿四首存二

心腸氷雪語恭溫嶽立人曹靜處尊小補亦兼姚宋手深衷欲到孔顏門三生舊夢春風坐一代宗工道氣存惆悵西林日蕭瑟歲寒松柏與誰論

杜老文章萬遍溫敢言於道未爲尊鯨鏗共聽洪鐘杵獺祭誰窺大雅門寄興鳶魚無我在抗懷稷契有誰存白頭一語難消得分咐名山俟定論

入林慮境

吏隱何知拙與工問民喜有葛天風水流草長巖邊路無數牛羊一牧童

重過共城懷古六首存二

秋滿川原繡作堆行山如障倚天開夕陽李愿歸盤谷侯兆川相傳即盤谷明月孫登上嘯臺嘯臺在蘇門山

肖像宣尼水竹隈百泉還自一源來先天學邁春風點邵子安樂窩在蘇門山上命世才藏陋巷回謂許魯齋于此隱居講學

蜜蜂

尋香覓蕊上花尖花裏生涯負擔兼自是釀花因結蜜不知辛苦不知甜

巫山神女祠

神女祠前落日曛千秋禹跡自前聞君王一夢渾閒事何處山川不出雲

登黃鶴樓

行遍江湖不出塵醒時何似醉時眞風流自賞却歸去少個憑闌對酌人

龐士元墓

白馬關前落鳳坡千年孤塚蔽蓬科可憐未定三分鼎草草功名也不磨

灞橋

終南霽色射朝華漢闕唐陵一片沙依舊行人灞橋上兩行殘柳不勝鴉

夏縣道中懷古溫公故里

無限蒼生仰望身爲誰獨樂早歸眞舊章新法隨時變麥飯園陵憶老臣

國事將危未卽危憖遺一老尚罹殃山川風氣唐虞後千載淸忠粹德碑

一片淳龐世所無相公還以字相呼欲摹君實八何似大布衣冠古丈夫

聞喜道中懷古 唐裴度宋趙鼎二相故里

地有名賢樹亦蒼晉公勳德冠中唐誰能完節人歸去詩酒春風綠野堂

柱石宗臣屹不磨尚留元氣作山河自從箕尾歸

天上燈火西湖樂事多

介休道中懷古

走死金剛氣未收秦王捲土下并州當時勒馬知何處空谷無人鼠雀秋

紅板倉

洪武時以馬后言設紅板倉給太學諸生贍其家

鳳舞龍飛仰聖王助成養士自椒房九儒十丐消磨盡忽見新開紅板倉

四方平定巾

兎園冊內本無人便道詩書定誤身洪武嘉名三百載四方平定一儒巾

顧獨坐

宣德初顧佐以楊士奇薦擢都御史奏黜貪汚直盧獨處諸司畏避人稱爲顧獨坐

提挈朝綱在宰臣官邪蠹政孰更新一人獨坐羣工肅却憶當年薦士人

白老人

尚書宋禮用白英老人策引南旺湖水分流南北建閘以濟漕運爲會通河

飛輓天儲歲二艘會通中斷不勝勞自從南旺分流後無復人知水脊高

兩字獄

石亨徐有貞等奪門正統復辟誣于謙有迎立外藩議無驗乃以意欲二字定獄斬于東市于有再造功天下寃之

大荒地老古今愁誰使于公配岳侯鐵案模糊兩三字泣麟無筆紀春秋

礦稅

萬曆中遣中官開礦嗣是所至納奸民爲爪牙搜括及雞犬蓋中人之家大半皆破而變亂起矣

祖宗基業太堅牢顚覆湯孫也倍勞不是軍容兼礦使怎教哀雁遍嗸嗸

鄒平葵越

字曰乾號惕庵乾隆丙辰　恩科舉人官

雲南平彝縣知縣少多疾而勤學出宰蠻
徼既去而民思之嘗自敘晉後云迂而拙
戇而直性如介石稜且堅與世枘鑿樸自
全親年老兮賦歸田思養不逮兮涕泗漣
常恐遺父母之羞辱兮終身勖省於厥德
蓋惕菴爲慎齋小山兩先生猶子兩先生
名顯於時而惕庵父贈公年且七十教授
鄉里以自給欲養不逮時自悲也既歸後
餘十年卒年七十二著有惕菴未定艸

騰越州之外有八關以禦夷可戰可守全賴
有此後以廢弛故緬匪生變竟無顧忌今
必宜修築以固封守八關銅壁鐵壁神護虎踞漢龍萬仞巨石天馬各土司分守以禦外夷
可惜因循廢八關圖寧何不永思艱承平可必千
年久禦寇先防一日患秦據崤函凌六國楚雄方
漢長諸蠻如何撤此重重衛醜類全無出入閑
騰越八關之內沃野千里可屯田以充兵餉
而省運糧之費惜無人籌及以永保邊疆
因長言以誌之
緬醜生奸忽跳梁屯田自可足倉箱八關儘有閒

梁溪詩鈔 卷三十四 三十三

田地千里皆堪供稻粮士馬飽騰軍氣奮芻茭充
裕守禦強何須月下量沙唱充國金城籌畫長

秦客部雄襃

字南熙號甘泉丁巳進士歷官禮部主客
司郎中以罪戍新疆蒙 恩赦歸甘泉初
官山西五寨榆次縣上官不以俗吏目之
官京師下直後輒閉户讀易不交一人乃
既老緣事遣戍及歸年已七十餘矣其詩
不多見今僅從其壻王西園家得一首

塞上歸途作

讀易五十年不解休與咎從宦歷中外跋前而躓
後垂暮遠戍邊占星望北斗筮卦遇坎艮揲蓍咻
奇偶有僕探囊去中道欺衰朽季子從出關健若
牛馬走冰天雪嶺間眠食依黃耇假年增大過內
訟默自疚靜參消息理胷中復何有由困忽之亨
感 德呼高厚

梁溪詩鈔 卷三十四 三十四

吳大令培源

字岵瞻號蒙泉丁巳進士官遂安知縣以
老乞歸卒年八十一著有會心艸堂集九
峯六子之一也皐里楊繩武謂蒙泉詩清而不癯豔而不浮細膩熨

貼跌蕩昭彰得雅人之致兼工填詞其麗以則猶夫詩也梁溪二十年來主盟風雅實惟雲川雲川今不可復作辨香不墜與之代興是在蒙泉已

閒居雜感

知已不相見寂寞空朝昏世俗異愛憎面目殊寒暄相逢強相悅悠悠誰可言開篋得故書琅琅數千語文以窮固窮詩以慰風雨感之涕淚零方知別離苦

伏波慨晚成李廣嗟難封紛紛少年場天幸多成功命數使之然何必疑窮通丈夫貴自立豈在功名中京蟬抱枯葉孤鴈鳴長風苟得非所欣我志

羞雷同

清明前二日懷邵振㦸因訪華丕光

邵平臥病阻攜手吳隱閑居且醉歌嘉樹雨香春色靜落花風急暮寒多可憐佳景逼寒食空有好懷思永和爲訪西園公子去綠蘋洲上淼烟波

四月二十四日丕光四十初度即席賦贈

綠陰搖窗清晝長鈞屏露浴薔薇香江村雨歇麥波秀滿衣濕翠登君堂登君堂酌君酒熏風拂面吹酒花一曲狂歌爲君壽憶君少日稱雋才侍親晨夕留燕臺北平古郡何壯麗秋風畫戟霜城開丕光尊人爲永平守幽并健兒好身手下馬相逢傾一斗古塞行歌落日前賓筵作賦凝香後一從萊綵樂田園十年閉戶忘寒暄遺經課子秋燈淡版輿奉母春花繁五陵衣馬多年少紛紛齊上長安道羨君靜者意有餘日共朋坐吟嘯即今四十恰平頭頭顱如此成淹留丈夫貴賤安足論雄飛雌伏徒悠悠酌君酒勸君起與君把臂入深林醉聽新泉鳴澗底

秋暮集雲川先生半樓餞張湘門歸楚分韻得見字 湘門諱璨爲吾邑賢宰以憂去

木落湖嶼明烟消海門見霜渚集新鴻江風送歸

燕吳楚朔氣晚節物亦已變離思滿瀟湘攀轅有餘戀是時秋歛罷歲旱饑饉洊比戶少蓋藏何以事春佃嗟哉賢宰去民困誰復眷吾儕但蒿目自分守疎賤良會譜素心笑語資繾綣且盡今日歡行吟淼川甸

種竹詩和程汝諧

種樹十年後種竹一載餘來年春筍長成行翠扶疎種花好顏色種竹標勁節勁節無冬春顏色易衰歇此君何可一日無自開荒逕芟蓁蕪依松傍

石灑寒碧小雨攜鋤與不孤硯北森森綠陰重養
寔何心待栖鳳定知今夜秋風來敲戛清音入詩
夢

題蘐松山人梅花書屋圖爲丕光作

峭壁摩空如斧鑿一道飛泉九天落夜烟如霧隔
人間縹緲寒峯隱孤閣鐵榦離奇千百樹雪後霜
前吐瓊蕚何人結屋此中居應是逋仙躭寂寞煮
茶聲裡夢初回凍合堦除聞唳鶴山人下筆無點
塵墨痕盡化爲烟雲花魂月影繪不得意超象外
傳其神空山夜半清景絶仙風吹人冷詩骨掛君

西園之素壁夜夜吟情托寒月

午坐

面面窻開綠影齊午陰初轉畫廊西塵飛不到竹
簾靜兩兩鵓鴣相間啼

釋褐後得教職感賦

坐擁湖山化雨天人稱散吏宛如仙君能知我才
堪此臣不如人壯已然芹璧管絃開絳帳杏壇霜
露列青氈腐儒通籍猶如故只合生涯在硯田
一曲霓裳集大羅衆仙同日佩鳴珂老嘗蔗境甘
猶少春到梅邊暖不多已向儒林沾雨露不教宦
海落風波鄭虔本自甘樗散好向清時樂嘯歌

元夜步月桃葉渡頭

晴市人遊不夜天玉簫聲度板橋邊節逢此地成
雙美節與地名俱爲上元月入今年第一圓香霧疑餘金粉
夢暗塵猶逐綺羅緣冷官剩有探梅興結伴憨僧
與嬾仙時與憨上人等同遊

姚玉亭招同華芋園王晴江宴集環溪艸堂
共賦

白下城南白社開草堂幽處一溪環人來繡郭雲
烟外詩在碧梧風雨間散地知交容落拓故鄉耆

舊喜追攀芋園爲吾鄉前輩自憐薄宦遲歸隱深愧淮南
賦小山

八月十六夜對月是日制府尹公親臨書院課士命作

已過良宵尚有期海天東畔上來遲秋當風月平
分後人在江山靜對時桂影滿涵圓暈足彩雲微
護片痕虧山城倍覺清輝好幕府光澄玉鏡垂

清明日集小山叢竹亭即事和顧蘭巖韵

山環清署綉屏張賓從優閒飲興長净綠林亭宜
對雨澹陰簾幕看留香人依芳蕙心同素露浥新
蕉氣自凉春雨滿城民事急愧無幽思和佳章

遊靈巖洞觀飛瀑

謫仙筆點廬山瀑疑是銀河九天落平生夢想未一到咫尺靈巖有幽壑靈巖巖洞敞若堂鬼斧神工爲開鑿四山廻合成盤阿幾樹參差蔭寥廓飛泉直下千尺懸耳畔恍聞雷雨作炎塵不到六月寒應有仙靈此棲托由來靈境不在遠十里林巒接西郭石上題詩繼昔賢石壁上刻有前人五律詩去官方遂兹遊樂下山回首揖白雲待我他年跨鸞鶴

中秋日喜新晴

歲值今年熟天逢此日晴雨澄秋色净雲斂月華明何處飄金管誰人上玉京人間仙界在瑤苑桂香清

顧珍山招同鄒二知宗伯曹竹屋太守華文圃中翰華烟麓大令顧坦園太守欖園司教宴集惠川園梨花下同賦

疑是神仙宅端宜跨鶴尋柴門接烟水畫閣入雲陰花近樓臺廻林穿洞壑深雨中香似雪冉冉濕衣襟

名園今遇主枯樹發新枝松影依琴石梨雲照酒池鶴飛歸處士鸒籠付羲之九老聯觴詠招邀愜素期

半舫齋詩爲黃正衡作

明湖十里曲通河南郭園林此地多門外帆檣紛似織閉門別有好烟波

峯巒廻合抱簷楹曲沼幽深藻荇清卷勺似含千里勢卧遊疑逐片帆行

蘇司訓宗春

字清源號南村歲貢生庠姓陸官通州訓道

題畫

竹樹多清陰嵯峨聳碧岑地偏芳草潤歲久綠苔侵眞得幽閒趣緣知恬澹心山林吾宿好對此與逾深

宣秀才王政

字廷訓諸生邑之金城灣人著有留青軒慕陵諸稾

訪舊

雨絲飄斷暮烟開獨上西風舊舞臺滿地梧陰人跡冷一天月色雁聲哀空彈綠綺求凰操誰進紅螺泛蟻杯悵望瑤池雲萬里雙雙青鳥幾時來

湯秀才張懷

字天植諸生占籍吳縣

登君山玩江樓

井梧搖落已驚秋徙倚閒憑江畔樓鹿女嵓屏連草遥驥沙雲樹隔芳洲時清罷擊中流楫興到留題最上頭陡覺天風生兩腋此身如向海門遊

華秀才萬育

字企庵號鷲湖諸生著有曙光集

八月十四夜泉亭步月

秋山晚蒼蒼月出墮林莽天高露氣寒流輝湛虛

敞散步雲壑間徘徊二泉上泉水清且漣坐對心神爽密林風力微夜闌發幽響人靜却忘歸超然起遐想

五人墓

八千女鬼亂天紀東林鉤黨鋤賢豪左楊周魏數十輩駢首就戮歸逢蒿緹騎南馳到吳郡左拏右攫同鴟梟忠介小臣甘受辱元兇未殛心勞忉煌煌詔書出東廠白日黯淡風蕭騷觀者塞塗盡髮指回天無計空哀號佩韋諸人氣憤懣慷慨視死輕鴻毛振臂一呼衆雲集血流五步如搏獒義舉不畏中丞怒疾雷破柱驚回颷自古男兒孰不死死以大義名可褒千秋跡並要離塚青燐夜夜山塘坳丹楓翠竹有生氣靈風神雨紛飄飄我來憑弔一悲嘯寒鴉點點江天高

馬州佐宏文

字瀾廣號六湖諸生入北雍考授州同知文肅公曾孫雲翎長子也

梅里泰伯廟

泰伯入荆蠻傳聞於此間文身二泉涌端委九龍環藥艸重階秀皇風太古還我生千載下惟見舊

湖山

丁梅濱清度

字端如諸生家有梅濱閣因以自號梅濱工書法好性理之學操行介特鄉里稱之著有靜鑑詩集

雁

鄉國寒威逼關山萬里聲夢回孤月冷影趁朔風橫夜半黄河岸秋高白帝城天涯羈旅慣飄泊一身輕

震澤

巨浪掀雲白高峯擁岸青鳥投枯木寺人立敗蘆
汀望塔知光福看山憶洞庭歸途紅日落宿醉此
來醒

春夜同顧滄洲飽沁菴清和僧舍訪顧漪園

深院靜疑秋踈林夜自幽鐘聲向空動香氣隔簾
浮已有千竿竹還登百尺樓臨風一長嘯不負此
同遊

中秋夜雨枕上作

風雨中秋夜高樓一醉眠有詩成枕上無月到窻
前蟲韻壁間碎燈花帳裏圓睡鄉陰亦好何必對

嬋娟

晩登錫山次陳遜其韻

秋高風力勁乘醉上山巔塔影沉幽澗松聲落惠
泉白頭僧面壁黃葉樹參天客散喧歸鳥層城起
暮烟

芙蓉嶺曉行

雨雪喜初晴肩輿向曉行澗流殘月落烟散遠風
平寒氣侵人骨山光弄鳥聲江灣看漸近指點婺
源城

華散人炳泰

字若虛謂齋兄云若虛爲人使酒尚氣忽
僧忽俗于作詩外兼工時藝獨擅天韻迴
絶時蹊能四體書至今得其遺墨皆可珍
若虛詩與詩餘各爲集其佳句云才高那
肯居龍腹癡絶還應似虎頭又碧玉一樓
寒月曉芙蓉千丈落霞紅又竹陰密護空
庭雨水氣虛吹半壁雲顧全體不稱逸之

秋深

漫道秋深漏亦遲昏鴉猶未定栖枝青閨刀尺含
愁夕虛館茱萸中酒時轉盡羊腸孤客路添成蛇

足幾篇詩行吟不到銷魂地肯信當年宋玉悲

夜坐

檢點奚囊少鷓鴣清宵何處問臺漿天于我輩寧
無意節近殘冬倍可傷對此嚴寒梅幾點照人無
寐月他鄉誰家漫奏關山曲若爲王孫惹恨長

陳壽楞大鈞

字長衡諸生壽楞其號也乾隆初吾邑南
里詩人壽楞年最高歲辛酉邵來九燮擬
復碧山吟社招諸公入山賦詩嚴宋山元桂馬西京
岐俞蛻村曾瞻華秋田沅徐二磯德宗蔡西疇紹元朱欄香克敏杜紫仙漢階秦敬

資義均華進思紳曾張竹溪大業王革齋
職暢中洲麟之龔南濠桂山鄒肇京邵曾
釋天鈞啟巖其後又添入顧一經繼成朱
御六廷鎮朱襄七志鉅朱蓉帆廷鐘朱學
程宗灝鄒洛南志　少長咸集爲一時盛事
伊過枕岳鳴岡
而推壽楞爲盟長亦碧山餘韻也

石浪菴山樓社集分體分韻 得四言人字

春懷錫麓乘彼良辰景序喧和條風聿新歷磴紆緬石浪鄰鄰少憩盤石整頓衣巾翌然有樓飛架嶙峋凭闌企脚動魄駭神重湖鋪前叠嶂横陳揮斥八極何已何人良朋共集永日欣欣可恨西日不及逡巡長嘯下山路黑邅迍回首斯樓烟深霧迷

梁溪詩鈔　卷二十四

正月二十一日徐二磯招遊山中集惠山鍊石閣小飲復步石林看梅以泉聲到池盡山色上樓多分韻 得上字

春山温容晬而盎春雲緜邈若草莽天公属意與斯人不用貲緣費搶攘二磯詩狂兼酒豪才力雙大跨葛彊鍊石閣下延羣英豪飲狂吟世無兩老夫自歎雙蓬鬢多謝諸公漫推奬醉後相從步石林問訊梅花叩禪長梅花梅花繫我思長老新詩更迎囊花九首見示石林師以梅我曹聲價無低昂共鼓詩情抜痒痒拈將唐句分十韻五七諸體隨所彷須臾瞑色靄禪關辜負清香去怏怏去怏怏石尤打頭檣難上莫怨明朝風雨稠香彌繽紛逐飄蕩君不見紛紛人事只如斯梅開那得長無恙

嚴宋山元桂

按邑志文苑傳云元桂字丹森家貧自志節有詩癖風雅之士樂與爲交其詩流麗長篇短章應手敏給亦能古文自號宋家山人著有湖帆集

梁溪詩鈔　卷二十四

壽碧山吟社遺址懷輿復諸先生

人事有廢興大雅古所希深山閒杖履望古長歔欷成宏傳十老列坐吟翠微丹青在人間想見山林姿衣冠並簡朴虬鬢如絲我聞父老言高名動王畿試問蟬冕客何如大布衣奕世繩祖武風流更相師富貴慕幽勝猿鶴咸猜疑立言固不朽辦香終在斯卓哉撚鬚亭邈矣古木陂捫蘿多向徃遊人尋舊碑

田家擬陶

我家南山下烟水抱吾廬偶謝車馬喧忽與親故踈良辰恣遐眺近矚百里餘綠陰晴遙甸和風襲

徒病痁別裁僞體親風雅筆不師古徒夸談蕭疎具有拔塵想氣味迥出殊酸鹹江山烘染正如此本色未許俗筆參大雅中衰需砥柱我無其力勞其心會須五岳起方寸揮毫落紙詞鋒銛倚闌大叫萬花落千林返照紅酣酣

碧山吟社

已向茶爐憶孟端更移步屧上吟壇泉通桑苧餘荒砌澗走春申尚激湍無復把茆堪嘯咏空傳老輩此盤桓松陰黯有殘碑在爲掃苔痕仔細看

登平山堂

極目江天吳楚分樓高眞賞絕塵氛二分明月還相共千古騷壇祇舊聞遠近松風疑驟雨有無山色亂浮雲五泉汲得清流在長並三賢姓氏芬

闔閭城

當年防越有深謀西築雄都控上游萬頃波濤沉鼓角千山雲樹壯旌斿南風不散鴟夷恨夜月空懸雉堞秋終古興亡何定局一名猶爲闔閭留

水仙

一夜西風杜若洲霜鞵開遍小池幽湘靈月裡霓裳度神女雲中縞袂遊掬水競誇金約指洗粧誰

輕裾旅燕葺新巢綢繆復拮据萬物欣向榮我心用以舒閒吟曠士志契懷古人書微尚苟可托眷言終荷鋤

足不入城府安身隴畝居鑿井與耕田時會際唐虞子孫守故業朝夕得時需頻來忘形交渾噩如古初鄙事道猥曲解頤共軒渠率意無緣飾始知方寸虛

生涯甘冷淡不入僧伽國詩書緣未了老大弄文墨宵寒移晝寐晚飧補晨食性懶人疑驕才疎屏物色被褐以終身名心久銷息

衆懷各有託輟耕用徘徊荆卿悲擊筑首陽千古哀君子納履決賢名到今垂子春謝都尉節義同崔嵬菽麥實所羨甘肥素心灰請君彈别鶴笑顏相爲開

四月望後三日社集小金山

蘭若凌虛開鏡面小金山湧江之南四月清和雨乍歇九龍蜿蜒天蔚藍眼前有景道不盡苦乏崔顥驚人吟與來捉筆學塗抹欲盡不盡寓所忺古人作詩妙無意今人欲聞正始音傖父笑我筆衰弱此語未公寔未甘牛鬼蛇神亦天授愚人學步

贈王搔頭孤山高士憐妻子喚與梅花作婢不

月下

新京微雨過芭蕉薄醉醒時更寂寥待得晚來初月上煮茶閒聽客吹簫

暮春山行

山中一路白雲遮天氣晴和日未斜最愛綺塍街上過隔溪煙樹紫藤花

馬秀才岐

字西京號文山諸生著有在㵎艸堂拾遺集

和陶

我生少而孤郊居近南陌青鬢已悼亡板輿亦安適一男昧詩書一女侍晨夕蹉跎壯盛年耆艾兒駒隙家不為身累心不為形役山隱薄買資隣明罷夜績郎是不老方庶幾壽可益

辛酉新正十三同陳去矜朱若愚尋梅遇雨漫賦

肯因人事擲年華步屧相過靜不譁鶯座狂歌翻石浪讀陳石浪庵詩鈎簾細雨對梅花高枝瘦盡猶含雪小閣香清且鬭茶山鳥一聲啼又去潸然詩思落青霞

華秋田沅

字紉斯號秋田工詩書畫兼擅鐵筆著有青峯書屋艸東籬草

古劍篇

古劍沉延津雄光射斗牛哭落幾千年一旦忽見收辭家走西北萬里投遼州平沙浩無垠日暮風颼颼悲笳起四隅胡馬鳴呦呦拔鞘四五麾鬼泣天為愁男兒思定遠安得守舊邱怒髮上衝冠誓斬樓蘭頭

石浪庵山樓社集得處字

懸巖像波濤結搆樓軒翥浪頭突起綠搖天不見風帆落何處枕石生日月排浪分昏曙中有吟瓢挂樹梢一任落花隨水去

尋碧山吟社遺址懷興復諸先生

披榛尋古社寂寂深山境龍縫白雲封薜氣凝霜冷緬彼舊吟人令我心耿耿春風儵然來嵐光漾月影俛仰今昔間不定如萍梗行行碧山阿鐘聲度西嶺

正月廿一日徐二機招同人社集惠山錄石

閤小飲復步石林看梅得池字

淡蕩春光入小詩尋僧更訪歲寒姿迎風迴雪飄蒼徑帶影和雲臥綠池索笑幾應人坐久耐吟𡚒覺我來遲言歸携手同惆悵斜月疏烟動遠思

渡江

夕陽鳴艣下邗溝葉葉風帆江上秋八月鯉魚風信早荻花吹白釣人頭

受業周　鎬　懷西校

梁溪詩鈔卷三十四

題顧晴沙給諫風草圖即送出守寧夏

少小事鉛槧聲華富文藻長通金閨籍數上明光表監門圖旣繪汲黯詔非矯生逢堯舜君克展禹稷抱我疑萬言書猶有未定稿一朝天符下雙旌指新堡平羅爲寧夏屬邑文章通政事作圖號風草魯論引尚書妙理恣探討屠龍手殊鉅雕蟲技則小給諫以考試差先期拈風草題爲文次日出守開圖讀高文筆妙見先兆青青河畔行了了見河命下遂倩友人爲此圖套微微動春颸蕩蕩遵王道王道其如何王民看皥皥送君今作郡我心殊悄悄欽哉爾惟風𦓐蕘

梁溪詩鈔目錄卷之三十五

國朝乾隆二

王大廷尉會汾　一百三十六首

以上一人

梁溪詩鈔卷三十五

梁溪顧　光旭　華陽氏集

國朝

王大廷尉會汾

字蓀服號晉川丁巳進士選庶常官至吏兵二部侍郎左遷京堂終大理寺卿先生沉敏峻潔少刻苦下帷雍正乙卯舉博學鴻詞丙辰丁巳連捷癸亥　御試翰詹　上親閱卷拔第一擢侍讀學士一歲三遷不數年荐歷卿貳立　朝謇謇無所附麗方　簡佐中樞遇　京察自陳舉侍講齊召南自代朝野以爲有推賢讓能之風至以法司清要入直　上書房委蛇退食學者宗之至今出其門者咸以文行相高斯其流風餘韻遠矣

寄意六首

小徑向池斜窻光落碧紗水深纔汎鴨柳淺未藏鴉笑隱瑳瑳玉露寒澹澹花支機消息斷何處覔靈槎

破得東風恨吹蘭尚未枯月寒憑露浣花嫩着煙扶都尉鴛鴦句勝王蛺蝶圖彷將今夕意稠叠贈羅敷

舊繡翔鸞翥新圖蹙海濤慢開花對發簾捲燕雙高幽思傳瑤軫閒情寄綵毫從茲傳樂府誰數鄭櫻桃

豈易及芳時相看兩不知夜琴泉咽曲朝幌絮微詩顧兎初生魄春蠶未吐絲無心成弃擲回首是京颺

淺碧香成篆微紅酒上潮枇杷當戶熟鸚鵡背人騎有淚濺花錦無心按玉簫修蛾檐際落清影爲誰嬌

夢去魂難定書來語易訛只聞鼇帶岫幾見鵲塡河霞浄還留綺簾烘不隱波天花隨眼界一笑對維摩

桓山有烏

桓山有烏生子哺雛雛成羽翼分飛去一身憔悴如羈孤周周銜羽蛩負壓物類因依感倉卒如何乳穀恩而不同苦辛歲暮天寒北風惡元雲低垂雪復作故巢蕩盡隨轉蓬曉夜哀鳴黄草蔣客行聽此悲中腸撥琴寫意拂清商清商調苦不可奏

使我零涕沾衣裳

對酒歌

雁如哀弦叫霜空客行歲暮悲忡忡主人憐我色枯槁潤展朱盤置清醥且停金叵羅四座聽我歌我不能躍馬橫矟度沙磧得意歸來列霜戟又不能結裝遠賈賫錢刀火齊磊落載滿艘偪仄復偪仄拔劍擊柱長太息盛時歡樂豈有極千百數中未取㧑衣冠舉舉學小儒顧影妻其少顏色咄哉棄去非我憂浮雲白日良悠悠世間蠻觸蝸兩角古人成毀貉一邱不見東方先生貝編齒索米長

安饑欲死北平猿臂老不侯殘年射虎尋荒壟人生不得行胸臆汗簡書青眞戲耳萬事應輸雙頰紅得錢宜膾金盤鯉日暮朔風號怒天上來天柱凍折扶桑摧海波僵立寒黿鼉魚龍澀縮愁喇咍眼前安得突兀萬仞臺矯首四顧心神開氣酣舉觴酹落日六龍頓轡揚其頦少年且復縱豪俊藺絲纏裹何爲哉歌成自寫擘欲脱亟呼剪燭浮深杯

藺舍人

東周之季何紛拏山東白骨如亂麻天弧夜射青麟死駛暘金虎方磨牙刼韓包周勢未已長平雷吼馳輕車常山寶符將失守連城白璧還自誇清河少年氣如虎澠池之瑟不獨鼓銀罌豹血盛淋漓蠢爾巖戎敢予侮惜哉爾後無遠懷璧歸問道計已乖九賓緹幕眞兒劇馬遷書此尤類俳叢臺金璧濺沙礫藺生何不睨柱快一擲嗟哉褐夫硜硜死懷璧

江陰迴舟憶芳三金佩亦文諸子

靡靡逐清景迢迢傍隈澳水岸一花明殘陽數峯綠沙鳥下仍飛漁唱斷還續美人方阻修相思瑩

如玉

答蒼玉兄弟

海燕棲華幕爰居避韶夏物情諒暌緬至樂豈相假粲粲當路子熠熠光鞍馬媚好誰能常膏盡華燈炧憐君好兄弟幽懷爲君寫側聞長安道驅車塵没踝高會影華纓而我野人也他年期薄遊蹇驢敢常跨粗令塵事息還憩枌榆社選勝當溪山茸屋雜茅瓦蠶織累細君鋤犁行自把蕭晨集親串扶筇紛沃野時鳥弄清綿花枝出姬姹垂釣復賦詩覆碁兼把斝逍遥富良覿所保詎乃寡邱樊

閎渟朴末俗無風雅吾言息壤在期爾共融冶俾出黃龍雙誰其負盟者

夜作家書畢書尾

錦瑟華年冉冉更男兒安得尚虛名孱顏略似寒花瘦客恨都隨細草生山隔舊遊迷短夢海添新漏費孤檠勞歌欲寫無人和好附雙魚寄弟兄

秋日東楊學誠

虛堂麥秀邊碧幌桑晴烟此地一爲別秋懷忽渺然凉風催度雁細雨亂鳴蟬物色看將暮何當問草元

歲暮書感三首

牢落今如此堂堂歲又徂雲霄雙翼短霜露寸心枯白髮還登杍青箱可覆瓿迷魂招不得休更說窮塗

望斷女嬃砧誰傳空外音已傷孤唳鶴復作背巢禽糠籺頻年窘冰霜卒歲深悲將嗚咽水爲我助沾襟

應有高堂念云何久不歸餓空新蓺菽淚滿舊縫衣二頃謀良是岐塗望轉違蕭疎憐寸草也擬荅春暉

古桐行莫文叔索賦

宮中聖人奏雲門挾梓伐竹如雲屯高枝落盡嶧陽孫君胡偃蹇留芳根結根未得盤峻阯顏色慘憀無冬春修幹迢亭千尺起旁無附枝中通理不惜培塿勢已高異材自致青雲耳顧予荏染姿藹如處陰阜所託朝陽晞不敢恨枯槁幸因地勢接得見君懷抱願君葆貞素秉心勿忡忡爨裏一兒尋剪刻生華容清商發姑洗渟韻含黃鐘薦之太廟和雅樂坐令海內無疲瘵不然偃息春山空幹排雷雨摩蒼穹千年一來紫鸑鷟節節足足鳴時

雍安能摧折半生死委身爨下隨兒童於戲無爲促刺爨下隨兒童

爲隱圃先生題戴笠圖

清水無縱鱗孤雲無健翮獨醒時所忌芳蘭見鋤藉奈何翁抱經世才一生子立多邅迴濁醪脫粟不滿眼翁笑自喜旁人咍一蓑一笠生涯足欲把鉏犁老空谷退耕其如力不任寫作新圖贖退鴝頹然腰脊已龍鍾巉絕須廉尚淸肅憶昔紅顏隨建威青郊走馬躡芳菲氍毹花艷朝酣酒霹靂弓開夜打圍西畧秦關東鄭圃吹臺慷慨仍懷古青

蓮不作少陵亡飛藿霜淸葉如雨扁舟䠞浪更南下搪突蛟鼉欲掀舞石城佳麗南朝寺昨時月黑精靈語搜奇剔詭頗恣橫野鳥何心樂罇俎歸來一徑掩關臥天角飛輪疾於弩貫絲何處繡平原往矣英雄幾黃土南垞閒尋杜老碁酒榼時同阮咸舉嗚呼丈夫坎壈今猶昔須挽銀河洗肝膈唾壺麈尾總兒嬉玉具金貂亦無色即今被褐鬢如絲醉裏狂歌倒接䍦菰川蒼蒼烟水暮拄杖閒行屢回互癯骨從嘲飯顆山剛腸未許并州鑄每逢佳日展圖看與我周旋亦云庶頽然一酌暮天昏

明朝更覓消愁處

南垞詩爲雲川先生賦

入戶靄新霽草樹光無塵莅藺被後徑桃李羅前軒紛霏數點紅邨寄無邊春鳥下窺枕簟客至同巺罇時還發孤詠妙義翡風幡人生自可爾世上徒云云

巖壑氣淸舉曠望爭岧嶢涓涓吐新溜冉冉垂春條烟開繡翎散月白儵魚跳伊昔締構初遠意凌清飈荒翳垂百年芰薙始今朝願書巖上石併賀兹邱遺地故某氏荒圃頗共阿戎談猶嫌面勢窄當飛百尺樓俯瞰歸鳥翼龍從山氣青泱漭湖光白溪山一輝映風流滿今昔千春華子岡萬古瀼西宅誰爲後來者南垞杳難即

雜詩

熒熒三尺光歐冶之所范登山靑兕殪涉海長鯨斬兕吼山石摧鯨分海波減奇蹤世莫窺修袂君無摻

離騷二十五響出繇芒裏賈生書萬言滃若雲濤起人生固多途文字非一軌玉環與飛燕亦各保

厥美

登高無絶陘方深無斷港員缺記靈臺盈虧驗珠蚌周官朝置鼓漢法吏投缿適時各有珍誰與矜強項

夜靜弦古桐淸光沉稍稍一彈雉登木再鼓牛鳴窖箏琵何太繁郭索亂冰礮寥寥絃指意聽者寐無覺

蒙茸白楊枝春種秋已劚樹椆期百年君計一何愨上枝棲紫鸞下枝停鷙鷲雲韶凝古音蒼蒼滿山嶽

七夕辭

絳紗燃蠟懸秋光風露氣入秋堂凉銀雲榔榔逗瑾浦玉鈎浮艷星吐芒誰家女兒結明蛩蛛絲瓜瓣羅酒漿含風細語掩復颺淚絲欲共銀河長王生用拙不可量葛衣碎斷方常羊嗅取麻姑飲東海夢騎天駟騰天閶天孫慵織奈何許支機石上秋草黃西遊咸池謁軒皇贈我絲縷五文章揭來爲舜補衮裳慶雲嵯峨被八荒帝車回轉當中央羣仙握節朝明堂神皇億里開農桑纚絲雪白穀滿倉洗兵天漢一候尉壯士不用悲河梁少婦丁

男各相媚紫宮眞人永壽昌龍頭瀉酒夜未央諸君安坐調笙簧燕歌何爲多感傷牽牛織女遥相望

得徐廣常鍾海書

塔蕙葉漸凋跂予勞遠慕故人徐孝穆朱華照緋素飛沉一以乖瓊蕊何當遇是夕把君書離懷紛若絮苦言相見稀要我清秋暮秋風日已起歷歷雁南度心隨揚子潮迎君到瓜步

八月十五夜金甸南席上作

酒中嗔雲天不開愁霖十日萬壑霾常恐連陰晦兹夕騰踐上訴天無階飛廉試手卷空碧吉魄偃土重磨揩一生對此幾圓缺踟躕欲酌還停杯翻思昨歲秦淮裏漾波雙槳窮沿洄嘈嘈弦索響哀玉隔簾淺笑紅玫瑰妙舞妍歌歡未足放舟直刺雲濤堆江心磯石立積鐵軻峨大艑攢高桅我呼斗酒酹江色一徑險滑捫蒼厓暗潮生渚盪寒白劉天石壁高嵬嵬山空月墮人語響野鶻驚起寒龜鼉大魚奔竄老蛟立之而鱗爪生風雷江山氣象入樽俎客意肯隨吟燭灰今年此夕復此月奇遊壯觀何寥哉因君靜夜置清醥令我矯首生遠

懷長纓君自慕終賈坐嘯我亦輕王裴萬事及時乃爲樂盛顏一去無自媒明朝縱使清光發非復好女臨粧臺把君之袂飲君酒不見古人白骨生青苔幸吾與子氣方壯狂歌痛飲相喧豗庶幾陶寫中心哀酒闌燈灺各歸去黃雞催曉聲喈喈

桃樹吟

美人手栽桃樹枝丰茸常得三春姿露華照夜光蕤蕤秋風結子仍纍纍根甜未慣蓼蟲嚙葉嫩不供秋士悲井闌雙桐半黃落空有高節無華滋桃膠迎夏琥珀光桃花逝條春晝長句鬟鬢簡作

光澤美人起舞回青揚碑山有樹扶桑北一枝婀娜梢雲碧茂陵區區種不得空來盤裏看桃核

黃金臺

燕昭市駿足突兀金臺高臺高黃金盡賢者何寥寥淘河嚇飛燕丹鳳凌九霄豈聞唐虞世白璧招夔皋

由秦餘嶺大石寺抵嶁山憩道士館秦餘即卑猶山見越絕書

高巖閟窈窕躡屐意何如笠澤魚龍氣琳宮鸞鶴書語荒徵越絕地廻號秦餘叱犢霜毛叟猶能說

闔閭

還邀二三子挈榼欵荊扉霽野鳥相命青林花半稀磵空樵響發湍急雨餘飛却羨華陽隱頻年杜德機

水仙花三絕句

簾額微波幽意通曉寒初落洄 延風玉容翠袖金條脫可憶人間許侍中

欲寫屏風倩周昉誰能製賦敵黃初闘紅豔紫皆泥土似爾堪攜讀道書

奩開玉鏡細安黃仙子迎春耐薄粧一晌自嫌環珮冷聽風聽水作霓裳

哭半樓先生

欵木無和聲哀絲錯宮徵崇山倏已頹洩雲遠千里鳴呼杜先生千秋一知已蒙年始羈丱下里狂生耳孤根易撓[illegible]瘢痕一登君子堂從橫覯文史暄風盪寒薄淸露滋蘭芷欲令脫苑雛插翅摩天起廻薄廿年心從此長已矣浮生有急瀾宦途無逸軌長安富輪蹄道義薄于紙常恐蕭蘭易永爲知已累巫咸不可問悲思纏心髓羯末旹聯行兄是瓊枝萎霜悽哀析沉淚盡寒鐙死歸夢

一逴廻翻飛隔江水

飲丁香花下次胡三稚威韻

亂點酡酥簇小鈴紫絲裁障坐來淸繁香滿院人初醉春恨三分畫不成帶霧未妨簾影細含風微透蝶烟輕南朝樂府誰家唱請說銅罏本姓丁

莫將晚晚惜年光飲與須隨玉漏長冶葉倡條春且住倒冠落佩我能狂當筵淺暈輕霞色帘坐微聞墮珥香數子新篇埋花骨玉璫稱重寄吳娘

鮫人歌

鮫人織綃水底居一綃價値傾名都奉君淸暑晚

凉殿旁列大貝兼明珠穹龜巨魚牙甲橫鮫人嬉笑居人病誰能謁帝澄濤波三山雲闕方嵯峨

春眠

柳眼花鬚曉夜顛烏皮麈几故依然閒身且適飛沉樂會意休論大小年境入無何便堪隱障空煩惱勝於禪邇來微覺心情熟不夢鈞天夢葛天

春寒

畫雉城南草欲嬌可堪凉吹晚騷騷東君力弱渾無準北地寒深轉劇鏖銀蒜雙垂紅綬帶春葱半澀紫檀槽遥知小閣裁衣夜念遠頻應放剪刀

臺坐

虛堂足清迥披幌倚南端遠興幾會動芳華今又闌烟橫高鳥逝風駛晚花乾生理何工拙牢愁且自寬

感興

纖絺豈爲重暄風當此辰時哉苟有會白非所珍志士懷宛變窮年自逡巡安知夸毗者唾若灰與塵是非吾欲黜營道各異倫古賢耿已遠懷思盈千春

飲牛清潁口苦被洗耳侵妙理絕卷舒天光迥沉沉下士晚聞道高語羲皇心寧知臥雲客默開重襟元和一分礫淹忽趣荒淫君聽古鄭衛何如今雅琴

散愁

曉簾串斷聲窸窣黃桑一夜風枝憂忍飢索何影蕭蕭借馬朝天泥搰搰人生寒窘無處無莫教孤負承明爐酌奉蘭陔一杯水歸及湖風開芡背

新秋夕望

漁陽秋色莽蒼間大漠層陰入漢關龍駝翠屏三百里戍樓孤絕鳥飛還

水漲渾河萬馬驕濕雲淰淰未全消樹思盤消陰山磧一點紅旗掣皂雕

秋夜獨坐用長安雨洗新秋出爲韻貽兄弟

白露下庭樹空堂生早凉飄飄葛衣碎闇澹槐花香耆耆感時運遲遲泝歸艎南陔亦有蘭東榮亦有棠寸祿未及親別來三載強我懷如緜葛裊裊風中長

風長轉哀柝客聽何由安潛蛬洩幽草破月飛霜紈夜分羣物肅坐覺衣裳單昔怪秋士悲今乃知其端潤松無高柯淺水無長瀾請君苦寒奏和我

行路難

路難且勿悲在昔足乜饔飧舟當泛海縛禽須縛虎力戰氷雪須氣吞鮫鱷怒與世無纖染蹋地有千古秋空激長嘯拉雜走風雨不見女牀鳥自呼還自舞

呼舞愛者誰論交祇兄弟阿兄氣犖硌律身富根柢余季頗跌宕近亦耽文史明發念先人温克厲終始慕趙時俗態及爾同澒洗浩浩長江流秋光散清泚

江流歸巨海空濶靡涯津孤英屬狂飈翠彩何由

新松骨有直槁鶴吭無哀呻豈伊神明遊而退羞賤貧大儒工臚傳死灰安足論且挽桃枝弓射鴟從南隣

南鄰亦幽靚開軒面艮疇想見青竹枝修纖滿墻頭蠟屐自吹火韋蓤或隱舟一别如波濤數子好在不軫隱話鄉曲灑落當清秋回飈吒叢篁明河澹幽幽

河聲日環廻秋氣轉憭慄辭巢社燕歸排叢露螢出巢宦今奚如遭逢古難必一聽南雁翔思歸真日日高堂奉卮酒左右彈瑤瑟懷哉重懷哉故山好芝秫

感懷

脫葉鏖風作響龕酣歌燕市未全孤解縧肯顧草中兎仰秫空憐轅下駒牢落乾坤雙髩在崢嶸時節跳丸徂欲詩一餉微茫樂何處兵家有酒壚

次南華前輩韻

閒倚東風感歲華蕭閒情緒乍離家朝來玉甕浮新酎昨夜銀釭綴小花庭樹丰茸行破蕾渚蘆喧暖欲抽芽畫圖何限江南意香霧連空酒旆斜（南華壓晴川禮部昔作花朝圖）

窗網

窗網千絲絡夜光交飛元燕舞瑤筐三年兩暗青楓浦一夕烟空屬玉塘紈扇秋涼憐鬢影琅砧宵露染衣香層臺悵望多鵠翼誰定銜辭附翠璫

春分日作

探春春已半春事尚眇膺蕭蕭穿窗雪談談圍爐火沙叢舊芽短城柳烟姿鎖有如難嫁女半生閉婀娜暗鏡理殘粧未易一笑瑳余生兒羈屑心形自相左蜣夢空悠揚蝸絲竟纏裹欲乘元化舟早鼓青冥柁長江變醽醁岳樽揭礧砢敲折羲和鞭

朱光懸帖爰六龍無苦辛持觴各駭骯艮辰勞眷
懷去矣離菈笱

朱光草蟲同年何克思索題

油窗日暖殘霞烘飛絲落絮春濛濛起摩倦眼潑
茶乳神輿尻馬遊無窮鯤鵬么麼一氣中人間日
日天池風且隨羣動自踴躍安用結束誇兒童君
不見古來文物埽絶踪長安畫史多傭工更無亏
刀鬬衮鄂祇吮鉛粉摹安豐貂蟬揷髩有何好意
思蕭索如枯蓬不如朱光畫草蟲手腕所到天機
融荒寒意態入毫楮碧花翠蔓懸秋紅恍然坐我

故山裏草根露濕吟秋蛩開圖索句無悤悤甕天
發覆難爲功人生磊落自可耳不羞爾雅箋魚蟲

雷孝子詩（名汝器弱冠尋父崎嶇萬里閱廿年卒奉父以歸鄉人欲上其行事堅拒乃已）

共有庭闈樂何寧獨爾慳殘年餘顧慕徃事劇辛
艱芒屩關河澀駝裘血淚斑扶携舊鄰里驚訝次
宗還
仁鸞同天性何緣絶等夷史臣傳孝義民俗乃逾
衺長者懷深慮捫心無愧詞祇應徵束晳爲補白
華詩

自艮鄉南至平原經塗數百里皆陷積水中
深處幾没腰淺亦没骭及踝紆廻取途自
鷄鳴起至昏黑行不盡三舍因念京畿孔
道節使踵至商旅駢闐若沿水淺處砍柳
枝覆以尺土狹纔通馬即徃來無濡足憂
矣牧令高居堂皇曾莫訾省昔之營塘濼
陂堰俾旱澇不爲民病者獨何人哉感而
賦詩用告當事亦古王官擇志以諷諸侯
之意云

薿薿禾登隴泱泱水灌塗遲廻問邱坂汨没雜鷺

鳧喲影常時聚蛙聲一倍鼉居人牽艀艋騎士澀
鋃鋙容客投雙骭鳩工但十夫行旌念勞止令尹
得知無渠堰留循蹟陂塘起覇圖（北魏金遼時大修水利今燕齊間塘濼遺蹟徃徃尚存）吏能安可少懷古一長吁

渡河二首

中夜驚濤吼凌晨鼓勇杭風雲時莽蕩沙鳥絶呼
翔南下千檣側西來萬馬狂袖中膠一寸不療此
渾黄
河流天下險南北幾淪淪三策虛千載元豐失舊
津楗餌眞得勢沉玉愴無因亦擬探涯涘厓巔未

敢論

閭江懷賢詩

閭江吳卜臣先生篤學純行生平不喜剽宋儒語以取儕聲故當世莫知之老於諸生充然自得有漢黃叔度麗德公之風焉感逝懷賢因有此作

異時高論沸蜩螗獨有先生解括囊春雨灌畦行兀兀秋陂垂釣意洋洋山中風月歸元度陌上軒裳愧子將學道此生雖已晚欲披原草問諸郎

舟抵洛社先遣一僕歸問太夫人起居書此貽衛瞻弟

酒滑泉香飯有魚芙蓉湖畔鄧帆初應憐久客難休沐豈不懷歸畏簡書報國文章慙嵬瑣關心眠食定何如風高翔雁南來日好共連牀慰索居大兄亦將以九月抵家

上方山詩

山蔭有五郎祠其鬼淫虐吳氓之愚者謹事之湯潛菴先生撫吳日親詣此山仆其像投爐湖中民甙稍解近頗聞復有祀者心用閔然爲道湯公事以諗邦伯

茾溪走笠澤支港百重繞風土號清美窮年無旱潦霜苞洞庭橘香箬漚谿𩟔水豐菱蓮芡陸有秫稌稻居人厭魚菽禮賂陋榛蓀西南峰伍伍蒼崖映白烏東上曰上方雲水相媚好叢祠起何年五郎媚且狡饗淫迫子女牲幣走翁媼常時度絲管夜火照林杪巫覡憑其奸紛紜遞昏曉或云洪武初禡師親醮薦血食許恣竊瞽說久相動得非中葉後士氣競嫖姚或頗苛慝作人鋑淫昏飽英英睢陽公直氣排秋旻群妖悉破碎義烈日杲杲男耕女織紝少壯無瘥夭邦人爭涕洟微管幾蠻獠

迨公騎箕去理行尚端好後三十年來巫風進稍稍念此心煩紆負痛若疽瘝我欲呵雷公徑須煩電掃作詩諗邦伯俗化事無小從令泥在鈞示民期不佻聰明歸正直夷愉絕驚擾用心功過外昔賢行可紹朱墨徒紛挐吏能安足了

泊吳江 浙藩遣府照磨朱衣客來迎憶甲子秋來迎者亦此人

垂虹亭畔水浮天芳杜香中看采蓮半落眉痕青嶂杳平分鷗夢碧波圓吏迎慣遇朱衣客風便應招綠髓仙試日尚賒吾稍駐不須吹角送行船

黃江涇 明嘉靖中張尚書經破倭處

黃江涇水青錯磨此地曾遭海夷浣佞臣覦師一再三責賄千艘裝百馱徵兵百萬冦轉强粵閩風濤久顛簸（趙文華事具明史） 桓桓仗鉞張尚書半年盪冦人爭賀捷書昨夜奏烟霄明日廚車東市過可憐枉說白浮鳩不惜長城手自破盛朝德化覃海壖海波鏡淨無戈鋋種桑已見十圍大秧稻平看萬頃連越綾吳縞被天下花新鳥活雲霞鮮斫鱠行歌烟漠漠采菱發唱宵娟娟擔夫脫帽冰玉潔游女綰髻陵苕妍豈知 祖宗聖功德簫勺羣慝敷春臺秀眉父老但把酒官倉輸足常晏眠更願邦

梁溪詩鈔 卷三十五 壬

人謹撙節舟車貲蓄隨所便長官清平不苛暴中和樂職勤播宣渠須鶴膝亦時肆小毖爲誦莽鑫篇

鹿鳴宴坐上作（仁和周君天相康熙丁卯舉人今年八十援前代故事同諸貢士入宴）

桂花涵白菊初黃盛事賓筵見未嘗拭玉兩行周選俊褒衣一老曾靈光作人化久綿寰宇殖物功深紀會昌欲採笙詩補皇雅 聖文天子壽無疆

喜杭堇浦見訪

木脫空山風怒號歸心何處寄滔滔經時未訪西泠艷一笑欣攜北郭騷閒裏篇章濃鬭酒人間得喪細於毛不辭絳蠟燒長夜三載思君夢寐勞

諸游好餞送濠湖宵分至望亭始別

親老仍羈宦遲廻去住妨淚從衣綫落愁向帶圍量何計尋初服相將泛野航乍歸眞似客惜別緩行觴語罷花摧蠟天寒雁叫霜樽前萬重思併覺此宵長

早春書懷

繞指能消百鍊剛摧頹何處說行藏尋山古有陶宏景（宏景尋山志見本集）論舊今無盛孝章已辦鬢鬚磨歲

梁溪詩鈔 卷三十五 壬

月不禁皮骨敵風霜官閒署冷吾差樂到眼春光引興長

未成放曠慙中隱聊復優閒得小休漲綠林巒空蔓想輭紅塵土且勾留鶱騰莫羨穿雲鶻眩轉甘同旋磨牛虛沐 恩光無補報敢將歸計問菟裘

漢皐曲

妾家漢江口高甍淩曉霞褰帷一流睇羞落庭中花可憐嬌昔昔繡帳懸珠蛤下牀理雲鬟登牀捉花鑷生憎大別山歡去幾時還巴東浮艓子十幅蒲帆環夜風江浪湧的的雲帆動樂莫樂今宵銀

箏唱羅嗊
暮從客縣馳至嵩岳下閱一宿被　命先行
四山廻望合百里共氛氳紅樹緣坡轉蒼崖到澗
分村遥微辨火岳近易生雲明發贈　天仗行穿
萬馬羣
犖犖依嵩駐星槎轉漢來周廬環褒鄂橐筆擁鄒
枚旅色羣公問歸期　詔命催好峯贈六六策蹇
笑空回
滎澤廢城望廣武北邙作
峩峩修坂壓河壖扊扊霜飈急遠天斷岸墨痕初

過燒空城沙色雜生烟英雄豎子俱無賴新鬼陳
人總可憐誰嗔山松歌一曲不須重取髑髏鞭
楊林邑同年　潮觀貽翠石筆洗一枚郎林慮
產也小詩奉酬并以爲别
故人能好事遠致碧瑯玕一掌開生翠千巖送曉
寒情宜彤管映高稱石牀安輿與煙霞會題詩洗
我酸
磨礲他日意共保歲寒姿物力今彫喪官箴爾謹
持斵山徒有骨卷地更無皮苦語臨分出高賢倘
不訾

癸酉歲暮病起書懷
望雲心事幾年勞得賦歸來荷　帝堯未辦大
名垂日月要令逸氣上烟霄游麋臺榭傾三楚鬭
鴨才華擅六朝誰共寓公文字飲抽毫花底與還
饒
鰥鰥離緒夜何其錦瑟華年暗裏推茗椀爐薰誰
管領書籤藥裹自支持劉郎前度花成雪潘令他
時鬢已絲欲劈蠻牋書寄遠氷河雙鯉上來遲
都無錄事草堂貲拳踢何嫌寄一枝時僑寓吳門之碧城坊
抱甕澆花添僕課明鐙散帙任兒爲簾前豔雪春

先到身外浮雲事不知猶恐將迎煩日力爭名經
卷幾時持
獵獵狂飈攪遠林時時振觸一長吟何曾禰父能
懷玉祇有中郎解摸金紹古誰專千載樂著書甎
負九州箴小樓詹畔松堪對自結蕭條歲暮心
玉甕歌應制上命刻石承光殿中
承光深殿東風午玉甕浮光暗香吐奇姿留得自
金元珍重摩挲物華古誰向天邊劃紫雲帶將飛
雪琢風斤刳中詎比彭眆鼎照座旋生匼匝紋碧
海滄波看欲動朱鱨錦貝飛相送妙手鐫鑱神鬼

工寶器崢嶸㟍㙮重當年仙島憶瓊華何事攜來羽客家一夢月明沉桂館幾番秋綠換苔花寶氣由來終莫掩還歸　天上依雕檻拂拭恩承歲月長詠歌麗灑雲霞染自昔遭逢會有時竆兮千載盛光輝侍臣更識求賢意側席遥開白玉扉

橫塘路

蹊林明遠渚宿鷺靜娟娟是處遺丹竈地有麻姑仙蹟何山好墓田原鴿多難日病馬廹衰年貫盡橫塘酒中宵祇自憐

雨泊橫山山上多堆阜相傳吳時屯卒處上方東嶺有吳王拜郊臺云

風緊雲濤正作堆忽聞涼雨壓輕埃帆從社酒香中度人向吳山橫處來組甲團花空列戍荒榛白月上郊臺可憐伍相浮江後寂寞千秋少霸才

虞山展先高祖墓述德感懷賦長律三十韻

海虞吾故里攸芋百年强澆運逢明季當塗屬太康三靈違帖泰四宇浩披攘始自鯨吹沫終然蟻決防閫壓隳一炬圖籍盡三倉險脫城濠血驚攜稚口黃闔門寒懍懍坰野走倀倀明季遭倭寇故宅盡燬高叔祖母產未浹旬中宵挾幼從水闕出見陰燐屬塗濠水盡赤鎮撫時羈宦端憂戒否臧拊膺徒蘊義被肘郟乖方欲共千夫爲俄崩萬里牆及瓜時未可毀卵禍難量先高祖鎮撫公特以偏師游徼薊門擢偏之絕屢建讜言主帥不能用以憤恚卒仁孝鍾良嗣神明翊遠將崎嶇歸旅櫬沾灑上崇岡先曾祖誠齋公年十五六奔馳數千里攜喪以歸葬虞山東麓里黨咸稱仁孝草草治榛荊悄悄脩享嘗竄身從鄣號述德滿縑緗曾祖以家業盡毀遂依婦翁蔡居鶯湖因世爲錫人節有經時見公宜五世昌楚邱勤樹梓畏壘習庚桑俗以儒爲戲吾寧禮作坊永懷棲棬澤綿歷歲年長樓閣緣城路楓柟纈眼粧天然金粉畫不斷翠屏張石氣迎霜肅林花泣雨香寺應窺兜率臺或訪蕭梁山北有維摩三峯破山諸寺城中有昭明太子文選臺人物風華首

湖山麗景傍猶餘舊親串能憶古冠裳小子眞無似先疇耿未忘萍蓬慙定所枌櫝不依行倒橐看垂罄團焦計復荒買鄰遲慧斐贈玖愧江郎江秀才掞庭柸贈長句促余定居虞山家世無窮感那禁涕泗滂

由大石寺登陽山絕頂

到此應知萬壑低劃開昏曉是東西平攜日月垂雙珥俯瞰嶔岑共一躋隊殿舊曾悲野鹿山東面有吳王墳傍多臺殿遺址甕天何處舞醯雞陰崖直下編茅屋投老還思數杖藜

岞崿山即獅山

吳山靜若輕雲委咋崿一峯獨亢詭豎毛鬃鬖髮
披靡怒猊瞪空絕相似傳言禹昔䟫疆理鐵綆千
尋掣東海吳志云爾洪濤揚波汨其踦徑須龍伯操鞭
箠騰凌絕壑幾千里態雖雄強意帖弭踆烏走兎
各循軌遂令海寓忘昏從此物何能與洪水欲叅
龍威叩厥指又鬭達官厥磈磊命工揮斤鐵左耳
書空一吼怖奇鬼天星迸落靡草死康熙中巡撫某欲鑿此山
斤始下即大吼日夜因懼而止一毬山一綫縈東阯團團不高復
不庳四山環之莫屭尾異軍蒼頭貞特起茫然為
想開闢始電斧雲斤萬靈使林風忽來雨如洗雙

虹跨脊飲前沚勝遊絕境有如此歸途萬頃琉璃
紫

由董家河踰伏馬嶺遊臥龍山

東風雙淬急縱棹水雲寬石到湖瀉立崖從烏背
看一門通箭括十里宛龍蟠清絕松篁地何人賦
考槃

乙亥首春偕鄭雲士劉守溪重登樂阜尖賦
長律紀事

喧喧輿馬競芳辰兀坐枯禪意未伸窮巷短屏誰
剝啄雨衫風帽客逡巡新知喜接劉長稚舊友兼
來鄭子眞青鬢廿年俱老大黃雞一曲重酸辛鑿
楹書在君能讀堊鼻人亡義未淪雲士尊甫吾山先生博洽多通
精堪輿家言與先公家相契厚俗士眼寧窺地絡兩公才可狎颷
輪相期笠澤西南路徧擘吳郊浩蕩春便掛鴟夸
從稚子早排鵝首欵湖瀉烟巒糺錯縈洲渚向背
分明識主賓輿劇不嫌風棹駛京深微覺玉膚皴
村沽辣比篩椒屑野菌甘如嚙女脣曲港夜聽蘆
屑瑟叢祠朝看柏轔囷司徒廟古柏四株極怪偉修蛇徑轉朱
華窖伏馬峯開繡障勻朱華伏馬皆嶺名雙骭自知還健
在孤笻未許鎮相親穿林厲澗都忘返擘脈分枝

得細論但擬一坏安斧鬣底須高塚卧麒麟竿絲
拂水懷前約花片勾人有夙因暗川任公釣魚及武陵花源事朗
照子能區玉石不貪吾亦識金銀恒沙劫[illegible]應通
筏海嶠帆遲罕逮津銅井銅阬皆秀發山南山北
並清醇松岡斷處波銜玦梅蕚芳時雪作裀崦外
茅茨眞罨畫雲中紺宇幾由旬琅玕芝草常時見
盧橘楊梅詎是珍信有衆香成國土那無高士聚
比鄰騰身暗覺龍髻動半嶺遙聞鳳吹新天上種
榆星歷歷月中斫桂子詵詵山眦此日驚攜屧好
事他年說墊巾歸路正逢雲結絮重遊倘及杏生

仁破除萬事尋巖叟料撿孤航逐野人翠巘銀濤
雙涂路心期已與白鷗馴

丁丑初冬入山展墓信宿言旋作詩六章畧
紀年來經營始末書示子姪

昔我初入山歲陰在閹茂時維春夏交緜草不可
耨扶擕有兒子芒蹻導先後高躋上嶔崟遠眄勞
頸脰四圍青玦環白水縈篆籀嚶鳥時一鳴靈芝
燦孤秀深林曠無人疑若神所囿西窮彌水涯茅
茨隱巖岫濵湖泉嶺蟠郁淑氣交輳惜無角綺賢
孤此地力厚蠢蠢蕃草木果蓏但紛糅悵望千載

前我懷殊恂慦
考卜有慈訓面南擇其艮乎壤懼耕犁悠悠陟崇
岡營穴必依山南向太夫人志也崇岡亦何有骼脅非雄強鳥鼠
或相鉏牝牡乖厥常青烏古有云覼縷難具詳楊
曾已曼衍後來況多方吾非斯人徒要自神理臧
體傀一以安卹遠義亦章茲山曠延奧詼若臨堂
皇脊非華要覬遠無城郭妨朝從季主占厥上包
玉璜懷哉任公子高義不可忘
妍媸無定鑒神理善韜伏茲山遂古來瘞者盈千
蔟云胡數弓地谷鍾未敢觸磊砢石四周罔護得
深櫃人訾我獨收衆笑或以目甫龕佳壤見獎賦
滿膏腹丑牛雞喔卵朱光炯林麓湖山蘊深秀景
氣倍清淑豈伊謭劣能慶自先人蓄生非上皇代
封樹固從俗欝欝栽萬松清風滿崖谷從茲樂阜
阡應式徃來躅
東望烟際嶺西瞻澗上山嵜湖三百里遠眺極銅
官清秋躡璿柄脚底雲濤翻斗柄渚三面入湖人言是吳中山初起處
杖藜或蕭寺幞被卹遠村釋子多問訊吾宗致寒
暄依依雲外情落落區中緣山椒五畝地意待誅
榛菅豈惟傍先墓歲時上盤飧路因白水隔屋借

青山環獨延太古色高擧義皇前丙舍未及營抱
意恒悁悁歎息顧兒子何時謝牽攣
伯季先我亡我生復餘幾邱墓託山岡感念同懷
子樂皋西麓西有峯崒然起購地五畝寬荷鍤自
鋤理日月獲其艮祖載材亦庀周官族葬法澆季
適紛詭準古復慮今藏魄要相邇我後賢與愚非
我智所擬愛摯徃來頻親祖或緣爾古人三五義
式訓亦如此吾兄況孔懷明發念勞止懸知千載
後墳樹盡東靡余爲兄弟別營穴于樂皋之西半里而近
夙昔秉微尚山棲離垢氛懷此二十載卒被世網

牽拙訥謝時譽上孤　明主恩中違慈母養於
心實嗛嗛惻愴生平事茲辰難具言浮榮如露草
達士念本根况我早衰人素髮颼已絲行止無固
必素懷黙自敦買山幸有邱歸耕豈俟田欲廻晚
暮光拭此積歲𢙣徘徊顧松櫃有淚如迸泉旋心
指湖水慈意我勿諼

初冬將北上伏謁先塋泫然成詠

荒荒斜日映寒林淒斷殘年顧慕心淚灑靈輀纔
幾日岡連宰樹已成陰自緣和氏能輸璞耻與東
鄰競布金才拙正堪諧鹿豕　恩深未忍謝纓簪

空帷迴影憐猶昔佳節提壺感自今嗚咽㵎泉交
暗溜蕭條風木遞哀吟霜零後夜天應老雁落危
坡響易沉婚宦半生駒過隙蒿莪終古涕盈襟遲
廻徧躡依娗石憭慄非關遠巷砧多愧山人陳與
李首邱長得傍雲岑

陽山祖塋後舊有大慈寺今廢為墟荒基十
餘畝寺僧售諸富室余為捐金贖還歲荒
僧散界山坻墾植以供官賦山中人喜余
之不私余亦樂此地之永存也為賦詩以
誌

大慈寺古肇有元昔見喬木高參天比鄰龍鳩百
陽抱崇山峨嶸川廻旋曉墩遲遲嵐翠合夜梵隱
隱星光懸比來山村苦蕭索僧徒竄走如雲煙欹
紅曲檻翳黃葉方花古礎埋幽菅病維摩詰慘愁
思時有野鵲巢其顛百年興廢亦常事獨令我輩
懷辛酸猶餘荒基勢隱軫誰何庸妄頻闚覬巧侵
豪奪靡不有山僧弃此如遺箠先塋舊資清樾映
忍看碧海成枯田典衣為辦金數緡折券留得茅
三間瓜疇芋區紛在眼桑條穉秫堪窮年春冬差
能了租賦里舍不復愁敲鞭遺弓正使楚人得襄

王才詎強泰干栽松一稜清吹起補籬四面花光
妍赤髭白足亦時有薝林悄利倘重簉何顯佞佛
我未暇右軍誓墓辭難宣唯懷冠履舊藏處要令
法雨沾無邊皤皤山叟意良厚為我遠致菖蒲泉
啜泉便可當招隱山頭㵎底與爾他日窮沿緣

丁丑初冬北上曉發黃埠留示兒子

五載吳閶客生涯劇苦辛石田無稔歲洿澤有窮
鱗又作北征計多慚西笑人浮雲隨泛泊未暇惜
長貧

我之胡威絹將何療爾寒陰風吹大壑首路即奔

滿羣稚羣衣苦衰顏灑涕難堅持貞玉操便抵勸
加餐
花朝同何翰如陳安州介野園陳勾山觀補
亭周景垣張有堂金雨叔倪敬堂秦磵泉
李聯一鍾露阜集寓齋用昌黎飲酒寧嬾
盞底深趣詩尚倚筆鋒勁爲韻分得詩字
起酹司花酒一卮注桃染柳趁芳時逢歡肯便腸
如木老我那禁鬢有絲報答春光謀薄醉盡摩壘
壘出新詩諸公才氣如昭畧可許東南映小枝
倪少僕敬堂招集近光樓分得烟字

我生不解飲飲即頹兩顴顧得飲中味浩若雲濤
寬承華遊集並賢俊眼底廓廓驅塵緣宣曲門前
直廬接早暮出入恒差肩花磚移影暝鴉宿庭飲
文字窮清歡常嗟我生筋力孱不能明駝疾走窮
塞垣又不如營平新息上前慷慨聚米論山川海
西血戰萬猛士鬬如虓虎走且鬬執殳橫矟不到
我長裾委珮登細旃高談羲黄猶拾瀋　帝之
福汝亦已徧幸逢　天威掃絕漠玉關崑奏凌
晨宣主人謹呼客不速頓令逸興開雲烟近光樓
高瞰蕺業影娥池古涵淪漣藹通屏幛置清醥諧
談問作觶儀捐急觴耶可盡幽默底川絳蠟燒如
椽春光九十已過半草芽未見遊蜂喧靑山一髮
望江國應有層巒參差妍吾曹繭絲自纏裹惟藉
豪飲蒯餘酸雖無絲石韻金谷賴有花木留平泉
東風朝來蕩城郭林彩微現兆羅綺便須排日事
詩酒率眞之會公其先
送　皇五子隨侍木蘭前詩意有未備輒賡
元韻再呈一首
蒔收初應期游氛淨天幕宣曲樹行旛三嵕嚴虎
落秋獮行有程六師隨止作表貉先有虞列營屯

大漠　鑾輿順時動蚩尤掃絕犁乾坤剸礌硍川
原恣磅礴泉從大古流崕自鴻蒙鑿絕壁絢丹錦
飛霜染叢薄周阹布長圍養勇耻徒搏佽飛鬬虓
虎期門飈雕鶚三驅晨警蘱萬帳宵傳柝星陳儼
魚雅雲罕紛蠖略駭獸翳飛鋒犇禽怯穃弱健馬
越林巒百里平如剷以上元韻我　皇神武姿邁古
信騰趠惟懷經遠圖非取吹遊樂鞭箠窮四裔悉
撤古疆索漉海烹鯨鯢揃林驅毒蠚谷渾旣生擒
鬼章行就縛翎侯參法從侍子滿京雒曩時跳梁
者悉舉收諸橐荒憬遍淸夸犁壓遂簫勺向不臑

簡稽何以安歌咢此義　帝子知習勞　聖心灼見時侍　宸遊兼得觀秋穫稅駕接枚鄒橐鞬聯衛霍緗帙載明駝鮫綃裏蓮鍔文武惟所用軌研道何博鯫生氣僝劣窮年閉帷箔狂思一障乘疾引千弧拓徒吟紫塞霜未辨黄金絡矯首望鴻騫撫髀增雀躍小别祇旬時贈詞何磊硌懸知沙塞行意共雲天廓首塗濛雨零歸日勁風獷示我百篇詩噌吰響鏜鎛

病中遣興詩八首

迎秋先得河魚疾盼到秋殘尚未平支枕不辭雙

髩短持螯慙負一樽清忙中藥物叢京熱夢裏交親雜死生少日蚤衰今況爾祇因投劾促歸程

牀頭脱葉響飀飀疑泛霜林獨夜舟幾杵寒鐘廻短夢一鐙京雨寫清秋殘年生計空倉雀被病心情喘月牛黙數故交零落盡不須開徑望羊求

病裏襟懷強自寛風櫺危坐怯衣單略無杯斝酬良月朧有圖書覓古歡香霧銜簾花匼匝參旗當戸夜闌干朝衾孄盡從人笑老矣無心厲羽翰

香薄川遊各有天池籠憔悴自年年每因風起心悠爾纔話山棲意灑然肪截湖編肥勝酪蕈挑松譎大於拳老饕一啜平生足底用華陽十賚全

曉事厠間脱幘我思徑廣平心鐵知難攻叔度澄波自可憐汗簡數行他日事位余身到阿誰邊

紫塞霜乾木葉稀吹笳哨鹿候無違鸞旂影裏山成畫豹尾杆前雪打圍好與書生開眼界羞隨新婦閉車帷明年跨馬平沙路白首還能逐佽飛書上房諸臣隨駕木蘭分三班余當以明年扈從

擁褐攤書一榻横蕭然天竺古先生姝姝煖煖從渠好踽踽凉凉得我情入夢怕逢長樂老摧愁堅

築受降城他年脱屣歸真去不用紅蕖作隊迎

晴雲擘絮月磨鐮秋色佳哉傍短檐但許當歌傾白墮那教服散誤青黏連朝藝菊蜂隨髩午夜廻鐙雪滿髯不以此時勤作達十分沉錮待誰砭

庚辰夏秋之交卧病累月猥蒙　皇五子頻遣使問兼示見懷詩謹次韻奉酬

千秋藝圃徑塗紛吹萬聲中定一君敢以詞章儕鄭衛直憂寄託半風雲朱絃應指宜頻寫錦帶裁書定可焚留取三餘琬琰府前賢見道每因文

城西行

西風騷騷冷客魂蒼葭古岸愁陰昏溪南萬柳一
夕凭鵂鶹嘯月荒鴟蹲叢祠碧火光紜紜城西老
狐夜蘸肩二八𨒪侍傳酒罇羅襦半解生陽春象
筵紛排羅衆珍交竿遞舞揮紅巾社翁山鬼爭駿
奔神鴉銜尾備徼巡秦中小鬼來侁侁誓與老狐
充下陳顏窺色授隨喜嗔分曹市暨規豭豚常荐
韓盧最驕桀殘角一噉意已親壽宮神君聞不聞
胡爲麒麟角端曠不覩妖狐生子仍生孫我行對
此怒眦裂腰間短刀繡澀不可捫吁嗟爾輩方及
辰

以詩代書柬江秀才挨庭并呈柏軺皋侍御

邵叔亢編修

有客持札來副以一束詩開緘霏霏雲拂席乃是
故人江子絶妙之文辭憶昨與君別歲陽在丙月
在寅五年書來不見面三年前已長相思詩篇清
絶風格老就中五言尤崛奇驚霆落掌穀發機渾
勁欲與正始追斯人胡爲老巖壑薦賢者誰吾恧
而昔我乞養返故閭卓錐無地爭嘲詠海虞舊隱
思可託君能爲我勸諏諮得此于人亦艮寡報君
久敬無時衰我銜魚皐恤未與山阿期事有至難
非意料修門再入含餘悽窮崖忍餓古常有此生
乃爲妻孥馳念子年來亦佗傺頭白未免勤鹽虀
高歌夜半起黃鵠落月動壁風入衣平生故人猝
南北今我不往子不來人生窮達亦細事較量車
笠詞何卑無功竊祿逆華膴世上曾有田夫唾承
華侍書況瑣瑣笙竽衆裏同聲吹天根拂袖帶星
霧瓊漿一吸鬢變絲今秋屬疾偶不死枯骸似腊
空留皮太史署銜牛馬走豈若局促安雞棲無田
無廬休亦得且飲山淥充朝飢終當結茅傍先墓
西積之東東泠西湖游海角片帆耳詩筒酒盞頻

招攜破山新吟續常尉選臺荒徑穿雲梯與君遊
衍無窮期雲龍上下相追隨殘年學道愛真實余
有不可君勸規寄言但取寫肝鬲可見羊何共和
之

爲味經秦大司寇題寓園長夏圖

我昔寡友生嚶鳴滯窮谷遺經抱賈鄭識眘志空
篤時聞淮海賢英姿疊寒玉里閈一舍逢跂余勞
遠矚　今皇初紀元羣英交輦轂公方鸞鳳翔
我始靈臺宿歡言得合併逸響調琴筑清黼含炯
光坐對令人肅精心貫道要條綱兼正目耘鋤百

氏荒膏苗待成熟啟我蓬之心唯公正也獨萬世
撫一朝晤語苦不足洎余稱後進公侍承華讀官
曹雖接聯形影曠寒燠圍居凡幾載景氣富景淑
鄢杜好雲山平泉賸花木園址在宮門東南半里為故相國索公遺我
時從一遊瀹浮生衆馥英詞怒濤卷奧義鬼神伏
繞牀積緗素縷解無遺簇養正視蒙泉方嚴極忠
告　至尊鑒欸恍羣公推幹局恢恢祟令圖翼
翼追遐躅許身韓富間體遠神更穆十年掌邦禁
羣生無夭殰洪鐘調弇侈德輿固牙輻裁成舊典
文作我一家籙如以肉貫串饜飫隨人欲如憂百

室荒先儲萬囷粟祁公讓精覈貴與窘邊幅鬯儒
守兎園見此頭為縮人生飄忽間何者為我畜鐘
鼎有儻來志業資勤勗公今無負矣大文垂岳瀆
况逢　堯舜理儒術炳清旭萬物得由庚六經
非閣束平生所著書一一庶能復我如退飛鷁空
望翀霄鵠却後十餘年漫作園居續職司又遣公
日檢秋官牘如何限過從積思徒盈掬經疑觸莫
叩心轉懸吹毫凛神鋒出窖望平陸衰鈍我
有加精爽公逾速今晨展此圖秀氣橫林麓欲傾
卅年愫辭緐意猶蓄永願揚明輝湛湛眞錄錄

題句山海佳秋漁倡和詩後即次其韻

我嬾久廢吟啞鐘不任打兩雄鬬清豪氷柱垂檐
瓦頻看蜀桐浮甘以齊城下仙翁近移居新祥兆
嬰妃磊落步兵厨速客其宜也海佳移家時鳳味載酒連軫
何渴絶粟尾徒勤把元精困凌暴太乙疲爐冶願
廻定水光綺語洗丹赭

和句山前輩寒夜漏盡上直韻

聽罷銥如喚夙興天棖拂袖曉霜凝年華晼晚行
催臘意况蕭條只似僧橋署頭銜前夜夢玉圍腰
帶此心氷韓公不復悲墻角臨老常親照字燈

井底微陽昨已升沍寒風雪重凌兢聽鐘走馬朝
酲解藝燭攤書歲課增睍向病餘籠苦霧貂從敝
後怯層氷緗梅消息江皐早儘有看花與可乘

南天門

天風獵獵捲輕霽直造天關意不危一闔呀空開
詄蕩千山承趾動夔蚭琳宮繫馬朝光早陰壑盤
雕夕照遲安得霜宵來此宿俯看珠斗倚檐垂

常山峪道中有懷句山景垣

四山殘照裏木葉亂紛紛沙净秋花澹風微塞草
薰縵田緣磵轉細路入雲分舊侶應思我追攀不

及羣

雙塔峯

健馬蹋沙聲淅淅黑水宫前侵曉發塞山平望漸透迤秋氣今來轉憭慄馬上行人忽矯首駢枝仰見岡頭出諦觀非石復非土突兀撑空竟何物秋風灌莽陰沉夜奇鬼搏人森欲活春雲嬋娟雜花麗美女望夫形甃蹕強名浮屠乖肖似象帝之先誰依佛阿育王城見未嘗尊勝幢經法難説或云嬴政古長城徃徃縈巒兼帶凸剝蝕難消萬杵堅青紅尚涴征夫血又言遺搆存大遼屹若牛頭聳

天闕粧樓粉盝夢依稀望斷青城古時月謫言碎語苦難宛駐馬爲君徐品騭横看似是柏雙竪側睇還同堵離立黜黜曾經野火烘壟拆疑遭雷斧劈姮娥藥杵昨宵貰仙人射堋幾時裂陋陋難教猛夫繞蒐莲倖逃丞相劂天荒地老忽悠悠送盡跳丸出復沒得逢金鏡千年清更值　翠蕤頻歲拂倩渠長作路傍堠雨雨風風自標揭世人輕重何有哉獨立寒空莽蕭瑟

熱河雜題三首

溝東溝西一萬家家家門巷映桑麻皴顏野老別開圓了髻女兒能刨瓜

紫邏琵琶碧玉簫仙都合樂響嘹嘹鈞天宴罷歸何晚已有華鐙映水飄

乾渣酒賤吾能醉菰米炊香客勸餐世上策勳眠食是去爲牧長亦清歡

博洛河屯即遼青城地

高高仙的入雲明山顛有白塔四塞中留一掌平斷碣細流通黑水荒榛殘甃問青城戸稀誰畫南東畝地迥堪屯十萬兵駐馬欲尋遼宋蹟夜凉弦索不勝情

椒塗舊話記分明局近彈棊最不平紫擺幾時翻鐵撥香詞一夜播宣城銜來宛海山頭石化盡愁雲帳下兵千載悲歡如過鳥關卿何事獨含情

由石片子入木蘭東口二首

烏桓霧氣重紫塞烟光薄未飫看山眼徒歌上雲樂朝從石片過純鉤挺千鍔連岡竄復墜斗轉天壁削健水舞白蛟遠勢張鬣齶壞橋騰萬騎疾走膽爲落王陽廻九折此義邈難託靡靡逐徒侶前存蟾蠖略

嗜門雖嶮絶經營妙天匠奇雲鑱晴空傑立樹高

閒淸輝盪層曲秀采紛雜狀地靈固護久迨茲始一放狎獵荐攢蔦欄編錦垂幛天風欻吹吸笙鏞奏淸愴應有坦丹人乘蹻自來迋元鶴不我期空此層霄望

鄂爾楮克哈達

一峯傑立峭且孤禀禀結束偉丈夫青紅駮犖蘊殊采長松爲骨雲爲膚稍偏左項似廻睨猛氣欲獵千豪豬我行見之笑且吁措帳坐對窮朝晡帳後飛瀑勢遠趨左縈右絡跳萬珠杈枒枯樹緣踸踸細草縈棘垂紺朱憶曾粉壁開此圖滿堂動色

窺仙姝且園妙技今則無幻化移此神靈但山形雖佳地險絕深夜飲澗來於菟倦僮鼾寢戒無狃明發舉爾呼嗚嗚曉霜翻空烏畢逋披帳欲去心踟躕奇景火速憑詩摹

札克丹鄂佛洛營觀蒙古騎生馬歌

札克丹營氣蕭爽沙坡亘漫連平壤諸番遊騎爭驅入霧鬣風鬃恣來徃呼韓晚上羊靡羑摱城合奏琵琶箏曲終更呈舞馬戲奚官碧眼虬髭獰鞭鞘一拂馬齊縱附尾緣鬃不施鞚千夫疾躍萬夫唱雪花旋捲塵飛霧注坡驀㒋走侁侁舞袂交竿旋有神忽然墜地勢驚絕僈如健鵲翻輕身㧱後蹶前雙掔拽凌虛制變爭毫髮馬閒出入馬不知逸態雄姿轉相發　至尊一顧神湍灕人馬咸賚控馭工少府金錢服官綺拜恩蹈舞肇歸籠卡輪競出尋荒壘蒙古諸番帳房例在旌門外鐘簇風高山月起御營鐙火燦華星萬帳烟光夜凝紫

九月二十日大雪出哨

舊聞燕山雪花大如席何況燕山之北十餘驛邊風蕭條雁影寒一夜繁陰布空容朝來被　命先徒旅千里龍沙馳滅沒纔看朝霧嶺頭橫巳訝吳

霜髩邊結黃皮袴褶愁卷鬱紅粉油衫聽屑瑟却疑元冥未司辰何得瓊霙先入律壯志摧頹暄節謝遠遊寂寞天公郵固應作計送將歸潑汞流光散愁疾盡卷黃山絮海雲圖成紫塞天邊月眼翻後鵲去騰凌毬打天鶩影飄瞥遇遭一片玉爲峯㲯鬆千林花作纈紫府仙騎白鳳皇元都佩落青瑤玦從教奴輩手常皸不信吾曹眼猶熱峰廻路轉望漸稀枯翠楓丹景尤絕須臾霽色上千嶺又見赬霞明一抹流輝變滅竟何常據地狂歌欢擊築

入木蘭自東而西周覽旬有六日　皇五子
爲言此地建置始末甚詳褱諸　　實
錄並可徵信因括其大畧賦古詩一篇異
日或備　聖朝掌故云
大漠何蕭條邊風日飀飋坤靈限華戎精鏻固殊
製飛狐碣渤間萬帳居相次木蘭控其中岧亭極
形勢宛宛雙臥虬角角千螺髻縱短而横椅厥形
嶂廬似我從鳥道看短長相補綴方百里者八小
大畿封視于中美水草厥壤多墳埴地居輿桓外
金遼事難紀前朝割大寧遂爲蒙古利嬰城甘退

守蹙國終自斃北部諸豪族惟科爾沁貴逈時遊
牧者不獨巴林細柰曼翁牛特亦各莛矜慎洪惟
太宗烈諸藩悉臣隸　貴嬪來作周慶自堯門
遺太宗文皇后實科爾沁族　英謀搆大庭神斷扶國議遂令
科沁族雲礽綿帶礪　聖祖既天飛　文母尤顯
遂尊養孚有截帡幪咸輸志常時清暑殿頻軫枌
榆思諸部角稽顙願空南牧地　聖祖囅然笑磊
落錫金幣以八百萬金易其地每歲春夏交選徒迅言邁
鳳輦陟凉岑山中尚有太皇太后避暑行宮故址　龍旂展闢外
河節今避暑山莊地也聖祖每歲三月幸熱適中便起居亦不廢國事
高秋始大獮教戰勵羣帥歸來必十月卷野收霜
燧至今兩山口樹欒高揭揭於戲　聖孝隆一行
諸善備豈惟誇多禽經遠有深意兹山一隅爾既
脫久遺棄馳榛蹈潛穢雖猛亦奚爲顧惟邊陲要
勇夫資善閉幸逢金鏡清朔野無傳燧不爾小陸
梁攘除亦何易輿安萬里來巨防天所置木蘭如
環玦外突懸疣贅蒙古四包絡從中裂襟帶直俯
扼其吭不論右斷臂若教屯勝兵百萬立可致驅
猛擾烏犍伐材斵梁欐耕餘高廩蓄戰則建旗駛
西望受降城東接渝關吏風塵不敢生永息毘夷
喙

受業姪　敏恒　立方校

梁溪詩鈔

梁溪詩鈔目錄卷之三十六

國朝乾隆三

以上共二十四人

梁溪詩鈔卷三十六

梁溪顧　光旭　華陽氏集

國朝

華司教純曾

字敬思號緝亭戊午舉人官常熟縣教諭補菴公六世孫光旭外舅也先生少工制義顧躓蹬場屋乙卯以選貢入成均戊午舉京兆試甲子應黔南山長之聘先生以濂洛之理爲歸胡之文而尤熟於史漢黔中人士遠近嚮風是時安州陳密山先生

爲方伯秋闈揭曉時於講堂設宴候榜每報一人擊鼓一下勸一巨觴及天明計生徒得雋者三十三人方伯起賀先生竟醉矣甲戌有　詔舉學正學錄張有堂少宗伯將以先生應　詔先生以年老辭是年卒於京年六十八著有緝亭制義行世

盆梅二首同若干

根蟠拳石瘦影落墨池深入室乾坤古巡簷雨雪侵樽前風戛玉席上月流金坐近相如壁香生綠綺琴

消盡紅爐雪傳來畫角風虛堂塵跡斷清韻古人同蓼落百城外春生五字中羅浮歸几席我亦趙師熊

別鄒慎齋學士赴黔

夜郎月色鬼方秋飄若孤鴻萬里遊多愧故人今日酒不禁老母暮年愁直須白傅飛雲履更借青蓮紫綺裘問幾重山幾重水一行天末去悠悠

將抵黔南道中述懷五十韻

少壯耽詩書游歷蹋鄉井巢林甘卑棲蟄足思高騁雨汲慧麓泉烟棹落波艇秦淮凄秋月吳山瀹

春茗嘆唶老戰場旗鼙數不整骴骼埋心胸蹉跎惜晷景鹽米鄙計算衣冠耻謁請先業久蒼涼食口分器皿高堂乏甘鮮室婦歎勉僶兒女紛倚牀冬衣不掩脛老屋足松濤寒樵搓竹影榱棟國僑憂牖戶姬公警大廈鮮一木深汲乃無綆以此書咄咄每欲醉冥冥過秦書十上企曾日三省偃仰長愛廬骨月兒漂梗[illegible]受國士知簡拔邁夷等傯矣重激昂感極轉嗚哽首塗春跨驢操琴秋歌郢同學皆不賤此事豈天幸蹇拙羞自媒菰蒲合幽屏滅字袖無刺徒手臂爲梃久蹋京華塵人情歷

醉醒期門擁皐比天厨致東脡老女慵畫眉巨眼本高頂慚非虎豹占其文亦能炳廉老思用趙項少力扛鼎磊落氣如虹眯矇目生青一日遭按劍三年笑畫餅將老夔 兕裘思歸息箕頹老母朝倚閭癡兒日舉頸席斂還坐氊鐘鉅莫撞莛抱孫話嘻嘻課子星耿耿昨者病狂惑懲咽乃怠饘傭車朔風嚴縮項春衫冷衲鑿旣相左盾矛那中肯角丱舊知已青雲路俯迴廿載動參商連牀接欬謦會面各驚老豁達破畦町勸我黔中行桃李遍山嶺地主皆大賢忠敬夙所秉日者附書至天南望

引領飢軀輕長途所患喜懼並時方來薰風黃梅間朱杏瀟湘水氣漫積雨苦泥濘高灘漲波濤長年阻舴艋兀坐旅晝長吟詩市聲靜黔山萬千叠奇峭絕塵境旭日將解維清輝耀畔炯去去賦壯游盃寛且酩酊

黔南紀遊得轉韻長句七百字

陸走荆南四千里黔滇鎖鑰武陵是煙水蒼茫不計程一曲南征從此始我來正植榴花紅淙淙梅雨飛遥空閧黍弔屈譁競渡擊金奏鼓驚鮫宮黔南高高極天上重灘叠嶂雲中仰雨霽開帆一葉舟緣藤攀絙神色悵湘南山水稱絕奇千巖萬壑無窮期崖崩峽束怒濤吼雷奔電掣神光馳桃源古洞信有之清浪最險神靈司伏波征蠻所開鑿廟貌血食恒於斯諸川總滙清流駛虬龍盤挐虎蹲俟小石嵯峩攢萬星如張怒爪摩利齒蒯洄牽挽衆力齊客子傴僂步石蹊二里三里始脫險銀河倒瀉拖雲梯灘名叢雜未可記一日數灘猶不止每計一灘高一仞水風吹送青霄裏孤舟夜泊環山中嘈呟鏜鞳伏枕通啼鵑聲凄巖月黑摸魚火亂江天紅螢光穿樹閃列宿人語應谷鳴高髻

此時起坐夢胸悸怕有魍魅游林叢荒城雉堞凌杳冥高低禾黍錯畦町水車激撞如轆轤赴阡度陌澆鄉井叢篁密樹白晝幽無名野豔雜薰蕕懸崖架屋疑棧道沸泉滚石紛珠毬風流巖對辰溪縣挿天巉壁愁過燕石竇淋漓濕蘚斑不絕涓涓溜一綫沅芷弔古愁如何江西長橋列肆多美人香草今安在惟見雲龍卧白波蓬窻溽暑晝熬炙夜蚊嗜膚不安蓆計日行行將到黔黔中山水尤奇僻澗道灣環東復西沿洄數轉仍故溪驚沙貶浪齧石堤行舟寥泬炎風凄崇阿叠叠排行列或

卷封書或布奕拊背扼吭還凭肩天工刻畫成凹凸舍舟從陸趨會城籃輿登陟跨崚嶒無窮突兀迎人面始信人間路不平相見坡前曳匹練上緣鳥道下渦漩前迎後送十里餘廻眸轉矚心戰戰飛雲牟珠雙洞邊蜃氣樓臺葬眼前一柱孤撑懸四壁璵璩凍結珠蟬聯洞中深黑鳴幽泉神仙窟宅蛟龍眼鴻濛開闢何太巧鐫鏤萬狀布八埏目所經覩足親踐瑣碎掇拾資排遣餘凡殊詭難悉詳掛一漏萬知不免緬昔遷客與騷人伶俜萬里嗟邅迍郎今服官內所擇賢勞鞅掌無停輪我非

使星非守土長途登頓由自取時清荒徼靖烟氛聲教四訖弦誦聞窮山絶壑消伏莽柴猶花犵皆知文客思鄉心莫相遏檢點詩囊掃胷臆

苔窗山方伯

古歡我識陳驚座老怕人呼華子魚見説催花樽有酒不愁彈鋏出無車講堂便訂三年學行篋應開萬卷書雲過一峯爲一雨踈簾風動只徐徐

黔中得邵時乾書

彈鋏事長征春風草又生雙魚來萬里孤枕欲三更海嶽招宗懿氷霜老向平推窗起微步落落衆星橫

獻歲書懷五首 丁卯

山林城市總棲幽到處忘機似海鷗猶抱雄心三尺劍儘嘗貧味百年秋青雲若個騰高躅白髮何人讓出頭雪澡空腸無一物偏教寸地著牢愁

過駒日月自奔忙忙裏悲愉攪俗腸食宿東西憑夢囈轍輳南北笑行藏幻緣旦暮滄桑易浮世冠裳傀儡裝惟有庭松青不改流脂千載有眞香

書帷少日掩重關咿喔雞聲五夜閒魚鑰破眠思刺股鯉庭呈課始開顔無聞自嘆流光駛罔極深

慚式穀艱四十餘年彈指過墓田春草路芊芊

並無疆畝辨南東餬口經畬稽事終祖澤綿延三寸管父書零亂一牀風當年歌哭烏衣第此日曾元鶴鬢翁自分帝閽成萬里只教曝背獻微忠

春回臘去似流丸幾首新詩清課闌得句沉吟燈燼墻看花傾倒酒杯寬識塗老馬行偏遠繞樹飢烏別又難何事塡膺輕一吐悲鳴長嘯總無端

癸酉京邸除夕

駒隙光陰逝不收暮雲殘雪小勾留黃雞有口催殘夢絳蠟無心剪舊愁彩筆迎春猶爛熳唐花守

歲儘風流當年刻燭題詩侶誰在圍爐聽雪樓

甲戌人日

梅花無驛使殘角亂新愁雪破氷牀夜青袍白髮秋壯心悲老驪春夢散輕鷗今日又人日相思天際頭

爲張有堂少宗伯題照

竿直何心下曲鉤虹霓作線釣吞舟休忘身在蓬山頂檻外銀濤碧海流

笠澤蒼茫海鳥呼莫將鐘鼓報菰蘆二疏老去思鄉里應畫雙輪駟馬圖

華大令西植

字燕鹿號煙麓晚號晚香子爲續碧山十老之一戊午舉於鄉歷官江西貴溪鉛山彭澤湖口南康縣知縣著有貴溪縣志制府黃公曰華令不當以俗吏目之先生師事吾家復初祭酒今大學士拙修嵇公少從受業者學有本原莅政慈惠告休時南康士民攀轅泣下先生口占曰竊得西江數行淚囊中不受一文錢及歸賴嵇公洎諸及門贈遺以給饘粥卒年八十九有自敘晚香子述略嵇公傳之

罷官二首

罷官如破夢何事更威遲已棄堂前婦還憐膝下兒含之寧返顧去矣欲誰知回語爾赤子新人似毋慈

束髮受明訓事君當致身尙餘骸骨在敢問室家貧清白吏由巳子孫賢幾人我躬猶不閱何以報吾親

懷嵇尙書

日月星辰繫江淮河漢流看君何惴惴老我只悠

悠稷契非虛負乾坤有大猷浮雲去不盡遙望一凝眸

自題按劍圖

覆雨翻雲變態殊衡冠一怒戟鬚鬚歸來茆屋疎林下自寫風塵按劍圖

鄒太守雲城

字擁書號亦樓晚更號岱山戊午舉人黎眉先生之孫歷官直隸河間府知府先生爲治寬而遇事直承有氣力嘗侃侃爭利病於上官不爲屈上官亦倚重之其居家

孝友富窮時已能推讓田舍於其弟及貴
常均其出入乞老歸田年餘卒年七十二

續碧山十老之一

盤山 并序

盤山勝境僅載山誌而古寺著名者凡十有五即其名爲韻各紀一絶

翠柏蒼蒼認少林達摩曾否此經臨盤山亦有嵩山壁收得東華面壁心 少林寺

幽奇最是古中盤怪石嶙峋畫亦難平看五松如偃蓋風前松子落清寒 古中盤

雲去雲來何日淨只留團月湧如鏡埽雲敝帚擲紅塵雲共水流心不競 雲淨寺

清磬悠然出東竺西來大意泉聲續如如亭畔埽松花持與山僧佐茶粥 東竺寺

掛月峯前看雲罩雲氣四垂皴石覨寒霧漫山不見人寺門吠犬聲如豹 雲罩寺

何年李愿歸盤谷古寺依然繚而曲應識唐文只一篇歐陽不厭百回讀 盤谷寺

笻杖相扶到上方懸空石下結僧房搖搖欲墮竟不墮禪悅鳥性松風香 上方寺

松門對峙雙廿澗幾日春歸看洗雁誰向源頭畫兩支流出桃花拈一瓣 東廿澗 西廿澗

祇園結搆寔天成澗作池塘山作城壁立兩峯門戶鬪松陰一帶石橋橫 天成寺

一片秋光冷萬松松雲濃綠沁寒笻便騎白鶴遊天上緬邈風濤壓暮鐘 萬松寺

橫看成嶺側成峯蘇文忠句世態人心隔萬重太白乘舟過秋浦青天削出九芙蓉李句 青峯寺

琉璃點破光明藏幾多豪傑蒲團上殘僧半夜來撞鐘猛虎一聲山似浪 法藏寺

本來無相何千相如是觀來悟無上子輿指點只幾希但看人家雞犬放 千相寺

雙松十丈伴雙峯峯頂安禪制毒龍若使老僧知月出北宗何必異南宗 雙峯寺

天香何似木樨香香雨溟濛下石牀說與道人渾不解傾翻銀漢桂爲漿 天香寺

李刺史時乘

字毓奇號海門戊午舉人歷官東平知州初除鄒縣調益都修復松林書院人文日起東平較繁劇竟以積勞卒

初秋雜興

靜夜月當槐空庭水浮藻風來藻影動散碎月逾好客館豐暇豫獨酌無煩惱夜深露氣清明河淨如掃簷前振絺綌葉落驚秋早感此念故鄉想見薄絲老田園艮已蕪松桂行可抱何計辦青鞋應接山陰道

荅友人次韵

聞道遺編出酉陽願從炳燭借餘光舊書熟復精神洽好友豨尋意味長偶爲持螯讀爾雅未妨賣餅說公羊袁遺有志何時遂不覺吟聲帶越鄉

殘春

紅杏花繁繞舍生小園香裡過清明閑愁不斷如春雨別緒偏多似落英黃鳥催題新柳色青衫寧戀故人情年來一種關心事撚白髭鬚句未成

旅懷

客鬢茶烟裏鄉心江水東去來看雁路得失問漁翁春盡一鳩雨花殘雙蝶風不知緣底事猶自滯歸篷

楊廣文泰

字虞尊號來齋戊午副榜官廬江教諭著有讀畫軒詩稿淮南詩艸來齋性恬泊寡言笑少學於王蓼園先生文名籍甚而澹於進取余師鄒宗伯二知先生謂其詩澹而旨質而文可與碧山諸子共追大雅云

道逢陳一表弟

不記幾年別相看鬢又新匆匆言不盡先問白頭親

東膠山晤黃守中先生曾孫出其先人手製硯并顧景范安孟公兩先生畫卷

梁鴻山與嵩膠連鵞湖宛溪中洄旋水深土厚俗

淳樸鹿門往往棲高賢守中先生寂狷潔授經門外多車轍摩挲一石常數年手劚溪雲製獨絕我來山下尋公孫家風不改仍清門開緘什襲示手澤穆然太古今猶存家徒四壁復何有草堂爲瀏先生壽孟公手繪歟奕圖顧子作辭文不朽秋風鈞渚蘆花月執手蒼凉對華髮（俱序中語鈞渚景范先生所居）袖手殘棋局外閒蓬萊清淺傷飄忽憶昔分宜柄國時累朝元氣中傷夷光熹以後盛閹豎清流白馬同傷悲喬木依然故家在洞口花深閟時代我讀斯文重嗟吁卷圖撫硯還踟躕溪山依然如畫圖

寒峯落月村烟孤

乙亥秋蟓蟲傷稼自淮南至浙西大飢明年麥熟繼以大疫皆百年老人所未見感時記事各繫以詩

蟓傷

吳中積雨六月粲蟲飛蕘蕘夜屯聚薄雲歇雨漏窗明趯趯投燈鼓青羽老農占時憂最先不逢伏熱恒無年果然九月灾乃見稻根節節蟲穴纏黃雲一夜風吹黑荒郊慘慘天無色吁嗟孽芽物最微遲速倚伏誰先機

排門行

縣中吏持府帖下里正抱冊前迎馬核戶算口并搜粟極貧次貧門上寫飢民欲增吏欲減里正匍伏長官罵譴譁叫呶婦子號風雪空村淚盈把

嗟來行

老持幼寡攜孤挈瓶擔桶葷將扶酸風寒雨雪凍塗手皸足裂無完膚婦無裙布男無襦推擠拉雜仆復蘇夜行早伺至日晡輾轉徃徃死路隅吁嗟乎城中兩邑分賑設官厰城西纍纍埋邱莽

棄婦嘆

蓬麻附兎絲猶得相扳援棄婦何處所飄泊離其根出門野蕭條四顧俱空村婦人義從夫東西任投奔妾身君自主生死唯君恩顧惟人爲貴乃如雞與豚去矣詎不顧傷哉苟圖存漢道承秦敝買臣妻有言買生痛哭書憤俗切所宜天灾時流行要使風俗敦

荳莢肥

雨疎疎蠶簇簇大麥初黃秧針綠鰣魚鱠雪櫻桃紅乍暖風光有九熟（俗語櫻桃九熟）驚雷壓雪荳常稀今年春雨荳子肥沙瓶爛煑酥甘軟充腸果腹無啼飢可憐草根木樹皮冬春剝掘無留遺山根石罅泥如粉淘澄溲和聊作糜一暘窮上天心復齊腰

小麥塲登續少婦風前絡早絲村翁近社浮春醪

大巫歌

大巫搖頭鬢花顰小巫向空口侈哆入門作態致張皇家鬼不如野鬼大牲牢酒醴黍稷馨棗栗餦餭雜蔬果紙錢甲馬烟騰空神之來兮巫許可吳俗尚鬼好淫祀禱祈迎賽疲愚憫邇來神道復設教赫赫明明靈亦頗嗚呼嚚和巫皐不復見小技無傳甚么麽賣田鬻宅償欠逋不顧一朝家產破

憫佚

承平百年餘生齒日已繁風土况佳麗衣食窮華鮮茶社倒茗碗酒鑪沸管弦家徒四立壁衣裘出翩翩長衢高樓凭修眉坐嬋娟春秋山水佳空城拾翠鈿淫祠及賽社井巷皆騈闐惜哉一歲凶輒轉殊堪憐艱難因暴殄莫但呼蒼天安得返淳朴滋殖無憂年

題薛顛樓越遊草後

十年夢斷剡溪遊湖上新詩一攬收月底橋邊多得句水光山色最宜秋壞陂幾處歌黄鵠（時將有濬湖之役）別殿重開駐翠斿莫問興亡棊覆局任他管領有浮鷗（稿中留題湖上云南渡到今棊幾局西湖終古鏡新磨）

贈閻如姪納妾

底事年來瘦沈腰倦遊司馬絕無聊秦關欲上貂裘敝燕市懷歸駿骨消却扇細評梅下格停盃低按月中簫憑將夢裏生花筆妝鏡春山與細描

敬書先冷泉公遺墨後

學山主人老梅屋曲檻清漪帶修竹（學山草堂修竹廬皆先伯父故居）斑斕莫名古彝器壓架何啻千玉軸先君杖履頻往來與到拈毫寫鸜鵒花時觴詠集名賢飛園（邵介訓宗彝）潘陸（龍岡孝廉師仲司馬）兼蒙泉（吳大令峙瞻師）杜老平生最蕭瑟狂飲醉舞春風顛（雲川太史）亦能愛畫入骨髓珍重新詩題滿紙枇杷如生鴝鵒飛白陽山人其庶幾（二句雲川太史所題）畫圖零落今安在三十年間事難再當年匠意苦莫識身後方珍購遺墨手澤親留家僅存散落人間收不得披圖彷彿竹廬時不記飄零杜老詩春風花鳥猶前度淚墨糢糊粉縑蠹

送吳五馭中之廣西

親老兼貧病翻然作遠遊弟兄雙別淚天地一孤舟瘴嶺横雲黑啼猿叫夜愁送君無別語早慰倚閭憂

擬東坡八首（并序 存四）

東坡耕黄州田歲旱因作詩自憫其勤庶幾來歲之入以忘其勞余今春理牆東隙地躬拾瓦礫乃亦遇旱歲作詩非敢妄擬前賢亦于閔旱無憀中發同人一慨云戊子五月二十三日

坡翁謫黄州廢壘芟蓬蒿故人念困匱自笑如刮毛（坡翁詩崎嶇草棘中欲刮一寸毛）我昨理牆東瓦礫亦躬勞老至豈學稼惜此畝土膏驕陽胡遽酷亢旱適我遭

覬覦夫单票緻紛墨硃戶首董事名目多張牙鼓舌肥其軀（每一甲田多者為戶首每一圖田多者為董事戶首集錢董事領給官帑）大戶畝錢五六十小戶畝百誰甌甋（田多者每畝出錢五十六十不等田少及奇零碎戶或畝百錢或畝七十錢現年五六十兩一圖）歛錢包工奇貨居肩荷擔負流汗趨道旁敢言莫敢怒擾擾社鼠兼城狐何人大聲攘臂呼具呈大吏駭且吁三江水利有成例傷財害民胡爲乎減夫核半民其蘇奸胥捺示仍模糊臨期赴工大張諭嗟已散漫飛青蚨（三江例每夫挑土七分依四十日限每十夫減半有零應每夫挑土二十八方比出示曉諭而出錢者已十八九矣）憶昔疆圉協洽歲開浚錫金十五夫

一圖輪年獨辦費相等安堵似覺今不如（雍正五年丁未澤門始開此河每圖派夫十五名現年總甲獨辦田上出錢與今現年等而散甲安然也）邑中黠皙殊七邑訕視徒區區朝三暮四空喜怒狙公一笑羣狙愚（論夫不論方副使或人說也減夫不減土圖保或人說也實則名曰減夫而減價無多也）

姪載騫結綴金川箎魂錫墅作詩弔之

君未三十登賢書驍騰矯若初生駒老人執手贈行語意已千里無崎嶇春官一上不得第蹭蹬寧非玉成意干將處匣出鋒稜往往壁間吐光氣三年落魄走大梁傾囊結客游俠場月明梁苑空詞

歎息懷前賢天窮亦焉逃（坡詩獨有孤放人天窮無所逃）劉翁（樊川）能愛我謂宜耕且讀有田不自食胡以居鄉曲今春始疆理蒿艾仍滿目野老顧我笑子計恐未熟業恒異斯遷展轉多局促爾我等亾羊何殊臧與穀

中夜起徬徨仰視天宇碧四面桔槔聲中有淚暗滴微軀鴻毛輕斗水黃金直貧嗟觀袖手强唯視有力我理與彼疆犬牙各封殖綠水護秧針落落棋枰劃一雨倘滂沱棄置亙可惜

清溪抱村流長橋卧虹影迤邐來江湖汪洋灌千

頃桔萍坍龜背居人拾黿鼉何年此林塘卜築事幽屏喬柯遺古根清潭出甃井陵谷幾時遷無人能記省（村北巨浸竭有老樹古井出焉）

白茆行（庚寅十月）

白茆浚河七邑俱（長洲元和無錫金匱江陰常熟昭文七邑）誰其主者山陰朱三江舊例置弗問只論土方不論夫計田兩邑一百一十萬計夫兩邑萬有一千餘每夫土方分十二限日四十程工舒（錫金兩邑田除僧圖圩圖免派外錫邑五十餘萬金邑六十萬無錫九十六畝派一夫金匱一百四畝派一夫共一萬一千夫有零縱橫一丈二尺爲一方每夫挑土十二方限四十日完工計每日一夫挑土三分）吏胥圖保欣

賦日落吏門徒慷慨　詔書尺一起沉滯新刄發
硎初欲試一蹴霜蹄凡馬空遂綰銅章親吏事叱
馭何知行路難論蜀還憑檄傳示轅門一謁櫜鞬
屬櫜筆還教監砲局賦詩橫槊亦自豪誇韜弓刀
旋結束木果木前戰壘高千尋岩崿山無毛下臨
美卧溝千尺蛇盤爪足愁猿猱炎天裂石火雲觸
夜半轟雷聞震礮只看螳臂漫當車誰云蜂蠆無
余毒吁嗟乎儒生糜身報國心莫哀沙場醉卧何
人廻嚙齦握爪亦死耳裹尸馬革胡爲哉千秋碧
血埋泉臺深林黑箐魂歸來

莒州

三載青齊路單車老倦游亂山圍莒縣歸客走沂
州僻陋風猶古蒼涼氣早秋從來嗤恃險懷古意
遲留

蘭陵惲公醇臨行出所畫野塘小景見惠因
題其上

煙雨陂塘菱荇鋪草蟲趯趯亂青蕪昨宵夢繞江
南路惆悵朝來祇畫圖

蓼園王老夫子命題無我相圖

落日千山影春暉寸草心畫圖空色相只有白雲
深

送王玉福司訓東臺二絶句

年來王粲倦登樓爛熳聲華六十秋兩鬢蕭蕭一
官冷不堪明月小揚州東臺號小揚州

君到吳陵及早春東風桃李一時新布衣詩卷留
天地爲問當年吳野人吳嘉紀字野人泰州布衣有陋軒集

郡中雨窗題西

盧陽客舍雨踈踈盡日無人問索居睡起小窗閒
吮墨滿庭柿葉落花初

盧江繡溪坐王氏觀蘭亭戊戌上巳

幽栖小築隔塵氛禊日蘭亭訪右軍草色已迷元
放里桃花多傍小喬墳一灣春水明方甸千疊晴
巒聳白雲却比連朝遊更勝不妨閒坐到斜曛

胡星溪索画扇并題

一灣綠水三間屋幾曲踈籬萬竹竿此願十年猶
未遂空餘淡墨弄清寒

鄧廣文愷

字壽嵋號秋圃戊午副榜官旌德縣教諭
邑中蔡文清巖冉生朱蓉帆許絅夫爲詩
社秋圃與焉又與吳棠泉徐念齋輩詩酒

往來厚善無閒秋闈事繼母孝母嚴於秋
闈僅十年長晨夕奉侍惟謹母偶怒秋闈
長跪不敢起年餘七十以爲常

晩起

窻日照殘夢山雲落枕邊藜牀扶宿醉湘簟引高
眠露竹新梢墜簷花小朶偏淸閒慵梳洗消受靜
中緣

辛卯冬改廳耳室爲面南小閣顏曰含暉漫
成一律

面城小閣寄登臨霽日晴烘解朔陰愛暖且爲娛

老計憑高方遂出塵心塔傳淸響鈴聲碎窻捲寒
光雲影深莫道蝸廬容膝窄半牀几硯愜幽情

笄山次韻 即大孤山其形似笄

山近匡廬接太空峩峩高髻揷雲中元靈靑鬟紆
垂髻明月雙瑱飾佩恍江柳懶梳鬟繞綠浪桃常
壓鬢邉紅妝臺遺跡知還在 山有梳粧臺 地久天長髮
不鬖

秦廉訪勇均

字健資號桂川已未進士第三人授編修
累官西安按察使司老病乞歸卒於商州
旅次年七十一公長身修髯坦中任眞未
遇時嘗依親串署中習刑名旣而會試宿
號舍夢二白鬚者操馬皮以獻謂公存其
嗣也蓋公遊幕時曾有馬姓項兒而皮姓
同謀者公囑主人再鞫得實而眞犯服馬
與皮皆數世単丁者也公在官用法寛而
於大猾一無所縱所至崇書院恤灾祲士
民羅拜車前其同年友袁枚誌公墓銘曰
廉不劌劌何用不臧明能恢恢何弛不張
公何愧焉

己未傳臚恭紀 四首存二

左掖移門侍直晨書生曾預掌絲綸迴翔秘閣
棲鸞舊蹀躞天街策馬新詠罷霓裳同載舞 賜
來綾餅雜多珍紫微花下情何限又沐瀛洲浩蕩
春

欣奉慈闈 帝里居 鸞章昨歲拜 恩初趨
朝訓勉勤 王事退食丁寧讀父書此日歸來眞
舞綵當年遠別幾牽裾承歡豈易邀 君寵倍切
葵心向玉除

周新寧金紳

字大階號握蘭乙未進士官四川新寧知縣著有握蘭詩文艸吳蒙泉爲之序曰先生任蜀令单車就道不以家累自隨誓爲清白吏以不負所學不二年而教化大行竟以勞瘁卒於官

洞庭山遊宿

巨區七十二芙蓉洞庭對峙湖光中我來霜天正清迥豁然萬頃開心胷烟光暮合千山裏星斗森寒凔秋水夜深殘月蚌中開獨傍西巖宿嵔㠥詰旦居人駕野航前灘導我採蓮房迤邐望四十

里花蓋猶聞翠蓋香平生獨耽山水癖海上三山杳難即日來沉湎作勝遊東山早發西山夕願向此中結茆屋緣崖課種千頭橘那須更數岳陽樓入檻波光搖几席

秋懷六首存一

菱葉纖纖漾碧波相逢不信十年過曾經月夜聽簫管不卷珠簾擁翠螺柳色分明隄畔路桂香零落客中歌滄桑有感君知否一任鳴蛩喚奈何

江行雜感三首存二

江邊水落漲痕沙望裏迢遥去路賒岸柳未青前度眼山梅應白故園花關津多阻如留客魂夢頻驚不到家野鳥閑鷗飛不定身隨一葉寄天涯

湖迴兀是在春初一月篷窻水上居巴蜀山川羞製錦武昌楊柳歎無魚琴臺欲訪相如跡茅屋先尋杜甫廬官職聲名我何有心期忍負十年書

陳秀才倫

字遜其號復庵諸生著有復庵集

張循王墓

六丁不下驅天驕宮車輾雪夜渡遼白頭烏啄六家屋衣錦王孫路傍哭一馬化龍浮渡江臨安王氣於斯卜烽火江淮草木殘中原血戰腥風寒揮

戈誰洗靖康恥屈指英雄岳與韓區區子英奚爲者片紙贗書背人寫風波萬里壞長城三字眞稱廷尉平北人歌舞南人泣賀蘭鐵騎仍縱橫兩宮魄冷冰天月翊戴反旌讒諂骨麒麟墓道枕蒼烟御墨淋漓灑碑碣寺門縹緲對晴湖萬頃不洗靑山汚錢塘風月更蕭瑟逆檜堂封還屹屹

滸溪

恍入桃源路人間自歲華白含千嶂雨紅漬一溪花小店沽春酒平橋繫釣槎此中得幽意買棹欲

浮家

孤村

終年常作客歸路入孤村家塾猶書卷鄉鄰自酒尊橋欹人避路夜靜犬依門田野有真意深宵清夢魂

閒行

麥徑春泥軟閒行反得忺草香隨蠟屐花影入詩囊白社詩僧話靑帘貰酒嘗兒童看未慣應笑米顛狂

剪刀

倚醉獨聞時風輕劈素絲却愁裁不斷一縷舊相思

錢塘觀潮

江上清秋曉霧開候堤津吏報潮來峨嵋冷積千峰雪巫峽聲高十月雷一葉倒穿波底出羣山低拱浪頭回會稽鹿走鴟夷隱千載胥濤氣未灰

俞匏村曾贈

字岱巖號匏村有匏村詩藁

蘭

巖岬同寄迹氣味得交深逸韵流虛室清芬溢素襟采芳君子佩援操古人心澗水留餘憾千秋澤畔吟

聽泉

石罅漱清泉夜靜空山冷嗒然坐雲根月淡松蘿影

弔倪高士墓

夙昔仰芳躅今日尋荒萊碑橫鳥篆蝕徑仄霜花開松姿冷危石鶴夢栖寒梅憑弔發深慨踏月東皐回

毛鹿亭璘

字政衡著有鹿亭詩稿

題王仲山醉仙圖

羣仙渺何處來自先生手四翁各異態注目在杯酒既足復科頭醉鄉脫塵垢冥冥入廣大便便腹何有採芝非服餌元嬰固相守醉日豈但千抱甕得上壽放眼看靑天日月任奔走

雨泛

烟雨微茫裏扁舟正下灘白添吞岸水青失隔溪巒雲裡砧聲咽風中雁影寒漁歌迎棹起一笠海天寬

敬雲亭棟齡

字國承著有雲亭旅吟

夜泊樊城

十里樊城枕碧波萬家煙火沸笙歌居人都忘揮戈地行客還尋飲馬河風起一江燈影亂雲開兩岸月明多村醪可是銷愁物蓬底攤書倚醉哦

邵樂亭覺

字梁夫著有樂樂亭近稿朱欄香云我誦樂亭艸擬之絕無倫即杜即君詩庶以傳其眞邑志文苑傳云梁夫詩善爲長古

舟中飲酒謡

對山可斟對水可酌萬水千山面面來千斟萬酌何曾郄醒時自夷猶醉後仍落拓吾亦烏知山之高水之涸山之險水之惡將以河海爲罍太華爲爵摘靑松翠栢爲藜藿與日月相酬酢

春正六日集諸兄弟樂樂亭小飲述懷

春和涵太虛吾亭亦浩浩山翠落几右淸波自縈繞媚玆景物新兄弟盡歡好相看皆白首躭書不知老酌酒以陶情笑言抒夙抱衆鳥鳴高枝依人若了了臨風振六翮頡頏翔雲表

對雪

盡說春陰百事灰入春幾見曉晴來梅依小院寒難放雲壓重門晝未開山白鳥疑雲蔽日氷堅魚恐地無雷淮徐賑卹勞宵旰還念殘黎凍已頹

舟阻京口有感

箭河春水自潺湲獨泝寒江幾日還夜雨孤舟依鐵甕曉風殘夢踏金山十年關塞全家棄半世飄零兩鬢斑此去石梁知不遠晨昏終愧隔慈顔

秋日酧同鄉馮茂才

每聽嚶鳴悵應求石梁傾蓋共綢繆雁橫殘月他

鄉夢葉落寒江故國秋痛飲自堪消旅思浮生眞擬泛虛舟山中開遍黃花好乘興還爲爛熳遊

登飛狐縹緲樓用壁間魏宮詹韵

獨住邊關且獨遊欲窮縹緲更登樓紫荊險扼飛狐踞白石遥籠倒馬浮雲壁長城封鳥道風淸朔野遍芳洲蒼茫故國驚秋老望斷征鴻月一鉤

到家

久客乍言歸入門心自喜登堂拜慈母眼昏不辨子一見復生悲十載缺甘旨回頭指瘦婦盤飧仗十指可憐黯黯東壁光可憐軋軋機聲苦幼女垢

面立膝前十歲生來未識父昔前秋艸蕪凉風塞
牖戶客囊雖羞澁歸用瀹塵釜婦攜幼女下中厨
母呼曰青庭中樹此樹當年種兒手今汝歸來尋
丈徙倚中何樂但垂垂小者如拳大如缶

秋日得華大敬思江南寄懷詩四章次韵奉
荅兼呈張四繩曾 錄一

萬里飄零客孤鴻久失林忽傳才子句逢見故人
心桂嶺蠻烟薄灕江瘴霧深藜莪吟廢後衰疾日
相侵

桂林懷古

西粵提封跨遠邦况連荆楚俗繁麗秦城北築空
兼併漢將南征早受降抗節長吟凌桂嶺（留守瞿式耜獨守空城執不屈著有浩然吟）攀髯抱痛咽灕江（巡撫方震孺陳言提師決戰爲馬士英矯詔所阻嘔血而卒）唐虞祠廟遥相望寂莫斜陽峙影
雙（堯山在城東舜山在城北）
嶺嶠西南都會間儋僔黑齒半稱蠻原封回贈咸
滋畏（吳讓遺詩邦南丹土官饋金有原封回贈莫相疑句）單騎開誠敢湜頑（馮伸已單騎撫諭諸蠻咸服）八桂蕭疎鈴閣靜（范文穆爲帥恬靜不擾建有八桂堂）五君吟詠秀峯間（顏延之爲守著書獨秀岩中有五君詠）低徊往
事空流水雲樹蒼茫擁萬山

劉青城堅

初名秉鑑字曲江號青城山人著有修潔
齋閒筆銷夏錄說部精華

贈眞州金翁

居嘗乂手思穹宇范范世事誰撐拄烏衣杜曲多
香名過眼紛紛若無覩拈髭撚帶意穆然把酒風
前獨懷古炊糜阿父牛醫兒但得望塵頭欲俯今
者聞諸道路人有士眞州近堪伍氷雪肝腸喬嶽
身譽之不喜毀無怒有時慷慨不避俠一洗人間
百年腐奔濤走海手障之禿鬢長眉力如虎子雖

杜門寡所交我曹豈易一二數想從白社歸艸堂
燦爛雙星錦衣舞（時翁年正八十）爐香琴韻高人廬遁跡
河須伯通廡山靈水秀翁獨當左抱玉田右蘭圃
天付義門樂事全年年常作秋光主

王上舍栻

字翼南號學軒著有學舍詩艸

蓉湖秋釣

只任鳧鷖點綠蘋何妨皓首坐垂綸一般秋色煙
波冷不羨淮陰羨富春

雕垢菴

何處堪離垢禪關竹半遮斷崖雲護薜曲澗水流花僧定爐烟細山深日影斜倚闌閒坐久松葉好烹茶

駱上舍學庠

字南宮號偶軒著有偶軒詩艸

擬賦登仲宣樓有懷

不堪極目仲宣樓寥落關河起暮愁細雨綠波吳苑曉西風黃葉渚宮秋峽猿凄絶三聲淚漢水蒼茫一釣舟詩酒天涯長作客幾時重賦大刀頭

登梅濱閣郎呈端翁先生

高閣弓河上登臨亦快哉花香留客坐山翠過城來白髮詩千首青春酒一杯隣園見桃李多半爲君栽

漁家

江淸風靜片雲收淺水蘆花舴艋舟欸乃一聲秋影亂月明飛下趂鷗

吳小山純

字思成居邑之閭江著有小山閒詠邵半園爕爲之序

愚谷

問訊愚公谷園荒古木稠泉猶飛澗道山自湧岑樓落日遊人去空梁燕子愁綺羅絃管歇惟有白雲留

貞義單姬祠

悲莫悲兮瞬息時二泉千古單姬祠空餘艸屋牽蘿蔓未有蓬麻結兎絲倒石墻頭山補缺流紅水面澗分池莓苔屐印村莊女莫漫階前倚竹枝

文丞相

衣冠千載拜江濆謂史可法柴市先看丞相文蘇武暫回天外節張巡終陷陣前雲麒麟東魯春秋泣杜

宇西川日夜聞但得乾坤留正氣氣成龍虎壯三軍

鄒明經乾樞

字拱北庚申選貢生邑志文苑傳云拱北少貧苦力學博覽强記尤熟於鼎革時事每舉遺文野史口講指畫顚末不遺從受業者於顧仁垣中晨格律深細古文亦豐蔚微傷於雜然洽聞殫見議論衮衮不竭愛奇嗜古學者推之拱北歿子幼其門人過朝瞻鎮居兄弟爲營殯殮卜祖塋近地葬之以時祭掃

鉏中有金鱗一尾長半尺許文采特異皆貯之破盎中

蕭閒公子居華堂屏山六曲座後張法書尊罍堆案傍爗然四壁生輝光日輪當天晝漏長下簾細炙沉水香颼颼簾外微風凉朱欄一帶綠修廊廣庭樹石咸青蒼高梧挺挺列兩行假山對面臨崇岡蜿蜒起伏擘女墻窈然深谷乃下藏靚深陰邃疑雲房圓池底甃花磁缸清泉石罅聲淙淙錦鱗出沒何焜煌含波噴沫殊洋洋主人對之樂無央慣從池畔安交床吁嗟此魚來何方奇文異釆非

尋常云胡謫墮遭厥殃茆簷壓頭開土窻墻根破盎水一汪炎風刮地塵頭黃離離水面皆麥芒垂頭妥尾身似僵想爾有知中晝傷泥沙蟠屈朱鱗戕鬐鬣何日凌波翔空齋徙倚悽復惶恨無善地堪徜徉側身清淚徒浪浪

闔閭城

茂苑央宮已刼灰湖千雉堞滿蒿萊一抔土在留遺築三讓風微出霸才隱隱波濤啞震澤蹲蹲麋鹿走荒臺嗚中賸有桃千樹每到春風次第開

邁南野草堂次韻

弓河曲處石欄斜高柳踈踈屋角遮風静搴帷人問字雨餘攜鏡自栽花精心覓句堪投錦老眼觀書不隔紗啼鳥聲多車轍少直教蕭寂似山家

題唐子緝照

覩此誰云骨相寒鳶肩火色面如盤一杯到口先拚醉萬卷撑腸得自寬刻鵠雕龍成鑿空談詩說劍總無端怒飛畢竟雄心在浩蕩天風振羽翰

尤文簡公遂初堂

荒基斷礎足淒凉道是先生舊講堂早向東林推入室晚於南宋號靈光一生著述源何遠四世綵

綸澤更長我亦齋心探道脉每從祠下肅冠裳

龔南濠南標

字高文號桂山善飲寡言笑爲詩不自檢點拈筆輒成皆不存稾

蕉花吟有序

窻前植蕉數本十年而花兩發前次爲風所摧今秋始得成蘂喜而作歌

金風夜碾青玫瑰綠雲覆日流輕飀鄂然一蕊凌秋出韡韡中擎却倒垂色比鵞黃淡而艷形同菡萏舒還斂瓣含玉琯七八枚滿貯瓊漿塵不染甌

蕉十年花兩發前度封姨曾見伐今朝復此覩瓊英質重神寒氣清越惜不移將植漢庭玉露不用金盤承惜不移將植茂陵長卿消渴肺腑清日夕對花飲甘露置身如在瑯玕圃昨來兩腋清風生夢入藍橋覓仙嫗

題朱湘樹閏重陽登高圖

朱君善畫工畫山淋漓潑墨追荆關孤雲一片出新意尋常杖屨非人間家住九峯二泉側圖成閏九同躋攀百年僅見兩玄月崇禎壬午閏九月至今丁巳計九十七年別有風光畫圖綴紅葉爭飛露較繁黃花無恙寒

逾潔對客猶誇漉酒巾歸來依舊柴桑人香山獨飲又千載香山有閏九月九日獨飲詩白水青山常不改當日若逢工畫者豈無藁本流光彩我輩登高潑舊醅賦詩何必白衣來相將選勝重重九認取斑斑畫裏苔

石浪菴山樓社集分體分韻得七律青字

植杖層波掛酒缾春風良會展初停樓高百尺虛窻白浪湧千重列岫青閒就客吟泉上石話同僧過竹邊亭醉於馬上乘船過松外春濤萬古醒

尋碧山吟社遺址懷與復諸先生

興廢非偶然當年事猶昨只今久淪滅屈指頻驚愕廢池春草封古蔓殘碑絡青山獨無恙空翠向人落我欲共素心卜此山居樂回念山中人高風久不作俯仰竟茫茫斜陽沒村郭

擬陶靖節歸園田詩五首存二

衆人營旦暮志士愛邱山邱山抱岑寂嗒焉羲皇年好惡隨異同是非謬天淵所見局所處歸歟返園田園田足清賞澹蕩心目閒兒乃風日佳有酒盈我前依依素心人漠漠隔雲煙惟兹籬下菊晚節淩層巔百年曾幾時一日聊自閒觴至勿復辭

伊鬱胡云然

昔我住幽燕悵憶清溪陌碌碌車馬喧何如晏居適登山就吟社尊酒共斯夕荏苒幾流光彈指倏飛隙與世本無關于心何役役丈夫苟有遭胡爲潮名績出處會有時欲速竟何益

鮑明經鑣

字藩宣號梅山歲貢生操行端謹工制藝其門下士多早達而梅山獨窮困以老年八十餘卒時邑大尹全椒吳公鉞好賢禮士聞梅山歿弔而哭之哀厚賻之

新年

十字紅雲路千門霽雪天人多懷少日我亦愛新年讀畫聯三友流觴過二泉梅花倚巖戶一笑是因緣

掩扉

野田雀啄豆花稀鷹犬烹來狐兎肥田父更防南澗虎北風如吼掩雙扉

朱雲谷廷鎮

字御六號雲谷國子生河工効用官河南獲嘉縣縣丞

遊仙

海客何知五岳遊山人難與論滄洲昨來借得紅藤杖只把乾坤一擔收

醉裏看雲似畫輪眞仙出入桂旗新悠悠天路何時到生怕銀河碾作塵

華處士蕭

字虞弦居邑之蕩口慎默寡營足不踐城市

村居

村居頗自適如水戶庭清衆月惟登閣經年不到城鉤簾看鳥落倚榻聽茶鳴薄暮疎林外秋雲十里平

松逕

獨留古色晚蒼蒼一路清陰映帶長幽籟作濤泉谷應春花吹粉澗池香山深未夕雲先暝樹老橫秋月易涼片石正宜琴客坐撫弦聊與寫煙霜

秋日感懷

征雲冉冉雨濛濛無限閒愁屬望中信爲情慳成抱柱恩因愛奪願當熊白頭始悔吟愁句青冢何勞怨畫工千古有心爭一瞬滿庭黃葉嘯秋風

黃贈公廷升

字勝城號毅庵國子生以子世法　貤贈按察使照磨吾師鄒二知宗伯傳之毅庵喜購書好賓客月夕花晨折簡召友刻燭分箋輒終夜不倦作詩極多而錄存蓋少仲子世則輯其遺集曰楞伽山人稾藏於家毅庵性嚴肅不苟言笑課子鞭扑殆無虛日及待臧獲童婢又藹然樂易無疾言遽色一時族黨姻戚薰其德多自愧者

雜言

詞人如春蠶讀書猶食桑食桑會作繭縷縷新絲長光采出機杼黼黻成文章無桑則無絲安得蠶繭黄奈何食桑少致使蠶工荒

送李如金錫北行

戚戚送遊子高堂垂白頭行裝猶未束瑶淚各先流菽水他鄉夢風霜季子裘早歸應切記兩地易悲秋

秋夕集司馬效慈樂志軒分韻得歡字

林深室先暝簾動響琅玕永夕聯今雨清秋足古歡鬢眉知已在肝膈與人看千里憐征雁呼羣夜

正寒

登南禪妙光塔

一粟滄溟渺大千憑空湧出妙光圓落花吳楚帆檣外栖鳥齊梁棟宇邊錫嶺一枝鈴自答金波萬頃影雙懸層層倚徧闌干角可許詩傳兜率天

飯山閣同華曠菴朱若愚司馬效慈次天鈞上人韵

寒食寒于三月三嫩晴天氣愛江南杖藜直上飯山閣呼酒徑開彌勒龕湖海客吟花雨榻石林曾掃夕陽庵古人經世非無術可怪嵇康七不堪

楊秀才炳斗

字瑞五一字艮山諸生世居邑之江溪橋以博先生猶子也性耿介葉大中丞存仁自觀察淮徐即延入幕十餘年敬禮不衰入都落落寡合惟與同邑張有堂秦敎庵兩先生善歸益貧教授鄉里讀書一字不放過嘗有丁丑二月晦詩云屈指堯元到此辰甲辰六十九回旬四千一百餘三歲三十六旬過二春句人謂其斗室中無日不神遊帝世也著有蔭柳片雲南浦等集

春感

柳眼青青舊雨招桃腮冉冉晚風嬌無端二十年來夢畫舫清歌倚絳霄袁浦依人屈指二十年矣

受業蔡　燾　濤峯校

梁溪詩鈔卷三十六

梁溪詩鈔目錄卷三十七

國朝乾隆四

以上共三十五人

梁溪詩鈔卷三十七

梁溪顧　光旭　華陽氏集

國朝

龔解元錫純

字侯復號問渠辛酉解元平生博綜羣籍尤專於三禮所著有周禮私測儀禮私測祭禮拾遺四書指要邗江草西霞新編步雲樓詩草藏于家

二泉書院

江陵於分宜相去一間耳分宜無不至江陵亦誠鄙但看鄭鄉校書院曷可毀毀之甚防川天下紛然矣朝野乃相持豈復有國是巋然魯靈光二泉書院九龍峙文莊去已久並移忠定祀（邵文莊祀李忠定公於此後李奮移建專祠）固賴賢守令虛堂亦可委清風吹竹林清泉流不已在下師文莊在上僑可企不聞古大臣休休無他技（東林志以二泉書院獨存謂神靈呵護余謂是時固無講學其中者）

讀楊椒山先生疏

不識君臣義安知逢比仁椒山自有膽浩氣欲成春當路驅豺虎懸羅挂鳳麟弇州添血淚遺墨自常新（王元美哭椒山於東市旋於家搜得遺筆半紙）

遊平山堂同華師道作

漫將儀禮質歐陽稽首文章太守堂門下曾蘇開北宋眼前桃李屬東皇捲簾山色江南好刻竹歌聲閣外長只有醉翁能獨醒後生何處問津梁

黄明經卬

字堯咨歲貢生家貧老屋數椽不蔽床席手一卷置筆硯於機杼刀尺之間丹黄不已喜讀易與朱君紹川及余從兄雙溪朝夕過從相與反覆辯論無虛日辛酉南闈已定魁得而復失士林惜之所著有易象質疑若干卷其門人楊掄葉擬梓之未也

又有錫金小志藏於家

春水

春水門前過落花天上來竹竿絲嫋嫋長倚釣魚臺

喜星五獲解

桂樹高千尺非時不許攀朱衣竟何似青眼若相關經世文章貴生民稼穡艱雖無干祿志且爲解慈顏

同朱紹川顧崔羣南華經喻玉泉先生墓

一綫黿山脉迴溪里名到玉泉斯人不可見大道竟誰傳露草人如雀風花蝶似仙遥遥南宋後五百有餘年

看菊

年年插棘引寒葩種藥分畦傍水涯穿徑掃雲尋好句過墻送酒仗隣家謂緇川星五皆余隣披星早約亭亭幹和雪還培細細芽靖節當年定如此滿收秋色上籬笆

過封君炳耀

字聲宏號蓉溪國子生少攻帖括屢試京

梁溪詩鈔　卷三十七　三

兆得而復失年六十再踏省闈終以不遇自是閉戸不出吟咏自娱晚年遵例敕封儒林郎　貤贈祖父如制年七十二卒

田家冬日雜詩

踈踈原上樹淡淡門前山農家滌場畢喜報歲功完稚子拾遺穗羣聚喧陌阡喧亦非詬厲聚亦無尤愆豈彼赤子懷實荷皇天全今年雨暘若又沐太守賢舊累既蕩洗新衣且裝綿婦子不啼飢雞犬亦晏然

東家一黌師束修恃年穀年穀既順成師道亦敦朴所説惟詩書相逢講姻睦村中有蕩子感此歸耕牧村中有寡婦守此羞膏沐昨自城中歸爲數上聲幾大族祖宗修厥德子孫食其福父老爲咨嗟子弟自約束庶幾日循省遷善若不足

華屋不堅牢再過今爲墟絲管曾幾年斯人皆焉如父老顧我笑謂此理不虛仁暴本由巳盛衰相乘除有女不閑家有子不讀書讀書亦何好明理復其初所以田野中或帶經而鋤一朝起田間鳴玉佩金魚如何悉反是猶不愼其餘多謝父老言吾里實聞諸

梁溪詩鈔　卷三十七　四

風氣野先寒吾亦愛南榮儼然坐南面萬卷擁百城融融朝日麗靄靄夕景明取足几硯間獲見天地清安知葛天民且爲陶唐賡持杯一高詠半夜鄰里驚且驚亦且喜忽忽歸無聲

陶公歸田園愛此景氣諧東籬菊已萎南山亦何佳日夕於其間長嘯將何懷不慕廣田宅又不惜筋骸千載思其人邈然不可階稷契竟何等颺拜亦可偕生逢晉宋禪乃與時運乖擁褐茅簷下吾亦田父儕家世近芙蓉山名蒼翠滿青鞋

雨中過倪雲林墓

松楸常在望一歲幾經過烟水浮家日風塵奈爾何遠山餘淡墨疎雨起微波片石孤烟没漁樵向晚歌

秋晚過秦園適值公讌避之遂登酒樓獨酌醉後作

習家池上最風流却道山公醉未休殘柳影斜還繫馬折荷聲亂不驚鷗且同太白三人飲更上元龍百尺樓借問泉邊明月下有誰獨跨九龍遊

昨夜

昨夜風霆昨夜舟一江波浪拍天浮濕雲吐月懸

珠網片片落紅隨水流

吳門歸舟遇雪

漠漠同雲閉館娃綠尊紅燭惱箏琶五更風急金雞汎破曉披蓑看玉花

張秀才鴻正

字體仁諸生初名龍鎮後改今名止齋先生之裔也積學工文至老不遇嘗遊滇黔歸仍教授里閭以終著有卷阿草堂詩藏於家

過常德有感

五世祖綰所公諱夢舟初任常德同知下車兩月獻賊兵猝至同城文武盡逸公督兵民守三日伺其懈擊之斬獲無算督撫令殲餘賊之嘯聚者公諭其降以報事上聞思宗喜曰此奇才異能也當不次內用温相害公東林沮之運鹺山東損貲築海塘工畢卽告歸

獨木又非大厦梁元黃血戰徒忙忙涇陽倡道屢追奪忠憲殉義沉方塘國脈剷削喪元氣帝怒降罰生貪狠氣吞雲夢已八九武陵傾圮無完墻衢巷哭泣官吏走干城失恃將誰望我公佐郡甫兩

月慷慨誓衆無張皇努力忠孝死守决我在不得窺金湯伺賊三日五更懈揮戈陷陣殲猖狂羽檄騰上大吏喜令入淵藪殄餘殃公曰是皆赤子逼凍餒玉石俱焚語不祥歸者吾民嘯則賊殺渠待命榮冠裳頃刻妖氛靖七澤御書親製輝琳琅天心方倚主兵柄温相獻問言如簧東林講道觸世忌運鹺東魯浮輕航築城捍海績奏蚤憂讒予告趨行裝我公本自貴公子貴藩遺愛來衡湘下車父老慶嘖嘖相公有子吾民康迄今舟次頌不輟爾世蔽芾稱甘棠嗟嗟我公公輔器顧高道誼參

翙翙所生不忝友靡愧權奸下石庸何傷君不見檜嵩二賊陷岳楊流遺芳臭今彌章

謁貴州貴陽府府城隍廟有感 并序

六世祖澄齋公諱子仁明嘉靖中叅藩于黔有惠政擢黔藩終養歸家居遣僕出外夜中回至毘陵見官船三號明燈鼓吹侍衛森嚴竪鎮江府城隍司牌中窗冠冕坐者乃家主也大驚趨歸則已無病而終三日矣康熙初有貴陽富翁患病萬里來錫設祭品於吾家振緒堂以爲轉貴陽府城隍司矣丙戌因赴劍川便道拜謁敬賦一律亦疑以傳疑云爾

不信芙蓉主車旗到眼眞去留碑墮淚遠近澤遺民振緒堂中影毘陵水上神傳家忠孝在負荷是何人

岳陽樓

年年波撼岳陽樓雲洗湘娥鏡裏秋明月一方當檻入可憐高貯古今愁

過桃源

人說陶公是寓言布帆今日過桃源一條春水漁郎路却有桃花流出村

楊清華德冲

字若元自號清華居士昜齋先生仲弟生平不見喜愠之色而樂成人美所居有池亭花木之勝擁書萬卷課其子孫著有清華堂吟稿

遊華藏寺

寺廢吳天白松雲不盡浮氣蒸初入夏麥秀已先秋麋鹿留眞住湖山挈伴遊夫差今未醒沙上自眠鷗 姜夔花藏詩夫差醉蓮宮巨浸揺不醒

雨窗嘗墨酒適星若寄鱸魚至有作

多病閉門久連朝雨似麻凍雷驚燕笋殘雪悞梅花墨酒味逾美鱸魚名可誇自斟還自勸醉裏度年華

呈鄒晉常姊丈并示式南甥

老狗兒曹意辛勤暫息肩家貧慈母瘁子少丈夫憐不盡書中粟寧論郭外田共承先世澤收拾舊遺編 時方議均產

楊學博德文

宇鶴冲號健齋辛酉舉人登乙丑明通榜官蕪湖縣教諭著有澹寧山房稿雙溪爲

之序其從弟雍度刻以行世

冬日讀書遣懷二首

凍雲凝不飛萬象含悽瘦飛廉張其稜庭暄無宿溜啾啾死雀鳴戢戢寒箨仆勞生哀須臾日夕變氣候譬彼蟻逐磨紛紛不顧後莫邪與干將晶氣騰宇宙豈其在冶時而自先躍吼嗟彼歲寒人披褐獨自守

舉手捉明月明月幾曾墜舉口吸滄海滄海幾曾匱世人何貪癡自罔還自悫探彼驪龍珠偶亦遭其睡茲理固無常何用忮且悸爨下火遞傳勞薪

自爲累貴賤自有時榮辱詎一致吾慕楊子雲寂寞太元意

塔映莊訪桂上人

天氣日夕清萬象紛在目遠山螺髻旋淺水魚鱗蹙隔林人語微雞犬答空谷此中有高僧瞑坐甜茅屋蘿扉風爲開花逕羅雲族几榻青苔生茶煙娟幽獨我蠟阮孚屐閒來訪金粟塔影空獨圓衣裳淨寒綠

書米襄陽瀟湘八景圖詩卷後

洞庭天高木葉飛瀟湘水雲吞九嶷悲風横吹暮雨急孤舟婦泣哀猿啼扶桑朝暾嵐島峙酒旗晴市村烟吹棹歌中流起欸乃蘆花隻雁懸漁衣斷霞浮空倒千刹天清鐘磬鳴漣漪沙鷗蕩漾白波没行人遠渡斜陽微朝昏氣象忽千萬天地逆旅空煙磯江邊何人泛秋月古來黄鶴無人騎我生羈遊托蓬根煙霞何處尋幽期襄陽米顛好清興丹青一幅瀟湘詩眼前奔濤懼翻覆紙角生翠流芳菲踈櫺披吟白日靜卧遊三日神怠疲乃知詩人眼力破天奥摹寫真宰直使天工悲

廣陵懷古

香消南國美人妝烟雨迷樓總斷腸今日綺羅絲管裏春風吹不到雷塘

午睡

飄搖綠翻除狠籍書積案晝長睡未醒苦被踈蟬喚坐揮麈尾麈單衣被微汗不蠟阮孚屐莫學稽康鍛人生貴無事好事非自玩胡爲飯牛人浩歌白石爛

獨坐

天涯雲去盡獨自倚殘陽山鷓啼晴晝村鐘度晚凉半庭花影月一夕夢堆牀却怪雙魚杳低徊思

故鄉

宮傅張文恪公泰開

字履安號有堂壬戌進士累官都察院左
都御史加　太子少傅禮部尚書卒年八
十有六　諭祭葬謚文恪著有樂泉詩集
文恪晚達年五十餘入翰林以鄂西林中
堂薦入　上書房
寵眷優渥半載三陟其官在　上書房二十餘
年至老不倦嘗坐累逮獄
上察其誣文恪猶不置辨以是傳忠勇公益重

文恪事旣白
聖主深恩有加無已年八十
予告回藉
御製七言詩寵其行有飄蕭白髮三千丈旼廸
青宮二十春之句朝野榮之歸與鄒宗伯
小山輩爲十老會隺髮童顏又六年而歿
時元孫瑞芝已二期矣

華嶽

五度仰泰岱今復來關中關中設天險河岳環秦
封陰陽畫兩界軒豁開鴻濛奐見太華峙直與八
柱崇岌嶪五千仞俯瞰咸京東終南及太白呼吸
帝座通我來正秋杪霜花結晴空縹緲仙人掌森
秀玉女峯下有十八盤排列兒孫同雲物多變態
游屐誰能窮昔聞柱下史青牛記仙蹤墜驢發長
笑亦有希夷翁昌黎頗好事歷險搘枯筇謫仙發
清興鼓勇披蒙茸賢達喜周覽竊願相追從放眼
眇滄海揮手招冥鴻會當振鵬翮一舉凌罡風

渝城即事

巡檐花木鳥綿蠻消受江城景物閒何事客中頻
早起鈎簾危坐看巴山

守歲

暮景光如駛連宵絳燭然自憐仍故我却喜又新
年兒檢通家帖孫譁押歲錢老夫無一事枯坐半
成眠

丁卯仲春秦味經少宗伯邀遊玉泉山西湖
即賦

芳郊聯袂快招攜草軟沙明趁馬蹄社日乍開雙
燕幙晴煙初放綠楊稊千重山色排青嶂百折泉
流捲白堤久說蓬萊今始到　鑾輿常駐五雲西

出居庸關

君庸天塹控遥邊匹馬能當十萬弦開府貂璫尊一品護陵鐵騎號三千軍都王氣消磨日長白真人禪受年亘古雄關稱地險內官遺禍鑒從前

定州無魚州守餽二尾有賦

紅尾青鬐尺半圍江鄉風味此間希漫勞安邑猪肝餉絕勝吳淞鱸鱠肥翠釜檮薑香細煮晶盤落筯雪橫飛他年歸向蓉湖住擬買村南舊釣磯

澹園胡先生在

光旭受經師也字庭瞻號澹園諸生爲經師五十餘年年七十七卒吾師殁廸因時

曰無欲速速成無大器循序則樂而易入躐等則艱而鮮功其教以引而不發使人自得爲主而言乎古必該乎今著於理必極於事學者雖未易窺見本原固日有進而不知也光旭受知最深而自丙申歸里距師之殁二十年典型不遠遺稿散佚其咎奚辭茲從故篋中得囊所錄詩一首猶吉光片羽也

四君歌并引

四君者筆硯紙墨也書帷不卷似有人開午睡初醒若爲予告蘇老泉傳文字之祥晉右軍著陣圖之用斷金碎玉濡染銀豪類月酒星交光雲棐下士所無信矣故人相對依然同有好懷用訓長句

庖犧手畫天地開未有竹簡奚刀書當時四君在何處其道自寓皇墳初我昨隱几遊華胥道逢四君來揖余巉巉崇巖出清氣五色雲心龍吐珠泉星燦燦列奎斗凉風拂拂吹林於元霜古煙落松翠麥光搖動連雲鋪四君不言發微粲諦視頗得詳形軀一人綠睛面鐵色一人銳頭微有鬚一人

白皙脂凝膚一人羔裘豹飾袪云是松滋古大夫銳頭公封管城子昔者韓愈嘗傳諸楮先生名見史記石君家世端溪居茲四君者相友善仕止久速必與俱譬若子房招四皓婆娑殿上相追趨不爾林泉結鄰住澗跡闤闠亦自如坐榻無氈塵不除相視莫逆來吾廬爲君沽酒滿眼酤酒酣高歌意踟躕乞君一言君曰吁予知架上卷軸乎孔子臨河喟然返棠悟實始招吾徒暴秦無道且坑儒焚書豈復存典謨吾輩掇拾煨燼餘聊與後世明區區如今縹緗供蠹魚汗牛充棟良愧吾或且編

柳兼截蒲知子用意亦不殊勉竭吾力爲馳驅成敗利鈍吾誠愚余始警寤猶邁邁日映書籤日欲晡彼四君者竟安在筆牀鎮紙硯墨濡嗚呼噫嘻四君是爲薦寒菊霜花腴捲簾助我歌唐虞

顧秋圃忠

字友京諸生天石公長子所著有遺深齋附稿秋圃詩鈔雙溪兄云伯父壯歲遊歷楚蜀齊越間詩益絢爛晚年寂處乃神似放翁矯矯如天半之鶴峭峭如霜中之竹今遺稿散佚幸存朱檲香手錄一卷皆中

年以後作謗齋兄云伯父蹭蹬場屋貧賤以老儆廬數椽在南郭外風雨不蔽意泊如也

贈鶴

碧落蒼蒼路本寬稻粱雖好豈懷安遂翅池館梳翎意浩蕩雲霄側眼看警露無聲常閴寂附書有約肯盤桓怪他斥鷃槍枋上翻笑飛鳴九萬摶

滄浪亭同楊若千作

臨水何須更傍山一拳邱壑借塵寰誰其有者庸非我得許頻來豈等閒酒肆勿嫌鄰寂寞茶鐺且與責潺湲茱傭牧豎相嘈雜祗訴茅檐飽暖艱

柬朱五檲香

判年客西江忽忽垂橐歸自秋徂冬春二豎苦肆威出門既鮮歡禁足長闔扉閒翻行役編前遊想依稀叢殘敝篋中自笑完什希念欲付祖龍而重爲斂歙猶憶塗抹時妄謂或庶幾稂莠詎盡芟阡陌署暗晞譬彼無名花春來亦菲菲又如腐草螢宵行美餘輝把玩固不堪寄託意頗微或曰姑補綴天吳短褐衣因之復有作呻吟忘是非吾友檲香子咳唾霏珠璣騷壇盛赤幟試拈恣指揮愛我

獨忘醜索觀屢奉幃忸怩就商酌聲病瘳可祈慎勿示他人老矣畏訕譏

憶嚴灘

歸來忽憶過嚴灘曾肅衣冠拜石壇畫壁龍蛇仍漫滅刺天松柏亦凋殘桐君故里雲山近朱鳴歌聲涕淚乾此日臨風重惆悵幾人能不負漁竿

過殷其章故里有感

莫愁湖畔青淹留三徑重來問舊遊酒肆猶然傳斷句泰關不復返貂裘悲風古道應多恨落日空庭別有秋我比羊曇倍悽愴幾番揮淚過西州

南唐

彈丸國土寄江皐也復清談踵六朝殷鑒竟忘陳後主仙根枉託老神堯水流花落春都盡客夢羅衾恨未消小令只今留幾闋淒凉不任管弦調

偶成

薜荔墻低面古堤度阡越陌杖頻携崗搖那復思吞篆劍謚何當蹴舞雞百尺樓高誰上下三間屋老任東西從他歲月如梭擲獨喜靈光未盡迷

衡門效劍南體

兩版衡門面綠疇聽鸝拄杖任夷猶飽看摩詰詩中畫盡破桓伊笛裏愁蓋世功名由本分老年衣食肯營求問從田父占晴雨一事關心是有秋

初冬再送棡香

楓林夕照望中酣分手斯須復駐驂書記即今誰阮瑀舊人如我亦何堪已更行計應難再重唱陽關又第三廻憶離亭前度柳折來猶見綠毿毿

石門柬楊東表

恨不攜君續舊遊爲君先路覓丹邱未知門待何時啟須信仙非有意求觸石層雲疑太古薄人嵐氣總深秋炎腸熱症能消骨一劑清涼到此投

咏走馬燈

豈是咸陽楚炬紅也非赤壁走曹公一星祗合分江上百戰驚看戀箇中金鼓誰家疑助陣喧收何處似爭功落燈夕近烽煙靖蠻觸紛紛轉眼空

吾廬二十韻

吾愛吾廬好居然在澗阿庾園曾作賦蔣徑孰相過滌圃受明月披牆分女蘿不須愁鬼瞰長爲謝鄉儺逆旅姑投足勞生任擲梭蓋頭茅若此果腹計如何盎莫盈升斗裳唯製芰荷寒氈真戀我肱餒笑由他聞說王侯第常營錦繡窩千門勞鎖鑰

十笏渺山河洒畢斧斤築旋張燕雀羅臨春朝奏曲商女夜停歌豈乏綢繆計其如風雨多樽空悲北海夢醒笑南柯陋巷無妨樂浮家且狎波生平原鈍拙時至亦蹉跎短策雞豚社扁舟漁釣蓑竹窗歸偃仰老眼屢摩挲所望田疇美無愆歲序和免憂珠與桂飽卧老僧窠

病中喜朱五棡香偕陳翁掌衡見訪卻贈

竹榻呻吟梳白頭叩門却喜有羊求羨君早訂看山約笑我慵舒望遠眸稻隴香生三寸雨柴扉坐老幾分秋且當扶杖橋參伍把臂溪邊上釣舟

顧嘯軒龍振

字凌蒼諸生有嘯軒詩鈔

無眠 、

何事尚求全不才休問天蟬聲秋暮客鴈影夜深船小病淹逾月長愁怕近年孤燈耿耿在擁被正無眠

晚行

只有雲山愜所求無家行路任悠悠羣鴉噪晚孤鴻遠萬木凝寒一水流泰缶未應慚趙瑟緼袍豈必傲狐裘蕭然無與涇皋望筆墨而今且亦休

顧教授乾

字用尊號惕齋壬戌進士官池州府教授家貧力學窮經外一無嗜好嗜茶及歸老涇皋足不出戶晨興洒掃即自烹茗啜之談經終日不倦嘗曰寡慾莫善於讀書爲文莫善於養氣葢自道其得力也

池州學署作

洒掃池陽半畝宮弦歌聲遠水流東月窺孔席餘殘夢花落顏瓢有素風此外無奇峯似玉箇中自得氣如虹瀉湯久識茶三昧手自烹茶活火紅

九日同人慧山登高歸舟有作

四時佳景重陽最千古登臨我輩同縹緲長繩難繫日颼飀破帽不禁風羞從白首過吟社滿載黃花上釣篷新茗烹來雨前綠蕭蕭兩岸醉丹楓

積書巖下小憩 在端文公祠內梁汾公所築

積德百年興禮樂積書萬卷拜蒸嘗我來半日蒼巖下山鳥銜花當瓣香

金蓮池水起微波士女年年橋上過記得罏塘秋雨歇看人來往數上聲青蓑

巖石苔封蝌蚪文秦皇鴟外未曾焚若教世世常

能讀何處青山不出雲

蔡處士紹元

字文清號西疇居邑之板村今其地蕣尖橋西疇所築也西疇一無嗜好獨好吟與二三詩友相對銜杯築村南烟舍終焉卒年七十著有拊掌剩稾

初冬喜王蓀服乞假南歸

釋褐初登鵷鷺行乞 恩定省促歸裝人生底事娛親好晝錦堂前話 帝鄉

丹楓黃葉小春天好浣淄塵第一泉若問王曾志

何事君民堯舜韻朱絃

蘸將鴻筆灑爲霖點入江南父老心我望古人思
一見直從韓范到如今

立春日西村話雨

送臘雨連夕迎春酒數杯兩山當面落一水到門
迴顛乏擘麟手詩慙繡虎才縱談多故舊更漏莫
頻催

聞天鈞上人移住華藏寺欲其速返故林却
寄

古寺重湖外眞僧無住心彌天飛有錫初地布皆

金敬仲烟痕沒王公翠影深寺壁舊有柯敬仲畫松王孟端畫竹今皆
無春風杜鵑發莫忘舊禪林石林杜鵑最盛師故居也

酬王五福

莫笑先生屋打頭白雲多貯短窗幽批風抹月老
無用課雨占晴坰有秋折得芙蓉還茂叔飛來蝴
蝶認莊周三年小住華胥國欲擬菟裘置一邱時擬築室郁南

次嚴丹生韻

連朝風雨壁欹斜拄杖相過路未賒曲水東頭深
竹院石橋南畔野翁家一生幾費遊山屐兩部爭
鳴遶徑蛙滿載二泉期結社衙門留客有新茶

丙寅除夕

臘盡今宵火急催故應青鬢各摧頽千村日落歲
云暮半壁燈明春已回過眼繁華流水去惱人心
事逐時來癡獃賣去紅爐熟且命兒童撥凍醅
莫問荒墟長短更消除傀儡且教平寒梅向我傳
春信臘酒隨人學世情耕鑿清時安舊業登臨佳
日趁新晴來朝共覩風光轉第一村前好聽鶯

村南雜咏

綠溪水滿柳條長此樹婆娑老更狂爭似森森抽

碧玉行鞭新筍列成行

映兄小試戰捷王子代爲詩贈之如老人胸
臆間語雨窗無事戲呈截句四首以復王
子存一

知時好雨徹殘更曉看分秧逐隊行牛角挂書誰
問字前驅甘作老門生

臂痛經旬轉輾臥榻漫成截句二首存一

投老眞同秋社燕倦飛何異凍癡蠅藥爐相對風
兼雨絮帽蒙頭守一燈

秦儀亭義均

字敬資稚川廉訪之兄著有含煙閣集

山行

停橈走東山步步躡躧跡初疑絕徑阻廻峯路轉關踈松蕩長風颼颼散晴碧微聞樵子聲何處仙人奕坐蔭蘿陰清俯瞰雲氣白流出前山鐘蒼岩露新月

朱香雪廷鑑

字夔一有詠錫山古蹟詩一卷名香雪齋集桐城張文和公序而刻之曰朱生追蹤風雅託意甚高吾於是有取焉

倪高士雲林故居

抱潔竟何徃煙霞與卧遊嬾非充隱逸高不事王侯心跡雙清絕江湖萬古流故林還似畫澹澹片雲收

蔡西邨烜

字暘谷諸生有西村詩草杜雲川太史謂其村居雜詠閒澹有儲王風

漁父

臨流忽悵望幽興讓漁師泛宅數家住生涯一釣絲鳴榔新月下晒網夕陽遲領取江湖樂魚肥酒滿卮

莫古桐健

字文叔諸生著有古桐詩草

題菰川莊 按莊去菰瀆橋三百餘步明華補菴先生別業捨爲寺名福成菴

裙屐風流地凄凉一水邊鄰分栽藥圃門對種瓜田綠雨荒堤竹紅衣落渚蓮吟成倍惆悵明月下菰川

追悼江三省

只今猶是淚沾巾總爲斯人迴絕倫無命文章梁妙士有情歌哭楚狂人連牀夜雨三年夢孤櫬空

堂一尺塵磯褫遺雛誰復顧平生風義愧交親

春夜清溪泛月 按朱欄香筆記曰乾五爲予言此文叔絕筆詩也

擊楫高歌天四圍傷春懷古送餘暉溪山無主僅芮屬花月多情哭布衣絲管誰家浮桂櫂鳧鷖是處上漁磯梁鴻范蠡精靈遠煙水空濛獨鳥飛

華長公纓

字飛翮太學生劒光先生長子

集望益樓分韻得月字 樓在鄒園今屬錫山書院韓城張公題額

神仙尚難留歌舞豈易歇茲地幾興廢英靈自公發面山敞高樓依簷蔭林樾蔚爲翰墨場睥睨山

水窗公身雖庖廟遥睇必拄笏偶來恣吟眺神理坐超忽言披北窗風還邀西嶺月月生東海頭了了見銀闕

杜逸軒漢階

字紫仙號瀛槎諸生著有逸軒詩草世醫精于外科

五湖懷古

一睇三州無數秋五湖風景短篷收天臨上下青煙抹地圻東南皓月流山邑不隨西子去濤聲偏爲伍胥留欲澆磈礧須千斛七十峯尖當酒籌

哭鄒鯢程

嗚呼吾友不可死上有老母下幼子母老八十有四齡子幼年纔八齡耳長女早寡次女幼季女呱呱襁褓裡家徒四壁剩殘編硯田一片貧如洗憶我昔年初識君兩人落落心私企相逢面目冷于氷相交意氣濃如醴晨星歷落肝膽露真朋友若親兄弟文場鏖戰必深入生面力開窮奧理可憐命蹇遇合難生平不獲一知己曾向西秦作遠遊半載往還踰萬里扶櫬窮途挈孤寡伊兒鷺洲招赴龍德任到後兒歿扶櫬歸里非義錙銖絕染指茫茫天道竟無知不料斯人遽如此託妻寄子力不勝撫膺不覺淚滿紙

王處士曦

字乾五號草齋著有蓬廬吟稿

舟中懷稠香兼寄友京長衡雨先生

出入同里井弄月臨菰川蕭蕭蒹葭影送我上江船沿洄安得住一棹隨流去去日日以多寒潮沒汀樹懷君多著書白露下庭除南郵數晨夕煙水渺愁予

俞寄齋鳳翔

字岐徵寄齋其號也諸生有志節工詩文

襆被遊京師入成均肄業益肆力經學公卿皆折節與之交著有寄言四卷秦文恭公稱其醇正通達其易卦圖說尤多發前人所未發而寄齋十試不獲售居京師不事干謁與人持論謇諤不阿肄業期滿議敘亦不就

庚申三月于自京適交至六月旱無雨交城侯公憂之切步禱于邑西南青龍洞三日得雨霑足民悅焉爰敘其事誌于篇

客從燕都來狂飇吹馬鬣暮春雨愆期徂暑歎旱魃何以藝黍稷何以活家室我侯才且賢日夕心憂煎欲爲民請命難以力回天身齋與心齋祈禱轉旼然前席問耆老耆老爲侯告邑之西南隅衆山環若抱蛟龍藏其宮昔年旱曾禱我侯聞斯言行之恐不早昨者篆析于曾向汾水雩三日雨滂沱婦子盡歡娛（徐溝亦旱侯攝篆時虔誠步禱三日內果得雨）靈川亦子民忍令泣向隅科頭且跣足徒步來空谷攀援登其巔俯瞰足縮縮長跽切自責萬民見心腹捧茲水一卮舉國聲如馳鼉鼓伐淵淵佛號誦遲遲感

深報難稱肢體亦毀之天心殊未定恐未邀敬應願減身壽筭高高動天聽何辜今之人天道豈冥冥爲我謝火帝羨雲陰四驂爲我勅風伯吹雨沾九陌雷霆轟其聲電閃掣其明甘霖忽下沛大雨及時行農夫忭于野官吏慶于庭四野盡優渥萬民無訟獄史書書大有至足在菽粟從此禮義生仁民移風俗

題介閣學野園小照

進步何如退步寬坐來無語覺神寒隱囊紗帽延令雨竹影荷香寫古懽青史幾行鴻爪印黃粱一夢烏啼殘煙波江上吾廬在乞與垂綸借一竿

秦封公春田

字賡和號溪隱宮諭對巖先生孫也少工舉業與胡太虛蔡芳三諸先生爲文字交屢踏省門不售世父給諫南沙先生以藩邸事牽連在獄十餘年公左右甚力其他好急人難一本至性晚年季子震鈞官太守公命倡置贍族田賙其宗人實則家無一壟之植也公累封如震鈞官年八十八卒

錫山書院望益樓讌集（樓故愚公谷之枝峯閣也後名錬石爲羽流所栖脩復之以屬錫山書院亦稱張公書院蓋督學使者韓城張公戾止于此顏曰望益取江文通擬陶詩開徑望三益句也夏四月家君招同諸先輩及邑中名儁挈羣從賦詩其中即用擬陶詩爲韻春田幸陪杖履得與壇坫之末實厚幸矣）

山水皆故物無窮日生生雨餘草木長寓目湛空明伊昔茲閣中綺筵列雕楹變遷亦多端羽客來吹笙何幸資講席吾道有干城達人無苟取所貴非簪纓仔肩一綫微千載以爲程薰風惠然至座上梧桐鳴一倡復百和流韻金石聲試聽泉石間好鳥鳴嚶嚶宏奬本性分三吳盛羣英（原註家君將延致三

吳羣彥倡文字之會斯文永不墜大雅孰主盟

華東里紳會

字進思太學生工歐陽聿更書王虛舟先
生竒弟

雲光篇上南河顧制府

出岫春寒到眼融非煙非霧散晴空頻移棐几湘
簾外遥閃青山綠水中江漢疾驅波瀲灩衣冠微
惹日曈曨若教飛傍三台上太史書成報歲豐

華半江淞

字溉山諸生少工制舉文受業王虛舟先

生最久大小篆書有出藍之目兼擅鐵筆
倣秦漢章幾不能辨貧老無子獨居一室
圖書自娛泊如也卒年八十有六

與嵇生導崑論篆書

羲軒圖書後文字從此始頡仰觀俯察六書分原
委象形爲字母指事著其似會意在比類諧聲母
生子假借借他義轉注音韻比子雲作訓纂公彥
任校理解字十四篇功推叔重氏五百四十部部
序有微旨一始而亥終楚金註所以五音韻譜行
此書沒荆杞諸家作訓詁立義有臧否說繁不足
徵正譌譌未已岣嶁久無碑檀山亦妄耳陳倉獵
碣鼓至今石未毀太學戟門中妥置平如砥昌黎
作好歌傳誦百千祀信哉史籀書篆隸開邕喜祖
龍巡泰岱丞相書頌紀爾扁應勢行圓硬神其技
碌礫焚燒後重刻樹槐里燕瘦與環肥面目不同
矣有唐得李監一時誰並峙搆法繼籀斯鼎躍龍
騰水珊瑚交枝柯百世共尊美偏旁雖變易生動
在全體所以篆不亡至今稱二李宋代暨元明作
者亦踵起子昂天機淸玉女弄瑤蘂嗣各樹一單
特不取俗士流獘至草篆識者心所鄙守正不狥

人汲古搜根柢神怡志專靜興酣筆落紙當其運
腕時霹靂不驚視圓勁瘦參差篆法備于此

秦漢印歌示導崑

鈕螭辟邪龜兎羊色青紫黑金赤黃埋土剝蝕生
古香鐫鑄分製各擅場爾扁倒薤圓不方細膩熨
貼順陰陽鸞廻鵲顧鷲翶翔兎蹲烏立蛟騰驤雍
容冠冕垂衣裳琱戈寶戟爭銛鉍撫畫變化誰頡
頏何震文彭宗子昂法趨簡易歸堂皇庶幾萬一
堪桸航纖綺怪僻非康莊篆籀遺跡今渺茫秦璽
漢印留吉光

秦明經躍龍

字山公歲貢生未能先生第三子春山先生之弟少以制義稱選本朝文約編家弦戸誦嘗遊粤東爲山長粤東多士受業者至今猶奉其栗主於家詩有粤遊鶴峰等艸

舟次皖城

開府牙旗扼上游長江門戸望中收濤陽西接斷黄火彭蠡南通章貢舟掃盡流氛聞唳鶴看他戲浪浴閒鷗吳頭楚尾空天塹殘照西風滿荻洲

梁溪詩鈔 卷三十七 三十一

邵明經之鵬

字上九號南池歲貢生戺園先生之子黄可亭云南池師學養邃密時藝淵古大令書法無忝右軍晚年造門請者幾於鐵葉畏限矣門人黄世則謹識

半樓居士自松携蓴歸邀同人賦之

豈必薄世味臨風憶蓴羹興發思吳淞荷衣易華纓張翰去千載誰復同此情逍遥浣花翁榮咨都不攖烟篷入三泖筠籃摘柔莖露氣含朝鮮爪甲生微馨傾筐付中厨聊佐醉月觥鮒鯉那可致鹽豉濕登呼彼白雲侶香飯炊青精

趙布衣繼益

字武愚號惕閒止齋之兄同隱南里惕閒著有而已集湖北遺草集中如梅風吹釣艇竹露點僧衫佳句也以通體未稱逸之

述夢

江上羣峯合行人畏杜鵑林開山口月潮落渡頭船雪裏春光泄雲中石磬傳隔溪誰倚杖疑隱復疑仙

華桐川宏顯

梁溪詩鈔 卷三十七 三十二

字臣若號叔度象五之子著有桐川稿

抱痾不寐

寂寞真同退院僧百年蓬梗復何憑春風二桀依江表秋雨相如病茂陵荒圃新花香入戸小窻叢竹影窺鐙昨來夢落家山外蘆葦蕭蕭月滿窗

華韵濱三曾

字允斌號韵濱緝亭先生之弟終身苦吟人也遺槀散失無存登其流傳人口者一絶云

重赴點留别親友口號

三尺童孫七十身重行萬里別交親蕭蕭白髮天涯遠他日誰知華韵濵

殷處士恂

字統援公貳之子也

同別張太守

一長我愧南州榻詩禮金椎琢大儒說項齒芬噓下士鑄顏模範藉洪鑪可堪鴻鴈驚魂夢况復氷霜點鬢鬚明發扁舟便歸去此行眞不爲蓴鱸

華秀才汞

字世求諸生居蕩口占籍長洲庠名二汞

著有讓齋詩艸

和中以先生韵

築室湖水上喜不聞剝啄野花香襲衣山蔬足果腹坐石看雲起種松留鶴宿庶以忘世慮詎邀无妄福画成烹鳳團詩就浮蟻綠惟應素心人相從訪高躅

張處士鉞

字式南處士盲於目嗜吟詠著有也云詩稾

燈花

變幻寧非造化功聲聲漏箭玉丁東從來不仗催花雨只是生憎落葉風漫道向陽春早發也知近火蓴能紅莫將碁子輕敲下多少繁華轉眼空

孫上舍嶅

字駕山號嘯岩國子生著有映雪齋偶存

自嘆

弱冠恣冥搜意不在青紫子史頗畋漁邱索訂亥豕不畏二酉艱寧肯一簣止三才探靈源五行研妙理職官覈古今人物識臧否泛涉及韜鈐微茫辨星紀自負經濟才人謂寥廓士無何大謬誤神

形忽昏涬訂交俠少場誓別管城子風雪携樽壘晨昏角盧雉或爲下賢歌亦折幼輿齒淪濡二十年樂此不爲恥田園無一存盧舍經四徙課兒少縹細養親缺甘旨親串姍且憎鄉曲笑而指回頭數舊遊百中無一是倏忽夢初覺復擬鑽故紙吞刀可割腸下帷自茲始周處能自新貴在剸斷耳而我心慕之精力非其比前途修以長病骨難振起蒲柳先秋凋問年未應爾性海今始澄流光苦何駛眞成井底蛙還類道旁李裹足羞見人赧顏冀速死衰遲懷少壯感嘆何能已

雜感

荀卿亦有言天地無全功浮生寓宇內百歲良易窮方寸能幾何奚堪百憂攻憂多斲精魂瑤艸成枯蓬卧龍輔蜀漢識畧誰能同酬知仕飢溺大星隕秋風閉戶亦可爲我思龐德公

少慕猿公術捷若神龍旋尤愛莊周文意象超䠶筌尋與劇孟遊不爲禮法牽擕蒲耗壯心彈指失盛年拯物謝弗能謀身尚茫然慵呈和氏璞恥着祖生鞭棄世世亦棄神往箕山巔

一事詫仲翔生平兩知已謂亡友徐子斅川姚子栢莽相見無

寒暄辨論祇經史落穆交以心雷陳差可擬云胡歲龍蛇長卧俱不起兩君方盛年委形白楊裏念昔彌悲今豈僅失臂指血淚灑龍山腹痛過東里緬維平生歡譬若江帆駛登高左右望憂傷何時已琅邪王伯輿終當爲情死

歲暮杉泉偕余之廣陵冒雨放舟中道値風雪阻淺阻氷詩以自遣

稚孫剛丱角也解送登程歲稔鄉園好家貧骨月輕崎嶇悲世路萍梗愧吾生扶病江都去難於蜀道行

與周子葵心夜話

異鄉啼笑等蠅聲路鬼揶揄未足驚胡馬越禽遊子意南箕北斗故人情極知別後懷春樹先怕樽前唱渭城明日臨岐須痛飲欲行惟有醉中行

淮城有感

莫向淮陰理釣緡濁流無處覓纖鱗何如暫袖持竿手商略嚴灘與渭濱

濟寧劉蔚恒招飲即席口占

神交曾不間山川此日相逢各斐然置驛鄭莊多重客校書劉向下真仙清音豈厭琴三疊痛飲能

消酒十千名畫法書看不盡祇疑身在米家船

陶秀才灝中

字叔和號卓亭諸生東籬翁子仲敦明經弟也叔和與兄俱以工制舉名一時而以餘事作詩初雍正間有詔舉茂異未堂侍御其族兄也稔其才將以其名上東籬翁曰賊夫人之子固辭叔和遂終守庭訓以老所著有養真詩艸

忍草菴夜坐答衡南

孤抱罕真契獨來秋谷陰文章知汝在肝膽爲誰

夜集半園聽劉贊功彈琴

北風捲地寒夜長主人置酒臨高堂座中有客撫焦尾令我僕御皆感傷悲音鬱鬱逐風起病鶴翩翩飛不已皦如八月九月天坐我千山萬山裡先生本是山中人曳裾恥向王侯門一貧獨有煙霞癖五岳偏餐言笑新丈夫生世當自彷遭時龍虎風雲翼不然抱璞蒼巖間誅茅躬耕理亦得安能齪齪苦趨時呢呰悚斯而嚅唲學佛學仙非我事越裳猗蘭私淑之曲高每娶衆口啞俗不同調徒見恤古人道在窮不憂琴乎琴乎何所詘嗟余寄

命江之沱十稔不足二十多有詩但爲乞食賦無弦可奏薰風歌酒酣徃徃思一用久矣周公不入夢石鐘湘瑟尚絶聞今乃得聞古雅頌從來妙手不易尋如此好會夜復深請君爲我再一鼓一洗偪側之煩襟七弦重響岩壑窈一闋未終天欲曉清霜滿地列星稀庭樹啾啾動棲烏

李髯寫山水

松堂晝掩東風靜花放鶯啼日初永髯翁睡足潑新茗坐對青山寫春影斯須尺幅吐崑崙蓬壺三山一筆吞珠林玉竇烟雲温桃花流水漁人村此深石屋寒煙集雲闕野月沈浩歌情不盡終曉坐空林

題護瀆李氏紫筠草堂圖

山泉百尺飛簷角空濛山翠當牕落蕭蕭紫玉立千竿中有幽人久棲託草堂結構山之幽屋上青山屋下流縹緲九峯掃朝黛瀠洄一水横清秋盤根老樹半枯菀遠近參差非一色移舟谷口誰問津款乃漁歌數聲出綺塍千畝足耕桑村舍溪橋路渺茫連宵新雨漲山麓稻畦決決鳴陂塘黄冠一笑輒相訪茗椀詩筒何跌宕興來寫作紫筠圖

琳瑯拂檻煙雲颺君不見出山遠志仍小艸紛紛朝市何足道爭似君家護瀆濱溪山結伴常幽討

靈巖

草色不可極微微香徑開美人誰復見落日一登臺複嶺松風呼平湖秋水來浩歌天地濶山月照吾杯

紫陽庵

山風吹雨散杖策一幽尋返照穿重壑飛花過別林雲開松屋古竹暗石門深不見驂鸞客空庭下野禽

時匠意得天巧羣峯沓壑元氣抱秋毫蟲鳥盡跳
踔神力所到無大小妙處有口不得傳但覺手敏
心自閑縱竭智慮焉可攀無乃有數存其間嗟我
團團驢走磨平生才拙眼空大老至轉勤南畝課
窮來但臥北窻餓今見老髯盡嵯峨懊每精力虛
蹉跎青山滿眼不能往吁嗟老髯奈爾何

施主政鼎

字龍文號立亭壬戌進士官陵縣知縣秩
滿候補主事丁母憂囘籍服闋後請終養
亦遂以林下終焉卒年七十有三著六有

齋稿

除草

迂疎常閉戶堦草蔓難圖雨過根堪拔身閒力自
輸折腰何太苦露體未爲劬無那秋聲急寒蛩泣
向隅

朱秀才錦江

字懷祖諸生居邑之楊樹園嘗遊閩歸教
授鄉里弟子遊庠登科者甚衆也

題王中立印譜

八妙皆吾道雕蟲豈不然周黃寧小技秦漢未終
湮性拙偏宜古神來自任天青瑤問奇字眞羨筆
如椽

上元山行即事

山意已銜寒尋梅步屧寬林禽驚笑語野犬吠衣
冠欲避傳柑飲先將刺字漫遥知燈市裏今夜滿
城看

受業 徐嵩 朗齋校

梁溪詩鈔三十七

梁溪詩鈔目錄卷之三十八

梁溪詩鈔卷三十八

梁溪顧 光旭 華陽氏集

國朝

明經陸先生庚

字炳西歲貢生光旭業師也先生貫串六籍陶鎔百家勃窣理窟中深造自得爲文操筆立就試輒冠其曹制舉文如陳百史四十大家鄭崧陽五十大家俞長城百廿名家與夫定待在閣韻得諸選暨武曹屺瞻荆山漢階諸刻硃圈墨點批本皆蠅頭細字于三百年來升降得失之故沿流討原窮其變而指其歸嘗謂王守溪吾無間然至吾鄉涇陽先生一代大儒其文與朱子相發明誠有以合乎聖賢立言之心未可於制義中求也或問先生當別有制作答曰自慚識字少何敢著書多葢欿然不足如此

懷俟齋

水潤雲多處冥鴻未許尋桃花流不盡黃鳥語何深寂寂一雙鯉泠泠三尺琴牀頭餘翰采常得比

南金

張處士家鳳

字希仲工爲文其師王虛舟以爲能年二十遊京師屢試不遇性好古法書善鑒别見唐漢名帖能審定眞贋及時代先後家甚貧館歸安令裘魯青署歸安有民婦與人私而所私殺其夫者獄具裘以非同謀欲出之時希仲在座大言曰趙盾不討賊爲弑君許世子不嘗藥爲弑父是不可縱也遂論死後希仲夢一女子披髮持劍搏

膺而至曰我無死法君何助之急也以刄刺之旦日其刺處痛甚遂歸歸數日鬼復至愈厲使巫覗之如夢竟死凡所藏悉售蘇州書賈

道場山和裘明府 時明府以土人爭地界侵某墳赴勘

吳興碑版暮烟横朔氣凝寒雪易成鼓角一聲魑魅走髑髏千歲齒牙生無言翁仲眠荒艸欲扣山靈聽大鳴何處與君尋范蠡五湖一笠釣船輕

荅友

若問春秋大事無過兩字尊王所以甲甲功烈亦稱九合一匡

施安化禹言

字成允號詠齋歲貢生充鑲紅旗教習期滿授安化令政廉靜以老乞歸百姓攀轅百里之外歸而爲續碧山十老之一年八十卒詠齋性孝友而諸弟中與四弟禹德尤篤禹德事之亦如父云

哭茂園四弟

英英茂園弟墮地氣如虎憶昔我嚴君中歲方毓汝我年已弱冠攜持任掌股嚴君嘗詔予書生大

迂腐期爲席上珍邪復百夫禦阿四頗明達可以持門戶是時食指煩懋遷仗行賈汝年越成童遂當此艱鉅不辭瘁心神不惜離寒暑蠢也通經權管氏識取與業遂日隆隆不羨海濤煮下以給諸昆上以樂吾父堂上壎篪鳴庭前綵衣舞里中詬誶風聞之輒消沮仲兮與少游千秋見遺矩而我頭已童　帝簡令三楚三載勵飲冰告歸上官許袖籠七澤烟衣沐三湘雨蕭然囊倒垂無計返吾土弟也寔知之健步進貲斧風前十幅帆浪底數聲艣九隴笑相迎樂我天倫聚庋幾林下歡長聯

雁行序嚴霜折棣華大厦傾梁柱焉知垂盡年復此雁薄祜肅肅繐幃輕搖搖銘旌舉杳杳即重泉悠悠思禦侮汝子幸亢宗汝孫復繩武好客且能文不久光遺緒九京諒有知持以告列祖余今復何言默默蓮心苦痛哭返柴荆思君夢中語

徐處士流方

字玉川號杉泉少學舉業以病棄去少長長身玉立多識前言往行於書無所不窺尤熟精文選著有不自棄齋詩稿其師金壇蔣拙存先生欲梓其什之一而未也杜

雲川太史謂其詩有晉魏風其游屐所至習聞前輩緒言及讀書有得輒爲一書名曰咫聞同邑諸洛爲之序初玉川學古文於吾家復初祭酒十餘年出應漕運總督顧公琮之聘修漕運通志成會顧公入覲偕之京師師方望溪乃盡得其史記義法正誤以歸歸而閉門却軌手一編以終

雜詩十首

道旁梧桐樹蹋踏無顏色亦蒙雨露濡獨苦風塵逼託根既失所枝幹徒修直天寒丹鳳遙凡鳥鷩栖息

楚璞在深山棄與頑石同卞和信之堅持以獻王宮觸晦固有時刖足嗟遇窮終爲傳國寶價並九鼎崇至今千載下嘖嘖稱良工

豪士愛苦汎座上盈嘉賓樽酒披肝膈居然雷與陳燭短酒闌志意已糾紛不必臨利害始如越與秦吾慕槖字仙（漢蔣詡自號槖字巢仙）荒廬塞棘榛闢徑待誰過羊求乃其倫炎熱何足慕氷雪益相親砥礪豈必多一璧勝萬珉

匣中青銅鏡多年陷泥滓雕文半已蝕妙質固猶

在美人一相賞粲然見光采常感磨瑩力不致鑒別改逝將與儀容百歲相終始奈何一朝別棄置空房裡鞶帶徒爲飾塵垢復欲涴倘非故時人誰更拂拭此

有客談南海翡翠殊凡禽刷羽戲蘭苕文色耀前林漢宮尚新妝藉以飾黃金弋人競羅致骨肉委苕岑煩才寔禍樞歛襟一沉吟

範金鑄明鏡不能照人心染絲作朱絃未必諧古音肝膽既莫同聲律與誰探悠悠百年內吶吶無多談

景光不可駐紅顏日已凋服食徒爾爲撫心滋鬱陶昔聞秦始皇駕海作長橋神仙終不見流波自蕭蕭

猩唇非不旨狐白非不温達人慕高節所尚終不存營營蒼蠅志楚楚蜉蝣身惘惘不自覺瑣瑣復何論

鶯啼隔春林遥辨恨不聰鴟嘯出隣屋掩耳恨不聾所遭有好醜愛憎心冲冲在彼諒何與營逐滋内訌定志苟不渝萬境皆消融

蔡澤躭長辯于道或未聞抗言代應侯逸氣過人

羣朝緤秦王組暮卧南山雲碌碌戰國士卷舒不如君櫪馬懐野草蓼蟲避清芬岐路紛可虞驅馳一何勤東林有明月流光我所欣

謝母王夫人輓章

松柏摧烈風勁節百尺長駃騠委崚坂馴德千里良嗟哉王氏女所遇胡慘傷阿翁弟蓄我來往日相將庭前玉樹姿每誇女更强五歲歌鸜鵒十齡繡鳳皇是惟謝家婦門楣適相當詎意新結褵三月拜姑嫜倏焉痛夫子百年稱未亡生非天錫孤死豈人能防北征盡婦道南下擇義方心力諸勞瘁行止兩淒凉或謂依官署安居厭肥粱孰知婦心苦慘惻悲中腸杳杳黄泉路淒淒秋夜霜一物遺孤兒母忌十指創女紅代子職針刺續書香聞者各歎惜况余忝梓鄉輓章誌節孝青史自垂芳

雲川先生自洛入秦聞地主將邀遊終南太華諸山歸期甚遠因次韻奉懐

飄然輕策更西遊赭石荒岡滿眼秋（赭石荒岡倦眼看阮亭雍州詩也）司馬豈因佳處住（唐書司馬承禎請還山盧藏用指終南山謂之曰此中大有佳處司馬曰仕宦之捷徑耳）昌黎應爲絶陘留（韓詩華山臨窮絶陘）關紫氣迎長阪繞郭青林夢半樓最是二三方外

客沉吟頻過瀼西頭

喜拙存先生重至舊雨書堂卽用題半間房韻賦呈

豈是他鄉似故鄉囊書仍過半間房糟牀正壓初冬白菊砌還舒隔歲黄（先生去年亦於十月初到錫）淚跡久知吾道廢移家尤覺主情長（時攜兩世兄就學錫中）自慙薄劣元增益問字虚隨弟子行

題榮洞泉梅花書屋圖

雙峯攙天泉迸石懸流直下勢奔迫山高月小光溶溶冷照寒梅雪千尺下有幽人坐草堂几榻蕭

然面溪碧清淵浮香欲化雲石阜瀉影疑噴墨孤亭縹緲洞八窗竹樹圍環當四壁渭南老子發清興擬入化身億千百一樹梅花一放翁醉欹烏帽吹銅笛却憐梅傍戰塵開廿年梁益空羈跡何似圖中寂寞人悠悠不作輪蹄客

大年尊彜兄弟見訪溪莊

白鷗渺何處一笑接諸昆不盡秋來意相將倒一樽花香傍舍樹月上隔湖村釣得鱸魚美清愁細細論

懷管社山人

平湖萬頃烟孤峯一彎月長伴高人吟邈與塵世絶曾隨捕魚者一棹緣源入不識芙蓉花別來幾攀折

送楊南濵先生北上

歎息楊夫子髭鬚白已多詩書成立壁鄉里誦行歌當路誰知已殘冬欲渡河壯懷看未減燕趙此經過

題陶東廬採菊圖

彭澤歸南村繞舍栽黃菊蘇英解駐顔貞芳慨幽獨流風及遠裔千載繼高躅皎然氷雪襟抱道孚人欲幽與托篇章逸情寄卷軸椆庭啟三徑苕穎蘇蘇絲商颼西南來四照香馥郁杖策時徙倚采采動盈握衣冠既古淡童稚盡雍穆晴窗一披展古意逼眉目恍如遊栗里神溯羲皇俗

與澧岩同客維揚兩月共得唱和詩一卷追憶南北小社諸友存殁相半感呈是詩并屬和

十年踪跡兩參差客歲相依歷歲時儲淚一升論舊雨減愁三尺和新詩春風蕭寺情何限落月江城夢到遲正恐一帆南北去酒闌更盡倍相思

白門雜感

建業皇都控馭遥大江天塹勢迢迢南飛夜鵲分三國西墮陽烏換六朝渡馬只須銜巨艦投鞭何用縛危橋相傳把炬鎔連鎖猶有沉沙鐵未銷

正朝南服漢衣冠俱作浮雲過眼看青盖洛中吳易姓烏衣江左晉偏安秋塵何處金蓮地凍雨當年石井闌指點鳳城西畔路柳風吹落絮漫漫

翠幕紅窗舊曲樓月明中夜響箜篌已知名士無安石那得佳人有莫愁玉樹庭花勞夢日景陽宮井可憐秋江豚吹浪江風起惟見寒潮打石頭

秋風倚棹莫愁村小泊秦淮夜月軒花草寢陵時濺淚江山詞賦一招魂青衫有恨邀商女金粉何心問內園猶作勞勞亭畔客阻風中酒自朝昏

陸晴岩假歸蘭陵江夏閔午亭先生首唱驪歌詞旨詠諧宛有風致同幕彭君士龍華君進思麟書俱有和作余亦戲拈二絶

亭高木落見浮嵐淮北風霜我舊諳目送斑騅銜雨去十分春色在江南

機翻錦字消長恨筆畫春山散久顰莫戀溫柔成獨往隔江猶有未歸人（進思麟書相訂俟晴岩到署後始歸）

揚州感興四首同孫嘯巖賦

邗水寒流白雁賓隋煬宮闕久成塵歸鞍落日江南路挂席西風揚子津畫角殘星當此夜紫簫明月是何人一年五問瓜州渡心怯濤聲入夢頻

龍舟殿腳曳波斜綠滿雷塘柳暗遮汴水春風猶故國廣陵秋月已無家年年化碧宮人艸處處啼紅帝子花二十四橋分寂寞古懷零落暮栖鴉

舊遊彈指幾秋螢畫舫從來倚短亭貰酒壚頭花更白鬭茶闌角柳邊青琵琶江月商人泊鐃吹檣燈使客停正是南朝佳麗地翩翩蠻舫遍郊坰

海天無浪極通津南北征途此聚萍出郭烟花三月渡過江裘馬兩京塵金堤拂柳思公子綺閣徵歌憶美人千載風流如杜牧鬢絲殘夢不勝春

阻風京口登銀山望江

銀岑翠削千仞餘盤空石磴疑淩虛金焦並峙此鼎立儼然犄勢成輔車阻風江渚越兩日瞢騰篷底頭難抉午天攜友共登陟放眼廓落心神舒佛貍帳外暮濤急驃騎航邊落日孤蘄王戰艦久灰滅空見沉沙折鐵光氣驚豚魚時平驛路少傳箭天險何必誇東吳蝦蟇更促海城近漁燈戍火烟模糊殘霞恍憶子安句如練孰寫元暉圖江山如

此不宵佳翻催捩柁何爲乎

渡江中流望金山欲登未果

落日淡淡江生烟殘霞蘸水魚尾鮮阻風三日忽解纜快如俊鶻摩青天中流浮玉小蓬島丹楹繡桷包孱顏江城霜堠動篳篥竹西月榭紛管絃是問鐘鼓但寥寂窅然梵唄沉龍淵山門玉帶定無恙坡公印月俱可憐岷峨萬里送江水到此一汲中泠泉更觀日出成小住陰炬夜刓千犀燃世間魑魅亦無數何須水底窮神姦我孤清興一葦渡

側身俯仰空留連

溪口莊偶成呈味經師

清磬遥聞不隔扉道書閒讀暫忘機花亭西崦金鶯呼柳市南灣水鶴飛門外溪光人自遠雨邊山色鳥知歸何須更擬長楊賦白社朱門孰是非

與許子遜先生論詩次日奉柬

一夕瓦雷翻江湖炎歊忽去如忘逋一語洞胷披寞窾磊塊頓釋歸空無便便腹大腰圍麄十年堆垛兩脚厨譬如積水久疏瀹壅淤腐敗成泥塗三家村巷僻且孤覿面樵老畊田夫精神寂寞賞音

寡海山羣鳥吾師乎素園一編常在手虎氣騰上神龍趨鐫劖造化鑿混沌杜陵朴拙昌黎愚頗疑雙腕力許大聚集百怪憑鞭驅豈知撐腸拄腹五千卷提撮要妙才錙銖哀我昏蒙特震發迅雷起蟄頑麻蘇神光迸出照四隅忽然放筆膽滿軀請公爲我回清盧乞人倘具衣中珠

六月望夜月下作

空天一色青無瑕金盤擲出天之涯纔高三丈忽破碎亂竹虧蔽枝交加碾空徐行無轍跡皎皎正插南窗紗細蟲翡翡見翅股蝙蝠飛撮如白鴉斗牛注眼尚不辨何況小星紛撒沙千年老槐布怪影満地散走龍虬蛇枝間乾鵲夜不啞兩翼膈膊聲杳杳時平村市撤更鼓麗譙若近當三撾何人吹笛起前浦疑有水仙浮小艖活灰瓦鑪蒸柏子香氣撲鼻無烟斜此時渴酒渴欲死沆瀣點滴誰其賒急抽霜刀削碧玉顆盤爛熳堆紅霞齒牙真冷甘且滑氷液灌腦翻河車倒身酣寢涼露下魂清直到姮娥家琉璃百頃洞毛髮清虛之府門微呀眼見中央古桂樹落蕊蹴踏香滿韡縞裙素女四羅列骨輕衣薄容蓮花顧我微微粲皓齒不記

玉顏雙髻丫偷騎玉蚪弄雲霧遊戲下捉金蝦蟆胡然狡獪不返顧仙骨雖在其形差試聽霓裳洗塵濁此曲莫向人間誇明朝抜筆諱不得但戒俗子母囂譁

鮮荔枝

薔薇露凍水晶軟猩血染囊紋剪剪一顆挼來耀手紅瀉入金盤香不淺七月翩然來海山色味不減枝頭鮮龍眼馬乳不足數何況滿樹櫻桃毀昔年曾讀君謨譜華池汩汩不能語今朝更得薦神漿欲蛻凡骨乘風翔十里郵亭五里置食罷不須

談徃事將軍跨海降飛航只博書生飽放狂時許將軍航海遞至

李夫人産嘉興

阿毋金桃遠難致筠籠近採夫人李莫是當年金屋中傾國傾城元不死碧綃一掬團紅玉肌滑肉香濃露沐卸來樹底不多時尚餘數葉交柯綠定州古瓷傾井華半日浮沉氷齒牙渴羌酒酣且快意甜雪入口清無查徑須懷子三百顆手種成林幾年大息卵纍纍墜折枝綠蔭中問留待我郄笑於陵仲子迂匍匐井上爭殘餘

副總河使院向爲淮徐道公館壬子歲余應呂觀察之聘授徒雙梧別墅與幕友何飛崙翁硯園沈一園張雲夫諸君頗極觴詠之樂俯仰六年今復爲劉中丞所招居停于此不勝今昔之感因成四韵

兵衛依然放曉衙羸驂猶識大夫家重攀舊日青青樹不見春風一一花蕉鹿形藏原是夢雪鴻踪跡渺無涯去留我亦無心者只覺霜毛一半加

將赴京師留別袁江諸友

但說飛揚意誰憐慷慨中一鞭行自遠數語坐無窮城郭新鶯雨河梁細艸風春江別時路回首楚雲東

袁江曉發

春色關津外揚帆烟霧中青徐山影斷黃海水聲同行李辭南服羈懷倚北風何當久漂泊處處有歸鴻

山左道中

風送飛鴻過戍樓羈懷飄蕩不勝秋行吟海畔青駝寺歸夢江南白鷺洲千里郵程淹水宿廿年生計類漚浮眼看日觀撐天表乞障羲輪少滯留

題秋棧曉行圖

秋風颯爽秋懷孤秋窗畫圖懸新圖兕峯傑嶺摩屋棟恍惚坐我山之隅雲嵐滃勃暎帶好石勢犖确皴染殊山頭萬樹未凋落山容已覺清而癯老栝半黃楓葉赤柳枝漸秃枌榆枯蒼蒼山檜不改色亦有野果懸顆珠古藤怪蔓尚縈𦭘葉底自聽蒼猿呼怒水奔騰下絶壑危棧縈繞連交衢巷裡人家未開戸渡頭行客已載塗穿林踏石走絡繹後者追逐前者趨羸童負擔背傴僂弱馬擬步心踟躕店舍烟生雖在望板橋霜滑誰相扶紛紛黃

葉打面過山空秋冷侵肌膚不知何事受牽廹𨺗
然投足驚林鳥岩深谷窅路荒蓬爭道往往逢貍
狐攏鞭敲鐙者誰子衝風側帽拈吟鬚豈伊看山
乘興出但借形色成清娛何不逍遙攜竹杖從以
一琴雙酒壺耳邊聲聲行不得日長愁煞山鷓鴣
位置茅簷深樹底畫師深意人知無行人豈比居
人樂水可漁釣山樵蘇白鷄黃犬隔人境逢春當
有桃千株我觀此圖增嘆吁山程百里遊斯須心
知好手妙磅礴天機坐對娛朝晡荆關董巨舐涙
說欲別眞贋終糢糊卧遊寶此已云足何必金題
玉躞收連厨

梁溪詩鈔　卷三十八　十六

出都日留別孫大嘯岩

我生落落寡交與眞知冀得天下英眼中孫子才
橫絶古有其人今未曾逸情偏招俗物迕俠氣反
被么麼憎絲孔啁啾易悅聽霜鐘鏜鎝無人應壯
年焚硯且癡筆追逐旄羽如飢鷹歲時還家一訪
我衡盂對共寒窗燈方舟京口阻氷雪金焦窈窕
無由登依人南北各分手留君邦上我玉京濃妝
淡掃隨好尚遇合豈必皆傾城旁人苦嫌趨向異
五岳方寸空崚嶒坐此結習刮磨盡鐵可繞指骯
無殀君因舅氏鎭畿邑長安索我車塵暫淹留感
子意良厚久病嗟我寧能與逝乘秋風返江畔烟
簑雨笠尋鷗盟紫城九門無我跡丹梯拾級留君
升詩成夜半窗影走老槐欲作人鬅鬙書紮二尺
古時鐵摩挲此亦耐久朋照我封書馳寄子短幅
不厭蠅頭謄

贈虞山黃楚維先生

絳雲殘簡力追尋汲古緣知歲月深識字自慙原
有限漫勞載酒過東林
丹穴清聲出鳳雛元和新樣恣臨摹令子勿之方熟臨柳誠懸

梁溪詩鈔　卷三十八　十七

元秘塔碑論書曾下涪翁拜莫憎家雞愛野鳧山谷老人有以右軍書贈邱十四一篇持論甚當

題陸文遜槐陰抱膝圖

丈夫墮地不早達未免趨走低心顏摩挲兩膝有
累汝無故輒向車塵彎頗知陸生善自保但用箕
踞巔崖間謂君有心習懶慢昔遊乃直窮烏蠻花
鳥嘎嘎學鬼哭蠻花如血塗朱殷指點吟鞭細收
拾詩囊往往隨刀環歸來依舊掩關卧一樹一石
身閒閒誰歟畫手亦解事貌居秀側爭秋山眼比
神鷹肩比鵠此豈可以樊籠關放蛟深淵養鱗鬣

風霆頃刻驚人寰

岳宗華起

字宗華，工詩，其稿散失。徐杉泉有送岳宗華赴西征軍前云：「畀畧雄才足定羌，翩然褰馬赴河湟。秦雲萬里連屯壁，漢月三更下界墻。青草冢旁歸國路，黃花戍左駐師塲。策勛早取封侯印，楊柳樓高怨塞長。」

過六盤山

細雨輕塵過渭城，終南昂首六盤橫。六盤，終南一之首也。杯摩詰言離別，萬里班超事遠征。今我風霜餘劍氣，古人戎馬幾書生。隴頭水自東流去，莫聽陽關笛裏聲。

杜明經錫嘉

字賓王，歲貢生，雲川先生之孫，父瑛，字漢三，初爲太平司訓，後改廣信縣丞，廉而好施，致負重累，留滯江右。有年，賓王出死力迎父歸，士論稱之。賓王謹身修行，論學取友，不苟言笑，而健于文，跬步不失也。

華劍光年祖述夢見一舟儀衛整肅，望之吾祖儼然也，敬志之

吾祖今渺矣，音容空半樓。好春天上坐，幻影鏡中流。詩自傳人口，愁堪白我頭。昨來神衛肅，竊恨不

同舟

姚秀才夔熊

字伯男，亦稱栢南，諸生，老明經怡真之子也。少負雋才，工詩詞。雍正乙卯夏五月，隨父泛舟吝湖，獲金色鯉長尺許，瞬目掉尾，若乞憐狀，卒烹之。歸舟至其處，風雷雨雹驟至，舟覆，伯男已登岸，見父沒，躍入尋父，相抱死水中。詩有《蕉窗雜詠》。蕉窗近草，怡真先生深于經學，兼精醫理，其所著《本草經解要》《痘科指掌》《南陽經解》已刊刻行世，藏稟有《周易象訓》《彙諸家之說而成者》，又有《春秋義》，則散失不可見矣。共友吳容齋工

部鼒，素不爲韻語，於怡真父子之歿，特爲詩記其事，附録于此。毒龍行，弔二姚，嗟特哉。兩姚君多才，復多技，胡乃倉猝同上彭咸。巘乙卯夏，蒸熱揮汗汗不已，駕舟出西門，聊爲避暑計，有魚一尾舟來約，長尺有咫，姚君徒手獲擲刺烹，鯉誰知非鯉魚，竟是毒龍子，目閉還復開，色青亦兼紫，鱗甲若朝霞，吐沫如激矢，是時天久晴，酷日萬里，忽觸毒龍怒，大難突然起，陰雲冒長空，悲風透骨髓，飛沙復走礫，大木斯拔矣，雷聲何閫閫，鼓怒波浪駛，俄頃雨如注，龍門決洪水，平地波三尺，一望無涯涘，屋𡵆亂飛走，墻堞亦崩圮，百尺石牌坊，折之如截齒，大小舟，廿餘覆之，如飄紙，黑氣愈迷漫，對面失山峙，舉頭不見人，舉手不見指，漂沒百餘人，哀號在中沚，那堪百人中喪此兩國士，逋人多著作，非特精醫理，講易說春秋，朝夕無寧晷，厥子爲栢南，填詞學姜史，詩宗中晚格，尤近韓偓氏，當其覆舟時，伯南登岸址，回頭見父沒，奮身同生死

視彼曹娥江相抱沉淵底柏南無兄弟少年早喪妣昔日鼓盆悲既將潘岳擬今騎白龜去又與鄧攸比家中無餘丁一奴更一婢剪紙爲招魂重泉呼不起不能障狂瀾翻作中流砥二子余觀柏南田園諸什若可贖百人以爲抵
亦王韋之遺而雋爽時類太白容齋謂其尤近韓偓者豈以集中無題等作而言耶今此類概置不錄

田園詩

金烏升東方朝光射一線老翁凌晨起少長悉相先春疇一夜雨添我犁犢健屋角晴鳩鳴鳴聲亦輕倩躡屐阡陌間鄰叟共歎忭朝餔亦已炊且復

飽粗飯

老農不知年彷彿幾日月時逢天道豐衣食幸無闕呼兒放新犢手自補籬笆莫渡南澗水水寒深刺骨莫向北山路路入豺虎窟深記老農言是固愛膚髮

牛羊下山路天氣殊蒼蒼金風發商籟爽然叩虛堂蟋蟀牀下響鴻鴈雲中翔遶門一灣水粼粼渟清光中有飛花墮頗自浮餘香想彼問津人至此應迷忘

懷友

凉天澹如水空庭葉初逗慨然悲已秋彼美莫云覩千里阻河山河山道路難雲横雁沉影露下衣裳單不見尺素書寸心良已殫人生有離别但惜知音絶匣内卧青龍光芒射秋月楚山碧參差吳雲日暮時相思不相見江上北風吹

三烈女詩 有序

三烈女者金壇人王吏部澍從祖姑明崇正時避盜洮湖蘆葦中盜搜得之置竹筏上三女子是大呼筏沉而死盜亦殲焉三尸攜手結髮而出共瘞一墳墳樹每發必三枝里人名之曰三

烈樹杜雲川先生有詩余亦繼作

秋風折蘆葦湖水送幽咽中有烈女魂比潔波心月遺患人則三立節心如一身死囚亦殲精誠永相結湘江竹花斑清風留石血秋墳發奇樹年年洗冰雪

黃埠墩 此詩邑志刻莫健今從栢南自訂詩集中錄出更正

孤嶼起中流名傳楚公子一樓楊柳煙四面芙蓉水翠袖映雕闌蘭橈繫香芷入山佳景多登眺從此始

送别

分手折衰柳夕陽江上山猿啼靑楓樹此去何時還前路宛陵口人煙非故關嗟君不相待佇立淚痕斑

秋郊晚眺

寒日下西陸孤邨生夜煙歸人帶遠火宿鳥暗荒阡泠泠山磬發活活鳴寒泉漁家黄昏後垂釣新月前萬念付冥漠長歌采薇篇此意爲誰道歸來彈七絃

山中雜興

日落羣鳥栖天寒月初上徘徊東山影合沓分靑

嶂吹沫池面魚樵歌遠巖唱颯颯寒葉聲高人曳藜杖

再復竹爐爲山僧松泉賦 并序

正月七日過聽松菴松泉喜謂予曰明洪武間吾祖性海公手製竹爐王舍人孟端繪圖并首倡爲詩和之者皆一時名人勝流歲久爐亡成化中秦武昌中齋苦心訪求得之城中楊氏有復竹爐記嗣復淪落人間迄今三百年雖前有盛氷壑侍郎後有宋漫堂中丞並倣爲之顧典籍梁汾亦重製一爐終以不得故物爲憾今靈源又于斗門張氏訪得之按之武昌記中規制無爽毫髮神采逼人知爲故物無疑因乞予詩以志喜予惟性公高風遠韻彷彿遠公其手澤所存靈爽實式憑焉不有傳人故隱而不出松泉以性公裔孫幼善屬文既從予學詩有年詩格清峭比方臨摹竹爐詩卷孟端巳下諸名蹟王吏部虛舟亟賞之信乎眞公一脉相傳于是乎在茲爐之再復也豈非偶然爲賦一詩以傳諸好事者

織竹爲郛土爲質竹包爛熇土如漆洪武年間舊

遺物埋沒多年爲誰出詩僧性海手親製茗椀風流故超軼湘江秋帶陽羨春舍人首倡詩第一武昌收復在成弘館閣名賢爭品隲嗚呼爐之爲物甚微細佛子流傳等衣鉢不有傳人便失傳人寂山空去飄忽一甌花乳淡浮沉半榻茶煙冷銷歇此爐今日復來歸端爲靈源擅詞筆我來相訪共摩挱故物依然非彷彿華陽二老同吟賞潑墨淋漓沁詩骨擘糠誰作四士圖遐句還偕九峯逸孟春之月月初七雪盡林梢見新月夜深吹火沸茶聲小閣松風聽蕭瑟

感懷十二首存五

羲和不相待白日似波濤廻薄萬萬古百年同一朝一朝既非久何況憂患遭功立成禍胎鴟夷終遁逃羈魂弔湘鬼愁絕共蕭騷

有客居嵩山忘機友麋鹿鍊藥存其精著書成一束胸無漢魏事手秉上皇籙偶然黃石遊常伴洪崖宿我心夙所欽昨來招隱曲苦爲世網羈坐令白日速安得相追攀清淨悅耳目

貧亦不足悲饑亦不足憐所嗟道路難秉正方自堅流離風塵際委頓車轍前世事已難料浮生徒

惜年吾將從任子垂釣滄州煙

夙齡負奇志往來遊邯鄲抱玉兩見疑安能久盤桓側身青雲路搏擊無羽翰是以決歸計欲釆金瑱玕足着謝公屐首戴方山冠日暮東巖下長歌守歲寒

終南嘉遯處乃是仕宦端由來小隱人寂寞難自安四皓雲卧久忽然朝金鑾芝草誠可食浮名徒自歎至今人歎息只有子陵灘

偕徐宗海訪聽松山人

半畝幽人宅終年此閉關老松欹壁立高鳥帶雲還自得知仁趣因耽山水閒蕭然絕塵想服食好容顏

送杜石渠之維揚

風流今杜牧霜月古揚州此去無多路飄然又獨遊客心驚乍冷天氣故餘秋紅葉江頭泊潮聲夜入舟

長至

晴開雲物好魯觀復誰書吾道從茲長天時逼歲除繡紋添一線學業在三餘試問梅消息南枝破萼初

聽松菴

菴在桃花塢松深一逕迂夜濤浮石闕秋影入僧廚過客看圖畫詩人訪竹爐百年凋落盡山月冷烟蕪

泛湖過傍楓草堂

借得青蘘上釣船日光如水映晴川人來紫蟹黃魚市詩在枯蒲折柳邊山氣釀來湖外雨鳥飛冲破鏡中天蒼茫漸覺村莊近一點漁菴傍野田

暮春藕花莊即事同胡庭瞻先生

春深輿不淺藜杖遠相扶遲日翻紅藥高煙上碧

梧岸依沙鳥靜人散水亭孤阮籍能豪飲青衫付酒壚

問友疾

寂寞東籬下黃花慘客顏蛩聲和藥臼秋雨閉松關眠食今何似詩篇待爾刪我來頻剝啄踏破蘚痕斑

書燈

頼有孤檠伴一編不煩太乙借藜燃光凝淺碧浮斑管花墮嫣紅暈粉箋蟲語入帷人對影秋聲滿樹月當天此時顆顆明還滅孤館霜鐘照不眠

忍草菴

白雲封塢口疎磬一聲流綠澗分松徑因山起石樓風泉僧擔冷花院客銷幽清景堪常住浮生不自由

題吳逸泉畫卷

心師造物手師心活潑生機不待尋豈乏胭支驚俗眼瓣香終是屬雲林

過陶未堂避塵處

何事東籬畔連朝紀往還偶然攜蠟屐來此叩柴關沼淺堪容月墻低不礙山俗塵飛不到留得片雲閒

水仙 十四首 存二

豈共湘纍赴汨羅遠從朝雨挾巫娥芳名遂遣花神拜巖得江臯解佩多

藐姑山下水瀠洄淺漾丹砂沒紫苔滌盡塵根和宿土海煙籠處是蓬萊

夜雨

風雨打窗急淒淒欲暮天病餘疎酒醆歲歉減厨煙臘盡梅梢外春歸草脚邊那堪簷溜響竟夕不成眠

從南岳反克復堂途中即事

登山攜謝屐興盡且言歸爲趁麥風好正當穀雨飛嫩晴山疊翠老樹綠初肥徑曲多茅屋幽人獨掩扉

溪流隨徑曲雨後碧苔斑樹寫天然畫雲移不定山野花香細細好鳥語關關境寂人俱暇風塵愧舊顏

酬周丈供祈即次原韻

荆南來負笈相傚草元亭竊欲師風雅猶存舊典型渭濱聞罷釣漢室有明經他日隨藜杖深山共

釆岑

過伏虎道場

杖策南山麓蔣幽未覺賒瘦藤籬角蔓雜草樹根花村女收新箬山童摘晚茶忽驚衫袖赤天半度流霞

得家書

久客秋又晚思家屢夢驚長空雙鴈過草閣一燈明親老身猶健兒嬌語未成凄凉今夜月照我故園情

夜歸

亂鴉千點黑遠火一星紅漁唱來平野寥寥天地空

過陳曼仙齋中茶話

幽居數椽屋不厭往還頻茗瀲一庭雨草萌前夜春嘯歌惟自適琴酒與誰親日夕懷蘭芷相思寄美人

華明經日新

字聲倍　恩貢生候選教諭彭園先生子也工制義設教琴川從游者至數百人年七十五卒祟則栢搗菴讓爲之傳

泊江口

扁舟夥斷鴈北斗挂寒更河漢澹無影滄江流有聲離人歌水調殘夜問潮生又逐征帆去蕭蕭蘆荻鳴

次韻栢搗菴先生湖田小飲見示之作

勝侶相邀景候清郊西三里枕湖濱摘梅穿樹流涎久煮豆延賓得味新風岸笛聲舟泛泛水村花影月鱗鱗春遊到處皆堪賞他日褰裳不厭頻時以他事不獲偕遊

花朝虞山石梅宴集和韻二首

眼底清光漫襲衣且憑筆陣埽寒威香魂合遣詩中住孤影堪攜月下歸狼籍芳菲好收拾追隨風韻倘依稀賞心莫怨春寥落半醉吟成句亦飛

春風偏愛拂春衣薄薄餘寒不作威愁裡瓊枝香易老吟邊竹葉醉忘歸蕭臺聽雨鶯聲杳前歲諸同人集蕭臺爲約山壽今約山下世已久矣虞嶺停雲鴈信稀懷顧古湫朋好盍簪非偶事年年花發惜花飛

華南林玉淳

字師道號南林諸生質敏而勤學不輟少日見賞于伯祖霞峯先生曰此他日讀書

種子師事吾家祭酒復初先生先生所著春秋大事表如龥閏官職世系多出南林手他卷亦賴訂讐以著作典故莫精于杜氏通典一書馬氏擴之而未盡鄭夾漈則多拇揣武斷之弊乃欲爲八書以盡古今之制曰天文輿地職官禮樂兵刑錢穀期以三十年有成然僅成辰象考六卷錢幣考二卷而卒別有詩文四卷樂府考三卷又爲禹貢集注考工記辨義孝經注解未成藏于家家故亦貧而慎取予學爲實

踐躬行治身制事無毫髮愧也其友程魚門太史晉芳表其墓云

泊舟嚴瀨

夾岸林巒勢往還淸流千折碧潺湲此行一事堪相慰看盡富春江上山

題石

無恙南池石依依奈爾何不堪芳草長偏受落花多映柳生初月含煙上夕波舊遊曾不數頁欲悔蹉跎

讀劉言潔先生閨女詞

僑門亭復有傾城寂寞羅敷未嫁情三代後猶明出處百年間獨見先生名流氣節關時運國論君宗屬老成三復遺文懷往事幾人反掌到公卿

贈從弟韶音徵侯

豈意雙明珠乃近出蓬戶大者工爲文思苦搜奧語非經琢肝腎終棄不復取小者學作詩志已吞李杜丹黃自晉漢甲乙到僑伍伊余一日長迂謬傾肺腑黽勉與子偕茫茫墜遺緒所貴心和平抉剔窮脈縷灌漑培本根饜飫悉酸苦餘力所旁及次第亦易舉讀書當讀經學文當學古　按此首蕚林詩稿刊

本與曩所見朱晝莊鈔本小異今從晝莊本王涵齋云南林遊淮揚間最久篇什流傳頗夥後邗上同聲集中刻蕚林詩稿一册選次失當南林志甚急宜正之

題古印譜　王涵齋云南林于邗上得秦漢以來古印章凡千七百三十五窮一晝夜鈐次爲譜因作此篇柔兆困敦皋月也

周官璽節官印始制如漢法斗撿封關津出入杜奸僞商旅百貨資交通沿流戰國及秦漢吏別章印分痺崇綬惟紫青次黃黑差以三品金銀銅民間私記惟所好刻玉翻與侯王同後來形製遞遷嬗象齒犀角兼收充水晶琥珀及瑪瑙一一羅致加深攻青田花乳不晩出法益巧便稱玲瓏圖書

鑑別識首尾尺素千里緘郵筒鐫摹必得博間士陵斯軼籀追古風不然變體且百出徒趁姿媚趨凡庸篆分大小豈容混況雜蝌蚪兼魚蟲六書精義日茫昧譜錄雖廣寧能窮誰歟嗜古購漢印數以千計直百鍾緘封纍積囷屬餞鄭重奚啻圭璧琮暑窗有客攜示我光射四壁成長虹斂容起視三太息諦審更欲指雙瞳豈無秦篆存一二魏晉以下容相蒙要之歷祀幾千百鬼物呵護留遺蹤先民制作每不苟撥蠣精好如初鎔沙痕土斑雜黝綠間有缺蝕無磨礱如錐畫沙蠶食葉如石飲

羽如霧淞如金釵股拗欲折如玉箸夾交横縱森如劍戟突相向鬱如巖壑盤蛟龍川流山峙本無定繁星錯落光昭融神存畫先意象外無取密布勻纖濃細纔半寸大逾倍厚十殺七其上穹或中包孕類子母或左右牉分雌雄或為方罫或塹堵或圓如鼓如錞鐘龜螭橐駝羔兎鹿辟邪師子貔虎熊如亭翼然如瓦覆脊形鑄紐何其工就中三枚更奇絕當年誰者侯關中奉車都尉殿中將金章玉佩趨雍容軍司馬侯印尤夥部曲督將文多重譯夷歸義置阡長東被海國西羌戎紛紛私印不可紀欲數更僕猶難終其人與骨俱已朽名氏不滅時乃功夜闌秉燭互傳玩須臾日出榑桑東摩挲百徧未忍釋以指畫肚思牢籠傳之繭紙成巨册纍纍璀璨丹砂紅欲尋年代昧先後官私分部以類從屠門大嚼聊快意得寶疑入鮫人宮旁觀大笑前致詰小技奚足留心胸詎今崇古類耳食貪多不擇隣兒童饑來何堪一字煮達人藐視如秋蓬卿言誠佳吾意否世間何者關微躬珠璣瑱貝豈不貴雲煙過眼胡怱怱為文要當略識字此語吾服昌黎公客遊已久况寂寞與古人對驅

踈慵題詩用博好事和歸送不復羞囊空

殷半軒王制

字大醇歲貢生無錫人寄順天籍屢困京兆試遨遊燕冀滇黔歸老于鄉著有學半軒詩稿年八十三卒

感懷

十度觀潮一故吾三年刻葉計全迂貌傾漢殿原須畫曲奏齊門只好竽隴上老農知燕雀里中少婦艷驪駒可憐海角搜羅徧剩有鮫人泣下珠

賞菊讌集和雪坡韻

綠莎風細晚蕭騷百斛秋光映客袍坐共淡香尊酒釅影沉寒艷月輪高一年別我同消瘦九日思君正鬱陶欲寫幽懷慚啞玉霜葩應爲潤霜毫

九日雨後平山堂登高得菊字

重陽風雨中登高晨駕肅蕩舟小秦淮秋容艷新沐紅橋霽色明雲外塔影矗攜筇上平山晴騁隔江目峯巒何迤邐北苑繪橫幅須臾命酒尊盤餐雜肴蔌采采蜀岡萸徙倚隋苑竹臨風醉落帽制齡閒釀菊緬懷風流守手種堂前木誰知千百年遊人愛其屋歸途破爨煙梳月照陵谷

戴補亭汝琦

字魏封歲貢生無錫人寄順天籍著有補亭詩稿

秋樹

搖落乃如此天涯何所依涼風侵客袂秋氣滿園扉墮葉蟬先覺空林鳥不歸掃苔持一卷兀坐送斜暉

樵

伐木者誰子生涯託茂林自緣山徑熟不覺嶺雲深馴狎巖前鹿驚飛樹杪禽與來歌一曲澗水助長吟

祝雷門暘

字震陽號雷門又號雲波國子生所著有雷門近稿楚遊柯竹春雪諸集雷門自好士也客京師未嘗妄交一人長洲宋中丞邦綏視學時即延入幕及撫南楚前後十數年禮意殊厚而雷門貧益甚詩益工將窮者而後工歟抑工者能處窮耳

咏史

陶潛賦歸田耻向當途揖杜老歎飄蓬長作諸侯

客兩人饑餓時志局天地窄豈不傷賤貧節義心所適赫赫千古名富貴寧與易

冬懷

寡營息紛慮遊好久從屏棲止近市廛心跡殊喧靜閒關惜時邁讀書忘夜永籟寂竹餘響雪霽窗留影人事鮮並歡分定知非倖

探梅

莫訝鶴來遲已知風信早悠悠隔歲心清夢通春曉磬歡斯竹下佇望疑煙表何處慰相思淡月空山道

春日至望亭尋墨莊舅氏

嘉樹靄深村芳春煙景闢密篠間花紅遠峯連野碧迤邐渡廻溪窈窕幽人宅古屋覆藤蘿吟聲響林石

秋村晚眺有懷

落日遠山靜凉風吹客衣獨吟依古樹仰見孤雲飛茅茨隔林暝野老帶煙歸之子期不來斜月耿荆扉

羊角洲

連山東奔濤山盡流漫衍廻瀾漲入空芳洲積如

轉踈樹見人家夕煙翳平遠停橈弄汀月葭菼露初涼遙遙鶴叫空疑落隔江

巴江道中

巴童善巴歌聽似傷蜀道客子驚曉魂落月黄陵廟煙深箐杳冥江折岩奔峭莫辨嶺高低只聽猿吟嘯

露筋灘

莽濤漱山根潛灘石犖确舟觸類簸羝艱力昧前却青草遠連空（灘名）臙脂迴難泊（驛名是夕泊舟之處）雲從岩際生鳥向煙中落水氣冒嶺昏夕陰頹陽薄稍稍林月高冽冽寒飈作年運倏若催羈心倀何託旦發白洋湄暮宿峽洲郭淹速奚攖慮暫歸仍岳鄂

初夏疾中作

負痾苦行役軒楹敞徙倚意慵倦日長心澄證物始搴簾見霽色風約雨聲止庭槐結新陰鳥哢悦幽耳素懷忻自適年華豈相俟

夏日閑居二首

湖上風雨來暝色入幽閣悠悠青蘿逕平陰靄如幕鴉驚弱柳翻螢傍叢枝落積憂困沉痾習靜傷離索出門無琴書入門無藜藿紛然百慮并空搏

坐寥廓

新月上幽篁薄靄高峯淨孤村有餘好煙水縈三徑漁移遠浦燈風入踈林磬高軒正蕭散百慮于茲屏吾生信有涯曠懷在安命

嘯傲涇

翠靄鴻山近清流梅里逼偶尋高士蹟猶見讓皇風雁影寒煙外人家踈樹中秋光望不極落日照丹楓

楚中覽古

渺渺空江水芳洲莫可求文章竟何有抔土不爲

字二春太學生

殷孝女詩

莫爲無男悵數奇試看巾幗勝鬚眉生前廿脆勞經畫歿後蒸嘗藉主持鍵户不窺楊柳色停梭常誦蓼莪詩于今那有邯鄲筆特爲嬰兒著好辭

楊卧思麟之

字中洲著有卧思草

送石林和尚遊松江

孤僧攜隻履千里只隨緣我夢秋濤濶人言海眼穿山空雲出户江淨月明船三泖蒼茫甚煙波買

梁溪詩鈔 卷三十八 兲

淚仙

黄可亭錄本云中洲與石林僧妙復善復示寂後中洲夢復來謁衆冠博帶非復緇流㑹問之曰將北行爲某王公後來别舊好耳因握手涕洟吟句云黄土掩骸難掩魄中洲云紅塵遮面不遮心聯吟未絶而醒朱櫚香云

姚杏邨燮

字元宰精于醫著有杏邨吟草

春雨薛二春留飲即席有賦

兼旬苦濕雨相見慰相思好我無如酒輸君不但棋濕雲迷遠岫倦鳥宿深枝爲報庭中竹平安莫問醫

留淚下黄陵險雲連赤壁秋扣舷惆悵意只與語波鷗禰衡墓在鸚鵡洲今秋盡泊于江水

屈宋餘哀思還憐開府同楚風誠善怨才子信多窮舊宅青山在遺臺野渚空庾信讀書臺在百里洲其宅即宋玉宅也

精靈何處弔落月浸江楓

秋堦夜坐同許橄亭

樹引山颸到客廬草根蟲語滿階除幾多夢幻空迷鹿强半心情笑羨魚詩思忽催殘月上征衫重換嫩涼初可知冷緒拋塵外贏得年來只課虚

李灌華式

字如金自號灌華山人諸生朱晝莊受經師也晝莊嘗爲余言先生襆被遊京師幾二十年五試京兆不售鬱鬱失眀歸無家常主虞山高氏以殁求其遺稿不可得黄可亭所錄僅一首

哭舅氏黄𣪺菴先生

一慟人琴萬事非重登草閣夢依稀花明别墅攜筇去簟冷南湖釣雪歸會飲滿堂投客轄卜居臨水借魚磯風流總是酸心處空使王曇淚濕衣

薛匏園杏芳

梁溪詩鈔 卷三十八 矢

題春暉樓次泉南先生韻

憑高極目海天空，不下簾鈎任好風。一片吟懷遊物外，無邊山色到樓中。我思磊落青雲士，天許徜徉白首翁。洛下數公寧獨樂，幸真肴榼未應豐。

朱湘楫志鉅

字襄七，號湘楫，諸生，工畫，著有硯香草堂倡和詩。

田家擬陶

貧居喜煙舍，不見車馬塵。仲夏時雨歇，荷篠出蓽門。青蒲滿幽渚，綠柳垂遠津。即事多可悅，悠然太

古春。田夫隔阡語，欣見禾黍新。日入暫歸息，相勞各苦辛。攜壺沽濁酒，歡洽從比鄰。衣食但粗足，願爲隴畝民。

朱贈公廷鐘

字擁萬，號蓉帆，工畫，墨梅尤擅場，嘗主蓉湖吟社，著有引翠軒詩稿。

咏史

盲杜附王鳳，吃楊著美新。建寧有子幹，剛毅殊絕倫。獻書規竇武，漆室義既陳。及當廢立時，抗議乃獨伸。嚴閣抽白刃，迎帝馳河津。發言如洪鐘，肯負八尺身。風霜別草木，顛沛不違仁。賢俊期賡征，耆宿待尊養。如何東漢季，黨錮害文網。州郡承上官，羅織獄多枉。相辦不奉詔，平原獨無黨。頡頏嚴吏間，仁至固非彊。想當檻車徵，世事任蒼莽。裴瑜與魏劭，意氣何慨慷。

壬戌四月望後三日社集小金山聯句

首夏開吟社，杜漢階 相攜有九人。嚴宋山元柱 煙波浮小棹，邵自怡 鷗詠稱閒身。秦儼亭義均 客樹初經雨，朱湘楫志鉅 殘花尚帶春。鄒洛南志伊 蓉湖平似鏡，蓉帆 蘭若淨無塵。朱學程宗顥 喜共遊名勝，張竹溪大業 何妨樂隱淪。嚴

冲夷觀物妙，秦 瀟洒任吾真。邵 神契皆兄弟，鄒 文深略主賓。杜 遲歸山月起，蓉帆 重約醉芳辰。學程

受業周鎬懷西校

梁溪詩鈔卷三十八

梁溪詩鈔　卷三十九目録　一

梁溪詩鈔卷三十九

梁溪顧　光旭　華陽氏集

國朝

楊司鹺守禮

字敬修，甲子舉人，官浙江下沙場鹽大使。以博先生從弟也，世居江陂，先生循謹有法度，年六十四卒於家。光旭舊有送楊丈之官蜀中句曰：先生甘吏隱，早歲工為文，官就峩眉月，人稱楊子雲。良非溢美也。

三月十八夜寤後得句

斜月界窗紙，曉風鳴樹聲。春深景正郁，乃有斯境清。大造復何意，領畧在至情。萬有入寥廓，胸次發晶瑩。行將秉正令，息息存其誠。何思復何慮，吾以寧吾生。

冬夜和朱畫莊韻

醉醒何處可，延月鏈松扉。境寂心還定，天高夢不歸。一彈琴味永，三歎瑟聲希。翻羡孤飛雁，寒蘆任爾依。

簡笠湖

高步倚寥廓，詩名三十年。世人今若此，吾意只翛然。衆木自翹壑，浮雲不繫天。黄花與翠竹，拈取問

梁溪詩鈔　卷三十九　一

枯禪

贈顧培青

舊讀清琴集（君尊甫倚平先生集）一彈復三歎知君未得意病鶴悲秋漢（昔倚平有病鶴詩）

竹深留客處

對此何須千畝寬鏘鏘鳴玉報平安行天赤日時方暑市地清陰氣早寒能幾素交談永日無邊清韻聽更闌紅塵欲借湖州筆一幅生綃墨數竿

題友人小照

此處眞無一點塵修篁幾畝便爲隣翻書鎮日清

風裡抽得人間自在身

杜鵑花

百年過半學忘情綺語芟除手亦生因甚對花情未了杜鵑顏色正傾城

杜贈公灝

字載良一字拙初號莪邨甲子舉人官直隸沙河知縣有惠政嘗植萬柳於沙河之濱又於附郭洛陽諸邨沙地令民多植梨杏一時比之花縣民賴其利輯沙河志卒於官以子玉林貴累

贈刑部左侍郎

赫山謁九龍神廟

太行南走紫烟寒疊嶂層峯勢鬱盤天半山容如渥赭殿中龍氣欲流丹九潭戛擊亂鐘磬七鴉（山名勢若翠鳥奮飛）翱翔交羽翰到此凛然師尹喻人間遥指五雲端

爲李生焱母許作

邑西上關著闓德李生母許儀足式親操井臼相厥夫黄鵠分飛甫三十母懷之死矢靡他古井不波澄莫測教師督課慈且嚴晝荻斷機衆以則焱

也明經列庠序爲言母氏躬親植自予捧檄莅兹土惟邑志乘事修輯敢將政治託空言風俗淳澆是官職幽閨秉此心不渝欲表其閭風井邑惜乎年例猶未符聊爲作詩增歎息願生本此貢玉堂青青常葆松筠色

鄒孝廉志伊

字學川又字洛南甲子舉人余師鄒宗伯一知先生之子詩有蠹餘存草自序云余舊草爲蠹魚所蝕倩友人錄而存之因即以名吾草然蠹魚寢食于斯而余已拋擲

廿載則亦不如遠矣洛南嘗與友人結蓉湖詩社其蓉湖晚歸云似欲飛來西嶺翠若將流去北塘燈又與同社賦十影詩雲影云曾逡北海欺明月忽過西山作遠峯塔影云江心浪湧添層級峯頂雲横裂半腰一時傳誦而橐中皆不載其爲人疎懶成性工畫得家傳今亦不復多覯

辛酉正月廿一日山中社集

山中雨清絶人似梅花冷招我入寒煙詩成花弄影氷雪媚幽姿雲水蕩虚景歸來月盈軒滿衣香

不盡

和陶公歸田園詩 五首存一

好鳥不入羅良馬不受靮得酒娱朝夕一醉滅萬想投簪謝塵纓閒雲自來往有田皆種秫既種亦既長苟足供餘觴數畝亦云廣落日照村墟披襟步林莽

朱櫚香以詩見贈次韻奉答

君詩潔于泉盈掬清可漱琢玉不傷真渾樸故如舊方春走穠艷時目矜綺繡冷韻山獨知寒香月先受一枝寄所思光輝凍雲岫

澄江夜泊

人依孤樹宿雁落一灘秋渺渺蒹葭外蕭蕭古渡頭乾坤懸夜色星月定江流遂有飛揚意乘槎犯斗牛

度鐵索橋

險矣盤江路何年鐵索橋古籐援旅客絶壁束秋潮綠澗呼蠻部垂虹溯漢朝風枝渾不定爲問挂猿條

飛雲巖

小步梯空到翠微忽驚天半啟雲扉層樓向曉光

初結鼇背翻濤勢欲飛風過流泉凝石髓春殘古木倚蘿衣青猿抱子當人立慣伴山僧採藥歸

甲子新春和紉庭兄韻

寸陰真惜日光移鍵戶蕭齋獨坐時大易詩書千百遍古梅松竹兩三枝天空地濶春無際水淡煙寒鳥自知喜和阿兄池草句彩箋分寫望雲思

芙蓉湖

罷釣蒼茫意渺然舊時明月問當年銜泥費盡凌波力萬頃湖光萬頃田

社集石浪菴山樓 得何字

不盡湖中浪翻光上石坡風過仍疊巘雲湧更層波客杖穿螺黛僧房鎖薜蘿樓高銜日月窗小納山河梅信先伸約松聲欲和歌招攜同謝朓結契及維摩擊缽詩成未擎杯興若何幾番吟社裡住景上方多

劉詩人執玉

字復燕號思茗橙林先生子也詩學得家傳自乾隆丁丑以後制科用試帖一首於是邑中學詩者多從思茗指授思茗謂初學宜從近人詩入及稍知格律遞追三唐

漢魏進而日上存乎其人因刻　國朝六家詩行世思茗旣以詩教鄉里常課日數家夜分而返更夫擊拆相謂曰詩人歸耶劉詩人之號遂著所著有貽燕樓詩稿藏于家

水遞歌

西神之泉流不竭品與君子同貞潔萬羊宰相置水遞千里間闢貢京闕從來口腹足累人駿烈豐功玷豪髮桂林中丞來東吳三年常膳惟園蔬烹茶必烹慧泉水月貢百斛如徵輸知公寸心本止水母乃反爲名泉汙何況上行下爲效作偏何人恐詒誚我聞善人受直言芻蕘欲獻無因緣願公屏此如盜泉無使贊皇敝政常相沿

古劍

亘金躍冶光燭天鍜成長劍秋水眠張華不作雷煥死甘同蛟蜃潛深淵何時騰騫出人世寒空紫電相盤旋不須庸工加淬厲鋒雖缺齾神猶全嗟予老矣百事廢筋驁骨緩行蹣跚毛錐尙怯力難舉安能攜汝登天山胸中不少不平事一切恩怨久棄捐行將賣汝買黃犢扶犂歸種南山田

烹雞

鐘聲未動天未明簷下喔喔雞先鳴風晨雨夕不爽信能使迷者忽悟昧者驚階前飲啄亦無幾微軀忽已充君羹金籠高懸嶺南鳥轉舌偷聲言語巧人間朝暮了不知香稻飽餐毛羽好閒鷗泛泛無寵辱水上呼羣沙上宿

落葉詩

濃陰方蔽空數葉忽先下爲傳秋信息故故響簷瓦餘葉雖戀枝色漸變丹赭旅人感搖落對此淚盈把不爲落者悲翻悲將落者

夜發吳江

欹枕數嚴更風前五兩輕燈明知近市楓落見孤城淡月寒添色微波夜作聲阿誰吹短笛攪我別離情

蘆花

蕭瑟空江夜渺漫孤舟不繫露溥溥人呼窮上三生夢聲助秋風一倍寒柳外輕鷗懷故宅雲中賓鴻認前灘與君好作他年約紅葉磯頭把釣竿

强烈婦詩 有序

烈婦劉氏予族女也年十九歸同里强烈閔二

年烈卒無子一女未周晬翁嚳其屋氏攜女侍母母又貧藉紡織餬口壬申六月久旱不雨纍日無食鄰媪勸其改適不應夜分以女置母榻上潛出溺弦河欬水南行屍逆流而北里許植立水中面如生邑人義之請旌祀惠山貞節祠卒年二十六

孤燕雲中飛哀鳴聲嗷嗷何爲聲嗷嗷天既奪其匹人復奪其巢 一解 巢既奪將安適九原相從志不易弱女呱呱望腑臆弱女雖非男猶是亡者之遺息 二解 攜女歸侍母母窮剩四壁六月不雨田無禾米貴于珠乞不得 三解 鄰媪來致詞不見豪貴家釵鈿飾其鬢羅綺耀其軀榮悴原無常轉移在斯須 四解 聞此裂肝膈竟赴馮夷宅飛流疾于矢弱體立如植 五解 嗚呼弱體立不仆哀哀竟誰訴帝命旌其廬妾窮無居人思恤其孤妾悲無雛 六解

丁浣香鉉

原名景范字少伯師事杜雲川太史著有浣香詩草

山村訪奚九華隱君

水曲離環處雙扉寄隱踪山寒青到竹雪淨瘦憐松詠史寧忘世攜尊爲勸農茹簷無長物身外一枝筇

孫釣園望

字寧友一字渭師號釣園少從俞爻心學詩著有燕市吟皖江集

春雨

未識襟懷何處開濃雲刱傍半天來長隄早濕迎風柳走馬偏過近水臺苦憶筝尖紛上市劇憐菜把嫩生薹鄉心又趁春陰發漫對鳴鳩一舉杯

過山人鳴岡

字鎮岳豪士也家故有貲喜賓客初遊京師以文藹任香谷宗伯或戲之曰長袖善舞鎮岳怒掉頭還山終身不復謁顯者嘗偕友人倣高忠憲公復七規於共學山居後移家管社山故楊紫淵所居食客常滿座朋友有急如已事吾錫素無普濟堂鎮岳獨力經營費數千金突見杜陵廣廈家道中落復歸故居八字橋築活水草堂布衣蔬食終焉著有洗心草

南禪遇南楚老僧似有道者因贈以詩

夢醒長松下飄然倚一竿佛心原是月仙骨不知寒流水空傳鉢閒雲暫掛單萍蹤聚還散永夕話蒲團

共學山居

共學竟何事到來清我心春光當面過鳥語此林深遂隔人間世時聽空外音羲皇去不遠上下與相尋

哭兄朝瞻

萬事長已矣披帷隔死生小人猶有母四海已無兄舉火幾家待乘雲何處行范公風義在族黨共吞聲按朝瞻諱廷棟捐產千畝倣范文正法立義莊贍族事聞於朝議叙布政司理問需次入京暴病卒

管社山雪後

湖上梅花盡放時湖山萬疊玉參差紫淵白鹿閒何處遊遍蒼崖借我騎原註楊山人時騎一鹿往來山中他人不能馴也一日山人入城鹿徑入室嘆其所著書幾盡山人歸撫掌一笑

次顧玉亭坐釣韻

世人多羨魚君意在靜坐此心苟無着得失奚不可秋水天際來明月松間墮笠澤青茫茫相攜泛

輕舸

築普濟堂成述懷七首

人生依骨肉胡乃有四窮百族自食力其奈茲疲癃俯仰各相失出入將焉從窺戶絕爨煙四壁凄其風牛衣縱不暖猶與妻孥同吁嗟兮煢獨偃臥披蒿蓬

蒿蓬如人長有子呼阿孃飄蕭垂兩鬢日暮倚門傍兒行自空腹兒歸復空囊可憐拾遺穗母子各充腸孤孀自云苦況乃無孤孀吁嗟兮老孀行路皆感傷

慼傷復慼傷糟糠不下堂斷機猶可續破鏡無圓
光孤兒在襁褓枕塊支空牀涼月窺我孀饑鼠穿
我梁呱呱待成立十指安得將吁嗟兮少寡血淚
沾衣裳
衣裳常百結母死兒孑立索米就鄰炊一日不再
食道逢相識人見兒有菜色欲贈無所將與兒相
對泣衰門況單丁忍覩此弱息吁嗟兮孤子皇天
爲扶植
扶植豈一端老至思蓋棺萬事既非望猶惜骸骨
寒相呼他人子安能久盤桓呻吟在牀席不如人

土安投藥或易效慼歎摧心肝吁嗟兮垂死誰復
蓄眼看
蓄眼心如熏幸遇堯舜君胡不力耕鑿康衢歌放
勳豈有有虞弦不被南風薰天地有所憾羣聖補
救勤夙夜猶病諸正謂常殷殷吁嗟兮薄俗藉口
於予云
予云爲仁方能事近取譬由近推諸遠於人底有
濟杜陵懷廣厦築基方寸地下有將伯呼上有皇
風被四者咸來歸詎非宣聖意吁嗟兮斯堂臨汝
者上帝

胡秀才棟臣

字公衮諸生有聲觀補亭侍郎視學安徽
延入幕得交桐城馬湘靈宜興儲葯坡詩
古文詞日益進秦桎川廉訪延課子十餘
年垂老不遇吟詠自怡著有吐鳳齋稾

觀棋

坐隱仙岩客清光入爛柯局闌人換世（歐詩奕罷不知人換世）
世木落水增波減騎降回鶻封書息尉佗因思謝
安石杯酒意如何

雨後登鰲峯用陶篁村韻

雲鰲雨霽宛城東載酒輕爗正好風雨水夾流清
見底一峯新洗翠當中桓奕戰艦浮雲壘謝朓詩
情飲澗虹爛醉月明花影裡巖前飛墮半林紅

博山寺探桂

穿雲躡磴度諸天半日招提有勝緣古鼎佛龕留
夜火斷碑僧屋紀唐年桂香零落風前細山色空
濛雨後妍一餉支公清味極歸途惟聽水潺湲

顧南浦維錦

字孝珠號南浦國子生瞻廬先生季子嘗
手輯涇皋遺詩滙覽若干卷著有畬經堂

詩草若干卷卒年七十五

邵二泉先生温硯爐 并序

邗江方君西疇藏温硯爐三十餘年年踰七十謂爐宜歸二泉乞揚州府移文錫邑遞致聽松菴與竹爐並存王涵齋作歌誌之并邀諸同人和焉

理學前明盛文莊邑大儒荒臺懐點易温硯喜存爐鍜鍊工夫到端方氣象殊銘詞尤典雅篆籀未糢糊我側聞風節公真具範模登朝推正直解組勵廉隅山麓煙霞賞茅廬卷軸娛春風方在抱朔

氣忽侵膚活火生微焰堅冰覺漸蘇奇功昭燮理滴水足涵濡酣適憑龍尾淋漓運鼠鬚無心高卧雪有味倍研朱洞徹陰陽秘追尋跡象粗龍蛇遺阨運箕尾恨長徂彈指圖書散傷心第宅蕪几筵憐小物萍梗逐脩途光彩驚流露塵埃敢點汙會逢邗上客偶向市中沽意特欽賢哲情同惜瑾瑜珍藏經廿載郵寄返三吳人世滄桑換祠堂草木枯蒸嘗虛子姓典守仗浮屠靈爽應常在憑依豈或誣豐城終躍劍合浦已還珠舊雨壺觴集空山杖履俱閒雲縈遠岫涼意動高梧乍見心逾肅傳觀日欲晡楚弓詳得失魯玉記亡逋蓮座堪依否筠爐屑並無緣能聯淡漠屏辛免泥塗天道知方復薪傳信不孤郎微因見大輿起望吾徒

顧蔭松湘

字鶴羣 光旭從兄幼從受經兄弱冠郎丁文與同里朱紹川齊名方縣試紹川曰子冠軍子其次果然後同爲諸生每試兩人輒自決不爽舉優辭丁卯闈中得疾歸竟卒有蔭松樓遺稾弟訥齋手編雙溪序之

感興

白駒何皎皎青驪何駸駸美人在蓬戸當窗理瑶琴一彈陌上桑戴勝啼春陰再彈平沙雁蕭蕭萬木林此意誰與傳牛嶺孤雲沉一沉復一升曲盡難爲心

桃李四面開青山復當戸驅筆如涌濤餘霞落江浦顧茲春暮矣慨然獨懷古春風入帷來吹我涉園圃出谷鳥嚶嚶過牆蝶栩栩幽蘭欲何言不與衆芳伍

窗下有小松含青飽冰雪安知凌霄時儲此後彫質露葉洒鳳毛霜枝抱鶴膝會待千尺强吟風弄

秋月有客顧我笑河清竟何日吾寧葆本性非敢
問芝朮

飽山樓讀書同南華弟 樓在惠山先洞陽公祠

下帷身與九峯平爲誦清芬傍兩楹松外書聲雙
塔曉 洞陽公讀書雙塔寺寺中有讀書臺 夢中池水半樓明囘看大
節留天地莫負他山有弟兄囊得流螢看緑字不
知嵐翠濕茶鐺

王刺史瑛曾

字玉裁號雲門甲子舉人歷官貴州黄平
州知州初官閩清調鳳山生番閒出抄畧

君單騎入其境諭之而生番具言前任誣
紅孕巴力殺人之冤君覆按得實釋之終
君任無擾又嘗于臺灣縣民家搜得假印
例遷秩而臺灣令應降調君曰人黥我陟
何可居也大吏深器之秩滿以堪勝知府
薦擢黄平州竟以勞勩得疾卒

雄關夜坐懷故人

故人隔頻水㶉㶉生秋風秋風卷纖雲皎月生天
東伊人如此月靄邑開心胸可望不可親願言託
飛鴻孤光透薄帷忽夢接音容既來又不語唧唧

侵階蛩樓高夜何永月落秋林空

次韻孫衡堂同年索魚不得

藜藿香浮雲水居底須彈鋏歎無魚桐廬罷釣驚
宸座清渭投綸著異書呼粥祇今緣共遣佩金他
日信非虚龍門排浪三千尺正是乘風縱壑初

梅溪記事 四首存一

圖畫幽風挂眼前山頭宿雨浸新煙攀輿父老私
相語解愛酸梨不愛錢

顧桑植奎光

字星五號雙溪乙丑進士歷官湖南瀘溪

桑植兩縣令九歲能屬文年十八撫軍高
公 其倬 舉應博學鴻詞科辭不就癸酉始
就銓莅瀘五年獄無繫囚嶽商與瀘民訟
挾厚賂不得入監司某力左右之不爲動
既調苗疆謂俗悍當使之由禮遇事道之
以孝友婣睦及募苗猺肅然嚮風甲申秋
有白虹起長數十丈貫城端占者曰我侯
殆矣冬十二月卒于官雙溪于諸經皆有
論著尤長于春秋其故友江華令陶 金諧
手錄其詩八卷詞一卷刻之文集十卷未

刻藏于家謂齋兄嘗曰吾兄爲人有三不惑酒色財也居官有三不愧淸愼勤也兄于光旭同七世祖厚山公脩逵公其曾祖也

雜言

父母愛兒欲兒成長既嫁既娶負亦既償忽然高堂眼暗髮素育子之閔不謂遲暮兒雖壯大如在襁褓噓寒哺饑疾痛保抱宛轉萬方願兒樂康兒驕兒癡習若故常兒行爲父兒行爲母追念爾先祇顧我後

夢夢者生勿矜爾明庸庸者福毋侈爾名爾之惺惺覆自賊矣爾之嶢嶢覆謂愿矣

蜉蝣生欻孰知龜鶴槿花開落孰知松栢榮華在前寂寞在後悠悠我思古人之壽

門墻弗崇爰繕完之堂奧欲傾而弗葺治謂人之莫覩也既有瞰其室者

老農驅疲牛日暮不入土叱叱復力力誰知老農苦東隣快犢健如虎徒能破犂亦何補

日出事生告責多年行長大奈樂何

陶未堂方伯署齋與紀元稚夜話

對景覘所領靜者自爲幽當其與趣適澹泊中無求秉性厭囂雜結念屬林邱豈無佳風月邈焉莫阻脩少瑜來吳興落落氣誼投官齋寂不喧涼夜如淸秋豈惟倦氣除煩慮亦已瘳于役各有事聯榻能重不

吳君曉山爲予寫小照因題

所居山水鄉應作田園圖但苦尺幅中亦復多所須既念占邱壑兼欲安琴書亭榭相掩映竹樹交扶疏吾生不家食傭經恒寄居薄游歷燕趙歸養返鄉閭所遇有美醜一過同蘧廬容膝亘易安食

蕨不願餘生平乏長物焉用實所無行止任天游洒然見今吾

晏坐磐石間科跣遂蕭散賦性太踈慵而不愛放誕悠悠莫訾省煩亦善用短脩名恐不立他奚足摶撓寸心千萬端虛壑未易滿省已本何有得趣正貴簡寧神守內獲少事固外楗筆墨所未到包蘊亘自遠

銅鼓詩爲秦中御先生作

周官鼓人辨六鼓韗人揉木冒以皮草聲逢逢金聲鏜其制畧　錞于爲駱越銅鼓絕精巧始見炎

漢中興時伏波南征服交阯鎔寫銅馬作矩規鼓成懸著廣庭下馬人窬戸來睢盱抽金銀釵競扣擊納之都老稱酋司厥聲如雷震百里用以集衆頊刻咸奔馳流傳百越中寶若虞璉商盤彝波羅江上海神廟左右簴業繩四維中列二鼓製最鉅黎苗禱賽春秋祠銅拍長腰笙短頸歌舞赴節無參差屢經兵燹不消毀或埋壑谷藏沙泥靈物歲久有精氣道旁蛤吠行人疑神林鬼塚敢愛寶鈞致以出形模奇史書雜說豈我欺淮海作吏親致之淮海廉清畏人知惟有嗜奇好古同渴饑店碑

晉帖滿篋笥辨析正僞窮毫釐旁羅金石古罍洗奩盃匜匜鼎彝鼒去年牽絲令粵西德化巳服西南夷嶺表百寶多貝璣輸賨貢賧羅象犀處腊膏地不自肥村民得鼓獻方物漢寶迄今識者稀一見驚喜給厚直氊包席裹載以歸旁人比之饕林石橐裝如此寧非癡觀者摩挲細諦視約量高下及徑圍蜂腰旁殺置環紐堅薄未有纖毫虧千年苔痕土花碧砂紅翠綠紛陸離蝦蟇纍負大小十彭亨右向形之而中心圓輪出勾鈎緣邊繚繞疑雲螭泉紋雷篆妙刻畫玲瓏細窬縈蠶絲彈指搽聲韻鞺鞳夔牛怖吼鷲嚶咿黃鐘大鏞合爲一靈鼍喑啞旃檀低太原有鼓號諸葛摹刪與此聊依稀（南里王氏有諸葛鼓昔曾見之）器惟求舊昔有語近製弁薄多瑕疵莫言今銅不如古人心亦足徵淳漓鬼物撝訶護碩果子孫永寶價不訾世家何事過櫪壓圖書法物自踰籬金遺笑我觸熱來祇襪廿喇譏安得廬陵文章眉山詩濡筆紀述追昌黎

春夜

東風故園來冷署春夜靜穆穆金波流樹影交藻荇楚山千百匝重以漢江永云何慕祿養而弗躬

定省矯首望白雲陟岵懷耿耿踟躕步空榭衣濕露華冷

聽雨

撫字將何術流移復業難告饑寧諱疾坐視亦爲官徵雨零膏澤春陰護側寒清宵聽瀟洒端爲老農歡

葺屋

青松生崇岡白榆植道周苟可蔭來者何止爲身謀官舍如郵傳圮壞勿繕脩君子無恆志小民寧蒙休終恐風雨至未免事綢繆斗室置琴書退食

客優游

寒食

桃花如醉柳如眠每眺風光只慨然佛粉充糧微蕨盡山村多少未炊煙

鎮筸

彈丸昔是版圖餘擣穴傾巢奠邑居即看滿城皆甲士尙煩旁郡給儲胥小橋夾澗纔通橛曲徑緣山每碍輿聞說近來冠蓋盛不教貙貊笑諸于馬負驢馱絡繹行横裙椎髻雜春耕環城樓櫓無三里野宿貔貅有四營 廟算不曾忘武備鬼方

從此褰文明撫綏自是羣公事灌燧銷烽見太平

佛粉行

北山采蕨蕨已枯南山采葛葛根亦無相逢顏面盡鳩鵠婦子嗚嗚向天哭人從山中來道逢老姥指示之言上帝仁愛愍爾蒸黎賜以佛粉療爾饑一解掘地數尺粲然白土和以蕎麥蒸作糧窒喉澁吻那言苦二解朝掘粉不得食暮掘粉不得息餐者風宿者露誰無人心寧莫我顧胥矣富人迭相助爰築室于道爰爲食于路二解安居何必高堂果腹何必膏粱惠此桑與梓既免于灾亡四解惟天好生實續絕命維人好善實起道殣爾民食土且莫憂今年蕎麥大有秋飽食炊餅耕田疇行見禾黍皆豐收五解

舟中口占

凍雲依斷樹返照落空灘積雪消未盡晚山相對寒

赴瀘溪留别吳雲巖侍讀鴻張晴溪秋部模

江干蕭瑟晚風凉自倚闌干待月光漫擬芙蓉依淥水初聞鴻雁度微霜並懸冰鏡秋天淨即駕星軺驛路長不羡參苓與桃李歸 朝紉佩蕙蘭香

桃源道中偶成

欲向漁郎問隱淪漳江風起浩無津過武陵而上桃源一帶乃漳江也落英芳草俱銷歇惆悵桃源作記人

幾家茆屋隱疎篁屋角纖纖野菊黃淡泊斜陽開晚翠楚山山色對瀟湘

釜底生塵不解愁年來漫淚只隨流豈知天上神仙客屢向人前說道州吳雲巖每言雙溪令之元道州政事文章無不相似

五溪已在楚江西莫說龍標過五溪半夜雨聲知錯記依稀聽得子規啼

聽雨不寐　效長句

三更急雨打篷背疑是芭蕉種窗外深林風氣增飕飗暗澗湖聲助澎湃虛舟彌復增寂寥傾聽誰同賞清快不眠起坐百感集草草出山殊可怪羣山綿綿水層波中有孤城如斗大全家飽煖荷君恩日費俸錢艮巳泰方今海宇久承平科條明不遺纖芥誰教束濕事掾切轉以吹毛成瑣碎空用精神較簿書那知安靜蘇凋瘵啁啁燕雀笑鳳凰莽莽芝蘭化蕭艾假如不飲觀酒狂得喜失憂紛萬態草綠湖南萬里情雜花生樹飛羣鶯游宦不知春色好試聽瀟湘雨夜聲

夜泊芘石岡有感

氷厓雪岸共蕭森月落空江風滿林詎似行吟來澤畔或疑乘興到山陰三千里外思親淚二十年中乞食心苦爲分明了無益漫勞索解覓知音

偕陶適齋周介夫遊桃花源

蜿蜒越陌阡屈曲陟巖麓連岡平楚斷茅舍偶一簇桑柘雖凋疎原田自膏沃秋中禾黍收山農場圃肅天空石氣清露曉竹光綠幽徑不逢人經聲應虛谷泉明嶔嵜人胸中有卯螯桃源郎柳宅寫意成高作是中可避世歷久益穿鑿漫附洞天名轉掩田園樂余豈問津者蕭散想所託俯鑑流泉流仰看落葉落

首春行縣北柳木溪諸村

郭外即崇山綫縷得微路曲折沿清溪褰裳乃可渡露濕青楓枝風吹白楊樹盡日少行人寂歷似墟墓焦原堪側足仄徑無高步迷陽復迷陽已過頻囘顧千林匝春陰萬壑冒嵐霧谷幽日出遲野潤如欲雨登頓雖云勞寓目轉成趣于役繇民事焉敢畏盤互

上巳

定巢新燕語呢喃細雨輕煙三月三自寫蘭亭脩褉帖鶯花如夢憶江南

雜詩

煙霞不入囊鸞鳳不入籠如何淡蕩士局趣塵埃中塵埃本不起簸揚由飄風野馬自無心升降于虛空

置吏本爲民大小各有政云何曠官守僕僕事趨競馳驅敢憚勞轉恐爲民病豈無明禁在從意不從令可惜車下拜望塵以爲敬

重至辰州舊館

休論勲業與行藏六載分符近夜郎回首蠻煙千嶂裡猶聞畏壘祝庚桑（瀘溪士民聞予至來謁慰遣乃去）

寄陶適齋

春陰罨遥岑飛雨度虛閣想抱無絃琴風床杏花落

諤齋弟臨別作詩送之

懷寶非無價成名亦俟時文應有光氣道貴不磷緇春水平蒲葉薰風拂柳枝暫教踈定省好語慰親慈

寄適齋

夙以文章合兼之臭味同素心從所尚拙政豈無功共畏神鋒雋應思道氣冲毋爲朱伯厚疾惡但如風

擇祿難爲仕移官祗信天殊方頻轉徙盛歲易徂遷敢說鹽車絆誰爭要路先淸時無補益陳力亦防邊

天星湖夜泊苦熱起坐至旦

波晶晶露瀼瀼千頃萬頃涵空淸蘭皐宿沙烏蘅薄過流螢幽人不眠夜起坐仰見銀漢斜傾珠斗墮沉沉天籟泯碧潯如聞帝女鼓瑟湘君琴雲鬟玉珮遠縹緲瘦蛟歌舞雌龍吟此時直覺空濛澒洞之灝氣瀉入飲水沃雪之冲襟胡爲乎冲黃沙追鹍日馮虛排空竟無術誰道君身有仙骨揭來坐此一片瀟湘天凉風蘋末吹泠然湖光欲曙尙未曙水滴殘月猶娟娟扣舷遲聽曉漁過鳥尾數聲刺煙破

踰小溪入桑植境

陟岡度嶺盡崢嶸纔得孤村近小城新水滿陂雙鷺影夕陽半樹萬蟬聲秋生白石凉應早路入靑

雲險未平如此荒茅篁竹裡也緣微祿戀塵纓

贈楊雍度妹丈至

桑邑古崇山天下之窮處荒茅篁竹間寂寞寡徒侶默默但寢飯鬱伊誰與語喜君發東吳鼓枻適南楚契濶念日長間關畏途阻合并在茲夕悲歡非一緒跫然足音聞端然慰延佇

憶昔分袂初執手詠河梁鼎鼎九年中長者忽已亡豈惟耆舊稀同輩間彫喪秋蒂隨零落浮雲尙飄揚棘人何欒欒越此關路長寧不惜長路饑驅那可當瞎瞎風雨夕明明燈燭光各言兒女大五

言頗砭蒼吏闌接軟語懷舊增慨慷予自癸酉至湖南迄今辛巳姑丈端操暨姑母偕逝同學戚友如楊二鶴冲周二捧齋亦相繼沒君才日老成濫笥多新篇寧以衣食故而捐壯盛年近經憂患餘骨力增貞堅識進閱歷後防知悔吝先端居生計薄遠遊客心懸丈夫四方志豈必守池潢入洛攬冠帶涉湘采蓀荃六月可暫息矯翮終騰騫

六月朔得謌齋弟書

聞道慈闈健平安得汝書別來兒女大深憶弟兄踈邊徼猶羈宦家山未定居今宵歸夢好暫遣旅

愁除

舟行雜咏

本緣簡書行遂鼓瀟湘枻隨行無長物卷帙乃倍我暫忻新見增時破積疑畏年增學反減失時計巳左尙思息萬緣日擁書城坐此樂世不爭吾願庶幾果

下灘灘流急渡湖湖水大誰云衽席安如葉舞澎湃前船冒險過我心匪憂危我險不自見旁觀當知之

昔賢偶戾止後人爭引之附會亦未免懿好斯

疑文正少孤苦讀書閒在茲至今留高臺屹然灃水湄憂樂以天下志定晝粥時公雖參政事所志未大施使公終秀才所志亦不墮與起百世人儆公誰與歸過安鄉縣有范文正公讀書臺

題大復集後同寅郭桐淮贈

東里之後西涯興雄長詞壇執牛耳館閣諸賢盡景從不受牢籠獨何李信陽北地峙兩雄一日轟然大名起別派兼祧唐宋餘探源直溯風騷始北地才情最兀傲七言丰骨尤奇偉英雄大言或欺人惜哉摹擬裁形似厥後頹波互推激公安俚俗

竟陵詭虞山後起稱鉅公重爲西涯張壁壘矯枉過正論失平抉摘瑕疵恣譏毀同時康王俱擯斥連逮信陽亦集矢詩選甄錄何寥寥譬棄精粲存糠粃明代文人遞傾軋喜相標榜怒相詆或憑高位壓孤寒或驚虛聲亂朱紫茂秦不列七子中覆雨翻雲良足恥詩流也復角門戶黨同代異成瘡痏漁洋心賞明月篇稍爲平反得公是桐淮貽我大復集鮮若芙蕖出秋水清姿如濯秀可餐俊逸未許粗豪比崆峒負氣未虛懷中道無端惑萋菲人生交友貴始終輕薄先失風人旨先生耿介厲

名節顧視榮華猶脫屣百年佳惡有權衡眼前勝負奚悲喜散華落藻滿人間雅音洋洋叶宮徵我長雖誦不去手況與桐淮共梓里桐淮秀骨自天成追嗣前徽應尺咫

登高山

登高山望四野白雲孤飛親舍在其下我有慈母鬢髮華晨昏不侍母側而母為兒持家兒官貧鈌甘旨母傳教言勉為廉吏兒官雖貧母心喜

以公事過合水麻隴諸村

忠信行蠻貊吾聞聖語然停車問風俗極目好林

泉方有迂疏前誰將愷悌傳承平邊境靜尸素得頻年

一例風塵裏休言無官情陽城考下下定遠語平平細草垂楊路沿溪傍嶺行經過衛父老頻說長官清

寒夜獨坐用適齋原韻却寄

同心而離居意好常同行同行復異道相望各專城知已不易得既得難合并高懷自吐茹蘊結孰與傾不了百年役誰希身後名

浮萍寧有根飛花本無帶因風吹聚之忽散亦何害永懷君子交霜雪自不奈豈其蕙與蘭而為此蕭艾故惟素心人孤抱寄塵外

已卯十月余移官桑植將去瀘溪學諭費履齋明經李鯨來皆有詩惜別詩以答之

為貧不擇仕淹留及今茲本乏廊廟器徒抱麋鹿姿地僻靜者便樸俗良易治余拙民所安民愚余所知別之豈無情飄搖隨風吹同官得費子儒雅真吾師李君亦嗜古包裳困羣兒文壘有因緣倡酬問相貽慨然念離別百朋錫新詩他時通尺素遠道綿綿思願言敦素履千里同心期

重過沅江

秋風又鼓瀟湘柁鷗鷺猶疑數往來野岸初看楓葉落故園已過菊花開名場似奕無同局吏道如詩有別才且喜筆牀茶竈畔煙波佳處任沿洄

鸕鷀

風波爾所狎果腹愛纖鱗狀貌自成性浮沉毎伺人鉤深時得雋冒險不謀身淺水難濡翼須教據要津

舟次

舟子知雲氣偎風泊水頻縱教歸意急行止總隨

八

侯大令鈞

字士宜號靜軒乙丑進士歷官淸澗令所至興利除弊詎思載塗大學士桂林陳公每稱于衆曰與顧高二先生同鄉道學中亦當有分詎不足爲𠨂有司耶癸未謝病歸卒所著有頌芬集

拈花尋放處西林鄂公句也爲下轉語卒成四章

拈花尋放處爲問未拈時不住三生夢云何一笑

凝秋風入小園春色上高枝彈指吹高信悠悠空所思

拈花尋放處花意復如何風定樹猶籟潭空水不波及時還自省非想忽成魔解識無窮妙香光靜處多

拈花尋放處放處便生春悟入光明藏情删苦惱因寶花當下境金粟後來身空外原無際中天一月眞

拈花尋放處珍重爲名花恰好無多地吾生自有涯敢因私雨露隨分到淸華寄語花前客姸媸莫

漫加

秦侗軒鑛

字震遠號果亭晚號侗軒乙丑進士官編脩歷太原寧遠二郡守廣東都轉鹽運使免官後將抵京卒于𠨂鄉

雨

微風動桑柘五月如涼秋冉冉孤飛雲倏忽四野周泱漭元氣足瀰瀰神膏流一雨偏原隰磽确爲𠨂疇始知元化力能令后土柔顧彼荷蓑者行歌方飯牛

許昌道中悼許西峯同年

一夢春明隔幾歲洛下遲我來經許郭巷巳哭岑曦徂吏他年傳空名幾卷詩山陽雛更弱丹旐去逶迤

醉翁亭懷古

瑯琊亭館鬱蒼蒼未許行人識醉鄉北宋君臣論景祐南譙山水老歐陽一林啼鳥賓朋散千古流泉嘯咏長併入衆聲醒客耳不勝蕭瑟滿廻塘

仲秋惠州道中寄燮公 聞其近授外翰于江上不記何縣也

王孫志大才不覊十上春官爭數奇騎驢長安二

十載垂老戢翼江之湄次公醒猶作狂語鄭虔醉豈慙人師載著晝衍伏羲畫彈琴夜譜文王詩驚濤萬里破春睡起看苜蓿堆盤匡江雲一片遶吾棟秋山萬叠支人頤烏皮短几坐兀兀絳帳髦士來頎頎論高欲折鹿生角吟苦或斷螢窗髭中堂奏鼓儺祝敔上日釋菜羅牲犧此時登降陳俎豆奚啻揖讓追皐夔獨開黌序振絃誦應憶巴人歌竹枝松風亭前帳蕭瑟皓月空照橋東西

自董遡踰咱那山抵摩歩溝宿示僚屬

我行弱水西萬松忽若積隔江千萬峯再登屢軒

輊陂陀見墟落寂寞斷郵置爨煙颺深谷落目照衣秧羌雜獰且醜絳衲垂兩臂睢盱迎道旁膜拜工擎跽侏儷盡蕃部梵唄連舍衛架木巢居危蓺夜生事易苴蘭西夷長賤土貴縉幣元封斥邊關一舉屬漢吏奈何玉斧畫䟦脫遂輕棄　聖明重柔遠章服逮荒裔西南不毛國覆載共天地銅坑佐國法罔敢私地利輸將遠土誠勞倈　明主意嗟彼猿狖羣耕鑿忍岐視畏威不懷德有激非莊議忠信格異族陶鈞況一氣攻心策之上因俗愼邊計朂哉和諸戎所先在愷悌

薛秀才尭夫

字企范諸生工書王虛舟先生高弟

病中顧鶴羣表兄遺臘梅兩枝賦謝

好伴維摩病裏身道家妝束迥離塵乍開磬口微含笑未展檀心已透春風味似君誠絶少平章藉我愧非真膽餅寂寂愁相對梔貌應憐伏枕人

王司訓廷範

字五福號斂齋晚號安隱老人掄貢生官東臺縣訓導所著有讀書餘事稿楚越遊草讀書識餘稿斂齋少負異才下筆千言

立就忽忽無所得垂白爲東臺博士甫抵任即奉檄查賑足繭荒山周行部屋上官或慰勞之對曰壯不努力敢惜老乎故美鬚髯中年跌蕩薙之如枯僧罷歸時年已七十而無子可悲也矣斂齋姊顧孺人余光繼配也少時嘗有句云短臂學梳猶怯力袷衣初試尚嫌寒海門先生以巳未成進士制義名一時人謂得戒旦之助云

歲暮移居訓敌丹見贈長句

寒風中人粟生膚局坐掩戸孰與娛吾宗高義來敌予新篇燦爛慰索居丈夫有志事天下安用一

壬辰客舘病榻無聊得留別諸同學詩十二首並邀諸君各賦數篇見贈四存

脫頴先登郭隗臺士奇自炫等無媒形神欲語淵明影人月相看太白材經世不從憂患始空言底用讀書來因循羞說文中子誇栩門多將相才

韓蘇何怪命成仇福忌名高第一流隱几嗒然山稱意倚闌無奈月牽愁菊多佳色黃爲正蘭悵同心素始幽歷歷清塵歸筆底對牀風雨幾春秋

杜陵青眼足高歌攬轡澄清意若何王粲但應憂體弱陸機原不患才多危言一世終憐戇曲學千

秋尚笑阿聞道舊傳言外意忘言或免被師訶

年來聚散苦匆匆方寸何煩百慮攻善斲良工唯袖手倦飛凡鳥自投籠別裁僞體親風雅用工部句獨抱遺經究始終結習難忘餘故紙男兒眞是可憐蟲

九月廿一日雨中查核災黎有作

村舍無烟况宿儲荒荒寒雨下平蕪監門繪後添蕭瑟不是東坡笠屐圖

春暮三日拈蘭亭二字爲韻呈笠湖響泉兩先生

室勤埽除謬誤一生非爲酒遺忘萬事不但書鵬鷃逍遥競相笑鶴鳬長短只自如攢眉願許入蓮社我老舊學慚榛蕪哀歌底用擊唾壺君今所見猶故吾折脚鐺邊煨芋火平生飛動不能無

戲贈華正陽三兄有序

正陽少負豪舉有北海之風俯仰卅年感慨世態歲暮客館來索贈言仗醉走筆戲而書此

我有一樽酒澆君磈磊胸君年始二十豪氣邁長虹傾家事結納不顧四壁空爲友赴急難疾痛如在躬結客少年場幾人保初終泛愛不擇交貽悔

應無窮君言性所好事往隨飄風人情今舊雨反覆類沙蟲達觀付一笑忘懷杯酒中倔强猶自昔意氣始得雄吾生蓋有命不見信天翁

虎阜

散盡遊人見翠紋坦然平曠絕塵氛野僧不識跏趺坐醉卧盤陀看白雲

別亡母游楚

告別陳空奠含辭淚欲吞可知懸望眼猶是倚重門負米生涯拙傳經舊恨存九泉應悟徹莫苦望生孫

綠野平泉風月寬乞身猶健恣盤桓入林把臂凝霜竹澤物同心浥露蘭春色平分三月好人情勇退一官難莨辰每入奇懷裏即事何殊與古懽永和陳迹溯蘭亭大雅何當繼典型西北浮雲看逝水東南碩果數晨星退脩初服頭還黑坐沐春風眼倍青俯仰與懷千古事人文端不愧山靈

雜感

東籬有殘菊時過芳難保嚴霜萎其英棄置墻下道豈不稱晚香遲暮自凋槁晚色奉君懽雖憐不言好寄語桃李姿春華以爲寶

贈秦曉林方伯

人生難稅駕幸及倦飛時息老蒙 恩厚書空笑宦癡莫令猿鶴怨欣踐鱠羹期絃管聲終闋揺鞭已恨遲

六言

大字書便老眼小絃聲惱閒情養得人成踈懶枉教天與聰明

月出山疑飛雪夜凉天易成秋老至偏能覓句興來何必登樓

一床綠竹陶寫百斛舦船拍浮過去即如前世無倚乃是天游

朱上舍宗洵

字眉壽國子生工畫有名于時

題二泉圖 并序

唐李相紳別石泉詩首句云晴沙見底空無色顧農部因自署曰晴沙又按晴一作素一遵先正可耳余因爲寫二泉圖以贈并系以詩

千年松石舊人家蘇軾漪瀾陸羽茶若向名泉看到底一泓澄澈鑒晴沙

可知太始本無名七字跳珠濺玉聲第一中涵盛

得住天光雲影正初晴

吳別駕雲龍

字廣都貢生候選州判粹躬孫性孝友喜引掖後進族中子弟多所成就云卒年五十七

採菱歌

十里池塘滿芰荷采菱歌續采蓮歌輕舟一葉歸來晚爲問何人采最多

誰將軟角試名泉茶熟登盤八月天山寺門前號三絕桂花栗子樹頭鮮三絕謂菱栗泉

野泊

駘蕩春風裡融融養麥天鴉歸牛背笛鷗散鴨頭船點點杏花白村村楊柳烟清明過上巳荷葉小于錢

受業華　維新　開遠校

梁溪詩鈔卷三十九

梁溪詩鈔目錄卷之四十

國朝七乾隆

以上共二十四人

梁溪詩鈔卷四十

梁溪顧　光旭　華陽氏集

國朝

黃包山中

字德庸號包山國子生吳黼仙謂其詩一字百鍊五言近體自成一家

桃源圖

靜綠拖紅雨春隙積翠浮空流默默洞口經年似舊春桃花漏出山人宅山人宅內長兒孫生涯却與紅塵隔不逢堯舜曷歸乎魏晉紛紛踵秦迹有田可耕桑可蠶知有父子無賓客何事漁郎踏浪來短簑片楫搜仙陌氣沙白鹿印蒼苔逗月子規緣翠壁邂逅山人問來居山人亦喜通消息相將雞黍話生平浩歎長安真似奕不知此地少兵戈羲皇以上華胥國爲囑漁郎暗往還莫似桃花恣漏籍

水警

八月十日颶風惡沙昏瘴冷魂蕭索須臾大雨浹三朝陽侯白馬翻城郭千年龍子扣雷門懷山倒峽勢欲吞眼見桑田變滄海淼淼汩汩排乾坤樹

裏郵居屋角微砯訇决裂無完扉男女巢梁苦棟折暫爾失脚何因依黿鼉饕餮覡門隙赬蛇磨牙欲吮血相戒兒童慎勿啼抱寒忍餧聲嗚咽我更含哀憶故鄉家室未審存與亡鴻飛無力知夜長安得消息空徬徨

贈鏡湖陸氏雙孝

水西詩古洵軼倫文翁筆力矜千鈞（水西先生子文在先生湘）佩宜公之後樹三石（石樓石泉少石皆名宦水西先人也）至今忠孝爲清門文翁二子皆奇絕金玉命名稱實金從百鍊蓄精華玉隱崑崗未雕飾大兒割股療母病

小兒泣血祈永命光溪日落煙濛濛風聲咽斷悲秋蛩烈祖有神胡不喜俾爾福壽昌爾躬君不見漢家玉帛徵良士半是閭閻孝義子祿養何如色養難吁嗟乃翁亦老矣

贈豪士

剡溪豪士劉爾芳胸撑萬卷躍劍芒出言慷慨無避諱飲酒高吟詩百章百章吟罷惟進酒壚天地復何有往往典衣沽江頭招我嘯傲樂忘憂我亦顛放不可梲志局霄漢輕王侯晉楚富强今安在霜寒月白凌素秋君不見甬東江水水流急砰湃奔激寶山濕須臾潮平還復來寶山兀兀梯天級大人虎變不吾欺雲龍會合應有時巨材晚成昔如此南陽高卧人豈知勸我飲我亦斟買金與君歌且吟披懷長嘯開胸襟

秋齋夜坐

竹窗交嫩綠蓮沚卸殘紅藜火生虛壁芸香接上穹池明魚吸月樹靜鶴呼風頓覺靈槎近天孫乞化工

初夏環秀菴即事

農務村村急幽栖車馬稀野橋驅犢過山寺荷鋤

歸綠暗留鶯轉心閒看絮飛日長人事少把手話荆扉

野泊

孤舟隨落雁斷梗寄滄溟月起揺江白雲歸赴壑青鐘聲傳野寺魚火閃荒汀欲話還鄉夢沙鷗未肯聽

漫興

宿處惟泉石登樓近晩天江頭微露月山脚半拖煙白鳥寒光襲黄花秋氣偏簞瓢吾自分息慮且高眠

早望

村雞三唱罷開戸尚茫茫煙鎖黄沙曲雲蹲白石岡鐘聲流斷嶰山色到初陽何事東西客冲寒别故鄉

大慧禪塔

穴藏衣鉢冷門鎖嶺雲孤樹老風騰甲苔深露浴珠絮粘滋硯渴花落擁禪趺妙法通滄海龍宫詮實無

晚步書感

信步成幽獨涼涼入暮天剩霞搜暗水蹝木理寒煙古道名心盡奇文琢句偏莫貪人所尚不敢飲狂泉

宿梅谷 徑山禪室

高閣連天起憑虚問性靈鵬搏山名雙徑碧燕翼峯名五峯青剖月開書幌裁雲補畫屏推敲誰是伴梅影度窗櫺

清明

柳煙含宿雨榆火接殘霞蝶夭尋春路鶯調賣酒家空山堆玉石大澤隱龍蛇流眼團長恨東風攪落花

晚眺

蒼茫來暮景寂歷見春山細細花頻落深深草自閒微風生遠道孤月到重關牧笛横歸徑漁歌應水潺

山樓迅雨

結廬依峭壁夜雨忽傾盆峽破龍營突泉攢虎穴奔搏雷驅地脉決電裂天門怒瀑三千丈應占魚化鯤

入天井和證山先生韻

跡隱林泉愧山空聽我游行侵雲氣薄坐愛鳥聲幽新竹攘沙出清源仰石流三生原有約叩角上岑樓

幽閣無塵事挑燈憶所行宿雲支案濕新月奪林生萬籟鐘聲寂千山客夢清不知井外意何地更精英

入山尋獨契登覽盡奇文捫草全酣雨扳蘿半濕雲欣歸黄鶴侶訪兢赤松羣安重憧憧者吾懷任爾分

盤紆廻徑曲徙倚斷崖邊嘖瀑龍珠碎騎危鳥翼懸日從山隙閃雲向石稜遷相約樵歸去禪房燈

火鮮

遊徑山龍華會

巉巖斷壁氣蕭森石罅飛泉響玉琴踼破苔圩驅宿霧望連梅塢入春陰鐘聲徹地龍花發香靄浮空鶴馭臨展轉凌峯高頂上披雲一笑海天深

月夜讀南華經

草堂深處抱幽凉室有餘輝未是荒忽到竹陰驚睡鶴慣移花影動寒螿石頭泉碎山山白峯頂秋多樹樹黃信筆欲擒天上月南華一卷足行藏

瀑布泉 在徑山

千巖攢峭壁萬壑激崔巍不減梁園雪還疑庾嶺梅源從龍井發流自虎溪回拋練何人捲鳴琴任我裁風濤馳翠竹樾蔭俯蒼苔煮石香噴飯煎茶味愈醅雨餘虹跣足月滿兎留胎落葉蕭條徑山僧自去來

獨立

拱手巍然看落霞漫評柳眼褪殘芽天生勁骨無如我獨立西風待月槎

戍久初歸

剩得殘骸帶笈回玉關戍老馬尩隤相逢莫問沙場苦青海雲深骨滿堆

聞鵑

旅思牽人夢亦哀春風荏苒不歸來一聞杜宇頭堪白那更聲聲日夜催

趙布衣繼光

字夔陽號止齋著有潄雪草詩六卷自序云作詩之要有四曰養性曰窮理曰博古曰正格必也沉潛乎顏孟講辨於程朱取材班馬而辯香韓杜予志于是葢數十年而不逮也止齋生平好飲好吟嘗遊燕齊

楚越間所遇轗軻歸隱城南時與朱樹香劉思茗輩相倡和當其酒酣耳熱骯髒悲凉聞者引避惟黃正衡深敬之遂爲忘年交有兄繼益亦耽于詩皆以布衣終焉

張中丞廟

陰森殿壁夾松楸浩氣還憑廟貌留鼠雀巳空臣力竭江淮永奠陣雲收淋鈴尚聽深山雨橫笛偏催野戍秋北望荒城尋故壘祇餘雎水咽寒流

丹徒鎮

舸棹傍新洲繫纜青楓樹澹月渡江來斜逼秣陵

路野寺暮鐘聲悠悠隔煙霧

梁溪欸乃歌 癸亥皋月寓涿州雲居寺作

周家泰伯宋龜山道德涵濡惠水間一樣文明稱鼻祖弦歌聲裏化荆蠻

右軍宅作空王宅眼底滄桑如是觀勝有多情永和月夜深還照墨池寒 崇安寺殿後池名洗硯相傳右軍遺跡

望公塢上碧雲堆松吼蒼崖石壁開不向珠簾看飛瀑笑人空到此山來 石壁高數十仞有縫宛如雙扉是爲石門嵌空深窅飛瀑濺激日珠簾泉

詩香偏和麝香飄往代豪華說旱橋誰是樽前舊詞客滿身涼月聽吹簫 旱橋在俞是堂第中以通讀書獨行二園御茗師有頭白錢翁親聽得月明橋上教吹簫之句

滸溪溪口白雲封罨岸桃花水映紅柔櫓嘔啞小橋畔幾家同住武陵中 滸溪夾岸桃花不減武陵勝處

閶江北接胥山徑山麓靈胥廟貌存牧豎不知千古恨日斜吹笛過前村 閶江胥山有伍胥廟

青祁滸水水粘天蟹斷漁罾每接連買得浮莊乎泛宅綠簑長染五湖煙 青祁滸合五里湖而入震澤明張應皐買舟名浮莊往來湖上

馬刺史念皆惠建溪茶

我家陸羽泉邊住煎茶日日分棋槍蝎來京華閱二載黃塵撲馬餐風霜鋃瓶欲汲更何處文園解渴止酪漿感君愛我箬裹寄紫印乍發飄芬芳瓦鐺活火烹雪水清甘頓覺沁肺腸便須攜此返江左夜深獨上漪瀾堂石罅流泉發清韻竹爐細煮丹崖旁啜罷金莖蛻凡骨洗盡煩惱心清涼山中臞仙至味足何用八餅分頭綱

清明日寄懷鵬年家兄

冷節匆匆過百五旱逢榿火試新茶風吹津市沙塵滿夢到池塘道路賒故國千山復千水他鄉無

酒亦無花老坡若訒燕中客寒食清明倍憶家

題粵撫馬文毅公稾草辨疑墨蹟卽次原韻

吾雖不工書頗能悟元妙筆法根于心變化皆關道古人正氣所卷舒神而明之可意造不見平原透爪拳光芒片楮風霆掃妙訣惟公參得之一波一磔精力到勁節常凝鐵畫中搦管何妨羣盜跳梁者誰孫延齡與吳三桂嘆以利祿相廷勞蒼梧髮鬅淮西庭陰房久閟歲月耗四載孤城絕救援烽煙滿目添悲悼自將疑義析毫芒餘生羞向穹蒼禱至今碧血漬蠻牋墨飽千秋留夙好丹忠彪炳

劫火餘誰能點畫竄堂輿祇有簪花筆意同旁註小楷侍姬顧烈婦書共淬毫鋒挫强暴

與佟通伯論詩

詞場原易逐時趨學步邯鄲逕轉迂祇向篇中求藻績都忘詩外著工夫杜韓衣鉢誰堪付蘇陸門墻久欲蕪悟徹朱唐真脉絡金針始與指迷途

懷顧景范先生并序

先生世居邑之宛溪隨父徙常熟父歿貧無家流寓釣渚後來膠山寄孥於黄守中仗劍出遊足跡幾遍天下既歸閉戸著書成方輿紀要一

百三十卷寧都魏禧以爲千古絶無僅有復由贛出嶺南泛海自海上返棹遊燕與修一統志東海欲薦之固辭乃止

男兒不合老躬耕一劒隨身萬里行貫月槎中頻泛海重瞳帳下笑談兵歸來秋水蘆花岸嘯起雄心翔鼓聲五岳崢嶸起方寸名山惟有異書成

祇園精舍感賦示天鈞上人

招提依舊面城墉十六年前憶過從池影夜揺僧閣月書聲曉和佛堂鐘磨驢旋處塵蹤在遼鶴歸時故侶逢握手南能成一笑刹那已覺雨龍鍾

早春宿三茅峯二首

山水娛吾心豈祇滌塵俗步出西城門蒼翠帶華薄西神解迎客數片雲生谷穿雲遇泉竇琤琮韻琴筑隔礀樵歌聞因之度山麓

幽琴嘯山曉林端尚微月單持汲石泉漱齒維摩室推窗太湖翻下瞰黿鼉窟太湖翻見程致道詩註泱漭春濤壯雲水互明滅湖上七十峯峯峯帶殘雪

秋日雜詩

迂懷原不慕輕肥與俗爲緣漸覺非豈有文章干狗監秪將衰朽卧牛衣占他月地耡黄獨開个柴

門傍翠微枕石漱流吾願畢塵囂何事苦相依

黄可亭齋中次韻即贈

豪吟鐵尺三年久記得城南水上村秋巷蕭蕭憑看竹雲帆點點恰當門乾坤清氣詩千首肺腑交情酒一樽海内心知吾絶少對君猶有古風存黄可亭手録云昔止齋不棄謭陋爲忘年交並歿時眷眷執手以存稾見託而仍秘之兹予從漪緑俞君處借鈔握管憫然不知何以報知己于地下也甲午春三月四日世則燈下謹識

華藕湖嶽蓮

字思實諸生著有藕湖詩稿

晩自松門歸蓼村

迢遞松門晚紆廻向水邊烏驚樹葉露人語柳塘煙細火臨江市清謳出浦船莫愁歸路遠月上見前川

有感

十載乘槎汗漫尋瓊枝瑶草總難真蟬貪露潔常嘶月蝠被絲纏未化身青草無端埋古碣白楊何處伴芳春漁郎肯信桃源幻不向溪頭更問津

檢得故衣

親裁半臂護輕寒叠向空箱不忍看痛憶長眠泉下客九秋霜重紙衾單

小暑後三日曉亭制府招集海寧陳秉之遂陽李鐵君長白馬澥川懷寧施蘭嶼福州何履康西泠曹勉仁於資僻軒偶及桐城錢西頑詩句清真渾成因效其體各賦一章用方履菴韻

何妨坐處便爲家滿座賓朋笑語譁澆灌詩苗桑落酒鋪張談具普兒茶新書借看翻籐笈舊句重哦助筆花試問黃塵衝暑客幾人清況在天涯

秦禮堂鏻

字廣和丁卯舉人官至湖北按察使司爲人沉質少力孥與弟果亭有二難之目初授湘潭令遷歸州牧甫三月丁外艱再方按捕巨盜張紅貴等旣成讞臺司堅持不可勢且反坐禮堂屹然不爲動事逹
聖聰 特遣使鞫之盡得其實禮堂亦以是受
上 恩遇去之日歸民爲之歌曰良司牧去何速大盜除萬民福半年官恩膏足初禮堂夢中得句云樹影波平明月峽雞聲風度美人村越數日除歸州亦前定也

歸州記事詩

歸州衙前筆架山歸州衙後將軍山背山面山衙鼓發三峽之水聲潺潺嗟予到此甫三月悲生風木涕淚潛官事覊身未及代萑苻忽起何凶頑地名塊石爲窟藪窮谷深岩產根荄習符煉法緒匪徒鐵牛護身破枷杻一門四惡稱巨魁（張紅貴張楚璧張玉堂張紅顯）水懦包容亦已久黑面紅衣掛長鬚昏夜招呼集羣醜明火持刀叩門戸老婦驚啼少婦走主翁就縛恣拷掠倒篋傾箱始脫手除暴安良 國法清玆事驚聞那可宥翁婦長吁意慘傷誓不鳴官泣臥牀去歲東村被刦掠放盜歸山何獗猖圖

圄長覊待遣戍官法倒置坐不常桎梏吞聲夥萬里不如黙黙守故鄉我聞此事心巳惻况聞此語增太息墨衰從事淚需濡執法鋤奸是吾職筮神卜吉知盜蹤遣卒分拿限時刻盜旣得錢宰牛羊有肉如林懸屋梁娶婦入門羅酒漿賓朋雜座斟滿觴釵環在首身衣裳黴媒過聘皆盜贓突來州牧與遊擊逕壯傳丁擒虎狼一盜知夥覩沸湯絮被蒙頭氣不揚二盜伏地悄無語倉皇泣拜惟老娘鐵索繫頸牽就道觀者羣呼天理彰是時亢陽雨遂沛甘霖足慰蒼生望甘霖足慰蒼生望世道

人心不可忘

侍御周先生照

字南瞻號捧齋戊辰進士歷掌廣東道監察御史署戶科掌印給事中光旭幼從受經先生自爲諸生時言行無苟及官農曹詳審精密數十年陳案一歸釐定入臺垣以災賑積弊入告意在實惠及民所願寧濫毋遺非苛察也會日食　下詔求言先生封事中有新進近臣喜事之語
上以無所指實發還亦不加詆責先生益感激自勵時冬月巡視西城每五更赴粥廠日中賑畢莅本城決訟抵暮歸寓秉燭親案牘擁衾聽鼓盥漱而出如是兩閱月至庚辰元旦入　朝咯血盈掌示光旭曰余但伏　闕叩首不獲如禮奈何自是歸卧旋丁內艱哀毀異形至秋扶柩歸不數月卒年纔四十二一子定國應京兆試歿于京無子家世单丁無朞功之親乃以外孫靖江鄭氏之子爲嗣太史公曰天之報施善人其何如哉孔子罕稱命蓋難言之也

訪陸古脩同年

跡煙潽將夕幽徑入僧家一雨侵詩壁空庭落杏花退　朝招遠翠送客立殘霞放眼千秋上誰能惜鬢華

送同年劉又韓給諫假歸涿州

慈母前頭拜問安還家預卜舉家歡幾人衣錦行當晝莫怯鄉隣羨又韓

桑乾日夜水流東古道黃塵夕照中爲問當年盧子幹倘餘漆室倚楹風

岾齋寓中白丁香盛開招同朱畫莊王燮公

龔思補顧晴沙陳絙橋分韻得陰字

愛酒須共飲愛詩須共吟主人美遥夜快飲吟春陰取彼皺人淚濺作花溲溲各自唾成珠明月中升沉吹花還度月勸客當自斟爲君惜嘉樹明我有素心素心不常聚花落難重尋

晴沙農部扈從木蘭先期見示出塞之作

秋閆重陽節候遲白雲飛雨夜涼時行營藉草頻移帳立馬嘶風欲滿旗扈　蹕不離天上宿題名應向月中期終軍躍馬何年事贏得長楊羽獵辭

侯上舍昶泰

字履吉號硯奴國子生著有潤雲齋稿性磊落不羈幼失怙其母趙授章句及帖括韻偶之學壯遊閩粤間脩脯所積盡以購硯身歿之日囊橐無餘惟遺硯兩篋而已

七星巖

何年風雨喧清秋疾雷急電夜不收一聲霹靂起天半七星齊落端江頭天樞瑶光耀芒色輪菌屈曲相勾留玲瓏險怪出萬狀神工鬼斧窮雕鎪陰崖萬仞瞰平地猛獸奇鬼擎戈矛森然折搏恣拏攫遠近引控紛傴僂白雲粼粼捧貝闕金容玉殿空際浮峭壁天梯不可躋含珠危磴猿猱愁谽谺石室忽旁出銀堤一道粼清溝蛟螭出沒黿鼉立獅象吼怒奔猊猻穹窿良覆如懸鐘此身已在黃金闕飛梁蓮臺若煙篆靈奇詎必尋丹邱昔遊未遍日已暝四年魂夢徒綢繆擬將置酒滿萬石攜居絶頂千巖幽玉皇夜半朝列宿使星天厩馳驊騮歘歸魁杓上斗柄嶺南炎徼來尋求連雲拔地出海甸紫微帝座相縈繆我更攀之上霄漢側身且作鈞天遊

題周魯眞射獵小照

平原草淺煙朦朧銀鞍鷹犬紛撞衝披圖突騎欲飛去淋漓生動何其工中有虬鬚古貌者誰子是耶非耶周魯翁驊騮叱撥花的盧少年什伯隨青驄丰姿盡是世所罕玉光粉膩桃花紅山獸山禽避金鏃駭汗紛飛亂馳逐人馬怒走攙轡韁奔逸驍騰勢難束一騎當先追大麋麗龜負痛如奔猊一人翻身睨空碧手挾雕弓岸巾幘胝腕疾上透重雲霜禽有翅著天窄日日山中射獵來長髯老子真快哉丈夫不能異域成功得奇賞博取茅封似反掌又不能立談挾策干君王九州由我成陶

唐百年戚戚徒自苦生平壯志空相阻不如且向長橋殺巨鱗更入南山射白虎

春日雪後同人上西山雲際寺得癖字

亂谷晉北鄙山深地尤僻人稀煙樹淡土确桑麻薄閒居寡所歡尋幽遣朝夕昨支東嶺笻今着西山屐行行出城郭高高指金碧曲徑走盤螺凍溪聽裂帛深澗冬冰凝鳥道春霰積危崖數十仞喬松百餘尺蹤散梵王宮結搆稱巖石扶輿藏秀氣奇境何年闢南岩崇阿下長林龍藏宅北岫最高頂雲天分一席賈勇陟孤峯攜手挽三益彈丸指

城郭棋局看阡陌指點春遊人蟻貫紛絡繹好風泠然至吹我煩襟釋豪情發長嘯暢慰登山癖

華藏山寺歲暮偶作

岑寂冬殘有所思空山伏櫪且隨時寺外湖月三千頃殿繞松雲一萬枝雪掃南窗煨芋火酒斟東閣伴梅詩書生何暇林泉事太息空教壯歲馳

飛來寺

水抱山廻樹蔚蒼梵宮金碧映輝光歸猿有洞成佳話唐孫恪事趕象爲峯結道場六祖事古殿飛來雲縹緲飛來古殿于梁普通中自舒州上元寺內飛來二禺仙去笛悠揚黃帝子二禺入此山採阮俞竹爲笛後俱仙去今寺內有二禺祠閒情最愛亭邊瀑萬斛橫噴透體涼

過分水關

八年衣食走征鞍此日青袍出嶺南西下獨遺珠子國東來三過鱷魚潭關山有跡憑城取形勝無方抵掌談且把綠醽澆壯志一鞭斜日照餘酣

五里塘即事

百尺高樓接水天法王宮殿柳堤邊曾摹三島羣仙境一閣秋聲半樹煙

任杏齋甸

字南田著有杏齋詩詞稿雙溪兄序云南田爲人倜儻不覊所居受書樓積書盈架笥未嘗屑屑于章句佔畢而每有心得嘗與邑人結詩社跌宕淋漓頗自喜也終于粵西尉

秋窗夜坐

修廊坐蕭爽襟懷澹無豫淅淅涼風生叢篁散清露庭戶寂無人流螢自來去

蓉湖秋月

秋水夜逾明秋光弄晚晴雲將孤月迴天與一湖

清傍水鷗鷺曙迎霜鴈報更爲貪中夜好不覺早潮生

客舍望月

雲淨風微客舍秋一聲羌笛怨揚州却憐明月今宵白不照書樓照驛樓

懷戴玉亭

翹首天涯悵遠遊從來名士半離憂家書一紙殷勤寄且喜雙親未白頭

戴笠夫禮

字玉亭著有笠夫詩稿雙溪云玉亭遊歷

齊魯燕趙詩篇富有累進逾上拔玉亭嘗結素心吟社一時騷人韻士如嚴宋山翁匏郵邵素人魏耕雲毛鹿亭丁梅濵王學軒顧濟園秦儼亭邵南池張藕塘駱偶軒張杏溪顧稼梅龔菊菴蔡西林王湖村吳小山胡羨門任南田黃理涵暨雙溪皆與焉屈指四十年諸老徂謝稼梅年近八旬龍鍾病卧巋然魯靈光也嗟乎人生若寄騷雅固非所以自存其若百年鼎鼐何

過京口

海門潮落倚帆吟漠漠寒雲斂夕陰瓜步浪花隨岸濶秣陵煙雨到江深天涯寥落三更夢小艇縱橫萬里心回首金焦青未了鐘聲縹緲去來今

書蘭膏賸草後譚齋云玉亭聘室朱夢梨工詩著有蘭膏賸草未嫁而卒

賸馥殘膏劇可憐淚痕和墨漬吟箋梨花雨散無多夢紅葉風飄未了緣絕世聰明常命薄幾人閨閣以詩傳撚毫擬作招魂賦碧海青天路渺然

蔡西林鼎

字象山貢生著有西林詩稿

晴川潘大方伯前任廉察時憫同郡之客故

粵中者徧搜旅櫬捐俸買舟送歸以葬作詩以誌盛德

白日塵埋黑風急荒郊寒食無杯粒啼鵑夜夜悲異鄉魂魄訴天天應泣誰從燐蔓恣遐搜孽河渡以般若舟憫彼生還既無望忍教枯骨長淹留蘭陵湟水五千里累百桐棺返桑梓可憐絕域露零零歸傍松楸哭妻子感銜存歿報何因唯公盛德高蒼旻行看霖雨明光殿萬方黎庶沾恩徧

春申君

人寵王宮智已昏應教頸血濺宮門祇憐珠履三

千客寂寞無人殺李園

浦秀才敬數

字官虞號芋香諸生前澗浦山倉長子

乙酉戹月之望顧君蒸民方鳩工繕垣墻飾闌檻而比隣以緩急來請將割其宅之半以償再三辭不獲乃哀錢若干割其廳事後書堂三楹及周遭房廊之附離聯屬者數楹而書堂爲最旣撫而有盤盤囷囷坐得勝槪聞風來觀者率留連不能去因爲敘其緣起作詩紀寔且索同人和焉

玉露高清珠樹珠辟疆園外展新模斧斤未識般輸巧輪奐俄聞張老呼松鼓雲濤聲和窿梧飾日影鳳將雛斯干賦後音誰嗣珍重詞壇爲撚鬚

殷秀才躍龍

字彙宗號雲津著有雲津吟草

九日社集鎮溪樓

登樓縱目任徜徉舊雨新知命菊觴社續碧山推一老外舅邵自怡先生主社詩吟紅葉壓三唐共扶大雅文章貴歷數聲上前賢姓氏香何必白衣來送酒騷人自古占重陽

楊逸人廷果

字令貽少有逸志生平不應有司試工書喜購名人墨蹟自北宋蘇黃米蔡暨元明趙祝文董無不倫所著有閒意草秦岵齋跋其後曰楊令貽合下便是倪元鎮一流世人鮮不笑其迂者惟寻與王錫公能賞其高韻長夏錄一過雖汗流沾背自可忘暑令貽善吹簫鼓琴而尤工琵琶自製琵琶一曲名之曰潺湲引今亡其辭曾于中秋獨遊虎邱抱琵琶據生公座上轉軸撥

弦卽彈所謂潺湲引者萬衆聳聽曲終徑去人謂自生公說法以來又見石點頭也所藏米帖及東坡墨竹客覰其貧指囷欲易之不可得易簣之夜命取而納諸懷中因以殉焉

乞食詩解三首并序

東坡云淵明乞食詩至云冥報相詒大類丐者口頰也非獨余哀之舉世莫不哀之矣蓋自念此生君恩未報有如詩之所云者恐後人誤認竟以先生之乞食爲眞因作詩以解之先生云

寧固窮以濟意勿委曲以累已正此詩之旨也
有求到處言難出不報于心疚未安識得詩中垂戒意主賓還作影形看
漸愧端從自已招狂吟醉詠轉無聊若教一念從隱忍五斗何須病折腰
新知借問誰爲是名姓粗豪每不遁栗里但聞窮仲蔚更無從覓富劉龔

三鳳曲 并引

太白詩云嘗聞穆公女傳得鳳凰聲簫也昌黎詩云喧啾百鳥羣忽見孤鳳皇琴也東坡詞云

衆禽裏真彩鳳獨不鳴琵琶也因作三鳳曲

鳳簫

贏得鳳簫猶在耳寥寥誰識古音尊三生已斷秦娥夢九疚還招楚客魂洞裏有仙長獨守月中無鑰啟重門年來心事如秋葉灰槁空餘一縷温

鳳琵琶

誰言樂事是絲桐樂極悲生自古同縹緲舊聲傳彩鳳纏綿新韻寫哀鴻最憐織女雲機意徒付麻姑雪爪空夢破綠窗驚歲晚斷弦合掛洞霄宮

鳳琴

一生閒業總荒唐獨愛琴聲孤鳳皇廓得此中堪付授遊于物外看翺翔浮雲柳絮塵勞遠流水桃花逸興長曲罷不知更漏永夜闌空對月茫茫

題姜若彤思子圖

幾度邗江上踐春與曉鐘那將眉底恨錯認自家容

贈程敬齋

晝燭銀釭照眼前忽疑瓊館接神仙鳥書昔向巖間拾鳳吹今來月裏傳縱是多情餘氣習未妨行樂絕塵牽丈夫問我生涯事秋水漁磯一釣船

題倪高士竹木圖真蹟軸

清閟高風動四夷早知名盛有危機棄財脫兔投林去猶有餘殃觸是非

題唐三絕鄭虔乳鴨圖真蹟軸 上有趙文敏楊士奇收藏圖書沈石田鑑定題籤

馬骨千金買鄭虔風流何似米家顛莫教蝴蝶連翩化珍重開元十七年

漪瀾堂

漪瀾妙蹟憶坡翁不見龍蛇落寺中 漪瀾堂額東坡書今失
遺我驪珠魚蟹眼至今千載響松風 予家藏有公煎茶詩真蹟

天上小團攜月去人間第二索吟來空中識得源頭處味向新詩筆底回

春申澗

醉覔飛泉亂雪獨行殘月高峯長笛一聲雲杪不知何處瓊宮

蘇書跋

蘇書不是唐人派舊論形骸意未真記取謫仙傳好句五言瀟洒出風塵 宗派

腕下跳龍須養氣毫端卧虎看藏神風期畢竟知何似姑射神仙自在身 氣象

偃筆欹斜勢所乘但能心正自神凝畫沙折股紛如訟誰識中鋒是引繩 中鋒

字裏陶詩品獨高又隨脩禊入雲翱從公識得禪師意如向公詩讀和陶 東溪

五百風燈數已盈清真瀟洒有誰評他年大雅留江左長附雲間鳳羽輕

竇秀才其泰

字志交諸生著有桂亭吟草 黃可亭錄本云志交詩如紅豆歌殘金絡索紫簫吹冷玉鈎斜黃雞香稻遲歸客細竹幽花憶故園蝦蟆還從溫養得光華原自洗磨來皆有韻可誦惜過體未稱逸之

浪花

無端開謝總因風叠縠成文聚散同漢女珮遺明月渡鮫人淚落蘂珠宮青萍激水千盤上白絮漫江一艦空莫便然犀尋色相三山琪樹有無中

朱秀才樟

字懷仁號杏溪諸生居邑之楊樹園足不踐城市以孝悌忠信勗其子弟所好周易性理著有讀易存黍藏于家

梅花

獨憐雪後孤清甚翻笑人前遭峭難隔歲相思頻

入夢先春有約為憑闌風生老樹流香遠詩在空山徹骨寒此際天心原可見未須爛嚼辨鹹酸

陳秀才凱

字汾陽諸生著有涉江草竹源居詩少與朱晝莊秦岵齋同學詩于劉橙林先生而尤工于詞惜其藁亦散失岵齋每誦其病草時竹几蹬如米一闋調寄金縷曲淒然欲絕晝莊謂汾陽詞直逼姜白石也

九日彭城道中

急水拍長堤荒郊信馬蹄風高官柳健天遠塞鴻

低飄泊蹤難定登臨望易迷故園三徑好霜菊滿蒿藜

懷朱櫚香

薄醉微吟意自豪櫚香閣下滿蓬蒿白雲自伴先生卧明月常緣古調高千古文章歸大雅空庭秋氣出離騷孟郊枯澹襄陽潔自擘苔箋仔細鈔

七夕

微雲如縠水如蘿珍重今宵別意多精衛若知烏鵲恨不來填海去填河

劉秀才詠

字依粹諸生居邑之青城著有鈍菴吟稿

燕子磯

巖巖百尺俯江流鬼斧憑空鑿玉虬一鏡飛來蘭棹月片帆收任秣陵秋青鰲有意終歸海白石何心更飯牛莫歎慳囊難貫酒大觀處處醉雙眸

書懷

風嫋寒霞一片孤空教觸石染蘅蕪半鐺水貯千山月雙舄雲飛五夜鳧鶴愛栖岩應是子木能殖貨定爲奴洞天深處終須到騎虎何能人畏途

贈隱者

桑麻泄泄蝶蘧蘧檢點身心樂有餘十畝晚禾乘月穫一庭名藥帶雲鉏天晴着屐看山瀑夜靜焚香讀道書塵世是非慵不管濁醪方熟菊方舒

漫興

踈籬衰草伏荒雞風剪霜林葉葉西立盡殘陽無一語暮雲寒壓雁聲低

孫秀才湘

字茂南號稻農諸生蘅堂之弟也初生時頷門香者彌月因自署曰香頂僧著有戊田小草

苦寒行

陰雲壓路塵障空朔風捲雪如飛蓬白日不下萬里黑凝寒積素千山重征人出門臨廣陌馬毛如蝟霜覆額橋梁中斷水復深欲行不行意悽惻萑葦乾枯塞草黃中途飲馬堅冰漿夜眠古墓垂楊下幽壙燐燐漆炬光却羡長安富豪子朱門深鎖銅街裡錦衾珠帳夢初醒猶道風寒莫早起

題梅花生趙舜卿詩

芳草王孫夢新亭旅客悲冬青餘舊恨紅豆記相思濩落正同調風流亦我師鴟波家法在大雅藉

雜持

癸酉冬家兄于署坐東偏搆三楹顏曰補莊

因題

得鹿竟何補亡羊迹已深苞桑今日計梨棗百年心以我碧雲思延君春草吟東西同廨舍聽雨夜沉沉

皂河舟次即事

川瀫平如掌推篷見遠山何人歌楚調斜月下江關村墅半零落漁舟自往還經旬淹水宿誰識路多艱

淮陰雜詩 四首存二

鷹調弓勁射生場野燒秋原一帶黃獵罷不知歸路遠安娘城外月如霜

當壚燬酒醉顏酡騎馬煙花隊裏過日暮大堤堤下路斜陽一帶楚聲多

寒夜同蘅堂兄聯句

辛苦風塵際浮沉湖海間我來逢落葉相對數上聲寒山茂南往事樽前夢新愁鏡裏顏生涯同寂寞無計賦刀環蘅堂

蔡兩峯煌

字體乾號兩峯諸生師事浦山倌教授手註宋洪平齋四六二卷年七十二卒

夜聞鄰家歌管聲口占

湖海平生氣尙豪小樓不耐紫檀槽半簾羅鄰三秋月又聽寒江夜笛高

蔡秀才焯

字敦復號訥夫諸生與兄兩峯同師事山倌浦教授手註宋孫仲益內簡尺牘又註蘇文忠萬言書鋟版行世肆志典籍而不永年其友王五福哭之有從此便應焚筆

硯之句光旭七叔父達觀公忠信人也爲訥夫妹壻兩人深相結訥夫歿吾叔即以女字其孤三十年來卵翼其子若孫成立而吾叔遽然長逝悲夫

友人齋中顏曰尋孔顏樂處爲賦四時樂四首

何處堪尋樂落花香滿瓢古心餘綠字春色上蘭苕海月近先得山雲遙見招兩三絃外意流響石嶕嶢

何處堪尋樂夜來新雨過叱犁人語早布穀鳥聲

多易地懷顏禹臨風和軸藹遥知周茂叔窗下靜
聞荷
何處堪爭樂翻書秋樹聲蹤星河漢迥凉露竹梧
清滌硯初無滓傳經與有榮澹然新意足贏得小
詩成
何處堪爭樂悠然俯仰間出門復何事會意若相
關獨坐乾坤靜孤吟鳥雀還老梅含古韻殘雪點
寒山

尤秀才峻

字秀峯諸生

秋草悼仲弟兼懷四從弟都中

池塘當日夢轉盼已全非襯馬憐蹄疾流螢惜翅
微元霜催正急白露濕還晞何事平原望王孫去
不歸

夏夜山房即事

蒲扇輕摇履半拖空堦幽徑小岩阿夜闌人定閒
消受風在脩篁露在荷

管祉呈過枕崿

屋下清溪屋上山山光倒影浪花間此中大有勾
留處何日相從共閉關

秦太守朝釪

字大樽號岵齋晚自號蓉湖居士戊辰進士觀政工部補戸部主事擢禮部員外郎中官止楚雄知府岵齋平生坦坦不知世有機械變詐事不求人人亦不可干以私官京師晨入署事畢而歸則閉戸以書自娛遇佳風日則命駕徃陶然亭嘯咏自得至暮而返如是者二十餘年于滇丁内艱遂不復仕主江漢書院九年士風以起日有課月有程稍暇則登黄鶴樓或放舟渡

江徜徉大别郎官之間與世外人飲酒談笑以爲樂甲辰更主豫章書院三年一如在楚者岵齋考古論世於識頗長而見事遲無應猝才小人猝然窘之無如何也其自序曰少讀書慕周昌汲黯之爲人而官未嘗爲御史比壯讀書慕元道州而守楚雄者十五月讀者想見其爲人年七十四卒於家所著有岵齋詩文稿曰田間艸燕臺稿使粤艸晉遊艸滇遊艸倦游艸楚游艸後滇游艸宦遊雜志自序詩話藏於家

附錄蔣序岵齋由部曹出守大郡官成而
退其生平著作甚夥其使滇使粵使晉皆
有詩詩不拘一格出入唐宋杜蘇間寓目
即書別開生面蓋大江以南五百年來無
此作矣予交岵齋幾四十年君恂恂儒者
學問淹博晚游豫章主講弟子信從者百
餘人岵齋與之講明聖賢之學舉向來世
俗所習滌除殆盡其設教可云今日之河
汾泰山矣予讀其詩不禁心折而三
歎焉甲辰秋分年愚弟蔣士銓拜書

寄朱櫚香二首

學不渝壯老古有衞武公公年九十餘有斐留雅風蕭然櫚香子寥寂空宇中持躬凜圭璧高詠發笙鏞我欲式高義振彼聵與聾薄俗寡聞見妄議達與窮親見揚子雲乃以為庸庸

我初髮未燥問詩檀林師師言今作者惟有櫚香詩以茲遂嚮往樞謁來堦墀坦懷若日月照耀方寸私憂然開瑕函示我屈宋詞十年事遊宦人事竟改移吾師不可作願與長者期緘情附歸雁流涕忽沾衣

蓼園先生歿數年矣予自祭文一首外哀輓之章缺焉每欲舉筆輒悲不自勝而止近閱畫莊詩稿忽覩輓章乃復愴然有作

摧頹喬岳到崑崙有淚無緣慟寢門淺俗亦知推善士餘清猶得及文孫自慙仰止成虛願未肯隨流恐負恩八十年來風格在頑夫廉厲薄夫敦

盆山歌寄劉髯 王錫公尊人得卷石野小盆以水環之劉復燕為作盆山歌余愛其詩乃復效顰以寄

我交髯公二十年十年過從常隨肩平生頗謂髯易與失驚再拜盆山篇我目未覩盆山作何狀新詩峭削能鑱鐫自云昔年居楚塞哀咽曾聽湘靈弦祝融獄立青入漢洞庭落日紅浮天盡驅山川入盆盎咫尺巖嶂生雲烟筆墨振蕩搖五岳周旋中規矩折旋乃知才大律更細風格便欲侔前賢昔時庸姿願方駕蹇驢安得騏驥先塗山先生丈

人行愛奇賞異同米顛拳石作山盆作海方壺員嶠環清漣遂使髯也出秘怪明珠夜光如貝編作詩遠寄二三子庶以悔艾追前愆

秋日約諸公登陶燹亭予後至而諸公已去

長林蕭蕭葉未黃薄雲微日上修廊山容入室僧初定庭際無花草亦香獨愛清秋人簡淡暫離朋舊意蒼涼無緣共結漁樵侶菰米鱸魚飯水香

詠史

無忌竊兵符又矯殺晉鄙徒以酬平原未暇為國計功成却秦軍虎狠乃奪氣不然邯鄲亡魏亦相

隨筆

吳蜀多良臣而魏獨無輔惟餘司馬氏奸雄亦才武先主既推誠仲謀亦傾吐老瞞尚狙詐何曾見肺腑磁石堪引針腥膻蟻爲聚乃知君臣間氣類各相取

士元於孔明奚止牀上下惟乃心人材襟期小區夏入吳旣跼蹐依劉亦瀟洒謂堪別駕才豈足知之者小語逢德操桑陰滿平野

重九前一日登黃鶴樓

晴靄入高樓能消萬古愁漢陽空有樹鸚鵡已無

洲詞賦誠餘技江山自上游峭帆明日去又及洞庭秋

登岳陽樓有懷京華諸子

挂席四千里登臨興不孤南浮指衡岳北望接荆巫積水寒生暈秋山淡欲無諸君自廊廟曾否憶江湖

湘川道中

崩崖轉石湘波跳波底碎沙如鏤雕共道山容盎奇峭我聞人語漸蠻獠三分寒色時煙雨十月深林尚秀夭漸近九疑饒古意欲賓虞帝聽簫韶

王上舍頴銳

字秉成號瓶城國子生耐軒先生達十四世孫也耐軒先生所製箏譜爲世頌法瓶城稟承無二且盡搜耐軒遺書梓之行世瓶城少勤舉業能文章父沒家累萬金內訌外侮積十餘年淸其逋又數年產稍儲兄弟四人欲以遺業析而四瓶城告於母曰兒與季皆一子而仲與叔七男析而四不如析而九也其友愛類如此性又仁厚好施與負郭二項輸租納稅必身親之自嘗

題其租簿曰嗟彼農夫早作夜勤祈寒暑雨稼穡耕耘一遇水旱五穀不熟衣不蔽體食不果腹婦子嗷嗷官司鞭扑摒擋輸將業主斗斛上倉風篩除粞斷穀狠戾旣多交量不足稱貸無從限期迫促差扇頻追許以子鬻或稍逾期敲門打屋人雖窮餓亦戀骨肉言念及此可爲嗟吁佃實窮困佃實勤劬彼無怨嘆我亦憐愉租雖不足心則有餘心旣有餘其樂何如著有聽雨樓詩文藁藏於家卒年八十有二

東林書院懷古

龜山載道南東林遺片席絳帳十八年烟雨叢荆棘顧高實倡謀卜築弓河側墜緒一線延書院名仍昔一遵白鹿規辨難皆心得性道別毫釐此志

存一息門外屧常滿庭前雪三尺崔魏扇奇禍灰飛餘瓦鑠天將喪斯文豈復留六籍天未喪斯文斯固有安宅　國朝應昌期鳩工命匠石冬士講習餘麗澤皆　王澤雖非魯靈光歲寒見松柏明德猶在茲登堂緬先哲

哥源草廬十六咏 存六

草廬在管社山之西先塋之側鄉人呼爲西管社余與諸弟歌哭於斯友人周方谷分題得十六景相與唱和不爲山靈笑乎

蒼壁四無隣喬林最可人不教炎作傘仍放月如

銀繞屋篩凉影參天簇遠春巢鷽多接葉流響半藏身　右古木圍廬

小閣濤聲湧寒鐘入夜和不逢蒼叟怒常帶白雲過句曲與不淺天台路幾多艮宵驚啟戸或恐是鯨波　右風閣松濤

客雨灑蘅皐平湖霧漸高簾疏留不捲閣小却相遭樹影連墻過風聲逐雁翱此時留客住清酌有山醪　右蘆簾山雨

頗怪歸雲懶爲霖合上天無風時出谷有月半藏烟平碧封山徑餘青帶水田世間遥望處却道此中仙　右石塢歸雲

山色青如許秋林漸露梢不風而自隕索句若爲敲地火添霞氣天霜滿水坳君看烏返哺上下補寒巢　右柴門落葉

點點白于星湖光暗柳汀斷橋穿葦港缺岸照柴扃明滅聽行蟹高低看聚螢老漁偏罷釣買酒過旗亭　右柳汀漁火

迪清歸夯藏示子孫 三首存一

舊迪槩纍力難歸債似潮添萬斛愁惟恐波平忘却海夯歸長與子孫留

王司訓灝

字春明選貢生官廬江訓導春明幼工書尤以墨竹擅場人爭購之前後二十餘年一盤苜蓿翰墨時作著有畫竹軒詩稿老而歸歸數月卒年七十有四

蒲生塘上行

蒲葉青青生我塘下所謂伊人與言稅駕霜之落矣蒲青且黄所謂伊人天各一方東風吹蒲黄復青開門見蒲妾自驚東風吹蒲復吹妾妾顏黄盡誰相惜不怨東風只怨蒲蒲黄不青奈妾何

自胥江還家舟次作

浮雲結層陰孤帆逆流折旅夢沉金閶歸心切懷橘撫時感遷流關河下黃葉依依野菊花迎人目霜發我行暑未徂忽忽寒氣冽蜉蝣寄天地不自知歲日胡爲征途中辛苦變華髮微雨東南飛喜見山突兀其陽乃吾廬渺與人世隔偕我友與朋可以聊偃息疎楊掩荊扉歸舟繫新月

九日登望江樓留別如皋諸同硯

浮萍斷梗隨波濤錘鐵爲纜繫不牢一揮盈把阮生泪西風吹我登東皐側身四望爾思起關河搖落已如此幾堆黃葉斷鴻邊萬戶砧聲殘照裏斷鴻殘照兩悠悠江山如畫今古愁揮毫不續泰川賦黃菊隨緣插滿頭吁嗟乎長史登山惆悵多渡江杖寶傷如何臨風起舞爲狂歌躡江歸去騎黿鼉天涯兄弟重陽節黃金散盡無顏色十年千里別離心秋風秋雨江南北

送翟應齋歸太州

昨碎燕臺琴邊風吹苦吟還家惟有淚問世更何心別酒誰能醉春禽空好音遙將送君意和月掛前林

白門七夕

得得燕山騎飄飄白下舟如何逢七夕常是抱千憂花落秦淮水詩成帝子樓微茫銀漢月猶帶六朝秋

觀南京石莊和尚畫松

着處轟雷走尋龍一枝退筆破南宗西風日落濤聲冷野屋雲流墨氣濃聞道六朝猶有石何須二世漫加封諸公莫作山僧看大約前身是赤松

石湖漁歌

生石湖中長石湖一竿日月老菰蒲只知眼底山和水不記當年越與吳

范秀才顯德

號潄泉邑諸生以幕遊豫章所至登臨懷古篇什甚多歿後散佚秦觀察瀛云潄泉善笑稠人廣座中談諧雜作性坦率與人交有始終

秦淮遇秦凌滄

絕世才名秦太虛思而不見渺愁余江邊雲影蹤纔合袖裏詩篇錦不如自舫半篙踈雨後青山一析六朝餘廿年轉恨逢君晚孫楚樓前對酒初

長孫　籌　斂時校

梁溪詩鈔卷四十

梁溪詩鈔目録卷之四十一

國朝八乾隆

以上共十五人

梁溪詩鈔卷四十一

梁溪顧　光旭　華陽氏集

國朝

吳黼仙峻

字揖峯丁卯副榜容齋先生鼐長子容齋先生登乾隆元年丙辰科進士終工部主事以經學名於世弟易堂學士鼎亦以經學顯顧不爲韻語揖峯濡染家學爲人蕭澹超邁於書無所不窺而尤工於詩余從兄雙溪序其詩曰吳子自經史子集及音

律筭數琴奕諸藝皆能旁通其詩自漢魏以來搜擇融液不專一格屢變而累進余嘗有句贈之曰門外桃花一㽞雪煙痕瘦盡龍山骨揖峯喜曰君知我也其所著寄淮草洽遊草已鏤版行世又有尋樂軒詩稿坤遊草隨意草咏物集句梁溪詩事雜咏外又有尋樂軒著述數十種歿後其子培搜羅散佚編纂成巨帙尋卒門人嵇承濬馬爕彙其全詩示余余慎於持擇得如干首作者其亦許我否耶

客至

清晨罷盥漱上客來茆宇言我久飢寒復不屑農圃同懷數幾人結綬紆華組君亦馳驅材奚爲守環堵一笑謝客言秉質固椎魯客去掩柴關蕭條天欲雨久覺庭中竹冉冉低復舉比鄰淅米聲炊烟生一縷長嘯坐匡牀聊與古人伍

春水懷程魚門

春水際雲流春山坼曉愁欲攜湘浦客吟上木蘭舟復恐吾同病因之賦遠遊昨宵成好夢明月滿揚州

甘露寺

木葉晚蕭蕭名僧浣酒瓢樓臺新北固鐘磬舊南朝雲態從風變江聲入海消廿年行役處幾度繫蘭橈

懷顧丈持國

風雨秋如此關山路若何有香凝燕寢無夢渡狠河詩句添紅豆功名付碧蘿虎頭癡未絕華髮半銷磨

懷李鐵君鍇

見說結廬處西山深復深松門千歲鶴石磴一弦

琴此夜把君卷先期獲我心秋風吹木葉悽斷不成吟

遊管社示過正岳

眉間滴生翠鬚畔費長吟樵響來何處雲封不可尋蒼苔終古濕紅柏半岩陰茆屋兩三輩悠悶獲我心

震澤五百里蒼茫客思雄天光翻在下山色盡浮空一笛懷中月千帆掌上風只今香草路先落美人紅

曲檻峯千牖圓堤藕一灣水腥知有雨雲漫欲無

山餉餅欹藤笠分魚動柳鬟不須耽麴蘖相對已忘還

悼汪芬木 棻

離魂何事黯然銷搔首秋風問泬寥烈士暮年還射虎英雄失路亦吹簫三生知我愁如許一死尋君夢已遥舐筆和鉛今始悔好攜丹帬問松喬

天門峯

夾江山萬疊鎖以天門峯虛空自開闔日月流其中娟娟雙蛾眉今古爲誰容安得烏鵲橋一跨千芙蓉昔聞謫仙人來往金銀宮咳唾十萬字字字化爲虹我行孰與偕欹笠乘長風飄飄上絕壁四面青濛濛下視三楚人蠕蠕細蟻蠓大道本自具外物無終窮毛公聞此言微哂方兩瞳願言生羽翰松頂常相從

望中

謝眺青山孫楚樓六朝雲水木蘭舟望中原是來時路有限天涯無限愁

江邊

點點鷗村楊葉雨蕭蕭蟹舍稻芒風旅人夢醒漁郎醉一樣江邊繫短篷

鳳凰臺

鳳凰臺上倚闌干回首中原爾許寛六代渾如前日夢三山留與後人看詩從李白傳高詠春入楊花起暮寒燕雀不知鴻鵠志榆枋自喜一枝安

鍾山

倚天蒼翠一層層數盡三吳得未曾雲似縷衣行上苑江如金帶抱諸陵空濛不假障塵扇寥廓難施繫日繩何事北岡南埭路紅花開盡白頭僧

勞勞亭

不識行人苦那知居者安紅香雙角枕綠茗小蒲

團風雨今何夕關山爾許寒勞勞亭下柳飛恨與君看

長江萬里圖

吳蜀天無盡江光一線逼此中宜我輩釃酒嘯長風

太湖

夢長馬足驅馳中醒隨蕩槳人從容軒然三萬六千頃爲我直灌玻瓈鍾澤國風光此奇絕水面平來山谷鈌龍娥皷女相後先翠蓋金支倏明滅停舟落日望江南覇越亡吳我未諳萬里天風吹濯

足流紅一葉助清談樹裏誰家晒漁網樹頭時有飛禽響似聞勸我不如歸我已歸來更何往桐鞋匼匝棕帽偏竹君三尺青銅堅相將湖上衆峯去每箇峯頭住一年

宿惠山樓同若洲賓王魯瞻限山字

一步一芳樹相看未許攀欲尋前夢好只與素心閒小雨散春壑踈煙籠夜山危樓歡笑語吹響下人間

秋螢

流蕩亦已久相逢仍故居似添團扇冷重認碧簾虛芳草三生外金風六代餘夜殘燈燼落不見獨愁予

西溪

廻合西溪路疑從畫裏行茆茨臨水影機杼隔花聲客樹鳥雙語斜陽人耦耕羈心成悵望卜築與誰盟

苦墳

痛飲黃龍志未伸蒼天如欲棄斯民衆傳諸葛真名士共識汾陽是大人鐵聚六州誰鑄錯海逢歷刼又揚塵清涼有客傷心極湖上騎驢來往頻

松楸屈折向南天一木難支劇可憐抔土尚能存趙宋兩宮何處覓封阡由來佐命空留券豈有文臣不愛錢轉眼冰山已銷鑠爭光日月自年年

巨石山同李賓王

朝登巨石山攬勝得其槩湖光平若鏡掩映揷修黛橋堤互縈繞花柳屢明晦却笑嬉春人古道非所愛褰衣跂層巔石與虛空礙散作羣牟眠移來六鰲戴壞塔栖烏鳶剏始知何代風動無輪鈴傾欹壓雲背陰崖氣凜冽鐫壁字若昧宮殿已燼餘剝乃舊冠佩滄桑幾彈指吳越一微塊藉草共長

吟悠然展遐慨

同鄉豫章鮑若洲登飛來峯絶頂

芒鞵走堤曲未覺塵埃空今晨撥亂雲飛上飛來峯直從沙際起徹頂皆玲瓏古塔危未墮荒榛開復嶂各據一瓣蓮下視人天中雙丸跳日月一氣團㟪幪翻傷節序遷林葉鳴寒風顧影語仙侶茲遊詎能重

楊八可由過訪

小閣生秋興幽琴帶月張佳人撫遙夕爲我發清商淡淡竹光翠娟娟蘭露香未須移棹去吾已識

瀟湘

曉霞樓書龔貢淮扇

曉霞樓上望江南濃滴煙光澹抹嵐中有征人無限路碧波迢遞柳毿毿

楊雄集

天命如歸莽侯封亦到雄白頭不曉事元語只雕蟲借問閣前地何如湘水風離騷安可反惆欸彼懷忠

陶貞白集

嶺上雲如繡松間風似繞君期羅漢果謂梁武帝臣慕葛洪仙高築三層閣深居八洞天遺銘留瘞鶴翰采自無前庚肩吾書品云陶隱居仙才采翰拔於山谷

題范文正公讀書臺

太息斯人不見今當時虀粥夜燈深西山虞夏清風操莘野君民覺世心貧擔買臣貪紫綬刺鋒蘇季戀黃金讀書所爲竟何事公等從容仔細尋

臨淄懷古

巖城惆悵舊蒲姑十萬人家五逵衢湫隘囂塵棲晏子羅襦香澤醉淳于客來稷下能談否望到牛山洒淚無司馬上林原絶調此間傖父作三都

孔林柏十六韻

翠柏接絪緼行行護孔墳映來新甫月飛到泰山雲得地中通理柏別名黄腸迎陽左紐紋高低垂羽葆重複出蘭芬玉立黎民識金聲碧落聞曲肱承雨態圩頂借山垠材達三千士顛扶十二君絜餘周氏矩伐懼宋家斤互易陳蓍策尋常蘋藻芹巳闌鴝鵒語祇待鳳凰羣整似垣墻衛班同昭穆分楷將煙下綠楠亦日邊纁顏墓有石楠屹嶸天門柱森嚴徊社稽殷歷階瞻拜後歸路自欣欣

灞陵

指點中原舊秦城接絳霄千山趨岳掌八水會河腰法曲風前遠仙輪海上遥只餘行客路殘柳晚蕭蕭

宿寶雞

歇馬陳倉道高歌引綠醅蟠溪吞日去秦嶺塞天來（孟郊詩南山塞天地）客緒忘新臘風光識古豳明晨入雲棧如砥首重回

過柴關嶺

南出南星坡地平身妥貼知是朝陽升雲光着衣

濕盤廻行傍午始自柴關入向來所歷境了了在目睫羣山如連城空中遞開闔古來多事者劃土各爭蟄北指章邯封（嶺北廢邯所封）南識留侯邑（嶺南大小留壩張良所封）旗亭與柝樓蜂房散千葉關當山缺處遲客有老衲問訊風土嘉木棉時可拾余生不傭耕萬里且負笈何日占仙巢晴霞任呴吸

焦岩

焦岩石如吞象獅紛紛人馬行其顛欲墮不墮雲支持疾趨猶恐橫風吹空輝拂面搖漣漪萍間倒掛蒼崖姿虛舟未識何處移龍江東走雪一絲沿山向背無定期徘徊豈有黃鵠騎竹樹迎人張綠帷彷彿遥聞啼畫眉（南近畫眉關）

雞頭石

雞頭石竦與雲齊漢上先聲閱舊題行處曙星猶磊磊懷人風雨忽凄凄插來碧落千枝筍掛作銀河萬丈梯自是途中談客少相逢真欲叩坤倪

過百牢關

澗道東西瀉玦環行人如織百牢關馬頭向掛秦時月牛後曾通蜀國山草識旗亭侵畫壁花憐羌女上垂鬟茆籬處處安深樹可要儂家遍轍轘

五丁峽

五丁最險峽豈料兼幽秀委蛇凡幾轉一轉一宇宙日光容不多兩崖互鬭鬭其上古雪積其下春葉茂中間鳥道盤山神恍接搆石理皆方斜不能作圓皺既無棧與梯脩遠雜新舊簷牙出欹危洞屋忽明透枝如仙人掌折若古釵癯霏霏泛珠泉急張乃徐扣窺底知虛無尋源懼悠謬我身裹綠雲我馬嵌虛竇橫策倚樹根石與人俱瘦前呼若爲聞旁隔未可授心祈莫顛隕一笑又聯袖回憶開峽來幾主復幾寇如今遠蕩平哂此五丁陋其

功不可忘足用譬家歎風塵勞訊問記一恐十漏夕陽生爨煙粉本猶堪就

舟出朝天峽

峽江舟狹長人如坐竹箨船頭置六槳郭索緣蟹脚舟子手生踈避就共斟酌常恐觸淺灘轉作無底槖灘急乃倒行一溜俊鶻掠猶然千丈繩縋後各袒膊入峽水停瀠展目得寛綽全身入鍐鏈欲攬忽已索呀然雙門開歙痕誰斧鑿皺青銅色淨泥土那敢托西崖掛凍瀑中住不肯落映以青虬枝竊嚙來鼯攫東壁多方空劣可巢燕雀點排高

復下知古設棧閣何年盡摧毁天與水相錯想像舊時路人馬同驚愕如今陸循嶺人破百草屩固知舟亦險奇境未可郤陂陀望雲舖午飯一晌泊振策入煙中前瞻莽無着

越嶲

長途千折險僻境百蠻開雲欲浮山去天疑壓石來暖將春作臘人喚杏爲梅酒旆風搖處還思江上杯（有惠泉酒帘）

詠瓶中蠟梅

膽瓶忽認紫羅囊一角橫安鈿尺量徑欲清歌煩朱臈恰如名士遇黃香鵝兒酒嫩春先至翠羽簾空夢正長廿載塵埃慚汗顏臨風休羨壽陽妝

木秠河

木秠關前木杔河分明風月送愁多若爲變作葡萄酒肯費儂家金巨羅（自註：此詩建昌伎能歌之，肯字順口歌作便字）

巖道

巖道猶傳鄧氏巒荒煙苦霧掌中看漢家恩澤原非濫只賜銅山不賜官

成都即事

滿斟郫酒淡于涇碧荔風流意外馨鸚鵡南方語

叢雜琵琶三國事零星燈前舊雨還今雨劍外長亭更短亭莫道故鄉縈遠夢坐閒談笑似家庭

夔江

白帝城頭渡曉鐘夔江何處訪前蹤論人宜具千秋眼懷古難平五岳胷諸葛灘空遺亂石少陵宅監剩欹松接天山色清如許欲棄蘭舟借玉笻

過䑶艫峽即少陵題詩之空靈岸

長江如琴絃絙向大地面掩抑度風姨宮商屢遷變我從若水歸放溜下巢甸重交占古易堆叠詢俗諺共指神女峯娟妙未及戀惟餘半壁靈搖曳

棲雲練石齒解呑舟反以舟形現固知開闢手雖盡規矩線少陵逆淚遲所歷後人羨託嘯欲營居吟成但留眄微生苦塵迹足且中原遍思爲星漢遊八月乘槎便

泊沙市有贈

勞土役役伴長鞭一舸新從蜀峽旋江入洞庭疑到海山來荆楚盡成田喜吟王粲登樓句嬾索君平賣卜錢知是人間行樂處梅花香裏枕書眠

黄州竹枝詞

借問堤邊遊冶郎春來可遇杜蘭香簪兒想是蘭

芽短裙帶應同蘭葉長

和響泉咏蘭

空山流碧雲曉露濕芒屩相思不相見歷歷尋芳處君宦三十年歸來仍韋素雙橋帶草堂中有幽香住靚面共忘言清吟堪歲暮凌風懷古人湘江問前渡

梁溪

淨綠不可唾萍開插遠峯溼雲多演漾水鳥亦從容落日無人釣寒村有夜舂昔賢於此隱詎是守踈慵

蓮枝詞

送春江上劇新愁兩兩吳娘唱柁樓不有蓮花持色界白蘋紅蓼巳風流

讀東漢書

恢復高皇業嵯峨鄗邑新帳中眠舊友臺上畫功臣稍識循良化多愁讖緯陳前車赤眉在底事又黄巾

秋海棠十首 存四

小草何當近上林御風終傍粉墻陰依稀消息銀瓶手錯莫年華錦瑟心妃子池邊雲似夢羅敷山

下月如襟悲秋應抵傷春句付與騷人費苦吟

榮落非關莢堦骨青髓綠近仙芝舞來掌上翠雙剪淚入壺中紅一絲暫立蜻蜓衣綽約暗籠蟋蟀語參差勸君且盡盈觴酒金縷歌殘剩折枝

莫誤伊州作石州新聲併入漢宮收相思蜀道三千里歸夢金陵十六樓衹覺蓬門堪寄傲誰知竹徑本通幽鶯寒鷃鵊從人絮遍地霜華凝欲流

春明舊事最堪憐冉冉幽懷記歲年婀娜正當黄落候丰容不值艷陽天立殘危砌燈生暈眺盡平蕪玉有煙南國騷壇真汝愛遨遊何必錦江邊

曹中翰元俊

字偉君號柳溪竹屋先生輯五仲子少年英氣咄咄逼人庚午舉於鄉甲戌榜後考授中書工書初學文待詔既而學顏曰吾今而知宛轉迴向沉着收也又工畫師心獨運有宋元人意嘗於其座主莊中丞齋中玩月客云月流平地水偉君應聲曰雲起半天山中丞歎賞謂當讓出一頭天不永其年士林共惜之

寄衍存兄弟

縞袂經年隔荒城草又枯無情憐物候慣別悵吾徒泉冷聲逾咽窗虛夢亦孤預期談鄂渚黃鶴共招呼

題畫

犖嶂横江立秋泉遶舍聞林居常寂寂木葉又紛紛寺影落前浦鐘聲流斷雲此中有真賞風景過橋分

楊少府索畫偶題

收釣前溪掛夕暉掉舟且趂落潮歸待他明月如金鏡好把珊瑚拂翠微

觀珍山先生藏畫晚歸奉東

長安日日飛塵埃半年走馬黃金臺曰歸一爲問家室北風括地颸誰開何幸顧厨爲我啟神物收藏已久矣是時天澹春風寒雙成冉冉騎青鸞晉陵唐寅畫入妙絹長八尺四尺寬懸之高堂入畫棟百鳥羣來朝彩鳳顧厨有畫雖復多只此堪充萬壽貢方今　聖母花甲周皇太后六十萬壽恭逢　帝命梯航萬國走琪球琛漢玉周簠簋盡却不一收搜羅筆墨浩烟海臣下藉兹供壽愷助君飢歲恤貧餧君今韞櫝欲何待嗚呼絹本非

珠亦非金唐寅恨不生於今

侯孝廉洵

宇思泉庚午舉人詩有天涯草

平望舟曉

濃睡篷窗穩衝寒雁一聲霜嚴朝日淡波靜曉烟横有劒行囊壯無裘傲骨輕離家竟何適冉冉又東征

吳孝廉寶洛

字禹範庚午舉人粹躬叔子性伉爽嗜酒偕友遊惠山醉後墮河死年三十

漁樵耕牧四首

泛泛春水悠悠鳴榔一簑一笠烟波蒼茫鈎亦可直釡亦可忘醉狎鷗鷺嘯歌滄浪欲往從之在水一方

澗水磨斧其流涓涓樵風初來林壑悠然得柴換酒逍遥忘年白雲在山明月在肩踏歌醉歸得天也全

有鳥布穀林間乍啼起視東皐春雲可犁跨我黄犢經過橋西新苗滿畦新水滿溪庶幾桃源于胥樂兮

三尺鞭箠駈牛來過飯牛春草飲牛春波我職司牧不知其他牛飽我卧于山之坡短笛一聲盎然太和

王司教龍見

字在田號默齋晉川先生長子庚午副榜官天長縣教諭出入能承父志讀書行已一秉家風晉川先生巳嘗稱之丁父艱未三年而卒年三十九諸孤皆幼所著詩文稿散失殆盡今其仲子煦於遺篋中偶得一首以示登之

秋夜

亂雲如水夜何其句自天來只自知月上疎簾花出没人依芳樹影參差工夫急進神須暇性體涵虚意欲遲惟有秋聲擱不住却從何處費相思

顧學博掄元

字炳奎號凱庭庚午副榜候銓教諭光旭季父也幼同塾季父殫精研思讀書晝夜不倦性沉靜寡言笑遊京師獨寄一室絶不與人交癸酉試京兆歸逾年卒年三十

易州館夜聞鬼嘯

客思浩無端秋風易水寒一燈山鬼嘯四望夜漫漫（壬申秋季父赴易州掄管之聘癸酉春還京言館中屢有鬼叩門啟視一無聞見因吟此詩光旭謹誌）

文境八首

從來天地大只在筆花中異境頻開闢奇文貫始終庖犧無朽腐學究有神通辭達意而止才多或不工

遂有筆凌雲童年爲綴文座中驚老鳳天上下將軍（庾信句）虹起看河馬風來到殿薰世傳臺閣體芳

意落繽紛

高詞逞雄健苦意造幽遐磬落峯心月樵歸澗上花馬班非異曲韓柳並成家各就性相近天喬共發芽

放懷今古際得意有無中花綻心多妙泉香悟後通雨漂茆屋白日照鳳樓紅萬象皆堪會經營自不同

文章有比興非獨在聲詩天籟寧無韻人心自不知雍門琴已遠流水調何遲吾欲尋其趣孤舟海上期

諸葛眞名士其文何所師志充惟養氣誠立足修詞直邁西京上應爲東魯遺令人發遐想抱膝獨吟時

崛起昌黎伯因文見道來黃鐘根萬事綵筆落三台龍虎開山澤鷹鸇動草萊起衰扶八代不使泰山頹

此事詎遂廢當知道未明世風趨險峻神聽樂和平五德當王貴千江就下行論文吾輩事六藝有中聲

侯大令可儀

字于逵號雲峯伊傳子少孤自力於學庚午副榜初官龍山令再授五河縣罷官後貧無以自給年六十九卒於家

舟發盱眙望龜山

名山萬古鎭崔巍砥柱中流石欲飛落日荒城啼怪鳥顚風渡口舞支祁身經久客行囊薄舟托洪濤性命微却憶五湖年少日白蘋楊柳釣魚磯

邵上舍柄吉

字夏杓梁夫子國子生博學工文蹭蹬場屋年七十卒于家

侯氏亦園余祖芸石公曾館焉秋日過此悵然志感

五十年前翰墨林風流銷歇憶人琴井梧瑟瑟催秋老池草萋萋積水深早誦清芬爭繼志難尋舊雨暗驚心荒亭岑寂私惆悵野鳥無情送好音

酬鄒大豫章

凡卉盈堦前當春刺眼明芳菲各競吐毋那爲朝榮鄒子拔塵俗豪素託深情雅意雲霄上疑䌷秋水清圖史列萬卷讀書擷其精爲文力追古出入東西京興來一臨池森如劍戟橫行間風雨至腕

下龍蛇驚贈余以琳琊奪目光晶晶我生鮮兄弟出門傷獨行落落宇宙問高懷足平生憶昔同負笈君年未二十英銳冠一堂矯如獨鶴立余朽栝步趨駑駘苦不及具此不世才青紫俯可拾忽忽二十年驥足猶見縶余固早衰敗君顏似羞澀回首問蒼穹莫下楊朱泣試看雲中鳥轉瞬思斂戢升沉亦偶然夙昔空於邑君子貴藏器願言且什襲

歲暮感懷示辰耀春和兩兒

風雨逼寒飇淒淒歲云暮遠室獨徘徊余懷向誰

訴老大生悲傷貧賤少親故上有白髮親血衰兩眼昏下有嬌癡女飢來漫相呼辛勤井臼間掩抑不能語終歲鳴機杼筐中無尺布丈夫志四方差余多內顧昔人鑒前車兒曹盍早悟少壯難再得轉瞬流年度人生重不朽富貴非所慕達人欲任運君子貴行素

積雨

苦雨連宵至朝來没釣沙隨風斜破塊和霧暗飛花積悶勤開卷長貧懶問家蒼茫雲水外何處是生涯

聞說秋苗好關心望眼睽蛟龍爭出穴阡陌盡成窪樵爨愁沉竈催科早放衙灌壇難再遇元冥擬回車

沈石田碧山吟社圖

碧山何有十老堂月明欲素松風長松風吹凡换今昔昔人一去歸何鄉歸何鄉圖尚在圖中點點生光彩堂前花落隨淵流年年淵水東流海碧山依舊鳴清泉吟社一變爲蒼烟初時修敬老孫子秦封翁之孫叔度先生後爲後十老倡修此社能光前前爲尋衛後簪組文質彬彬遞可數此圖但寫前十人樹木疎

疎特蒼古泉翁一跋如鼎銘令人寶此如瀛蓍社中有流馨亭後十老所創也當年已爲人割去失而復得裝表繞天道廢興盡如此只有斯圖常在耳鳴呼吾知斯圖亦難守安知更落誰人手

謁華絹亭師話舊有感

春風披早歲回首一嘘唏求道無今古覈疇有是非艱難生計拙寂寞壯心違桃李花爭發歸來晝掩扉

兒輩應試歸示之

得失吾勿言爲爾論往事大父昔閒居汝生尚幼

稱繞膝給使令翩翩可人意晝長學臨池更殘析奇字時或顧予喜謂孫頗頴異忽忽春復秋胡不念先志兄也旣樸鄙弟兮猶嬉戲一蹶不自振再蹶甘自棄將無世業隳男兒枉墮地念此不能寐中夜頻心悸

施大體瑾歸而悼亾憐蕭郎之獨返悵謝女之難回爰藉短章以唁愧無麗句相將

寒風颯颯雨濛濛有客歸來自洛中千里孤踪看泛梗一天愁思付離鴻羅衣虛掛香猶在經案常留鏡已空惆悵浮生多聚散爲君把酒問天公

秋日登林慮署惠德樓望太行山

萬山如馬奔及闕高樓四面面面山太行西峙互起伏橫跨燕晉盤雲鬟就中突兀倚陽頂孤掌摩空蕩虛景問誰弄斧魯般門（有峽名魯般門）手劈斷崖來坐井犖犖天平俯盤谷谷裡行雲光冏冏憑高放眼豁塵襟衆峯歷落懷宗炳欲引孫登鸞鶴來浩然長嘯空人境惆悵行藏獨倚樓中原依舊太行秋東周遷後依晉鄭北宋亾來無富歐丈夫素位惟居易富貴功名非倖致不知何處德星亭安得荀陳今夕至

劉上舍松苓

字九思一字雪坡國子生詩有醉吟艸叙曰雪坡酣於詩酣於文酣於經籍酣於交遊酣於山水獨不耽杯杓奚以名其詩葢雪坡所處不可不醉人所不能堪者雪坡歌詠自若殆不善飲而得酒趣者乎此草又飲我以醇也云云靑城葉潢書又有克省齋漫語上下二冊中云去私是爲人第一義去私如斬葛藤斬去葛藤方好走路人只是被葛藤牽纏住了到死還是滿腔私心分香賣履無所不至此類數十條醒世多矣詩餘事也

擬古

神憑石能言鬼笑利難逐解黿召誅夷失馬基禍漏雜念何紛飛鄭人眞夢鹿我有照膽鏡照人見幽獨天懷據塵緣交戰互輿伏魔之還復來如是再三瀆少時神氣淸迴光欲滿屋群邪忽氷釋杲杲桂林木湛湛一寸中如入萬花谷舉目皆含春妙處難窮鞫嗒然吾喪我所得在淵穆

大野龍戰血俊傑思乘時蕭曹起胥吏信布因流

離俱壯風雲圖蔚爲帝王師陰謀伏豺虎長劍誅蛟螭遇合洵有期君子貴不羈卿雲豈無學屈宋尤多奇世運異所遭褊苴亦徒爲兒乃抱跡拙椿莽藏雄姿猥云事高蹈冥鴻遯籓籬

上馬能殺賊下馬作露布勇號萬人敵博推五經庫功成位通侯寵極馮朱輅社稷繫安危蠻夷率歸附子弟椒房親戚屬根蒂固指顧生風霆趍陪列烟霧門輕衛霍家車滿金沙路富貴來逼人豈曰非殊遇一朝星隕地萬事如薤露珠玉委土塵牛羊上邱墓宿艸雖自新盛名已非故峴山墮淚

碑蕪岸傷心樹擾擾行路人誰急身後慕

海上三神山中有仙窟宅年壽與終古容顏自光澤翡翠爲衣裳雲霞作簟席明合黃金芽盤貯青田核驂鸞遊碧落博戲坐磐石手種巨勝花口歃琅玕液高卧芙蓉城永列丹臺籍如何下界士居處不知擇具此龍虎資甘受紅塵阨

山居

莽莽塵埃自古今躭幽只合在山林鑿開石壁和雲住種遍桃花夾岸深一枕笙簧禽語滑半窻香霧竹煙沉生涯猶恐嫌枯寂著箇黃冠講道心

樵

腰斧入深林輕擔出幽谷不是廉于取只恐殘良木良木楨幹材作薪洵可哀我懷松與柏如見古人來

茶人

茗椀中嘗有短梗泛泛然若游若泳俗謂之茶人致爲可喜聊作小篇賦之

家本蒙頂山流行欲誰向名在金甌中品居玉川上與世任浮沉立身空倚傍風味託清泉孰能識真相

無題

手盥薔薇露心含蘭芷香綠窻書細校忘却繡鴛鴦

閒居雜詠

不怪蛾眉詠還疑被鬼呵全軀待溝壑熱血灑風波貧到錐難立憂來髮盡皤猶煩高下手入室漫搀戈

枯菀都閒事端居感易生惜弦修指甲苦刼毀棋枰鐵馬聲誰撼金鶏曉自鳴春風亂抛擲無乃不留情

毛公故里

躡破秋雲摘晚菘詩經村裏訪毛公千年風雅歸瀛海不敢高吟夕照中

戊寅小春同施躍渠醉中玩月

酒酣高歌月當戶意氣飛騰滿天路清寒萬里不可量一併收來入詩句施君巨眼坳古今據案能參作者心淋漓大筆撼山岳醉後發興同狂吟狂吟爾笑我欲哭天空地濶轉局促丈夫橫騖泬寥問那暇周旋一籬菊西風颯颯暮雲輕約共天涯聽雁聲當前呼酒且更飲要看皓魄周天行

偕秦凌滄秀才侯清溪道士遊管社山

太湖三萬六千頃沐日浴月雄東南扁舟我昔載葶酒蛟龍窟穴窮幽探咽鳴咄咤山鬼遁喝落星斗澄寒潭身披羊裘歌大夏故友重招來管社馮夷欺我老不才驅令洪濤迎櫂打倉皇之間傍溪曲蓮沼菱塘鑑青淥楊君舊宅苑榭荒巨手闢山殊不俗從容小憩更遠尋披荆撥莽臨高岑別有異境豁人目水勢震盪山浮沉千帆絡繹初如織檣影都從天際沒夫椒檇里指顧問少伯夷光人恍惚浮生碌碌悲如何白日消磨空浩歌祇今亢性本遺機巧生平況澹然銷愁每微醉因病得高眠交鮮黃金穴遊無紅板船豪襟多減盡風月讓時賢

也覺窮居拙風塵我未能遠梁憐乳燕止棘畏青蠅渴向貪泉忍炎將傲骨承百年曾有幾可許恨塡膺

破寂程功課閒堦事冥修種花憂不雨看月喜逢秋磬室乾坤小霜葭道路修新詩滿桐葉吟向水中鷗

虎邱

十里香溪抱虎林梅花含玉柳含金橫塘烟雨詩人料別院笙歌蕩子心野鳥有情宜對酒春寒無賴欲拋琴不須更學吹簫客翠壑丹崕縱意尋

訪倪西疇印贈

綠晦幽人業深雲薜荔墻聽秋分潔癖耡雨帶經香檐牖心千古乾坤錦一囊不知塵俗外車馬逐風霜

渡江

烟水蒼茫萬里舟片時飛渡似輕鷗大江南北寬如許却放絲綸事遠遊

早秧欲死願舉震澤傾滂沱

知音難追步明學士王耐庵先生韵即示王孀明

知音難琴自彈知音難劍自看抱琴來前琴不語獨含風雨絲桐裏拔劍在手劍有芒躍躍精靈歐冶子今古悠悠蚕蠹紙琴心劍氣終不死少年挾此京華遊誰無意氣期封侯導揚　仁風奏御座摩抄星彩登邉樓我亦風塵去來客嗟身不獨萇宏碧停雲雁柱貯錦囊截鐵龍泉光典籍齊門落寞馮鋏碎浩氣空餘一千尺歸來蓬戶雀可

羅從此班生悔投筆知音難咎我琴我琴非無音知音難咎我劍我劍猶生䤈只是聲光太逼人天生神物品絕倫莫論聲價值千萬等閒足傲烏紗巾末流誰稱藻鑒士天下中庸問伯始如何桐燒太阿倒遂令塵埋勞濯洗琴兮劍兮爾醒然此生遭際皆由天鳳凰戢翼蛟屈卧艸茅自足與雲烟作載鼓我載舞元音悠颺俠氣吐休嗟世上知音難知音難自前古

夜坐

檢篋居諸舊荒蹊艸滿窗獨絃悲夜鶴孤螟夢秋江暑逼心仍冷年拋氣盡降無聊對書卷終苦費銀釭

題出獵圖

大獵平陽士氣囂絳衣爭羨五陵豪玉鞍金絡桃花馬羽箭琱弓蜀錦袍格獸已無熊在眼獻禽應有雉爲膏長林豐艸尋常役頭黑人看擁節旄

秋眺感懷

江上鴻飛暑氣收淡烟踈雨正清秋亂帆千里斜陽外老樹多年古渡頭極目蕭條看物變撲空涼吹向人愁不勞更起陽阿調越水吳山早倦游

覽物懷人託短箋每逢秋日興孤騫小窗冷逗梧桐月野岸香生橘柚天雁字看鐫媧氏石瓊芝新出綺園田只愁節候偏遲暮錦瑟空彈五十弦

秋水朝生晚放船梁鴻溪畔惠山前若爲罨畫誰高隱如此風光付逝川近代雲林真崛起千年桑苧早開先劇憐古墓無人識落日哀猿叫冷烟

鶴夢鷄譚向夜情殘人浮世百無情敢希白日同昭質頗恠黃花負盛名舊雨不來心欲冷秋雲最薄眼猶明懸知蹇數身無定釀得新秔且滿傾

梅杖石門和朱霄菴鍊師

選得孤山最勁枝橫擔風月豈尋詩携來曲塢春
常在曳向前村雪更宜鐵骨支寒原似我鳩形本
瘦欲扶誰須教撥動陰陽竅調燮元功正四時

辛未夏五余應澄江院童子試偕晚放排與同學數輩小憩道旁茶肆中余中暑痧發茶頃大嘔吐舉座盡散而余已昏暈不省人事久之一友呼曰醒醒可行矣覘之則雪坡也余曰公真長者世上小兒誇疾走如君相待今安有黑夜扶掖至余寓已三下鼓矣嗟乎雪坡瘦欲扶誰爲之隕涕同硯弟顧光旭識

劉玉茗尊素

字壇武檀林子思茗弟著有玉茗詩艸

悼徐氏姪女

去歲我遊楚送我涕泗漣心傷骨肉疎問我歸何
年女子有遠懷别緒乃萬千我行不能止汝悲不
能言豈知遂永訣百慮潛自煎一燈熒熒然百年
從棄捐棄捐無如何我今已言旋翻憶送我時掩
泣故不前

汝翁爲余言婉順信莫覯汝夫爲余言敬戒終恪
守竊喜能宜家天竟奪汝壽憶汝失恃初垂髫甫
學走汝父常遠行牽衣屢余就慚愧爲叔父而未
能先後于歸無綺羅出閤掺井臼生存不汝憐于
汝則何疚

周南村若金

字汝兼諸生有南村遺稿

暮春野眺和顧謌齋

忽忽春歸喚奈何長堤短陌任經過引風飛絮沾
泥少破雨啼鶯出樹多却對遠山爲伴侶且披單
袷試清和日長拄頰閒吟處一曲滄浪起浩歌

潤州道中

楊柳蕭疎江岸秋夕陽城郭片帆收朝來覓紙書
驢券一路看山到石頭

楊贈公鴻觀

字雍度號鷺溪工詩喜交遊遊跡幾半天下客湖南時少獲脩脯即爲父端操公梓其遺詩并刻從兄鶴沖詩家無擔石之儲親友有以窘乏告者必傾囊給之或勸稍節嗇爲衣食計答曰君但放開眼孔彼節嗇者知有已矣能長有耶顧不永年所著有真率齋集其子芳燦揆皆貴以揆官

贈如制

丙子秋送謌齋內兄之湖南

送君澄湖陰秋晚風蕭颯廻峯斂餘暉孤棹尚未

發瀟湘道路脩遊子心悲切執手共徘徊須臾欲離別離別在須臾撫膺發長吁欲持一尊酒與子酌空廬自愧藜藿羮多慚筍及蒲歡飲猶未已悲懷從中起仰視百鳥過載飛又載止日暮登君舟唯聞西水流流水帶離聲含酸動客情我昨辭京洛君今向洞庭懷兄我惆悵別妹子丁寧解纜共太息靡靡即長征長征人已遠歸棹一何緩孤燈曖不明驚鴻行乍斷嚴霜薄踈林悽歌發羌管顧望絕音形但睹秋容滿

冬夜懷邵甥柏庭

積雪映空廬四壁覺清峭寒梅助孤吟幽人懷遠道遠道何漫漫勞人徒草草人生天地間饑寒苦紛繞驅之即長衢風霜一生飽頁玉貴琢磨相勗苦不早造物何足憑此身乃爲寶黽勉嗣前人莫遺性靈天眷彼西流水愍此南枝鳥契濶千里餘將心托蒼昊握手知何期緘書寄陸杲

曉發趙家山　桑植境內

新陰茂夏初殘花媚春杪侵曉履巉巖林壑應啼鳥霧重方濛濛星踈猶皎皎我愧青雲流儼出青雲表暫望登涉勞坐愛岡巒好皇仁被南夷赤子入襁褓酋豪爭獻土何曾事征討分符列郡縣剪棘樹城堡茲山雖險巇坦若履周道原野四望逼谷口桑麻繞籃輿此中行悠然遇熙皡

酬雙溪內兄　初到桑植縣作

東北有飄風吹我向荆楚楚江連洞庭道路何修阻涉水復登山心傷屺與岵回首望鄉關淚下忽如雨行行到山城破涕且歡聚別來七星週雲樹縈離緒今夕是何夕丰姿快重睹宦拙神獨完心澄政多補琴牀悲訟牒竹閣仍書圃眷眷念慈闈家常話覼縷羨君以祿養慈闈得安處塹予越關山徒能字兒女清芬藉揄揚感極不能語　雙溪兄爲先府

君作小傳出以見示

崔敬女　崔敬次女代姊嫁于吉頊此係南宮縣事

女嫁父母命守經禮則然崔丞女賢淑倉卒能達權長史倚勢位　頊之父吉懋官長史　强合兩姓歡陰持下吏短不通媒妁言致期一何促百兩已在門崔丞正惶懼　敬時爲南宮縣縣丞　丞妻坐長歎女心石難轉僵卧繡閣間幼女前致詞阿母毋憂煩阿爺有急難作婢分亦甘況是閥閱家豈遂辱門闌却入深閨中移時施朱鉛攬衣拜堂下慨然坐車茵雖失掌中珠

夙嫌都棄捐壻既綰金龜（項官同平章事）女亦乘魚軒千
載仰賢達此事信足傳

南宮縣署除夜感懷

蓮花漏永已五鼓萬室雲連將閉戸殘燈閃閃怯
青寒遊子衷懷向誰吐幾回搔首憶當年辛盤羅
列高堂前朝出辭親暮在側春風里舍相周旋自
丁艱棘心悽惻奔走東西覓衣食沅湘浮泛老光
陰蘭芷飄零滯南國古崇山右别虎頭（辛巳春訪內兄顧雙溪于桑植其年至溆浦主盧峰書院）入溆邅廻遥勝遊年年文酒相
徵逐泉明于我何綢繆（溆浦陶明府金諧南城名進士）紫燕啣泥

梁溪詩鈔 卷四十一 三五五

經五度刧向桃源溯歸路橐金空博妻子歡往日
慈顏今不睹自昔居貧不易居饑來驅我何所如
三春煙景方明媚空向天涯策蹇驢劍閣連雲巒
嶂碧巴江通海波濤白往來迢遞多艱辛曰歸經
歲又于役（丙戌春往西川安署冬杪旋里）于役遥遥指帝京征
鞍暫息東陽城側聞爆竹催清曙一寸枯腸百慮
并流光迅速如飛電悵惘酒壚人不見睽隔江蘺
幾度春可憐宿草彌荒甸（陶君調任江華雙溪卽世已三年矣）明朝
簫鼓鬧春風冀北江南兩地同不知伯樂今安在
慙愧人生類轉蓬

彭澤道中

靖節辭官去空山有舊城扁舟經野外斗酒醉先
生每愛琴書靜多慚名利縈柳梢春可折動我故
園情

雨窗寄懷掄姪

今夜巴山雨幽窗汝獨聽遥憐叟相圍仍接草元
亭（掄姪書室在蕭亭之右）面壁常搜句聞詩屢過庭夢廻鄉
國迥愁對一燈青

舟泊君山夾有感

酒淚辭家事遠遊孤帆一片洞庭秋關山不隔江
鄉夢風雨能添楚客愁九十日春今晼晚三千里

梁溪詩鈔 卷四十一 三五六

路足淹留浮生已寄乾坤外坐看驚濤撼岳州

馬道驛

脩途杳杳入青冥芳樹春流儼畫屏廿四危坡行
欲遍空山一夜雨霖鈴（自留壩至褒城危坡二十有四）

劍閣

四月山深怯暮寒崢嶸劍閣出雲端據鞍不敢題
殘碣朗誦青蓮蜀道難

陶秀才守謙

字自牧諸生美丰姿工書能文早卒

𣏌筆管中蒲蘆

么麼何處可生存負土無多便杜門毛頴秃來誰任咎管城奪得自言尊偶和葭莩同名字姑以螟蛉作子孫短幘纖腰都似汝教兒良策可詳論

秦皇

七國偕亡秦最先將嬴作呂豈非天貪生不念坑中士濵死猶思海上仙劉項功成山鬼後斯高謀定鮑魚前可憐殺運終還始斬刈元元又十年

浦秀才淮音

字德星一字鶴皋諸生浦山倫孫也性孝

友文思敏妙時爲其祖代酬應之作點筆伸紙幾能亂真惜早卒

秋夜投惠山不二門宿將於質明陪祀家祠

山色偏於夜色佳況饒秋意滿庭階室盧生白月當午香遠盃清風入懷餉刈野蔬消茗椀奕翻新譜落松釵一宵塵夢祛應盡好借安禪作散齋

曉起望南山銷雪

旬日山容詫改觀朝來畧識舊巖巒褵褷鶴點蒼煙破斑駁雲浮碧落寒放脚卽堪攜謝屐呵毫猶自賦齊紈陰崖莫遣廻風入留待梅花照映香

華秀才紹濂

字西京諸生幼孤奉母至孝母病積勞成疾先卒西京性沉敏讀書過目成誦累數萬言不遺一字又終身手不釋卷爲文操管立就不加點竄學使者李鶴峯亟賞之謂學富才贍罕有其匹頗不事脩飾往往晨起執卷面垢不淨者彌日其詩長于諷諭論古具有特識世重其文悲其遇云

平原君

千里招賓客長平貽國憂不收戰士骨空斬美人

頭碌碌誰成事翩翩信莫儔何當笑無忌妄與博徒遊

信陵君

嬴乃抱關者安車辱貴人市中過屠肆堂上待嘉賓義激扶危趙威行却暴秦存亡由七尺長夜飲醲醇

范睢

伏匿更名姓依人百谷遊匡君疏骨肉取相快恩讐爲有綈袍贈應將莝豆酬解衣兼惠食故友尙綢繆

呂不韋
邯鄲大賈善持籌積得金錢怕浪投獻妾兼收秦
社稷賁文冒取魯春秋三千賓客分餘潤萬數家
僮效巧偷却怪史遷登貨殖不將相國冠當頭
秦始皇
三古經綸掃蕩然威加四海振長鞭侍醫救難君
臣藥大賈居奇子母錢已畢六王應號帝方傳萬
世又求仙夜行遺璧華陰道衡石程書得幾年
漢高
楚歌楚舞泣英雄四海雲飛賦大風自是情長爲

兒女昔年俎上棄而翁
數闋悲歌顧戚妃高翔鴻鵠事全非宮中有雉看
雌伏羽翼成時一樣飛
項羽
據鞍叱咤萬夫奔百戰疆場日月昏時不利兮騅
不逝看人馬上得中原
涕泣分甘婦女仁不將印綬報勞臣烏江偏肯捐
軀贈萬戶侯封德故人
韓信
豈料無雙士還同噲等看真王不負漢大將獨追

韓功已高三傑恩猶報一餐最憐鍾室恨辜負釣
魚竿
陳平
志欲宰天下何堪里社中奇謀用女子陰計殺英
雄王呂輸陵直安劉讓勃功榮名由智畧傾側善
初終
四皓
四皓餐芝巖谷間與人骨月入朝班唐虞太子皆
輕廢巢許如何不出山
司馬相如

座上人心琴上弦遠山眉嫵酒壚前無端却怪臨
邛令破費王孫百萬錢
李廣
藍田山下對斜曛百戰曾超貔虎羣莫怪覇陵呵
醉尉飛將軍是故將軍
和親
玉顏出塞[illegible]一曲琵琶奏凱歌已笑秦城爭
地利又誇漢策得人和爪牙豈恨高皇少口舌從
來齊虜多不見彎弓曾射父外孫抗禮便如何
蘇武

韓還海上牧羊初雪窖氷天萬死餘不負漢恩持使節忍看胡服拜穹廬他年頁佐圖麟閣此日孤臣寄雁書攜手河梁嗟一別少卿歌罷淚漣如

李陵

家聲三代將死力五千師一旦更胡服看人漢節持

司馬遷

丈夫能忍死成得一家言縱使虧肢體如何廢討論當時下蠶室沒世仰龍門自古窮愁者同看著作存

陳皇后

隱隱笙歌起因風度粉垣空言金屋貯爭似尙衣軒

衛皇后

富貴愼無忘僅成宮樣妝淚恩何以報詔弟尙平陽

東方朔

齒如編貝目懸珠莫笑悠悠七尺軀謪得萬言留一飽好分囊粟比侏儒

會稽太守

朱爲故妻忠得郡嚴因友搢厭承明會稽太守建城重富貴徒誇衣繡行

霍光

廢置非常事功成要善持如何圖貴女不學自誅兒（金日磾事）驕縱夷家日威權震主時從來安社稷勿可顧恩私

二疏

朝簪拂拭鬢斑斑一笑相隨好出關何事蘭陵蕭太傅秋風吹面不知還

張敞

畫眉纔罷影穿紗走馬章臺便面遮五日莫嫌京兆短從來傳舍是官衙

王尊

邛郲九折等夷途行部頻來叱馭驅笑殺王陽怕乘險人間何處不崎嶇

楊雄

嗜酒談元會葆真一官落拓幾經春三閭哀怨懷宗國反得離騷好美新

李夫人

蒙被君王欲見難梨花一樹半摧殘他時帷帳珊

珊步傾國偏宜霧裏看

班婕妤

紈扇吟成拭淚痕秋風乍到異寒溫曾經出入君懷袖棄置空箱也感恩

趙燕飛

留仙裙帶看繽繙太液風吹覆又翻燕燕身輕應逐雉飛來只解啄皇孫

元后

沙麓崩時卜不差上官呂霍漫紛拏來征納冊藏金匱西望行籌走鉶車此日篡堂歡飲散他時丙

殿慘煙遮黃皇室主新文母寡婦相看舊漢家

董賢

嘉名錫舍號椒風揖讓唐虞半醉中持較登庸先十載年才二十作三公

王莽

讓封讓爵表頻申符命應難讓卽真屢倣周書頒大誥平林新市尙頑民

嚴子陵

中興事業等雲浮七里灘前理釣鉤太史早知星是客故人肯爲一官收

禰衡

靈鳥能言度隴頭才人落魄滯荆州籠中日月筵中客賦出哀音萬古愁

鄴中撾鼓鼓聲高江夏文成四座豪士可殺身容可辱斷他黃祖勝曹操

劉諶

誤國猶留省內黃驅兵巳困沓中姜將星墮地南陽佐血劍呼天北地王

狄仁傑

諸武營求易李唐武家廟食絕天皇五王未會梁

公意不斬三思斬二張

文天祥

壯心苦膽日星寒身世浮沉惶恐灘趙氏幼君歸碧海宋朝遺老乞黃冠

于謙

臨危決策仗于公和虜還都衆議空盡展經綸廻北狩難調骨肉定東宮小人但報睚眦忿英帝終憐社稷功持較前朝岳少保黃龍不擣泣精忠

正德

逸樂東宮慮孝皇紛紛八黨忝鴟張老臣夜半栖

驟店少主春溪宿豹房伴食西涯綸閣靜提兵南贛羽書忙遷除天子何官好威武將軍大慶王

嚴嵩

鸞鳳誰道是欽鵶離却鈐山拜玉墀西市諫臣埋碧血東樓公子草青詞驪龍此日眠方穩黃犬他年悔莫追羞說輕肥同蔡澤如何辜負贈人詩原註王鳳洲欽鵶行不知鳳凰是欽鵶刺嚴也原無蔡澤輕肥念不向唐生更問年分宜贈日者詩

泰昌

身纔離白挺藥已進紅丸不省孫鄒諫惟交鄭李歡兩朝宮妾亂一月主恩寬倉猝移宮事諸臣調

護難

客魏

奉聖夫人魏聖人一時推戴遍朝紳拍心莫道君臣假繞膝翻疑父子真九錫僭奢摹後漢五刑慘酷過亡秦左楊求死非無意要見高皇痛哭陳

受業王　珙　玉章校

梁溪詩鈔卷四十一

梁溪詩鈔目錄卷之四十二

梁溪詩鈔卷四十二

梁溪顧　光旭　華陽氏集

國朝

周學使曰贊

字上襄號醇齋辛未進士翰林院庶吉士改補戶部主事擢本部員外郎著有燕山吟草醇齋少工詩詞鄒愼齋先生亟賞之妻以女愼齋殁後絶不談詩爲人沈毅而愼取與在戶曹不詭隨視學滇豫所至期于潔身寡過得士以盡厥職葢兢兢若不及云

溪夜坐響雪軒作

虛室延白光寒蟾窺戶小纖雲滃林端斷雁數聲杳溪坐擁青綾觀書一燈皎相如惜異代枚乘徵已老瞬息千萬年胡爲若營擾蓬瀛怳可即風引便縹緲壓笛雙霓裳捫天青未了踏翻大槐國一枕泉山曉

題海天旭日圖

我生坐井棲繩樞測蠡捫籥行于于誰歟手擘鴻濛筆罥我日觀臨方壺天吳蹴浪驪珠吐消沖爲魁老鮫舞天人一氣泱漭中劃然金門撒萬弩恍如燭炬燔長空珊瑚水底搖玲瓏醯雞射蚌雲錦中稜稜犎碧磨青銅衝破齊州煙九點普照寰中窮髮徧穆滿西觀逼崦嵫何如泰岱昇初見長檣横蝀何崔巍致令滄海皆塵埃達人貴識器形象戶牖卽具通天臺鄒生腕下乾坤換會遇乘槎入銀漢一幅鷺溪是綵繩好趁駒光鵬翮展

九日登陶然亭次友人韻

亭上遊人笑語歡又逢佳節倚闌干蘆花舊雨曾相識煙水今秋倍覺寒自入都後三逢重九來登此亭作賦祗應悲宋玉帶經悔不學兒寬木蘭墜露堪朝飲收拾

黃花佐夕餐

潛山盧烈婦詩有序

盧夫人明奉直大夫熊應輝之配流賊作難公攜室避亂山中賊至執公索金夫人罄室與之不獲免公遇害夫人被擄至蓮塘坳絶頂奮身下澗格榛荊間賊鈎挈之上抉簪破面罵賊不已賊醢之我　朝表其廬

挿天山作柱勁節迴于山邑有天柱山霜操擢蘭質氷心碎玉環安常德曜並蒙難禮脩班脱珥方投虎

攖矰更過豻拂衣披峆嵴倒戟起潺湲猶厲常山舌先塗文叔顏松楸凝碧血風雨洗朱殷奕代傳香骨垂休彤史間

歸舟雨泊

拾得飛花認六朝過江還唱雨蕭蕭舟居溪畔三椽屋秋在墻東一葉蕉陸賈裝虛慚老大馬卿壁立歎飄搖白雲親舍凄清甚莫問當年季子貂

甲子正月二十日感泣成咏

一領征衫漬淚漣慈顏已渺隔重泉百年未卜眠牛地片刻難留控鶴天七載白雲飄夢裡半龕青

炬照靈前撕搯婚嫁詠茅定猶貯餘甕供奠筵

外舅鄒慎齋學士殯于鎮麓哀輓

靈風蕭瑟白楊吟會葬人知大鳥心若問羊曇無限恨淚痕何似瓣香深

一逢黃九許能詩便許牽絲侍絳帷今日招魂歌楚些年年宋玉向秋悲

佳城鬱鬱枕寒流山水凄清夙願酬昔愴西河今作作夜臺攜子好同遊公曾有思子到夜臺之句

大隱金門廿載餘歸裝只載一牀書生天莫更悲靈運謝傳生孫玉不如謂奕孝

孫郡博洙

字芩西號蘅堂辛未進士歷官大成盧龍鄒平縣令改江寧教授著有蘅塘漫稿蘅堂爲吳容齋工部高足弟子少工制義爲人恬退初宰近畿上官猶雅重文學之士而蘅堂自如也歸老時蔬水常不給

補莊 并序

大城官署東偏老屋數椽向爲庖湢之所采煙熏翳癸酉冬日葺而新之編楷爲籬飾墻以紙公退聊足休憩有感于易傳善補過之旨顏曰

補莊作長句記之

我生自悔不爲田舍翁薄田一頃勤春農誤戴儒冠學干祿廿年狂走迷西東廣文一官嗟獨冷按蘅堂初爲上元縣教諭會遭勝地幽興濃秦淮十里泛煙月珠簾夾岸琪花紅酒闌人醉逐歸路畫船猶逆笙歌叢閒餘隙地搆虛館一枝聊復巢高松自註上元學署後有隙地數弓余搆堂三楹顏曰一枝巢花竹清幽人絕跡午窗簷鐸聲玲瓏揭來畿輔宰偏邑運乖所至招灾凶前年憂潦近憂旱孽萌時復螟蝗螽民貧土瘠勉供役檄書旁午疲騎驄服官幾載席未煖蕭條廨舍徒塵

封偶因休沐得小憩庭戸湫隘膝僅容著傍數椽頗幽敞聊除塊礫披蒿蓬圖書晏暇稍羅列一樽相屬姑開胷迹類亡羊悔遲晚心懷鍊石難磨礱俯仰身世勉無咎易占有象吾誰從故園三徑詎堪問誅茅何處尋雲峯亦知無何真我里一壓暫闢留塵踪憑軒長嘯計真得仰看雲外排錦鴻

奉檄送定北軍出居庸關馬上作

天門初開日曈曨天戈北伐誅頑兇虎貔壯士百千隊身騎寶馬腰懸弓雷電動地碾飛轂霜踪蹴踏紛騰空前驅後乘各爭發高牙遠出臨居庸居

梁溪詩鈔　卷四十二　五

庸形勢足險要萬山奔赴環　宸宮凌霄絕壁夾陰壑峆岈微啟巖關重崖崩石亂路疑絕徑開一綫車徒逼山巔戍樓動悲角旌竿雲矗旗搴風天寒日暮道途遠高原駐陣依崇墉玉帳光寒刁斗靜軍門列炬千燈紅　國家承平百餘載萬方寧謐無傳烽蠢兹小醜負絕域久梗　聖化辜帡幪矧今殘黨自戕虐天之所棄其誰容桓桓斧鉞正　天討摧朽寧久煩車攻觥生自未覩兵革短衣匹馬如從戎凱旋會計入關日獻俘　闕下看論功

王孝廉止敬

字嵎陽號穆齋壬申　恩科舉人晉川先生之叔也幼工舉業曾寄吳庠被黜旣補本縣博士弟子員秋闈十餘試不售領鄉薦時年已七十四矣一赴禮闈年八十餘卒著有寶言堂詩集上下二卷

唐書雜咏

報失魏徵亾一鑑主明臣直最難逢若教賢后聞應弔安得臣如田舍翁貞觀十七年魏徵薨上謂侍臣曰以古爲鑑可知興替以人爲鑑可知得失魏徵沒朕亾一鑑矣太宗嘗日會須殺此田舍翁后問爲誰曰魏徵每廷辱

梁溪詩鈔　卷四十二　六

我后具朝服立於庭曰妾聞主明臣直魏徵直由陛下之明故也妾敢不賀上悅

軍中馳驛立新碑遼左無功只爾思一事過時明主悔可堪容悅萬機隳太宗征遼無功曰魏徵若在不使朕有此行也馳驛祀徵以少牢復立所製碑召其妻子詣行在勞賜之

吕才書已定陰陽盡信書看序更詳祿命不拘年月便古人依禮不依方陰陽雜書上命吕才刊定其序宅經以爲不可拘于五音序祿命以爲不可盡信序葬以爲古人不擇年月不擇地識者以爲確論

太平萬事總從容火急追逋退朝慵誰在中書聞失印他時雪夜獲元兇裴度在中書左右忽曰失印度飲酒自如頃之復白於故處得印度不應或問其故度曰此必吏人盜之以印書券耳急則投水火緩則復還故處

秦孝廉景壽

字振千壬申 恩科舉人未能先生之子少勤學寡言爲文經術湛深其精心英果處同輩皆不及也又習勘輿之術日行山谷間自謂獨得古人秘訣

讀倪雲林先生集

清閟閣中筆已投但有雲林之下風颼颼我昨祇陀尋舊宅一片風煙五湖白歸來面絕壁挑燈先讀先生集如飲清泉坐白石朗吟先生句離離星斗濕門前猶見白鷗飛羊裘誰釣浮天碧先生之

名滿海宇先生交遊猶可憶工畫者誰郭天錫工詩者誰高季廸句曲外史張伯雨尤與先生心莫逆陸靜遠虞勝伯六七人者忘主客餘子齷齪安可言何況鞋杯楊鐵笛所以無人入畫圖故山有錫泉奔央山窗聽春雨冷氣襲病膚晨起開軒驚宿鳥詩成洗硯没遊魚往來淞泖思歸卧韭芥乞隣寒措大想當張氏據江左紛紛匍匐承餘唾造廬幣帛麾出門乞竹不曾揮一个及至高皇定鼎年不臣不友甘寒餓高風亮節挽頹波百世廉頑而立懦嗚呼豈不廉頑而立懦

錢象山珊

字震暘號復齋壬申 恩科舉人官象山知縣胸無城府惠政得民旣罷歸仍教授鄉里以自給故家邑之馬橋讀書課子足不入城市年七十五卒其子孝廉文炳裒其遺稿數十篇藏于家

同諸同年謁留閣學宅看菊即事

謬許登龍拜二疏公已致仕喧傳騎馬到三間秋蟬滿院歸樽俎時菊盈堦雜珮琚入座已知寛禮數分題况復散簪裾柴桑一老蕭閒甚送酒人來换王

魚

嚴子陵釣臺

非復淮陰非渭濱釣臺千尺波嶙峋後無來者前無古一領羊裘一釣綸客星自照桐江淥莫更還同故人宿狂奴故態帝所知橫足偶然加帝腹加帝腹天何驚遂令士氣開東京豈獨士氣開東京山高水長秋月清

天台十景

桃源春曉

可憐劉阮老塵寰洞口桃花發滿山裏外珠簾遮

不住亂漂花瓣水潺潺

石梁瀑布

不知龍伏與蛟潛萬丈飛濤鬬石尖疑是秋來銀漢倒石梁橫壓噴珠簾

雙澗觀瀾

豐干橋畔倚吟筇兩道寒光印萬松隱隱梵王宮殿閉斷虹斜掛兩三峯

螺溪釣艇

石柱嶙峋上翠微持竿我亦釣螺溪溪盡水源漁笛杳卧橫艇子聽鶯啼

清溪落雁

萬室鱗鱗界石橋一川秋水綠迢迢永清門外沿溪去雁影沉波白鷺翹

華頂歸雲

黃山雲海浩漫漫一片今從華頂看下界崇朝霖雨徧却懸白日照銀盤

瓊臺夜月

桐栢山頭訪道書山中仍有羽人居瓊臺雙闕從茲度明月輝輝看太虛

赤城栖霞

不見千年白蝙蝠只看九日黃菊花與公賦罷今何處一段奇文一段霞

寒巖夕照

霜落疎林返照銜玲瓏古洞透寒巖山僧指點當年跡猶說閭邱太守緘

斷橋積雪

鑿斷仙橋雪水流崩厓刱出兩峯頭此間處處垂氷柱玉屑霏霏六月秋

月夜菊前置酒楊雪村成長歌見贈酬韻

九日山家酒初漉訪菊人來淡如菊一籬瑟瑟綻

黃金三徑盈盈堆碧玉自爾霜天並吐姿伴余老圃偏含馥主賓花下共揮琴朵香泛艷清歡足伊余息影故林來靜對此花三度開信道餐英有真味轉愁塵慮還成堆植援編籬不停手七十二種夸都有偶逢老友勸一杯却怕新詩傳萬口漫惹白衣來送酒座上常披君子風門前不種先生柳

龔孝廉汝弼

字廷贊一字思補壬申 恩科舉人少自刻苦晝夜不輟氣質淳謹孝友出天性門以內雖兒童婦女皆孚信之下第居京師

無怨尤語而黯然自傷傷無以慰其親也
年三十一卒于京

讀離騷二首

落落萬古江渾秋美人一睇江光流蒼梧綠烟斑竹子入道湘娥不曾死至今夜半舜琳琴海水直下萬里深李白句古來至今若天地散入虛空淡無際屈子行吟去不回青山日暮寒風來

我昔夢入三閭祠半規月挂紅楓枝中有真人眼如月問之不答微頷之竇瑟瓊塵爲君掃一彈再鼓鵷秋昊玉虬文豹遊天衢側倚車傍挂一壺不

願大夫常獨醒但願同風一道賡唐虞

東王燮公

家世結隣溪水上斜橋風景似斜川閒鷗兩兩時相與不遠江山好放船

病中示弟敬脩

與爾爲兄弟如枝生樹身一枝花未實猶望幾枝春無實猶是可枯枝隨飛塵旅魂歸夜夜白髮雨衰親

劉孝廉鴻謨

字漴說號學圃壬申　恩科舉人

燕子磯寄楊嘉芝吏部

爲報周南太史公山川信美大江東窮搜燕子磯頭翠亂舞杏花村裏紅撒手懸厓何住着當頭明月自凌空故人誤落塵樊內今夜抽帆掛快風

侯孝廉錫

字範九號東川壬申　恩科舉人人耿直固窮守志能面折人過舉人例以三科截取選知縣東川云我無百里才未敢濫竽竟不赴年七十五卒于家

澄懷園兄逸鶴時余依秦味經司寇於海淀寓園

鴆侶栖遲地驚看野鶴飛塵樊欣乍脫逸翮見先幾磊落將何慕飢寒誰解圍入林應不遠振羽自知歸

贈范渭占

人生感氣誼相與自有真邂逅始識君君才絕無倫沉靜寡言笑質樸追古人探其胸中奇俗論寧足陳援据有本末詩才亦清新贈我萬里歌語意多酸辛讀之不忍卒奉倩已傷神交情淡如水竊喜德爲隣朝夕時往還臭味入室親相見方恨晚星駕倏及晨睽隔非雲山後會亦有因緣波與芳

草南望波粼粼

遊平山堂

平山堂外舊隋隄畫舫輕橈滿竹西翠荇風前牽錦纜綠楊天半聽黃鸝揮豪萬字翁非醉一飲千鍾樓自迷最是繁華易消歇蕪城賦後更休題

遊膠山酌寶乳泉

東山積翠碧雲浮路入春林徑轉幽古寺旁依修竹塢清溪還向小橋流山僧煮茗延賓話雊雉驚人出隴遊嶺下舊傳多著蹟岡前古跡有金牛荒烟莫問蕭梁宅蔓草閒尋膠鬲邱月照蒙泉穿寶

出雲陰萬玉滿庭秋烟霞日夕蟾佳氣風雨清川繫客舟北海樽盈南阮座高情且爲主人留

初至新化

遥瞻葱鬱古城堙近識琴堂化理新濱水東流清潋灩火旗南峙碧嶙峋心隨漁父亭前月身作梅鋗嶺上人堪笑十年彈鋏久尚依南阮拂征塵

十載

十載不倚馬壯志付流水憶昔遊都門纔轡長安市大道連狹斜磬控捷如矢顧盼公與侯不作衣褐耻下榻朱邸間寧復問許史雅意執經者王孫貴公子雖無豪俠節詎效板袍士破浪溟海中登眺泰山時燕齊楚越間踪跡可屈指漁陽望邊城入閩仙霞峙三湘與洞庭輕帆復爰止荏苒歲月遷龍鍾已若此垂白何所營志豈在青紫爭看上苑花五陵少年耳顧此衰病侵努力愛芳芷

移竹 新化署中

上梅官舍楚江天藏得龍孫籬落邊幾待春雷驚卧起夢回還守舊青氈

不願移根上苑栽劇憐憔悴傍人來欣看雨露舒新籜拂拂干霄蔭綠苔

除夕

弱息誰扶植憐渠歷苦辛椒盤度今夕應說遠遊人

秋日

醴去生猶在鱸肥翰未歸秋風千里客彈鋏是耶非

太行道上

飢來已覺別離輕憔悴東歸又北行茆店夢醒燈半滅征鈴聲動月三更籃輿有路雲心上鳥道無蹊石齒爭回首衆山斜照裏西風忽起故園情

遣懷

投筆班生計出關霜侵兩鬢漸成斑江心浪拍雲中月驢背人看雪後山燕市三年塵滾滾魏風十畝賦閑閑銷磨壯志惟鉛槧門外漁樵日暮還

鄒松陽清

字品山號醒泉癸酉舉人初官江西興國丞豐再授浙之松陽縣卒年六十二

邠州曉發

木杪雙鵰捷雲中一鶻遲去邠懷古意過渭得新詩山翠清華色溪烟淡蕩姿行吟驢背上回首有遐思

江夜

孤舟泊何處帆影落斜陽漁火青林暗樵歌白露瀼晚潮連月湧殘角帶秋長客睡幾曾着敲詩夜未央

黃鶴樓

黃鶴杳何處白雲空自流斷霞明極浦返照上孤舟點筆晴川閣銜杯鸚鵡洲從來江漢永騷客慣悲秋

喜郭同寅至

十年不相見握手及汀春爲政窺山麓栽花漢水濱是時郭宰漢陽心勞還未老宦久尚能貧莫恨無知己題輿有故人

月夜登釣臺

釣臺臨絕壁夜坐峭寒侵木落山容瘦峯四月色深足曾加帝腹水自鑑臣心聖世寧高蹈低徊聽瀨音

山塘即事

花市春光早寒梅綴景新閒行一二里結伴兩三人雨洗山容曉風梳石髮春小樓橫笛處簾底翠眉顰

斗室

斗室堪容膝蓬門終日關殘書蠹粉積古硯石紋斑冥意盟寒菊閒心寄野鷗此身不自理何以濟時艱

重九泛西湖次韵

小泊西湖上時維落帽辰蓴絲初入鼎粳稻乍嘗新冷月窺殘客孤山識酒人生平幾故舊容易一相親

迎春

紲鞭驅犢事芒神整頓郊迎賀吉辰暖律迴回將送臘凍雲重疊欲遮春呆恩吝雪科封戶料峭尖風緊拂紳小炷爐香祈歲稔天壇趨步漫逡廵

封印

收藏銅篆迎新歲一月翛然樂靜便書味濃於花下釀詩懷清似石根泉閒來不厭敲棊子客去無非對硯田取次探梅還未放雪花零亂小窗前

學圃堂遺興

南園一徑已荒蕪一日來樵一束芻拳石纍成山意畫楛渠開到水縈紆平坡好植千竿竹淺沔堪

栽半畝蔬汲井澆花親抱甕個農原是帶經鋤

江舟

水驛吹笳送客程彭蠡一棹剪江行布帆腹飽風頭重箬笠聲疎雨脚輕寒菊吐花驚節物吟蟲食葉作秋聲篷窗蕭瑟難成夢水濶天空一枕橫

中立山窗

藤蘿披拂覆懸輿老屋三間門巷紆無路可行須自立有身能守豈非夫歸田不覺饒生趣涉世何嘗失故吾一夕孤吟情已極詩腸搜索未曾枯

虎邱

山鬼題詩石點頭虛無未始不風流阿誰好事傳佳話裝點風騷假虎邱

秋夜

且脫征衣付酒樓淺斟桑落暫消愁露蛩偏向窗前咽客夢初醒一枕秋

簡清源弟 應元

西子湖頭放畫橈竹鞭笑指洛陽橋 清源由杭州調臺灣漁郎 豫章小字 也自貪觀海唆口新詩敵大潮

書嵇留山集後

著述生平患難多秀才殉節節難磨獄中詞賦聲悲壯絶似文山正氣歌 留山先生以諸生受閩督范公承謨之聘入幕康熙初耿逆將煽亂先生勸范早爲備爲撫餉補兵安揷逆弁屯田等議并調精兵駐上游耿逆叛脅降不屈錮之留山與范在獄作詩遙倡和踰三年范被害亦死之以子曾筠貴 贈文華殿大學士

王光祿日杏

字丹宸號瀲田王殿撰海文先生之孫癸酉舉人由內閣中書軍機處行走歷戶部郎中出守銅仁府攝道篆左遷中書隨大學士溫福赴滇緬調征金川以軍功授刑部主事癸巳六月兵潰木果木殉難

郵贈光祿寺少卿

詔入昭忠祠並祀成都慰忠祠
諭祭賜塋廕其子光顯銅仁知縣今遷普安州
光祿幼英敏十歲學為文學書小楷已能
規仿晉人嘗手錄陸宣公奏議佩行篋中
入直中禁十餘年遇事小不可言論愷切
必期得當為郡守多所平反去時黔人遮
道有泣下者至橐筆戎馬之間奮不顧身
終隕矢石所謂見危授命者非歟

陶然亭題壁

西山晚翠上孤筇斜照神州殿閣重蘆葦蕭蕭渾

似雨數行啼雁隔城鐘

僧舍茶煙滿竹扉繩牀蹔憩亦忘機黄香菊淡人
無語聽到哀蟬落葉希

以梅花賦書扇貽顧晴沙晴沙又倩俞十一
寫梅其上索余題句巳卯中夏海淀寓中

為君將出鐵心肝五月梅花落紙寒腕弱自慚書
不稱情深應倩畫來看幽香冷韻仁風扇跣足科
頭禮數寛一笛江南十年夢美人只在碧雲端

七星關之麓有蘭若焉僧自亮楚人也無憃
俗闍黎態滿堂妙相莊嚴獨關聖帝君像
剝落特甚余捐俸五十金畀之恐其誤會
施捨意也作詩示之

伊古垂廟貌神道用設教聖人敷五典賢智升學
校其餘不盡收隨地勸忠孝自有佛法來雲構比
圓嶠莊嚴錯金翠云此色相妙魚唄響空山貝多
布佛號緇徒實夸愚檀越望福報敬衰易褻威
重護寂照遂復像關公梵殿先關廟公生季漢時
正氣塞九陝阿瞞亂天紀所畏公虎嘯于麗既就
擒鄴下可一掃避鋒議遷都勢危亦心倒于豈易
其言事理信堪料荊襄搗其衝巴蜀扼其要天下

英雄人附翼變飛豹老奸縱多謀風中覩旗纛此
舉復炎鼎豈等魯取郜仗鉞指揮定幷非暴易暴
公志在春秋因革資訓詁唐虞三代時四海歸怙
冒詎有魏晉風清談恣倨傲吁嗟漢祚終終古用
悲悼數屆理則伸宇宙皆籠罩海隅日出人罔不
肆庭燎況此臨雄關英靈蕩邊徼公像就剝落無
以昭視傚範金力未能將敬效舞蹈公馬日行空
雲中飛鞚到朝夕禮庭中拈花定微笑

顧司離瓚

字鳴岡號晴江內閣典籍士衡先生仲子

癸酉舉人官下沙場鹽大使卒年六十一

斗室

栖栖蹲斗室面擁百城餘蕉葉頻題句芸窗只檢書鶴窺人影瘦蟲響樹根疎差殺東家米悲秋病未除

秋草和五叔父持翁韻

芳意又凄迷迢迢襯馬蹄幾年虚舊夢悼兄豐碩千里憶長隄遠道黄河畔荒烟白日西明妃尚青塚留與濕螢栖

送春和薛璞庵

此別應教可判年不堪鶯語落花天春風笑我蹉跎盡每到臨岐始惘然

似草愁心不可刪夢餘簷溜響潺湲知君未忍分明别夜半倫乘風雨還

薛太史田玉

字琫叶號璞菴初名翔仞爲金匱諸生工制舉文試輒冠其曹乾隆壬申　恩科占籍順天發解甲戌魁南宫榜名田玉入詞館後改本籍歸宗其鄉會墨出揣摩者輒售風行三十年不絶散館改知縣歷容城棗強遷保定府同知所至生徒雲集嘗以官領蓮池書院山長移疾歸著有問濇軒詩文稾

題沈石田遊虎邱圖

海湧峯高鐵花碧浮圖倒景掛巉石石根忽瀉水一泓兩崖崩豁巨靈擘石田墨妙今所無何年寫入春遊圖生公臺前日晻曖王珣祠外雲模糊座中詞客何瀟灑白袷烏衣見丰采更有淮南送酒人不惜深杯澆磈磊圖中五人程篁墩吴匏菴沈石田李貞伯其一爲淮南客事去空山三百秋吴宫草樹風颼颼篁墩不作匏菴老斯圖寂寞同荒邱韓王當日弄藏久且喜煙雲落吾手圖舊藏蘇州韓宗伯家後歸余外家王氏歸余家又二十餘年矣觴咏風流彈指間欲和題詩更低首虚堂坐對心悠然呼之此老或在焉何當把袖淩層巔浩歌一曲開愁顔

京邸哭弟鳳翽

青衫顛頓困蓬蒿半閣披吟空復勞留取傷心文一卷他年收拾付兒曹

風雨連床廿載餘青山曾約結吾廬而今歸去青山在更有何人伴讀書

臘月出都留別周捧齋秦岵齋兼柬吳黼仙

琴劍飄零春復秋幾回言別更遲留天涯久聚渾無味歲晚臨岐始欲愁昨夜關河同入夢明年風雨各登樓感君把酒還相屬莫負平生第一流

微山湖歌南陽道中作 丙子秋湖水决堤漂沒二百餘里流民皆山棲焉

微山湖八十里秋高雨漲天連水草沒荒村野鷺飛樹浮古渡漁煙起蘭陵城畔水過橋殘碑一片沉空濤孤墩斗大屹相向髣髴江口分金焦憶昔扁舟下豐沛山色湖光互襟帶估客帆檣暮雨中

人家樓閣晴雲外世事滄桑倏變更村墟萬井天河傾鐵牛沉淪老蛟舞竟無尺地謀春耕斷灘是處聞啼哭掠水饑鷹啄人肉昨朝堤决幾家存今夜沙奔何處宿西風蕭蕭吹澤蒲藜羹藿飯蓬蒿廬老翁編箕作船渡中流箭駛聲號呼昨聞江南災更大田園漂沒人啼饑地溼天陰疫癘頻路鬼晝見尸僵卧今古拯荒策最難太倉粟盡幾村完長途欲繪流亡冊淚灑湖波落日寒 乙亥江南飢丙子疫

天妃閘晚泊

河流九折下龍門終古長淮自吐吞沉璧至今悲瓠子浮槎何處問天孫寒沙半捲湖聲怒落日遙翻海氣渾惆悵十年曾此渡水祠簫鼓又黄昏

顧曉芝於夷齊廟 在盧龍 攜歸文石子與黼仙聯句

絕塞遺孤廟峻高情遡二難雲祇尋磔确玉龍蛻拾巑岏殷璉方陳廡峻周璜巳鈞磻岳從方寸起玉璞有幾人完怨魄填精衛峻冰心竅比干羞教璇室貯玉肯竝玉杯劍落落 老子落落如石 文猶在峻砥礪欲乾土花三代碧玉星影一庭寒瑤闕神呵護峻空囊氣饕蟠附青供竹几玉別白捧珠槃散

布重圍匝峻参居中子單嚮風餘瘦骨玉沉水納忠肝雨洗秦鞭血峻砂磨漢劍瘢蒼涼懷自惜玉瑣碎記無端癩巳升成拜峻頑應爲正冠生涯鶚鵠粒玉舊事䀹蹺丸借酒澆磊魂峻題詩讐歷奸願言爾勿壞玉相與證蒲團峻

酒葫蘆與黼仙聯句五十韻

元圃春藏橘蓬山雲滿壺幽尋吳季子玉獨伴酒葫蘆輕可浮蟬蛻圓堪轉鹿盧中央惟混沌峻具體乃侏儒側處疑哆口行時恐跛胡腰應同綬係玉身欲索笻扶特絕疑長柄模稜任不觚嗒然中

散竄峻 敦彼步兵廚劇喜皮匿豹端憂頸續鳧尨
將齊瑪瑙玉 鈞擬掛珊瑚吸露天光小傾風海水
枯拙全寧撲滿（撲滿積錢有入竅無出竅滿則撲碎）峻 巧守到封隅
（國語汪芒氏守封隅山爲漆姓）有限咥蕉葉虛盛笑碧爐（碧爐盧盛猶言
玉卮無當也）半彎遁素藕玉 一丸寫明珠鼎縮頭菌蠢
桐焦尾畢逋衆香啣蜾蠃峻 層浪扇鶺鴒茆隱依
園客萍緣結釣徒崢嶸還太古玉 薄落得真吾橋
畔旗初颭窗前鳥自呼金釵謀謝婦峻 紫綺付奚
奴作達常隨鍤佯狂或據梧胸吞若雲夢玉 頂灌
竝醍醐恰倚監軍石羞當司馬壚清齋供繡佛峻

狻猊倩麻姑黑犢猶能擲黃龍未肯輸回燈彈續
續玉 倚棹唱烏烏弟坐頻加帽兒留暗解襦裙飄
多蛺蝶峻 環墮少茱萸叩玉鸚鵡語（玉壺記云若到人間叩玉
壺鸚鵡自分明語）生紅菡萏膚傾歎銀遷落玉 潦倒錦鞿
鞿昔日鴟夷舫相思鶯脰湖東軒聊笑傲峻 子夜
漫嬉娛畫壁榴爲字籠煙竹織爐井眉文詰屈（揚雄
他文不皆奇獨稱觀瓶居井眉東坡句）玉 鸜絡語模糊（古樂府絡鸜語猶壺刷瀉
濃盡）傾繚繞瓜盧窄委蛇菊徑蕪乾坤雙鬢短峻 日
夕一瓢孤易作非非想難分箇箇軀員邱回望杳
玉 澄魄入看無偶遣青猿負（王元之有小僮名青猿詩云歸田如有計

猿負酒葫蘆）因成白社圖療饑曾束蔑峻 習靜共團蒲
謔浪銀花盒（唐人謔火樹銀花合爲銀花盒）支離鶴料符千金亭
敝帚玉 九鼎寶康瓠莫問寵兼辱安知賢與愚影
陪阿瑟吒（酉陽雜俎奎宿名阿瑟吒祭以酪）峻 人只櫟株枸（莊子）書對
綦心細秋懸劍氣粗鏡經殊爾爾（碣鵲鏡經藏葫蘆中見南史徐
熙傳）玉 班史亦區區（漢書藏葫蘆中見南史蕭琛傳）藥裹居奇貨詩
筒見大巫紙驢真怪誕峻 土偶儘揶揄泥孑酡顏
好憐君蓬首濡何當凴羽化玉 紆紗上清都峻

舟中夜雨

斷岸河聲落孤篷海氣寒飄來一夜雨夢過萬重

灘升斗依人易關山將母難何時江上路橫艇繫
漁竿

赴容城道中作

落葉催秋老荒雞送曉行操刀今下吏簪筆舊書
生殘月金臺影西風易水聲壯心看我馬攬轡忽
長鳴

題朱苓泉讀易遺照

琴書寂寞草堂空猶認平生戴侍中早日才名看
倚馬暮年詞賦悔雕蟲一編寢食梁施學百里憂
思晉魏風聞說桐鄉今俎豆莫將經術笑冬烘（君爲

天鎮令卒於官民爲祠祀

懷許陶郎先生 按陶郎太史名集爲璞菴會試房師

吾師歸隱早小築倣陶郎 先生早入詞館旋歸舊里逮今四十餘年矣 夢隙鈴索閒情付石尊頹齡翻作客弱息更招魂 先生爲鳳陽山長一子歿于途次 風雨今何夕前遊感白門 壬午陪遊白下嗣後久不相聞

懷陳棟坡先生 按棟坡侍御名顧濂爲璞菴壬申鄉試房師

先生栖汶上 時寄居兖州 相望隔京華猶記西臺馬同看南苑花 甲戌乙亥之間先生巡視南城每同遊晏 經年歌出塞垂老歎無家 謫居塞外三載歸後家無立錐 歲晚兵戈後村醪何處賒 東省兵車纔息

梁溪詩鈔 卷四十二 二七

懷楊笠湖刺史

子雲詞賦客蹤跡老巴渝 君刺簡州移邛州 宦興吟風閣生涯點水圖 庚辰入都見示吟風閣詞餘前索題點水蜻蜓穿花蛺蝶兩照 簿書仍翰墨金鼓更馳驅 近以吏議仍留川佐治軍 聽遍猿三峽鬢髯似昔無

懷顧晴沙觀察

萬里涼州道清風只憶君軺車今再叱諫草舊曾焚 君自給諫出守寧夏旋奉命分守涼莊道 定有平番議還傳舞蜀文 近攝川臬兼理軍務 新詩吟更好寄我隴西雲 聞在軍營同人唱和

成集

懷杜凝臺觀察

詩春江上路杜牧最風流 近聞納姬 爲急籌邊策翻添出塞愁 時總金川軍儲 名應高武庫詩欲繼夔州可憶長安客天寒獨倚樓

懷周亦庭太守

治獄如君少星曹舊有聲 君官比部最久 廿年纔出守六詔正論兵 君守麗江時緬匪未靖 菽水高堂夢 家有老親以道遠未得迎養 風波宦海驚 歷內外任每蹶復振 昨宵書一紙辛苦念平生 近有書相問

梁溪詩鈔 卷四十二 二八

懷顧小韓太守

北平賢太守一昔伴行幨 辛卯同君于役滄瀛間 小別哀如許相逢瘦不嫌 今秋相逢蘆溝君有納涼詩云新涼偏許瘦人知 詩將清砭俗官以儉箴廉幾日金臺畔憑君酒思添 約以明春晤保陽

戊戌七月過插箭嶺謁宋團練使楊將軍延昭祠 祠堦下插箭石尚在石有六空鏃痕宛然

地控飛狐界人思汗馬功一門推福將 令公沒于兵而延昭領高陽關得善終 三石拜英風 明趙標題碑有插箭祭刀晒甲三石詩 城鎖秋崖碧旗翻夕照紅時清閒戰壘殘碣臥荒叢

伏馬溝前水狼牙嶺上雲孤忠標刺史餘勇賈將軍七子募遺像三關說舊聞人心公道在廟辯枉紛紜廟祀延昭父令公于後寢以子七八配享令公之忠爲王侁所逼敗于狼牙村與子延王死焉按狼牙與揷箭嶺相近並祀于廟宜也前明張思載碑謂令公不宜並祀于此非也

杜少司寇玉林

字寶樹號凝臺又號曲江甲戌進士由刑部主事歷郎中轉南康知府未任丁外艱服闋授四川驛鹽道再遷蜀臬蜀藩內陞刑部侍郎以事遣謫旋蒙恩命入關次涇州病卒年六十

過隆昌縣值大令晝莊先生在郡不得一見留詩奉懷 壬辰

京國六年別巴江千里深擬來官閣下一寫故園心徒有徐孺榻空懸單父琴匆匆聽鼓去悵望碧山岑

知君非俗吏不獨有文章漢傳推朱邑嚴城接楚疆羊腸芻糗急虎旅道途長雨路軍儲仰給郡邑又值黔兵過境何以紓民力籌邊副廟堂

鴻爪偏同雪梟飛尚隔天萍蹤期後日雲散亦前緣獨酌郫筒酒因思陸羽泉故人如問我已見二毛顛

登雅州城樓四首

高城紫氣接青雯鎖鑰西南兩戒分叱馭不辭過峻坂登樓亦自愛斜曛江聲三面流春漲嶺色千盤壓陣雲如此山川助清嘯漫嘲蠻語學參軍

笮馬旄牛入望中蔡蒙平後見神功久聞井絡天如掌豈有牂牁路未通虎旅千羣橫絕塞龍驤三道統元戎玉衣問夜籌邊急王會原應萬里同

勞勞杼軸裕三冬餫復頻煩降九重丁卒不徵河內郡金錢先發大司農受降新賜官田濶洗甲

方看雅雨濃失喜肩摩滿城市郫筒筠醬走巴賨

大渡河西畫角聲投鞭撫髀若爲情空慚司馬能傳檄漫說終軍欲請纓春盡林香猶作瘴雨餘山氣不全晴關心最是從征客雪沒弓衣夜斫營

癸巳六月聞木果木之警

羽書一道報嚴更鶴唳風聲事可驚萬里不歸都護馬諸軍空望亞夫營狼心自是忘威德虎口憑誰寄死生衛國籌邊民亦苦昨來新築受降城

昔嶺巉巉血戰時幾人馬革裹還尸曾揮露布工籌筆趙璞菴王淑田兩軍機纔着戎衣便死綏吳鑑南以直隸州牧試用

赴軍營未久卽遇害猿鶴叫雲君子怨龍蛇犯歲故人悲倘逢遺僕頻頻囑莫遣高堂少婦知

丁酉暮春送博園叔東歸四首

三送君歸矣依然我未歸春江方淼淼楊柳復依依剪燭新愁起題襟舊侶稀十年鴻爪雪今日欲沾衣

結客來西蜀循陔返北堂遊非司馬倦酒豈嗣宗狂荔子榕城熟梅花庾嶺香返里後將赴粵東此行踰萬里山水各蒼茫

無限蘼蕪草因君寄所思扁舟明月夜古寺暮鐘

梁溪詩鈔　卷四十二　三二

時有曲皆紅豆臨風想綠枝故人如問訊爲道鬢成絲

倦鳥誰相信勞薪秖自憐聽泉難定日叱馭幾經年余近寫叱馭聽泉兩小照一以記已往一以志將來也邛隴無人掃關山入夢牽煩君致我友不敢望牛眠先塋在嶧峒灣歲庚寅余同年董進士聞十年內宜卜遷旋以出山不果博園與董君善爲我覓一地也

已亥孟冬送茝香二叔還梁溪卽赴楚任

復此天涯別當年憶壯遊題詩花蕊宅載酒錦官樓客夢時應繞鄉心路轉修主恩慚報稱京國獨淹留臣心清似水蜀道遠如天正我還朝日逢君入楚年巳辭巴峽險初泛洞庭船歸過龍山畔先嘗第二泉

和王欽齋舟中卽事

老驥歸來識舊途雁飛求侶鎮相呼五更畫角催鴉陣兩岸蘆花釀雪圖東郡方餘遊子恨南池還有故人無少陵南池在今濟寧蓴絲鱸膾秋風裏畢竟輸君長五湖

和笠人韻

上水船連下水船雲濤壁畫記何年是日過分水廟壁畫雲濤

梁溪詩鈔　卷四十二　三三

四字廟門額也迎檣語鴨銜波急縱壑無魚跳浪圓蝸角愚教鬭蠻觸守閘家人輩爲閘吏所辱亦堪一嘯龍吟終自在江天晚來南旺湖頭望見說江南只眼前

荅和王欽齋笠人四絶并序

人間無不夜之城天上有忘憂之館風清月白酒綠燈紅未免有情誰能遣此然而琪花瑤草無非頃刻鮮明海市蜃樓遮莫空中結搆是以義山詩本雖半是無題而莊叟文章則全皆寓托也自棘人抱痛久拚蠟炬將乾乃郢調傳吟未免爐灰復爇一彈再鼓賡唱疊歌識者必笑

其疎狂此事或無傷於風雅聊成七字用報僂
瑆
濁酒難澆磈磊胷故教花雨洒東風玉溪詩句無
題半曉夢春心色色空
盤頭垂手各爭妍顰笑隨人亦可憐半是人間佳
子弟底須搔手問青天
憐香本與愛才同一顧眞令冀北空杜牧風流已
銷歇不堪回首憶牛公數年前司寇味經先生見全椒馮孝廉所著當壚雜記許為才子翌日置酒徵歌延馮上座備盡款曲馮生有知己之感一時日下傳為美談而今已矣
羌笛春風細細吹黃河遠上一聲悲白雲無盡旗
亭在更唱王郎絕妙詞

入江南境仍用笠人韻
蔚藍平遠畫圖如纔是江南到眼初州界兗徐曾
縛虎用曹操白門樓縛呂布語地兼山澤已多魚晚秔香稻堪
供客野鳥林花笑識予誰料情懷似中酒歸田二
頃願還虛

秦方伯雄飛
字旦初號曉林晚號心伽甲戌進士
恤贈僉憲富川令華鍾之曾孫也歷戶部郎中轉
浙江道監察御史擢寧夏道陳臬湖北陞

江西布政使司
楓林卜占示禹範振羽
霜落吳江容思豪魂來魂返映宮袍怪他劉阮無
仙骨只愛天台萬樹桃
北行留別諸友
鄒文季節婦人耳人豈鹿豕羣聚乎棄瓢而歎傳
介子安能端坐事散儒空生徒然穢天地取足衣
食非丈夫秋風落葉下黃埠遠帆斜日明綠蒲我
生壯遊自此始推篷橫笛月滿湖別後餘響久不
絕聞聲定復思張敷辦裝錢少酒可沽聊與公等

談斯須君不見漢陽趙元叔柴車草屏嘗露宿長
揖三公動京轂又不見子昂起西蜀千緡買胡琴
碎棄賤工役此樂胡足貴囊有文百軸北路魚南
路徐新聲豔語湘東餘天生吾地載吾李泌九歲
多長圖別州山色嶼登艫點點白雲如白鳧兮
化作五絲履隨風直上游天衢
自題小照
一方清曉色誰與埽雲煙默坐非關道雄心漸近
禪了無人我相着此去來緣彈指匆匆過鶯花四
十年

泰編修泰鈞

字時夏號靜軒味經先生長子甲戌進士選庶常授編修己卯浙江副考官丁外艱遂不出年六十七卒于家著閩遊草一卷

杭州

菊花開不斷絲管隔雲招南宋無雙闕西湖自六橋采風吳越秀呼酒白蘇遙平底船窗坐鐘聲應麗譙

登烏石山謁范忠貞公祠

閩中烏石嶺烟嶂何千尋森羅老松直蕭颯西風

侵海光亂宿霧雲容淡遙岑范公信不朽巍奐峻宇深碑文記勳業烈節亘古今登山一瞻仰徒御皆心欽閒寥萬壑寂徘徊獨長吟

先府君文恭公祠落成

揮涕當年憂患多數椽茅屋味經窩公未遇時沉酣經籍至忘寢食所居斗室顏曰味經窩集同人爲說經會既通籍大宗伯楊文定公特以公經學薦可憐棲息無餘地往歲壬寅先大父給諫公以藩邸事罰鍰繫獄公早夜呼籲誓以一身紓父難賦詩日棲息知無地晨昏覲有身讀者爲之流涕豈易聲名到大羅占得棟撓仍肯構勢成巨浸挽頹波槐庭萬里飄香日共作明良喜起歌

深宮錫類孝思全異數重重仰昊天十萬罰鍰蒙愷澤八旬衰朽慰林泉丙辰公成進士第三人授編修時給諫公罰鍰未完尚在羈所公草奏陳情願以身代疏上蒙　恩釋免給諫公出獄獲優游林下者十年公感念　聖恩矢死圖報終身不懈子孫報　國嗟何極祖父承　恩易免旃昔日鼎鍾今俎豆露濡霜降一悽然

行已靡佗矢一誠文恭　錫謚實循名論思廿載皆經術寅恊三公有直聲未作　聖朝賢宰相不慚天下老儒生遺書萬卷傳家學五禮從今疑義明公所著五禮通考凡二百六十二卷刊行于世

淮海風濤七百年雙旌舊地古河聯近依公廟營

私廟仰止前賢契後賢底法可觀遺矩矱貽謀銜恤撫桮棬敬宗尊祖嚴庭訓安得淵源一綫傳方給諫公以罰鍰繫獄先世遺產一椽一瓦皆經他售公歷官三十年方得次第勉力恢復又因舊祠規模未具于舊第之西買族中遺業之已屬他姓者一區命不孝等營設家祠奉三世祭祀蓋公尊祖敬宗躬行以爲後嗣法用意深矣

周太守際清

字斯盛號抑亭甲戌進士觀政刑部歷郎中官止永昌知府抑亭居西曹久慎於刑出爲大郡勤於政而內行淳篤門內外無閒言兄弟三人終其身未嘗析爨年六十

六卒

寒夜同年薛璞庵庶常碩疇沙農部蔣敬菼

上舍小飲秦岵齋寓齋題敬菼山水

洹雲紙閣蘆簾下澹墨爐香茗椀餘一髮江南青不斷坐深明月到窗虛

長安車馬紛如織屋小如舟萬頃波錯節盤根山木蠹只應堅處覺心多

顧秀才豫

字朋晉諸生少有文譽工詩詞居南塘與朱逸梅黃可亭輩相倡和有朋晉遺藁嘗設帳於版村蔡氏十餘年後館吳門教授汪太史為善之諸弟姪年七十六卒於家

古華歌

夕陽花影樓外樓綠波雙槳舟復舟一聲檀板數聲笛手捲真珠齊上鈎我來尋春春未暮燕燕鶯鶯喚余步碧山一片逐行雲清溪幾點隨飛鷺松花影落竹外烟竹爐新火烹二泉兩脚未許紅塵牽看山人坐春風[illegible]顛

姑蘇懷古

千載繁華一瞬過蘇臺回首渺如何顰眉西子朝

開鏡嘗膽君王夜枕戈鬬草人歸空舊夢採蓮歌斷忽新波夫椒檇李須臾事終古春風怨苧蘿

金丸行

仙人不可求仙在環瀛翠水芙蓉倒影之瓊樓仙丹不可服淋漓血肉之臟腑那堪金石搏東鄰有子未三十兩鬢青青姿玉立偶然筋骨苦欠伸積錢千百求仙人仙人豈亦錢可使仙人愛錢忽然至金丸出錦囊療汝不療之膏肓食丹而瞑眩使汝凡骨支支換一朝三服服三朝形神喘喘魂飄飄跪向仙人乞無死我方無子白頭親老紅顏嬌啼未及竟聲忽落額有微泚神已邈老親啼少婦哭莫啼哭求仙憐出門急急追仙還仙人已如兎脫弦世俗仰視虛無飄渺碧落間紛紛拜倒倩飛仙

東宅

短短溪橋波一曲墅外風光淨如沐人家半住竹林中風起家家聞戛玉隨意看花村復村村前小坐石牀溫林深恐失來時路木杪遙山記一痕

感懷

萬事雲煙過絳霄百年無計勝漁樵美人遲暮哀

三楚名士風流換六朝花下魂歸青鏡瑲堂前人去白華凋劉琨多事聞鷄起舞落銀墻月半腰

踏車謠

朝踏車夜踏車三日八口食一瓜老農呼天兒呼爹誰人知我踏車苦含涕朝來告田主田主宿醒苦未醒鼾睡風牕呼不應

朝踏車夜踏車轆轤水畔聲伊啞農夫踏車飢欲死紅粟官倉飽蒼鼠年年積穀爲民飢民飢得不告官司官司無言吏胥怒無錢不上飢民簿

讀漢書

韙呂重趙王屬勃安劉氏乃知易太子意專爲呂雉太子仁弱呂雉剛太子憂廢諸呂王誰廻四皓作羽翼安劉反使劉幾亡吾楚歌若楚舞尊前一曲淚如雨淚如雨愁千春非爲趙王如意戚夫人

不從蒯通言安用鍾離計哀哉淮陰侯用是適自弊不從蒯通胡不從赤松臨風㬰聽歌大風君不見五湖水清瀰瀰煙波一葉家堪攜子皮亦是越功狗功成功狗變鴟夷

賈生築治安事事若燭照誰言太激切才大而量小過湘作賦弔屈原長沙一去恨漫漫必交絳灌始得志應咎靈均忤上官

秦火廢六經道術失其傳仲舒志大業三年不窺園向言其才並伊呂歆言管晏差足許一相膠西身已遺爲伯爲王孰辨之君不見漢武開邊耀武威銘功勒德狼居胥何須董子天人策自有相如封禪書

讀書示同堂諸子

積粟始療飢儲衣乃救凍讀書識大意此言涉虛哄我少負盛氣入學陋記誦中年廢黍老筆墨聊戲弄遇事百不知到眼瞢瞢瞢使筆如使馬馳驟

歸控送鄭駟一騰踏不習安足用又如按部曲蒐聚焉合衆指臂不相喻約束苦驕縱往往敗乃事譁然散一鬨三冬喜夜永擁衾不成夢挑燈閱圖史名象列種種初猶冥所見莫解應昏霧徐徐乃有獲異物時一貢纍若珠貫串吻若瓦合縫䌌海出珊瑚搜山得銀甕乃知天地富推測難倖中一名與一物尋摘貴珍重余老氣已衰常抱弇鄙痛君等志大業餘力宜兼綜　朝廷重通儒採擇及菲葑

憶西村小閣

十年小閣倚芳辰放眼郊原景物新馬踏落花過野市鳥藏深柳喚詩人夢回竹院茶初熟書罷湘簾篆乍勻借問西山舊眉嫵黛痕添得幾分春

過眞州

清江十里舊經過沽酒重來踏淺莎芳艸綠眠黄犢雨嫩蒲青泛白鷗波吳娘花下新翻曲沽客尊前應放歌笑我匆匆來又去西風側帽鬢雙皤

至金陵

江濶遠天低停橈舊柳隄雲山仍白下煙雨失清溪芳苑花爭發荒陵鳥亂啼行人不知恨爭唱踏銅鞮

秋日雜感

欲寫新愁付錦鱗故園回首奈霜晨家貧怕憶還鄉夢親老難爲下第人晚菊含烟低野圃寒藁帶露泣荒瀞可堪斜日昏鴉裏側帽歸來兩鬢塵

懷逸梅蜀中

雪嶺盤盤鳥道紆畫圖開處見成都廿年壇坫操牛耳百里雲山試鳳鶵治績定知符劒犢秋風未許憶蓴鱸故人翹首千江隔蜀道吟殘感鷓鴣

客館

碧葉下寒流疎林已早秋長鑱仍作客短褐又登樓夜雨長洲苑西風季子裘辭親爲負米反重倚門愁

貫華閣

古院隱檀欒山門曲逕盤推牕宜小憩就飯强加飡病鶴同僧瘦梅花與客寒風泉鳴野壑彷彿玉琴彈

半畝居贈馬貧惠

春水綠痕肥桃花共釣磯此間宜且住奈汝復將歸喚客新鶯囀依人舊燕飛輕風吹小艇楊柳影依依

村居

屋背一山横疎林放眼明天心隨葉落詩思逼秋清老眼留書卷閒身遠市城前村招好友重訂鷺鷗盟

少婦怨

曉起見春色回身攬鬢鴉妾心同井水郎意忽楊花渺渺天涯路悠悠江畔槎誰憐去時月依舊到牕紗

南禪寺

夕陽來古寺秋滿梵王宮塔影瞻橫水鐘聲寒在空捫雲僧借榻飛月鶴開籠小話出門去前村燈火紅

野步口占

歸途過小橋一逕入修竹野老話柴門鬚飦淺寒綠

受業王　煦　和仲校

梁溪詩鈔卷四十二

梁溪詩鈔目錄卷之四十三

國朝十乾隆

以上共十二人

梁溪詩鈔卷四十三

梁溪顧　光旭　華陽氏集

國朝

尤嘯軒鈞

字大章嘯軒其號也尤文簡公十九世孫幼工制舉業從炳西陸師遊師深契之謂其文當成家顧不得志於有司放情山水薄游楚越間一發之於詩早卒所存惟閒窓剩稾一卷

詠史

西京尚經術東京尚氣節通達有魏文清言以爲悅坐使名教亾晉祚幾中絕安得百傳元彈刻其乖茂卓哉崇有論百倍於世說

太史序游俠謂自季子與季子固賢者詎以俠士稱積薪可燎原濫觴可襄陵所以古君子小事必兢兢

漢晉兩完人諸葛與栗里易地則皆然形迹何足擬先主未三顧臥龍寧遽起晉祚倘未移詎老田園裏出處兩無違後先誠同揆唐時李鄴侯差堪鼎足峙

行路難二首

我歌行路難壯士髮衝冠日月奔馳復誰待人心隨處興波瀾不得凌風生羽翼側身天地徒長嘆令公喜令公怒笑君所見一何暮登高望遠胷我懷烏道羊腸郎前路

昨者年少今老翁小園桃李堆飛紅二十建勳羨鄧禹垂老投閣譏楊雄金玉其言委泥土立身不早嗟途窮君不見爛羊頭關內侯爛羊胃騎都尉雞肋雞肋復何味

獨漉篇

獨漉復獨漉水深泥更深泥恐沾我足水可監我心我欲手挽天河水一爲人間洗泥滓有美一人婀娜出塵天清地曠光景常新壯士屠狗和歌使酒劍氣爲龍風雲馳走蘭亦當門鶴亦乘軒天下無事擾之爲煩

白紵舞歌

燭影沉沉夜方耿玉顏買醉娛俄頃月明如雪花如烟垂手花間月光冷羅裙一轉暗生香廻身欲作青鸞翔歌珠錯落拋滿堂美目轉盼波流光流光炯爍驚四座金粟無聲暗中墮

讀書惠山九陽宮

我攜綠綺琴高上白雲岑樹杪泉聲落飇横山靄
深囂塵從可謝虛閒任閒吟何必生遥羨丹邱待
更尋

暮懷呈炳西陸師

獨立荒庭中晚念遂坌集荏苒朝昏間前修感駒
隙悔吝於以生寸心叢得失綆斷苦泉深山高鼓
足力浩然太古心清夜復來覩仰視天宇空月光
滿天碧

雨中登惠山

撥雲上高嶺雲浮嶺飛動磴滑趾不容手藉藤蘿
撐雨聲雜松風洶湃怒濤湧行行崖岫間翠濕衣
袂重回顧下山路落葉飛鳥送尋寺謀憩踪隔竹
鐘魚諷

過天鈞上人留別

小築禪房一徑深點頭頑石已成林欲捫苔壁留
殘句半樹梅花知我心

春日偕秦大南熙靡二遜膚泛舟蓉湖

東風何日至生意滿平蕪桃葉同浮艇杏花開倚
壚客來茶正沸春去鳥爭呼暮景蒼然起天光到
水無

暮春隨黃璞齋師遊芙蓉山

坐將芳艸當文茵檢點年華又一春綠野遍沾新
雨色青山可記舊詩人（時話及華子潛學士）謝安未減登臨
興（時師初旋里）阮藉何須禮數親領取風光盈兩袖流
鶯花底劇翻新

夜聞鄰笛有感

天空無雲月初上梧葉翩翻露光漾夜深不寐倚
高樓聲聲吹徹何嘹喨初聽緩李謩偷曲宮牆畔
緩復急孤舟江上蛟龍泣有時高闋山滿目路迢

遥高者低渭城折柳風淒迷梁塵暗裏將飛動一
曲未終愁已送世間誰復識桓伊空據胡床作三
弄

秦淮泛月

江山不相待風露若爲留長掛一輪月難消六代
愁波光吹歷亂簫管韻啁啾誰唱後庭曲爲停片
葉舟

牛渚懷古

天上騎鯨客飄然乘片雲誰知當此夕有客更懷
君烏帽仙爲侶清歌思不羣石華能採否落葉幾

回聞

登燕子磯

亂濤若奔馬危磯勢欲吞孳巃上孤石秋色來無痕

放舟行（彈指光陰倏更秋末扁舟飄泊鬱鬱者何由杼也項奉家大人命有西江之行行將探彭蠡抵潯陽覽匡廬之勝槩夫亦足以徜徉于山水間而放意焉矣）

我丁塵世何所求寄生天地如蜉蝣塊然獨整阮生駕窮途痛哭爭悲詫胸中塊磊何時平鬼盡揶揄人竊罵即今安得赤松遊且復放浪尋浮邱披襟酣歌對秋月黃鵠一舉凌九州魚龍雜沓怒濤

梁溪詩鈔　卷四十三　五

湧自吹鐵笛橫中流忭然大笑我忘我盡洗塵穢今其可

蟂磯廟

緬渺清江恨未平猶疑當日珮環聲靈魂西去依先主潮水東流愧阿兄已見兵戎連與國忍教昏媾負前盟當陽長板橋頭血一體娥皇共女英

小孤山

秀絕悄凌波青青滴黛螺雲旗斜日下佔客待風多耿耿疑含睇垂垂欲畫娥彭郎誠謾語應著送迎歌

阻風口占

榜枻停橈泊柳灣舡頭遽起浪如山江風何似知人意飽看匡廬始放還

咏冰

自應位置玉壺間袢暑欣從暗裏删未可語蟲敲向夏不逢烈日倚如山清泠只恐時難久鏤刻虛勞力過艱差幸我心無內熱少陵萬壑出塵寰

王文成紀功碑

勝朝正德歲己卯宸濠反問馳都門指顧東南恐披靡蘢種化作蛟螭蹲堂堂仗節許與孫虔州中

梁溪詩鈔　卷四十三　六

丞屹不翻誓師忠義俱奮發誓不戴天共逆藩天王大旆所指處一再戰奪宸濠魂屈指三十有六日凶殘迅掃無留痕臣守仁上露布曰誅日放由帝恩帝喜盤遊正無度自佩將印下九閽豹房健兒作蜚語陰霾頓起日月昏公料難回武宗惑便欲辭世隨緇髡公之精誠格神鬼得免罪戾雪大冤明年嘉靖入繼統錫爵奠祿及後昆碑終識語及天啟（寺云武照皇靈嘉靖我邦國）開先寺前古碣存筆力上溯平淮碑楷法可並顏平原瞻碑載拜仰公蹟求公翰墨何足言後來毀謗肆排擯蚍蜉那撼大樹

根摩娑展讀不能去惟公隻手廻乾坤

舟泊彭蠡廻望廬山

發棹已經宵空翠猶滴瀝瀑流萬丈飛空明互廻激餘霞亘林巒絢釆高下析水天兩無翳波底青天冪五老若拍手不遣雲烟隔惝怳欲重遊仙境非退遜動我離別情繞岸蕭蕭荻

過宣城縣

宣城詩境界問路苦匆匆一縣人烟裏千村秋色中無山不如畫有客更臨風未到北樓上時時望彩虹

喜晤榮象坤

榮八我比鄰相與意良厚今秋事遠遊與子別離久喜我歸故鄉招我飲旨酒問我所登臨山水歷某某開我囊中詩境地差進否我笑爲君言風景良不負

初春即景

日前自覺春無限莫道看春不當春細柳含青纔破眼微波皺綠漸生鱗未嫌風裏懵騰醉行作花前淡蕩人料理一年遊興在朝逢霽色劇清新

懷古

生不五鼎食死即五鼎烹不烹亦不食倏忽已死生松下露葵滿籬邊霜菊盈寂寂與終古何所鳴不平

古今一天地萬象誰能捐胸中有邱壑悟想生雲烟至人發智力形聲靜深淵一念墮虛渺枝蔓相糾纏

若粟之有秕惟箕可簸揚若蘭生空谷不損王者香蓀荃化蕭艾終古失芬芳薰猶一同器本質已盡攘

惠山上巳

看花載酒良芳辰修禊欣逢天氣新山下管弦三月景水邊裙屐六朝人野桃低亞常妨帽芳草淒迷欲常裙莫遣韶華容易去夜遊秉燭未嫌頻

呈芋園師

幽蘭在空谷餘香被巖阿春風一飄灑無言的自多對之有餘慕塵坱無從過供宜青玉案珍比珊瑚柯縱未遇採擇凡世難同科遐矣華夫子涉想形勝何

獨往忍草菴

晩烟漠漠上人衣獨立空林對落暉紅葉滿山人

迹少亂峯深處一僧歸

採蓮曲

木蘭作舟珠作檝蓮花滿溪露光濕女伴閒遊出若耶枝枝花映臉邉霞玉釧羅衫拖綠水明粧一隊濃香裏人自採蓮花儂欲採蓮子

蘆花

煙波浩無際瑟瑟動人愁薄暮驚飛雪前汀失洛鷗有人方待渡無水不驚秋搖落何處蕭然亦白頭

題榮泉山水障子用東坡海市韵

惠山突兀懸長空夭矯飛舞雲烟中雲開煙散淨如洗林巒忽敞嵬琳宮道人結廬住山麓刻畫山色仙能工胸中邱壑忽傾瀉潑墨直化生蛟龍當上不合生楓樹杜陵驚倒雲川翁千峯萬壑赴腕下意與真宰爭豪雄咫尺萬里渾莫辨其勢乃復無終窮少文卧遊亦云快對圖已覺形神融人間何處再逢子見之輒倒玻璨鍾昔我絹素囑傾寫半欲化去慳獨豊今人忽覩故人筆豁眼不異磨青銅回望九龍勢蜿蜒晴窓烈烈陰崖風

催租行

脊塵飛滿村前後殷殷降降徹昏晝磨礲𨻶秕比屋喧餘得斗升歡已透誰歟一棹來河干鮮衣耀日戴大冠頤指頗學貴人態場前兀坐稱長官老農慴伏不敢語小僕從旁相爾汝今年租米早入倉莫教縲絏無逃處老農聞之意倉皇悉索捆載恐不遑手脚凍皴皮肉死粒米視作明珠量量後斛較更呈樣不爾風前更篩颺吞聲飲泣悄無言空船飄蕩隨風浪隨風浪去苦不前未知此租還幾年佃田買官已藉没來歲輸作官家田

謁范文正公祠

兵甲藏胸腹盤歷歲年四夷名共仰十事守終堅澤被蘇湖始心居憂樂前至今思絕業黨議護紛然

伍相祠

伍相稱忠孝私心恐未純刺僚謀骨肉鞭墓蔑君臣棲越功垂就亡吳恨莫申夫差自戕伐抉眼血徒新

烟雨樓

孤帆隨雨落柔艣隔烟聞試向樓頭望鴛湖蕩碧雲

黃鶴樓

崔顥題詩去不回江雲無意上樓來偶然天外飛殘句還與人間唱落梅時代蒼茫餘霸業風濤浩渺蕩仙才起看漢水葡萄綠瀉入芳洲鸚鵡杯

秦明經鈞儀

字伯芳號若舫癸酉拔貢生少以時藝稱於時著有若舫制義詩有越行漫稾俱雷琴庭學使鉉爲之序又有相於楚游等集楚游詩最勝而若舫竟歿於楚若舫爲人倜儻豪邁當秦曉林方伯未遇時嘗與同

邑吳禹範周象龍華振羽秦湘雲岵瞻含吉若舫號蓉湖八飲皆能文章跌宕自喜禹範以庚午舉京兆試尋卒方伯歷中外二十餘年而諸君寥落不偶鬱鬱以終惟湘雲碩果僅存獨敦古處云

過山陰有感

邈然念疇昔束髮過舅氏耳熟山陰道南州擅居止筒牧來讓鄉雅化浹梅里借冠十四年萬井歌樂只長此繫芾棠遂飲來苧水吾母定厥祥來歸屏施靡堂前肅義方依依如懷裏內則示成規禮法謹孩始歲時高軒過音容猶在耳少小漸老醜景光悵如馳寂寂冷蘐幃揮淚倏三紀去年彌推膓靈椿忽背泖水影照蘇衣越東走霜履問道隨星軺蘭亭雙屐企忘思動渭陽颯颯淒風起待敲雷門鼓芳艸尋舊址麥燕嗟陳塵椒漿向誰饋

過曹娥江之餘姚紀意次武寧汪楚雲韵

幼婦碑句在千秋孝女娥高風江上望小艇雨中過客路悲浮梗春光感擲梭可分巖壑秀幽懇結烟蘿

泛宅渾無定旋看面面山峰迴巖樹合鳥帶水波

還地拆東西界人參夢覺關姚江原別派疑悟轉蓬間

雨過桐山道

昨夜濆濛宿翠微朝來重檢舊征衣潮回海角連雲黑樹鎖山腰帶雨肥客夢眠床岩外度鄉心供硯水邊飛隔峰乍覺開新霽轉過溪灣望又非（眠床岩在台州岐南山供硯在府後水售名一勺泉）

途次次南豐趙勉哉韵

路探劉阮舊經行何處雙鬟解與迎隱約珠簾分內外遠峯層合暮雲平

問道白箬嶺抵大芙蓉

碧巘參差看未明陟巔疑向霧中行回頭却笑登天易無數烟雲脚下生

謁誠意書院

冠劍依然禮聘餘勝朝勳業問坵墟蒼崕篆古迷丹竈碧洞雲深隱素書籌筆定推諸葛亞掛冠翻笑赤松虛只今回首金陵道噴雪亭前一振裾

青田道中有懷諸同人用淮海公清溪逢故人韻

甌越嗟浮梗孤乘泛泛船江南江北夢乍雨乍晴

天岐路頻回首前途感着鞭何當共明月雲樹踏娟娟

釣臺追和鄉先哲龔方伯韻

絲綸閒付石盤桓千古高名屬釣竿却遜半牢堅卧隱并無清夢入長安

題尅勉哉遊草

筆走泠然列子風携來代北更甌東微䁥細雨簷花夜疑在千巖萬壑中

京口阻舟涉焦山至瓜步

萬艘紛集大江邊稊米偏餘一葉船碧浪捲空迷郭璞翠螺迎面見焦先參差浮玉分朝霽縹緲乘槎拂曙煙去去鄉心隔南北望中雲樹鬱蒼然

復之都門與王雲藻楊玉圃叙話用東坡清虛堂韻

攝衣待浣東輪沙填駢五劇紛蜂衙得得疲驢走堀堁古渠青柳飛蟬花一鞭垂垂籠中寄莫辨逆旅非吾家起視城南天尺五推開六合騰金雅兼何夏日換秋月桂[illegible]漸吐銀蟾葩素心閩粵兩知已聯床話渴呼瓜茶從頭傾倒寫肝膈譙鼓那慮過三撾磊落鬱塞任揮灑如痛與抑癢與爬瓔崕

珠門皎玉立入勝輙引向若嗟燕臺一嘯空金市何當海嶠餐晨霞

曉發

雪壓茅簷夢煙低土銼燈四更提劍出千里吼寒冰

東寄四明姜白巖時居象山乞休

越水望何極初懷耿不渝行歌煙雨外灑墨性情俱廿載春風坐三秋夜月孤應知嗟宿艸黙黙重增吁乙亥寧化師訂中秋重晤武林試院校定文集未果後師訃至不勝天涯知己之痛

悶雨夜坐復用蒓浦寄懷四首韻

補屋壺蘿計未成濠梁秋水寄遥情紙堆塵暗勞千載愁陣雲深借一城對影可宜邀太白無絃只合伴淵明那堪譜入吳孃曲聽徹蕭蕭暮雨聲

盡日天光帶濕流痴雲頑晒不知愁綠陰濃處長扃戶紫燕歸時獨倚樓南浦有魂銷遠望西窓何燭話從頭關山咫尺屏山路夢斷揚州更益州

緗榻蕭然坐欲枯天涯芳艸晴平蕪綠楊驕影嘶還斷紅蕩香絲繫得無鏡裏獨看愁照白爐邊誰聽醉歌烏年來寥落鶯花景悵望晴原痛雪姑

強歌何事祇增哀千載名輸酒一盃冷覷白鷗同

散客遠招黃鶴嘯空臺無端旅思雞聲送渾許閑情蝶夢回市上桂林難問價踏街爭與賣花來

王氏女字於周年二十未嫁而夫計至慟不欲生　旌節祖母樹之曰可不似我終身苦守也女泣謂正恐不能如祖母之苦守終身耳晚攜抱弟妹如常越日潛自縊柩歸周而合瘞焉兩家未識　旌例道路稱揚有日矣始呈詳請邑宰襃以文余爲作敀徵詩味其答祖母語歌以嗟也

嗟哉王周郎儷此青箱女一夕傷兩髦寸心即千古槀腸纏纏語般般堂前祖母　恩旌人慰言不受終身苦誰知更苦不終身是時中秋月正圓合啼弟妹相周旋晨與甘旨佐操作荒荒白日走蒼天悄焉直繩繫何客舉室倉皇無處覓須臾化作折絃琴皎皎瓊姿冷冰雪芳魂歸繞周郎塚土花暈碧雙鴛捧蔀屋誰憐珠玉光女貞姓字邱山重　聖朝德化浹窮檐幽光耿耿詎終淹播聲道路達高聽嗟哉禿管歌聲錧

感事

望望碧山猥心惻兩平仲孤根托莽墟散櫟等無

用庋獲全其天山靈有年共仰際白雲衣俯聽澗聲控薜碑臥縱橫摩挲八咏諷風霜幾剝蝕雷斧攻未動不避奉曲唾詎擬繩墨中甘此寂寞殞落落少吟弄胡忽來商音吹斷谷鶯呼纍纍綻銀實憭絕盤餐供誰憐碩果珍頓觸剝膚痛如推百尺桐孽梟逐棲鳳物理有菀枯糞尸同幻夢叩之西神神致福尚知恐罔思食舊德坎下室乃訟除煩滌中煎涓泉擲龍縱

華莼浦東示湖北送湘翁南歸

伏櫪心驚嬾着鞭遡洄江水思悠然好題太白題

滿襟

兩日雨阻未及視疾而蒓浦遽逝撫膺一慟

望去淚零芳艸路招來魂斷水蘭舡從茲別恨憑
誰賦筆謝江花夢不圓

華秀才飛

字振羽號蒓浦諸生著有攻玉齋詩

西湖絕句七首存一

一篙綠漲連新雨半髻青浮帶晚煙爲問孤山老
處士梅花夢醒已成仙

渡江

春流清淺漾柔藍最好爐塘三月三十幅蒲帆衝
浪去教人從此憶江南

望邵伯湖

茱萸灣外路扳舵放舟行淼淼珠陂潤邵伯湖又名珠湖有三十六陂雙雙玉鷺清亂帆飛極浦落日下蕪城搔首
伊人隔粘天碧草生

東原至夜

阿奴真碌碌此夜一泚泚客鬢隨年短鄉心與夜
長吳儂恣飄泊魯酒壓著涼寮嘶南征雁雲山徧
地霜

時景莫問靈均問後天未識艸青湖潤岸可容鷗
泛月波船勢流小試分風利帆轉隨看面面圓

武昌藩署席次應寄梅叔

小阮蕭蕭襆被裝江行浹月滯帆檣磯廻水勢潆
鸚鵡山靄雲容近鳳凰廿載遙情聯楚越一尊歡
對話瀟湘樓頭可許招黃鶴崔李尋吟興味長

感孟襄陽猶憐不才子白首未登科句用韵
作

何事清吟客猶然感遇多百觚堪任達五字惜塵
羅北闕書休上南山計未訛詩人無俗韵八世澹

風波採藥從龐隱紉蘭續楚歌青雲羞白髮幽素
問誰科

自武昌之襄陽晚泊漢口

萍跡南來似轉蓬伯牙臺外溯歸鴻悠悠漢水連
襄水淼淼雲中更夢中笠澤舊吟懷醉士習池今
許問山公片帆剪破烟波月腸斷梅花一笛風

夢見所失書硯有素曾批閱者恍逢舊好喜
成一律醒淚盈枕僅記丹鉛二句足成之

亡書如憶友旅夢輒縈心憐甚祖龍炬憐逾黠鼠
侵丹鉛仍手澤篋笥勝籯金脈望緣何在尋思淚

感懷六首存一

斜日滿踈櫺蕭閒戶半扃懷人媚幽獨隱几適空冥草向愁邊綠山從夢裏青酒徒零落後不忍問旗亭

丁丑春秦大司空味經表叔扈蹕南旋因同歸里抵家未及信宿卽登舟先次望亭驛匆匆留別內子

妬花風雨滿春城漫洒空杯送遠行便覓封侯何太急到家寒食去清明

寄秦大若舫時將從寶邸入都

望裏驚沙眼欲枯登臨情緒半荒蕪美人金翠緣淺淺才子文章命有無江左風流看落月竹西歌吹聽啼烏白門最是傷心處嬾過清溪拜小姑

蘇臺絕句

卧龍橋上六龍行飲馬橋邊駿馬鳴二月蘇臺芳草綠春山輦路入春城

山下空傳采香徑我來不見采香人飄零金粉知多少十里春風碾作塵

秦封公鴻鈞

字心陶號世萊邑諸生少攻帖括宗胡思泉有銅牆鐵壁之目丙子遊北雍報罷歸遂絕意進取性澄淡不嗜榮利又坦易與人交無城府以子瀛官中書舍人誥封如制

將出都門二首自注時丙子秋報罷南歸

滯淫踪跡悔頻年似舊青袍一惘然九日關心燕市酒三秋歸思潞河船愁添細雨黃花裏夢冷西風白雁前京雒故人長此別生涯從問五湖田

底事庭闈別老親獨攜琴劍向風塵青天蜀道艱行路白馬長安避貴人只憶陶潛松徑好不愁杜

甫草堂貧鹿門妻子堪偕隱歸傍清溪弄釣綸

述事自注時甲午秋作

京兆畿閒捷兒子瀛舉京兆清源忽被圍山東賊匪王倫攻臨清州季弟震鈞時以州判權知州事重城猶轉戰八口有危機道路訛言異鄉關遠信希久未得季弟家書白頭愁更劇何以慰庭闈

聞道山東賊紛紛白帕裴聞王倫賊黨皆以白布裹頭天應誅獍猲人望掃攙槍曉日旌旗壯秋風壁壘張大營丞相在么麼敢披猖上命大學士舒公領兵進勦

朱孝廉湘

字晹谷號鶴峯丙子舉人居楊樹園著有
尚書參評藏于家

四時田園樂

生事悠然寄蔚蘿田園佳勝復如何山川澹蕩詩中畫父老恬熙醉後歌十畝柔桑春雨足一溪垂柳晚煙多家家門徑臨流水亂落桃花點綠蓑

最愛幽居夏日長鳴鳩遶屋樹千章風摇粉墮壙頭籜雨染青分水面秧扣角農歌過麥隴敲針漁唱上蓮塘隣翁拄杖心無事閒倚柴門看夕陽

碧山當戸翠屏清秋老郊原已輟耕松葉新鋤邨

甕酒蓴絲鮮膾野厨羹西風蟹舍連黄菊斜日雞栖覆綠橙剝棗烹葵隨意足兩三行雁暮天横

野老長年只灌園茅檐短褐曝朝暄全收芋栗無征稅薄有雞豚洽弟昆沽酒未妨江店晚烹茶好借地爐温偶然乘興山陰棹犬吠人歸雪後村

泛舟口占

雨過扁舟漾綠汀澄波如縠樹如屏山腰嵐氣迷離白只露峯尖一抹青

袁孝廉鈺

字小枚丙子舉人以制義稱于時

和華西京詠古

呂不韋

奇貨能持第一籌紛紛販國盡陰謀城狐媚取昔兼馬社鼠工偷呂與牛昔日莒部眞小用同時黄李是眞儔六王夷滅煩兵力百二強秦賤價售

韓信

楚漢雌雄左右投寸心不忍負炎劉僞遊君聽陳平計相術臣辭蒯徹謀袴下既甘降噲少朝中偏恥並逼侯眞王大快平生志但把微時一飯酬

元后

丙殿春深錦繡舖承恩早喜得龍雛嬰兒已彼元公逐寡婦猶將文母呼漢識炎精消月夢秦留玉璽盜金符壽宮莫怪因元廟天子巍峩姪祀姑

祝大令頲

字亦山丙子舉人官四川三臺令爲人循謹沉默政尚廉平無私橐歿于署寘友爲之棺殮附舟歸櫬百姓哀之

全蜀藝文志載宋袁尚書說友巫山十二峯二十五韻一時和者甚衆見獵心喜追和其韻

舉頭一笑山生姿無峯不雲雲欲癡楚宮深窅楚王夢溟濛斗帳晨光進（朝雲峯）邑荒不戒汙神女千載廟祀亦大奇白舫青簾往來道廟中道士吹參差暮濤倒捲翠屏（峯名）上古藤嫋嫋婁絡之羣猿聯臂挂一綫跳擲叫嘯聲相隨松巒聚鶴集仙（三峯名）侶我欲輕舉神已疲（蜀志淨壇雲起上昇三峯在南岸二十里不可見）半壁霞明聖泉外登龍栖鳳赤羽旗（望霞聖泉登龍栖鳳皆峯名）煙鬟霧鬢恍可覩微風忽與褰羅帷若有人兮善窈窕似聞水上歌竹枝一彈再鼓怨遥夜誰使萬古青眉低江間時有山帶起草際認作裙腰嬉山

梁溪詩鈔　卷四十三　三三

靈娟妙造化手想見太始誠無爲古來尤物作禍水厥有鍾毓亦有時自從神女感雲雨生長明妃亦在茲畫圖環珮歎絶世黄沙撲面萬里馳花蘂夫人黄崇嘏天生異質各有施囘看十二峯如畫隱見離合江之湄荒哉武氏亂宮闈唐祚幾絶憐娥眉欲從瑶姬問金母諒復聞此一解頤北斗以南幾人在那得堅白無磷緇連峯去天不盈尺足令太白噫吁嘻舟人指點疑九嶷我怪尚書持節胡不綺裘玉杖凌峩嵋令我覽古發長喟却恨無人和我詩

丁孝義王士

字長孺號蓼渚丙子舉人四十登賢書五十而筮仕初授松溪令調漳浦移疾歸以家貧不給饔飧寄南禪古寺居焉起爲孝義令復以疾辭其治尚廉靜而人謂其在閩以猛在晉以寬飲水之風不移出山之志不作矣喜吟咏歸田後俯仰釣遊優游杖履往往載酒攜朋共相倡和然數人吟侶之外亦無人知其能詩者著有蓼渚詩草年七十六卒於家

梁溪詩鈔　卷四十三　三四

雜詩

孤桐嶧山質流韻抑何清孤根無回曲直幹凌青冥豈無棟梁材寔含正始聲方圓誰見削宮商詎自鳴嗟嗟漢中郎曠世不再生

登石州城

獨坐山城最上頭暮天極望正悠悠雲間紫氣長安道江畔青楓故國秋霽色雲開千里目笛聲遥度夕陽樓空濛寂寞歸鴉急迴首關山起百憂

舟次龍遊有懷王夔公

雨歇天氣清江水平如掌樹色既青蒼山光更昭

頭煙開洲渚分日落輕霞上獨酌苦無聊孤吟更
誰賞對景懷遠八長歌發浩想

富春江即事

顧曲心情祇堶嗟鬢絲消盡舊年華無端江上當
鑪女高唱揚州剪剪花

青冢驛赴會寧縣作

澗道四十里廻旋如磨折淺水飯明沙輕波耀晴
雪翠羽拂青屏紅霞落華轍閒聽驕鳥啼瑟瑟鳴
瓊屑

曹丈集余丈心齋蔡丈應蛟連騎來餞賦贈

流水桃花千尺深故人連騎送行心匆匆莫問他
年約明日相思夢裏尋

再授孝義敘懷

抱琴養微痾僦居南城灣瓦屋四五間盈盈曲池
環水清魚在藻風暖鳥聞闢籬落墮繁紅繚垣延
遠山醉來和月臥吟罷看雲閒但覺棲遲樂都拋
世網羈殊 恩猶用老墨綬復邀頒綆短苦汲深
顑頷彫孱顏徒抱精衞志難辭智叟訕出處各有
時喧靜原一般作息分晝夜境遇屢往還誠哉坡
老言得失此區寰

朱隆昌雲駿

字逸湄號畫莊丙子舉人官四川隆昌令
有循績膺卓薦自京回蜀移疾將歸卒于
傳舍畫莊少孤家貧不能就塾弱冠挾書
瀏跡闤闠間年十八忽復痛哭告于母曰
兒年長矣終不忍祖宗書香埽地無餘也
母泣曰兒能如此雖餓死其奚悔自是始
習舉業爲文冥心獨造出以就正老宿乃
大驚駭文譽遂起古文學曾王歸太僕學
詩于邑中詩老劉檀林先生先生激賞之

謂有梅都官風力其初稿詩古文詞共廿
四卷入蜀時山水暴漲漂失無存後檢出
舊鈔詩八卷并在蜀所著萬里集四卷普
慈集一卷脩時集一卷統曰畫莊類稿梓
以行世

春日游讀書山懷元遺山先生即用元詩賞
心古難并莫景日易費爲韻存五

春煙澹欲流禽聲導客往山行曲愈好步窘勢轉
上徑斷橫溪橋水消水平掌澗瀑懸山顛塵襟快
滌蕩游歷逮茲辰聞名自疇曩流風如可親對境

足欣賞

遺山真大雅曼俗不足吐摇筆凌清雄風雨中規矩研磨繫舟（山名）中不知幾辛苦遂爾薄（廹各切）西漢氣韻逼韓愈繫舟娓無稽讀書庶有補偶經趙公題山名擅終古

性正氣亦正跌蕩雄幽并聲名世耳食知已惟一兄四十五年間毀譽何轟轟習俗安污流所葆遂不貞錙銖較利害俯仰隨重輕所貴在壁立君子豈好爭

職本任史官記注敢貽悞舟師忽東狩國史請保

護時相目迂闊零落不復顧艱危野史亭貞節葆歲暮身在國史在豈難狗國祚吁嗟絳雲樓志但希遭遇

伊余讀史傳考異訂月日中州集在案序言愛古質作者殊紛紛孰與抗儔匹沉浸三十年不敢下一筆行當焚少作抱此究微奢醞釀苟不深何以名著述

介山

功成身退真□□工臣心潔清有如水千古龍原餘燒痕當年枯骨被君恩風風雨雨清明候管人禁火俗良厚寒爐過此秋月黑行旅忍饑補寒食

感舊二絕

精神正字竟難支白石風流苦繫思彭蠡拍天帆影沒旗亭留唱小姑詞（陳汾陽凱工詞酷肖姜白石客九江權使署賦小孤山諸作尤擅場）

頹唐淡沱是今吾司調如君骨巳枯最憶煙光明媚處簪花筆格注三都（華有條文緯文學文選書學衛夫人邑高才生也）

臺莊曉望

篷窻侵曉色草際露珠銜水徙初營屋山横驟落帆村煙上槐柳市味雜酸鹹鄉信江南遠無從寄

一緘

南陽鎮

帆收依荻港素侶勸加餐雲斂水容夕風高雁影寒人家補籬落井邑富波瀾爲歎沉淪者蒼涼不忍看

德州道中寄懷復燕

狂瀾倒瀉駭鳴鼉欲濟無梁喚奈何（時大水泛溢望景州不得渡）鴻雁影迷沙歷亂波濤勢挾雨滂沱俗儒久巳迂三策故道奚從問九河最惜佳人經世意一編秋水卧煙蘿（復燕講求河防水利極精）

柬顧南華

葉落室虛白幽居獨寤歌黃花隨意好清境入詩多惆極塵都遠飄然客暫過相攜知幾日釣艇弄煙波時南華將還

懷同人二十首 存四

半江子執友服古若稽田禹貢疏原委韓文譜歲年狎鷗之海上賣藥向簾前遯跡甘嘉遯逢人措偓佺 華澂山

幽栖澄澹慮世味寡所欣支枕澗邊樹垂竿溪上雲林泉自明瑟蘭茝俱清芬余亦從茲逝山中麋

鹿羣 過鏞讀

一枝班荆雅相知在寸心形神並超逸位置宜山林清言灑蘭雪冥心援素琴達人貴自得世俗但愁侵 楊令貽

風標殊絕俗挺拔愛吳均目已空餘子詩真到古人藥爐時在室琴薦總隨身鐵網搜羅切如君豈隱淪 吳一峯

立秋日寄懷捧齋侍御

形交踰十年神交彌方寸憶昨客京華飲退避塵坋之子喜過從吾黨許投分一椽託相于萬卷恣討論整乀述斜紛軒豁到幽隱漸涵得其源丰采抒所醞飈爾振古風翛然出高韻晉秩任彈糺憫時值饑饉民命爭須臾官司奉獨賑謂當餙簠簋詎料竊膏潤建言警頹波風示被列郡端緒既迺殊勳猷孰爭奮內行砥廉隅真品軌平近孤生俗多暌失路志甘困葑菲不下遺光暉益謙遜何以副雅懷無斁數明訓激清心可盟慕道首頻頓一從茲離憂令我增鄙吝庭階墜葉新枕簟淒風迅會合既無緣緜邈空雜擕畾畾秋月高嘒嘒寒蟬怨悵觸倏汎瀾懷思寄繾綣

哭師道

經術鷺湖醞釀泼忽聞凋謝黯青縈存亡身直闕文獻貧賤人知重姓名千里音書縈夢想廿年風義愴平生蒼涼月色虛堂靜無限傷懷一放聲

東溪

玉女峯前月仙人謫後詩超然一天地清境復誰知靈草餐風露蒼松閱歲時東溪不肯任僕僕欲何之

陰盤過澗水驟漲篋中類稿泥沉雨絕感賦

少華峯西涌亂泉秋霖下注滙成川行裝已見隨

波逝文字都除宿世緣兜率著書應作冢德初何術竟逼仙無多心血知牢守只合齋持大乘禪衡陽道士李德初題周易義歲至一人八千口當有大水漂溺因得舒展驟暴一人八千口太和字也劉遵古節度東蜀時果驗見四川通志

縣齋書事

菲材任劇邑四郡交一隅冠蓋日紛錯電掣郵亭符役夫動千指駑馬飛長途前令大窘廹里役疲供輸令來未逾月衆謂令朴愚具陳里役苦宜何如改圖令聞起太息秕政當立除家口尙少累俸錢無多需此役令獨任父老毋嗟吁廚傳幸粗給

白飯兼靑芻使者肯見容涉境卽安驅向來奔走徒努力事耕鋤上愧何易于民困亦稍蘇作詩告來哲鄙意愼勿渝

孝義臺 程崇孟宗哭竹處

脩竹植臺旁帶露逾娟潔愼勿觸筍芽孝子斑斑血

雜言

輿臺星馳索燃炬沿村打門勢莫禦孀婦殷勤前致詞翁病無人送君去繩牀搜出十歲兒鞭背前驅哭路岐

瘦馬凌競骨貼皮憶昨入厩煩檽奇晝夜狂奔受鞭撻淋漓血髓交涕洟涕洟聲中聞馬語我悔前生鞭撻汝

西郊忽報虎入立搏噬羣羊嗟慘急村農走匿市闤闠不敢高聲但飲泣如天之福虎渡河羣羊胥碎血濺坡

寓明政土司寓莊

嚴裝歷巒疆捧檄隨幕府亭堠各晏然肩摩西域賈山半繚石垣城頭擂疊鼓士馬正精强軍實宜閱數豈伊信宿期諸事就繩矩地屬長官司職在

勤宣撫款留潔寓莊廻環對衡宇規制異民廬重樓皆累土其下畜牲牢其上卽搨圃容膝安几榻嚮陽開牖戸四而峙煙嵐高峯住佛祖南無脊山遥望高出雲表佛書南無佛稱云某處某人也晶瑩聦瑱瑤晴雪照終古噎氣時怒號濤聲沸江滸男女雜市廛酪漿洽賓主椎髻熏腥羶花裙曳綺組叛番爾同仇軍書慨旁午用命礪戈矛給爾以倉庾壤錯酋易俘　忍淚力應努

納溪三灘瘴溺詩 爲石明府峯作

我心得所安不謂爾有知柳州始聞道始可與言

詩岷江流湯湯沫若交滙之水沸激圾堮舟碎飄骸齒造物豈不仁鈌陷誰當彌三灘有盛舉拯溺慰孤覊窀穸竭經畫祀享俱以時丹崖曾語予負疚愧寸私聽民葬魚腹吁嗟俾我疷安得長者言以諷百有司

懷鶴草堂

鶴盤雲壑遠堂偶雪鴻留清唳聽猶昨巡檐素月流附摘錄沈觀察清任懷鶴草堂記乾隆乙未丙申之間金匱顧觀察晴沙先生携二鶴居此園日携鶴草堂其時觴咏于斯者吳學士白華杏方伯桧巢楊刺史笠湖王刺史秋汀予爲作五松圖并系以詩别駕李雲門又畫五松予壁予醉後因而書之具在也其後晴沙移疾還山德

潤圖觀察登其堂懷其人且愛其字從而巧偷之予是携鶴之顏歸之潤圖斯堂輾轉歸之洪氏辛丑秋汀來假館予嘗過之花木依然門巷如故獨不見晴沙揮豪作草書舉觴望白雲時矣而秋汀則更思之切重新其寓館而顏曰懷鶴草堂

題沈澹園太守鐵峯圖卷爲徐柳湖作

荆關畫格何沈雄游神象外歸環中柳湖徐君癖嗜畫博搜名蹟勤緘封示我横卷極朴老意思直與荆關同晋慈千仞峙鐵峯行幰時枉潼川公暦繙叠嶂樵徑曲㴱林邃壑煙光濃偶然寫此紀遊覽蒼然一角森華嵩凉秋展讀與蕭爽簾前謖謖來松風抬頭正見鐵峯頂晴空削出青芙蓉

恩村旅舍次壁間李雨邨侍御韻

征塵冉冉路逶遲霜色侵尋上鬢絲覽古始知書誤處懷人常在酒醒時商飈泝雁空中籟枯木寒煙畫裏詩景物隨宜供領取郵亭句好爲情移

臨洺關

設險古邢外臨洺環阜城人煙侵曙色戍鼓帶波聲掠地秋鷹迅出林僧磬清風沙愁浩浩吟眺慰孤征

馬鞍嶺

樹嵌石益奇山臨水斯活嶺形似錦韉岩罅潆楓

栝雲根浸虗無鞍脫騏驥渴渴飲恣超騰浩淼波瀾澗數上鞍二十四陵跨愁崖嶭昨騎龍背游馭風翔紫闥繇鞚此馳驅竟可施鞭撻清響閒畫眉豪情俯寥豁畫眉關嶺上最高處

邯鄲縣

稅鞅武靈境殘蟬欲暮天叢臺白楊樹襄國綠汀煙事業只如許繁華誰復憐黃粱知熟未客夢在林泉

楊兵備夢槎

字再騫號誤仙世居邑之寺頭鎮少孤依

其外祖張占浙江商籍丙子浙闈舉人榜
名張槎歸宗復姓改今名官鄞都令會
王師征金川隨定邊將軍營管炮局以功擢
知棉州不赴癸巳六月戊戌兵潰木果木
被執脅降不從賊環跪請指示點炮法乃
給令裝藥過度炮裂斃賊甚衆蓼槎死之
邮贈兵備道
諭祭賜葬入昭忠祠並祀成都慰忠祠無子蔭
其弟乘槎山東濟陽知縣

題玉堂富貴圖

瀛洲學士登天祿簾捲鶯聲曉烟綠天池無風淡
不波春山兩桁青如玉昨夜燈煤破碧窗宮人手
裡續蘭缸蜀纈袍溫春覆夢紫花墩繡靜聞香天
上人間傳異寵蓬萊文章醴泉涌蘂珠殿裏月華
多沉香亭下恩光重古來惟有玉堂春不負清華
定幾人鴛鴦對對行花徑楊柳絲絲拂畫輪花磚
左右誰珥筆娬媚還應有遺矜牡丹濃染素蘭馨
天邊風露清無極

董子祠

舉世言功利江都尚有堂下帷多歲月應詔策賢
良古廟蘼蕪綠秋田蛺蝶黃鄰家園圃近繁露又
微霜

雨過壩橋

騄子騰騰破柳梢蝎來何處最魂消驪山一雨千
峯暗烟樹溟濛過壩橋

過馬伏波故里

是翁矍鑠定何如瘴霧蠻烟百戰餘絕域論功三
尺劒平生垂訓數行書空懷下澤歸鄉里竟使明
珠指後車落日孤鳶飛欲墮行人立馬一踟躕

南星曉發

夜來風雨過曉色尚迷漫一騎衝烟出千峯滴翠
寒溪聲穿樹杪人語落雲端又渡柴關去匆匆夢
未殘

題諸葛武侯祠壁

艱難存漢統謹慎識臣心無復南陽臥平生梁父
吟

宿七盤關見壁間鴻觀弟舊題悵然有懷郎
次其韻

聽君曾說蜀中遊雲傍青天礙馬頭吟得七盤關
上句剪燈還似對牀秋

吳上舍炳文

字仲虎易堂先生長子性穎敏早卒

題楊令貽所藏坡仙墨竹

詩人何所愛竹影清于人蕭疎喜明月月落影巳泯坡公禪理妙空色爲傳神初師與可法後乃變化新勁節森有芒逸氣迴無垠忽如見我公頎然玉立身楊子能鑒賞端爲希世珍持比庭中影莫辨畫與真

池上三首

臨池茅舍幽彷彿仙家子焚香月上時鶴步花間

水　池上廬

一徑絕世喧但有篠簜響終日掩柴關山鳥白來往　竹徑

游魚磯下集綸竿波上宿獨坐生夜寒曉色侵池綠　釣磯

楊上舍廷蓮

字苞文恕齋先生子好學能文早卒著有靜軒詩稿

夜光蝦

清華堂池中產蝦通體瑩澈向晚如明星倒映螢火亂流流輝蓮葉而南聚影硯池之北自我作古錫以嘉名拈韻抒辭漫成長句

昨夜燃犀合浦隈鮫人次第獻珠來鏤空神女明璫影劈破天孫錦石胎姬旦稗經遺水族張華博物漏坑灰鬚長數尺金銀縷欲試康州湧躍杯

受業嵇　承濬　導崑校

梁溪詩鈔卷四十三

梁溪詩鈔目錄卷之四十四

國朝乾隆十一

以上共三十六人

梁溪詩鈔卷四十四

梁溪顧　光旭　華陽氏集

國朝

鄒少司空奕孝

字念喬號錫麓愼齋先生之孫丁丑第三人進士累官工部左侍郎兼樂部大臣錫麓平生精於音律恭逢

聖天子以聲詩被諸管絃奏於郊廟錫麓實典其事奉

命提督福建學政逾年卒於官年六十六

題顧晴沙給諫風草圖卽送出守寧夏

少小事鉛槧聲華富文藻長通金閨籍數上　明光表監門圖旣繪汲黯詔非矯生逢　堯舜君亮展禹稷抱我疑萬言書猶有未定稿一朝天符下雙旌指新堡平羅爲寧夏屬邑文章通政事作圖號風草魯論引尚書妙理恣探討屠龍手殊鉅雕蟲技則小給諫以考試差先期拈風草題爲文次日出守　命下遂倩友人爲此圖開圖讀高文筆妙見先兆靑靑河畔行了了見河套微微動春颸蕩蕩遵王道王道其如何王民看皡皡送君今作郡我心殊悄悄欽哉爾惟風芻蕘諒爲寶

顧進士彬

字南華號訥齋光旭從兄丁丑進士訥齋爲人靜穆有度終身無疾言遽色工書

殿試時纔書數行諸翰林觀者如堵謂第一人無疑以筆誤置三甲未仕卒年四十八

偶書

我思鍾子期頗復怪伯牙彈琴縱莫賞我心寧有涯捲袖爲人役含徽空自嗟無弦得眞趣栗里古陶家

莊生未識道而謂物可齊卽言雙蝶夢安得兩馬蹄杞柳自戕賊湍水無東西庖犧畫天地三聖破羣迷

品菊呈觀補亭侍郎

古琴三尺與橫陳品菊應須種菊人舉世成風紛藻繪憐他裛露最清新剪裁已恐傷元氣束縛能無損遠神若問南山籬落下色聲香味只歸眞

鄒郡博起鳳

字儀九號桐淮承揚先生之子出爲伯氏佩垣公後丁丑進士少工舉業刻苦自勵

嘗於卧疾時置筆硯枕席間蒙被爲腹稾
有得即書其振迅不輟同輩皆畏之性脫
畧雅不喜爲有司官榜後請於部改就教
職歷盧州松江二郡教授卒於官著有祠
淮詩草

書雙溪顧君文稾後

生平不朽業豈因文字傳積厚流自光心聲乃畢
宣顧君敦古道抗懷追昔賢立言古所難惟君詣
純全讀書見根柢不以枝葉先停蓄渺無極一發
如湧泉迅筆走風雨神妙秋毫顛淵微出浩博古
朴彌新鮮愧我頑鈍姿安能望隨肩君盍歸乎來

願爲君執鞭

村居雜詠

暫結漁樵侶相逢似舊隣多懷烟水趣却愧宦遊
人雞黍間中味桑麻世外身終身五湖畔瀟洒樂
吾眞

屏跡荒郊外逍遥絶世緣立殘千頃月釣破一溪
烟鹿卧青山穩花開白晝妍古來傳吏隱從此得
眞筌

絶壑渺無際紆迴路幾層偶來尋古道回首失前
村待月穿松徑沿鐘到寺門緉𥼶趺坐久清磬半
黄昏

野田新霽後散步足徜徉戲水魚知煖尋花蝶抱
香芹泥添燕壘柳葉轉鶯簧遥憶龍山畔春風舊
艸堂

今日春光好晴郊看採桑摻摻垂素手緩緩出微
行有意悲公子何心戀懿筐夕陽歸去晚春恨滿
陂塘

獨飲不成醉閒吟興亦闌鄉心歸夢杳春意落花
殘未便幽棲好還憂行路難江州風雪滿何處着

征鞍

秦秀才雄文

字帖瞻諸生蓉湖八飲之一有東行艸

追懷王蘐亭先生　并序

先生諱家梓字丹叟毘陵隱君子也有別業曰
書巖藏弆書畫寢食恒于斯客至則拈韵倡酬
或洞簫一曲嘗遊百粤山水間全州刺史段君
高其風欲與之交延爲上客先生一入署曰我
何能墮入靡麗場中亟賦歸丙辰嗣君麗三先
生以五經成進士先生無喜色而倡集惜字賑

貧會辛酉秋忽騎箕去嗟乎逝我不見于今廿
年慨想生平邈焉難卽用寫梗槩以志景行
我懷毘陵王蘐亭雲中之鶴人中英丰姿瀟灑出
塵表閉門落筆風雨驚不重黃金重然諾急人急
難頻解橐遨遊百粤山水間弔古詠懷知寄託學
優未仕志益高名固不求亦不逃雄談抵掌脫巾
幘紛紛餘子徒金貂子掇五經進士第先生不言
亦不喜曰惟修德毋怠荒焚香看籙日不已先生
與余稱忘年看花酌酒相周旋先生已乘白雲去
春花秋月空凄然嗟我孤生淚盈把先生絕代眞

風雅如今古道已矣哉世間誰似先生者

聽琴歌有序

程四先生毘陵畸士也與余舅氏爲琴友古貌
寡言寡交人罕識之者識之亦不詳其名若字
嘗嚴冬着單衣鼓琴自得舅氏曰先生別有禦
寒具乎何霜雪之溫也荅曰心定可耐耳解衣
衣之後三日以贈寒者旣具雞黍邀之座間欷
歔泣下曰吾年四十餘不能養二親顧隨而食
之仲誓素終身乃以據梧飽粱肉乎撫嶽三弄
而予爲之歌

風寒林兮衣單撫履霜兮四座爲之不懽水欲咽
兮石欲墮泉潸然而涕下兮悼寒士之坎坷

楊上舍麗川

字文和國子生性耿直能面黜人過晚年
並勇於爲善凡邑中養老恤嫠施棺妥骸
諸善舉寒暑風雨不辭況瘁暇則以詩酒
自娛飲少輒醉也

醉歌行答友人止酒

四更山吐月殘夜水明樓古今絕唱當窗收生存
華屋處零落歸山邱一爾過隙無少留我生何爲

久居此此惟艮醞足戀耳壙中賦詩和者誰野間
酣飲對一士頗怪時人不好懽仰屋著書悶欲死
何況廢人飲酒對名勝作刀筆吏披故紙鹿車攜
壺荷鍤隨伯倫放蕩任所之裸袒箕踞露醜惡袒
逃阮籍靡不爲此皆古人不得志于時謂當凌雲
一笑開襟期左手執孝經老子右手執小品法華
爛遊華胥國天地以爲家何人與我龜茲枕我醉
橫眠不知寢僕射豈勝飲酒樂爾愛僕射宜勿飲

楊明經樂閔

字闇如廩貢生世居邑之寺頭鎮少工制

義一踏省門不售卽赴京兆試又不售歸
遂閉戶以老嘗以廿二史註太上感應篇
力不能梓藏於家

京口渡江

揚帆出江樹回首斷霞邊北顧山猶鎖南朝柳欲
棉英雄無戰壘才子有詩篇破浪乘風快何如釣
叟眠

聽友人辨論王文成學案有作

赤手扶王室功成不敢居大人安社稷戎馬定詩
書頓悟微開徑良知漸入虛當年門弟子三字得

無疎
一言添孟子兩字改中庸語病於斯著心傳欲自
封紛紛猶聚訟擾擾竟何從愧我未聞道開門看
九龍

誦見蘷日誦太上感應經

人情天理自明明誠正修齊到治平誦爾躬行無
別事玉皇香案聽經聲

憶梅詞京邸作

何年守得梅相見擱面盈盈別淚痕可奈夜深常
錯認茶烟一縷是花魂

偶然遊戲落燈天醉後和琴抱月眠月又低迷風
又緊却疑身在洞庭船
臨江仙去欲何如記得烟村縞素居京雒緇塵舊
時客逢春先寄一封書

顧別駕朝泰

字升階號喆園已卯舉人初官南宮知縣
擢懷慶府州判以老歸卒年七十三

題工部集後

白首窮愁旅鬢殘文章千古占騷壇萬間廣廈秋
風破半世依人蜀道難北望幾時消劇盜中原何

處問平安傷心垂老無家客寂寞羌村夢夜闌

落梅

何人夜吹笛香雪落紛紛流水失殘夢空山欲斷
雲橫斜愁對影遲暮却憐君翠羽啁啾處疑來月
下聞

立秋感懷

人事嗟流水光陰任轉蓬秋聲先在樹涼氣始聞
蟲車馬三邊外音書萬里中驚心在搖落一葉到
梧桐

月夜過東林精舍

微步攬夜色悠悠聞木魚叩門乞新茗清絕趣有餘明月豈愛我先我來精廬松風響更寂竹露滴復徐深談月華轉坐聽三更初

弔唐六如墓

一笑三生浩刼空千年文藻振吳中才名已受狂時誤詞賦多從悟後工繞樹悲烏啼素月重歸華鶴弔秋風零縑斷粉人間少剩得青燐夜夜紅

環溪橋玩月

曲水微波動環橋到影浮美人惜遙夜明月正當頭雨過城根暗凉生樹杪秋葛衣禁露冷吟嘯任

遲留

菊影

深院斜廊絕點塵影中花態倍精神曾無消瘦支離骨却似風流藴藉人雲作輕陰疑掩護月留倩照自横陳憑誰寄語陶彭澤可許東籬暫卜隣

顧吉水裕涇

字紹伊號蘅皐瞻廬先生之孫南廬司教之子已卯舉人官江西吉水知縣甫年餘卒官有抱綠綺人偶存詩詞一卷

薊門雜詩

出郭何所見連峯有斷雲攀龍廣成子射虎故將軍古戍烽烟冷清時草木欣因之問耕者又及惠風薰

昨夜傳新火蒼茫旅思縈到家一拜埽作客九清明自丁亥清明埽墓迄今九年柳眼當初綠餳簫何處聲尋春人獨往猶是聽啼鶯

大風折館中柳歎

喬木比世臣非可旦夕致植本既深厚培養歷世次所以松栢姿百年保蒼翠嗟彼菀者柳渟然偶得地臨風恣搖颺小雨益驕肆本非干霄材似挾

凌雲勢昨霄風怒號一蹶竟顛躓早起視庭除嗒焉喪其志大者析爲薪可以供饔饎柔條補穿籬生稊有餘蕽願君樹三槐願君植五桂匪材有必除翻然思改計

輓劉復燕

繁霜何事偃蒼松笠屐真須畫裏逢彩筆自參風雅席氷心都付水雲封詩人運蹇同羅隱處士星移應戴顒若到溪山倍惆悵芒鞋十里憶攜筇

鄒給諫夢皐

字贊元號雨洲庚辰進士官工部歷郎中

改御史典試滇南轉戸科掌印給事中奉
命巡視中南北城和光諧俗而入自不敢干以
私七十二乞歸八十卒於家以仲子炳泰
貴
誥封內閣學士兼禮部侍郎

梅里古城

欲問勾吳事平墟一望中水流空世德雲暗失遺宮藥路遵微徑蠻荒溯古風野梅香不斷樵唱入鴻濛

袁江聞二姑訃哭之兼寄封五表兄

僕僕久行邁親懿日已疎旅邸正炎熾庭草枯堦除憂心亦如焚猛喜報家書折書駭欲絕道言喪我姑不覺書墜手涕泗悲感俱憶昔總角歲鼓篋初學儒來游中表塾溫燠荷勤劬嘉我能句讀憐我淸且癯亡何隔寒暑音徽久復虛驚波忽風激駭弩發不虞倀倀孤飛鳥岐路泣崎嶇姑也重閔斯慰撫縶征車常覆寒氷翼安集爰止烏南北多聚散客子載馳驅衣食於奔走休足無斯須雲停惟引脰睠言結不紓擬卜布帆便登堂謁起居如何遽焉逝姑已長此徂茲茲黃泉路悠悠碧海隅亦矣瘞慈範寧復沐芳餘伯兮宦南詔仲氏羈遼都季也賢且令大事不糊塗嗟予愧猶子庭際時陪趨死生已足悲況乃恩遇殊緋籬客遠方心傷一束芻

朱大令宗洛

字紹川號苓泉又號巽齋庚辰進士官天鎮知縣紹川少工舉業試輒前列生平尤邃於易著有易說晚登一第謁選時年已六旬蒞天鎮三年古貌古心講論不倦士民愛戴卒於官衢巷號哭肖像爲廟以祀

春申澗

春申飲馬澗馬去澗空留還聞澗水響萬馬奔相蹂懸流濺巖石濯纓供遨遊潺湲亘終古不能洗奸謀

送雙溪顧大公車北上

釆釆辟疆園馥馥搴蘭芷掃除蒼莽蘼紛纕貫英蘂清思坱幽軋萬卷供驅使君才八斗餘家徒四壁耳弱冠痛失怙雨雛一母氏硯田苦磽瘠筆耕奉甘旨知君好胸懷瑣碎不挂齒詄蕩任天眞瀟洒絕泥滓下筆出光怪鬱律風雷起伊余亦愛奇

力弱控鞭箠跛羊上陂陀駑駘隨驟駬羨君建旗鼓萬衆俱披靡巧發中戟牙雄文壓多士扶摇搏羊角九萬從此始方今重儒術翰苑考工庀艮苗滋雨露籛揚絶糠粃　帝曰求俊乂佐予介繁祉乾隆九年甲子秋闈試諸弊共冬上命修繕翰林院並嚴春臨幸貢院賜額曰旁求俊乂君家洞陽公鯁介入骨髓南巡大禮疏鐵膽奸魄䃁浩氣薄蒼旻義烈照青史祖德在雲孫式轂思所似　盛朝固無闕盟心自應爾忠孝兩俱全庶幾丈夫子君子不變塞坦坦安素履夙昔藉切磋願峙中流砥送君芙蓉湖湖水清而泚望望乖

天翼征帆去如駛餞行更何言素心質秋水秋風雁南翔酬我書一紙

謁季子祠

路轉延陵道來謁季子宮殘碑留篆字古墓弔秋蟲舊國湖山在荒祠草木空蕭蕭聞樂意遺韻響悲風

鷄冠花

衒鼓沉沉静不譁秋容滿目耐閒看色深五彩標金距啼斷三更怯曉寒帶露披風飛翠羽拒霜迎日簇雄冠憐他雌伏生芳砌何日仙遊碧漢端

車烈婦詩

香閨婉娟多柔質詩版驚傳誦奇節忠貞自古屬鬚眉義烈于今頌巾幗胡家淑媛車家婦習禮明詩女中傑無端夫壻病纏綿鏡破釵分慘胸臆兩載結同心一朝成永訣風吹孤影酸入骨霜落哀襟淚迸血上無姑嫜下無兒覗息偷生復何益芙蕖水面榮白藕水底植與君連理并一身何忍恩情中斷絶八天屏粒命如絲一夕投環意轉激日色慘淡來悲風雙靈恍惚歸泉宮玉殞香銷鬼神泣毅志堅心魂魄雄芳形凛凛照彤史勁節皎皎

摩蒼穹那知乾坤餘正氣磅礴散入紅顔中嗚呼紅顔亦解殉大義匡山沉海將母同胡爲世有長樂公我歌惻愴思無窮

題天乙和尚照

大千一微塵空華聚幻影咄咄諸衆生風輪轉濁蔭云何能應住降伏先戒定禪師修淨土繪照託懃懇手持菩提珠趺坐覓安穩瓶雀未易遮狂象時欲逞願仗念佛力掃除諸障盡試爲下轉機棒喝不容瞬念佛佛非念佛念成兩境諦觀念者誰此念亦餘剩持燈更索火磨磚擬作鏡恐今蒲團

上念念自縈引不如俱放下便已安心竟即心原即佛撒手露真性無念非無念了了孤月印我今作偈言徑入華嚴勝汝法用汝語三昧得無諍仲冬天寂寥木落山色淨風來響遥空于爾吾無隱

張教授耀奎

字星五號補山庚辰進士官阜平知縣改鎮江教授再補蘇州教授以年老告歸卒年七十有六

恒嶽英靈歌

恒星常見而不見我讀春秋以爲變恒峯不見而

忽見我來兹土咸稱善突兀孤撐青冥間空濛欲滴山色倩决背凝睇入雲端蒼黄又露痕一線在輿正想深山中倏忽無踪如閃電奇哉咄咄怪異事所問所對詢殆偏五嶽雄鎮千古傳恒山寧獨非禹甸但聞來自渾源州披圖今隸阜平縣元泉神草杳已無溯廻禋望空依戀三載辭官此一瞻始信精英斯永奠聊憑正氣對山靈一爲長歌呵凍硯

華贈公文緯

字有條諸生蕢圃先生仲子爲人介性清尚潛心經史子集晝莊所謂簪花筆格注三都者也詩有天籟集自敘云余幼不作詩而涉歷乎古人之詩嘗以意爲高下然未嘗一自試之而遽高下人非特人不復信已亦頗以自疑今秋旅居多暇偶爲之不論工拙錄登是帙聊以自備遺忘不欲爲外人道蓋甚懼識者之嗤之而不識者且從而和之也其曰天籟謂率意而成法律既疎根柢猶淺云爾年三十三卒以長子春芳貴州知州贈奉直大夫

秋日八境廬即事并序

乙丑夏移居八境廬庭院幽敞樹木葱蔚欣然自得也無何而清商應序觸目蕭條矣半簾風雨滿榻圖書隨侍之暇絶不問長安事寥落情傷亦岑寂可喜率賦二首

門廬時寂寞彌望樹交柯石巧碧痕皺亭虚疎影摩清心遠塵市秋氣想巖阿逆旅多幽趣光陰次第過

澹澹日將暝悠悠旅客心撫絃動商調纖月起疎林冷煖移朝夕升沉悟古今凭欄一徙倚夜氣已

陰森

淮陰秋興

南北嚥喉一水周偶來問字此夷猶蛩聲遠接千家杵露氣橫浮萬里流漂母祠邊幾叢樹王孫澤畔數漁舟小窗四面池荷老隔浦蕭蕭蘆荻秋

陶秀才瀚

字昆謀諸生未堂方伯之子著有春谷詩艸

陪嵇尚書遊獅子林十八韻

澹沲春光好紆廻古寺邊昔人餘勝賞今我復延

緣潁洞金庭徹玲瓏玉樹懸羊腸盤逼仄狗肘出鉤連虎豹雄蹲踞熊羆肆矯虔因風疑吼舞挾雨欲騰騫神鬼誰施設雕鎪有秘玄到來迷徑路看去昧人天磊落松千尺糺蟠石一卷托根寧藉地培幹不因年疎竹清流映繁花小院偏鄉園悲雪爪寄寓俏蹄筌揖向三秋鼓衣從兩度褰晴光占勝序小榼佐春筵麈尾淚杯急鼇頭逸興遄風流專一老少長集羣賢合侍音塵後虛陪杖屨先永和傳逸事輝映仰佳篇

杜上舍穀

字稼[illegible]號肯堂國子生雲川太史曾孫醇謹好學嘗遊燕豫著格言數十條垂誡子弟并稼[illegible]遺藁二卷藏于家

張祜題詩處

張祜題詩處烟莎認舊蹤二泉流沆瀣五字削芙蓉激石開新藻撐雲失故松千秋一高詠聞坐夜聞鐘

山中晚歸同鮑若洲

山中先落日陌上有餘暉澗臥九龍影林喧衆鳥歸村烟迷野岸溪月上僧扉清極翻無句還家香

在衣

羈旅

此身原是客羈旅儘遲回眷屬書千卷生涯酒一杯題名選勝去挈友逐緣來且看梅初放東王遣信催

詠心二十首存二

兩途分舜跖一線別人禽欲向臨岐辨須蠲鶻突心

聖人何必古聖學只從今四十無聞矣還生畏葸心

華秀才袞

字衣文諸生家貧好學初從邵時乾先生遊先生器之娶以女繼贅於惠山蔣氏隱於醫年四十五卒余少時與鮑若洲華士衡輩數人往來角藝衣文爲余內兄儒雅風流相與道義切磋厚善無閒及余歸里而衣文已歿數人者去其半今皆無存矣訪舊指新墳何能爲懷哉

與友約遊西湖便道看梅鄧尉山梅花爛熳孤棹無期漫吟三絶

三百烟波一釣鉤鱖魚消息到溪頭亦思一艇茶山泊欲載梅花恐載愁

似雨如烟氣不分居人漫指酒壚存衆香庵度銅坑去廿里梅花百舌村

烟雨西湖路幾條舟人帶酒卧吹簫梅花半落吳江水一棹隨香想六橋

薛安南科聯

字定山號岸濤庚辰舉禮部辛巳　廷對
賜進士出身選授安南知縣

匋然亭送客

側路微通薄笨車招提結夏試氷茶半篙新雨瓜瓤水一架涼風扁豆花望裡雲烟偏送客夢中山色暫還家（時余以先到得小卧）他年我識麤官味莫負青門畫壁斜

夏日渡馬塲河（河在安南城東南十餘里春夏水漲病涉）

不識安南渡人言是馬塲滾吞平野白灘入暮雲黃連乘兼風涉千夫犯水怯乍翻萍影亂急鼓雨聲狂作楫材堪用褰裳意未遑茲民方憚暑十月待成梁

偕賓友登踞勝臺（在思州府廨後奇峯環列拔地挿天踞一郡之勝）

公暇多淸賞臺高俯碧岑千峯環指顧萬里一登臨賓友皆如舊鶯花又到今誰能來絶徼不起故園心

朱孝廉上林

字慶門號荻江庚辰　恩科舉人居楊樹園工制藝自其祖耐齋先生績學能文潛德未耀至荻江暨兄弟並以尚書掇魁子弟亦多能讀書者

溪山第一樓醉後作

古人今已不能杯却望湖波似潑醅幾片落花香

筆硯半空呼茗上樓臺題橋也索當壚笑倚樹寧知漆室哀一歎一歌緣底事暮山猶有句飛來

秋酌

小酌邀秋月風聲問倣裴功名三徑在天地一樽浮醉眼寒花照酡顏霜葉稠主賓俱不事形影好相酬

嵇侍讀承謙

字受之號晴軒辛巳進士選翰林庶吉士終侍讀　宮保大學士黼庭嵇公長子晴軒孝敬篤於友于諸弟有緩急視如已事

視學陝西所得廉俸代償積逋生平好學不倦入　上書房循循跬步不苟言笑著有一枝直廬使軺蕉雨諸集

傳硯齋詩有序

謙年十一始學屬文大人與之硯曰此文敏公付余余闈試用之小子其勉旃謙拜受而喜且懼也頻年晨夕濡染庚午舉京兆辛未試禮闈交卷時忽失之友人爲携出以歸辛巳成進士廷對後什襲藏之名吾齋曰傳硯而系之詩

懿茲端石永寶無斁匪石之寶我祖之澤我祖始孤煢煢六齡抱犢山房唯剩筆耕既篤師友聿探典墳視躬終始事母事君給札石渠校文天祿經幄晨趨藜光宵讀視學典闈取士必得奉命南邦江海波息不事生産既貴而貧燕翼貽謀硯田是均硯田之樂如菑如穫我父載勤守博維約入侍　香案出總河渠卅年所力與祖同符曰一拳石敬紹先業小子識之黽勉朝夕叶　携試南宮獲於既失盟之襲之錦囊髹匣左琴右書墨波浹渫箕裘之思用保奕葉

舟行感興

我生嗜山水一一記所見昨歸望龍山如識故人面澄泉滴寒乳霜嶺明晚茜山靈知我思風雨態屢變攀躋未踰月扁舟溯鄰甸朝陽到鳳岡到處復留緬

獨坐

獨坐思何限孤斟醉易謀雨檐餘滴小花障夕陰收有夢來欹枕無書達便郵江村凉葉下遮莫怯新秋

初至澄懷園入直賦呈童梧岡前輩二首

承　恩夙趨直問夜星河橫禮數簡以和握手歡

相迎天上森寶書插架分標名平生羅未見晨聽讀書聲（清晨入直書帷與皇子皇孫相見一揖手畢即就坐分課所業此舊時常行之禮具感體貇之隆仰見我朝諭教實超千古云）于斯聚羣彦敢忘砥礪情晚歸圜中盧圓月當檐明逼林釀花氣春到枯條外臺榭非舊觀崎嶔致可愛三日馬牛風調刁轉和籟奇探布瑶席甘汲離塵埃頓覺心地清悠然筆難繪委蛇蔭松栢風雅親前輩落日半銜山清吟送鴉背

謹題趙伯駒九成宮圖應 皇四子教

貞觀唐盛時三代下罕有曾築九成宮攸芋頌哲

后不峻亦不雕膠葛豁軒牖醴泉出無源映帶忽左右碑勒率更書銘出鄭公手微詞妙諷諫此則隋仁壽補損仍遺基蓑落堪相守微京生殿角萍翳因風柳深處太微莖宮花映波瀏未知締搆時數此憩息否當年金碧暉乃藉圖畫久王孫六法精點染思不朽吳儂蠅頭楷落筆不容苟摹帖綴舊幀行年已駘耇（畫上有文徵明書醴泉銘）好古徵信難流傳當有取試憑內府簽神品分先後

重陽過古北口

棧石穿雲繞雉墻萬峯秋老轉羊腸人歸白雁霜前信路指黃花郵外香那得閒情供嘯詠獨於佳節對茬萸登高兄弟知遙憶古北城邊度九陽

寄內

舊恨新愁百不堪等閒抛却跨征驂瘦爪生栗憎饞蝨凝氣成絲蹋凍蠶林鳥夢殘乘月步村醪味薄倚風酣途間辛苦吾能說一種閒情更熟諳

黃孝廉天衢

字文江號晴江壬午舉人爲人醇謹家貧力學所居西溪老屋數椽風雨不蔽屢空晏如歿後遺藁散失余篋中舊存一首亟

登之

晴沙侍御過潞官廨即席有賦

別後蕭蕭兩鬢霜相逢怕說少年場未能廢食終防噎待欲裝棉已着凉病葉無風猶隕落哀蟬雖響亦微茫君看過潞亭邊柳多少歸舟繫夕陽

黃恂齋世法

字尚典號恂齋國子生就職理問尚典事親孝母年九十餘猶殷殷孺子慕又好善邑中有施濟事必首及之雖力不任亦不辭也與弟正衡皆耽吟詠壎箎倡和得家

庭至樂著有率性吟三卷

題稼書先生三魚堂集後

上宗洙泗下伊川先聖淵源後代傳莫把文章誇漢史三魚應自勝三鱣

麻尹二將軍廟

白雁紅羊幾刼灰二公遺廟野棠開橫戈颯爽英風動古戍荒涼晝角哀未許成功殊郭李却憐同志並南雷何應後輩參前席擬妥忠魂闢草萊二將軍廟本在五牧其一在南塘康熙初以其廟祀松滋王公而位二公於左右里人但知王公而并忘爲二將軍廟也余嘗欲闢地另祀至辛丑吉里人將築堂於故廟之左

修復舊東林書院詩 并序

宋楊文靖公講學無錫伯瀆之上今南里保安寺東房是也明邵文莊公與及門華補庵公築精舍讀書於此世稱舊東林書院其後顧高兩先生因道南祠在弓河之左築今東林書院而文莊遺跡久傾圮矣先輩杜雲川華劍光諸公屢議興復未果予家藏文莊憶保安寺舊讀書處七言一律遺墨如新溯龜山一線之微吾道南矣仰二泉百世之澤斯文在茲爰集同志重建留馨堂奎文閣法以五百緡獨任仰止樓鳩工辛丑之夏訖壬寅落成而晚柑一亭尚有待也賦詩属諸同人和焉

留馨堂

此是東林舊講堂城南古寺拜文莊尚留薪木餘馨在直接淵源百瀆長海可來遊非斷港山堪仰止且循牆摳衣竊恨余生晚未列當年弟子行

仰止樓

仰止應憐嚮往遲士夫眞處是吾師東林片席又今日南郭瓣香非昔時夜月空山聞點易秋風古寺憶題詩百年遺墨天留與不敢高吟公在茲

奎文閣 上有魁星像

傑閣峥嶸何壯哉古招提畔一低徊飛騰光氣連南斗錯落星躔指大魁多士藏修經數輩知公靈爽在三台斯文未墜絃歌地滌盡塵氛却上來

晚柑亭址

晚柑曾說舊名亭柑廢亭墟戶不扃爲問婆娑生意盡可勝惆悵暮雲停秋深古徑堆黃葉雨過荒池點綠萍笑我補亡非束皙一篇終恨欠全經

示兒緯緭及孫榜

半世功名一緼袍蒔花蒔竹肯辭勞觀書久已亡

三篋覽鏡空教歎二毛爬虎心情憐老子屠龍意
氣笑兒曹不成刻鵠還如鶩記取生平效伯高

華泊如豈起

字芑洲余內兄也所居泊如堂因以自號性狷介寡合遊京師踽踽涼涼與余居六年足不出戶人亦無知之者旣歸復浮海至臺灣未幾卒

南華堂 常熟學署

庭艸日夜綠風露淒以繁百卉有彫謝蝶夢空飛飛一身失主宰肆彼蒙漆園懃然似非人謂出杳冥門爲學不學禮烏覩天矩存茲堂署南華意在北溟鯤吾道有至訓起視典籍尊

和晴沙贈周式祖

吾已都忘我不知秋又深虛堂黃菊色佳句素蘭心河漢澹無際艸蟲淒自吟東溪有幽意乞爲寫疎林 周工書

楊上舍廷𣛧

字鼎文號立亭昜齋先生長子有立亭詩艸

寶綸堂曬書

萬軸牙籤二酉藏開函展曝橐魚忙須防烏汙靑綾篋却愛風吹宿墨香

鄒秀才起宗

字惟寅號柏堂諸生

閒居

性拙無能事居閒有病身燕棲梁月上花笑艸堂貧硯水添新雨階苔作繡茵生涯只如此冉冉欲殘春

淸河縣

渡河烟景別有縣奈無城卑地蘆編戶貧人草作羨風沙樸面起波浪沒腰平何計能收淚窮途阮步兵

早發河間

夢裏促披襟登程月未沉郵烟横棗樹仙露滴楊林獻縣新封大藩王舊澤深低徊無限思禽鳥吐淸音

水仙和孟萊舟員外韻

風流絕世畫難眞除是陳王賦洛神羅襪凌波裙帶綠洞庭縹緲玉嶙峋

華上舍毓榮

字慕桓國子生燕麓先生子也有栢蔭亭詩鈔

憶同社諸子

章水晴霞迴西山暮雨收無邊原上草都是客中愁繫艇風花岸懸燈雪月樓匆匆一爲别啼鴂滿芳洲

北蘭寺

空門閉蒼翠坐對寒山暮僧定落花深鳥散清鐘度瑟瑟聞殘荷微微滴秋露衆籟寂不喧悠然愜吾素

哭鄭星海

淒淒朝露零烈烈秋風厲一日竟千古夢裏尋交綈憶昔宴西園詩酒相留連倜儻負奇氣常恐負先鞭不甘死碌碌奮勵當青年青年何夭折伊人忽永訣永念夙昔恩使我中心結中心悄難任爲撫床上琴餘聲苦不調誰復賞此音

謁顧端文公祠

不有斯人起焉知道在玆衹今餘墜緒好古豈生知寂寂千秋業遥遥百世師積書巖石上公孫梁汾先生築斯喬木俯清池

謁高忠憲公祠

先生當百六砥柱一孤臣祠掩空山古人遊止水春遺書懸日月拜表荅君親千載斯文在松杉嘯雨新

閒居詩

人事日擾擾歸來常閉關跫履懷天光旦旦訂我頑綠蘿紛在眼香艸不可删空庭黄雀下飛飛行几間撫卷若自得起看雲外山

滕秀才景

字體紘號光齋諸生居邑南延之樂稼橋

醉題墨牡丹

穠香亂點穀雨飛淺深疎密烟霏微我生富貴只如此小隱不假姚黄肥高堂素壁訝飄颻醉態如余不能狀枝枝窈窕毫端栽沉香亭北李白來倒翻墨斗污雲葉千年入土花重開看朱成碧光零亂雙鬟雅雞青玉案接樹移根筆更神不愁無地瘞金裙元霜搗出天香裏瓊島飛來未許分

陳上舍翰

字旋吉一字蓺圃國子生世居邑之新塘橋少從予同年友秦振干遊沉静寡交獨

好吟詠而不以示人易簀時呼家人將盡焚其稾其兄介如奪其焚餘存詩十餘首

春日池上作

落花時節水溫暾魚獵殘香故吐吞一笑池中原有物不須滄海羨鵬鯤

偶成

無師無友守遺編漸覺文中信有天手自琢琴懶玉軫誰能入市買朱絃

雨泊虎邱

一簑煙雨半帆斜晚泊山塘借柳遮虎臥何年風

嘯谷鶴鳴殘夜澗生花冥冥鳥落長洲苑艸艸春歸短簿家寂是吳宮歌管歇愁聽水面鬬箏琶

雨霽山塘曉發

吹簫人去曉雲孤新水如油漫綠蕪入戶花枝窺枕簟挂帆詩句落江湖沼吳萬頃船如葉絕越千年劍作蒲行指三高祠畔路莫教重唱夜棲烏

落梅

幾日春風筆研香評詩酌酒爲君忙夢中有客曾留別月下無人自洗妝飽歷冰霜驚歲晚讓他桃李占年芳可憐鶴弔滄江冷天闊雲孤去路長

埃山夕照 埃山在與塘橋東北與龍腿鷄籠鳳凰諸山相接每當夕陽西墜峯影交橫頃刻變幻奇景也

斜照落橋心渲出荊關畫一筆一出奇烟霞無故態

南塘秋月 與塘河有東西兩龍潭方圓各數里至秋時皓月中天一碧千頃恍疑濯魄冰壺間也

何處無明月南塘好風露惜不帶書來長吟達秋曙

資敬雲松 資敬道房前後有松數百株高數十丈煙霧凝結蒼翠夾道登高望之一片綠雲終歲不散

雲松何盤盤端正起予敬勁節自千秋青霞紛四映

祇陀晚鐘 祇陀梁大同二年邑人王建施宅爲寺元倪高士擴之每當夜靜萬籟俱寂鐘聲初動令人深省

古寺自蕭梁鐘聲朝復暮可憐梁武帝千載永不寤

九里風帆 九里河出自南與塘商船往來揚帆而下疾於飛鳥予愛其流利無滯倚檻觀之終日不能去

九里一瞬耳風檣葉葉輕若知傾側險只有半帆平

鴨城漁火鴨城本吳王夫差畜鳧鴨處今爲漁人網集之所向晚漁燈出没隱見於葭菼之間令人嘗占遲集

一片吳波白何由問廢興濛濛秋雨晦點點鴨城燈

隆亭夜市東亭舊名隆亭有東西二橋居民習於勤動常以日中耕耘夜半貿易當晨雞未唱而燈火盈街洶熙時景象也

雞鳴茅屋下記取索綯風抱布懸燈市機聲擊柝中

蓉峯殘雪芙蓉山與堠山相對四時風月相同惟雪則獨擅其勝高低層疊積素凝華逼近興塘八謂白玉芙蓉出水也

一夜羣山合朝來玉作峯君看寒日麗朵朵白芙蓉

馬秀才鏡涵

字珠川諸生碧滄先生曾孫家貧十二三時將入闤闠謀生大哭訴於母願習詩書不數年冠其曹一試省門薦不售尋病卒

雨霽卽事

細艸粘花香有無空林積葉半生枯雨中黄蝶成何夢門外靑山起欲呼未應銜詩頗自解漫携謝屐意先趨鳧鷖兩兩知吾素爲覓烟波舊釣徒

顧秀才尊德

字廣周諸生先洞陽公七世孫父儁生公嘗講學於共學山居先生克守家學工書學晉帖年七十三卒

毅夫兄贈宋搨爭坐位帖感成長句就正

吾兄學書專學顔雲龍上下相追攀不知有顔却無我橫騎天駟超天關我生但學蠅頭字長短伸縮皆有閑有閑筆筆弱無閑筆筆躍思之十年不能得昨觀兄書喜而愕喜之者何氣磅礴愕之者何意參錯乃知用筆蓋有神不似兔走脚撲朔吾

兄得於天姿態橫溢神高騫我生苦無筆駑駘跼蹐不可鞭感兄教之賜古搨紙墨種種皆精姸昔聞董思白評定顔平原端人正士有如此作字最忌算子然不識眞卿作何狀沉着宛轉看迴向氣作山河骨棟梁行間字裏猶悲壯吾兄昔抱宓子琴一刺濱州感慨深誰謂古今不相及遭逢聖世何悲吟看君榜書可尋丈處處磨厓待君往不數南宮第一山逍遙樓外吾曾仰可憐腕弱莫能追擔夫爭路先辭讓要之池水盡黑難逸少對之猶永歎我今兩鬢星星白其奈形仙露爪拳

華劍光先生重葺高忠憲公水居落成
前朝流水外，猶有屈原心。故國招魂杳，遺廬落木深。狂瀾誰與障，墜緒此中尋。千古仔肩力，先生起獨任。

同毛榛芟宿惠山張仙殿夜話絶句
草鞋挂壁一燈明，共有平生五嶽情。正是小樓秋雨歇，亂山泉落夜蟲聲。

石門白鶴道院同榛芟
聞道洞天開石屏，泉翁只是戀庭闈。我今與汝盍長往，呼起觀中白鶴飛。

顧處士原洛

字二程。光旭初就外傳塾師也。先洞陽公七世孫。先生頎然而長，言動必循規矩，生平無疾言遽色。垂老遊京師，嵇中堂延之課子。一夕館中酣飲，夜半而歿，年六十五。

贈華陽
磊落英多彥，天教起我家。楩楠盤大壑，騕褭去無涯。祖澤松筠古，皇恩雨露賒。吾衰猶旅食，策蹇到京華。

同華陽登陶然亭
帝京景物劇蒼寒，雲影天光落玉盤。我老不知歸宿處，與君半日倚闌干。

華上舍積

字肇基，國子生。鷟湖先生之曾孫。其子維新從予游東林。予知肇基勤儉治家，謹飭自守，而不知其能詩。歿後，維新集其遺稿求入選，遂錄之。

九日登高懷伯兄聚干
蘘棗推梨感歲華，可堪回首各天涯。澆愁好貰蘭陵酒（兄時正），憶弟應分陽羨茶（兄居楊橋，在武進、宜興之界）。

脊鴒迴遮望眼，雁行嘹唳過平沙。登臨不及同攜手，未忍顛毛插菊花。

雪中望惠山
西望浩漫漫，欲往疑無路。我欲騎白龍，飛空向天去。

賈上舍泰

字安山，國子生。家本寒素，而安山讓產於兄，餬口四方以終。

臘月廿五日作
心定神閒只信天，怕隨時俗換新聯。庖人未展調

周山人王遵

字方谷號南濱世居獨山門半耕半讀終身苦吟與過枕崿顧玉亭王秉寧輩相友善而賢守吳愛棠就山中訪之避弗見著有鹿峯詩藁晚自刪存十之一藏於家光旭題鹿峯存稿曰湖水清而曲水澌石脈長折梅霜餘古斷笋土花香彼美竟遺世吾哀猶而牆一編三往復誰共播笙簧

四十自詠

男兒生可畏乃在未成立四十復爾爾何待更五十顏狀翁然心尚孩春光容易褪紅梅曾經一瞬

髫先改少壯風流能幾回平生所志亦草草非欲排雲奮蒼昊願歷名山涉大川得瞻　帝闕窺豐鎬細摹漢碣翻秦灰窮搜禹穴探夷島投詩楚澤弔湘娥把酒商山澆四皓月明倚劍海天秋長嘯一消今古愁不然劇客咸陽道悲歌擊筑酣高樓直披肝膽向知己傲睨旁若無王侯那知回首總虛願七尺昂藏空抱歎逢人常恐問行年阿奴還喜高堂喚周讜小字阿奴粗能善飯力可耕屈指百年猶未半

偶成

梅手稚子先催壓歲錢真問春來遲幾日須知臘盡逼殘年風光屈指陽和至試看星迴北斗懸

顧秀才傳

字汾陽諸生寒族煤浜支家貧勤學尤工於書嘗教人作字經其指示無不光潤可喜弟子至數十百人同時有劉復燕以詩教汾陽以字教後起之士得二公而詩書之澤長矣其爲功豈小補哉

澄江同虞大山君山懷古

今古大江流春申有舊邱潮聲自浮玉履跡斷鳴

騶我欲問漁父何因失酒樓荒磯没煙樹帆影海門秋

顧處士樹本

字倫昭先洞陽公八世孫雙丸公元孫也工書喜吟咏家貧隨毅夫先生於山東任故其書得毅夫筆法爲多年七十二卒

琴臺

昔曾多君子茲臺是縣庭古琴何寂寂春草又青青獨學寧無友朋遊可帶經少年不自力空復歎伶俜

萬事有明日一生無百年路遥思歇脚荷重欲停肩病至尋醫晚貧來教子先春風不欺我青草滿庭前

登管社山亭遠眺

雲起水窮處日沉山盡頭登高一長嘯天地與同流

盤澗書齋贈徐二撰春兼呈南盧先生

燕語書聲外風香花落天面山門隔市跨水屋通船親老卑無祿撰春官休薄有田時南盧由汲縣罷官歸語長清晝短疎雨冷茶烟

讌集尚友堂與顧大玉亭

大飲飲一石小飲飲一斗不在飲不飲乃在飲不苟不遇好風光不逢眞益友雖飲不落腸一飲醉八九今夕復何夕舊約別來久還記君出門城邊折楊柳不計何時歸但信馬蹄走家鄉尋夢中兒女啼背後豈意忽言旋山中歡聚首筋骨猶勁强精神尙抖擻丈夫不遠遊吾黨亦與醜安得宏壯觀爲余說甕牖我懷陡暢然舉觴張大口觴盡正未酣問有酒錢否

菊花枕

醉臥香扶酒病蘇一園秋氣透羅幮隔籬相訪曾謀面插帽雖親未着膚清傲弗欺强項傾風霜不打禿頭顱淵明入夢叮嚀許夜夜同床伴我孤

筆冢

君本中書藝苑遊生花猶憶舊風流一坏夜哭秦坑鬼萬里朝辭定遠侯題鳳客來魂亦斷獲麟人過淚難收管城世業誰延祀毛氏兒孫拜壠頭

牧童

短笛輕蓑到處顛自稱牛背小顛仙踏殘紅雨桃花路拂斷春風楊柳鞭愧掛一書驚俗顧怪將五

穀受人憐萋萋芳草王孫去讓我斜陽醉穩眠

題問源草盧壁呈王四秉寧

有此好山水不容無草堂道心歸淡泊火食亦清京主人長齋好禪學入室烟霞氣開門松柏香風檐候茶沸世慮自然忘

放言

偷懶䭾蓑躲梅雨迎酣露項灌松濤形骸潦倒不檢點收拾湖山且放豪

詩不足傳燒盡稿見何從廣放開襟獨超衆岳崑崙壯遍納羣洪滄海深

顧上舍宮蟾

字玉亭，國子生，濵州刺史毅夫先生之子。毅夫先生工書，于顏魯公爭座帖得其神骨，縱横恣肆，獨擅一時。玉亭可謂肖子。少隨任，美秀能文，南北試屢不遇，性又超逵絕俗，乃與過枕崿結廬管社山中。而故與雲貴制軍富公綱有一日之長，富公撫閩時，堅請入閩，出其三子復執經焉。逾年卒。

晚泊梅樹下

清溪幾家住，古岸冷雲溪。晚泊無人處，疎花有月

陰。壞苔看鳥跡，剩水識鷗心。香起風廻雪，前山尚隔林。

管社答枕崿

直得將身付釣竿，魚龍百戲此中看。雨餘一半殘陽綠，人坐三層小閣寒。冉冉歲華松桂老，悠悠世事水雲寬。不知黃綺今何處，自掩衡門賦考槃。

梁溪詩鈔卷四十四

受業嵇　承濬　導崑校

梁溪詩鈔卷四十五

梁溪顧　光旭　華陽氏集

國朝

葉秀才潢

字天來晚號息洲諸生世居邑之石幢明閑適先生裔也克承家學砥志勵行工詩文晚年尤長於行草顧屢蹶棘闈年七十六猶攜筆硯應金陵試不二年而歿易簀索筆題詩而逝蓋其所養深矣所著有居山記兩卷石溪草堂詩四卷續稿二卷息洲雜錄三卷分綠小窗制義五卷藏於家

葉鳳喈有和息洲自述詩曰會得心安樂且耽乾坤何處不茅菴操持衹念張弛一遭際寧容喜愠三衆裡嫌身猶嘆老苦中覓味尚回甘此生事業歸何許又見青郊綠半酣鳳喈名蓁息洲從弟也

得趣

得趣無多地忘機總信天竹關穿陋巷柳徑入斜川洗石青花出攤書綠字懸閒蘭淸暑氣芬郁滿窗前

三百

三百亦偶寄聲詩本天籟如彼太古琴其音在弦外

臨池偶咏十首　存五

樂毅正書推第一河南品隲不朦朧太平寵內潛焚去乜媪前身是祖龍

右軍眞蹟數黃庭從破潼關墮杳冥誰識銷沉鉦鼓際紛紛徒說換鵝經

五十成名王右軍羡他生子氣如雲家雞野鶩傳佳話濃墨淋漓白練裙

天庭燦出華文麗御府頒來墨瀋新心折閨中兩博士衛夫人後管夫人

由來墨妙在漿濃落紙雲煙興不窮易水神工三萬杵黃山松老白雲中

題畫竹車小兒

紫竹方車恰淺深一株玉樹玉森森粉紅雪白原皮相好處還求赤子心

華秀才震

字允思諸生鬲凡之子工詩其父執輩或謂鬲凡以詩鳴爲梁溪六子卒窮困以老允思宜無作詩而允思愈力而詩益工嘗遊歷燕楚篇秩日富著有澹餘詩草澹餘

近草若干卷

閒居雜感四首

爰有抱朴子久在蓬蒿中居家困衣食出戶迷西東羞蹈孟嘗門聊營一畝宮絶少羊求過青青苔徑封

卓哉管與鮑義重交能全我貧無黃金何以結世緣肆志寡諧俗邈然懷古賢梁鴻久高蹈荒井今猶傳

忽忽歲云暮凛凛衣裳單組袍逼狐貉聊用同禦寒我寒且高歌空谷有幽蘭含英未即吐遺之衆

草間

寂寞感身世壯心猶未平潛蛟忽起舞寶劍鏗然鳴丈夫貴立勳竹帛垂榮名封侯亦有命慷慨徒含情

秋日村居漫興

孤桐響墜葉寂寞虛堂秋商意盈我襟煩暑亦漸收涼雨時時來疎花出牆頭荆扉偶然啓墟里暮烟浮農夫望西成相見話平疇良苗日以秀樂此復奚求陶令賦歸田種菊還耡櫌易哉勤力作安往不自由

雜咏六首 存二

野曠無塵雜清流曲抱村竹涼酣午夢花寂掩柴門煮茗泉新瀹耽吟研故存捲簾疎雨過濕盡綠苔痕

男兒意慷慨肎戀一枝安漠塞沈雲黑秦原落照殘長歌懷驃騎壯志斬樓蘭報國思投筆空餘劍氣寒

送姪希曾之中州

四郊氷雪滿遊子卽長途長途渺千里惻惻爲饑驅蚤歲悲失怙慈母多勤劬揮淚出蓬蓽空擕一

束書酸鹹素未諳枳棘盈交衢努力期致身少壯止須臾念汝衣裳單朔風寒裂膚江濤聲正急永夜愁羇孤但祝策令名安計骨肉疎臨岐一執手珍重徒區區

過顧復初先生萬卷樓賦呈二律

後俊紛紛起先生誰與儔門閒書積案夜靜月侵樓及第猶青鬢窮經到白頭胸中羅萬卷軒冕復何求

寂寞子雲宅名山著述多典型今尚在書味更如何覽古頻搔首登樓一放歌十年思問字眞欲悔

蹉跎

發江口

蓮朝繫纜陰風號明鏡蒙塵奔怒濤放眼江濱一
瞭望黿鼉偃蹇魚龍高忽然破浪疾於矢萬里應
須同尺咫遥指石城蛸色飛烟鬟數點空青裏

遊弘濟寺

江渚卸孤帆爰歷招提境蒼翠向我落疎鐘發深
省拂雲嵐氣飛拍岸濤聲猛石徑含虛清秋光淡
逾永仰看撒手崖塵慮忽如屏絶壁勢欲崩倒垂
波萬頃何人倦補天擲下駭奇景日暝羣動息巖

花與俱冷老僧不知年頭白空山靜（有僧默默年九十餘）上
乘許同參無言心已領

感懷劉南榮先生

超然遠聲利風雅獨含情骨向貧中鍊詩因病裏
清死猶埋舊稾生宵博浮名一謝文園後空懷問
長卿

呈顧司業復初先生

六經垂教無偏頗朗若日星炳千古四百年來設
制科名塲掉鞅爭弋取鏤肝琢胃學操觚誰復泝
洄尋墜緒豈知儒術關王政上溯羲軒下文武一

從迹熄詩云亡春秋繼作史仍魯至聖微言競闡
明紛紛耳食多齟齬先生江南一宿儒盛年釋褐
歸閉戶名山著述高等身人世聲華棄如土手輯
麟經究始終諸家屏掃豁矇瞽譬之導水探淵源
亦若理絲窮纖縷書成直印宣尼心研索已歷廿
寒暑先生老矣彌好學素不希名名動　主翠華
南幸拔眞儒巋然首以經術舉良玉在璞常含貞
明珠出海照寰宇一朝　特授國子師異數非徒
報攻苦　聖代崇儒重太學爰式衆士公誰武謝
恩闕下　天語溫載錫榮綸耀泉府洵哉儒術王

政本大義將湮賴撐拄闡發儒先膏液存觝排衆
論糠粃吐孟軻不作韓愈亾世上小儒孰堪數士
不通經不足用但工帖括竟何補先生嗜古造羣
材大匠之門有規矩憶昨摳衣萬卷樓春風拂座
承誨語弁言辱賜感逾深自愧無成守環堵側聞
京邸整歸鞭趨謁崇階秋既午晝靜賓稀還著書
想公振筆編石鼓

喜沈藝林至

一室眞如罝萬山忽聞剝啄啟柴關風鑪活火烹
泉熟笑我貧家宵破慳

咏堤柳

夾岸柔條蘸曉津，徧含輕碧迥無塵。垂垂入眼隋家種，裊裊關情杜牧春。雨拂千絲聞玉笛，煙籠十里送行人。莫教攀折成搖落，留取迎歸葉更新。

寓齋書感呈嘉之表兄

飄若孤雲到鳳城，青衫憔悴竟何成。撫躬詎敢嗟時命，見客多慚問姓名。曉鏡晝來看尚淺，夜牀懸處劍空鳴。欣依叔則高情在，漫笑途窮仗友生。

送友南歸

壯心同賦北征詩，輦下追從閱幾時。君悔薄遊裝

復挽，余憐久滯節頻移。丹楓黃菊迎歸客，朔雪西風促遠思。寂寞金臺居不易，江船重喚亦舒眉。

長新店曉發

雞唱征輪動，殘星剩兩三。一鞭辭冀北，千里向湘南。時將遊楚 旅食踪無定，依人性未諳。敝裘憂逼曉，霜氣萬林酣。

登滕王閣和莊二勉餘韵

橐筆攜囊賦遠遊，振衣高閣快同儔。仙人去後遺蹤館，才子題餘剩碧流。三楚烟巒迷客望，九江雲樹滿離愁。登臨莫歎人今古，勝跡還憑一序留。題額子安一序

聘秣陵徐蓀谿二首

有美推城北，相攜客楚南。一帆朝帶雨，千嶂夕明嵐。剪燭歡清讌，連牀縱快談。驚看曾刖足，玉獻已適三。蓀谿屢躓棘闈，余亦三赴省試矣

不信居人下，長爲遊子吟。遺經猶抱恨，寸草豈無心。蓀谿上有太君 綠髩蹉跎久，青雲浩渺深。知音何處索，直欲碎囊琴。

尋愚溪

昔賢謫南夷，我亦天南客。興發欲尋幽，攜笻走危

石。石橫溪路轉，溪漱石根坼。溪石兩爭奇，物理殊可繹。溪中有水鳥，飛鳴良自適。溪上有寒木，落葉隨風積。何處堂與亭，緬然睇往跡。薄言尋鈷鉧，憫悵日將夕。墟井生炊烟，牛羊下巖隙。始知窮僻壤，半屬居民宅。我今胡爲來，不暇一暖席。獨立抒浩歌，茫茫楚天碧。

浯溪觀磨崖碑

絕壁磨鐫千丈強，字如手大映清湘。文章書法排雲上，碑係元道州撰顏魯公書 義氣忠肝薄日光。走盡蛟螭並魍魎，閱他兵火與興亡。唐家巨業寒烟冷，蠻瘴空

留石薛蒼

楓門嶺

陡絶楓門嶺南來見驚乍開闢始何年蠻服成中夏萬丈插天際一線穿石罅踴步歷層巔周覽心神詫白雲浮頂上泉山在脚下直恐墮鬼坑形骨俱立化肩夫力不前未忍郎怒罵自嘆有生勞到此安敢怕劃然兩崖劈峽道飛流瀉慘淡陰風號愁衝猛虎過哀猿啼一聲客淚誰能那重巒爨火遐躋險竟忘餓瞬息徑又轉稍見居民舍古木雜叢篁經冬不凋謝迴思凌絶巘怵惕殊未暇寄語

遠遊人無爲輕命駕

磨石嶺

雞鳴戒治餐落月照虛壁昨晚過楓門今晨登磨石惟天多設險峻嶺疊相廹勢若扼重關欲拒往來客我行已愁容我僕彌戰色直上梯千尋周盤級三百方知地博厚頓覺天咫尺展眺極四山雪雲數峯白徑危不通樵終古著羈魄市有千金子垂堂猶怵惕胡爲歷巑岏萬里來荒域薄暮聞猿啼陰崖見虎跡須臾獲平坦搔首三歎息名利如輕塵遠遊竟何益

渡汨羅

欲賦招魂悵逝波西風晚渡一悲歌賈生去後無同志更有何人弔汨羅

沈明經友士

字莪林號春颿貢生多聞彊記善隷工詩有春颿存稿

高尚書山村圖攻玉索題用圖中韻

春雲隱孤村松烟護茅屋入山一何深投老事耕牧始知上苑花不及東籬菊房山解事翁落筆恣廻復怳疑武林游再陟翠微谷南陽數點春模糊

失林木嗟余塵滿懷山水沁心目春泉坐結隣卧遊亦良足重賦招隱篇去去無煩卜

題汪攻石先生春泉圖

晴嵐濕翠光熹微烟邨依約連芳溪山氣化雲雲化水樹杪百道春泉飛春泉落紙淡于墨流作人間五湖白一林花雨泛深紅萬壑莓苔浸寒碧誰爲茆屋栖雲峯泉石招人逋隱蹤我欲喚起六一翁平山堂上扶吟笻

望攝山

好風知我欲江行吹送晴波一棹輕遥指攝山秋

未老分明六代舊愁生

范秀才夢熊

字渭占號耐庵諸生困於場屋肆力於詩古文詞有耐庵遺藁

哭華君允思五十韻

詩人古多窮君竟以窮死天胡賦以才而不錫爾祉乃祖維先達寔爲名刺史清白留遺君羞與紈綺齒詩壇推若翁雄句壓諸子光燄萬丈長杜老肩可比（謂杜雲川）潘陸吳邵劉齊鳴執牛耳於今數蓉湖扃凡首屈指（君尊人丕光先生集名扃凡與潘師仲陸龍岡吳蒙泉邵振飛劉子

根爲蓉湖六子）猗嗟君克家風流邁前軌高軒憶早賦名士爭倒屣嶙嶒標傲骨更一新壁壘鉛華掃除盡洗代到毛髓寧甘學郊島詛肎說温李典型仰二初（君有濟餘吟稿顧祭酒復初吳郡博蒙泉序之吳晚年號遂初逸老）弁語璨瓊蘂聲希只自愛味淡有餘旨苦吟忘朝飢枕肱日飲水蕭然環堵中妻孥嘆庚癸君也顧而嘻咏罷惟隱几故人官銓曹尺素招之起囊攜一古硯揮手去鄉里縱覽昭王臺憑弔望諸市袖中刺漫滅輒作白眼視侏儒偏死飽曼倩空索米誰求冀北駿言采湘南芷楚產洵多材品題得佳士冥搜寶文石拱璧未能（君於楚中得文石子愛玩不釋）汨羅溯哀流愚溪步荒址投篋問賈生痛哭良有以倦遊還閉門屋破秋風裏釜甑時生塵長鑱日同倚歌聲出陋巷逍計踵決履填客陽羨歸拜酹昔山氏示我蜀山詩清淨無渣滓生平慕東坡絶筆止於此二豎苦作祟數月卧牀第長吉嘔心血君病正復爾玉樓需賦才蛻去遺形委命子整詩篇摩挲不能已所恨讀父書式穀誰其似星回逼歲除斂首無完被浮生若大夢棺蓋長已矣伊余晚學步未辨宮與徵相期覲大雅朂我追正始人琴一朝亡誰與祛

吝鄙舊好忝葭莩君婦則余姊顧惟諸孤弱愧莫爲經理文章匪陳思敢作仲宣誄有不死者存光怪發故紙彼蒼窮君身不能秘君美掩涕撫遺編呼之君在是

春颿歸自廣陵見過答韻

殘秋幽思未分明漫托微波汝鏡平燈暗數行低雁影不禁絃柱一聲聲

閒眠不夢六朝山書畫船橫一水間童子趣余扶病起先生半夜到柴關

胡秀才履亨

字秩宗號拳曲諸生吾師澹園先生仲子
績學工詩文而貧以老年七十有吐鳳齋
遺草

翠螺詩答許振音

翠螺亭亭橫一碧遥倚金焦連采石萬壑松濤六
月寒此中宜着神仙客金閶許侯好遠遊攀蘿直
上謫仙樓謫仙何處脫凡骨但見空江萬古長東
流漁帆沙鳥出復没手拍闌干愁欲絶一片秋雲
飛出山陡然開蕩心胸濶歸來滿袖烟霞青驚人
有句如宣城長歌飄飄入空去吹起一庭秋月明

古來征戰誰無敵空留戰艦連京驛古時明月幾
千年巖際層樓今似昔今我躊躕思渺然口誦君
詩妙欲仙恍然飛向山頭立徑騎白鶴渡江天

雨花臺

落日江空濶荒臺說雨花金甌自無缺荷荷可長
嗟古寺鐘聲斷空城燕子斜暮砧寒又起秋思在
誰家

莫愁湖

莫愁最窈窕依舊水凄迷不雨濕雲滿停琴纖月
低三山青靄外雙槳白蘋西惆悵孤帆遠蒼茫白
雁嘶

蘐落

蘐落終何用飄零天一涯文章難濟世烟水好浮
家墮葉驚秋燕空林噪晩鴉頻頻動歸思白露老
蒹葭

九日

其奈菊花何秋光一擲梭沙鷗天地小客淚古今
多好夢偎寒蝶華年付逝波還攜延壽酒嗟我醉
婆娑

冬至後二日送稼梅回錫二首存一

握手一聲别臨岐各黯然空江黃葉路衰柳白門
煙沽酒傾離緒彈棊撫别絃歸程三百里朔雪滿
南天

得歸

獨行當歲暮曉起上征鞍鐵甕醇醪美華陽夕照
殘霜濃人跡少雪後馬蹄寒稚子迎門久荒庭鳥
雀歡

秦淮中秋

好景當年去若潮空餘簫鼓度今宵何堪把酒臨
高閣淡月微雲弔六朝

粉黛銷沉水欲枯西風秋樹月糢糊清談綺語都無着冷落青溪住小姑

送許半山歸木瀆二首 存一

銅坑銅井舊烟霞翹首吳峰夕照斜捫虱獨談經世畧跨驢重踏故山花飄蓬身世原如寄風味家鄉儘可誇誰唱陽關增別感片帆東去興偏賒

春草和袁簡齋

萋萋楚楚復綿綿點染韶光又一年冀北馬驕青滿地江南波潤綠粘天花開花謝逃遊屐春雨春風送別船幾度鶯啼縈蝶夢夕陽古道酒旗邊

九日集小平泉次工部藍田莊韻二首

侘傺襟懷一笑寬秋風不耐說悲歡斜穿竹徑邀裙屐倒插花枝傲楮冠黃葉清江歸夢杳白門衰柳暮烟寒小平泉比藍田好瀲灔偏宜醉後看

波光照眼水天寬小隱湖山愜素歡曳杖還追仙令舄乘風初試切雲冠芙蓉江上迎秋老蟋蟀尊前送暮寒却怪酡顏紅似葉兒童爭作少年看

殘秋即事

一笛江城日暮樓簷花落盡送窮秋霜侵籬落楓初老雨歇空堂月半鈎世事如棋閒局外愁心似水趁潮頭輸他漁艇烟波穩蘆荻蕭蕭伴白鷗

鄒孝廉方鍔

字豫章號半谷壬午舉人工詩文善書有大雅堂初集後集 半谷主人自爲傳曰主人性奇僻不能諧俗於人世少所當意中歲走京師留寓半載日閉門獨坐或以主人高尚類古絕人逃世者主人曰吾學不足以濟世才不足以立功世本無求於我又何逃焉

黃埠墩

平江八百平如掌漠漠清陰兩岸苔突兀孤亭撐水出九龍銜下一珠來

趙清獻公故里

軒外長溪溪外山 公自題高齋句 趙公遺築翠微間雲霄一羽伊皋業 東坡題公高齋詩俗緣未盡除伊皋 畫閣雙清琹鶴閒斜日松杉橫翠黛捲簾暮雨洗孱顏高風千古三衢在怪爾潭州墓下還

烏石山岳忠武王題字 有迎二聖於沙漠之句

忠武此經過留題劉蒼碣沙漠終不還題字終不滅

書一峯寄淮草後

清淮無際月橫鈎紅葉青山寺寺樓一種傷心秋色裡板橋楊柳白門舟

吳山偶興

江天憑一覽春日淡丰容水折三千里雲歸十二峯（吳山山頂有巨石十二亦名十二峯）登臨徐古意去住信浮蹤試上丁仙閣蓬瀛路幾重

雜詩

淳于昔雄辨東方亦譎詭賈宋尚清談吐納矜元理結疾艮亦痼編簡猶足紀漂流日已非皺弄揚糠粃譊浪侮聖言誹諧類俗俚駟軼不復追舌在竊獨喜喋喋齒頰間欝若羣蠭起豈唯玷圭璧與

梁溪詩鈔　卷四十五　七

我懼方始矢戒申此詞昭鑒代監史

南山有饑鳥哀聲何嗷嗷豈唯實饑饑兼之羅網綢低頭歛雙翮惻蹙悲枯彫一見驚且憐未惜舉手勞爲開一面網飲啄還其巢交交飛且鳴集彼陵上條自顧餘悵惘頗亦豐羽毛不念昔憔悴但想冲青霄誰謂世路寬側足多榛蒿寄言霄漢上飛飛慎狴牢

訪朱亦箴有贈

朱欄映修竹窈窕明空翠洒然几席凉清響檐間墜古石含楂枒幽遝屨軒輊淡絶遥天岑坐對寒雲齋感懷慕徃哲汲古得微契示我覇岸篇寥闃秘眞意沉吟發遥慨把卷屬遐思大雅久淪蕪誰飫此中味

同夏杓南陽逵陽訪清源武林

玉露飄零白雁回霜楓吹墮水雲隈故人爲踐滄洲約短棹遥將明月來吳榭夢迴寒漏永越山秋淨碧天開竚看結伴尋幽去盡滌閒愁付酒杯

月輪山

渺渺江楓漠漠苔珠簾繡柱拂雲開已看十二瑶臺近空說三千銕弩迴（浙江素患潮水衝突錢氏用銕弩射潮終不能却其勢僧智覺禪師於峯頂建六和塔以鎮嗣是潮習故道）無數烟檣飛鳥外橫

梁溪詩鈔　卷四十五　六

空山翠逼人來振衣却立重迴首下界坳堂只一杯

十八澗

青苔竹栢壓香臺匹馬西風得得來一逕萬千峯下路九溪十八澗邊迴泠泠鐘梵寒雲合淡淡山花雪照開世外仙源尋已遍不知何處是蓬萊

有感

萬軸牙籖一畝宮星離雲散雨濛濛當年曾割牛心炙回首眞成馬耳風師古河流長不返遺經架上更誰窮隻雞斗酒平生語太息郊原宿草空

泛舟鴛鴦湖

風前芳草綠陰橫一縷茶香客聽鶯楊柳汀邊春正暖鴛鴦湖畔雨初晴雲帆遠破輕烟出水榭遙連古堞平如此山川容嘯咏不教蓑笠換簪纓

過迎暉閣啟丹索詩賦贈

閣下芙蕖水汀邊楊柳風櫓聲孤島外山色亂雲中細註牀頭易閒調膝上桐詩懷秋正好高嘯倚澄空

雨中望龍山

九龍屼嵂芙蓉沚蟺屈泥蟠飛不起秋空特地廻

雲烟長風細雨纏其巔一珠宛宛濯水鮮勢挾雲雨森欲動揚頦掉尾形蜿蜒變化何不騰空天山人家住龍山下山光橐筆頻來寫捫蘿攀葛不知疲樹石雲泉恣揮洒雨中看山山更奇偃抑蕩漾令我疑不知是山是雲氣眼中別具飄渺綽約之仙姿君不見南宮畫筆真宰妒元氣盤盤腕下赴意匠慘淡神淋漓紙上蒼蒼但烟霧又不見開元馮紹正西壁畫龍雲四布波濤起立雷雨隨鱗鬣之而翳復吐雲龍下上摩高空薄日伏景相追縱只愁雨歇雲消歸海處一聲霹靂驚飛去

寄清源

細草霑衣帶露寒碧天遙夜靜無喧分明夢裡關山月一路携君到故園

飲李濱篁齋中餞南行

木末微雲淡牕中桂樹斜詩看摩詰畫人醉謫仙家夜月凉侵座香風淺透紗一聲孤雁唳遊子歎天涯

同友人玩月靜慧寺

霽色明遙夜天空一望收人烟低古寺詩思接清秋方丈鯨燈靜圓靈水鏡幽披情耽野逸惜別重

淹留

同吳一峯李濱篁宿忍草庵期楊令貽鮑南行不至

招要尋古寺一徑入雲扉林淡月初上山空人語稀霜鐘流韻急野火隔村微只有翻飛翼依依徃復歸

吳布衣華暘

字曾傳工詩文以目疾不應有司試家居教授以終

秦淮水樹

斗帳沉沉月照扉小軒三面烟霏微不知何處吹
橫笛夢裡忽驚蝴蝶飛

鮑若洲汀

字南行號若洲諸生遊北雍工詩善畫名重公卿間梁溪中堂嵇公延教其子奇麗川方伯孫春臺中丞董折節下交詩宗王韋畫做倪雲林王孟端爲人冲和蕭淡終身不見喜慍之色余總角同硯友也年六十三卒没後其及門搜其詩梓之日讀畫山房遺稿而散失過半矣

遊石門

終朝面山坐山遠意自親披雲入山中彌覺所歷眞莽流震厓谷𠘧磴迷荆榛蹋步貽反顧攀援愜前因高巖駐夕景陰壑無陽春酌彼澗中水憇此石上茵夙聞喬木末時有餐霞人古苔閟靈跡石扇空嶙峋

憶顧農部晴沙

一片江南月悽悽獨夜心孤光將遠夢飛墮薊門深促席還攜手挑燈復弄琴霜鐘渺何處依舊卧寒林

青溪雜詩同吳黼仙作

莫愁湖上泛輕舠今古閒愁積未消我欲臨風問湖水如何却有去來潮

煙涵沙渚月涵空何處停舟曲最工想像胡牀三弄罷解人原在不言中

賞心亭上倚闌干風柳絲絲拂曉寒何事溪山清絶處只從畫裡憶袁安丁謂使金陵懸袁安卧雪圖於賞心亭

畫閣珠簾障麴塵當年甲第幾番新休將璧月唔江令還有春燈侑酒人所知錄大鋮既降在營中執板頓足唱春燈劇侑酒

吟箋零落墨痕枯子野詩壇跡已蕪雨葉風梢題

不盡至今烟月尚模糊

幾多衰柳向人低秋雨秋風路欲迷有限繁華無限恨玉簫聲在板橋西

冬日登虎邱

舟行見山不見石入山見石不見山劍池鶴澗兩奇絶劚破山骨流潺潺巖冬山木盡赤立悄無麋鹿蒼崖間我攜清泉煮活火吳女一笑堆雙鬟六年不踏山邊路青鬢無情易衰素縱無虎卧闔閭墳肎隨人上眞娘墓英雄兒女總消沉蕭蕭落葉聲如雨夜深步上生公臺臺邊頑石頑如故我道

生公不如石請看石在生公去

寄嵇晴軒學使

未得常棲息風塵敢憚行袛緣慈母戀重貿故人情岳色開秦地河流抱漢城西京文物在珍重好持衡（時晴軒視學秦中馳書見招）

上嶺行

上嶺三十里下嶺二十强下嶺復上嶺遊子摧肝腸我從長安來緇塵蔽天揚三載懷一刺磨滅未忍將躃躃走駑馬曳裾空傍徨天門闢浩蕩河漢無津梁歸來拜阿母阿母羅酒漿小兒弄杯盞似

欲勸我觴我出始懷妊我歸兒扶牀嬌女亦十歲怪我顏色蒼叨叨復絮絮欲酌還停觴既歸不適月䃂被來茲疆百步歷九折側足臨無旁怪石壓我頂浮雲沾我裳山禽與清瀨嘈雜無宮商硤硧互爭鬬斷嶺紛開張連岡走平壤萬馬脫羈韁當年事爭戰尺土稱侯王此地一夫守百萬未可當今逢　聖明日內外肅紀綱八荒盡奔走萬里皆梯航矧茲在南土咫尺隣江鄉去去勿復語知已遙相望

黃山朱砂泉

泉丫半巖廣及尋徑三之一泉底純白沙志云黃帝浴此旁有細流入溫涼相劑

半壁蒸靈液軒黃舊浴泉玉沙圓漱石丹氣鬱生煙巖罅寒流細池中陰火然我來三洗髓已得抑羣仙

觀音巖

一步一松色行行千萬盤不知眞妙相却在翠雲端瀑濺楊枝雨藤垂纓絡冠欲呼鸚鵡語嵐氣逼人寒

踰小堨渡澗升西壁行

磴絕無前路投身向碧谿沙崩屢起仆石踐乍高低峭壁尋常度深林咫尺迷自來途數換不復辨東西

度斷凡橋由小一線天至文殊院

巖巒千百變到此益驚心入竇蟻穿穴翻空鶴出林香臺雲外落邸磬世間深石上趺跏跡高風不可尋

步月至崇安寺北院小憩分韻得香字追懷亡友俞是齋

步隨殘鐘遠玩此新月光曲折繞蘿徑逝遲過竹

房開軒引淸風拂檻聞琳瑯禪談得超妙懷往滋感傷我友昔養疴一室聊徜徉時復弄柔翰客至亦具觴所志在幽閒非爲耽蒙莊俯仰跡已陳遺墨留餘香茶烟淡空色斜光轉東廂依依霜氣集零淚沾衣裳

留別頤響泉

長揖別故人剌促話情素問我何所之迢迢粤西路去年旱魃災今年鈇供哺筋力雖就衰饑驅那得住未別先訂歸欲行屢廻顧握手立斯須夕陽在高樹

別家

垂老難爲客年荒易別家春風三月暮江路六千賒語久淚痕漬杯深燭影斜病妻兼弱女何以慰天涯

白門道中

一樹濃花一樹鶯舊時風月舊時情只今惟有城邊柳青眼垂垂送客行

大觀亭懷古兼簡奇麗川方伯

空亭巖業皖江隈淼淼江光四面開青眼故人前度別白頭遊子又重來忠臣遺骨埋荒草武帝雄圖付刼灰日暮風高吹浪起怒濤飛雪捲晴雷

過韓忠公廟 并序

公諱建元末守皖城至正戊戌陳友諒陷安慶守將余闕死之韓方卧疾罵賊不屈與闕同殉一家被害

樓櫓崩摧戰血漂驚開病眼電光搖常山舌在聲猶厲許遠魂歸恨未消自有丹心懸海日豈無白馬走江潮兩家同殉英靈在鬼燐青青徹九霄

余忠宣公廟

銅馬黃巾縱毒痡先生投袂誓捐軀隻身間道衝

羣寇百戰殘山倚小孤堪嘆睢陽無鼴鼠何曾卞壼有遺雛西風繫艇斜陽裡古木寒烟叫鷓鴣

舟過武昌

巫峽雲來都是夢瀟湘風起便成秋何當舉手招黃鶴遊遍名山十二州

鸚鵡洲弔禰正平

芳草萋萋酒一杯空教亂世枉奇才先生只解題鸚鵡不見山梁雌雉來

祭風臺

擲劔層臺上東風烈火光成功歸漢室餘燄奪周

郎絶壁雷霆走深林虎豹藏至今秋靜夜星斗尚含芒

岳州喜晤孫子价太守

揮手雲中謝黄鶴布帆曉挂顛風作夜半瑟聲江上來推篷已到巴陵郭故人握手共欣然燕寢香凝動深酌憶昔分首都門秋朔風獵獵欺貂裘君趨　紫禁簪丹筆我返蓉湖掉釣舟從此音塵兩澗絶彈指年華逐水流去年江鄉苦遭旱十家九家爨烟斷但見哀鴻四野號不惜路長羽翼短作客難消羇旅愁相依幸有同心伴君家元方今人

豪號令嚴肅森秋毫猺童獞女出歌舞石菌鐘乳松花醪今君作郡勞擘畫湖波萬頃流膏澤太守能輸俸鶴錢野人已獻雙岐麥（去歲岳州旱災子价捐俸煮賑）湘江水入灘江通天南萬里披仁風君家昆季作股肱勤勤　聖化催　宸衷清尊不厭百壺倒鑑輿醉上衰顏紅明朝更下洞庭去衡山九面愁相語

過賈太傅祠

巨筴煌煌照汗編漢廷誰似賈生賢治安若果還三代經濟何須薄少年宣室鬼神悲賦鵩古祠風雨泣啼鵑停舟欲采芳孫薦渺渺湘波起夕烟

漢馬伏波將軍銅鼓歌并序

逸史云馬伏波征交趾獲越駱二銅鼓舟經八桂二鼓躍入水天啟戊午潯江漁人網得之同日白石山農亦得其一二鼓復出今撫署應之右一鼓巋然獨存其一鼓無可考顯晦莫測感而爲之歌

何年鍛冶鎔青銅名鼓非鼓鐘非鐘無當類取玉卮義貫索不借金鉉功花紋回互雜瑣碎古繡斑駁塡青紅蝦蟆貼伏四角立發聲豈必蒲牢同我

聞此鼓歷千載變幻出沒無定蹤伏波載之自越駱一舟兩鼓隨歸篷忽然風雨激雷電天地晦昧波飛空將軍袖手軍吏怖對面倏忽騰蛟龍海知神物有先見明珠薏苡多朦朧此物若入盜猜謗頭刻銷燬遭庸工時移事往精氣見寶光夜燭馮夷宮漁人得之白官吏役夫輦致懸堂中白石山邊並時出延津劍氣交相融此鼓耽耽鎮幕府白石所出旋飄蓬得毋有大力者負之走或亦置非其處仍潛踪我撫此鼓三歎息當時此地猶鴻濛將軍揮戈奠百粤禮俗乃與中華通此功不泯鼓

不滅耿耿元氣生長虹君不見高高銅柱插天漢行人猶話矍鑠翁金寒石泐數有終此鼓與柱垂無窮

題王雲坡畫冊

梁溪畫手誰第一舍人獨繼雲林筆胸中邱壑得趣真潑墨淋漓總超忽邇來丹青不足論雲坡先生家法存疎簾曲几列圖史驅山走水娛朝昏晨窗離離上初旭手出藤箋剡寒玉飄飄恍墮武陵源山回路轉清溪曲洞中仙人不我留拂衣竟入天臺遊層巒叠嶂脚不到忽然斗折開平疇小橋

楊柳白蘋洲亦有羽客吟江頭輿闌只愁風雨作轉眼雷霆驚錯愕依然洗出衆峯高秋出幾處元蟬號白雲紅樹看不足扁舟雨雪衝寒濤我不願身登范蠡船亦不願脚着謝公屐願君寫出五嶽圖掛向高堂之素壁

金陵懷古

鍾山虎踞復龍蟠江左風流只謝安門上罷魚新鎖鑰巷中雙燕舊衣冠金蓮有地秋蕪老玉樹無花夜雨寒一片夕陽千點淚西風吹下小長干

元宵後一日招同鄒豫章楊令貽贊一峯李濱篁小集讀畫山房

明月知人意今宵更放圓琴心還太古詩思費參禪掃葉煨春芋和雲煮石泉他時尋舊侶擬醉小桃邊

送楊令貽之揚州

花下金樽月下簫昔年曾此駐蘭橈憑君爲問隋家柳幾許清陰覆畫橋

大禹陵

萬里蒼山走越州禹陵松栢鬱高秋中天日月開金簡千載風雲護玉旒蘚蝕殘碑蝌蚪在草埋斷

隴鷓鴣愁蒼梧翠輦無消息終古湘江帶淚流

懷俞是齋

細雨經旬閉綠苔捲簾忽見夕陽開越山一半掩殘壘恰似從君畫裏來

西湖竹枝詞

六一泉頭五柳居上樓先酌醋烹魚勸郎仔細看魚腹恐有人家尺素書

南高峯頂日篩金北高峯下雨痕深一般天氣渾無定那得郎心是妾心

懷楊六金蘭

舉世無知已伴狂涸俗塵文章空許國肝膽向何
人十載靑壇舊千山白髮新可能同把臂痛飲洞
庭春

懷劉雪坡

數月不相見高齋想寤歌　聖朝無隱逸彼美
竟蹉跎門對蓉湖曲秋來落葉多何人共幽獨補
屋白茅蘿

懷蔡綺峯

不與世塵隔安知靜者心危樓無客到獨坐數峯
深我欲攜焦尾相將覓賞音秋風起遙夜落葉滿

空林

溫硯爐詩有序

溫硯爐安桂坡製邵文莊公銘邦江方西疇購
得之乾隆丙戌秋歸錫山聽松山房與竹爐並
貯王涵齋徵詩余亦有作

履霜誰識堅冰作超然堂上雪花落尚書黙易硯
亦氷着手回春自河洛妙義旣劑陰陽和尚象更
啟乾坤鑰形模古質安氏製尚書作銘儼而恪深
衣想像十賢祠容春堂名自得四時樂滴露朝研滴
露泉松風夜響松風閣哲人既萎萬事非三百年
來變林壑冷硯去若龜陰田溫爐飛逐揚州鶴賢
哉方君購得之襲以錦緗裹璮橐一朝舊物歸梁
溪竹爐畫卷同棲托騷人墨士爭賦詩摩挲拂拭
神驚愕光彩尚韜丹鉛痕鏤紋細辨雲雷錯嗚呼
此物何足貴覩此不復重金鵲願倣此爐製千百
後生共抱陽春腳可憐下士未聞道衣敝緼袍耻
狐貉

一峯過五丁峽有橫策倚樹根石與人俱瘦
之句俞是齋爲作圖屬余題之却寄一峯

君本山澤人頻年倦奔走況復古蠶叢天險闕宇

宙窖樹榮巖冬連岡失清晝敧鞍飯星辰振策入
雲岫所歷過眼殊一一費雕鏤君憐石太癯石怪
君更瘦佳句得未曾惜乏王黃皺萬里馳郵筒投
箋慰親舊俞君與飛揚煙嵐落襟袖蜀棧倏忽移
眞宰懼洩漏是時山窗寒更深月微透枯林鳴悲
風彷彿啼猿狖

巫山高

巫山高巫雲陰中有猿狖相悲吟山深林密不可
尋數聲飄落江之潯江之潯多估客日日舟行歷
劍戟飄渺高陽臺銀牀設瑤席神女不可求空對

巫山碧

題是齋竹菊圖爲仲雅作

瀟灑白衣酒娵娟翠袖風若教論位置合與住梅東時仲雅徙居杭之梅東橋

題是齋南浦圖

不分春草與春波一碧傷心奈爾何寫入謝家團扇裡年年風雨淚痕多

送胡秩宗之金陵

家山笑語暫相依又掛征帆別釣磯酒盡燈昏人欲去江空雲淨雁初飛六朝金粉傷心慣廿載交

遊見面稀料得西風孤館夜也應吹夢到柴扉

送王燮宮至建德

昔日程端禮談經只閉關斯人不可接吾道竟誰攀今子攜家去言尋白象山秋風絲竹滿吹度碧雲間

晚憇寄暢園

秋風集名園池光淡將夕迴風蕩微瀾萬影縹寒碧疎林帶歸禽嵐光散虛白澄觀妙忘言石溜鳴瀧瀧

趙上舍佐

字雲臣號存廬國子生恬靜好學嘗遊燕爲張文恪教孫於楚爲書院山長以終詩有香豆齋遺稿

滁陽道中

清流古雄關濠滁亙經亘四面奔羣山中峯懸一逕石磴盤雲梯林木相掩映時平忽形勢險要非所競岡巒餘戰壘萬里烟塵淨我行夕陽中山寺聞清磬

襄陽至漢口雜詩十首　存三

峴山臨漢上隱隱一峯孤陵谷原無改風流惜已

徂荒烟迷曲渚斜日下平蕪客淚思鄉盡臨風欲墮無

遙望當陽坂蒼茫古戰場雲連潼口驛樹接灞橋岡夜月留弓影寒霜想劍鋩英雄餘烈在臨眺獨徬徨

慷慨志不就飄零漢水東向山移短棹出浦纜孤篷客路寒雲外鄉心暮雨中空餘豪氣在耿耿欲成虹

俞明經英

字薪傳歲貢生嘗挈其子坊從余於東林

書院敞廬數椽在北里城市中書聲出戶外不與人事淺酌微吟泊如也年六十卒

京口 時將赴秋試

山勢猶連郭江雲欲近船又看揚子渡幾點海門煙今夜初三月千秋第一泉未能延勝賞祇爲世情牽

兒子坊以選拔入成均送之北上

何年登甲第送汝入成均士果欲聞道家應不厭貧扁舟黃阜渡京洛素衣塵車馬紛如織能無念爾親

蔡秀才湘

字衡望諸生性不諧俗嘗從其舅朱晝莊游於蜀於燕至老不遇寂處南郭以終年六十

天竹子

怪獅虬尾搖氷天鐵幹古色燒寒烟海底珊瑚老結子鳳凰夜呌青藜然天問未見苔摩詰初無言蠟梅翠柏都暄妍軍持且爲添清泉

野店獨飲得長句

白骨青山古鶴呌百年不奈雙丸跳眼前莫恨無可人熟計何如麴生妙朝來逸興動春早餘寒峭閒詣黃公壚把酒託長嘯古人寂寞久已逝曠懷誰與同風調晚歸一抹水邨烟窗前不負梅花笑

辛丑九月自蜀東歸留別段蓉臯兼呈諸友

曾向錢塘看雪堆西遊聊復上層臺觸蠻未了人間世松菊依然歸去來便腹自嘲堪坐嘯嫁衣相倩拙縫裁一帆長別素心侶握手踟躕首重迴

夢中作

水際烟絲染已多巴中景物早熙和輕橈小弄遵溪渚處處春流漲綠波

宋硯 并序

舅氏晝莊朱夫子蒞隆昌之五年隆橋農人鋤田得古硯背面鐫二篆元符三年製五楷字質色古朴命湘賦詩誌之

盡攬蜀山秀孰似峩巫峯隆橋得古硯元氣含青葱星光迸鋤起井田將毋同 夫子舊有井田硯 昭質固無虧追琢非拙工腹鐫元符字藏寶識篆封想當揮翰日有宋諸名公研磨及點黶紫霧長滃濃騎箕人自去月魄遺雲中夫子蒞兹邑訟庭日已空印花鎖苔蘚夢筆粲芙蓉萬物各有數硯豈無遭逢

古色照眉宇穆如延清風琴鶴共結伴飄然過江東井田萬里始茲硯萬里終集所用井田硯今萬里而歸茲硯所助不更多乎（夫子在蜀詩曰萬里）

次韻黃正衡半舫落成絕句十首 存二

亦齋瀟洒閟煙霞夜讀山房聚落花欲借鷦鷯一枝月昨來夢入武陵家（亦齋夜讀山房俱半舫中小軒名）

古調全希領會長伯牙初艤海山航縱無綠漆蒋深意想見孤桐竦嶧陽（齋蓄古琴一張原詩及之故云）

陸秀才紳

字浚絲號粒庵諸生居邑之斗山浚絲工制舉文精於經學及詩古文詞累試不售有避塵軒文稿詩稿藏於家卒年六十六

感懷十首 存六

忠宣澤云遠秀水復分流迢迢隔吳越樂此村居幽喬木三數株雲仍五百秋（宜公十七世孫唐臣自秀州遷錫邑爲斗山支始祖迄紳十六傳矣）世業耕且讀家教祟寬柔豈無好尚殊懼增祖德羞繩武愧不能營營亦何求

人生敦一本同氣若連環孩提失所恃嚴親恒霽顏區區寸草心春暉淚斑斑況乃無兄弟獨行殊間關鴒原與雁序遐哉莫能攀

九龍挺一角佳氣日磅礴震澤環其南蛟龍奮騰躍孕靈在斯人英賢趾相錯文物何蹁躚風流漸開拓嗟予處一隅形影兩寂寞長與漁樵隣羨彼同羣樂

束髮讀經史頗貪帖括媒累遊匠石門樗櫟何栽培（紳受業師有四華先生豫章黃先生堯咨顧雙溪先生朱松泉先生）荏苒十年所梁木半成灰（癸酉華師亡丙子黃師卒）死別含隱痛生離亦堪哀荊南馳善政冀北騁長材（顧師累任湖南邑宰朱師方就公車徵）駑駘奮一躍尺地尚遲回

男兒志四方及壯當翺翔周覽山海情骨幹森開張驥足有時展轅下徒昂藏掉頭一回顧白髮坐高堂析薪疇負荷悠悠我心傷莫酒卞和淚一室聊徜徉

芳草有本性終古無變更人生非草木何乃趨世榮菉竹披雲上疎梅映水生弱植稱同調逢時吐其英美人濯素手採擇洵多情相賞風塵外猗猗世莫驚

涇皋顧氏古松二株云是端文公物賦之

古樹非槐亦非桐東林手澤兩株松雲霞聳翠雪霜幹離奇攫拏入雲漢閱二百載清光寒摩挲銅

狄後代看和靖梅淵明柳二古松三不朽

秦省堂壐

字玉文號省堂性孝友而以康濟爲已任遊幕江浙大吏所至交以道接以禮而遇事必再三詳審筆不苟下暇則以詩自娛有篋中遺草卒年六十有八

示兒鏊鑒

我昔聞庭訓涉世毋矜才但令抱眞悃金石爲之開依人數十年所歷無疑猜晚事賢大夫感深奇江蘇中丞與雷湖州郡伯頽齡鮮報稱情竭爭涓埃汝曹各

努力行矣休徘徊

喜接俞壻坊來信走筆答之

吾老幸佳健歲時歸故鄉當路以義請敢辭松菊荒昨者得喘疾兒輩心倉皇伺我返里門晨夕檢藥囊蔘苓竟何補形勢殊郎當喜爾京書至喃喃祝壽康吾年近七旬上壽非所望念爾負儁才盼爾登玉堂令德仰前型鬱鬱韜其光及此誦清芬努力事顯揚一語須贈君勞謙不可忘

周處士奇珍

字天山居獨山隱於農暇則讀書詠詩以自怡著有怡野堂稿光旭題其集曰怡野何如者廿爲世外人鑿池流水活種樹若花新四壁青霞氣千秋白髮春梁溪高士傳君是羲皇民

酌酒吟

少有讀書心恨無讀書日從師初問字字亦竟不識輟學就田園耕鑿營衣食四體不憚勞五穀頗能別清晨出柴扉薄暮歸蓬室香杭酒一缸日久味酸澀口渴正思飲兒女侑吾側陶然慕向平婚嫁及時畢

西莊馮氏池亭家鹿峯叔下榻於此

問渡隨水曲到門維野航信是桃花源復疑輞川

莊大阮杖藜出邀入深柳堂但言天倫樂寧作賓主忙禮數既不拘形骸亦相忘好風湖上來池閣生清凉坐久欲分散漁歌喧夕陽

贈姪懷西

矯矯山中桐秀拔煙霞裏獨具不凡材群木詎可擬傾枝向陽樂鸞鳳爭戾止班匠適經過顧盼心自喜欲作鳴琴彈誰云姑舍是終當遇知音一奏薰風起

晚過鹿峯叔幽居

松風清山月明萬籟寂寂烟翠横泠泠出屋幽琴

聲到村不敢敲柴荆恐驚絃上曲未成調傳太古
若有情怡然使我心和平

對花吟

人有幾年孩花無幾日開花應笑我今年老我亦
憐花昨日好

詠風箏

不到飛騰日無聲可得聞好風一借便高調入青
雲

塞下曲

明月照黃沙征人夜望家將軍方暢飲抱妾弄琵

琶

深秋夜歸

落木葉歸根還家人到門隔籬山犬吠月色滿空
村

野渡

楓荻蕭蕭此問津水窮山盡四無鄰岸頭風湧灘
聲急但見舟横不見人

班姬

天遠恩沾雨露遥後宮蟬咽柳蕭條秋風自信難
仍熱團扇無因得再摇

一勺泉懷王仲山先生并序

泉在黿頭渚絶頂南百步外泉邊有廢庵故址
泉上有源頭一勺四字相傳爲明王仲山先生
筆先生居寶界山莊常跨驢入庵與僧遊詠云

勺水峯迴處超然物外情無聲來脉細有本在山
清天澹光涵碧雲開影照明獨憐人代異難與話
平生

漁

浮家本來慣波浪不驚心泊處多依淺釣時或就
深得魚到村賣沽酒下船斟除是秦當避桃源莫

漫尋

冬月作

物候無常定如何不自諳山空虎投穴水落鯉歸
潭寒怯風來北暄宜屋向南未曾甞燕境向老却
思甘

黃河

晝夜浩呼洶澄清非等閒無風搖地軸有浪撼天
關氣暈海東日勢吞城下山誰能懷善策永奠不
爲患

答友

山水堪娛老棲遲可樂飢漫勞君枉駕莫信我能詩骨裹頑皮立心傜熱血癡逢人惟擇善一字是吾師

詠尚友堂老梅贈顧大玉亭

獨傍懸崖挺幾枝沸園風月賴撑持山林養就孤高品氷雪磨成清白姿根老自含春意足心堅常耐歲寒欺莫嫌物外無相識松竹原來是故知

人影

爾我原同一體看别離爭恐暫時拚燈前伴坐寧辭久月下隨行不避寒肥瘦短長相較易悲懽痛

癢共關難能於此處尤加謹自問無欺自顧安

松濤

虬龍嘘吸逼湖海忽作奔湍天半鳴晴日满林來雨勢晚風入塢漲湖聲山居不比舟居恐鷗夢何如鶴夢清更愛此中還漏月似隨波浪浴空明

受業吴　瑗　雲士校

梁溪詩鈔卷四十五

梁溪詩鈔目録卷之四十六

國朝乾隆十三

孫中丞永清　五首

邵秀才辰焕　二十二首

沈明經金鰲　十二首

吴孝廉家鳳　三首

過上舍錦雲　二首

顧明經斗光　四十五首

黄上舍世則　三十首

韓秀才雲俊　五首

以上共八人

梁溪詩鈔卷四十六

梁溪顧　光旭　華陽氏集

國朝

孫中丞永清

字春臺號寶嚴又號絜齋戊子舉人官中書舍人入軍機處擢侍讀改刑部郎中歷副都御史累官廣西巡撫時以安南爭立事駐節臨越關甫歸省疸鞍馬勞頓不數日卒年五十中丞素精楷法自謁　承明郎傺機直時當用武金川軍書塡委握槧提鉛迅掃數十紙人人以爲不及也迨奉命陳藩開府篌輿堠館輒多吟咏黠甥問民情風土一出于詩著有于役集藏于家侯桃漁光第有題孫寶巖方伯于役集後詩云安車輕轎走騤騤大雅新傳使者吟豈借雲山供藻繢半緣風俗紀登臨重邊自急宣防計行部知勞撫字心題到七星關上壁武鄉功業未消沉

渡荆江

楚尾吳頭控上游東南天險塹荆州憑陵幾代成灰刦割據三分付水滙永夜星芒垂大野中流灝氣發深秋揭來一霎乘風渡疑有蛟螭擁舵樓

鴨池河

峽勢忽雙落瀧流滙一谿春波迎暖漁野艇受人低澗午花然火村晴鳥喚犁江鄉幽絶處死在夜郎西

喜晤許春巖又郎言別

忽竟七年別同爲萬里身鬚稍成老大僮僕半陳新霧暗晴峯月花香瘴地春明朝又岐路絮語莫嫌頻

殪狼行 并序

春巖夜行東川道中民言有狼爲患於里力士張髯逐墮巖下殪之其鄉乃靖爲作殪狼行

猛者知爲虎狠者知爲羊不羊不虎閒貪狡莫若狼揭來僰西道村民敦以龐爲言有跋胡歲久毛色蒼賦形類貐貘意下性則剛磨牙噬人畜吮血咀腎腸更乃集醜類據險恣跳梁白晝逞拏攫嫗豎遑怯框東村有力士義勇髯戟張拔劍躍飛磴若有神扶將一擊落阬塹失足千丈强衆始競投石目動軀已僵捂之作脯臨老幼背來嘗村閭賴以靖羣醜皆遁藏我聞告許子物理斯可詳天道區善惡鋤暴安厥良爪牙詎可恃譎險寧久臧狼

不死力士亦必罹禍殃神誅與霆擊實乃天刑章
我願巖下民相與壽而康

同年奇麗川方伯齋中盆梅八月盛開招賓
從小集賦詩輒成長句戲簡

天南物候無春冬扶桑朱槿四序紅九月十月桃杏發三里五里搖丰穠今年閏秋苦望雨大田龜坼愁三農藩侯憫之憂見色花事久屏東閣東邇來澍澤頗霑需渥徧禾黍稌穉穜廿濃餘潤及衆卉瓷盆古榦抽青葱乍看蓓蕾展微碧漸玩跗萼舒紅茸香苞粉蕋不可數沃以凉露彌惺忪屋角

迴風一披拂瓣片亂落餘暄融似偷園卉占秋色欲壓丹桂欺芙蓉又如廣庭萃羣艷天女下降凡姿空公餘興發集賓從花前醉倒玻瓈鍾偶拈險韻鬬奇巧好句欲過林逋翁我時棘闈始在公如蔽帷幄羈樊籠忽傳勝事有如此目未及賞心忡忡昔聞廣平最剛勁作賦乃奪徐庾工又聞王曾宋賢相兩語適兆調鼎功藩侯幾年播芳政九溪猺犵咸懽悰雙岐駢穗應有驗得氣先在園庭中我歌非特志嘉瑞品彙亦以徵時雍亟揮散卓付急遞郢製倘許開塵蒙

邵秀才辰煥

字星城亦曰心城諸生瓞園先生曾孫工詩好古亦本於天性也僑寄江陰遊閩粤而卒顧敏恒有澄江月夜訪邵大心城詩幽人住市廛頗作山林想柴門俯流水坐見江潮長草根亂螢聚瓜架百蟲響有客乘水來攜詩就君賞敏恒又有題心城詩稾詩燕雀久喧噪鸞鳳獨孤騫翠柏鬱奇姿高標避春妍鹹酸世異好莫若邵子賢玉壺瑩元冰瑤瑟絃朱絃披吟發遐想領悟非言詮

護門草　悲蔣女也女邑山蔣墅人

青青護門草種之當門前盈盈蔣墅女小字爲眉仙其父出行賈稽留在幽燕眉仙處閨房深得阿

母憐佳人世所稀美名衆所知縣中有吏黠遣媒前致詞詞稱某達官達官第三兒不惜黃金千願求傾城姿阿母大歡喜眉仙心獨悲當待父還家未可輕許之阿母將女言宛轉白媒人媒人恐不諧詭說復津津達官第三兒才技無比倫鴛鴦自相偶鸞鳳自相親阿母不信儂入城廣咨詢阿母計遂決藉媒締良姻媒人復縣吏縣吏急詐謀東鄰借首飾西鄰借衾裯上衣紫玫瑰下裙紅石榴希帔裁綺羅雜珮鏘琳璆一一俱整齊卜日迎好逑好逑既于歸始識媒人誣夫君狂以暴所行實

賤汚糾合惡少年繞牀擲梟盧使我供應對令我陳盤盂皎皎朱粉妝冉冉左右趨自非倡家子安得人盡夫婦勸夫不悛夫恨婦不從數以捶楚加纖膚血縷紅羣狐漸凌脅伺間將爲兒阿母住鄉村音信絶不通活活渭水流不爲涇水淆亭亭蒼松枝不爲嚴霜凋殘釭暗深更虛牖風蕭蕭可憐蔣氏女畢命牀頭刀縣吏驚且恐牀室故焚燒踪跡不能辨拾骨埋荒郊縣吏得無事僦居依其朋那知旬日間怪異來合并羅刹終夜嘯鵂鶹連朝鳴唵唵枕席地慘慘誰梏榜自言蔣氏女來往不

暫停肢體徧疣疾剮刖無完形親朋共舉視閭里悉震驚自來巾幗流所重惟烈貞矢志不可奪上蒼感精誠金石有時毀鬼神莫敢攖縣吏徒爾爲何處逃天刑

陷冰嘆

朔風凍河河不流蘭陵渡口斷渡舟河南河北互成市石橋大道遠三里遂爭捷徑共履冰履冰竟忘水是水渡口日暮何喧闐河南迎歸河北旋紗燈蠟炬光照地急管繁絲聲沸天數百人無一人醒歡呼過河氣豪橫絲輿正及河中央劃然裂碎玻瓈鏡可憐嬌女絶世妝綠鬢盤霧衣熏香問頓發艷珠玉光湘妃攜取歸龍堂從輿之人徇者六餘者幸生黧面目天地震怒譴河伯斯人何辜爾何酷河伯稽首前致辭氓之自取非臣爲坦途奔趨有顛蹶行險安得無傾危嗚呼行險安得無傾危

西谿詞

柴門常對蒼皮樹茅舍安居白髮翁女嫁男婚諸事了賸將雙眼看年豐

丹陽湖

我愛丹陽湖極望無涯岸華月泛銀濤千里明於旦點點雲岫微葉葉風帆亂欲攜謫仙人騎鯨遊汗漫

石門

險絶援蘿上全身是綠陰俯看羣岫小不覺夕陽沈花草有奇色風泉多遠音先人祠宇在欲叩暮雲深

夜别揚州諸子

曉起整歸裝出郭時已暮月影邗江湖秋聲廣陵樹離思浩無涯匆匆挂帆去

偶成

覓句愛新凉蕉衫露微濕竹塘一螢流池明雙鷺立

遣興移家江陰作

世事紛如蟻疎狂百不知出門惟獵酒懷古獨吟詩芳草春申浦清風季子祠醉中來往數一任野人嗤

憶梅二首

舊日尋春處蓉湖第一村鈎簾對青曉倚月共黄昏碧玉聯詩句紅綃遞酒尊竭來幽夢斷踪跡向誰論

泓泓烟水濶翠鳥信難憑有意教裁玉無成空鏤氷年華八共惜綺語我何曾一笑三生事須通最上乘

十字碑并序

在江陰申港季子墓宋歐陽文忠集古錄跋云吳季子墓銘自前世相傳爲孔子所書張從紳記舊石湮沒開元中𠒎宗命殷仲容摹其書以傳按今所刻則宋崇寧元年常州太守朱彦摹而刻之者也後碑斷明季時一夕雷風碑石復完銘曰嗚呼有吳延陵君子之墓

標牧不敢前爲有風雷護十字聖人碑千秋君子墓

永濟寺

小艇繫垂楊尋鐘到上方碧泉流鶴影清篳散爐香山勢隨雲落松陰覆院凉不須登覺岸塵事已相忘

九峯菴訪鄒編修錫麓奕孝

契濶書猶數相逢意自深不須談往事且復展幽襟花氣暖浮屋泉聲清滿林濁醪爲我貰拚得卧苔陰

憶梅逕

莫恨尋芳步屧遲清溪重憶十年時半牀明月梅花夢一院春風柳絮詞藥竈有童勤守護酒杯無病骨抛離如今斷角殘鐘夜雨池寒喧雨不知

題蔡懷峯詩稿後

憶昔我與君狂直同一概論交慕古人賦詩薄流輩分題互唱酬卽物窮變態翹明必奇獲競進無懦退揮毫山雨飛叩鉢燭花碎兀兀驚雨雄悠悠歷數載少年易爲別樂事難久貸君游方汗漫僕

學遂蕪歲貧居飽離愁獨夜夢雲岱七年君始歸一夕復成隊已展契濶情更結瓊瑤佩傾囊出佳什倦眼驚藻績萬象共搜羅百川恣灌溉歛才歸和平沈思通幽眛新編君作傳少作余更悔伸紙倘聯吟袖手焉敢對白玉酒初香紫筍茶已焙自此遠塵氛高齋聆清誨

同吳立羣昇 李小尹穎 張天石應騏 王符麟應

韓園探梅

長溪在園右羣峯在園左園中千株梅意味無不可松寮夕照開竹屋蒼烟鎖數枝破新萼一笑逢

故我幽徑石牀橫微聞殘雪墮誰能與佳期長此抱琴坐

偶書

巢苔何必望同岑鸞鳳鵾鵬各有林夙慕屠龍眞快意比聞談虎亦驚心憒騰醉盡山翁酒拉雜焚餘蔡氏琴莫更多情易惆悵濶雲俯仰自高深

喜遇黃仲則景仁

弱冠抱雄才如君近無兩幸玆一夕會慰我數年想喝月斗酒空彈琴衆山響何事能稱聞不羈乃吾黨

憶昔行

憶昔結交皆儁髦就中尤數華筠湘 蔡懷峯高賓川心雄才大空四海落筆競欲驅韓潮折楊皇荂悅里耳大音自合賡咸韶那知沈淪十餘載健翮未許搏扶搖懷峯依人汴梁去寶川入越帆洪濤筠湘善病髮早白著書退盡千霜毫煥也儀寒累妻子窮年奔走如逋逃秋風昨夜來江皐長林落葉聲蕭騷已哀肅肅雁失侶更見啞啞烏尋巢枯腸一寸萬感集荒徑片月行終宵耕桑歸去無舊業金石何處期新交屢經射策不一售委巷孺子

紛譏嘲丈夫生當　聖明世孰肯老死埋蓬蒿以皮相馬肥相士古人尚爾況我曹題詩吾欲寄三子側身遠望心煩勞

憶柳

青眼相逢處紅欄西石橋水空宜照影風細欲迴腰鶯語聽如昨春程望已遙無情寒食雨滴向可憐宵

懷周南濱王遵

吾鄉有高士家住太湖邊世事東流水躬耕南磵田雲山隨杖履竹樹其嬋娟惆悵一爲別於今二

十年
昨有楊園客傳君數首詩臨風一高咏累日不知
飢花暖斟紅友泉香洗紫芝由來卧名利自得寫
生危

沈明經金鰲

字芊緑附貢生幼穎敏八歲就外傅十三
而通五經大義工詩賦長而徧涉百家兼
精岐黄施手活人不受酬謝顧屢躓場屋
弟子取科名如拾芥而先生卒不遇遊京
師嘗設館黄氏今江蘇巡撫奇公其高足

弟子也集中有憶黄氏昆季詩其三云可愛黄家季嶄然獨出羣能將英鋭斂不使步趨紛辛苦幾三載帚藏冠一軍祇嗟時命蹇發軔悵青雲註云奇某年十五府試冠第一以丁艱未與院試蓋大器之成先生啻之
熟矣奇公秉節三吳惜先生之不及見也
先生卒年六十著述甚富有尚書偶筆易
經偶筆詩經偶筆大學原離騷心箋體晝
吟金石訂例藏於家其醫書曰沈氏尊生
集奇公爲方伯時梓之問世多所稗益云

張肇衞惠茶詩以謝之

昔人好投贈投贈重桃李意與物相將匪物之爲
美君今惠我茶味以淡而旨嫩色餐朝霞香氣襲
口齒燃竹汲甘泉颼颼松濤起

出門留别内子

我生三十載籧直買寒饑累汝甘辛苦糟糠竊自
私窮達固有命彼此各安之相逢在瞬息情勢寔
參差牽衣今話别汝母囑歸期行跡如雲萍久暫
無定時說盡游子心徒增汝涕洟

咏懷

不羡冠蓋客前後擁高車不羡紈綺家珠玉綴衣
襦食盡庸庸福無過成鄙夫但得泉石老時亦自

荷鋤繞宅植修竹鮮美池中魚看童數鵝鴨命妻
薙圃蔬謝絶塵世交往來皆樵漁圖書貯滿屋朝
夕供菑畬讀書不爲名聊以補吾愚此樂亦何極
言之心神舒

新安諸山皆犁爲田望之塍畦整密荳麥懷
新率然賦此

鑿山取玉玉滿牀鑿山種粟粟滿倉有玉纔寄可
不食有粟堅好堪充腸玉兮粟兮孰貴賤持玉易
粟價豈償歙州之民勤本務耕作不宥遺高岡岡
頭山骨盡開辟斬劃榛莽泥沙揚縱阡横陌互分

界彼此封洫無侵傷離離蒔麥整且斋山風四起浮雲張荳花間錯羅綺裂細草鋪襯皆鮮芳雉雊初肥試文羽野蠶乍織繭色黃我行正值春夏交山田麥秀俱森芒大姑揮鋤小姑餉阿翁駕犉阿婦襄可憐遊蕩豪華子㝵田一任都蕪荒窮鄉細民耐辛苦不惜胼胝求膏粱人生富貴有何定只有儉勤堪相將歙州之民風古茂能令隙地成農桑

抵舍時漏三下矣聞弟侄輩讀書聲徹戶外不禁狂喜

攬衣登岸急遊子乍歸情月影當街寂書聲入夜清喜狂頻欵戶別久猝忘名相揖還相慰歡然繞短檠

漂母祠次朱十二緬梅韵

舞櫂祠前過孤懷竟若何依城輝棟宇古木絡藤蘿一飯原非異千金那足多相憐別有意渺渺對江波

淮城喜晤華師道

惜別已云久翻逢客路岐文章親老輩氣誼等㝵師相見渾如夢欲言無一辭歡心還未已重復悵分離

微山湖二首

行盡江南路郵程記渺茫衆流歸巨浸羣木蔽崇岡岸濶秋風冷天晴白晝長推篷引領望沙渚雁迴翔

煙光動林際湖水杳無窮日映氷紋碎波搖玉鏡空亂帆歸極浦斷嶺帶長虹淼淼前頭路舟行快御風

沛縣

一棹過平溪沿村翳棗梨野航秋渡濶孤鶩暮雲

低嶺樹中分魯郊坰互入齊泗亭留古蹟烟靄閒門西

顧晴沙侍御

壯歲標名節霜威重諫垣直言方諤諤抗疏在元元入省密封事退朝堅杜門忠宣遺稿在斗室細評論

白雲精舍

古寺斜垣四合圍迢迢隱隱屐遊稀當門萬壑白雲靜背面一峯嵐氣微只自榮枯見苔草不關興廢入禪機驚人小鳥爭飛起墜落山花沾客衣

吳孝廉家鳳

字鳴高號梧岡戊子舉人健于爲文文必求工而止平生手不釋卷口不輟吟年四十七卒所著隨手散失錄其流傳人口者

禹範三叔以漁樵耕牧四詩見示余謂讀不可少口占一絶

漁樵耕牧讀處處把書看只畏風塵裡關山馬足寒

雜詩

半江斜照過瓜洲回首金焦是舊遊岸葉隨風帆

外落客心先斷故鄉秋

南船將去北船來湖上紅蓮摘復開人散黃昏波未定白鷗欲下尚徘徊

過上舍錦雲

字大本號郁畬國子生居邑之八字橋試京兆不售錦於杜曲江司寇家偕之入蜀居數年旣而度隴又數年卒於隴中

丁酉暮春送博園東歸和杜曲江司寇韻

一尊今夕酒且醉平心堂（署齋額）把臂感君意忘形容我狂巴山春夜雨棧道蹇驢霜此後孤吟者雙魚墮渺茫

宋玉悲秋去延陵觀樂還（宋肇周吳雲勅已先歸）晨星隨雨散弱絮被風牽樓笋家園樂江山客路偏君歸語鄉里難上是青天

顧明經斗光

字曜七號謌齋歲貢生雙溪之弟也短身豐貌博學能文工詩與兄齊名而卒困於塲屋就家教授諸姪卽雙溪四子敏恒斅愉敬恂㪟憲及兩甥楊芳燦揆也皆禀異姿不數年蜚聲文苑謌齋晚遊楚蜀閒爲黃州書院山長竟卒於黃著有翠若軒詩

若干卷列女樂府若干卷（謌齋教人由小學入大學有勵姪詩四章其一云短日易暮長夜難朝一室兮寂寥吾願爾兮毋逍遙儼若思兮爲敬立爾足兮以牢詩書之外毋預爾事胡爲轉瞬之閒而出入者數次其二云吾欲鍵吾門不如爾鍵爾心周公坐待旦大禹亦惜寸陰專視者目不見輿薪專聽者耳不聞雷音整爾籤無使架上有亂書飭爾服毋使衎上有皺衣硯時滌几時拂不爾者且有塵染之塵染於外不能去垢集於內安能治其三云寒無衣飢無食此中往往出豪傑抱犬以過冬畫虀以度日爾豈不知之當以彼爲師師其勤苦無寒飢易哉讀書爾非頑鈍資好學好問則汝嘉自暴自棄人共嗤其四云人孝出弟爲本根無倨於長者而傲同人便可軼羣而絶倫法語之言改爲貴毋今日面從而來日泄

有所思

有所思乃在天一涯君去後遺妾雙珠金雀釵莫覩金雀釵使妾淚滿懷駆駆車輪那得四角勸君覓封侯是妾初計錯人言君有棄妾心香囊親贈當壚人嗚呼君縱忍棄薄命妾決不忍棄玉雪嬌兒白髮親瀟瀟夜雨喔喔晨雞當年分手曾訂歸期

登聞鼓

登聞鼓聲鼕鼕進者奸罷者忠太學奮起書生東率衆伏闕回宸衷無官守無言責生不識李綱死

爲扶社稷忠義之氣彌蒼穹登聞鼓聲鼕鼕假使國家用艮相二后高拱居深宮登聞鼓聲絶書生憤彌切攜手同行訪比干撫州復有歐陽澈

醴陵道中

數旬事行役故里荒松菊一棹入相江終日衝濤瀧江之畔兮千萬山鳥入雲兮徃復還忽烟生兮天末見茅舍兮數間木葉脫兮秋欲去杳冥冥兮風而雨望靈均兮在何許

晚行洞庭湖中

欲落未落夕照稀野漫漫兮風淒淒九疑微茫在

洩與昔同余揭此于座勵爾兼自勵庶幾德日起而大有功

行路難四首

君有鐘鼓須擊之君有衣裳須曳之君有車馬休教東西南北馳丈夫遇合會有期且各安分休嘘唏一朝掉臂出門去故人所在便欲求提攜金石有時而銷鑠陵谷有時而遷移君謂人心可長保將來行自知目前不用與君道

平地有嶮巇蹉跌不待太行山陸走有風波傾危不必灎澦灘肘後既無雙飛翼目前那免行路難今日孤蓬征明日敝車駕道逢軒蓋八騶從相呵

叱但知鵰鶚善翱翔不識鵾鵬有變化

葡萄美酒琥珀樽鯉魚之尾猩猩唇華燈高張坐衆賓擊鼓吹笙夜向晨艷姬蹋筵舞數巡樂事恨不垂千春中有一人向隅泣下思兒女上思白髮龍鍾親勸君束裝早歸去入門一笑歡公嫗

鬱陶復鬱陶爲君拔劒歌且謠君不知之謂我驕不覺涕隕如珠拋踏地地自厚跼天天自高羈棲旅泊那能久名韁利鎖偏堅牢嗚呼行路難在家好寧食力而飢寒勿依人而温飽衷懷八九不得紓俯仰伺他顔色好

天際但見哀猿旅雁呌嘯而翻飛駕一葉之扁舟而杳杳乎不知其所歸

招費蘭谷

木葉落兮紛紛天澄澈兮無雲渺惆悵兮思君君何爲兮不聞寂寥兮獨處持修綆兮汲古苔斑駁兮重階鳥間關兮深樹締素心兮積日欣學合兮咫尺笑故我兮踈慵遲伊人之步屧敲棋兮論文于斯二者君擇

茶竈兮筆床入浦漵兮泝辰陽湘簾兮棐几朝五

經兮暮三史唯麗澤兮相滋有景行兮行止欣聚首兮在今毋金玉兮爾音山之色兮深青秋爲氣兮蕭森長鋏兮將歸與子期乎董帷飲嘉蔬兮一箸啜苦茗兮一杯

楊東里

布衣入翰林當爲知已死率先迎成祖身與王魏比毗佐三朝多相業所嫌一生少骨力東西南共槐棘受顧命爲羽翼權奄已在少主側太皇太后變乎色先取權奄數其愿宮嬪加刃將就殛美哉幾不易得奈何不贊太后贊英宗叩頭求免王公公

寧武關

曹善戰周善守寧武關前賊尸臭假令兩將將十萬可以殄滅兩劇寇惜乎十丁砍一丁脫帽之策賊亟行臣力竭矣繼以死雲車風馬天公迎更有夫人劉彎弓踏岑樓箭鋒所值賊命休烈婦旋件忠臣遊諸將降表若綫投彼恐關將多是周社稷尚可蒙天庥

詠史

俯仰宇宙間自然成文章人爲小天地璀璨于中央熊熊露百怪灼灼吐衆芳馬班既聯鑣李杜亦

抗行在生足窮愁沒後存者長區區富貴人焉能與頡頏

吳起遠事師母死不奔喪子輿叱之去其聲竟滿堂縱使還鄉里何顏立人行乃知聖賢人所重在紀綱紀綱紀綱棄不顧禽獸而冠裳

新臺與牆茨循環彰報復人倫旣掃地理宜速顛覆朔也殺兩兄靦顏作民牧嗣君仍享國天道反冥漠狄人志滅衛一戰事已足乘軒鶴何知奮翼免誅戮吁嗟昏主肝竟棊忠臣目

哭表兄黄仕周

自古皆有死而君在壯年寢疾僅十日奄忽竟長眠憶君生丙申齠齔罹屯邅嚴君早捐館鞠育仰母賢松柏犯氷霜耐寒節彌堅誰知孤已長一綫不復傳舉棺將殮時雙眸尚炯然知君戀慈母欲恨歸黄泉生平重氣誼然諾無遷延一毫不苟取見義身必先視我如同胞綢繆意拳拳一朝別我去此去何日旋三十未有室無子當問天唯有從父昆相顧淚潺湲人心非木石見者靡不憐形骸等浮萍豈有根荄連苟非王子晉誰能作緱仙

庭菊

秋光去不還天氣何瀟灑吾亦愛吾廬菊花秀而野根盤古壁門葉滿疎窗下雖非陶靖節相對頗幽雅靜依數卷書終日無車馬擾擾眼前人誰是閒居者

鄖縣陳孝婦劉氏詩奉和吳白華學使原韵

捐軀活尊章忍痛過飢刎孝感動天地此理焉可誣教孝有專經內則比典謨兩間血性事無意于衒沽疵以不可訓亦復何爲乎鄖縣陳氏婦餅盤家無餘乃夫一畝農耕稼拋詩書婦幼爲養媳勤事舅與姑織作似天孫烹飪如雍巫自啖惟苦菜自饔無完襦姑初抱危疾拾薪熾藥爐剜肉投藥內姑愈行跦跦未幾疾又篤大限無地逋孝婦中夜泣徑寸加踟蹰籠內有一雞提之悄入廚長跪告于天彼蒼或鑒諸割雞并剖腹突出肝難儲引刀刲其半一味爲珍腴裂布縛創口仆地人糢糊有神喚之起有神掖之趨作湯進姑側姑飲病忽蘇厥湯香不已有若風吹噓姑活婦歡喜婦憊神持扶姑偵得血衣抱哭迸淚珠令君爲感歎親串兼悲愉延婦見內子燕以杯盤壺捐俸買陂田兼牧羜與羭膝下有二子教養收官租錫名令延師

昌後當何如理合得簪纓發跡于稷耡智者獲美報誰能及其愚紹續已有人翩翩兩慈烏

懷楊氏甥蓉裳

弄筆爲詩詩已多才華奔放如黄河問爾何從得詩癖外家二舅就吟哦惜爾不曾見大舅與我周旋四年久賞奇析疑欲常聚飢寒驅之使離剖草堂八月天氣晴左右清明多書聲同人歷歷皆在念就中尤憶關西生生居北里饒經史貞率齋中恒卧起嚴君消息近何如慈母操家將曷以當年乃祖種梧桐延我設絳前榮中嗟爾嚴君猶總角

受書問字稱童蒙今日梧桐大如斗主人年年向外走早知俗諺若蓍龜定攜斤斧尋其後（諺曰梧桐大如斗主人向外走）旁枝童禿幹輪囷樹猶如此何況人我來憇息此樹下感慨竟與前賢均彈琴未有子期賞晝粥姑守希文貧且待重陽理歸棹與爾登山豁懷抱

客有談湯陰人燒秦檜之事者詩以誌之

秦檜害岳公奸于明相嵩湯陰之人或以箆編秦檜身紙障于外空其中歲初列市上買得委厠東藏垢而納汙充牣至歲終爾時譬于惡滿貫押檜

出街萬人看一炬焚之臭穢彰痛罵聲聲徹霄漢嗚呼此之作偏知何人年年秦檜尸揚塵

寄晴沙弟（晴沙由甘涼兵備道從四川制府文大司馬贊畫軍務有新詩數十頁寄與楊質谷閱竟有感作此寄之）

夜坐寧憂牕戶暝影借燈光來合併一編風雨抵專城萬里江山歸短檠書生新踐戎馬塲指麾如意嚴軍令軍前音耗殊寂寥親弗懸懸走相省共言王粲獨登樓豈識岑參自高詠蜀箋累幅寄關西據鞭想見秋風競吁嗟金川不自量負固徒然作梟獍但知井底有公孫妄意軍中無耿鄧吾家虎頭飛食肉釜底魚游憐乞命摧枯拉朽何足言況復上有　天子聖吾弟少年掇科甲自好雅與前賢稱給事黃門喜直言不肯媕婀如麦賸一麾出守賀蘭山長孺外補咸知敬請纓不獨比終軍持節時聞抗嚴鄭幕府虛懷復愛才知無不言言必聽攘夷急患有是人晉秩酬勳拜嘉慶郎今二親正康健無慮庭闈缺溫清詎夫不壽雙溪逝仗君一旅爲後勁（先憲副遜年實止三進士洞陽公後）陟降在庭先憲副英靈照照若秦鏡羌余偃蹇成獲落悲哉秋氣貧非病飄然秀句來逼人清夜沉沉動吟興

恨無羽翼與高飛橫過千山來相顧（晴沙詩中有相顧行）

小孤山夜半遠眺寄雙溪兄

少睡宜眠晚停舟眺夜闌雞鳴彭澤縣月照小孤山浩淼雲林外飄颻風水間遙知氷署內坐話客途艱

己卯春杪自滬署還家留別大兒郎次兒送別元韵

磨琢瑕難盡邅迴懶是眞邪知衡泥客偏是閉門人寂歷形酬影支離世與身終當珍素履不使受纖塵

姑蘇臺

且喜沼吳日姑蘇臺尚存君心戀西子臣眼掛東門盈滿竟如此傾危難與論區區營土木可是滅亡根

恐草庵訪楊篔谷及姪顈伯

突兀千崖上欹斜一徑寒水聲喧腳底山色湧簷端此地不來久故人相見歡探幽還未遍那得坐盤桓

坐寄暢園聽楊令貽吹簫

萬木森初夏清陰昭令顏水從山曲折人與石潺湲楊善琵琶有自製梁溪引細雨不時灑斜陽一角殷不知誰是客赤壁蕩舟還

訪吳一峰

我愛廷陵子繩牀坐片時一生貧病傲三絕奕書詩握手仍無語離羣獨爾思莊生鼓盆後撲簌淚如絲

遊琵琶亭謁香山像

骨幹峻嶒唐諫議水天空濶古江州當年官已稱遷謫此日吾方抱旅憂同有青衫承客淚更無逸響發中流琵琶詩句分明在楓葉蘆花滿眼秋

秋日和大兄韵

別却梁溪駐武溪登高遥盼楚東西驚風捲地憐蓬折素月流空有鵲栖寒動刀砧衣半綻倦依蒲枕卷仍攜而今粗識窮通理工瑟何須數詣齊

和大兄韻四首存一

石屏磯枕位虛堂火傘當空午越長暑羨魚龍居水府夢爲蝴蝶宿花房極清疇可方孤竹太簡無庸議子桑頹放常應留古意不教名檢墮蒼茫

哭周捧齋侍御照

抱疾歸來鍵戶庭俄騎箕尾上青冥同時殯葬有

七柩舉族憑依止一丁君太夫人寡嫂季弟弟婦二女子皆先後歿于京師又單傳已久期功之親皆盡一子定國年八歲夭折孰從泉下問榮華似向夢中經他年誌傳須良友謇諤言曾聳　御聽

三月三日寒食雨

三月三日愁百端杜門獨自檢書看良辰無出上巳上苦雨可憐寒食寒到處泥塗修禊窘漫空雲霧禁烟難人言終有晴明日待得晴明春色闌

重九後一日入山哭雙溪兄

遂初賦就製荷衣刻日言歸竟不歸宦槖尚留詩稿在殯宮空有紙錢飛只今泉下精靈杳還似湘

思賢設建文帝位率諸生六人哭之皆死名齊方景精靈赫祠合陳王
廟貌新漳州以陳公與王石叁共一祠貫首免教從靖難碎身誓
不作遺民鄴山書院漳州學悵望音徽一愴神

珍山四叔父招陪泰岵齋飲慧川園賞桂作

別業足徜徉依然舊辟彊沽將竹葉酒恰值桂花
香入座賓朋肅披襟笑語長青苔帶山色瑩澈鑑
溪光小隱城東癖耽吟硯北忙全家饒景福一子
宦遐方時晴沙弟權四川按察司篆劒閣音疎澗金川寇陸梁
不虞蜂蠆螫反使虎貔創小小傳遥警凄凄念國
殤時同邑內閣中書王日杏鄖都縣知縣楊夢槎俱殉金川之難荷戈憐士卒借

梁溪詩鈔　卷四十六　三六

箸佐巖廊生長昇平世傳聞戰鬭場五溪看站站
八陣立堂堂勝敗原無定么麽詎足當射人先射
馬擒賊必擒王蠢爾堪遙度時哉共際昌書生何
所有君子道其常欵欵衷懷赤駸駸夕照黃欲行
仍被肘且住又飛觴八月猶炎熱深更共畧商此
來歌既醉再謁待重陽蔗境邀三錫椿株萃百祥
伶俜如小阮提挈莫相忘

吳一峯自蜀歸飽若洲摘其遊草中佳句繪爲十冊屬題十首存三

披松如岸幘面目太嶔嵜笑向山公說何時倒接

南音信稀一度遊山一悲慟獨行踽踽欲誰依

遥輯梁溪詩寄晴沙弟

乾坤清氣鬱西神散碎文章漫炳鱗朧底丹黃無
由筆眼前錦繡有傳人支撐一代輸倪瓚領袖諸
公仗李紳他日輶軒過江問好收此卷辟車塵
詩名若箇走天涯豈有錢郎姓氏埋零落收來如
棄子叢殘拾出等遺骸精靈千載長凝聚面目祟
朝被拭揩倩語同人休袖手畧分寸晷助編排

答晴沙弟川中來書

指日王師奏凱回蜀箋屢自劒門來當車已斫
蝗螂臂先平小金川籌筆還居獮鷹臺久於陳臬詩到兩川

梁溪詩鈔　卷四十六　三七

高一格酒臨八陣酹三杯古今得失終無定巖武
能知杜甫才

懷王錫公建德

傳杯角藝尚青春不辨雌雄共甲辰錫公與予同甲辰生十
上公車猶壯盛一爲外翰倍清貧俗呼廣文爲外翰林莫云
建德非吾土尚有頭銜署此身若問彥先瀟洒甚
茶官橘部印章新

漳州弔古

一哭偏能明大倫諸生相率伴忠臣永樂新詔下漳州教授陳

蘿斜麻灣句曰怪石立如人却借松爲幘第五冊
有客踏雲去雲開徑更幽秋山偏善謔撒葉打人
頭黄嶺驛句曰萬山黄葉下一徑白雲飛第七冊
雲有沉山意山沉客倦看山知有客到迎送立雲
端雲勢如翻海山沉忽乍浮第九冊

蜂

花叢冉冉又穿簾早晚營營蜜課嚴畢竟功成方
有味十分辛苦十分甜

旅泊思親

匆匆拜别意如何色笑睽違半月多兒渡洞庭纔

一日親心何日不風波

春日訪岵齋值其攜桃歸種戲呈一絶

高軒月上主人回買得名花課僕栽曾否外言傳
入内桃根桃葉已偕來

黄上舍世則

字正衡號可亭國子生平生無他嗜好惟
好吟嘗自序其詩曰余之文得所師而不
成藝余之琴得所師而不成操余之書得
所師而不成體至於詩則未有師也人皆
余師積年涵詠而稍有自得也手集梁溪
詩滙竭數年之力山陬水湄敗笥敝簏中
靡不窮搜同時余兄謗齋亦疲於是役寄
余書曰選詩難購詩尤難所至輒爲黄可
亭奪去意甚不平余曰爭此必雅人也奚
不可及余歸田而可亭以其所輯詩來歸
兹鈔中大半皆詩滙槀也其爲人慷慨好
義内行淳篤屢困京兆試年四十二卒其
詩曰半舫詩鈔

讀書古東林院追懷邵文莊公寺在城南保安寺左係邵文莊公舊講學處顧端文高忠憲改築于城東弓河

二更古寺一燈青獨憐古寺近南城白酒青燈坐二更文莊公題古東林句芃
閣秋風語刹鈴鈴語分明談往事蕭蕭落木晚柑
亭亭爲公築今圯
叔世難容眞士夫閹劉傾軋一身孤拂衣逕向山
中去滴露朝研點易硃今惠山桃花塢有文莊公點易臺滴露泉

同欄香遊石門次韻

登山必絶頂選幽必深谷青青彼中阿于世謝榮
辱遥望陰崖雲隱隱石門屋攀蘿一俛仰延佇成
遐矚
細民競錐末志士惴人後擾擾非一途其欲兩靡

究撫脫利名間清氣塞宇宙一笑春鳥飛何如野鶴瘦
蒼蒼山上松泠泠山下泉松挾泉聲流泉與松聲還春歸花在澗客去鶴掩關時聞石枰上落子白雲間

梅里太伯廟

梅里風烟近古初依稀還認讓皇墟遥從斷髮文身後想見耕田鑿井餘天下讓三宣聖筆世家第一史遷書祇今風教東南盛比戶絃歌至德居

張孝子詩

梁溪詩鈔 卷四十六 三十二

張父登舟墮水孝子負之出力盡死於水

南塘烟水清漣漪掛帆穩趁波濤嬉漁舠估船互出没開頭振㧡無傾欹今年五日水爪蔓濁浪如山驚拍岸田廬漂没無高低舸艦當風忽零亂溯淌一聲起大波波面看人作胡旋張郎孝勇驚吾曹赤手竟與魚龍鏖鼓鬣揚鬐魚龍逃抓父出水登瀨皐鮫人宮裏歸來獨思子臺邊淚頻續古來只有曹娥江斷碑風雨江波綠嗟乎曹娥死抱父屍出張父生還終未没曹娥乃得及張郎伯賫之上招魂鑄像千載鎮南塘

同朱欄香宿近山閣聞鐘限韻

虚閣夜投宿窮陰逼大冬寒衾戀殘夢野寺報疎鐘帶月還沉澗隨風漸出松客心渾欲動身外萬山重

草庵僧述葉敬修事爲賦二絶

結得三生清淨緣金篦刮眼見真詮閨中少婦亦禪侶兩兩蒲團七十年

剸盡膏腴爲濟貧待君舉火遍荒村春風吹得窮簷暖不數當年漂母恩

讀史

梁溪詩鈔 卷四十六 三十三

亭長竹皮冠巍然作天子惜此將將才不假制呂雉

書欄香閣詩集後

郊島清標在耽吟合耐窮老堅名士骨貧稱樂饑風有冢堪埋碣欄香嘗欲於九峯置石碣列邑中詩人姓氏號曰詩冢無金可鑄翁燈前攤舊槀淒絶不言中

次韻苔杜受茲 椿

淳古襟期澹蕩人浣花才子葛天民門臨秋水偏宜畫座有春風不礙貧林壑着殘幾兩屐烟霞坐老百年身還將濁酒消詩債時喜牀頭得句新

次韻酬小山先生見贈半舫詩

世故日未已喧豗役塵勞拙鈍自引嫌避客甘衡茅朝遊過僧寺晚吟度溪橋十畝足荷鋤去莠扶良苗顧笑車馬客塵途逐煩囂嘅我方盛年淹滯虛昂霄晦迹轉自喜翻然就林皐傍水結數椽半舫名新標駕舟豈言遠著力上水篙風恬片帆穩鎮定無驚濤宗伯一代儒林下酣逍遥晨夕聆清誨足補詩腸枵高齋亦名舫兩半合自饒（先生歸田後築室惠山祠旁額曰半舫來詩云余舫在山麓君舫臨堂坳余舫多畫具君舫餘詩瓢合之應共濟分之各停橈八十一人來伴作忘年交時先生八十一歲）譬如覆杯水一芥分

塘坳載詩亦載酒吟興添柳瓢江湖秋水多欲濟無蓀橈潔手誦贈言感愧忘年交

次韻吳棠泉先生半舫詩

十年元亮到林邱半舫頻來共卧遊止水不波簾不卷滿牕烟雨蓼花秋

秋日同王龕山（一峯）涵齋（千仞）朱書莊（雲駿）劉復燕（玉敎）壇武（尊素）顧曉芝（維錫）集聽松庵觀邵文莊公溫硯爐（時爐甫自邗江奉縣移文歸錫）

榜榆韻事迹先民合浦珠還自有神一器尚傳君子澤百年彌見士夫眞牕寒却借琳宮煖花粲先回筆海春廿載護持邗上客（方西疇名士壵）歸來還結竹爐隣

邵文莊公溫硯爐詩并序

爐質銅形方而檔虛中受水上二穴承硯及盂篆文爲膠山安桂坡製其詞則公爲之（銘云者有藏水寒有氳火旣濟且和燮理在我彼鼎我硯制殊義同汝革汝從惟金在鎔功成斯文而不自有左右置之歲寒良友）邗江方西疇士壵得之市集同人倡和爲消寒會丙戌夏送歸吾邑爰貯惠山聽松庵與性海所製竹爐並垂不朽

造化一大冶機緘互閉啟有明武宗朝二氣違燮

理閻劉勢炙手攸灼延未已文莊聖人徒肯向冰山倚拂衣歸黙易三冬夜向子牕寒硯若冰硯爐置棐几坎離調陰陽香生硯池水客春（名堂）春融融筆底江花紫維彼膠山翁鎔冶雖小技外方而內圓乾坤隱泰否調元想巨儒參贊憑素几

硯耕書屋

晨起耨朝旭晚來畊夕陽家人掩口笑曾不見登場

陶然亭題壁

城闉寂歷秋蕭瑟幾點寒鴉亂秋色匆匆客裏又

重陽來剔漁衣蘚花石 亭爲江漁衣所築有記嵌壁間

敝裘

敝裘依我舊情亦同故人念茲關山路相與隨風塵朝攜暮復挈風霜均苦辛索疵何爲者適用多所欣如裘尚終賴而況平生親

宿遷舟次輓吳侍講易堂先生 鼎

憶餞都門外同聲說二疏清餘兩鬢雪貧剩一囊書豈料辭官後旋悲易簀初江湖淹旅櫬何計返蓬廬 先生歿宿遷舟次

孫春臺中翰 永清 假歸枉過話舊

鳴珂春到鳳凰池秋老江南乞假遲萬里壯心看故劍一尊知已入新詩海東精衛風濤慣堂背萱花雨露滋 吾母以兄銜貤封 今日烹泉共君飲鄉山須憶菊編籬

江枕滄下第鬱鬱失明詩以慰之

文壇畏君如畏虎抛擲瓊琚同塊土可怪都門百貨居君偏韞匵無能買今年再折凌霄翮蹭蹬奇才老淒惻胥諜歸來正不堪況復眼光如漆黑生花有筆欲橫秋爲君洗眼驅牢愁勸君莫下鮫人淚平地明珠散不收

鄒小山先生歿於汶上舟次詩以哭之

黃髮歌天保蒼顏謁帝京臣心常戀闕汶水忽騎鯨異地收骸骨孤舟一死生啾啾啼大鳥殘角戍樓聲

聖主褒崇極恩波似海寬歸田還詔糈 先生以祝釐入覲恩賜在籍食俸 沒齒復遷官 歿後晉贈禮部尚書銜諭旨祭葬 萬壽圖鳩杖 萬壽日奉旨圖先生像爲在籍大臣九老 二泉餘石壇 先生在籍時與宮保張泰開諸人續碧山吟社 枌榆典型在品節歎俱完

高忠憲公水居敬賦

一樓小於舟四面蒹葭水湖山環堵間人坐空濛

裏緬公衣帶表盛節炳青史心共止水清名並高山峙想當讀書時瀰望具可喜遙山帶書帷浦溆環棐几子往 吳 不速來季思 歸 亦時止相攜月波上湖千月正起今我來斯樓嗟踰二十紀歸焉魯靈光春風在中沚

暑盛忽雨

炎歊如炙室如爐庭樹從教漸向枯蓦地小窗涼雨過松針齊簇小明珠

高忠憲公可樓用韻

讀書何處訪遺蹤 土人呼讀書樓 短棹遙牽露葦叢半畝

宫闕山四面三間樓占水當中清流禍且同元祐黨將編成數(上聲)鉅公薄暮漁村一聲笛白蘋紅蓼起悲風

相逢行并序

晝莊官蜀不見者十年丁酉秋余復以試事來都君以隆昌卓異集　輦下握手殷然道故不復知旅況之寥寂也爰作相逢行且補祝君之初度焉

蜀山嵯峨西復西夢魂應到梁清溪故鄉音問輒遼隔故人一面嗟無期揭來君身生綵翼乘飈就

日金臺側我亦春江鼓揖來三度觀光集上國十載憂思雲樹間一夕相逢燕市北客久乍聞鄉語好挑燈細認今顔色君甲初週余四旬余髮且蒼君雪白天涯故舊去者多翻因此會惜蹉跎相逢莫道平生事逆旅傷懐無奈何但言努力各自保竹節筠心矢堅好記取無華悃愊眞(才優守潔悃愊無華郎君報最考語)扶輪大雅非草草今朝執手且高歌明發驅車各長道

除夜讀響泉集

浮生幾除夕除歸不知處茲歲度匪虚樂與響泉聚世俗重高爵鄙意非所取乘權爲達道道重人克舉吾鄉百年餘理學一逕去前明邵(文莊)顧(端文)高(忠憲)遺躅悲風雨賤子竊有懐喟焉神自沮崛起幸響泉仔肩力甚巨庶續道南燈重復東林緒詩文及書法餘事俱入古今春惠琦編酬答意無忤開編走靈氣倪几對烟樹讀之嚥氷雪再讀瀹肺腑石梁駛清流子夜淙雲乳時與好風俱恍見山月吐已晤劍南翁復揖浣花杜浩歌寫奇懐筆墨情性譜良由所持正眼光復似炬所以落筆時萬象聽斤斧讀罷三嘆息一編如晤語掩卷不能眠爆竹聲如許

韓秀才雲俊

字仲湘一字雲卿諸生美丰儀能詩文工繪事爲鄒二知宗伯入室弟子宗伯家居時仲湘每代爲設色見者幾莫能辨卒年才二十有八有紅蕉遺草(吳斧仙題詞云生來竹影瘦那復彈甘蕉好是紅闌外時開碧玉簫封姨曾結社香國與天橋此日江南北同心賦大招顧敏恒題詞云畫苑徐熙筆詩家謝朓才斯人尚風雅遺骨已蒿萊思古文成識情多語易哀淒涼嗟伯氏和淚檢瓊瑰張雲璈題詞云不信年華似水輕冬郎才調鳳雛清底須桐樹爭看貴却惜香奩最擅情篋裡塵霾零素色天涯風緊斷鴻聲)

憐他此後西堂夢酒冷燈殘未易成楊芳燦題詞云瓊枝萎露幽蘭死破冢寒灰泣才鬼遺文零落委青箱魚蠹蛛絲兩三紙記昔遊君伯仲間風流文采恰齊肩纔看春柳憐張緒早向秋風哭茂沿夌雲賦就難高第彩筆淒凉半途棄始知白首困青衫猶是文人眞幸事似綺年華過眼悵虛星黯黯夜臺長惠連池畔無青草思話齋頭尚白楊名山寂寞千年後何計爲君圖不朽死友慚非范巨卿奇才應試王延壽秋齋擁鼻百回吟不盡懷君輾轉心隣家何事吹橫笛竹下同誰撫素琴吉光片羽欣無恙寄語重泉莫惆悵絶調寧教空非埋哀音恐聽秋墳唱殘燭青熒月影寒夜闌歌罷重辛酸還憐老屋西頭客長對秋燈掩淚看

野望

幽居悵寂寥登高散游目白雲依遠山青烟染茅

屋好風從東來郊原雨初足時聞幽鳥啼人影隔修竹

春陰即事

雨絲風片幾曾休日日濃雲繞畫樓蘭蕙香銷簾不捲一春多半替花愁

春日陪鄒二知先生遊惠山

畫扇攜來自謝家時先生出畫扇贈余行行不覺帽簷斜聯翩人影雲頭杖淡冶山容鏡裏花古寺移時逾寂靜東風着處總清華名泉一向供幽賞此際相看落晚霞

暮春偶題

紅雨紛紛畫掩扉綠陰濃處惜芳菲留春欲倩楊枝綰又恐春隨弱絮飛

秋齋臥病偶成

索居容易感流波長夜迢迢更奈何一種風情沿未得倚欄猶是問嫦娥

梁溪詩鈔卷四十六

受業高　臣鼎　立人校

梁溪詩鈔目錄卷之四十七

梁溪詩鈔卷四十七

梁溪顧　光旭　華陽氏集

國朝

馬司訓景成

字承天號半湖撿貢生官天長訓導性豪逸善飲能詩少師事楊端操先生才情横溢而不踰繩檢垂老杜門擯絶造請如是三年除博士在官半年卒所著有詩古文稾若干卷藏於家

四野

四野均沾浩蕩恩蚩蚩偏畏吏胥尊赤貧有籍編朱戸粉字無人寫華門立骨行尸懸待解飛頭借面罪同論杞當交代時賑籍爲奸胥增竄多遺濫楊笠湖攝杞篆行縣查得無告窮民逾萬并廉胥賑者懲之幸逢杜母親存問肯把饔飧換子孫

固陵謁許忠節公祠公名逵字汝登

宸濠當日啖神京只忌江西副使名若使雙旌屬忠節何須七月待陽明先機屢阻摧䃣策臨難空餘捧日誠俎豆只今崇美報山河氣壯鳳凰城

舟中讀楊勗齋詩集

寒潮上下大江邊誰遣扁舟獨扣舷啼到盡情孤

鳥性忝來佳句小乘禪傷心酒後空饒舌衕髮燈前不少年最是漁歌聲未斷布衾寒擁五更天

劉秀才牧

字樊川號棨齋諸生本儒先生之元孫工詩文著有棨齋詩草

三緘圖

金人但緘口吾願緘以心大道匪寂滅德音古所欽胡爲周廟中守口當規箴希聲澈妙悟無言理易尋披圖叩寂寞一黙成古今

讀舅氏南林先生漢印歌次韻奉和兼寄陳

禹疇嶽青昆仲

城南二陳稱好古一編纍纍金泥封重規叠矩溯兩漢兼以魏晉形模通職官姓氏畧可識商盤夏鼎同欽崇古人切玉如切泥撥蠟尤妙鐫金銅龍拏虎攫瘦蛟舞星斗錯落將毋同銛鈒短戟互類印體兼衆妙神完充摩挲萬遍未忍釋書肚錐股摹難攻化工可思不可肖土花半蝕彌玲瓏舅氏家復藏此本兼採名狀供詩筒石鼓韓蘇兩卓越新詩鼎足追古風欲從先民徵典則肎與時輩爭凡庸慨自六書遞遷嬗莫辨爾雅箋魚蟲籀文大篆九千字後人變亂訛靡窮苟從先代獲片字傳重聲價踰千鍾况忝制作漢魏晉表章奚讓球圖琮煌煌模印分八體丹砂生色氣吐虹我初幸得覩眞面徒對繭紙摩雙瞳尤物世間詎易識廬山向背雲猶蒙自從好句穿牟尼驪珠歷歷傳遺蹤精瑩髣髴照四座如玉離璞金初鎔印久剝落易侵蝕惟詩不朽無磨礱高人寓意不留物迯離過眼等霧淞手披一卷自怡悅左圖右史交橫縱就中故事能徧述書生事業高夔龍典文該洽類可數當年杜馬尤精融汲古修綆踰萬丈纂組决不

隨纖濃遠稽損盆討官禮窮析分秒量厚穹（舅氏著有官職攷辰象攷錢幣攷等書）紛綸羣籍肉貫弗勒成一家亦足雄區區古印究形似如以追蠡論禹鐘硬語獨盤氣磅礴素手可搏千羆熊吾舅不專擅詩譽詩不苟作詩更工細推斯印長太息牙前部曲多軍中武皇開邊事征討衛霍推轂何雍容中興光武亦神勇二十八將勳爵重炎風朔雪盡賓服剖符刻竹威羌戎沿及魏晉乃尚力方外歸義鮮克終始知徵物關政化指撝在握成大功佩黃黑綬奚啻萬（漢制銅印有黃綬黑綬）脫漏散失淪西東無乃天工遣鬼

守故令一網俱牢籠管窺蠡測亦何有難免耳熱頰發紅斂衽絶倡咸避席謬以末學相追從黄鐘大吕奏清廟瓦缶考擊淆徵宫願就别裁歸雅正片語破的開心胸雕蟲自古耻末技奇字欲問猶終童倦遊悔不早投筆傭賃那復同飄蓬雲烟變滅逐陳迹富貴何與于我躬狂言忽發類醉尉傾倒千載徒悤悤封侯數奇不可必斗大高懸憑至公安得募人敢陷陣印文有日陷陣募人清時結綬忘踈慵荷戈直入伊犁窟迅掃氛垢烽烟空

强布衣起驤

字漢階號龍西居邑西漳之前洲少好詩僧天均詩時從之遊因工詩讀書自好教授閭里嘗爲六十自壽詩云爻書讀盡鬢蒼然辜負光陰六十年攲枕每懷炊日夢閉關時泣蓼莪篇渾身傲骨難諧俗滿眼風情羨謫仙最是昔人知足處歸與反樸樂天全著有得香初稿上下二卷年七十九卒

和周蓮軒夏日閒居

陋巷卽深山長年獨掩關魚因池静樂鶴爲舞餘閒眞草隨毫寫詩文刻意删不平歌當哭那惜鬢毛斑花事隨春盡蟲聲欲喚秋牛鳴隨牧笛蟹斷響澄篝不識天台路誰爲斗酒謀江山一吟望箕踞對沙鷗

芙蓉湖水漲記事丙戌丁亥兩年大水

我曾去年湖村宿村中婦子牽衣哭云是叒遭飢饉年官逋私債相追逐丈夫無計欲出門未知何處堪投足我聞此語心悲酸贈言寧飢無自辱朝廷不日遣重臣計口給錢併給粟含韲且過此三冬來春必有豐年穀誰知今歲復遭淹田園廬舍如飛瀑一綫長堤民命懸千村巨浸乾坤浴側

聞　朝廷經費多允蠲允賑如重複嗟哉湖民眞不祿連年水厄天天椓長堤築就結禍胎文襄廟中生怨讟

章烈婦并序

烈婦無錫壬戌黄山章舜哲女歸績溪程君程病革不瞑婦許偕行遂絶婦勺水不入口翁姑勸之婦曰吾與夫有成言矣行坐坦夷語言自若十日而氣絶　朝廷旌表之金錫兩邑宰兩博士爲徵詩作者數十家余久擱筆亦爲留墨

偉哉黄山章氏女夫在彌留以死許逍遥問上碧

雲天泉路終諸鳳卜緣繡幃玉殞澄秋月蘭閣花飛牘暮烟烟月微莅歸皓潔扶植綱常彤史筆人間才盡是江淹斑管淚痕那可滅

季夏答尤應龍

自愛水姿潔白身無人道我葛天民納涼最是荷風淨却暑偏宜詩句新看竹人來雙鶴舞賣魚船過一鷗馴休嫌此老難諧俗讀罷莊騷始識眞

題葉石圖并序

余友華葉若子慶冠工繪事供奉　內庭蹴居京師且十年歲癸巳掌　皇六子書葉石書屋

之額顏於齋葉若喜曰余字葉若時以清潔自勵今得附於石是勗我以不移也因命其子爲圖而徵詩及余遂用韻

肖葉肖石語非浮寄與青雲一點頭客子聲名濃似酒故人門第冷於秋南鄰貢禹彈冠去北里方干連袂遊可否繪中添一筆倩人看作舊時鷗

顧贈公熙

字玉田號春臺諸生先洞陽公九世孫春臺天性仁厚居家以儉行已以謙事先以誠待人以忠常貧而困於場屋無幾微見於顏色初吾家祭酒復初先生延之教子十年故於春秋大事表與有校勘之勞既老仍以授徒自給及見其孫鈺中丁未會元年七十五卒　貤贈如鈺官

梅里謁至德祠

戎馬犇未寧何暇翦商祀豈無傳季心早於無形視挈弟來句吳端委治周禮寧不惜故國社稷有人在君臣父子間隱德誰堪擬

登龍光塔

嵯峨望彌上面削午影圓四角撐晴空絕磴凝淸

烟有時吐光怪飛鳥不敢前攝衣上層梯足底雲霧穿絕頂一以眺吳會正茫然五湖烟景澗諸山何聯綿白雲滃然來盪胸洗塵緣鈴聲亂鳥語松濤驚鶴眠淸景難盡摹飄飄欲登仙

石門

龍山何鬱盤蘊秀在深谷石門闢何年千古秘仙躅興到來尋幽登臨仗筇竹徘徊絕磴間竦然駭心目伊闕隱苔青龍門挂藤綠旁側澗環流幾尺瀉飛瀑更聽濤聲來杂天蔭喬木憩息淡忘歸悠悠寡所欲

秋蟲集古

唧唧復唧唧促織鳴東壁流響歸空房衆草起寒色終日不成章終曉不能靜孤燈曖幽幔夜中枕席冷西北有織婦泣涕零如雨遍身綺羅者白晝

調鸚鵡

銅雀瓦研

鄴城遺令心已灰漳河突兀餘荒臺土花暈碧露圭角取瓦作硯濃雲堆嗚呼西陵歌吹不可作美人黄土東風惡飛來片瓦入文壇空使千秋弔銅雀

駟馬橋

丈夫期許應卓絕駟馬高車何屑屑何爲司馬擅奇才富貴營情五中熱幸逢狗監能推揚子虛進獻爲中郎承詔西南諭邛筰果然晝錦還故鄉生前無實空擿藻死後猶留封禪草謾云有志事竟成豈知勢利情顛倒吁嗟乎我聞封侯萬里曾投筆又聞慷慨中流嘗擊楫義利分途秒忽間茂林何處看桃核

蠡湖懷古

我聞當年范少伯興越廢吳建奇策功成不屑像範金抽身竟作烟波客至今蹤跡尚流傳十里蠡湖連笠澤我來湖上一徘徊無限悲懷觸緒來古來多少功名士烹狗藏弓良可哀蠡也超然見幾作輕舟蕩漾胸襟開越王舊殿今何在帶水盈盈名不改何緣但說陶朱公不將此意傳千載

石牀

蒼枝交蔭苔蘚痕此牀可卧無寒溫石壽如松松似石夢中白日登天門却被清風吹夢醒仰覩虬龍俯而聽洶湧松濤萬壑迴蕭然天籟非鐘磬

蕩湖船歌

共道名山是虎邱遊人日日買扁舟牕檽滉瀁晝紈綺杯盤狼藉皆珍饈少年之意不在酒皓腕擎來手接口霎時體態見疎狂歡娛那顧言之醜黄金盡百事灰前船過去後船來風花雪月朝朝换幾見無錢笑語陪嗚呼噫嘻世間苦樂常相倚惟從名教眞樂地我今勸爾舟中人舟中笑我書生氣

新霽

簷溜忽無聲鈎簾喜氣生林開千嶂曉浪暖一帆輕屋角鳩呼婦枝頭鵲噪晴此時南畝上多少赴

春耕

晩眺

極目寒郊外亂山橫翠微驚鴻吹斷字落日照征衣遠樹疑帆影孤雲雜鳥飛漁歌與村笛相對總忘機

已亥秋喜得長孫魁捷信是冬卽將北上詩以勉之

忽傳鳴鹿宴光采賁衡門汝學尚無具吾衰何可言是綠承祖德奚以答　君恩勉緝詩書業還將行義敦

憶昔高堂望難邀一第榮青燈吾勵志白髮汝成名行矣風霜苦思之涕淚傾好乘風力便聯步到蓬瀛

行宮牡丹

萬花叢裡本稱尊况沐　天家雨露新絶艷盡看姚魏種承恩不數洛陽春依稀金屋藏飛燕彷彿雕欄倚太眞慢道青蓮香更遠只今富貴有誰倫

春夜

東林新月吐纖纖隔岸青山尚半銜燕子却疑春已曉雕梁上下語呢喃

丁未四月聞長孫禮闈首捷口號

菲材幸獲冠春英差慰年高盼望情休忘從前常寄語　君恩祖德荷生成

五月聞長孫蒙　恩擢庶常口號二首命次孫書寄之

今朝親族喜洋洋爲報　皇恩擢庶常莫使出山泉水濁祖宗淸白切無忘

由來報國是文章勤學須當愛景光吾已龍鍾思見汝如裳給假暫還鄉

水仙

東風吹綠五湖春仙子凌波不染塵傳語淸泉好供養渠非香粉綺羅身

顧布衣諟

字稼梅工詩善書眞行篆隸俱入格上下淮揚蘇松之間書題屏障多出其手吾錫自王蔣兩寓公後推稼梅矣稼梅挾其藝以遊諸侯交相推致名公鉅卿歲時存問無虛日如是者五十餘年然而白首空囊老病卧一室上漏下濕年七十六卒卒後求其篋中詩草亦不知落誰手其可慨哉

題姚笠山畫石泯庵圖軸見畫

峩觜山中石船定，楊子江邊石帆竟。梁溪西去横山頭，雪泯萬項開僧樓。錫嶺何年成石泯，開窗面面常相向。誰將巨筆大如椽，乘風破泯層巖上。笠山坐卧茆庵中，一月不出依遠公。興來礴礴寫此幅，海濤捲起隨天風。隨天風勢欲走，鐘起疑聞石皆吼。有舟不繫横絶陡，墨痕想見排空手。

舟中讀小倉山房詩集見于壁詩箋

北斗縱横月墮時，疎星幾點濕離離。兩儀生後無卄易，六義亡來詎有詩。窗白雄雞啼不住，花紅粉

蝶夢相持。關卿何事頻頻說，只辨貞淫自得師。

擲筆篷窗水自流，水聲還替古今愁。爭傳幼婦題黃絹，空憶蕭郎逐紫騮。樂正定先論雅頌，詩亡然後作春秋。阿誰一世推能手，滿把風雲月露收。

輕薄為文杜老譏，秦樓殘月又凄迷。洞簫響徹雙飛鳳，名酒杯傳三角犀。自詡聰明傷大道，誰為風雅築長隄。亦知無與癡人事，謝客開山動鼓鼙。

扣舷還唱奈公何，越鄂舟輕竟渡河。長笛數聲低夜月，落花一片下江波。折腰亦許為循吏，高足寧須得謝娥。不及微之倫格律，此生公案逐年多。

楊秀才逢春

字雪村，號枝山，諸生。工詩，嘗手輯唐詩繹行于世。著有雪村吟稿。

曉霽

積雨養空翠，晴光蕩朝煙。枝頭弄黃鳥，陌上驅烏犍。上下一潤澤，萬象含澄鮮。大哉造物功，循順其自然。乃知蚩蚩氓，恩怨殊無端。

讀李大濱篁迂松吟

李君澹宕人，神情淼秋水。澄以一片月，千頃清無底。示我迂松吟，沿涉情何已。夜色靜疎簾，微聞妙

香起。舉世競綺麗，了不閑正始。盈耳箏笛聲，淫哇誰復洗。獨攜太古琴，彈向空山裏。泠泠一再彈，四顧無知已。渺渺向雲外，松風入吾耳。

辛巳春仲邑侯吳愛棠先生謁讓王祠墓事畢枉過草堂賦呈百字

瑤花燦林表，宮墻滿清輝。我公夙駕至，春風拜遺祠。傴見生民初，春蒸如庭闈。還紆望陵旆，飢渴方載馳。緬維古讓王，端委此開基。文孫千載後，輝映鳴琴時。廣川含澄波，大陵擢英姿。木生必有本，本茂陰四垂。起化必有原，一原惟孝慈。皇山鬱佳氣

紛郁慶雲飛

將母詞

峩峩大陵中濟隱春姿好菁菁沐華滋長育到小草吾母生我辰頑璞以爲寶鞠我顧復我勞瘁不知老老去須侍養瓶罍空傾倒奉檄喜無時菽水未能飽依依奉晨昏歲歲共相保母爲凌寒松垂陰向冬杪兒爲枯藤蘿松身偏纏抱

飢來驅我去去梅花村獨攜古石硯手耕犖确田力弱田亦瘠安取三百廛人耕每有秋我耕不逢年蕭條寄一硯寸寸常懸懸本爲負米計轉違

慈母顔奉養亦已疎升斗尚或難翩然歸去來忍飢吾母前

吾母嘗呼我大男汝來前汝負蹇拙性向人無合顔邇來撫汝鬢汝鬢已蒼然氷霜汝能耐淡泊吾能安非分營甘旨於我實不歡况汝有兩弟頗知汝艱難奉我力稍給汝無心憂煎再拜慈母訓解顔勸加餐

發歲風光好曉起拜東皇吾母今燕喜八秩奉帷長怡怡兩弟偕孫曾羅中堂大婦春鳩杖中婦盧黃裳小婦進襪履左右相扶將丹顔坐長筵拜奉酒盈觴勸母進一觴願母壽而康松色映階翠梅花繞座香喜氣如春釀盡室熙朝陽

昔昔德星隱吾父歸帝鄉杳杳白雲外仰視空青蒼母如秋宵月兒作顧兔藏高寒抱孤影皎皎娛清光玆晨介觴壽可以速親朋剪韭爲龍根瀹泉爲瓊漿塤篪有予季清謠叶笙簧非義卽一介不爲吾母將

海上三珠樹亭亭蓬山中接葉交枝柯高蔭鬱葱蘢樹樹栖鸞鶴奇翼相追從如我兩從母閨範吾母同十年遞以長三壽今作朋 叶 七萬六千日復

此嬉春風嘉慶萃一堂光氣藹融融羣從迭拜舞阿母顔鮮紅卽此是天樂何爲慕鼎鐘

仙酒歌奉酬葛梅谷惠家釀

秋風颯颯吹梧桐鬢絲禪榻嗟龍鍾詩魔未降愁陣結堅城誰倚奇兵衝日旰白衣來送酒長生木瓢容一斗倒着接籬問旨否珍重封題稚川叟稚川本是餐霞仙修羅酒譜天宮傳擣香篩辣蒸瑞露一泓玉井丹砂泉傾瓢四座聞郁烈翠濤欲瀉先流涎是時新秋水碧天氷輪乍碾玉兎妍半杯頗黎照破長空色眼花落處金波寒一口吸明月

洞燭藏府開元關再醼風火發如勑六丁搜逐撈腸之魁壘散向毛孔怡朱顏兩腋習習生羽翼參鸞我欲凌雲烟此酒一瓢敵一石小戸三秋足瑱液况復一飲千日醉日贊酒功頌酒德幕天席地夜放歌玉宇沉沉萬籟寂

中秋夜浦觀芋倪茹衡薛二春同集顧研齋書舍得寒字

一片中秋月飛來桂樹端露將花影白風與笛聲寒清景為誰好同心惟古歡高軒動吟興未厭徹宵看

酬韻王斂齋湘中見懷之作

水木清華地當年羨卜居醉歌青眼在攜手白頭餘月闕通歸夢囊空貯異書瑱玕感持贈踪跡未應疎

哭浦德星

客館連晨夕便便羨孝先自言兩世業努力一身肩以此長憂患而終竟棄捐天耶豈人事辛苦隕華年

送秦四酉經偕弟蘊山自洛中歷燕趙

山川鞭影裡萬里若飛騰絲為平原繡門從元禮登丈夫惟立志天下莫爭能落拓慙予季冥看驥尾蠅

挽蔡敦復表叔二首 存一

中郎業未就長吉召遊行秘笈誰當授枯桐已絶聲有涯悲短日無盡賫榮名碧落神光在新銘取次成

已卯先子忌辰誌感

詩書麴蘖醸逾深猶見當時汲古心硯北鉛丹搜秘苑城南燈火惜分陰晚窗靜對濂溪草早歲情移海上琴慚愧瓣香親付予修途冉冉老相侵

次薛二春韻

生涯寥落鬢蒼然休道天公賦予偏處士風流還有分自家康濟那無權蝶牀擁飯閒伸足驢背銜寒吟聳肩取次前塵形贈影飛鴻雪爪落誰邊

愛棠吳明府題詩拙草以贈索和應教

遺民千載傍皐祠快覩雲仍慰夢思桑梓重垂嘉樹蔭菁莪追咏育才詩露沾微草同三秀日煦寒巢到一枝知已平生那無感飲公元氣入肝脾

同人分咏江中秋月

月到中秋處處同長江萬里浩無窮四弦彈敬青

衫淚一槊橫翻赤壁風鯨海珠沉龍卧穩鮫宮水湧雁嘶空何人釣艇黃蘆外滿眼金波酒盞中

雨後雲峰

一半雲成嶺流雲又半之無心任變化未必太空知

畫山必畫雲雲影無山色一經化工手淋漓任潑墨

秋夜不寐

虛堂秋響集愁耳夜聞多已斫芭蕉樹其如落葉何

雨夜夢中得句

夜半戀虛枕簾涼翛然清夢落瀟湘樓中辨斗星辰大醉後吟詩風雨狂

倪秀才龍鏡

字時行亦曰茹蘅諸生與浦觀芋楊枝山往來唱和著有舫亭小草

巴陵覽古

笛聲吹滿洞庭秋常遣烟波撼岳州泪浪投書八不見依稀鼓瑟路何修長風一舸天難問落日三湘客自愁仁者樂從天下後可能爛醉倚層樓

新秋同雪村

我亦悲秋者秋風爾許長遙村鳴杵日中夜亂蛩螿花下草堂閉燈前書傳香呼童掃籬落高韻拓清光

野老

野老胸無事新詩落酒瓢生平渡揚子對客話金焦

周布衣鎮

字漢冲晚號愚隱幼秉異質讀書過目不忘好詠諸家貧恒竟日不食歌聲出破屋中終其身無攢眉齷齪之態與過正謣顧

玉亭侯思泉爲忘形交晚歲教授里塾以自給年六十七卒

秋夜懷過正謣

秋風瑟瑟百慮煎東隣小兒苦守錢君家佳氣八閒少九十阿母貽令顏闔門孝友及娣姒花徑飛花流活水澄波一片入蠡湖管社山莊白雲裏白雲裏花連山扁舟誰共渡湖去湖上白雲招我還

讀陶靖節年譜

不作皐夔侶還爲綺皓儔我觀陶靖節轉憶晉風

流籬菊垂青史柴桑耐白頭人生歸有道陶句乞食固非謀

同泰中洲野寺看梅

望極雲開處香聞鐘動時偶然閒客過巳有野僧知山冷不成夢鶴歸猶未詩支公禪榻畔縞袂夜何其

晚登賓界山

路修我已遙行徑霧散雲收陰復晴渡口夕陰歸棹影村邊野寺暮鐘聲心隨流水鷗爲伴家在前山月自明回首繁華原是夢男兒何苦逐浮名

懷過正諤活水草堂

新柳陰深安樂窩一重門外卽烟波三千客去黄金散六十年來白髮多濟世有心空廣厦致身無計託槃阿正諤築普濟堂成而家貧退居於此應思揚子談經處管謂社芳草萋萋綠滿坡

自責

誰知僑肸老菰蘆攬鏡蒼然笑問渠一擲梼蒲空四壁幾堆詩卷失三餘驚秋桐葉兼風隕破臘梅花近歲除萬物榮枯咸乘化沈攸之已悔當初余少時以博奕破家今悔亦晚矣

嵇秀才璋

字南玉號養生諸生早歲尚氣節不汲汲於富貴堂叔文敏公家素節儉子弟不得華綺養生十齡時與諸兄弟同塾讀書常服布衣客戲曰皆衣褐應聲曰腹有詩書氣自華衆以爲不凡顧屢試屢薦不售五十外端居好道時有出世想惟兢兢以讀書爲善訓其子年六十七無病而卒易簀時口占一絶云拍手呵呵與世辭塵中我亦住多時碧沙瑤草分明在獨鶴歸來未是遲

一室

一室嚴九天藐躬備萬物兀坐何所思對越在金闕天人一氣中呼吸昆親切乾父望子心欲保其昭質昭質日以昭重於保膚髮膚髮受於親昭質出陰隲昭質苟不虧膚髮胡斷絶所以羣物祖赫赫示賞罰氓庶旣至愚士夫何自失逆天而求福違道以求活積惡災及身惟彼人性拂今者草莽閒寢淫至都邑甚者衣冠中又出於閥閲覥然無不爲洶洶不可遏彼豈不聞乎聖賢爲陳說小人悖之凶君子修之吉願言愼厥身何必求仙佛

承濬金陵鄉試命其虔展高曾祖墓

不拜松楸又二年可憐承祭士無田人生有本如流水誰識何源出醴泉家從龍峯得龍脉墓從牛首指牛眠（吾家自覲南公遷于錫而叔父文敏公發祥于此高祖立齋公塟金陵之牛首山）汝曹數典須追遠鬱鬱葱葱奉几筵

候布衣光第

字枕漁長身鶴立吐囑蘊藉飲不多而得飲趣工畫學黄子久弱冠即賦百花詩百首吳君斧仙序而行之顧困於小試襆被遊梁既而入粤今江蘇巡撫奇公觀察粤西時延以教子閱二年竟卒於粤西署中

著有蘭圃詩稾六卷醉紅詞稾二卷文稾二卷奇公愛才念舊經紀其喪以歸今十數年來存問其家常如一日

春郊晚步

春光日已暮策杖過柴門楊柳隔溪笛桃花何處村古風看父老揖客有兒孫與盡歸途晚蒼然烟水昏

春思

夢醒鴛鴦帷鸎啼合歡樹不解妾傷春語語留春住

雜詩二首

千金買明珠禦寒不如襦百金買寶刀力田不如鋤渡河乃舍馬載重斯求車用物苟違材雖貴徒區區

蒲柳無霜姿秋落春復萌蜉蝣無仙骨暮死朝復生深波有時沸崇山有時崩可憐鬢中絲一白何時青

登錫山

山意正蕭瑟登臨感慨多冷雲高不落秋水淡無波天外孤帆遠遥空獨雁過征南諸將士消息近

如何

舟行

嬌鳥隔花啼輕帆度小溪岸容頻改樹麥秀不分畦流水心俱静春山黛與齊風前能鄉望人在夕陽西

不寐憶家叔萊舟

欲睡何曾着凄然憶旅遊真成千里别併作五更愁明月方窺枕清風竟滿樓誰將猶子意一夜寄中州

詠河洲　羞自媒也

東風來浩蕩春思過高樓樓中有佳人白皙肌膚柔言掃翡翠牀自掛珊瑚鈎含情攬明鏡對影増憂愁亦知春色好蘭蕙當階幽不采蘭易枯欲采妾自羞無言空愛惜獨坐詠河洲

過武安弔長平坑

白日欲没風颼颼妖狐奔突蒼狼愁馬蹄躑躅不敢進前有萬鬼揶揄吽嘯聲啾啾我聞秦人坑趙卒四十萬命同浮漚髑髏高似太行雪碧血逆作汾河流哀魂怨氣慘不洩黄泉白骨無春秋人言驍武鬼神怒剏殺降卒天人憂新城之坑正一間

新鬼故鬼嗟同休嗚呼新鬼故鬼嗟同休止戈乃是金湯謀

銅雀臺懷古

落日漳流濶蒼茫聚刼灰不堪餘瓦礫長此没蒿萊亂世三分鼎文章一代才春風歌伎散遺令使人哀

社日謁李衛公祠　相傳衛公遇龍母於此因以建廟邑有旱則往禱焉

韓山峩峩撐青空山頭笏立朝靈宮赫聲濯靈莫茲土神來神去虛無中貞觀將相媲三代就中衛國尤英雄龍德顯晦不可測勳勒旂鼎光熊熊以勞定國固宜祀胡掀逸事驚頑蒙傳聞我公少年日得過龍母施神功手攀蛟螭入雲霧驅策電母鞭雷公魚尤屏翳悉用命驕陽旱魃潛無踪江湖倒流海水立渾淪一氣包鴻濛其說虛誕未可信星辰河岳理則同我來展拜及春社波波汲汲多村翁簪簫伐鼓雜歌舞豬豕肥特粢盛豐嗟公正氣塞天地入門彷彿精誠通血食下土職無曠肅乂時若惟功庸朝來雲合沛靈雨肅肅繐帳吹英風

客中雜詩四首

晨興理鞭策窗戶耿微光飛蓬隨天風遊子去故鄉去去安所極各自天一方母泣不成聲兒啼牽衣裳丈夫不自立俯仰徒悲傷吞聲出門走揮淚摧肝腸

在家有寒暑出外無冬春一身不屬我萬事多求人談笑依餘光趨步躡後塵平原既不作及此迴逃津

大隱隱朝市小隱隱山林此願兩不諧憂勞苦交侵跼蹐覊旅間舉頭發哀音金紫滿天地詩書阻華簪浮雲戀故山飛鳥戀故林請君歸去來風塵

傷我心

言有二三子迢遥隔兩鄉一南一以北相思苦相望山行馬蹄傷水行無舟梁昔爲芝與蘭今爲參與商

郊行卽事

新漲平添没釣磯菜花開盡麥苗肥溪山好處無人識只有雙雙蝴蝶飛

楊明府席上口占

兩載飄零入雒身忽逢歌舞一番新多情莫怨靑蛾老猶有空閨未嫁人

新秋夜坐寄懷表弟吳振裘

佳期渺難得獨坐鼓瑶琴修竹拂殘暑池花閟夕陰忽逢北來雁恐有南中音相顧不相接迢迢永夜心

古風呈周蓮浦

兎絲附松柏裊裊百尺長蒼蠅逐騏驥一舉走八荒微物得所托意氣爭低昂嗟我如窮魚鬐鬣難怒張念昔始讀書童騃不自量委懷娩皁櫻落筆欺馬楊與酣激長嘯得意謳清商茲茲八紘大兩目無侯王荏苒三十年此意不得將翻然事遠行結束遊子裝慈母縫我衣未縫涕盈眶意苦語言好平安早還鄉弱妻赴送我未語先咽吭門衰祚單薄有弟病在牀晨昏委自持岵岨君莫忘驕女未離乳跳足披裲襠挽衣攔道哭問耶走何方熟知苦無益清淚交浪浪一年住東魯兩載羇大梁殘茶與冷酒落寞難禁當以兹情懷惡瞻顧生徬徨長安十二衢朱門列成行朝謁閽人辭揮斥駈牛羊暮謁主人嗔凌厲聲礌硠欲前足不進欲語氣不揚短褐難掩覆粗糲纔充腸北風蕩層雲白日寒無芒掩面出門走躑躅顛且僵哀歌動衆笑

丈人獨閔傷立談抉肝肺引坐開中堂愛我笑語温靄靄如春陽督我體貌嚴肅肅如秋霜我材本醯雞謂我如鳳凰我質本碔砆謂我如圭璋古道邁流輩大義扶羸尫感公用心厚愧我意態狂慷慨抒此辭筆力苦不强明月不暗投乃知是夜光鹽車不困辱乃能辨驪黃請看樊籠鳥得路雲間翔

送劉五研齋赴粵東幕

我已嗟行路誰教又送行大風嘶匹馬落日戀孤征身老諸侯客春通百粵城傷心一尊酒同負故

園鶯

湖上殘柳詞五首和韻二存

幾行衰颭苦無聊何處蘭橈載碧簫落日一痕鴉數點秋風聞煞小紅橋

折盡長條去馬多更無靑眼送橫波漢南司馬眞憔悴老淚西風喚奈何

鉛山舟中作

十年蹤跡似飄蓬章貢南來一櫂通萬樹雲歸山色赭半江日落浪花紅舟從出險輕帆穩人已辭家萬慮空只有思親兩行淚等閒流向大江東

羊城雜詩四首

楊柳堪藏白項烏大南門外試提壺當江一葉瓜皮艇知是青溪最小姑

夜深簫管沸中流碧酒紅燈處處舟花樣蠻孃珠様曲幾人消得錦纏頭

海上風來透體涼柁樓今夜試新妝木蘭花後秋蘭早一朵斜簪茉莉香

丁字珠簾映水濱穠花香草媚殘春自來行樂天涯好休遣離愁著莫人

陽江道中

行盡天涯景物非卽看村落已全稀人從斷水橋邊渡雲傍秋山洞口飛獵獵斜風欹短髮蕭蕭疏雨怯單衣等閒莫說高涼近烏道重重隔翠微

夕陽小艇逛行客把盞看山獨立時陸林於句也錢御三爲林於補圖索余題之因吟截句三首以贈

客與春波罷釣筒單衣初試立當風最恰捉鼻微吟處好句天然自放翁

船尾斜陽落遠汀船頭魚唼水花腥多君冷眼看山色認取臨江幾點青

誰是如今老畫師寫將風采入新詩同歸訪爾吳與道記取推篷獨立時

得家書後感賦

征鴻昨夜破雲回帶得江南信息來母老饔飧嗟自給家貧門戸仗人開子身正似秋風客混跡翻同避債臺何日將歸學烏哺嬰兒容易已成孩

贈奇麗川觀察

十載尚書省承恩百粤東海山寒有餘嶺樹暖無風執法臨台象論文見國工壯猷憑建竪卓越幾人同

秦吏部泉

字季賢號猗園禮堂長子己丑進士選庶吉士授編修改吏部擬補考功主事赴熱河引見忽以疾卒年五十四

遊羅浮放歌

我聞羅浮拔地三千六百仞配以衡嶽祝融爲佐命分自蓬萊泛會稽壁立南海東勝作雄鎮攫土摶沙補綴了無痕疑是巨靈贔屭揮霜刃何年鐵柱石柱鎖鈎連萬疊雲霞縹緲横綿亘又聞羅浮四百三十有二峯尚留神奇佛迹與仙踪上躔牛斗下滄海金陵地肺遥相通環以瓊臺璇宇七十二水簾倒掛潺湲噴薄鳴淙淙飛雲絶頂揷霄漢但聽三更天雞啼喔日出扶桑東我來五月正逢澗底菖蒲綠瑶草琪花錦繡鋪巖谷好佩蝨篆龍葱竹葉符去採紫芝紅玉茹黄獨道人贈我昇仙橋上萬年籐髣髴燃藜太乙照字來天祿儀鸞伏虎巖畔之瓊漿渴飲釣鼇石下之飛瀑槃余豈是神仙儔試訪丹砂朱草歷歷如前遊颷大公攜蒻翩翩倏來往葛令蝶衣栩栩還遲留七星壇邊樹尚

在八仙石畔杯猶流麻姑玉女笑相指鳳臺雲母悤爾傾筐收昔年名隸丹邱籍醉墮紅塵夢幻隨浮漚坎離龍虎不自保玉田金鼎從何求利鎖名韁桎梏同陷阱空貯芥蔕萬斛塡胸愁莫戀世上紛華瞬富貴擲却壺中日月千春秋我聞斯語醒惛懜浩浩長空解羈鞚出岩旋過白鶴峯歸林欻返黄龍洞洗心景泰卓錫之靈泉擲骨稚川鍊竈之靣汞談禪釋鷲任縱横問道仙蟾肆摩弄蓮沼風披茂叔襟梅村月照師雄夢來帶塵沙偏惹面目愴歸染烟霞未覺衣衫重冰雪聰明靜裏生吉凶悔吝根於動了却前緣滌此無垢身好乞長生可試雲間鳳

由七里瀧至富陽

嚴子高風不可攀淺深蒼翠接彎環栖栖笑我勞薪慣寂寂輸他釣渚閒人對簡編銷夏綠天開圖畫富春山卯今小艇横斜處領取寒鴉流水閒

薛孝廉聯元

字純仁號棠村丁酉舉人寄籍建昌没於熱河孝廉稻孫之子中翰玉堂之兄也

金陵余家故土余惜未一至覲光既解維復

感賦此

芙蓉湖水冷烟霞回首金陵不見家已詠原鴒同陌路面看鄉國等天涯垂楊渡古迎桃葉沽酒村遥指杏花今日君歸看飄絮百年三徙悵三巴余家舊在蜀遷金陵今居梁溪三世矣

楊濟陽乘槎

字立夫國子生以兄夢槎殉金川難無子立夫躑躅蠻檄求骨不得攜衣冠歸葬焉恩蔭及之授濟陽知縣既莅官政尚廉恬不事粉飾鳴謙表性難進自居十年不調每以

兄祠未築耿耿於懷年五十五以疾卒於官臨殁屬家人以千金爲兄立祠費二難無後君子並惜之

秋夜

道逢黄石一把臂歸與青蓮共論心半夜紙窻秋雨歇悄然明月落吾琴

聞誤仙兄殉難之訃

慷慨平生志竟酬腰仍一劍駟雙虬得從王事仙非誤誰道人生死即休楚客招魂魂不散杜鵑啼血血爲流欲知何處收兄骨瘴雨蠻烟萬里秋

吳秀才培

字健如諸生黼仙之子隨黼仙入蜀著有棧行詩草又有齊魯間詩已失年四十一

自五星臺至柳樹灣作

蒼蒼萬山麓轉側未可數下坡始一放上崖復再鼓右澗殷轟雷左山怒蹲虎偪仄走一線長橋勢如組蘿坏雪黚黛樵徑雲吞吐頗疑氐羌時舊係氐羌地積翠自太古棧閣幾千間嵌空鑿榛莽阿誰郎當日偏遇淋鈴雨至今替戾岡十十復五五清越僧磬聲悠然出深浦

鳳嶺

出山愛山好入山畏山險出山復入山人情易褒貶我登梁泉原鳳翮勢猶歛冷風一搏扶虛空瞰崖广側坡梯絶壁每當怒石閃盤迴無定向雲日互掩冉巖上誰留題鑿破芙蓉臉前山忽汎浮烟海波光瀲鳳背負青天欲跨罡風颭輕身尚邪許乃復車徒儼惜無荆關手奇境入點染稍可息馬力峽轉路平剡

心紅峽

午飯停征驂山行快晴晝入峽妙千轉巖壑競幽

秀淙流屢向背峰勢忽左右位置宜園林奇作冠宇宙野花不知名香氣欲盈袖鬼帶絡雲根欲捫未敢就吟情怠倦疲畫趣紛接搆前指廢邱關設險漢封堠章邯舊封

柴關嶺

漸引星辰上由南星坡上羣峰作勢遙煙深迷鳳驛雲斷補虹橋石竹翠欲滴木棉花未凋時平無設險歸唱樂山樵

馬鞍嶺

棧山無寸平玆嶺復硗碻纔登忽已降再接再礪

乃廿四馬鞍橋一一横空待参天壑間樹終古青蒼在龍江逼仄流黑洞走深灌緣崖一俯闞足迭氣已餒四萬八千年幽險不可攺那得秦皇鞭盡驅入蒼海

雞頭關

萬山沉壑底策杖跨蒼穹洞啟青雲上江流碧霧中褒與看代謝呼吸與天通最險褒斜谷秦關第一雄

出褒谷口

荒塞入聲五百里無窮秦棧山竟從千仞谷飛出幾重關別有人民在恐非天地間梅花何處是欲訪絶蹟攀谷口有鄭子真故居

沔水

在山雲色染出谷鏡光開東海朝宗去西傾職貢來灘晴堪厲揭艇小自沿洄歎息龍長卧城東水一隈武侯墓在定軍山下

忠武侯廟石琴

峩峩定軍山沔水環自右摳衣丞相廟松柏森戶牖石琴藏堂皇古色積深黝清越作磬聲池嶽絶塵垢置之薰風朝愠解財自阜惜哉伊吕材運數

厄陽九怨亂曲未終寒芒落星斗苦無七條絃試與一揮手

龍洞背

褒斜屢伏見一線走龍洞頗疑神禹力鑿此無底甕峭壁奔雲間疲馬嵌崖空神龍未可騎好借扁舟送

朝天關

一步一奇境時懷出塵想秀外險在中心目屢惝怳馬影到江心緣雲破泱漭曲折嘉陵江勢落一千丈

牛頭山天雄關僧閣

已到諸天上凌虛萬丈强烟江鎖巴蜀雲岫歷氐羌傑閣難爲搆雄關險獨當可憐征戰苦遺恨有譙黄

清凉橋

五台山勢斷雲護一溪烟蒼莽尋人徑荒凉問石泉詩名臨風真意外落日又誰邊客緒紛無著長程殘臘天

鄒秀才容成

字雲贍諸生丰神韶秀工書能劈窠大字

年三十四卒

生公講臺

我欲騎長鯨東訪赤松子蓬萊不可到弱水隔萬里昨者片帆過虎邱鳳簫龍管行清秋紅妝逐隊嬌無那翠黛連山淡不收生公臺下蒼苔徧生公臺石何曾變幾人看見石點頭飛花亂撲行人面點頭之石終不言昔人誌怪今人傳我道生公不須講留取名山石强項

春餅

十分春色到今朝緑酒紅燈又頌椒一片匀圓裁月魄五辛層疊展氷綃銀絲細細傳纖手玉筯頻頻類捲蕉正是江南好風物調梅時節薦金銚

吳處士鑄

字鏡江居邑之梅里力學工詩精篆刻年三十三卒初得疾隱之越二年疾甚乃歸盡出其祖父所遺書陳之案且讀且撓涕淚横集嫂黄氏詢之伏地謝曰鑄不幸父母没於未生之前生母去於襁褓之中賴嫂以至今日今疾且不起無子以延先人嗣言已皆哭失聲及疾革索紙筆書數千言末曰必以族子某爲兄後康不負嫂之

志也著有鏡江遺稿

村居寫懷四首　存二

性懶兒時未習畊課晴問雨愧平生愛蓮學種溪邊藕喜菊勤扶雨後莖寺近每邀僧共話地偏只許鶴同盟莫言長物貧無有家蓄清泉好自烹

從來不省歛雙眉何管年豐與歲飢犬亦安貧宵𠍴穩婦因勤織午炊遲數家細雨鵶翻樹半郭斜陽犢下陂閉戶翛然足幽趣此中清況幾人知

承恩堂賞菊次楊雪村先生即席口占原韻

簡呈復齋夫子

晩節何由寄年來菊自栽每逢花滿逕常遣酒盈杯瘦骨知同傲高懷想並開慚予承教久却愧八叉才夫子示作有誰八叉詩早就故及之

病中吟

吾生本草草抱病更年年何事能如意無時不可憐門衰奴意怠衣敝友情遷寂寞寒窗裏宵來藥自煎

岳處士鶴

字鶴立從余族兄稼梅遊稼梅嘗謂余曰

他日可放此人出一頭余顧未之見也忽聞其夭死可悲也哉年未三十也

邵文莊公讀書處懷古

古樹蒼茫野逕長東林高跡仰文莊空餘塵榻孤明月閒煞風簾捲夕陽白酒青燈思往日晩柑新翠愛留香誰能再秉鶯天筆大爲周文作道梁

宿稼梅師齋立春日曉起偶書

土牛清曉着先鞭從此辛勤又一年瘦骨依然寒料峭春情猶與病纏綿經營生計隨新草排遣閒愁劈舊箋自悔蹉跎書未讀與師聯榻已遲延

答新閑次韻

而今畫虎孰求知蒼狗雲衣幻態疑兎欲謀藏三窟少鶴雖籠伏九臯期裘衣陶令辭歸去擲筆江郎賦別離莫惜陋身幾不保幾人失馬反無悲

秋日偕蔣睢園訪袁奕山同泛南湖不值

萬山新爽愛秋時踏碎朝霞爲覓詩花瓣溪頭儋蔣詡睢園草堂旁有小溪名花瓣溪稻香村裏訪袁絲欲覩風雅登堂久直恨烟波過艇遲敢向柴門題鳳字相將看竹慰遐思

靈巖別卓亭上人毅甫華丈

忍却離懷放棹還秋光一半去難攀維摩榻並陳蕃榻龍鬬山迎虎踞山吾鄉龍山爲時有二龍鬬其上醉墨淋漓塵法塵詩魂依約証元關明春待汲三泉水洗眼同將俗慮刪

江行與吳六

不盡江流入大荒遙空閒煞是斜陽酒杯澆得愁千里同倚危樓數雁行

久不晤至公立夏日忽寄惜春詞索和並招余爲杜鵑洗塵走筆賦此

窅窅松門靜不開東風多事引蜂媒高僧莫更談

空色也費間愁也費才
昨夜東君駕於迴盡拋錦繡付塵埃那堪收拾吟魂定又報枝頭杜宇來

慧山寺遇王鏡岩司馬游茶話

春風淡沱天放晴綺陌西去餳簫聲畫船青翰水如鏡珠簾十里花分明水綠山青自今古今人不識秦皇鴟六朝松折空蒼苔騷人逸士匆匆去忽逢一叟如神仙蒼顏白髮披雲烟厭喧與我意氣合一笑徑拍洪崖肩石牀對坐磬聲裏銀杏根盤十尋矣叟論六書泐蒼史峋嶁石鼓及符璽折釵

梁溪詩鈔　卷四十七　四十

股屋漏痕宋元以降漸失眞眼中碌碌無傳人吾聞此語寔增慨暑年及此徒苦辛鴻都門前滿荆棘壯遊且欲一過秦鐘彝尊罍足模撫卣鼎甗鬲欵識陳安得一一考覈定與叟坐卧一室相主賓日將西下岩花落松風謖謖天籟作啾啾歸鳥喚人歸欲請老仙驂野鶴

豪家置菊華堂釀余識賞不赴酬以詩

飄零三逕月微茫艷質柔枝却傲霜休笑性寒依老圃不因人熱到華堂白衣送酒聊醫俗禿筆題詩漫放狂堆砌黃金已盈屋破籬風定自然香

陳麗齋旣赴玉樓越數日聞稚中子復殤哀憤成二截

阮修有室未三年一旦音容隔九泉長吉賦才雖妙絕寧邀知遇在蒼天
蘭子摧殘夢更驚誰憐屈鬼可憐生孩提縱解從親孝伯道還應恨未平

觀棋

倦眼常迷黑白邊由人勝敗總欣然却嫌一着爭先錯轉瞬看來海作田

周處士玉峯

梁溪詩鈔　卷四十七　四十一

字崑山幼沉靜緘默家貧好讀書人不知其能詩也每夜誦至達旦有所作亦不以示人年三十四卒卒後家人得諸篋中日獨且語存其偶得云花嬌眼媚月竹醉立當風梅花云一枝臨水發幾片過橋飛獨立云月斜看影側鐘過覺寒侵訓蒙云二物咸村塾三餘老腐儒又云山犬聲如豹村童氣似牛野眺云林開山出面石斷水分心題七美圖云三人行亂影四美具豐頤園中云南北東西魚上下春秋冬夏鳥

飛鳴縣雨云屋漏牀邊燈欲殺塵封釜底
水方生此類尚多幾於鑴刻造化特首尾
苦不能盡善耳倘天與之年吾不知到古
人何等也

寒夜

萬籟闃以寂天心在早梅漏催寒月起鐘帶曉霜
來困蠹宜餐字飢人不賣獃閉門吾計決偃卧喚
應回

觀瀾閣圯

李白已乘沙棠舟醉中踢翻鸚鵡洲如何挹碎觀

瀾閣認作江邊黃鶴樓

館童

主人屋在澗之西童子攀巢鳥亂啼雨日不曾來
掃地滿庭雨濺種花泥

寒女

山南山北負薪歸薄暮荒原野燒微獨有老翁沽
酒去邨教寒女掩柴扉

受業程　玉　杏洲校

梁溪詩鈔卷四十七

梁溪詩鈔目錄卷之四十八

梁溪詩鈔卷四十八

梁溪顧　光旭　華陽氏集

國朝

朱孝廉果

字庭春號補庵廉吏紹川先生之子癸卯舉人性慤謹繩尺步趨言動必於禮與人交有始終又承習家學耳濡目染自爲諸生時與其羣日講說古義磨礲浸灌年四十餘中本省鄉試副榜又三年舉順天下第覊留京師再試而病病旣革猶作塲屋

伊嗄聲其可哀也年六十

蟪蛄歌

孔聖憎蟪蛄詩人刺蜩螗春生不知秋厥聲何張皇相將付赤叐聽我彈鳳凰鳳凰寄絲桐雌雄鳴鏘鏘但聞律吕調不見苞彩光曲終知音稀捫撥還自藏翻羨蟪蛄飛得上君子堂

古意

莓苔喜陰雨葵藿傾朝陽鼠雀紺牙角鱗介難翔翔天道有盈縮物理互短長如何薄笨車擬作泛海航願因風濤息改轅還故鄉

讀響泉先生集籬菊下十四首依韻得九首

秋聲忽而至虛堂落葉新寒蛩咽幽砌繁華瘁霜晨百感從中來騷屑難具陳行吟菊籬下邈然懷古人

樹人良不易蓺菊誠復難夏苦旱魃虐秋廹青女寒蠕蠕螃與螬旋復枝上攢所恃一線根不受異患干時至數莖秀抱露聊可觀始知小草心默契造化端危微寓物理志士起長歎

長歎亦何益菀枯隨所逢自昔山上苗蔭此㵎底松正平塚間哭伯鸞廡下舂今古何如貉大道本猶龍東臯寄嘯傲北窗便疎慵卓哉陶彭澤可仕亦可農

茱萸滿山麓引我上崔嵬風高天氣肅霜降秋雰開汪汪震澤湖山川洵佳哉風淳讓王至地僻梁鴻來西眺延陵墓東望吳王臺欲招雲林䰟五湖共徘徊如何淸閟閣倏忽成蒿萊俯首軟紅中令我心繁哀

昔我遠行役曾出居庸口關中野菊黃節氣近重九塞外萬木彫雪片大如手痛念我先人耆年綰墨綬銜寒沙漠塲茹蘗撫黔首一朝梁木頹縻身

贖已後神傷精亦銷命蹇數不偶蘉落遂至今寸心亦何有遺書不能讀空效挈瓶守秋深暮艸枯忍薦延年酒

吾生亦有涯人事復難料刻鵠竟無成畫虎空爲笑之子天一方登高試平眺歲歉哀鴻征風厲蒼鷹嘯道里阻且長敝裘矧寒峭抱香枝上枯殘菊應同調

菊殘根不傷越歲還成菊代謝無已時榮枯相倚伏人生忽如寄逝者永不復江湖萬古流日月雙丸速誰能聽晨雞鬱鬱幽居獨

幽居竟何事風月空自嘉荒圃半畝餘蒔菜亦種花晨摘菊頭露暮看天邊霞野草不知名紅紫紛交加呼兒飲我酒有鳥鳴喳喳造物無盡藏任取不汝瑕

酒亦不能醉花亦不獨娛童冠三五人挾策來座隅口授天人策手演羲文圖　盛世重經術貯用待所須有道貧且賤慎勿類我愚

籬荳花和飽若洲韻

數尺柔籐繞槿籬翳然翠幄互紛披低垂未礙承蜩叟薄採應教覓栗兒促織聲中花似雪曲蛇影裏莢盈枝先生賦物添秋興老圃風情匆婦詞

夜過揚州

蕪城州郭夜迢迢柳暗雲深鎖寂寥一路雨絲風片裡猶聞商女學吹簫

過露筋祠

秦郵路上露筋祠鎮日靈風捲畫旗能使千秋完節在卽令見骨亦何辭

高秀才樂志

字寶川諸生入北雍連試京兆不售鬱鬱以歸尋卒寶川詞人鵬鴒之子也鵬翎工

於詞好綜博注當代名家詞稿遊蜀出入夔峽間於杜詩註多所考証著有聽猿詞一卷寶川少聰穎未冠遊于庠與邵星城蔡懷峯輩爭以詩鳴數奇不偶牢落終焉可慨矣

葡萄長歌

蟄龍脫骨驪珠拋瓔枝璧月結綺寮云是異種出西域獻同天馬來中朝治架升栅匪朝夕垂紫垂青復垂白別有奇珍世所希佳名瑣瑣如椒碩茂死櫻桃未足誇上靈盧橘豈能加繁星散布水晶

飲馬乳龍鬚自漢槎纓絡盤胸翻倒影醍醐灌頂
應深省牽聯女子玉纖纖照映氷盤星耿耿楓亭
曾識宋家香好事爭傳十八娘滂林不熟三無半
歲遇風災酒不良明時詎想涼州博細雨輕颸吹
落索石氏樓臺羅綺消楊家車馬珠鈿落兀坐卣
齋十二時盂端筆妙畫兼詩如如靜悟生瓊液乙
乙翻疑貫纓絲忽送勻圓陳几案指拈目玩欣難
按取探懷中殘錦叚裹之勿使光零亂

青縣聽李使君彈箏

八音繁會何明明嵩恬乃復為秦箏封侯未必盡

虎項義甲却送玫瓈聲高堂今日良宴會樹攬離
思花冥冥使君託輿捲袖起撫箏為作秋風行銀
甲入指下按節置身天際風雲生三更夜靜聽鳴
雁五更百囀聞流鶯颯如秋颸送蕭瑟黯如桑陌
攄凄清激昂變徵白日晚蕭蕭易水悲荆卿金戈
鐵馬意慷慨花奴羯鼓四座驚（座有擊鼓者）使君何不
彈琵琶江洲淚濕青衫青使君胡不擫長笛黃公
酒壚空復情清商流轉十三柱欲將斷絕而復縈
大雅揚音試絕藝落花飛絮城東亭願將野水添
兕觥一彈再鼓歌鹿鳴

九峯禪院

九峯雲散日華清堦下泉聲似玉聲匡坐石牀無
一事時呼童子理茶鐺

張上舍躍淵

字鯉門國子生好學親師嘗從余族伯海
門先生遊既而從余遊足三踏省門薦不
售鬱鬱成疾而歿著有一綻吟艸

問月歌

李白一去無仙才青天有月空自來我今持杯問
明月廣寒宮闕何時開東海高生太輕脫中宵蛻

身排玉闉雙童指點謁西華空色蒼蒼雲盡撥羿
妻靈藥不復偷歸來兩腋風颼颼一朝丹就控元
鶴下視九州頻掉頭西河吳郎定長在斫桂力窮
誰與代人言有過帝謫之操斧千秋安足悔閔子
小子麋鹿姿三元罪簿月應知盤桓望夜四百五
陰晴冷暖更相欺新受仙翁書半卷直道元珠洗
方顯華池斟取珊瑚波滴滴蓮花露長這世上趣
藥擣別賜劉伶阮籍不計觴醉遺萬事醒故爾爭
看賤買白雲鄉猶記瓊臺捧瑤席金枝滿吸清凉
液紅塵見月心茫然踟躕顧影飛無翮誰家弄笛

復吹簫故翻苦調迎商飈一聲禿盡萬楓樹虛庭寒葉紛喧闐側弁尋看月中兔雪耳霜豪眞可妬雲英豈解舞霓裳杵臼竟歸藍橋嫗藍橋杵臼自相應何必秦臺學鳳鳴不知當夕誰媒妁素娥親爲調鸞笙事徃情存那可道但覺紅顔暗中老機錦年年織不成關山處處愁難掃此夜蟾蜍開碧瞳夜久漸落烟霧濛高歌未終忽不待繁星歷歷天西東

學陶公飲酒

秋氣日向佳馥馥桂之樹宿酒既以盡水頭醞清

露飲徒但能來無問新與故醉醒任偃仰無問早與暮我歌客擊節無問諧與誤一歌復一酌行雲散還聚且殫一時意千載何所慕

庭草作花有感

中庭無嘉植青碧翳芳草秋至花亂開翠色亦自好對之三嘆息此物良有道既不藉溉灌復無採摘擾無名且無種生意可常保

雜興

山頭唱罷採薪歌欲著金巾渡絳河潮上海門初日湧花開碉戶亂霞多六鰲無復歸墟返獨崔偏從華表過借問覇城銅鑄狄曾經薊子幾摩挲

大水

水漲桃花勢未闌連朝梅雨更瀰漫流萍自解銜高岸驚鳥相呼避急湍望望桑田都變海陰陰黍谷乍迴寒年來旱潦尋常事祇覺浮生住世難

詠桃花源

深山幸自少風塵多事桃花誤引人東舍鷄肥聊作主西家酒熟任留賓初聞魏後今爲晉復道漢前方是秦五百年來如一日此中何異上皇民

獨釣

無事投竿坐小磯却憐雙燕遶身飛鱗鱗斜日菰蘆水葉葉春風薜荔衣絲短絲長隨處是魚吞魚吐得時非任家公子今何在我亦徘徊暮未歸

春望

春原一望思無窮草色如烟處處同高樹葉齊羣鳥下平湖水滿各溪通亦知碧落階難上若問滄洲路自東聞道仙人八百輩浮沉總在五陵中

昭君怨

胡沙漸覺損顔容悔不當年賂畫工背却單于看漢月恩光如在未央宮

泰處士玉堂

字蘭蓀號佩芬嘗遊齊魯間著有學製草

讀也云詩稿 并序

也云詩稿余先外祖詩稿也外祖張諱鉞號式南少負異才以氣節自矜壯遊京師將以展素抱忽瞽於目憤懣以老著有也云詩稿先君子爲校正付蘭蓀藏焉

不似詼難篇豈類離騷賦莊周非其儔老聃非所慕一本風人情說與時人悟簞瓢存眞味書卷傳雅度格物自致知夫道若大路秋興四十章咏物

以百數匣劍寶光騰囊錐鋒頴露鼓吹藝林中羣英齊却步遇窮詩益工斯言非謬誤所遇夫如何不忍言其故

月夜懷東涓張二 東涓戌福建

碧空雲淨送新凉金井梧桐報素商子固無詩才自美正平能賦怨何長嶺猿徹曉啼江畔旅雁銜寒過野塘爲問三山今夜月故人曾否憶家鄉

櫻桃爛熟滴堦紅呈馮明經

昨夜東風小玉家含桃粒粒暈牎紗青苔時看胭脂雨白石齊開紅荳花園寢薦餘凝墜露山禽銜處帶殘霞可知江上承恩後自吐丹心映日華

輓壽張令沈公殉節 并序

公諱齊義浙江人乾隆甲午八月逆匪王倫刦壽張公先埋其印坐堂駡賊賊曰公固廉吏不可辱但順則生駡益痛遂遇害賊投公屍于井又公次女二姑在浙聞信慟哭投繯死賊平詔贈公兵備道入昭忠祠蔭子一並旌二姑公長子名麒次名麟承蔭時長公又讓次公

醜陋何知廉吏尊孤臣嚙齒報　君恩丹心碧化寒泉潔故印光沉夜雨昏田樹枝頭同頴秀曹碑

江上比芳瑰東山浙水遥相望千古昭忠義烈存

王上舍相英

字鶴亭號淙雲國子生晉川先生仲子余長女壻也性頴敏倜儻不羈工詩詞善書而獨不喜作時藝亦終身不應有司試飢驅南北迄無所成客死於粤之潮州年四十一著有雲中草關中草珠江草

雪後

暝色起亭臯微陽上林薄開門寒氣侵凍雪松間落風竹搖玲瓏輕冰翳寒蕣啁啾矮屋檐日暮聚

飢雀蕭然守一編幽棲廿寂寞黃昏返空齋挑燈坐高閣硯寒氷屢凝爐清香更爚幸免塵鞅羈得此歲首樂清境因愜心客子悲漂泊

雪霽見月

寒宵廣庭寂屋角月娟娟遙山墮冷翠叢竹生淡烟冥冥羣動息澄澄夜色鮮平生耽静趣每與清境緣茶䴵澹忘寐會意寧須禪無言坐超忽此心常湛然

八月十二夜登環山亭作在平涼郡署後

高風捲雲雨洗空氷輪涌出天當中共言今夜月

未滿控弦早掛天山弓環山亭高瞰巖業萬籟不起澄心胷參差樓閣墮烟霧但覺一氣青濛濛羣山如屏四圍合西望獨見崆峒峯軒轅既去渺何許猶有元鶴巢寒松如今洞口杳無跡洞中白響鏗鳴鐘我欲踞坐素鸞背青冥上下隨飛龍俯視城郭皆倒影微茫莫辨青瑤宮舉杯自笑語同輩揮手恍若凌烟虹持斧斫却月中桂肺腑雅與清輝同呼童瀹茗潤詩吻更携玉笛驚頑聾君然長嘯振林木呼吸想像天門通遊戲八極拓襟抱塵世擾擾如遊蠓百年幾見月團欒耳畔切切啼寒蛩三更露下且歸卧回頭翠樹窺玲瓏

偶憶

西神人家青掩關遊絲墮地花斑斑松泉活火試新茗坐聽好鳥啼春山

酒醒天寒又一時湘烟楚雨最相思辛夷花落開門巷若問行人那得知

玉蘭餅四首存三

花剪明霞麥剪雲竹厨蔗飯益清芬香沾玉屑千屑裹色綻瓊肌十字文風物宜時招楚客芳華人錄采桐君從知野外饒供給不是幽棲未遣聞

沃膏煎黍八珍須和入瓊瑤風味殊儉腹未嘗綾餅餤前身合並玉盤盂長疑畫史工調粉肯許厨孃學點酥從此花梢珍雪蕊不將鵝鴨報燕壺

朝披夕振總瑤華好事登盤屬內家製就玉函藏寶曆規來明月伴青霞風流正合闗神席脆美何須刺齒牙敢笑道人寒儉甚只和殘雪嚼梅花

秋月篇

秋空萬里無纖塵雲間皎皎懸氷輪玉階涼影移歌席綺戸清輝照舞裀月波落漾花林徧幾家對月開瓊宴雲母屏前白似霜水精簾外明如練簾

捲屏開星宿稀疎螢熌熌坐人衣何處月中調錦瑟誰人月下撫金嶶金嶶錦瑟長門奏曲終露下沾羅袖玳瑁牀空翠黛愁茱萸帶緩纖腰瘦亦有秦川竇氏妻傷心皓月冷鴛機金井蕭條秋葉響銀河清淺夜烏啼烏啼葉落悲今夕空房獨宿離憂積征衣幾載斷陰山錦字何年寄龍磧龍磧營空刁斗寒朔風吹月度雲端玉關見月悲懷起紫塞傷秋旅鬢殘關塞凄凉歲將暮三五團圓愧蟾兎盈盈但照別離心望望偏迷故鄉路迢遞鄉園何處邊月中惆悵枕戈眠烽火年年驚絶域夢魂

夜夜到南天南天桂魄凌清漢散入楓林影零亂烟消乍吐碧山頭更殘還落秋江畔江畔今宵羈客舟娟娟明月動離愁寒塘露冷芙蓉老淺渚霜清蘆荻秋蕭蕭蘆荻飛花白日帶烟波漾寒色雁影秋傳繡閣書砧聲夜雜朱樓箋幾處朱樓傍水濱閨人望月淚沾巾相思願託嬋娟影流照天涯漂泊人

外舅響泉先生招同賔谷斧仙梧陽蓮趺勤補集丹井山房分得美字

秦隴昔從游論詩授宗旨膏沃耀斯遠基厚高則圯欲命千秋業操觚詎率爾枕葄書城中菁英浹肌髓駕馭須以才勢如俾就理緯之以深情讀者味無已無然昧遠到邊幅修自喜江海覽渟深允矣難爲水稽首銘誨言勉勉遵所指于今逾十年無成負知己載誦響泉集典型欣在邇翩然賦歸來抱道儼栗里九峯二泉間時復隨杖履消寒赴佳招際此風物美言尋眞仙蹟丹井湛清泚飛觴碧闌前連袂蒼松底綵筆灑芳潤吾服吳季子谷仙雕鎪殫物態遺誤訂往史阿兄梧陽擅清吟頗熟文選理弘農夙多才騷苑蔚雲起人各樹一幟賔谷蓮趺

勤補恍入五都市先生師造化足式後學執雷霆與筆力動魄駭俶詭萬象湧毫端莫測起與止此境逮者鮮未易輕擧似證以前所聞今吾無一是罣漏盜吾胥頑意亦萌蕊末光倘可希傑製絶規擬

潼關二首

天險由來設經營壯思多關門臨赤水城影入黃河一道冰霜合千峯劍戟羅定知森氣象飛鳥不能過

控扼連蒲陸形危接武關地雄豐鎬舊事感漢唐還聲鼓今長息風煙晝總閒唯憑來往客騎馬日

班班

和杜少司寇二首

曲江偏愛少陵詩韋杜依然似舊時風暖一城吹柳絮春深十里傍花枝別尋古寺穿幽徑閒伴山公醉習池行樂恰逢春雨後玉驄嘶去好相隨

絃管開元事總非江亭風景認依稀啼鶯無賴催紅雨流水多情濕翠微尺五晴飄天畔路十千香趁酒邊旗夕陽影裏金鞭緩芳草江南共憶歸

聞雁

春分秋社半年程隴水刀環日夜聲書抱秦川三尺錦杼移中婦十絃箏啼殘曉月紛紛白飛近天河個個明爲報故人情斷續鄉心題徧總難平

圖總兵有序

乾隆辛丑三月逆回蘇四十三作亂衆六千八陷河州直撲蘭州環攻六晝夜城幾陷固原鎮總兵圖欽保以步騎四百七十救至圍解逆回退據華林山　大軍至與戰不利圖欽保力救死之四百七十人皆没我　朝滿洲將士超越前古如圖公者豈非忠義智勇足備者哉余時在陝西尚方伯幕中聞警偕尚公馳赴助軍餉

且觀戰感其事爲歌詩以記之

撒拉逆回圍金城凡六晝夜城將傾誰爲解圍圖總兵圖總兵軍至猶嘴營白日偃臥不肯起謂言大兵踵至如雷霆寔有親兵四百餘夜發百人爲先聲百人繼之鼓三下百人繼之天將明一夜三起金鼓齊鳴逆回膽破總兵徐行總兵僅領百餘騎直抵城下如流星逆回退據華林山總兵列營在城下賊衆刼寨營無人總兵射人先射馬殲賊凡幾彼衆我寡平明賊盍衆總兵獨開雅先領三十騎山頭俯平野步卒四百餘勢若長蛇者賊衆向撲陣右旋繞出賊後揮戈鋋殺賊三百戰且走賊人大呼躡我後我兵埋伏夾山口發炮殲賊據險守振旅而還酌大斗酌大斗歌嗚嗚臯蘭夜風啼白烏泣數行下壯士呼賊衆不敢出士卒且休息請纓殿上來終童趣出蹊底欲仰攻賊勢湧出如攢蓬圖總兵竦身絕壁如秋鷹徑撲賊營賊反顧歸鴉護巢抵死爭圖總兵兵少援絕烏能生嗚呼圖總兵雖然兵少援絕繼以死大兵全師寔由此　朝廷聞之蔭其子圖總兵本是羽林軍四百騎擊六千賊殺一身全五千人古來名將孰比倫

家世將種勇畧世所傳長兄歿緬甸次兄死金川總兵來鎮蕭關道道路人知圖欽保庵下四百七十八亦如齊之壯士死海島

席上

蓮子雙尊酒數巡紅氍風弄藕絲新劇憐四座笙歌裏也着欽嵜可笑人

一秋客裏都無事冷淡心情只苦吟禪榻茶烟人醉後漫裁新調和繁欽

客懷十六首 并序

作客青門行及二載旅窻枯坐默數平生漫成

十六首若謂勞者多思貧者多怨亦或然或不然也

尺五城南想薊州青衫挾策舊曾遊無端聞樂還西笑忽爾看雲動北愁鶯囀上林方婭姹柳眠沙道正風流誰知漠漠江南路也有春光在陌頭

採珠拾翠何年夢有約分明在始青春女花間頻悵望美人天外自娉婷依稀上下臨水語髣髴參差看井星懷舊感時成一笑遠山微雨晝冥冥

肯爲衰顔泥壯夫頻年浮梗信窮途客心去住雲南北塵鏡功名意有無花解留人供笑詠天將許我占江湖歸來得署烟波長不礙飛鳴引二雛

濕雲籠樹影微微客路輕寒雨欲飛四海人誰憐短褐三更我自臥牛衣梅開野圃春仍瘦鶴唳平田晚帶飢物理細尋何計得只應歸掃舊漁磯

關心珠桂思千里故里交遊憶二楊永叔蓉裳歸夢正尋鷄黍局春情先到水雲鄉桃花繞屋千株火柳色分堤一帶黃記得諸君沉醉處滿山樓閣臥天香

首夏恢台又一時槐陰抽綠最高枝短長晝夜愁人覺冷暖風光病客知堦下閒銘埋筆塚牀頭新

譜送春詩憑誰笑我耽疎放已分君房是素癡

永日無心更出遊坐看風景祇生愁花心開謝何關鳩天意陰晴欲問鳩重碧千章成遠蓋浮雲一片失高樓流光變幻都如夢何物車前是八騶

旅窻岑寂似深村誰打三更月下門學士送來書一帙美人攜得酒盈尊哦詩不覺燈花灺把酒時捫坐石温此地有人傳好事來朝便作畫圖論

時序推遷有是非閒思往事怨春歸那禁素手親團扇頓使渾身厭熟衣自問游蹤眞欲笑試看塵世擬何依平生知己嚴公在一片初心總不違

自從飛輕到人寰苦憶芙蓉水一灣客舍新涼來好雨秋牀昨夜夢青山藕花風繞池西面桐樹陰輪屋半間更有東鄰垂白叟來言玉桂待同攀

旅人何用計窮通鎮日蕭然對碧空桐子細沾紅葉雨爐烟輕颺白蘋風詩情斟酌兼濃淡酒户評量在下中倘得一杯聊到手長歌還擬向江東

賃得齋居一畝寬紙窗綈几稱儒酸人間禮數疎難學俗下文章懶不看決踵舊穿蒲子履蒙頭新綻竹皮冠西風須念無衣客莫便颼颼頓作寒

又見槐花滿地黃緇塵白袷困風霜偶然作客問

經歲能得持杯醉幾場愛我或言差不俗憑人相笑是佯狂豈知雲白山青路細語年年黯自傷

粉郎才子今誰是海內風流數莫君盧小十日清尊和我醉一天涼月與秋分詞翻珠貫曾題扇墨弄銀鈎試舞裙記否青門同聽雨半牀書卷半牀雲

有客新搓鳳嶺春早來招我倦游人未能痛飲聽名士敢學狂歌位上賓蘭葉三分量舊帶桐花滿地卧秋茵君看可是風流伴莫遣雙鬟笑角巾

也曾江左數名流灑地吟場逐俊遊紅袖分牋隨手擘彩盤徵令任人偷問思往事添三費聽數平生過四愁慚愧仲宣頻去國不知何處更登樓

寄内

三歲不相見相思并一秋蒙籠青桂樹明月在西頭酒向金波乞琴思玉軫抽寄書知已達展看更添愁

往事

往事濛濛飛絮柳離情裊裊罥絲荷碧雲千里美人遠如此瓊瑤繡段何

一字闌干的的花水晶簾影小窗紗依稀記得迴環路碧嶂紅泉第五家

王明經樾

字蔭南號樓門選貢生晉川先生季子淙雲弟也樓門性聰穎才堪肆應庚子甲辰兩應召試列二等選拔入京朝考亦二等飢驅南北年三十八卒於湖南撫署中

旅館

浮世三湘三峽生涯一壑一邱不見風雲入夢空嗟日月如流

地僻都無俗韻人間但有清栞鳥語日長日短華開春淺春深

謖謖松風鶴舞陰陰柳月鷄鳴痛飲參辰下合高歌涇渭俱清

夢到巫山欲雨淚添湘水無言一賦承塵鵩鳥三聲上峽清猿

友人以詩致杜鵑花荅謝

淪落多年意氣微因君羽翼會芳菲寄來靈樹枝枝血一見欲啼還欲飛

侯秀才鳳芝

字冠芳諸生少卽工詩嘗遊粵著有四雨軒詩草嶺南遊草年三十四卒于閩

題惠山文昌宮

鑿翠開靈宮低牆補山缺下有流泉深澹然靜而潔入山不見山探奇在一室高閣忽登臨檻外峯峯屼叢桂生石間根與石爲一境寂無人聲遙望雲一抹悵然憶先人手痕在石碣羅漢泉額係先曾祖所書

山樓

樓在亂峯巔嵯岈互相拄山近不覺青惟見石色古瀑布循堦飛微雲半牆吐一瓢欲汲泉且向竹中煮

管社山莊

小園傍山麓山勢恍如削遊人行屢迷奇石互參錯孤藤嵌陰崖崖斷石不落分茵坐其巔遠望烟漠漠

尚友堂在管社

精舍五湖邊堂前聳絕壁徐步隨澗曲一洞杳然黑陰氣森逼人前歲雪猶積側身穿峽罅嵐重無日色路窮漸有光洞口亂峯塞落葉寂無聲足音響山石登高瞰波光何處漁舟笛

澹寧館在管社

高閣何清幽湖光在簷角蕭蕭葉響堦俯視千尺竹閒雲出湖邊一半抱山足碎石落空樹樹包石爲腹時聞落子聲劉峯作棊局長嘯臨碧空斜陽去何速

太湖遇風

水勢何浩浩大風起震澤濤洶欲斷岸湍流碎日色連山東兩旁橫波不能溢萬古蕩其崖土盡見山骨回思發棹初湖面波光碧歸舟未移時濤頭已千尺心自輕江潭身已苦反側歸來卧匡牀猶

似風湍激

輓世叔劉壇武

人病苦不生君病苦不死清貧士所廿君獨至於此憶昔聽君時談笑喜吟詩吟詩猶未畢悲來忽成泣泣已時復吟風月皆淒切回首顧兩兒託友殊依依豈知榻前跪神已忽成癡（君疾不食子膠山長跪勸之卒不食遂成癡病）載誦挽兄作追隨喜不進（輓詩內有不久相隨之語）而今應聚首深慰長相思

輓劉孝子膠山

父死愧獨生父餓愧獨食一死猶依父還傍殯宮

側（壇武卒後君自縊于殯室之柱）憶君侍疾始長跪泣不起意欲勸父餐誰料竟如此枯樹留新枝枝折樹亦悲滅性父所痛情迫誰復思自縊氣竟絕慈母聲嗚咽明知傷母心不忍與父別所嗟地下隨奉養亦終缺

題華半江小照

峭崖立江邊嶄絕因水漱波濤入筆底字骨與八瘦（圖中多畫江景）結想洪濛初元氣鬱蒼秀兀坐長松下翠色滿襟袖渺然追古人豈在李潮後（華善篆書）

登城野望

天高覺鳥低草枯平野濶日落氣空濛兩山渾爲一開雲滅溪來人近忽已失

黄公澗

一水劃兩山澗狹水愈壯亂石遏其流石碎浮作浪下歸小池深千尺雷聲放何時居此山抉土洗青嶂

題石門白鶴道院

三面聳奇峯缺處危樓補窗對石門開牆連岫色古澗水流不息洗淨山無土堦前一片雲散作四山雨

過天柱灘

半日過一山半日過一石石激驚波飛軒窗驟雨滴一灘分數道曲折逕逾窄帆穿細雨中舟行亂峯隙惶恐未覺危兹灘險無敵

寄紉湘弟

食欖神味清初嘗乃苦澀艮言亦如之追思始知益君少負奇材剛正具特識時時箴余過爭論面發赤事過仍怡然胸中了無迹嗟余今遠遊誰復施藥石君才似芙蓉耀日彌增色君性似梧桐寸枝自孤直我初本少言君喜盡胸臆我倦君尚談

君語我時默誰知一別後欲言苦無客惟當勤寄書彼此慰岑寂

吳山

輕雲遥擁吳山足惟見山頭數峯綠行入傍山無處登且撥重雲上林麓初登尚覺山勢平轉入山背峯縱横孤亭遠會四山色一水分作數澗聲峭崖陡絶疑無路孤松倒卧作橋度何年大石從空墜雙峯突兀擎石住高山無臺岩作臺西湖若帶江疑杯（上有大觀臺）回望山腰雲忽霽歸途歷歷嵐無際

花山

合抱高松不知數一逕蒼然夾山路行人入山不見山但覺滴翠如烟霧鳥聲如欲喚人來澗水惟聞送客去茲山勢類蓮花含擘開花底留孤龕閒塔已見踏蒼蘚淨榻忽欲浮青嵐禪房初盡聳絶壁一石絶磴五十級上有寒洞深難尋裂開一罅光猶黑

題秋江夢遊圖小照

江波未醒南朝夢君復神遊遠風送放舟天際還嘯歌濤聲欲撼山傾洞披圖滿目烟霞護空江憶得曾遊處幾回泛棹訪秦淮蘆花飛遍横江渡潮去潮來春夢殘孤帆怕拂金焦樹豈如夢裡渾忘機盪胸雲海秋江暮覺來世事空復空夢境已逐江流東新圖何必留幻迹相與變滅虛無中

舟上十八灘

南贛諸山皆聚族綿延不斷氣相續忽然天上來奔濤界破千山萬山綠兩岸峯多石爲底中流浪湧奇石矗前灘遥望路若窮輕舟轉出高山腹長風不盡送孤帆舟行十里幾回曲夜來風靜灘流平終夜喧聲夢頻覺

萬安南去客心驚兩崖日夜聞灘聲灘聲直下潮流上孤舟欲與亂石爭石潛水底時出没白浪無邊一點黑有時梟石波面矗劃破滄流勢相激濤頭石角了不分磋磨一線舟行疾茲灘自古稱惶恐我今一到心胸豁綠樹還添紅樹烟近山恰補遥山隙蘇公已去白雲深惟有佳句流高岑

寄心齋仲兄

昔君寄跡章江東歸期每歲乘殘冬新詩見示不知數行墨疑有烟霞烘自愧家居少著述對此不覺愁吳儂揭來遊粤溯江水金焦矗立雙芙蓉十

八灘頭水聲急筠門嶺上雲千重心空自覺了無物惟有天地清氣留吾胸興酣落筆不自主如水破浪山成峯好鳥當春自成韻名花得雨白露紅無心覓何隨意得但與蒼烟落日相寘濛方知當年詩卷亦如此筆妙未必皆人工江山得助有張說山水奇氣自史公至文是自在天地得之無迹尋無踪每愁力薄苦難到導余先路能相從一南一北音書絶唯有魂夢猶堪通

平遠道中

兩山夾一澗木杪架飛橋山勢因嵐變林烟得雨消夢殘猶可續景好轉難描一路肩輿上輕雲處處飄

樟樹鎮作

百里皆樟樹濃陰遶一村諸山翠嶂合兩岸白雲昏鷺立沙無迹舟行水有痕陽明駐兵地此日散鷄豚

過吉水

山近嵐光綠低迷草色濃有時連翠靄不盡復長松惟見人行迹難尋雲去蹤歐公生長地水月夜溶溶

揭陽城秋望

遠郭清江外孤城秋氣中路侵衰草白影入晚霞紅海色來天地濤聲挾雨風故鄉不可見東望但空濛

題榕城書院寓

亭外盡芙蓉花光帶曙濃潮來池亦滿嵐重石疑封排檻多修竹循牆出古松無人為唱和寂寞是吳儂

登揭陽城

榕江抱城澗江外萬重山雲霧浮三島烟花麗百蠻寒潮平復滿飛鳥去仍還天水難分處蒼茫是海關

題秦震宇精舍

門對洪湖闊連山望不開豈知峯缺處一片水光來偶與浮雲出時隨飛鳥回幾人展齒到堦石滿青苔

春晚題塔影莊

一榻蕙千叢人眠花氣中夢寒非自雨香遠不禁風曲澗掩平碧深林滿落紅幾聲清磬響惟覺客心空

題大樹園精舍

淨綠浸人心牕前古木深山容含雨氣客話雜禽音偶爾穿巖際誰知到水潯出門回首望暝色滿空林

山中梅

梅花香不覺恰在靜中聞夢外餘清影牕前滿白雲

華藏山

山色半天青入山忽已失惟見水中山蒼潤嵐可悅

雨中遊西湖

湖痕欲入天有山劃其界雲起失諸峯碧落不在外

歸舟

西風蕭颯覺衣單萬里空江欲渡難帆影自隨歸夢轉山容不爲客愁寒南朝古寺秋先到北固遥鐘夜未殘獨有秦淮一片月相從直至五湖干

再得草廬種竹 得心字

牕前烟雨聽龍吟好竹新栽翠色侵習靜忽驚殘暑退讀書還護綠陰深蕭疎寒影三更月回薄秋聲萬古心待得南牆千挺後幽篁更許坐彈琴

聞仲兄已到南昌

百花洲畔大江濱不盡雲霞寄一身高閣自收三楚雨平湖猶夢六橋春 花洲頗似西湖兄曾遊浙故云 淒淒芳草懷鄉切渺渺長波弔古頻絳帳從今多樂事秋風乍起便思蓴

寄懷泰震宇

心已隨君到廣州那堪二載尚淹留靜中天地來淸氣夢外江山入素秋不盡浮雲看世事無邊明月帶離愁何時一棹沿流水遥數歸程過嶺頭

步月訪何翰田寓舍

烟霄淸迥欲無河散步誰爲唱踏歌詩興已如微月淡鄉心爭似亂雲多築沙曲岸疑成石積水空庭未起波 東坡謂月色如積水空庭 今日柴門聞剝啄推敲一字問如何

海潮日日到淸渠共逐長流訪客廬形影三人非自也風流七子溯黄初落花幾徧壺中地映水何殊鏡裏居塵世勳名都是幻江山風景未爲虛

和徐鏡江夜雨原韵

榕城偶借一椽居夜雨垂簾賦子虛窗擁濕雲迷

蔣徑簷飛瀑布擬匡廬筆花恰照燈前夢屋漏還疑醉後書爲問離愁能幾許楚騷無那似三閭

閱先伯兄所寄仲兄手書感而有作

手書寄遠意蕭騷家計艱辛莫代勞弱草自依松栢蔭不知霜雪下平臯書中備述家計之艱

一室無人恨別離不堪除夕漏聲遲而今寂寞嗟誰語惟有凉風動素幃書中有除夕淒凉之歎

湖上別心齋時兄留浙而余歸家

雨岸樓臺處處簫離人惆悵欲歸橈別君兼別西湖水夜宿楓橋夢段橋

梁溪詩鈔　卷四十八　三十二

遊屐同登山萬盤一朝分手宿湖干歸舟仍自來時路流水無情月色寒

杜秀才士桂

字蔭蟾諸生雲川太史之元孫也美秀而文年二十四卒

避暑和王和仲世叔

避暑僧樓上高窗四面開長天看鳥盡終日少人來山斷虹邊雨花蒸水底雷求仙何必遠只此是蓬萊

陳秀才灝

字叶雲諸生居邑之芙蓉塘橋少小工詩著有叶雲詩草年二十二卒

春暮述懷縣試作限七律二首得春山二字

幾回花縣坐花茵披錦聯吟復此辰鵬翮有程終自到龍門無價定來眞彩毫爭染金莖露綠酒齊拈竹葉春欲問桃源憑放棹乞將牛斗指迷津

綠鬢頻看鏡裡顏虛堂風物畫圖間春當三月花齊放技向千人句轉慳才士自居羣玉府高文合戴巨鰲山謝家池草殷勤覓可許丰標附笋班

昨夜

梁溪詩鈔　卷四十八　三十三

昨夜山香曲未終朝來雨雨又風風禪房盡日茶烟颺誰更拈來一笑中

仲冬十九日偕韓景圖吳雲侍馬雲隄過賈雲裝齋中限韻同賦

爲訪閒仙家風前吟興賒雁寒雲覆重林窄月穿斜酒力勝蕉葉文心豔燭花探囊爭得句可許擅雕華

惠山竹枝詞十首存八

軟風到處拂香塵好日遊山天氣新多謝河塘楊柳樹繫儂畫舫過三春

綺陌街上笑相呼寶塔親登不用扶儂是雙情作
雙影跨來龍角任他孤
女伴嬉春第幾回梵王宮殿好重來寺門一逕燒
香入千葉蓮花開未開
若氷洞口問仙家絮絮才名豔齒牙癸巳春有錢塘女子絮絮題壁詩十二紅欄偷倚遍等閒看殺碧桃花
清華水木不知愁暮暢園亭接素秋一種天香爭
愛惜綵絲齊結桂花毬
溪山佳處儘閒行指點香雲一甕生道是惠泉名
酒美撩人風味不勝情

梁溪詩鈔　卷四十八　三三

纖手緶成手帕紅俾儸親裹向春風攤錢還買兒
童戲山店移來不倒翁
石門空說暹文莊諺云若要石門開只待邵寶來花落花開自在
香絕愛龍峯蓮九朵何年飛上紫鴛鴦

秋螢

爾亦飄零慣年光惜逝流燈殘吳苑雨星落洞庭
秋明滅虛今夕高低颺舊愁竹亭人遠隔何處動
簾鉤

題美人楊柳畫扇次龔曉嵐韻

藕絲衫帶柳絲飄少女風前舞細腰添箇一雙春
燕影拚教一度一魂銷

春陰作

三春好夢滯江花雲影還乖一幙紗盼到庭前無
箇伴綠楊枝上冷雙雅

南樓送別馬雲踶

銷魂暮雨送殘秋況復樽前動別愁旅雁遠隨雲
度塞一聲嘹唳落南樓

呈金峙庭太守

古之賢太守實維儲相望歷試悉民情宅揆故無
曠歷攷漢宋間此法亘非妄英英名御史朝野夙

梁溪詩鈔　卷四十八　三四

欽仰忽然治郡來霜飛挾清況下車首鋤奸功烈
一何壯吾覶扁鵲手治病先滌盪病去人自安元
神日以旺問公胡乃然夙學天共諒關西凜四知
清操足憑杖文官不愛錢義諦眞無上孤標聳峨
嵋湖干插青嶂

題鮑若洲先生畫柏

勁直梁棟才古柯撐尺幅筆底葉森森何當鸞鳳
宿

五日

夾岸笙歌喧不住凌波羅襪鬬新妝小舸薄醉菖

蒲酒也逐飛鳧趁夕陽

落花

風風雨雨逼殘春寂寂園林不見人寄語揚州狂杜牧深紅幾許墮香塵

金谷繁華付曉霜馬嵬泥土剩空囊般勤早進巴陵酒回首東風已斷腸

立秋前一日即事

玉塵頻揮暑氣沉嘉瓜不待鎮虛心涼風先動騷人思團扇旋招班女吟北戶簾垂猶脺蔓西樓雲起已成陰宵來懷抱清如水獨對銀灣理素琴

閒步

寂寞誰聯塵外蹤知心猶有兩三松寒雲遮斷舂詩處獨立蒼茫度晚鐘

春怨

不道勝常睡起遲羅衣猶被好風吹拗花折柳渾如夢那有心情問女夷

秋杪同人登錫山絕頂

湖山影裏共憑欄一片秋心萬里寒多少天風吹不盡蕭蕭落葉雁聲乾

王公孫垚

乳名松齡晉川先生之孫淙雲之長子余外孫也齠齓有成人之度八歲其母燈下課以唐詩誦數首即解吟哦與余孫籌策輩倡和年十六殤（徐聞齋嵩王公孫哀辭：烏虖公孫實我表甥孤幼而秀嬛嬛京京勺象日舞笙鶴雲行明明令祖邦之司直胡寧不弔摧頹萎厥而父吾友孕奇含章靡志弗懿靡言弗許嗟我西征會於青門嶺表驚秏江滸招䰟森森長谿蕭蕭破殿如麻攢匿狐鼯晝見殯宮草綠靈牌塵面於戲公孫爾返九泉地下有父終其爾憐哀痛吾兮翳弗如焉厥母奚辜獨罹鞠凶夫征不復藐是遺容探瞉於懷制刃交胸霜杼輟韻月白停春恭聞孀母慟子不夜沈沈燈隕田田墻壞汀血未騁雛鵬長鎩我作哀辭辭不可終拳集鳳凰悲纏竹桐躑躅嗚咽涕泗丁躬）

避塵處雨後

雨過青草長竹窗含幽色傍舍綠溪平水漲忽盈尺

同表兄鳳威麟祥步出綺塍街欲往惠山以晚不果用夕陽西三字分韵得西字

哥哥行不得况復夕陽西簫鼓喧村社漁樵散野蹊穿林防側帽藉草恐粘泥已是上燈候同分太乙藜

和鳳威夕字韻

山光漸沒白駒迹返照鱗鱗九龍脊畢栖豈不愛

三春弱羽安能迅六翮梧桐爨亦中綺縠蝴蝶夢
應飄繡陌碇幃堂上正相呼月淡風微蘼徑夕

和麟祥陽字韻

試泉門外買年芳日暖生憎柳絮狂春水方生聲
已動片雲不落影徧長前朝樓館湮荒草幾寺鐘
魚送夕陽燕子歸來竟何語呢喃只是話尋常

雁

日照高飛影秋風響過雲低徊看雁字天上作奇
文

大重陽舟中偶作

楓樹饕城東青山出茆屋雁叫不成行江涵秋影
綠

上元

燈月交光夜漏徐避塵人覺小窗虛若教太乙今
宵過定把青藜照讀書

清明日和麟祥原韻二首

連宵急雨禁人烟不道江南有漏天堦下青青已
如許杏花飛上七條絃

花暖餳簫綺陌香片雲含雨過橫塘沾衣欲濕雨
三點且讀風詩一二章

陳處士裕

字醴泉居邑之安鎮好學能文著有白怡
詩一卷年三十九卒

征夫詞追和劉西江韻

征夫語征婦歸否難豫知勉事堂上親俾忘塞下
兒

秋晚同友登膠山絕頂

白雲飛破霜林紅衣裾冉冉披天風興酣高嘯問
往蹟恨我不識梁溪翁東望虞山隱蒼翠西瞻震
澤涵空濛古賢亦在漁鹽中何必驂鸞上華嵩

山徑暝歸

晚步餘殘醉長吟憶舊題水明山遲月徑仄路侵
畦叢密鸞麏竄天陰怪鳥啼亂螢渾解事導我轉
橋西

蔣秀才光藻

字桂山諸生貧而好學又以父逋累訟數
年馳驅蘇常羇四武陵致以瘵死年二十
七

城南

放艇沿溪去晴洲萬柳條燕輕時掠水鷗熟輒依

橈山意舟前活花容籬外嫣歸來村落晚纜繫小紅橋

夏日重寓菰川莊即事

濛濛雨氣暈青郊耐聽窗前風竹敲乳鴨閒尋洲畔食濕禽懶宿樹頭巢酒雖困（一作無）屐還不（一作須）買書爲看棋却（一作亦）暫抛畫本詩情中着我自招山水作新交

蜘蛛

蜘蛛何太巧張綱在門戶飛蟲誤相投細絲縶其羽自有䶬斷謀乃知陷者苦居高不畏人宅中猛

如虎皤然大腹中綢繆盡毒蠱安得物皆仁飛走樂寧宇

古意

秋風何蕭蕭吹落滿林葉葉落在妾家收之藏篋篋寄語遠遊子憐葉當憐妾君去葉未生君來已落葉

旅館書事兼寄家中

旅館蕭條晝掩關且將書篋學幽閒墻低半借鄰家樹雲薄初添屋角山對酒空懷詩社客思親只好夢中還歸來驗取青衫袖無限湘江竹上斑

華秀才章煥

字漢倬諸生有條之孫貴州司馬春芳子弱冠遊庠贅於齊年二十而夭

暮春將遊山左雙燕來巢詩以留別

連朝紅雨滿江城結束琴書赴遠行燕子欲來人欲去可憐相對話離情

瓜州晚望

落日停孤棹蒼然夕照間潮迴官渡柳月出女墻山時序增遊思風塵損客顏懷人重回首應逐暮雲還

揚州

重岡隱隱淡烟浮十里芳隄夜泛舟柔櫓一聲江月碧滿城絲竹是揚州

東平早發

車鐸頻催馬正酣雞聲初度古壕南殘燈旅店宵征苦小米官橋午飯甘離緒每隨塵漠漠客愁偏繫柳毿毿停輿回望經行處日出烟清雨後嵐

九日登高

天寒木落奈愁何把酒憑高一放歌紅葉堆中逢白雁青山缺處走黃河聽殘砧杵秋風冷目斷鄉

闕落照多醉後茱萸休把玩故園回首隔烟波

王別駕游

字景言號素園工書能詩少從王盧舟蔣湘帆兩先生遊南河節使高文節公薦於朝歴高郵州州同老而歸舉鄉飲大賓年八十三卒著有鏡巖詩藏於家

述懷和新建裘少宰韻

耕研磨來墨未乾鷦鷯暫托一枝安無多歲月抛荒易欲嫁衣裳代製難老向詩書尋理趣舊盟松柏耐霜寒浮生似夢原無據富貴升沉冷眼看

題賈素齋嵩補衣圖即送北遊

獨理行囊寫素襟書籤畫筆費求尋慈親自有遺羨意游子常懸負米心此日縫衣雖襪線他年補袞必金針治安妙策君家秘讀罷何妨一再吟

陳明經湘珩

字嶽青號鶴汀歲貢生少從王盧舟先生遊工篆書尤善鐵筆著有鶴汀吟稿

韓侯釣臺

持竿讀兵書遥溯淮隄下破屋三兩間漢陵無片瓦

歲寒雜感

停琴曠遐矚浩浩天一涯中有鶺鴒鳥日夕相因依自遭風雪勁摧折傷睽離一飛在江渚一集東海湄天寒叫鴻雁層雲難會面凍壑流冰澌衣单不成線接翅飛何時空令感流電

王上舍容

字裕臣太學生仁山先生仲子寡言笑少交遊安貧寂處著有雨滕詩草

春日出遊

雨霽山水淨輕風颺南陂遠樹明餘霞孤城當落曦逍逍二三子信步將何之同是澹蕩人幽輿會有宜苔色點石古禽聲出林遲臨澗彈素琴掃徑吟新詩歸來記所歷懷古寄遠思獨坐復長嘯明月來清池

清明日登城樓寄懷家兄舍弟

二月風光早登臨快及晴踏花人折柳攜酒客聽鶯南楚遥憐季東華忽夢兄獨遊吾已倦脈脈是離情

錢布衣秉義

字翼倫倜儻豪邁而族黨稱其孝居父喪

未嘗見齒毋疾嘗其穢以驗病之治否精
篆刻工繪事尤長於花鳥卒年四十六

夜雨

讀罷離騷窗紙鳴蕭蕭風雨已三更燈殘掩卷空
千古細數芭蕉葉上聲

鄒叔子振聲

字夌烟松江教授儀九先生之子少肄業
書院從余遊既而北游數年淪落以終

馬陵道

驅車過馬陵山川幾人代將軍樹下亡豎子復何

在落葉滿空林殘陽促征蓋

喜雨記事

壬寅下相久不雨人災地災重天怒夜半月落陰
雲生風師川后羣相迎雷車隆隆電熠熠鐵騎馳
突刀鎗鳴白浪千尋碧空瀉天開石破銀河傾簷
飛瀑流心目驚居人危坐不聞聲恍如馬陵夾道
發強弩又如沙飛木折滎陽城自戍至寅雨方歇
既優既渥民願愜枯竹舒葉蕉抽心水雞虹蚓聲
遂接田家士女盡如狂父老拍掌呼維皇向非時
雨潤百穀歲歉孰與供官倉從今只待秋成報烹
羊稱兕升公堂

登馬陵山 山在下相城北

曠士偏多興名山不在高空亭號古木絕壁上洪
濤自覺精神爽何嫌意氣豪再窺雲影外黃鵠破
風翱

宿邳州驛

馬上披霜復戴星悲歌擊筑入郵亭河聲夜逼孤
城黑山色朝迎萬木青舟楫何人堪共濟林泉待
我不遑寧如何躑躅經三載踪跡依然類轉萍

哭大兄

一門家子委泥塵萬里勞人益愴神應恨病中難
見弟可憐書到不爲人衰親慟哭頻增病幼子奔
喪復苦貧昔日傷離今感逝衾枕淚痕新

和曉屏司成二兒午風堂雨坐韻

寒雲黯淡度離鴻獨坐高齋細雨中蕉葉三杯開
宿霧屐霜一曲引淒風翠濤好自松間合清響還
於竹外空談笑鴻儒方接踵何須渭北憶江東

又和見贈韻

蒼翠千重到玉除隱囊紗帽足清娛仙官雅愛三
餘暇棄士深慚一故吾懷璧至今同瓦礫望鄉從

古憶蓴鱸如君建豎當非淺莫計秋風泳荻蘆

時館中無飯慨詠

數載棲皇與願違依人猶是嘆斯飢方悲馮鄧勞薪火忽類夷齊採蕨薇安飽無求心自古饔飧不繼道寧非伐檀有咏吾何愧却羨隨陽一鴈飛

受業侯　叔度　秀谷校

梁溪詩鈔卷四十八

梁溪詩鈔目録卷之四十九

國朝乾隆十六

顧郡博敏恒　六十首

顧上舍斆愉　六十七首

以上二人

梁溪詩鈔卷四十九

梁溪顧　光旭　華陽氏集

國朝

顧郡傅敏恒

字立方號笠舫丁未進士雙溪兄長子善讀書能默識貫串六籍博覽羣書晏坐一室時自得也自知無吏才榜下請就教職授蘇州府學教授未三年卒於官年四十五著有笠舫詩草

春晚遣興

抽養倦人事始知吾道尊長卿未獻賦董傳問窺園隱几鶯喧樹鈎簾燕入門獨餘傷逝淚回首輒銷魂

遊滄浪亭弔蘇子美

滄浪亭下秋草深天光水色清人襟昔賢蹤跡久寂寞繞地菱芡吹差參回廊曲折覽不極怪石夾路攢巖岑松篁鳴風自磨戛檐牙當晝常陰陰嚣塵奔走此暫憩城市髣髴同山林宋初文章等蟬噪歐梅並起揚清音其時子美才最勁豪健磊落無古今洪鐘大吕必傳後愛惜隻字如璆琳衆皆歎惋不並世謗讒底事相窺尋放懷暫得一醉飽翻被肉食嘲荒淫玉堂神仙本天上飄身下墮塵埃侵苦墜顛頓雜蛙黽不令上和薰風琴潮州之韓柳州柳竄伏嶺海浮桂郴此邦風土頗清美退隱亦足抽朝簪天爲人地作之合江山有待公無心嗟予少小好詞賦公有遺翰令人欽精靈來往或睠此蘋花可薦公其歆

即事

西山秋老翠微微榆柳蕭騷日漸稀明月滿空霜滿地不堪鴻雁更高飛

芙蓉花落練塘空瘦菊斑斕葉滿叢他日不栽閒草木也應無地着秋風

郊行

春陰如夢養花天二月韶光似少年行過野橋流水急一雙魚翠破輕烟

暮春

脩然吾亦愛吾廬暫得閒居似隱居睡鴨池塘波瀲瀲落花簾幙雨疎疎才非命敵思彈鋏病與貧兼且著書漢殿正需詞賦客莫將四壁笑相如

髮繡觀音圖歌

繚綾練練光如月翠羽金支互明滅捧出休同晝
障看珍藏屢用沉檀爇蜎蜎香雲現妙鬘白描知
是美人鬟金閨妙擅丹青手曹帶吳衣未算難普
陀山色渺何許碧落迴翔雪衣女想像鴛針繡出
時珠簾晝永霏花雨繡閣當年樂事新簸錢鬪草
遣芳辰新詞鏤雪吟桃葉小字簪花寫洛神鉤紅
鑷翠猶嫌俗淡淡寫眞眞意足界說烏絲似鑑明
分將綠鬟如蟬薄別製長旛傍小亭梅花清磬貝
多經白憐命薄修眞果自悔愁多懺有情黃塵淺
水千年挽不逐仙裙化蝴蝶頂禮依然水月姿護

持閱盡鶯花刼廣大慈悲我所思乞將清露灑楊
枝披圖另有關心事若繡平原便買絲

雨窗東王二淙雲

天壤有王郎故是江東秀我昔一見之心醉若含
酎高文探邱索奇字窮篆籀揭來辟塵處簾捲坐
清晝青梧蔭檐牙碧薜翳井甃㵎池繚其旁㶑㶑
響寒溜清談何娓娓珠玉互雜糅別來復幾日著
述想盈袖定應吐光芒安得久藏覆知君心似錦
幸我耳非褎一編倘惠我佇聽韶音奏

夜宿祐國禪院

夕磬警虛堂秋衾宿上方一聲聞白雁半夜落青
霜古柏深深影旃檀細細香孤吟同半偈題向贊
公房

西廟四首

銅官山色鎖烟霞長伴王喬住帝家鸞鶴杳冥仙
路遠天風吹老碧桃花

羽旆蜺旌入紫烟袁郎位業在瑤天折腰倘爲風
塵倦不作眞人作散仙

老鶴孤雲不染埃紅塵擾擾爲誰來簿書錢穀尋
常事也費神仙幾許才

歲歎閻閻望澤深炊珠燃桂百憂侵長官若有神
仙術好爲蒼生鑄上金

不雨嘆

外河水淺今成溝內河水涸今成邱螺蚌紛紛雜
瓦石童稚踏歌橋下遊大船拋柂小船沙上過
長年袖手篙師餓賈客篷窗三月坐
清晨婦子喜濃雲在天雨至矣雨不來風颸颸先
訛作烏尾後涣作魚鱗六龍躍出光陸離朝不雨
夕不雨老農低頭淚如注浮雲閒閒自來去
安得儂家稻多於原上草有雨固佳晴亦好安得

儂家田生近滄海邊朝潮暮汐高於天無水不可車有稻不可闊路逢一士大笑樂先世薄田今賣却

梅花落爲粵東閨秀徐叶英作并序

山陰何絅文賈於粵聞徐氏叶英能詩遂娶焉居十餘年生二子而其家未之知也母又爲之聘胡氏絅文歸欲離胡氏婚不可乃逐叶英叶英與二子居尼庵課徒以自給既而其弟自粵來訪之因挈其母子歸粵將歸道出無錫吳君斧仙爲賦梅花落長句以紀其事且命諸同輩

作焉叶英知醫於卜筮星命之書多所詳究所爲梅軒詩百餘首其生平遭遇一寓之於梅詞旨悱惻有足哀者居尼庵時幼子殁今惟一子在名兆熊

嫋嫋東風吹綠萼珠啼玉泣傷漂泊江南詞客月中仙不賦花開賦花落花落花開易斷腸斷腸情味似徐娘悞憐何遜多才思催喚金閨半面妝妝成好伴何郎住蜑雨蠻烟客遊處繡被仍薰艾蒳香蠣墻恰蔭桄榔樹聞說高堂雨鬢絲刀鐶應怨藁砧遲寧知得拜姑嫜日早是成陰結子時姑嫜見日添憂喜玉鏡何緣聘雙美若使春光到處酣枝南枝北俱連理底事西隣有責言定情不問舊金鈿氷心錯被夭桃妒占取韶華已十年孤根移傍空門種師雄冷落羅浮夢六時禪誦理瞿曇賸向軍持作清供雪壓霜欺耐固窮消磨歲月付兒童尚書記就教鼂錯漢史編成授馬融可憐白兎東西顧豈念新人不如故緗淚斑斑別後痕碧雲淼淼來時路有弟尋踪訪女嬃頻年盼絶大雷書炎洲翡翠曾同宿錦水鴛鴦竟獸居東君不與花爲主袖薄天寒欲誰訴顑頷將雛氣力微一聲杜

宇催歸去此去明知相見難更休留取倚闌干山陰道上頻回首猶作梅花待臘看天涯何計療貧病旅食兼旬瓶欲罄學得良醫不自醫生成薄命工言命墮溷飄茵奈命何迴文錦字寄連波靈修浩蕩靈均放頌橘騷蘭怨悵多我爲徐娘歌一曲古來只似彈琴局霍女虛簪紫玉釵漢宮深鎖黄金屋世情反覆總堪哀采罷蘼蕪郎不來庾嶺揷天花萬樹歸心先到越王臺

五人墓

生市井間死膈下世上誰知五人者老拳憤與奸

黨爭熱血要為君子灑吁嗟乎五人有耳不聞魏進忠有眼但識吏部公仰天一呼緹騎走怒氣噴出如長虹朝廷魁柄歸奄寺草野何知朝廟事逆閹兒子皆公卿胸中爛熟忠義字穹碑高崔嵬鬱鬱名並姑蘇臺寧與楊左諸公共刀鋸不與崔田等輩同蒿萊松楸歷歷令人哀

喜晴沙叔　予告旋里卽次蜀中留别韵

報國馳驅正壯年名隨上將勒燕然却瞻錦樹人無恙漫憶雲安江可憐童稚候門元亮喜公卿祖帳仲翁賢五湖烟水東南濶一舸歸來覇越先

畏壘庚桑兩繫思山川景色入秋悲未忘忠愛仍傾藿善處功名是佑巵蜀棧風雲隨劍佩益都父老送旌旗碧雞金馬經行地却笑王褒但禱祠

汜埽欃槍見太平將軍三箭凱歌成銷戈月竃無兵氣舞羽　天階有頌聲　聖主恩深容小憩偽生學遂厭横行而今回首蠶叢路不似當年叱馭情

相逢林下豈無人暗數歸期及小春自有賜書貽子弟宵將衣錦咤交親由來富貴非吾願此後耕桑亦　帝臣多種陔蘭供色養承歡不厭在家貧

許國何心遽挂冠年年傳語報平安鶯花異域自春色猨鶴舊堂空歲寒繡嶺雲開宜隱几清溪水落好垂竿翻疑小歷龍華刼多少鄉人掩淚看

魚愛江湖客愛家每思醉月更逃花論兵共許無雙士好古曾居第七車浩蕩歸心隨北雁微茫詩思落蒼葭升沈早就君平卜認是成都八月槎

知因多病乞長閒陶冶餘功好鑄顔已對朝雲辭白帝不愁夜雨漲巴山塵襟易浣琴三疊文采難藏豹一斑寄語蒼生休悵望封胡偏愛謝公還

未必榮華有是非知還無那倦高飛衡門乍闢松

杉徑野服新裁薜荔衣魏闕只從天外望家山何似夢中歸豈惟得叔驚臣濟前輩風流世亦稀

雨中舟行至眞州夾岸桃花爛熳可愛因賦

曉風吹帆墮烟雨柳細蒲新水平渚夢回兩岸啼鵓鴣沙上耕人荷鉏語推篷喜見千花明照眼便疑天色晴紅霞爛熳三十里花外却到眞州城我時扣舷歌一曲欸欸飛英點波綠何須更覓武陵原徑欲洲邊結茆屋

仇實父水滸圖　并序

史載宋江等三十六人今所繪一百八人葢本

之小說家雖狀貌雄偉然皆剽狡輕悍有盜賊氣亦傳神之筆也有以此圖示予者紀之以詩

文章作俑司馬公游俠列傳收奸雄稗官點染一百八強半流傳亡是公仇生畫此如畫虎目光耽耽有餘怒草中狐兎不足貪朝吞豹麛莫熊父仇生畫此如畫妖白日慘淡風蕭騷兒爲夜叉弟羅刹天魔起舞翻弓刀嘶風戰騎明光鎧錯落犀文吐光彩橫戈聳劒不聞聲疑是銜枚走東海當年叔夜掖汴京定驅強人隨旆旌男兒當爲忠義死青史寂寥無姓名嗚呼爾輩誠碌碌譜入丹青詎非辱君不見小商橋下楊將軍戰骨歸來量箭鏃（楊再興亦羣盜故云）

南城丁君搏南陶適齋先生門下士也計偕北上攜先生書便道過訪率成四律

陋巷無車馬君來倒屣迎茅茨曾不掃雞黍未能烹禮法宗前輩風騷得正聲相逢更相送惆悵若爲情

不見陶彭澤於今二十年別離嗟我遠音問藉君傳慷慨懷人作淒涼感舊篇遥將故交淚千里滴重泉

生死交情在文章結契深神傷季子劒淚滿伯牙琴十載同遊徼千秋共此心好裁循吏傳鄭重墨如金（先生許爲先君子作傳未果）

道直甘貧病身閒遠是非罷紆南國組自采北山薇愛我言無隱如公世所稀何時符夙諾杯酒奉音徽（先生曾有來南之約故云）

蕭尺木畫壁歌

來登太白樓因覩尺木畫煙蘿冥冥暗絕壑白日風雷走其下瀑流飛挂百尺松坐對似是香爐峯讀書之堂杳何許但見九朶明滅青芙蓉岱宗太

華兩奇絕映射峨嵋半輪月乃知縮地有壺公倒海駈山入毫髮昔時謫仙人好酒復好遊世間靈境閟不得興酣落筆天心愁詩奇境妙古無偶東海蕭生亦能手胸中五岳不可平吐出素壁皆分明它時盛事難再遇破壁還愁畫飛去山幽幽兮石斑斑仙之人兮想像於其間裝鸞駕鶴何當還喚起蕭生作驂乘貌取蓬萊方丈海外諸名山

自姑孰至宣城道中

白鳥棲樹枝皜如未消雪羣飛下前灘倏與遠波滅鳥去鶩急流我行隨輕舟朝纜垂楊岸夕宿芳

杜洲姑孰多名山勝槩宛如昨不知千載來誰繼謫仙作重嶺既合沓連巔復芊綿綠蘿舞輕吹翠篠搖繁烟夙有雲鶴期況當芳菲節吟爲櫂歌聲娑娑弄明月

宣城試院雨窗遣悶

來時桃李花盛開此日落盡爲塵埃來時郊原未全綠此日清陰已成幄春光自去人自留鶯聲自樂鵑自愁濕雲垂簷晝如夢斜風細雨吹高樓樓頭兀兀擁書坐匝月不啟重門鑰俯聽闤闠語聲喧瓦屋參差見燈火敬亭高高芳樹攢黛鬟曉沐

青嶒屼北窗纔開尺有咫靜對寧異圖中看風光若此良不惡擁鼻吟餘轉蕭索愁心欲化水雲飛夢逐江鷗遠江閣

宣城至欽縣道中雜詩

霞曉紅欲銷山晴綠無際平明出城闕望望景增異崇岡蔭松柏荒徑依薜荔娟娟雜花明決決野泉細初陽淡如月雲影上衣袂山家方啟扉雞聲隔烟翠

度嶺稍平曠前溪水粼粼風吹芳氣來黃花吐青蘋耕夫既舉趾釣叟復垂綸相看兩無言默媿岐路人田園自可樂胡爲走風塵茲遊良亦佳眺覽足怡神何日謝悁勞與結山水隣

深潭清見底演漾石五采松聲相間鳴山影了然在長涵萬古意不受一塵涴宛宛西逝波無心倒東海冠纓未敢濯聊復駐車待安得乘釣舟棹月歌欸乃

逶迤陟修坂崒嵂升崇巔林端暝色來下見落日圓僕夫告勞止小憩擇所便前瞻尚十里未敢謀息肩牧豎驅犢歸棲禽投莫烟飄颻過鄉雲飛至墮我前驚飈吹黃埃萬壑奏哀弦卽事已多感況

爲離緒牽

夜疑山雨來瀑泉鳴激越坐看窗外松已掛峰前月幸此囂塵遠頓令清興發偕我同袍人攜手步林樾溪烟侵衣袂草露沾屨滑天潞嵌星嶽風疎引雲髮就牀得甘寢魂夢轉超忽神仙倘可期吾將鍊金骨

琴高溪

峭壁欲削鐵嵯峨摩蒼穹亂泉迸雲竇聒耳鳴雷風下滙爲大溪長橋卧晴虹偉茲靈異境果有神仙宮昔者賓子明垂釣得赤龍一朝升天去羽駕

隨輕鴻我來訊佚事曠蕩雲水空鱗游有䑋藥鴒亿無遺踪我聞古眞人心與天地通曷不闢至道使世開盲聾丹臺秘仙籙獨善非至公咫尺獲栖止松篁隱房櫳嵐光與夜色四望靑濛濛高吟懷仙詩逸韵如絲桐雖非汗漫期庶使塵慮空

自安慶渡江至秋浦

月出秋波秋娟娟挂銀鈎行人江北望遥見東大樓揮手别皖公盪槳入池州帆落天影中如乘綠雲游不覩同心人空聞潊郎謳迢迢九十里淼淼令人愁

遇雨宿歐陽氏燕休亭三首 并序

僕薄遊風塵旅食淮海彈鋏不遂拂衣去來邂逅三阿唐君薺園陶君十亭接如蘭之言通贈紵之好蓋覿面偶然神交舊矣乃者命駕遵塗而旋暫作桃源之游便爲桑下之宿燕休亭者其主人則渤海之華胄廬陵之後賢相羊林泉跌宕琴酒乃構芳榭引淸渠繚以修篁蔭以高柳魚則五色相宣鳥則千聲競奏苔文延緣於奇石花影縈紅於曲渚靜者多妙樂而忘歸夫投契者情也會遇者數也僕與二君締交逆旅復於兹地獲仰勝風主人出程吳諸君題贈之作索爲詩歌敢效西隣之犨以貽東道之主云爾

誤入桃源路能生物外心暗泉流蕙徑微雨隔花林窗下米顚石壁間陶令琴飄飄步虛意氷雪滿冲襟

六一淸風在今猶見古人淹留緣地主披豁露天眞詩酒疎狂性林泉蘊藉春夜來徐孺榻無夢到紅塵

最愛疎亭敞玲瓏面曲渠柳深迷翠鳥萍暗聚文魚趣得烟霞外神淸翰墨餘如何望仙者恨不好樓居（程君詩中欲主人築樓故云）

贈方五梓雲

梓雲胷中一斗墨噴向赫蹏成五色（梓雲喜飲墨汁故云）淋漓元氣惜不得寸管年年事鑱刻君家三十六峯幽且奇金華黛色相迷離誦君三十六峯草堂詩想像黃山如見之昔者蓉裳與君友數道君詩不容口長篇短韵俱絶奇天與君才不論斗我亦交君十幾年每逢秋賦輒流連琴書借宿瓦棺寺日與淵如對榻眠君來訪我城南路袖手不言復不

語忽然思落混茫間瘦骨凌風欲飛去看君不合長賤貧何事至今猶苦辛掩卷出門向西笑世上定有平原君時欲游長安

孔君瑤山索予詩閱數年矣因用昌黎石鼓詩韻作長歌以貽之

瑤山孔君性嗜古與我邂逅索我歌諾之數載未得報寡學豈奈瑤山何濡毫伸紙作復輟法戰久擬嵌干戈況兼世故困苛嬈年年人墨虛相磨生平讀書未識字枉咤萬卷胷中羅漆書綸簡罕研詰殘碑斷碣空嵬峩自從篆體變分隸沿襲不异

唯與阿書狂草聖闢妍捷古法破裂遭訶呵岣嶁禹跡世莫覩岐陽宣鼓紛傳訛籀斯之作尚茫昧剏乃辨析鳥及蝌我聞古者立學校鼓鐘於樂聲靈鼉六書文義悉窮究先及根柢旁枝柯其時典誥與雅頌麗錦若織天孫梭野人游女盡淹貫不獨才俊王委蛇後人少見多所怪無復遠識追皇娥胸襟淺近文氣薾欲學苦晚空涕沱瑤山所好與俗殊粹然古貌清而和螢窗雪案飽文字不願射策登甲科說詩談易致娓娓他人莫有君則多縱然俯仰學隨俗詎免毛羣鸞卧駝昨者逢君論轉注謂言知已莫予過頗憐考志義久晦班書許說互切磋紛紜聚訟共剖决一語自足澄其波漆園孰思鵬是鳳洪範已定陂爲頗目前習見且如此舛謬豈復能知佗邇來我亦自媿厲意欲獨見無陰翳緬尋塵蠹披斷鈌時得一字頻挼挲苦思遐遐廢寢假默識每每妨吟哦寫成幸無不慶馬擲去不博義之鵞居諸泯廢何所就望洋而歎事則那君才浩博又多藝涉世亮可無坎軻結繩以下有述作此道不絕如江河鴻都勒石待君手期之久遠無蹉跎

九月七日睛沙叔父生辰是日偕胡君一亭遊惠山歸示詩命和次韻奉祝

放懷雲水五湖寬歷歷珊瑚拂釣竿盡與任傾無量酒延年定假未央丸坐便自石泉清冷行傍丹楓路屈盤檢點新題滿岩壑近來猿鶴不知寒

蛺蝶依依戀晚香桂花如霰菊初黃高懷昔自師彭澤清德今還繼洞陽風捲松聲消壢思露團峰翠滴吟觴閑居節物關情甚鄉味殷勤勸客嘗

題二泉唐孝女畫折枝卷

西神何崔崔峯下桃李梅阿那女薙枝春風吹不

開唐家有好女令德復多才不弃亦不憤窈窕處中閨欲濟非無梁欲嫁非無媒阿爺桑榆廹零丁將倚誰朝女何所思莫女何所爲當窗拂緝素滴露調鉛脂鉛脂不爲妝渲染滿尺幅寫作没骨圖丹黄間碧綠阿爺攜出門得錢换斗粟人多售者稀老淚嗁盈掬使君來何所繫馬纏塘樹問翁何所持翁年復幾許翁年已八十無兒唯一女賴此免溝渠殘年共辛苦使君重嘆息有女何其賢爲吟七字詩題作孝女篇和章何繽紛珠璣光錯落贈以古錦文檢以藍田玉我見重此圖謂是南陔

蘭晨羞與夕膳采掇供盤飧我見重此圖謂是老萊衣斑斕娛親意五色更相輝王道在明倫人倫風化始扶奬仗羣公表揚及女士慺慺秪一身黽勉奉甘旨不令千載上獨慕嬰兒子君看唐家女阿爺樂有餘生女尚如此生男復何如

江北歲薦饑流亾者相繼見之惻然有作

鄉錫城之隅還顧望道周纍纍數十人蓬垢如係囚借問爾何爲旱魃爲我仇沃壤成石田十種無一收骨肉半死亡殘骸委荒邱伶仃去鄉土樂國甘所投逢人强拜跪干請不頷頭枵腹不能語吞聲故咿嚘竚立久吁嘆悲風爲之愁媿無困倉積紓爾朝夕憂三咏鴻雁詩泫然涕自流

哭傅爰弟

粤在甲申歲吾父卒遠疆吾弟甫四齡從母涉沅湘生長楚邊徼未識梓與桑嘔啞效蠻語嬉戲繞母旁六歲就家塾誦讀聲琅琅十歲通六經十一學文章聰明由夙悟見者稱才良嶄然露頭角事業未可量二十遊泮宫廿一餼於庠癸卯試棘闈扱幟入文場一瑕弃全璧鎩翮不及翔闈中得弟文擬魁一經以策中訛一字被貼舉家爲嘆惜弟也置若忘娣視塵土

中失得一毫芒去春吾弟婚承歡上高堂寧知紅顔婦轉盼爲孤孀憶弟嬰病日容顔漸羸尫伶俜支瘦骨卷軸堆滿牀尚恐慈母知輾轉惻中腸臨歿始一言定數分所當神明示我期夢寐非嘉祥願母自寬譬慎勿增悽傷執手語阿兄永訣在昏黄平生嗜周易著錄名揆方詩文不多作作亦多散亡使弟名不朽兄其慎收藏冥冥夜將半黯黯燈不陽形神奄然逝魍魅嘯空梁生年二十五顔子未爲殤伊予昆弟四仲弟殁伏羌今又喪予季顧影益悲凉兩弟皆好學共言異尋常將母禀受

薄攻苦適自戕因何致斯疾詎可咎彼蒼援筆寫
哀思涕淚千萬行無由叫閶闔天道其茫茫

哭謏齋叔父

季春吾弟殁哭之有餘哀寧知七月中叔父殁黄
梅半載斷消息中心頗疑猜猶謂信浮沈不料凶
問來欻聞凶問來淚落肝腸摧使者跪進書手顫
不能開開函數行字宛然叔手書書言入秋節癖
下不可除輾轉抱沈痾地無良醫巫親朋盡永訣
放筆從此俎緘書寄叔母與汝長契濶魂魄歸泰
山何能兩存活焉知叔病時叔母先奄忽泉途多

寄親相見痛倉卒嗚呼吾叔父踪跡各一天蓬飄
阻江漢仳別踰三年篋中有故書郭外無良田筆
耕事奔走臨老未息肩吞聲問使者使者亦嗚咽
羈旅常苦辛請從未病說去年黄梅飢食用强摶
節况無賢主人反覆心蘊結經史雖滿腹不療旦
夕飢著作雖等身不能使家肥生平相識人吐氣
生虹蜺蹉跎夙昔志刺促顔色低憶昔少小時曾
從叔父學諄諄勸讀書夏楚未嘗扑嘆息謂阿咸
吾生老塲屋願爾早策名無爲效癡叔感叔望我
厚鹿鹿中自嗤伶仃撫弱弟門戸未能持骨肉多
零落重任方自茲何由慰冥漠抱愧爲此詞

題謏齋叔父翠若軒詩稿後 并序

響泉叔選輯梁溪詩鈔吾叔父嘗襄其事叔父
殁 敏恒 掇其篇什登之集中詩以志感

支離顦顇苦吟身翰墨香留手澤新半世可憐皆
否運九泉深信是傳人別來悵望情何盡溯及遊
從跡已陳臍有斶時心力在一番吟頌一沾巾
幾年辛苦事羅蒐零落珠璣半舊遊未竟一編如
有待已成千古復何求勞生不得文章力出語空
令肺腑愁怪底牢騷同逐客七年留滯楚江頭

一點銅荷照壁昏撫今追昔黯銷魂案頭顛倒殘
詩本字裡糢糊舊淚痕此日秋墳添絶唱經年華
屋隔生存賞音可似前時否安得樽前再共論
少日文塲已不凡省闈卌載尚青衫豪情羌爲言
貧減綺語多因見道芟晚歲依人誰暖熱平生與
世異酸鹹每悲到處殷勤說阿士才華共阿咸 予與蓉裳同受業叔父

滕縣

少小讀孟子頗愛文公賢今過叔繡壤四壁心慨
然周原平若砥中無名山川溝塍錯綺綉麻麥浮

葱芊衰周力吞并六國紛戈鋋祖龍起西陲蠶食盡八埏燔滅周孔道嬴祚自此顛當年鄒嶧叟開說惠與宣鄉使用其策暴秦安得全區區五十里有志無其權倘挾齊魏資王業庶幾焉豐碑何代物屹立當陌阡成徵畢戰功壞非許行愆嗚呼千載後不見古井田摩挲獨三嘆吾亦之簡編

聽歌

黃金捍撥紫檀槽王建語一抹梁州月影高斜插山花梳鬧掃美人誰是鄭櫻桃

綉羅衫子鬱金裳曲罷餘音媚畫梁腸斷司空等

閒事不知妒煞杜韋娘

顧上舍敷愉

字學和國子生雙溪兄仲子善讀書楊蓉裳宰伏羌招之往爲伏羌山長生徒數百人會講老宿皆驚服焉會逆回蘇四十三作亂學和率生徒嬰城而守七晝夜賊始退尋病卒年二十六著有靄雲草

夜雨

江上雲陰陰涼風起寥廓暮雨暗平林烟中獨歸鶴細流赴川渚殘滴鳴寒蛩坐看青燈滅寧知葛衣薄索居少歡晏誰與慰寂寞蕭蕭三逕中沉沉復殘析

感秋

寒蟲中夜鳴倦客中夜驚虛堂滿疎影殘月當戶明風篁自摩戛寒韵多凄清一室徒四壁傾耳皆秋聲撫景盡蕭瑟白髮從此生

月落露華重南烏巢北林浮雲中夜起萬里生秋陰幽居屏營慮庭戶多蕭森哀鴻正南翔聲促無遺音荒徑生蓬蒿蟋蟀扶戶吟浮颷委時卉飄零怨秋深歲寒霜雪多願懷松栢心

北風將雨霜波濤滿林起撫劍登古臺幽雲慘千里嚴威日夕下肅殺從此始桃李競春華臨秋嘆憔悴芙蓉猶未落窈窕江之沚採之遺美人悠悠隔秋水

秋風吹遠夢永夜到五溪五溪舊遊地撫景生慘悽昔年滯瀟湘常恨不得歸及歸又隴坂客子常栖栖顛顛楓樹林嗷嗷猿夜啼天容夜慘淡落月照九疑趨庭已無日往事不可思夢醒曉燈滅嗚咽聞荒雞

舟中夜行

空汀月已落秋月終夜明驚風戛蒲葦颯颯生寒聲天宇正蕭索耿耿明河横玉衡已北指哀雁方南征遠岸屯荒烟草際蛩螿鳴倦卧孤舟中遥聽寒潮生心如風中樹處静亦易驚推篷向江望烟景何晦冥

寒霜警孤雁葦中時一鳴夜漁釣秋水遠火烟中青衰萍委沙曲廻風薄前汀倦對曉燈影遠聞流水聲回潮激古岸去泿摇孤星扁舟夜擊撞欲卧夢不成

暮登龍山遊石泿庵月出始歸

古樹生濃陰四顧山色暝清溪羅衆岫蒼翠無定影牽衣避櫟林直到無人境置身崔巍間遠目已可逞下俯若頽泿上刺如脱穎幽谷魑魅潛古洞龍螭猛閒行入山寺更喜俗事屏梵聲出高寒禪心愜閒静胡麻滿地種散漫無畦町陸離三珠樹的皪九光杏清露濯瓊芝明霞蔭金鼎旣滋蘭九畹又樹蕙百頃惝怳靈蹤遠豁達塵夢醒獨憐此中趣盡屬幽僧領攜樽時命酒試水或啜茗攀援尚未畢所恃秋日永須臾光景暮繫之願長綆尋幽意忘倦來處不復省徐看返照滅新蟾散清景一徑入杉蘿遍地紛藻荇泉鳴孤澗底鶴語萬松頂陰火夜瀲灧霧淞秋晦冥潭虚彩虬躍霜下素鶴警同遊指前峯觀止不敢請

姬人怨服散篇

君不見宜春苑中花發遍綵女三千侍華宴妙舞爭廻楊柳腰嬌歌微暈芙蓉面忽聞天子好求仙方士舟中去不還不向長門悶紈扇偏從遠海覓金丹烟清月冷鸞聲度仙衛遥從此中去羽旆雲旌看漸無可憐腸斷咸陽樹繡闥璚牕晝不開晶簾窣地滿塵埃曉寒啼鳥驚殘夢夜永流螢照綠

苔玉階露冷生秋草葉落但隨風自掃冷雨孤燈照玉容悄然愁思催人老獨坐空房滿淚痕金籠蟋蟀伴黄昏妾身願作雙鳴鶴飛上蓬萊一見君

春夜懷楊荔裳

一春不脱愁城鎖淒風入户沉吟坐駿足萬里思騰驤困阨鹽車苦無那青眼高歌悵離索舉杯邀月成三箇嗟余知交本落落況復塵緣嗟瑣瑣學仙思入芙蓉城成佛應有蓮花座憶昔與君共歡樂勝事回首難重作混跡雖同東郭竽追風宥戀南槽笙用法但聽卿用卿涉世須知我爲我王孫

短氣一飯少井李無餘三日餓爲文送窮鬼戀之作賦弔屈魂歸些男兒富貴會有日世俗何須哀我瘽抴柴僞逅將安之扳幟橫行無不可鷹居韝上尚思擊錐處囊中豈甘鋌青雲須從白屋起長虹好向孤懷吐強弓健馬左右射利槊堅城當者破願拮競病窘豪俊耻作矜張壓庸懦彩毫自具鸞鳳聲紛紛鳥雀誰能和

金塗塔瓦歌 背有篆文曰顯德二年錢王弘俶製向在西湖寺今歸趙氏

君不見曹家瓦在號銅雀高氏臺廢餘香姜千秋至寶不磨滅神呵鬼護森光芒英雄割劇事一例

復有奇物來錢塘伊昔奸藩亂唐季羅睺下瞰天苍凉中原麟鬬衆無主異人崛起若水旁敗巢討宏滅南越保障兩浙都餘杭怒潮斃縮避強弩覇氣貫斗空青蒼嗣孫弘俶亦英傑半壁安堵無搶攘修羅投戈拜天帝誓積白業歸西方一十四州鐵灼爍三十六瓦金輝煌琳宮紺宇肅宏敞窣堵屹立天中央是時陳橋擁天子羣雄次第皆消亾屠刀放下等閒耳遠勝乃祖臣朱梁錦袍玉帶輿裘馬歲久散入無何鄉相輸何徃徃趙氏巍然獨在餘靈光土花斑剝雜青緑古色黯淡凝烟霜閲人閲世六百載國亡物在悲滄桑降王諸冢没榛棘孤魂歸去關山長臨安王氣亦蕭索父老流涕心悲傷上書力請護墳墓黄麻夜降飛龍章妙音院作表忠觀梵王不敢相低昂功德自足致恩禮豈有佛力來扶將世宗儉約省糜費金容月相一炬煬漢王皈法仍肆虐地獄血肉橫飛揚媚佛毀佛善惡異誰者得福誰者殃柴窰秘色至今少後世購得如球瑱刀山劍樹太獰惡當時已毀同粃糠始知片瓦流傳不因佛後人珍重緣錢王

秋夜怨

綺閣蝦簾慵不捲美人孤坐修蛾嬾妬色姮娥抱

彩雲錦鱗不動新蟾滿黄榆遠戍愁未歸殷紅血淚沾衲衣瑰砧玉杵擣文練西園露重花離離雙栖不及桐花鳳翠衾豹枕餘寒重碧天孤雁夜驚霜一聲叫破濃香夢夢回愁思鎖韶容子規啼血荒烟中空庭採得相思子欲寄關山千萬重玉環戛月秋宵靜金井梧桐戰風冷花尨吠欲怪禽啼屧飈冥冥墜花影鸞帶蟬衫起墻塵何時雙鳳赴巫雲芳魂欲共清輝去照見陽關千里人

感秋

商飈倏然至飈地百草乾景物盡摇落流光忽已闃索居少伴侶無愁亦寡歡晨夕守鉛槧憔悴如枯蘭平蕪浩茫茫秋色無窮邊千林各異色木葉半已丹美人隔異方回首青雲端仰視越鳥飛翩翩厲征翰所惜羽翼短何愁霜露寒

夜涼秋正悲月白天如洗寒蛩冐霜氣唧唧鳴不已始知清商悲因之壯心起孤坐擁書城蒼莽愁無似庭虛寒葉響颯颯因風徙起視疑有人飄飄落秋水

青霜昨夜下野氣刀稜稜白草驕狐兎高秋擊蒼

鷹少年盛意氣遊獵登高陵雕弓弦盡張拓作霹靂鳴黃雲蔽大野飛箙揷鵰翎生飲黃獐血耳後悲風生馬蹄如星流踏草行無聲愧無壯士骨對此心飛騰虛擬隨李廣射虎右北平

每思跨鶴遊恥學屠龍技學技今尚藏壯遊空撫髀流光何飄忽去去如流水方秋盛肅殺摇落從此始夜靜萬感生忽忽心驚起願隨鴻鵠飛一舉卽千里自顧無羽翰此念何時已

寒郊晚眺

日暮南陌間徘徊展良覿烟開高天清曠野風蕭瑟白日沉怪雲萬里起寒色霧暝鬼火青雁叫月色黑衰草垂古道凝霜上絶壁蒼茫萬感生絶境森慘切人稀無往來鳥驚懼彈射傲睨望寥廓枯槁坐危石浮雲飛青冥遠峯矗嵒崒浩歌成獨賞誰訪幽人宅

夜坐

獨坐空庭中良夜幽興發涓涓石上泉寫此松間月鶴唳雲外遠人語烟中歇清輝滿玉除皎潔若氷雪遠寺暮鐘鳴蕭齋坐起忽

賽神會

絲竹聲滿堂木偶不解歡錦繡衣滿身木偶不解寒寶殿連雲起金碧高巉岏日暮賽神會井邑何喧闐前驅盛珍麗遊人夾道觀撾金伐大鼓絡繹出廟門霓旌何摇曳芝蓋如飄雲隊隊鵲尾爐獸炭香氤氳四角垂瓔珞珍珠一一穿團圞雀羽扇婀娜鳳子旛鼓吹相追隨清音激雲端市中簇仗齊寂靜無敢喧黃紙斜封敕馬上七寶鞍穩昇沉香輿廟貌何巍然日晝繼以燭華燈尚蟬聯翡翠琉璃盞絡索垂青蓮但誇器物麗遑計財帛艱入廟吏排班廟令自言尊何以犒執事請徹堂上筵

何以肥囊橐請捐里巷錢牲牷何脈肥廟令恣飽餐上木豈有知感此爲長嘆

張循王墓

秋墳日落何蕭瑟狐兔縱橫穴碑碣英雄怨魄尚未消石磴千盤土花碧大書碑額稱功臣斷痕尚帶蛟螭紋當年自詡握兵早力除苗傅真奇勛軍中別樹紅羅幟賊騎傳呼鐵山至爾曹自畏岳家軍先聲奪人偶然耳附姦戕忠事忍聞飛書羅告重紛紜千秋鐵案誰竟汝三字奇冤半爲君從龍空自矜奇績忌嫉雖深竟何益幾見長城道濟傾

便聞北府兵權奪和議會經贊畫謀只今魂魄尚遺羞終啞樞密權門附不識蘄王物外遊可憐歸骨滄江路只玷青山一抔土驟雨猶疑鐵騎來悲風尚恐英靈怒弔古開來望夕曛鐘聲古寺寫驚麏起看亘古精忠墓　帝錫西湖少保墳

寫懷次大兄韻

凉飇颯颯吹墮瓦千年壞道哀湍瀉空庭秋老最荒凉敗葉滿階藤滿架吟嘯須上元規樓登臨每憶樊川樹畫角聲悲動壯心雄劍塵埋舞中夜板牀當膝且未穿鐵硯磨人復何暇年來豪興久抑鬱醉後高談每陵跨精騎三千號無敵詞壇一戰堪雄霸新詩寧假獺祭來彩毫恥向鼉精借作賦悲秋聊擬宋蠟屐登山尚懸謝莫誇郭李善獎拔只恐鱗翼難攀藉窮途未免阮生慟無成恥學樊遲稼豪傑素志在湖海國士何緣問田舍買絲好繡平原乎作客誰是馮讙者趙壁連城世盡珍燕都駿骨真無價願從祖逖先着鞭不遇王良誰執靶枋榆暫與燕雀羣波濤終逐魚龍化鷹隼垂頭錦鞲上驊騮縶足鹽車下夜闌空作斫地歌凉月微茫射憁[illegible]

老將行

關西老將才且雄平番破敵收奇功鐵騎朝臨玄菟郡捷書夜入紫微宮擲金揮劒輪臺北連旗大纛烟塵沒殺氣衝開大漠雲笳聲吹落天山月血戰生擒大宛王髑髏夜哭滿沙場只願縻軀裹馬革那知解印別龍荒棄置杜門成老朽中夜悲歌對樽酒赤膽猶懷明主恩雄名空在今人口烽火甘泉徹夜明少年擁節出專征雪飛魚海羣麾陣月暈狼河衆斫營耳聞金鼓心猶壯翻身覺鐵雕鞍上燕弓弦勁泣猿猱匣劒芒寒斷犀象塞花邊

柳不勝愁回憶英年雙淚流忽報郎官秉綸誥輕車李蔡早封侯

仲秋閒居

斷續聽疎砧聊爲擁鼻吟欲言經世策遥見古人心木落千山出雲歸衆壑陰何堪對寥寂斜月冷秋衾

少年行

錦絡角鷹調揚鞭出渭橋犀文塗劍鞘霞彩照弓彄白草秋盤馬黃雲暮射鵰從軍入瀚海擬學霍嫖姚

秋夜

千頃雲濤碧風傳旅雁哀一聲天際下百感靜中來思奮凌霄翼寧同伏櫪材燈前看雄劍鏽澀漸生苔

折楊柳

夾岸千行柳年年別恨遥東風吹落絮飛遍小紅橋帶雨垂香徑臨波映畫橈龍城如寄遠應折最長條

春日

遠陌春遊遍青陽未暮時鳥聲啼院靜琴韻度花遲暖日浮林彩輕烟漾柳絲畫樓簫鼓歇歸去和唐詩

惠麓晚歸

閒雲三兩岫深處是山家幽逕無來客輕風掃落花溪光空翠合樹影夕陽斜回指舊遊處蒼蒼橫暮霞

初晴

春日暖暉暉春烟媚翠微風輕花自落樹靜鳥忘飛危石垂雲髮浮萍繡水衣閒居絶塵事望遠倚荆扉

冬夜

苦霧夜冥冥林空石氣清斷雲涵落月古澗瀉寒星荒草無幽逕衰蘭委遠汀狂吟愁獨返徙倚短長亭

夏日即景

獨擁書城坐懷人正寂寥峯明暮霞散花靜暝烟銷雲影侵樵路松香落鶴巢遥聞笛聲起逸韻入層霄

秋日即景

寂寞蕭齋裡開軒對遠洲鐘聲黃葉寺人語夕陽

樓空翠凝高嶺鳴蟬咽晚秋遥看天已暮明月映溪流

從軍行

虎帳靜無聲將軍夜斫營陣雲秋慘淡刁斗曉分明笛奏關山曲風驅草木兵輕車渡瀚海片石早標名

自澄江夜歸

獨立霜花冷佩刀蒲帆乘夜過蘅皐未聞江女遺珠出共笑儒生拔旆勞鵰鶚盤雲風助擊魚龍駕水浪初高一杯酒向春申酹莫令英靈作怒濤

秋夜舟行

扁舟靜夜御風行衰柳人家隔遠汀暝色乍移高下岸秋光遥映短長亭蘆花淡月連烟白漁火空江着霧青閒倚篷牕窮遠目寒山一帶展雲屏

詠貧士

鴻雁常苦寒烏鵲常苦飢志士困貧賤不得食與衣涼風左右至空巷氣慘悽懷憂出蓬門古逕多蒿藜殘燈照四壁夜寒人獨歸歸來半牀月戸中蟲語悲羽翼未及成不敢凌雲飛窮居幽室中躑躅多悲思

夕泛蓉湖

向晚乘清興歸橈傍水濆波澄千岫翠鶯夢半溪雲暮藹烟中暝殘鐘花外聞偶停青雀舫來訪白鷗羣芳渚多幽趣虚襟掃俗氛碧潭搴樹影明鏡淨霞文載酒過前浦吟詩對夕曛舸還萍葉靜棹轉水光分冷露菰蔣綠微風蘭芷芬更看宵景好新月起高雯

晚秋寓懷

一徑寒聲滿千林秋氣深驚濤連夕起蕭瑟到庭陰愁思容陶寫芳樽許細斟庾樓稀嘯咏謝展倦

登臨逸興淵明酒清風中散琴久應消壯志猶未發哀音心靜繁憂集身閒百感侵胸懷方激楚景物更蕭森北渚蘭初謝東籬菊可簪遠峯盤獨鶴老樹帶歸禽草色衰蛩唱雲濤晚藹沉清霜千里雁明月萬家砧永夜青燈翳殘更玉漏聲閑門人寂寂僻巷靜愔愔對鏡縈孤抱題詩寄遠忱唾壺敲已缺擁鼻尚悲吟

過五牧弔麻尹二將軍

兩星光熊熊竟夕照魚海中天忽相鬭一墮失光彩是時元初興掠地衆披靡烽火燭霄赤旌旗蔽

雲紫攖城拒蠶食斂戢懼虎覗一軍化猿鶴萬里盈虵虺莫救失勢鯨誰當出柙兕桓桓二將軍奉命援傾圮朝端簡心腹閫外聯脣齒玉勒艷光馬金鎖連環鐙指揮鵞鸛陣布置魚龍壘北山虎雖横函關鹿可掎背城誓一戰賈勇更三倍嗟無統馭才竟短英雄氣横栩霧昏黑壞山雲霿䨴孤軍草桀摧百戰王琳死血肉既膏野艅艎嘆失水英魂爲鬼雄千秋享廟祀我來一憑弔清淚洒不止嗚嗚畫角鳴喧喧暮笳起濤聲萬騎奔雲旆千軍峙落月走青燐陰雨啼厲鬼鴟鴞巢古木鵂鶹嘯

寒蕪高冢已邱墟忠魂至今在巍巍匡山祠相望共千里

秋夜懷黃三正暘

烟昏古逕霜封瓦秋風撼樹驚濤瀉星光破碎墮寒江月色朦朧曜修架惆悵故人隔秋水綠苔生閣塵凝榭孤燈暎暎照幽室萬感茲茲起中夜憶昔喜逢黃叔度論文竟夕無閒暇胸襟絶俗誇豪宕意氣當時喜陵跨醉後高談滿座驚夜深說劒空堂怕殘錦寧從景陽奪彩毫耻向文通借詞源倒瀉三峽流筆陣會看一戰霸已悲壯歲困貧賤況復前人歎徂謝憂來顏色憐枯槁話到生涯少憑藉閑門客去滿蒿萊負郭年荒絶禾稼利用擊蒙爲楚傅相憑彈鋏還中否暫遇風波未爲失猶幸年光不須假耽書休笑虎頭癡多力任從猿臂射鵰鶚雲中萬里心驊騮櫪下千金價爭道同抽碧玉鞭並驅好縱青冥靶北海風高鵬欲徙南溟浪濶鯤將化利錐久已處囊中奇士何妨出胯下亂揮如意獨悲歌不知壺口敲成罅

和楊大蓉裳冶春詞十首

九十韶光艷冶天盈盈碧玉正華年嬌歌好伴樽前醉麗質偏宜掌上憐青蛺蝶飛芳草浪紫鴛鴦

宿漾塘烟鞦韆院落花深處日暮香風散管絃

開花時節惜花朝垂柳闌干雁齒橋欲賦洛神應解珮笑窺潘掾偶停橈弓腰未舞紆長袖雲鬢妝成試翠翹料得春風滿歸路麝蘭衣上未全銷

翠幰流蘇金犢車長堤日暖映銀沙爐薰鵲尾偏濃柳簾妥蝦鬚不礙花雲雨全歸神女峽鶺鴒會識莫愁家定情細寫蠶眠字猶是羞人一半遮

朝光杏靄露光濃穠李夭桃淺淡紅水暖鴛鴦思照影暮寒鸚鵡正嫌籠嬌妝妙鬘雲留想巧囀新

歌月戀空明月踏青應有約衍波書就署名封
曈曨日影透玻璃秀句香奩郎事題芳意暗隨流水去翠箔休似遠山低房櫳小語勝鶯舌簾箔濃香散麝臍愛殺于飛新燕燕杏梁有分許雙栖
夜雨侵堦長綠苔羅幃窣地起塵埃遙看舞蝶穿枝去遠聽啼鶯出谷來風暖柳絲飛柳岸日斜花影卧花臺明知路遠人難見欲下高樓首重回
黕翠裁紅試曉妝晝長睡起步回廊鳳臺草色新愁度鴛帳梨雲好夢香一院落花春寂寞半牀淡月夜昏黃錦牋預約同心伴莫遣東園過豔陽

蘭膏初沐粉初勻明鏡朝來不染塵金谷池亭須妙侶玉臺篇翰屬佳人游絲嫋嫋縈幽夢暗水涓涓別早春願得東君莫歸去夜深低語祝花神
瀲灔朝暉透戶明流鶯啼徹夢魂驚鞦韆院宇催調曲翡翠簾櫳喚理箏細雨漬花開又落新愁如草剪還萌鴛幃睡起嬌無力小約隣姬芳徑行
蘭閨朝夕閉幽扉喜看花光上繡幃玉潄萍開魚自出平蕪草綠鳥齊飛芙蓉堂靜浮蘭棹楊柳風輕颺舞衣莫待曉烟殘月候江南江北送春歸

冶春詞疊前韻十首

淑景遲遲媚遠天芳心脉脉惜華年霞裙襞褶留仙佳錦軸薰香倚佛憐紅杏無人明曲徑綠楊栖烏破輕烟雕欄日暮閒凝佇隔院誰彈廿五絃
青陽小約正今朝楊柳含烟拂畫橋秦女鳴箏趙女瑟吳娘鼓枻謝娘橈攀花宛轉三珠樹照水分明雙翠翹知是酒闌歸去早粉痕紅暈未全銷
連錢驄馬七香車女伴濺裙踏淺沙錦帶低垂雕玉珮羅裳新繡鏤金花風前客喚真真字月下人尋小小家記取娉婷往來路紅樓一半綠陽遮
朝光入戶曉烟濃露井桃開照水紅愛聽黃鸝時

凭檻爲憐鸚鵡暫開籠棋敲暖玉宜長日雲帶名香度遠空密約隣姬書艷字阿檀偷看又重封
芳池水暖漾琉璃的爍晨霞映繡題過雨樓臺鬟影潤隔花簾箔珮聲低紅甆煮茗浮魚眼紫錦裁囊貯麝臍謝得韶年多樂事免令遼海怨羈栖
琥珀光搖瀲灔杯一年一度酴花開天涯芳草王孫去陌畔香車衛女來洛水回波迷上巳楚雲分暝映陽臺烏龍小吠疎籬外正是蘅皋拾翠回
明鏡無塵試曉妝閒來縈步繞回廊翠陰拂地檐牙潤紅雨平堦土氣香一院苔痕含淺碧滿堤柳

色帶嬌黃隣家闘草流連久閑却鞦韆挂夕陽

一抹青山翠黛勻東風淡蕩不驚塵珠簾半捲延歸燕畫閣初登憶遠人徑曲欲迷三里霧塢香深護幾重春熨箋自備簪花格不愛官奴寫洛神

賣花聲過小窗明一枕梨雲好夢驚綺陌草長迷步屧翠樓風暖韻彈箏霓裳按曲圖三疊錦幰遊春碾六萌最愛莫愁湖上景年年人在鏡中行

繡戶無人晝掩扉喜看麗日上鴛幃櫻桃未熟鶯先老楊柳初濃燕自飛低喚雁娘供掠鬢旋燒龍腦共熏衣儂儂一曲歌裁就挽住東君且莫歸

山行

青山幾曲有人家竹影蕭疎滿徑斜幽樹鳥啼看不見好風臨澗落藤花

山晚

一抹閒雲松徑長亂鴉投樹破烟光小橋更在花深處幽澗自流靈草香

旅懷

遠樹迷離帶夕陽思家觸物更凄凉登高只恨雲遮眼雲去何曾見故鄉

野望

遠樹參差挂夕陽芳堤一望景蒼茫鴛鴦散盡迴塘靜花落畫橋流水香

秦孝廉濂

字士蓮號葛齋　封公鴻鈞第三子庚子舉人候選知縣士蓮爲人倜儻好奇文亦有奇氣尤篤於友誼其歿也友人聞之無不出涕其兄觀察瀛著行畧以述其生平

士蓮年三十餘困于瘧著瘧鬼說云瘧虐也有鬼焉予之患此三年于茲向者以爲江南卑濕地水上所習精氣所感八常有之無足怪今夫北方土厚而高燥非江南比則瘧宜退避而不吾患也乃猶悍然不顧實逼處此者又半月此非水土所習精

氣所感是其鬼暴虐不仁也夫暴虐不仁罪無赦吾將以詩書爲甲胄禮義爲干櫓與瘧從事安肯低首下心任其驕且持久哉孟子曰吾善養吾浩然之氣又曰其爲氣也配義與道吾果有以養吾氣其不能恣睢如故與吾抗拒也明甚然則瘧其遂絕矣乎夫天下之不孝不弟不忠不信爲斯人害者大抵皆瘧類也所謂逆氣成象各徵應焉瘧當與此輩決勝負觀成敗使其警而知所改悔然後得其遊于仁壽之域則瘧當不得謂暴虐不仁也已士蓮爲文奇特類如此未幾竟以病歿可悲也

曉起聞賣杏花聲有作

一夜江城雨春風滿杏條擔頭迎酒旆市上雜餳簫曉枕先頻喚比鄰遠競招玉樓人乍起微露在花梢

長日

愛此遲遲日陽和度景光壺中差比似磨上試評量晷影添碁局花陰轉石牀臥游三古世眞覺小年長

賦得春水送別

極目波平岸瀠洄皺碧鱗迢迢臨水別漠漠隔江春南浦銷魂易東風送遠頻鴨頭看正好天際重懷人

射虎石

萬山層疊接邊雲漢代何人此策勳射虎雄心留片石至今人說李將軍

謁夷齊廟

欲問墨胎氏高風萬古留弟兄甘讓國生死不臣周但得稱淸聖何心謚惠侯衣冠如欲逸雙廟對寒流

落花

錦瑟年華易斷腸紅樓煙月總茫茫一春閒夢隨流水半醉離情付夕陽鄴下諸人才歎逝華淸遺恨慣埋香東風吹盡無消息留與烏衣話短長

聽梅山人吹簫

天風泠泠吹屋架戛然萬籟生堂下共是關山笛裏人更把龍璈奏長夜紫佩丁東第幾聲芭蕉夜雨可憐生愁中巫峽悲猨嘯夢裏瀟湘羈鴈鳴急響哀音不知闋天半忽聞孤竹裂美人腸斷暮江煙獨客魂消戍樓月明月寒煙有所思淸商淸角入參差那堪更聽思歸引楊柳秋來非舊時

蔣秀才同元

字會繹邑諸生金壇　賜國子監博士銜之孫流寓無錫遂占籍焉黔西州知州麗之第五子弱冠能文學詩于徐山人流方

時秦觀察瀛方爲諸生同元又日與講貫所造正未可量而遽以瘵疾卒

贈侯青溪道士

幽谷曲藏天地秘吞吐上下奪其氣道士瑰琦世所希安得韓愈爲作序與君言論轉苦多胸羅星宿翻江河啓讀瑤章九天落難置評語與和歌吁嗟乎蓬萊淸景絕塵垢他日隨君效趨走

病中懷秦淩滄兄在山左

君子之交淡於水與君忘形心尚爾閒門相望時往來來固欣然逆亦喜頻年兩問青齊道憐我負

痾頻徙倚我欲留君不忍留君亦但言非得已殘
春不歸奈我何楊柳東風恨苦多

凌滄兄自山左歸過一石山房留坐竟日

庭前掃殘葉撫几重低徊遲對忘形交素心絶氛
埃情深語不雜坐久無嫌猜架上展我書指顧胸
懷開索居尤苦病幸君得歸來欣賞共冰雪靜對
簷前梅

詠懷五首

志道希經世努力在少年典學規始終監古辨媸
妍博強凛愒日尊行無息肩賦受或不羈器識歸

自然貯此宏遠略及茲遑飛翮出拔麟鳳姿炳蔚
虎豹占燦然雲漢章昭回五色天際會應有日矢
心從簡編

温渥輝由玉追琢成文章凛凛凝霜刃磨厲耀光
芒是非人巧極何由致精良仰首望前哲俯躬啟
縹緗震動撼華嵩沉浸翻瀟湘圖史在左右披吟
儼羹牆

山中有奇樹鬱鬱盤螭虬偃蓋垂青雲矗直蔭岑
樓本性既不凡托根亦有由庭前植嘉種芳菲舞
春鳩掇擷衆欣賞風雨忽驚秋榮悴各有時艶質
難久留回視巖阿裏翠黛寒霜遒世俗多愛憎斁
鞶非所求

有鳥高空翔於止托巖阿深林絶人境閒拾蟲與
莎一朝希果腹下啄田中禾飛搶東西陌忽焉觸
虞羅處世貴不貪恬淡無煩痾白雲自卷舒無跡
翳庭柯

大化遞往來靈景頻出沒人生百年内每負千秋
業鴻濛肇圖畫元會變甲乙名世代有人繼開在
賢傑好古生已晚植身恨轉拙至道企前修光風
與霽月

酬侯道士卽用原韻

君不見瀛洲環海多神仙朝騎白龍飛上天雲霄
變幻戶牖發精華噴薄吞日月玉虛飄緲太清家
盧敖失之在咫尺謫居塵世嘆蹉跎紫芝一曲君
當歌何須遠涉蓬萊水松徑依然芳草多

一石山房閒居二首

幽居謝塵慮澹然適天機徘徊庭宇間俯仰祗自
怡大化運不竭誰實握其樞無心成萬物族類同
熙熙曠觀極寥廓飛躍各相宜近撫目睫前芳草
有榮姿洪纖俱得所我身寧有違願言躡雲梯常

與義馭隨

山川景物華流覽窮　日月虛室坐匡林端倪呈軒豁靜悟自然理心空　萬象列撫兹拳石頑積勢成突兀對之發長嘯音　響激林樾安身仁義廬未暇廣門闃焚香讀道書慮愴罕所闕更待素心人相看慰晨夕

梁溪詩鈔卷四十九

受業姪孫　顧瑛　雲期校

梁溪詩鈔目錄卷之五十

國朝乾隆十七

顧明經敬愉　三十八首

顧秀才颺憲　五十首

鄒明經思成　九首

許秀才仲堪　二十二首

以上共四人

梁溪詩鈔卷五十

梁溪顧　光旭　華陽氏集

國朝

顧明經敬恂

字斐瞻號篔園雙溪兄叔子選貢生未及朝考没於京年三十二其友俞坊哭之有句云年嘆顏回少才憐李賀奇蓋斐瞻嘗讀李長吉詩憮然曰有才如此天亦何憾故云

江行雜詩

夜寒江轉長露洗天欲白羣嶺橫翠光千川合曙色側聞榜人起臨風掛帆席披衣坐船頭俯仰覺自適月痕淡欲無星華冷如滴平蕪不辨樹沙鳥動鳴翼玩景愛路遥心閒忘為客已有行路人衝烟涉前陌

行行歷前浦稍稍去夷曠度峽峭且峻水勢怒而放夙願乘長風劃破萬里浪冒此江湖險斵令懷抱壯心中廓纖翳空水共爽朗舟定人語微灘虛夜潮響所偶親舍遥中宵勞寤想

月夜過金山

琳宮現麗倚山椒深穴魚龍慘不驕帆影低隨京月過鐘聲輕逐客船遥寒潮入夜逾嗚咽高閣臨空欲動搖任是大江流不盡此中金粉已全消

琵琶亭

夕陽漏影光瓏玲輝輝金碧照眼明日暮停橈問風土舟人遥指琵琶亭古來勝事本不偶司馬風流今在否寥落荒亭幾廢興佳句流傳在人口水畔行人折柳枝堤邊行客颺鞭絲荻花瑟瑟楓林暝猶是當年送客時沿江路滑不可上我來挈登神覺王高吟題壁和殘碑懷古臨風更惆悵東船西舫暮烟生兩岸紅樓絃索鳴卧向船頭看月起耳邊彷彿琵琶聲長江暮景看不足兩兩歸鴻荻中宿匡廬秀色橫翠鬟百頃清波浸寒玉風土清美堪投簪胡為送別成哀吟孤忠戀闕忍還謫謂公達者非知音我亦風塵憔悴客濕透青衫淚痕碧寄語遊人莫倚闌潯陽千里傷心色

口占

黃陵廟冷鷓鴣啼寒月連江水拍堤乘興遠攜慈姥竹梅花吹落洞庭西

長沙客舍

回首江南道里賒非關遷謫到長沙殘冬風景思鄉里客路人情賤歲華身逐征帆方入楚心隨春雁早還家關心異地春光早驛路寒梅已作花

征雁詞

蘆葦啗爾勿栖楓林暗爾勿依中有弋者羨爾肥江湖雖樂多危機爾有家鄉何不歸

湘陰道中

荆南舊遊地不覺土風殊試訪靈均宅何如范蠡湖人家依水宿村酒傍船沽便欲浮家住烟波署釣徒

讀岣嶁碑　并序

碑在南岳之岣嶁峯人罕有見者宋時有樵人見之引士人至其處手摹其文以歸凡七十七字其狀奇古殆不可識刻之岳麓書院明沈鎰夢神授以丹餅覺而讀其文遂如素識文曰承帝曰咨翼輔佐卿洲渚與登鳥獸之門參身洪流而明發爾興以此忘家宿岳麓庭智營形折心罔弗辰往求平定華岳泰衡宗疏事裒勞餘伸禋鬱塞昏徒南瀆衍亨衣制食備萬國咸寧鼠舞蒸奔又楊升庵及楊時喬均有釋文文亦小異今從沈鎰本

誌怪龍威簡搜奇伯益經錫圭平岳瀆沉璧奠滄溟高晏陪河伯神功役巨靈支祈淮受鎮蒼水節來廷畫篆同蝌蚪驅龍若蝘蜓當年留禹蹟何處訪遺型聞道瑤華乘曾藏岳麓庭中天瓊作柱古洞玉爲亭一徑通樵路千峯削翠屏岩空蒼鼠竄谷暗絳虬腥霞氣生丹灶雲華翳石檽秦封埋晻藹漢碣委流螢草没文披薜苔濃翠類萁茲碑信神異歷久未飄零碎甓蟠螭額完如瘞鶴銘琅玕留刻琢鸞鳳辨模形恐是苞符秘彌嚴橐籥扃高

詞鐫碧嶂閶闔啟丹扃欲得傳千本何當勑六丁火維持作鎮永永享咸寧

祝融峯

夙慕向子平去冬始發軔南不盡衡山五千里而近南中盛名山祝融屹巨鎮沿湘如陣雲數見復一隱芙蓉青際天數朶碧痕暈探幽師謝公勝處輒相引初上猶迂迴稍深乃險峻翠屏森萬疊蒼玉削千仞奇鬼晝搏人巨靈夜揮刃俯憂坤軸弱仰視日車熌飛星摩石過常恐斷崕磷沐浴日月英瓘璨百嚽蘊其陽發光怪往往産瑜瑾其陰多

雨露煌煌茁芝菌觸雲膚寸合頃刻千里潤凭高覩衆峯一一在目瞬紫盖形低昂石廪勢奮迅或隱如踞虬或伏如卧麐或奔如怒猊或斷如絶糾或如劍鋒利或若寶珪搢或疊若跗蕚或拱如奉贄卓哉諸山長合受衆峯覲賈勇造其巔及半已知困何時眺雲海一徃破孤悶欲爲信宿留山靈若吾靳

送楊荔裳之南昌

早春遊子還故鄉値君獻賦朝明光今來八月秋風早送君掛帆遊豫章去歲潯陽客舟泊依人歲

暮情蕭索清江九派天際流香爐瀑布烟中落空辜好景倦登臨山水多情客緣薄今君鼓栧誇壯遊令人却憶滕王閣烟波飄渺如見之心逐征帆度江郭此時彭蠡秋鮮新平湖萬頃鋪龍鱗山容澄淡無纖塵君也逸興干青旻高吟落筆句有神驅使廬岳成烟雲眼前勝槩有如此勃也風流竟誰嗣千春寂寂空餘子畢竟江山待奇士與君握手從此辭期君歸日吟新詩盈川尚耻在王後登覽詎數迦陵詞江毫米錦摛彩藻太阿龍劍騰奇姿會看紫炁出牛斗應是直上題詩時

哭仲兄

少日同哀樂嗟君厄運殊睽離兄及弟漂泊婭從姑屢刖懷中璞兼傷曙後珠壯懷無一遂杳杳即泉途

關路憂難越迢迢隔死生魂歸形慘淡鏡破夢分明入室疑君在沉思復自驚高齋風雨夜忍聽斷鴻聲

彭雲楣夫子命賦永樂騶虞圖

麒麟鳳凰世久無間一出之爲騶虞惜哉其出非其時展玩此圖三歎吁天心已厭尋戈久特錫嘉

祥以仁獸飛來燕子啄王孫一見此圖知愧否周公輔成終自焚麟趾戕虐非振振周王進之豈無意問君何似騶虞仁詞臣紛紛頌功德爲獍爲梟竟誰測押班更有姚少司得此眞如虎而翼不踐生草猷且然君胡同根反自煎諸臣莫進騶虞賦請誦牛羊行葦篇

郭璞墓

欲攜温嶠犀來照郭璞墓與起罨精魂更作長江賦

題徐朗齋乞巧圖照

人生誰得如天巧多少才人受顛倒亦知遇合會有時雖有大巧將焉施徐君翩翩建安客小酌芳樽酬七夕潛心默禱欲見之雲旌羽葢來何遲君才倒流三峽裏不費銀河千斛水君懷自有古錦囊不羨天孫雲錦裳如君富貴應自得不須遠取支機石如君慧業何處尋不須下度鴛鴦針虛無指點皆眞路只恐巧多遭巧誤臨岐何策可贈君寄言巧拙宜平分

舟中望靈巖諸山

春山烟空濛佳處不在近緣溪淡相媚勢若鬬邢尹雨餘螺黛濃霽後峯巒皺窈窕出世姿天然謝

金粉揭來事彫斵遂覺天工遜茆亭赤闌繞峭壁丹壼隱遊人盛綺羅轉使山靈哂茲遊得眞面秀色眺難盡却想西子顔至今有餘韻

劒池

夫差昔好劒枉鑄六州鐵良工辛苦捐其軀化作差差劒鋒白發鉶新刜要離足淬及要酒專諸血金精上燭星雲愁耽耽白虎眠荒邱吁嗟千莫本奇士相從地下能報仇君王愛劒不愛骨攜取蛟螭入重穴天教望氣遇祖龍始信狐埋復狐搰可憐寂寞南山鎼玉匣金棺錮其下一朝寶氣出人間此劒眞能沼吳者土花斑剝苔鏽侵應爲當年飲恨深行人徒汲劒池水誰識千秋烈士心

登金山塔頂

亭亭一片玉飛墮滄江中插根虛無底湧出金芙蓉砥柱東南流日夜洪濤舂將毋海門濶藉此泥丸封壯遊遂初志豁達乘長風幸因一葦杭遥度馮夷宮是時清秋節翠黛開霜容虛堂凝妙香坐久時聞鐘高甍吐日月夕梵驚魚龍攝衣上層巔雁刹凌蒼穹孤標立鰲背二尊分鷲峯江烟淡飄

渺海氣清溟濛軒檽赫宏敞直視扶桑東仰觀泉天近俯鑒萬象空更汲中泠泉一洗芥蔕胷茲遊信奇絶靈境難再逢何年脫塵鞅安禪學坡公

燕子磯

冷落江干夕照斜低徊燕子貼平沙臨風閲盡興亡恨不願營巢王謝家

後庭玉樹教歌初一曲春風恨有餘南内彩牋銜不得分明尺幅受降書

金陵懷古

結綺臨春總寂寥三分烟月記南朝空教鐵鎖橫

天塹剡有鐘山咽晚潮入井更無擒虎鬬鑿山猶憶祖龍驕金陵一片笙歌地畢竟能令王氣銷

烏衣非復謝王家夾岸紅樓盡俠邪燭院夜歌天似水畫船秋泛月籠紗詞人鏤雪吟桃葉龍女飄香散雨花自是山川留粉黛不關人物愛繁華

詠楊花魚 高淳道中見楊花浮水如蠶繭詢之舟人云數日即化魚也

如此溪山好卜居楊花似雪點清渠化機久識燅爲蝶節物頻驚鼠化鴽其羨臨淵堪結網誰知緣木可求魚獨嗟彈鋏歸來後不向劉綱拾唾餘

食鮮荔支賦長句

荔支雅癖推君謨羅列百品曾譜圖齋居按譜食指動屠門大嚼快意無江南水陸百産臚羌余嗜好何所須老饕頗復能全軀不斫河魨烹腹腴江瑤路遠不可致似說龍肉供朝餔阿誰惠我驪龍珠數顆磊落堆盤盂翩如仙人來射姑氷綃外襲青羅襦絳雲含漿月漱液沉檀斷骨瓊爲膚方諸滴水潤臓肺從此不羨餐醍醐遠來詎免色香減尚與盧橘楊梅殊碩果之食少爲貴安用餘物充庖廚觀我朶頤有盈味旁人附手相軒渠我言人生貴知足一味分甘詎非福才人自昔困飢寒逵士由來任口腹季鷹拂衣爲蓴鱸長公嗜蟹求符竹年來噉名如畫餅即此翻然悔馳逐生不願葡萄一斛博凉州又不願龍州橘稅奴千頭但願有水復有舟興到隨地恣遨遊船頭四時貯佳果屬饜而已他何求君看給使楓香秋定勝中都萬戶侯

鬭蟋蟀歌

秋風蕭蕭蟋蟀吟金氣激物生爭心豪家百計巧羅致聲價重比雙南金主人養汝如養子朝勤拂拭暮撫視可無恒産到兒孫忍使飢寒及蟲豸主

人養汝如養兵艮材一一有主名金錢百萬作孤注願爾得雋爭先鳴窮搜巖穴度林莽永夜篝燈聽斷響選得茎雄議築壇人人自謂得大將觀兵初置細柳營誘敵爭開却月城一前一却衆未曉三踴三躍人皆驚眼前勝負由誰筭壁上縱觀齒牙戰紅旂報捷意氣生奏凱歸來縱高晏一朝告敗顏如灰向來意氣何雄哉願君努力賈餘勇且待三年拜賜來

虎邱雜詩

嬉春車馬日喧闐爭炷沉檀倚佛憐君看生公能

說法不教頑石盡生天
春來草没眞娘墓爲訪殘碑自詠詩却憶扁舟五
湖客煙波何地葬西施

哭傅爰弟

哀門仗弟兄祜薄天不弔原令兩摧折缺陷非意
料憶昔失怙時諸昆俱年少余季方四齡神姿最
清劭上賴母氏慈下仰喆兄教居恒不好弄典籍
性所樂八歲學裁詩琢句賡古調十齡通選理屬
文辨體要丹黄互甲乙圖史互讐校才騁千里駒
文窺一班豹僉謂銅川君潛德固未耀驚歎此子

才他日定廊廟弱冠賦采芹英聲蜚鄉校攻堅出
心兵索隱忌耳剽使者衡君文謂足追訓詁抜幟
軍皆靡登壇衆爲頫辛苦事棘闈壯志一騰踔得
喪風胡鑒龍劒期脫鞘寧知冥冥中鬼物相如媢
沖霄仍羽鎩躍浪畏𩇕暴癸卯闈中弟文已擬中第六以誤字被貼君
方志千古寸進未足較夷然忘喜慍恬淡鎮浮躁
窮年讀葦編精神半爲耗冥心遊太極宇宙入籠
罩公明談數精輸嗣說理妙萬象繞肺腸二豎入
肓膏躭書成痼疾扁鵲不能療君誠著作才一往
輒深造天若假之年古人不難到吁嗟壬寅秋仲
兄没荒檄間訃逼歲除相對心慄慄從兹添百憂
卒卒少歡笑恐傷慈母心諱疾不忍告纏綿就牀
蓐藥石詎奏效余方之蘭陵執手苦相要詎知咫
尺别遂成終身懊旅舘未及旬疾革遽相報風雲
何晦冥戚戚返孤棹入門已蓋棺不及見形貌靈
帷自飀飀熒然一燈照蒼穹何夢夢閶闔遠難叫
惜君愷悌資宜爲神所勞中途見夭枉行路亦傷
悼家貧婚娶遲黽勉締蘿蔦結褵未逾年紅妝變
素縞堂前棄垂白膝下乏遺抱百志無一酬大夢
遽然覺如彼幽蘭芳經霜委藜藋如彼明月珠韜

光隨燿燿凄涼抱遺編珍重比納部未成名山業
先赴玉樓召續成囑伯兄苦心不忍掉豈曰名無
窮庶幾後有耀嗚呼天地間愚智同不冒修名本
自立詎必分壽殀君看顔冉窮定勝彭咸耄作歌
慰九原破涕發長嘯

初下舟行楓橋外作

扁舟溯清流好景逐溪轉山如碧連環四望青不
斷澄華俛曲渚參差盼芳甸目送飛鳥過心隨去
帆展輕波淡何極嘉樹綠猶淺山川此佳麗時物
非晼晚不見苧羅人籐花落如霞

晨景帶華薄，惠風吅陽林。玩景無遐適，寓目極深沉。鴻溪近可泝，彭蠡遙相尋。一棹從陶朱，五岳懷向禽。觀物得悟理，臨水清塵襟。樵歌雲外曲，泉響風中琴。逝將歷巖岫，杖策深嶔岑。

五人墓

老拳一擊緹騎止，義士五人同日死。魄爲吳市千秋厲，身殉東林六君子。廟堂鹿馬久易形，乾兒義子皆公卿。區區市井抱忠義，攘臂力與奸雄爭。行人下拜一片石，熱血洒空作秋碧。隆祠賜額安在哉，委鬼茄花揔蕭瑟。君不見魚腸手進王僚居，順

風一刺慶忌殂。吁嗟此輩實殘賊，五人義俠古所無。生燔妻子成何用，英靈恥傍要離塚。共此蘇臺土一坏，鴻毛泰岱誰輕重。

試劍石

干將雖云利，不及宰嚭舌。一朝進讒言，鴟夷竟流血。頑石雖無言，願代子胥頸。抱此一寸心，千載光耿耿。劍鋒出匣銳莫當，石髓迸落金鍠芒。得非蛟龍變化出，下與吳國爲妖祥。苔繡模糊土花紫，片石猶知闔閭事。太阿手執須善藏，寄語君王莫輕試。古來佳兵還受殃，況復夫差重色荒。鴟夷光干莫

合爲一，何必種蠡知興亡。湛盧入夜辭梧殿，無復榮光燭霄漢。劍氣銷沉石不朽，留與千秋作龜鑒。

題友人枯木竹石卷

攜得烟霞袠底來，高齋展卷破塵埃。赤松子欲從黃石，孤竹君原出壘胎。畫意君緣清閟得，新詩我愧輞川裁。吳中山水多金粉，邱壑還期手自開。

擬范石湖夏日田園雜興

耕鑿堯天處處同，豐年率土繪豳風。何當别置麒麟閣，爲寫農夫汗血功。

先副憲祠內舊有泉，今秋響泉叔父疏之，命曰浴日，因賦詩記之

宗祠倚九龍，高節並巃嵸。醴泉詎無根，應瑞乃自涌。沿流泝其源，世德孰先種。我祖昔廷爭，穀肅方垂拱。謇謇南巡諫，直言邁賈董。煌煌大禮篇，正教秉周孔。引裾九重震，捧簡百僚恐。彤廷再予杖，豈曰非大勇。堂搆厲海公，創始啟帡幪。雒誦批鱗詩，能令懦夫竦。（祠係海忠介公所建，并有功同浴日再批鱗之句，故以名泉）流風蔭後昆，奕世荷天寵。清操㠋相望，不獨科名重。吾叔侍御臣，念祖實繼踵。秋來葺祠宇，山翠照書棋。傍砌開月池，疏泉去其壅。出山還自清，一泓湛于

永豈爲二泉美有若咸池涵持比葵藿心日馭倘可捧

觀呂紀枇杷雙角鷹圖歌

馮君示我雙鷹圖世間鷙鳥百不如得非開元肅春貢矯翼一舉來元都孕精如金骨如鐵落筆有神鷹有力全披文錦纈翎毛碎點飛花綷臂膺麩賓應律枇杷黃交柯陰森猛鷙藏金睟顧眄動寒色坐覺暑月飛清霜一鷹側腦神明竦一鷹攫身氣勁勇截海爭看鯨浪翻摩霄或恐星精動形雖偃伏心飛騰英姿怒挾風稜生草間狐兎何足數

似欲九萬摶飛鵬幽齋此日開緗素烏雀那敢窺衡宇瑩之惜之黃金縢逸翮凌雲恐飛去呂生去今三百年繪事珍重爭流傳郤嗤崆峒不解事浪說君無沽酒錢千金駿鶻世易得呂生此畫眞無匹安得許公作贊少陵詩留向蕭齋作三絶

觀荷

風生蘋末揚素波水亭小坐香越羅夷光一去鏡塘冷此花惟有濂溪多濂溪愛蓮愛清遠不似吳王醉芳茏水晶宮殿烏夜啼更遣紅衣歌緩緩如今萬柄自亭亭只向騷人眼裹青

顧秀才飈憲

字傳爰諸生雙溪兄季子也弱冠名噪文壇與諸兄埒靜而敏好讀易時有所開悟初補博士弟子員即儀於庠踰年而病病而死年二十五

春思

旖旎階下蘭經春長新寸美人攬幽華露葉含餘潤蕙心自孤芳不任春風引

初夏偶成

餘花數片入簾幃庭院愔愔履跡稀竹析晝閒鳴

翡翠暖風晴日浣春衣

聞學和仲兄殁於伏羌不得消息

傳聞偏不誤腸斷春令原正是情懷惡那堪風雨昏連宵驚入夢何日返覊魂天意殊茫昧憑誰對榻論

哭學和兄

兄生命不辰丁丑重九日八歲遘家難丁年賁志殁長我五歲齡歡愛兩情切搜句嘗分題綴文多共閱相親若師友雖近不昵狎依依二十年不信緣斷絶前書竟成讖壽命恐夭折書中有云自恐長此鬱鬱壽命

百诊中怳惚生平百不遂垂死志猶熱卽今尚無嗣幼女先夭卒寡嫂常吞聲心摧願同穴土伯胡不仁兄乎向誰說人生雖茲昧物理有信屈當其遘迍邅不絶僅如髮終當藉慶餘後嗣其逢吉重泉愼勿悲有後眞可必詩詞多零落掇拾無什七所傳今止此豈敢有遺失茲茲未了因已矣不忍述

感知己

人生感知己所貴知我短未要借齒牙名譽總夸誕生平實頹放任性便疎懶褊心宜寡合狹見若

易滿每懷古人心夙夜勤濯盥月計日不足寸進尺已輭時還自訾省輒復生愧赧如衣染塵垢彌月久不浣羌予雖薄植未宵等樗散倘教就繩墨應許邀顧盼同人志未得迷復行已遠何當聆箴規瑕類日鋤剷譬如佩韋弦調我急與緩孰能無所偏要在善自反樹蕙當百頃藝蘭須滿畹他山誠有助未宵畏蹇嵯

雜擬

至人乘元化躡景驂雲螭淡然埃壒外松高相與期如何季葉人擾擾驚刀錐此輩非僊才多營乃

不長余深評其不詳也

懃懃問季弟念此痛入骨苦恨出門初作計太倉卒憶在歲庚子兄隨外姑出兄言薪水艱慈母日銜恤門戶難支持婚娶事未畢束裝出門去且復覓生活癸卯入北闈行當返家室五月溽暑蒸行潦泥沒膝旅舍不得休冒雨中夜發陸行意未慣羸馬恐一蹶崎嶇到伏羌辛苦不堪詰暮裳潘楊戚相得契逾密朱園關山長皋比爲兄設經年得家書旅況始得悉頗聞羌戎地風土亦可悅桃李與牡丹嘉卉紛成列楂梨及葡萄嘉果紛成結講誦屬多暇詩文漸盈帙身體近平善

無爲念遠別前年蘭州圍賊氛就殄滅宦海多風波觸事爲戰慄從茲少歡趣抑鬱遂成疾得兄病後書北上計已決明春抵京華路近信易達準擬秋杪歸離緒一展豁入門拜嘉慶執手敘契濶親朋笑相問童穉候闈闥燕遊追前歡團聚樂新節寧謂歸無期奄忽爲異物窮冬斷音信意緒正騷屑嫂言夜夢惡兩見圓鏡缺心魂忽震盪怵惕已逾月乃知骨肉情千里相感徹嗟兄生多艱傷懷事非一頗頹固一矜壯志竟消歇辛勤逐時趨雕鐫耗精血年行已長大生事日蕭瑟千憂日交煎

乃其宜
昔聞梁孝王文讌盛賓客枚叔既來遊長卿還接迹風流一朝盡人事須臾易當年枚馬賦異日兒園冊感此愁我心沉吟涕沾臆
春鳥旣催耕秋蟲還促織微蟲亦何知感此時序易辛勤以終歲黽勉謀衣食民生實在勤力作不遑息

漢將篇

漢家五葉富且雄武皇銳意開邊功已令戍民屯朔郡更求良將事從戎衛青少賤遭笞罵李蔡材能僅中下數奇誰問故將軍寵盛爭歸大司馬時來意氣任橫行倏忽風雲生叱咤雄材何必棄跅弛善御豈聞防覂駕虫尤旗出亘胡天歲歲單于侵暴邊羽檄流星飛紫塞邊烽徹夜照甘泉漢兵大入誅驕鹵郡國聯翩下銅虎詔書五道齊出師斬獲奏功上幕府星馳電掃邊郡淸月氏日逐皆臥精玉門相望列亭鄣大漢絶迹無王庭重困農民助邊用輪臺下詔堪悲痛戰血平添瀚海波積戶已入祁連冢纍纍時猛將困平城壁壘徒嚴細柳營麟閣勳名誰最後遠謀卻憶趙營平

讀高唐賦

一炬夷陵已作灰荒淫猶自望陽臺從容辭令徒爲爾誰識莊辛是賦才

題二泉女史畫冊

花開辭故枝花落不歸本悠悠三春暉寸草心不盡唐翁八十餘有女何婉娩但愁榆景遒不念芳時晚慧心奪天工綵繪間丹粉着手迴春姿衰顏解寒窘人如白華潔意如陔蘭近作詩闡幽芳至性垂不泯

秋夜

雲散遙峯明倚闌望秋月靜夜峭寒生空階鳴蟋蟀

題諤齋叔氏列女樂府

正始首關雎變風終夏南無復見形史何由別哇淫頹波蕩巨壑薄俗隨浮沉採風輶軒使幽貞不見尋寥寥千載後賢女多嶶音至性秉專壹獨徃無古今美玆苕華質毓此蘭蕙心坤維振絶紐誰謂力不任我誦樂府詩勝彼女史箴願將黃絹詞寫入朱絃琴
漢初襲秦弊宮教廢不修流風被趙衞貴族競效

尤東京鑒前失順復修陰教賢后遞嗣徽靡然變風操窈窕酒家胡猶知重前夫咄哉霍仲孺乃啟馮子都荀女能和夫范母能教子一時尚風節家法掩前史

題友人畫牛冊

誰能筆端迴萬牛銜然角立漫平疇寢訛降飲各有態人牛相對隨天游羨君得之重什襲千頭足抵萬戶侯圖中佳景欲神往人生得此將何求君不見陶朱致富徒碌碌三致千金未爲足居奇枉自費精神心計全應散淳樸何如身作多牛翁窮

年養拙安愚賞柴門旭日出樵牧墟落夕照隨兒童荷鋤隴上課晴雨種植還思廣田圃先期竭作了租稅不省低頭入城府人間萬事不挂口馬耳東風定何有躬耕自謂帝堯人抱甕時邀漢陰叟

遊上方山

輕翠媚春暉山容淡而雋林端輦道肅巖際紅闌轉幽探屬嘉月登陟眺芳甸路坦遂忘疲景勝輒增忭中休得小亭漸覺觀覽徧參差照金碧突兀湧臺殿塔影石壇虛雲光竹樓緲時聞清梵響坐令根塵遣

二月三日偕俞人表劉簡之同泛石湖

水漾湖上春波光如碧玉野桃萼半紅岸柳黃全綠佳游及元巳攜伴志頻沐不厭舟行遲隨流屢洄洑畧仢到山迴闌干依水曲游車既填溢畫舫還競逐麗日照靚妝和風靡春服信足放情志於焉送遠目吳門塵土窟連日苦跧跼茲辰喜曠蕩煩想爲一濯閏月留餘春幽賞倘重續

臨文感陳迹臨水悲逝川悲歡相推激意趣窮洄沿右軍昔修禊令人感遺篇有如謝太傅憂端苐中年吾儕二三子趣舍隨所便何必盟與濯唐言

散憂悁世事漫浩浩死生迭相纏宇宙亦屢陳遷化無窮邉昔人自一契吾輩勿復然

暮登靈巖

屑峯暮合紫翠嵐乘興更欲凌巉巖仰看輦路平若砥直上快如馬脫銜漸憂暝色暗崖谷猶有返景留松杉松風謖謖聽逾靜縹緲靈籟自吐含慕公捐俸買奇石山骨未許雲斤劚屧廊遺迹杳何許只今無復游麋處千年金粉土花蝕山脊古洞空巖嵌雲標金闕肅宏敞宮門扃護深且嚴茲游勝絕亙不偶林壑妍靚夙所妣淹留不覺日昏黑

靈鏡未暇窮搜探明晨更指前峰路參天萬壑青
巉巉

謁范文正公墓

昔聞范公墳奇勝勞仰企今晨訪遺躅夙願欣始遂山行肩筍輿磴道平若礪峰迴入蒙蔣一徑造幽邃春巘翠欲滴縹碧上衣袂長林緬深秀奇石尖仰刺前行仰　宸藻千古景高義肅拜緬遺徽悠然發遐思惟公晝粥時已負天下志蒼生爲公心憂樂若元氣規模皆素定施設唯十事夏人本桀驁倨侮何足計修言本三代挾術屏五餌才大

嘗近迂志銳意多忌西事迄未成叅政裁小試瑤華遭擯黜廷諍自公始遂令數十年直節更相繼嗚呼公云亾士氣日淪替千載無同憂仰望增感喟佳城氣葱鬱蜿蟺孕靈異峯巒令人敬笏立見風槩肅然朝百靈穆若通帝謂英靈儼來遊太息不並世

試劍石

吳王昔試劍巨石爲中開道旁覩遺跡愕視心徘徊當年鑄劍求國工耶溪赤堇精英空鐵花耿耿色相射粲若水溢金芙蓉我聞兵莫憯於志天道好還神所忌刺僚誰薦進專諸員也陰謀禍先至闔廬得國因魚腸驕武寧知不祥器屬鏤一賜竟何冤檇李三行還自試君不見豐城寶劍光熊熊飛入延平化兩龍乃知神物不輕出往往滅跡藏其鋒

祀蠶神詞

桑葉肥桑婦樂戢戢春蠶將上箔桃漿遍灑桂醑陳家家擊鼓賽蠶神堂前桑婦喑祈禱長願天晴風日燥八蠒收來多繅絲今年勝似前年好蠶姑聽我前致詞蠶功織績神所治黻黼願補山龍章

五采煥燿照萬方正直願作朱絃琴淳和復奏太古音勿爲舞衣新易故素質却遭香汗污勿爲纂組妨女紅淫靡翻令杼柚空得縑裁作衣得絲縫作褌男耕女桑神醉飽絹疋今無租吏擾

夏日遣興柬俞人表索和

經旬已與故人違索莫幽情祇自知暑雨漲添瓜蔓水暖風吹過楝花時杜門暫遣煩襟盡欹枕全忘午夢遲聊復從容銷永日疎簾清坐看圍棋

疎慵成性媿無能卻得安居避鬱蒸酬應畏人嘲觸熱蹋凉漫自說懷氷眠當北牖泠風善坐對西

山爽氣澄底事長塗困奔走紅塵赤日更相仍
地偏郄喜經過少楞散從教世俗疎晞髮最宜新
浴後妣詩自愛嫩涼初簾鈎日落餘陰淡竹杪風
歸爽籟虛思得淸談破岑寂何當折芰爲燔魚
朱炎風物自淸嘉南館娛遊未足誇荷卷碧筩堪
瀉酒綆牽瑤甃爲沈瓜瑣窗詩就題蕉葉薙簟夢
餘開李花遥想故人同此樂閒居幽趣倍無涯

秋日寓澄江廣福寺即事

暫宿招提境禪房一徑幽綠肥銀杏熟紅暈海棠
秋含籟疎桐韻生涼翠竹修羌予躭靜趣未厭此

淹留
參天雙柏樹歲久壯輪囷坐聽鐸鈴語頻來鳥雀
馴香然過小刼佛古閱前塵欲問無生義先祗有
漏因

早桂

叢桂開早秋所珍因見少偶然得氣先兒女相媚
好秋風能幾時蟾窟香縹緲同此一時榮何須競
遲蚤相期後凋質貞性長自保

秋夜懷楊蓉裳

隴右經年信使稀亭臯木落暮雲飛征鴻影下入
懷遠促織聲中夜擣衣霸上遙聞承　睿畧花門
何得迮　天威試吹羌笛多哀怨傳道劉琨已
解圍

昭陵石馬行

房星精芒隕爲石天駟權奇高八尺一代雄姿守
寂寥千秋憑弔悲陵邑太宗神武四海從虬髯叱
咤眞英雄唐衢控馭盡神駿風雲慘淡隨眞龍其
中六匹號無敵碧羈金絡殊雍容橫行八極信麾
斥蹴踏夏鄭氣已空一麾東都畧堅陣流矢洞胸
猶奮迅幸因艮馬寄安危不爾凡材蚤僵僨入生

出死捷若神勛勞期將褒鄂親濯龍委秩秣紅粟
天街弭節從朱衣爾時八坊雲錦屯龍孫驥子皆
成羣未若六馬材軼倫功成顧影自矜寵猛氣帖
弭柔心馴自從冠劍橋山葬刻石東西屹相向寢
殿虛聽汗馬功嗔途陪侍降王仗古原歲久星霜
蝕瘦脊倚空高硉兀騰趠長懷萬古心昂藏不數
千金骨荒陵風雨秋蕭蕭翠鬣夜下羣靈朝夜騎
天馬踏空去霹靂砰磕重雲敧端相猶訝光芒射
呵護不隨神物化當時誰施刲刳功定知妙手過
曹霸諸陵王氣總堪哀松柏蕭條金粟堆剩有形

儀比銅馬應圖儻可致龍媒

和響泉叔父九月七日遊惠山韻

縱目清秋宇宙寬五湖浩蕩一漁竿勝游到處疑飛屐新句拈來似彈丸吳岫雲停看尺咫蜀山翠埽憶千盤如今好作林泉主茶雨松風草閣寒

巖菊斑斑嫩蕊香輕霜着樹雜青黃三秋節未逢重九七日辰先遇少陽石磴有情留屐筆碧山無語對飛觴微醒初解新茶熟一勺清甘自在嘗

患瘧戲作

退之延五窮瘧鬼還相隨跳浪更者歘簸弄芙蓉旂伊予遘此疾累日形苦瘦客來爲余言是疾鬼所爲能爲翕翕熱以我爲娛嬉能令心骨寒戰慄不自持但求得一飽去我忽如遺起坐謝客言今當速驅之長宜善自保勿逐此態移

梁溪詩鈔　卷五十　二七

逆回就平聞主將以伏羌令楊蓉裳守城功上賦此志喜

四日重關鑰不開女墻瓶甀下飛灰城臨却月圍方合壘壓崩雲敵已摧盡碎梯衝塡巨塹更駈騾石走驚雷巖疆自古羌夷雜扞禦原須保鄣才

野望

野曠行人短疇平禾穗齊夕陽橫小艇秋潦入前谿曲折難尋逕橫斜不辨畦偶逢田父語忽已暮烟迷

野外絶塵事危橋欹側過古墻苔蘚厚廢寺瓦松多信步憐幽草閒吟踏淺莎村童正吹笛駈犢下平坡

得伏羌信息寄楊大蓉裳

忽傳消息伏羌迴愁共圍城一旦開親舊相逢多好語舉家得信遣餘哀風塵已息知天意盤錯頻經識吏才　別殿行當掌　召問　殊恩簡自御屏來

往日才名到處傳未應作吏卻迍邅蚤經憂患庸非福若問升沉只信天弟妹殊方牽別緒庭闈何計慰衰年幾時共話相思意追憶前歡祗憫然

梁溪詩鈔　卷五十　二八

一別迢迢歲月徂原令急難失歡娛慈親慘愴悲遊子寡娣伶俜字藐孤每恨音書時阻絶豈知邊徼尚艱虞淒凉忍讀河陽誄苦語傷神淚欲枯

盩陽節候似嚴冬關塞春遲百二重苜蓿自肥黃壤沃葡萄早熟潑醅濃青羌地近知戎索朱圉山高表禹封定有新詩傳隴俗好將蠻語寄吳儂

寄楊二荔裳

遙憶京華久滯淫愁中歲月逝駸駸琴居易動離羣思清俸難諧將母心米貴舉家常餽玉債多何術可成金綸扉豈是　恩波隔鳳沼終嗟　寵遇深

喜見平安信使還故人無恙一開顏全家倖脫風波地聚首應疑夢幻間被　旨行當趨　北闕計程聞已入秦關懸知兄弟重逢樂早爲貽書慰令嫺

新秋晚思

秋光先到泬寥中獨倚闌干興未窮風掠斷雲時過雨霞連殘照忽垂虹

燎蚊十二韻

大鈞播萬類鉅細無不養蚊蝱本么麽吮血類飛將幽室聚成雷虛簷如應響空搖白羽扇潛伺青紗幌原思慮肘見蔡經愁背癢火攻出奇計一炬盡掃蕩運籌居幄中制勝在席上如驅卽墨牛如縱昆陽象潛逃聲未已下墮勢猶仰蟭螟覆空巢螻蟻破鈞黨徒然矜利觜安得逃密網今宵安枕臥夢到華胥壤

題徐大朗齋乞巧圖卽送之河南

天公靈蠢隨意造雕刻衆形不名巧未知眞巧定何物付與人間多復少徐君慧業本天成探得驪珠棄鱗爪江花郭錦都無色乞取雲機入懷抱素秋七月禱雙星小炷心香然鳳腦鸞幕雲幬寄思多針樓月殿心神悄筝閒杼軸落君手兒女情懷應妬娟仙契潛通銀漢迴香緘寄敢星妃曉問津若爲引征路指點虛無意先了西堧東堺莽空濶羽蓋雲車淡飄渺銀濤下落三千丈瀉入黃河橫界道始信靈槎有路通卻嘆博望經年到明年翠

牓更迎秋摛錦爭看挾天藻

題吳松崖瑤臺曉露圖

月掩瑤臺春涼波淡欲濕繁花曙溟濛零落香厭浥仙眞之所居遺世而獨立娟娟啟玉齒粲粲開笑靨霧閤繚逶迤雲屏深匼匝吳郎神仙侶偶被俗緣縶風流磨不盡離緒紛相雜靈芸忽頫頷宛轉啼紅頰別淚如露痕紅冰泣餘泣曉衾夢飛越高步凌炭葉仙袂天風輕瑣肌曉寒怯覺來繪靈境宵爾非世及嗟君道根深小謫緣慧業帝寛斫桂罰暫遣墮塵刧舊歡逐雲杳人世眞一霎應教

凡想空始得眞契合離恨即升天此間何等級六
甲啟瑤函七籤檢雲笈花宮會相從翠鳳可同躡

寒夜對月效庚子山體

月迴流寒影風微斂夜氛金波湛不動仙桂望逾
分委照如圓鏡含精似燭銀徘徊低綱戶隱約度
流雲瑤墀鋪雪色碧瓦淨霜文不畏宵寒重頻爲
爇蘭薰

禹碑同斐瞻兄作

南荒萬古神禹碑作鎮岣嶁奠火維偉哉奇蹟古
無偶想見施手隨刊時伊昔洪濤忞凋瘵天綱涬

滴愁蒸黎媧皇聚灰本小補共工觸石將何施九
年誅殛勤幹蠱四載荒度嗟胼胝庚辰童律作輔
佐川祇漬鬼受職司元夷玉簡揖蒼水淮渦鐵鎖
四支所參身洪流宿岳麓智營形折心悉疲蠻荒
幽遐足妖怪夔魖出沒驚閃屍磨崖勒石告南服
山林禁禦魑及嵩九江安流衡岳奠祝融元冥咸
奔馳典崇望秩配朱鳥允矣紀述垂鴻儀豈殊告
功錫元玉不勞登禪封芝泥無前偉烈不矜伐上
與軒頡相攀追聖神文章自天啟創造往往多靈
奇波濤蹙縮驅入筆蛟龍百怪中夔踞仙掌擘山
君弟豁巨劢摩天施劂剞入間但覩斧鑿痕鑱刻
孰解神工爲紫文金簡藏石室能識靈寶爲宣尼
橫罹秦政多刓滅此碑深閟獨不槩神物顯晦自
有數千秋呵護煩靈祇流傳宋代始一出摹拓傳
刻留山陲剝落雖遭土花蝕歲逾猶見金薤披沈
生夙悟本非偶一讀恍若素識之丹餅夢授啟神
解天遣愼鎰傳其詞苞符豪籥乍宣洩乾坤軒豁
呈端倪退之好古生未晚千搜萬索不得窺茁兄
古文湮沒無人知凌雲垂露習佻巧摹寫點畫爭
南游得此本珍重那數氷與斯爾來篆籀體屢變

妍媸此碑晚出世罕覩元氣渾噩無淳漓文如流
水工會意結繩遺制存於茲蕭齊挂壁日展玩五
十七字光陸離紅羊潛藏回祿避（相傳禹碑可以避火）騰躍
鸞鳳拏蛟螭湯盤述作差可擬嶧山碑版君應嗤
安得昌黎大筆爲揚厲上駕石鼓岐陽詩

題松江褚文洲水木清華圖

泉流如珮環華薄帶其右清景併在君刻畫尚奇
秀君本金閨彥才華六朝富半面褚裒新風儀彥
國稱八閩清華地位置與君副披圖挹容輝自顧
媿塵垢勉酬季重書相望屢翹首

鄒明經思成

字孝瞻號莪菴附貢生雲瞻母弟也家素封而孝瞻抑抑自下工詩不以示人師友亦未之知也又掩關卧病之日多然過邑中善舉無不力嘗集友重葺文廟督工宿廡下酷暑不避工竣病發旣愈忽小不適半日而逝年四十二有莪庵詩稿

謁張中丞廟

偉哉張中丞抗敵憑彈丸江淮作保障隻手廻狂瀾後世仰遺像怒髮還衝冠祠廟枕山麓古木龍

蛇蟠我來奠椒酒懷古興長歎使公統六師直登大將壇一麾賊當潰宗社安如磐何至延秋門倉皇走千官睢陽守孤城亮節徒自完力竭鼠雀盡眦裂心逾丹英風恍在目來去驂虬鸞蒼松一何勁凜凜風霜寒

淮陰釣臺歌

釣臺百尺凌空虛清淮夜月玻璃鋪錦衣若早換簑笠釣竿直拂青珊瑚君不見扁舟一葉載西子輕若浮萍點秋水又不見杜門辟穀心神清赤松黃石久締盟良弓不用藏須早蓋世功名啟江表

望太湖用東坡海市歌韻

汪洋萬頃連高空名都環拱湖當中重重翠嶂揷天起千堆雪捲翻蛟宮貝區勝槩控六合使我得句難爲工登高縱目發豪興直欲散髮騎蒼龍蒼龍潭底眠未醒狎鷗且共忘機翁磯頭兀坐忘歲月雲氣開闔心増雄囊中風月收不盡何哉迂士悲途窮但知銀屋波光好不問金闕春光融羊裘典去換美酒何須厚糈過千鍾潛虬起舞怒濤湧伏波戰鼓初鎔銅衝波一葉疾於駛腹滿穩使蒲帆風

鐵槍歌

蹇驢有客行委蛇幽燕道上琉璃河鐵槍丈八倚頹岸英風凜凜驚蛟鼉忠良遺跡不容泯守護疑有神靈呵森然動魄拜橋上緬懷前代重摩挲五季紛紛號令嬗中原逐鹿尋干戈朔梁暮晉等閒事臣事讐敵其誰何彥章驍勇萬人敵當鬬飛鳥不敢過河東兵强詎足畏鬬雞亞次眞幺麼具舟載冶斷鐵鎖雄師徑度誰遮羅何哉貝錦肆傾軋奇勲垂建忽跌蹉保鑾百騎豈足用梁祚短促難延俄食梁之祿死梁事奮呼信烈忘沉痾豹死皮

留自不朽綠沉棄置埋荒禾何時邪許共摩挲空底柱當洪波純忠或者動天鑒百靈攝取從泥窩長流屹立作標準縱經濁浪寧消磨不然神物著靈異古劍躍水龍騰梭恩榮四姓長樂老睹此應覺慚顏酡梁唐晉漢相代謝興亡堪嘆一刹那河心兵燹不能到煌煌大節同義娥英姿颯爽猶在目行人至此增悲歌徘徊不覺夕陽下塵沙暗倏迷前坡

題韓蘄王湖上騎驢圖

戰勝思名將知幾仰昔賢披圖增慨慕懷古更留

連宋室偏安日韓王建績年狂瀾摧日馭妖祲逼星躔敵騎愁南下鑾輿感北遷長江看飲馬帶水欲投鞭宗社危累卵疆埸孰控綰背嵬陳甲士貫綆列戈船狐兔成羣布熊羆結隊聯援枹憑內助陷陣破中堅大捷頻歸地深讐肯共天欲湔三殿恥擬使兩宮旋報主情方亟班師詔屢宣同功攖鼎鑊勇退樂林泉策蹇來堤畔攜壺醉岸邊旂常成噩夢詩酒締良緣憂國心原苦全身骨已仙胸還餘豹略跡自伴鷗眠高躅超機穽奇勳耀史編六橋春浪碧風度尚依然

望湖上遠山

縹渺峯如髻脚垂一痕難禁曉風吹長卿病起支頤看愛煞文君鏡裏眉

小疾簡半舫

可人黃菊困人詩半舫札有詩能困人語賞菊吟詩日不虛至樂多從閒處得故交端爲病來踈休嫌談命逢磨蝎却怕通仙像蠹魚底事半生空健羨千杯酒與五車書以病故不能讀書飲酒

迎暉閣放歌

擬把名山大川遊歷遍無奈筋骨罷輭脚弗健又

擬搆造高臺廣榭雜置花木竹石相周旋囊中恨少青銅錢長吁興蕭索忘却此間有至樂臨流面山營小閣閣小試將尺寸算爲地僅得閒之半閣中何所有髹漆小几文石案椅列錯公榻羅漢輞川詩句壁上懸淮海標題額間煥湘簾捲處畫欄橫九朵蓮花恰對面朝爽來晚霞散嵐光濃淡四時佳雲氣陰晴頃刻變烟鬟倒映明鏡中廿頃湖波淨如練征帆常逐去鳥飛欸乃漁歌聽百囀對此心神怡日覺耳目換個儂兀坐忘朝晡濁酒時向村中沽良友晨夕把晤不使折簡呼詩筒傳遞

足重跰僕僕日走長鬚奴從人笑我狂復癡世事摠付浮雲如談天怪迂愚谷愚一綫不絶其在吾山水竟成癖詩酒聊自娛世間還有此客無冠纓索絶仰天笑伊誰識得此中妙昌黎一語借我作詩料其於爲人賢不肖

即事叠前韻二首

語不逢時莫漫譁悲凉音節抵掺撾雄心未死還磨劒愁緒方生又落花筆陣横衝千萬騎酒帘斜颭雨三家近來思曼風流甚豈必佳人臂繫紗

許秀才仲堪

字美尊别字眉岑諸生家有藏書萬餘卷眉岑日事研究發爲詩文涉筆而就著有種學樓詩十六卷放翁詩注十八卷宋詩寸錦八卷　本朝咏物詩螺蛤集二十卷讀書分類隨錄八卷印史會要四卷雕蟲館印譜雜譜四卷藏於家卒年五十

羅小華墨歌

古來作墨誰最工奚家妙製雙蟠龍千金欲沽世已少一笏貴比璧與琮先朝羅生擅名技元玉出手希前蹤團團似月未磨缺寶光直上搖青虹但餘一恨在人世權門竟作苞苴充分宜權詩佐譎翰相國塗壁將毋同魚知避潭鳥擇木寶劒豈用芟蒿蓬此物宜歸大手筆揚沈當日書囊封鐵肝石膽忿揮灑墨氣凛凛生霜風參軍新婦得所配妙品奕世垂無窮胡爲懷寶不自惜一圍祗爲清詞供餘香不掩千古臭爲君感慨塡心胸

題木蘭從軍圖

我讀木蘭詩慷慨已失紅粉姿我歌木蘭曲徐文長有木蘭從軍樂府淒凉似聽邊城角黄河濺濺流向東燕山鐵騎嘶悲風長鞭駿馬夜斫寨蛾眉氣奪千羆熊

聞説吳宫昔教戰美人頸血污鈠釧又聞漢將善將兵下令搜女驗鼓聲何來此女好身手萬里從戎親獲醜歸來火伴始驚惶撲朔迷離混已久上書女緹縈報讐龎娥親未若此女神狡猶孝勇兩答君親恩此事流傳不經見虎頭下筆開生面男兒終是可憐蟲鏡中愧我鬚眉賤

書宋搨李北海千字文後

千文肇自太傅鍾寵鵝老子筆法工其時詰曲少文義但取字體無復重大同散騎擅文藻給札作賦聲摩空珠聯貝合錢上貫一夜漆髮飛霜蓬摹

次已煩般鐵石繕寫更勑蕭侍中鐵絲縈廻胎髮
筆好事欲覓嗟無從丞師踏破鐵門限百本分鎮
金仙宮後來好手側摹寫纖波濃點誰能同家傳
此本出北海秋筋入骨無纖容郭壽趙崡空好古
珠囊未採成遺弓書中仙手不易遘殘碑斷碣珍
黄琮雲麾糢糊霧隱豹嶽麓殘缺桑蝕蟲書家臨
摹苦頭腄恒少捉摸如游龍雲開日朗見此本金
鎞刮目無朦朧求從宣和歷灰刼呵護乃敢煩神
工由來勝事有缺陷天傾尚藉媧皇縫明珠千顆
奪驪目其七未探癡龍胸（首缺七字故云）何當追魂起九

死處戈試補收全功芭蕉擬種一萬本硬黄手搨
鞭跡懶

題白傅琵琶亭圖

長江渺渺環江城白公勝蹟餘孤亭青衫有淚洒
江水至今猶作琵琶聲當時書勑初開宴善才弟
子黎園選欲奏霓裳與六么費盡輕籠兼慢撚可
憐司馬詩酒豪謫居荒郡神陶陶尚有楊枝娛白
髮豈無春草教紅簫停杯忽聽鵾絃急舊事分明
說京國斷梗飛花一樣愁同病寧論不相識畫圖
令我憶香山九老風流杳莫攀履道里中灘八節
香爐峯下屋三間而今冷落俱衰草剩有空亭倚
江表欲覓當年舊淚痕楓葉蘆花怨秋曉

題西臺慟哭記後

柴市西頭日月昏殘山剩水一身存六陵已老冬
青樹獨客難招朱鳥魂玉帶生寒空夢想竹如意
碎幾聲吞嚴陵灘作田橫島千古常餘涕淚痕

謁張中丞廟

深山古木剩荒祠想見孤忠嚙齒時報國死能爲
厲鬼讀書生不愧男兒空城鳥鼠千羣盡野戍風
烟一笛吹獨有南雷同廟食却忘太守舊英姿

朝陽臺

千載高唐說夢間侍臣詞賦寔超羣文章本是凌
虛搆真幻何須着意分遂使癡人常說夢幾曾神
女見行雲巫峯十二空朝暮不住猿聲叫夕曛

韓侯

鷹揚終古兩漁竿渭水淮陰一例看逐鹿竟成隆
準帝沐猴終笑楚人冠濤聲近入屠兒市雲氣遥
連拜將壇一飯不忘猶報德可憐鍾室恨漫漫

膠山李忠定公讀書堂三十韻

宋業艱難日安危仗藎臣羽書來北塞翠葉決東

巡徐徐誰男子耽耽是女眞中流推砥柱一髮簪
經綸首定中宮禪旋攀出狩輪僉謀搖社稷上策
扼河津慷慨籌前箸倉皇徙突薪但留三鎮在寧
致兩宮淪諸葛能存漢東山足郄秦誰知忠莫補
空負畧如神旣定金繒欵難迴歷數屯書生徐痛
哭東謂陳 涙子寔持鈞謂李邦彦 北轍氷霜遠南都鎖鑰
新鰲傾天板板狐聚黨頻頻豈是中興主空存未
死身七旬資料理半壁荷艱辛塡海功終敗揮戈
志未伸一時辭息壤千古笑蒙塵桑梓留初地松
筠結舊隣釣遊今可憶書卷昔爲親識字先忠孝

乘時降甫申棟梁階尺木谿壑養修鱗始信猷爲
壯胥歸學問醇停車尋古蹟斜日亂荒榛寂寞祠
堂在虛無俎豆陳乳泉聞滴瀝巃嵸對嶙峋瓦落
蒼鼯竄庭空碧草春丹青餘想像冠劒久沉湮奕
世瞻山斗遺風愧縉紳魏公飛白簡曠代淚沾巾

哭季弟地典五首　存二

少小爲兄弟相依若形影昨者年少孩竹馬共馳
騁七歲能讀書十歲弄柔頴十五能文章斗室靑
瑣並浮名反爲累無端作蓬梗一別生死分愁恨
兩交併尚記臨別時囑我早歸省愼勿戀勝遊江
山滯烟艇孰知歸有時汝已呼不醒一尺茯陵居
愁懷積千頃孤鴻杳難問夢隔西神嶺何堪相思
時白骨已先冷
中夜不能寐支枕聞雁聲隻影弔寒月蕭蕭東南
征哀鳴求其曹淒惻傷我情呼童滅雙燭掩耳勿
復聽父母生爾時湯餅會親朋無端凶短折劬勞
負所生起坐理殘篋零落蛛絲縈尚有白雪篇秀
句如瓊英亦有銀鉤書墨瀋字欹傾黃金擲虛牝
寂寞身後名遺緘不忍發潸淚先沾膺

劉本孺先生遺笏歌爲思茗師賦

明神宗朝九閽閉國是日壞無由振四明當國立
門戶城狐社鼠紛成羣其時東林尚風節八君子
者皆嶙峋君家光祿性薑桂大雅洵屬邦家珍直
將慷慨折鹿角那計生死批龍鱗氣如長虹摵天
閽郊壇應響風雷奔手中象笏尺有咫恨不快若
霜鋒新爲君斬却佞臣首無煩請劒同朱雲一朝
削籍拂衣去著書歸卧梁溪濱世人區區戀簪笏
緘口乃與仗馬均笏不負人人負笏滿牀堆積空
如薪秀寳昔聞擊逆豎少連也解摧姦臣古人忠
義憤所激物以人重光千春今觀斯笏尚無恙使

我有手不敢捫莫將拄頰看山色凜凜恐朔風霜

痕

宣爐行

憶昔承平正清晏金甌未缺稱時雍三陽鼎足據

鼎鉉便殿處處圖豳風君王暇豫富清賞技巧登

山娛宸衷新磁出火過汝定承清款紙澄心同宣紙

以承清款爲第一豈無香獸黃金褭艮治特爲呈玲瓏焌

閣才人侍清晝銀葉細火添微紅龍涎香發廣寒

殿萬歲山頂雲濛濛萬歲山有廣寒殿宣宗自爲記先朝故物尚

留此側身懷古心冲冲曷不躍水騰變化相隨禹

鼎爲蛟龍

禽言十首　存二

喚起喚起東方明曉烟沉沉夢未醒晨鐘高吼曾

不撫枕而少驚矧爾小鳥調春聲

行不得哥哥蟻垤覆轍豈在嵯峨堂坳覆舟何必

風波

潺湲引

繼泰岵齋太守作也太守於夏日邀楊八令貽

彈琵琶於若氷洞輒賦此題思茗師命諸同八

續和

潯陽江上琵琶愁岐王宅裏琵琶羞鵾雞作絃鐵

作撥誰爲萬古消煩憂風流第一關西客手把檀

龍僅三尺自詡絃聲天下無國腹諳從幔亭得坐

君跳珠噴玉之泉上頭酌以細花綠乳之輕甌一

彈玉連鎖再彈西凉州是時空山鳥語靜綠樹陰

濃日初永忽驚凍泉咽危石又疑銅瓶汲古井瞥

然一落千丈强倒挽銀河瀉峯頂雷轟石裂龍起

湫白雨欲來巖谷瞑移時收撥曲已終竹爐蟹眼

生輕風澄潭無聲湛明鏡漪瀾堂畔歸雲濃崑崙

不足善才死眼中碌碌輕餘子君言此技本胡中

妙處還堪悟琴理楊君兼善琴東方雲海深復深成連

臺古何處尋何當一鼓泉山響七條瘦玉并作潺

湲音

刑部主事王丹宸金川殉難詩四首　存一

將星昨夜墮雲間力盡三軍淚暗潸坐使蟲沙同

日盡更無馬革裹尸還魂來劍閣楓林黑血染碉

樓寒草殷尚有尺書傳故國生還空望玉門關

酆都令楊載騫金川殉難詩四首　存一

官卑義重一身輕礮局分司細柳營敢道火攻真

下策從來電掃勝神兵紅爐氣挾風雷壯黑夜光

翻虎豹驚空費水衡錢十萬中軍今已失岑彭

秦上舍儀

號梧園工山水尤善寫楊柳時人稱曰秦楊柳云乾隆乙卯游武林訪其宗人小峴觀察遽以病歿于吳山道院

題扇贈家小峴觀察

柳花飛雪暮春初愛此溪南水竹居牕靜晝長風乍暖扁舟歸去夕陽餘

草堂深隱綠煙閒門向清溪水一灣應有懷鄉清夜夢爲君依約寫家山

受業王　煦　和仲校

梁溪詩鈔卷五十

梁溪詩鈔目錄卷之五十一　閨媛

明

國朝

以上共十七人

梁溪詩鈔卷五十一

梁溪顧　光旭　華陽氏集

閨媛一

明

楊淑人

贈湖廣副使俞暉室嘉靖戊戌進士湖廣按察使俞憲母楊年二十八而寡號慟幾絶葬暉之日大風雨徒跣臨哭課子憲嚴謹有法度卒底於成嘉靖中旌建榮節坊

早起口號

喔喔喔憐雞三唱足舅姑在高堂稚子牽衣哭莫道天未明簷前見紅旭

王安人

贈南京戶部主事侯世美妻崇正丁丑進士戶部主事侯鼎鉉母世美卒時鼎鉉甫八歲王教督甚嚴鼎鉉成進士出黄宫詹道周之門王不以子之得第爲榮而以得出道周門爲幸卽馳書京邸命鼎鉉爲父請銘守節四十八年崇正中旌建坊環秀橋

遺詩

憶余遠嚴慈十六締家室舉案俲齊眉相莊友琴瑟屈指甫十春昊天降酷烈摧我連理枝折我雙飛翼號天天無光哭日日無色聲咽不成啼淚盡繼以血漿粥不沾唇寸腸痛碎裂誓死三尺繩微軀奚足惜睠顧膝下孩難割此雛孽更思腹中兒抱血不忍擲余母涕交頤勸余姑進食因以偷餘生課兒任厥責長兒歲八齡腹兒僅濡沫寸壤望喬嵩疇年幾成立嘑兒夜讀書篝燈事剪尺中夜每悲啼亞聲苦唧唧兒或荒於嬉童心玩歲月雖愛能勿勞提誨敢姑息操杖薄責之未下余手怯懼負九原人又憐兒啼泣踟躕涕漣洏擲杖淚流臆翁也憐孤兒以祖代父職諄諄諭蒙師每自坐師席翁又殞大星悲腸倍百結雀牙外侮來榛棘世途仄阨勉督吾兒焚膏繼祖業乙卯幸邀天兒名厕賢藉豈不破愁顔歡中帶慽戚父也苦埋頭未展雲中翮孺子席其餘父又弗能覿撫此泥金書霑淚帨巾濕嘑兒立庭中訓以父遺德父行勵皎霜父襟霽白日雖云給舍兒寒素乃厥實初余歸爾家覘余謝綺飾父惟知讀書余亦惟衽織閉

戶寡見聞幾不辨菽麥口不言錢刀言之頰發赤躄躃行道中塗人罔有識檢身如處娃恂恂愼口舌古樸羞逕趨偃庭無履跡入室儼大賓燕居屏狎客天性惡繁華布袍數浣滌不獵豪俠名不蹈貴兒轍不隨世態遷不因家勢熱笑彼齷齪者胡爲戰蝸國立志奮鵾鵬餘人盡鶩鴨趨步慕聖賢矢心恥苟得或以阿堵歆髮指怒猙憤或以尺牘干手裂紙飛陌豈謂我性柔乃以腐鼠嚇我故童子鴻不愧父清白郤之則溫良犯之仍屹嵲括囊愼有餘干霄氣莫遏義交恒淡如不爲囁嚅容一

二道莭朋絺好比膠漆蓼水有徐君筆硏相晨夕共披忠烈書拍案稱快絶相對評古今達旦夜不席其性煦於春其腸勁於鐵立志邁千秋傷哉中道拆小子奚有能父慶所流溢勉矣毋忽忘鏤鉢父遺則兒乃幸速飛薄種小有穫公車踰十年偷蔭耽遊逸青雲阻半塗九原心愈惻兒雖已背鬚命跪爲兒述兒時戲以嬉父惟勤以飭兒時近狹邪父絶乎康逵兒時被綺羅父衣惟毛褐兒時饜膿甘父惟呷虀汁兒時娛管絃父不曉笙笛兒讀荒歲時父讀忘氷雪兒館塵封几父館晝下鑰父耕子乃畬天眼從古碧兒顧自滿盈竟爾忘先澤匪余覬寵帔責兒如此急慮兒壯志灰懼兒中道跌黃泉望欲穿待兒賁幽躋能無涕滂沱爲兒絮言說丁丑倖春闈仰藉先人烈况出黃師門山斗幸不逖寄柬馳長安玆售良可悅余愧未同歸已蒙荷旌節父行多隱潛仰乞如椽筆吾爲一開顏得爲素願畢忽聞除齊安未免衷遑迫正處驚愕時曦孫蕤蘭茁俯仰四十年悲歡判今昔然余懼盛盈徼天大耀赫一子拖綬紳一婿先袍笏雛孫髮覆眉叨榮復舄奕月滿防其虧日中憂其昃兒

曹來吾前媍媳喚俱集既已勅兒箴亦思勅媳式勿以泥沙侈勿以燕安溺勿以珠玉誇勿以簧舌惑常思富可貧貴亦可賤易夜月理機絲朝嫩就盥櫛知余晚向榮不知早茹蘗如何口捋茶遺玆田與宅如何歷險巇眉茲脫岑寂哭夫哭次兒順少恒多拂哭翁哭母姑喜一愁恒百榮枯倏忽移衰盛古今驛男行祈全瑜婦職無圭缺長此交相成內外各努力毋學世途儇吾自安吾拙蒼天不負人施償理自直余語不厭多聊以代砭石止此不更言祈早歸同穴聚首可千年少補存亾隔闊

願海籌添曷畏夜臺黑合掌叩蓮臺眞性勢收拾
撒手即歸家笑與兒孫别此詩藏篋中留與他年
刻

附　黃道周妻蔡玉卿贈侯節母詩

淳懿發至性氷潔勵松筠如何遭薄祐中道折
良人晝哭哭無盡瑤草没青春況乃秉端操儉
勤素所遵子讀母夜作無忘夕與晨諄諄惟耳
誨恐不克負薪事翁復至孝含德振彝倫教兒
繼祖業不敢尚逡巡無愧昔鄒母三遷擇比鄰
履仁道所貴服節豈終屯孫既列賢籍子亦負

簪纓一門荷榮顯流澤布徽聲猶驚墜前緒兢
業保令名慚余負四教得配君子庭豈期遘板
蕩王室倏以崩夫志炳日月苦節終以貞萬里
歸孤櫬碧血灑鍾陵捐軀事則已豈顧兒女情
撫玆四呱孽羅列未成行況無擔石積寧保立
與成深負原下人不得俱死生感傷五內裂涕
泣淚縱橫慚讀貞烈詩彤管播芳馨不媿表旌
節婦式照汗靑

祟正十二年天子策士之歲夫子分典校閲
其薦士二十一人文章行誼皆冠一時侯先
生閔閔經濟伯仲於諸公而忠孝懇篤之意
於夫子别有符券及持太孺人書請爲太封
君銘固知鳳毛有種盖以熊羆宜其德器有
過人者歸以語予晨夕告誡未嘗不以孺人
爲規則余雖未奉提海然私自景仰不啻儀
型數載之間滄桑倏變孺人以乙酉歸眞夫
子亦以就義掄揚之願未償荼苦之茹並受
晦眞以來津隘不通忠魂未返賜日九週庚
寅仲夏乃以長顧子中同友人趙叔寶往鍾
陵省視謀所以收扶遺魄者使受教于先生
與陸魯聯先生獲遂同歸時子中負劇病卧
先生山房自六月初七至七月十五日共四
十日湯藥調治加于骨肉因得備悉太封君
與太孺人卓行懿軌於前所聞又更詳焉先
生授以太孺人遺詩使一言附太孺人以不
朽此縉紳先生之事余何敢任顧夫子有願
未酬又是行也子中將魯瞻先生懇之意
與先生哀慕之情以歸不得不伸一言以慰
之以余之今昕太孺人之昔痛若一揆執筆
涕下惟有歔欷漳海黃道周妻蔡氏玉卿斂
衽書

秦氏

秦念橋延默女也四歲問其兄誦唐詩即
過耳弗忘七歲盡讀孝經四書史鑑八歲
即能詩嘗對松柏起吟云松柏春不花寒
天葉嘗碧十三歲兼通古今辭尤工詩十
七歲適宜興湯振商三載而嫠三十九歲
而卒所著有紉蘭集依桂集斷腸草紉蘭
爲其夫未亡時所作取屈子紉蘭之義方
其潔也詩詞共三十三首依桂爲其夫既
亡後作取蓼蟲依桂之義喻其苦也自序

一首文四首賦三首詩七十首詞四首自敘云余也不幸賦命匪辰幼失嚴依撫蓼莪而掩涕長羅疢疚㖀黃鵠以增悲兼以貧病相隨靡有寧日桂薪玉粒惟餘皓月照空堦男呻女吟每雜哀蛩淒永夜雖見聞其云達覺怨尤兮已多爰處叢棘之中是興慊慨之作聊以抒其悲感豈曰謫子文詞後有覽者庶幾諒我衷情勿嗤鄙陋云爾　氏嘗謂其子曰余前生必有夙力但積障太重故致墮落耳一生茹荼飲蘖不可殫述即由梁溪至宜興徃來數數從未嘗遇順風揚帆時復自誦夢中詩更爲拈漁家傲咏夢詞所思所作皆非人世間有附錄詠夢詞淡月搖風鐘影濕思幽心弱明復減一任曉雲來去寂魂蕩越天涯散盡空局折醒夢人生分旦夕醒時能向夢中憶夢中還對醒時說無斷絕眞眞幻幻誰差別又謂其子曰吾待汝娶婦汝妹結褵即當洒掃一室端坐內觀及娶婦方畢即病不起

古意

泠泠堂上琴園客絲所任請君試靜聽中有別鶴音音調別鶴湘妃泣淚濕湘雲楚峰碧從今始識別離難夙夜相思腸斷絕良人遠赴玉門關彎弓躍石燕支山十年不托閨中夢閨中靜宿愁不眠愁不眠奈何許明月白于霜暗撥哀絃涕如雨

四時婉轉歌

花正紅飄零怨晚風數聲春去了淚落月明中歌

婉轉婉轉調已悲願爲雙燕子來往不相離

風既清磐懃團扇情炎涼那能久念此暗吞聲歌

婉轉婉轉絕復迴願爲絲繫藕斷續不相離

天竟秋應憐歲易流蛩聲非獨苦妾意自多愁歌

婉轉婉轉淸且淒願爲籬倚菊榮落不相離

雪又飄寒牕鎖寂寥百年消短景一夢過長宵歌

婉轉婉轉音欲希願爲冰結水解凍不相離

春思

晴光晝吐湘簾揭寂寞蒼苔繡春色媚綺翩躚散舞衣幽篁隱約調歌舌思妾臨軒倦華飾愁鸞泣鳳悲瑤瑟寶獸烟消翡翠寒輕紅淚搖珊瑚濕纖指誰家弄玉簫垂簷拂地柳千條不向章臺留客騎故來妝閣妬眉嬌淒淒碧草承溥露習習和風捲輕霧遙望層巒日欲沉遊人何處迷歸路

有所思

憂來不見人淸淚如鉛水仰望明月光悠悠幾千里

倣玉臺體

那說燈花準空傳夢裡書不知關塞外飛雁到君無

征人叩門急賤妾下鳴機留取啼痕看何心更掃眉

宮怨

鶯囀朝陽殿愁生長信宮柳眉銷舊翠杏臉却新紅日淡花陰薄春深燕語通低徊掩歌扇鳳吹隔東風

相如不解賦何以續君恩輦路青苔冷妝樓白日昏玉釵橫亂髮羅袖縷啼痕縱使明珠贈誰憐獨

掩門

君王無復見眉黛老深宮鳳枕香初暖鸞衾夢不同恩疎讒易入恵淺意難通獨立長廊下含愁對晚風

斂袂拂輕紈徘徊轉香閣明月對空牀秋風捲羅幕衾羞豔冶妝淚向相思落莫問妾愁深祇爲君恩薄

春日即事

獨眠春夜短白日滿房櫳脫珥供兒讀穿針誨女工花香薰蝶夢鳥語碎東風莫負晴和景臨軒解悶容

遊惠山鄒副使園見其遺妾縫衣有感

境是舊遊處蒼凉非昔年疎花全著莽小沼半藏烟摻手縫要襋當時按管絃始知銅雀恨應爲一潸然

遠眺

地僻行人少鶯歌柳線長滿畦麰麥秀半畝菜花香樹密藏深屋天低接短墻茫茫塵世內置我欲何方

春日遊東郊

西過危墻復轉東淺苔荒徑送微風沿溪弱柳參差綠夾岸夭桃深淺紅幾片白雲歸遠岫數家茅舍傍牛宮春來萬物皆舒鬱惟我窮途不暫通

夜坐

情思昏昏強自持小窗孤月瘦寒枝光浮玉宇凄凉夜影入蓬扉斷絕時對鏡不知還是我憑箋聊續未完詩此生宿孽應償遍何事愁鄉尚苦覊

清明往暇山

清寒蘋淺渡頭間荒舍無人獨閉關萬恨待須同穴盡一靈邀赴便舟還蒼蒼樹鎖臨溪屋嗷嗷猿

啼欲暮山倚徙思君歸未忍滿林疎雨自潺湲

病中念佛

秋雲黯淡月微昏顛倒難留半去魂慾界塵中無淨土優曇花底是天根求空并不存空相善悟終須有悟門徃昔年華隨意度可憐補漏聽江喧

落花

冉冉憐春去依依憶故枝縱憑顏色盡莫使墮污泥

底事東風惡翻飛失所依但存心不改結子待芳菲

花落那可怨春來感寸心若將比枯木雨露已偏深

題曇花記

多聞不見性煩苦亦徒爾緯真子笑人我笑緯真子

題紅拂記

賣鏡與執拂包羞彼此同相投但求偶何意得英雄

題玉簪記

旣有姻緣舊應須憶故人如何不相識忍復自酬身

暮春曉起即事

簾外風來花落堦前雨過苔生濕雲三點四點杜宇一聲兩聲

因看藥憑欄

榆錢難買春色柳絮不耐曉寒偶爾聽鶯依樹旋

秋夜

月華如水浸銀牀病體先知枕簟凉愁苦獨無年少日漸成枯槁入衰鄉

雪洞海棠

根培荆莽欲何從寂寞墻陰對晚春歲歲自開還自謝可憐香色爲誰容

梅樹無花

枝枝疎影界窻紗二月如何不放花遶樹遍尋無片蘂不知春色在誰家

紅蓮中偶開白蓮

去年霜裡卸紅裳今日風前換縞妝借問六郎何處是莫教顏色亂真香

解愁

亂挽雲鬟百結衣園挑野菜代鮮肥聊存斗黍供

兒蘭糠併如飴可療饑

苦雨

屋角生苔木菌長低雲慘淡夜茫茫頋憐孤苦秋收薄日忍饑腸待麥黃

新秋夜雨

輕雷隱隱電飛光雨瀑蓬簷結夜凉促織不嫌清露冷機聲相引漏聲長

歸家

籬菊樽前別意難辭兄掩涕出西關兄居西水關一天水浸孤帆影回首秋風萬仞山

夢中作

短笛聲哀度遠秋月明何處繫扁舟朦朧夜色迷芳草倚遍闌干十二樓

秦淑貞 ○

歸於施

題宋杜太后愀然圖

初開天下一家風翠鳳高翔遶碧櫳試看玉容眉黛蹙勝於臣庶競呼嵩

嚴氏

歸於安

七夕

天上相逢夕人間離別秋雙星何處是無語淚先流

趙氏

歸於杜著有隆萬集

遣懷

一片蟾光照暮天疎林斜曳晚霞鮮斷橋死草縈霜結荒岸柔藤倚石眠松挺碧寒堅歲晚竹扶青影到春前無端鴻雁驚相望却對梅花便泫然

秦太夫人

名朗字仲英號無生又號聾提道人金沙王彥泓之女彥泓工爲艷體詩傳寫滿江左朗有夙慧擅家學歌詩小詞及畫水墨梅花並稱絶調歸吾邑秦贈公德澄累贈一品太夫人西神叢語錄其浪淘沙山閨一闋云幾日病淹煎昨夜遲眠彈移心緒鏡臺前雙鬢淡烟低鬢滑自也生憐不貼翠花鈿懶易衣鮮碧油衫子褪紅邊爲怯遊人如蟻擁故揀陰天

遣婢

短髮披肩記昔年無端作別總堪憐煎茶每伴清宵月浙米同炊傍午烟解韻自能工短調知書多

爲整殘編從今蛺蝶分飛後獨坐幽牕思悄然

憶文婉

相逢春日乍秋霜憶別長欄又短廊散朗玉人天際遠碎煩愁客病中忙寸心不耐終宵雨一面難酬九轉腸會少離多從古恨只今偏我繫情長

夢與文婉說夢

一片平生意依依向夜闌不知身是夢猶說夢君難

錫山龍光塔

月淡暮烟濃松風度晩鐘遊人歸去盡塔影挂前峯

悼穉女慧

多簑涼帽百家衣觸目傷心盡與姨閒步北軒聊散悶牕檽猶挂粉虞姬

夜夢亡母

睡裏時聞小字呼病軀依舊倩兒扶片時言笑分明記我欲牽衣痛已無

每誇子女盛他人母在每以子女小慧誇于人慈顏焉知總失眞今日見夭兼婿死夜臺應痛未亡身

奔喪金沙阻風寶帶橋

石尤風急捲旌幢泣向篷根涙點雙沉痛并將行路恨盡隨波浪入吳江

兩侯夫人見訪敬贈以詩

芳蘭竟體玉爲容占斷人間林下風應是大羅天寂寞暫教遊出廣寒宮朝賓夫人

未見神交意已親聞中詩伯仰斯人一從花外傳新句添却蓬廬滿座春用賓夫人

懷雲間楊夫人

故人飄渺隔雲間日日愁看對遠山却記昨宵明月下又教魂夢過吳關

小春望夜月

卷畫樓垂四面簾捲簾明月正孤懸人間却怨吳剛斧斫碎清光不肯圓

憶舊

清宵無奈憶從前猶記盈盈十五年到得上元明月夜花燈影裡試秋千

悼嫂

年來嘗約共優游竹裏花間笑語幽却怪君先九泉去那堪嗚咽過西州

病中次文婉韻

蓬蒿滿徑掩荆扉，馬上蕭郎欲授衣。昨夜雨中雞塞遠，銀缸照夢向金微。

梁溪女郎

寒詞

小樓人靜玉笙寒，一點殘燈伴夜闌。爲愛焚香消永夕，滿庭明月不曾看。見西神叢語

顧夫人

挽吳氏歌姬麗娟

新聲初按憶當年，如玉丰姿委逝川。一曲艷歌留夜月，九原何處覓嬋娟。

賈夫人

夏日園居

晴窗敲炎曦，兀坐悄無語。窗外碧瑱玕，風動不知暑。遊蜂慵採芳，去燕頻呼侶。倚遍曲闌干，清幽乃如許。起弄庭中花，歌扇閒凝佇。

秋夜月

夜深獨坐庭中，月地白天空塵想絶。山城漏箭已頻催，露濕苔堦蛩響咽。閒理焦桐，按滕薛，白鷗起舞影珊珊。清光入戶凉如水，一榻風生羅袂寒。金井飛梧敲玉砌，擣衣萬戶霜砧遞。碧雲征雁兩行

茶竈匡牀月影移，明朝又是瘧來期。幽居幸得瑱玕伴，清影搖窗病亦宜。

秋閨雜言

萬叠雲山鎖故園，憑高欲望悵無言。中宵偶作還家夢，最怯三更聽斷猿。

亂離狼藉舊時書，展向秋陽走蠹魚。扶病出簾親檢點，囊中詩草淚痕餘。

博山香細理冰絲，翠竹修梧淡月時。孤調恐成鸞鶴怨，夜深還賦柏舟詩。

華氏

名桂樹，字丹儀，孫期源源忠室，鴻山學士孫女也。好閱圖史，勤于筆硯，能熟記小學、國風、文選詩。嘗自課兒，有"沼凉疑過雨，江動欲生潮""柳拂大堤看綠滿，花繁小院見紅飛""裴公綠野開何早，徐叟青城到每遲"之句。能棋，善彈琴。姑曹淑人不怡，則爲鼓一再行，同儕强之弗得也。孝經、女訓皆手書以教女。一日爲姑繕寫籍記，舅柄潭尚書偶見之，詫曰："是有法書也。"

擬秋閨怨

昔泣度樓頭聲漸逝今宵不審意如何且對嬋娟發浩歌

費氏

病起

朝來扶病倚妝臺無力梳頭轉自猜斜日過牕花影動却疑環珮小姑來

扶風蕙草

秋夜靜臥西廊明蟾漏牕清風入帳碧桐流影紅荷送香若別有一境界也因成一首

玉宇無塵清露凉秋容淡寂夜初長蛩聲唧唧桐

陰滿螢火熒熒荷沼光片月如梭懸繡戶凉風似剪動流黃孤眠不寐眈幽况靜裡依稀聞妙香

野人苦雨

朝遊碧山阿暮宿清溪沚簑笠尚未乾細雨敲窗紙

漁家

清溪芳草綠堤綠春水游鱗依藻浴舉網歡多撥剌聲繫船楊柳斟新醁

送春

草堂春暮竟誰知但見飛花點小池好囑東君緩緩去春歸容易再來遲

偶至石塘

虹橋偃卧駕洪波山樹陰森挂薜蘿左右溪湖天一色水聲活活和漁歌

秋日

滿林黃葉點青苔霜染丹楓覆石臺秋色到山增寂寞不知白帝爲誰來

秦氏

歸於陸著有懈愁吟

宮怨

絳燭燒殘宮漏沉井梧花落月陰陰愁懷只與清光訴明月無情枉淚深

閨怨

思君不見月當幃香燼薰爐淚暗揮閒看繡梅枝上鵲痴心疑是報郎歸

春感

蓬蓽依然柳色新愁人愁見一番春關情最是梁間燕多少豪家不換貧

中庭小桃長年花盛今春不發一枝感作

燕來重復認儂家依舊春風滿物華只有碧桃無

意緒蕭條不發去年花
吳氏
歸於華
新柳
驚烏棲未穩驕馬去偏遲眉黛初成日宮袍乍試
時
天河
不見織女機但見支機石恐此亦不經欲問乘槎
客
國朝
梁溪詩鈔　卷五十一　三十
龔靜照
字鵑紅明末殉難龔中翰佩潛先生女工
詩又善畫翎毛花卉著有永愁人集
檀香筆格
雕琢人工巧旃檀具質深名應傾北海價可溢南
金敢負香中意承輸格外心慨將神物贈不與世
浮沉
蘭花安息
如蘭投意氣敗絮浥餘芬倒鳳籠螢火桃笙暖繡
紋丹心灰燼後曉夢篆烟分寤寐難忘處孤幃獨

掩焚
乙丑歲底雪窗感拈
謝庭詠絮記承歡極目沅湘付逝湍去國事存翻
野史孤臣魂不返遙灘擲書映讀晴光異煮茗嘗
嫌水味寒高卧不妨衾獨擁小鬟驚報雪漫漫
凍合千峯繞玉龍手拋書卷袖雙籠些時蕭瑟貧
窮況舊事蹉跎泣夢中雁帶愁聲迷遠近竹搖清
粉掩虛空彤雲忽布成宵練屋角斜拖覆碧松
六出紛紛照八荒糢糊多處更微茫誰輸萬頃豐
年玉暗錫千家隔歲糧握管牋冰遲點畫調琴指
梁溪詩鈔　卷五十一　三一
澁悞宮商親知遺餽將何報世外人情紙半張
丙寅小春望後雨聲驚枕不寐口占
雜響何如苦雨凄竹梧葉落草蛩低官逋告急傾
殘珥租務遲還典舊綈愁極反閑悲警鶴病餘眈
靜怕聞鷄刼塵未了猶淹此住世何因若有稽
丁卯午日感拈
繭虎絨符又一年汨羅遺憾古今憐葵心不展隨
流去蒲劍無聲與鬼緣覽鏡倏驚霜點鬢濡毫先
覺泪盈牋憐姬折得榴花供獨對閑吟倍愴然
淚血和成酒一觴招魂重賦總堪傷休將續命絲

纏臂已證無生雪作腸蔡女盧名傳濁世黃荃末技倪專場莫云此日天中節角黍難投到楚湘

秋暮曉雨口占

落葉聲敲冷翠微獨眠人起懶添衣女縹搗素聲聲急蔡琰悲笳字字非叢菊未開籬影寂寒蛩尚有砌鳴稀祇餘一滴秋宵淚洒遍梅花十二幃

新柳

雨雨風風春半時山橋溪徑漾晴絲乍舒青眼還蕭索略展愁眉爲別離嫩白不分穠李影淡黃遙帶亂雲垂可憐三復陽關唱繫馬歸來惜舊枝

清明

桃花春水漾零紅作意新苔繞畫櫳酒覺多情偏入夢花憐有刼尚隨風難銷蠹僻依千帙未了蠶絲結一叢幾念先人青塚路紙錢飛蝶隔墻東

贈周寶鐙 并序

寶鐙名炤江夏人父某山東按察司僉事死闖賊之難炤嘗作悼懷賦後歸漢陽李生嘗自寫坐月浣花圖圖末有小像篆曰絡隱蓋又字絡隱云

葯房新咏氣如芬柳絮名高自不羣握管獨吟詩博士畫眉爭識女叅軍嬌藏金屋音猶遠步出香塵色轉殷祇爲天涯消息杳幾番愁摺石榴裙

七夕大雨限韻

天也憐人負此辰雨洸河影浸雲茵雙星兩地分南北鳥鵲塡橋恐未眞

匝歲離多泪已盈化爲甘雨溢花茵縱生天上无猶忌始信人間事有因

顧宜人

名文婉諸生侯晉室子麟勳康熙己未進士官吏部主事封宜人著有栖香閣集 孺人

庸庵公女景行梁汾姊也庶蘐清華涵濡風雅故栖香一集直堪與貌園繡琳鼎峙藝林梁汾公敦少陵七歌云有姊有姊號能文長者曹昭次左芬鍼神弟子盡北面繡成賣作金縷裙公有二姊一栖香主人一適華子瞻並有才藻而栖香尤勝

杏花吟寄景行弟

一枝斜掩畫樓西淡粉凝脂笑靨低清露濕衣香正冷朝陽烘淚燕初逃瑱玗響寂無佳句薜荔風閑有舊題寄語莫漆春社思捲簾愁對雨淒淒

別夢偶隨春社到弟句也

酷暑忽凉

驟凉雨洗新桐濕潑墨連山誰畫出長信詩題扇

欲捐文園曲走琹絃滥翡翠簾櫳碧玉鈎鳳簫聲
倚晚妝樓如將大火西流去繡被濃薰一夕愁

贈馬夫人

秀氣山靈屬女儒共姜才調類班姑簷寧居處飄
丹桂玉鏡臺前覆碧梧理學養成松菊韻文章教
出鳳凰雛停車爲愛秋光好共寫閒身入畫圖

七夕前三日過東皋雜記

翡翠鈎簾面面開一梳月映晚妝臺綠荷擎蓋沾
清露紅蓼含鞶襯碧苔鳩鵲橋頭憐素影鳳凰釵
脚印殘灰玉樓今夜凉如許我欲乘風歸去來

玳瑁雕梁琥珀屏玉盤香水露華零梧桐院落垂
垂葉楊柳池塘點點萍剪燭侍兒描並蒂穿針嬌
女拜雙星分明身在瑤池上自製金梭錦字銘
嫩凉初報亂離天又向烟波繫畫船萬戶寒砧千
燕淚一庭絲雨半窗烟欲將碧玉簫中怨吹到飛
瓊鬢影邊桂殿清虛何處是姮娥猶恨不長圓
浣衣風日漾晴波舊葛輕衫換薄羅畫扇半開兜
鳳子曲屏低語教鸚哥排愁自解回文句乞巧空
邀織女梭試問舊時金縷帶小蠻腰式近如何
悠悠雛鳳別經年碧落黃泉兩杳然紅燭淚隨殘
夜盡綠荷絲斷幾時連明年秀髮今生見小篆金
篝再世緣最是夢來還繞膝繡裙花襯似從前
青粉墻頭掛薜蘿西風殘照又經過愁窺玉鏡雙
消瘦病掩紗窗半月多隨俗可能除筆硯耽幽端
合住烟波薰爐夕剩餘香冷懶覆瀟湘六幅拖
花溪月沼苧蘿居石榻湘紋午夢餘千點荷珠凝
作泪三秋雁字欲成書幽閒不待防言鳥清淡何
須吸玉魚且向碧窗聆月色韶華堪恨未堪虛
玳瑁斜梳一握雲晚妝臺閣倚餘曛誰教砧杵驚
秋影自數更籌耐夜分破寂漫傾鸚鵡盞留香偏

惜鳳凰裙憑教繪作清凉景半榻琴書半簟紋
蓬山遠岫望中過夢斷江花寫不和待挽輕雲翻
[illegible]林先描湘水製裙拖高樓錦瑟誰家月秋浦漁
船隔岸歌作計巧炊薪似桂無珠可買屋牽蘿
[illegible]起頻將鸚鵡呼畫屏花影不勝扶無題自貽香
奩句適意閒臨水墨圖懶把湘絃弛玉軫偶敲方
響繫珊瑚重來拚翠樓前過試問今宵月有無
一抹秋痕送晚虹大羅遙隔水雲東春波瘦影烟
鬟並夜月淒凉畫舫同剪燭最憐卿說夢看花應
憶我青空自從青鳥無消息贏得愁心似玉紅

百憂叢聚倦登臨寂静幽居木葉深絶粒不難權煮字斷炊何忍便焚琴埋愁未有容愁地好賦仍無買賦金怯自袁安高卧日任教天氣作秋陰

一種枝生兩樣花雲泥原不隔天涯翠圍珠繞羅敷院玉映冰清道藴家伴我索居連夜月看他封誥七香車登高醉擁茱萸女笑指青樓日未斜

幽居羸得獨看花坐賞行吟到日斜執拂青鬟悶數雁擘箋嬌女學塗鴉零風細雨芙蓉國冷露凝香桂子家此景近來消受遍不妨淪落度年華

薜荔墻邊御苑枝淒淒不似倚雲時經年塵鎖臺

前鏡何日紗籠壁上詩舊夢風前殘燭淚愁腸秋後敗荷絲碧天雲外烟波濶霜落寒汀雁正悲

典餙

鏡裏韶光夢裏憐不堪重問十年前沉埋賦雪題花句漫滅嗔風恨雨篇業債儘償兒女累皮囊消盡病愁緣此生自許淹妝閣素影伴香伴黯然

新正病中寄呈諸女伴

窮途淚盡剩無聊勝字平安懶剪描綺閣如花人婉約池塘芳草夢迢遥孤眠對雪難拈韻獨坐濃香懶畫綃宵與愁人相對飲買花沽酒過春朝

聞娃有適富人子幽怨以殁者代爲一慟

散朗高情自不儔何須金屋便無愁柔鄉豈爲才人設傾國端成薄命由身後繁華俱是恨生前恩怨未能酬青年忍便埋青塚應脱秦樓赴玉樓

仙踪只合住烟霞也向妝臺泣歲華關草最先輸菡萏將離猶自悔蘼荍紅絲不繫生香骨黄土偏埋解語花敲斷寶釵裝寶相莫教來世誤兒家

悲遣

一窩雲懶掩妝臺敢道瑶池暫謫來天壤未能容薄命人間空自説多才拈詩北面琥珀匣破寂西

牕琥珀杯遣悶獨憐書帶草忘憂不必滿庭栽

偶成

鏡中螺黛隔年非檢點愁寬嫁日衣偶爲病魔抛本草忽驚花字到薔薇躭書空負兒耶譽痼癖難嗔妾婢譏更是舊遊無日到憑空一望一歔欷

無緒

初試春衫薄再添半窗梅子雨纖纖牙籤散亂倩人理繡譜拋殘懶自拈宿酒未醒還悵悵晚妝纔罷又懨懨空勞紫燕來窺閣落盡繁花不捲簾

病中簡故園女伴

曾妝不上小妝樓風動珥翠影浮賦買茂林囊
姚灩詩題長信扇應羞雲深霧鎖飛瓊病瑟冷琴
閒蔡女愁剩有窮途無限淚滌將塵研待伊闌

示景行弟

謝庭風絮互相賡獨自飄零每不平天壤奇才誇
有弟閣中羸質愧稱兄難從夢裡尋佳句翻爲貧
來負俠名甦借清明作燈夕一年能得幾回幷

又簡景行

記得風帆映柳枝歸來無那蹙雙眉梨花庭院孤
吟夜芳草池塘憶夢時俠骨未灰還殢病落紅鋪

錦又成悲故園春色今餘幾尺素何慳慰我思

秋思

怨葉飛黃不自支故園信杳雁來遲聞砧已幸無
腸斷化蝶還愁有夢知隔歲裙圍寬素質深宵蟲
韻織愁思掀簾試與姮娥道此際清光爲照誰

寄懷表妹張夫人

歡場回首卽愁場歎緒無多愁緒長明月隨卿留
故國西風吹我夢橫塘殘霞淺水連天恨野草疎
花到處傷芳訊動咸經歲隔不知鱗羽爲誰將

再歸涇里與弟話舊感賦

落魄無家自可憐舊遊回首思綿綿繁華易去渾
疑夢貧病紛來懶問年南國河山存古跡西鄰佳
麗說遺鈿生平幾許傷心事立盡斜陽慘淡烟

秋日雜感

征鴻昨夜度衡陽簾捲西風透嫩涼帝子閣中懷
故國仲宣樓上憶家鄉銷殘俠骨添華髮典盡青
衫剩舊箱回首去年燈下宴雁行酬酒媚高堂

秋暮病中哭仲英

庭際西風颯暮秋殘魂依約滯芳洲素娥夜永黃
花泣青女霜寒白雁愁有酒祇堪消逆旅無緣難

奠葬才郎舊遊回首今何在腸斷秦家明月樓

病况

愁壓春山鎖不開遲文小字錦慵裁衣寬試出腰
圍細淚盡還如蠟燭灰簾外一番新雨過樓頭半
夜雁聲哀西風吹起孀閨嫂却使青衣問病來
又是花朝釀雨天不堪回首事如烟釵敲翠竹消
閒冷屏掩疎香耐獨眠十載閒愁殘夢後一生雙
淚落花前傳言門外春如錦每到登臨便惘然

白燕用舊韻

夢影梨雲半是非珠宮玉闕記依稀裁成素練乘

風去銜得楊花帶月歸翠羽偶沾蝴蝶粉舞衫初換雪兒衣最憐當世無青眼錯認尋常一樣飛

水晶簾映見還飛巷陌飄零伴侶稀柳絮才華林下韻白頭情感茂陵歸量珠綴玉堪爲佩剪雪裁霜試作衣赤鳳莫來窺異種高情不向漢宮飛

素面朝天事已非六朝妝束記全稀冰綃淡雅霜前見羽扇風流月下歸掠水輕烟欹側玉隔花微雨濕雲衣牕間一樣嫦娥影應照關河夢裡飛

憶昔

藥砌花臺又一過薄妝殘淚悵如何哀楊照水傷

孤影落葉題詩付逝波病到深秋腸易斷香銷獨夜夢偏訛無端牕外凄風雨桂子飄零落已多

木落當窗小閣幽昔年曾作此妝樓重來伴侶飄零盡去後亭臺別樣愁夜雨催將庭桂老夕陽凄斷楚天秋相如四壁差堪擬可許排愁爲典裘

西風吹恨上窗紗露冷空庭桂影斜無可奈何今夜月最堪憐惜暮秋花飛來險韻聊爲笑檢點空囊怕問家回首舊遊成夢境可憐飄泊度年華

此地重來又十年斷腸回首事如烟庭臺半屬他人有花木移栽別苑妍拾翠怕過閒詠處梳蟬猶憶舊妝前小樓依約東風在露鎖雲迷自黯然

除夕 并序

入城未幾除夜解維東還扁舟風露回望滿城燈火不能無窮途之感時年三十有五

牽蘿補屋賣明珠綵勝何心換舊符踈懶未容酬素志古稀將半媿頭顱細蟬金雁看來盡荆布荆釵許剩無誰謂侯門烟火夜一帆風露泣窮途

啼珠壓袖不堪量一片輕帆載斷腸飄泊行踪如作客凄凉面目稱居鄉療饑難煮簪花格遣病聊裁問影章此夕是誰惆悵甚梁鴻愁望正彷徨

柳絲

漸舒金綫淺籠烟不似黃楊厄盛年愁思漫傾征婦淚風流獨占釣魚船恰逢鬭草裁爲黛別有閒情製作箋莫訝隨風無定所一枝曾領散花天

次蓉濱燕中寄韻

一自殘啼掩碧紗更無音問餉天涯牙籤近日俱絲網嬌女新來學績麻桂玉急徵針線債布荆頻叠子錢家相如壁立原非病懊恨空教老歲華

雪中有懷蓉濱西泠渡口

河山如在畫中看却憶西泠渡口寒柳絮有情羈

痕迸梅花無信報平安思家慣說遊還倦病欲原
知與未闌爭似碧牕銀燭夜剪氷裁雪坐更殘

病況簡薛夫人

湘榻移將對畫圖梅花紙帳護流蘇鶯花三月年
年好愁病經春事事辜間課侍兒營燕壘拋殘書
卷禁鴉塗長眼最羡閒行好却傍闌干待輿扶

病況

病眼看花似霧濛鏡奩常掩嘆飛蓬繁華已去思
無益險韻雖拈句未工翠袖天寒憐日暮霜幃人
老哭途窮愁城鐵樣渾難破不信能教濁酒攻

寄妹

別後終朝憶依稀夢裡逢覺來人不見花影上簾
櫳

無題

獨坐疎窗下羅衣伴淚痕清光應笑我寂寞度朝
昏

焚舊稿

臨風抱淚奠霞觴幾載閒愁一炬償何事忍教成
蝶去穷容流落俗人囊

歸途有感

白雲點破碧山頭兩兩歸鴉度遠洲回望家鄉何
處是滿溪蘆荻一扁舟

雨中曉眺

樹色朦朧隱夕陽布帆漁笠畫瀟湘平蕪葦岸行
人少極目烟林總斷腸

秋思

洞庭秋色老難堪落木蕭蕭鎖翠嵐萬里烟波邊
塞冷何人解唱望江南

閒拈翠管寫長嘆輕裊屏山篆欲殘坐久不知更
漏永半牕孤月雁聲寒

遙山烟抹是耶非惟見寒林落葉飛病起不堪風
入幕小牕先試夾羅衣

輕妝淡抹一庭幽嘹唳孤鴻度小樓却怪西風頻
入幕綺牕人病不宜秋

偶題

姑媳彈碁月暗時茅簷墻外有人知沉吟應却端
詳久整肅衣冠拜女師

送竈

朔望惟餘一瓣香愧無花果與茶漿菜根清淡無
兼味不藉君侯費奏章

玉蘭樹開紅花數朵嫵媚可愛

豈爲冰容不入時也隨紅豔鬬芳姿司花數點傷
春淚洒向東風第幾枝

以嫁時妝鏡施爲佛鏡口占以視

何事鼓殘爲樂昌朧書曾寄病徐娘從今製就團
圓相免使孤鸞對影傷

獨坐并序

斜月疎株照人幽寂焚香啜茗獨坐簾前胏腑
俱清不可爲庸人道也製獨坐詩

松濤烟裊白煎茶風景蕭疎道蘊家昨夜暗香曾

入夢舉頭窗外是梅花

寒聽瑟琶思綿綿才盡難裁記事篇風雨不妨敲
落葉新來無一字亦無眠

病春并序

已亥新正病中閉門獨坐窮愁煎迫殆無好況
憶去歲奇跡東皋素影幽香時入夢寐岐之此
時誠相去霄壤矣作病春

百城南面擁愁身傲骨常存未是貧爲祝東風休
入幕倦妝人病不宜春

雨雪經旬事事嫌乍晴風日試冰奩巡簷不共梅
花笑翠薄天寒怕捲簾

哭兩女

秀髮明眸玉作姿眼波微會意先知最憐雨過涼
生夜解誦秋風落葉詩

荑玉輕擕小竹爐時將小妹自相呼依依坐傍琉
璃硯索畫梅花月墨圖

輕羅扇子百家衣斑竹簾前看燕飛愛剪綠雲齊
覆額倩人梳掠帶薔薇

一事關心事事吁幾回相念錯相呼丙申端午三
週歲燕尾青衫五色符

十月相看夢一場他生宛債此生償泉臺阿姊如
相問爲報高堂已斷腸

短袖輕衫窄窄裁清晨稽首拜如來茜紅絲繫招
前髻雙手南無學善才

寒宵課讀口占

難免熊丸自課兒剪刀聲伴夜深時燈前製得羅
襦就換取村醪餉塾師

半幅梅花半幅詩輕描淡抹也相宜凌霜傲雪差
同韻未許時人取次知

硯墨平生愧管姬漫將花草學淋漓西隣何事頻

憶歸

苔寒初徹薄羅裳小閣清疎倚竹牀促織有情儕冷落庭花無語笑淒凉畔凝南浦聽茅舍腸斷西風憶雁行回首中秋舊年月畫船簫鼓泊吳閶

西風傳與碧聰紗昨夜東籬放菊花暮雨寒蟬驚遠夢曉風殘月悵征槎隣姬强拉樗蒲會小玉私嘲斗酒賒回首故鄉歡聚處高堂長嘆憶兒家

六朝花草已如烟莫向尊前奏管絃樂府春來翻舊曲鴈亭秋老哭殘編芙蓉開處清江寂月魄懸時古驛鮮回首綠楊蟬泣露依稀昨日尚飄綿

咏菊

亭亭瘦影待清霜不比尋常有艷香名擅西施非傳粉種分彭澤恰衣黄高情耐久供吟賞逸韵幽閒對夕陽幾欲擕樽尋曲徑望中彷彿是銀塘

和劉大姑

青鳥忽從天上得羨君藻思勝班家開緘已訂三春約握手同看二月花庾雪無才聊附鳳簪花有格豈塗鴉當年若獻長門賦蟬鬢應乘駟馬車

經旬

經旬不到藥欄前聞得春晴放鴿天梅韡粉香簾相絮未必前身是畫師

寒詞

寒燈挑盡不成眠小閣疎香耐可憐窗外梅花簾外月伴人孤寂自年年

扇頭圖館娃宮事偶成

風流天付與傾城博得當時歌舞名一自吳宮兵敗後半帆烟月載卿卿

一曲清謳醉泛湖英雄失計擁青娥柔鄉別有驅兵策何必將軍費楚謌

自適

病來羸得換幽栖敢道夷光舊姓西湘竹簾前乖柳岸小樓窗下浣花溪交飛樹底鶯啼雨絮語梁間燕點泥隨意偶成芳草句池塘何必夢中題

東望

小闌干外過梅花恐掩留香六扇紗寂寞慣成揚子室蕭疎差似謝娘家壞牀湘帙堆千卷潤帨愁腰束一叉故里不須頻騁望倚樓東望即天涯

不嫌淪落在天涯枕月眠雲與弄霞蘂盡龍涎由侍女翻成花樣寄隣娃閒庭竹雨新抽笋小閣松風靜煮茶却笑侯門諸艷麗生平不識讀書家

黫額柳垂全翠定含烟看花已負陽春景隔歲空
傳白雪箋爲報玉臺妝閣侶別來常是病䌰綿

秋思

一抹楓林萬壑丹芙蓉小苑不勝寒年年愁過重
陽節滿目黄花帶病看

强索

好鳥吟春囀綠楊東風吹落燕泥香隣娃不解人
憔悴故故擕箋索短章

秋詞

吹破登樓淚幾雙剪風霜葉叩西窗秋空極目靑

山遠欲採芙蓉隔楚江

七夕

漫陳瓜果乞金梭爲問佳期事若何此夕嫦娥應
有恨年年聞說鈿車過

元宵

閒窗瑟瑟夜迢迢獨擁寒爐懶卸貂夢裡梅花愁
裡月元宵翻作可憐宵

憶四姑戲效元微之體

寂寥經歲鎖妝臺薄暮天寒偶一開憶得雙文垂
翠袖小樓簾卷獨徘徊

春寒坐對梅花有感

春寒簾外雨絲絲素影幽香入夢時乞得半句柴
米暇愛閒躭嗜酷裁詩

問呼鸚鵡伴殘杯寥落誰曾問病來庭院深深簾
不捲未須重築避風臺

椒花柏子總閒過愁到佳辰可奈何二十年來如
夢裡不知何事斷腸多

玉骨氷肌世外妝凍雲寒月伴孤芳淸高獨許幽
人占紙帳孤眠一夕香

閨情

重綿未褪雨纖纖嚦起閒將夢自占聞道梅花堪

黫額病中猶爲一開簾

玉蘭

亭亭孤潔玉光寒疑是瑤臺月下看燕子未來春
豈寂卷簾凭遍赤闌干

寒夜

渡掛侯門富貴名雲泥懸隔敢相爭十年虛負囫
爐節呵凍拈絲到四更

碎恨零愁滿繡牀却描荷葉葢鴛央無端惹得靑
衣笑空說才高似謝娘

偶題

偶課閨中吟柳絮閒來窗下寫芭蕉烟霞痼癖甘
清冷滿地梧陰鎖寂寥

見馬雲翎詩追悼亡兒麟勳

紫衣徵召玉樓仙天上逍遥已十年留得文章原
不死紅爐雪裏悟生前

隣姬索畫掛屏美人

烟草縈萋萋王孫何處遶啼多朝鏡暈愁壓曉鬟
低
鷓鴣吟新句輕紈寫舊題妝成憐好夢尋遍石樓

西

偶檢哭女舊詩追悼成句

萬刼消魂寸斷腸傷心檢到舊詩章恍疑屏後星
星語猶誦春風花草香
貯雪堆氷掩碧紗怕人嗔道袖屏遮偶然聽見因
風句也說瓊花似柳花

女子顧　瑞　昭華校

梁溪詩鈔卷之五十一

梁溪詩鈔目錄卷之五十二　閨媛二

國朝

梁溪詩鈔卷五十二

梁溪顧　光旭　華陽氏集

閨媛二

國朝

薛夫人

字纖月　棲香顧氏常有答馬大家薛夫人纖月閣詩二首其一云松濤聲裡試新茶高捲湘簾設絳紗評品香奩誰第一扶風纖月是名家其二云踏草重來訪著書溪雲竹逕女相如也知眞色人難學卻悔疎慵十載餘

寄侯夫人

移得梅花近鏡鸞曉風清影夢無端君如淡月儂

如雪可許忘懷一例看

展卷翻疑夢裡身香消夢覺付沉淪知無好句逢青眼但有酸風拂美人

曲逕

曲逕秋陰長綠苔蓬門長掩不曾開深慚不是東籬客空浼西鄰送酒來

侯瑤章

不知何人之女何人之室其姊瓊章並有才名瑤章尤工小詞

秋日村居次韵

古松依石壁人立翠蘿邊罥髮花爭艷飄衣色更鮮緘書催北雁候月掛南天試向迴廊看闌干影又偏

秋氣悲搖落清心淡不關竹梢梳白日水面沚青山臨鏡花常曉薰香韻自閑幽懷何所寄遠在碧霄間

秋夜偶作

屋傍清江曲蘋花兩岸分侯涼頻聽樹待月每嫌雲水遠漁堪隱沙平雁幾羣階前啼絡緯砧杵隔林聞

早春紅于折梅花至偶成

捲簾風致識清標日照簷冰細水消公主梅花先傅額美人楊柳未垂腰紗窗繡永餘金線綺閣香清冷絳綃試問侍兒芳草色階前曾長翠雲條

秋暮野望有感

遠浦歸帆帶夕陽一聲漁笛過橫塘疎楊影瘦蟬聲咽禾黍風低鳥渡忙北望雲山如恨疊東流日夜似愁長蕭條此際柴門寂極目平蕪摠斷腸

秋思

塞雁初飛月滿樓可憐回首又如鉤芙蓉落盡秋

江冷腸斷年華去不休

別蕙綢姊

枝頭餘葉墜聲乾天外凄凄雁字寒感別那憐雙鬢影竹窗風雨一燈看

浦畹漾

字湘青邑前澗浦氏女歸武進進士黃雲孫著有繡香集鄒流𦳝詩媛名家序云湘青詩名籍甚偕其配深閨倡酬琴瑟佐歡相得觀望遠諸詩字字艷却字字幽字字淺却字字深進于道矣

採蓮竹枝詞

荷葉田田水滿磯蕩舟輕濕女兒衣阿儂今夜渾

忘却喚取西風送月歸

半溪流水碧於烟葉葉低枝綰釣船岐路忽忽羞借問且隨蝴蝶過花前

答雲孫廣陵見寄

天涯誰絆紫騮蹄幾日停鞭問柳堤歌吹揚州今更好家書說在竹窗西

除夕

聞昔秦淮醉管絃今朝行李又徂燕從今怕聽泥金信恐住京華又隔年

題句

昨宵好夢去如雲十二欄邊草色曛閒疊鸞箋無一字猩紅小印印回文

呼婢

銀瓶斜插海棠花春色朦朧護絳紗烟裊獸爐香欲燼隔簾鸚鵡喚琵琶

譴鵲

片片飛花點繡帷強拈裙帶試腰圍欺人最是簷前鵲說道當歸又不歸

初聞下第

祇爲浮名滯遠遊而今可減舊風流黑貂裘敝知

難典莫擁金釵上酒樓

北望

聞道嚴寒向北陲馬蹄晴雪壓黃沙懷人正在春三月莫認楊花作雪花

遊仙詩

遥望飛霞散碧霄星河清影拂銀潮廣庭仙女嫻歌舞欲聽霓裳踏桂橋

歸舟

桃花初醉柳初眠半嶺斜陽接遠天春色江南今正好歸舟初繫綠楊邊

雨中思

幾度家書寄遠鴻妾身原不住江東知郎馬首今何處儂亦酸風細雨中

梅下口占

霏霏素影映階墀滿院春寒沁玉枝昨夜夜深金剪寂江妃應是採花時

讀牡丹亭

情生情死亦尋常最是無端杜麗娘齣齣殺臨川點綴好阿翁古怪嫣荒唐

弈棋

初聞棊局畫屏隈半幅瀟湘掛綠苔莫遣笑聲窗外去鸚哥初報小姑來

題園竹

枝枝百尺碧琅玕舞雨敲風共月寒偕隱鹿門應有待商量剫取釣魚竿

遊秦園

佳勝因山不在山崎嶇曲徑鳥綿蠻人工斧鑿通天巧樹有神通石不頑

贈雲孫誦金剛經

鹿鹿生涯未有因大千敲碎作微塵山河泡影入夢認取金剛不壞身

虎邱覓真孃墓不得

千古風流枉斷腸虎邱無地覓真孃有無墳墓真閒事羞殺三泉錮始皇

吳門讀會真記

有始無終奈若何當年悔殺不投梭只贏傳誦千人在無日閶門不聽歌

寄雲孫虎邱客寓

何事吳門逐浪遊緘書猶縫鷫鸘裘只今鄧尉梅應遍人學花開盡白頭

玉蘭

青姿孤對小樓東習習香生度遠空玉質不堪風影亂淚痕狼籍月明中

雲孫初得小福戲贈

小小香蓮淡淡裙一天好事是新聞懸知何事廻郎意手拂蠻箋打篆文

尤姬鍾玉已爲尼矣聞復欲適人以詩嘲之

塗殘抹錦忒無端枉殺多才是易安此後欲參獅子座如來無髮亦衝冠

無名女子

鄒流綺紅蕉集云無名女子家本蓉湖歸于宦室詩才敏妙篇什甚多大都皆題紅怨綠之音哀怨離愁之曲特以夫子戒其作詩故不欲以姓氏傳

春夜讀史

城頭更欲起烏息樹常幽遠月生虛夢澄天洗舊愁樓高春露重花瘦暮烟稠慷慨前朝事明燈照水流

寒食鄉行

郊原極目影蒼蒼二月薰風拂柳塘蝦菜船歸爭

市鬧雞豚社起賽神忙墻低柳葉舒雙眼港曲桃花露半妝荒冢纍纍無姓氏斷魂芳草夕楊黃

鳳仙花

紅紫相鮮欲上簪砌苔無地不沉吟三分春色歸何處好向摻摻指甲尋

別曲

長短亭前水自流絲絲弱柳送行舟君舟好載青山去免使蛾眉相對愁

顧瑩

字素先號青湄長洲顧潛夫女諸生華永錫室著有青湄詩草永錫久客黔中青湄課子達極嚴謹有法度達以乾隆丁卯登賢書大抵得母夫人之教爲多青湄年五十六重九之夕忽夢青華府主召赴詩會至則樓宇非人間且曰待子掌箋奏越日遂瞑逝卒時猶口誦李青蓮上元夫人詩青湄姪孫顧進士三典詳記之

中秋

彩雲扶月起桂子暗香飄素女霓裳冷青娥霧珮遙廣寒清絕夜閶闔可憐宵惆悵年華去塵封紫玉簫

雪

長空何處有瓊瑤勢挾狂風萬里飄歷亂數峯成玉壘蒼茫兩岸接星橋光搖錦帳爐烟弱寒薄金樽酒力消引得謝家清興好花箋圖出雪中蕉

七夕

銀漢自悠悠填橋報早秋何須多乞巧只乞解離愁

虞姬

楚歌聲裡恨舞袖泪痕新魂化風前草相傳虞美人

夏景

月眠紗幮上文犀薄夜涼搖窗風竹亂茉莉近人
香

春

春深入未踏蒼苔悶捲湘簾放燕回春在雨中花
落盡鶯聲啼出柳梢來

秋

報道桐飄一葉秋微涼昨夜薄衾裯起來繡閣開
菱鏡小玉拈花插滿頭

采蓮

半溪柳色迷烟路十里紅妝亂晚風彩鷁輕隨流

水去藕花迎棹向人紅
紅顏綠蓋水邊幽暮暮朝朝采未休報道曉來風
信急蓮衣吹盡苦心留

庭葵

藁砌何事無消息驚見庭葵又吐花欲折一枝聊
寄意亂雲深處是天涯

對月懷別

西征客子羈鞍馬南國離人泣杜鵑記得別來天
上月而今三十六回圓

秋雨

霏霏細雨浸湘簾敗葉蕭疏落暮烟黃菊開殘秋
又老傷心偏在綠窗前

許權

春感

爲有春光廢女紅感懷情緒怯東風端詳酒力難
回老目濫詩名易得窮經歲經年人別後花開花
落雨聲中闌干處處多芳草惆悵朱顏又不同

岳瘦峯

字八梅康熙丁酉武舉人超妹早歲工詩
兼善書法寫生以許字無行子終身不嫁

依淨室以終

偕諸妹遊石門

度得層巒去相攜日正西山腰橫翠壁石面出雲
溪風散春蘿細天清古木低仙人呼不出只有野
禽啼

題畫

日汲湘江水烟波無盡流寒猿啼不住相送月明
舟

趙氏

楊隱君紫淵室性愛山水善鼓琴與紫淵

偕隱于管社山以老

山中望月

寂歷空山夜氣清，湖干閒眺喜秋晴。千層錦浪隨風起，一片蟾光映水明。點點漁舟歸棹急，濛濛烟樹暮潮平。徘徊莫負南樓興，看到𥦗前竹影横。

閒居

雨後清泉繞砌流，嫩晴天色小𥦗幽。試添沉水和焦尾，一曲瀟湘月滿樓。

袁清鳳

字月眞，吳門人，爲楊宇外室，後偕歸管社

山莊。著有清敞樓吟稿。

外别後得疾甚劇今喜復相見有作

乍見兼悲喜，難言病別情。自判惟一死，誰許復同生。藥裹緣應盡，衣笥典欲傾。庭前今夜月，風露恐凄清。

喜外遠歸同用韻

聞聲眞得慰，乍接反酸辛。喜見君無恙，悲余命不辰。匏尊還共月，絮語欲沾巾。對立頻驚問，翻疑夢裏身。

探梅

知君小隱栖巖谷，傲骨清姿自一家。曲徑白雲頻入夢，半𥦗明月恰當花。相依淺水神逾潔，死在空山玉不瑕。幾日東風芳草遍，故因消息到枝斜。

送外遊楚即次韻

雙槳重歸千里外，又將離緒攪柔腸。柳絲難挽征人櫂，花片能隨去客航。楚水烟波鄉夢杳，黔山風雨旅愁長。到時先寫平安字，慰我寒檠獨自傷。

姑蘇臺

吳山高築號姑蘇，傾國何由進苧蘿。碧殿月迷香水曲，畫船風散採蓮歌。妝成看舞花洲去，宴罷攜

歸響屧過。芳草柳絲還似昨，故宮遺跡竟如何。

章華臺

臺成楚子已千秋，土木窮奢豈廟謀。宴罷離宮長鬣散（自註：楚子宴諸侯，使長鬣者爲相），寵衰新柳細腰愁。才稱左史誇南服，氣懾東遷小列侯。問鼎當年緣底事，空教沙市弔荒坵。

朝陽臺

何處登臨覓舊遊，仙踪縹緲剩離愁。夢回湘水迷殘月，情隔巫峯冷素秋。郢樹閒雲多旖旎，楚天微雨總風流。人生幾許勞相憶，幻跡神奇可信不。

望思臺

悔過誅誣見已遲空勞想像說兒癡窮兵黷武悉誰挽壘吏流殃豈自知淚灑殘秋空悵望夢回清曉寄悲思臺邊一片傷心土冷露風淒欲暮時

銅雀臺

鄴中遺跡可堪憑賦就崇臺繞鬱層情隔分香施繐帳魂消遺語望西陵曹操自築生壙臨終時囑其姬日身後可望吾西陵鴛鴦瓦落春風冷烏鵲歌殘夜月澂山色依然人代改蒼凉入目感難勝

映水芙蓉

紅樓西面畫池東點染秋波暈淡紅彷彿吳宮鬬水殿新妝幾許照秦銅

楊秋輝

管社山人楊紫淵女國子生吳振梁室著有繪綉餘吟

偶興

春逢穀雨十分濃侍母臨軒傍繡櫳漫品龍團敲玉局乍添雞舌理絲桐無才空羡閨中秀有意常懷林下風闌外綠鬟頻報道牡丹已放數枝紅

新柳

綰春舒綠帶烟嬌拂淚毿毿鎖六橋纖葉未勝京兆筆柔枝欲試小蠻腰乍招燕剪裁金縷幾惹鶯梭織翠條待得殘梅零落後漸開青眼覷桃夭

冬夜口占

六花飛舞二更初蓮漏聲中繪茜褥惱殺阿侯催放筆衾寒啼處恐驚姑

偶作

典却釵鈿了舊逋前屏剝啄又催科貧中歲月原難度更檢秋衫藕色羅

顧氏 適陶

遊管社山莊喜晤楊秋輝別後簡寄

十丈雲根起碧空巖前曾識謝家風回思昨歲凭肩處猶道逢君是夢中

乍接芳祺又別離鷗盟都在白雲西何時再著登山屐修竹亭邊手共攜

吳如玉

字溫卿李山人崧室素善吟性尤嗜奕疏簾虛閣子聲丁丁常竟日不倦歸崧三歲卒年二十三平生詩不多作間存一二絕句皆可誦

已未寒食

一樣鶯花二月天錫簫聲裡興蕭然三旬九食吾家事不獨今朝是禁烟

母氏寄示絶句二首依韻謹和

白雲遙望思漫漫睡起情懷强自寛夢裡但將親語寄更無一紙問平安

開緘讀罷想親前如接慈顔意藹然病裏莫吟懷女句恐因憔悴損衰年

對雪思親

雪壓樓臺不放春天寒歲晚倍思親北堂此際知

無事惟憶年時咏絮人

秋怨

紗窗晚倚斜明月小袖凝烟籠碧香花落孤燈殘夢斷靜聽更漏滴宵長

哉淑仙

諸生華葵儀室著有繡虎餘音杜太史雲川爲之序淑仙爲閩中宦族幼工詩母諸家本錫邑隨母至錫而歸于葵儀葵儀亟死作詩示淑仙淑仙展轉傷心含毫飲血讀者悲其志焉

雪夜同兩兒話舊

風吼長空雪滿天挑燈夜坐話從前繁華易去渾疑夢貧病相兼懶問年每歎茂陵人永訣遊悲閩嶠雁難傳生平幾許傷心事凍筆呵殘意惘然

續吟多所思兮

多所思兮心轉傷遺冠剩履叠空箱難忘卜命臨岐句讀到亡羊更斷腸舊有岐路亾羊之句

多所思兮冬復春漳蘭又發嫩枝新荒齋寂寂誰來賞賣去聊供半載薪

對月

碧天如水湧冰輪依舊清輝迥絶塵怪爾缺圓渾不定蟾光偏照未亾人

題小照

年來兩鬢漸成絲無復臨妝認舊姿寂寂虛堂簾不捲窗前課女學攻書

秋日病懷二首

經年多病類維摩忽忽春歸夏已過伴我只餘秋月冷半簾蕭瑟夢魂多

半眠半坐獨低徊寥落誰曾問病來敗葉滿庭秋草綠怕聞孤雁夜深哀

雪後

天風吹積雪，林梢落如雨。衆鳥忽驚散，夕陽在高樹。

送外

望君獨上最高樓，樓上何曾見去舟。不及青山遠相送，斷雲落日滿天愁。

薛瓊

字素儀，長洲人，李山人稔繼室，著有綠窗小草。素儀與山人貧戴偕隱，安貧樂志，琴瑟之暇，發爲歌詩，此唱彼和，有梁孟風。詩

與令子天根雲墟小藁俱合刻芥軒集中，一門稱詩人，羨芥軒爲獨擅云。

春日久雨和芥軒韻

暖暖寒寒日，風風雨雨天。積陰餘礎潤，欲晴起鱗烟。泥滑鳩啼苦，苔深客屐穿。小窗簷溜急，聽倦枕書眠。

憶梅寄芥軒

驛使遲消息，難逢雪後天。故園嗟歲換，別我又經年。試問春還未，應知瘦可憐。黃昏情黯黯，憶爾不成眠。

憶芥軒

幽情常惻惻，月白嬾登樓。恐見十分滿，重添一夕愁。欲裁燈下信，先補篋中裘。爲問天涯客，同悲此夜不。

思親

捲簾頻過幾番風，引領吳山思不窮。烏烏哺親依竹樹，燕雛將母絮簾櫳。難堪草色侵階綠，忍見花枝壓鏡紅。翹首二親何處是，姑蘇烟樹白雲中。

病起望月懷芥軒

支持强自一憑闌，病裡清輝兩度看。入戸光寒知

露重，照人形瘦怯衣單。竹爐藥沸烟初散，古鼎香消漏未殘。遊子不歸鴻雁斷，天涯雲樹正漫漫。

中秋月夜

廣寒移影上西樓，早捲珠簾挂玉鈎。今夜好窮千里目，來宵恐減一分秋。香寒寶鴨添芸火，露冷銀蟾濕桂毬。底事嫦娥嬌不語，笑人塵世漫淹留。

聞百舌

曉寒初動小樓前，雲淡星稀欲曙天。喚醒花魂憑百舌，倦舒柳眼正三眠。聲傳繡幙難爲聽，叫破春風亦可憐。休認洛陽三月暮，鷓鴣啼罷又啼鵑。

孫旭媖

字曉霞，一字如婉，諸生孫雲朝女，著有峽猿吟。雲朝無子而貧，曉霞侍養不嫁，針繡所得以供甘旨，復精岐黃術。親歿，居邑之樓巷，頹垣斗室，吟咏自怡，年八十餘卒。秦泉南先生區其廬曰貞孝之門。曉霞詩有巾幗而腐儒之句，金沙蔣湘帆先生取巾幗腐儒四字作横卷，一時題咏甚多。

病起書感

莫驚憔悴與愁紅，塵世流光一夢中。藥餌定難醫瘦骨，綺羅原不耐淸風。飢思煮石成虛語，悶學雕蟲愧末工。聞道姮娥愛淸寂，託身擬赴廣寒宫。

白燕次韻

紫來掌上是耶非，王謝堂前見亦稀。柳絮慣飄難結伴，梨花暫入肯忘歸。虛疑月殿曾偷藥，錯比冰綃作舞衣。知爾高情本孤潔，等閒休傍綠窗飛。

咏牡丹

春遊何處最驕奢，穀雨前頭富貴花。夢醒華清差可擬，妝成太液未須誇。風流合讓金張輩，色相端宜姚魏家。自笑詩篇本寒儉，强拈禿筆賦繁華。

卽事

兀坐幽窗漸覺長，偶過荒園費端相。生憎冷雨欺江燕，却喜輕陰護海棠。刺繡心慵慚妙手，敲詩才淺恨枯腸。算來妄想都無益，只合薰爐禮法王。

初夏感懷

聊憑針線過奇窮，九十春光瞬息中。事遇傷心人易瘦，詩多變體何難工。生憎柳絮因風起，不忿桐花爲雨空。轉眼繁華同石火，敢將榮落怨天公。

憶亡妹

一縷茶烟伴晚凉，追思往事幾迴腸。看花每觸愁千斛，玩月難禁淚萬行。偶理舊編情脉脉，獨臨明鏡意茫茫。殘魂休恨招無益，猶勝生存苦備嘗。

有感

欲托絲桐破寂寥，一腔幽恨轉難消。也知薄俗文章賤，且讓豪門粉黛驕。芳草有情多綽約，垂楊作意鬬妖嬈。何如梅蕊空山裏，長伴松筠耐後凋。

不寐

半生心事四更頭，痛昔悲今暗淚流。廿載窮愁人似鬼，萬端磨折命爲讐。撑腸剩有書千卷，抱膝還憑月一樓。不信香閨多弱質，隱娘豪俠是吾儔。

讀家大人手諭誌感時在秦州褚公幕中

靈鵲驚回曉夢時雙魚眞箇慰相思函頭大署平安報紙尾深藏感嘆詞逆旅星霜應自愛他鄉泠煖有誰知還將家計縈心曲母氏劬勞早護持

寫懷

福慧難兼信不誣萬千磨折我何辜蛾眉自古無才子巾幗而今有腐儒寂寂愁城書作伴迢迢良夜月同孤年來饑藁多拋却剩有靈山大士圖

自笑

塵網牢籠秋復春半生無喜亦無嗔娛親未得詩書力入俗甘爲迂戇人漫說黃庭堪役鬼何如素

問可通神木蘭權變曹娥死到底輸余耐苦辛

癸丑除夕

天乎命也空遲疑流光速若風雷馳將文逐鬼竟何補以酒祭詩無乃癡焚香煮茗度此夕頌椒泛柏懷曩時桃符土梗枉譏訕所爭毫末徒爾爲

偶成

紛紛紅紫付東流靜掩閒窗萬事休生怕鶯聲驚斷夢不勞燕語訴新愁學書學劍終何益非儁非詩得自由還擬入山求道妙喚將靈鵲與同遊

叔父贖巖鄧賜新句依韻敬荅

一片癡腸不合時禪宗丹訣或宜之筆枯敢作驚花格才淺原無咏絮詩學道祇嫌駒隙速養親常慮爨烟遲人間薄命誰如我苦趣惟應骨肉知

自嘆

一椽闤闠等荒郊毀譽無憑任斗筲繡罷晚風來竹裏詩成新月在桐梢行藏自昔輕三窟趨避於今信六爻生寄死歸參已透眼前榮辱水中泡

哭姊 存一首

歸寧時節正愁霖別久相逢笑語深記得喜晴分韵夜一甌香茗對花斟

對薔薇花有感

嫩粉柔紅色最鮮晚春相見我猶憐却愁刺客傷纖指欲摘還休每悵然

中秋對月時家大人應試秣陵

小閣獨坐聽蛩聲燈影朦朧月影清遙想秣陵當此夜筆花應趁燭花明

閱舊稿有感

不得其平便欲鳴撫今追昔幾心驚旁人莫作閒情看我自饑寒過一生

甥女于歸口占 存一首

親操井臼在斯時何有何無勉力支記得唐人詩意好阿姑食性要深知

落花次韻

一簾飛絮共春愁雨妬風飄逐水流莫向枝頭空悵望明年依舊照紅樓

次韻敬酬泉南秦太史贈句四首

春到池塘草不芳阿連夢斷已神傷那堪堂上添衰景日日頻迴九曲腸

儉歲彌驚生事微何來甘旨奉庭闈秋風最是無情物處處砧聲夜擣衣

參透禪宗百念灰靈臺蓮喜火中栽還聞老衲傳公案面目時時認本來

性拙才疎世罕儔聊憑詩卷話清幽世間多少香奩句不是傷春是感秋

咏梅花

逸格應呼閬苑仙却輸肥婢善爭妍明皇自愛霓裳舞枉殺樓東賦一篇

寒食作

炊烟寂寂雨濛濛又見桃花樹樹紅自笑經旬成冷節只餘香篆繞簾櫳

弟妹云亡歲飢親老自傷自愧漫集唐句

已矣將何道陳子昂辛勤不爲身韓愈亦知生計薄錢起稍慰閤家貧姚象慟哭翻無淚李洞開眉懶顧人項斯死生離骨肉沈佺期良覿渺無因杜甫

嚴氏

侯伊彝之室嚴中允藕漁先生孫女青梧之女也幼工詩善楷法青梧語人曰老夫衣鉢不傳於子而傳於女然平生終不以詩文見及期頤始稍以示子孫輩孫孝廉錫手鈔數十首藏於家曰寸心草

覽古雜咏

留侯循世法功遂冀存韓制欲順其理脫身栖林壑千載仰高風潛迹若龍蟠貢禹倶彈冠交深義自安范睢坐飛語不能全羽翰復仇歸相印應快後人觀明辨雖有才未能探道源李陵降匈奴一朝摧肺肝悽愴懷故鄉憂思集百端氊幙禦風雨羶酪供盤餐一背漢廷闕遂使厥族殘那言漢恩薄弔影徒悲歎靜觀此中理方知居易難

哭長子

仗汝扶衰謝相依昏復晨一夕別我去魂逐汨羅

臣雖非古貞亮詩禮夙昔臻逝歲戊戌夏生逢庚午春有子纔六週聰慧亦絶倫玲瓏頗曉事號哭傷旁人幼者最嬌小牽裾日百巡妻能謹素位啜菽矢安貧顧此失所恃嗚咽氣莫伸樓東所藏書縹緗絶纖塵新籤齊次第舊冊如積薪黯然觀此書傷哉見其神寡言亦如愚卓犖多清眞槐簇絶塵右忽焉喪其身損友有薛子係爲中表嫺出入兢燕樂相邀戲水濱族姪亦同行揶揄來鬼神逸歸便安卧忍使二命湮見機能自守設心寧匪仁昊天已不悲搆此大禍因丹誠隨水逝傚骨猶嶙

峋吁嗟望汝子庶矣成席珍

立春

何處看春至庭梅早試妝物驚節序易人逐世風忙鵲噪晴簷日風傾竹徑霜小樓開眺望山色已蒼蒼

夏日

炎暑兼長日心空樂靜便書詩爲益友松桂共流年果綻梅風後蚊騰時雨前自憐孱懦質況復百憂煎

季秋絶糧

冷淡呈秋色風林報早凉塘塵浮釜甑飲水飽魚魴行險生心疚平懷用意長虛牕堪坐卧端不讓羲皇

雪牕

積雪明牕外能無思古人謝庭飛絮夕天女散花晨漸減層巒翠全鋪世界銀天心純潤物幽谷自生春

歸寧

歸寧緣舊禮故社換滄桑弟在同霜鬢兄亡槩肺腸天心容萬物人意逐興亡瞻睇慈雲下恩從日

月長

丙午夏日仲弟避暑觀復堂因憶徃年長兄季弟及堂仲弟同聚于此相樂也今獨仲弟在三人者已長逝矣

堂牓名觀復居人儘九思桐陰凉夏簟牕敞靜鬪棊造化文千首權衡酒一巵飄零今日意俯仰每隨時

丙午冬陰雨浹旬氷雪仁至嚴寒倍常有至親貧窶者既愧無周急之力深歎其不及之情

不信由人手能爲返日戈樊遲曾學圃長史舊持柯難補尋常缺偏干天地和綢繆簷外雨翻作淚痕多

春日登龍光墖

登墖遙天淨穿林近日紅解鞍銀杏雨繫馬綠楊風山翠生欄外湖光照檻中晚來新月上疑是水晶宮

嚴寒閒卧竟日不起

晝寢三居二心閒喜退藏霜天晨擁被蝶夢午盈牀准作魚龍卧奚從鷹隼翔壺中懸日月醒夢自

無妨

六袠八首

徑僻無來客閒門未掃除寒花猶點綴低竹翠蕭疎處潤殘書卷音沉雙鯉魚不因八熱處嘯雪遠庖廚

日月昏兼曉浮生酒一盃山光明檻外飛翠入簾來結習從人染宗風古聖開嬰懷娛視聽應不羨蓬萊

春日堪遊玩迎風坐石闌荆釵清儉易梳裹入時難蟾影深宵望花枝待曉看同羣勞枉輸幽隱近平安

有意分修短無營任蹶張大年蛩蟪蛄小景足榆枋榮悴看遊戲窮通莫較量庭梅開數點橫影占幽芳

補綻頻添線輕綃老眼揩遷移宜泯跡方位待安排夷險緣偏黨平懷自偶偕心空能轉物應用亦無涯

閒院當凝望飛鴉過女牆暮晴花綴月曉夢蝶盈牀對鏡顏非舊拈題意若亾輕雲本無定只是近殘陽

歲暮渾無事相從有舊壇看雲心本性逐物意關天攬筆追新夢聞鐘警夜眠鳥啼從旦旦不用惜流年

得失空回首營營六十年金章慚肘後玉樹望風前梅落心仍潔松凋性不偏敢言能見過庶免後人傳

菊花

潔比藍田玉清如姑射仙菁葱炎暑月綽約暮秋天金碧明風靜馨香帶月妍無營貧亦樂日日醉花邊

重陽

重九嬉遊日人情何後先折花傾綠滑落帽得佳
篇俯仰成今古逍遙任歲年三秋歲云暮行樂勝
春天

已未歲暮雜咏四首

莫問窮通理年光最易拋碧天書雁字清旭畫梅
梢守訓憑詩禮矜能鄙斗筲歲徂觀復始柔綠遍
長郊
生涯奚自慶稀古遇昇平落落松高峻嚶嚶鳥獨
鳴捲簾山色靜清坐畫屏新莫道渾無事書城去

問津
故社凋零久情同意愈親昔時俯仰迹今日死生
人書斷雙魚信筵空四海賓滄桑看物化得失向
誰陳
小院疎簾下裁箋遞短歌中和知性善廓落奈才
何衰晚西崦暮欹傾白髮多賣珠愁已盡補屋待
春羅

丙子之柩擇吉于甲子年臘月十八日安葬
東門外新阡維大姪山如終始周旋余老
人葢中心藏之遂攬筆以記兼作短句告
二子之靈

掌珠辭怙恃長別徃天涯書卷音容在庭幃暮景
斜鵾鵬虛可惜燕雀實堪嗟彷彿魂歸日迢迢去
路賖
依膝嘗無所臨閭豈有期十年螢雪案三尺墓墳
碑衰謝傷頭白長貧惟楮儀一盃聊設奠混混淚
相隨

七襃八首　存六

髮短心何有年華已古稀庭烏知反哺梁燕喜雙
飛孤立奚趨競忘形絕是非下愚終守拙大雅莫

相譏
花萼鶯春早庭梅放最先委情絲雨後寫影月明
前寄驛烟迷渡書傳鶴唳天親疎零落盡不必問
當年
咫只南城路言歸今已墟深恩天罔極薄命我何
如一字看鳴雁藏書任蠹魚趨庭無故跡春草綠
于蔬
衰晚無餘事焚香閱古書雀喧知雨過月上報更
初氷雪明窗凈烟霞暮景餘寸陰當幼惜老大莫
唏噓

寶福雙雛好庭前戲百回看花邀撲蝶對飲學擎杯朱履明金綉春衫稱體裁也能知賀節舞拜笑顔開

回首浮生理窮通未預知沉潛孫謹行應對子宜時晝鼓迎燈早金魚換酒遲新正稱歲首相樂載歌詩

別映山河圍中故居内有百尺樓氷谷居夕佳軒等名兼別花卉

小苑幽棲不計年遠山凝綠映流泉客來氷谷談秋水窗俯清川放釣船簾捲長空樓百尺軒多佳

夕月如弦忽言移室頻惆悵行止翻疑在夢邊

庭松徑竹助愁新説與今朝換主人生怕鶯啼醒舊夢無煩燕語絮晴晨月籠桂影愁行色雪壓梅魂憶去春休仗東皇問花信桃源深處不通津

已酉仲秋寫意二首

人情翻覆莫爭能晩起無營似杜陵道設筌言蕉鹿夢學傳宗旨法王燈心空豈戀頻來鵲目瞶何妨誤拂蠅自有烟霞憑問訊休誇遊燕酒如澠

小樓秋爽喜晴晨清儉無煩犀辟塵一榻琴書消永日半窗梅雨報殘春步兵沉飲悲牢落陶令行歌樂隱淪試問古今彈指盡忘機偏得性情眞

自已酉至癸丑廳樓拆毀已盡惟餘庭松一株一夕爲暴風所拔書以弔之

蒼松孤峻毀狂風清蔭常愁絶望中過客不妨嘶馬去隱居豈有舊牆東頻年積翠渾如晝一夕長柯斷似蓬運數知君今日盡不堪回首問鴻蒙

送師華叔計偕北上

高懷誰得古人風自有賢名著族中蟾窟看花攀桂子鳳城走馬綰桃紅文成紙貴千秋譽賦擲金聲七步工今日餞行詩當酒小橋東畔望鱗鴻

謹記伯嫜仙逝之夕

尋常領袖事多般意淡神親世所艱敗葉霜紅君去路殘燈燼落我留顔遙遙夢斷雲千疊黯黯天空月一彎百代光陰猶過客人間誰出死生關

甲寅二月送二親安葬歸過梁溪道中作

綠徧天涯麥浪齊趨途今始過梁溪千秋白石碑銘在一帶青松墓影低舟子抽帆春浪濶漁人解網夕陽西湖山千古渾無恙颶鼠鴟鷹異族蹊

重九日次恩賚姪韻 戊申

翠減林巒又暮秋兒曹重九好行遊雁行有意尋

龍脊帆影無心到渡頭隨意提壺橋畔路淸談對月水邊樓壽常難得題糕手落帽風前問孟侯

移庭內小桃纖竹植于野園

種竹栽桃不計時暮年情味樂于斯忘形豈得如南郭陋貌何慙似隱頤今日未開花下宴他年幽處容題詩等閒解得東皇意點綴藩籬莫道遲

八旬寫意雜咏自壽八首 存五

觀書學禮性常娛動靜無方事不拘治美武城莞爾笑學珍顏子默如愚九思不外通中理三反能知舉一隅宛轉勸人由大道莫從岐路更踟蹰

隔岸芙蓉照水開曲欄小院看花來凉生夏簟收桐子雨歇春林剪脆梅鶺報淸暘喧竹徑客談秋水坐蒋苔嘉堂萬備邀遊燕萬備堂係妹所居紅燭催詩愧殘才

年來自覺倍衰遲霜鬢欹傾更莫辭戲綵已虛悲獨立煎茶猶自爲裁詩分疏造化文千首管領年光酒一卮聞見分明無固必窮通何必問龜蓍

回首驚心怙恃情枯腸一掬淚盈盈明明行止空中見默默形神夢裡成失學已悲心懶惰長貧豈有筆爲耕自知寡過無餘策海鳥忘機不待名

曉夢初回聽早鶯懶迎氷雪愛新晴催花得意迎靑帝繡羽乘風繞鳳城時大孫遊學京師燒筍嘗梨修竹塢烹魚邀客澗泉羹莫愁無計娛衰晚一種平懷應物情

八旬元旦寫意

元旦風光物物新不因犀辟自無塵未移萱艸消長夏曾種梅花報早春廓落不爲疆界攝忘機偏得性情眞無求自合多閒暇任性逍遙已八旬

和逍遙書屋原韻八首

山光水色照牕扉小隱桃源世網稀自有魚舟浮水去靑溪紅樹好相依

插柳栽桃美易成小齋幽敞影縱橫捲簾端爲看花早尤喜新巢燕語聲

今古榮枯一夢齊譽多歆羨毀悲啼功成勒石千秋事香透黃粱日未西

虞文滿案錦雲堆金薤琳琅次第栽見說近鄰纔咫尺逍遙吟社喜重開

花前几席竹邊扉任意逍遙寵辱稀北濱坳堂緣定分不煩蝶夢更依依

青嶂迴環似畫屏碧天無際水雲横松溪竹塢清

詞絕歌咏長和鶴唳聲
柿葉爲箋且遞齊不穿花柳聽鶯啼書成片片蛟
龍走盡日臨池小苑西
蘼邊掃盡落花堆覓得幽蘭帶雨栽豈向東皇爭
早暮清華長傲雪霜開

岳孺人

諸生鄒士起室故城令麟書母　贈孺人

梨花

鵓鴣啼不住離思攪濛濛滿院溶溶月高樓淡淡
風洗妝人自怯壓鬧客來同蝴蝶紛紛下羅浮夢

後空

疾革口占

檢點殘妝舊篋非宵深見女尚牽衣西風吹散林
間葉飛入寒雲便不歸

華璐

字青琴劍光先生希閔女諸生殷廷楨母
著有繡餘詩稿青琴未嫁時嘗刲股療母
疾旣適殷盡撤環瑱奩具爲翁償夙逋有
烈丈夫氣居貧食給針指暇則讀書論史
不輟故集中咏古諸詩每見才氣絕異柔
靡之音鄒慎齋學士贈劍光先生詩有有
女亦耽詩之句指青琴言也

述懷

簞瓢有眞樂希賢宜及時明德恐不崇何暇憂貧
爲貧病相煎迫玉成意可知姑年及桑榆養媿無
甘肥菽水有時艱婦職良多虧良人須藥餌稚子
但忍飢曉紡兼宵織午汲還辰炊蛛網冒琴瑟塵
埃積詩書年纔三十餘形槁同衰遲日月如跳丸
流光逝難回浮生會有盡宗德增傷悲

懷鄭夫人

瑣窗無語時月出庭中白曉我素心人别來雲樹
隔契濶已三年惆悵音書絕願借明月光照見君
顏色

病中示子

積病半生久刻與死爲鄰我亦無他憂愧無德業
新持躬嚴慎獨戒懼期存仁無物遺爾曹此意可
書紳

孫夫人

灰飛赤壁曹操走孫劉締好成佳偶劍戟如箭衛
寢門英武宜爲使君婦蛟龍纔躍蠶叢羅巧

車恨吳狗白衣搖櫓爭荆襄漢運偏當厄陽九驚從白帝傳凶問一死相從宵相覔仲謀霸業今何有俎豆梟磯亟不朽

懿德皇后

吁嗟賢后居遼宮規諫得失徐妃同（后慕徐賢妃行事每進諫得失）君王捺鉢馳飛電犯顏失寵當咸雍象牀香枕淚痕滲回心院裡悲秋風十香詞句出誰手萋菲貝錦何其工女中豫讓言不容蓄怨巧詆昏宸聽前星有曜亦將墜愁雲怨霧彌蒼穹正直遭讒古恒有穢名慘被宮闈中奇寃得雪更何日此恨綿

緲無終窮

范文正公

天平山下路坏土弔先生墓滴千巖翠峯仍萬笏名衣冠祠共肅心迹水俱淸憂樂關天下高風孰與京

贈女僧空明二首

十笏無多地窗臨碧水灣不妨居近市何必住深山（師因城市喧雜欲寄跡深山）塵迹燈前掃禪心定後閒得師來往熟予亦厭塵寰

古佛三間屋還如一畝宮靜研詩律細悟覺世緣空遲客烹雲子編籬護藥叢終宵禪榻穩趺坐入松風

寒食眺遠

浩渺溪光接遠天溪頭桃杏正爭妍詩人自古傳寒食風俗于今不禁烟好鳥喜晴穿弱柳閒鷗趁暖浴前川白楊墳墓蕭條甚又見林邊掛紙錢

寄懷吳門鄭夫人

綠酒青蒲五月天遙知妝閣更幽妍金釵綵勝嬌宜揷玉腕紅絲弱可憐鵲尾香濃曾對榻鰕鬚簾捲憶分牋何時林下重相訪西子灣頭攜畫船

七夕同兩兄送家大人之任琴溪

天上停梭相會日膝前捧酒送行時欲施春雨滋桃李肯向秋風歎別離情緒自同蛛網結歡筵剛並鵲橋移愁無綵翼隨風去好誦花潭白也詩

讀于忠肅公傳

土木驚心北狩年豎儒無識議南遷中朝借箸推司馬絕徼揮戈走乜先盟誓千秋嗤趙宋山河一寸重幽燕滿腔熱血終教灑東市朝衣爲黯然（公性剛每遇事有不如意輒撫膺歎曰一腔熱血竟灑何地見明史本傳）

秋日山莊寄鄭夫人韻

蕭蕭金風秔稻香，攤書盡日坐匡牀。蟬依古岸吟衰柳，人在疎簾讀晚唐。紅藕花殘方暑退，紫羅衫薄透秋涼。玉臺好句新吟得，示我雲牋意味長。

偶于彈詞盲嫗手中見書扇一柄郎子先曾祖題金山寺壁詩也愴然賦此

先人當日此曾遊，錯落驪珠古寺留。字跡只今傷漫滅，江天何處覽風流。齊紈扇底迎瓜步，浮玉山邊弔石頭。莫唱野烟涼月句，滿懷蕭颯似悲秋。

七夕憶外

天上佳期傳七夕，人間好景屬新秋。梧飄金井知

風露，鵲駕銀河認女牛。翠竹夜涼烟似水，曲闌人凭月如鉤。寒衣製就無鴻便，愁聽砧聲到小樓。

葉聲

大火西流爽氣回，蕭蕭木葉顫墻隈。聲如萬籟迎秋發，勢似空山驟雨來。月下每催寒杵急，風高常帶暮蟬哀。閒堦飄落知無數，藉汝添薪掃作推。

山莊晚眺

石徑紆迴客到稀，巖花落盡稻花肥。浮雲出岫原無意，好鳥知還亦倦飛。沽酒人投村店晚，打包僧趁夕陽微。遙聞隣犬深林吠，應是山童採藥歸。

冬日見桃花盛開

歲晏寒林正泬寥，忽看紅錦艷溪橋。從今不敢稱松柏，桃李居然也後凋。

贈女道士

爐中活火養丹砂，曾識玄機道士家。閒整髻雲披鶴氅，半簾蕉影讀南華。

春夜見諸妹吟詩戲作

畫簷鈴索靜無聲，擱筆沉思雅興清。待得詩成眠較晚，牡丹花畔月三更。

讀南宋史有感二首

養兵選將入秋忙，似道親開蟋蟀堂。箇是平章君國事，底須傳檄救襄陽。似道蟋蟀經夫養虫者如養兵選虫者如選將

長蛇封豕吞江漢，宋室河山日已非。夜夜湖邊沸絃管，娥媚簇擁相公歸。

晚晴

簾前小几坐移時，手錄唐人近體詩。殘照半籬疎雨過，銀鉤又掛碧梧枝。

秋日山遊即事二首

綠波平岸偶維舟，楊柳提邊傍水樓。四面窗開圖畫好，九峯晴翠落簾鉤。

籃輿小駐碧山前曲磵淙淙瀉玉泉入夏幾時荷蓋老西風刼做早秋天

讀史隨筆十首

嘗膽三年方報越美人一笑竟亾吳屬鏤何不誅元惡猶得西施泛五湖

金人十二鑄初成置酒阿房慶太平可怪一椎飛博浪人間猶有未銷兵

承露金莖聳碧天武皇曾此望神仙海山路遠無消息五利文成墓草連

粉面犧牲薦几筵蕭翁垂老愛逃禪金甌未缺臺

城圍血食原來已斬然

傷心一曲後庭花皂莢黃塵事不差三閣逃樓原一轍秣陵何用屬隋家梁末童謠云黃塵汚人衣皂莢相料理

西苑纔歌清夜遊錦帆高掛指邗溝只今惟有蕪城月猶照雷塘草樹秋

夜夜華清沸管絃太平天子幸溫泉潼關破後哥舒走誰唱霓裳劒閣邊

白氣瀰空貫紫薇牟駞岡上閃旌旗中原父老吞聲哭不見龍沙二聖歸

浮江泥馬四蹄輕天遣神孫復汴京尺五皂紗空褁得竟聽長腳誤蒼生四朝聞見錄高宗重視師憲聖吳后曰若曰爰畏尺五皂紗須一往矣

白馬清流禍至今欽章名判殺東林山河破碎原東厰成祖貽謀亦太深

朱孺人

贈公鄒士起女上舍朱汝綸室孝廉旭之母博涉書史尤工于詩性情超逈故其詩蛻去垢氛有唐人之遺所著亦南盧小稿孺人女夫秦觀察瀛序而刻之

曉起舟行郜塢中

一村逼署彴欲往翠微重茆屋蘿全補竹籬雲半封谿聲咽殘月山色破寒鐘早有鳥驚起幽人策短筇

月夜望山中積雪

茅堂孤月上澹映山中雪林靜無驚喧窻虛見空色相對欲鳴琴愁坐正清絕

送女夫秦凌滄遊山左

落日照離顏看君辭舊山琴書原不賤菽水故應艱疋馬齊煙裏荒原魯樹間殘秋一聲雁何處穆陵關

落梅二首

玉笛誰教昨夜吹早傳搖落到南枝尙餘疎蕋淩荒榭又逐幽禽過短籬冰雪香清煙淡淡水雲夢化月遲遲無情劇怨東風惡悵望園林有所思時女新殁

飄零何處認前身狼籍無端委素塵冷月微雲空有恨斷煙流水孰爲鄰飛來姑射山頭影散去羅浮夢裏因一粟大千原泡幻任他桃李鬬芳春

晚秋即事

夕陽銜遠岫楓樹半林紅秋老汀花落天寒鴈影

空沿流聽漁榜歸客逐樵風隔岸炊煙裏柴門曲澗東

送大女

一水城闉隔斜陽照去舟鴈馱楓葉冷魚唱蓼花秋雙鬢垂垂老孤帆漠漠愁郵亭二十里小別亦離憂

送凌滄遊武林

蒲帆十幅挂秋風雲淡天高鴈影空吳水亂搖寒月白越山遠映夕陽紅射潮曾說錢王弩駐輦猶傳宋代宮知爾登臨重懷古一尊遥酹思無窮

華藏寺

煙霞深處斷塵氛煖入寒崖草木薰湖上飛帆追落日嶺頭歸鳥逐停雲數聲遠磬當軒合一塢清泉隔磵分吳越山川眞似夢石仙無語對蒼雯寺前有石人二衣冠甚偉

梁溪竹枝詞

蓉湖風細泛輕波來往飛帆日夕過少小女郎能打槳夜深吹月唱吳歌

二泉佳味古來誇石髓涓流泛雪花盡日老僧無個事閒將白水煑新茶

七級浮圖高插天望湖亭望太湖船數聲欸乃漁歌出漁弟漁兄唱采蓮

女郎汎舟蓮葉東藕花秋老落香紅渡頭一陣清風起采蓮誤入采菱中

家住洋溪溪水邊溪光瀲灩碧于天日暮泛舟溪上去滿船明月一簑煙

延青閣夜坐

虛綠搖窻鏡影空庭梧瑟瑟剪秋風水晶簾外朦朧月人在秋江碧練中

舟夜聞鐘和凌滄韻

愁倚孤篷夜欲闌疎鐘隱隱出前巒老僧面壁禪
初定旅客懷鄉夢未安幾杵霜林驚宿鳥一聲風
竅激鳴湍天高月淡蒼茫裏敲徹江關暮色寒

登焦山頂

盤螺漸上碧雲梯萬木森森寺徑迷古渡遥連瓜
步暝危崕横壓海門低屐拈石磴蒼苔滑杖挂煙
蘿濕翠齊遠眺欲窮眞面目江潮又湧夕陽西

女子顧　慈　昭德校

梁溪詩鈔卷五十二

梁溪詩鈔目錄卷之五十三　閨媛

國朝

以上共十八人

梁溪詩鈔卷五十三

梁溪顧　光旭　華陽氏集

閨媛三

國朝

孫太夫人

邑文學侯玖孚女名慶霞山東德州通判
孫廷鏞室年四十五卒
敕封安人以子汞清歷任都察院副都御史廵
撫廣西
晉贈一品太夫人

古意

洒淚向寒江江流自來去恨殺水無情不將淚西
注
窗下拂紅箋寫盡相思字東風如有情吹送傳梅
使
五戊春分後離鴻向雁門可將思婦意便道寄征
人
花落又花開春風次第催相看怕腸斷一任委青
苔

顧孺人

平陽知縣王燕公志喜女進士顧海門龍
光室幼即工詩于歸後篝燈紡績伴讀必
以四鼓爲度及海門先生登第人以爲鷄
鳴戒旦之功云

上元節暮雨

火樹銀花何處看迢迢清夜倚闌干姮娥恐我增
離思深掩清輝閉廣寒

聽雨不寐

愁多不覺春宵短悶悶殘燈落燼紅一枕雨聲千
里夢幾番花信五更風漏聲斷續危城上鐘韻悠

揚遠寺中盼到碧紗窗欲曙曉鶯啼遶畫樓東

遣懷

午夢醒來暮無聊步小齋寒添風雨意愁入別離
懷積水明苔砌浮花漾玉堦驚心春又半兀坐思
無涯

隣姬以梅一枝見贈

冰肌玉骨吐清芬堪與幽蘭作比隣貯向膽瓶供
硯北素琴三弄月如銀

春曉閨詞

午院無人夢自驚風簾來往燕雛成學梳雲鬟慵

無力乍試羅衣體覺輕滿院落紅春漸暮一簾新綠雨初晴玉堦散步閒舒倦戲摘青梅笑打鶯

不第

龍門點額謾嗟咨得志雲霄會有期已慰秋風攀桂早何愁杏苑賞春遲未能　帝里馳千里暫把霜蹄息片時積學懷才終遇合不須憑弔項王祠

客遺蓮實偶成

秋風白露冷蓮房摘取分甘剖共嘗碧玉累累擎淥水紅衣片片卸殘妝翠香圓綻冰肌潤風味清甘皓齒凉底事苦心中蘊結素絲不斷繫情長

吟秋三十首 存八

一泓清淺眼波流萬頃長天一色秋目斷伊人猶宛在蒹葭白露思悠悠　右秋水

瘦損胥肢疾更侵强將藥石破愁心暗風吹雨寒窗夜却似嬌兒裂布衾　右秋病

一庭皓水亂蛩鳴獨撫哀絃淒以清三弄曲終長太息剪吟西顧暮山横　右秋彈

楓落吳江雁影疎天空水澗一舟孤空濛烟景誰能繪淡寫空林似有無　右秋畫

冷烟疎雨度重陽愛向西風學道妝不見賞心陶處士東籬幽艷為誰芳　右秋菊

一字迴翔度畫樓哀鳴嘹嚦帶邊愁平沙渺渺晚來宿驚起蘆花兩岸秋　右秋雁

珍重辭巢意已違違梁話別更依依呢喃似訂來春約高捲珠簾待爾歸　右秋燕

三徑蕭蕭似雨聲飛雲舞月戰林庭忽驚打破寒窗紙滅我銀燈遠夢醒　右秋風

午睡

手倦拋書倚石牀青奴三尺自生凉已驚與世相忘久却對西窗伴夕陽

中秋夜玩月

良宵攜手玉堦前佳節今逢樂事全一石淳于愁酩酊百篇李白落雲烟夜闌人靜秋分半月白星稀露滿天願祝年年逢此夕桂花影裡亦雙圓

凭樓晚眺

寒風蕭颯雨淒淒日暮登樓望欲迷疎樹遠連青漢近晚烟深鎖暮山低一行征雁高飛急數點寒鴉倦欲栖多病不堪頻徙倚清樽黄葉漫留題

祝虎中黄母七十

青鳥銜籌舞畫堂彩衣歌拜進霞觴月明萱草氷

霜淨春滿桃花雨露香慈教義方依孟母栢庭節操嗣姬姜壺中甲子閨中歲星鶴瑶天視未央

哭亡女貞郎

朔風昨夜雨殘更吹折瓊花鳥亂鳴玉碎掌中應有淚珠沉海底竟無聲乍離瑶島經三月纔到人間是一生倚枕尋思腸更斷又來何處喚貞貞

咏美人風鳶

纖腰翠袖倚身輕霄漢飛揚近二更豈效羿妻乘月去却如列子御風行人間悵望絲空繫天上翱翔翅自横閶闔莫教妨刺繡任他燕燕與鶯鶯

梁溪詩鈔 卷五十三 五

雨中掃墓步韵

鳴鳩雨岸雨濛濛掃墓深山翠幾重幽宅有情應悵望夜臺無路覩音容雲迷遠岫連愁鎖雨濕叢花帶淚濃遥望前村烟樹緑鶴歸何處可巢松

王太恭人

秦封翁東田女王封翁千仞室蓼園先生繩曾之媳也以子寬貴

誥封太恭人蓼園先生曰二媳秦氏性矜嚴内治肅如也女紅之暇輒閲書史成誦偶拈筆墨特畏人知余嘗詢及答以一截可云得性情之正矣余爲屬和並所記憶及慰喻之詞牽連書之俾弆篋笥他日當念老懷所寄云共一云閏秀昭華與嗣

音西河覩與度金鍼劇憐婦德矜莊甚欲慰哀翁偶一吟共二云廣陵隨侍苦思覩雙鯉迢迢不厭貧問信平安兼有囑勤將書寄隔江人

奉答堂上

臺簡年來懶問津半緣兒女半緣身詞壇未許閨房涉却悔當初漫效顰

侯氏

明經侯伊傳女適赤城國子生劉商早寡子亦早亡年八十四卒

亦園感舊

曾記髫齡過亦園于今風景已全翻樹因年老枝

梁溪詩鈔 卷五十三 六

翛卧池爲泉堙岸有痕無復瓊樓看翠月園舊有翠月樓却從桃葉問仙源人間與廢渾如夢到此誰能不斷魂

隨胞弟侯于逵赴龍山任過龍頭嶺

廿年廿苦本同嘗今日相依兩鬢霜余年過七旬回首寒蘿弟曾斷定懷假髮妝嫌妝强支車馬過危嶺翻羨茶羹愛野坊滾水大旗相望近指看名勝覺心忙

鄧秀英

鄧學博愷三女頤宗李室早卒著有繡餘

草

新月

千山日落月方生玉兔懷胎魄未盈弓掛碧空秋雁怯鈎沉潭水夜魚驚半規寶玦畸光皎一曲流虹分外清可是廣寒仙子出裙邊環珮吐晶瑩

孤雁二首

隨陽萬里度龍沙憐爾離羣喚落霞惆悵黄昏誰是伴獨依淺渚吽蘆花

風霜萬里影凄凄水驛山程孰共栖矰繳人間常滿目江寒夜靜莫輕啼

咏雪

一夜遠山看盡白崇朝岐路欠分明紅爐煖閣休嫌冷還有征夫踏雪行

秦曇

字曇葯

麥浪

掠面風寒麥秀天浪花滾滾蹴平田只疑眞有滄桑事欲向烟波買釣船

蟠桃

果熟三千未足誇仙枝嫷嫷映丹霞從師得授長生訣看遍蓬萊傾刻花

張雅宜

字靜山王栻室著有綠窗遺稿

春閨怨

東風響徹護花鈴淡月窺人到枕稜萬種春愁眠不得小窗常點隔宵燈

新秋夜坐

靜掩菱花倦晚妝嫩寒侵體不勝凉夜深獨自挑燈坐細咏周南卷耳章

商綉

初晴天氣轉清佳芍藥堦前長紫釵閒與小姑商繡作就中先做踏青鞋

丁素心

字蘭蓀邑諸生端如女幼承庭訓工詩善琴長適孫企山卒時年僅二十

海棠花二首

綽約丰神淺淡妝敢將桃杏鬬容光從來漫說羞花好試一凭欄看海棠

每乘月色喜相探露濕啼痕淚半含憶昔昭陽承宴罷至今雙頰酒微酣

奚小雲

字綠窻

百花枕和韻

名葩誰向枕函尋囊括芳菲共錦衾醉卧恍縈三徑蝶夢回時喚一聲禽停針索稿無新樣得句微香有素心他日羣芳還更譜閉門風雨落花深

朱蔓梨

字緼素戴玉亭聘室著有蘭膏賸草

示妹

我生命不辰垂髫失阿母煢煢影伶仃依倚惟慈

父妹時才五齡嬌癡未絕乳依稀夢寐間猶作喚娘語我時心痛傷涕泗直如雨恐傷老親懷吞聲起抱汝及今妹長成盈盈年十五不學時世妝行動中規矩針繡既能工柔翰亦楚楚差慰慈父心姊妹無或忤不期薄命兒幽憂日爲伍五載一病身展轉無時愈寒暑氣非常藥餌那能主孱骨瘦于梅傾側搃成憷回思七載前顏色如花嫵對鏡理晨妝嘖嘖羡隣姥邇來愁病煎形容竟如許盛衰固物情梨花夢何處未知有生安焉知鬼錄苦

立夏日閒眺

強起憑闌望風花點點飛一身隨藥裹四月尚綿衣遲日紅情淺停雲綠意肥子規啼太苦香閣送春歸

有感

殘燈挑盡夜沉沉弱骨何堪冷意侵一院淒風吹月白半堦碎葉引蟲吟愁多易作悲秋句病去難酬繡佛心回首梨花空好夢最憐凋謝負春深

自輓

老親含淚不勝悲渺渺幽魂知未知芳草不迷他日路夜深燈火是歸時

程氏

任念齋太史妾嘗割股療費太夫人疾創潰卒程天姿穎悟喜吟咏念齋年譜中載其咏懷句云綠窻種竹乘春雨畫閣攤書愛晚晴又冬夜句云雪侵小几書籤冷香熱寒篝侍女嬌惜其年之不永也

登第

紫殿欣逢射策年風流合占探花筵而今只少鰲頭客乞與人間第一仙

雨中種杏

二月天街走鈿車濃雲漠漠護窗紗夢回愛煞江
南好細雨深鋤種杏花

鄒宜人

倪之烇之女名素玉字無瑕之烇與吳卜
臣輩講性命之學宜人素嫻女訓歸鄒雲
城年三十四卒著有冰壺小草
誥贈宜人開縣令鄒儀之母也

雷峯夕照

峯巒迴處夕陽紅古塔巍巍倚遠空一縷香烟晴
靄裡數聲清磬暮雲中懸巖瀑布流霞彩夾寺松

濤弄綺風應是化人居接近層層金碧映殘虹

九日金粟嶺登高

家園金粟繞層邱滿苑清光淡欲浮籬畔黃花開
舊節巖前紅葉襯深秋一行歸雁連雲際數點棲
鴉占樹頭漫説孟嘉多勝事龍山未比小山幽

題山人隱居

幽室築山巔危峯列檻前鳥銜庭菓去鶴帶嶺雲
眠石壁流寒玉風簾織野烟叩門誰見訪應是採
芝仙

江亭野望

閒眺江亭上清光滿目前遠帆晴靄裡歸雁夕陽
邊雲擁寒岩樹風迴野寺烟蘆灘維釣艇漁父枕
簑眠

暮春

片片殘紅漾碧溪捲簾人立小窗西無情最是枝
頭鳥落盡春花只管啼

秋日

清光如拭綠筠窩天氣新凉透薄羅門外秋風落
桐葉夕陽影裡雁行多

題徽宗畫半開梅

墨澤飄香不為風一枝纔放勝天工曾經御筆親

摹寫千載猶含半面紅

孫孺人

徐名蘭英鄒平令孫藹堂繼室
敕封孺人幼從蔣湘帆學書工詩賦年六十五
卒於家詩稿盡失偶錄諸畫中

題二泉女史畫芍藥

余既書小賦未盡欽仰之懷因復題二短句
名重金閨老畫師一枝新艷寫芳姿月中昨夜分
明見半脫宮衣不語時

卻看春色滿君家風舞霓裳爛若霞爲愛新圖翻舊譜殷勤覓句寫簪花

鄒雪虹

號二泉女史

自題所畫芍藥

紅翻畫省試仙裳綽約名姿伴國香婪尾一杯春欲去曉烟殘夢憶維揚

徐玉謹

字婉珠毘陵徐少府薦一女孝廉薛玉堂室卒年二十四著有繡餘小草

秋眺

小袖凝寒倚畫樓濕雲低壓暮山頭遙看烟雨深無際鎖斷江南萬樹秋

過惠山十二樓

青山當戶片雲遙徙倚闌干品玉簫十二樓中人盡去月明如水夜迢迢

徐淑

甘露人諸生華南宮繼室幼習書史能通大義迨歸華紡績操作絕不以才自露一日南宮問以天文徐論五星躔度七曜運行原原本本素精星學者莫不嘆服間亦作詩脫藁輒焚去年三十餘卒

題劉阮遊天台圖

鰲岫和雲連碧落幽溪野徑穿林薄瑤草雲芽是處生擕筐挈侶求靈藥金烏西去漸斜暉暮靄千山倦鳥飛相顧欲歸歸失路桃林果熟正紅肥頓識元機摘將食曼倩當年偷不得一啖山桃換骨輕飄飄羽化如生翼懸崖峻嶺旋飛度閱盡纔巖不知數明媚春光過眼新藹然轉出桃源路桃源兩岸花色鮮夐乎仙境非人間胡麻杯飯浮溪面

雙雙仙子立溪邊相逢邂逅猶相識玉顏一笑添春色爲郎開宴玉清壇一盞瓊漿壽千億別遣雙成奏簫鳳迴風一曲更相送歸家童子七世孫天台一度渾如夢名山遺蹟無還有今古流傳是也否何人彷彿費推尋寫來一任丹青手

新柳

未是靈和種還依廣陌長籠煙纔吐綠滴露漸舒黃欲繫韶光住空憐流水忙野橋寒影裏鶯小半身藏

輓姪媳吳孺人

一夜霜風凋玉芝獻椒還誦奉姑詩空懷夫婿封
侯日佇望高堂誥命時繡閣尚留花處女蘭房惟
賸綠衣兒桑榆未到人先逝素挂風開是見期

春暮登樓野眺口占

春樓野望喜晴光麥浪青青疊草黃隔岸梨花飛
似雪覆堤柳絮墜如霜燕銜泥去歸巢濕蜂抱鬚
團釀蜜香可是舞雩偕詠處悠然胸次效曾狂

西瓜燈

製得螢囊未許誇鏤青刻玉似籠紗難邀太乙青
藜照好種東陵五色瓜

鄒氏

松陽縣知縣鄒醒泉清女同邑王新伯壽
室辛年三十二歲

瓶中白牡丹二首

金經一卷曉烟微大士原來是白衣却看名花空
色相還疑明月墮羅幃

縞衣人去幾番風彈指韶光穀雨中富貴自天還
本色只應蘭草素心同

葛秀英

字玉貞句曲人父賈於吳門因居吳秦澹
園鼇之侍姬也初其母夢吞梅花而生玉
貞稍長敏悟過人工詩善奕既歸秦勤儉
持家暇則坐小樓焚香讀書吟咏不輟題
其樓曰澹香即以名其詩愛梅若出天性
年十九卒

弔劉碧鬟二首存一

傾國本來薄福債千秋寃獄幾時伸人間盡是離
憂地除却蓬萊莫寄身

春夜二首

閒庭夜永月華流脉脉癡腸似水柔却笑前人情

太淺反云少婦不知愁

碧羅衫子怯餘寒花向階前帶月看心事愛花兼
愛影夜深猶自倚闌干

白猿峯呼猿洞

奇峯障日何崔巍傳說飛從天竺來仄徑迴沿翳
蒙密呼猿一洞唅岈開洞口有猿億千萬理公呼
來智公飯飯猿猿飽入西山山啼出巴東怨猿
父死（僧智一養猿山間時人謂之猿父）猿苦飢千年不見孫團彌
寺（僧呼猿日猿團彌）天風巖石動水樂猶似哀松韻發時

韓侂胄廢園

舊賜山莊傍翠嵐犬嘷曾媌相公酬流傳一首名
園記愧殺詩人陸劒南

賈似道廢園

當年師相酣遊日援絶樊城勢已窮今日荒園問
遺址月明猶聽叫秋蟲

中秋前一日紀夢

玉繩向夜低如案象緯分明亘河漢清虛聲戞紫
雲迴驀想流年暗中换天風摇動玉連屏不覺銖
衣似縠輕手折芙蓉過瑤闕身騎白鳳到曾城曾
城十二曾遊遍中有青元舊宮殿銀榜椒塗白玉

梁溪詩鈔 卷五十三 七

堂珠簾寶蟄黄金鈿簾開十步障紅紗裾曳流虹
袂帶霞捉臂當年諸女伴相看一一嬌如花低鬟
笑問人間世正話上清淪謫事忽聞鸞鶴半空喧
彷彿人傳導師至導師本住修羅天戒體同持五
百年曾傍團眉弄珠火偶陪法坐湧青蓮衆中一
見頻迴顧粲發玉言齒如瓠似訂重來後會期教
兒莫把前因誤此時恍惚悟前因水月空明自在
身下視塵中成五濁始知天際有眞人須臾雲罅
金蛇掣足下砰訇飛霹靂招摇前擁阿香車十萬
雲師向空立不覺驚疑步屢移觚稜回望已迷離

秋燈四壁光如豆正是星河欲落時

咏風帆

幅幅雲裁就東西任爾吹幾曾行緩緩不解意遅
遅千里催行役三秋别故知但傳歸信好飛到莫
移時

拂詩箋

珠玉詩成也雲烟欲落時未能裁錦幅聊與製烏
絲異日紗籠覆今看綵筆垂香山呼老媪得解亦
如斯

由湖心亭泛舟經三潭印月

梁溪詩鈔 卷五十三 六

三塔始蘇公禁民種菱芰舊址經廢遷萬歷始更
置三潭非三塔名各有所自當其濬潭時標塔以
爲識湖人訛誦傳知一不知二但知塔爲潭莫測
潭所至我聞三潭中深黝不可試往往有光怪陰
火夜潛熾豈有蛟龍宫抑或神異閟安得燬溫犀
一炬燭幽邃恐滋傳聽疑存之姑不議

咏飛花

欲别還期更小留無端零落使人愁晴烟蝶散空
園裡曉色鶯啼古渡頭一片彩雲天外去半簾疎
蒦雨中休春䰟未識歸何處曾否飛回十二樓

載咏落花二首

老去鶯歌蝶夢閒亂紅無數點苔斑芳菲原自來天上盤冶寧容久世間風雨漂搖非嫉妬色香榮悴悟循環惜花我獨添惆悵直待春來再展顔

酷把名花取次芟可憐弱質異松杉飄零幸不隨黃葉飛舞會來點碧衫魚唼青波遊園圃燕銜香砌話喃喃荼蘼開後休言了桂子秋風尚滿巖

珍珠蘭

庭階珠樹不聞香珠綴蘭叢體自芳欲綰同心心萬點宛霏肩玉玉千行自然釵朵連鬟插多謝花

師結線裝珍重品題誇十斛也傳幽韻寄三湘

立秋

久苦炎威逼欣逢夏令終秋來梧葉裡人醉藕花中玉露溥清曉羅雲淡碧空甘霖仰望切坐得滿

秋風

賦得不知秋思在誰家

星稀河淡漏聲遲樹杪香風徹夜吹一半秋光分去候幾多桂子落來時月明處處爭先望露冷家家只自思地白鴉栖花盡濕中庭静寂有誰知

蕅絲

繞指閒情縷縷長風前脉脉淡生香寸心不斷思千轉只認蓮房作故鄉

荻花

烟凝鴻雁沙邊路月映藤蘿石上洲兩岸荻花寒瑟瑟夕陽帆影一江秋

四時閨詞四首和夫子原韻

碧桃含露暈朝霞小立閒堦印淺沙珠箔高搴招舊燕金鈴低繫護新花調琴欲罷香重換鬬草將輸袖半遮寂寞翠樓人意懶東風偏惹柳絲斜

戲拈紅豆笑相投試問腰支似舊不午浴冰綃嫌

洗粉晚妝雲髻怕沾油生憎碧藕花雙朵最愛紅簾月半鈎今夜差涼清簟滑枕函斜墮玉搔頭

清砧玉腕不辭勞也解悲秋讀楚騷低蹴鳳翹盤綵線薄梳蟬翼膩蘭膏金徽天上星光小紈扇樓頭月影高乞巧試邀諸女伴漫陳瓜菓切鸞刀

殘雪初消暖氣臨芙蓉花簇合歡衾重垂繡幙留香麝淺泛流霞醉鬱金冰凍蟾池吟未穩霜凝鴛瓦冷難禁窗前一片玲瓏月轉到梅梢夜已深

折梅

一枝堪折取玉骨冠羣芳月淡無疎影春寒有暗

香

咏竹

竹性本堅貞霜威寒不怕勁節豈受憐虛心宵自
下

村居卽景

芳草池塘外垂楊夾岸齊雨餘山樹碧水漲小橋
低幾處飛新燕一村啼晚鷄誰憐畫樓上幽怨夕
陽西

題畫梅

潑墨圖成淡更宜宛然索笑放疎枝寒霜急雪原

非愛咋此生平無故知

題明妃出塞圖

絕塞揚兵賦大風旌旗依舊過雲中他年重畫麒
麟閣應讓蛾眉第一功

村夜

村居宜靜夜好景足幽棲雲樹攢星小茅檐帶月
低寒鐘林外度輕靄竹邊迷最愛無人至柴門繞
碧溪

月夜觀梅適雙妹至

庭梅花放滿疎枝不受殘冬氷雪欺臭味交融怸
色相鉛華洗淨見丰姿恰當夜靜人閒候好趁風
微月朗時知已於今重握手尊前稠疊話相思

春日遊靈巖山

波影山光到處新綠楊烟外草鋪勻菜花黃隔村
橋路松蓋青圍洞壑春絕頂縱觀銀世界隔湖微
點翠烟鬟館娃誰與巡芳徑惟有鶯聲解喚人

新柳 用漁洋山人秋柳韻

東風喚醒百花魂又到錢唐蘇小門幾曲畫闌添
舊影一灣流水蘸新痕輕盈半倚桃花岸旖旎全
遮芳草村寂寞翠樓人獨倚陌頭哀怨總難論

柔脆何堪耐雪霜婷婷嫋嫋拂池塘玉關人去休
吹笛金縷衣成不用箱白傅老來猶憶素旗亭歌
罷尚傳王應知青曆浮紅暈看到裴公碎錦坊
曾記金籠放雪衣於今風景已全非蛾眉淺掃如
君少青眼相看似我稀夢裏鶯兒偏嚦嚦愁邊燕
子故飛飛銷魂半在銷魂樹脈脈無言心事違
似無情處最堪憐萬縷千絲鎻暮烟也愛風流新
綰結只嫌輕薄軟如綿章臺近日攀誰手灞岸曾
經別幾年又值春風三月節等閒怕近畫樓邊

種蘭

一束春盈袖連叢淡掩香青苔原可伴曲徑未全
荒何必黃磁斗相看白玉房幽庭詩思在結佩向
誰芳

訪吳夢梨墓不見弔以二絶

宿草原知隱畫裙難尋孤塚太湖濆育教青鳥傳
芳信先遣橫風掃白雲

天仙合住蕊珠宫回首香塵萬事空風雨不情休
再妬梨花無夢月明中

咏紙鳶

好借東風力輕飛送上天長繩孤鳥外片影夕陽

邊燈火搖清漢箏輪響遠繞小樓寒意淺纖手出
窗前

芍藥

殿春花發名娄尾最數珍奇白玉盤看到此花春
欲去月明猶自倚闌干

送春

清江翡翠見蘭苕幾樹蒸紅遍小橋正是江南好
時節妬花風雨夜蕭蕭

夢餘芳草絆池塘嫩綠初肥日漸長燕子不知春
已去銜泥猶帶落花香

春海棠

坡老詩情昨夜催紅妝高燭看千回柔姿合倩輕
陰護豔色休教妬雨摧睡醒橫釵深禁裏飄餘翟
錦曲江隈庭花滿院香無數羅隱錢塘手自栽

綠牡丹 限紅字

名花供奉翠雲中一色橫闌曉露叢却借狀元袍
上綠不拈妃子指頭紅苔圍深淺濃陰蔽柳映高
低細雨濛若使瓶栽青玉案當應護碧紗籠

禪房美人焦

紅蘭髻子青羅扇瀟洒雲團倚美人聽偈宛黎清

淨界散花猶殢豔陽春窗前入夢知非鹿檻外聞
香意絶塵空色總教無着相山鐘不管柳枝新

端午弔屈大夫

離騷八共讀弔古孰深情蒲綠榴紅日空餘簫鼓
聲

觀競渡

燦爛雲龍舞百回之而欲動浪花堆莫教天上歸
飛去紅雨紅風冇漫催

艤榜難移淺著篙萬花團裏簇金鼇酒旗茶版知
多少坐看拏雲潑浪高

欲雨微晴半夕陽一聲聲遠聽微茫捲簾人去歸舟晚小隊笙歌韻亦長

淡月微明水上烟江香人影暗江天嚴城不閉更初動金鼓猶喧掛耳邊

新月

雨過雲浮卵色天一鈎新月掛窗前嫦娥何事妝臺懶淡掃春山剩半邊

茉莉

一叢香粉晚烟低記取梢頭欲放齊爭似明珠十萬斛貢花成隊日初西

綠勝筠籃巧樣誇南街北巷競芳華閒庭亦有波斯種來看侵晨待放花

藕絲

繞指迴環力更微柔腸如許是耶非將離隱約思千縷欲剪纏綿吐幾團萬里遙情愁縹緲一宵涼雨夢依稀笑伊柳絮隨風動只送輕花逐燕飛

哭四姊

姊妹相從十七年那堪今日淚如泉無端一夜西風急吹折芳蘭劇可憐

芳魂莫化蝶還家明鏡塵蒙掩碧紗一院蛩聲人不見墻根開落斷腸花

今生無處寄相思夢裡相逢覺後疑不信紅顏偏薄命料應天亦妬蛾眉

羅衫葉葉最堪憐不是天仙即地仙（用牡丹亭句）此日幽明成永隔願生西土願生天

秋夜

凄切蟲吟訴斷腸聲聲悵觸黯然傷不知今夜天邊月可照離羣雁一行（時四姊新亡）

燈輝簾影兩無情聽過初更又二更瞥見螢飛星一點美人來也片魂清

對菊

九日黃花瘦三秋白露寒幽芳誰採掇未許俗人餐

寒閨夜雨

寒風吹過雨絲絲病起深閨強自支一片閒愁消不得燈花影落晚窗詩

燈下瓶菊影

疎影凝寒却自妍數枝瓶菊倚燈前亂塗墨本花生態直訝東籬醉米顛

送四姊殯

咏不倒翁

笑爾空虛腹名傳不倒翁衣冠榮采繪几席狎兒童强項頭偏直長鬚貌更豐任人驅拜舞隨意面西東足縮泥塗混顏酡粉飾工慣將蒲作劒輕訶竹爲筒一撲腰難折千回力不窮未曾蹉跌處搖擺出羣雄

書中乾蝴蝶

幾回團影下籬垣今日香芸伴粉痕螢火暫陪光易滅仙衣未化夢猶存半簾花影千行字一卷吟思萬里魂最是形容堪入畫下帷珍重主人恩

賦得心會眞如不讀經

理障都除淨禪魔一洗空神超諸象外悟徹太虛中執著翻成碍支離覺愈蒙會心原不遠豈藉讀經功

題舉案齊眉圖

廡下名姬洵可欽食貧尤愛凛閨箴尊前獻壽心常在椒頌還宜付瑟琴

才子何勞强畫眉相夫聞教亦吾師殷勤只爲躬箕帚飲水還同捧玉巵

讀曲歌

鏡臺香奩嘆塵封露泣烟啼那得逢剩我危巢孤燕子懶窺簾影閉重重

靈輀欲動酹椒漿蝴蝶錢飛路渺茫此去夜臺逢故父料應淒切訴迴腸

杜鵑啼處月黃昏杯酒空澆濕墓門恰似名花嬌欲放滿天風雨葬春魂

生人死別最堪悲一日難忘十二時可惜虎邱山色裏更無人立斷腸碑

呈春林先生

如此清才逈出羣襟懷意氣薄如雲青衫落魄名

偏貴天下無人不識君

題傳紀雜詩

窗前花氣透輕紗妝罷凭闌心事賒昨夜夢迴何處覓分明春在海棠花

翦翠秋波珠淚滴斷紅雙臉鬢雲斜春風暗裡荼蘼半蛺蝶無情尚殉花

夢飛鴛帳別魂消鏡裏雙蛾懶去描十二闌干誰倚遍鶯聲啼碎落花嬌

日高花影叠珠簾新恨還將舊恨兼鸞鏡不知藏色相病容延上小眉尖

看月莫看花，花開容易謝。怎如一鈎月，年年照清夜。
愛鏡莫愛月，盈虧易更變。那及瑤臺鏡，朝朝還見面。

偶成

春風靄如玉，新柳碧如烟。花氣嬌初日，月明寒暮天。

盆梅

不住山中不倚簷，圍爐小閣貯神仙。安排短榻窗横月，徙倚平闌袖拂烟。白石青苔原有主，翠禽縞袂又何年。春風到此應無價，品供幽蘭與後先。

梁溪詩鈔 卷五十三 二十九

瓶梅

一枝清影伴書函，硯沼浮波春色含。欲訪孤山林處士，高情還就此中探。
何必羅浮夢裡遊，淡紅淺碧歲華流。爲邀寒影窺仙客，向晚窗開月浸樓。

郊行

野外桃花紅可憐，可憐紅破暮春天。孤村寒食間啼鴂，回首蒼茫落照邊。

庚戌上巳隨夫子遊虎邱山分韻得秋字

霸闔片石剩千秋，大好名山紀勝遊。百八層邊柳色暝，一天門外夕陽收。孤祠雲白風流杳，香篆春殘今古愁。依約歌聲何處起，棗花簾子小紅樓。

春日舟行懷亡姊元秀

一望雲烟繞，舟行欲斷魂。鶯啼溪畔柳，花落雨中村。往事何堪憶，新愁孰與論。酒帘微颺處，暮影到柴門。

主母夫人寄綵花蕉扇賦以呈謝

舊識蘭閨阿母賢，仁風披拂鏡臺前。輕於紈扇清于水，書作鸞紋錦作箋。續命綵絲同結就，宜男芳草共流連。提攜珍重難拋手，六月生凉共一天。

梁溪詩鈔 卷五十三 三十

戲作十索詩呈夫子

東風淡如烟，柳線縈簾幙。蝶粉殉花魂，春愁更無著。帶褪小腰支，從郎索丹藥。
一夜杜鵑聲，叫徹春歸半。微雨醉飛紅，風絮池光亂。鶯語破朝眠，從郎索金彈。
畫閣悄無人，綠樹斜陽晚。研翠更調朱，刺繡工夫損。弄筆寫鴛鴦，從郎索藍本。
君咏合歡詞，妾譜同心曲。花舒小苑香，簾捲遥山綠。莫負好風光，從郎索春醁。

顏色嬌如花春日新妝靚妝罷倚郎時郎如玉山
映對花自疑醜從郎索明鏡

昨夜小雙鬟與郎賭玉珮曉起試妝時故把搔頭
碎半羞半欲嗔從郎索新愛

薄觀碧羅衫汗溢芙蓉而瀟洒晝簾中新浴人如
倦湘簟倚斜曛從郎索紈扇

秋色醉寒花一院飛黃蝶西風剪袷衣捐却蒲葵
箋試欲寫柔腸從郎索紅葉

落日掛簾鉤紅映遙山樹暝色赴春愁小庭半烟
霧人在畫圖中從郎索新句

今古黑心符藉口天涯遠迴文錦字愁高樹盤中
怨欲定生死心從郎索情劵

賦得燕復來巢

簾捲春風罷曉妝一雙紫燕復飛翔似曾相識穿
珠幙旁若無人集畫堂嫩綠裁成添麗景落紅銜
入有餘香庭前舞罷喃喃語細訴思君歲月長

賦得四月清和雨乍晴

清和天氣雨初晴薄暖輕寒布穀鳴濃綠口烘枝
弄影落紅風送砌無聲秧浮新水烟簑濕麥刈黃
雲雨笠輕山翠乍添當戶落葵心傾處夕陽明

杜鵑花

千年遺恨寄芳叢魂化西川遍海東林外三更啼
夜月枝頭萬點泣春風火燃客葉層層碧霞落幽
階簇簇紅金谷若令栽滿地珊瑚渾不數玲瓏

詠白榴花

豔質遙從西域來胭脂洗淨傍瑤臺淡妝不受紅
裙妬粉蕊偏迎赤日開五月江梅疑未落千枝瑞
雪漫成堆冰肌一任炎威逼蒂結千房子暗胎

秋日隨夫子遊虎林雨舟晚過吳江

忽漫成行客人浮水國艘濕雲移縣堞暝色入船

窗秋冷憐衣薄燈明照影雙夜舟何處泊聽雨到
吳江

舟中即景

泛棹江城烟水寬白蘋風緊浪花團滿湖漁艇初
收網白小盈筐到處看

稻隴如雲一半黃風吹蘆荻野蒼蒼掛帆高下看
無數錯認山光壓水光

西湖登樓望月

十里湖光縱眼看爛銀盤照水晶盤疎疎柳曆烟
初暝淺淺簷牙露未寒半壁樓臺藏鏡裏幾家燈

火出林端愧無詩思蒐吟料怕説尋詩路正寛

小有天園

翠屏深擁鬱青蒼坦道升梯妙境藏門外古槐迎客拜嶺頭仙藥借風張泉通石罅巖根濕崖纍苔花字裏香最愛觀魚池上坐在山滋味勝濠梁

淨慈寺

天外鐘聲嶺外樓紅雲萬朶壓清秋層層寶刹南山社仙佛連龕似一舟

雙投橋

清波門外月黄昏水面雙投認舊痕贏得秋風八

競指一雙菡萏是香魂

天竺寺

青松翠竹郎楊枝點點如珠露滴時照見此心塵不染夢泉階下碧蓮池

雲林寺

覺場眞勝絶峯勢舊飛來傑閣華嚴現虚堂大樹開吟魂迷宋駱禪悦契宗雷欲騁蓬萊望南屏梵放催

遊花神廟憩竹素園

葛嶺注西峯沿堤幽討畢竭來訪名園恰傍散花室廊要緩周垣粉墨煊丹漆朱戸雙扅扃穠花數枝出曲徑導園丁交闵開屈戌士女覺丰昌草木愛明瑟鹿柴緑苔侵鶴蘭紫茸茁小溪引清流一雨泉聲嚐堂思緑野開莊與平泉匹蓋臣致政閒及此翻芸帙坐久别山池仙源恍如失

白公堤

衣帶恰還花市緑裙腰欲鬬草痕齊金昌亭畔孤山側今古銷魂兩白堤

蘇小墓

何事紅塵埋白骨也留青冢向黄昏因知著得人

憐泉不復風前些汝魂

六一泉

爲憶歐公題六一試參潛老證僴禪十年一覺黄州夢湖曲春風又禁烟

鞠香墓

夕陽芳草認題珉淒斷湖脣碧水春搜遍侍兒名錄古教人疑是竹夫人

林君復放鶴亭

猒下巢居閣還登放鶴亭胎仙今化雨處士昔沈星秋菊寒泉白疎梅石薛青湖山清絶處高跡想

鴻寔

秋日隨夫子汎舟湖上泊段橋采菱倣竹枝體十首

一湖秋水碧如烟欲采菱時趁曉天試蕩瓜皮艇子去相將直到段橋邊

柔櫓輕舟水面浮湖光山色弄新秋翻嫌菱刺多傷手不及蓮花有並頭

湖上女兒結伴呼白蘋風起外堤湖斷橋流水皺山影一幅天然好畫圖

秋老菱稀落日凉菱絲不斷見生香可憐空有絲

千尺試問柔情誰短長

清波門外菱葉齊采菱舟過白公堤雙投橋下無情水萬古東流不向西

處處菱窠映碧空東西南北颭秋風湖心剩有波如鏡無數樓臺倒影中

風起凉生白苧衣踏歌迴棹疾如飛生憎菱蔓偏多事絆住郎船不放歸

菱花曾照美人魂點綴西湖水亦溫試看遶湖山萬叠烟鬟雲髻月黃昏

不同萍實甜如蜜絕勝鷄頭子太多借問六橋桃李樹可能秋老醉笙歌

南高峯頭月色低西泠橋下水平堤勸郎莫再迴舟去月落歸遲恐路迷

觀潮

隱約中流匹練來駕山橫海雪成堆委輸一氣迴風掣始信韓蘇天下才

採菊二首

幽人在何處芬芳猶閉藏我心淡若此結榦依巖霜

依依君子室覆影盤孤松芳心時一吐宛呈冰雪

容

賦得水底芙蓉返照妍

金烏飛向水晶宮仙子凌波耀玉容淨洗紅妝光愈豔倒懸明鏡影俱濃十分春色秋江滿一派寒流夕照鎔蜀錦千層波萬叠爭妍不許白雲封

立冬

陽管初調律辛盤欲借春上階添映日吹幔動飛塵漸覺房櫳冷相看梅柳新殷勤抽弱綫羞作等閒身

賦得不道梅花也怕寒

天惜梅花開故遲春風不早上疎枝爲嫌白遜三分後㝛令香生六出時玉骨本同松栢性氷肌原具雪霜姿嚴威逼處休疑怯斂却精華只自知

春夜

氷輪如水映簾櫳欲寫迴文句未工正是夜長人不寐一聲天外聽歸鴻

幽閨無那怨更長繡被初薰百和香風竹亂敲人不見挑燈誰語怯空房

咏李花

葟綃吟就最分明種出天台號水晶寒草有名長

十八此花應與共生成

移居別燕子

梁間雙燕子飛掠舊堂坳記取來春社休歸此地巢新居桂樹低檻外梅梢珍重紅絲繫相隨莫漫拋

四月初八日

浣花天是麥秋天回首春過又一年出世佛應長住世齋心默祝寶幢前

虎邱觀競渡

逐隊笙歌過畫橋龍舟奪錦繡旗飄爭看水面飛如箭絶勝錢塘萬弩潮

遙山埳影夕陽沈疊鼓聲高出柳陰兩岸倚樓紅袖女一齊回首向波心

佛手柑

堆盤髣髴指頭禪種出瞿曇金作仙鹿女嗅花香一握鴿王持鉢影孤懸莫教新柳鸝聲喚待寫祥光卍字宣便說兜羅終不壞中無敗絮體原堅

咏竹夾膝 俗名竹夫人

寵蒙舊咏劇堪思繪出夫人冷淡姿生長名園原有種前身斑管愛題詩

竹牀氷簟是吾曹清韻涼生白玉搔千眼薰籠同製造趨炎世態此偏逃

中元日憶四姊元秀

三度中元夢已賒路旁青塚隔天涯招魂那得明星草插案惟供洗手花秋月乍圓人更杳暑荷猶放葉偏遮一行姊妹今誰在千日詩思恨轉加

青廬夫人歸寧過蘇郎席口占兼以贈別

蜀錦書成柳絮詩小郎詞賦並參差瑤池欲赴元君約紗幔先瞻侍女師握管生香憐翠袖開簾得月捧清巵相依脉脉情何限可訂重來後會期

賦得桂子月中落

桂子氷輪滿離離墮碧空實垂拋鷲嶺蒂結自蟾宮拾去黏香露吹來藉晚風一枝憑折取指點月華中

秋夜泛舟石湖

山水東南勝宵深景愈幽飛來半輪月吟向一湖秋崖斷閒雲補濤奔疊嶂浮空明相映徹疑是入瀛洲

女子顧蘊昭輝校

梁溪詩鈔卷五十三

梁溪詩鈔目錄卷之五十四 一流寫

梁溪詩鈔卷五十四

梁溪顧光旭華陽氏集

流寓一

東漢

梁鴻

字伯鸞，平陵人。博覽不爲章句。學家貧，牧豕。嘗誤遺火，延及他舍，悉以豕償之，不足，願以身居作。耆老敬異焉。孟氏有女，狀肥醜而黑，擇對不嫁，年至三十。父母問之，曰：欲賢如梁伯鸞者。鴻聞而聘之，所謂孟光也。共入霸陵山中。出東關，過京師，作五噫之歌。肅宗聞而非之，求鴻不得。鴻易姓運期，名燿，字侯光，居齊魯之間。有頃，去適吳，依大家皐伯通，居廡下，爲人賃舂。每歸，妻爲具食，不敢於鴻前仰視，舉案齊眉。伯通察而異之，曰：彼傭能使其妻敬之如此，非凡人也。乃舍之於家。鴻潛著書十餘篇。及病卒，伯通等葬之吳要離冢傍。節後漢書本傳

適吳詩

遊舊邦兮遐征，將遙集兮東南。心惙怛兮傷悴，忘

一作志菲菲兮升降欲乘策兮縱邁疾吾俗兮作讒
競舉枉兮錯直咸先佞兮㖞㖞固靡慚兮獨建冀
異州兮尚賢聊逍遥兮遨嬉纘仲尼兮周流儻亡
覩兮我悅遂舍車兮卽浮過季札兮延陵求魯連
兮海隅雖不察兮光貌幸神靈兮與休惟季春兮
華阜麥含英兮方秀哀茂時兮逾邁愍芳香兮日
臭悼我心兮不獲長委結兮焉究口䛕䛕兮余訕
嗟恇恇兮誰留

五噫歌

陟彼北芒一作邙兮噫顧瞻一作覽帝京兮噫宮闕崔

巍兮噫民之劬勞兮噫遼遼未央兮噫

思高恢漢書鴻友人京兆高恢少好老子隱于華陰山中及鴻東遊思恢作詩二人遂不復相見恢亦高抗終身不仕

鳥嚶嚶兮友之期念高子兮僕懷思想念恢兮爰
集茲

唐

陸羽

字鴻漸隱苕溪自稱桑苧翁貌寢口吃而
辯好聞人善多規切與人期雨雪虎狼不
避也闔門著書或行野中誦詩擊木徘徊
不得意輒慟哭而歸或云自太子文學徙
太常寺太祝不就撰茶經三卷

歌太和中復州有一老僧云是陸弟子常諷此歌

不羨黃金罍不羨白玉杯不羨朝入省不羨暮入
臺惟羨西江水曾向金陵城下來

會稽東小山

月色寒潮入剡溪青猨叫斷綠林西昔人已逐東
流去空見年年江草齊

李隲

字號未詳洛陽人肄業惠山寺官至御史

中丞上柱國賜紫金魚袋

惠山寺肄業送僧懷坦上人有序

太和五年四月予自江東將西歸洛陽路出錫
邑因肄業於惠山寺居三歲其所諷念左氏春
秋詩易及司馬遷班固史屈原離騷莊周韓非
書記及著歌詩數百篇其詩凡言山中事者悉
記之於屋壁文則不載其寺曾昌末經廢毁屋
室殆無存者去年蒙恩自禁職出鎮鍾陵鍾陵
與毘陵地不相遠而惠山居其屬邑聞其寺復
置會錫邑宰去年過此留宴數日今於予爲故

人因寓書請再題焉嗚呼自太和癸丑至咸通已丑三紀餘矣念邑中居人與僧居在惠山與寧兩寺者今無人焉染翰增悲復何言爾咸通十年二月一日江南西道都團練觀察處置等使中散大夫檢校左散騎常侍使持節都督洪州諸軍事兼洪川刺史御史中丞上柱國賜紫金魚袋李騭題記

流水何山分浮雲空中遇我生無根株聚散亦難固憶昨闢龍春巖棲侶高步清懷去羈束幽境無滓汙日落九峯明煙生萬華暮茲歡未云隔前集

倏已故四時信難留百草換霜露離襟一成解悵抱將何論驚泉有餘哀永日誰與度緬思孤帆影再生重江路去去忽悽悲因風暫回顧

自惠山至吳下寄酬南徐從事

不接芳晨遊獨此長洲苑風顏一成阻翰墨勞空返悠悠汀渚長杳杳蘋花晚如何西府歡商念東吳遠瑤音動清韻蘭思芬盈畹猶及九峯春歸吟白雲巘

皮日休

字襲美一字逸少襄陽人隱居鹿門性放誕自號間氣布衣嘗寓無錫與陸龜蒙魏璞泛舟芙蓉湖共爲烟水之遊咸通八年進士第崔璞守蘇辟軍事判官入朝授太常博士黄巢亂避地會稽依錢氏卒

五瀉舟

何事有青錢因人買釣船潤容兼餌坐深許共蓑眠短好隨朱鷺輕堪倚白蓮自知無用處却寄五湖仙

樵谿

何時有此谿應便生幽木橡實養山禽藤花蒙澗鹿不知產蒸薪願當歌棫樸君知天意無以此安

吾族

樵叟

不曾照青鏡豈解傷華髮至老未息肩至今無病骨家風是林嶺世祿爲薇蕨所以兩大夫天年自爲一作爲自伐

樵徑

蒙籠中一徑繞在千峯裏歇處遇松根危中値石齒花穿泉衣落雲拂芒鞵起自古行此途不問顛與墜

樵歌

此曲太古音由來無管奏多云採樵樂或說林泉
候一唱凝閒雲再謠悲顧獸若遇採詩人無辭收
鄙陋

泰伯廟

一廟爭祠兩讓君幾千年後轉清氛當時盡解稱
高義誰敢教他莽卓聞

惠山聽松菴

千葉蓮花舊有香半山金剎照方塘殿前日暮高
風起松子聲聲打石牀

懷錫山藥名離合二首

晴賓養泉容決決明園護桂放亭亭歷山居處當
天半夏裏松風盡足聽

曉景半和山氣白薇香清淨雜纖雲實頭自事一作
是眠平石腦側空林看虎羣

宋

楊龜山先生

先生名時字中立號龜山南劍將樂人熙
寧丙辰進士第熙豐之際河南兩夫子講
孔孟絕學於河洛之間先生調官不赴師
明道於頴昌其歸也明道目送之曰吾道
南矣明道沒又從伊川於洛一日伊川瞑
坐先生與游酢侍立不去伊川覺門外雪
深一尺矣先生講道於錫十有八年喻工
部樗首得其傳東林其講學地也時有勸蔡京宜引舊德者會高麗使歸言高麗主問龜山安在乃召爲秘書郎歷除邇英殿說書上言九節度之師當立統帥童貫蔡軍之罪宜正典刑除右諫議大夫時割三鎮以講和先生極言不可會李忠定公綱罷太學生伏闕上書朝廷欲防禁之遂以先生兼國子祭酒因論王安石邪說之害乞追奪王爵毀革配享未幾乞祠高宗即位除工部侍郎尋以龍圖閣直學士提舉洞霄宮已而告老卒謚文靖

此日不再得

此日不再得頹波注扶桑躚躚黃小羣毛髮忽已
蒼願言媚學子共惜此日光術業貴及時勉之在
青陽行矣慎所之戒哉畏迷方舜跖善利間所差
在毫芒富貴如浮雲苟得非所臧貧賤豈吾羞逐
物乃自戕胼胝奏艱食一瓢甘糟糠所逢義適然
未殊行與藏斯人已云歿簡編有遺芳驕顏亦顛
徒要在用心剛譬猶千里馬駕言勿彷徨驅馬日
云遠誰謂阻且長末流學多岐倚門誦韓莊出入
四寸間雕鐫事詞章學成欲何用奔趨利名場挾

策博簺遊異趣均亡羊我懶心意衰撫事嘆遺忘念子方妙齡壯圖宜自彊至寶在高深不憚勤梯航菰菰定何求所得安能常萬物備吾身求得舍即亡鷄犬猶知尋自棄良可傷欲爲君子儒勿謂余言狂

哀鴻

哀鴻嘗苦饑悲鳴垂其翼朔漠曉霜寒江湖晚烟羃乾坤一網罟高飛亦何益日暮無與羣驚風晻沙磧

送鄭季常赴太學正

驅車出西城眷言與子違北顧臨康衢問子將焉之赤驥度渥洼終當飲瑤池成都九軌道一躍不可追浮塵暗荆棘提徑行多蹊長風戰秋林零露沾人衣青松不改柯期子清霜時

遊武夷

函關崎嶔走秦鹿天下並逐爭羣雄抉雲翻空鼇足折黔黎竄踴如寒蛩武夷山深水清泚避世猶有高人蹤龍泓東注海波潏玉女翠擁秋雲鬆赤霄真骨寫虛壁通泉凡筆慙非工藏舟浮梁跨絕壑隱見似與天潢通當時鷄犬不復見窠巖依舊烟霞籠我來秋杪月旣望尚有幽菊埋榛叢天容洗淨雨新霽雲幕四卷清無風掀篷進櫂窮異境注目想見流殘虹回船杖屨躡幽勝松竹窈窕環琳宮自憐病骨挂塵網幔亭高會何由逢解衣歸臥玉瑣碎仰看明月穿疎篷

岳陽書事

洞庭水落洲渚出疊翠疏峯遠烟沒重樓百尺壓高城簷瓦參差倚天闕湖光上下天水融中以日月分西東氣凌雲夢吞八九欲與溟渤爭雌雄澄瀾無風雨新霽一日萬頃磨青銅琉璃夜影貯星

漢騎鯨已在銀河中湘妃帝子昔何許但有林壑青浮空蒼梧雲深不可見遺恨千古嗟何窮須臾晦冥忽異色風怒濤翻際天黑乘陵瀬壑走魑魅渟滀百怪誰能測忽看舟子玩行險更欲飛帆借風力安得晴雲萬里開依舊寒光浸虛碧

寄范正甫

羇窮莫厭如牢囹從古功名出屠販男兒不負縣弧心馬革裹尸猶所願君不見淮陰寄食饑貧久胯下英風亦何有逢時吐氣雷電奔金印纍纍大如斗玉門晝夜羽檄驚睥睨欲塹天都城叩關虎

士鬱餘怒科頭奮戟如鵰鷹君從壯年蘊奇策未宜縮手藏柴荆昔人投筆眞豪傑慨然萬里終成名南山白額眞欲老百獸遭之猶裂腦

用韻和早梅

楚國春歸早寒梅處處開月和清豔宿天與靚妝來東閣詩懷動南枝歲律回蕭然氷雪態無處覓輕埃

湘君祠

鳥鼠荒庭暮秋花覆短墻蒼梧雲不斷湘水意何長澤岸蒹葭綠籬根草樹黃蕭蕭竹間淚千古一

悲傷

挽鄒忠公二首

一伏青蒲上三年瘴海濱泉甘不出戸客醉豈無神報國心長在知恩志未伸追懷垂絕語空有淚盈巾

舊德今誰在凋零已不多雲天開日月陸海自風波空嘆無齡蔓俄聞曳杖歌平生濟川意無處問施羅

席上別蔡安禮

故里相看眼暫明一尊聊此語平生杜陵蚤被微官縛元亮今為世網攖長路關山吾北去春風梅嶺子南征結隣莫負當時約早晚滄浪共濯纓

望湖樓晚眺

斜日侵簾上玉鉤簷花飛動錦文浮湖光寫出千峯秀天影融成十里秋翠鷸翻飛窺淺水片雲隨意入滄州留連更待東窗月注目晴空獨倚樓

翁挺

字士特號五峯居士有集崇安人累官考功員外郎建炎二年罷歸寓邑之膠山山有泉名寶乳久湮塞挺坎山得源甃池結宇其上署曰蒙齋為文記之

晚坐碧雲塢 塢在膠山

夕陽巔將沉缺月遲未吐滿眼玻瓈堆翻疑夢中覩

讀許太史祭黃長睿文

祕書丹旐返旅殯尚丹陽海路三山遠江流萬古長交情惟太史傳業冀諸郎誰與銘泉壤臨文淚數行 東觀餘論附

翟汝文

字公巽丹陽人登進士第累官浙東安撫

使紹興初拜翰林學士除參知政事忤秦檜罷歸汝文精於篆籀尤善書愛錫山水之勝終焉門人私謚忠惠先生有集

焦山

水輪依風負坤輿百川東流同灌輸掀巾之陂莽吞受沃焦之山初不濡雲根終久插江湖狂瀾滔天隨卷舒空神迴標避突兀海門排霄岌相扶僧居蠔山逃向背佛宇蜃氣成吹噓我遊元冬崖壑枯洪濤濺雨吹裳裾風來駕潮愁海若濆漲跋浪翻鯨魚虞淵咸池相蕩潏月阿日窟漂方隅此身

浮漚一緣聚四大涇相彌空虛鍼鋒懸持妙喜住鼉鼊坐覘焦螟居山中老禪眼於莬香飯遺化分彫胡重淵乖涎舞蛟首方丈宴寢凝熏爐夜寒月黑照濁水乞取壞衲摩尼珠 京口三山志

孫覿

字仲益號鴻慶居士大觀已丑進士政和四年中詞科官至戶部尚書提舉鴻慶宮著有鴻慶集 韵語陽秋東坡自義興歸道經無錫洛社至孫仲益家時仲益方髫齔坡以衡門稚子璠璵器命對仲益應聲曰翰苑仙人錦繡腸坡撫其背曰眞璠璵器也

送徑山僧

桑棗翳一邱風雨鳴四壁晨門響丁丁一笑喜折屐曜仙詩作瘦句有徑山色哀彈發朱弦妙寄追白石虛名子過聽愧卧不能夕歸袖挽莫留淩空看飛錫

湖洑上冢繫舟丁山田舍小憩

清溪三百曲一片春風綠茆屋有人家窈窕閟深竹老去耽田里寓目快新矚風漪卷翠綃雲巘鏤蒼玉尋盟喚白鷗解佩贖黃犢獨嘯無一人傳聲滿空谷

龍隱巖

跳波觸石喧古木抱崖擁老蛟厭泥蟠一笑作潭洞孤峯起嶒崒哀壑浩呼洶腥風禁畫淫凍雨落毛氄凛凛白晝寒瘴髮立盡聳旱氣熏日黃縮爪但陰拱悠然四大海斂此一毛孔安得化爲霖薫葉有光寵

過惠山方丈皡老酌泉試茶賦兩詩遺之

蕭蕭阿蘭若桑苧有故家佛屋倚高寒僧蹊抱攲斜殷勤泉上客流落瘴海涯蛋酒壓梨櫨蠻烹啗蠹蛇光潔鏡一奩照影空自嗟老僧薦茗粥芳鮮

凝露華驅除鼻中雷掃盡眼界花飄飄思凌雲攝身上蒼霞

戰塵霾漢天獵火烕邊地一笻滌垢氛步入青蓮寺耽耽九龍盤一壑埋老翠倚天松骨大粘壁苔髮細道人本臞儒得法妙出世胸中萬斛泉洗盡蔬筍氣天風吹泠泠助我鳴鼓吹名爲不二門聲音作佛事

崇仁縣

萬山攢擁天一笠北風吹雨兩鬢濕饑烏絶叫護巢飛老蛟怒起拏雲立孤城短日碓杵急騎驢渉

渉衝泥入道傍廢井無人汲遺民到今傳舊邑故物漂流百戰餘客子起坐萬感集小驛香醪如雪汁一盃快作長虹吸酒醒寂歷照短檠幽咽數聲隣婦泣

題李營邱畫

酒膽乘酣思如湧戲拈枯筆爲此弄誰令堂上生楓樹自是胸中有雲夢前山歷歷粲可數淺瀨鱗鱗森欲動一嘯參差是故林歸心已遂孤雲縱

題硤江蕭氏菴

雪屋清如洗雲崖翠作堆破扉風自掩敗壁雨先頽野色初還柳林香尚有梅滄江千萬頃一鳥鏡中回

宜春臺

聞說宜春好層臺試一登瀧泉悲瑟瑟松雪見層層孤絶烟中寺微茫樹下僧詩工傳寫妙不數畫師能

洞庭善慶堂置酒小詩寄之

幽絶小蓬壺參差見書閣青山四出一碧水平鋪洲葉紅相照沙草細欲無蓮房駢百子橘圃聚千奴布穀休催種提壺且勸酤楚腰飛燕燕秦缶

和烏烏便旋驚回雪連娟引貫珠西風催畫鷁落日唱驪駒浩蕩川原隔驚呼歲月徂寥寥清夜夢直擬控搏扶

清明日過胥澤民別墅小集

水滿雙飛白鷺花深百囀黃鸝寒食清明過了一川烟草離離

兀兀三杯曉酒昏昏一枕春融酒醒落花風裏夢回啼鳥聲中

吳門道中

數間茅屋水邊村楊柳依依緑映門渡口喚船人

獨立一簑烟雨濕黃昏

小橋分路各西東寂寂松牎半掩蓬客夢悠揚殘酒裏一池荷葉雨聲中

楓橋寺示遷老

三年瘴海卧炎宵夢隔清楓一水遥萬里歸來悲故物銅駝埋沒草齊腰

翠木蒼藤一兩家門依疎柳抱溪斜古城流水參差是不見元都舊日花

過惠山見舊題

一别名山十五年宦情羇思兩茫然故人半作纍

纍冢只有蒼官立道邊

髀肉消磨馬上鞍塵沙滿眼路漫漫不須更障西風扇爲酌崖泉一洗看

南唐門道上見桃

一徑青苔短短籬小桃竹外兩三枝殷勤待得黃昏月正見斜紅卧酒巵

細紅如糝未全勻洗雨梳風日日新前度劉郎在何處故林空鎖一枝春

胡珵

字德輝晉陵人宣和辛丑進士紹興初史館校勘出守嚴州有蒼梧集楊誠齋序云陳少陽上書德輝視其草投畀蒼梧召用爲郎又以參政李公泰發之客見惡於秦丞相坐廢饑寒困窮以死 邑志 理性嗜學著護道錄建炎中避地居錫之甘露鄉

天慶觀觀畫龍

道人龍中來醉與神物會寫茲蜿蜒質日月爲寘晦崩翻江海姿素壁起濤瀨呼吸見雌雄抉石疑可碎蕭森殿陰古泉眞儼飛旆注觀恐騰躍夜半失像繪飛光者明珠靈祕一何怪爛爛照甍棟那得久在外偷兒伺酣睡不怕嬰鱗害願言愼所託未用期一快 梁溪漫志吾郡一作州天慶觀龍姑蘇道士李懷仁所畫懷仁者酒豪不羈嘗

呼龍松江之上狎而觀之遂畫龍入神品過毘陵天慶觀大醉索墨漿數斗曳苕帚裂巾袂濡墨號呼奮躑斯須龍成觀者失聲辟易懼將搏也懷人後不知所終而好事者每呼畫工就龍模寫工運筆之際輒眩暈欲仆竟不能成觀者駭異郡人胡德輝因與客論近世名畫日予每至畫龍處輒諦玩彌時不能休乃賦古風云云

遊秀峯寺

攝身下蓬萊放浪雲水迹非無簡書畏心賞寄泉石亭亭雲間塔勝地聞自昔梯空上青冥如鳥著兩翼化城出天半寶埶坦如席環山劃中斷裂地開震澤峩峩東西峯觀闕倚空碧千尋宋香逕斂卧漣漪直當年館娃宫六月避暑夕琴臺延薰風

萬女曳阿錫牛耳爭齊盟烏喙已薦食百家甬東村託足歸無宅焉知陵谷變大厦響千舄矧茲風塵際樓殿踊山脊安隱大火中顯允象教力輿子浩劫歎萬法本空寂

楓橋

朝辭海涌千人石暮宿楓橋半夜鐘明日館娃宮裏去洞庭呼起一帆風

滄浪亭

昔聞滄浪亭未到滄浪水先賢眇遺跡壯觀亦何侈飛橋跨木末巨浸折湖壘糟牀行萬甕繚牆周

數里廢興固在天庶用觀物理緬懷嘉祐世周道平如砥相君賢相君子美東南美如何一網盡禍豈在故紙青蠅變白黑作俑茲焉始所有醉翁文乖耀信百世無忘角弓詠嘉樹有仰止同來二三子感歎咸興起縹瓷醉新汲毀譽均一洗怨逢醒狂翁一別垂二紀雋哉老益壯論事方切齒我欲裂絳幔推著明光裏安得上天風吹入君王耳以上吳郡志

洪适

字景伯父皓徽猷閣學士謚忠宣适初以父使朔方恩補修職郎尋與弟遵同中博學宏詞科後三年弟邁亦中是選由是三洪文名滿天下适官尚書右僕射同中書門下平章事兼樞密使提舉太平興國宮卒謚文惠初名造後更今名著有盤洲集語見宋詩記事适等母魏國夫人沈氏松年之妹皓官吳時夫人卒不能辦歸葬邑之白茅山皓使金适兄弟依舅氏讀書後适遇蔭補舍其孫密而奏表弟沈自強以報焉

擬古

青青河畔草英英籬邊菊雅雅當窗女濯濯手如

玉淵淵錦中意粲粲未盈幅藁砧天一涯刀頭誤行卜却鏡怨新眙誰教遠山綠

曉發秦安驛

秋夢不能曉起行山徑迷小車驚宿鷺列炬誤鳴雞冷覺霜華重光瞻斗柄低金庭有佳處芳桂想幽棲

酬外弟沈有開見寄

我昔樵李寓君方錫山潛欲馳咫尺書駃足無飛廉相望參與商引首徒遐瞻揭來萍梗蹤遠野得

茅簷獲與譚壘接何詢龜筮占青山整烟鬟澄波開鏡奩喬松與怪柏紛如虬龍髯悠然一望間野色皆可覘范甑飛埃塵墨突寒不黔好友豈厭頻雞黍供炊爛外家三遺珠穎脫皆囊尖交情謝流俗不問凉及炎著鞭挹清風從者屢我淹高論極根源師友識所漸大畧摧治忽細談析毫纖皮裏有陽秋褒貶追齊臧古稱學如殖秋成觀執鎌吾匪董夫子家居下帷幨言經雖敗績寧防整冠嫌抽軋雖成章句鄙不任拈鬮骰且艱澁疵瑕費鍼砭君詩粲珠琲光焰古人兼詎覆傖父酒不道胡

兒鹽陳檄愈頭疾杜詞逐寒痁輕縑邊幅富健筆鋒鋩銛語句旣遒麗格律何森嚴我竊思已竭君方湧泉漆三峽爭倒流未嘗波瀾恬短才愧非正尚期膏馥沾吟罷覺夜永明牕耿孤蟾

寧國寺

幾日山南北端期汗漫遊水痕秋雨過竹色曉烟收宦海何時了僧房爲少留卻尋歸去路餘興漫回眸

題三瑞堂

久矣馳魂夢今登三瑞堂故山有喬木近事話甘棠展驥漸充位占熊憶問祥白雲留不住極目是吾鄉 以上盤洲集

書懷

早歲那知世事艱中原北望氣如山樓船夜雪瓜洲渡鐵馬秋風大散關塞上長城空自許鏡中衰鬢已先斑出師一表眞名世千載誰堪伯仲間

洪遵

字景嚴皓仲子與兄适同中博學宏詞科賜進士出身歷徽猷閣直學士出知平江府孝宗朝召除翰林學士承旨拜同知樞密院事江東安撫使資政殿學士提舉洞

霄宮卒謚文安有小隱集

丁香花

來自丁香國還應世所稀叢生盛花葉亂結胃巾衣冷豔瑤爲色低枝翠作圍蔓連疑瑣骨時見玉塵飛 全芳備祖

洪邁

字景盧鄱陽人皓季子紹興乙丑中博學宏詞科孝宗朝累遷中書舍人兼侍讀直學士院拜翰林學士進煥章閣學士知紹

興府以端明殿學士致仕卒贈光祿大夫謚文敏有野處類稾容齋五筆夷堅志萬首唐人絶句行于世

秋日漫興

一夕西風木葉飛畫梁六月淡餘輝銀燈夜照還家夢金剪親裁寄遠衣霜信早隨新雁至素書深訝故人稀無因爲謝東曹掾鱸熟蓴香莫便歸 野處類稾

寄題兄景伯清閟堂 台州通判廳

昔聞王子猷借宅亦種竹此君固可喜人亦清非

俗伯氏貧而癯一飯不飽肉堂前自經始蘐此無盡綠一官歲强半餘日如轉燭待其長稚子而已牽歸轂何由享嘉蔭償我志願足應煩彼邦人日報平安福 赤城志

鎖闥同葉晦叔作兼簡謝思景 紹興十九年晦叔爲福建帥屬予嘗因春補諸生自于府王遐與同考校鎖宿貢院兩旬

沈沈廣廈清如水市聲人聲不到耳一閑十日豈天賜愳媿紛紛白袍子相逢更得金玉人久矣眼中無此士連牀夜語不成寐往往鷄聲忽驚起是中差樂眞難名昔者相過安得此但憐時節不相謀正臨清明寒食裏梨花已空海棠謝外間物色知餘幾只恐風雨摧折之負此一春吾過矣謝公壽山飽閑暇應笑腐儒黏故紙錦囊得句應已多萬一相思頻寄似 容齋三筆

車駕宿戒幸玉津園命下大雨將曉有晴意已而天宇豁然至晚歸邁進一詩歌詠其實

五更猶自雨如麻無限都人仰翠華翻手作雲方悵望舉頭見日共驚嗟天公的有施生妙帝力堪同造物誇上苑春光無盡藏可須羯鼓更催花 容齋五筆

和朱子淵賦石柏

海底靈根石效奇山經地志不曾知疑紅幻出珠千顆染紫裝成玉一枝鶴骨龍姿隨質見鸞棲鳳宿與香宜元戎高唱眞難和媿我年來筆力衰 夷堅志

范暘文

字景文號葯莊國子生杭州人理宗時與葉李上書詆賈似道竄瓊州元世宗時程鉅夫奉詔求賢與趙子昂等同薦于朝授江浙儒學提舉不赴以子拱爲無錫教授遂卽邑之茅場里居焉

祓楔漳南宿荆溪李家

王程那可緩吟送夕陽西暫泊孤舟處忽聞幽鳥啼青浮山遠近翠合樹高低不敢臨流照塵容愧此溪

酒邊和葉亦愚提舉 亦愚名李

坐來談笑發天眞安得長令酒入唇俗物但知錢使鬼書生能遣筆通神半牕風月聊供醉四壁琴書不似貧八百斛椒機未息夢中猶自兩眉顰

和姜中丞遊金山

兩岸飛塵十丈深誰來此地一開襟渡江人指如

梁溪詩鈔 卷五十四 二四

浮玉建寺僧言舊得金白日懸空天不夜黑風吹浪晝長陰妙高臺上無窮意惟有青山古到今

和張西巖御史

雨歇西風意自如入山所得勝熊魚修廊西畔豐碑在秦觀文章米芾書

悼亡

蒼天不解管人愁眼縱成枯淚自流前有無窮後無盡他生未卜此生休

白頭偕老誓相期豈料中年永別離從此人間不如夢夢中笑語似平時

元

孟潼

字宗鎮世吳人宋信安郡王忠厚五世孫舉茂異爲文學掾累遷松江府判官致仕性謹厚雖處家事有若官政不妄笑語所至以廉能顯雖無赫赫之名而既去必思之信安墓在無錫又其先世有別業在惠山下潼宦遊南北送歸老焉

挽虞薇山先生

桑梓連雲影樞趨愧互鄉道同志易合情浹分俱

梁溪詩鈔 卷五十四 二五

忘舊夢空流水高風企惠陽凝雲凄薤露回首淚沾裳

陳方

字子貞號谷暘又號孤篷倦客京口人省試來吳龔提舉璛以女妻之鄭提學元祐輩皆與之遊晚主吾邑華彥清家最久其詩如門前灌木春啼鳥屋畔長松夜宿雲天寒客裡輕相別花落孤村喜獨來皆爲時所傳誦

陪周隱君謁李忠定公祠

丞相非腐儒慷慨遭國難平生痛哭心忍死抱長筭嗚呼百歲後寂寞誰享祼至今空山中祠宇妥涯岸鳥跡上香臺棲塵落風幔山僧雖異流展像亟稱讚飄飄風塵際黃屋在鼠竄不有左轄尊至今猶扼腕公留人心安公去人心亂桓桓种將軍一鼓鋭而悍所至繫其頸小亂何足懼魏公濟世才安劉在吾祖傾蓋出流離中情始氷泮倉皇青城役慘淡失神觀豈無婁敬策尚足勤修捍落落付空言悠悠惜神斷聲名宇宙間草草入嗟嘆當其涯膽秋毫敵背不汗

送薛仲傑之官建德七十二韻

昔我仁皇臣萬方草木培作楩楠樟書聲瑱瑱出要荒探賾聖奥窺微茫三尺童子走踉蹡譚說性命揮鋒鋩上師洙泗黜管商奴僕五伯尊三王犧尊雕刻塗青黃剔抉陳腐鉏尋常公孫董晁司馬楊稱子大夫奉清光鏗鏘銜牙雜珩璜五色藻藉璧以璋姓名再拜天府藏大可爲柱小則梁黼黻黼結躋康莊四海衣被皆文章丕哉聖謨何洋洋仁義涵濡億載長劉李不敢爲鴈行人皐戶契時虞唐十年變魯機始張海若焉可持蠡量有握朝柄御犬狂妄干天紀紊天綱六經高閣黜不彰如瞽無相行倀倀天子震怒投豺狼快噬腰膂屠腎腸天子曰俞宰相良再徵王度中書堂牓以左右開文場一經不讓左榜强軼之舊制誰能當河東之英孤鳳凰雲錦羽衣金玉相顒出鼓舞爲禎祥舉筆壯士操長鎗揮霍振踔森回翔覽轡宵槖俱在旁一一解析手不創變化慘淡雲低昂天地欻忽高騰驤看花馬鞚青絲韁稱情袍着緋羅香宵沐聖德波湛汪小臣如芥何以償靡蘗爲飯氷爲漿龔黃邵杜臣所望民有疾苦臣必攘俾饑有食

寒有裳婦女樂歲農夫康斯文行世日更昌文星炯炯天中央儉臣總前舊書囊拜頌聖德垂無疆嚴陵厥土爲燥剛雲山蒼蒼水泱泱聞子往矣趣治裝子來徵詩予慨慷歌聲激烈聽必詳毋怪潦倒逾披猖稽首聖德不可忘浙江蕭蕭八月凉江平如鏡一葦航風吹越樹綠可將雨亂江蘋青更芳嗟予僻陋徒悲傷不得與子共一觴一觴於子豈足相頡頏稽首聖德不可忘

徐元度所藏故吕殿帥玉鷹巾環歌

故人示我白玉環二十五珠光夜寒環中角鷹帶

條鏃側立架上廻高翰雄姿欲動毛骨緊揹風勢與秋雲盡未應身軀大踰寸已覺烏獸神凋隕故人指點再三述共說前朝呂家物呂家將軍十萬卒鐵馬突出擢城窟頭上兜鍪生蟣蝨吁嗟此環同白骨朝家正好收旗旄將軍綸巾白錦袍帳前猛士帶得勝將軍此環無與並黃塵冥冥角弓勁北馬驍騰邊革盛將軍慷慨髀肉多夜半激烈生悲歌廻首襄陽跡如掃吁嗟此環共柰何

雲林生惠山圖次韻

佳樹陰森欲礙空畫成夜落燈花紅絕憐帶經自鋤者未忍竟別天隨翁汾河春雲散高柳湘水微

梁溪詩鈔　卷五十四　二八

波綠如酒翁歸天末見青山臨風莫負揮絃手

宿洞虛宮和華彥清韻

眞館時時到仙花樹樹幽西風寒入竹北斗夜當樓頗覺乾坤異寧爲歲月憂乞分筇竹好相伴赤松遊

題治亭

鬱鬱長松滴露梢先皇於此駐旌旄丹楹上下風雲近黻扆中間日月高眞士啟函瞻彩軸小民挽袂憶烏號千秋萬歲爭南紀泰華何能比一毫

遊惠山

僧居高處接雲霞村樹周遭石徑斜細細山泉爭入澗雙雙水鳥共眠沙佛前風動杪欏樹溪上春留躑躅花十五年來頭漸白倚欄仍舊一烏紗

清閟閣

湘簾半捲雲當戶野鶴一聲風滿林纔立簞紋波細細又疑墻影雪陰陰竹搖棐几常開帙花落藜牀獨抱琴不謂世間仍得此恍然飛膈到仙岑

元宵留無錫有感

曾聞故老說前朝今在殊方度此宵月殿不催春

梁溪詩鈔　卷五十四　二九

賜酒風簷空憶夜吹簫已無花影如雲起那有香塵作霧飄滿眼疎狂何所去青松接屋自蕭條

華彥清登常州元妙閣有詩因同韻

地接三吳口人操衆楚音樹迷晴漠漠花亂夕沉沉碧是當時血春非往日心飜思當矢石猶暇惜冠簪丞相戈如雪將軍志比金倉皇驚破竹踴躍念披襟壞堞仍存舊高標獨峙今星河垂綺戶雲霧出珙林鳥去蒼茫濶帆歸迤邐深諸天欣共賞勝地肅同臨突兀雄連棟依微隔遠岑紫霄停廣樂白日閟層陰倒影何多美空歌試一吟悠悠江

海與冉冉市塵侵

焦鼎

字德元號栖霞單父人延祐乙卯進士善書能詩歷工部員外郎遷常州府治中因居無錫

書懷寄趙中丞子敬

大雅音聲久不聞東山纔起獨銷魂乾坤有道來威鳳日月無私照覆盆堂上光陰思荻水鏡中勳業看兒孫片帆高掛青雲表萬里風清待細論

焦鼐

字元舉鼎弟官黃巖知州

至元四年夏旱禱而致雨

旱風驅雨忽盈池涼入燈牕暑氣微天上雲龍方有澤人間草木已增輝蟬聲帶曉投林咽燕羽翻晴掠地飛客裏詩成添好況西城信有稻粱肥

鄭元祐

字明德其先遂昌人徙錢塘元祐幼入鄉校即能盡記同學諸生所授書既而博覽載籍文章豪蕩清談雅韻彷彿晉人邑大姓徐元度楊宏輩延之於家故寓無錫久不喜著書嘗謂學者曰經爲經史爲緯義理之淵藪盡在能得其意者鮮矣况敢私有所論述乎自以脊疾不應薦辟至正中舉爲平江教授後遷浙江儒學提舉輒赴而歸

遊惠山寺

百里盡平壤茲山忽中蟠谽谺得宏深紆徐納平寬僧坊隱其腹崇搆居桓桓立神銜觚稜緣雲置闌干我來元冬交柂舟起微瀾天連黃沙白露委青林丹地無車馬塵松筠政堅完蒼然後彫意彼

此不厭看稍稍涉其厓探源汲清寒恭惟桑苧翁出處良獨難帝青九萬里冥飛見修翰空留雪泥跡莫究清淨觀煮茗滌凡想晏然有餘歡

和薩天錫留別張貞居寄倪元鎮

梁溪歲暮若爲情溪上梅花待曉晴遲雪冷埋山屐齒舊氷夜墮石牀聲內篇攜向松根讀如意持將竹裡行短晷何能理幽事南牕剪燭話寒更

寄金山普衲

金鰲背上蔚藍天長有神龍衛法筵午夜江聲推月上浪花如雪寺門前

王仁輔

字文友鞏昌人兩娶皆吳人故多知吳中山川人物作無錫志二十八卷卒於邑梅里之祇陀村無子門人倪瓚瞻之終其身死爲之服執喪而葬焉

遊惠山寺

紅杜溪頭艤小舟青蓮宇內作清遊土花繡壁淡如畫嵐翠潑雲濃欲流短李清風存古意大蘇團月洗春愁摩娑泉石舒長嘯未羨神仙十二樓

王逢

字原吉江陰人至正中臺司交薦以疾辭避亂於松之青龍江徙上海烏涇又居錫之鴻山自號最閒園丁又曰席帽山人不應張氏之辟而嘗賦瑪瑙椀詩人謂其勸張降元而拒明洪武初以文學錄用亦不起卒年七十著梧溪集七卷錢謙益比諸謝皐羽之流亦過矣顧嗣立曰元吉之詩其志在元則成其爲元而已斯言得之邑志編入明故正之邑志又將王仁輔周砥並編入明周之友馬治仕明未可類及不仕之周王又爲倪瓚師瓚爲執喪並應入元

丙申八月紀事時自鄉里入吳還華館遂卜隱鴻山

寸舌解重圍長歌振短衣不成巢父去空似魯連歸蔡巷沙田薄黄山宰木稀伯鸞吾所慕悔里況魚肥

無錫寓隱謝王左丞彥熙攜酒餞遠過

玉帳旂旌拂紫冥樓船神物護青萍風雲寄擁將軍樹江海孤懸處士星深媿草茅優箭拔未忘蒲柳易飄零竹西歌吹高陽酒喜爲尋春過野亭

徃揚名開化二鄉掩骼

分藩多賢勞不敏忝賓客雖無官守縻亦復與言責二鄉虔劉禍慘甚長平厄先王制禮經孟春當掩骼僕夫有難色欵叚纔任策駸駸度岡坂眇眇循藪澤稍稍煙微青歷歷野四白遊魂行草上遺老候道側我豈物役徒茲來出心臆皇天久下憫赤子非寇敵鴟鳥何不仁銜啄血更瀝因歌戰城南風悲淚狼籍

舟過吳門感懷二首 存一

躍馬橫戈東楚陲據吳連越萬熊貔風雲首護平淮表日月中昏鎮海旗玉帳歌殘壺盡缺天門夢

覺翮雙垂南州孺子爲民在媿黍黄瓊太尉知

天門行

天門高高俯四極寸田尺地登版籍澤梁無禁漁者多瀚海横戈恣充斥去年官饟私敚攘今年私醝官價償屠燒縣邑誠細事大將不死鯨鯢鄉（謂孛羅帖木兒左丞）烹羊椎牛醉以酒腰纏白帶紅帕首定盟歃血許自新禦寇征蠻復何有國家承平歲月久念汝紛紛迫餬口羽林堅銳莫汝攖愼勿輕誇好身手春風栁黄開陣雲虓令始見眞將軍（孛羅帖木兒討方國眞兵敗被執爲求招安至正辛卯歲也）

銀瓶娘子辭　并序

娘子宋岳鄂王女聞王被收負銀瓶投井死祠今在浙西憲司之左逢感其節孝敬爲之辭

蒼梧月落烏號霜寒泉幽凝金井牀綺疏光流大星白夢驚萬里長城亡女郎報父收囹圄匍匐將身贖無所官家聖明知漢主妾心媿死緑縈女井臨交衢下通海海枯衢遷井不改銀瓶同沉意有在萬歲千春露神宋魂今歸來風泠然思陵無樹容啼鵑先王墓木西湖邊

淮安忠武王箭歌題垂虹橋亭

淮王昔下江南城萬竈兵擁雙霓旌錦裘繡帽白玉帶金戈鐵馬紅𩍐纓皂鵰羽箭三十六一一插向鯊魚箙鹿麛書號猿抱木王師所過全生育形弓親授聖天子弓影射入東吳水水波恍漫銅柱標仰見浮屠半霄起王當是時戢武功指顧草樹生春風宋家降璽朝莫得思罷貫革垂無窮浮屠上層龍所宫寶盤紺碧蓮花同弦張滿月報騶發忽露半笴蒳雲中鐃歌喝轟鼓笳競父老頓足驩聲應泗州使返睢陽亡漢關將入天山定兩賢成敗關衰盛雄材逸氣王誰並我浮扁舟吾湖興載

拜何由重安靖猛士經過合深省

讀謝太皇詔藁

半壁星河兩鬢絲月華長照素簾垂衣冠在野收亾命烽火連營倒義旗天地晝昏憂社稷江淮春漲泣孤嫠十行哀詔無多字落葉虛廳萬古思

讀國信大使郝公帛書

西北皇華早東南白髮侵雪霜蘇武節江海魏牟心獨夜占秦分清秋動越吟蒹葭黄葉莫苜蓿紫雲深野曠風鳴籟河横月映參擇巢幽鳥遠僊職候蟲臨衣攬重裁褐貂魚舊賜金不知年號改那

計施音沈國久虛皮幣家應詠蘗砧豚魚曾信及鴻雁豈難任素帛辭新館敦弓入上林虞人天與便奇事感來今公覊旅日有以雁四十餉公內一雁體質稍異命畜之其後雁見公輒張翮引吭而鳴公感悟擇日率從者二十七人具香北拜二人舁雁跽其前手書尺帛親繫雁足且致祝曰纍臣某敢煩雁卿通信朝廷雁其保重欲再拜雁奮身入雲而去未幾虞人獲之于苑中以所繫帛書託近侍以聞上惻然曰四十騎留江南曾無一人雁北乎遂進師南伐越二年宋亡書今藏諸秘監河南主客劉濟齋云

感宋遺事

五月無花草滿原天回南極夜當門龍香一篆䰟同返猶藉君王舊賜恩至元十三年正月伯顏丞相入杭二月起宋三宮赴上都五月見世祖皇帝尋命幼主爲檢校大司徒封瀛國公十二日內人安康朱夫人安定陳夫人二侍兒失其姓浴罷肅襟閉門焚香于地並縊經死衣中有清江紙書云不免辱國幸免辱身不辱父母免辱六親藝祖受命立國以仁中與南渡三百春躬受宋祿羞爲北臣大難既至守于一貞焚香設誓代書諸紳忠臣義士期以自新丙子五月吉日泣血書

梁溪詩鈔　卷五十四　三六

董婦行 并序

婦董滕人劉進妻也進與兄順並以勇稱金季山東亂盜蜂起因共募丁壯保里閈天兵駐嶧山進單騎覘之中流矢死順從家淮南舉室溺淮水董爲宋招撫呂文德裨將所獲欲犯之度不免乃謂曰夫喪不遠家難薦臻一身流離殘在旦夕死生非我有願將軍勿疑夜果生一男先是順以入濟州䛼于石太尉珪曰順有弟不幸没于敵其妻在孕爲南軍拘幽舟中萬一不得收遺息使弟爲厲實順之罪也惟明公是圖石爲發步卒三百人跡其所徃次淮揚始知董所在陰使人偵之生子蓋三日矣及見具道順意董悲感不自勝且抆淚曰妾以姙不得先夫死今幸不辱先所天使有後皆伯賜敢名此子曰伯祐以志不忘遂抱授偵者目送數十步投江以死至正五年秋進元孫士行語其事于逢逢高其節義作詩哀之

北軍南軍和議時兩壘對立龍鸞旗羣雄棋峙國瓦解乃與婦董光門楣星辰錯亂風雲氣乾坤造就氷雪委渾家性命葬魚腹一舸涕淚隨鴟夷長眠自足爲義鬼後死只望存孤兒兒在腹中兵在目憶夫心頭脣消肉日晝慘慘陰靈啼夜黑冥冥波淚觸馬駝磧遠暗塵土鷄犬村空疎樹木嶧山誰收白玉骨蔡州地陷黃金屋太尉前驅明主化招撫姑存寡妻宿羞看人面問消息强通語笑寬覊束伯順兒義勇著鞭鋭士協力鋒爭先道傍弩

梁溪詩鈔　卷五十四　三七

伏荆棘底掌上珠還江海邊將門有後傳世世墓
祭無所從年年湘妃摻袂遡寥廓漢女結珮窮幽
幺縞衣綦巾共縹緲文魚赤鯉長周旋昏亾未久
齒亦喪獨聞其風猶凜然中原山河想如故日斷
幾點滕州煙逢爲是詩已十行復述順一事尤卓卓順旣得伯祐以行時葦死事覺招撫發步卒亟追之賴左右弓弩手散去還白太尉招甚義之處之麾下凡兩致太尉命往覲太祖皇帝于魚兒泊之行營賜金幣鞍馬且命撫循邢磁賛黃十餘城用寧謐上功受黃金符官昭勇大將軍行右副元帥濟兗單州等處管民長官在官十餘年士民翕服晚有子五人未老棄官以伯祐襲其爵爲奉訓大夫濟州管民長官是年至元元年也故錄于詩後以俟執史筆者采焉

毘陵秋懷

老兵爲說劉都統起坐舟中思滿襟幺武城危寒
日短紫駝塵暗朔風臨江山不盡新亭淚天地長
縣卽墨心宋祚未移中道死至今劍井蟄龍吟泊舟常州城下有老兵能道劉都統事劉名師勇山東文安人至元十一年元師渡江過常州知州趙汝鑒遁通判錢彬以城降師勇與都統王安節殿師張彥克復之以姚訔知州事安節出戰不利彥等以衆降師勇登埤拒戰攻圍五十餘日城陷訔戰死安節被執不屈死之師勇從八騎走所向披靡間道赴行在扈二王入閩至詔興疽發背卒或曰國初吳城外僧舍有一老僧長七尺許居十餘年未嘗北面坐人詰其姓名輒不答死之日僧開其篋得師勇官誥豈其人耶抑其騎士耶不可考矣

奉陪神保大王宴朱將軍第聞彈白翎雀引　并序

白翎雀燕漠間鳥也初世皇命伶官石德閭製白翎雀曲及進曰何其末有孤嫠怨悲之音石德閭未之改而已傳焉戊戌冬淮藩朱將軍宴大王于私第逢忝坐末時夜雹霰交下衆賓相次執盞起爲王壽逢亦起王命左右鼓是曲且語製曲之始俾歌詠之逢謂纘事本實左氏所先故鋪陳興龍大略而不暇他及也

幺陰互天雪欲作將軍西第夜張幕銅盤蠟光紅
照灼四坐傾聽白翎雀雀生烏桓朔部落大樸之
氣元磅礴地椒野穄極廣莫穹廬離離散駝駱黃

羊蘆酒雜湩酪鷹狗畋獵代耕穫太王肇基不城
郭青春建纛宵罷柝聖澤滂沛蔓綿絡風淳俗龐
法度約乾端坤倪露沖漠羽毛鱗介並飛躍庭祠
歲饗咽管籥雄次和鳴莫我樂帝皇赫然太陽若
八表晃蕩氛盡却前驅屈盧從繁弱雎盱嘔啞萬
狀錯遂朝玉帛解組縛大明宮開夾花萼文監武
衞盛材略葱珩瑴璧映霜鍔五雲夔龍奏韶濩九
苞鳳凰降寥廓德音威儀匪予度萬姓拭目瞻阿
閣軒轅伶倫兩寞寞八十年來事非昨獯塵雜亂
人道削咬哇哀淫頹聲鑠皇孫讓賢執鼓鐸巾冪

周家窮陽羡溪山之勝有荆南唱和集

登西岡望龍池諸峯贈馬二山人

登臨不陟險緩步情始暢振衣西岡頭矯首一長望朝陽匿光彩宿霧隱巖嶂迴風過林莽草木皆震蕩山人地志熟指顧名所向窮歷吾豈能高情倚疎放平生烟霞志配此邱壑尚思欲逃喧早結茅計非曠緣知兵革後已恐淳朴喪蕭條采芝意臨流重惆悵

寄倪雲林

魯連蹈海不復還嚴陵垂釣富春山雲林一生輕

王侯睨彼富貴如雲浮鯨魚未化北溟水鳳鳥獨宿崑崙邱芙蓉忽然江上開别君已是幾時來知君埽石卧烟島胡獨商巖紫芝老

遊龍巖三洞之間酬馬孝常

商巖紫芝久不采淮南丹書竟安在仙人勸我三洞遊身如騎龍倒東海海氣茲茲雲霧迴白波捲雪連山來雙童手弄海底日紅光一道金蓮開瑤草綠可折瓊樹花冥冥昔人煉丹竈鏽石光青熒雷行半空中玉女吹鸞笙醉拂珊瑚鞭玉虎我欲因之窮洞府問訪八公五雲裏爲説蒼生受辛苦

鵲尾黃金杓殽烝體薦嚌復嚌巴渝舞隊驩回薄供奉革鞜衣狐貉銀箏載前酒載酌延秋門深魚守鑰緱山遠度吹笙鶴淮南昔者雞舐藥千乘之國棄弊蹻方今羣雄自開拓拔刄把矟爭刺斫爲臣義同葵與藿將軍固合鞭先著蓮壺漏沈微露涸枯梢號寒風隕籜百禽啁噍雹霰霍氷花亂點眞珠箔箔中呱呱情陡惡供奉碁爾停絃索吁嗟白翎將焉託有客淚下甘邱壑

宋婉容王氏辭 并序

嵗宗在北四太子請王婉容妻黏罕子上遣之

婉容大哭曰何忍一身事兩主就輿中奪刀自刎死太子嘆異擇地葬之且爲立碑曰貞婦冢事載俞文豹吹劍錄

二宮有警無嚴蹕賤妾徒爲虜雛匹假如青冢向黃昏不若金刀照白日白濡一縷願隨終烟沙漫漫霜雪容令人想見旌貞石氣敵雙高湖上峯

周砥

字履道號匊溜生又號東皋生吴人幼時徙居錫弱冠以詩名善畫寓篆籀法人罕得之至正問與吾邑馬治孝常俱主義興

仙人西向笑不言直上青天擊天鼓

過任昉釣臺

雲樹參差短寒山迢遞明深春釣臺沒殘照夕嵐輕萬化同斯盡孤名如水清誰憐范僕射千載見交情

題倪雲林畫

雲木蔽淸野巘岩横素秋一雨過大壑百川會新流木能聞至道寧即歌遠遊歲晏且歸去采芝南山幽

登惠山和顧仲英韵

九龍之山天外青寺門巖壑寒崚嶒水流秋澗渾疑雪路轉陰廊或礙藤刻石定傳霞上作具茶應喜竹間僧却憐獨卧滄江者何日杖藜還共登

行盡疎林黄葉堆青蓮境界起樓臺雨分山氣空中落雷挾泉聲地底迴磬響出林溪路曉香烟滿袖殿門開誰知拂石題名處顧愷前身忽再來

留別孝常

楓林寂寂水邊村鴈子嘹時歸故園舟楫蹔移秋色裏郡城遥望夕嵐昏情知遠道難離別心喜高堂得淸温草閣無爲掩扉卧新詩還待故人言

聞孝常在靈巖欲與周士行徒步往候信恐未真

馬卿一别四經春袍褐蕭蕭入夢頻聞道東來猶未見每因西望轉傷神鬢絲禪榻風流在竹色茶烟夏景新何惜靈巖與徒步尚疑消息未應真

荆南精舍圖

荆溪南向先生宅豈但看山醉緑苔任昉臺前垂釣去孝侯祠下放船迴風花春亂千巖雪松瀑晴喧萬壑雷回首舊遊渾夢裏煙塵西望獨徘徊

和顧仲英送惠山泉

梁朝古寺已千年去覓能詩僧皎然漠漠雲林人迹斷鳥銜紅果落山泉

經杜樊川水榭故基

落花風裏酒旗摇水榭無人春寂寥何許長亭七十五野鶯煙樹緑迢迢

梁溪詩鈔卷五十四

受業湯 泉 澗南校

梁溪詩鈔目錄卷五十五二流寫

明

楊基　七首

徐天麒　二首

莫士安　一首

陳基　六首

張簡　五首

聶大年　四首

王懋明　九首

吳孺子　一首

鄭坤　三首

童琥　三首

楊心學　三首

張有譽　一首

堵允錫　九首

堵孫正　九首

國朝

龔廷歷　四首

徐崧　九首

金敞　三首

薛景珏　十四首

俞兆晟　三首

王澍　二首

蔣衡　十首

任蘭枝　三首

任端書　二十六首

以上共二十三人

梁溪詩鈔卷五十五

梁溪顧　光旭　華陽氏集

明

流寓二

楊基

字孟載嘉州人生於吳中少嘗著書十萬餘言名曰論鑒淮張辟丞相府記室謝去又客饒介所明初以饒氏客安置河南後起知滎陽縣累官山西按察使奪職舊志基寓邑之城南從丁信遊基負詩名與高士張羽徐賁齊名稱吳中四傑楊維楨屬賦鐵笛歌即倣其體楊驚喜與俱東謂從遊曰吾又得一鐵來汝曹就之學優於老鐵也

感懷

韝鷹斂六翮棲息如鵂鶹秋風颯然至聳目思凌霄英雄在承平白首爲漁樵匪無搏擊能不與狐兎遭長星亘東南壯士拭寶刀落落丈夫志悠悠兒女曹

聞隣船吹笛

江空月寒露華白何人船頭夜吹笛參差楚調轉吳音定是江南遠行客江南萬里不歸家笛裏分明說鬢華已分折殘堤上柳莫教吹落隴頭花

登岳陽樓望君山

洞庭無煙晚風定春水平鋪如練淨君山一點望中青湘女梳頭對明鏡鏡裏芙蓉夜不收水光山色兩悠悠直教流下春江去消得巴陵萬古愁

長江萬里圖

我家岷山更西住正見岷山發源處三巴春霽雪初消百折千回向東去江水東流萬里長人今漂泊尚他鄉烟波草色時牽恨風雨猿聲欲斷腸

岳陽樓

春色醉巴陵闌干落洞庭水吞三楚白山接九疑青空濶魚龍氣嬋娟帝子靈何人夜吹笛風急雨冥冥

送魏萬之安西

梁苑微霜木葉紅行人此日發關東酒邊怨別看長劍馬上驚心見斷蓬雲散岳蓮開泰華月寒郊樹隱新豐窮秋亦有臨邊使待爾題詩寄塞鴻

感秋

嫋嫋西風吹逝波冥冥灝氣逼星河宣王石鼓青苔澁武帝金盤白露多八陣雲開屯虎豹大江潮

落見黿鼉沅湘一帶皆秋草欲采芙蓉奈晚何

徐天麒

一名與老字仲祥錢塘人國子生嘗遊上都屬南北阻絶航海歸時兄鑑出家惠山寺亦能詩因寓居倡和有雙清集既卒門人王學士達爲治喪葬錫山而志其墓

題湛然兄所贈畫卷二首

亭亭石塔東峯上屈指光陰五十年誰與空山清夜話照公屋子近泉邊

松陰夾道鍾家衖彷彿泉聲烟樹邊記得帝年依

膝下於今雙鬢已皤然

莫士安

字維恭吳興人爲湖學教授張羽薦知黄岡縣遷國子助教永樂中治水江南遂家無錫卒其友人翟厚輩共爲營葬惠山春秋祭焉

中秋留寓無錫有懷朱逢吉

去年此夕客同遊今度西風我獨留萬斛天香千斛酒十分月色五分秋膠山雲嶼梁鴻宅笠澤烟波范蠡舟惟有故園長在目望中緑樹幾汀洲

陳基

字敬初臨海人嘗避淮張幕府明初召修元史寓居無錫卒同時有常熟陳方字子貞亦來寓與基及鄭元祐並有名

秋懷

寒暑有代謝人事亦推移蹉跎念疇昔俛仰念復茲籬落委秋蔓餘葩含夕姿物化諒難窮吾生知有涯皎皎碧山侶依依青桂枝相從恐遲暮悵望起遐思

梧桐墮金井寒螢棲露叢離居在萬里一夕生秋

風秋風忽已暮離居邈何處獨寐在重幃相從乃中路

新城行

舊城城舊人民新新城城新無舊人舊城城外兵一解新城城中齊覆瓦萬瓦鱗鱗次第成將軍令嚴雞犬寧將軍愛民如愛子百賈皆集新城市浙米淮鹽兩相直楚人之弓楚人得何時四海無荆棘北賈販南南販北

十六日開船值北風大作泊北門

風急江難渡天寒雪更飄濟川雖有楫跨海恨無

橋使節辭吳近官軍去楚遥北風仍繫纜山雨夜蕭蕭

登惠山和顧仲英韻

霜作楓林葉作堆秋高蕭寺客登臺排空列嶂千重合出谷流泉百折廻澒洞煙濤成海濶參差樓閣化城開獨憐萬里關河鴈不寄天涯一字來

題倪元鎮畫

西池亭館帶芙蓉雲水蒼茫一萬重此日畫圖看不足滿簾秋雨夢吳淞

張簡

字仲簡吳人初師張伯雨爲黄冠以母乞歸養遂返巾服居邑鴻山饒介之守吳中延文士作詩社簡詩擅場居首座贈黄金一餅吳中傳爲佳話洪武初召修元史其詩學韋柳王禕序之

醉樵歌

東吳市中逢醉樵鐵冠欹側髮飄蕭兩肩矻矻何所負青松一枝懸酒瓢自言華蓋峯頭住足迹踏遍人間路學書學劍總不成惟有飲酒得真趣管樂本是王覇才松喬自有烟霞具手持崑銅白玉斧曾向月裡斫桂樹月裡仙人不我嗔特令下飲洞庭春興來一吸海水盡却把珊瑚樵作薪醒時邂逅逢王質石上看棋黄鵠立斧柯爛盡不成仙不如一醉三千日于今老去名空在處處題詩償酒債淋漓醉墨落人間夜夜風雷起光怪

送徐教授曉山歸武林

三年言子邑寂寞坐鳴琴官舍冷如水杏花春滿林化風敦薄俗淸氣集虛襟歸去吳山下青青草正深

次韻寄雲林

西神之山雲雨齊雪消春水漲横溪長松正與層樓對高士還同白鶴栖每見迂名㖞薄俗絶無塵事惱清閨燕遊一月不歸去應愛竹林鶯亂啼

題雲林竹

廣平舊作梅花賦鐵石心腸嫵媚辭高士巖前清賞足月明竹外寫横枝

笠澤莊頭道士家青林風竹翠交加新梢便有凌雲勢高士墻簷掃落花

聶大年

字壽卿臨川人以貢授仁和訓導改常州

因寓無錫一目重瞳長身紫髯有清才能詩善書值秋試四省交聘同考官皆以病辭景泰六年徵詣翰林預纂修之事卒於京師

重遊惠山寺

汲得春泉不滿瓢老僧和淚說前朝殘碑舊許遊人搨古殿新遭刼火燒白塔荒墳寒食飯青山流水夕陽橋空餘陸羽祠前月永夜松房照寂寥

李丞相讀書臺

水邊臺榭已荒凉此日登臨倍感傷遺事尚傳唐

宰相斷碑還載宋文章林塘地僻禽魚樂澗谷泉甘草樹香閒與高僧訪陳跡夕陽秋葉滿迴廊

澄江舟中留別故舊

雪後晴沙玉一坡孤舟斜日奈愁何白頭宋玉偏能賦紅袖吳姬最善歌笠澤瞑煙連浦樹惠山寒翠濕漁蓑傷心一帶梁溪水漆得征人別淚多

題畫瓜

翠實離離引蔓秋西風凉露滿林邱東門尚有閒田地千載無人說故侯

王懋明

字僅初長洲人讀經一目能成誦多識述人稱經笥爲華學士察所知僑居無錫與錫人姚咨同客於察時目懋明咨及察與施山人漸爲錫山四友

始家湖上寄城中諸友

負郭無緒業因家濠湖濱扁舟歸草堂東溪生夏雲居然滿幽致得與木石羣兹地風俗厚所事不尚文童年已樵采壯者俱耕耘予懷太古風出門日訢訢稅地給家食借書廣前聞野趣足心目水流滌炎氛羣山映五柳空翠常氤氳隱居以求志

殷勤謝諸君

宿玉陽山房

澗道行轉深餘霞滅殘景然燈宿山房枕席雲泉冷始知玉潭隈乃有眞仙境翠微一磬幽霽月寥天靜葉落霜漸寒秋高夜彌永不寐若有懷啼鵑下松嶺

山中待施少府

美人太古心一見即傾倒自別梁溪花相思長秋草緘書昨寓言山中共論討把袂雖有期挂席若不早凉月映桂林夜思傷懷抱

寄鴻山公

生事久爲客故園空掩扉歸來草又長愁處花仍飛曉鏡添新髮春寒戀敝衣牀頭一琴在彈罷嘆知稀

秋日閒居漫興三首

閒來北牕下了了見雲峯未釋形骸累徒懷禽尚蹤晤言清夜月留客醉微鐘數畝常荒穢無心學素封

僻境但流水秋風隱業貧石門槐葉暗茅屋豆花新晚食忘求味天游嬾狗人將師廣成子淡泊保吾眞

屢空亦自得偃息有衡門不出人間世時爲象外言撫琴聊永日藝圃任無藩此意何人會裁書與巨源

過思閒草堂

黃葉滿村巷幽人成隱居水田禾刈後家甕酒香初地靜鳥羣逸天寒山翠疎衡門笑語罷新月暎前墟

再過望湖別業

歸舟歷濠上重爲訪幽人高閣來山月餘花延暮春生涯在農圃間適有竿綸吾已果忘世無心復問津

吳孺子

字少君蘭谿人博學善鑒別古書畫彝鼎欵識遇俗人輒曰我不識字口占詩使人代寫能畫水鳥芙渠蘆藻嘗遊鴈蕩絕食取蘆菔以給遂四十日不返好潔見泉水泠然雖秋冬之際亦解衣赴濯家旣貧以數縑市一大瓢拂拭光采殊自寶惜盜發其篋怒而碎之抱持以泣者累日王世貞

爲作破瓢道人歌又自謂得劍術藏一劍每誡人勿近所至炊一銅竈飯不足則繼以粥糜日買少生菜別異幹葉爲虀羹語人曰使我不俯首向時人者甘於五鼎矣與無錫孫柏潭友善故常游於錫晚歲來依遂死其家

簡顧丈九華 有序

頃嘗流寓靑陽九華山中還過梁溪因慕九華顧丈之風短歌一章爲贈

昔在九華山讀書月有半方嵒側層玉寒瀑飛天

畔九十九峯頂攀緣尚未遍餱糧不能繼鬱鬱下青漢可憐青陽塵依然撲我面慕君同九華投詩一相見

鄭坤

字石南洞庭人工詩居錫嘗主王仲山家相與唱和稱莫逆焉

嗜墨行和王駕部贈顧華西

古今嗜好誰其無凡有所累即爲癖請從癖處得失言杜生左傳阮生屐縱今物在須莫同豈以清濁齊得失笑彼昌言成墨癡蓄墨不磨終散逸數

十萬斤足夸麗僅送一螺何忝惜坡仙求墨自詫愚謂墨磨人眞達識要將七十九點來硯池試看雲烟出

碧山吟社讌集

寬閒數畝碩人薖往日曾來此嘯歌滿地霜寒花事盡當杯風影鳥聲和六賢吟處山無恙十老亭邊景最多我有卜隣王翰志可容小構碧雲阿

同王駕部遊惠山題秋聲小閣

輞川居士共襟期小閣登攀欲暮時山色可淹今日酒秋聲還憶去年詩閒雲竹掃無留影老樹藤纏不礙枝景物漸隨人事謝隔牕幽鳥未曾知

童珮

字子鳴號紫山嘉隆中僑居錫與顧世叔友善

題顧冬言惠山山居二首

叢薄九龍下陰森萬木寒歸雲得巖岫流月入闌干曲比蘭亭鑿書隨薤葉刊圖經五嶽遍且脫遠人跡坐僧同懶全身道不貧誠將比公子黄歇是

山木都如意風枝挂葛巾花流飲酒地林卧聽松遊冠芳憐

讀顧華西墨海有感 并序

華西好法書兼收上墨輒依蘇易簡墨譜益博採傳記綴成一書曰墨海

墨海試初披憐君藻思奇不因耽竹素詎肯嗜松滋水學百川赴書無一事遺獨慚同好古讀罷卽悲絲

楊心學

字號爵里俱未詳得此於梵刹中讀其詩而悲其下帷之久錄之以俟後之君子考

焉

余假館崇安寺有年偶而成韵

古寺淹留已廿年孤燈長伴上方眠三秋旅況浮雲外一片鄉心落日邊劃滅情根惟白法消磨歲月只青氈桑榆歸計知非晩兩鬢星星祇自憐

張有譽

字誰譽自其曾祖佐卿由邑玉岐村徙江陰之青暘而世居世墓並在無錫父履正廣信知府有譽天啟壬戌進士授戶部主事摧稅邗關獨不拜魏忠賢祠出知饒州府擢參政總理七省漕儲經畫節省其有成績清名冠於天下遷四川按察使癸未大計舉清廉第一帝爲手書其名於屏風後累拜吏部侍郎戶部尚書太子太保江南亡棄官歸自號大圓居士幅巾藜杖間入城邑一切公私利弊多就折衷排難解紛使人皆厭其心而去年八十有一語見邑志按大圓居士雖祖籍無錫而旣徙青暘之後故宅如傳舍矣兹刻列入流寓俟後之君子考焉

登點易臺

曾逑兒童識介威重來白鶴是耶非二泉風月研硃後一代文章佘翠微更上臺成北望可堪暘烏又南飛藥爐經卷餘生事獨立蒼茫何處歸

堵允錫

明史允錫字仲緘無錫人崇禎十年進士歷官長沙知府山賊掠安化寧鄉官軍數敗允錫督鄉兵破滅之又敎醴陵賊魁遂以知兵名十六年八月賊陷長沙允錫朝覲還賊已退明年六月福王命爲湖廣參政分守武昌黃州漢陽左良玉稱兵總督何騰蛟奔長沙令攝湖北巡撫事駐常德唐王立拜右副都御史實授巡撫李自成死衆擁其兄子錦爲主奉自成妻高氏及高氏弟一功驟至澧州擁衆三十萬言乞降遠近大震允錫議撫之騰蛟亦馳檄至乃躬入其營開誠慰諭稱詔賜高氏命服錦一功蟒玉金銀器犒其軍皆踴躍拜謝乃卬軍中宴之導以忠孝大義數千言明日高氏出拜謂錦曰堵公天人也汝不可

負刑部田見秀劉汝魁等亦來歸唐王大
喜加允錫兵部右侍郎兼右僉都御史總
制其軍手書奬勞授錦御營前部左軍一
功右軍並掛龍虎將軍印封列侯賜錦名
赤心一功名必正他部賞賚有差號其營
日忠貞封高氏貞義夫人賜珠冠綵幣命
有司建坊題曰淑贊中興允錫遂與赤心
等深相結倚以自强然赤心書疏猶稱自
成先帝稱高氏太后云已而袁宗第劉體
仁諸營先歸騰蛟者亦引與赤心合衆益

盛允錫以芻糧難繼令散處江北就食明
年正月騰蛟大舉期諸軍盡會岳州獨赤
心先至俆逗遛卒不進永明王立進允錫
兵部尚書總制如故順治四年永明王令
赤心等攻荊州月餘
大清兵援荊州赤心等大敗步走入蜀數日
不得食乃散入施州衛聲言就食湖南時
王在武岡劉承允權爲赤心所并計非允
錫不能禦乃加允錫東閣大學士封光化
伯賜劍便宜從事允錫疏請得給空勑鑄

印頒賜秦中舉兵者時頗議其專承允欲
殺騰蛟允錫劾其罪八月
大兵破武岡及寶慶常德辰沅允錫走永順
土司尋赴貴陽抵遵義乞師於皮熊王祥
又入施州請忠貞營會楚宗人朱容藩
僞稱監國天下兵馬副元帥擅居夔州御
史錢邦芑傳檄討之五年正月允錫見容
藩責以大義曉譬利害散其黨未幾金聲
桓李成棟叛我
大清以江西廣東附永明王於是馬進忠王

進才曹志建李赤心高必正等乘間取常
德桃源澧州臨武藍山道州靖州荊門宜
城諸州縣進忠赤心必正皆封公允錫與
進忠有隙令赤心必正爭進忠所取常德
進忠盡焚廬舍而去赤心等棄空城引而
東所至守將皆燒營棄城走湖南已復州
縣爲一空允錫乃率赤心等入湘潭與騰
蛟會騰蛟令允錫向江西而自率進忠等
向長沙六年正月兵方逼長沙騰蛟在湘
潭被執諸軍遂散赤心等走廣西緣道掠

衡永郴桂允錫與胡一青守衡州戰敗走
桂陽初赤心等入廣西龍虎關守將曹志
建惡其淫掠並惡允錫允錫不知也或說
志建允錫將召忠貞營圖志建志建夜發
兵圍允錫殺從卒千餘允錫及子逃入富
川猺峒志建索之急猺濟送允錫於監軍
僉事何圖復間關達梧州會王遣大臣嚴
起恒劉湘客安輯忠貞營至梧而赤心等
已走賓橫二州乃載允錫謁王於肇慶志
建遷怒圖復誘殺之闔門俱盡允錫至肇

慶時馬吉翔及李元允袁彭年等皆專柄
各樹黨允錫乃結歡於吉翔激赤心等東
來與元允爲難移書瞿式耜欲問元允詭
言王有密勅令已與式耜圖元允王頗不
悅元允黨丁時魁金堡又論其喪師失地
乃令總統兵馬移駐梧州允錫以赤心等
不足恃欲遙結孫可望爲強援矯王命封
爲平遼王允錫尋至潯州自恨發病十一
月卒王贈允錫潯國公謚文忠按張秋紹夏爲堵牧遊年譜牧遊允錫號也先世宜興人生長於武進七歲喪母十一喪父依舅家毘陵

陳氏歲饑陳氏貧甚牧遊出肘裂足踏歌雪中夜行達旦人目爲癡而牧遊落落自命爲賢豪矢馬革裹尸之志卜遊得吉遂至無錫依族兄知白家讀書從馬文忠公遊崇禎癸酉借無錫籍領鄉薦丁丑成進士乞假廬墓三年然後就職詔許之墓有梧桐再花人以爲孝感牧遊服官歸里必廬親墓至騐宗黨立祠宇撫遺孤倣范文正公所爲而所遇不逮若其權關而廉守土而惠世稱能吏迄爲學使而於流寇遺氛殘疆煨燼之際講學明倫終能不負所學蓋亦偉哉邑志人忠節傳明史稱其爲無錫人終未歸籍其詩有菰川僑居之作年譜稱其寓菰川中橋莊不誣也茲鈔編入流寓一邊年譜秋紹與牧遊同爲馬文忠公門下士知之蓋悉

古箴

二曜懸至明瑚鑑澈纖隙古人存至厚非爲養姑

息不厚明不彰不明厚無益真明厚乃永厚極明
更闕黃金包敗絮璞石藴和璧深其剖鑿功洞矚
詎差忒

問天

共工戰不勝怒觸天柱折女媧氏修之煉石補天
缺至今天不言萬劫無二日

漂母

丈夫出飢寒玉成何太苦天將降大任橫被少年
侮無睥認豪傑誰作乾餱主項羽雖昂藏一飰一
飢無他長亞父愁欲死徒逞陰謀不識士劉項雖

雄勢易分分明照乘無知已可憐楚漢英雄啼許人漂母進食哀王孫前滕公後蕭相仗劍登壇驚拜將掃除豪俊如驅羊楚歌一夜連營唱偏教漂母感人心眼光早出蕭滕上

宿菰川僑居有感

湖山不改舊風流萬頃波光照荻洲聽我好吟當日句懷人芳草積天愁半生蕉葉難爲夢一樹梧桐忽到秋大笑開言原不易傾尊莫負故人留

婺署秋懷

雨隐無事草侵除清晝簾垂步較疎千里凉生今

夜月四更夢得故人書踏歌自詫狂非昔丸藥何曾病減初旅况入秋眞坎壈旅衙愁聽鼓淵如

廣信途次荅鄭某

濕透青衫泣路難灘横石出水痕乾一生心事誰同熱半夜雞聲獨聽寒風落沙頭征雁碎雪飄燈裏客衣單問鼙聖主方勤楚把釣王孫孰飯韓萬馬中原孤路險亂山落日一長嗟方爭集菀誰瞻屋可歎貽堂講喪家復楚包胥何向哭傷魂杜宇滴成花途窮那免泥中怨瑣尾羈栖風雨斜辛苦䇿師費往還多慚知已更愁顏只今天地干戈裡自古功名朋友間雪夜提刀爭向蔡尊前聚米忽成山同仇莫賦無衣什投筆何人事玉關時賊陷長沙水陸路絶

謁賈太傅祠

賈傅當年弔屈平我來痛哭掃欃槍治安廊廟書生策破碎乾坤楚水聲那得强藩爲捍衛只看寇盜自縱横四郊多壘吾儕恥慷慨誰爲絳灌爭

堵孫正

字寅叔允錫從子八歲而孤十五工制舉業面試學使案前得雋工詩及篆刻善技

擊會鼎革允錫奉唐藩命撫楚以書招之孫正甫婚數月得書告廟訣母妻而去偕允錫子孫驥間關入楚至則允錫命爲前鋒統兵連復數郡殲荏苻闖井邑又能以恩給李錦高一功之心而撫之累官都督僉事掌錦衣衛事驅馳五載身經百戰己丑四月守永興爲我

大清兵所破巷戰力竭死東郭門内年二十四孫正行後五月妻沈氏生一女沈事姑極孝謹供備搶攘備歷艱苦不變其志又

三十餘年卒人以方苑節孝云入邑志忠節傳

古意

黃河金鯉魚將子上龍門適丁風雨時洪水來崑崙飛騰一失所點額隨波翻小鯉不知量志氣凌鵬鶚努力躍水流激浪如雲屯暴鰓應不辭敗甲安足論非無游泳區所冀安幽魂

曲突勸徙薪匪伊自爲策鑒茲誠不忍戛言磬肝膈何來營營蠅偏能變黑白不見南舍兒棟梁飛灰赤東隣鮮忠告倉箱不遑惜禍福亦昭然視聽

梁溪詩鈔　卷五十五　三

何忽易江河勢日下豈惟無恩澤

許歷冒死言闕於敗秦師左車小說施燕齊遂不支嗟哉此二人其才竟於斯奈何自茲往沉埋無見時旣自露光芒豈與箕潁期通塞竟無聞生死俱不知長平狗坑卒未央無完屍從古大不祥蔽賢者當之

違道干衆譽告與從欲均王道本人情堯舜貴其眞節不顯昭昭行不違泯泯細入目力短所見不及唇安知日月光巨照無涯津陽和與寒冱禪遞成經綸肅殺不後期九十無餘春可由不可知大識持衡鈞施恩博衆欲恩盡欲無垠

咏史

全齊電掃樹奇功一點金臺曉日紅欲報先王初市駿卻辭幼主郎冥鴻鸞鳳宵入樊籠裏騏驥寧歸伏櫪中事業絕超情最淡南陽猶自比高風

孺子教成王者師風期想見下邳時椎飛博浪襯秦魄玉碎鴻門拔楚基赤帝相從標赤幟烏江何處走烏騅功成揮手尋仙侶偶語沙中問是誰

厝薪形勢太紛拏誰道褒裳痛哭差帝遇漢文才竟棄學成王佐用猶賒人情共弔江魚飽天意難

梁溪詩鈔　卷五十五　三

明鵩鳥諱終古壯懷消不盡沅湘春浪暮雲斜

隆中出處一何高三代開基伊呂曹八陣風雲生羽扇六軍湯火赴前旄畫圖指點平胡策鼎峙紆籌素手操漢祚已終丞相死天心眞喪卯金刀

龍山古墓行

九龍山下白日荒九龍山上愁雲黃中有古墳幾千百泉爲嗚咽鳥爲翔龍鐘翁仲烟中臥危崖瘦石蒼苔裂一片蕭疎挿素秋白日黃狐看山坐我來縱步深林行蒼山合沓聞泉聲古木千尋不枝葉土壘三尺堆荒荆殘碑蘚蝕無名字無蹄石馬

荒清淚墓門老鬼夜半哭斷橋燐火黄昏熾斜傾老屋與誰扶病柏傴僂枝榦疎春深草色醉黄鳥月白松濤咽鷓鴣塵世滄桑不可料百年駒隙雙丸跳不如無植亦無封騷人無處與憑弔嗚呼赤松子黄石公張良辟穀行相從遙望三山東海東

國朝

龔廷歷

字玉成武進人自湖干徙居無錫熙春里順治壬辰進士除湖州府推官上官有以叛黨陷平人者廷歷不可上官怒爭之益

力乃罷職歸廷歷好讀書手不釋卷晚益潛心考道講學東林至老不衰著有願學編諸書

惠山岕茗

宦從明月峽（峽在長興顧渚側茶品稱絶）居就若冰泉品水宗桑苧煎茶訪玉川光寒雷莢綠香帶露華鮮鄙彼肉食子行酬博士錢

次東坡北堂雪韻

北堂滕六合廉纖冗宂司權令自嚴掃跡團茶煎沾火鹹供晶飯當晶鹽（劉貢父戲以晶飯召東坡止供鹽蔬米飯取義三白）爲題清況頻呵管豫擬新晴好曝簷白雪由來人寡和予懷渺渺寄雲尖（白雲尖坡公歸老處）

長廊

長廊千尺偃晴虹繚繞虛明眼界空佛子依林經九白秀才題壁擅三紅（宋應子和工詩生平紅字句有雨岸夕陽紅蠟炬短燒紅風過落花紅因號三紅秀才今周君題廊壁詩中及之故云）伽陵宛轉風欄外優鉢芳妍露檻中願假廊廡留半席遠師共證法王雄

重臺

靈臺如鏡與天遊何用金篦刮病眸祇樹連雲堪結夏寒潭印月最宜秋雨花久矣埋荒草波若名臺

茲然付逝流此地闢開新法界九龍蒼翠望中收

徐崧

字松之號臞庵　國初松江人也與吾錫諸君子詩酒唱和最久扁舟往來有賓至如歸之樂至先民祖謝而崧亦從此逝矣

國符修遠震修商原景行天石諸君俱往金陵夜坐書懷奉寄

愁霖一月餘羈客誰相憶君又去金陵我亦還笠澤再來秋更深黽勉冀良覿日落水城陰布衣起

寒色高眠且掩戶不寐仍反側夜起照孤燈對影情黯黯

同張秋紹遊菰川

夕陽尋舊隱散步向秋田塔影南城近山光一水連橋邊漁父釣桂底醉人眠引我瞻遺像孤忠絶可憐

壬子秋宿慶雲庵似禾如和尚

慶雲何處見應傍錫山生鳥語雙竿立龍光一塔明夜燈聽舊雨晨鼓報新晴濠上憑闌望松風是梵聲

昔年雨過錫邑主則如民儔漢臣仲通心甫客則如自然碩庵俱亾矣壬子閏七月重遊雨滌彌月感賦

二十年前客生存有幾何莫能容穩卧誰與共高歌穴鼠窺燈暗山魈附木多况兼來此地日日雨滂沱

壬子閏七月過保安寄去和尚

紹興遺寺盡禪單何處龜山舊講壇樹色晚逃溪上雨泉聲秋度澗邊寒相逢只有脩風在久别應驚白髮看縱使空門無住着欲將襆被保平安

同秋紹遊石浪庵

半嶺崚嶒向夕陽崎嶇攀陟共扶將風煙飄忽山隐掩松竹蒙籠石室藏秦始驅來奔似馬方平叱起白如羊同來兀坐秋天上咫尺波濤若望洋

秋紹招同虹玉飲惠樓值雨歸舟作

紫薇花映酒樓空雨裏看山更不同醉後狂歌呼棹轉九龍抛在亂雲中

初冬節培招同礎日山行

淡雲晴日倚方舟直踞名山最上頭美醖滿樽泉滿甕九龍烟水一泖秋

中秋夜宿去和尚方丈聽雨

此夜清光何處無不堪年老客心孤繩牀卧聽空庭雨只覺聲聲上井梧

金敞

字曠明武進人初負氣節至性鬱勃經歷患難流離頓踣益自刻厲後師事宜興湯之錡從遊梁溪與顧培築共學山居講學其中勇於任道誘掖後進至老不倦山居中儒先書籍多所留貯之錡歿敞祀之山居敞歿培亦祀之山居

字玉佩號東湖四川蒼溪縣人康熙丙子蜀闈解元初授浙江烏程縣再授河南光山縣乾隆甲子卜居邑之寺頭鎮優游九峯二泉之間三十餘年年八十三卒所著有藏書閣詩稿八卷藏於家而居錫時所著仲孫堂村攜入京及堂村沒於灤河而此稿散失矣

古意贈方二靈皐

聖賢躋一堂千載師尚友研討切箴規砥礪吾守有鳥來庭隅嚶鳴求其偶睍睆遞相賡並坐互

先後感茲物性良吾生遽相負出門維有功此事期不朽

輗近競刀錐託契等敝屣盃酒致殷勤宛若肺肝視側眉傾睢盱九疑當面起軌轍分千途厥道蔽以市金石展素交古義生仰止嗟乎左伯桃卓哉齊鮑子

處則爲遠志出則爲小草清談鶩榮名口舌肆佻巧丈夫貴乘時安能事枯槁致身青雲間康濟展夙抱千載垂鴻休四海返熙皡世儒徒紛紛矜誇章句好

寒夜題唐魏梁公宋侍郎邦達公傳後

魏家世澤何綿延後先祖烈輝千年麟閣聲華自唐代梁公知古尤明賢蹇直勛猷爛圖史神龍遺誥猶鮮妍世寶固應有神護須知亦藉梁公傳宜和中更著賢裔侍御矼公節彌厲愛君斯不愛權貴時危謀國爭全勢寧甘投跡老空山不肯依回附和計至今只有定陽祠四賢晤對盟幽契回首平臺落日黃錢塘雲樹猶蒼蒼趙家宮觀已荒土留得孤臣俎豆香此地千秋成獨往（達公寓居常山有獨往亭）歲歲亭前秋草長空使旅人中夜讀不勝懷抱立

清霜

舟至開化

挐舟方一葉宛轉上清溪帆落千峯立雲深萬木齊風煙開邑里時務賤烝黎慷慨斯民事當關中澤啼

雨夜

十月終宵雨孤燈千里身自能增夜永倍覺與寒親生事老彌拙人情試每新飄零堪一笑就枕亦勞辛

薛景珏

文章載道器經史乃根芽才華駄性始楊馬徒紛誇濤醇照眞質渾噩誰能加大樸在宇宙萬古垂雲霞

鬱鬱南澗松森森幾百尺蔦蘿生其旁竊附相比客蓦延欲干霄勁節頓痿疾貞脆易盛衰强弱反主客不見嶧陽桐美材斲琴瑟亭亭絶衆援非徒性貞直

冬日雜感限韻十二首 存六

雙劍曾聞氣化龍雁行目斷倚長松近大兒之豐城任四弟亦隨赴署二姑帆過江心瀑五老雲開天外峯泉下定

憐遊子去夢中應得老親逢斷腸箧笥今年閉一任蟏蛸結網封

蘆花蕭瑟滿寒江惘惘清齋坐晚窗野澗驚看鴻影隻月明何處杵聲雙文章李杜眞相敵詞賦曹劉未可降今日熊丸空抱恨青緗揮淚對銀釭

策蹇霜天薄暮低爲尋邱隴到幽棲時以卜先慈地之安德門外白雲枉渚鳥時過紅葉空山路欲迷漢寢僅栽流水地秦封還剩捕魚溪道旁華表憐歸鶴斷碣苔封没舊題

曉來呵凍漫抽毫欲賦停雲望眼高鴒渚新秔炊玉粒瀉湖鮮鯽鱠銀刀陽秋續史心依鄭甲子題詩法倒陶醉後深談時事涕南朝遺事恨兒曹

何緣去讀相牛經門外春光擁翠屏八百株桑彌野綠一千竿竹繞籬青金鴉劚藥乘朝日梁筍收魚趁曉星深痛竟乖偕隱志苦思要約到忘形周子景伯舊有買山荆溪之約

才子山陰老劍南耐他風雪夜開函手抄未竟知君懶有聲四兒錄劍南集未竟心賞重編笑我貪南渡車書追夏五西川花鳥哭春三關情最是田園詠牧豎漁翁盡盍簪

中秋從圃軒夫子及諸同人集敬亭一峯次韻

落葉搘筇絶巘顛微茫秋色浩無邊高吟借奉三千首儼鼓湘靈五十弦脱帽臨風悲壯志舉杯邀月餞流年襟懷自喜澄如滌一對晴空萬里天

夢遊西湖賦詩一絶醒後僅記末二句因足成之

憶昔西湖賦竹枝堤邊金縷颺塵絲夜來雨過添新黛綠到鶯身柳不知

孤館

孤篷蕭蕭暮西風故故吹崩雲添斷壁危葉抱寒
枝憑几從書亂吟詩畏客知生平眞不信頭白尚
天涯

俞兆晟

字叔穎浙江海鹽人康熙丙戌進士官內
閣學士視學江左諸生進謁相接如先生
弟子論文行外兼及詩品畫理二者皆公
所長淸風和氣至今猶想慕之去官後居
錫子孫遂家焉

吳宮曲

館娃春深晝寂寂美人列坐彈瑤瑟自裁白紵六
銖衣回雪流風侍君側淸歌珠串裊入雲梁塵不
動花繽紛繁絃急管停復作當筵催進泥金裙軍
聲殷殷來檇李犀甲晶瑩照秋水破楚門東鐵騎
闖君王夜醉扶不起白紵歌殘事已非洞庭漁唱
雨霏霏至今城上烏啼急猶聽吳娘夜擣衣

南巡恭紀

玉河春早凍初融警蹕星言駕六龍獻歲邦當居
左个　省方還欲繼東封天連楚水雲千叠日麗
吳山翠萬重此日荊州諸父老白頭初識　至尊
容
連江巨艦建高牙海若天吳靜不譁北固晴嵐開
錦帳西湖春雨放桃花不煩犀弩背潮退還訪丹
書禹蹟賒應有條風隨輦路普天膏雨潤桑麻

王澍

字蒻林金壇人康熙丙戌進士官吏部員
外郎初由翰林編修改戶科掌印給事中
世廟初元詔六科皆隸都察院澍疏言六部事有
誤都察院察之都察院有誤六科駁之此
祖宗設官意也若隸臺丞爲所管轄將使

科臣失其職所關非細自是科臣雖隸總
憲得封駁如故尋移銓曹歸悅梁溪山水
買屋金匱山旁自號二泉寓客以老澍工
書法求者踵至貧士丐其翰墨以舉火者
應之不倦喜成就後學澍來而邑之工書
者蔚起矣著述甚富禹貢譜三卷最精覈
考正諸帖盛行於世

題陸卷阿濠梁秋水圖

蝴蝶春風夢濠梁秋水圖諦觀非外物阿堵是眞
吾詩境通三昧漁家共五湖蘆花已頭白林際鳥

相呼

贈賣鶴者

來從海上碧峯岑丹頂霜翎籠罩深恐礙九霄鵬鶚路偏羈千里白雲心

蔣衡

字湘帆晚號拙存老人金壇人　恩貢生僑居錫善讀書工書法嘗入秦摩娑碑洞諸石刻慨然曰十三經皆當時經生所書非歐虞筆也中有舛謬且殘缺嘗今
聖天子崇儒重道必校正一手重書庶佐
文明之治遂矢志鍵關歷一紀書十三經成
奏呈
御覽藏懋勤殿閱五十年乾隆壬子
上命刻石列辟雍
御製序文以傳萬世先生初以寫經故蒙
恩授國子監學正未就年七十卒著有拙存堂
文集

別友

欲雪不雪寒凝烟欲行不行心茫然此時與子且盡醉他日憶我徒相憐春來江草綠如織盡日離

愁愁各天

題馬桐山鐵舟樗蔭圖

檜楫蘭橈萬里遊惡風白浪沒輕鷗先生鑄鐵原非錯此木陰邊卽岸頭

形如槁木全無用心似虛舟尚可行我愛散材堪大蔭不須帆枕待潮平

拜文丞相墓

鵑啼血灑廬陵雨魂飛海南海水怒幾回激浪高蹴天欲洗趙家一片土丈夫報國輕頭顱黃冠故里何其誣嘗年不遽殉崖島龍種倘或藏江湖虔州赴難旌旗列十八灘聲夜嗚咽至今衣帶鼎彝尊就義從容凝碧血墓門松柏長青青有淚寧傾正氣亭但云文筆峯頭美多少書生身快死

題王虛舟廿種蘭亭卷後

千種蘭亭一父子孰令右軍今不死開卷鬚眉若有神凌雲健筆虛舟氏褚歐馮薛旗鼓張後有吳興遠擅場縱教肥瘦各相肖此中氣韻還深長昔評神品二十五舉世紛紛誇定武鳳翥鸞翔勢絶倫似奇反正心從矩紫微靈筆號無雙天台丈人氣自降入中之龍書中虎劒爲舞兮鼎可扛戎初

學書費年月對此應教心力竭如君不愧右軍孫乃知赤霄有眞骨

過陝州

砥柱遥瞻峯絶奇抗懷千古更誰知二公分陝王風遠六國圖秦霸業衰竹影草堂傳魏野壘痕池水愛張芝勞勞馬首空徵逐日暮停車有所思自註砥柱三峯張芝墨池俱在陝州魏仲元居東郊宋眞宗祀汾陰召見不出詔圖其居曰草堂多竹石

宿頴橋

頴橋絶小細流清尚憶封人養母羹不道天王曾駐蹕偏因考叔爲留名身逢元禮當師友夢入高

陽羡弟兄堪笑紛紛投宿者抱慙吏隱喪生平自註襄陽縣周襄王出居于此李膺襄陽人高陽里以荀氏八龍得名

丙午初度同人招飲惠山

再生三度弔靈均六十垂垂隔五春白髮禿餘催甲子黄金泥盡寫庚寅自註時泥金寫離騷渾忘月裏香飄桂且喜花前酒入脣第二泉邊容我老紉蘭餐菊一閒人

初夏將渡江題壁

菰蒲南北意何依兀坐尋思路轉違幾日光陰催我老百番風雨送春歸朝拈蠻紙聊臨草書借荒齋暫掩扉無那襟懷偏易感轉聆飛絮又沾衣

自題寫十三經小照

修竹清流尺幅天杜陵悵望好林泉他時我亦拈書賣白髮逍遥褰宇仙自註漢杜陵元卿公開三徑自號褰宇巢仙

任蘭枝

字香谷號隨齋溧陽人康熙癸巳進士第二人官出使安南宣諭國王使知 天朝恩重國王拜舞感泣論者稱其不辱命累官禮部尚書有見南詩集父文暐司鐸無錫因家焉

武侯祠

丞相祠堂沔陽滸檜柏森森鐵幹古行人指點定軍山月黑天陰聞戰鼓三分炎祚鼎終存萬馬中原氣已吞五丈原頭將星落此間終古藏忠魂泱漭寒流向東去霜郊豁見平蕪路南通劍閣北褒斜想見當年運籌處我來下馬拜荒邱三代而還第一流絲竹戰餘瞻尚死一門忠烈壯千秋

大相嶺

百盤歷峻坂力盡得躋攀氷雪明孤嶺風雲暗百蠻地應雄劍閣天已近陽關舊說南征相兵戈駐

此間

宿劍關

斜日下荒原驅車宿劍門寒山風落石殘夜虎窺村斷續京華夢淒清獨客魂古來設險地興敗共誰論

任端書

字念齋溧陽人香谷尚書之子幼有神童之目乾隆丁巳進士第三人官編修丁父艱歸梁溪遂不出優游林下二十餘年易簀時言有峨眉僧來訪坐語移時卽口占一絶而逝其詩云眼前流水無今古洞口桃花幾度開放眼峨眉山下路不知歸去是歸來 所著有南屏集山陰胡天游謂其詩瑰瑋殊麗天台齊召南謂其有骨疑仙通懷照雅云

固關

重關遠設險蒼莽勢偏雄燕趙平分處山河一綫通馬嘶斜日白人倚戍樓紅行客兼懷古蕭蕭起朔風

華山

干仞何由到上方削成遙對影幢幢晴光直起仙

人掌翠色全開玉女牕峯擬蓮花雲外見臺留簫史月中雙叔卿他日相尋處會借天風意未降

萬里橋

橋影七星連成時憶漢年馬驕臨古渡虹卧抱春煙萬里通秦堠嘉名麗蜀天益州誰作記故事李膺傳

夔州懷古二首

亂山深處鎖孤城宇宙清秋尚鬱蒸見說蜀王成杜宇早看秦火接夷陵虎牙天險憑關隘魚復江流感廢興今日俞矛歌漢德片帆安穩浪紋層

平時夔子初分國後日公孫始作家白帝春秋迷草樹黃牛朝暮起煙霞啼猿路絶人居少飛鳥沙平陣氣斜閑倚江船論世事長年高唱上三巴

馬伏波祠

伏波遺廟枕空山何恨精靈去不還一夕明珠來海外千年銅柱在人間功名自合高諸將伏臘仍看走百蠻長笛臨風想遺曲武溪南下水潺湲

江上送孝時贈萊兄歸溧陽

秋老空江泛扁舟獨送行遠遊巴蜀地分手弟兄情故國鱸魚美霜天橘柚晴到家逢臘日隣里正

懽迎

山中落葉

千林黃葉落寒日曉霜清滿地無行跡空山作雨
聲寺門烟共濕苔澗岸初平爲想荊臺上蕭蕭幾
夜情

聞蠻女和歌二首存一

蠻娘紅幅錦裙斜嬌唱東風採葛花一片春山無
數曲鷓鴣聲裡客思家

錦江春望

錦城如錦覆春雲錦水平流織綺紋明月千峯下

神女芙蓉雙臉妬文君荔枝樓上彈箏曲鸚鵡筵
前舞柘帬更是風流妮人處小桃花繞薛濤墳

禹廟

停舟尋禹廟檜柏蒼山空石馬逝歲月玉座莓苔
濃龍蛇走畫壁雲氣森青紅侍臣左右列儼若肅
且雍尚想治水初疏鑿繼黃熊一朝經營畢四海
歌會同明德徧宇宙餘迹留巴東峽岸高亭亭峽
水飛重重江豚吹白浪冷日摇丹楓過客各再拜
千載思神功

琴臺在邛州

長卿歸蜀後暇日坐彈琴蕭散凌雲作凄迷綠綺
音堦平荒草合人去暮雲深諫獵生平事傳看獨
至今

觀女士司舞劍器

君不見繡旗金戟洗夫人騎馬高涼照海雲又不
見弓刀霆挽秦良玉厓塞榆關春草綠蠻江如書
嶺如峭幻出娉婷轉自奇銀麟刻印從來佩花鳳
銜袍向小披花袍銀印倚春風雲寫精神玉寫容
本是將軍臨細柳誰言秋水出芙蓉金盤邀客喧
銅鼓慷慨當筵誇劍舞結束飛裙猩血紅擐穿窄

袖軍妝古倒披霞幅錦雞翎雙映雲樓孔雀屏蠻
靴淺踏氍毹紫寶匣横抽玳瑁青寒氣森森飛素
練初看旋騰起流電低昂宛轉抑復揚風攪霜天
雪成片激張頓挫漸入神翻身勢險尤驚人羣龍
冉冉翔白帝大江浩浩流青春意態雄妍無比偶
弟子公孫亦何有舞時皓腕生輕風舞罷珠璫漾
南斗帳下蠻刀百隊多白猿愁向越溪過吳生畫
手張顛草更惜當年不見何

登峨嵋

大峩横掃翠空浮絕頂凌雲得勝遊岫影平連雪

山曉寺門遙俯岷江秋蘚蘿歲月留紺相城郭分明見益州夜半諸天繞鐘磬風泉清和響飀飀

灞橋

灞橋曾是銷䰟地今日偏憐灞上過無數行人無數柳一分春色一分波飛霞殘照新圖畫細雨高樓舊怨歌詩句枉題情盡處年年爭奈有情何

落花

江天無賴曉陰儘送餘花别故林碧海香生難問種紫衣人去枉多金旋催軟舞迴風急偏著啼妝帶雨深坐看芳菲總銷歇向來徒惜折盈簪

上馬才憐墮玉鬟兒嗟痕籍不成斑波長易送湘妃别樓迥憑招楚䰟還與汝爲憐一生足關卿何事雨後彎小軒睡起無情思芳草斜陽隔遠山

爛熳初薰送夕曛三分芳節過平分書塘粉水琉璃地才子蘭舟越鄂君射鴨身閒侵沼見賣餳聲峭隔烟聞玉簫不遣輕吹徹已破簾纖一樹雲

橋刺藤梢合故溪笋厨櫻市報新題嬋娟又恨生相見弱水無端死欲西萬事悠悠雲反覆一春沓沓醉低迷蓬萊尺海塵成斗何恨遊蜂上馬蹄

舟中聞蟬

深樹鎖孤舟溪紋舴艋流一聲清自引五月淡如秋眎覺風相咽凉知葉共幽夕陽明不已扶棹惜夷猶

西施莊

舊徑迷香斷千年響屧春不知亡國恨猶說沼吳人

泰伯冢

讓王遺冢至今稱字滅碑殘問老僧祇有樵聲悲採藥清風留得與延陵

登錫山望太湖

湖水吞舟大人來坐石高晴天開遠色曉日見秋毫沙鳥帆千笏漁歌畫一舸洞庭青不斷時復没鼉濤

山中同鄒晴川先生作

山虛不用辟塵方鳥有幽啼徑有香苔色冷和雲樹古雨聲遙送石泉凉鶴搖松影溪千尺人夢梅花月半牀多少忘言靜中意輕風爲拂讀書堂

題崇安蘭若

南郭趁晴沙招提一水涯青山元度宅紅樹象王家洗鉢臨寒澗談經對落花赤髭誰作論還欲問

毘耶

宿田家

泱泱塍水白銑銑苗葉齊田家事力作早起隨鳴鷄趯來驅烏犍日腳桑樹低殷勤留過客呼婦烹伏雌濁醪不待賒黃粱已成炊顧客無遽行飽我葵與藜夜靜明月出茅屋生光輝照客有餘清竹樹相因依念此田家人事朴情不違信哉樂復多用歡征遂非

孫男 策 竹勲校

梁溪詩鈔卷五十五

梁溪詩鈔目錄卷之五十六 流寓三

梁溪詩鈔卷五十六

梁溪顧光旭　華陽氏集

流寓三

國朝

徐德宗

字于朝掄貢生崑山人健庵尚書之孫爲無錫秦贄因居錫工詩著有二磯山人詩草秦泉南先生有用惠山三唐人韻贈徐三于朝詩三首其一云性癖師杜韓鍊歸老蒼已得入閫奧豈直云升堂五言追建安七子參翱翔艷體刪西崑骨重肖堅光南山配北征俎豆一瓣香余亦耽吟者心賞胡能忘其二云脫落紈袴習自然

江海人達性邁迥古高情厭時新欣介寡所諧石齒鋒巉巉身世等野馬珪組同浮塵攄懷一長嘯磊落淩秋旻紛紛閒閱見誰其宵卜隣其三云衣素避塵緇薄言栖莽樾閒看五達衢車馬紛不絕白雲幻蒼狗倏忽遞變滅傳是百城書也軒一標月祖武詎易繩永懷愴明發東皐賸十畝蹄涔涸涸轍

讀東漢書

炎精西墜龍鬭野帝子東來跨銅馬舂陵王氣何佳哉黃山黃龍死山下乾坤昏昏十五年漢火重明赫如赭英雄起事眞無憑繡襜騎牛亦聊且時來不負好鬚眉一戰功成飛屋瓦出門徒步萬乘歸南陽卽是新豐社十年左纛返田廬里媼仍呼謹厚者東漢世祖

淮陰三十方登壇暮投隆準朝猴冠杯蛇片語相君背而翁不信臣心丹二百年來有高密能識眞人草昧日杖策軍門被褐來竹帛勳猷操券必君臣握手出肺肝關河百戰眞艱難手攀龍鱗應赤符再燃漢火從灰寒身都將相功第一雲臺劍佩光爛爛烟波不驚五湖槳明良遇合侔星宿居高不傾滿不覆峩峩帶礪安如磐君不見藏良弓烹走狗生王頭婦人手鄧太傅禹

深州城外風蕭蕭滹沱今古流滔滔蕪蔞亭前客

延佇云是蕭王渡河處神龍失水昔南奔魚服蒼黃踏波去帳下貔貅庚癸呼將軍大樹進朝餔有饌簞飧煮豆麥辛苦槖饘來甯俞滹沱奮翼北動業夏陽錫土酬功勛君臣慷慨悲往事承明未敢忘憂虞明良一代同心膂陳迹千秋在河滸剩水殘山事幾更泱泱河流向人語馮征西異

天子法太守民將軍不奉天子法部下賊殺太守民太守有劍法必伸豪強頸血濺我斬將軍盛氣讋太守陳師鼓行如執醜帳前麾兵兵不走將軍兵醉太守酒兩賢相遇何相爭雅度容公堪八九

和事却勞天子尊廉藺相逢原客友兔威侯恂

寫懷與陳南章

壯士無黃金乃爲兒女縛志士失時勢乃爲親黨辱買臣棄於妻覆水難收復皐皐絶於舅終焉樹牙纛將相荅恩讐勇者寢食蓄我賤非信平羸驢亦少績拂衣示辭家整理舊刀䩠老不及燕然耶傍文園宿願君敦古義金石此相朂

七星巖棲霞洞

二儀之精結山川剛氣西南走連綿粤山攢黛多險怪排空劍戟欲揷天建陵城東晴翠開七星燦

梁溪詩鈔 卷五十六 三

列高崔嵬鼇叢魚梟不可躋但見金碧千層臺黃冠道士向余揖謂余無事仰脅息中有洞天繪化工鬼鑿神錐莫可測道士秉炬前導行乍如入井無光瑩巉嵯百級得平地豁然萬象呈其形赤鯉揚鬐颭白雪飛身入海歸龍穴兼天波浪起風雲鯨鯢翹首不敢躡天門三重天鼓鳴琴瑟細響復砰訇不見帝旁投壺女砯崖轉壑發雷轟普陀大士臨天池臚餅露滴楊柳枝貝多樹上鸚鵡啄雜寶瓔珞鸞鳳垂百千阿羅揮杖拄蹈翻須彌倒撑拄天花着衣寶滿身雲霞冉冉簇錦樹條焉前阻大澤中昏霧四塞迷行踪金博山前深萬丈狂蛟潛底吹陰風獼猴瞪目望橐駝黃犢紫峯鬬盤渦巖巔老猿摘仙菓輕軀趫捷如流梭雲梯重重接玉宇碧雞未唱扃千戶繡龍畫雉間芙蓉羅屏掩月鸞鳳舞深隱不知夜漏長一線瓊籤報曙光桃都山中天初曉出視九州殊茫茫

叠綵山風洞凉心閣小憩

嶙峋骨立數峯遒巖壑陰生境絶幽檻外江山千里目洞中天地四時秋遥情忽發御風想久坐不知紅日收一枕冰簷成小夢忘機渾似泛虚舟

梁溪詩鈔 卷五十六 四

桂林使署雜懷四首

鳴璫响珮下嬋娟雨態雲容若個仙才子艷誇神女事楚王空結夢中緣

法善雲梯不可攀玉眞宮殿月闌姍人間天上難通問青鳥探看更不還

梧桐墜葉亂庭除萬里秋風怯短裾豈是凄凉茂陵任天教閒殺病相如

京華每憶昔年遊書劍飄零欲白頭有淚半羣不輕哭世間何處是西州

乙巳夏五月雩都道中

問水尋山縱野航五年三次到炎方飃零蹤跡離羣雁惆悵心情岐路羊帆影去來催髮白灘聲上下送人忙半生閱盡升沉事何用窮途學阮狂

過新喻感賦

此生已分老烟波遯世逃名張志和耽飲不愁生計短能詩豈厭客程多筆牀茶竈供行李芒屩青鞵足笑歌試問江城賢令尹自來題鳳幾人過

陸口即景

一水鋪澄練千山擁翠鬟巒光隱現際雲勢雨晴間翼軫天文畫衡湘地軸環慣遊憔悴客未老鬢

先班

鸚鵡洲

不盡江山景長留狂士名烟雲詞賦意風浪鼓鼙聲眼大乾坤小才高身命傾漂流不遇者過此淚縱橫

黃鶴樓

中天百尺有飛甍黃鶴猶存舊日名三戸人烟熊子國萬家春雨武昌城古來空笑黃江夏海內誰容禰正平滿目山川增感慨不關詩句昔賢爭

滕王閣

江邊傑構起元嬰忽漫登臨百感生九日筵開千古勝片帆風助一時名西山秋老明楓葉南浦天低落雁聲我亦飄零書劍客憑欄何限古今情

西湖

西湖十里水瀰漫趙宋頻來法駕看人物何曾無北伐江山如此竟偏安風堤霧塔嬉春早月地花天醉夜闌唯有巖邊林處士玉梅清夢寄高寒

題蒼龍峽

天闢雙壁夾中流竟有神龍爪鬣浮嵐氣欲飛梅嶺雪林聲疑變洞庭秋巨靈擘蹋形何險過客題

評興轉幽自是平原多勝地會臨海嶽恣遨遊

采石磯弔太白

層巒俯瞰大江東捉月當年事已空豈有才人無貝錦那堪詞客竟鮫宮何時白鶴歸丁令滿目青山對謝公詩卷千秋懸日月沅湘遺恨至今同

燕臺懷古

系乾北去入燕都瘦馬斜陽獨自驅市裏狄箏今復古臺邊金氣有還無三秋鴈下漁陽信一抹山横督亢圖此日來同看萬國鳳城樓閣五雲扶

鄴中懷古

漳流曲曲草茸茸魏武曾誇一世雄莽卓鴟張堪
上下孫劉虎踞自西東江頭碧瓦鴛鴦盡城裡朱
樓玳瑁空惆悵美人歌舞地野花開徧舊離宫

金山

樓閣參差擁翠屏六鼇高捧出冥冥珠林縹緲飛
花雨紺殿玲瓏語塔鈴渡口疏烟瓜步綠天邊一
髮蔣山青老僧靜證無生諦時有乘龍夜聽經

虎邱

生公石下水雲蟠春鬧山頭樂事寬香屑梵宫飄
粉澤錦圍步障耀林巒沸波弦管魂俱化接路鶯

花眼欲酸堪笑守橋真有客巫山一昔夢中歡

初春山塘舟中書所見

畫橈銜尾過山塘春日春人值艷陽簾罅暗招青
雀使檻邊偷喚雪衣娘輕雷笋透仙山玉淡月梅
開佛國香誰惜沈郎腰瘦盡連天草色恨偏長

病中寄懷梅花

昨歲春寒花不發今春花好看無緣人生處境類
如此花事關情空復然擱閣雪中詩客過生憎夢
裏玉人牽相思愁聽連宵雨一曲江城又一年

和杜太史雲川雨中牡丹

富貴由來春夢場東風催雨送花王故增醉態頭
如許杜牧之詩醉頭扶不起自惜濃香淚幾行剩欲煎酥珍
落蕊坡詩牛酥煎落蕊宵因洗粉棄殘妝又秀色洗紅粉繁華已
去空追憶孤負庭前尚夕張

秋柳 次家芝亭韵

怨別紅樓醉復醒縈茸意緒不分明花花草草他
生夢往往來來舊日情好事盡教歸燕語離懷都
付暮蟬聲於今憔悴無人問蘇小門前斷送迎

咏白秋海棠

春花名目與秋期獨倚金風裋素姿錯認何郎憑
傅粉真同虢國厭施脂露凝玉砌粧逾淡月轉銀

牆匯未遲零落羣芳誰比擬色香空處費尋思

中秋醉後放歌

不飲酒人不見月剛到黃昏鑽被穴豈知好月數
中秋中秋夜中尤皎潔愛月主人坐不眠舉杯顧
影成三客一杯一月吞復浮千杯洗盡胸煩渴預
愁明夜不如今拚到天明醉死歌詩中聖酒中傑
遐思李白與劉伶遙遙千載誰人接但見紛紛馳
走逐利名矜裾馬牛徒竭蹶不飲酒人不見月

五士詩

萬仞岡頭立非由拾級升目空吳季札心許漢嚴陵徧野紛爭蟻盈庭大笑蠅任渠長矯首不識此崚嶒 高士

不覺懸河哭無端撼柱吟自非醒亦醉誰信貌從心近傲因希古如癡只避今生來炎此疾愼勿悞砭針 狂士

何者爲難事從來叱咤成慣容無告告能使不平平姓氏生常隱心肝死更明匪徒豪氣在仗劍學幽并 俠士

正氣不終息貞心常在茲日星天淵處松柏雪深

時隻手扶三極千秋振四維鬚眉有如此巾幗也相師 烈士

禍祿如山在 語出揚雄逐貧賦 天心豈我寬底須防鬼笑何可向人言婧尚嗟磨鏡兒猶鄙灌園清風仰孤竹眞厭一瓢喧 貧士

早春先相國樟園看梅

名園寥落甚殘雪點春陂華屋悲歌處疎林暮醉時永懷風木慽每繫鶺鴒思勵庵怡顏並橫斜得幾枝 勵庵怡顏先祖司寇公二先叔祖少宰公園中堂名二園與樟園接比

冠山堂後古杏枯朽尚發數花感而有作

問春幾許春已老雨雨風風花事了不覺飛花撲帽簷墻頭紅杏半株好錦繡山城結輞川金樽玉管醉瓊筵昔年歌舞人何處燕去梁空花自妍

次金松澗太守見贈韵

諸公袞袞着鞭先我老青山不値錢得壽文章遊俗好經磨骨格拒人憐交情論古金猶斷詩律求工筆可椽往事客聰閒共說圍爐痛飲雪深天

九日病小愈復遊惠山寄暢園懷泉南秦先生

碧天風日淨無塵近郭烟巒靚面親山縱不登看

亦好酒惟減量飲猶頻初荒庭院開籬菊再造光陰寄釣綸世事與公同一醉司勳佳句寫來眞

殘荷

池上寒生艷景微芙渠搖落淡秋暉乍離並蒂牽紅袂漸冷空房捲翠幃夢向華清殘月散魂隨洛浦曉雲飛嗔他幕府清流客不向炎蒸早拂衣 晉王儉幕府多集名流時人號爲蓮花池

七夕前一日與內自梁溪返舍舟中晚眺

闌風伏雨乍陰晴鬐畫秋天晚景明霞散波揺千錦碎日沉雲湊萬山横岸頭戍火孤城近檻外星

河雙槳迎拋擲瓦背愁病裡半痴半醉卧桃笙

花石灘樟樹歌 吉州

春水漣漪柔淚生微風蕩漾見舟輕上溯合流似三峽（謂章貢二水）飛瀑喧豗魂膽驚迴波逆折舟行曲鳥道巉嵯水中伏一峯突兀勢吞江魁岸蹣跚旁峯服摩牙奮足如攫拏蒼龍不肯蟠泥沙水聲淙淙穿山脚俯視股慄驚徬徨忽見老樹凌雲舞三株分偭千年古交枝接葉屈曲盤劉家皂莢何足數紅豆相思南國春春情樹底動行人山高水長雲漫漫安得秦樓紅尾鳳跨入青霄萬里摶

六月望前一日宜春江中遇大風雨自未刻至昏始定驚悸累日爲作大風歌起用漢祖句

大風起兮雲飛揚乾坤混一韜晶光千峯失去祇微茫但見疊雪奔銀塘余也畏水如老傖急呼三老持清防牢拴大索釘溪旁傾盆雨勢挾風狂崩山潰澤無能當空中叫嶽千軍張雷驅電走如騰驤須臾雨過風雲藏天公歛笑開鴻荒溪頭新漲正湯湯窮源絕壑皆汪洋收攝神魂漫被腮一輪明月山之陽

泉南先生令賦盆山歌（盆山爲天釣和尚所造者）

咄哉好石奇章公驅使岡巒都入座刻鑿姓氏重鼎鍾標題甲乙珍瓊玉襄陽米老好盆癡拜石如向金門鞠有時潑墨亂雲烟孱顏磊磊胸中蟲由來石師亦畫師況復工詩藝成獨坡公曾許王與吳尤於維也深折服請將此意問天釣就令不畫亦不俗且其壘石盈尺間倪黃宗派符格局石兮寫畫畫入詩石好緣知詩可讀我今好事并底觀遂圖寄暢傷心目

祝來陽令五弟壽

吾家門第甲吳下名垂鐘鼎留圖畫天子側席待儒臣經推賈董史班馬三公連袂登蓬瀛文章事業佐昌明君臣一心臻上理虞廷吁咈拜手賡億萬斯年堯舜世日麗中天無障翳勳猷不數房杜儔一手擎天永帶礪興朝大典重掄才爲國求賢盡草萊狄公門墻皆偉器春風桃李滿苑栽謝公夙係蒼生望楊震乃爲羣儒楠功名烜赫貝錦生歸向巖阿愜素尚傾邪石顯設危機解柄不宵貫望之 聖明照奸脫羅網喜見日月增光輝玉皇案前久虛吏騎鯨仙人一朝逝錫以善類保

其昌亭亭秀發燕山桂萬石君家孝謹閒席豐履厚彌恂恂質而能文善繼述聯鑣射策登青雲余也不才忝爲後阿咸獨賤蒙塵垢丈夫有志事勢違空令擣盡千金帚舉賢用人本無方相如不第爲貲郎兄弟相繼通籍去季弟才氣尤飛揚細侯年少人爭識領封郡來古鸞國蠻服炎荒多悍民猛寬並濟歸風息孟秋壬戌降生辰余適遊楚來三旬琴堂獻壽拱南極上祝高堂次頌君期君修政如修壽公侯復始光華胄他年繪作家乘圖會須五老登黃耇

落齒和韓昌黎韵

憶余十年前大病落二齒齊物輕死生詎畏落不已果然衆鄰動落勢未肎止在舌缺不妨能嘯豁寧恥落者已六七衰爾豈云死即看今年瘦鬼籙感刪已聖人戒旨酒博士警醧水麯糵吾所耽邪怪排墻比郄思禨祥年含乳毋乃似音訛語不好雄辨今已矣亡牙笑牛齡失齒類馬紀查枒墐宿物捜剔頻煩指烏能無粲然門戶安所恃大嚼何必眞望屠聊復爾我年垂五十生與六旬視若以齒卜年二十剩可喜頤曲無都督爛羊侯爵美品

茶滿濕衣笑殺玉川子

初春陡門野望

今日春氣透散步臨前川憑高豁胸臆極目收遠天四野堆衆皺遙巒拭翠巔和風悅羣性麥綠萬頃田鳥鳴不知處迴顧柳已妍隨輿行阡陌足疲乃言旋

舟居

我亦浮家泛宅人烟波深處去頻頻蓴羹菰米朝昏餽雁浦鷗沙遠近隣訪戴溪邊常放棹避秦村裏可通津綸竿不用忘名久恐似羊裘釣富春

冬日鄉村散步卽事

曲曲清溪到草堂霜天欲凍水雲鄉烏鴉獵獵圍寒陣紅樹離離襯夕陽縣吏高呼催賦急村人聚語數年荒維舟盡日無他事捫讀殘碑廢寺旁

冬日小病述懷

雞催月落曉霜繁愁陣攻心到幾番避債古臺何處是忘憂舊舘得無存饘飦當飯難長飽粹亦名褎剩小溫多病客鄉身漸老遇誰買賦達天閽

抽存五弟自清苑令遷易州刺史喜贈

勿謂移官已大夫弓裘難稱荷前途三刀瑞夢仍

畿輔五馬新旗歷上都家訓不忘方是子（弟輩初筆仕先君子有自記訓兒說各付一帙）藏書能讀乃成吾誰言碌碌因人就門戶撐當仗阿奴（周謨小字阿奴兒嵩[illegible]母曰阿奴碌碌當在阿母目下耳）

甲寅正月三日余四十九歲之辰招同人山遊訪天鈞上人集錸石閣小飲

彈指韶華五十辰新晴景物動新春笙謌叢裏闌珊侶雲水光中拄擯人流寓村陵輪我久出塵賈島伎誰伸相攜促坐梅林下俺莊將舒酒數巡

丙午晚秋張繡公邱若天兩公子邀飲青蘼山文昌閣遇大風雨酒醒賦此柬謝

天涯結客逢良友愛我不憎顏面醜欲索李賀囊中詩先進劉伶槽上酒主人情重勝鼎烹况有嘉肴慰我口病夫力飲頓酕醄萬象胥忘身何有須臾雲起四山沒五丁邪許空中吼狂風吹雨過樓前翻倒芙蓉折敗柳急呼健夫舁醉客高岸泥深愁脫手烟村歸路盡模糊輕舟挂席如駒走從人鳥散成徒跣拍手逢年喜田叟陡覺清涼遊玉宇炎氛掃盡千鈞帶驅來穩卧愜吟魂颼颼清風生北牖醒時衙鼓報三更天瓢滴罷懸星斗籬邊黃菊半離披樹上天香開不久（用高青邱題周南壁間韻）

贈朱五若愚

絕妙文章不肯賣布衣事業讓先生蒼松豈有逢人態野鶴從無媚世情老我病中沉夙恨艷君詩裏享高名紛紛又作魚龍會塞耳橫眠醉步兵

醉歌（二月初六與邵子來九朱子若愚遊惠山作）

出門再出門日日惠山下此山援爪引派連義興背臨震澤得其借眼底湖山針孔耳如我詩篇豈爾藉茲里亦復數靈區虎頭之後接倪迂遙遙千載竟寂寞瑣瑣小儱可有無昔者富遊至西粵探奇山腹窮樛轕神刀鬼斧入柔毫搏弄乾坤無日

月朱君稽首七星巖謬謂詞人少其儔（余賦七星巖棲霞洞詩若愚傾賞獨至）太傅逝矣又太邱門庭冷落清如秋讀書空復爾嘆我一衿已白頭世事直如此笑我餓死竟無謀試看紛紛軒冕逢迎色自顧不羞旁代櫃寶嬰落勢轉田蚡風中之草褌中蝨吁嗟乎老驥伏櫪心終強鷙鳥繫韝不忘翔安得跨上巨鰲背瀛洲方丈去莫量去莫量二子與我共徜徉

飲酒詩贈三友

艷艷庭中花當春發華滋時往忽衰謝風飄任其吹或則上簾幙或則委塵泥豈分貴與賤同植命

不齊君子保晚節處窮慎勿移夐哉首陽士於今復見之安得不痛飲拜倒稱我師 惠逸狂

君本非酒人能識其中趣白眼遺世矣青眼剩我顧斗室盡天地曠懷完貞素斯理達人知愚者醒亦病哀哉嵇阮流千載莫能恕所以君不飲交我損君譽 朱棡香

三萬六千塲我醉願得倍君亦箇中人盧罌耻相對每逢四人俱惠朱居小隊一呼奮兩翼險陣水爲背於焉同奏凱竟得萬戶酙此味屬我儕性短興可貸詩人類誇酒出務乃起痾滅燭留淳于感

君不辭再 鄧自怡

曉夢得頷聯醒續成之

只合木杪坐塵寰着脚無豈真天地窄或是性情孤高鳥斜陽盡餘花晚徑疎殘缸渾未息蝙蝠訟銷狐

自題垂釣圖小照二首

詩人窮塞故應痩紈袴不餓毋乃謬釣竿亦困沮洳中滅跡雲峯五何候

王氏宅邊皆種竹習家池上盡栽荷生來金紫光華隔老去烟霞趣味多

讀史至焚書阬儒偶成兩絕句

闐倉溢庫冷灰餘淹博人羞腹笥虛賺盡英雄徒老死讀書何似竟焚書

乃公安用此儒生天下元從馬上爭不道亡秦續炎漢一時謾駡甚於阬

范增

委身從羽不去羽人臣一心爲其主謀殺沛公始安堵鴻門來謝手可取彼爲魚肉我刀俎舞陽猛氣何足數嗟哉一時力難努專親項伯疏亞父如此重瞳不如瞽

汲黯

盈庭唯諾獨批鱗天子稱爲社稷臣自矢深堅易戇落淮南早識漢無人

蜀漢北地王諶

君臣銜璧晉車前一慟捐軀恨九泉無子有孫知若早當年定已廢劉禪

晉太祖

孤兒寡婦掌中丸回想當年笑阿瞞蜀相已亡難峙鼎英雄死去亦心安

魏太傅司馬孚

一心事君無二屬可恨賊臣出臣族南闕金墉淚未收淋漓寫作墓碑讀（公臨終有遺言以示不臣於晉）

蜀漢衛將軍諸葛瞻（瞻及子尚俱殉國難）

君王不死臣先死奕代南陽姓氏芳丞相英魂悲喜集痛心存者快心亡

辛毘女憲英（羊耽之妻爲羊祜從叔母預知曹爽之敗又料鍾會入蜀必反）

駑馬成擒梟將反閨中先見合謀臣興朝何必求名將推轂應須讓婦人

侍中嵇紹

越薦登朝事父仇蓼莪廢咏遜王裒蕩陰一死完

名節全賴桑榆暮景收

司徒王衍

眼看中原易數姓元臣袖手只清談可憐身死排墻下孤負經營兔窟三

中書令張華

平吳獨仗擎天力想見推杯斂手時可嘆守成逢闇主孽忠一諾動人疑

晉懷帝

四海徒聞共主名權奸猶自嫉英明（指東海王越）若非早建安東節豈止銅駝没帝京

將軍梁緯妻辛氏（劉曜陷潼陽將軍魯充梁緯死之緯妻辛氏同赴難）

罵賊恐汚未死身從容就義作完人丈夫報國非奇事添得芳名史冊新

御史中丞吉朗

羣臣痛哭共攀車再見蒙塵社稷墟生媿無謀死尚勇辛賓胡不早隨余

左僕射麴允

四方絶援神州陷難怪孤臣謀國疎納欵索綝不足數江南諸將竟何如（余觀元帝坐擁强兵不發救援心跡與宋高宗無異）

（敍麴祖二咏俱刺之）

豫州刺史祖逖

擊楫中流涕淚潸英雄誰共濟時艱瑯琊但說東南備不問將軍去不還

幽州刺史段匹磾（匹磾與劉琨同盟共翊戴晉室後錯疑琨謀反殺之）

歃血同盟猶在耳莫須有事殺忠臣初心不背幽州死好向泉臺謝故人

晉司空王導

大義滅親懟石碏見危授命媿王彬異時執笏空流淚難到黃泉見伯仁

陶弘景

拄冠神武已嫌遲眞隱頭銜自允宜𨚫訝終南有种放忙於宰相出山時

雍正壬子七月十六辰刻至十七酉刻止颶風發海上雨如潰川延袤千餘里半在澒洞中作歌紀之

東南庶富甲天下厥田唯上充征賦今年夏秋風雨時穩看西成在指顧胡然忽動巽公怒驅齊河伯風旗布黑雲漫漫紂絶天千夫萬卒空中呼去聲老屋搖動簷瓦飛兒童抱柱羣驚仆市人吹衣作兩翮似引縷紐升百步撞胷破膽坐終宵憂人眞

梁溪詩鈔　卷五十六　三二

抱杞人思明朝風定雨且晴被災州縣爭馳羽傳問海口與江濱死屍橫塞舟難渡水勢灌城過雉堞人逃上屋投鼎鑊可憐藁裹與蓆捲紛紛忽起邙山墓君不見項籍肆虐坑秦卒二十萬人一夕故又不見樊崇焚掠發諸陵宮室寢園倏成路水火兵爲三大刦此事傷心聞者怖

辭友人招遊惠山

判年作别山應笑咫尺相思夢亦嗔實腹秋蟲憐自網出羅昭諫集縮頭寒鼈苦難伸出玉川子酒因入務翻多病詩到尋鹽漸失眞一事猶堪慰泉石向來調水驗符神

冬夜偶成

假寐慣爲中酒味苦吟恰叶忍飢聲一天霜雪沉無路滿几文章爛有情未必紛紛成薄俗不辭碌碌要全生靜中細聽風濤送隔墻有長松噫氣何須歎不平

讀東坡先生詩集

弄筆不辭謗乃能避雷同韓詩怪辭驚衆謗不已李杜掓高格昌黎躡其蹤一洗六朝習逐鹿走羣雄遙遙三百載瓣香授坡公眉山鍾靈氣父弟且推恭江海

梁溪詩鈔　卷五十六　三三

就其深巨細兼包容筆底有造物變化非人工上接三夫子下闢西江宗光芒射今古唐宋無汚隆誦詩遊公世夢寐亦景從捕逐窮汗漫力盡同追風雖爾尚孤鳴挺然棄凡庸紛紛薄俗子小碎喧秋蛩或者誇淹博疥癬增駝峯狻猊納百獸一吸山中空邢子才譏劉晝六合賦似疥駱駝伏而無嫵媚

渡黃河

石埭金隄一望收長年鼓浪狎陽侯西經積石從天下東匯黃淮入海流水氣魚龍浮禹甸人烟橘柚浸揚州　聖朝早奏澄淸瑞銷盡風波過客

愁

天竹

萬顆垂垂欲倩扶醉翁高致雪冰俱珊瑚碎後還成樹火齊燒餘尚是珠破夏朱櫻知不混傷春紅豆亦應殊一從鐵虎題評後始見南天品絕無（鐵虎歸元恭小字）

蠟梅

難工摹寫滯毫端冷透軒窗尚倚欄大抵林泉多麴服從教香粉亦黄冠精神酷似冰姿瘦肢體寧輸鐵骨寒珍重南枝先後放春風可肯借人看

甲寅六月大水紀事

壬子大風雨殺禾并殺人我居遠江海頗悔剩此身長空没已久寶劍去亦神寒生失故望敗戸耻强隣樂歲且恒飢矧乃凶荒頻昨秋蟲食稼富室空廩囷大臣啟封事繪圖入告殿不效長孺激堪媿兒寬循 天子允其請爾 詔溥 皇仁緩征以郵災截漕以拯貧瘁黎既少蘇轉復憂若旻傍皇過四月刈麥喜連雲黄梅插蒔急田泥白如埧甘澤兩日夜綠散萬項匀何期已晴杲倏忽見商蘋想是代龍怒胡弗轟車輸塞耳隱對語磓礶瀉奮聲一旬無日月四野皆洽滇馬牛莫可辨涇渭誰能分村墟接滉瀁閭巷聚瀠瀦宮無完奄灌城難闔閭只合居高樓或者廬欲岑水鄉萬萬戸半爲魚鱉宥桔橰聲慘裂偃僂起銅缸退水入官河與岸寸未平廢幾晴三日斛救望小成須臾亦衡斷農功竟無憑吾郡鄰凌極天豈厭吳民安知我非魚愁看川光恨

竹石歌 過卷石軒題壁

月中搖蘼彭零亂風前戛玉聲鏗鏘朱君市隱性古僻喜蓄文氏之筼簹小庭數竿垂鳳尾半日陰

翳斗室裏不醉亦富富此君（若愚性不隱故云）旁立怪石奇容皺瘦昔家貧肉食少雅稱坡公語最好綠筠避暑不避寒君今高節追袁安吁嗟乎我與朱君彭塞磊落甚相似千金帚做技窮矣誠知我是高陽徒一尊夙昔遥相呼我來此間自晨坐至夕不覺愛流情塵頓懸隔爲君吟成竹石詩我無君屋將何之

病馬歌

昔人市駿先市骨萬里閒風良馬集天生神物不受羈邀龍既深甘伏櫪黄金臺荒千古悲空羣伯

樂亦云蓤漢南冀北產奇姿試問識者今爲誰有馬有馬來渥洼驍驂姿性骨槎枒桃花被體銀絲尾白練懸空雪舞花追風掣電勢欲飛鳴珂噴玉旌旗揮使君常騎出行部道旁觀者凜雄威此馬羇來已數年不離使君擁導前芳草香堤曾踏遍黄金爲勒錦繡韉一旦使君解組去榮名笑比苓通棄獨有此馬向風嘶跛踦偃卧無驕氣病來猶自强精神不食旬餘乃竟斃吁嗟乎馬且不忘秣飼恩人之受恩知報未

贈櫚香子

我詩世莫賞亦不求人知何意深巖中復挺孤松奇此客冷於水古調獨我期峭僻鬬豪險東野凌昌黎善作狡獪語夕剗無能窺窮神捕八極搜義劈一絲寒生居富里煽動羣兒嗤軒冕與金錢涸士同乖離獨鶴翔雲上纖毫永傳之

乙卯仲秋酬朱若愚到崑問疾兼謝贈詩

病後一無營幽齋殊寡歡竊思親舊味踈客竟無端美人自天來逸珮鳴青鸞方期久稅駕何意忽言旋來舟載月白去颿帶雨寒高雲散逸響不絕雍門彈

孫寅

字虎臣號栢堂錢唐籍工書善畫官頴州知州權鳳陽府自其父自錢唐貿遷居無錫虎臣詩如牛犢午眠坡上草鷺鷥晴立水邊田馬躍亂雲衝白浪衣翻暑雨熟黃梅一時皆樂誦之

田家

水邊開却小茅堂曲曲踈籬短短墻荷葉翠擎新雨蓋萍蕪綠漲舊池塘交塍遍畫分秧地滚石初平打麥場終日衡門無客至桃花應亦笑漁郎

毛寧魯

字蓁芝陽湖人平生抱匡章之痛棄其妻子去其田里以布衣踞傲公卿間著書等身常自言一生精力盡在古今官職攷陳榕門中堂極稱之居梁溪主華劍光先生家劍光没教授自給栖宿僧舍以終所著散佚殆盡云

題桃花扇後

六更稍煞漏聲催瑟瑟幽蘭長綠苔錦片山河抛擲了天兵明日渡江來

字渼澳號頹樓東湖子庚辰　恩科江寧
鄉試舉人其祖鶴溪太守初由部曹筦龍
江關稅務家于金陵也渼澳倜儻好義肝
膽照人嘗孑身送亡友旅櫬還其家其然
諾不苟類如此卒年四十四著釣雲軒詩
稿四卷又有越遊草一卷題西湖云南渡
到今棋幾局西湖終古鏡新磨一時傳誦
惜遺失不復存矣

書隱者壁

大兒坐石皤南華小兒放鶴躡雲沙青山不改太
古色碧桃猶作秦時花

弔天釣和尚

悲秋一夕罷牙琴鳴咽霜鐘度石林卅樹梅花詩
卷重（天釣有四和高青邱梅花詩膾炙人口）半間雲氣影堂深（天釣自顏其卧室曰雲半間）傳燈烟燼誰堪續隻履飄飄何處尋千
載高名仰三逸風流遙繼碧山吟

憶金陵舊遊

舊遊如夢不堪論畫舫烏巾寄白門歌板月明桃
葉渡酒旗風戰杏花村六朝人物棊中劫千古江
山畫裡痕橫笛休吹楊柳曲攀條行客最銷魂

虛龍未賁終酬願白馬重沉正競名太息文閒標
復社春風原是魯諸生
紫雲紅豆是生涯金剪新裁吉了紗若使黃帔眞
入道胡麻應遍撒桃花
沉井遺民摧腐骨橫刀浪子斷柔腸白頭江總漁
洋句零落人間脫十娘
一片紅氍甲剪燒何當辜負冶春宵周郎按譜頻
頻顧忠佞丹青兩樣描
扇出風雲片片憐家途拋淚滿懷箋敬亭點拍崑
生曲依影蓮花已暮年

題袁令儀柳陰試茗圖

雲英絮影雪毿毿釀透薰風飲亦酣蘇白襟期袁
仲子一番花雨在江南
綠陰縷縷濕茶烟桑柘平皋接野田自有深情科
跣外壚頭吹笛伯牙弦
移形換步成連舫俠骨柔腸劇孟家如許頭顱寄
蕭瑟曉風殘月上紅芽
禿盡長條月一灘漢南搖落淚汍瀾章臺走馬金
梭擲老我寒燈雪夜安

薛稻孫

看竹

我亦生無食肉相愛此萬个青琅玕徑欲移居對衛守省教書問竹平安

望甘露寺懷舊遊

雨雪紛搖落江山莽泬寥紫髯空霸業白足老僧寮鸞堠東西驛漁榔上下潮登臨懷往事壯志鬱難消

淼淼孤舟下菰蒲百感紛江山傳第一人物想三分樹客多留雪峯遙不辨雲未隨時事改唯有舊鷗羣

閱西湖志感岳忠武事

長驅淮洛正衣冠百戰論功駕范韓北伐黃龍虛痛飲南飛白雁失偏安孤軍勢壓撼山易三字寃成縱虎難一片桃溪水鑑似九原長照寸心丹

湖雲祠石鎮千秋墮淚行人禮岳侯廟俎應追赤兎馬神絃好擬白符鳩六陵樹朽忠墳在五國城荒烈魄游快殺鑄奸齊屈膝也勝和虜去函頭

錫山望太湖懷古

粉黛叢殘變甲兵湖山猶似怨行成長留郤月横雲翠細寫氷壺玉鏡明當日君王空鑄像至今漁父尚傳聲憑高不擬孫登嘯烟際沙鷗夢易驚

湖中漁父詞

裡湖水悠悠外湖浪拍拍船頭桃花紅船尾魚翠碧小魚不論頭大魚長三尺得魚亦不多換得酒一石醉唱銅斗歌上下隨孟婆天晴見晒網雲起婦補簑家與五湖濶囊無一錢多謝令朝市客替汝愁風波

偶然作

小榻琅玕簟清閨玳瑁梁流光一彈指長恨九迴腸釵影舒鸞頭衣香簇麝囊後時貧女嘆端不比

金唐

有天亦離恨無地不消魂驛畔雀頭履爐邊犢鼻褌顧形貧舞鏡失寵羨乘軒獨有佳人意知時重合昏

題許約齋姨丈横經秉耒圖

重見文翁化還尋漢二疏井田腴古研（出示家藏井田硯）邑乘富新書（手輯棠邑新志）不信無工畫真成賦遂初後時逢好手更乞寫樵漁

玉蘭餅和劉子永成

東風碎彩試昆刀便欲相煎佐碧醪仙侶引年餐

玉屑美人吹氣吸蘭膏由來白雪傳家賦可勝紅綾饜老饕未敢題糕還說餅劉郎曾不愧詩豪

金陵雜感

美人長恨桃花扇狎客纖歌燕子箋今日曲中人不見一聲樵唱孝陵煙

阻風京口懷維揚舊遊

終古垂楊柳絲絲綰玉鉤瓊花十年夢漁火一江秋未得騎鯨去空思跨鶴游清吟謝家句白浪使人愁

莫愁湖二首

梁溪詩鈔 卷五十六 三十

銷殘金粉水猶香不見當年玳瑁梁何似麋城花草地斷絲清梵說眞娘

依然艇子石城頭時有鴛鴦比翼遊不信湖名擬盧女南朝天子慣無愁

曉行曲

荒原亂擊蝦蟆更僕夫夜半催前行虺隤老馬怯遠道咿喔荒鷄啼惡聲出門殘月泫多露鈴鐸東東似相訴春閨角枕獨眠人夢魂尋徧天涯路

芙蓉山竹枝詞四首存二

芙蓉山翠抹春妍芙蓉湖水涸成田山如妾面失明鏡湖似郎心多變遷

高士孤墳泉石枯近山爲倪雲林墓村娃鬬草客提壺九京肎染瑣玕筆寫幅清明士女圖一名清明山

惠山雜咏

圖畫蜿蜒九龍蟠晴日捫蘿絕頂看七十二峯三萬頃青螺亂落水晶盤

黃公磵外銀河瀉羅漢泉邊翠乳流更愛名園斸山骨松間明月照秦樓

泉聲山色眼前景幾度尋思造語難一口居然能吸盡疎鐘聲出惠山寒

梁溪詩鈔 卷五十六 三十一

題張圖軒先生遺集二首

碩果江東老逸民詩文陶冶見天眞南朝歲月傷心史上世風儀墊角巾五柳遺編標甲子三閭初度紀庚寅當時執戟西京客奇士都將著劇秦

慷慨干城志已違先生少作云書生慷慨欲干城轍還老作五經師暮雲將皁騎驢處秋水桐江倚櫂時咋舌細儒封建論傳心先哲述懷詩集中封建論三篇辨駁柳氏述懷詩廿首追配紫陽從游三世淵源在一卷名山得細窺家君曾受業於先生予又受業於先生之孫

江筠

字震滄長洲籍檇州人壬午舉人幼依外家於錫爲吳容齋先生高足弟子博文好古晝夜不輟尤長於三禮三傳著有儀禮私記其友戴東元爲之序金殿揚栴許爲付梓尚未開雕今其藁仍在金氏震滄故雄於文癸巳禮闈已定魁而復失士林讀其文而惜之尋又失明仍教授自給年六十二卒詩曰餘事作

和挹楓送春

心緒而今已惘然憑闌況復憶當年綠蕪細雨王

孫草錦瑟空江帝子絃柳外祇餘飛雪路壺中猶貯釀花天休言後會須臾事怕惹青霜到鬢邊

辛酉春從族祖鏡山還天都故里距今十有六年族祖下世亦忽忽六七歲矣追懷舊遊感念存没因成六絶 存二

短篷溪畔倚雲根梅蔭長堤認故村惆悵遼東舊歸鶴更無仙語到曾孫

橘林摘實示貽謀曾勸移家反故邱今日宗枝倩誰蔭山光佳處長松楸

落花四首 存二

樹頭留得幾枝紅半散清香碧蘚中二十四番鼓剪就狂吹不敢怨東風

纔經點地已塵侵讓却柔條與綠陰猶有餘香消不盡誤他蜂蝶草間尋

少司馬周海山先生惠參療疾以詩謝之

靈苗幾寸寄生機拜賜曾門出禁闈貧病只宜占勿藥客遊惟望賜當歸小爐宿火銘新液緩帶秋風復舊圍高誼薄雲酬不得升恒長此頌恩輝

相輕行

范史譏班班譏馬皆謂前人出我下至今三史家

一編孰是後來居上者杜推四傑江河流韓拜東野時低頭試將數子側韓杜如星遇月光爲幽爲人所許處人後土壤得爲泰山有爲人所譏乃出人逢蒙殺羿知羿眞有客自訴心銜結欲求一言俾耻雪騁辭已裕倒峽源遭笑輒觸如鋒舌予謂君言倘誣我得此于人豈輕可不緣名仰北斗高安得口作南箕簸當今貴人雄才多遇有佳士輒網羅豈疑紙貴洛陽僞自忖門艷花還過其餘同儕互酬唱彼此相優稱哲匠當其誠服亦自愬曰久心知均覆醬伊誰心忌還相傾得非施照轉鏡

明不然受蝕自拙目置之勿論何攖情請斯二者
君自度非斯之故來金鑠吾當賀君置酒酌

韓瓶和劉思若

蘄王戰壘淪蒿萊遺器猶見軍中危蘭陵川㟁事
疏鑿淵底獲得增喧豗客攜其一贈劉子具知識
古無疑猜劉子長歌記始末供几拂拭珍瑰瑰當
年名將號有四惟公與岳眞偉才親軍背嵬最驍
勇威聲所至驚如雷相傳元宴簡中貯備預知畧
何恢恢計公用兵率中土取飲豈患乏水喂水陸
分驅汝爲死海艘進討苗劉摧大江中流鏖兀朮

尤可瓢杓當疊壘况時父老各含憤天戈麾處簞
歡咍金帛犒軍費不惜壺漿迎路應紛來何爲習
勞甚陶甓且令望遠羞曹梅知公用此意有在直
欲逐虜逾燕臺祈連風沙汨口耳混同有水皆浮
埃得茲傾瀉土無渴餘波猶下沾龍荒鄂王用意
亦爾爾甔甖已屢逃于顛天河挽洗甲兵淨以此
挹注何難哉誰教委棄入城土奸檜和議醸禍胎
長城必欲立摧倒莫須有獄窮根荄公時力爭不
能得自此談論拋行杯跨驢西河自來往呼童攜
酒消餘哀我曾錢塘感遺跡對此不覺懷抱開奸

像鐵鑄始何歲至今刓缺如鑿坏斯豈守護有鬼
物陵谷經變曾無災乃知流傳託忠孝歷刼不入
昆明灰摩挲坐久不忍去渾忘白日沉埏垓

又記韓餅異聞

臘脂遮眼廢詩久知新藉寄談天口客持詩卷索
抑章先出疑端煩一剖背羌初訝言者殊或云貯
水或云酒謬憑臆斷費卮詞又聽人言曰否否車
戰經㢞輜重孤後來輜亦貳用缶此羌寔乃儲見
糧小容數升大盈斗耳殊鼎鐺或四三腹脹彭亨
常八九先期按程埋土中兵行計程各探取立時

釜甑起炊烟空者便棄如芻狗其餘備給前途餐
負以健兒好身手或時兵繞他道行㽞俟異時貧
戰守自來出土良已多其有糧存則亦偶每枚取
直恒不貲箇中泥利栽花柳一枝朝插暮生根灌
溉無煩喚園叟維楊鹽賈每購求與塊不難稽首
受聽罷爲之一爽然更復研摩索璧友或問此說
定何如答以三字莫須有

夜光木爲華鈞堤記事

梁上木聞人喚杵怪底竈壁徹如炬二童私語主
婦聞燭之得此木尺許達曙已無色夜來光復生

心疑是瑞芝木質非草莖煌煌　聖製經徭誦
乃知自昔傳芳名得非星榆根化石不及留纖痕
無乃月桂斧斧下仙枝墜秋雨詢之來自馬脊山
山在湖波浩淼間太湖山峯七十二時有神火顯
靈異古柯久蔭日月華胎得湖光吐精氣山僧守
此應有年被君獲得眞奇緣豈其在山竟匿采莫
窺色相如枯禪不然販賈亦射利邪肎輕擲甘炊
烟傳觀在里閭所見各異狀或云藏仙眞或云現
佛像瑤草拾處巖谷幽蓮花坐來宮闕壯其餘變
幻不可窮雲海空空等搖蕩夜光璧照乘珠所言

詎得人人殊古來寶者同區區

哭東原先生

中懷縷縷尚何云一別瑤音不再聞世路幾人追
大雅天心終古阨斯文剩留糸草資矇發猶憶卮
言辱齒芬連夜怪來魂夢惡此身今已似殘雲
自嬰痼疾失相於千里頻蒙慰索居寒谷藉暄絺
贈後灰心重熱筆談餘（來書力勸續成舊所著儀禮）忽驚體郄
將歸老差幸途經許過子篷舍正懸凉榻待邪知
飛度有雲車

俞堤

原名璟字企唐又字更生號是齋隨齋學
使第十一孫幼英敏目十行下稍長時藝
詩賦書畫無不入妙而畫尤能入宋元人
室顧困于場屋侘傺失志年五十餘卒所
著題畫瑣存一卷錢尚書陳羣序而行之

春山

曉烟漠漠流泉涓涓春氣落紙不知其然空山嘯
侶悠哉蒼髯

爲沈觀察莘田作松泉清聽圖

茅屋數椽春星斜帶人靜境閒竹風松籟於此宜

琴流泉戶外

李鄴侯小像

處人骨肉間君子以爲難唐室盛賢佐鄴侯功不
刊泣誦黃臺瓜中夜回天顏長揖謝高爵白衣歸
衡山生平報主心深鬱猶未殫代德繼撫御相寺
多權奸戢翼側幕僚出避忌者喧屈伸各有時瀟
酒遊塵寰持節復秉政恢恢試錯盤卒定郜主獄
造膝陳至言曲聯父子情猜主爲心酸國本既不
搖唐社稷以安惟龍神變化隱約雲中蟠時復露
首尾人莫窺其端神仙奇跡耳瑣子骨珊珊

春風柳陌圖

淸明寒食日欲長輕烟漠漠春風香春風搖曳大隄上柳絲照溪堪斷腸誰家玉笛閒調曲深巷賣餳聲續續朱樓人起日初高簾捲珊瑚見新綠綠重陰濃又一時空拈紅豆說相思生憎橋下灣環水吹盡東風總不知

滸溪山色爲王燮公作

秋日晴更好秋山晚益淸看山有興輿復逸不辭同作溪橋行滸溪橋下水盈盈似西子迴繞碧山莊碧山餘故址溪流潤且長照見山容光山容沐

空翠雙髻爲新妝明明塔影在瘦玉簪寒芳仰觀俯瞰各有態平羅萬樹松杉蒼石泯古庵風三峯趣不同兩邊相眄睞中有雲烟通天生好山面面好眞面慙予識不早一經指點寫作圖折取芙蓉捕晴昊山根延遠汀宛宛走南漠綠知尺幅外猶餘未了青

穿花蛺蝶點水蜻蜓爲楊笠湖作

春光正駘蕩花信蝶相催曲徑招邀入深叢宛轉開身閒頻往復粉褪尚低徊夢醒餘芳在常教栩栩來

欲立知難定淩波着意飛不教行有迹詎道力原微珠墮迴蓮沼絲輕下釣磯虛明看點綴恰恰浣羅衣

見南草堂圖爲任念齋太史作即次其自題韻四律　一存

仙家聞說愛移居移到家山意自如事業留傳龍閣後文章典重鳳池餘雜蔬藝圃羹調玉流水當門網得魚飽食緩行初睡覺隣翁談笑欸吾廬

秋柳便面

波搖翠影一行齊蘇小門前柳葉低舞罷春風倍

惆悵栗留啼了又蟬啼

青浦道中即景爲圖呈錫山嵇大宗伯

雙堤相對出一路水交叉只此江南勝都因霽後加橋灣橫釣艇竹裏有人家帆指前溪泊臨流幾樹花

枯木竹石

我初下筆時惟任筆所之書已擲筆笑迹到我復離物物各有意木石故未知

山村欲雪

北風攪樹作夜寒平沙拖水凝遠巒書成擲筆過

橋去打頭大雪河漫漫

雨景小幅贈吳門杜開周

山色空濛雨脚飛半篙新漲鱉魚肥偶來臨水窻前坐恰有漁人蕩槳歸

指頭畫梅花贈楊杏文

瘦骨只躭禪意味羅浮不憶夢中家指頭猶有神通在幻出番風第一花

白塔河莊圖

白塔河流曲入家占一灣紅堆楓似錦黄積稻如山飯熟兒童喜秋深老犢閒聲謠俱協律我亦採

風還

劉汝藝

字賡虞一字古三陽湖籍生長于錫庚子恩科進士官編修賜谷先生寅賓仲子賜谷居錫之錦樹里杜門手一編吟咏自適有詩若干卷其孫云往年爲袁子才攜去未歸今無存者古三丁父艱葬畢不數日亦卒年四十九

書梁伯鸞傳後

東漢舉逸民子陵首高蹈齊國變姓名富春事耕釣伯鸞賔繼踵前後畧同調稍疑出處殊孤詣成獨造鴻于建初年日月逢重曜隱居本待清長往詎夙好方共入霸陵默默意微妙山妻敦勸勉苦未窺奭奧東出過京師五噫劃長嘯天風浩呼擴宮闕動危階音同禾黍悲義比著龜告是時治尚寬諄諄傍明詔革薄使還淳庶政頗舉要惜哉帝長者后戚任傑驁西京不早鑒國瘼終難療凌夷追沖質幾至祊移盜靜者察未形登陟中心悼深惟履霜戒陡作排雲叫政如孝文朝賈生尚年少痛哭事勢非三策追訓誥忠言反見譏絳灌爭嫉

娼非無我后明還客長沙弔鴻也數尤奇惆俗更棠誚徵書逼巖穴高鄭不同召竄伏來海邦絕塵謝旌纛易姓卜運期命名續光耀悠悠一片心至竟何人料羈踪仰賃春耿性懷滅竈凄凉子高子華陰展西眺所賴賢主人雜佩不忘報流連身後語孤冢要離棄吾鄉古延陵寓公昔曾到梁溪漾淪漣鴻峯穿窈窱山水沿今名勿謾擬淇奧敞詞盟寒泉荐蘋左右芼庶幾季子徒清暉千古照

遊惠山丹井山房聽松菴二首

生長山水窟殊慳山水緣貫頤久逃飲攤飯閒貪

裁東風昨夜吹茅屋曉起平林散晴旭幽香一片天上來陡憶佳人住空谷釋我青絲笮蕩我木蘭橈梅花早迎客一樹蔣家橋折梅官渡口笑指青青柳昔日依依鶯不禁今來鬱鬱盈腮臙遊彼微行不見人珠宮琳宇漫逡巡綠陰滿逕濕芒屨丹井侵牆甃素鱗黃冠道人揖客入留客茶鐺煮松粒展箑看殘別墅棋凭欄愁絕高樓笛花神見客如云云迴風舞態何繽紛二年却憶山中約詎意此日重逢君我謝梅花莫煩惱為我妝成十分好溫柔白雲併一鄉他日莬裘我將老

藝花須藝梅種樹須種竹梅能療吾飢竹可醫吾俗客愛梅花不忍離翻因愛竹暫相辭纑塘一畝水如玉上有篔簹虧蔽之花宮何森森穹窿不見日喬松欹古庵虛濤聽蕭瑟應門三尺一小梅玲瓏邱壑縈蒼苔山僧為我話前事未能免俗亦復佳雨秋堂前半間屋捧出賜書笥一束軸以琳瑯賻以金縈光上起神魂肅竹鑪呵護疑有神䔲几呈列無纖塵諦觀不敢生手觸宵辭水厄留殘賓拂衣大笑出門去隱隱斜陽戀芳樹別有閒愁展底生黃公酒肆喬公墓一棹蓉湖水色新菰菰叔賓獨傷神白雲封斷尋梅路子驥何年重問津

庚寅七月十六夜自蕪關買小舟放大江維時新秋月素萬頃皛然竟夕無一舟同行者比曉已抵秣陵攬筆賦此

乘槎欲作凌雲遊坳堂膠芥徒懷憂況兼風月美無價客易此樂人間求世無謫仙已千載江山信美誰賡酬宮袍倚舷弄明月緬想風度天人侔東坡居士亦奇絕七月既望壬戌秋接天水光縱一葦洞簫音斷清風流赤壁朵石一拳耳遂令兩地聲價爭嵩邱我來鄂渚泛高艑掛席直下天南州

臨皐雪堂入望眼咫尺不到披應羞蕪關何事苦留滯牙檣亂落驚鵰鶻晚凉喚船綠楊渡移具舴艋輕而柔暗潮方長鷺鷥踯明月正滿犀角頭新秋雲物叢瀟灑昆夜天宇殊澄幽偶攜小部詫喉滑粉妝入鏡光盈眸撅笛依歌韻微逗江妃喚起鮫宮愁金支翠蕤乍明滅彷彿星渚凌牽牛更深玉輪轉螢徹犀照百怪如犇酋綠吠鰲擲驪龍不敢驕驚怒風雨颯沓翻滄洲蕉衫冷逼珠露稠喻帆漸緊帶颼颼客路夷險難預籌陡覺此夕超曠前無儔詰朝款扰橫山黛佳麗金陵彩筆收

夢中聞鳥聲覺而得三絕句 二存

腷腷膊膊雞將鳴蘧蘧栩栩蝶先驚枝頭翠羽漫啁哳紙帳重作羅浮行

羅浮仙人不可期縹緲疑到孤山陲孤山雪深夜折竹愼勿壓倒梅花詩

程楚芳

字香祖號湘左山陽人翰林晉芳從弟贅于錫爲諸杏膛洛婿家貧卽依婦翁居楚芳工文翰翩翩書記有陳琳阮瑀之風佐武進莊公存與中州學幕得疾歸遽卒年

僅三十二秦觀察瀛著三友傳楚芳與蔣秀才同元侯道士詮也

秦凌滄約同泛舟遊惠山

太虛風雅號詩仙 沙村先生稱凌滄詩似太白 出郭招邀共扣舷湖氣白連漁父屋柳陰青入釣人船半潭泉石歸桑苧一屋煙雲到輞川 寄暢園凌滄先人別業也 無那佳游轉惆悵數聲別鶴唳吳田 時凌滄將赴山左

將赴中州學使幕偕凌滄登陶然亭話別時凌滄新舉京兆

十載倦緇塵勞勞多苦辛風雲君得路書劍我隨人蜿晚黃花節蕭涼白雁辰臨岐珍重意寒淚欲沾巾

受業薛　玉堂　晝水校

梁溪詩鈔卷五十六

梁溪詩鈔目錄卷之五十七　方外

以上共三十九人

梁溪詩鈔卷五十七

梁溪顧　光旭　華陽氏集

方外釋

唐

若氷

唐僧嘗寓慧山之普利院即始浚泉者世傳氷一日遊洞中不出後人見於海上氷能詩其題泉一首今傳焉語見邵文莊公慧山記

題慧山泉

石脉綻寒光松根噴曉凉注瓶雲母滑漱齒茯苓香野客偷煎茗山僧借淨牀安禪何所問孤月在中央

元

慧熙

字本明號芝菴孟氏子也慧山寺僧好學善吟咏與倪雲林諸老爲方外交嘗爲杭州淨慈寺書記語見慧山記

澹泊軒

阿師澹泊異常人樂止斯軒豈患貧白拂嬾揮牀角掛金文間閱案頭陳鶴因煮石鳴應喜龍爲斛泉卧恐嗔卻笑黄塵來往客終朝門外鬧蹄輪

柏子庭

元僧工詩善畫

題自寫菖蒲二首

盆沺淺淺映幽叢綠髮脩脩墮鏡中瀟洒憑誰供拂掠淡烟微雨又清風

雲骨溪毛瘦不禁井花濯濯翠陰陰閒來坐對清詩眼月落半牕風露深

明

慧鑑

姓徐氏杭人善詩畫明初住惠山寺張潞公最重之其弟與老與鑑相唱和有詩集曰雙清畫多散落惟江山霽雪一卷藏莫如山家見慧山記

歸泉寺

憶別山泉歲月深慕雲秋草幾光陰鬢鬚盡换池邊影少壯都移世上心舊徑林間無曲折蒔芰座上總消沉眼中惟有亭亭塔獨立東峯第一岑

奉謝張蛻庵承旨先生嘗賜詩

潞國詩來秘監時青山入夢早思歸于今喜接期
頤壽還憶江南舊釣磯

初夏即事

三月已破四月初綠陰門巷晝糢糊近牕一樹櫻
桃熟格磔鈎舟來鷓鴣

懷明善弟

毘陵二月柳花天菘筍河豚已薦筵獨在錢塘江
上寺謾吟風雨對牀眠

至道

字物外臨海人卓錫嵩山寺洪武中被召

壽乞還少師姚廣孝嘗師之爲海內十高
僧之一大建幢刹爲嵩山興祖能詩著有
夢室集

流翠亭

道人性沉靜置屋層巒間四欄山溜瀉萬壑松濤
翾清秋爽氣集落日衆鳥還過客坐來久寂寥誰
叩關

桫欏林

結屋在深山下有桫欏樹生長漫成林鬱鬱靜而
閟九夏自生寒三冬不改翠兀兀林間人深得物
外意

聽松堂

虛堂坐深夜長松發幽響皇皇太古音寂寂無人
賞上山洗部獲下山空板蕩耳松不相到明月滿
穹壞

紫芝堂

道人居林邱靈菌產石室煌煌玉葉光濯濯朱柯
色嘉徵應明時微香發幽德昨朝思甘泉題遍山
中石

薝蔔林

愛彼薝蔔林葉寄翠如織朝從薝蔔遊暮倚薝蔔
息日暮花氣浮月冷香露滴託根在巖阿不礙桃
李色

望湖亭

凭闌肆遐眺湖光淼無際風帆散秋葉雲樹羅幢
蓋魚龍竟浮沉鷗鷺若忘世不見鴟夷人登臨一
長喟

信受

字西傳姓陳氏嘉定人博學有文幼聽法
南翔寺有悟因出家後住翠微寺著韻會

增註通鑑集覽正誤見邑志

劍石歌爲趙孟鴻作

海溜花邊古劍石突兀中庭人不識自從天地剖裂時女媧煉此青銅碧夜深紫炁射南斗日出寒光通北極我來愛此細摩挲雲生㵎耳苔封脊初疑夜宴鴻門舞舞罷酒闌還置此龍爭虎戰知幾秋會輔劉郎作天子又疑佩之渡延平履懸秋水寒波腥風雷一夕便飛去恐爾即是蒼蛟精古來神物世莫測誰家所失君家得傳聞來自劍門關尚帶瞿塘三峽色君家文彩動人世元非將種聲

輝赫何當拂拭奉明主勿斬忠臣斬奸賊南宮老人拜其側

道立

邑富安鄉人洪武間爲常郡都綱有文集

遊大梅山憶忠定鄭魏王

獨秀峯前倚檻看上方樓閣在雲端荒墳虎踞唐僧骨古井龍窺漢尉丹霜沼荷枯秋鏡淨風林松撼夜濤寒年年四月黃梅熟因憶和羹齒頰酸

普眞

字性海延陵人明初住惠山寺晚居聽松菴能詩有高識與姚少師同時相善歿塟菴之後學士王達銘其塔語見惠山記

二泉寺退歸聽松菴和王學士見寄

泉上歸來已一年萬松陰裡屋三椽坐殘白日渾無事買斷清風不費錢猿墮山崖尋菓樹鶴穿林徑避茶烟王猷識我平生意時寄新詩一兩篇

道瑨

字楚石號漚寓住惠山寺後薦爲南京僧錄司左覺義

過聽松菴

一徑無塵到松關倚石開寒禽啼翠篠野鹿卧蒼苔雲影林頭落泉聲澗底迴此中堪駐錫何事更浮杯

重陽日陪李舜明楊叔理遊靈谷用王祭酒廷貴韻

松下清齋五合陳蓮花滴漏又侵晨白衣送酒成佳會黃菊飄香正此辰雨打斷碑微有字草生荒徑自無塵勞勞多少長安客能解閒行有幾人

靈谷感興二首

攀羅直上最高層路黑雲深月可乘草蔓荒臺空

寂寂遊人還說講經僧
日晚羣山紫翠深土臺荒砌亂蛩吟六朝事業空
遺恨惟有江流自古今

法杲

字雪山吳人居邑之華藏寺著有雪山集
八卷爲僧一雨所輯王伯穀爲之序詩話雪山參學于雪浪與松巢一雨齊稱如鳥來趣戶入花發隔簾看芳樹橋邊盡春山雨後新墅黃潮撼樹江黑雨藏山均饒清韻伯穀許爲近代詩僧領袖

梁溪道中逢姚孟

十載俱漂泊驚逢落照前浮雲本無意芳草似相

憐春水連平野人家入遠天還乘明月色隨意放
吳船

元墓看梅

特訪梅花信漫行春谷中路隨雲共曲村與樹俱
空色淺如縈霧香寒不遮風虬枝吾欲折長揖問
山翁

山居

深山別是一乾坤春谷烟濃樹樹昏正好看花立
溪口雨來催我進松門

希復

字同石吳江人祝髮殊勝寺後住邑之綠
蘿菴中工詩善書俞是堂王仲山諸先生
俱極賞之

贈顧二成叔

謝世隱靈原抱道似河淸藜藋不自鄙韋布多深
情相將沖希子傾吐高平生詩書積重購門戶屏
雜聲芳池簇聚鮮連畛牽長縈景會趣白并迹晦
愁誰嬰矧茲一榼泛日夕同鷗輕

白洞虛徙東津新院

丹府辭仙侶淸川就野扉不言心可適秖取地堪

依徑竹當簷繞沙鷗入座飛每于禪誦後磯上坐
斜暉

綠蘿菴作二首

雲水抱重重人無去住蹤開門見魚鳥對榻有杉
松不羨金鋪地非求玉作峯春秋沙岸際自可日
支笻

疎雨飛凉館高林日易昏幽籬掩深徑落葉滿柴
門自慰卭中意遙看水上村更言鐘梵妙何忝給
孤園

寄鄭石南時寓洞虛宮

高人日在望仙院只深關不過林中屐空多水上山雨將殘暑散風以薄涼還同調者誰是來開逆旅顔

登五湖寶界山

勝事難從數散情非一途左峯環九曲右木夾重湖杖倚松杉徑亭隣橘柚區仙人更何待此境卽蓬壺

題鍾郡伯西皐

中歳歸來遂夙心春秋晨夕事招尋高齋賓客常盈座聖世風流獨抱琴鶴氅自憐閒白晝虎符非

取佩黄金西京誰不希聲價東海爭傳是賞音

用韻酬鄧爲山見貽之作

野人飛錫自宜幽問水尋山不假舟在處春秋容我住誰家池舘厭人遊薜衣已厚青苔色仙院曾依白鶴樓何日與君泉石畔一明生死舊源頭

和仲翁題五湖青墩樹

幹聳虬形葉倒開千年獨秀五湖苔誰言范蠡流風絶此日嚴陵把釣來

祖福

字谷泉本秀水龍淵寺僧後居邑之九龍山以老著有谷泉集

雨宿西閣

浩蕩逃方客久淹江寺隈旅愁添夜雨歲事到寒梅滄海無家問中峯有夢回燭花爾何事更傍客杯開

人日

鴛鴦湖頭新水生白龍祠前風日晴梅花作意開自好柏葉向人殊有情南國十年多羽檄北山此日有柴荆杖藜物色總春事回首江湖眼獨明

洪恩

字雪浪天啟間雪公開講於惠之不二門過草庵樂之爲添一字顔曰忍草復拈唐句云晨行踏忍草夜誦得靈花由是庵名始著於邑

題忍草庵留題二首

樵唱纔回嶺下梵音忽度松間重重白雲晝鎖不教輕叩柴關

茶烟傍午縈榻芋火經宵滿爐大好山前一片從他運钁揮鉏

雪徑

明宗室朱翊鏶祝髮爲僧善鍾王法余家藏頗多黄可亭註

保安寺贈寒泉師

雨過松凝翠幽人自逶迤破塵書貝葉洗鉢向蓮池春至生新草囊空少故知水雲情惓淡瀹茗漫論詩

秋日憩錫崇安寺時修殿落成賦以紀勝

古殿崔嵬倚碧空市心雄突梵王宮雕甍丹染鴛鴦合朱栱金鋪翠翡重卓錫乍聞無相偈安禪時聽上方鐘却憐行脚天涯慣題字還來認舊踪

秋風百衲正相宜暫假禪關一問奇明月每教雲作伴青松偏與鶴相期烟浮柏子通三際漏刻蓮花紀六時一夜寒聲聞不住滿庭黄葉謾題詩

德洪

字惠白惠山忍草庵僧

住庵五述 并序

老人凉德薄祐住兹庵者三十餘年矣回念當時一片荒山三間破屋容易得有今日雖衰頽暮齒自知旦晚卽行切望後來勤思堂構嗟乎旣萬緣之俱幻何處可更着沾黏苟一息之尚存此志亦奚容泯没詩成五述戒附七條觀者儼如我佛鑒臨久之毋得蔑爲蠹簡

兹庵昔屢空土銼冷茅屋雨雪每淹旬孤煙時斷續初惟爇枯朽近始樵蘇足供御猶惜薪寧辭再三囑 拾薪

缾鉢竟何待吁嗟看甑塵實恐病徒侶敢言謀一身幸兹僧石儲粒粒皆酸辛信施不易消消之以服勤 乞米

種蔬宜陽岡厥土半砂礫良久資溉灌最先勞墾闢寸莖愼莫棄尚念穫劬力四體苟不勤肥腴亦磽瘠 種蔬

韓子營一廬辛勤三十年緊余構此舍艱苦亦復然有地僅容膝有墻纔及肩迴思版築時胼胝幾欲穿 葺屋

兩弟形影偕嗚呼今則已荼蓼實共嘗締造事經始觀成良苦難廢墜特易耳勉旃式所訓勿使門庭圮 守緒

法藏

字漢月邑蘇氏子年十一入寺禮佛方投地心若開悟十五出家旣而研窮內外典

籍過海虞三峯喜其幽寂居焉室不置榻懸板於側困則倚之適窗外植椶櫚竹有聲忽得心空後閉關參臨濟刹要至疽發於背而不覺久之忽推窗見黃梅墮地乃契聞天童悟禪師出世金粟往從之卽日請爲第一座未幾欲辭去童乃手書臨濟源流并信拂授之初開三峯法席歷主大刹後歸鄧尉聖恩一日上堂辭衆示寂塔於聖恩寺之右入塔之日有白光如虹貫天語載邑志

山居

覓得三峯好卜栖月凉松影到階齊山空萬籟由來寂卧聽隔林啼竹雞

花落笻持入澗香寂寥靜域絕思量不知下界黃昏近猶向西窗戀夕陽

印儲

字繼起號退翁崇川李氏子母夢異僧授金環而生年二十五慨然曰大丈夫有一事不知猶以爲耻况如來大法乎見三峯藏禪師於邑之錦樹菴薙從入鄧尉剃染遂獲印記崇禎中初住祥符又主能仁國清天寧靈巖諸刹後遊楚湘歷南嶽福嚴所說語錄合百餘卷前後往來梁溪說法時最多其弟子觀英居濱輩皆久闡教於錫後退老靈巖示寂火後啟龕忽大聲如雷放異光燭草樹如畫龕結五色琉璃塔於堯封之巔詳見邑志

館南屏示諸禪者

宏法當年憶萬峯重來猶記隔林鐘昔賢往跡微堪問近代儀型尚可宗竹閣秋殘延爽籟花臺春曉散幽蹤頭顱已白翻多事豈是山靈不我容

國朝

讀徹

字蒼雪雲南人居吴之中峯又卓錫于錫邑之蓮蕖閣工詩爲時所稱著有南來堂稿漁洋詩話近日釋子詩以滇南蒼雪爲第一如一夜花開湖上路半春家在雪中山亂流落葉聲兼下聽徹寒扉不上關忽草庵乘暑師嘗集邑中諸名士倡和

別徐九玉訂鐵山看梅

我欲求閑未得閑君詩刪後又重刪燈前預訂看梅約歲暮仍憐鑿凍還一夜花開湖上路半春家

在雪中山停舟記取溪橋下望見茅庵直叩關

中峯逢夷白綏公

久別已拚消息斷音書慰問有無間十年再見秋
同老一夜剛隨雨到山舊好幾人還健在淸風何
處共投閒亂流落葉聲兼下聽徹寒扉不上關

偕諸同人雨集忍草庵分韻

霜葉流紅澗水初跏趺忍草即吾廬中原七子非
無後時赴會者七人顧氏三龍正始餘風雨欲來時鬬句
鬼神如助卒成書老僧未解傳詩鉢靜夜惟聞打
木魚

梁溪詩鈔 卷五十七 去

因試二泉移宿忍草

泉名第二受謙尊禹貢圖經失考論勺水不乾通
地脈白雲一線吐山根烹來石上茶鑪沸瀉入人
間酒海渾好住隣峯朝夜汲幾瓢和月出松門

善住菴苔寄

勝友來同社荒烟共一村諸生猶是魯雪子愧非
溫峯遠伸頭點溪長吐舌存老僧無法說兀兀坐
忘言

再至祟川

地盡因臨海天寒欲授衣月隨秋水上人共夜潮
歸一犬無聊吠羣鷗自息機橋頭燈火裡猶記舊
僧扉

葑門化城菴留別社中諸友

相送了無意臨岐忽黯然回看吳苑樹獨上秣陵
船春老還山路江昏欲暮天白鷗休避我拍拍碧
波圓

送朗癯入匡

獨向匡廬去安禪第幾重九江黃葉寺五老白雲
峯落日啼蒼兕飛泉掛玉龍憑將歲寒意先報虎
溪松

梁溪詩鈔 卷五十七 夫

入林

入林不知深但覺衣裳冷新綠滿空山低頭不見
影

釋失名

和顧景行忍草庵看菊

廿載浮踪在水涯學栽黃菊誤桑麻四時幾日能
逢笑一歲重陽又過花魚到食時銜淚出鳥歸巢
處逆風斜已公茅屋因誰搆逢着茱萸便是家

居溟

字去息蘇州徐氏子王伯穀樨登之甥出

家鄧尉後叅靈巖儲禪師時靈巖以著語課學者甲乙甚峻溟輒得印可遂受莂記尋主祥符及邑之摩碣保安既而住靜溪上寶華庵頗樂其蕭曠後繼靈巖祖席者二年復退居錫山栖北禪之旁舍嘗語學人叅禪要知尋坐又曰空却此心是本譬諸器用中空則能受物居常憑几獨坐亦不閉目跏趺人不知其所爲也和宋栯堂禪師山居詩四十首風格特妙示寂後塔於邑西開原之青山語見邑志

懷虞臣居士

家住河橋左春風柳萬條對雲心欲上開卷目辭勞姤夢啼黃鳥憑窗見紙鷂郊遊正有約小雨絲芭蕉

忍草庵八咏爲圓顯性公

遥空叠層翠一碧千仞直孤鶴著天來高寒下不得　中天積雪

春雲下高樹春雨逐泉飛一夜不停響龍吟何處歸　習坎冷泉

峯勢插冥濛曈曈日光照風高雪色枯一塵飛不到　九峯晴雪

憑高望湖淼細雨烟濛濛何時挂帆去一篷東西風　五湖烟雨

風聲何處來忽動空林鐸幽人倚石聽清磬和雲落　憂雲寶鐸

松飛明月中月落寒濤裡李白一相見翻波應不起　響月松濤

倚杖看白雲雲在人俱白不知雲滿身兀自跨白石　怪石眠空

綫葉下疎林幽鐘動烟寺聞鐘知寺深相尋渺秋

思　秋林隱唄

徐臞庵居士過訪北禪次韻二首

雙扉倚竹晝長關秋雨秋風盡日閒有客相過能話舊話中一半是溪山

怕向齋廚問有無悠然相對一燈孤雨聲翻似添吟興點點中宵響碧梧

乃琦琇公楚人也今來住惠山一梅亭余爲題額曰楚禪庵兼贈偈語

不愛吳音愛楚音何妨遭罵少叢林象龍蹴踏今誰是好語憑君仔細吟　琇公楚人故以石霜期之

送雪公掩關

瓢笠高懸戶掩蒿平章法苑儘逍遥此同拈出禪
宗主有客來參手自招

超杲

字琁水邑黃氏子生有異徵年十三出家
得法於龍池既而遊京師
世祖章皇帝聞而召之遂蒙　顧問　賜紫衣歷
主慈雲廣濟杲修笑巖祖塔南歸修建惠
山嵩山二寺錫山龍光塔皆久圮之後一
時鼎新杲性孝前後遭父母喪皆克盡志

後遊楚還至儀真示寂千佛寺得法弟子
不息祝髮橫山雪浪巷繼席嵩山竟所未
竟薙染弟子覺紳字懷一請方策大藏經
供惠山不二門置貯經櫥六詳載邑志

掩關

百結遮寒衲披來幾十年心清神自旺體瘦骨逾
堅說法笻三尺看雲詩一聯有時狂興發撫掌笑
青天

蜀裔

字號始末未詳康熙初卓錫斗山有詩一
卷邑人秦松齡黃湲爲之序

遣興

古岸垂楊映竹林一聲黃鳥伴僧吟貧依歲月經
年在夢逐天花何處尋白首著書藏白屋青松入
夏轉青陰不憂鶴髮如絲亂但坐清風聽好音

詠史

花盡春闌閉草廬從容論古寸陰餘漢朝興廢憑
三傑楚國存亡出二胥有客逃名身似葉何人彈
鋏食無魚安貧老衲忘年月一枕松風夢亦虛

然明

字昭雯康熙初人性情灑落善吟詩著有
叢桂齋集零落殆盡今所存者僅第二集
之三卷

上巳同亦弟至潭東用唐茂業寄韓公韵

風雨辜寒食晴光愛此辰忽思修禊事便作踏青
人細草侵池水飛花壓路塵他鄉有殊俗社鼓正
迎神

聽朱星巖琴

水晶簾外曲闌遮縱有山隣近不譁調散空庭時
小立一天寒月浸梅花

續題胡循蜚先輩葡萄畫卷

宫箋草罷賦詞頭硯北應封印墨侯何物長教心眼醉風枝錯落宛凉州

自平江過元墓探梅歷西山過廣陵吟社

春旋江上坐扁舟指顧青山數點浮花意漸開胸次鬱風光頓豁眼中愁夢華飄瞥歸香徑曲調淒清度畫樓回憶廿年吟鄧尉由來雅會遜揚州

答寶臣冬日見懷元韵

太息才華合最難子歸林下汝江干綠蘿院裡看花落紅豆邨前聽鳩殘搖筆題詩過雪夜擁貂煖

酒入春寒何時再畫爐灰坐話盡生平啖芋團

九日梁溪買舟望琴臺抵元墓即事有感

鼓枻清秋一望哀荒煙漠漠古琴臺西風起荻吹征袂凉月穿篷照覆杯楓落江頭詩未就雲横塞上雁初來羈人飄泊知何處剩有東籬菊自開

道路誰能送濁醪那堪幽獨甜林臯才聞燕市多新貴便訪吳閶有舊豪天半霜飛摧擣石海邊日湧促觀濤殷勤問疾歸方丈讀五噫詞首重搔

銀河

蕭然科跣夜凉初甜就中庭枕簟舒咫尺秋源清見底更無槎犯斗牛墟

題蘆塘放鴨圖

橋東横漲夕陽殘鴨鴨爭驅出碧闌楓葉蘆花紛十里詩中畫裡恣情看

性乾

字不息邑人琼水杲禪師法嗣康熙丁巳主席嵩山禪寺

嵩山八咏

五臺峯頂一枝眞後出龍池葉愈新此地虛名延歲久信乎根幹盡超塵　娑羅崖

畫棟平臨𩙪靄中簷前松竹盡浮空山從夜靜寒分榻桂到秋深香滿風　流翠閣

到此思聽坼地聲六𩙪虛豁古今清了無一字遺人耳爍有乾坤震動名　雷音堂

趺坐蒲團更已闌渾忘理事體如磐一輪皓月臨𩙪白瘦影森森竹數竿　來月樓

拂拂風生萬樹深高山流水靜禪心伯牙到此微堪會應道元音不獨琴　聽松齋

峯前碧水草芊芊雪羽時來立冷烟一片月明孤鶴唳相逢應亦下遙天　白鷺池

閒亭清曉白雲浮萬頃湖光一望收細數落鴉晴
樹外遥山幾點碧天秋　望湖亭
林蘭一種異人間何日移來滿鷲山可愛芳枝花
似玉薰風香透欵禪關　薝蔔林

德新

字懶牧宋村朱氏子見地老詩及書法皆
老手書五大部諸山多欲牢籠之新日老
牛那復被拽鼻見邑志云

乃奇禪師約同臞庵先過楚禪卽事

幾年修竹一泓池隴畔柴扉片石支有客未來茶

已熟閒將蕉葉寫新詩

圓顯

字一性號楞巢姓陸氏忍草庵僧工詩善
畫著有楞巢吟稿忍草庵剩畧

聽松

秋月照山骨松聲落紙窗中宵疑倒峽不寐若翻
江陰鞏連雲竇流螢逗佛幢湛然諸籟寂雲際曉
鐘撞

吳明府留村枉駕山菴茶話

茂宰鳴琴暇登臨盡日閑新晴如有約坚坐不知
還梧翠落空澗蟬聲咽暮山少須明月上遲却掩
松關

贈別客愚兄

已駐湖干棹知君未可留鄉心明月夜歸夢白雲
秋挈鉢投江郭攜笻向石頭半生行脚慣不解說
離愁

送楚璞同戒

黄葉晴空下羈人歲晚遊江聲千里夢山色數家
秋雲氣連三楚風塵老一裘花時應有賦寄我滌
閒愁

送楊廣文友清北上

買山殊未就塵事復相侵柳色催行早花潭送客
深長河千里別短夢五更尋後夜篷牕底開樽祇
自斟

黄大松過訪坐殘梅下竟日

山中春尚早徑僻有苔封花作殘冬雪人如太古
松巖飈時謖謖幽澗自溶溶聽說無生理居然契
北宗

送路太史介繁歸荆溪

久客歸仍懶栖栖歲又殘帆移九峯影人過五雲

灘畫滿滄洲壁詩登上將壇不堪相送處一帶水雲寬

山庵八景和顧匏園居士

地勝林初闢高峯脉正圓排空如寶蓋捧座作青蓮四壁屛雲護中庭列宿懸何須待淸曉方始下諸天　中天積翠

寶林山下水亦復過團焦靜愛穿雲汲喧辭帶月挑若氷差可擬通惠莫相驕絕勝思靈隱嘉名或共標　習坎泠泉

初暘兼積雪晃耀絕人寰在目諸峯淨埋蹤一徑

閒千花攢石塢獨鶴守松關願展袈裟角長留覆此間　九峯晴雪

詎敢耽幽眺那應失遠望忽驚山杳靄旋覺水迷茫淼淼靑圻渰濛濛白石塘倩誰將水墨沾洒殿西廊　五湖烟雨

何年龍兩角高下各凌雲勢並逾城出聲偏隔谷聞郎當空色相替戾搗狂氛欲識光明幢還來靜夜分　戞雲寶鐸

萬籟此俱息風生秪樹林羣松和梵響片月印禪心鸞鳳空中嘯蛟龍水底吟愈喧聽愈寂趺坐夜窗深　響月松濤

亦知難作供長此卧林邱路把凡蹊截雲從絕頂浮隕星芒卒掩擊火燄誰留若近生公座時應一點頭　怪石眠空

天宇高秋肅山山落木同燈明雙樹外磬響百泉中隱隱傳淸唄迢迢徹遠空無爲羨詩鉢遺訓憶蒼公老僧未解傳詩鉢靜夜惟聞打木魚蒼大師庵中句也　秋林隱唄

過大梅呈仁和尚

虛堂盡日白雲封羅列羣山似岱宗一徑晚風牛背笛滿汀寒雨石門鐘法傳濟水同鶖子社結蓮

花繼遠公稍待秋來巖桂發小山招隱屢過從

酬吳興郡守吳園次

棐几晴窗興自幽茈香菰熟好淹留稽康入社名偏盛蘇晉逃禪宦已休竹影搖堦凉似水蟬聲匝樹意先秋粗才何敢追齊己訝許分箋互唱酬

飛來峯

不知飛到是何年靈岫分來只一拳鐘鼓敲殘三竺雨松楸長護六陵烟散花時有鈿車女挈笠重逢水月禪一自東南佳氣盡幾多宮闕變荒阡

旅泊

錫惠山之一梅亭亭故宋蔣文忠公别業一梅堂是也其後嗣增修改堂爲亭乃奇居之復更名曰楚禪庵釋居滇爲書額以乃奇楚人故以名庵見百城烟水

山居吟

攜杖過西野村叟共徜徉歸來日已暮滿袖稻花香

山居秋夕

不學騷人意思深閒情祗許寄知音枕邊忽得新奇句又被秋蟲奪去吟

道乳

字密龕本邑諸生棄去爲僧得法於蘗公性孤潔閒爲詩不輕示人有句云道人佳處不須詩强索方呈出手遲但得解人吟一過絶勝災木施餘貲意致超脱見邑志

寄懷一性法弟

淡水交情三十年不知何處有深緣畫禪闕劣君輸果詩律嚴軍我讓穫山塢雲堂完舊架城隅蘭若置新編時方重葺化城比來擬共消清晝行躍應爲吾友憐

古驛長亭記舊遊極天風雨阻行舟偶逢石榻雲同卧欲脱芒鞋雨暫留詩卷酸寒聊遣日衲衣單薄怕經秋懶殘莫慢輕相笑煨芋何年遇鄴侯

歸舟

十幅蒲帆數日程垂虹橋畔屢經行一泓秋水明如鏡幾疊晴山翠繞城小艇影移湖上柳短歌聲續月中鶯遲歸誰會勾留意回首西泠百感生

丁丑春上靈巖覲本師輪公遇微雪

溪口凝寒凍不流獨攜雙屐稱尋幽最憐花草埋香徑郤羨烟波送釣舟杖策不嫌無路入芒鞋應

爲到門投自來羸得山靈笑佳處曾無一字留

杜雲川太史見過雨過宿山房有作

午後輕雷宿雨收詩人偏爲晚晴留郤因殘夜半規月重話窮交十度秋石瀨潺湲醒舊夢林香隱約解牢愁城南尺五君家世彷彿才情趙倚樓

獨夜

一瓢長寄空巖裡獨夜懸燈誰與語惟有蕭蕭落葉聲細聽疑是山窗雨

寂琇

字乃奇漢川人康熙中秦子叔銘延之駐

超鏡

字曉堂邑人龍池素嚴澗和尚法嗣住持邑西南鄉許舍里之古洞庵康熙癸未重修庵之大殿

洞庵雜咏四首 存二

枝柯挺秀勢參天耐雪經霜不記年試問當初誰種得翛然一鶴古巢邊

涓涓流出自源頭徹底澄清漾素秋汲向瓦鐺和月煮個中滋味許誰酬

超拳

字艴山邑周氏子受石丰記莂後結菴鄧尉之菖蒲潭與諸名士結寒香社菴有古梅甚高超拳架木爲巢與客對奕其上遊人探梅詣其處每於花下丁丁聞落子聲著有梧影山房詩六卷見邑志云

山居卽事

何處可徜徉湖山對草堂人行煙樹裡舟泛水雲鄉覆戸花爲幄編籬槿作墻不知塵世味只覺菜根香

曉霽

夕陽開晚霽反景入烟鬟白下松間鶴青來湖上山野航喧渡口牧笛亂溪灣邱壑誰知已從容月到關

山居雜興二首

鳥宿依牕樹雲生對戸山機忘心自遠境寂意俱閒花落門常掩苔深逕不刪松風連暮雨雙澗瀑潺潺

風前山果落雨後野花開燕壘秋初冷蟬聲暮更哀架空藤曳幔緣石蘚侵臺終日閒松徑何人破寂來

春暮送別王海若

風景何曾暮人心自感春碧烟芳草剪紅雨落花頻斜日催歸鳥扁舟別故人不堪江上路回首黯傷神

夜泊甬東

疎林含暝色野寺晚鐘殘路遠青山郭舟停綠水灘潮平江月靜霜下海鷗寒欲訪夫差跡蘆花逐浦看

武林道中

曉出武林道蒼崖帶夕曛春歸草地煖雪霽越山

桂影板橋斜卧綠陽灣夕楊漁市船爭聚明月桥梢鶴未還不有謫仙風韻好可能詩酒日消閒

虎山橋夜月

溪分雙嶠一橋連此夕風光倍可憐山口白銜湖而月波心青浸樹頭天人家隱隱空聞碓漁火星星不見船漸覺衲衣凉露濕却忘身在虎山邊

懷友

憶昔周旋總費思江亭山館共栖遲看花放棹春攜酒聽雨連牀夜賦詩萬里風烟漂泊後十年踪跡夢醒時可能重剪松窗燭促膝依然話别離

村居

寂寂村居意自幽枳籬茅屋枕清流軒開叠嶂屏中畫簾捲歸帆樹裡舟荏苒已難賒歲月煙霞還許卧林邱沙堤楊柳初摇落一度春來一度秋

次韻寄曹默菴

每憶經過杖履頻間窗相對叩三乘珠林鳥下聞齋磬花港漁歸見夜燈恬淡似君寡所欲懶殘如我百無能何當重展登山屐踏向銅峯最上層

香岊庵落成

萬山深處卧煙霞收拾閒身老歲華晴日曉開雲分有鳥啼紅樹無人卧白雲還看麋鹿友吾亦念吾輩

題松石圖

雪色寒餘石煙光翠入松坐來衣共碧題處蘚還封木柵猶栖鶴筇枝欲化龍畫師收拾好筆底自從容

寄懷徐蒼洲

故人雲樹隔幾度憶禪關門外吳江水窗中鄧尉山交情君澹蕩詩句我闌删走筆期先達僧來旦夕間

螢火

入夜隨風舞流光點碧溪飄零輕聚散明滅乍高低腐草矜堪託荒郊恃不迷一朝霜露重嗟爾竟何栖

丁卯卜居菖蒲潭答蔡九霞先生

移家無力買青山幾度春風獨往還箬笠露沾花瓣濕芒鞋雪浅蘚痕斑疎籬易補梅千樹荒徑難除草一彎邱壑但能容我懶栖遲隨意結禪關

秋日訪李然先生

君家原住白雲關門對清溪接遠山書屋半藏青

嶺樹清泉夜走月灘沙工詩娓我非齊已學道何人是永嘉從此罕聞塵世事編籬繞屋種梅花

和友人邊塞落葉

暮砧敲斷鐵衣寒葉解榆林墮馬鞍影散夕陽烽火亂聲消夜柝曉霜乾連天衰草悲笳動滿眼黃沙白日殘遥逐征塵橫紫塞前軍已報斬樓蘭

秋曉欲雨

鳩呼千嶂雨風冷一湖秋家在楓林裡朝朝葉滿樓

幽居即事柬顧尼備先生

寄跡萬山深處白雲堆裡爲家曲徑扶筇散步飽看十里梅花

松屬斜陽過處紛紛竹影茶烟還把金經讀罷月高手自烹泉

月月紅

久住深山無歷日只知花發是春天自從移得此花種一歲翻疑十二年

踏青

一杖攜來過小橋絲絲楊柳拂魚舠溪邊桃李花如錦只恐春風似剪刀

春日至金沙

髦畫溪頭小棹通垂楊千縷約春風輕帆直抵衆香國一帶青山落照中

登七十二峯閣

怪石蒼松擁翠亭望中七十二峯青南湖一鏡平如掌托出芙蓉雨洞庭

鄧尉觀梅

踏盡蒼崖到萬峯海天香雪浩無窮傍山却是人家少應得林逋住此中

處洪

字迂公本太倉江氏子出家依去息溟禪師居開法保安寺主席靈巖退居寶華庵深究宗乘詩亦清雅得去息之遺著有山居雜咏黃可亭云稿中如十丈碧潭秋似鏡初三新月夜如鈎曲闌修竹帘清思幽谷寒梅遞遠香黃菊半籬茶竈近青松一徑爨烟齊一笠初從雲影去一扁舟又載月明歸黃葉四山秋欲暮白雲一片雨初來時見好句惜前後俱不稱節此亦自可人吟耳

天王寺訪含十老宿

芒鞋躑躅亂雲中曲徑禪扉入翠叢放笠先參金粟祖鏊衣旋謁住山翁一龕紅雨吟青閣萬壑蒼

鱗摵碧空不踏市城今幾載麗箾眞見古宗風

雨霽

雲山靄靄雨霏霏野鶴巢邊暫息機松捲怒濤寒翠落花殘小圃濕紅稀晚晴月到僧吟榻秋盡寒催衲補衣荒寺不愁齋易斷山菇初蒔蕨芽肥

斯明兄相訂西山休夏

萍踪漂泊久天涯纔得安居兩月賒暑至正思尋舊隱朝來已約過禪家林深息羽偏宜鶴壑迥懸廬足寄蝸准擬一筇依淨土到時先覓趙州茶

拜姑母

嗟子生不辰齠齔奪我怙既無叔伯親見姑如見父

山居

吟鉢歸來日已斜銅瓶聊插不根花道人清課團蒲上好傍長明誦法華

春日過一梅亭訪乃奇師

道人廬舍白雲封日日攜筇過聽松（庵名）香雪一窗明月夜吟聲遙度九龍峯

留濟崖和尚休夏

留君不贍買舟錢況是黃梅積雨天且共一樓消夏日北窗遙看揷秧門

晚發湖口

一葉斜飛過洞庭飽看七十二峯青船頭未照湖心月已蘸墻竿數點星

明際

字滄洲住城南之吉雲庵著有吉雲遺稿

自題水邊居

卓錫梁溪上端居避市塵身留雲作伴屋與水爲鄰泛泛如浮艇栖栖亦向人一杯常欲渡最苦入迷津

清明後一日諸友社集分韵得林字

一逕寒烟鎖幽人曳杖尋臨流開白社聽雨坐香林共惜殘花落獨憐芳草深故山歸未得虛負白雲心

夜集芥軒中分韻

不緣尋隱者焉識夕陽村落拓田園廢蕭疎松菊存敲詩消歲月靜坐度晨昏（翁以目疾失明）棗栗常懷袖時分繞膝孫

秋杪偕朱若愚山行過石林精舍因晤胡衞公先生晚歸口號

素侶相扶到石林空山秋老訪知音蕭疎時曳登
臨屐淡蕩渾忘去住心旣與遠公泉上坐還逢陶
令菊邊吟蓉湖歸櫂漁燈亂回首烟光起碧岑

十月三日陪杜雲川胡衞公兩先生暨張叔
佩朱樹香朱耕南同遊保安禪寺訪東林
舊址兼看邵文莊公晚柑亭詩卷

山寒木落氣蕭森幽趣還從野寺尋老衲偶偕新
社友小春來訪舊東林晚柑亭廢香彌遠秋竹園
荒色自深竟日留連諸古跡半鉤初月促歸吟

題畫菊

誰將疎筆點秋花獨立西風瘦影斜茅舍竹籬元
落寞未妨冷淡伴霜華

元文

字株雪號白庵石門縣沈氏子爲錫安杲
禪師法嗣康熙已未住持惠山泉亭右之
壽明庵詳見百城烟水

同臞庵先生晚步香花橋口占

綺塍秋老澗橋低亭畔泉聲注碧溪日落樵夫歸
去後幾家烟火數峯西

本杲

字號始末未詳康熙時僧詩見百城烟水

閱琇公山居詩題贈

吟成偶句不須刪終日閒閒坐竹關隨意拈來生
趣別前身端的是寒山

則遠

字研樵一字聲倍邑人著有冷齋集康熙
乙亥寒溪道人超揆爲之序

落日嶺晚眺

身背縹緲立夕陽三兩僧霞含孤嶼雨樹暗隔溪
晉暑薄秋疑近吟添步屢增投栖禽語細落落掛

疎藤

月出同諸兄集語

缺月掛崖角松聲墮石房秋香扶茗葉野話憶蕭
湘衣拂藤陰紫林園澗氣凉二三荒衲子歷落古
風揚

春雨病中伏枕感懷

春雨黯愁顏經旬我病閒春光門外過故里夢中
還詩久吟腸澀愁多種髮斑衰齡何所嗜倚杖有
青山

湖村夜泊

菱苗牽澀櫓聲咽荻岸夜凉秋霧深轉過石橋村
一簇柴門燈火隔疎林

憶西山

去年梅子黄時候記得山中正焙茶小立竹西墻
角畔雨餘蛛網挂藤花

超揆

字輪庵號寒溪道人

已卯三月朔顧梁汾先生設齋貫花閣招同
安孟公居士迂公和尚笑語竟日時山中
杏花大放

隔院伊蒲朔日供十年重話九龍峯感翁遠曳泉
亭杖邀我共聽山寺鐘壺潑午香茶葉嫩墻抽春
色杏花濃要徵壽量無窮盡笑指霜皮澗底松

新晴看樗巢寫山水障子

惠山南塢結精藍佛火晶瑩照石龕籬落松花堪
作供庭除柏子不須參中峯愛說東西話香界寧
分上下庵看汲清泉試新茗推窗磨墨寫晴嵐

宏倫

字敘彝康熙時僧詩見忍草庵剩畧

辛亥春日偕呂柏庭侯伊傳過訪性公

龍峯東面忍草庵嶔巖欄楯藏精藍蒼公去後性
公出畫中詩筆閒烟嵐我來禁火清明後水光明
媚山妍秀團蒲小憩暫跏趺楞伽一卷消長晝東
皐先生久不來（安孟公）雨滋堦面生莓苔霜篷雪箬
曾過我約言此地梅花開桃花紅褪李花謝菜花
纂纂斜陽外不聽山前叫姊歸但看山下朱門收
結伴籃輿呂米脂（栢庭爲米脂令）拈毫愛寫右丞詩公忺
自撥松根火陽羨茶斟宜廟鐵亦園公子顔如玉
（謂侯伊傳）問字因同過林麓小竪忺攜古錦囊贈公新
製鐫新竹笑予鶴立瘦崚嶒透骨烟霞固可憎肎

借石闌雙檜下揩笻圖個看雲僧

行濂

二泉

名泉色與碧空齊却被游人亂品題深惜中池留
不住潺湲日夜注梁溪

受業鮑 日昇 雲濤校

梁溪詩鈔卷五十七

梁溪詩鈔卷五十八

梁溪顧光旭華陽氏集

方外 釋

國朝

妙復

字天鈞住錫山石林庵與榮道士洞泉杜太史雲川結詩社號九龍三逸及雲川歿妙復訪朱櫊香於南里相對泣然哭之慟櫊香慰藉之則曰吾非不達死生之理吾獨悲風雅之淪亡而還以自悲也後十餘

年終於石林櫊香輯其遺稿杜雲川曰學大謝易失之沉悶石林則別具一種傷情瘦骨鎔鍊其菁英直當于謝家諸子弟中置一高座朱櫊香曰石林追蹤左謝拍肩王韋豈獨近今詩僧罕有其匹又曰石林詩清真閒淡守定一家家數所以成家

釣魚和周緯蒼

花光滿地魚亦喜爛嚼紅葭沉復起偶來學釣坐花底竹竿嫋嫋春風裏釣名安用憑高臺誰能掣鯨白浪堆臨流濯足心悠哉文魴赤鯉何相猜

已酉臘月過華藏寺次姚少師韻

一徑入雲竹平湖野曠幽山深誰問世樹老不知

秋闈法懷前哲題詩憶舊遊烟汀梅漸白好景與沙鷗

石林八首 存二

一閣與山靜重關避客喧雲歸方送日鳥去更無言白板疎松影黃茆濕翠痕幾憑清曉望峯色淡朝暾 山閣

衆木扶蘇後園荷葉載浮風香清破曉雨翠冷含秋彼美人空慕神交分自投待參心與色約略鏡光收 荷亭

二月十二夜雲川先生泛舟送胡三永叔邨

歸山亭聽泉

烟月含春姿泛艷晴江上鼓棹溯前舟冀同清景賞蓬窗展茵褥適性隨偃仰精爽蘊靈襟匪賛道言獎直以會面疎臨流問歸鞅林塘回素侶秉燭發幽想露冷澗梅芳亭空石泉响淡然物外遊心期臨天壤

春日榮洞泉袁人偉顧廣周同遊忍草庵

樹裡每聞鐘尋幽別徑通梅飄過墻雪松灑一樓風舊業傷神久懷一性師春遊托興同江城入望小烟水夕陽中

夏日用洞泉韵懷雲川先生

南樓延暮爽眠食近如何巖月不同賞松風空自多歸休誠勇決靜業恐蹉跎懸榻竹窗下清陰滿薜蘿

種竹吟爲蘇郡王繩其作

石湖晴照王郎圃短籬花缺秋烟補冷翠新從何處移吟窗夢斷瀟湘雨潭曲流泉手自引巖畔荷耡心獨苦一笠吳閶問子猷入門先把琅玕數

早春雨窗懷北村諸同社適玉川來訂買舟過訪之期喜而有作

宿雨濯林梅春烟縈疎枝節候吝已侵寒梅寧自持幽人覯物妙言笑歡相攜一室倚巖隈沉冥遺所知蘚逕冷遙碧新流吐清池惠然西郊訊遂有扁舟期理櫂白雲渚未覺東風遲還如隔歲遊二月溪亭時

題洞泉木石圖

石上罷閒謠道書亦慵讀還倚秋樹根靜對蕭蕭竹茲懷莫可言寫之白雲幅何用托賞音冷然怡心目

蘿垣納涼

空山草木繁古壁蘿爲緶四圍坐雨聲一屏散京影寧勞翠幔牽彌益荒廬靜誰能捨紛華俛仰同幽境

飯山閣獨坐

名岳昔登陟丹梯老倦攀幸安一榻迥相與羣峯閒樵斧隔雲响泉瓢盛月還松颸聞唲鉢熟識此簷閒

九月望夜溪橋散步

秋月愛澄溪行行遠林麓復從危隄轉曠此江天矚烟霜淒大野寒影墜疎木葦岸釣魚舟已傍鷗

羣宿

半樓社集題谿旦師畫竹

谿公禪寂餘無以悅幽獨漫卷溪上雲寫此烟中綠虛懷對逸士淡翠流華屋岸石半苔侵森寒逸空谷

訪山中禪友

曉愛山氣清晚愛山烟蒼日夕常在山遂與山相忘相忌忽相憶憶我山中客松扉輕叩聲或恐驚栖翼

柳渚

獨倚清池上軒窗萬縷垂映山烟淡淡拂水月差差託此勞相蔭憑誰繫所思遥憐官渡口折盡向人枝

秋雨山樓喜張鵬九至

憶子歸耕作殘鶯隔浦舟詩攜雙嶂雨人倚一筇秋暝色成今笑高林散舊愁松門燈影裡相望宿吟樓

蘿垣

欲識山廬處先循薜荔垣引叢迷石洞接翠隱柴門露抱凉蟲語烟栖暮雀喧微吟觀物理幽意與

誰論

泛雪

出浦一江明烟消千嶺白倚棹不知寒清光滿簑笠

探梅

不信春消息迢迢隔水雲短籬疎竹外一笑又逢君

二儀

二儀高且厚物生適其宜昧人恒抱戚徒爲達士嗤鸞鳳巢空山未必常苦飢得食籠中鳥高飛竟

何時遊當赴滄溟棲必擇深枝吞舟一失所螻蟻乃相欺

寓善住庵懷山中

夙昔靑岑裡長共白雲宿日出行何之藤筐荷山竹迢遞一峯危紆迴九溪曲浩歌負擔歸澗泉濯雙足暫去辭烟霞蹉跎變凉燠疲薾深自靦貞懷靜彌蓄行矣謝時流茅茨方就築

仲春梅林月夜分韻

孟春風未暖二月聞芳吹月彩始華林霜英已紛地攀枝念遙遠孤懷淡無寄有客抱冲襟踏影脩

岑至烟景惜宵分潭泉及春試悵言回夙昔松壑久陰遺誰共石隴吟花光展晴媚

重九前一日過訪華西園適李翁芥軒至

幽居各在野山中結退思短策先良辰一賞秋園趣平陂淡遙綠高林激寒吹况逢李隱君烟艇適然至入戶契淵忱歡來竟何自願留溪上吟莫負孤雲意

寒塘散步

簷前林更疎彷彿寒塘路重溪明復晴原野莽回互理策散幽襟斜陽坦徐步歷歷望中景依依欣所遇嵐飛隔岸紫烟曳長林素日夕征帆馳靑山淡如故羣象自超然抱靈誰夙悟佇立聆知音且賞雲霞趣

宿村南田舍

翠篠披兩岸葱蘢夕陽陰一舟泛寒綠杳然遂忘深屢折孤村見茅茨疎樹林籬根吹落葉隔水舂杵音捨棹理輕策叩門驚棲禽野蔬有眞味農話無機心本爲飢所驅反以得幽尋

感興

秦皇愛松樹好爵浼貞姿衛君最好鶴乘軒以寵

之松固不慕爵鶴無軒冕思清標與素質翻爲風塵緇是以羨門子渺焉與世辭四皓入漢宮荒却商山芝

早春同雲川洞泉過竹鑪山房分韻得清字

凉飈入庭樹林卧氣已清幽人懷白雲相與沿澗行香臺絕壁下蘿房敞虛明重披古圖卷宛然見高情怡悅在一時安知千載名欣兹茗甌潔滿院松泉聲

秋夜聞落葉

靜裡來飄忽迴飈激暮林虛簷淸思滿露井夜寒

深殘月頻翻影疎蛩亦助吟聊添瓦鐺火不川出
茇尋

雨霽過洞泉聽木廬

凉風散晨雨一徑亂泉鳴欲覓翠巖隱前看綠樹
行炊烟松屋午晒藥竹籬晴未得同君住徙深岫
岫情（洞泉廬于母墓三年）

秋夜同雲川洞泉友淸集石浪庵以合觴促
坐爲韻分得促字

靜懷東嶺月曾未曠遐矚佳夕感澄秋相攜歷榛
曲巖扉啟荒寒流素紛在目烟際失重湖露餘點

羣木艮遊集文侶恒歎歡會促滯滋高窗吟輪斜
檢殘燭琴榻展淸寐疎林已朝旭

雲川先生于十月七日入山寓松泉房是時
冬晴無夜無月至十五夜月色倍皎同松
泉上人過石林作次和韻

夙昔愛巖居最愛靈泉境泉香漱月華松寮夜方
丙信宿幽懷多載欣塵務屏及茲初圓夕輪孤四
山靜忽思白雲侶一惠蒲龕冷霜谿踏殘葉竹池
玩疎影蕭蕭吟鬢短落落心期永相與抱虛明非
徒愜清景

懷楊廣文友淸用謝康樂齋中讀書韻

夙昔同文翰方嗟異林壑以予䍐迢遞知子吟寂
寞月樹散疎影枯枝墮寒鵲叢竹激迴飈哀音時
互作最愛溪亭凉秋燈照歡謔言離未云幾霜氣
流重閣因茲悵別餘省彼晤言樂山策莫辭遙一
龕靜可託

昔年（懷雲川南臺也）

昔年兩白鶴巢我青松林露下發清唳泉壑寒沉
沉一鶴懷故棲貞此巖阿心一鶴去其巢萬里方
遐尋海天豈不遠曷若歸雲岑天風吹未已健翮

恐難任

淸明後五日徐南臺李芥軒雨宿雲川之半
樓予以春泥不赴

高樓無雜賓春雨留知已西嶺碧迢遞菰川烟樹
美新篇共延賞擊節復憑几吟懷正駘蕩應憶松
關裡阻我花徑泥遐思隔雲起歎言負前期孤笻
懶如此

重陽後二日同人集聽梧書屋以藍水遠從
千澗落二句爲韻分得遠字

結宇不在山溪寒入自遠水榭足高吟畫舫攜殘

卷晴雲傍疎柳霜卉明秋畹卽看紫萸老未覺黄
花晚幽懷旣彌愜樂事亦從遐芳規覲倡始續遊
願深勉獨望烟嵐歸踏破荒溪蘚

洞泉香山德容同過石林偭池上桃花盛開
以石林吟社分韵得吟字

巖棲委流運戸外嵐光深紅芳照幽素灼灼春池
陰方抱盛顏慨還欣緣澗尋山厨闢清酤何以樂
同心烟景浩相酬一對前林吟

雨霽同朱草衣楊友清過忍庵

客至天休雨相攜入翠巒山投名士好竹許老僧

看餘靄從衣濕澄潭顧影寒坐深樓閣晚清梵出
林端

南垞和雲川

南樓夙明敞南垞景復幽叠石樹情得搆宇地光
浮琴書一蕭散觴咏亦風流還攜九峯侶來泛菰
川秋

秋夜憶洞泉

不同彌勒龕清絶住溪南著意吟黄葉全身入翠
嵐竹烟秋茗沸蘸月夜窗涵幸謝浮囂事々關愜
靜叅

中秋後五日石林水窗待月分韻得石字

池光斂疎陰桂露晴初夕誰尋幽壑鐘復此憇林
石一燈照深竹言懷未云釋矯首虛簷端延佇東
峯白方當四五夜重雲豈深隔攬素愛餘輝滿盈
湖疇昔載賡哀秋咏復嗟時屢易澄瑩非外獎冲
襟自兹益

冒雪訪雲川先生不值

晨霰紛已集遂恐没樵徑佇想苦吟人凌寒樓一
凭何處延賞心所思隔雲磴念睽旣爾同戴笠發
吾與言越南城隈背兹北風勁詎知數武中會合

難預定野醖素侶招烟景高窗剩緬邈豈爲疎孤
謠淡成性行行望故廬雪巖轉多勝

山亭夜坐

山暝鳥栖定亭虛眷晚凉聞池花露氣疎竹佛燈
光物外鷗羣遠人間蝶夢忪誰同此深坐林木夜
蒼蒼

題南湖耕隱圖

本非沮溺流心契鹿門子肩犁牽一犢飲以春湖
水芳蹤邈何許日没鱗波起散目烟林東幽情尚
無已

和草衣新秋玩月韵

望入新凉夜流輝迥不同三分清應節一片冷涵
空蘿徑蛩聲外松門鵲影中底須飄桂子屬詠思
難工

和三唐人惠山詩韵 存二

西山淡如故烟林相與蒼幸謝塵中鞅憩兹金仙
堂宵聆石龍咽曙看珍禽翔空空萬象表寂寂海
印光微風忽相悅飛花送餘香浩然得眞趣欲之
眞已忘

湛公跡已邈誰復山中人流光倏代謝遊冶還華

新春池花淡淡秋澗月粼粼夙昔同心賞斯須過
眼塵振衣凌絕頂浩歌激蒼旻安期與赤松雲外
可爲隣

新歲山窗吟

鑿舟駛莫稽發歲已六日念此中惕然山廬憩岑
寂林雪風飄洒澗梅未堪折閒階下凍禽荒逕無
行迹離擾性所安抱冲神彌適昔賢高世篇長吟
自怡悅

友清已定重來石泯庵拈題喜賦

亦念空山侶先期慰別情坐應侵月曉吟不負秋
清絕檻重湖色虛樓萬木聲清秋宜物外莫後菊
花晴

山樓話舊

已極秋林望同兹片月光頻年愁契濶一榻對蒼
凉未理燈前句將殘定後香吟筇相望久乍接興
逾長

寄題王學舒玉峰草堂

林屋烟窗足此生畫屏簾幙鏡中行梳風高竹流
清韻照水幽花寫淡情耕釣自安逃世計溪山終
爲逸人名玉峯他日穿雲屐五柳門前帶笑迎

次姚星言原韻

幾日聯吟掩竹關蒼崖有興約同攀疎鐘忽起千
林月返照將沉半閣山契理不妨觀象外出塵原
只在人間成名早歲浮華淡屐飄然到處閒

夏日送別梅菴先生

茅堂十日駐高賢池畔追凉夜不眠雨岸柳風吹
去棹一樓松雨增吟箋寸心自寫青山外遠目空
逃綠水前莫怪禪流猶惜別虛窗誰和白雲篇

輓澗泉

數椽茆屋萬松間月徑雲牕憶往還春計已虛花

下釀秋懷猶對扇頭山名高人世終成俁境隔仙源杳莫攀聞道杜陵悲素侶殘編落手淚潸潸

夫椒山懷古

烟嵐杳靄落重湖水上浮雲想霸圖卧草三年方報越採蓮一曲竟亡吳空聞虎帳連沙艦惟見漁舟狎野鳧翻覆恩讐何處是夕陽渺渺入平蕪

山樓晚眺

晚山樓閣共低徊秋老虛牕引望開村暝疎烟人獨立雁寒斜月句初來塔鈴自語閒清漢石磴盤紆上古臺歸策祗須愁還險一筇相望入雲隈

題澹闇師尋梅小照

吳雲楚水不相逢無事端居丈室中一笠一筇何處去西山十里落梅風

秋夜乘月過石泿庵訪楊友清不值

曾共高寒永夜吟一天風露上孤岑白雲封徑人何處黃葉堆門月滿林

秋林晚步同洞泉作

幽懷最愛夕陽天行入秋山且放禪招我白雲來杖外留人紅樹在吟邊

明瑜

字昀熙板村蔡氏子祝髮保安寺康熙中主席靈巖著有隨雲草黃可亭云昀熙工詩善畫與余先大父爲方外交大父稱七十觴師嘗持畫爲壽今並錄其題畫詩以誌疇昔

題畫

茅庵燈影寒秋響空庭外月色淡烟蘿疎鐘度林靄石徑橫蒼苔參差夾松檜松節尚從删禪心豈無會

丁丑四月過龍泉關望五臺

極目五臺路經過不盡山衣蒸雲氣濕瓢帶瀑聲濤已怯千盤磴還淹一宿關前林知勝地隱隱得躋攀

和許美紛居士韻

春來頻有約結社集寒林得句沉思久翻經闡義深茶煎新汲水鐘響舊鎔金欲問逃禪理原難捷徑尋

靈雨寺阻雨

昔年靈雨寺今日雨還靈路斷人行跡泥深竹外亭一衣留到處十日暫消停枯坐亦原好禪關啼鳥醒

清風店早行

此地堪投宿凉颸颯颯來蒲團清夢穩茅屋早雞催樹底殘秋踏烟梢疏影開天明登覺路直見五層臺

康熙乙酉南巡因同鑑明懷之二兄接駕備嘗　清問恭紀

瓢笠慚肅衲何緣覲　至尊者民方號哲釋子亦承　恩　鳳舸移偏近　龍顏接自淵臣僧幼祝髮臨濟是宗門

次韻贈楞伽庵朗溪靜達二師

瓦礫開精舍當年翠竹林雙扉明月靜一徑落花

深盡卷添新墨繩牀理素琴蕭疎橫古木多愛一庭陰

詠梅次趙肅庵先生韻

幾度東風不動塵一枝傾取十分春花能遠贈天涯客香亦還招石上人佛火平分敲句好僧厨清絕煮茶新他年若展和羹手應憶荒庵夜雨親

介休華嚴寺留别本然法主

介陽寒峭客心違極目蒼峰帶落暉秋菊影隨笻杖至老梅香染衲衣歸歡逢白足看青眼同拂紅塵坐翠微底事掉頭留不住故山禪侶佇荆扉

羊城石灘

鄉跟費盡草鞋錢路轉南溟計八千一葦自航秋水去孤僧常伴白雲眠珠江道遠無相識瘴海蜒浮似别天風景不同民俗異傍村紅濕荔枝烟

寫五柳莊題句贈黃錫嘉先生

飄蕭鶴髮有餘清古寺頻過竹杖輕自喜一身成大隱合將五柳號先生白雲松牖僧茶熟野水滄洲釣艇橫待得春期海棠下好開蓮社約高情

北臺

纔脫炎氛到北臺雙扉雪洞悄然開此間着脚非

凡土却笑拖泥帶水來

秋日思歸

布帆何日掛秋風惆悵烟霞指顧中客久異鄉思舊土出家羈旅在家同

鐘聲二首

鐘聲催月轉斜廊花影婆娑到草堂客夢一宵鄉萬里故鄉端的在何方

夾岸芙蓉秋正好玉堦露滴梧桐老鐘聲一半帶秋聲人在天涯思潦倒

何明府同陳載文程少叔二居士過寺題壁

次韵

千竿竹裏板扉開蠟屐從看損綠苔我愧天龍無

一指機忘不語鳥飛來

偶成

柴門雖設未嘗關野鶴孤雲自往還只有俗緣難

斷處人來索畫不能慳

畫墨菊

何須設色東籬下自愛清芬淡着烟日日看花忆

老衲幾時輕暈墨池鮮

題畫山水二首

偶然落筆須當景寫出林巒仿大癡未老山荒無

限思何人點染入新詩

山盡山連不斷頭翠微深處草庵幽懸崖忽挂石

梁瀑無數野雲當戶浮

昭吉

字聖宣邑趙氏子祝髮崇安寺普賢北院

精持戒律品潔行方中年後嘗行遊普陀

九華五台峨嵋四大名山歸作名山紀遊

之冊一時諸名人皆有題詠終於北院年

七十

名山紀遊四首

攜鉢渡梁溪遙指青陽縣天際九蓮華依約雲中

見疾步入高空披襟待飛箭迴看衆山小九江橫

疋練巖畔何菡萏白土伊蒲饌鈴鈴金策鳴飄緲

棲霞殿（昔地藏僧以九華山白土作飯）

我來落迦頂高步凌蒼穹寂寂招提界蓮座何玲

瓏層巒蔽赤日飛閣撐青空浮光遠照耀海氣成

白虹濁浪結蜃樓奇巧窮神工須臾吐華月颯颯

來清風一掃碧天淨上下青濛濛感此悟盈缺悠

然慕六通

杖錫清凉道五峯淨如沐飛翠入青霄雲霞起平

陸地茱產靈巖天花滿空谷伊彼長松子紛紛落

山曲

突兀峨嵋嶺天半雙峯側褒延三百里橫絶太陰

黑而我禮金容芒鞋遠登陟月暎平羌流娟娟呈

秀色翹首望靈鷲慈航宛可即花雨滿長空疑是

衆香國

繼遠

前大悲庵僧

秋雨夜留翁玥夫宿

戸外連宵雨君今住少時且收游子淚爲賦草堂詩落葉驚秋夢殘燈照鬢絲明朝漫分手相對各凄其

石林庵訪妙復

上人居勝地而我漫來遊敷座雲歸錫翻經花滿樓山光眞似染風景最宜秋靜裏吟詩句當窗共唱酬

春暮同謝野臣登管社山

景物猶如許相將上玉岑拊懷思壯歲擊石寄哀吟水淨留人影花殘見客心前行山更好翠色滿

衣襟

明遠

字惟善邑膠山王氏子祝髮文溪庵工詩善畫著有半溪詩草

登軍嶂山

叠嶂攀援處蒼松倚薜蘿巖阿環翠黛震澤浩滄波四野村居少三春客與多翼然山中亭名亭上憩風景正融和

輓維揚惠師兄

憶昔同辭俗胡爲先我行宗門兼友誼方外亦人情一榻慈雲冷三更短夢清凄凉收淚處邗水夜濤聲

過長泰寺謁六敏師次榮山華韻

香界靜依山藤蘿寺壁環烟霞雙屧裏蒼翠萬松間梵唱疎林出樵歌暮靄還團蒲方入定坐冷白雲關

晏坐

獨坐清池上誰言色相空庭遮客葉晴門掩落霞紅夜火長明佛宵鐘自課童團蒲禪味好多覺定光中

次韻聞溪兄秋日晚眺

爽氣開幽徑行吟信短筇秋光寒橘柚潭影瘦芙蓉半月明西嶺微風度遠鐘悠然禪意寂吾鉢自馴龍

掃先師塔

細草經春滿塔生鉢盛清水當蔬羹楞巖一卷松陰下淚洒浮圖夕照明

山行聞磬

曲徑秋深草未刪泉流決決石斑斑一聲清磬林間出香積因知在此山

別友

絮語無端月色侵河梁欲別意彌深他山豈盡無攻錯未必如君愜素心

謁邢安師

疎櫺修竹傍溪斜茅屋三楹大士家日落松門秋水靜一聲梵響湧蓮華

僧窗十姊妹二首

禪房底事留春色花蕊重重次第開姊妹幾多韓穠艷紅巾青鳥莫疑猜

生香馥郁日遲遲綠刺叢中花滿枝淡抹艷妝同

一氣出家不似在家時

成瑩

字賓林號石泉族出梅基顧氏祝髮惠山聽松庵雍正十三年嘗應　詔選入覺生寺參禪乾隆十六年春恭逢

聖駕南巡成瑩迎　鑾　召對稱

旨賜紫袈裟

奉邀孫祉長山行

春風歲朝至春雨滋蒼苔問訊遠歸客何日山中來石徑靜延佇蘿屋驅塵埃谷音邈清響孤琴候澗隈

山居

石室依清沼秋光貯晚香恰宜吾性懶轉覺世情忙水氣侵衣冷松陰漏月凉安禪北牕下此意近羲皇

空庭秋色裏拄杖繞階行瘦共疎花影吟隨落葉聲居山寒氣早薄暮野烟輕身世同清絕何妨近市城

喜晴

水氣依微曉氣凉一天霽色破烟光暖烘芳徑雲

霞爛風度疎簾草木香飛燕蹴塵雙剪健鳴蟬吸露一聲長翩躚蝴蝶如相識旭影依依過短墻

靈源

號松泉族出斗門陳氏住持惠山上彌陀與石泉同時

登惠麓山樓

拾級上層樓耳目寄遼廓嵐光淡秋暉松柏陰漠漠山泉聽有聲川原望交錯窗戶敞玲瓏矗然護岩壑岩壑自古今樓臺易蕭索鶴鶻餘荆榛鳳凰空寂寞但令來者悲焉知去者樂秋風入樓來長

嘯振林薄

贈石林天鈞和尚

野衲如齊已詩同老杜名孤筇扶鶴瘦一室與秋清涼得居山味炎無入世情蒲團問妙諦盋重古先生

月夜登龍山

秋雲澄碧落山迥月逾明野靜浮烟薄林空宿鳥驚短筇防露滑單袷受風輕倚石舒長嘯悠然萬壑聲

聽泉

偶向松根坐山泉決決鳴靜和琴韻細寒滴露珠輕醉眼看來醒雄心聽處平中泠何足羨晝夜怒濤聲

登錫山

石磴盤迴路登臨眼界空麥畦高下綠花隴淺深紅塔頂留殘照松根落晚風片塵飛不到人在翠微中

輓天鈞長老

一池月印一池天半畝方塘半畝蓮一自遠公歸去後花開花落又年年

方外道

明

尹蓬頭

弘治中常遊金陵毘陵之間攜宋時度牒自言理宗時人尹從龍也與秦孝子一誠公遇長干寺蓬頭狀貌奇異公屢目之忽張口曰若攜錢來乎盍散諸公散盡無吝色曰此子可教汝歸吾嘗過汝既歸家人告曰前有一蓬頭相訪詢之卽遇之日也既止公家種種示異盛暑則暴赤日中隆

冬則以雪自覆而卧頭多虱身又腐穢必欲與公共榻公亦安之居三年遇大雪忽曰今夕冷甚君有愛婢願假同宿公不應尹笑曰君去成仙之日遠矣乃以詩留別而去一誠遇尹之後頗著靈異年八十餘

別秦一誠

跨鶴西風出華州袖中嘗帶混元毬紅鉛黑汞東西採白石黃霞次第收孔子泣麟周道否卞和獻王楚玉囚眼前誰是知心漢辜負人間五百秋

錢月齡

字鶴山，邑人，嘉靖時洞虛宫道士，著有丹邱漫稿。鶴山爲吴越王鏐二十一世孫，棄儒業爲道士，息影松關，留連琴鶴。時王僉事問、華學士察、俞廉訪憲輩先後致政家居，日與鶴山倡酬贈答，寄意林泉。由是鶴山之詩世益推重。惜全稿散佚，兹僅於明詩綜及國雅中録存如左

花前

有酒當醉花前人，莫教啼鳥傷殘春。流光轉盼赴壑水，好花回首飛成塵。請看自古繁華地，年年惟見蓬蒿新。

訪僧田舍

出郭尋僧舍，青山隔水田。扁舟孤墅入，紅樹碧溪連。菰米炊香積，茅茨帶夕烟。相留無限意，我亦愛逃禪。

同友人遊山寫興

小適登臨意，霏微雨濕裳。皺紅榴破蕚，新粉竹含香。潭月禪心朗，松風客夢凉。同遊二三子，歸路淡相忘。

國朝

秦太照

字問渠，著有黙怡詩稿

過祇樹庵

帶郭禪房靜，蕭疎秋氣深。清風鳴翠竹，碧水繞空林。客到僧初定，參餘磬未沉。此中塵世隔，寂寂起禪心。

村居

窮巷蕭然過客稀，南山獨對掩荆扉。隔林遥度行人語，錯認隣翁市酒歸。

樊太復

字初陽，號雲林，邑控江門外元升壇道士，著有初陽詩稿。康熙巳庚間，王殿撰海文致政家居，日與初陽及南禪迅帆和尚倡和，嘗倩吴門陳必大圖爲卷，取孟襄陽雲林頗同調句名圖

愛月吟

一月三十日，除去上下弦。曾得幾宵好，還愁陰雨連。吾有愛月癖，見月便不眠。呼童拾松子，石鼎烹新泉。一時無所事，朗誦遊仙篇。洒然成獨樂，此意何能宣。

秋日客廣陵懷凌士達陳爾光陸鶴倫

白帝迴商飈，一聲驚小院。嗟我浪遊人，踪迹如蓬轉。明河淡微雲，遥空度哀雁。梧葉豈知愁，當堦飛片片。對此益凄其，懷君情眷眷。

村居漫興

茅屋三間傍竹林拂雲高榦綠陰深籬邊縱飲花
陪笑樹底尋詩鳥和吟農圃老來慙未學利名空
去更誰尋道人無事朝參後終日吟詩對碧岑

贈蘭郁上人

文翰翩翩早歲工儒家風氣釋家宗三間竹屋和
雲卧兩扇荆扉倩月封白雪吟成聊睥睨青蓮定
入自從客名山遍歷遊爲學萍水梁溪亦幸逢

九日次孫鶴亭韻

故事空傳戲馬臺龍山佳處亦悠哉風光虛擲烏
紗去霜信催將白雁來酒興不妨乘我醉詩成還

怕有人哈素心佳偏兼難得百歲何曾懷抱開

和袁澗蒼訪山齋韻

橫斜老樹石垣低隱隱籬門夾茂林未識主人看
竹徑還聽啼鳥立花陰風來池縠斜紋捲雨後山
容髮黛深好戒紛頭遲報客待君終曲罷彈琴

戲題妙峯庵石壁

一杖曾攜到酒泉近來偏只伴枯禪明朝准向蘭
陵去花霧濛濛穩醉眠

酬髯仙寄韻

兀坐書窗最寂寥忽聞天外度瓊簫誰將三寸生
花筆自寫新詩一葉蕉

村居

雨後攜鋤斸笋芽好沽斗酒到山家頽然逕卧長
松下不覺當頭到月華

寄陸鶴倫

論文午夜剪銀釭月色撩人漏碧幢今夜月明依
舊好夢魂准擬到西窗

呂太晉

字南陽著有南陽詩稿

無所思

平生無所思那冀得安樂匿跡居山林甘心食藜
藿足倦倚石蘿耳清聽松壑種花秪自看釀酒唯
獨酌偶登南山巔俯視浮雲薄行行復何之烟霞
吾所托

山居述懷并乞徐象昇寫照

秪因性僻戀空山敢謂潛修鍊九還閒落花能供
笑傲卷舒雲可伴清閒有時飲酒無心醉終日吟
詩任意删多感故人尋舊約褒顔期寫石林間

雨窗書懷

一榻清幽卧數椽孤村風雨且高眠衮頭春盡非

嫌醉甌底塵生豈禁烟斷送落花情與減消磨啼鳥夢魂牽此身許作南山客疎懶于今過幾年

答鹿厂上人枉顧不值見貽用韋詩韻

十載住雲山久作山中客惠遠叩松關屐痕空印石長吟貽玉篇可以娛晨夕歌罷動遐思白雲杳無跡

錫山訪天鈞上人不值題壁

風有寺山約今來訪竹關石林精舍靜燈火講堂閒久坐心逾寂臨行句自刪道人無處住飛錫幾時還

篁村訪張墨岑

迢遞篁村路攜笻訪墨岑溪邊黃葉落橋下碧流深幽室容秋月空山靜客心明朝詩社裡把酒共清吟

和芥軒首春重過山房韻

春風昨夜發吹動故人心來踐梅花約不辭山路深拂苔坐危石横膝撫孤琴高唱停雲句清音出遠林

冒雨過靈岩山

雨過苔蹊滑雲迷塔影無不知山下路何處問樵夫

榮漣

字三華號洞泉少孤多疾母命入明陽觀爲道士爲人淳古簡直善畫亦能詩徧遊名山水所至以詩筒畫筒自隨落墨人輒珍之漣事母孝在外得珍玩甘藥悉藏弆持以奉母倦遊歸養晨昏依戀繞膝如嬰兒母歿廬墓不復出邑士大夫共往迎漣築室錫山之巔以居之漣鑿池其中繞麓植梅花名所居亭曰香雪杜翰林雲川與

漣及僧天鈞結世外交號九峯三逸而漣尤以孝義見重

自題九峯三逸圖

潔身歸巖隈栖栖曷爲者逃世豈無徒我侶亦風雅松龕藉素心襟期各飄灑以余黃冠客相次九峯下九峯山氣清鉛華遠林野忘形歡笑餘披圖自傳寫

送邑侯張湘門先生還湖南

衡門終日關琴書得閒靜忽聞茂宰歸此心乃耿耿秋水日以清秋風日以冷遙望楚山色瀟湘片

帆影

廬墓旣歸卽用杜太史見招出山詩韻奉謝

魂夢依然在碧山淚痕終日染衣斑荒荒宿草依
霜露故故白雲遲往還雙槳揭來烟水畔一莊歸
到竹梧間浣花有約能偕隱參得浮生是轉關

石林八詠和天鈞上人

我栖聽木盧君住飯山閣閣影瀉巖泉滿襟空翠
落　飯山閣

疏泉出雲根叢竹翳苔石月夜橫青琴瘦影搖空
碧　竹池

花間石臺聳秀削青芙蓉躡屩時一登四圍山翠
濃　石臺

幽亭漫延竚美人隔秋水娟娟一鏡中仙姿謝羅
綺　荷亭

寂寂迴廊幽窅冥俯虛洞陰寒暁雙眸錯認梅花
凍　雪洞

嘉木列疎軒清陰當夏寒緬彼鸞鶩侶試作丹山
看　梧軒

柳陰覆清池憩息時相假獨坐漁磯吟一竿誰復
把　柳渚

欲尋幽徑入峭壁蘿垣遶但聞鐘聲聲金仙隔花
鳥　蘿垣

自題小照

笑伊踪跡類青萍三教何曾擬一經兩指松風空
謖謖乾坤彈破有誰聽

蒼松白石憑稱壽一莖芝草當窗秀山人無事只
調琴澗底風來飄兩袖

題書

小閣參差抱碧林泉流湍石有淸音此中安置眞
難得着箇幽人自鼓琴

曹峻

字維岳出家梅里泰伯廟好讀書手訂其
祖得忍公所著禹貢正義梓行於世又嘗
請　旨修葺讓王祠墓年周甲歷三楚上
武當登九華而歸有自記卒年六十九

宿南匡

明月天階靜淸風竹戶幽不知身是客栩栩一莊
周

歸梅村

九峯蒼翠逼岩端楚水吳山此日還遙望梅村深

樹裏白雲依舊鎖松關

陳部

字舜音泰伯廟道士邑之坊前人雖出家不忘將母能詩善吹笛時有長笛仙之目

九思

思我先曾祖英年奉至尊矢忠維國計秉志爲黎元禮樂承先緒詩書啟後昆至今青史上不負聖朝恩

我思先大父淪沒歎英才曾顯心猶勵年高志不迴清名垂後世忠悃錮泉臺懿範依然在無人紹

述來

痛思我嚴父矯矯棟梁姿才負南金價情殷北闕詩未聞金馬召忽赴玉樓期子職慚無報何由釋此悲

思家何不造有子乏良謀母氏劬勞久年來衰病稠晨昏傷易過甘旨媿難酬十指供饘粥煢煢肯外求

思伯猶如父根同一樹椿廿年相繼歿諸業漸淪湮雁序寒長夜神祠積暗塵蒸嘗遥設奠幾度淚沾巾

我思從兄沒造物莫憐幪堪作中流柱旋遭半路終鶺鴒悲夜月海棠泣秋風欲振先人業從今少阿鴻

我思親手足積歲困寒饑運蹇相知少才疎遭遇稀分梨憐幼弟共被慰慈幃擬養冲天翮何時可奮飛

思身生計淺日夜寸心寒昔抱趨庭恨今辜奉母歡詩書何用讀婚嫁已無干且立他年志潛修倚玉壇

返思心慕道元奥未磋磨謾說焚修久空慚教誨

多一身羣蠹集百歲隙駒過何日登雲路星壇珮玉珂

買山

遂吾疎懶意喜有買山錢澗水環茅宇松雲覆竹椽閒遊誰跨鶴靜坐似逃禪樗櫟人間棄棲遲不計年

鋤徑

分陰亦自惜苔徑日來鋤屠釣心無慕耕耘力不如鶯花新別墅雲樹舊吾廬帶月帶經候陶然樂有餘

祠外古木

至德靈祠外陰陰古木深雲籠嬌鳥坐風過老龍吟匠石經行社將軍栖隱林敷榮詎勝此封植昔人心

蓉湖送兄遊燕

秋風蕭颯摧黃葉秋水縈紆汎綠波江上安流波浪穩人間何事别離多羡兄壯志爲舟楫愧我幽情戀薜蘿寄語悲歌燕趙士前途珍重莫蹉跎

憶兄 時在山東

鴒鴒惆悵各分飛繞膝爭梨舊事非母向門閭懸

望眼嫂勤砧杵爲征衣人傳齊語鵰堪斷花豔吳宮客未歸那得壺公縮地術暫教魂夢往相依

梅花

高標天與託衡門占斷孤山别有村半畝凍雲閒鶴夢一林香雪倢詩魂微添丰韻波間影淡寫精神竹外痕顧我雖非風月主爲君幾度醉清尊

鵲巢

南山有喬木兩鵲栖南枝已經歲月久雛衆雛自支求食赴遥野晴空鷹鸇馳驚遽歸我巢維鳩已居之積儲悉索盡巢口紛參差日夜鳴啾啾將雛抱空悲鳩兮不自立誰教能爾爲

桃花居

數椽茅屋傍溪頭夾岸桃花抱碧流自說避人來絶境只嫌進棹有漁舟

錢鈞

字引年新涇里人爲泰伯廟住持常住所入日給外悉以葺讓王寢殿晩署道會司周甲之辰法祖岳公詣武當有紀行之什楊雪村謂其多超悟拔俗之句云

過彭蠡湖

乾坤浸積水日月波上行涉險了不懼我有一寸誠

磨針亭

磨磚難作鏡磨鐵好成針鐵中具針體磨着但堅心

十八盤

上下十八盤環轉如蟻附終日走團團行人那得度

洗心池

洗心池上過池水清且深塵顔聊一洗想見法王

心

天柱峯金殿朝二首

身來金地四千里心仰紫霄六十年朝罷天香騰滿袖那能常侍法王前

廿載遥追二祖來寶山暫上帳空回會須一念持千刧堅坐仙巖萬仞臺

東院文昌閣新成和韻

高閣枕流溪暇日恣憑眺牕前花氣浮几上爐烟裊文星垂光芒瑞靄何繚繞已悟性地寬未覺壺天小蒼虬蟠古柏綠玉圍新篠極目睇遥岑側耳

聽啼鳥豁然肆曠望遂爾舒夙抱還羡座中人經聲出清曉

家復齋叔祖承恩堂月夜設酒賞菊和雪村原韻

承恩堂下修篁綠掩映承恩堂上菊寒香冷豔臭味投中有君子溫如玉丹顔鶴髮冠羣英吸露餐霞吐芬馥瓊枝閒向九秋天林下清幽自怡足凌霜高節香風來芳徑早爲幽人開樽中滿泛落英味籬邊片段秋雲堆乃知名葩須妙手靈根植得苗長有採芝已識芝無根愛菊風前開笑口四座酣嬉不因酒從此堅持晚節芳常親蘭竹羞依偎

金絲桃

異卉抱奇心絲縈萬縷金無情共芳草有意綴華林不惜春光去寧愁晚色侵臨風舞黃蝶洗眼見深深

晚晴和韻

習聽耳亦倦連宵風雨聲春歸風乍暖午後日初晴烟晚凌霄直雲歸傍嶺橫斜暉通處處綠映水中萍

侯淦

邑之名家子也少出家於城東報恩道院喜讀書從鮞仙學爲詩取陳希夷語顔其居曰雲留邑人諸洛有雲留記

綺塍街奉和鮞仙先生韻

山翠來撲人詩瓢淡演漾吟邊秋水深竹外歌聲上心清天無雲花落風自響此意不能言翛然神自往

索若洲先生畫

一帶烟巒盡屬君梁鴻溪水許平分道人小築留雲處乞寫雲林林外雲

晚投惠山寺同凌滄舍人作

夫君多逸興而我亦相從共戴青門笠來聽白社鐘露寒沙際鶴月照嶺頭松明日支筇上西神第幾峯

陪凌滄舍人登凌虛閣

高閣秋將暮夕陽明遠岑煙開摩詰畫泉响伯牙琴自愛山中賞應諧物外心如何別林壑未得謝華簪之官京師時舍人將

受業族孫汪　士芳　竹坡校

梁溪詩鈔卷五十八終

梁溪詩鈔　卷五十八　四十

後記

無錫是中國吴文化的發祥地。七千多年悠久歷史與文明，造就了『梁溪明秀之區，衣冠禮樂甲于江左』的城市人文傳統和深厚的歷史文化底藴。數千年來，文脉綿延，永世流芳。邵寶在《錫山遺響》序中曾經這樣描述：『錫之爲邑，在三吴間。山水清麗豐曠，生其地者，多沉雅秀整，以文名家，代不乏人，詩文之一也。』文化已經成爲這座城市最本色的氣質。爲傳承吴地文明，建設文化名城，進一步彰顯無錫城市内在精神特質，經過幾年的精心策劃，旨在全面整理地方文化典籍的《無錫文庫》編纂出版工作于二〇一〇年全面啓動，二〇一一年起陸續與讀者見面了。

無錫的城市文化曾經爲中華文化寶庫作出過巨大貢獻。顧愷之、倪瓚、王紱、鄒一桂、賀天健、徐悲鴻、錢松嵒、吴冠中，如松秀群嶺，在中國繪畫史上擁有很高的地位；華秋蘋、楊蔭瀏、劉天華、華彦鈞（阿炳），乃韵動天籟，對中國音樂發展發揮了重要作用；李紳、蔣防、尤袤、蔣捷、陳維崧、顧貞觀、嚴繩孫、周濟、劉半農，皆胸懷錦綉，在中國文學史上可謂各領風騷；計六奇、顧祖禹、顧棟高、秦蕙田、嵇璜、錢基博、錢穆、錢鍾書、錢海岳，可稱堂奥廣庭，學造淵源，在中國學術史上卓然大家；顧憲成、高攀龍之東林，唐文治之『國專』，徐霞客之游記，徐壽、華蘅芳之『格致之學』，陳翰笙、錢俊瑞、孫治方、薛暮橋之經濟學，都堪稱中華文化史上的一座座高峰，至今閃耀着炫目的光芒。

深厚的歷史文化底蘊激發了無錫城市的文化自覺。市委、市政府滿懷對鄉土誠摯之情、對文化敬畏之感，以義不容辭的責任擔當，致力於文化强市建設，以科學的理念和方式對歷史文化遺産作全方位的觀照、深層次的發掘、系統性的保護，匯四海之智，舉全市之力，共襄文化建設盛舉。二〇〇六年十二月，無錫市成功申報國家歷史文化名城，標志着新一輪文化意識的覺醒，并迅速轉化爲文化自覺的實踐。近年來，我市全面啓動惠山、清名橋、小婁巷、榮巷、蕩口等五個歷史文化街區和十個古村落保護修復工程，『護其貌，顯其顔，鑄其魂，揚其韵』；鴻山遺址成功保護的經驗被國家文物局譽爲大遺址保護『無錫模式』，并被授予首批國家考古大遺址公園，闔閭城遺址考古發現則確立了歷史上無錫曾作爲吴王闔閭都城的地位；建成開放六十餘座博物館、名人故居和紀念館；對無錫的非物質文化遺産予以重點保護；每年春天舉辦的中國（無錫）吴文化節、中國文化遺産保護論壇成爲文化亮點，享譽海内外。這些舉措遵循規律，探索文化建設體制和機制的創新，形成了寶貴的『無錫經驗』，得到海内外學者、專家的一致肯定。

在注重保護歷史文化遺存的過程中，發掘、整理無錫歷史文獻著作，展示和弘揚無錫城市的思想精神世界，自然而然成爲大家關注的重點。二〇〇六年，市委宣傳部組織無錫文史專家、學者編撰的十七册三百萬字的《無錫文化叢書》正式出版，引起强烈反響，出版後供不應求，在二〇〇八年再版加印。《無錫文化叢書》集中反映了無錫城市文化精華，展示了無錫城市文化特質，彰顯了無錫歷史文化的厚重，同時也告訴人們，文化精神的傳遞是文化繁榮發展的重要内涵，一旦擦去歲月蒙塵，優秀的歷史文化就會轉化成爲取之不盡的精神財富。

爲了進一步彰顯城市歷史文化底蘊，二〇〇七年，市委、市政府將全面系統整理無錫文化典籍擺上工作議事日程，明確提出編纂《無錫文庫》。由于無錫歷史文化底蘊深厚，卷帙浩繁，内容豐富，編纂工作千頭萬緒，要想整理出一部簡明扼要而又内容翔實、主旨鮮明而又文質彬彬的文獻集成，難度遠大于預想。爲此，我們先後成立了《無錫文庫》工作委員會和編輯委員會，加强對編纂出版工作的組織領導與統籌協調，在尊重歷史、尊重規律、尊重科學、尊重專家的基礎上，積極推進文庫編纂工作。編輯委員會經過反復論證，明確原則，綱舉目張，有條不紊地開展工作。充分憑借地方文史專家的優勢，充分發揮高校人文學院、研究機構的作用，充分依靠出版機構的專業經驗，并邀請國内外著名文史專家指導、把關，形成了文庫編纂的工作合力。

在編輯過程中，我們力求使《無錫文庫》成爲經得起歷史考驗的鄉邦文獻集成。

全面規劃又保持開放結構。面對豐富的歷史文化積澱，没有規劃就不可能形成清晰的編纂思路。在前期編纂工作中，編輯委員會經過二十餘次的論證會和專題研討會，形成并確定了《無錫文庫》總書目，明確了收録範圍和内容主體，立足無錫市區，兼顧江陰、宜興，主要體現無錫本土内容，突出人文科學，適當兼顧其他門類。據此，《無錫文庫》收録圖書五百五十餘種，分爲五輯：第一輯『官修舊志』，收編無錫地方志（含江陰、宜興）；第二輯『地方史料專著』，收編反映無錫地方史料的專著與筆記；第三輯『年譜家乘』，收編無錫（含江陰、宜興）地方名人年譜和望族的家譜；第四輯『無錫文存』，收編歷史上無錫作家詩文和專著的精華；第五輯『近現代名家名著存目』，編撰無錫近現代名家名著的書目提要。爲使文庫具有更大的開放度和包容量，《無錫文庫》注重整體設計，在框架分類上既注意整合，又突出重點，考慮到文庫的涵蓋面和系統性；在書目選擇上既注重經典性，又强調代表性，兼顧到圖書本身質量和作者特點；在出版方式上既總體規劃、循序推進，又采取較爲靈活的方式，成熟一批出版一批，不編序號，爲今後增補書目預留空間。

尊重歷史又反映時代特色。《無錫文庫》注重歷史性與時代性相結合，以嶄新的學術角度和現代學科理念對城市歷史文化進行整理和弘揚。編纂工作充分體現對歷史傳統的尊重，儘可能減少評述性成分，杜絶截割、改篡、增删圖書内容，對節選本衹采取作者的自選本。與此同時，以現代學術視野來看待傳統史料，增加收録有價值的歷史資料和文獻，如對民國時期的一些稿本、期刊、會刊、紀念册也予以應有的關注，收入了部分重要的民間史料。

保持原貌又便于讀者查閲。《無錫文庫》除第五輯外，全部采用原版影印方式，力争選擇最優版本作底本，保持文獻著作的歷史面目。爲了便于閲讀、查證、使用、研究，每一輯均撰寫編輯説明，每種書撰寫提要，并編撰《文庫》書目索引。通過這樣的方式，使《無錫文庫》兼具工具書檢索的作用，增强文化典籍整理的實用功能。

如期完成又精益求精。《無錫文庫》作爲一項重大文化工程，編纂工作面廣量大，必須集中力量，一鼓作氣。我們明確，從編纂工作全面啓動開始，花三年時間完成《無錫文庫》出版工作。《無錫文庫》總書目形成後，五輯的書目編纂工作同時開展，整體推進。我們要求，《無錫文庫》編纂出版工作要强化精品意識，力求思想精深、内容精彩、選編精當、學風精良、裝幀精美。文庫編纂出版的每個環節都反復論證推敲，確保經得起歷史檢驗。

《無錫文庫》的編纂出版工作，得到了鳳凰出版傳媒集團的大力支持，鳳凰出版社在版本選擇、編輯出版方面做了細緻的工作；由于《無錫文庫》收録的資料有三分之二散落在全國各圖書館中，中國國家圖書館、上海圖書館、南京圖書館等一批國内知名圖書館爲此提供了積極的幫助；應邀擔任《無錫文庫》學術顧問的專家，都是無錫籍的文化名人和國内一流的古籍研究專家，他們有的不顧年事已高，有的不顧自身工作繁忙，爲《無錫文庫》的編纂工作付出辛勤勞動；《無錫文庫》工作委員會和編輯委員會成員以及編務人員在文庫編纂出版過程中做了大量的工作。在此，謹向他們表示崇高的敬意和由衷的謝忱！

由於《無錫文庫》收録内容涉及範圍廣、時間跨度長，部分書目已經散佚，可利用資料受到限制，加之編輯委員會水平有限，《無錫文庫》的編纂工作難免會有一些疏漏和錯誤，不當之處敬請讀者指正。

王立人

二〇一一年一月